清末民初文獻叢刊

增補繪圖官場現形記

（下册）

[清] 李伯元 著
[清] 歐陽鉅元 增注

朝華出版社
BLOSSOM PRESS

歡喜便宜
暗中上當

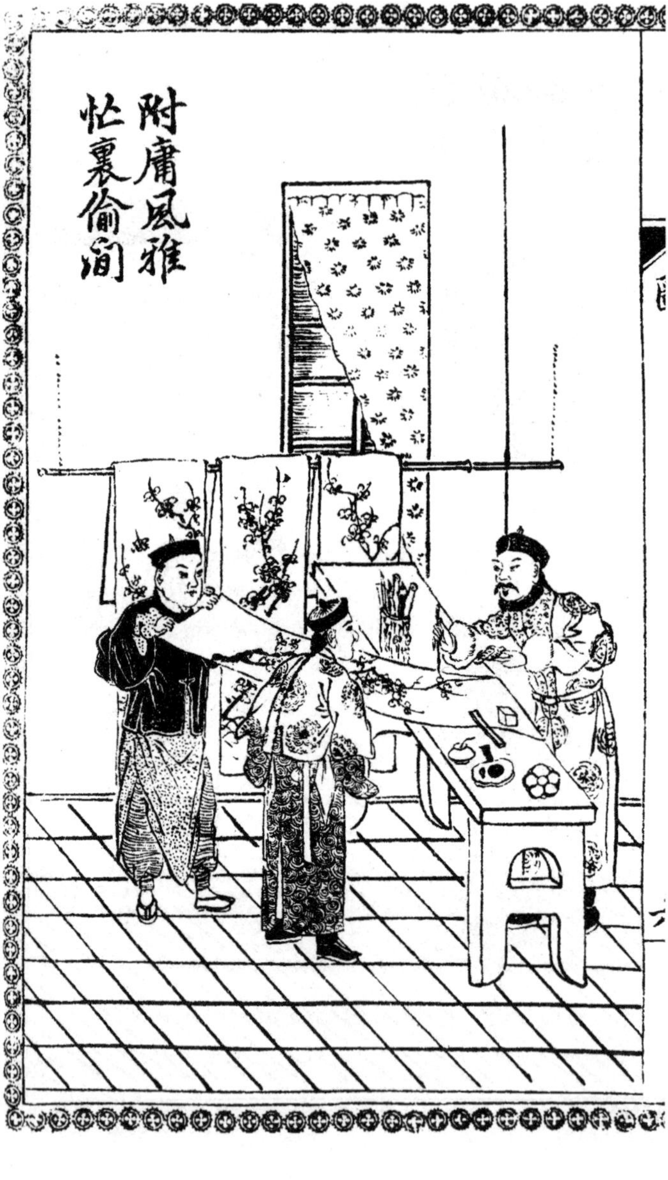
附庸風雅
忙裏偷閒

四編卷四十二

歡喜便宜暗中上當

附庸風雅忙裏偷閒

話說瞿耐菴夫婦吵着要扣錢轂老夫子一百銀子的束修（為了三十塊洋錢肯做殘疾之人為何肯出一百兩銀子買假帳簿）錢轂老夫子不肯閙着要辭館瞿耐菴急了只得又托人出來挽留裏面太太還只顧吵着扣束修又說什麼一季扣不來分作四季扣就是了要少我一個錢可是不能（此種婦人本來無理可喻）瞿耐菴無奈只得答應着帳房簿子既已到手頂要緊的應酬目下府太尊添了孫少爺應送多少賀敬翻開簿子一看並無專條瞿太太廣有才情於是拿別條來比擬上頭有一條是本道添少爺本署送賀敬一百元瞿太太道就拿這個比比罷本府比本道差一層一百塊應得打一個八折送八十塊孫少爺又比不得少爺應再打一個八折八八六十四就送他六十四塊罷（此種算盤真正毫釐絲忽不會算錯）於是叫書啟師爺把賀禀寫好專人送到府裏交納不料本府是個旗人他自己官名叫喜元他祖老太爺養他老太爺的那一年剛正六十四歲因此就替他老太爺起了個官名叫做六十四旗人有個通病頂忌的是犯他的諱不獨淵制台一人為然這喜太守自接府篆同寅薦了一位書啟師爺姓的是大耳朶的陸字喜太守見了心上不願意便說大寫小寫都是一樣以後稱呼起來不好出口可否請師爺換一個（此等忌諱便韓文公復生當亦無可置辯）師爺道別的好改怎麼叫我改起姓來曉得館地不好處於是棄館而去喜太尊也無可如何只得聽

其自去喜太尊雖然不大認得字有些公事上的日子總得自已標寫每逢寫到六十四三個字一定要缺一筆頭一次標十字也缺一筆旁邊稿案便說回老爺的話十字缺一筆不又成了一個一字嗎他一想不錯連忙把筆放下躊躇了半天沒得法想還是稿案有主意叫他橫過一橫之後一豎只寫一半不要頭透虧他妙想天開他聞言大喜從此以後便照辦每逢寫到十字一豎只豎一半還誇獎這稿案說他有才情先意承志安得不大加誇獎又說我們現在升官發財是那裏來的不是老太爺養咱們咱們那裏有這個官做呢如今連他老人家的諱都忘了還成個人嗎至於我如今也是一府之主了這一府的人總亦不能犯我的於是合衙門上下摸着老爺這個脾氣一齊留心不敢觸犯偏偏這回孫少爺做滿月興國州孝敬的賀禮簽條上竟寫了個喜敬六十四元先是本府門政大爺接到手裡一看還沒有嫌錢少先看了簽條上寫的字不覺眉頭一縐心上轉念道真正湊巧統共六個字倒把他老人家父子兩代的諱一齊都鬧上了所謂無巧不成書我們如果不說明照這樣子拿上去我們就得先碰釘子又要怪我們不敬給他了轉了一回念頭又看到那封門包也寫得明明白白是六元四角門政大爺到此方纔覺得興國州送的賀禮不夠數惜小利而忘大害此類是也太太大才如何會不夠數於是問來人道你們貴上的缺在湖北省裏也算得上中字號了怎麽也不查查帳柢送這一點點這個是有老例的瞿耐菴派去的管家說道例倒查過是沒有的明中特了強暗中必定要吃了虧敝上怕上頭大人挑眼所以特特為為查了幾條別的例纔斟酌了這們一個數目相煩你替咱賞心拿了上去門政大爺一面搖頭一

面又說道。你們貴上大老爺。這回署缺。是初任。還是做過幾任了。派去的管家回稱是初任。門政大爺道。這也怪不得你們老爺。不曉得這個規矩了。派去的管家問什麼規矩。門政大爺道。你不瞧見這簽條上的字嗎。又是喜元。又是六十四。把他父子兩代的諱。都幹上去（肯老實說出來還算是個好人）你們老爺。既然做他的下屬。怎麼連他的諱都不打聽打聽。你可曉得他們在旗的人。犯了他的諱。比當面罵他混帳王八蛋。還要利害。你老爺怎麼不打聽明白了。就出來做官。一頓話。說得派去的管家呆了。只得拜求費心。說求你想個法子。替敝上遮瞞遮瞞。敝上總是感激。總要補報的。門政大爺見他孝敬的錢。不在分寸上。（這卻恕無可恕了）曉得這位老爺。手筆一定不大的。便安心出出他的醜。等他以後怕了。好央打點（不給他個利害安肯來塞狗洞）主意打定。一聲不響。先把六元四角揣起。然後拿了六十四塊。便一直逕奔上房裏來。告訴主人。恰巧喜太尊正在上房同姨太太打麻雀牌。哩打的是兩塊錢一底的小麻雀。喜太尊先前輸了錢。不肯拿出來。其時正和了一副九十六副。姨太太想同他扣帳。他不肯。起身上前要搶姨太太的籌碼。（太尊與姨太太如此胡鬧）（所以官場無家法）正鬧着。齊巧門政大爺拿着洋錢進來。姨太太道。不要搶了。送了洋錢來了。喜太尊一聽有洋錢送來。果然放手。忙問洋錢在那裏。門政大爺不慌不忙。登時把一個手本一封喜敬。擺在喜太尊面前。喜太尊一看手本。知道是新任興國州知州瞿某人。忽然想起一樁事來。回頭問門政大爺道。瞿某人到任。也有好多天了。怎麼到任規還沒送來。（一誤再誤可知皆前任匿去真帳所致）門政大爺道。這是送的孫少爺滿興國州是好缺。他都如此疲玩起來。叫我這本府。指望誰呢。

月的賀禮他有人在這裡到任規卻沒有題起於是喜太尊方纔歪過頭去瞧那一封洋錢一瞧是喜敬六十四元六個小字面色登時改變從椅子上直站起來嘴裏不住的連聲說啊啊啊了兩聲仍舊回過頭去問門政大爺道怎麼他到任你們也沒有寫封信去拿這個教導教導他碰個釘子早已料着門政大爺道這個向來是應該他們來請示的他們既然做到屬員這些上頭就該當心等到他們來問奴才奴才自然交代他他不來問奴才怎麼好寫信給他呢回答數語是想好來的喜太尊道寫兩封信也不要緊你既然沒有寫信通知他們等他來了你就該告訴他來人叫他拿回去重新寫過再送來如今拿了這個來給我瞧可是有心給我下不去不是門政大爺道老爺且請息怒請老爺先瞧瞧他送的數目可對不對先扳着錯處方敢回去喜太尊至此方看出他止送有六十四塊此時也不管籤條上有他老太爺的名諱盛怒之下也顧不得許多了便登的一聲接着豁瑯兩響把封洋錢摔在地下早把包洋錢的紙摔破洋錢滾了滿地了喜太尊一頭跺腳一頭罵道豈有此理豈有此理他這明明是瞧不起我本府我做本府也不是今天纔做起到他手裏要破我的例可是不能怎麼他這個知州腰把子可是比別人硬綳些就把我本府不放在眼裏可惡到任規不送真可惡賀禮亦祗送這一點點實在可惡哼哼忍不住了他不要眼睛裏沒有人有些事情他能逃過我本府的手嗎俗語說得好不怕官只怕管把這洋錢還給他不收家有賢妻夫不遭橫禍瞿耐庵禮數之忽皆是太太所害的可知婦人不可有權喜太尊說完這句話麻雀牌也不打了一個人背着手自到房裏生氣去了這裏門政大爺方從地板上把洋錢一塊一塊的拾起連着手本捧了出來那瞿耐菴派去

的管家。正坐在外面候信哩。門政大爺走進門房。也把洋錢。和手本往桌上一摔道。夥計碰下來了。上頭說謝謝你。帶回去罷。瞿耐派去的管家。還要說別的。門政大爺因見又有人來說話。便去同別人去聒啣。也不來理他了。瞿耐菴管家無奈。只得把洋錢手本揣了出來。回到下處曉得事不妙。不敢遲回本州。連夜打了一個稟帖。給主人說明原委。聽示辦理（管家倒會辦事）等到稟帖寄到。瞿耐菴看過之後。不覺手裏捏着一把汗。進來請教太太。誰知太太聽了。反行所無事。連說他不收狠好。我的錢本來不在這裏嫌多。一定要孝敬他的。好歹咱們是署事。好便好。不好。到一年之後。他東我西。我不認得他。我也不仰攀他。要他認得我。派去的人。趕緊寫信叫他回來。就說我眼睛裏沒有本府。我就得起看他拿我怎樣。（有了制台即不怕知府怎樣婦人最要仗勢）瞿耐菴聽了太太的話。一想不錯。於是寫了封信。把管家叫了回來。（倒見一箇強項吏）後來本府喜太尊。又等了半個月。不見國興州添送進來。到任規也始終沒送。心上奇怪。仔細一打聽。纔曉得他有這們一位仗腰的太太。面子上雖說不出。只好暗地想法子。閑話少敘。且說瞿耐菴夫婦二人。因見本府尚奈何他不得。以後胆子更大。（膽大妄為將來必致不可收拾）除了督撫兩司之外。其餘連本道都不在他眼裡。三節兩壽。孝敬上司的錢。雖不敢任情減少。然而總是照着前任移交過來的簿子送的。各位司道大人。都念他同制台有點瓜葛。大家都不與他計較。（並非不敢計較不過存個投鼠忌器之心罷了）不過恨在心裏。究竟多送少送。瞿耐菴並不曉得。以為照着簿了。我總交代得過了。只有撫台是同制台敵體的。有些節敬門包等項。送得少了。便由首縣傳出話來。說他一兩句。或是退了回來。瞿耐菴弄得不懂。告訴人說。我是照例送的。怎麼他們還貪心不足。無奈撫台面上。只好補些進去。有時候添過原數。有時候不及原數。總叫使他錢的人。心上總不舒服。這也非止一次。下（善不積不足以成名惡不積不足以滅身天將多其罪而禍之也）還有些過境內委員老爺。或是專門來查事件的。他也是照着簿子開發。以致沒一位委員不同他爭論。（一錯百錯況在不肯認錯耶）正是光陰似箭。日月如梭。不知不覺。瞿耐菴自從到任至今。也有半年了。治下的百姓。因他聽斷糊塗。一個個痛心疾首。還是平常甚至上司同寅。也沒有一個喜歡他的。磕來碰去。只有替他說壞話的人。沒有一個說他好的人。（已成獨夫之勢）他自以為我於上司面上的孝敬。同寅當中的應酬。並沒才、少人一個。而且筆筆都是照着前任移交的簿子送的。就是到任之初。同本府稍有齟齬。後來前縣前來打圓場。情面難却。一切到任規。孫少爺滿月賀禮。都按照簿子上。孝敬本道的數目。孝敬本府。也算得盡心的了。那知本府亦恨之入骨。一處處弄得天怒人怨。在他自己。始終亦莫明其所以然。（自知其過也不敢妄為了）不料此時。他太太所依靠的乾外公端制台。奉旨進京陛見。接着又有旨意。叫他署理直隸總督。一時不得回任。（狐鼠失其憑陵為害不遠矣）這裏制台。就奉旨派了撫台升署。撫台一缺。就派了藩台署升。臬台鹽道。以次遞升。另外委了一位候補道署理鹽道。省中大局已定。所屬印委各員。送舊迎新。自有一番忙碌。不消細述。且說這位署理制台的。姓賈名世文。底子是個拔貢。做過一任教官。後來過班知縣。連升帶保。不到二十年工夫。居然做到封疆大吏。在湖北巡撫任上。也足足有了三個年頭。這年實年紀六十六歲。生平保養的狠好。所以到如今。還是精神充足。

（保養是第一好法每問老年精神頹唐皆少年斵喪所致也）自稱生平有兩樁絕技。一樁是畫梅花。一樁是寫字。他的書法。自稱是王右軍一路。常常對人說。我有一本王羲之寫的前赤壁賦。筆筆真楷。碧波清爽。一筆不壞。聽說還是漢朝一個有名的石匠刻的。（王羲之生於蘇東坡之後漢朝石匠又預為刻碑真正千古奇聞）兄弟自從得了這部帖。每天總得臨寫一遍。一年三百六十日。從沒有一天不寫的。大家聽了他的話。幸虧官場上有學問的人也少。究竟王右軍是那一朝代的人。一百個當中。論不定足有三個兩個曉得。（官場如此學問經濟國事安得不一敗塗地）曉得的也不過付之一笑。不曉得的。還當是真的哩。他說近來有名的大員。如同彭玉麟任道鎔等。都歡喜畫梅花。他因此也學着畫梅花。他畫梅花另有一個訣竅。說是只要圈兒畫得圓。梗兒畫得粗。便是能手。（如此梅裝真是更不值）每逢畫的時候。或是大堂幅。或是屏幅。自己來不及。便叫管家幫着畫圈。管家畫不圓。他便檢了幾個沙殼子小錢。鋪在紙上。叫管家依着錢畫。沒有不圓的了。等到管家畫完之後。然後再經他的手鈎鬚加點。有些下屬想要趨奉他。每於上來稟見的時候。談完了公事。有的便在袖筩管理。或是靴頁子裏。掏出一張紙。或是一把扇子。雙手捧着。說一聲卑職求大人墨寶。或是求大人法繪。那是他再要高興沒有。必定還要說一句。你倒歡喜我的書畫麼。那人答應一聲。是。他更樂的了不得。送客回來。不到天黑。便已寫好畫好。叫差官送給那人了。（肯書肯畫倒也是一件好處）後來大家摸着他的脾氣。就有一位候補知縣。姓衛名瓚。號占先。因為在省裏窮的實在沒有路子走了。曾於半個月前頭求過賈制台賞過一幅小堂畫。賈制台的脾氣。是每逢人家求他書畫。一定要詳詳細細。把這人履歷細問一遍沒差的就可得差無缺的就可得缺候補班子當中有些人因走這條路子得法的狠不少衛占先為此也趕到這條路上（另為官場開一捷徑愈出愈奇）來但是求書畫的人也多了一個湖北省城那裏有這許多缺許多差使應酬他們弄到後來書畫雖還是有求必應差缺却有點來不及了衛占先心上躊躇了一回忽然想出一條主意來（揣摩功深必是宦途老練）故意的說有事面稟號房替他傳話進去賈制台一看手本記得是上次求過書畫的吩咐叫請見面之後略為扳談了幾句衛占先扭扭揑揑又從袖子管裏掏出一卷紙來說大人畫的梅花卑職實在愛得狠意思想再求大人賞畫一張預備將來傳之子孫垂之久遠賈制台道不是我已經給你畫過一張嗎衛占先故意把臉一紅吞吞吐吐的半天纔回道回大人話卑職該死卑職該死卑職沒出息卑職因為候補的實在窮不過那張畫卑職領到了兩天就被人家買了去了（欺之以傳世騙之以爭購不譽之譽勝於面譽在欺世盜名之輩安得不入其箇中引為知之立賜差委耶）賈制臺一聽這話不禁滿臉堆下笑來忙問道我的畫人家要買嗎衛占先正言厲色的答道不但人家要買並且搶着買起先人家討價卑職要值十兩銀子賈制臺縐着眉搖着頭道不值罷不值罷（人之學藝淺深自家未有不知及面諛者眾遂亦不知已之何以至此矣）又忙問你到底幾個錢買的衛占先道卑職實實在在到手二十塊洋錢賈制台詫異道你只討人家十兩怎麽倒到手二十塊洋錢占先道卑職討了那人十兩那人回家去取銀子忽然來了一個東洋人說是聽見朋友說起卑職這裡有大人畫的梅花也要來買（東洋人本來極歡喜書畫說得宛然）賈制台又驚又喜道怎麽東洋人也歡喜我的畫衛占先道大人容稟賈制台道快說

衛占先道。東洋人跑來要畫卑職回他只有一張他說一張就是一張卑職拿出來給他看過之後。他便問多少銀子。卑職回他十兩銀子。已經被別的朋友買了去了。東洋人道你退還他的銀子。我給你十四塊洋錢。卑職說人家已經買定是不好退還的。東洋人只道卑職不願意立刻就十六塊十八塊一直漆到二十塊。不由分說。把洋錢丟下。拿着畫就跑了。後來那個朋友。拿了十兩銀子再來。卑職只好怪他沒有留定錢。所以被別人買了去。那個朋友還滿肚皮不願意。說卑職不是。一篇謊話偏是投其所好賈制台道。本來是你不是。衛占先一聽制台派他不是。立刻站起來。答應了幾聲是。賈制台道。你既然十兩銀子許給了人家。怎麽還可以再賣給東洋人呢。果然東洋人要我的畫。你何妨多約他兩天。進來同我說明。等我畫了再給他。衛占先連連稱是。又說卑職也是因為候補的實在苦極了。所以纔斗胆拿這個賣給人的。忽隱忽現倏起倏滅賈制台道。既然有人要。我就替你多畫兩張。也使得。說罷。便吩咐衛占先跟着自已。同到簽押房裏來。賈制台進屋之後。便自已除去靴帽。脫去大衣。催管家磨墨。立刻把紙攤開。蘸飽了筆就畫又吩咐衛占先也脫去衣帽。坐在一旁觀看。得寵之極正在畫得高興時候。巡捕上來回藩司有公事稟見。賈制台道。停一刻兒。接着又是學台來拜。賈制台道。剛剛有事。偏偏他們纏不清替我擋駕。巡捕出去回頭了。接着又是臬司稟見。說是夏口廳馬同知。捉住幾個維新黨。請示怎麽辦法。夏口廳馬同知也跟來。預備傳見。還有些客官來稟見的。官廳子上坐得有如許若干人只等他老人家請見。他老人家專替衛見先畫梅花。只是不出來。所以人不可有好名之心一有好名之心則凡事皆不在

(心上矣)外面學台雖然擋住未曾進來藩臬兩司以及各項稟見的人卻都等得不耐煩當下藩台先探問到底督憲在裏面會的什麼客這半天不出來探來探去好容易探到說是大人正在簽押房裏替候補知縣衙某人畫畫哩(真正意想不到)藩台一向是有毛爆脾氣的一聽這話不覺怒氣冲天在官廳子上連連說道我們是有公事來的拿我們丟在一邊倒有閑情別致在裏頭替人家畫畫兒(為畫畫廢了公事此種嗜好倒也罷了)真正豈有此理我做的是皇上家的官沒有這樣閑工夫好耐性去等他既然不見等我走說着賭氣走出官廳上轎去了(總是年紀輕人性子不耐)且說這時候署藩台的亦是一個旗人官名喚做噶札騰額年紀只有三十歲他父親曾做過兵部尚書去世的時候他年紀不過二十一歲早年捐有郎中在身到部學習行走父親見背遂蒙皇上天恩仍以本部郎中遇缺即補服滿補缺幸虧此時他岳丈執掌軍機歇了三年齊巧碰到京察年分本部堂官就拿他保薦上去引見下來奉旨以道府用不到半年就放湖北武昌鹽法道是年祇有二十七歲(二十七歲即做了鹽法道旗人做官本來容易)倒底年紀輕的人一心想做好官狠替地方上辦了些事口碑倒也很好(旗員中頗有愛惜聲名者)次年還是湍制台任上保薦賢員有他的政績臚列上陳奉硃批先行傳旨嘉獎他裏面有丈人照應外面又有總督奏保所以外放未及三年便已升授本省臬司這番湍制台調署直隸總督本省撫台署理督篆藩台署理撫篆所以就請他署理藩篆他到任之後靠着自己內有奧援總有點心高氣傲(此是少年盛氣)有些事情凡是藩司分所應為的在別人一定還要請示督撫在他卻不免有點獨斷獨行不把督撫放在眼裏(督撫遇了此種)

（人倒也奈何他不得）此番偶然要好。為了一件公事前來請示制台。齊巧賈制台替衛占先畫畫沒有立刻出來相會。叫他在官廳裏等了一會。把他等的不耐煩。賭口氣出門上轎。逕回衙門。公事亦不回了。歇了一會。賈制台把畫畫完。題了款。用了圖章。又同衛占先賞玩了一回。方纔想起藩台來了半天了。立刻到廳上請見。那知等了一刻。外面傳進話來。說是藩司已經回去了。賈制台聽說藩台已去。便也罷休。（倒也並不在意）只因他平日為人狠有點號令不常。起居無節。一時高興起來。想到那個人。無論是藩台是臬台。馬上就傳見。等到人家來了。他或是畫畫。或是寫字。竟可以十天不出來。把這人忘記在九霄雲外。（書畫如此着魔不應該是好了。豈知大謬不然）巡捕曉得他的脾氣。回過一遍兩遍多回了。怕他生氣。也只好把那人丟在官廳上。老等。常有早晨傳見的人。到得晚上還不請見。晚上傳見的人。到得三更四更。還不請見。他睡覺又沒有一定的時刻。會着客。看着公事。坐在那裏。都會朦朧睡去。一天到夜。一夜到天亮。少說也要睡二三十次。幸虧睡的時候不大。只要稍為朦一朦。仍舊是清清楚楚的了。（倒是一個龍馬精神）他還有一個脾氣。是不歡喜剃頭的。他說剃髮匠拿刀子剃在頭上。比拿刀子割他的頭還難過。所以往往一兩個月不剃頭。亦不打辮子。人家見了。定要老大的嚇一跳。倘不說明白是制台。不拿他當作囚犯看待。一定拿他當做孤哀子看待了。（是一個性情乖僻的人）除了畫梅花寫字之外。最講究的是寫四六信。常常同書啟老夫子們討論。說是一個人只要會做四六信。別的學問一定是不差的。因為這四六信對仗既要工整。聲調又要鏗鏘。譬如千支對千支。卦名對卦名。鳥獸對鳥獸。草木對草木。倘若拿千支對卦名。拿鳥獸對草木。便不算得好手了。至於聲調。更是要緊的。一封信念到完。一直順流水瀉。從不作興有一個隔頓。一班書啟相公。文案老爺。曉得制台講究這個。便一個個在這上頭用心思。至於文理浮泛些。或是用的典故不的當。他老人家却也不甚斤斤較量。是熟晚唐六朝之濫腸者閑話少叙。且說他有位堂母舅。叙起來卻是他母親的從堂兄弟。不過從前替他批過文章。又算是受過業的老夫子。他外祖家是江西袁州人氏。這位堂母舅一直是個老貢生。近來為着年紀大了。家裏人口衆多。處館不能養活。忽然動了做官之興。文字不能救貧不得不思做官為生財之道想來想去。只有這位老賢甥。可以帮助幾百銀子。後來又聽見老賢升甥署總督。越發把他喜歡的了不得。意思就想自己到湖北來走一盪。一來想看看老賢甥。二來順便弄點事情做做。倘若情事不成功。幾百銀子總得帮助我的。彼時回來弄個教官。捐足花樣。倘能補得一缺。也好做下半世的吃着。主意打定。好容易湊足盤川。待要動身。忽地又害起病來。命不該達偏遇病魔老年人禁不起病。不到兩三天。便把他病的骨瘦如柴。四肢無力。依他的意思還要掙扎動身前去。他老婆同兒子再三諫阻。不容他起身。他只得罷手。於是婉婉曲曲修了一封書。差自己的大兒子趁了船。一直來到湖北省城。尋個好客寓住下。他的大兒子。便是賈制台的表弟了。有此淵源該應要破格錄用了這位老表有點禿頂。為他姓蕭。鄉下人都叫他為蕭禿子。後來念順了嘴。竟其稱為小兎子。且說小兎子。一直是在家鄉住慣的。沒有見過甚麼大休面。平常在家鄉的時候。見了捕廳老爺。已經當作貴人看待。如今要叫他去見制台。又聽人家說起制台的官比捕廳老爺還要大個十七八級。就是伺候制台的。以及在制台跟前當底下人的。論起官來。都要比捕廳老爺要大幾成。一路早揑一把汗。（諸葛不生諸葛子可勝浩嘆）如今到得這裏。不見事情不成功。只得硬硬頭皮。穿了一身新衣服。戴了一頂古式大帽子。檢出幾樣土儀。叫棧房裏夥計。替他說到制台衙門跟前。東探西望。好容易找到一個人。小兎子卑躬屈節。自已拿了惠表弟蕭慎的名片。向那人低低說道。我是大人的表弟。大人是我的表哥。我有事情要見他。相煩你替我通報一聲。（說得到還不錯）那人拿眼朝他看了兩眼。因聽說是大人的表弟。方纔把嘴努了一努。叫他去找號房。小兎子走到號房門口。又探望了半天。纔見一個人在床上睡覺。於是從牀上把那人喚醒。那號房一接名片。曉得是大人親戚。不敢怠慢。立刻通報。傳出話來叫請。仍舊由號房替他把土儀拿着。把他領了進去。叩見表哥賈制台。看了老母舅的信。自有一番寒暄。問長問短。小兎子除掉諾諾答應之外。更無別話說得。（何不先行教導一番）賈制台見他上不得台盤。知道沒有談頭。便吩咐叫他在客棧暫住。等我寫好回信。連銀子就送過來。（可惜如此親情師誼只以打抽豐相待）小兎子本來是見官害怕的。因見表哥叫他住在外面候信。便也不敢再到衙門裏來。（鄉下人怕見官亦怪他不得）賈制台的公事本忙。記性又不好。一閣閣了一個月。竟把這事忘記。後來又接到老母舅一封信。方纔想起。忙請書啓老夫子。替他打信稿子。寫回信。說是送老母舅五百銀子。（只算是送終費）又對書啓老夫子說。這是我的老母舅。這封須要信說幾句家常話。用不着大客氣的書啓。老夫子回到書房。按照家常信的樣子。寫了一封。送給賈制台過目。賈制台取過來一看了遍。因為上頭說的話。如同白話一樣。心中不甚愜意。（寫封書信如此煩難。諒他當個憲幕）吩咐把文案上委員請一位來。委員到來。賈制台仍照前話告訴他一番。又道雖是家常信。但是我這位舅太爺。我小的時候曾經跟他批過文章。於家常之中。仍得加點材料。纔好。也好叫老夫子曉得我如今的筆墨如何。委員答應退下。自去搆思。約摸有三個鐘頭。做好寫好。上來呈政。無奈當中又用了許多典故。賈制台有點不懂。看了心上氣悶得狠。後來看見信裏有渭陽兩個字。不覺顛頭播腦。反而稱讚這位文案有才情。又道我這封信。本是給娘舅帶銀子去的。詩經上這兩句。我還記得是我送舅氏曰至渭陽。（難得他幼時所讀之書尚未忘記）如今用這個典故。可稱確切不移。好好好。但是別的句子。又做得太文雅些。不像我們至親說的話了。為了這封信。倒狠心苦你們。無奈寫來寫去。總不的當。你們如今也不必費心了。還是等我自己寫罷。文案退去之後。賈制台拿兩封信給眾人看。說不信一個武昌省城。連封信都沒人寫。還要我老頭子自己煩心。真止是難了。（凡秉筆依人者聞此亦當汗流浹背）人家總以為他既如此說。這封信一定馬上自己動手的。況且舅太爺還在那裏指望他寄銀子。誰知小兎子在棧房裡一住住了兩個月。不敢來見表哥。他老人家事情又多。幾個打岔。竟把這件事忘記在九霄雲外。（貴人多忘事信然）忽然一天接到舅母的電報。說是娘舅已死。（區區五百金尚不能生前安享可知是命裏注定的）懇情立刻打發他兒子回去。賈制台到此。方想起五百銀子未寄。信亦不曾寫。如今已來不及了。無可說得。只得叫人把表弟找來。當面怪表弟為什麼躲着我表哥。自從一面之後。一直不再來見我。我只當你已經動身回去了。我有銀子。我給誰帶呢。（不怪自己掉文誤人却怪人家躲着不來真自）

不認錯。幸虧小兎子是個鋸了嘴的葫蘆。由他埋怨。一聲不響。聽憑賈制台給他幾個錢。次日便起身奔回原籍而去。要知後事如何。且聽下回分解。

八座荒唐起
居無節

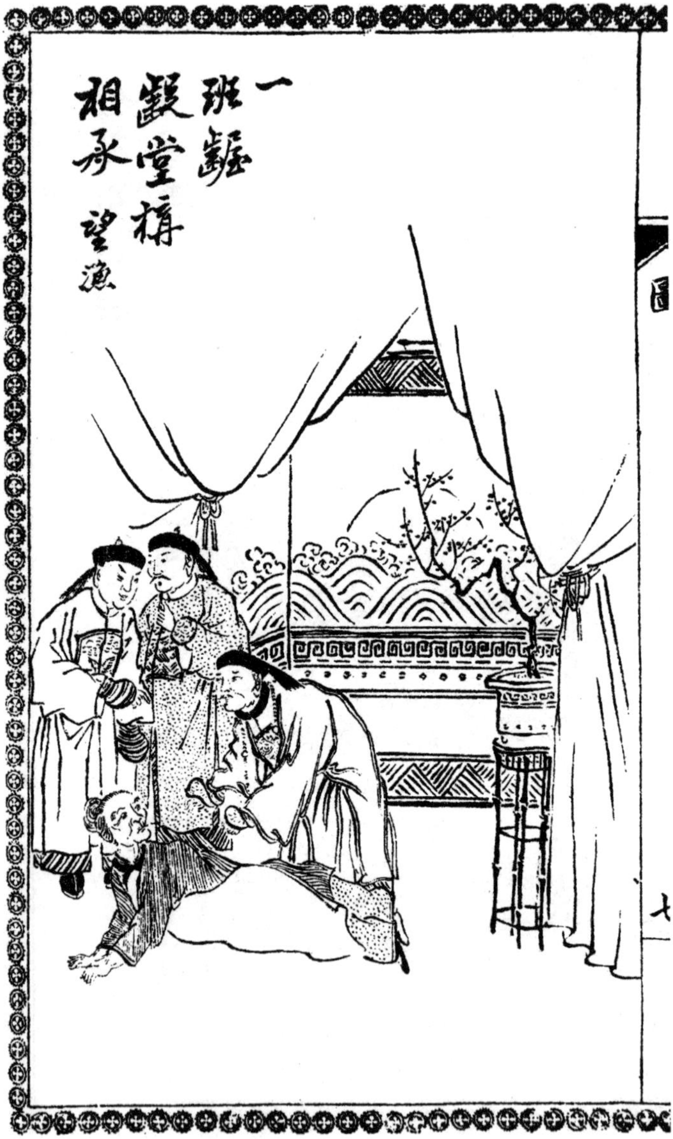
一班齷齪堂構相承
望漁

四編卷四十三

八座荒唐起居無節
一班齷齪堂構相承

話說小兔子去了三四天。賈制台忽然接到蘄州知州一個夾單。說是憲台表老爺蕭某人趁了輪船路過卑境。停船的時候。上下搭客混雜不分。偶不小心。包裹裡的銀子。被扒兒手悉數扒去。現在住在敝署。不能前進。請示辦理等語。（從蘄州知州稟報插入小兔子遇窃事筆墨錯落有致）原來小兔子自從上了輪船。東張西望。並不照顧自己的行李。以致遇見扒手。（少不更事如何好出遠路）當時齊巧解開包裹。找衣服穿。一摸銀子沒有了。立刻吵着鬧着。要船上人替他捉賊。賊捉不到。就哭着要船上茶房賠他。一會又說要上岸去告狀。船上的人落得順水推船。趁着輪船還未離岸。馬上動手把他的行李送到岸上。由他去告狀。（輪船雖靠洋勢然亦怕纏繞今既自顧上岸落得眼前清）他問了問。曉得靠船地方是蘄州該管。忙坐了一輛小車子。奔到州裏來告狀。（前既怕見官今番卻又不怕了）這州官姓區。號奉仁。一聽是制台的表弟。便也不敢怠慢。立刻請他到衙門裏來住。一面稟明制台。請示辦理。（要把結上司反碰个釘子）夾單後面又說。這銀子是在輪船上失去的。輪船自有洋人該管。卑職並無治外法權。還求大人詳察他的意思。以為着此一筆。這事便不與他相干。無非欲脫自己的干係。誰知制台看了這兩句。心上不自在。便道。不管他岸上水裏。總是他蘄州該管。少了東西。就得問他要。我的親戚他們尚且如此。別的小民更不用說了。說罷。便下了一个札子。將蘄州區牧。嚴行申飭。說他捕務廢弛。限三天人贓並獲。逾限不獲。定行撤委。區奉仁接到此信。無奈只得來同小兎子商量。私底下答應小兎子。只是此番失去的銀子。都歸他賠。（何不多報些）額外又送了二十四兩銀子的程儀。（倘在別人又要拷他一个大大竹杠了）又另外替他寫了船票。打發一个家人。兩个練勇。送他回籍。一面自己上省。稟見制台。面陳此事。這位區知州是晚上上了火。就赶着過江的。到了省裡。恐怕制台記掛表弟。立刻上院稟見。幸虧賈制台是个起居無節的。三四更天一樣會客。巡捕號房。曉得他的脾氣。便也不敢回家。大家輪班在院上伺候。雖是三更半夜。轅門裏頭仍舊熱鬧得狠。區奉仁走到官廳一看。已經有个人在那裡了。這個人歪在首縣一向坐慣的一張坑上。低着頭打盹。有人走過他的面前。他也不曾覺得。這裡官廳子共是三間。廠間只點了一枝指頭細的蠟燭。照得滿屋三間。仍是黑沈沈的。看得不十分清楚。（陰氣逼人疑鬼疑神）區奉仁是久在外任。省城裏這些同寅。素來隔膜。初進來時。見那人坐着不動。便也懶得上前招呼。此時正是十月天氣。忽然起了一陣北風。吹得門窗戶扇唏哩嘩喇的響。蠟燭火被風一閃。早已蠟油直瀉下來。一支蠟燭。便已賸得無幾了。區奉仁此時也覺得陰氣凜凜。寒毛直竪。（平時紅綾被裏放衙此時深夜上院陰風刺骨也莫難為他了）正想叫管家取件衣服來穿。尚未開口。只見坑上那个打盹的人。忽然呵嗜一聲。從坑上下來。站着伸了一个懶腰。仍就歪下。却不知從那里拖到一件又破又舊的一口鐘。圍在身上。擁抱而卧。一雙脚露在外頭。却是穿了一雙靴子。（人耶鬼耶令人驚疑不定）區奉仁看了。甚是疑心。既不曉得他是个甚麼人。倘若是个官。何以並無家人伺候。却要在這裡睡覺。一面尋思。一面看𥌓他初進來的時候。是十一點三刻。此時是三點一刻。正在看錶。忽然聽見窗戶外面一班差人轎夫。蹲在那里。嘴裡不住的嘘哩嘘哩的響。好像吃麵條子似的。與嗚嗚鬼話相夾雜區奉仁聽得清切。便想此時也不早了。肚裏也有些餓了。我何不叫他們也買一碗吃了。燕窩席吃膩了倒想吃担上的麵條子一來可以充飢。二來可以抵當寒氣。主意打定。便想推出門去叫人。誰知外面風大得很。尖風削面。猶如刀子割的一般。尚未開口。管家們早已瞧見。趕了進來。動問老爺有何使喚。區奉仁連忙縮了回來。仍就坐下。喘息稍定。便把買麵的話說了。管家道。三更半夜。那裡有賣麵的。他們一般人。是凍的在那里嘘哩嘘哩的喘氣。並不是吃麵。老爺想是聽錯了。老爺要吃麵。等小人出去。到轅門外面去買了來。區奉仁點點頭。管家自去買麵。停了好半天。只買得一碗稀粥。此時薄粥湯比燕窩粥還要名貴說是天將四鼓。麵是沒有的了。區奉仁只得罷休。吃過了粥。登時身上有了熱氣。就問上頭為什麼還不請見。管家回道。聽說同首府說話哩。首府從掌燈就進來。一直跑進簽押房。大人留着吃晚飯。談字談畫。一直談到如今。還沒有談完。耐煩與他細談倒是一個好性子江漢關道從白天兩點鐘到這裡。都沒有見着哩。索性如藩臺之來去自由這位大人。只有同首府說得來。有些司道都不如他。區奉仁道。首府本來同制台是把兄弟。管家道。聽說現在又拜了門。拜制台做老師。不認把兄弟了。沆瀣一氣應該拜為門下了通武昌省城。只有他可以進得內簽押房。別人只好在外頭老等。區奉仁道。照這樣子。可曉得他幾時纔見。管家道。小的進來就問過號房。馬上就見。亦說不定。十天半個月。亦說不定。就此忘記了。不見也說不定。區奉仁道。我是有缺的人。見他一面。把話說過了。我就要回去的。被他如此躭誤下來也好了。管家道這話難說。不是為此怎麼這官廳子上一個個都怨聲載道呢。主僕二人正講得高興。忽見坑上圍着一口鐘睡覺的那个人。一骨碌爬起。一手揉眼睛一手拿一口鐘推在一邊。又拿兩手拱了一拱。說道老同寅放肆了。（主僕二人議論想都被他聽去了）你閣下纔來了一霎工夫。已經等的不耐煩。兄弟到這裡。不差有一个月了。區奉仁一聽這話。大為錯愕。忙站起來。請教貴姓台甫。那人便亦起身相迎。回稱姓瞿號耐菴。（至此方點出姓名幾令讀者捉摸不定）區奉仁一聽這瞿耐菴三字很熟。想了一回。想不起來。原來這瞿耐菴自從到了興國州前任。因為同他不對。前任帳房又因需索不遂。就把歷任移交的帳簿子一齊改了。給他。譬如素來孝敬上司一百兩銀子的。他簿子上卻是改做一百元。應該一百元的都改做五十元。無論瞿耐菴的太太如何精明。如何在行。見了這个簿子總信以為真。決不疑心是假造的。（隨你如何精明也要給你當上上）誰知這可上了當了。送一處碰一處。送兩處碰兩處。連他自己還不明白所以然。已經得罪的人不少了。（你要曉得得罪人也不肯奉閻令如嚴命了）你道前任帳房的心思可惡不可惡。（好心無好報只配使奸放刁）起初端制台在湖北了。姑爺戴世昌腰把子挺得起。說得動話。瞿耐菴靠着他的虛大。有些上司曉得他的來歷。大眾看制台分上。都不來同他計較。所以孝敬上司的數目。就是少些。還不覺得。不料端制台一朝調離。了姑爺尚且失勢。他這个假外孫婿。更說不着了。（可知冰山易倒）賈制台初署督篆。就有人說他壞話。起先賈制台還看前任的面子。不肯拿他即時撤任。後來說他壞話人多了。又把他在任上聽斷。如何糊塗。太太如何要錢。一齊掀了出來。（眾怨鑠金積毀）

（銷骨可為寒心）齊巧本府上省。賣制台問到首府。首府又替他下了一副藥。因此纔拿他撤任撤任回省。接連上了三天轅門。制台都沒有見他。後來因為要甄别一票人。忽然想着了他。平空裡忽然傳見瞿耐菴。聞命之後。忙得什麽似的。也沒有坐轎子。就赶到制台衙門裏來。來傳的人。是十二點一刻到他公館。瞿耐菴沒有吃午飯。不到十二點三刻。就赶到轅門。走進官廳一直坐了老等。誰知左等也不見請。右等也不見請。想要回去。又不敢回去。肚裏餓得難過。只好買些點心充飢。（平時饕餮至此也只好吞飢忍餓了）看看天黑下來。找到一个素來認得的巡捕。托他請示巡捕道。他老人家的脾氣。你還不知道麽。誰敢上去替你回。他一天不見你。你就得等一天。他十天不見你。你就得等十天。他一个月不見你。你就得等一个月。他什麽時候要見你。無論三更半夜。天明雞叫。你都得在這裡伺候着。倘若走了不在這裡。他發起脾氣來。那可不是玩的。（見又不得見走又不敢走也教他歷盡艱難銷磨豪氣）原來這巡捕當初也因少拿了瞿耐菴的錢。心上亦很不舒服。他樂得拿話嚇他。叫他心上難過。難過。瞿耐菴本來是个沒有志氣的。（伺候公卿之門奔走形勢之途本非有氣節人所能辦到）又加太太喊風一倒。沒了仗腰的人。聽了巡捕的話。早嚇得魂不附體。只得諾諾連聲。退回官廳子上靜等。那知等到半夜裏。還沒有傳見。這一夜竟是坐了一夜。一直未曾合眼。等到第二天天明。就在官廳子上洗臉。吃點心。停了一刻。上衙門的人都來了。官廳子上人都擠滿。等到制台傳見了幾个。其餘通統散去。又只剩得他一个。仍舊不敢回家。只得又叫管家到公館裏搬了茶飯來吃。這日又等了一天。還沒請見。（數磨折勝如活受罪）又去請教巡捕。巡捕生氣說道。你這人好麻煩。同

你說過大人的脾氣是不好打發的。既然來了走不得。怎麼還是問不完。（也教你看看世情面目）瞿耐菴
嚇的不敢出氣。仍回到官廳上。這夜不比昨夜了。因為昨夜一夜未曾合眼。身子疲倦得很。偶
然往坑上躺躺。誰知一躺就躺着了。這一覺好睡。一直睡到第二天出太陽纔醒。（風餐露宿不過如此）接
着又有人來上院。他碰見熟人。也就招呼。好像是特地穿了衣帽專門在官廳子上陪客似的。
（倒是官場所創見）一霎時各官散去。他仍舊從公館裏搬了茶飯來吃。只因其時天氣尚不十分寒冷。
所以穿了一件袍套還熬得住。如是者又過了幾天。一直不回公館。太太生了疑心。說老爺不
要又是到漢口被什麼女人迷住了。所以不回來。偷偷的自己過江探問。無意之中。又打聽到
前次率領家人去打的那个人家。的確是老爺討的小老婆。那女人名喚愛珠。本是漢口窑子
裏的人。當時不知道。怎樣被夏口廳馬老爺一个鬼串。竟被他蒙住了。後來瞿耐菴到任。很寄
過幾百銀子。給這女人。不過瞿耐菴惧內得很。一直不敢接他上任。（金屋藏嬌豈是惧內者所能為）那愛珠又
是堂子裏出身。楊花水性。幸虧馬老爺顧朋友。說道。倘若照此胡鬧下去。終究不是个了局。就
寫了一封信給瞿耐菴。說愛珠如何不好。恐怕將來為盛名之累。已經替你打發了。（有見識有決斷打發
得乾淨）瞿耐菴得信之後。無可如何。只索丟開這个念頭。（不是朋友仗義終究要戴上綠頭巾）如今這事全盤被太
太訪聞。始而不禁大怒。既而曉得人已打發。方纔把氣平下。漢口找不到老爺。於是過江回省。
怕家人說的話。靠不住。又叫自己貼身老媽。摸到制台衙門州縣官廳上。瞧了一瞧。果然老爺
一个人坐在那裡。方始放心。天天派了人送飯送衣服給老爺。過了幾天。又因天氣冷了。夜裡

實實熬不住。被頭褥子。無處安放。只送了一件一口鐘。又一條洋毯。以為夜間禦寒之用。（賤骨頭最耐寒冷）閑話少叙。且說當時區奉仁拿他端詳了一回。方纔想起從前有人提過他是前任制台的寄外孫壻。聞名不如見面。怎麽今天也會弄到這個樣子。（世路變遷人生遭際不禁滄海之感）便大畧的問了一問。瞿耐菴是老寔人。就一五一十的把從前如何得缺。後來如何撤任。回省上轅門制台。如何不見。如今平空[illegible]等見及至來了。一等等了一個月。不見傳見。以及巡捕又不准他走的話詳述一徧。區奉仁聽了。一面替他歎息。一面又自己擔心。（惺惺惜惺惺）不覺皺緊眉頭說道。吾兄在省候補。是個賦閑的人。有這閑工夫等他。兄弟是實缺人員。地方上有公事。怎麽彀躭擱得許久呢。（到此也說不得了）瞿耐菴道。你要不來便罷。既然來了。少不得就要等他。我正苦沒有人作伴。如今好了。有了你老哥。我們空著無事談談。兄弟倒着實可以領教了。（設此以待老哥久矣）區奉仁道。不要取笑。他不見終久不是個事。兄弟這盪上省。只帶了中毛衣服來。大毛的都沒帶。原想就好同任的。如今被你老哥這一說。兄弟還要派人回蘄州去拿衣服哩。瞿耐菴道。令兒這個樣子。大約是不會傳見的了。你把補褂脫去。也到這坑上來睡一回兒。就是不睡着。我們躺着談心。（人生何處不相逢）夜深了。天氣冷。兩個人睡在這坑上。總比外面好些。我這里有一條洋毯。你拿去蓋蓋腳。（同病相連自然彼此痛顧）我這里有一口鐘。也可以無須這個了。起先區奉仁還同他客氣。不肯上坑來睡。後來聽聽裡面杳無消息。夜靜天寒。窗戶又是破碎的。一陣陣的涼風吹了進來。實在有些熬不住了。瞿耐菴又催了三回。方纔上坑睡的。（一樣官職一樣受罪豈懼辱沒你的）兩個人就拿了兩個坑枕作枕頭睡下之後。瞿耐菴又同他說。不瞞老哥說。這三間屋裏上面有幾根椽子。每根椽子裏有幾塊磚頭。地下有幾塊方磚。其中有幾塊整的。幾塊破的。兄弟肚子裡有一本帳。早把他記得清清楚楚了。（寫得淋漓盡致）區奉仁聽他說得奇怪。忙問所以。瞿耐菴方同他說。兄弟要見不得見。天天在這裡替他們看守老營。別人走了。單賸兄弟一个。空着沒有事做。又沒有人談天。我只好在這裡數磚頭了。（昔日任意作威作福　豈想到如此地步）區奉仁聞言。甚為嘆息。瞿耐菴又說。我們睡一會罷。停刻天亮。又有人來上衙門。一躭誤又是半天哩。却好區奉仁也有些倦意。便亦朦朧睡去。次日起來。纔穿好衣服。趕早上衙門的人。已經來了。他倆是日又等了一天。仍未傳見。這夜又在官廳上。蓋着洋毯。睡了一夜。到了第三天。區奉仁熬不住了。幸虧他是現任。平時制台衙門裡照例規矩。並沒有錯。人緣亦還好。便找着制台的一个門口。化上一千兩銀子。托他疎通。（雖有人緣）（到底非錢不行）那人拍胸脯說。各事都在他的身上。齊巧這天有人稟見。巡捕替他把手本一塊兒遞了上去。賈制台吽請進去的時候。惟恐大人見怪。兩手捏着一把汗。及至見了面。制台挨排問話。問到他只說得兩三句。第一句是你幾時來的。區奉仁恭恭敬敬回了聲。卑職前天就來了。上頭又說長江一帶剪綹賊多得很啊。輪船到的時候。總得多派幾個人彈壓彈壓纔好。區奉仁答應了兩聲是。制台馬上端茶送客。區奉仁方纔把心放下。（禍福何常況在知惧者乎）等到站了起來。又重新請一个安。說大人如無什麼吩咐。卑職稟辭。今天晚上就打算回去。賈制台點點頭道。你趕緊回去罷。說罷把一干人送到宅門。一呵腰。制台進去。（險啊幾手　亦要撇任）然後區奉仁又去上藩臬兩司衙門。從司道衙門裏下來。回到寓處收拾行李。剛要起身忽見執帖門上。拿著手本上來回稱新選蘄州吏目。隨太爺特來稟見。區奉仁一看手本上。寫藍翎五品頂帶新選蘄州吏目隨鳳占。一行小字便道我馬上就要出城赶過江的。那裡還有工夫會他。執帖門道。自從老爺一到這裡。纔去上制台衙門。不曉得他怎樣打聽著的。當天就奔了來。老爺一直沒回家。他就一連跑了好幾盪。他說老爺是他親臨上司。應得天天到這裡來伺候的。（幾句話揣摩純熟到家功深）區奉仁聽他說話還恭順。便說了聲。請。執帖門出去。一霎時只見隨鳳占隨太爺。戴著五品翎頂。外面一樣是補褂朝珠。因為第一次見面。照例穿著蟒袍。未曾進門。先把馬蹄袖放了下來。一進門。只見他把兩隻手往後一攤。恭恭敬敬走到當中跪下。磕了三个頭。起來請了一个安。跟手從袖箭管裡拿履歷掏了出來。雙手奉上。又請了一个安。（官場禮節熟極而流）此番區奉仁見下屬不比見制台了。大模大樣的回禮起來。收了履歷。隨鳳占替他請安。他只拿隻右手往前一豎。把腰呵了呵。就算已經還禮了。當下分賓坐下。區奉仁大約把履歷翻了一翻。因為認得的字有限。也就不往下看了。（也可借此藏拙）翻完了履歷。便問老兄貴處是山東。（問出馬腳來了）隨鳳占道。卑職是安徽廬州府。區奉仁詫異道。怎麼履歷上說是山東呢。再翻出來一看。纔知道他是山東賑捐局捐的官。原來錯看到隔壁第二行去了。（言下大悟還算識幾字的便宜）自覺沒趣。只得搭訕著問了幾句。你是幾時來的。幾時去上任。隨鳳占一一回答了。立刻端茶送客。也同制台送下屬一樣。送了一半路一呵腰。進去了。隨鳳占又赶到城外。照例稟送區奉仁自去回任不題。單說隨鳳占稟到了十幾天未見藩台挂牌飭赴新任。他心上發急。因為同武昌府有些淵源。便天天到府裡稟見。頭一次首府還單請他進去。談了兩句。答應他吹噓。（赴任官也要借吹噓之力）以後就隨着大眾站班見了。有天首府見了藩台。順便替他求了一求。藩台答應首府。回來看見站班的那些佐雜當中。隨鳳占也在其內。進了宅門。就吽號房請隨太爺進來。號房傳話出去。隨鳳占馬上滿面春風。賽如臉上裝金的一樣。一手整帽子。一手提衣服。跟了號房進去。見面之後。首府無非拿藩台應允的話述了一偏。（有此數句總算抬舉之極）隨鳳占請安。謝過栽培。首府見無甚說得。也只好照例送客。等到隨鳳占出來之後。他那些同班的人。接着一齊趕上前來。拿他圍住了。問他太尊傳見什麽事情。隨鳳占得意洋洋的。還不肯說真話。只說有兩个差使。太尊吽我去。我不高興去。太尊吽我保舉幾个人。我一時肚皮裏沒有人。答應明天給他回音。（招搖撞騙此為之單傳）大眾一聽首府有什麽差使。於是一齊攢聚過來。足足有二三十個。竟把隨鳳占圍在垓心。好在一班都是佐雜太爺人到窮了。志氣就沒有了。什麽怪像都做得出。（搖尾乞憐比狗子還要賤）其時正在隆冬。天氣有的穿件單外褂。有的竟其還是紗的。個個都釘着黃線織的補子。有些黃線都已宕了下來。脚下的靴子。多是尖頭上長了一對眼睛。有兩个穿着抓地虎。還算是好的咧。至於頭上戴的帽子。呢的也有。絨的也有。都是破舊不堪。間或有一兩頂皮的。也是光板子。沒有毛的了。（窮候補與乞丐一般）大堂底下。歘豁豁的一堆人。站在那裏。都一个个凍的紅眼睛。紅鼻子。還有些一把鬍子的人。眼淚鼻涕。從鬍子上直掛下來。拿着灰色布的手巾。在那裏揩抹。（官途苦況歷歷如繪）如今聽說首府吽隨鳳占保舉。便認定了隨鳳占一定有什麽大來頭了。一齊圍住了他。請問貴姓台甫。當中有一個稍些漂亮些的。親自走到大堂暖閣後面一看。瞥見有个萬民傘的傘架子在那裏。他就搬了出來。靠墻擺好。請他坐下談天。隨鳳占看看沒有板凳。難拂他的美意。只得同他坐下。也請教他的名姓。那人自稱姓申號守堯。是个府經班子。二十四歲上就出來候補。今年六十八歲了。先捐了個典史。在河南等過幾年。分在衛輝府當差有年。派了个保甲差使。晚上帶了巡勇出門查夜。有一个吃酒醉的人。攔住當路罵人。被他碰見了。彼時少年氣盛。拉下來就五十板（酗酒罵人應該打的）等到打完了。那人纔說我是監生。捐了監的人。不革功名是打不得屁股的。當時無法。只得拿他開釋。誰知第二天。通城的監生老爺都來不答應他。說他擅責有功名的人。聲稱要到府裡去告他。（每每動衆挾制足見小老爺不在地方眼裏）他就此一嚇。捲捲行李逃走了。後來還是那个捱打的人。恐怕鬧出來。於自己面子不好看。私自出來求人家勸。大衆不要鬧了。這纔罷休。後來本府也曉得了。明知他是畏罪而逃。樂得把差使委派別人。地方上少掉一个試典史。是不打緊的。倒也沒有人追究。（逃官與逃犯何異追究什麽）他鬧了這个亂子。河南不能再去。齊巧他兄弟一輩子當中。當初有个捐巡檢的。後來這人死了。他頂了這巡檢名字。（冒名頂替佐雜中流名最下）化幾个錢捐免驗看。一直到湖北候補。正碰著官運亨通。那年修理堤工。案內得了一个異常勞績保舉。免補本班。以府經補用。（巡檢扒到府經已屬不易）年代隔得遠了。他自己也常常拿從前的事情告訴別人。以嗚得意。還說什麽你們不要瞧我不起。雖然是官卑職小。監生老爺都被我打過的。人家聽慣了。都當他有些痰氣。沒有人去理會他。此時同隨鳳占拉攏上了。便嘻開了一張鬍子嘴。同隨鳳占一並排坐在鈴架子上。扳談起來。隨鳳占難却他這番美意。只得同他坐在一塊兒談天。究竟佐雜太爺們眼眶子淺。見申守曉同隨鳳占如此親熱。以為他二人一定又有什麽淵源。看來太尊所說的什麽差使。論不定就要被申某奪去了。多年不見紅點子妙得不信以為真於是有些不看風色的人。偏偏跟了他二人到躱閣後面。聽他二人講話。又有些醋心重的人。一旁咕嚕說道。人家好有門路。巴結得上。紅差使不要說起。是一樁事情。輪不到我們頭上。就是有十樁八樁也早被手長的人搶了去了。我們何必在這裏礙人家的眼。還是走開省得結一重怨。一人得意眾人抱怨確有此種話頭又有些人說道。我偏不服氣。我定要在這裏聽他們說些什麽。有什麽瞞人事情。要這樣鬼鬼祟祟的。一千人正在言三語四。刺刺不休。忽見斜刺裏走過一個少年。穿着一身半新的袍套。向一个老頭子。深深一揖道。梅翁老伯。常遠不見了。小姪昨天回來。就到公館裏請安。還是老伯母親自出來開門的。一定要小姪裏頭坐。小姪一問老伯不在家。看見老伯母還只穿了一件單褂子。頭也沒梳。正在那裏燒水煮飯。所以小姪也就出來了。有食貧之婦親自燒水煮飯還莫內助之賢今日湊巧老伯在這裏。正想同老伯談談。又聽那老頭子道。失迎得很。兄弟家裏也沒得个客坐。偶然有个客氣些的人來了。兄弟都是叫內人到門外街上頑一刻兒。好讓客人到房裏來。在床上坐坐。連吃煙。連睡覺。連會客。都是這一張床。老兄來了。兄弟不在家。褻瀆得很。如聽委巷之談不如他如何休貼出來又聽那少年道。老伯。小姪是自家人。說那裏話來。又聽老頭子道。老兄這還差使想還得意。少年道。小姪記着老伯的教訓。該同人家爭的地方。一點沒有放鬆。所以這盪差使雖苦。除用之外。也賸到八塊洋錢。（總算得意之極）老頭子道。你已經吃了虧了。到底你們年紀輕。是沒有什麽用頭的。少年聽了不服氣。說道。銀錢大事。再比小姪年紀輕的人。他也會丁是丁卯是卯的。況且我們出來為的是那一項。豈有不同人家要。白睜着眼。吃人家虧的道理。（彼此誤會說來可笑）老頭子道。你且不要不服氣。你走了幾个地方。少年道。我的札子一共是五處地方。走了半个多月。纔走完的。老頭子說。你又來。五个地方。只賸得八塊洋錢。好算多。不信一處地方。連着兩三塊錢都不要送。如今合算起來。每處祇送得一塊六角錢。我們是老邁無能了。終年是掄不到一个紅點子。像你們年輕的人。差使到了手了。又如此的辜負那差使。這纔真正可惜哩。（又是涎垂）（又是肉痛）少年道。依你老伯怎麽樣。老頭子道。叫我至少一處三隻大洋。三五一十五塊錢。總得賸的。少年道。人家送出來。何嘗不是三塊四塊。但是自家也要用幾文。人家送了這筆洋錢來。力錢總得開銷人兩个。（終究少年人手頭鬆慣）老頭子把嘴一披道。你闊。你太爺要賞他們。他們跟慣州縣大老爺的人。那个腰裡不是袋飽的。就稀罕你這幾角洋錢。叫我是老老面皮來的人。請他坐下。倒碗茶讓他吃。同他們謙恭些。是不犯本錢的。至於力錢。抹抹臉。我亦不同他們客氣了。人家見我如此待他。就是我拿出來。他亦不好意思收了。所以這筆錢。我就樂得省下。自己亦好多用兩天。（老年人確有如此計算）至於你說什麽零用。却是沒有底的。倘若要闊一天。有多少都用得完。但是貪圖舒服。也很可不必再出來當這个差使了。（倒也是甘苦之談）老頭子只管絮絮叨叨不住。少年聽了。甚不耐煩。（所謂道不同不相爲謀）齊巧隨鳳占同申守堯在暖閣後面談了一回也走了出來。申守堯是認得那兩个人的。便問少年道。你同梅翁談些什麽。少年正待開口。卻被老頭子搶着說了一徧。無非是怪少年不知甘苦。不會弄錢的一派話。少年聽了不服氣。又同他爭論。申守堯便從中解勸道。這話怪不得梅翁要說。你老兄派的幾處地方。總還在上中字號裡頭。他們現任大老爺。一年兩三萬的。往腰裡拿。我們面上。他就是多應酬幾文。也不過水牛身上拔一根毛。所以兄弟也是出差。每到一處。等他們把照例的送了出來。我一定要客氣。同他們推上兩推。並不說嫌少不收。我只說彼此至好。這个斷斷乎不敢當的。不過在省城裏候補了多少年。光景實在不好。現在情願寫借票。商借幾文。如此說法。他們總得加你幾文。有些客氣的借的數目。比送的數目還多。（倒也是一个生財之道）少年道。開口問人家借。借多少呢。申守堯道。這也沒有一定。總而言之。開口出去。伸出手去。不會落空就是了。（落得多撈他幾个）少年道。到底這借票還寫不寫呢。（終究是少年人欠閱歷）申守堯道。你這人又呆了。錢既到手。抹抹臉皮。還有什麽筆據給人家。倘若一處處都寫起來。要是一年出上三趟差。至少也寫得二十來張借票。這筆帳今輩子還得清嗎。不過是一句好看話罷了。況且幾塊錢的小事。就是寫票據。人家也不肯接手的。倒不如大大方方說聲多謝。彼此了事。（老奸奇猾肯實說還算是个好人）三个人正說得高興。不提防隨鳳占站在旁邊一齊聽得明明白白。便插口說道。守翁的話呢。固然不錯。然而也要鑒貌辨色。隨風駛船。這當中並沒有什麽一定的。（又是一个賺錢高手）眾人見他一旁插口。不知道他是什麽人。不覺都楞在那裡申守堯便替他拉扯。朝着一老一少說。這位是新選蘄州右堂姓隨。官印叫鳳占。官途得意得很。不日就要到任的。而且是老成練達。真要算我們佐雜班中。出色人員了。（豈敢總要算此中老手了）一老一少聽了。連忙作揖。極道。仰慕之忱。申守堯又替二人通報姓名。指着年老的道。這位姓秦號梅士。同兄弟同班。都是府經。又指年少的道。這位學櫆兄。今年秋天纔驗看。同太尊第二位少奶奶娘家。沾一點親。極蒙太尊照拂。到省不到半年。已經委過好幾个差使了。（到底是沾親情的光）隨鳳占亦連稱久仰。又道恰恰聽見諸公高論。甚是佩服。秦梅士道。見笑得很。像你老兄指日就要到任的。比起我們這些終年聽鼓的。到底兩樣。（羨慕之極）隨鳳占道。豈敢豈敢。不過兄弟自從出來做官。一直是捐了花樣補的實缺。從沒有在省城裏候補過一天。不過這裏頭的經濟。從前常常聽見先君題起。所以其中奧妙。也還曉得一二。（到是家學淵源）眾人忙問老伯大人從前一向那裏得意。隨鳳占道。兄弟家裏。自從先祖。就在山東做官。先祖見背之後。先君也就驗看到省。一直是在山左的。等到兄弟。却是一直選了出來。僥倖沒有受過這苦。雖然都是佐班。兄弟家裏也總算得三代做官了。（總算簪纓世胄）眾人道。有你老哥這般大才。真要算得犂牛之子。跨竈之兒了。但是老伯從前是什麽一个訣竅。可否見示一二。（虛心請教很可造就）申守堯道。你們不要吵。且聽他說。老成人的見解。一定是不同的。（有此一贊使他不得不說）隨鳳占道。先君從前在山東聽鼓的時候。有年奉首府的札子。叫老人家到各屬去查一件什麽事情。先君到了第二縣。我還記得明明白白的是長清縣。這長清在山東省裏。也算一个上中缺。這位縣大爺。又同先君稍為有些淵源。到了長清見面之後。他就留先君到衙門裏去住。先君一想住店。總得化錢。有得省。樂得省。就把鋪蓋住衙門裡一搬。橫豎衙門裏空房子多得很。窮候補道打算必有的先君住的那間屋子。就在帳房的緊隔壁當時住了下來。本官又打發門上來招呼。說請太爺同帳房一塊兒吃飯。衙門裏大廚房的菜。是不能進嘴的。帳房師爺要好。又特地添了兩樣菜。總算賓東二个十二分要好先君吃着。到也很舒服。誰知住了一夜。第二天本官就下鄉相驗去了。離城一百多里路。來回總得三四天。臨走的時候。還同先君說。老兄不妨在這裏多盤桓幾天。倘若要緊動身。一切我已交代過帳房了。十分週到先君以為他已經交代過帳房。總不會錯的。第三天先君覺着住在那兒白擾人家。沒有味兒就同帳房商量。說要就走的話。帳房答應了。先君先回到屋裡。收拾行李。停了一會。帳房就叫人送過兩吊京錢來。說是太爺的差費。大失所望先君此來。本想他多送兩个的。等到兩吊錢一送出來。氣的話都說不出。申守堯道。兩吊錢還比兩塊錢多些。現在一塊洋錢只換得八百有零。隨鳳占道。呀呀呼。我的太爺。北邊用的小錢。五百錢算一吊。一个算兩个。兩吊只有一千文。合起洋錢來。還不到一元三角。申守堯道。那亦太少了。隨鳳占道。就是這句話了。所以當時先君見了。着實動氣。就同送錢來的人說。我同你家大老爺的交情。並不在錢上頭。這个斷斷乎不好收的。越要推越要爭此是平常訣竅那人聽了先君的話。先還不肯拿回去。後來見先君執定不收。纔拿了的。帳房就在隔壁。是聽得見的。那人過去。把先君的話述了一徧。只聽得帳房半天不說話。歇了一回。纔說道。兩吊不肯。只好再加一吊。這錢又不是我的。我也不便拿東家的錢亂做好人。（如此把結東家豈不是一个好帮手）先君一聽隔壁的話。知道不妙。等到第二遍送來。這時候頂為難。倘若是不推。明明是同他爭這一吊錢。面子上不好看。無奈只得略為推了一推。那送來的人。自然還不肯拿回去。先君也就自己轉圜說道。論理呢。這个錢我是不好收的。但是你們大老爺又不在家我倘若一定不收。又叫你們師老爺為難。我只好留在這裏。師老爺前。先替我道謝罷。（收而不收好為後來伸脚地步）諸公。你們想這時候倘若先君再不收他的。他們索性拿了回去。老實不再送來。你奈何他。你奈何他。所以這些地方。全虧看得亮。好推便推。不好推只得留下。這就叫做見風駛船。鑒貌辯色。這些話是先君常常教導兄弟的。諸公以為何如。（如此訣竅真是糞土而已）大家聽了一齊點頭稱妙。說老伯大人的議論。真是我們佐班中的玉律金科。正說得高興。忽見一个女老媽。身上穿的。又破又爛。向申守堯說道。老爺的事情完了沒有。衣裳脫下來。交代給我。我好替你拿回去。家裏今天還沒米下鍋。太太叫我去當。當我要回去了。（老媽最於在人前出醜則其平日之畧無顧忌不顧廉恥可知）申守堯不聽則已。聽了之時。怪這老媽不會說話。伸手一个巴掌。打的這老媽一个趔趄。站脚不穩。躺下了。欲知後事如何。且聽下回分解

跌茶碗
初次上臺盤

拉辮子兩番爭節禮
客棧

跌茶碗初次上臺盤
拉辮子兩番爭節禮

却說申守堯因為跟他拿衣帽的老媽。說出他的窘況。一時面上落不下去。只得嗔怪老媽不會說話。順手一個巴掌打了過去。（欲掩彌彰如何瞞得過人）不料用力過猛。把老媽打倒了。偏偏這個老媽又是個潑辣貨。趁勢往地下一躺。說了聲老爺你儘管打。你打死我。我也不起來了。說完了這句。就在地上號咷痛哭起來。（欲遮臉反致張揚）幸虧這時候有些小老爺因為方纔站班已經見着首府他們說話的檔口。早已散去十之八九。此時所賸不過五六個人。被他這一哭。却驚動了許多人一齊圍住來看。（大庭廣眾之間出盡醜態）申守堯只得紅着臉。彎了腰去拖他。拖不起來。只得儘着罵他。罵了又要還嘴。氣極了。舉起腿來。又是兩腳。（老年人胆火太壯）那老媽見老爺動手動脚。索性賴着不起來。只是哭着喊寃枉。（索性撒潑到底）府衙門裏的號房把門的出來吆喝。都不聽。後來還虧了本府的門政大爺出來。駡了兩句。又說拿他送到首縣裏去。方纔住了哭。（不經刑畏勢嚇如何肯收蓬）站了起來。拿手在那裏揉眼睛。此時弄得個申守堯說不出的感激。意思想走到門政大爺跟前。敷衍兩句。誰知等到走上前去。還未開口。早把他看了兩眼。回轉身就進去了。（門政大爺尚看他不起則其卑鄙齷齪可知）申守堯更覺羞赧無地自容。意思又想過來趁勢吆喝老媽兩句。誰知老媽早已跑掉。靴子帽子衣包。都丟在地下。沒有人拿。申守堯更急得沒法。隨鳳占說。可惜兄弟還要到別處拜客。

否則就叫我的跟班的替你拾了回去了。申守堯道。不消費心。幾個人當中畢竟是老頭子秦梅士古道熱腸。便說守兄的衣帽脫下來。沒有人拿。我們怎麼走呢。說完喊了一聲小狗子。只見一個面黃肌瘦的小廝。應了一聲。跑過來。叫了一聲爸爸。一旁侍立。郄舉起一隻袖子來擦鼻涕。（宛似一個小叫化）老頭子道。這位是隨老伯。這位是申老伯。見過了沒有。小狗子說申老伯是認得的。只有隨老伯沒有見過。老頭就叫他請安。小狗子果然請了一個安。叫了聲老伯。（此種禮節到是學慣的）隨鳳占便曉得是老頭子的兒子了。於是拉住了手。問長問短。又道。世兄品貌非凡。將來是要一定發達的。（承你謬贊倒是做乞丐頭兒是有分的）老頭子道。承贊承贊。這是三小兒。今年已經十五歲了。不肯讀書。外才倒還有點。（什麼外才不過偷雞剪絡罷了）每逢兄弟上衙門。省得帶人。總是叫他跟着。或是拿拿衣帽。或是拜客投投帖。這些事情。還做得來。老頭子一面說。一面回頭吩咐兒子道。你在這裏站着聽什麼。還不拿鞋來給我換。小狗子聽說。立刻從懷裏掏出一個小布包。把鞋取出。等他爸爸換好。老頭子亦一面把衣裳脫下。摺好。同靴子包在一處。又把申守堯的包裹靴子帽盒。亦交代兒子拿着。（窮形盡相確有此種光景）申守堯先還不肯。老頭子一定要好。只得隨他。無奈小狗子兩隻手拿不了許多。幸虧他人還伶俐。便在大堂底下。找了一根棍子。兩頭挑着。又把他爸爸的大帽子。合在自己頭上。然後挑了衣包。吁呀吁呀的。一路喊了出去。（即此一端足見外才）衆人至此方曉得老頭子拿兒子是當跟班用的。閑話少敘。單說秦梅士打發兒子。把申守堯的衣帽。送到他的寓處。只見那老媽正坐在堂屋裏哭罵哩。氣得申守堯要立刻赶他出去。老媽坐着不肯走。口稱要我走容易。把工錢算還了給我。我立刻走。還有老爺許我的天天跟着上衙門拿衣帽。另外加錢給我的。有所挾持申守尧道。那時說明白有了差使。再貼補你。如今我老爺並沒有得什麽差使。你怎好問我要呢。賴得乾淨老媽道。這個不貼。送禮的脚錢。總應該給我的了。申守尧道送禮也有限得幾注。老媽道。不管他多少。總是我名分上應得的錢。老爺你是做官做府的人。難道還吃我們這幾個脚錢不成。我記得清清楚楚。自從去年五月到如今。大大小小。也有三塊多錢的脚錢。從前你老爺說過這筆錢要提給太太六成。餘下的替我們收着。一塊兒分。如今多算點。太太名下。算扣掉兩塊大洋。還有一塊多錢的多。餘連着十三個半月的工錢一個月八角洋錢。八得八。三八兩塊四。再加半個月四角洋錢。一共是十元八角。加上脚錢。老爺我就再讓些。你一共給我十二塊洋錢罷。大底下人工錢是貨最拿手申守尧一聽老媽要許多錢。急得頭裏火星直迸。恨不得伸手就要打他。嘴裏嚷着。罵混帳王八蛋。豈有此理。我老爺那裏欠你這許多工錢。我有數的。也不過還該你三個月沒有付。如今倒賴我說是有十三個半月沒付。真正豈有此理。就是送禮的脚錢。我也是筆筆有帳。通共不到一塊錢。除掉太太的六成。所餘不過三四角洋錢。那裏有這許多。明明訛人罷哩。乾沒人家的工錢還說人家訛詐到此種人家都備本來是沒有眼的本來這錢。我是要立刻給你的。因為你會訛人。如今把脚錢罰掉。我不給了。老媽道。還有工錢呢。申守尧道依我算三個月工錢。就拿了去。彼此一刀兩斷。永遠不准進我的大門。老媽道。好便宜。你倒會打如意算盤。十三個半月工錢。只付三個月。你同我了事。我却不同你干休。還有送禮的脚錢。

也不能少我半個的。出來帮傭的人怕人家賴工錢的豈是老爺你試試。你如果少我一個錢。我同你到江夏縣打官司去。賴了人家的工錢。還要吃人家的脚錢。這樣下作。還充什麼老爺。罵得痛快申守堯不聽則已。聽了他這番議論。立刻奔上前來。一手把老媽的領口拉住。要同他拚命。真正太不自愛老媽索性發起潑來。跳罵不止。口口聲聲老爺賴工錢。吃脚錢。他主僕拌嘴的時候。太太正在樓上捉蝨子。所以沒有下來。後來聽得不像樣了。只得逢着頭下來解勸。其時小狗子還未走。亦帮着在旁邊拉申守堯的袖子。小狗子一手拉。一面說道。申老伯你不要去理那混帳東西。等他走了以後。老伯要送禮。等我來替你送。就是上衙門。也是我來替你拿衣帽。這些事情我都會做。不稀罕他取他的寶。又可奪人家的飯碗到是一個好賣買申守堯道。世兄你是我們秦大哥的少爺。我怎麼好常常的煩你送禮拿衣帽呢。小狗子道。這些事我都做慣的。況且送禮是你申老伯挑我賺錢以後十個錢。我亦只要四個錢罷了。申守堯聽了他的話。又是好笑。又是好氣。心想我們當佐班的。竟不曉得是些什麼東西養出來的兒子。都如此的下作。能想得到此種話頭總算遂有救藥正想着齊巧太太亦下來了。見是老爺同老媽嘔氣。太太心上是明白的。曉得老爺這兩天是沒有錢不要說是十二塊。就是三塊亦拿不出面子上。只得勸老爺不要生氣。却丟了個眼色。把老媽招呼到後面。嵩盤他。叫他不要生氣。仍舊做下去。老爺一時氣頭上說的話。是不好作准的。一個做歹一個做好方好伏氣。起先老媽還一口咬定不答應。禁不住太太左說好話。右說好話。面情難却。也只好住下來。再說。家有賢妻夫不遭橫禍難在窮途辛虧有此帮助當時秦小狗子。把申守堯拉開之後。即使把衣帽等一一點交清楚。申守堯留他吃茶也不要。留他吃飯也不要。嘴裏雖說不要。兩隻脚只是站着不肯走。申守堯摸不着頭腦。問他有什麼話說。他說問申老伯要八個銅錢買糖山查吃。可憐申守堯的搭連袋。那裏有什麼銅錢。但是小狗子開口。又不好回他沒有。只得仍舊進去。同太太商量。太太道。我前天當的當。只賸了二十三個大錢。在褥子底下。買半升米還不彀。今日又沒有米下鍋。橫豎總要再當的了。你就數八個給他。餘下的替我收好。我還要用兩天呢。（閱至此當為八百孤寒同聲一哭）一霎時申守堯把錢拿了出來。小狗子爬在地下。給申老伯磕了一個頭。方纔接過銅錢。一頭走。一頭數了出去。（總算還有禮體可惜失於教訓）小狗子去了。申守堯聽了聽。後面沒有聲息。曉得太太已經把老媽窩盤好了。不至於問他要錢。於是一塊石頭放下。（這場禍原是自己惹出來的所謂忍得一時之氣免得百日之災）這天仍是太太叫老媽出去當了當。買了米來。纔有飯吃。等到做好。太太一頭吃飯。一頭數錢道。當初我嫁你的時候。並不想什麼大富大貴。只圖有碗飽飯吃也彀了。後來你出來做官。我們老人家還說如今好了。某人出去做了官。你可以不愁的了。人家做官是升官發財。誰曉得我們做官。是越做越窮。眼前當都沒得當了。照此一天一天的下去。叫我怎麼樣呢。（做官做官也要有本錢有門路）申守堯聽了太太之話。滿面羞慚。說道。我自從出來做官。也總算巴結的了。衙門牌期。沒有一回不到。時運不濟。叫我也沒法想。（豈知沒有人吹噓巴結也是枉然）說罷。連連歎氣。太太更是撲簌簌的淚如雨下。索性飯亦不吃了。（楚囚對泣有何益處）申守堯看了這個樣子。亦祇吃了半碗飯。湊巧有朋友來找他。他也就出去了。向來申守堯吃了中飯出門。一定是要半夜裏纔回來。這天出去了。

不到兩個鐘頭就回來了。一進門拍手跳脚。竟把他興頭上了不得。太太見了。反覺希奇。問他為什麼太早的回來。他說好了好了。我們做佐班的。向來是被人家壓住了頭做的。沒有人拿我們當作人的。如今好了。有了出頭之日了。吞吞吐吐何不老實說出太太問他怎麼有了出頭之日。申守堯道。我剛纔同朋友出門。走到素來我同他商量借錢的胡太爺家。齊巧胡太爺出差回來。稟見藩台。藩台同他說。剛剛從院上下來。制台今天已有過話。自從明天起。凡是佐雜一班。一概有個坐位。不像從前。只是站着。見了制台。還說大小都是皇上家的官。我瞧他不起。便是褻瀆朝廷的命官。坐了下來。他們有什麼話。都可以同他談談。原來如此太太。你想這位制台也總算好的了。想我候補了十幾年。眞正氣也受殼了。到底如此彼此坐下談兩句。他也好曉得曉得我。你不記得今年八月裏算命的還說我今年流年。臘月大利。看來就此得法。也未可知。想來差事一定揑得穩了而且還有一樣。藩台見制台。也不過有個坐位。如今我們佐班竟同藩台一樣。你想這一跳跳的多高。佔虛禮而不沾實禮所得幾何太太聽了。尋思了半天。說道。慢着。你從前不是對我說你們做官的。並不分什麼大小。同制台就同哥兒兄弟一樣。怎麼你今兒又說從前都是站着見他呢。站着見他。不就合他的二爺一樣嗎。豈知制台前有體面的二爺着實比佐雜尊貴些申守堯臉上一紅。一時回答不出。歇了好一會。纔說道。如今好了。是用不着站着見他了。一面支吾。一面心上尋思。難怪他們婦道之家。不懂得我們當佐雜的。連制台衙門裏的一條狗還不如。能殼比上他的二爺倒好了。自知之明正想着。又聽得太太說道。你不要騙我了。你站着見也好。坐着見也好。就是跪着見也好。

我只要有錢用有飯吃不要當當就好了申守堯道你不要愁如今興了這個規矩以後就有了指望了你等着罷原來是自吃寬心丸太太也不理他本來次日申守堯是不上衙門的因為制台有了這句話又說檢班次老的一天先傳見二三十員自己算了算論起資格來雖然還不得十二分老論不定制台高興或者多見幾個也未可知與其臨傳不到還是早去伺候的為是除了巴結一著別無他法主意打定次日一早仍舊是老媽拿了衣帽跟着到了制台衙門頭天制台的話早已傳偏的了所以到了這天那些佐貳老爺都興頭的了不得上衙門的格外來得多本來省城候補班比狗多申守堯到了制台大堂底下換好衣帽會見秦梅士隨鳳占一干人隨鳳占說是昨晚已蒙藩憲掛牌今天稟見帶着稟辭又說蘄州吏目一缺打聽得近兩年來全被前任弄壞了見了制軍有些話要得當面請請示秦梅士亦預備下多少話見了制軍要面稟下屬見上司多要打好肚稿底一干人正在那裏簇簇私議只見藩台臬台糧道鹽道以及各著名目所總辦道班府班首府首縣同州縣班實缺候補一起一起的進去出來從藩臬起首府止出來上轎的時候一班佐雜老爺都赶着走出來站班那些大人們有兩位客氣的還同他們點點頭有幾個架子大的便亦昂頭不顧的走出去了勢利不過是官場各官自清早七點鐘上院一等等到十二點制台方纔統通見完然後巡捕拿手本下來說是傳見三十位佐班某人某人叫着名字叫了上去依着茲序魚貫而入不得攙前落後好比秀才應試點名各位太爺雖然高興畢竟是第一次上臺盤由不得戰戰兢兢上下三十六個牙打對還有幾個名字在後的恐怕不能露臉便越過幾個人跳上

前去。前頭的人又不答應。便上前去拉。他們後頭的不服。又同前頭的吵鬧起來。一班蓬頭亂臉毫無威儀寫他形容得出巡捕官箸得不耐煩。連連催道快些。罷有話下來說。我瞧你這些太爺。怎麼好啊。那些太爺被巡捕吆喝了兩句。不敢則聲。一齊放放馬蹄袖。跟了進來。走到會客廳上。制台已經站在居中。傳諭不要磕頭。大眾團團請了一個安。制台攤了一攤手。說了一聲坐。便團團的坐了下來。有些人兩隻眼睛。只管望着大帥。沒有照顧後面。也有坐在茶几上的。也有一張椅子上已經有人坐了。這人又坐了下去。以致坐無可坐。又趕到對面。在廳上兜了一個大圈子的亂了半天。方纔坐定。必須進教吏館學習幾個月方懂得一切儀注大家必恭必敬。聲息俱無。靜聽大帥吩咐。只聽得實制台說道。現在各處官場體制。佐雜見首府。多半都是站班見的。不要說是督撫了。我如今破除成例。望你們大家都知道自愛纔好。衣食足然後有廉恥今個個窮極無聊又安能自愛這兩天事情忙。過幾天我還要挨班傳見。當面考考你們。各位聽清爽了沒有。起先眾人聽制台說要考試。早已彼此面面相覷。一聲回答不出。等到臨了問大家聽見了沒有。方纔有兩個答應了一聲。制台見話已說完。無可再說。只得端起茶碗送客。一天大事只有幾句吩咐官場最為闊虛派隨鳳占進來的時候。原預備有許多說話面稟的。及至見了制台。不知不覺就像被制台把他的氣逼住了。半個字也說不出。威嚴之下隨你能言舌辯至此一無所使眾人答應是。也只得答應是。眾人端茶碗。也只得端茶碗。剛把茶碗端起。忽聽得拍撻一聲。不知是誰的茶碗跌碎了。定睛看時。原來是右手末二位那位太爺。不知怎樣會把茶碗跌在地下。砸得粉碎。把茶潑了一地。連制台的開氣袍子。都濺潮了。種種失儀有辱官常制台一面站起。抖擻衣裳上的水。一面嘴裏說道。這是怎麽說。這是怎麽說。急的那位太爺蹲在地下。拿兩隻馬蹄袖擄那打碎磁片子。弄得袖子盡濕。嘴裏自言自語的說。卑職該死。卑職該死。打碎茶碗。卑職來賠。制台也不理他。那人擄了一會。無法可想。也只得站了起來。衆人至此方看明白。打碎茶碗的。不是別人。正是申守堯。今日是你出頭之日自然要發利市原來他此番得蒙制台賞坐。竟自以爲莫大之榮寵。一時樂得手舞足蹈。心花都開。一見端茶送客。正想趕着出來。以便誇示同僚。豈知那茶碗托子是沒有底的。湊巧他那碗茶。又是纔泡的開水滚湯。連錫托子都湯熱了。他見制台端茶。忙將兩手把碗連托子舉起。不覺燙了一下。一時要放不敢放。一個不當心。誤將指頭伸在托子底下。往上一頂。那茶碗拍拉托一聲。翻到在地下來了。此時衆人既看清是申守堯。直把他羞得滿面緋紅。無地自容。樂極悲生萬事如是制台拿他望了兩眼。想要說他兩句。又實在無可說得。只站起身來。回頭對巡捕說道。以後還是照舊罷。這些人是上不得台盤抬舉不來的。連累別人無光何苦來呢說完了這句。也不送客。一直徑往裏頭去了。這裏衆人先還不敢走。只見制台的一個跟班進來說道。諸位太爺不走等甚麽。還想大人再出來送你們嗎。倒合子一句俗話。鼻子上掛鰲魚。叫做休想。衆人聽說。只得相將出來。乘興而來敗興而歸申守堯思思索索的跟在衆人後頭。走的很慢。那爺們又說道。剛纔大人的話。可聽見了沒有。這廳上的椅子。除了今天。明天又沒得坐了。如果捨不得。不妨再進來多坐一會去。自討沒趣衆人雖明曉得他是奚落的話。但奈何他不得。只好低着頭。退了出去。仍走到大堂底下。秦梅士年老嘴快。首先走來。把申守堯埋怨一頓說俄們熬了幾十年纔熬到這們一個際遇如今又被你鬧囘去了你一人的成敗有限這是關係我們做班大局的怎麽能彀不來怪你呢（剛纔在太太面前誇口此番鬧之吏要受埋怨矣）申守堯自知理屈不敢置辨還是隨鳳占為人圓通忙過來解勸道惟其只有今天坐得一次越顯得難得之機會將來我們這輩人千秋之後這件事行述上都刻得的（千載一時那得不刻在行述上去）老前輩以為何如衆人議論了一囘各自散去隨鳳占隨又分赴別位大憲衙門叩謝稟辭預備上任且說他這個吏目在湖北省佐貳實缺當中雖然算不得好缺比較起來還算中中隨鳳占自己又抱定了一個宗旨叫做事在人為他的意思以為各種樣缺總要想法自己去做決沒有賠累的（倒是一個善于枯窘題討生活者）他捐了花樣新選到省手中本來略有幾文因為吏目自從九品上任之後轎子跟前祇能打把藍傘鄉下人不懂得還說這轎子裏的老爺是穿服的心想藍傘實在不好看要捐個五品銜又彀不上齊巧有人用他十二塊錢抵押給他一張空白五品頂獎札他得了這個非凡之喜立刻穿戴起來手本上居然加了藍翎五品頂戴六個小字（借別人花樣為自己風光幾忘久借不歸）又想在省裏做好四副銜牌帶去一副是蘄州右堂一副是五品頂戴一副是賞戴藍翎那一副湊不出想了半天忽然想起我的五品翎頂是軍功上來的便湊了一副軍功加三級把四副官銜牌湊齊找了個漆匠加工製造五天包好帶去上任（如走方郎中之講究裝潢齋匾）到了蘄州照例先去稟見堂翁區奉仁知州大老爺沒有官廳右堂太爺至此祇得先下門房見了門政大爺送過門包自然以好顏相向彼此如兄若弟的鬼混了半天門政大爺隨口編了

幾句恭維的話。隨鳳占亦說了些諸事拜求關照的話。（專在聯絡聲氣上講求自然上和下睦）等到裏頭堂翁請
見。跟着手本進去。一般花衣補服。爛爛奪目。同堂翁區奉仁雖然在省城裏已經見過。不能算
數。重新磕頭行禮。區奉仁讓他坐下。彼此敷衍了幾句。端茶送客。隨鳳占辭了出來。預先托過
執帖門上。凡是堂翁衙裏官親老夫子打帳房起錢穀刑名書啟徵收教讀大少爺二少爺姑
爺表少爺。由執帖門上領着。一處處都去拜過。每處一張小字官銜名片。也有見着的。也有擋
駕的。連堂翁的一個十二歲的小兒子。他還給他作了一個揖。又托執帖門上拿手本替他到
上房裏給太太請安。太太說不敢當。然後退了出去。（處處到格是一個揣摩好手）其時一個州衙門已經大
半個走徧了。下來之後。仍在門房裏歇腳。門口幾位拿權的大爺。早已溜的熟而又熟。就是
堂翁的跟班。隨鳳占亦都一一招呼過。三小子倒上茶來。還站起來同他呵一呵腰。說一聲勞
駕。（細大不遺個個討好）跟手下來拜同寅。拜紳士。所有大小鋪戶。轎過之處。一概飛片。整整拜了一天。容
未曾拜完。預選吉日。是第二天臘月十九接鈐任事。到了這天。地保辦差。招了無數若干的化
子。替太爺打着傘。扛着牌。又弄了兩個鼓手。一個打鼓。一個吹鎖吶。一路吡哩叭喇。一直吹
進了衙門。（此時街坊上看熱鬧當不少）隨鳳占身穿朝服。下了轎。一樣三跪九叩首。贊禮生吆喝着接過了
木頭戳子。因為上有堂翁。放不得炮。只放了兩掛一千頭的鞭炮來。便是改換公服。升堂受賀。
啟用木戳。自有他那手下的一班人向他行禮。退堂之後。接着又到堂翁跟前稟知任事。照例
三天。衙門不用細述。（一切規矩與知縣接印大同小異）隨鳳占雖係初任。幸虧是世代佐班。一切經絡都還牢

記在心。並不隔膜。他曉得做捕廳的。好處全在三節。所以急急赶來上任。生恐怕節禮被前任預支了。到地頭的頭一天。稟見堂翁下來。就到鹽公堂。以及各當鋪等處。拜會管事人。見面之後。無非先拿人家一泡見恭維。慢慢的談及缺分清苦。以後全仗諸位帮忙。然後再談到年下節敬一層。逐漸而來是刮地皮的能手蘄州城廂裏外。一共有七家當鋪。內中有兩家當鋪是新換檔手。只知道年下送捕廳有此一分禮。那署事的豫先託人來預借。節禮也好預先借足見小老爺是鑽錢眼的檔手的不曉得新選實缺就要來的。以為早晚都是一樣。他既來借。落得送個人情。有兩家老硬的。却板定一定要到年下再送。預先來借。竟其一毛不拔。經營人本來錙銖必較豈肯虛擲黃金那署事的却也拿他無可如何。還有兩家通融辦理。等他來借。只借給他一半。譬如一向是送兩塊洋錢的。先叫他帶一塊去。說明白那一塊須留送正任。兩面俱圓既不上當又不得罪的是老練那署事的亦只好罷手。內中只有鹽公堂的管事人。因同這位署事的是同鄉。見他來借。另外送了他兩塊。說是彼此鄉情。格外送的程儀。至於正項。須得到年下方好支送。那署事的為鹽公堂的節禮向比別處多些。亦不肯輕輕放過。便道從中秋到年下。一共是一百三十五天。我做了一百二十來天。這筆錢應該我得。你的如意算盤豈知亦是枉然他雖如此說。無奈人家只是不肯送。便也無可如何。只得罷手。單說隨鳳占自到蘄州之後。東也拜客。西也拜客。東也探聽。西也探聽。不上三天。居然把前任署事的一本帳簿。都打聽得清清楚楚。放在肚裏。自己又去同人家講。兄弟本來今年是不打算到的任了。只因憲恩高厚。曉得年底下總有點出息。所以上頭纔叫兄弟赶了來的。兄弟倘若隨隨便便。不去頂真。不特自己對不住自己。並且辜負上頭的一番美意。（由得他說嘴）至於一切照例規矩。料想諸位都是按照舊章。說到這裏。禁不住強作歡顏。哈哈一笑。接着又道。兄弟是實缺。彼此以後相聚的日子正長。將來叨教的地方甚多。諸位一定是照應兄弟的。還要兄弟多照應嗎。（忽莊忽謙四面圓通）說罷。又哈哈大笑。他一連走了多處。都是如此說法。有幾家年禮未被前任收去的。聽了他話。樂得送個順水人情。有兩家不懂得這裏頭決竅。已經預先在前任面上做過好人。聽此說話。却不免有點後悔。（所謂用情必有害）閒話少敘。却說隨鳳占接印下來。忙叫自己的內弟同了一個心腹跟班。追着前任清算交代。一草一木。不能短少。別的更不消說了。（圓通人最是精明不過）前任移交下來。一共是五隻吃茶的蓋碗。內中有一隻。沒有蓋子。這邊點收的時候。那個跟班的一個不當心。又跌碎了一隻蓋子。無奈這跟班的。又想自己討好。不肯說是跌破了。見了老爺。只推頭說是前任只交過來三隻有蓋子的。以為一隻茶碗蓋子。為價有限。推頭在前任身上。老爺或者不好意思再去問他討。這事就過去了。誰知這位太爺。一根針也不肯放鬆。（外面是和氣內裏其實刻薄）定規不答應。偏着跟班的找前任去討蓋子。倘若沒有。就剝下他的王八蓋來給我。那跟班心上是明白的。自己打破了。怎麼好向人家去討呢。於是賴着不肯去。隨鳳占罵他說。跟了我這許多年。如今越發好了。幫着別人。不幫着我。老爺一點忠心都沒有了。跟班的被他催得無可如何。只得出去。打了一個轉身。仍舊空着手回來。說沒有。隨鳳占不免又拿他埋怨了一頓。怪他無用。一定要自己去討。（將來你走的時候後任待你如此看你如何受得起）後來還是被舅老爺勸下的。交代算清。聽說前任明天就要回省。他一聽不妙。忙忙的連夜出門。找齊了城廂內外地保。叫他們去吩咐各煙館。各賭場。以及私門頭窰子。凡是右堂太爺衙門有規矩的。都通知他們。一概不准付。倘若私自傳授。我太爺一定不算。從新要第二分的。（這幾天已經心痛之極）況且他是署事。我是實缺。將來他們這些人。都是要在我手下過日子的。如果不聽吩咐。叫他們以後小心着。地保分頭傳命去後。他一想煙館賭場窰子等處是我吃得住的。唯獨當鋪。都是些有勢力的紳衿開的。有兩家已被前任收了去。年下未必肯再送我。豈不白白的吃虧。這事須得趁早向前任算了回來。倘若被他走了。這錢問誰去找呢。（貓嘴裏挖鰍恐怕是不容易的呢）主意打定。立刻親自去拜望前任。前任聽說他來。只得出來相見。只見他進門之後。勉勉强强作了一個揖。歸坐之後。把臉紅了幾陣。要說又不爽爽快快的說。吞吞吐吐了半天。纔說道。兄弟今日過來。有一樁事情要請教。說到這裏。又咽住了。歇了一會。又說道論理呢。兄弟世代為官。這幾個錢也見過的。但是既然犯了本錢出來做官。所為何事。倘若一處不計較。兩處不在乎。這也可以不必出來現世了。（將本求利如何肯輕易放過）這事論不定。還是他們因我們新舊交替。趁空蒙蔽。也未可知。所以兄弟不得不過來言語一聲。大家明明心迹。這就不為小人所欺了。（明明是要扒肚腸倒說恐人作弊眼光直射）前任署事的見他說了半天。只是繞圈子。裏邊還沒有說到本題。雖然心上也有點數。究為何事。不得而知。楞在那裏。不則一聲。（倒也難于接嘴）隨鳳占見他不答。只得又說道。所為的並非別事。就是年下節禮一層。這筆錢雖然有限。也是名分所關。所謂有其舉之。莫敢廢之。我們也犯不着做什麼好人不要。但是這筆錢。兄弟一向是曉得的。總得拖到年下。他們方肯送來。有幾處脾氣不好的。弄到大年三十還不送來。總要派了人到他們店裏去等。等到三更半夜。方纔封了出來。我說他們這些人是犯賤的。一定要弄得人家上門。不知是何打算。（做一個反跌文章愈說愈近）前任署事的聽他如此講。方纔順着他的嘴說道。這班人真是可惡得狠。不到年下。早一天決計不肯通融的。隨鳳占忽然把臉一板道。兄弟說的是別省外府州縣。都是這個樣子。誰知此地這些人家。竟其大謬不然。（言言刺心語語透骨）前任聽了他的說話。曉得他指的是自己面子上。只得做出詫愕的神氣。裝作不懂。（也只好裝癡作呆）隨鳳占又笑嘻嘻說道。做官的苦處。你老哥是曉得的。我們這個缺。一年之計在於三節。所以兄弟一接印之後。就忙忙的先去打聽這個。這也瞞不過吾兄。這是我們養命之源。豈有不上勁之理。誰知連走幾家。他們都說這分年禮已被老兄支來用了。兄弟想兄弟是實缺。老兄不過署事。倘若兄弟是大年初一接印。這筆錢自然是歸老兄所得。倘若是二十九接印。年裏還有一天。這錢就應兄弟得了。（倒也界限分明）兄弟聽他們說話奇怪。心想吾兄是個要面子的人。決不至於如此無恥。（當面罵人無恥不怕人家着惱）而且他們這筆錢一向非到年下不付。何以此番忽然慷慨肯借。所以狠疑心他們。趁我們新舊交替。兩面影射。兄弟一向是事事留心。所以今天特地過來。請教一聲。以免為所蒙蔽。（至此方盡情說出）前任署事的聽他此話。一句回答不出。隨鳳占又道。我曉得老哥決不做對不住朋友的事情。咱倆一同到兩家當鋪裏去。把話說說明白。也明明你老哥的心迹。（一步緊一步）說罷。起身要走。前任署事的只是推頭明天要動身。收拾行李。實在没有工夫出門。隨鳳占道。老哥不去。豈不被人家瞧着真果的同他們串通。已經支用了嗎。（至此方晚心一拳）前任一想。這事遮遮掩掩。終不是個了局。不如說穿了。看他如何想定主意。便哼哼冷笑了兩聲。說道。你老哥也太精明了。固然你是實缺。兄弟是署事。你說你是憲恩高厚。叫你來收節禮的。難道兄弟不是上憲栽培。就會到這裏來嗎。辛苦了一節。好容易熬到年下。纔收人家這分節禮。我們算算日子看。你到任不過十幾天。我兄弟在任一百多天。論理年下的這分禮。通統都應該我收纔是。（何不將算盤細算一算應該誰找誰）你是實缺。做得日子長着哩。自然該我們署事的占點便宜。（以日子算來倒也並不便宜）隨鳳占見他直認不辭。不覺氣憤填膺。狠狠的說道。那可不能。通天底下沒有這個道理。照此說來。一定這個錢。已經被你支了用了。我趕了來做什麼的。我同你老實說。彼此顧交情。留個臉。小小不言的事情。我也不追究了。你把這預支的年禮。乖乖的替我吐了出來。大家客客氣氣。如果要賴不肯往外拿。哼哼。我不同你講理。我們同去見堂翁。等堂翁替我評評這個理去。（所以要預先交通上下以為幫襯地步）前任署事的。聽他說話強横。便也不肯相讓。連連說道。見堂翁就見堂翁。我亦不怕他什麼。隨鳳占見他不怕。立刻走上前去。一把胸脯。說了聲。我們同去。前任署事的。見他動手。也乘勢一把辮子。兩個人從右堂扭了出來。一扭扭到正堂的宅門裏頭。把門的是認得的。連忙上前相勸。誰知兩個人都用死力揪住不放。再三的拉亦拉不開。（銀錢是性命如何拉得開）兩家的管家都跟着。一揪揪到門房裏。只見執帖門上。同了幾位門政大爺。正在那裏打麻雀牌哩。見了這個樣子。一齊上前喝阻。隨鳳占說。他眼睛裏太沒有我實缺了。我要見堂翁。請堂翁替我評評。這個理。前任亦說。一共總我祇收到人家四塊錢的節禮。這錢也是我名分應得的。（豈不聞先落手為强後來者遭殃況在區區之數乎）他要見堂翁。我就陪他來見堂翁。我沒有短處。不怕什麼。幾位門政大爺聽了他二人說話。無可袒護。只得上來勸的勸。拉的拉。好容易纔把他兩位拉開。州裏執帖門跺着腳說道。你二位這是怎麼說呢。說起來大小是個官。怎麼連着一點官禮都不要了。快別這個樣子。叫上頭聽見了生氣。就是旁人瞧着也要笑話的。（從前虛心下氣不過是為利上起見到此方見小人真面目了）有什麼話。我們當面講講開。俗語說的好。叫做是君子動口小人動手。怎麼你二位連這兩句話都不曉得嗎。（分派得不差）他倆扭進來的時候。各人都覺着自己理長。恨不得見了堂翁。各人把各人苦處訴說一頓。及至被接帖大爺訓斥一番。登時啞口無言。不知不覺。氣燄矮了大半截。坐在那裏一聲不響。（如聞暮鼓晨鐘使名利之心都淡）執帖門上。又叫三小子絞手巾。給他倆擦臉。又叫泡蓋碗茶。着實殷勤。那班打麻雀牌的人。也不打了。一齊拿眼睛釘住他倆。聽他說些什麼。始終隨鳳占熬了半天。熬不住了。把前任預支年禮的話。原原本本述了一遍。前任見他開口。也搶着把他的苦況陳說一番。又說可憐我到了臨安交卸的幾天。是一點勢力也沒有了。那些人真正勢利。向他們開口。說到舌敝唇焦。止有一家兩家拿出來兩塊大洋。一共總止有四塊大洋。（說得如此可憐還與他計較什麼）你看他就鬧到這個樣子。隨鳳占道。怎麼四塊還嫌少。依你要多少。前任還未開口。只聽一個打牌的人說道。真是你們這些太爺眼眶子淺。四塊錢也值得鬧到這個樣子。（由得人家冷落）我們打麻雀。只要和上一百副就有了。旁家和一百副做莊還不要。四塊洋錢。什麼稀奇。我昨天還輸了四十多塊哩。(賭錢人本來是最豪氣)執帖門道。老哥誰能比得上你。你們錢漕大爺。一年好幾千的撈。人家當小老爺。做上十年官。還不曉得能彀賺到這個數目。不能錢漕道。我有錢賺。我可惜做不着老爺。他們大小總是皇上家的官。(東山望到西山)高又一個同賭的道。罷罷罷。你們沒瞧見他們剛纔一路扭進來的時候。為了四塊洋錢。這個官簡直也不在他二位心上。倘若有幾千銀子給他賺。只怕叫他不做官都情願的。你老哥眼饞他倆做官。我來做個中人。你倆就換一換。可好不好。(說得淋漓盡致)錢漕門道。我有了錢。我不會自己捐官。我為什麼要人家的。那個同賭的道。我只要有錢賺。就是給我官做。我亦不要。眾人你一句。我一句。直把個隨鳳占同前任羞得無地自容。也深悔自己孟浪。如今坍檯坍在他們這一班奴才手裏。(如此想來。他值得爭名奪利)當下隨鳳占也沒有再說別的。淡淡的談了兩句。自行回去。至於那前任。另有同他說得來的人。早拉他到別的屋裏去了。一天大事。瓦解冰銷。一直等到年下。隨鳳占還差人到那兩家當鋪去討年禮。(到此還不死心)人家回稱早就送過了。隨鳳占道。我沒有收到。不能算數。後首說來說去。大家總念他大小是個朝廷的官。將來論不定或者有仰仗他的地方。也就不肯過於同他計較。又每家送了他一隻大洋。方纔過去。正是光陰似箭。日月如梭。轉瞬間三春易過。已到四月。向例各屬犯人。到了這個時候。定須解往省城。由大憲訂期會訊詳察有無冤枉。這日巡撫司道。統通朝服升座。提犯勘驗。其名謂之秋審大典。其實不過點名過堂。大員之中。有好名的。還捐幾文錢。買些蒲扇痧藥之類。賞給那些犯人。實則為數亦甚有限名字說是秋審。及至犯人上堂之後。就是有冤枉。那坐在頭上的幾位大人。實在也沒關工夫同犯人說話。所以這一番。俱是虛應故事。（官場辦事大抵如此）閒話休題。且說蘄州是黃州府該管。到了這個時候。府太尊便把闔屬的捕廳。開了單子。酌派兩位解犯進省。這遭到省。不定有一月半月耽閣。本缺未便久懸。例在本府候補佐貳當中。輪派兩人前往代理。亦是調劑屬員的意思。（不論賢愚才否總要有請託方能調劑得到）這年府太尊所委兩人。偏偏有隨鳳占在內。到得四月初十邊。本府公事。跟着府委代理的。一同下來。隨同占照例交卸。解犯上省。倘若到省沒有耽閣。約計四月底。五月初。就可回來。趕收節禮。尚不為晚。（以節禮為性命如何不時刻牢記在心）設遇有事遲至節後。亦未可知。隨鳳占奉到此札。心上甚是懊悶。但是太尊所委。便也無可如何。只得將鈐記交與代理的人看管。自己跟手整頓行裝。急急進省。不料到省之後。各屬犯人。剛剛這天到齊。臬台正要請撫台幾時秋審。偏偏這天得了病症。（事不由人何如隨遇而安）請了幾個大夫。都醫不好。又有人說撫台犯的是外症。面目浮腫。狠不好看。嘴裏還有一股氣味。叫人聞了噁心。後首來請到一位外國大夫。方纔有了把握。配了幾瓶藥水。送給撫台吃。過據外國大夫說。吃了這個藥水。有什麼病症。一齊從小便裏出去。決不會上頭面的了。但是一時總得避風。不能出外見客。因此就把這秋審一事。耽誤下來。一班實缺捕廳太爺。眼巴巴望着。恨不得早把此事辦過。也可以早些回任。無奈撫台病着。一時不能舉行。公事不完。又不敢擅離省城一步。各位太爺異常焦躁。（一樣隱情自然一樣心）事。書中單表隨鳳占隨太爺。只因端節就在目前。一時不能回任。眼看着一分節禮要被人家奪去。更是茶飯無心。坐立不安。（比割了一塊肉還痛）等到四月二十六這一天。聽得同寅說起撫台的病雖有轉機。但一時總難出外。必須節後方能舉行秋審。他一聽此信。猶如渾身澆了一盆冷水一般。回寓後一言不發。躊躇了半夜。方想出一條主意來。他想照此樣子下去。不過閑居在省一無事。事我何如。趕此擋口。趕回蘄州。就騙人家。說是公事已完。人家見我回來。自然這節禮決計不會再送到別人手中去了。（奇想天開）等到節禮收齊。安安穩穩過完了節。我再回省。神不知鬼不覺。豈不大妙。（擅離差事與擅離職守何異）主意打定。立刻叫家人收拾李行。出城過江。趁了下水輪船逕向蘄州進發。臨走的時候。有同他住在一起。一位同差的。問他那裏去。他說接到家信。太太在蘄州生產。家裏沒人照應。不得不親自回去。（塘塞得潒）這裏的事。千萬拜托老兄。不要說破。人家見他說得如此懇切。這種順水人情。自然樂得送的。便亦無話。聽其自去。誰知他老人家回到蘄州。既不稟見堂翁。亦不拜客。並不與代理的見面。天天鑽在那幾當鋪裏。或是鹽公堂裏走走。同家人說。我已經回來了。幾時幾日接的印。人家都信以為真。到了五月初三。所有的禮物。都被他收了去了。（如此行徑與騙子何異）那代理的心。起先聽說撫台有病。把秋審一事閣起。曉得實缺一時不得回來。滿心歡喜。以為這分節禮。逃不出我的掌握之中。那知等到初五早上。依然杳無消息。趕緊着人出去打聽。纔知道早被隨太爺半路上截了去了。這一氣非同小可。立刻出門查訪。後在一爿小客棧裏。把隨太爺找着。見面之後。不由分說。拿隨太爺一把辮子。說他擅離職守。捏稱回任。定要扭他到堂翁跟前。請堂翁稟明太尊。請示定奪。（即以其人之道還治其人之身所謂一報還一報）隨太爺亦不肯相讓。因此彼此又衝突起來。要知後事如何。且聽下回分解。

終

擅受
民詞聲名掃地
東轅門

渥承憲眷氣燄薰天
圖
九

四編卷四十五

擅受民詞聲名掃地
遲承憲眷氣燄薰天

却說正任蘄州吏目隨鳳占。被代理的找着扭罵了一頓。隨鳳占不服。就同他衝突起來。代理的要拉了他去見堂翁。說他擅離差次私自回任。問他當個什麽處分。（被人捉着短處還有何說）隨鳳占說。我來了又没有要你交印。怎麽好說我私自回任（不怕自相矛盾）代理的說。你没接印。怎麽私底下好受人家的節禮。（問得啞口無言）隨鳳占說我是正任。自然這個應歸我收。（還要強詞奪理）代理的不服。一定要上稟帖告他。畢竟是隨鳳占理短。敵不過人家。只得連夜到州裏。叩見堂翁。托堂翁代為斡旋。這日州官區奉仁正辦了兩席酒。請一班幕友官親慶賞端陽。正待入座。人報前任捕廳隨太爺坐在帳房裏。請帳房師爺說話。帳房師爺不及入席。趕過來同他相見。只見他穿着行裝。一見面先磕頭拜節。帳房師爺還禮不迭。磕頭起來。分賓歸坐。帳房師爺未及開談。隨鳳占先說道。兄弟有件事。總得老夫子幫忙。（活畫出一張形狀）帳房師爺到此。方問他差使是幾時交卸的。幾時回來的。（兩句問注了）又隨鳳占見問。只得把生怕節禮被人受去。私自赶回來的苦衷。細說了一遍。又說代理的為了此事。要稟揭兄弟。所以兄弟特地先來求求老夫子。堂翁跟前。務求好言一聲。感激不盡。說完。又一連請了兩個安。（恃在平日聯絡所以敢於求情）帳房師爺因為他時常進來拍馬屁。彼此極熟。不好意思駁他。讓他一人帳房裏坐。自己到廳上。一五一十告訴了東家區奉仁。奉仁亦

念他素來恪守下屬體制聽了帳房的話有心替他帮忙便讓衆位吃完了酒等到席散也有
十點多鐘了然後再把隨鳳占傳上去面子上說話少不得派他幾句不是已有允許回護之意隨鳳占
亦再三自已引錯只求堂翁栽培區奉仁答應他等把代理的請了來替他把話說開正待送
容齊巧代理的拿着手本也來了不待傳請已自到了區奉仁連忙讓隨鳳占仍到帳房裏坐然後把代
理的請了進來代理的見了堂翁跪在地下不肯起來區奉仁道有話起來好說為什麼要這
個樣子呢代理的道堂翁替卑職作主卑職纔起來好叫我左右為難區奉仁道到底什麼事情呢代
理的道卑職的飯都被隨某人一個人吃完了真正是難題目卑職這個缺情願不做了區奉仁道你
起來我們商量一面說一面又拉了他一把於是起立歸坐區奉仁又問到底什麼事情代理
的道卑職分府當差整整二十七個年頭前頭洪太尊陸太尊卑職通統伺候過楣出幾個紅客來已是犯
人所忌就是代理大小也有五六次也有一月的也有半月的曉得你是老資格區奉仁道這些我都曉
得你不用說了你但說現在隨某人同你怎樣代理的道分府當差的人不論差使署缺都是
輪流得的卑職好容易熬到代理這個缺偏偏碰着隨某人一時不能信任節下有些卑職應
得的規矩不想說到這裏區奉仁故意的把臉一板道什麼規矩怎麼我不曉得你倒說說看
已自有先入之言然有心捉錯代理的一見堂翁頂起真來不由得戰戰兢兢的陪着笑臉回道堂翁明鑒就
是外邊有些人家送的節禮區奉仁聽了哼哼冷笑兩聲道咊原來是節禮啊又正言厲色問
道多少呢代理的道也有四塊的也有兩塊的頂多的不過六塊一古腦兒也有三十多塊錢

區奉仁道。怎麼樣呢。代理的撇着哭聲回道。都被隨某人收了去了。卑職一個沒有撈着。卑職這一遭代理。不是白白的代理。一點好處都沒有了麼。所以卑職要求堂翁作主。說罷。從袖筩管裏抽出一個禀帖。雙手捧上。又請了一個安。看那樣子。兩個眼泡裏含著眼淚。恨不得馬上就哭出來了。（情景亦是可憐）區奉仁接在手中。先看紅禀由頭。只見上面寫的是代理蘄州吏目試用從九品錢瓊光禀。爲前任吏目偷離省城。私是回任。冒收節敬。懇恩作主。由（已有數處漏洞）區奉仁一頭看一頭說道。他是正任。你是代理。祇好稱他做正任。又念到私是回任。想了一回道。吠。私自的自字寫錯了。但是他沒有要你交卸。說不到回任兩個字。又念過末了一句。說道。亦沒有自稱節敬的道理。虧你做了二十七年官。還沒有曉得節敬是個私的。（已碰幾個釘子）順手又看白禀。只見敬禀者底下頭一句。就是竊卑職前任右堂隨某人。區奉仁也不往下再看。（如此禀帖還看他什麼）就往桌子上一撩。說道。這禀帖可是老哥的手筆。錢瓊光答應一聲是。又說卑職寫得不好。區奉仁道。高明之極。（鈍到日月無光）但是這件事兄弟也不好辦。隨某人呢。私自回來。原是不應該的。但是你老哥告他冒收節敬。這節敬可是上得禀帖的。我倘若把你這禀帖通詳上去。隨某人固不必說。於你老哥。恐怕亦不大便當罷。（幾句批駁如聞清夜之雷）錢瓊光一聽堂翁如此一番教訓。不禁恍然大悟。生怕堂翁作起真來。於自己前程有礙。立刻站了起來。意思想上前收回那個禀帖。區奉仁懂得他的來意。連忙拿手一擋。說道。慢着。公事公辦。既然動了公事。那有收回之理。你老哥且請回去聽信。兄弟自有辦法。說罷。端茶送客。錢瓊光只得出來。這裏區奉仁便把帳房請了來○叫他出去○替他們二人調處此事○隨鳳占私離差次○本是不應該的○現在罰他把已收到的節禮○退出一半○津貼後任○（判斷公平佩服之極）隨鳳占聽了○本不願意○後見堂翁動了氣○要上稟帖給本府方纔服了軟○拿出十六塊大洋○交到帳房手裏○稟辭過堂翁○仍自回省○等候秋審不題○這裏錢瓊光自從見了堂翁下來○一個錢沒有撈着○反留個把柄在堂翁手裏○心上害怕○在門房裏坐了半天○不得主意○（先嚇他一嚇好使易於見情）只得回去○次日大早○仍舊踱了過來○門口的人一齊勸他上去見帳房師爺○他一想沒法○只得照辦○其時隨鳳占吐出來的十六塊洋錢○已到帳房手裏○只因他的人緣○不及隨鳳占來的圓通○及至見面之後○吱吱喳喳○又把臭唾沫吐了帳房師爺一臉○（處處討惹厭難怪困於下僚）還沒有把話講明白○帳房師爺看他可憐○意思想把十六塊洋錢拿出來給他○回頭一想○倘若就此付給他○他一定不承情的○只得先把東家要通稟上頭的話加上些枝葉○說給他聽○直把他嚇得跪在地下磕頭○（此種卑鄙齷齪人把不上嚇他）然後帳房師爺○又裝着出去見東家○替他求得鬼鬼祟祟了半天○回來同他說東家已答應○不題這事了○（帳房師爺奸險之極）錢瓊光不勝感激至此○方慢慢的講到我兄弟念你老兄是個苦惱子○特地再三替你同隨某人商量○把節禮分給你一半○你倆也就不用再鬧了○（此法最易買服人心）錢瓊光見了起初的情形○但求堂翁不要拿他的稟帖○通詳上去○已經是非常之幸○斷想不到後來帳房師爺○又拿出十六塊洋錢給他○把他感激的那副情形○真是畫也畫不出○立刻爬在地下○磕了八個頭○磕起來少說作了十來個揖○千費心○萬費心○說個不了○（想見五體扳地光景）又托帳房師爺帶他到堂翁跟前叩謝憲恩○帳房師爺

說他現在有公事。我替你說到一樣的了。於是錢瓊光又作了一個揖。然後拿了洋錢。告辭出去。回到自己補廳裏。把十六塊洋錢拿出來。翻來覆去的看了半天。又一塊一塊的在桌上釘了好幾回。一聽響聲不錯。格外感激州裏帳房照應他。連一塊啞板的都沒有。總想如何酬謝酬謝他纔好。失而復得如何不感激一面想。一面取塊小手巾。把洋錢包好。放在枕頭旁邊。小老爺見錢眼開真難畫描跟手出去解手。解手回來。一個人低着頭走。忽然想到四月底城外河裏新到了一隻檔子班的船。一共有七八個江西女人。有兩個長的狠標緻。南街上毡帽鋪裏掌櫃王二瞎子請過我一遍。臨行的時候。還再三的托我照應他們。我不如明天到那裏。叫他們替我弄幾樣菜。化上一兩塊錢。請這位老夫子補補他的情纔好。也算是知恩報德主意打定。回到屋裏。不知不覺把剛纔十六塊洋錢。陡然忘記放在那裏去了。桌子抽屜書箱裏面。通統找到。無奈只是無影無蹤。直把他急的出了一身大汗。找了半天。仍舊找不着。恍恍惚惚。自己也不辨是真是夢。於是和衣往床上躺下。慢慢的想。倒底我剛纔放在那裏的。一會又怪自己記性不好。恨的像什麼似的。如醉如痴情景真不料偶一轉側。忽聽得噹的一聲。原來一包洋錢。小手巾未曾包好。被個小枕頭碰了一下。所以響的。錢瓊光翻過身來。一看洋錢有了。立刻打開來數了一數。不錯。還是十六塊。這一喜更非同小可。仍舊拿手巾包好。塞在身上袋裏。這一夜定然牽腸掛肚魂夢難安便起身叫管家到南街上。招呼王二瞎子。托他去到檔子班船上。叫他們明天晚上到館子裏。叫幾樣菜。說是要請州裏帳房師老爺吃飯。又代館子裏菜要弄好些。再叫船上收拾收拾乾淨。窮佐雜請客自然興頭底下人奉命去後。他自已又盤算道。明天請的客。自然是帳房老夫子首座。忽又想起我今兒在帳房裏。看見本官的二老爺。見了我。還問我這盪代理。弄得好有幾個錢。看來着實關切。也不好不請。請他。無心之言即使人感激可見處世開口是要刻刻留意的我們在外頭。那裏不拉個朋友呢。屈指一算。帳房老夫子一位。本官二老爺兩位。王二瞎子三位。連自已一共纔有四個人。人頭太少。索性多請兩位。把南關裏鹹肉鋪老板孫老葷。東門外豐大藥材行跑街周小驢子。一齊請了來。大家熱鬧。佐雜不比縣官體尊倒可隨隨便便下與市儈交接料想他們聽見我請的是州裏二老爺。帳房師爺。他們一齊都要赶得來的。況且如此一請。人家曉得我同州裏要好。目下於我的事情。也不為無益。一帶兩便無非念念在利主意打定。正在洋洋自得。那差出去的管家也回來了。回稱王二爺聽說老爺請州裏師爺吃飯。忙的他立刻自已出城。到船上去交代。連舘子裏也是自已去的。錢瓊光點點頭。又道。我請的不但帳房師爺。還有區大老爺的二老爺哩。管家出去。錢瓊光也就安寢。畢竟有事在心。睡不大着。次日一早起身。洗臉之後。就赶過來。自已請客。先落門房。取出一張官銜名片。先上去稟見二老爺。執帖門上進去了一回。出來說道。二老爺昨兒在房裏。叉了半夜麻雀。到了後半夜。忽然發起痧來。鬧到天亮纔好的。如今睡着了。只好擋你先的駕罷。一個貴客眼見已請不到錢瓊光一聽這話。不覺心中一個失望。嘴裏還說我今天備了酒席。誠要請他老人家賞光的。怎麽病起來了。真真不湊巧了。於是又親身到帳房裏。想當面去約帳房師爺。不料走到帳房裏。只見裏間外間桌子上面。以及床上。堆着無數若干的簿子。帳房師爺手裏捻着一管筆。一頭查。一頭念。

旁邊兩個書辦。在那裏帮着寫帳房。一見他來。也不及招呼。只說得一句請坐。兄弟忙着哩。（人家一天到晚忙過不了誰希罕你抬把酒）錢瓊光見插不下嘴。一人悶坐了半天。值帳房的送上水烟袋。一吃吃了五根火煤子。無奈帳房還沒有忙完。只得站起身來告辭。意思想帳房出來送客的時候。可以把請他吃飯的話通知於他。誰知錢瓊光這裏說失陪。帳房把身子欠了一欠。說了聲對不住。我這裏忙着不能送了。過天再會罷。說完仍舊查他的簿子。（熱氣換冷氣何苦來呢）錢瓊光無法只得出來。心想今天特特為為請他們吃飯。一個也不來。化了冤錢事小。被王二瞎子一班人。瞧着我這個臉擺在那裏去呢。（所謂擺酒容易請客難）一回又怪帳房師爺。道我專誠來請你吃飯。你不該只顧做你的事情。拿我擱在旁邊。一理不理。諒你不過靠着東家。騙碗飯吃。也不是什麼大好老。就這樣的大模大樣。瞧人不起。至於那位二老爺。昨天不病。明天不病。偏偏今兒我定了菜。他今兒病了。得知是真是假。他們既然不來。我也不稀罕他們來。（為好成怨往往如此）一面想。一面又走到門房裏。執帖門上見他沒精打彩的。便問錢太爺心上轉什麼念頭。狠像滿肚皮心事似的。誰知一句話。倒把錢瓊光提醒。一想二老爺帳房既然不來。我不如拿這桌菜請請底下的朋友。（小老爺也只好與底下朋友聯絡。高的也配不上）人家看起來。一樣是州裏的人。只怕這幾位拿權的大爺。到堂翁跟前說起話來。還比什麼帳房二老爺格外香些。況且我自從到任至今。也沒有請過他們。今兒這局。豈不一當兩便。（機會不可錯過）於是就把這話告訴了執帖門上。托他把錢漕稿案雜務簽押書禀。用印幾位有名目的大爺。統通請到。跟班人多不能遍約。只約得跟班頭一位。說明今天是夜局執帖門上。明曉得他是請上頭請不到。所以改請他們的。便推頭沒有空。謝謝罷。錢瓊光也沒聽見。忙着又托這屋裏的三小子。替他去請客。一霎時三小子回來說。稿案毛大爺簽押盧大爺。恐怕晚上有堂事。不敢走開。雜務上朱大爺。用印的馬大爺。為了這兩天。上頭常常有呼喚。亦抽不得身。錢漕上陸大爺。為他二奶奶養孩子。請了假。已經兩天不來了。(偏偏各人有事真正奇極了)只有跟班上蕭二爺。說是等到老爺睡了覺。一定過來奉擾的。三小子未說完。執帖門上又道。他們統通不來。你為我一個人。何必要費事呢。(執帖門上尚要推託何況其餘)錢瓊光道。還有蕭二爺同你倆呢。他們掃我的面子。難道咱們老兄弟。你還好說不來嗎。於是又千叮萬囑。直至執帖門上點頭應允。方纔告別。(總算有面孔了)回到自己衙內。心想他們竟如此瞧我不起。竟其一個不來。肯來的又是拿不到權的人。真正越想越氣。好容易熬到下午。王二瞎子親自跑來。說一切都預備好了。館子裏聽說請的是州裏師老爺。貼本都情願。(未曾請定何必先露風)但不知這位師爺甚麼時候纔過來。只見錢瓊光臉上紅了一陣。說道。他們一齊體諒我。不肯叫我化錢。一定還要拉我在衙門裏吃飯。說着。就吩咐大廚房裏添菜。(只好如此遮遮臉)我想我今天的菜。已經托了你了。他們既然不來。我不好叫你為難。只得又請了兩位別的客。(總不落空罷了)王二瞎子道。你早告訴了我。這菜可以退得掉的。但不知請的又是那倆位。錢瓊光不好說請的是跟班上的。只含糊說了聲。還是衙門裏的。(說出來也不十分風光)王二瞎子一聽。仍是衙門裏的人。就是聲光比帳房差些。尚屬慰情聊勝於無。依王二瞎子意思。還想等着衙門裏的人到齊。一塊陪出城。似乎面上有光彩些。錢瓊光是曉得的跟班上﨟二爺。非得老爺睡了覺。是不得出來的。便說不必罷。我們先出去吃着烟。等他們罷。於是兩人步行出城。到了船上。一班女戲子迎了出來。一個個搽着粉。戴着花。妖妖嬈嬈的。錢太爺王二爺吽的應天響。以我當之只覺討厭何天下遂臭之多耶錢太爺走進艙裏。只見居中擺了一張烟舖。王二瞎子是大瘾。見了烟舖。就躺下了。船上女老班也進艙招呼。問衙門裏的老爺。幾時好來。王二瞎子不等錢太爺開口。拿指頭算着時候。說道現在是五點鐘。州裏大老爺吃點心。六點鐘看公事。七點鐘坐堂。大約這幾位老爺。八點鐘可以出城。錢瓆光道。那可來不及。我們這位堂翁。也是個大瘾頭。每日吃三頓烟。一頓總得吃上一個時辰。這個時辰單是抽烟。專門替他裝烟的。一共有五六個。還來不及。嗜好太深雖有才情亦屬枉然此刻五點鐘。不過纔升帳先過瘾。到六點鐘吃點心。七點鐘看公事。八點鐘吃中飯。九點鐘坐堂。碰着堂事少。十點鐘也可以完了。回到上房吃晚飯過瘾。十二點半鐘。再到簽押房看公事。打過兩點。再到上房抽烟。這頓烟一直要抽到大天亮。俾晝作夜烟之害人甚矣哉不過以後有上房裏的人伺候。跟班上的爺們。都可以沒事了。王二瞎子道。他老這們大的瘾。設若有起事來。怎麼樣呢。可憐已是個半死人錢瓆光道。有起事來。或是進省上衙門。總是求吞生烟。何苦與烟夥計一般正說着。孫老葷先來了。曉得要陪州裏的老夫子吃飯。特地換了一身簇新的衣服。王二瞎子道。老葷。今兒錢太爺是請你來做陪客的。不是請你來招女婿的。為什麼穿的衣服同新女壻一樣呢。到婊子家最要顯行頭孫老葷道。難得錢老父臺賞飯吃。請的又是州裏的老夫子。自然應該穿件新衣服恭敬些。三個人閑談了好一回。船上又搬出些點心來吃過。王二瞎子掏出表來一看。九點鐘。只差得五分了。不但州裏的客沒來。連看周小驢子也沒音信。大家甚是奇怪。又等了半個鐘頭。忽聽見船頭上有人吽喚。大家總以為是請的特客來了。一齊起身相迎。及至進艙一看。原來就是周小驢子。跑的滿身是汗。一件官紗大衫。已濕透了半截了。一隻手只拿扇子搧個不了。（真正是個驢子形景）王二瞎子勸他脫去長衫。又吽船上打盆水給他洗臉。錢瓊光便問他為何來得如此之晚。周小驢子道。也是治弟的一個鄉親。他有個姑表妹妹。從前他姑媽在世的時候。有過話。允許把這個女兒。給我們這個鄉親做媳婦的。後來姑媽死了。姑夫變了卦。嫌這內姪不學好。把女兒又許給別人了。（與人家出力名稱其實）錢瓊光道。當初媒人是誰。周小驢子道。有了媒人倒好了。為的是至親姑媽親口許的。用不着媒人。錢瓊光道。婚書總有。周小驢子道。這個不曉得有沒有。治弟為了這件事。今天替他們跑了一天。無奈說不合攏。看來恐怕要成訟的了。（小老局專替人家包攬詞訟倒是一個上門買賣）錢瓊光道。一無媒證。二無婚書。這官司是走天邊亦打不贏的。周小驢子道。現在我們這鄉親情願說到這裏。又不說了。（明明肯納賄何消說得）王二瞎子會意。拿嘴朝着錢瓊光一努。對周小驢子道。擺着我們錢老父臺在這裏。你不托該應怎麼辦法。大家商量好了。只要替你鄉親爭口氣。再不然。錢老父臺同州裏上頭下頭都說得來。還怕有辦不到的事嗎。一句話題醒了周小驢子。忙說道。他姑夫那邊只要出張票。不怕他不遵。（鄉下人可以刑驅勢逼不消真個涉訟）錢瓊光道。單是出張票容易。兄弟自從到任之後。承諸位鄉親照顧。一共出過十多張票。不瞞諸位說。這票都是諸位照顧兄弟的。這件事兄弟衙門裏狠可辦得。用不着驚動州裏的。周小驢子道。你老父臺肯辦這件事。那還有什麼說的。包管一張票出去。不怕他姑夫不把女兒送過來。補衙的規矩。治弟是懂得的。如今我們這鄉親。他是有錢的主兒。我一定叫他多出幾文。俗語說得好。叫做爭氣不爭財。只要這件板過來。不但治弟面子上有光彩。將來澈鄉親還要送老父臺的萬民傘哩。名利雙收那得不動心錢瓊光道。全仗費心。你老哥今兒回去。叫他明天一早就把呈子送過來。兄弟這邊簽稿弃行。當天就出票的。奪了縣官的飯碗不知何以善其後幾個人又閒談了一回。王二瞎子躺在烟鋪上。一連打了幾個呵欠。都說天不早了。怎麼請的客還不來。不要是忘記了罷。錢瓊光道。我有數的。他們早不得來。這時候也快了。又停了一會。只聽得岸上咭咭呱呱的。一片說笑之聲。走到岸灘上。又哼兒哈兒的叫船上打扶手。霎時上得船來。錢瓊光急忙迎出去一看。原來來的止有一個蕭二爺。還有一個小爺們。是常常替堂翁裝水烟的。雖然面善得狠。却不曉得他姓甚名誰。請來兩個大客人當下不便動問。只問得一聲為什麼某人不來。小爺們搶着說道。老爺派他進省。他不得來。所以叫我來代理的。代理吃局倒是美差蕭大爺今天咱代理執帖門。你說咱闊不闊。一面說。一面走進艙中。眾人一齊起身相迎。見面之後。都恭恭敬敬的作揖。不料這小爺們是打千打慣的。見了人一伸腿就蹲下去了。眾人之中。亦止有錢瓊光還安還得快。那三個却都不在行。王二瞎子幸虧被錢瓊光扶了一把。否則幾乎跌倒。當下都勸他倆寬衣。只見這小爺們身胚狠小。却穿了一件又長又大的紗大褂。錢瓊光認得這件大褂。是堂翁天天穿着會客的。再看手裏的潮州扇子。指頭上搬指。腰裏的表帕荷包。沒有一件不是堂翁的。(難得今日偏穿堂翁的行頭濶一濶)當面不便說破。心上却也好笑。一會歸坐奉茶。錢瓊光先問二位爲什麼來的這麼晚。蕭大爺先回答道。九點半鐘本來就可以來的。齊巧我們東家接到省裏一封信。外頭還沒有人知道。先送個信給你。你明天一早好穿了衣裳過來道喜。(與二爺們聯絡有喜信也好先知)錢瓊光忙問道。堂翁有什麼喜事。小爺們搶着說道。我們老爺升了官了。蕭大爺進來的時候。當着王二瞎子一班人。自己還想充做師爺。所以一口一聲的我們東家。令見小爺們說了聲我們老爺。他便把小爺們瞅了一眼。幸虧在場的人。都沒留意。(猫學狗撒尿終究要露馬脚)錢瓊光又接着問道。堂翁高升到那裏。小爺們又搶着說道。或者武昌府。或者黃州府。都論不定。蕭大爺道。你別聽他胡說。我們東家他身上本有個補缺後的同知直隷州。如今又保了個保了個什麼。你看我的記性真正不好。偏偏又忘記了。一面說一面又低着頭。縐着眉。閉着眼睛。想了半天。還是想不出。又拿自己的拳頭打着自己的頭。說道保得個什麼。怎麼我說不上來。(學的乖也有限自然說不上來)少爺們又搶着說道。蕭大爺。這封信是雜務上拿進來的。那時候我正在椅子後頭。替他老人家裝烟。他老指着信上一句。對雜務上說。你看我在他背後。亦就掂看脚望了一望。原來這信上有我的名字。有應升兩個字。我自己的名字我是認得的。(和盤說出還瞞什麼)錢瓊光是在官場上閱歷久的了。曉得保案上有應升兩個字。一定是應升之缺升用。便道。他老人家已有了同知直隷州。再升什麼。自然一定是知府了。(揣的明不錯)明天應得過去道喜。費心二位關照。蕭大爺道。自家人說那裏話來。此時錢瓊光正因不曉得小爺們的尊姓大名。心上悶悶。因此一番酬答。倒曉得了。當因時候不早。忙命擺席。自然是蕭大爺首座。小爺們二座。布席面上。蕭大爺還留身分。題到州官。口口聲聲我們東家在座人始終瞧不破他的底細。(二爺們最要冒充師爺)只有小爺們吃無吃相。生無生相。夜裏天熱。打赤了膊。把條辮子盤在頭上。拿兩條腿蹲在椅子上。儘性的喝酒吃菜。檔子班的女人。叫名頭是賣技不賣身的。他偏要同他們動手動脚。(不遭白眼定不放手)有兩個女人。在人面前。一定要撇清。被他這一鬧。一個個都咕嘟着嘴。說什麽你們老爺手要放尊重些。說罷。把手一摔。走開。小爺們生氣。罵聲混帳王八蛋。你瞧不起我大爺。明兒回去一定告訴本官出票拿你們。看你怕不怕。船上女人也不理他。(做婊子定有護身符倒也嚇不倒)主人錢瓊光只好起身相勸。好容易一席酒吃完。看看已將天亮。小爺們是帶着跑上房的。怕誤了差使。老爺要罵。立刻披衣要走。主人還再三相留。吃了稀飯再去。蕭大爺亦勸他慢些。我同錢太爺還有句話說。小爺們等不及。只是跺脚。說誤了差使。釘子是我碰。你飽人不知餓人飢。我勸你快走罷。(盜了主人衣服豈不怕發覺)蕭大爺被他催得無奈。只得穿衣告辭。等到主人送到船頭上。小爺們早披了又長又大的那件長褂。站在岸上了。當時他二人自回衙門不題。且說錢瓊光回到艙中。王二瞎子便埋怨他道。怎麽請到這位寶貝。錢瓊光把臉一紅。想了想說道。你不要看輕了他。他在本州大老爺跟前。倒是頭一分的紅人呢。一天到晚。除掉睡覺。那有一刻工夫離得掉他。總而言之。我們做官。總要隨機應變。能屈能伸。纔不會吃虧。即如他們所說的州裏大老爺得了保舉。他們就肯送信給我。我既然先得信。今天我就頭一個去道喜。上司瞧着。自然歡喜。新官喜歡接頭站升官豈不喜歡先賀喜倘若不請他們吃飯。雖有這閑工夫來通知我。可見同人拉攏是沒有吃虧的。這叫做做官的訣竅。小老爺專在拉攏上用功王二瞎子被他說得瞪口無言。周小驢子起身。先行說要辦那件事去。治晚馬上就去同前途接頭。儘兩個鐘頭趕來回復老父臺。錢瓊光道。兄弟就回去。一面先把票子寫好。空着名字等填。等老兄來過。兄弟再到州裏賀喜。專候專候。說罷。拱手而別。錢瓊光也同王孫兩個各自回去。不在話下。單說錢瓊光雖然熬了一夜。只因有利可圖。便也不覺勞乏。回到捕衙。業已紅日高升。急忙翻出舊卷。查照舊票的底子。把票寫好。只空着案由。及原被告的名字未填。寫好之後。看了兩遍。索性又取出木頭戳子。用好。又拿硃筆把日子填好。許多時不發利市自然要格外巴結主顧其時已有八點鐘了。算算時候已不止兩個鐘頭。無奈不見周小驢子前來。心上異常着急。看看時候不早。又須趕到州衙門裏道喜。急得他什麼似的。無奈只得穿好衣帽。靜坐專等周小驢子一到。交割清楚。只望銀錢到手他非所計便好踱了過來。事有湊巧。剛剛衣服穿得一半。周小驢子來了。二人相見大喜。周小驢子在袖子裏取出那張票帖。錢瓊光大畧一看。只見上面狠有些不懂得的句子。不及一個光棍訟師忙把原被告名字記清。又再三斟酌一番。把案由摘敘了三四句。從抽屜裏取出票來填好。立刻派了一個人。叫他跟着周先生一同去。不論是非曲直輕易出票魯莽之至然後周小驢子從大褂袋裏取出一個紅封袋。雙手奉上。錢瓊光接在手裏一掂。似乎覺得甚輕。忙問這裏頭是若干。周小驢子道。這裏頭是四塊折席。不成意思。不過送老父臺吃杯酒的。為區區之故不顧傷天害理錢瓊光躊躇了一回。

說道。不瞞老哥說。兄弟是代理。就要交卸的人。同老哥相好。承老哥照顧這件事。兄弟多也不敢望。只望他一個全數。不要說別的。單是這張票。兄弟從城外一回來。就連忙弄好了。專等你老哥來。這票上的字都是兄弟自己寫的。倘若照衙門裏的規矩辦起來。至少也得十天。起碼那裏有這樣快。此事落在別人身上。哼哼至少也得要他三十隻洋。如今只要你十塊。真是格外克己的了。（豈知愈還就愈不值錢）周小驢子聽了他這一番話。又見他不肯收那四塊。知道事情不得過場。於是從袋裏又挖出兩塊洋錢。還說這兩塊是治弟代墊的。替朋友辦事。少不得也要替他作三分主。（一派市道話頭）錢瓊光道。兄弟是個爽快人。你老哥替朋友辦事。也是義氣。你索性爽快些。再替他添兩塊。一共兄弟受他八塊。你回去開銷他十塊。我們弄個二八扣。你費了心。我也不另外替你道乏了。（二八分派倒是公平交易）周小驢子又思思索索的半天。好容易纔添了一塊。說了無數的叨情話。說什麼這總是老父臺照應治弟的。多賞治弟一塊買鞋穿。罷。錢瓊光無奈。周小驢子去後。方急忙趕到州裏去。雖然曉得堂翁是起得遲的。但是為了道喜。不得不早些過來。此時合衙門的人。因為老爺得了保案。都是喜氣沖沖的。（一人有福萬人消受）錢瓊光蟒袍補褂。照例先下門房。常見的那位執帖大爺。已經奉派進省。這天是雜務門的執帖。錢瓊光也是認得的。急忙取出手本。交給他上去。代回。說是稟賀。稟見。雜務門進去了一回。忽然滿頭是汗。怒沖沖的走回門房。把大帽子摘下。往桌子上一擲。說道。媽的晦氣。他升官。人家就該死了。幸虧他得的保舉。不過是個虛好看。倘若真正做了知府。那架子更要大呢。倘若做了道臺。天都可以撐破。

再大更不用說了。總而言之。我們當奴才的不是人。錢太爺大小像你這樣。總得是個官纔好。（做二爺雖則趁錢也要受氣）錢瓊光聽了他半天說話。也摸不着頭腦。只得搭訕着站起來說道。堂翁可曾升帳沒有。我還是就進去。還是等一會兒。雜務門道。得了保舉。早把他喜的睡不着了。今天一早就起來了。忙着做官銜牌糊對子。因爲做牌的來的晚了些。開口就罵人。誰不是人生父母養的。擱得住被他混帳王八蛋。罵了去。唱了來。大爺越想越氣。不吃這椀飯了。（原來如此你要掙氣何不也去捐個小老爺做做）錢瓊光一聽堂翁已經起來多時。心上着急。恨不得馬上進去纔好。後來直等得雜務門氣平了。然後領了他進去見的。（當了差使也說不得了）這時候區奉仁正在大廳上。把昨夜接的那封喜信。擱在面前。旁邊坐着幾位朋友官親。如帳房書啓二老爺之類。都在那裏湊趣。（一班讒諂面諛之人聽之亦覺生厭）錢瓊光進了大廳。恭恭敬敬跪下。磕了三個頭。替堂翁叩喜。又與各位師爺及二老爺相見。堂翁讓他坐。然後坐下。區奉仁一面孔得意之色。先開口道。你是幾時曉得的。錢瓊光一想不好說是昨夜裏得信。只得回稱剛剛得信。區奉仁道。還是你一個人曉得。還是同城統通曉得。錢瓊光道。只有卑職一個人得信。所以趕過來。先替堂翁叩喜。區奉仁道。是啊。我料想他們是不會曉得的。（是得意之話）我得的是密保。上頭只有撫臺自己曉得。連藩臺都還不明白哩。還是那年獲盜案內。撫臺親口許我的。到如今果然保了出來。可見做上憲的人。又要賞罰分明。又要記性好。夫然後叫人心服。（只怕你一人私恩罷了恐未必如你所言）這位撫臺。兄弟同他也算投緣的了。將來倒要送副門生帖子去。纔是。說着。便同帳房說。我的話。可是不是。帳房說是極。區奉仁又道。

我已經有了同知直隸州了。再升用升個什麼。自然一定是知府了。你看這些混帳王八蛋我從早上叫他們趕做一付升用府正堂的官銜牌到如今木匠還不來。真正可惡。他是隨口罵慣的倘人人如雜務之認真只怕要散堂了此時同城雖然還不曉得。馬上他們得了信。都要來道喜的。今天他們來過明天我去謝步。這副牌是執事裏一定要用的。況且這是恩出自上。比捐的總體面些。原來是有許多講究所以急不待緩了師爺們一齊應了一聲。是。區奉仁又望着錢瓊光說道。我們湖北的體制佐貳見知府。是沒得坐位的。兄弟雖然不講究這個。但是體制所關。將來過了班。就是要隨隨便便也就不能了。專於禮制上講求是袁公路一流人物錢瓊光明曉得這句話說的是。他想了半天。無可回答。只應了一聲。是。正說着。書辦上來請示。說是裏裏外外。或是柱子上。或是門上。有些對聯都要另換新的。要請師爺擬好了句子。好交代書辦去寫。區奉仁忙回過臉去對書啓老夫子說道。這個要請你老夫子費心了。又要叫他搜索枯腸了書啓師爺忙又應一聲。是。隨手請敎是怎麼做法。區奉仁道。前頭的對子。都是按着州縣官做的。如今兄弟得了升用知府。有些什麼五馬黃堂等類的字眼。都可以用得着了。兄弟如今一來公事忙。二來上了年紀。也不肯用這個心思了。倒是一個斵輪老手至於煖閣當中。我倒想好了一句成句。就是貼一品當朝四個字的地方。你們拿紅紙比好尺寸。替我寫憲眷優隆四個字。照樣貼在屏門當中。感恩私室勝如立個長生祿位回頭又問書啓老夫子以為何如。書啓尚未答言。二老爺接着說道。這四個字似乎太俗。並非是俗不過偏些罷了區奉仁聽了。似不願意。道這四個字人家四六信裏常常用的。又是成句。總比一品當朝四個字來得文雅。二老爺道。

煖閣當中不是當朝一品就是指日高陞從沒有用過別的字眼區奉仁更發怒道你們這些人真正不通不靠着憲眷怎麼能夠陞官呢我這四個字把你所說的兩句統通包括在內所以一等人有一等人的材料老弟不是我瞧你不起像你這樣執迷不化將來能夠趕到愚兄這個分兒還早咧（批得不的確自然不佩服）二老爺見哥哥動了氣也就繃起了嘴不言語了區奉仁正待再說下去忽聽外面一片人聲大家不覺嚇了一跳忙叫人出去查問只見稿案門飛跑似的進來回道有些人來告錢太爺受了人家的狀子又出票子拿人逼得人家吃了鴉片烟現在趕來求老爺替他伸冤那個吃大烟的也擡了來了還不知有氣沒氣（作事不思前想後早料有此着）區奉仁道混帳我的衙門裏准他們把屍首抬來的嗎你跟官跟了這許多年這一點點規矩還不曉得今天老爺有喜事連點忌諱都沒有了（幸在喜慶頭上不欲追究）混帳王八蛋還不替我轟出去稿案門道這是錢太爺不該受人家的狀子人家無路伸冤所以纔來上控的區奉仁聽得上控二字忽然明白方纔回過臉去對準錢太爺發作道你做的好官啊這是你鬧的亂子弄得人家到我這裏來上控我自己公事累不了你還要弄點事情出來叫我忙忙現在怎樣說（總算看巴結分上未）（曾大靠為他）錢瓊光起先聽了稿案門的話早已嚇得瑟瑟的抖後來又聽了堂翁的教訓便拍托一聲身不由己的跪下了（幸虧會做矮人）區奉仁並不讓他起來又拉着長腔說什麼擅受民詞有干例禁你既出來做官連這個還不曉得嗎我也顧不得你我是照例要揭參的（索性嚇他一嚇）錢瓊光一聽要參官更嚇的魂不附體只是跪在地下磕響頭不起來求堂翁開恩區奉仁拿他訓斥

了半天。還不曉得外面究竟鬧的是什麽事情。便道你就在這裏朝我跪到天黑。也不中用。你自己鬧的亂子。快自己出去了結過。再來見我。（放他一條走路）錢瓊光跪在地下。還是不動。區奉仁問他爲什麽不出去。錢瓊光道。不瞞堂翁說。卑職這一出去。可沒有命了。區奉仁道。倒底爲着什麽事情。你自己總該有點數的。（自己做的事豈有不知道的理）錢瓊光又磕頭道。卑職該死。卑職同他們來往共有好兩件事。實在不曉得是那一件。（何以如此糊塗）區奉仁道。好個不安本分的人。錢瓊光道。都是他們來找卑職的。卑職也只盼能夠替他們把事情了掉。也免得堂翁操心。（說來倒也好聽）區奉仁道。承情。至此方回頭問稿案門。倒底外面爲了什麽事情。稿案門回稱爲的是一個人家有個女兒。有個光棍想要娶他。那家不肯。這光棍就托人化了錢。給錢太爺。托錢太爺出票子抓那個該女兒的人。說是抓了來要打板子。那人急了。就吃了生大烟。鄉鄰不服。所以鬧到這裏來的。錢瓊光至此。方纔明白就是早上的那樁事。深恨周小驢子事情辦得不妥當。裏面說了半天話。外面的人聲已住。稿案門再出去問了問。纔知已被雜務門吆喝住。只等老爺坐堂審問。不敢囉唣了。區奉仁一聽外頭人聲已息。纔說那個吞烟的。趕緊拿點藥水給他吃。或者有救。人回已經灌過了。聽說吃的不多。大約可以救得的。區奉仁於是把心放下。又朝着錢瓊光發作了幾句。（該受申斥）方纔自往簽押房裏而去。錢瓊光不免跟了帳房師爺。同到帳房裏。就左一個安。右一個安。一面請安。一面軟求道。晚生一時荒謬。總得求你老夫子成全。師爺道。你老哥就要交卸的人了。何必再去多事。這事你自己鬧的亂子。還不快去想個法子。壓伏壓伏他們。等到堂翁生了氣。那事就不好辦了。（總算與他關切）一句話提醒了錢瓊光。立刻退出帳房。走到雜務門的門房裏。雜務門正在外面帮着灌那吞烟的人。一霎回來。見了面。少不得又是一番埋怨。說我的太爺幾乎玩成功。一條人命虧你。（利欲薰心豈顧人命不人命）我亦不曉得你是怎樣鬧的。停了一回。又說道。現在你放心罷。人命是沒有的了。你今天算好運氣。偏偏碰着我們這位老爺有喜事不坐堂。你有這半天一夜的工夫。能夠完結。趕緊去完結了再來。完結不了。明天再審。（會放大豈有不會收火之）

理錢瓊光。於是再三感謝。方纔辭別出來。回到捕衙。蟒袍補褂。統通汗透的了。（七塊錢躭此虛驚真不值得）馬上叫人去找周小驢子。周小驢子逃走了不在家。錢瓊光無奈。只得去找王二瞎子。因他地面上人頭還熟。托他找個人出來勸和勸和。王二瞎子昨夜擾過他的酒。少不得出來帮忙。當時就找到了兩個人。一個是善堂董事。一個是從前做過圖正的。後來因為上了歲數。就把圖正一應事務。統通交代兒子承受。自己不管。他倆都是年望重的人。又是捕廳老父臺見委之事。一想彼此都有仰仗的地方。樂得藉此交結交結。（幸有地方紳耆出場否則豈易收科）王二瞎子見他倆已允。便先尋了本圖地保。同着原差。又找到原告。在小茶館裏會齊。開議此事。幸虧原告那邊吞烟吞的不多。一經施治。便無妨碍。又經王二瞎子善堂董事一干人連騙帶嚇。原告一面只求太爺不逼他把女兒嫁與那個光棍。他亦情願息訟。（小民豈易健訟不過爲公憤所迫罷了）錢瓊光就答應他。前頭那張票不算數。立刻弔銷。所有你們婚嫁之事。我太爺一概不管。（畢是如此也不致惹禍招殃了）於是一天大事。瓦解冰銷。錢瓊光又進去求了帳房師爺錢穀師爺。替他到堂翁面前講情。湊巧堂翁這兩天。正因升官一事。滿心快活。只圖省事。便也不來問信。過了兩日。正任吏目隨鳳占回任。錢瓊光照例交卸。自行回府銷差。這事也就完了。要知後事如何。且聽下回分解。

卻洋貨尚書挽利權

換銀票公子
工心計

四編卷四十六

卻洋貨尚書挽利權
換銀票公子工心計

且說蘄州州官區奉仁，自從得了保舉之後，同城齊來道喜，少不得一一答拜，又辦了酒席請他們吃喝，一連忙了幾日，方纔停當。後來奉到部文核准行知下來，自己又特地進了一盪省，叩謝憲恩。（奔走酬酢忙個不了，還有什麼功夫盡心民事。）正想回任，忽然奉到藩台公事，說他從前當過好幾處局子的收支委員，帳目清楚，公事在行，現在北京派有欽差童大人前來清查財政，由江皖各省一路而來，目下已到南京，指日就臨湖北，所有本省司庫局所，凡屬銀錢出入之地，均須造冊報銷，以備欽差查考。（平日因循積壓，臨時脚忙手亂，官場一例。）因此特地留下區奉仁在省辦理此事，蘄州本缺，另委一位候補同知前去代理。雖說是短局，然而區奉仁放着一個實缺不得回任，卻在省裏帮人家清理帳目，心上狠不願意。（好處輪不到，辛苦派得着，想來曾不合算。）但是迫於憲令，亦叫做無可奈何而已。且說這位欽差姓童，表字子良，原籍山西人氏，乃是兩榜出身，由部曹外放知府，一直升到封疆大吏。三年前調京當差，改以侍郎候補，第二年就補了缺，做了兩年侍郎，目下正奉旨署理戶部尚書。（合着政府的脾胃，自然要步步上升。）此時朝廷正因府庫空虛，有些應辦的事，都因沒有款項停住了手，便有人上了一個摺子，說現在東南各省，如兩江、湖廣、閩浙、兩粵等處，均係財賦之區，錢糧釐稅，歲入以數千萬計，然而錢漕有積欠，釐金有中飽，如能加意搜剔，一年之中，定可有益公家不少（民窮財盡還要搜刮不至十室九空不止）無如各省督撫狃於積習。苟且因循。決不肯破除情面。認真釐剔。近來又有了什麽外銷名目。說是籌了款項。只能辦理本省之事。將來不過一紙空文咨部塞責。似此不顧大局。自便私圖。若非欽派親信大員。前往各省詳細稽查。認真清理。將來財政竭蹶。根本動搖。其弊當不可勝言各等語。（朝廷但刻責疆吏疆吏仍搜刮平民不思藏富於民其弊何可勝道）朝廷看了這個摺子。甚是動聽。馬上召見軍機大臣戶部尚書。商議此事。董子良亦以此舉為然。並且自己保舉自己。說臣在外省做官做了二十年。一切情形都熟。先下江南。後到閩廣。大約有半年工夫就可回京覆命。（半公半私落得討此美差）朝廷准奏。跟手就下一條上諭。派董某人前往江南等省查辦事件。次日董大人謝恩。召見。下來就在本部裏選了八位司員。又在別部裏奏調了幾位。此外還有軍機囑託。老公囑託。大小一共又收了五十多張條子。一齊派為隨員。（一班趕剩小人勝如五十多只饑虎）又因為自已膝下。祇有一個大兒子。是前頭正太太所生。餘外都是妾生的幾個小兒子。若把大的留在家裏。恐怕他欺負小的。只得把大的帶了出門。（深恐魚肉少姬愛子則其平日之多寵溺愛可知）安排停當。方纔檢了日子陛辭出京。且說董子良生平。卻有一個脾氣。最犯惡的是洋人。無論什麽東西吃的用的。凡帶着一個洋字。他決計不肯親近。（生今反古災必及身）所以他渾身上下。穿的都是鄉下人自織的粗布。洋布洋呢之類。是找不出一點的。但是到了五十多歲上回。為生病抽上了鴉片烟。再戒不脫。一天在朝房裏有位王爺。同他說笑話道。子良你不是犯惡洋貨嗎。你為什麽抽洋烟呢。一句說話惱了他。回得家來。就把烟燈烟鎗。統通摔掉。對家裏人說。我從今再不吃這撈什子了。（首陽蔽蔽不過爾爾誰知他老人家烟癮狠大。兩個時辰不抽。眼淚鼻涕。一齊來了。家裏人看他難過想要勸他又不敢十分相勸。纔勸得一句。他便回道。你們隨我罷。我寧可死也不破戒的了。有王剛公執拗之性後來實在熬不過了。一息奄奄。說不出話來。拿眼睛望着他大兒子。意思想叫他大少爺替他備辦後事。他大少爺此時。也有十八九歲了。讀書雖不成。外才是有的。見了父親這個樣子。亦可算得至死不變強哉矯了便追問所以立志戒烟的原故。當時就有人提起。只因某王爺說了一句笑話所以把老頭子害到這步田地。到底大少爺有主意。想了一想道。說了洋烟無怪乎他老人家要不吃了。如今你們只說是雲南土熬的廣膏。雲南廣東。都是中國地方。並不是外洋來的。自然他老人家沒得說了。有此妙法不怕他不入牢籠家人遵命。慌忙另外取了一付烟盤。端到房中。童子良見了。連忙搖手。意思不要他們進來。後來家人照着大少爺的話回了。方纔一連呼十幾口。這一頓竟比平時多吃了三錢。方纔過癮。過了幾天。齊巧前頭同他說笑話的那位王爺。請他吃飯。見面之後。童子良便叫着自己名字。告訴王爺說道。童某現在不吃洋烟了。急欲標明王爺一聽大喜。連連誇獎他。說道有志不在年高。你老先生竟能立志戒烟。打起精神。替主子辦事。真正是國家之福。且慢贊着一面吃酒。一面留心看他。到底吃不吃。誰知他吃到一半。叫值席的倒了一椀熱茶。給他趁人不見。從荷包裏摸出一個烟泡。化在茶裏吃了。這位王爺。是同他向來說慣笑話的。今天拿住了這個把柄。便問他既然不抽洋烟。為什麽還要吞烟泡呢。他便正言厲色的答道。童某吃的是本土。是不相干的。矯枉過正原不過矯情干譽罷了王爺說吃烟吞泡。還不是一樣嗎。怎麽叫做不相干呢童子良道回王爺話所謂戒烟者原戒的是洋藥本不是戒的本土但看各關報銷冊洋藥進口稅一年有多少便曉得我們中國人吃洋烟的多少如今先從童某起頭一個不抽洋烟拿本土來抵制他以後慢慢勸他倘或天下人一齊都吃本土不吃洋烟還愁甚麽利源外溢呢童某並不是歡喜一定要吃這個撈什子原不過以身作法叫天下人曉得我是為洋藥節流便是為本土開源如此一片苦心而已（有此一說所以各處廣種罌粟毒流天下了）王爺道不想老先生抽抽鴉片烟却有如此的一番大經濟在內可佩可佩這是一樁事還有一樁這一樁乃是要錢做官的人要錢本來算不得什麽但是他却另有一副脾氣是專要銀子不要洋錢為的洋錢的洋字又犯了他的忌諱（有此一番固執人所以中國無進步）從前京城裏面本來是不用什麽洋錢的用的全是當十大錢無非銀子換錢錢換銀子到也爽快近來幾年洋錢漸漸的用開了北京城也有了有些會打小算盤的人譬如一向是孝敬一百兩的如今只消一百塊錢化上七十多兩銀子也甚覺得冠冕無奈這位童大人要是人家送他洋錢他一定璧還不受（果然一清如水倒也罷了）送他錢的人不是門生便是故吏總是有求於他的人如今見他不受大家心上都要詫異後來訪着緣故只得換了銀子再去送合起數目來總比洋錢還要多些他到此亦不謙讓了（不過要合他的脾胃）除掉現銀子便是銀票一千兩二千兩三百兩五百兩白紙寫的居多還有些人因為寫的白紙票子恐怕忌諱竟用大紅緞子寫的倒也新鮮得狠他生平雖愛錢卻是一丈不肯浪費（刻薄積攢不過為兒孫之計罷了）凡是人家送給他的票銀上房後面另有一間小屋這間屋是墨

測黑。連個窗戶都沒有的。然而一步一鎖。無論是甚麼人。不准進去的。就是兒子。亦祇准站在門
外。一天老頭子在這屋裏有事情。大少爺進來回話。因為受過父親的教訓。不敢逕入房中。站
在門外老等。等了一回。忽聽老頭子在小屋裏叫喚起來。方見姨太太點了個亮。掀開門簾。在
門口站着。亦不敢進去。彷彿老頭子在地下摸索了一回。忽然一跳。就起說道。還好。有了。（險些失了）
（他的命根）隨手出來。把門鎖好。姨太太點火的時候。大少爺留心觀看。只見這間小屋裏四面牆上
貼的。一張一張。狠像帳條子一樣。及至仔細一看。纔曉得牆上貼的都是銀票。（慢藏誨盜豈不怕奸人竊伺其
旁）一伸。心中暗暗歡喜。原來老人家有這許多家當。這間小屋却是他老人家的一間銀庫。又
過了兩年。有幾省督撫。奏請置辦機器。試造中國洋錢。他老先生見了這個摺子。大少爺把舌
頭老大不以為然。無奈朝廷已經批准。他也無可挽回。只得回轉家中。生了兩天氣。說好好一
個中國。為什麼要用夷變夏。中國用慣銀子的。如今偏要學外國的樣。鑄甚麼中國洋錢。這個
洋錢日後倘若用開。豈不是全個成了他們外國人的世界。那還了得。我情願早死一天。眼睛
閉了乾淨。免得日後叫我瞧着難過。（亦如范宣子之日求早死）他雖如此說。人家亦不來睬他。到了第二年。
有兩省銀元造成。解到部裏。其時他老人家已掌戶部。司員撿了一包。請他過目。他閉着眼睛
說道。我不忍看這些亡國東西。你們拿了去罷。（細思洋價日短制錢日缺未必不由作俑者階之厲也）司官曉得他素來
脾氣。只得退了下來。後來這話傳開了。京城裏都以為笑話。有天有個門生。本是個翰林底子。
因得京察記名。奉旨簡放江西九江府知府。召見下來。到老師跟前辭行。童子良道。聽說九江

地方是狠熱鬧的。門生道本是個通商碼頭。各國商人都有在那裏。是狠不好做的。門生特地來請請的老師教訓童子良歎口氣道。那裏有這許多國度。總而言之一句話。他們外國人想出法子。來騙我們錢的。我不相信他們。外國人就窮到這步地田。自已家裏做不出生意。一定要趕到我們中國做生意。（外國人注意在通商。豈為窮起見。）偏偏就有我們這些不掙氣的督撫。去隨和他們的洋錢不夠使。我們又特地買了機器。鑄出洋錢來。給他們使。（豈知外國人並不要使你們中國洋錢）不曉得他們外國人有何功何德。到我們。我們要如此的巴結他。我真正不懂。門生道。我們中國。自鑄的洋錢。本不叫做洋錢。有的叫做銀元。亦叫龍圓。童子良道。亦不過多換幾個名字。騙騙皇上罷了。還不同外國洋錢一個樣子嗎。門生道。大小雖一個樣子。花樣却是不同。我們的龍圓。正中盤的是一條龍。所以叫做龍圓。童子良聽說花樣不同外國。一樣不覺心上一動。（只要改個名目。花樣他亦未嘗不喜）有可拿個來。我瞧瞧。這位門生齊巧說道你有沒身邊有兩塊洋錢。一塊鷹洋。一塊龍元便取出來。說聲老師請看。童子良接在手中。一見有一塊鷹洋在內。便縐着眉頭說道。怎麽老弟你亦用這個。（自已不喜用洋錢。還要禁人家用。真正不近人情）隨手就拿這塊洋錢在坑几上一丟。却拿了那塊龍元不住的端詳。後來看見有龍的一面。四轉亦有洋字。他老人家便把面孔一板道。老弟。怎麽你也來欺我。如果不是造了送給外國人的。為什麽要刻上這些外國字呢。我總疑心現在的人。一定是吃了外國人的迷混藥。所以樣樣都帮着外國人。真正不解。後來這個門生。又再三告訴他中國所以鑄造龍元。原是想出法子抵制外國洋錢的意思。就同老師單吃本土。不吃洋烟同一用意被人摸着了腳胃總要瞞過去董子良經此一番譬解雖然明白了許多然而總為這龍元上面刻了洋字決計不肯使用閑話少敘單說他此番派了九省欽差到處查帳籌款不但那九省大小官員聽得他來個個不安其位就是別省聽着也為擔心平時託大意急來抱佛腳當時他上去請訓奏稱臣道這濫出京要由旱道而走十八站到清江浦然後坐了民船再下江南上頭問他為什麼不坐火車到天津再換輪船到上海豈不快些他便碰頭奏道臣是天朝的大臣應該按照國家的制度辦事什麼火車輪船走的雖快總不外乎奇技淫巧臣若坐了有傷國體所以斷斷不敢然則近來極喜新法豈不怕有傷國體乎上頭聽他說的話很冠冕而且曉得他為人古板也就隨他去了但是按照官站須要經過山東朝廷便諭他順便帶看河工他亦說山東黃河年來時常決口聽說其中弊端百出臣到山東後定當嚴密稽查決不敢有負委任只怕口不應心上頭聽了無甚說得過了一天次早又上去陛辭下來便在部裏支了盤川帶了隨員遥向北道旱路進發未曾動身的前頭發信給各地方大員叫他們傳諭所屬無非說本大臣砥礪廉隅一介不取所到之處一概不許辦差倘敢不遵定行參處如此通飭下去總以為這位欽差是清廉自矢決計不用地方上破費銀錢的了我亦謂然豈知他所費的更多你道是何緣故呢現在不說別的單指轎馬一項而論欽差坐的是長轎擡轎子的每班四人每天要換三班一位少大人隨員六七十位有的坐轎有的坐車欽差隨員各人都有跟人都有行李通扯起來轎子至少亦得二三十頂轎車大車一百多輛馬亦要一百多匹這筆費用一天共需幾何部裏支得盤川如

何穀使欽差每到一處總要面諭地方官所有夫價即便寫了領紙交給巡捕官到我這裏來領（樂得做出體卹下情模樣）地方官當時只得諾諾遵命等到下來一一發付之後那裏還敢向欽差大人手裏討取然而等到欽差臨動身的時候這張領紙又一定要來討取去的地方官又不敢不照寫（强盜打了刼還要寫伏辯亦是如此）然而只見領紙進來從不見銀子出去好在地方官亦早已自認晦氣決不要欽差還的至於欽差自己心上亦未始不明白但是不如此不能顯得清廉况且自己亦那裏貼得出許多呢最要緊的是每到一處地方官辦差太省儉了固然不好太華麗了也不相宜欽差尚未來到便有欽差的巡捕先趕早一步來名字叫做先站其實是同地方官講價錢來的看缺分大小一千八百儘着要量若是地方官孝敬的能夠如願他便把欽差脾氣歡喜什麼不歡喜什麼都說了出來地方官摸着欽差的脾氣這差事自然是好辦了倘若送的不能如願他便不肯以實相告儘着地方官去瞎碰（名為不要辦差比尋常差使難辦十倍）此番欽差因奉旨查辦河工所以繞道濟南撫台恐怕首縣辦差一個人兼顧不到特地派了兩個同知兩個知縣帮着去辦使用銀子都在善後局裏支領偏偏所派的四位當中有一位同知手筆極緊除掉行轅應用的物件不得不辦了送去其餘小錢一文不肯浪費（惜小費而忘大害終是未遭剉折）巡捕官預先下來只有首縣私下答應他八百銀子那巡捕官一定要三千說欽差到你們這裏總得多住幾天隨時可以挑眼的咱們勸你多破費幾文爲的是彼此平安省得欽差挑眼之後大家没味首縣聽了甚以為然無奈那位同知大老爺執定不肯首縣無奈只得又自已暗裏送了

這巡捕五百金。此時山東省城。遇了此種無理可喻之人只好自己挖腰包是早已曉得欽差脾氣不喜歡洋貨的。所以行轅之內。一切擺設鋪陳。凡是洋鐘洋表洋毯洋燈洋桌洋椅之類。一概不用。等到晚上。點了無數若干的牛油蠟燭。不拿洋燈比較。也遠覺得明亮。至於其他一切陳設。都是中國土貨。吃的東西。又無非照例的燕菜席。滿漢席。欽差住了幾天。尚無話說。配他胃口其時已是四月天氣漸熱了[illegible]班的出來說。大人嫌吃的水不乾淨。就是擰出手巾來。也有股氣味。辦差的聽見了。立刻就叫人到趵突泉打了水來。給欽差吃。此則猶可又買了一打林文烟香水。交給跟班。上說每逢欽差洗臉。面盆裏冲上些香水。就沒有氣味了。而且還香噴噴的好聞。此則又犯所忌矣誰知拿了進去。欽差還沒有聞着。打手巾把子的人。已經挑眼了。拿着香水。送到欽差面前說這是外國人的藥水。他們拿來藥你的。欽差聽了。便氣的了不得。寫信給撫台。要查辦辦差的。撫台忙傳那四個辦差的到轅問話。四個人據實稟明。說那香水原是可以避暑氣的。而且還可以避疫氣撫台復了欽差。欽差又查問那裏買的。後來聽說是洋貨店裏買的。欽差愈加不高興。說我就同女人一樣。守節已經到了六七十歲。難道還要半路上失節不成。如此說來遍天下皆失節之臣矣你們這些人。都不是好人。總要想出法子來害我。倒底是何居心。這個風聲傳了出去。不但辦差的人。處處小心。就是合省官員來稟見的。凡是稍微帶點洋氣的東西。都不敢叫他瞧見。有天同司道談論公事。談得時候多了些。忘記了時辰。便問現在是什麼時辰了。有位候補道無意之中說了聲現在大約有一點鐘了。那童子良不聽則已。聽了之時。便把眉頭一縐。眼睛一楞。說你老哥說的什麼兄弟不懂嘴裏說不懂心上却是明白的曉得他們所說的。一定是表上的時刻便想到這些人身上。一定帶着有表。半天不言語。側着耳朵一聽。偏偏同他坐的傾近一位道台。外褂裏面。剔剔剔的響。童子良聽了一會。便問這位道台。你老哥身上有什麼東西。一剔一剔的響。又問你們眾位。可曾聽見沒有。眾人都不敢言語。直把那位道台羞得耳根都紅。坐立不穩。童子良還算忠厚。未曾當面揭穿。祇第二天見了撫台。說某道人是漂亮的。但是漂亮人總不免華而無實。不肯務正。所以兄弟取人。總在悃愊無華一路。以此繩人定教仕路一空撫台聽了。先還摸不着頭腦。還以為某人辦事不誠實。所以欽差纔加了他這個考語。後聽別位司道說起。曉得是為帶着表。方纔付之一笑了事。欽差在濟南。住了十來天。所查辦的事。無非是河工局裏多孝敬他幾萬銀子。沒什麼大不了之事。有此一好尚非是真挖搭河工局送的是。公款為的是保全大局起見。欽差受了。自無話說。撫台又另外送了程儀。下來便是司道孝敬。府縣孝敬。還有些相好處的孝敬。欽差亦一一笑納。來則不拒多多益善另外又有位平度州知州。這州官。乃是在旗名喚巴吉表字祥甫。平度州缺。在東三府裏。也算得中等的缺。巴祥甫到任。已經做過五六年了。這年又得了卓異。照例送部引見。他身上本有在任候補直隸州字樣。等到引見下來。又得了個回任候升。回省之後。上司都拿他當老州縣看待。自然立即飭回本任的。回任不多幾時。偏偏臨清州出缺。臨清州乃是直隸州。巴祥甫因為自己資格已到。不免有覬覦之心。只要有門路何愁不能到手親自進省。託人在大憲面前吹噓。意思想求大人拿他升補。上頭尚在游移兩可。這個擋口。齋巧欽差來到。一連忙了十幾天。就把這事擱起。巴祥甫心上雖然着急。也屬無可如何。巴祥甫有個哥哥。從前曾經拜在欽差門下。巴祥甫因此淵源。也就拿着門生的帖子。前去叩見。居然傳見留下談了半天。甚是親熱。等到見了下來。就有他的親家。也在省裏候補的。勸他送分重禮給欽差。趁勢託欽差說兩句好話。撫台一定答應。苞苴朝入銅符夕挽再要靈驗沒有巴祥甫亦以為然。意思想送親家道。銀子不及送東西的體面。原來巴祥甫省城裏有什麽事情。都是託他這位親家。替他欽差八千銀子。他經手的。他親家新近亦是替一個朋友。辦了一分禮。說是送給一位什麽大人的。後來這分禮沒有收。那個朋友的錢。亦就一直沒有拿出來。這分禮物。總共值到五吊來往。銀子一齊擔在他親家身上。所以他親家急於想要出脫。齊巧碰着巴祥甫要送欽差的禮。他親家面子上。勸他置辦東西。內骨子實是要卸自己的干係。因此一力攛掇。為脫濕布衫起見並不計及忌諱。那分禮物當中。如珠寶翡翠之類。很有兩件值錢的。巴祥甫瞧了。因見親家討他六千。他看過六千還值。便爾應允。又好加上一千利息了但是巴祥甫的為人。是有點糢糢糊糊的。把禮物大概看了一遍。面子上很覺過得去。便對親家說了聲費心。吩咐開寫禮單。即刻派人送去。事不三思必要悔後不料送禮的家人。去不多時。忽然趕回來。找老爺。說是禮單之中。有盤珠打簧金表一打。欽差巡捕。說這是大人頂頂犯忌的東西。怎麽拿這個送他。非但不落好。倘或欽差生了氣。還怕於你老爺功名有礙。恍聞平空霹靂巴祥甫道。既然承他關照。我們就把表拿回來。再配一樣別的送去亦好。家人道。小的亦是如此說。無奈巡捕老爺。不准我們拿回來。巴祥甫急了。只好親自趕去走到那裏巡捕拿他一味恫嚇說已回過少大人了不能由你拿回去掉换你要太平無事除非送三千銀子給少大人託他替你想法子還是個辦法巴祥甫無奈只得同他磋磨了半天跌到二千巡捕果然進去向大少爺說明大少爺說叫他把銀子拿來保他無事巴祥甫只得又回來找到他親家打了二千銀子的一張票子送了進去然後巡捕連表連銀子統通拿進去交代了大少爺大少爺又教了巡捕若干話（此處且不說明）巡捕會意直等到裏頭傳開飯童子良剛剛坐下只見巡捕拿了手本禮單從外面走了進來方纔走到院子裏劈面大少爺從廂房裏走了出來不由分說攔住檯盒瞧了一瞧順手在盒子裏取出一捧東西手裏拿着却嘴裏嚷着說道這人真正豈有此理他不曉得這裏大人犯惡這個嗎竟其大膽敢拿這個往這裏送嗎一頭嚷一頭搶在盒子前頭上來報信（事又變卦出人意外）其時拿手本禮單的人已經到了童子良跟前了童子良看了禮單一見有金表在內心上一個不高興面孔登時沉了下來要待發作尚未發作不料少爺纔上得一層台階一個滑脚早滑倒了嘩啷一聲一大捧東西一齊丟在地下還有些珠子的溜溜在地下亂滚看上去有兩個黄澄澄的的確像個金表珠子早灑了滿地了（耶真失足耶假失足耶使人驚疑不定）童子良一見大少爺跌到忙問怎麽樣了大少爺喘吁吁的站起來把衣服撣了兩撣也不拾地下的東西便跑在他父親身邊回道我正為巴某人送的禮奇怪所以搶着拿了來給你老人家瞧童子良此時早看清是表便發話道你不曉得我頂頂恨這個東西嗎還要拿了來氣我替我把那地下的東西掃出去就是跌破了也不准放在

這裏。已在意計之中少爺家人們答應一聲。早有幾個人。把表搶着拿了出去。又一連兩三搭。帚地下一顆珠子。都掃的沒有了。童子良見表拿出去。方把巡捕埋怨道。他們說不曉得。怎麽你們在我這裏當差。使連這個都不知道嗎。也不通知他們一聲。由着他們拿這個來氣我。巡捕見表拿了出去。沒了對証。原來是串通一氣欺老子方慢慢的辯道。回大人的話。巴牧有兩句說話。來本要稟告大人知道的。倘若巴牧沒有那兩句話標下。亦決計不敢替他拿上來了。你有脾氣總有法子來制伏你童子良忙問什麽話。巡捕道。他說他這個表。不是外國來的。是本地匠人自己造的。童子良道。怎麽本地人也會造表。造出表來。做什麽用呢。巡捕便按照大少爺吩咐他的話回道。巴牧的意思。因為外國進來的表太多了。頂好中國人不買。無奈中國人有幾個能像大人這樣正派。不要這些東西呢。但是外國進來的多了。中國的銀錢。就不免慢慢的一齊淌出去了。現在也是萬不得已。纔想出這個抵制的法子。叫自己的匠人。仿照外國人的樣子。造出一個表來。一樣報時報刻。中間的關捩子。就同鎖璜一樣。所以叫做璜金表。面子上盤了多少珍珠。無非取其值錢好看的意思。所以叫做盤珠打璜金表。大人沒有瞧見。那底下一面。還有大清光緒年製六個字。上頭外國字。一個都沒有。真正是自己本國土造的。捏上篇假話總是銀子在那裏代言童子良聽了。居然信以為真。便道果然如此。還說得下去。如今跌碎了他的。倒辜負他這一片盛意了。你不要懊惱只消補他的情是了巡捕見欽差怒氣已平。便笑着朝大少爺說道。巴某人送禮來的時候。他自己倒也很明白。童子良道。怎樣講。巡捕道。他說我巴某人。拿了這東西孝敬欽差。不把話說明白。欽差一定要生氣的說明白了。或者還念這片苦心。亦就包涵過去了。巴某人還說欽差是個正人。自古道邪不勝正。所以不歡喜這些東西的。如今可被他一句話說着了。表是大人犯惡的。一進了院子門。大人老遠的瞅了一眼。自然而然。那東西就會跌在地下。跌碎不能近大人的身。這也不怪少大人拿的不好跌碎的。暗地裏自有神道。在少大人手裏奪過來。摔在地下的。真正是邪不勝正。老話是萬不得錯的。（愈說愈像又戴上些高帽子那得不入其個中）童子良聽了這番恭維。方纔一面吃飯。一面慢慢的說道。神道自有的。我們老太爺從前在山西做知縣。凡是出了疑難命盜案件。自己弄得沒有法子想。總是去求城隍老爺幫忙。洗過澡。換過新衣服。吃的是淨素。住在城隍廟裏。城隍老爺就託夢給他。或是強盜。或是凶犯。依着方向去找。回回都找到的。後來老太爺升天之後。老太太還做夢。說是老太爺也做了那一縣的城隍了。神道的確是有的。不可不相信。（酷信神道又是湊他的趣）巡捕道。像大人這樣的職分。一定有值日功曹。暗中保護。城隍老爺位分小。還彀不上哩。（索性拈到他天上去）童子良把臉一板道。這話不是可以混說的。那年陸中堂死了。他家是南方人。都按照南方風俗辦的事。當天化了多少錫箔。什麼望鄉臺地獄門十八殿閻王一齊都上了錢糧。城隍廟裏。自從城隍老爺起。一直到小鬼土地。一齊都有燒化。人死了。頭一重先要到城隍老爺跟前掛號。任憑你中堂尚書。再大點的官。都逃不過的。這話都可以混說。真正瞎胡鬧了。（堂堂尚書竟與婦女一樣之愚）一席話說完。飯亦停當。方走下來。把巴祥甫送的禮物。仔仔細細看了一遍。有個翡翠搬指。很中他老人家的意。帶了手上。給大少爺瞧。問大少爺道。你瞧這搬指也不輸給你丈人的那一個了。大少爺答應了一聲是。童子良又看別的禮物。也都過得去。便吩咐一齊收下。表已打碎。亦不追究。（轉敗為勝費盡九牛二虎之力）因此一個搬指。對了他的胃口。却很替巴祥甫出力。在撫台面前替他許多好話。（搬指倒不希罕倒是二十頭之力量）後來巴祥甫竟其如願以償。補授臨清州缺。這是後話不題。單說大少爺憑空得着了十二隻金表。自然滿心歡喜。日說他此番跟了老頭子出來。人家孝敬欽差。少不得也要孝敬少大人。銀子雖然也弄得不少。不過人心總無饜足之時。自然越多越好。老頭子自到山東。總共收了人家若干現的。若干票子。就帳上看起來也就不在少處。後來老頭子。又嫌現的累墜。於是又一概換了票子。床頭上有個拜匣一齊鎖在裏面。莫說別人不能經手。就是自己兒子。也不准近前一步。這間屋一步一鎖。鑰匙是老頭子自己帶着。老頭子或是清晨起來。或是燈下無事。一定一天要早晚查點二次。統計在山東境內。得了十五萬六千銀子。（贓私纍纍不意趙文華嚴分宜又見於今）少爺勸他與其自己帶在身邊。不如早些託票號裏滙到京城。也可存莊生息。無奈老頭子總覺放心不下。不以少爺之言為然。（存了私心自然不聽少爺之言）過了些時。山東銀子收齊了。便吩咐起馬。九站旱道。直到清江浦換船南下。在旱道上這個拜匣。就放在轎子裏面。（是他的命根自然要隨身換帶）每逢打尖住宿。等到無人之時。依舊每日二次查點銀票。（銀子怕鉄算盤難道票子亦防暗算）十五萬六千銀子的銀票。也有二千一張的。也有一千一張的。三百五百也有一百二百也有。統算起來。共有三百幾十張。查點一次。亦很費半天工夫。他在屋裡點票。一向是一個人不准入內。就是有客來拜。也不敢回。必須等到他老人家點完了數。鎖入拜匣。親隨人等方敢進見。及至到了清江。坐的是大號南灣子船。欽差自己一隻。少爺一隻。隨員人等。一共是二十多隻。一字兒排在河心。少爺因為老頭子一個人在船上。未免冷清。同老頭子說。情願同老人家同船。以便早晚伺候。老頭子怕兒子偷他銀子。執意不肯。（你要如此防人自然人家不懷好意了）少爺見老頭子不允。也只好遵命。南灣子船極大。房艙又多。董子良特特為為叫辦差替他做了兩扇牢固的門。以便隨時好鎖。（隨你金門也要被人家算計）到了清江。漕台請他吃飯。都是鎖了艙門纔去的。漕台見了面。同他說。我這裏有的是小火輪。我派兩條。送你到蘇州。免得路上耽擱。董子良連連作揖推辭道。你老哥還不曉得兄弟的脾氣嗎。我寧可天天頂風。一天走不上三里路。我是情願的。小火輪雖快。是洋人的東西。兄弟生平頂頂恨的是洋貨。已經守了這幾十年。現在要兄弟失節。是萬萬不能的了。（也叫人家聞所未聞）況且兄弟苟其貪圖走的快。早由天津坐了火輪船到上海。也不到山東。繞這一個大灣兒了。漕台見他如此說法。曉得他牛性發作。也只好一笑置之。單說大少爺見老人家有這許多銀子。自己到不了手。總覺有點難過。變盡方法總想偷老頭子一票。方纔稱心。（竭誠則吳越為一家懷疑則骨肉為行路信然）如此者處心積慮。已非一日。從清江一路行來。早晚靠了船。大少爺一定要過來請安。等到老頭子查點票子的時候。一定要把大少爺赶回自己船上去。大少爺也曉得老頭子的用意。生恐被他偷用了。將來輪不到小兒小女。無奈想放下。總放不下。（孟子闢梁王言利之害而曰未有仁而遺其親者也聖賢垂戒自有深意）有大船靠常州。到了晚上。時候還早。父子二人。吃過了飯。隨便談了幾句。董子良就急急的催兒子過船。大少爺心上有點氣不艆走到船頭。盤算了一回。恰喜這夜並無月色。對面不見人影。他便悄悄的吩咐船家說我要在這艄沿上出恭。船人上道。這裏河面寬。要當心滑了腳。不是玩的。船上有的是馬桶。還是艙裏穩當些。大少爺道。我歡喜如此。不准響。鬧得大人知道。船上人見說他不聽。也只好隨他。了已被瞞過。大少爺便依着船沿。慢慢的扶到後面。約摸老人家住的那間屋艙。幸喜窗板露着有縫趁勢蹲下。朝裏一望。可巧老頭子正是一個人。在那裏點票子哩。大少爺看着眼饞。一頭看。一頭想主意。所謂外盜易防家賊難防只見老頭子。只是一張一張的點數。並不細看票子上的數目。一搭五十張。望上去有七八搭的光景。點完之後。用紙包了一個總包。仍舊放在那個拜匣之內。拿鎖鎖好。擺在床頭。他老人家亦就順勢躺在床上。看那樣子。甚為怡然自得。大少爺隨即回到自己船上。一宵易過。容易天明。第二天開船。是日船到無錫。到了晚上。大少爺又過來偷着看了一回。也是如此。他便心上想道。像他這種點法。正點票子的數。並不點銀子的數。倘若有人暗地裏替他換下幾張。他曾曉得嗎。伺間抵隙而來防無可防有了。等我到了蘇州。如此如此這般這般這銀子雖然不能全數到我的手。十成裏頭總有六七成可以弄到手的。主意打定。便買囑上下人等。等到船泊蘇州之後。偷個空上岸。先把自己的現銀子。取出幾個大元寶。到錢鋪裏。託他們一齊寫了銀票。先化些本錢也有十兩的。也有八兩的。極少也有四兩。錢鋪問他做什麽用。他說是賞人的。人家也不疑心了。回到船上。專等欽差上岸。或是拜客。或是赴宴。這個擋口。大少爺便開了老頭子住的艙門。鑰匙都是預先配好的。開了艙門。尋到拜匣所在。取出銀票。拿掉幾張大數目的放上幾張小數目的仍舊包好放好。神不知鬼不覺毫無破綻等到晚上老頭子點票子的時候。大少爺又去偷看了一回只見老頭子依然是一張一張的點了個總數不差無甚說得因此大少爺膽子愈大。第二天又換上十來張老頭子仍未看出如此者不上五天便把他老人家整千整百大數目的銀票統通偷換了去。一個包已被掉去心毒手辣童欽差雖然仍舊逐日查點無奈只個弊病始終沒有查出。又幸虧這童欽差平時一個錢不肯用的這些銀票將來回京之後也不過送到黑屋裡為糊墻之用。大約這重公案他老人家在世一日總不會破的了於是大少爺把心放下。後來手脚做的越多膽子越大。老頭子這遍差使弄來的錢足足有八九成到他兒子手裏了。用盡心計但為不肖子揮霍之資甚不值得要知後事如何且聽下回分解。

喜禅文頻、說
白字

爲惜費急急煮烏煙

喜掉文頻頻說白字　為惜費急急煮烏烟

却說童子良到了蘇州。江蘇是財賦之區。本是有名的地方。童子良此番是奉旨前來。一為查舊帳。二為籌新欵。欽差還沒有下來。這裏官場上得了信。早已嚇毛了。（先聲奪人自然要躭驚受嚇）此時做江蘇巡撫的姓徐。號長齡。是直隸河間府人氏。一榜出身。藩臺姓施。號步彤。是漢軍旗人氏。臬臺姓蕭。號貞才。是江西人氏。他倆一個是保舉。一個是捐班。現在一齊做到監司大員。偏偏都在這蘇州城內。施藩臺文理雖不甚清通。然而極愛掉文。又歡喜挖苦。（最是草包最要充假斯文）因為蕭臬台是江西人。他背後總要說他是個鋸碗的出身。（自己毫無知識要看不起人家）蕭臬臺聽見了。甚是恨他。這日轅期兩司上院。見了徐撫臺。徐撫臺先開口道。這裏頭總說我們江蘇是個發財地方。我們在這裏做官。也不知有多少好處。上頭不放心。一定要派欽差來查我們。做了封疆大吏。上頭還如此不放心。我們聽了。叫人寒心。施藩臺答應了兩聲是。又說道。回大帥的話。我們江蘇聲名好聽。其實是有名無實。即如司裏做了這個官。急急的量人為出。還是不夠用。一樣有虧空。徐撫臺聽了量人為出四個字不懂。便問步翁說得什麼。施藩臺道。司裏說的是量人為出。是不敢浪費的意思。畢竟徐撫臺是一榜出身。想了一想。忽然明白。笑着對臬臺說道。是了。施大哥眼睛近視。把個量入為出的入字。看錯個頭。認做個人字了。（並非近視眼想是幼時先生教白字所致）蕭臬臺道。雖然看錯了一個字。然而量人為出。這個人字還講得過。（當作別解亦通）徐撫臺聽了。付之一笑。施藩臺却頗洋洋自得。徐撫臺又同兩司說道。我們說正經話。欽差說來就來。我們須得早為防備。你二位老兄所管的幾個局子。有些帳趁早叫人結算結算。趕緊把冊子造好。以備欽差查考。等到這一關搪塞過了。我亦決計不來管你的閒事。（視公事如閒事則其積弊可知）藩臬二司。一齊躬身答應。齊說像大帥這樣體恤屬員。真正少有。司裏實在感激。徐撫臺道。多糜費。少糜費。橫豎不是用的我的錢。我兄弟決計不來做個難人的。（雖不得罪屬員豈不辜負朝廷）藩臬兩司下來。果然分頭交代屬員趕造冊子。不題。正是有話便長。無話便短。轉眼間。童欽差已經到了蘇州了。一切接差請聖安等事。不必細述。且說童欽差見了巡撫徐長綠。問問地方上的情形。徐撫臺無非拿場面上的話敷衍了半天。接着便是司道到行轅稟見。童欽差單傳兩司上去。先問地方上的公事。隨後又問藩臺。單就江蘇一省而論。釐金共是若干。施藩臺先回一聲是。接着說了句。等司裏回去查查看。童欽差聽了。無甚說得。歇了一回。又題到漕米。童欽差道。這個是你老哥所曉得的了。誰料施藩臺仍舊答應了一聲是。接着又說了一句。等司裏回去查查看。（問以釐金而不知詢以漕米而不曉此種尸位素餐之藩司要他何用）童欽差一聽。他這個要回去查。那個要回去查。便狠有些不高興。於是回過臉。同着臬臺論江南的梟匪。施藩臺又搶着說道。（問到自己毫無回答問到別人又搶來說真是一個妄人）前天無錫縣王令來省司裏還同他說起無錫的九龍山強盜狠多。你們總得會同營裏。時常派幾條兵船去遊戈遊戈纔好。不然。強盜膽子越弄越大。那裏離太湖又近。倘或將來同太湖裏的鳥匪合起幫來。可不是頑的。施藩臺說得高興。童欽差一直等他說完。方同蕭臬台說道。他說的什麼。我有好幾句不懂。什麼遊戈遊戈。難道是下油鍋的油鍋不成。（論船上只有鍋爐並無油鍋）蕭臬臺明曉得施藩臺又說了白字。不便當面揭穿駁他。只笑了一笑。童欽差又說道。他說太湖裏還有什麼烏匪。那烏兒自然會飛的。於地方上的公事有什麼相干呢。（臬乃念毋之飛烏不要說不相干）哦。我明白了。大約是臬匪的臬字。施大哥的一根木頭被人家抗了去了。自然那烏兒沒處歇。就飛走了。施大哥好才情真要算得想入非非的了。（調趣得妙）施藩臺曉得童欽差是挖苦。他把臉紅了一陣。又掙扎着說道。司裏實在是為大局起見。生怕他們串通一氣。設或將來造起反來。總不免茶毒生靈的。（此種藩司說以茶毒生靈而不得也只好算他茶毒生靈了）童欽差聽了。只是縐眉頭。施藩臺又說道。現在緝捕營統領周副將這人很有本事。賽如戲檯上的黃天霸一樣。還是前年司裏護院的時候委他這個差使。而且這人不怕死。常同司裏說。我們做皇上的官。吃皇上家的錢。使將來總要馬革裏屍。纔算對得起朝廷。童欽差又搖了搖頭說道。做武官能彀不怕死。原是好的。但是你說的什麼馬革裏屍這句話我又不懂。（辯論什麼）施藩臺只是漲紅了臉。回答不出。蕭臬臺於是替他分辨道。回大人的話。施藩司眼睛有點近視。所說的馬革裏屍。大約是馬革裹屍。因為近視眼看錯了半個字了。就是剛纔說的什麼茶毒生靈的茶字。想來亦是這個緣故。（近來坊間所出之書多未校正魯魚亥豕所在多有想來施藩臺亦為所誤）童欽差點頭笑了一笑。馬上端茶送客。一面吃茶。又笑着說道。我們現在用得着這茶度生靈了。施藩臺下來之後。朝蕭臬臺拱拱手道。臬翁。以後凡事照應些。欽差跟前是玩不得的。

於是各自上轎而去。自此以後。童欽差便在蘇州住了下來。今天傳見牙釐局總辦。明天傳見銅元局委員。無非查問他們一年實收若干。開銷若干。盈餘若干。所有局所雖然一齊造了四柱清冊呈送欽差過目。無奈童子良還不放心。背後頭同自己隨員說。這些帳是假造的。都有點靠不住。總要自己澈底清查。方能作准。（只怕憑你一人之才力聰明。雖窮年累月。再查不清。）於是見過總辦會辦大小委員。都不算數。一定要把局子裏的司事。一齊傳到行轅。分班問話。頭一天傳上來的一班人。童欽差只略為敷衍了幾句話。並不查問公事。這一班退出。吩咐明天再換一班來見。等到第二天。換二班的上來。欽差竟其異常頂真。凡事都要考求一個實在。有些人回答不出。很碰欽差的釘子。（還他一個疾雷不及掩耳。不得不把真情獻出。）於是大家齊說。這是欽差用的計策。曉得頭一班上來見的人。一定是各局總辦。選了又選。都是幾個尖子。自然公事熟悉。應對如流。所以無須問得。等到第二班。一來總辦沒有預備。再則大家見頭一天欽差無甚說話。便亦隨隨便便。誰知欽差忽然改變。焉有不碰釘子之理。司事碰了釘子。其過自然一齊歸在總辦身上。合蘇州省裏的幾個闊差使總辦。一齊都是藩臺當權。馬上傳見施藩臺。當面申飭。問他所司何事。（難免溺職辜恩之罪。）施藩臺道。司裏要算是頂真的了。幾次三番同他們三令五申。無奈這些人只有這個材料。總是這們不明不白的。（自己糊塗倒會說人家不明白。）童子良道。這裏頭的事你可明白。施藩臺道。等司裏回去查查看。童子良氣的無話可說。便也不再理他。幸虧現任蘇州府知府為人極會鑽營。而且公事亦明白。不知怎樣欽差跟前被他溜上了。竟其大為賞識。凡事都同他商量。這知府姓卜號瓊名。但是過於精明的人。就不免流於刻薄一路。（精明人又易招怨所以也要暗藏些）平時做官。極其風厲。在街上看見有不順眼的人。抓過來就是一頓。尤其犯惡打前劉海的人。見了總要打的。他說這班都是無業遊民。往往有打個半死的。因此百姓恨極了他。背後都替他起了一個渾號。稱他為剝窮民。（民風之刁無過吳中一經重刑便要妄造黑白）藩臺施步通。文理雖然不甚通。公事亦極顢頇。然而心地是慈悲的。所謂雖非好官。尚不失為好人。因見首府如此行為。心上老大不以為然。背後常說像某人這樣做官。真正是草菅人命了。亦曾當面勸過他。無如十知府陽奉陰違。也就奈何他不得。（江山可改本性難移）欽差此番南來。無非為的是籌款。江南財賦之區。查了幾天。尚無眉目。別處更可想而知了。童子良生怕回京無以交代。因此心上甚為着急。（辦理棘手那得不急）十知府曉得欽差的心事。便獻計於欽差。說是蘇州一府。有些鄉下人應該繳的錢糧漕米。都是地方上紳士包了去。總不能繳到十足。有的繳上八九成。有的繳上六七成。地方官怕他們。一直奈何他們不得。許多年積攢下來。為數卻亦不少。（只顧獻諛貢媚豈知流毒無窮）童子良道。做百姓的食毛踐土。連國課都要欠起來不還。這還了得嗎。十知府道。其過不在百姓。而在紳士。百姓是早已十成交足。都收到紳士的腰包裏去了。蘇州省城裏還好。頂壞的是常熟昭文兩縣。他那裏的人。只要中個舉。就可以出來替人家包完錢漕。進士更不用說了。（包漕之風吳中最甚）童子良道。你也欠。他也欠。地方官就肯容他欠嗎。將來交不到數目。不還是地方官的責任嗎。十知府道。地方官顧自己考成。亦只好拿那些沒勢力的欺負。做個移東補西的法子。至於有勢力的。拉攏他還來不及。還敢拿他怎樣呢。

土豪勢大為地方官亦是不易童子良道。一個舉人有多大的功名。膽敢如此。卜知府道。一個舉人原算不得什麼。他們合起帮來同他地官為難。遇事掣肘。就叫你做不成功。所以有些州縣只好隱忍。豈知愈隱忍愈要挾制卑府却甚不以此為然。童子良道。依你之見如何。卜知府道。卑府愚見大人此番本是奉旨籌款而來。這筆錢實實在在是皇上家的錢。極應該清理的。而且數目也不在少處。為今之計。只要大人發個令。說要清賦。誰敢拖欠。我們就辦誰。越是紳衿越要辦得凶。辦兩個做榜樣。人家害怕。以後的事情就好辦了。為儆一警百上起見也要辦一二個不但以後的事情好辦。這筆錢清理出來。也儘夠大人回京覆旨交代的了。童子良道。這兩天正以籌不着欵為慮。聽了此言。雖然合意。但是意思之中。尚不免於躊躇。想了一想。說道。這筆錢原是極該應清理的。但是如此一鬧不免總要得罪人。欽差尚怕得罪人則獻策之結怨可知矣卜知府道。古人鐵面無私。大人能夠如此。包管大人的名聲格外好。也同古人一樣。傳之不朽。而且如此一辦。朝廷也一定說大人有忠心。朝廷相信了大人。誰還敢說什麼話呢。一派攛掇話頭不怕他不聽信童子良經他這一泡恭惟。便覺他說的話。果然不錯。連說兄弟照辦。但是老兄到底在這裏做過幾年官。情形總比兄弟熟悉些。將來凡事還要仰仗。卜知府亦深願效力。不願効力也不獻殷勤了一連又議了幾日。把大概的辦法商量妥當。就委卜知府做了總辦。卜知府本來是個喜歡多事的人。一朝權在手。便把令來行。平日作威作福況更借以事權耶行文各屬。查取拖欠的數目。以及各花戶的姓名。查明之後。立刻委了委員。分赴各屬。先去拿人。那些地方官本來是同紳士不對的。今奉本府之命。又是欽差的公事。樂得假私濟公。足見平日官紳水火凡來文指拿的人。沒有一名漏網。等到解到省城之後。凡是數目大的。一概下監。數目小的。捕廳看管。但是欠得年代太久了。總算起來。任憑你什麼人。一時如何還得起。於是變賣田地的也有。變賣房子的也有。把現成生意盤給人家的也有。一齊拿出錢。彌補這筆虧空。平日吞吃錢粮今天也欲嘔出的來然而這些都還是有產業有生意的人。方能如此。要是一無底子的人。靠着自己一個功名。漁肉鄉愚。挾持官長。左手來。右手去。弄得的錢。是早已用完的了。到得此時斥革功名。抄沒家產。都不算。一定還要拷打監追。及至山窮水盡。一無法想。然後定他一個罪名。以為玩視國課者戒。因此破家蕩產。鬻兒賣女。時有所聞。雖然是咎猶自取。樂極悲生本無足惜然而大家談起來。總說這卜知府辦的太煞認真了。刑亂國用重典也不為過閒話少敘。但說卜知府奉到憲札之後。認真辦了幾天。又去稟見欽差童子良道兄弟。即日就要起身。前赴鎮江。沿江上駛。先到南京。其次安徽。其次江西。其次兩湖。回來再坐了海船。分赴閩粵等省。到處查查帳簿。籌籌欵。總得有一年半載耽閣。這事既交代了老兄。大約有半年光景。總可清理出一個頭緒。予以全權借以寬限辦理定有可觀卜知府道。不消半年。卑府是個急性子的人。凡事到手。總得辦掉了。纔睡得着覺。大約多則三月。少則兩月。總好銷差。雖則急遽圖功也可振疲玩因循之積習童子良道。如此更好。卜知府回去。真個是雷厲風行。絲毫不肯假借。怕委員們私下容情。一齊提來自己審問。每天從早晨起來。就坐在堂上問案。一直到夜。方纔退堂。他又在三大憲跟前稟明。說有欽差委派的事。不能常常上來伺候大人。甚至每逢轅期。他獨不到。三憲面子上。雖不拿他怎樣。心上却甚是不快。巴結欽差得罪了上司又有天施藩臺。又同蕭臬臺說道。聽說卜某人是一天到晚。坐在堂上問案子。連吃飯的工夫都沒有。這人精明得狠。賽如古時臯陶一般。有了他。可用不着你這臬臺了。施藩臺說這話。蕭臬臺心上本以為然。無奈施藩臺又讀差了字音。把個臯陶的陶字。念做本音。像煞是什麽糕桃。蕭臬臺楞了。忙問什麽叫做糕桃。施藩臺亦把臉紅了半天。回答不出。（我勸你還是少開口為妙）後來方是一位候補道。忽然明白了。他這句話解出來。與眾人聽了。臬臺方纔無言而罷。按下卜知府在蘇州辦理清賦不表。且說此時做徐州府知府的。姓萬。號向榮。是四川人氏。這人以軍功出身。一直保到道臺。放過實缺。到任不久。為了一件甚麽事。被御史參了一本。本省巡撫查明覆奏。奉旨降了一個知府。後來走了門路。經兩江總督咨調過來。當了半年的差使。齊巧徐州府出缺。他是實缺降調人員。又有上頭的照應。自然是他無疑了。這萬太尊從前做道臺的時候。狠有點貪贓的名聲。就是降官之後。又一直沒有斷過差使。所以手裏光景還好。（貪吏不可為而可為信然）到任之後。就把從前的積蓄。以及新收的到任規費等。先拏出一萬銀子。叫帳房替他存在莊上。每月定要一分利息。錢莊上不肯。只出得一個六釐。萬太尊不答應。後首說來說去。作為每月七釐半。長存這爿錢莊。乃本地幾個紳士拚出股分。來合開的。下本不到一萬。放出去的帳。而卻有十來萬上下。（本短帳大是不善於經營者）齊巧這年年成不好。各色生意大半有虧無贏。因此錢業也不能獲利。後來放出去的帳。又被人家倒掉幾注。到了年下。這爿錢莊便覺得有點轉運不靈。（已成發弩之末）萬太尊一聽消息不好。立刻逼着帳房去提那一萬銀子。錢莊上擋手的。忙托了東家進來同太尊說請他過了年再提。萬太尊見銀子提不出。更疑心這錢莊是撐不住的了。也不及思前顧後。登時一角公事給首縣。叫他一面提錢莊擋手押繳存款。一面派人看守該莊前後門戶。(又是一個不諳市情)知縣不知就裏。正在奉命而行。却不料這個風聲一傳出去。凡是存戶一齊拿了摺到莊取現。登時把個錢莊逼倒(勢所必至)。既倒之後。萬太尊不好說是為了自己的款子。所以札縣拿人。只說是奸商虧空鉅款。地方官不能置之不問。但是錢莊已經閉倒。店夥四散。擋手的就是押在縣裏。亦是枉然。(也該悔自己作事之莽)後來幾個東家會議。先湊了三千銀子。歸還太尊。請把擋手保出。以便清理。萬太尊無奈。只得應允。連利錢整整一萬零幾百銀子。現在所收到的。不及三分之一。雖說保出去清理。究竟還在虛無縹緲之間。總算憑空失去一筆鉅項。心上焉有不懊悶之理。(雖則注定破財亦是自己不好)又過了些時。恰值新年。萬太尊有兩個少爺。生性好賭。正月無事。便有人同他到一爿破落戶鄉紳人家去賭。無奈手氣不好。屢賭屢輸。不到幾天。就輸到五千多兩。少爺想要抵賴。又抵賴不脫。兄弟二人。彼此私下商量。無從設法。便心生一計。將他們聚賭的情形。一齊告訴與他父親。(抽頭聚賭固犯厲禁然職官子弟犯賭又是何罪)萬太尊轉念想道。這拿賭是好事情。其中有無數生法。便聲色不動。傳齊差役。等到三更半夜。按照兒子所說的地方。前往拿人。並帶了兒子同去。充做眼線。少爺一想。倘或到得那裏。被人家看破。反為不妙。但是老子跟前。又不好說明。只得臨時推頭肚子疼。逃了回來。這裏萬太尊既已找着賭場所在。吩咐跟來的人。把守住了前後門戶。然後打門進去。乘其不備。登時拿到十幾個人。(猝然掩捕一網打盡)其中狠有幾個體面人。平時也到過府裏。同萬太尊平起平坐的。如今卻被差役們拉住了辮子。至於屋主那個破落鄉紳。更不用說了。此時這般人正在賭到高興頭上。桌子上洋錢銀子。錢票銀票。戒指鐲頭金表統通都有。連着籌碼骨牌。萬太尊都指為賭具。於是連賭具連銀錢。親自動手。一摟而光。總共包了一個總包。交代跟來的家人。放在自己轎子肚裏。說是帶回衙門。銷燬充公。又好發一注大財。又親自率領了多人。故意在這個人家上房內院仔細查點了一回。然後出來叫差人拉了那十幾個人。同回衙門而去。萬太尊明曉得被拿之人有體面人在內。便吩咐把一干人分別看管。第二天也不審問。專等這些人前來說法。果然不到三天。一齊說好。有些顧面子的。竟其出到三千五千不等。就是再少的。三百二百也有。統通保了出去。罰他幾個也是該應萬太尊面子上說這筆錢是罰充善舉。其實各善堂裏並沒有撥給分文。後來也不曉得如何報銷的。便有人說這回拿賭。萬太尊總共拿進有一萬幾千銀子。少爺賴掉人家的五千多不算。當大賭檯上摟來的。聽說值到三四千亦不算。倘算起來。足足有兩萬朝外。不但上年被錢莊倒掉的一齊收回。而且更多了一倍。真可謂得之意外了。塞翁失馬焉知非福塞翁得馬焉知非禍但是被拿的人。事後考究這事是如何被太尊曉得的。猜來猜去。便有人猜到是少爺漏的消息。說道太尊的兩位少爺是天天到此地來的。獨有拿賭的那天沒來。如今索性連影子都不見了。賭輸了。錢欠的帳都有憑據。他如此混帳。我們要到道裡去上控的。他既縱子為非。又借拿賭為名敲我們的竹杠。如今這筆錢到底是捐在那爿善堂裏。我們倒要查查看。作事不公謗議叢生眾人齊說是極。於是一倡百和。大家都是這個說法。就有人把話傳到萬太尊耳朵裏。萬太尊道我不怕他要告。先拿他們辦了再說。難道他們開賭是應該的。我的兒子好好的在家裏沒有人來引誘他就會跑出去同他們在一塊兒嗎。我不辦他們。只罰他們出幾個錢。難道還不該應。真正又好笑又好氣。萬太尊說罷行所無事。後來再打聽打聽。那幾個罰錢的人。亦始終沒有敢去出首。大約是怕弄他不倒。自己先坐不是之故。但是名氣越鬧越大。不顧聲名將来必以貪敗這個消息傳到京城裏。被一個都老爺曉得了。齊巧這都老爺是徐州人氏。便上了一個摺子。大大的拿這萬太尊參了幾款。這時恰碰着童子良到江南籌款。軍機裏寄出信來。就叫他就近查辦。童子良不免派了自己帶來的隨員。悄悄的到徐州府。走了一遭。列位看官可曉得。現在官場凡是奉派查辦事件。無論大小。可有幾件是鉄面無私的。委員查辦事件大槪虎頭蛇尾委員到得徐州。面子上說不拜客。只是住在店裏查訪。却暗地裏早透個風給人。叫人到萬太尊那裏報信。萬太尊得了這信。豈有不着急之理。立刻親自過來奉拜。送了一桌酒席。又想留在衙門裏去住幾天。下來彼此熟了。還有什麼不拉交情的。再加派去的委員。亦並不是吃素的。萬太尊斟酌送些。他再借些。自然是大事化小。小事化無了。只要有了交代無不可以過去話休絮煩。此時童子良已由蘇州坐了民船。到得南京。委員回來稟復了。萬太尊曉得事已消彌。不致再有出岔。於是也跟着進省。叩謝欽差。並且由先前那個委員替他説拜欽差童子良為老師。借名送了一分厚禮。自不必說。出了岔了總要借此拉攏叫人那得不會正當這天進去稟見。同班連他共是三個。那兩個也是知府。都在省裏當什麼差使的。齊巧頭天童子良病了一天一夜。又吐又瀉。甚是利害。這天本是不見客的。因為萬太尊是新收的門生。那兩個又有要緊的公事面回。所以一齊都請到臥室裏相見。預先傳諭萬太尊。不必行禮。萬太尊答應着。進得房來。只見欽差靠着兩個坑枕。坐在床上。三個人只恭恭敬敬的請了一個安。童子良略為把身子欠了一欠。上氣不接下氣的敷衍了兩句。（財多身弱可為長歎）三人躬身詢問福體欠安。今天怎麼樣了。童子良因曉得那兩位知府當中有一位略為懂得點醫道的。先把病勢大概說了幾句。又吽人把方子取出來。請他過目。問他怎麼樣可用得用不得。那位不懂得醫道的。先說道。大人洪福齊天。定然吉人天相。馬上就會痊好的。童子良也不理他。又聽得那個略為懂點醫道的說道。方子不過如此。但是卑府學問疏淺。大人明鑒萬里。還是大人鑒察施行罷。（善於藏拙倒不比躁率獻勤）童子良着急道。這是什麼話。我曉得老兄於此道甚是高明。所以特地請教。現在兄弟命在呼吸。還要如此的恭惟。也真正太難了。諸位老兄在官場上歷練久了。敷行的本事是第一等。像這樣子。只怕要敷行到兄弟死了。方纔不敷行呢。（不喜恭維還有救藥）他倆聽了面孔狠紅了一陣。不敢作聲。倒底新收的門生萬太尊。格外貼切。此因見他倆都碰了釘子。便搭赸着說道。上吐下瀉的病。只要吃兩口鴉片烟就好的。（倒是不懂醫道的說得親切有味）童子良道。是啊。我從前原本不忌這個東西的。現在到了江南來。因為天天要起早辦公事。見客。吃了他狠不便當。又要躭閣工夫。又要糜費。像愚兄從前的癮。總得一兩銀子一天。所以到了蘇州。就立志戒烟。天天吃藥丸子。前頭還覺撑得住。如今有了病。倒有點撑不住了。（為了省費不惜以性命相爭究竟死後何能帶）

得去萬太尊道。老師是朝廷的棟梁。就是一天吃一兩銀子。也不打緊。童子良道。小處不可大算。一天一兩。一年三百六十兩。近年來大土的價錢又貴。三百六十兩不過買上十二三隻土。還要自己看着煮。纔不會走漏。一轉眼。就被他們偷了去了。萬太尊道。老師毛病要緊。多化幾兩銀子。值得什麼。如果要土。門生那個地方。本是出土的地方。而且的的確確是我們中國的土。門生這遭帶來的不多。大約只彀老師一年用的。等到門生回去。再替老師辦些來。就是老師回京之後。門生年年供應些。亦還供應得起。收了一個門生倒常常有烟土供應所以得放手時須放手童子良一聽萬太尊有烟土送他。自然歡喜。因爲病後恐怕多說了話勞神。當時示意送客。三人一齊告辭出來。萬太尊回到寓處。把從徐州帶來的烟土。取出好些。送到行轅。童子良一齊收下。當天就傳話出來。叫到烟館裏挑選四名煮烟的好手。到行轅伺候。又叫辦差的。置辦鍋鑪木炭磁缸等件。預備應用。又特地派了大少爺及三個心腹隨員。監督熬烟。躬不能自己親自製也要信託得過大少爺道。一天就是抽二兩。一時那裏就抽得這許多。有這些土。只要略爲煮些。彀路上抽的就是了。其餘的不必煮。路上帶着。豈不便當些。如今一起煮好了。缸兒罐兒堆了一大堆。還要人去照顧他。一個不留心。不是打碎了罐子。或如倒翻了烟。真正不上算。一個是但就省事上說童子良低低的說道。你們小孩子家。真正糊塗。我爲的如今煮烟。炭是有人辦差的。就是缸兒罐兒。也不要自己出錢買。等到上起路來。船上不必說。走到旱路。還怕沒有人替我們樓着走嗎。每罈多少。每缸多少。我上頭都號了字。誰敢少咱們的。打翻了少不得就叫地方官賠。用不着你操心。如今倘若不把他煮好了。將來帶到京裏那一樣不要自己拿錢買呢。誰來替咱辦差。你們小孩子家。只顧得眼前一點。不曉得瞻前慮後。這點算盤都不會打。我看你們將來怎樣好啊。（一個是從全盤打算）一席話。說得兒子無言可答。不多一會。煮烟的也來了。童子良吩咐他們明天起早來煮到了第二天。他老人家病也好些。居然也能到外面來走走了。就在花廳上。擺起四個爐子煮烟。除掉大少爺之外。其餘三個隨員。雖然不戴大帽子。卻一齊穿了方馬褂上來。圍著爐子。川流不息的監察。（比辦皇差一樣）童子良也穿了一件小夾襖。短打着。頭上又戴了一個風帽。柱着拐杖。自己出來監工。（終究不放心）弄得三間廳上。烟霧騰天。碰着有些不要緊的官員來見他。就吩咐叫請人家進來之後。或是立談數語。或是讓人家隨便旁邊椅子上坐坐。人家見了。都為詫異。（難免少見多怪）要知後事如何。且聽下回分解。

還私債巧邀上
憲歡

騙公文
忍絕良
朋義

四編卷四十八

還私債巧邀上憲歡
騙公文忍絕良朋義

卻說欽差童子良。在南京將養了半個月。病亦好了。公事亦查完了。總共湊到將近一百萬銀子光景。（勢豪巨富本無所損所苦者編戶小民而已）因見這邊實在無可再籌。只得起身溯江上駛。未曾動身之先。就有安徽派來道員一員。知縣兩員。前來迎迓。（雖惡其人不得不虛與委蛇）及至動身的幾天頭裏。江甯上元兩縣。曉得欽差不坐輪船的。特地封了十幾號大江船。又用長江水師提督派了十幾號炮船沿江護衛。（滿載而去深恐沿途強盜打劫）在路早行夜泊。非止一日。有天到得蕪湖。欽差因為沒甚公事。未曾登岸。及至將到安慶省城。文武大小官員。一起出境迎接。照例週旋。無庸多述。因安徽省現在這位中丞。亦有被參交查事件。所以欽差於盤查倉庫。提撥款項之後。只得暫時住下。查辦參案。（查辦參案不過聊以塞責而已）原來此時做安徽巡撫的。姓蔣。號愚齋。本貫四川人氏。先做過一任山東巡撫。上年春天纔調過來的。由山東調安徽。乃是以繁調簡。蔣中丞心上。本來不甚高興。實因其時皖北鳳亳一帶土匪。蠢動朝廷。因為這蔣中丞是軍功出身。前年山東曹州一帶。亦是土匪作亂。經蔣中丞派了兵去治服的。所以朝廷特地調他過來。以便勦辦皖北土匪。無非為地擇人之意。（朝廷為地擇人豈知地方百姓反遭了殃）蔣中丞接印之後。就派了一位營務處上的道台。姓黃名保信。一員副將。姓胡名鸞仁。帶了五營人馬。前去勦辦。勦辦的時候。蔣中丞原面諭他們相機行事。

及至到得那裏。他兩個辦不下來。就上了一個禀帖。說土匪如何猖狂。如何利害。請加派幾營兵。以資策應。蔣中丞得禀後。就加派了一員記名總兵。姓蓋名道運。統率了新練的什麼常備軍。續備軍。又是三四營前去救應。（如臨大敵）此番蔣中丞因該匪等膽敢抗拒官軍。異常凶悍。實屬目無法紀。又加了一個札子。給他三個。叫他們如遇土匪。迎頭痛勦。（禍了事了）畢竟土匪是烏合之衆。那裏禁得起這大隊人馬。不下三個月。土匪也平了。那一帶的村莊也沒有了。問是怎樣沒有的。說是早被他三位架起大炮轟的沒有了。（玉石俱焚可深浩歎）於是得勝回朝。蔣中丞自有一番保奏。胡副將升總兵。蓋總兵升提督。黃道台亦得了什麼巴圖魯勇號。正在高興頭上。不提防被御史參上幾本。說他們並不分別良莠。一律勦殺。又說蔣中丞濫保匪人。玩視民命。所以派了童子良查辦的。蔣中丞未曾調任之前。安徽有一個候補知府。姓刁名邁彭。歷任三大憲。都歡喜他。凡是省裏的紅差使。闊差使。不是總辦。便是提調。都有他一分。然而除掉上司之外。却沒有一個說他好的。（善於趨奉上司必定刻薄寡恩）蔣中丞亦早已聞得他的大名。等到接印下來。同司道談起本省公事。便道怎麼我們安徽一省候補道府如此之多。連個能夠辦事的都沒有。（意有所在）兩司聽了。愕然。各候補道更為失色。蔣中丞歇了一會。又說道。但凡有個會辦事的。何至於無論什麼差使。都少不了刁某人一個呢。就是他能辦事。他一個人倒底有多少本事。有多大能耐。一天到晚。忙了東。又忙西。就是有兼人之材。恐怕亦辦不了。（明明說歷任過於信任）各位司道方纔曉得中丞是專指刁某人而言。一齊把心放下。但是大衆聽撫憲如此口氣。知道不妙。就是想要替他說兩句好話。也不敢說了。有些窮候補道。永遠不得差使的。心中反為稱快。（一人得寵萬人抱怨）等到下來。早有耳報神把這話傳給了刁邁彭了。刁邁彭自從到省十幾年。一直是走慣上風的。從沒有受過這種癟子。初聽這話。還是一鼓作氣的。說道明天就上院辭差使。決計不幹了。（平空的受了委屈自然要生氣）親友們大家都勸他忍耐。又有人說中丞大約是初到這裏。誤聽人言。再過幾天同你相處久了。曉得你的本領。自然也要傾倒的。在外親友勸。在家太太勸。過了兩天。刁邁彭的氣也平了。也不想辭差使了。仍舊謹謹慎慎上他的局子。辦他的公事。卻不料藩台因撫台說他閑話。也不敢過於相信他。三四天後。忽然拿他所兼的差使。委了別人兩個。大約還是些掛名不辦事的。正經差使。卻沒有動。（他不過順撫台的脾胃罷了）刁邁彭一見苗頭果然不對。此時一心害怕。惟恐還有甚麼下文。翻過來求藩台。求臬台替他在撫台面前說好話。保全他的差使。還來不及。亦不說辭差使不幹的話了。（可見從前辭差是斗氣的話）畢竟將中丞人尚忠厚。因見兩司代為求情。亦就答應暫時留差。以觀後效。兩司下來傳諭。給刁邁彭。叫他巴結聽差。刁邁彭不但感激涕零。異常出力。並且日夜鑽謀。寵絡撫憲的法子。總要叫他以後開不得口纔好。（可知得歷任歡心並非偶然我畏其人）心想凡是面子上的巴結。人人都做得到的。不必去做。總要曉得撫台內裏的情形。或者有什麼隱事。人家不能知道的。我獨知道。或者他要辦一件事。未曾出口。我先辦到。那時候方能顯得我的本領。（小人亦有小人之才國家原不可無小人但不使擅權而已）不但是他做巡撫。我做屬員。平日內裏又無往來。如何能夠曉得他的隱事。這天整整躊躇了半夜。回到上房。正待睡覺。忽然有個老媽。因為太太平時很喜歡他。他不免常在主人眼前說同伴壞話。此時忽被同伴說他做賊。並且拿到賊贓。一時賴不過去。太太只得吩咐局裏聽差的勇役。一面看守好了這個老媽。一面去追趕薦頭。說是等到薦頭到來。一起送到首縣裏去辦。這事從吃晚飯鬧起。一直等到二更多天。薦頭纔來。太太正在上房發威。平時不要過於聽信此時也不必過於認真薦頭同老媽直挺挺跪在地下。這個檔口。齊巧刁邁彭踱了進去。問其所以。太太說了一遍。太太又罵薦頭好大的架子。叫了這半天纔來。薦頭分辯說道。實為着撫台大人的三姨太太昨日添了一位小少爺。叫我雇奶媽。早裏送去一個說是不好。剛纔晚上又送去一個。進去之後。又等了好半天。所以誤了太太這裏的差事。只求太太開恩。太太聽了這話。心上生氣。說他拿撫台壓我。正待發作。誰知刁邁彭早聽的明明白白。忽然意有所觸。豈知成功卻在此人身上又見老媽年紀尚輕。甚是潔淨。刁邁彭便心上一計。連向太太搖手。叫他不要追問。太太摸不着頭腦。刁邁彭急走上前。附耳說了兩句。太太明白。果然就不響了。此時且不說明刁邁彭忙叫薦頭起來。向他說道。知人知面不知心。你們做薦頭的人。也管不了這許多。薦來的人做賊。是怪不得你的。不過是你的來手。卻不能不同你言語一聲。剛纔太太因為你來得晚了。生氣。如今把話說明。就沒有你的事了。一個作歹一個作好方有落場薦頭正為太太說要拿他當窩家辦。嚇得心上十五個吊桶。七上八落。如今見刁大人這番說話。不但轉愁為喜。立刻爬在地下。替大人太太磕了幾個響頭。回轉身來。就把那偷東西的老媽打了兩下巴掌。又着實拿他埋怨了幾句。連累別人那得不氣刁邁彭又道。這個人我本是要送他到縣裏重辦的。只為到得縣裏。一定要追及薦頭人。於你亦有不便。我如今索性拿他交代與你帶去。只要把偷的東西拿回來。看你面上。饒他這一遭。等他以後別處好吃飯。宛如得了一道赦符那老媽聽了。自然也是感激的了不得。亦磕了幾個頭。跟了薦頭千恩萬謝而去。第二天刁太太這裏。仍舊由原薦頭薦了個人來。刁邁彭有意籠絡這薦頭。便同他問長問短。故意找些話出來。搭訕着同他講。是有心人後來薦頭來得多了。刁邁彭同他熟慣了。甚至無話不談。有天刁邁彭問他撫台衙門裏你可長去。薦頭道。現在院上用的老媽。一大半是我薦得去的。刁邁彭道。有甚麼伶俐點的人沒有。薦頭道。可是太太跟前要添人。刁邁彭道。不是。現在沒有這樣伶俐人。也不必說。等到有了。你告訴我。我自有用他的去處。並且於你也有好處的。閃閃爍爍眼光直射薦頭道。可惜一個人大人公門裏若能再叫他進來了。這個人倒是很聰明的。而且人也乾淨。模樣兒也好。心也細。有什麼事情。託他。是再不會錯的。刁邁彭忙問是誰。又問我這裏為什麼不能再來。薦頭道。就是前個月裏人家冤枉他做賊。攆掉的那個王媽。大人明鑒。人家說他做賊。是冤枉的。同夥裏和他不對。所以說他做賊。無非想害他的意思。那人害正人一定要擄在渾水裏去刁邁彭道。這個人很不錯。太太本來也狠喜歡他。不過同夥當中都同他不對。因此我這裏他站不住腳。所以太太亦祇好讓他走了。乾淨。有衆惡而不能去有一善而不能庇足見治家無法至於做賊的一件事。我也曉得冤枉的。所以當時我並不追問。薦頭道。大人太太待他的恩典。他有甚麼不知道。感恩舊主使人有去後之思刁邁彭道。知道就好。可見得就不是個糊塗人。如今又是你的保舉。我現在就用他亦可以。薦頭道。他出去之後。我又薦他到南街上劉道台公館裏去。劉道台是一直沒有當過什麼差使的。公館裏沒有出息。聽說老媽的工錢都是付不出的。所以王媽雖然去了。並不願意在他家。鬧着要出來。既然大人要他。我回去就帶信給他。仍舊叫他到這裏來伺候大人同太太就是了。（豈知別有所用）刁邁彭道。錢歸我出。而且還可以多給他些好處。但是這個人。並不是要他來伺候我。亦不是要他來伺候我們太太。要他去伺候一個人。伺候好了。我還重重有賞。連你都有好處的。（使人一時摸不着頭路）荐頭聽了。還當是刁大人有甚麼外室瞞住了太太。因是熟慣了。便湊前一步。附耳問道。可是去伺候姨太太。刁邁彭連連搖頭道。不是不是。你不要亂猜。荐頭道。這個我可猜不着了。到底去伺候誰。請大人吩咐了罷。刁邁彭道。現在離年不多幾天了。我還要消停幾天。今日不同你說。（機事不密則害成所以要格外機密）等你回家猜兩天。猜不着。等我過了年再告訴你。荐頭無耐。只得回去。正是光陰似箭。轉眼又是新年了。這天是大年初五。那荐頭急忙忙趕到刁公館裏。給大人太太叩喜。齊巧太太被一位要好的同寅內眷邀去吃年酒去了。（本來用不着太太）只有刁邁彭在家。荐頭便問大人去年所說的那樁事情。可把我悶壞了。今日請大人吩咐了罷。刁邁彭說道。你不要着急。我本來今天就要告訴你的。總而言之。這件事你能替我辦成。我老爺的升官。連你的發財。統通都在裏頭。（愈說愈近還不肯直說）荐頭聽了。直喜得眉花眼笑。嘴都合不攏來。刁邁彭正要望下說時。恰巧管家頭戴大帽子。拿了封信進來。說是老爺的喜信來了。刁邁彭聽了。不覺陡然楞了一楞。於是把話頭打住。原來上年刁邁彭曾經托過京裏一個朋友。謀幹一件事情。這個管家乃是刁邁彭的心腹。曉得此事。所以今天接着了這封京信。以為必定是那件事的回信來了。及至刁邁彭拆開看過之後。纔知不是。（雖是空喜也是預兆）於是擱在一邊。管家退去。刁邁彭方纔說道。我托你不為別的。為的你常常薦人到撫台衙門裏去。就是上回歇掉的那個王媽。我看這人還伶俐。我想托你拿他薦到撫台衙門裏去。我這裏有四十兩銀子。二十兩送你吃杯茶。那二十兩你替我給了王媽。（先以重利啖之）你可曉得我托你把他荐了進去。所為何事。專為叫他在裏頭做一個小耳朵。（原來是要他做奸細）凡是撫台大人有什麽事情都來告訴我。就是沒有事情。或是大人說些什麽閑話。一天到晚做些什麽事情。只要是他知道的都可以來告訴我。我公館裏他不便來。他可送信給你。由你再傳給我。但是至多三天總得報一次。（以重事付之賤役是善於用人者）這件事情辦成。我還要重重的謝你。以後若是王媽他家裏缺什麽錢用。你告訴我。都由我這裡給他。那荐頭聽了刁邁彭的一番話。沉吟了一回。回說這人現在已不在劉公館了。另外找了一個人家。聽說出息很好。等我去挖挖看。大人賞他的銀子。我帶了去。這個請大人收了回去。我們怎好無功受祿呢。（他不好老實即收）刁邁彭道。這一點點算不得什麽。你也不必客氣。將來我還要補報你的。荐頭見刁邁彭執意要他收。他亦樂得享用。於是千恩萬謝。揣了銀子而去。走出宅門。刁邁彭又拿他喊住。問道。你拿他送進去。給那一個。倘若送到不相干人的跟前。那是沒用的。（叮嚀一句處處到）荐頭道。現在是二姨太太拿權。我自然拿他送到二姨太太跟前去。大人放心就是了。刁邁彭見他說話在行。也自放心。果然那荐頭回去找到王媽。交代他十兩銀子。把刁邁彭的一番感意說知。並說以後還有賙濟他。王媽自然歡喜。本來他此時在劉公館裏出來。正待我主有了這個機會。隨即一口答應。齊巧院上傳出話來。二姨太太房裏要僱個老媽。又要乾淨。又要能幹。（事有湊巧）薦頭得信。便把這王媽薦了進去。試了兩天工。居然甚合二姨太太之意。（才料是天生就的眼力是人人有的）當時薦頭先把進去情形稟報過刁邁彭。過了兩天。王媽傳出話來。無非撫台大人昨日歡喜。今天生氣的一派話。並沒有甚麼大事情。以後或三天一報。或兩天一報。都是些不要緊的。甚至撫台大人同姨太太說笑的話。也說了出來。（雖是家常細故也要隨時稟報）刁邁彭聽了。不過付之一笑。只有一次是二姨太太過生日。別人都不曉得。只有他厚厚的送了一分禮。雖然撫憲大人有命璧謝。未曾賞收。然而從此以後。似乎覺得有了他這個人在心上。便不像先前那樣的犯惡他了。（雖是要緊尚非扼要處）以後又有兩件事情。被他得了風聲。都搶了先去。不用細述。單說有天王媽又出來報說。說是撫台大人這兩天很有些愁眉不解。聽得二姨太太講起。說他老人家前年上京陛見的時候。借了一家錢莊上一萬二千銀子。前後已還過五千。還短七千。現在這個人生意不好。店亦倒了。派了人來逼這七千銀子。這位大人一向是一清如水的。現在這個來討帳的人。就住在院東一爿客棧裏面。大人想要不還他。似乎對不住人家。而且聲名也不好聽。倘若是還他。一時又不湊手。因此甚覺為難。（機會來了）刁邁彭聽在肚裏。等到王媽去後。便獨自一個踱到街上。尋到院東幾爿客棧。一家家訪問。有無北京下來的人。等到問着了。又問這人名姓。問他到此之後。可是常常到院上去的。並他來往的是些什麼人。都打聽清楚。才邁彭是在安慶住久的。人頭既熟。便找到這人的熟人。托他請這人吃飯。他却自己作陪。（逐漸而來下盡水磨）功席面上故意說這位撫台手裏如何有錢好。叫那人聽了回去。逼的更凶。（不到至急時未必肯見）過了一天。果然王媽又來報說大人這兩天不知為着何事心上不快活。一天到夜罵人。飯亦吃不下去。（獨就心事不肯拿別人家的錢來墊缺總算是個好官）刁邁彭聽了歡喜。心想道時候到了。便打了一張七千兩的票子。又另外打了一百兩的票子。帶在身上。去到棧房找那個討帳的說話。幸喜幾天頭裏在檯面上。同那人早已混熟了。彼此來往過多次。那人亦曾把討帳的話告訴過刁邁彭。刁邁彭立刻拍着胸脯說道。我們這位老憲台是有錢的。不應如此嗇刻。你只管天天去討。將來實在討不着。等我進去同他帳房老夫子說。劃還給你就是了。（已有過付之法）果然那人次日進去。逼的更緊。撫台不便親自出來會他。都是官親表姪少爺出來。同他支吾。有時或竟在門房裡一坐半天。弄得個撫台難為情的了不得。而又奈何他不得。想要同下屬商量。又難於啟齒。（想到此着真正無可奈何之事）正在急的時候。忽然一連三天不見那人前來。合衙門的人都為詫異。派個人到他住的棧房裡打聽。打聽說是已經回京去了。（真有神出鬼沒之異）棧房裡的人。還說這人本是專為取一筆銀子來的。如今人家銀子已經還了。他還住在這裡做什麼呢。（借別人口中傳說只見一班）出來打聽的人回去把這話稟報上去。弄得個撫台更是滿腹狐疑。想不出其中緣故。（此事本來不易揣着）原來刁邁彭自從王媽送信之後。他袖筩銀票一直逕到棧房。找到那人。自己裝做是撫台帳房裏託出來做說客的。起先止允還一半。那人不肯。然後講到讓去利錢。那人方纔肯了。叫他取出字據銀契兩交。一刀割斷。然後又把那一張一百兩的票子取出。作為撫台送的盤川。那人自是感激。又叫他寫了一張謝帖。此種行賄愈出愈奇那人次日便動身回京而去。刁邁彭把筆據謝帖帶了回家。心上盤算銀子已代還了。撫台的面子亦有了。怎麽想個法子。叫撫台曉得是我替他還的纔好。心細之極意思想托個人去通知他。恐怕他不認。亦屬徒然。此種負心人世間也有 若是自己去當面同他講。更恐怕把他說臊了。反為不美。亦要處到而且這字據。又不便公然送還他。躊躇了好兩天。纔想出一個法子。當天足足忙了半夜。諸事停當。次日飯後上院。這幾天撫台正為要帳的人。忽然走了。心上甚是疑惑不定。見他獨自一個來稟見。原本不想見他。後來說是有事面回。方纔見的。進去之後。敷衍了幾句。並不題及公事。等到撫台問他。刁邁彭方纔從從容容的從袖筩管裏取出一個手摺。雙手送給撫台。口稱大人上次命卑府抄的各局所的節畧。凡是卑府所當過的差使。這上頭一齊有了。此外卑府沒有當過的。不曉得其中情形。不敢亂寫。如荊軻之獻督元圖撫台聽了。一時記不清楚自己從前倒底有過這話沒有。貴人多忘事 隨手接了過來。往茶几上一擱。道等兄弟慢慢的看。險些誤了大事刁邁彭道。這後頭還有卑府新擬的兩條條陳。要請大人教訓。有機變撫台聽說有條陳。不得不打開來一頁一頁的翻看。大略的看了一遍。前面所叙的無非是他歷來當的差使。如何興利。如何除弊的一派話。後頭果然又附了兩條條陳。一條用人。一條理財。却都是老生常談。看不出什麽好處。撫台正在看得不奈煩。忽地手摺裏面夾着兩張紙頭。上面都寫着有字。一張是八行書信紙寫的。一張是紅紙寫的。急展開一半來一看。原來那張信紙。寫的不是別樣。正是他老人家自己欠人家銀子的字據。那一張就是來討銀子的那個人的謝帖。再看欠據上卻早已寫明收清塗銷了。圖窮而匕首現撫台看了。當時不覺呆了一呆。隨時心上亦就明白過來。連手摺。連字據。連謝帖。捲了一捲。攢在手裡。說了聲兄弟都曉得了。過天再談罷。已是心心相印說完。端茶送客。且說撫台蔣中丞送客之後。袖了那卷東西回到簽押房裡。打開來仔仔細細的看了一回。的確是那張原據七千多銀子。連利錢足足一萬開外。如此一筆鉅欵。他竟替我還掉。可為難得。但是思想不出他是怎麼曉得的。真正不解。好生附腋之下尚然不知接着又看那張謝帖。寫明白收到一百銀子川資的話。心想他這又何苦呢。正項之外。還要多貼一百銀子。仔細一想。明白了。這是他明明替我做臉的意思。這人真有能耐。真想得到。倒看他不出。從前這人我還要撤他的。如今看來。到是一個真能辦事的人。以後到要補補他的情纔好。此種人我亦愛之可見歷邀寵遇非偶然跟手又把他那個手摺翻出來。自頭至尾看了一遍。雖然不多幾句話。然而簡潔老當。有條不紊。的確是個老公事。再看那兩條條陳。亦覺得語多中肯。在候補當中。竟要算個出色人員。辱在下僚已負大才盤算了一會。回到上房。接着吃晚飯。二姨太太陪着吃飯。正議論到那個要帳的走的奇怪。蔣中丞連忙接口道。我正要告訴你們。這銀子竟有人替我代還了。二姨太太聽了詫異。忙問是誰還的。蔣中丞便一五一十的統通告訴了他。又說刁某人是個候補知府。現在當的是什麼差使。此時齊巧王媽站在二姨太太身傍伺候添飯。他心上是明白的。忙插嘴道。這位老爺我伺候過他。他的光景我是知道的。雖然當了這幾年的差使。還

是窮的當當。手裡一個錢都沒有。那裡來的這一萬銀子呢。不要不是他罷。此則激好的話語都不可放真過
蔣中丞道。的確是他。他當的都是好差使。還怕沒錢。頭兩萬銀子。算來難不倒他。王媽道。這位
老爺。的的確確沒有錢。我伺候過他的太太一年多。還有什麼不曉得的。他的太太亦時常同
我們說這些差使。給了我們這位老爺。真正冤枉呢。除掉幾兩薪水之外。外快一個不要。又要個
請諸這兩年把我的嫁裝都賠完了。再過兩年。就支不住了。這些差使若是委在別人身上。少說
有五六萬銀子的財好發。蔣中丞聽了。疑惑道。他既然沒得錢。怎麼能彀替我還帳呢。王媽道。
這位老爺錢雖不要。然而手筆很大。一千八百的。常常幫人。自己沒有錢。外頭拖虧空。所以他
身上聽說有毛五萬銀子的虧空。如今這筆錢。想來又是什麼莊上拉來的。有幾個差使在身
上罩住。那裡總還拉得動。但怕將來沒了差使。不曉得拿什麼還人家呢。一個底下人要他如此着急言下亦當大
居蔣中丞聽了。心上盤算道。據他這樣說來。真正是個好人了。此肥過敵從此以後。蔣中丞便拿他
另眼看待。又委他做了本衙門的總文案。沒有事情。都可以穿了便服。一直到簽押房裏同撫
台談天的。此時刁大人的聲光。竟比蔣中丞未到任之前還好。只要有本事豈有難服事之人人家看了。都為
奇怪。齊說某人做官。真有本事。無論什麼撫台來。一個好一個。總猜不出是個什麼訣竅。此種訣竅
豈可備撤又過了一個月。童欽差要來的話。早已宣布開了。所有當銀錢差使的人。一齊捏着一把
汗。刁邁彭更不必說。還算他有才具。只在暗地裏布置。外面却絲毫不肯矜張。才大心細等到欽差
到了安慶住下。叫他們造報銷。他早已派人在南京抄到人家報銷的底子。怎樣欽差就賞識

怎樣欽差就批駁。他都然於心預備停當。等到這裏欽差纔吩咐下來。他第二天就把冊子呈了上去。又快又清楚。合了欽差的心。（此等才情前程豈可限量）欽差看了大喜。一連傳見過三次。所說的話。又甚對欽差的脾胃。以後通省各局所的冊子。都造好送了上來。欽差看了。有好有歹。然而總不及刁邁彭的好。因此欽差很賞識他。同蔣撫台說。要上摺子保舉他。撫台是承過他的情的。豈有不贊成之理。（已是功深圖滿之候）這是後話不題。且說欽差童子良。因奉朝廷命查辦蔣撫台誤勦良民。濫保匪人一案。案情重大。所以到了安慶之後。聲色不動。早派了兩個心腹。前往鳳亳一帶密查。等到這裏司庫局所盤查停當。先前委出去查事的人。亦已回來了。逕同御史參的話絲毫不錯。（難得有此一朝破除情面）欽差便行文撫台。叫他把記名提督蓋道運。候補道黃保信。候補總兵胡鸞仁三員。先行摘去頂戴。有缺撤任。有差撤委。一齊先交首府看管。聽候嚴參。歸案審辦。（眞個雷厲風行）這事一出。大家又嚇毛了。先前蔣撫台也聽見風聲不好。便有人送信給他。說為的就是上年皖北勦匪一案。蔣撫台說我有地方官稟報為憑。所以纔發兵的。至於派出去的人。誤勦良民。這個我坐在省城裏。離着一二多里路。我怎麽會曉得呢。這個須問他們帶兵的。其過並不在我。（也難免信用匪人失於覺察之罪）又有人把這話傳給了蓋道運等三個。說着上去撫台不肯帮忙。（卸脫干係還來不及豈肯帮忙）蓋道運道。我們是奉公差遣。他不叫我們去殺人。我們就能彀亂殺人嗎。這件事是他叫我們如此做的。（他是發蹤指示之人如何不咬他一口）欽差問起來。我有他的札子為憑。咱不怕。說完便把札子取了出來。給大衆瞧了一瞧。仍舊揣在身上。又說一聲。這是咱的真憑據。黃保信胡鸞仁兩個。聽他如此一說。亦各各把心放下。隨後又有人把蓋道運的話。告訴了蔣撫台。蔣撫台一聽大驚。便把札子的原稿。弔出查看。覺得所說得話。雖然過火。尚無大礙。惟獨後頭有一句是叫他們迎頭痛勦。看到這裏。不覺把桌子一拍道。完了。這是我的指使了。深悔當初自己沒有站定腳步。如今反被他們拿住了把柄。自己懊悔的了不得。（你要委罪於人也要做得干秋）然而又是一籌莫展。曉得刁邁彭見多識廣。才情極大。況且這些屬員當中。亦只有同他知己。於是請了他來密商這件事。如何辦法。這件事刁邁彭是早已知道的了。三人之中。黃保信黃道台。還同他是把兄弟。依理老把兄遭了事情。現在自附不管。做把弟人。就該應進去瞧瞧他。上司跟前能夠盡力的地方。替他幫點忙。纔是無奈這位刁邁彭一聽撫台有御罪於他三人身上的意思。將來他三人的罪名。重則殺頭。輕則出口。斷無輕恕之理。因此就把前頭交情一筆勾消。（要巴結上峯是然顧不得把兄弟了）見了撫台。絕口不題一字免得撫台心上生疑。這正是他做能員的秘訣。此時撫台傳見。正為商議這件事情。他便迎合憲意。說他三人如何荒唐。極該拿他三人重辦。一來塞御史之口。二來卸大人的干係。倘若大人再要迴護他三人。將來一定兩敗俱傷。於大人反為無益。（落井下石此種人可畏可惱）蔣撫台聽了。雖甚以他話為然。但是因為前頭自己實實在在下過一個札子。叫他們迎頭痛勦。如今把柄落在他們手裏。欽差提審起來。他們一定要把這個札子呈上去的。豈不是一應干係。都在自己身上。他們罪名。反可減輕。因把詳細情節。告訴了刁邁彭。問他如何是好。刁邁彭至此。也不免低頭沉吟了一回。（計上心來）問撫台要了那個札子底稿。揣摹了半天便道法子是有一個、但是光卑府一個人做不來。還得找一個蓋某人的朋友。肯替大帥出力的、做個連手纔好。（一切已有佈置只消請個幫手）蔣撫台默默無語。後來還是刁邁彭想起武巡捕當中、有一個名字叫做范顏清的、這人同蓋道運本是郎舅。後來為了借錢不遂。早已不大來往的了、（銀錢斷六親可深浩歎）如今找他做個幫手。這事或者成功。蔣撫台一聽這話。連忙站起身來。朝着刁邁彭深深一揖。道兄弟的身家性命。一起在老哥身上。千萬費心。一切拜托。（在此一舉不得不沉重出之）刁邁彭道。卑府有一分心。盡一分力就是了。說罷退下。刁邁彭也不及回公館。便去找着范顏清。先探他口氣。同他說想不到令親出此意外之事。范顏清道。我們是至親。不是我背後說他、也過於得意了。（在急難之中還要幸災樂禍足見怨毒之於人甚矣哉）刁邁彭一聽口音狠對。便說你們是至親。到了這個時候只應該幫幫他的忙纔是。你是常在老帥身邊的人。總望你替他說句好話纔好。今日連你都如此說他。他還有活命嗎。范顏清道。卑職事情瞞不過你大人的明鑒。常言道至親莫如郎舅。他是提鎮。卑職是千把。說起來只有他提拔卑職的了。誰知到是一點好處沾不到的。即如去年他平了土匪回來、隨摺呢本來不敢妄想。只求他大案裏頭帶個名字。就算我匪親沾他這點光。也在情理之內。那曉得弄到後來。竟是一場空。到是些不三不四的。一齊保舉了出來。所以如今卑職也看穿了、決計不去求他。（平時於親情面上刻薄寡恩臨難自然要加工）卑職同他親雖親。究竟隔着一層。如今連他們的姑太太也不同他來往了。這可是同他一個娘肚裏爬出來的。尚且如此、更怪不得別人了、（骨肉如寇讐誰肯援手）刁邁彭一聽范顏清說的話。狠是有隙可乘。便把他拉到裏間房裏。同他咕唧了好一會。把撫台所托的事情。以及拉他幫忙的話。並如何擺佈他三個的法子。密密的商量了半天。范顏清果然滿口答應。情願拚着斷了這門親戚。報效老帥。（雖是忍心害理亦由平日積怨所致）只求事成之後。求大人在老帥面前。好言吹噓。求老帥的栽培就是了。刁邁彭亦滿口答應。二人計議已定。好個刁邁彭回到公館。立刻叫廚子做了兩席酒。叫人挑着送到首府裏。一席說是自己送給黃大人的。那一席又換了兩個人擡了進去。說是院上武巡捕范老爺送給他舅爺蓋大人的（宛如預先替他活絡）隨後又見他二人不約而同。一齊來到首府。找了首府陪着他一個看朋友。一個看親戚。首府一見他二人。都是撫台的紅人。焉有不領他進去之理。蓋道運見了范顏清。雖然平時同他不對。如今自己是落難的人。他送了吃的。又親自來瞧。總算有情分的了。不得不拿他當做親人。同他訴了一番苦。（急來抱佛脚已自無用）又問姑太太的好。范顏清同他敷衍了幾句。又把刁邁彭引了過來。彼此相見。刁邁彭先見老把兄。自然另有一番替他抱屈的話。說得黃保信感激他。直拿他當做親兄弟一般看待。及至見了蓋道運。又是義形於色的說了一大泡。（綿裏之針豈易防躲）蓋道運是個武傢伙。更加容易哄騙。亦當他是真好人。（本來深心人不易說破）便說撫台如何想卸罪於他三人身上。現在我有撫台札子。為憑。欽差提審。我是要呈上去的。刁邁彭亦竭力叫他把札子收好。不但保得性命。而且保得前程。蓋道運自然佩服他的話。四個人又談了半天。他二人方纔辭別而出。第二天范顏清說院上事忙。（第二次也用不着他）止有刁邁彭一個又到首府裏看他二人。說的話。無非同昨天一樣。刁邁彭回到院上。同蔣撫台說。時候到了再不辦。欽差要提人審問。就來不及了。當夜刁邁彭就住在院上簽押房裡。足足忙了半夜。（此時正在造假札之時筆墨有幡燈面劍之妙）第三天午前又去瞧蓋道運。說是剛從院上下來。聽得說你三位的風聲不好。蓋道運道。無論如何。我有中丞這個憑據。總不會殺頭的。刁邁彭道。你別這樣講。他們做文官的心眼子總比你多兩個。你那裡是他對手。你姑且把札子拿出來。等我替你看看。還有什麼拿住他的把柄地方沒有。（說得關切之極）頭兩天蓋道運聽了黃保信的話。說我們這位把弟如何能幹。如何在行。所以一聽他言。登時就要請教。齊巧黃保信這時也陪了過來。亦催蓋道運把札子拿出來。給某人瞧瞧。還有什麼可以規避的方法。蓋道運不加思索。忙從懷裡取出那角公事。雙手送上。（粗人又安知把細）刁邁彭剛正接到手中。忽然范顏清又從外面進來。拿個蓋道運一把拉到對過房裡說話。（可見是約會好的）大家曉得他是院上來的。一定是得了什麼風聲了。蓋道運不由得跟了過去。黃保信同胡鸞仁。各各驚疑不定。刁邁彭將計就計。亦說范某人到這裡一定有什麼話說。你二人姑且跟過去聽聽看。（打發開三人好行計）他倆被這一句提醒。果然一齊走了過去。此時刁邁彭見房內無人。急急從袖筒管裡。把昨夜所改好的一個札子。取了出來。替他換上。那邊范顏清故意做得鬼鬼祟祟的。說是今天在院上。聽見老帥同兩司。談起你老舅的事情。大約無甚要緊。老帥總得想法子。出脫你們三位的罪名。可以保全自己。（又下些寬心丸）蓋道運聽了。如此一講。又把心略略放下。忙說道。果其如此。還像個人。（豈知人心難測）范顏清又故意多坐了一回。約摸刁邁彭手脚已經做好。倏地取出表來一看。說一聲不好了。誤了差了。連忙起身告辭。又走過來哦了一聲刁大人。我們同走罷。一個色已經掉好不走待怎麽老師叫你起的那個稿子。今兒早上還催過兩遍。你交代上去沒有。刁邁彭亦故作一驚道。真的我忘記了。我們同走回來再來。說完出來。便把札子連封套交代了蓋道運。彼此拱拱手。同了范顏清揚揚而去。這裏蓋道運還算細心。拉開封套瞧了一瞧。見札子依然在內。仍舊往身上一揣。行所無事。且說童子良此番來到安徽籌款。沒有籌得什麽。安徽又是苦省分。撫台應酬的也不能如願。一清如水豈能予取予求所以這事既已查到實在。就想徹底究辦。先叫帶來的司員。擬定摺稿請旨把蓋道運等三個先行革職。歸案審辦。這是欽差在行轅裡做的事。撫台在外頭雖然得了風聲。然而無法彌補兩袖清風惟有聽其自然而已偏偏又是刁邁彭。因蒙欽差賞識。便天天到欽差行轅裏去獻殷勤。不但欽差歡喜他。連欽差的隨員跟人。沒有一個不同他要好的。拜把子。送東西。應有盡有。所以弄得異常連絡。等到欽差參了出去。他得了風聲。又去化錢。給欽差隨員。托他們把摺子的稿子抄了出來。大衆以為摺已拜發。無可挽回。落得賣他幾文。那曉得他稿子到手。立刻送到撫台跟前。此時一片忠心為撫台倒也難得蔣撫台見上頭參的狠凶。倘若認真的辦起來。不但自己功名不保。而且還防有餘罪。急同刁邁彭商量辦法。刁邁彭道。只要欽差的這個底子到了我們手裏。卑府就有法子想了。所以先要抄到參稿蔣撫台急欲請教。刁邁彭道。要大人先下手奏出去。便可無事。的是妙法拜服之至蔣撫台道。欽差的摺子。昨兒已經拜發。我們怎麽趕到他的頭裏呢。刁邁彭道。這有什麽難的。欽差的摺子。是按站走的。我們給他一個六百里加緊。將來總是我們的先到。他三個的罪名。

橫豎是脫不掉的。如今札子已經換到。他們沒有把柄。就冤枉他們一次。還怕什麼。（他顧不得別人了）現在只請大人。先把這事奏參出去。只把罪名卸在他三個身上。自己亦不可推得十二分干淨。失察處分。必須自行檢舉的。如此一來。我們的摺子先到京。皇上先看見欽差的摺子。隨後趕到。就是再說得利害些。也就無用了。（一闋妙論恍如夢醒）蔣撫台聽他說話。甚是有理。立刻照辦。仔仔細細擬了一個摺子。請將蓋道運三個革職嚴懲。自己亦自請議處。當天把摺子寫好拜發。由驛站六百里加緊。遞到京城。果然比欽差的摺子。早到得好幾天。上頭批了下來。蓋道運三個一齊充發軍台。效力贖罪。（還算保全首領）巡撫蔣某。交部議處。旋經部議。得降三級調用。虧得自己軍機裏有照應。求了上頭。改了個革職留任。仍舊還做他的撫台。上諭下來的那天。蓋道運氣憤憤的不服。說我們是按照撫台的札子辦事的。為什麼要辦我們的罪。一定吵着要首府上去替他伸冤。首府問他有什麼憑據。他就把札子掏了出來。摔到首府面前。說老兄請看。這不是他叫我們迎頭痛勦的嗎。（還要有恃無恐請到皇上面前去辯）你怎麼如今全推在我們身上呢。首府接過來一看。只有叫他們相機勦辦的字眼。並沒有許他迎頭痛勦的字眼。便把這話告訴了他。又把字義講給他聽。蓋道運還不明白。畢竟黃保信是文官。猜出其中的原故。一定是那天被刁邁彭偷換了去。把話說明。於是一齊痛罵刁邁彭。已經來不及了。（事後痛罵何如事前精細）後來欽差那面見朝廷。先有旨意。亦道是蔣某人自己先行出奏。卻不曉得全是刁邁彭一個人串的鬼戲。（人才難得所以用一忠厚之人不如使貪使詐猶能備我之驅策）後來刁邁彭在安徽做官。因此甚為得法。欲知後事如何。且聽五編

分解

五編十二
卷

五編目錄

焚遺產傷心說命婦

西轅
道帖討聲
揭密遣姬

五編卷四十九

焚遺財傷心說命婦　造揭帖密計遣麾姬

却說刁邁彭自蒙欽差童子良賞識。本省巡撫蔣中丞亦因他種種出力。心上十二分的感激。（已入他牢籠了）後來欽差那邊拿他保了個送部引見。撫臺這邊明保亦有好幾個摺子。（畢竟會鑽營的佔便宜）刁邁彭就趁勢請咨進京引見。到京之後。又走了門路。（到處鑽頭覓縫是仕途中神奸巨猾）引見下來。接着召見了一次。竟其奉旨以道員發往安徽補用。平空裏得了一個特旨道。聲光更與前不同了。回省之後。不特通省印委人員。仰承鼻息。就是撫臺。因為從前歷次承過他的情。不免諸事都請教他。有時還讓他三分。（自來名公巨卿被宵小玩諸股掌之上必有所以挾制者在也）因此安徽省裏。官場上竟替他起了一個綽號。叫他做二撫臺。（威權豈可下移人言可畏）這二撫臺屢次署藩臺。署臬臺。署關道。署巡道。每遇缺出。總有他一分。都是蔣撫台照應他的。（報者倦矣施者未厭）後來又署了蕪湖關道。到任未久。忽然當地有個外路紳衿。姓張名守財。從前帶過兵打過捻匪。事平之後。帶過十幾年營頭。又做過一任實缺提督。自從打捻匪擄來的錢財。以及做統領尅扣的軍餉。少說手裏有三百多萬家私。（命名可作當頭棒喝）這人到了七十歲上。因為手裏錢也有了。官也到了極品了。看看世界上。以後的官一天難做一天。如果還是戀棧。保不定那時出個亂子。皇上叫你去帶兵。或是打土匪。或是打洋人。打贏了還好。打輸了。豈非前功盡棄。自尋苦惱。齊巧這年新換的總督。同他不對。狠想抓他個岔子出他的手。虧得他見貌辨色。立刻告病還鄉。樂得帶了妻兒老小。回家享福。以保他的富貴。（也算急流勇退）他原籍雖然不是蕪湖。只因從前帶營頭。曾經在蕪湖住過幾年。同地方上熟了。就在本地買了些地基。起了一所房子。後來在任上手裏的錢多了。又派人回來。添買了一百幾十畝地。翻造了一所大住宅。宅子。旁邊又起了一座大花園。（大興土木已遂歸田之樂）這張守財生平只有一樣不足。是年紀活到七十歲。膝下還是空無所有。（沒後稍的人偏不肯縮手）前前後後。連買帶騙他的姨太太。少說也有四五十個。（多買姬妾其如廣種自荒乎）到了後來。也有半路上逃走的。也有過了兩年不歡喜。送給朋友。賞給差官的。等到告病交卸的那年。連正太太姨太太一共還有十九位。正太太是續娶的。其年不過四十來歲。聽說也是一位實缺總兵的女兒。張守財一向是在女人面上還英豪慣了的。誰知娶了這位太太來。年紀比他差着三十歲。（老夫得其女妻其樂可知）然而見了面。竟其伏帖帖。不敢違拗半分。（奉承雖謹宛如一尊活菩薩）那十八位姨太太。都還是太太未進門之前討的。（誰云先進山門為大）自從太太進門。却沒有添得一位。在任上的時候。一來太太來的日子還淺。不便放出什麼手段。二則衙門裏耳目衆多。不至於鬧什麼笑話。所以彼時太太還不見得怎樣。不過禁止張守財不再添小老婆而已。（妬婦要着）等到交卸之後。回到蕪湖。他蓋造的那所大房子。本是預先畫了圖樣。照着圖樣蓋的。上房一並排是個九間。原說明是太太住的上房。後頭緊靠着上房四四方方。起了一座樓。樓上下的房間。都是井字式。樓上是九間。樓下是九間。四面都有窗戶。祇有當中一間。是一天到夜。都要點火的。九間屋每間。都有兩三個門。可以走得通的。（蜂房曲院鉤心鬬角）

恰恰樓上下一十八個房間。住了一十八位姨太太。正太太住了前面上房。怕這些姨太太不妥當。凡是這樓的四面。或是天井裏。或是夾道裏。有門可以通到外頭的。一齊叫木匠釘煞。或是叫泥水匠砌煞。倘若要出來。祇准走一個總門。倘始終謹守此義後也不致被人所算了來這個總門通着太太後房。要走太太的後房裡出來。一定還要在太太的大牀旁邊繞過。不但十八位姨太太出來。一齊飛不掉太太的房間。就是伺候這十八位姨太太的人。無論老媽子。丫頭。冲壺開水。點個火。也要入太太在牀邊經過。鎮日價人來人去。太太並不嫌煩。而且以為必須如此。方好免得老爺瞞了我。同這班人。有甚麼鬼鬼祟祟的事。或是私下拿銀子去給他們。只要有我這個總關口。不怕他揷翅飛去。一派婦女私見豈是善於治家樓下慢表。且說錢守財告病回來。他是做過大員的人。地方官自然要拿他擡高了身分看待。勢利不過官場是縣裡官小說不着。本道刁邁彭乃是官場中著名的老猾。碰見只種主兒。而且又是該錢的。豈有不同他拉攏的道理。以利相交已見命意所在起先不過請吃飯。請吃酒。到得後來。照例拜了把子。錢守財年尊居長。是老把哥。刁邁彭年輕是老把弟。拜過把子不算。未能免俗聊復爾爾彼此兩家的內眷。又互相往來。出妻見子方稱莫逆刁邁彭又特特為為穿了公服。到錢守財家裡。拜過老把嫂。等到錢守財到道衙門裡來的時候。又叫自己的妻子也出來拜見了大伯子。從此兩家往來。甚是熱鬧。刁邁彭雖然屢次署缺。心還不足。又托人到京裡買通了門路。拿他實授蕪湖關道。這走門路的銀子。十成之中。聽說竟有九成是老把兄錢守財拿出來的。覺得相交已是慷慨如此足見情意不薄錢守財一介武夫。本元雖足。到底年輕的時候。打過仗。受過傷。

到了中年。斲喪過度。如今已是暮年了。還是整天的守着一群小老婆廝混。無論你如何好的身體。亦總有撐不住的一日。平時常常有點頭暈眼花。刁邁彭得了信。一定親自坐了轎子來看他。上房之內。直出直進。竟亦無須廻避的。到底錢守財是上了年紀的人。經不起常常有病。病了幾天。竟其躺在牀上。不能起來了。不但精神糢糊。言語蹇澀。而且骨瘦如柴。遍體火燒。到得後來。竟其痰湧上來。喘聲如鋸。（老來病痛。皆是少年所作。）這幾個月裡。只要稍微有點名氣的醫生。統通請到。一個方子。總得三四個先生商量好了。方纔煎服。一帖藥至少六七十塊洋錢起碼。若是便宜了。太太一定要鬧着說。便宜無好貨。這藥是吃了不中用的。（良藥果可回生。貧病盡填溝壑矣）誰知越吃越壞。仍舊毫無功效。後來又由刁邁彭薦了一個醫生。說是他們的同鄉。現在在上海行道。狠有本事。錢太太得到這個風聲。立刻就請刁邁彭寫了信。打發兩個差官去請。要多少銀子。就給他多少銀子。好在上海有來往的莊家。可以就近劃取的。等到到了上海。差官找到了醫生的下處。一看場面。好不威武。一樣貼着公館條子。（外表是不可少的）但是上門看病的人。都是一個不見。（鬼也沒有一個上門。技藝可知）差官只得把信投進。那醫生見是蕪湖關道所薦。一定要包他三百銀子一天。盤川在外。醫好了再議。另外還要安家費二千兩。（想來還等此買柴米）差官樣樣都遵命。只是安家費不肯出。說我們大人。自從有了病。請的大夫。少說也有八九十位了。無論什麼大價錢。都肯出。從來沒有聽見。還要什麼安家費的。（駁得極有見識）先生如果缺錢使用。不妨在包銀裏頭支五天使用。三五一十五。也有一千五百銀子。（代為設法。亦見口角玲瓏）那醫生見差官不允。立刻拿架子說不去了。又說我又不是唱戲的戲子。不應該說包銀。（本來極無禮之事也只好借此挾制）同來請的是兩個差官。一個不認安家費。以致先生不肯去。那一個急了。便做好做歹。磕頭賠禮。仍舊通統答應了他。方纔上輪船。在輪船上包的是大餐間。一切供應。不必細述。誰知等到先生來到蕪湖。錢守財的病。已經九分九了。（救病如救火豈能待遠道求醫）當時急急忙忙。錢太太恨不得馬上。就請這位名醫進去。替老爺看脈。把藥灌下。就可以起死回生。（聞名而來不得不作此想）齊巧這位先生。偏偏要擺架子。一定不肯馬上就看。說是輪船上吹了風。又是一夜沒有好生睡覺。總得等他養養神。歇息一夜。到第二天再看。（看得人命無關緊要豈是醫家割股之心）無論如何求他。總是不肯。甚至於錢太太要出來跪求他。他只是執定不答應他。說我們做名醫的。不是可以粗心浮氣的。等到將息過一兩天。歛氣凝神。然後可以診脈。如此鬧出方子來。纔能有用。（一觀此數語足見胸無一物不過大言欺人）大家見他說得有理。也只得依他。這醫生是早晨到的。當天不看脈。到得晚上。錢守財的病。越發不成樣子了。看看只有出的氣。沒有進來的氣。這兩天。刁邁彭是一天兩三遍的來看病。（是真關切是假關切讀者自知）偏偏這天有公事。等到上火。纔來會見了上海請來的先生。問看過沒有。差官便把醫生的話回了。刁邁彭道。人是眼看着就沒有用了。怎麼等到明天。還不早些請他進去看看。用兩味藥。把病人扳了過來。（俗語死馬當活馬騎）（不過聊以塞責）你們不會說話。等我去同他商量。當下幸虧刁邁彭好言奉勸。纔把先生勸得勉強答應了。於是由刁大人陪着。前面十幾個差官。打了十幾個燈籠。把這位先生。請到上房裏來。（婉如捧了鳳凰蛋）

此時錢太太見了先生。他的心上。賽如老爺的救命星來了。滿上房裏洋燈。保險燈。洋賦燭機器燈。照的爍亮。先生走到床前。只見病人困在床上。喉嚨裏只有痰出進。抽的聲響。那先生進去之後。坐在床前一張杌子上。閉着眼。歪着頭。三個指頭。把了半天脈。一隻把完。再把一隻。足足把了一個鐘頭。（真真死活不得知還行什麼醫）是怎樣。先生聽了。並不答腔。（倒是不答腔的可以藏拙）便約刁大人同到外面去開方子。錢太太方再要問先生已經走出門外。大家齊說這先生是有脾氣的。有些話是不能同他多講的。（倒是有脾氣的可以使人家原諒）當由刁大人讓了出來。先生一面吃水煙。一面想脈案方。說得一句軍門這個病。下半截還沒有說出。（幸虧沒有說出否則豈不要露馬脚）裏面已經是號咷痛哭。一片舉哀的聲音。就有人趕出來報信。說是軍門歸天了。刁邁彭聽了這話。一跳就起。也不及顧。先跑到裏頭。幫着舉哀去了。這裏先生雙手捧着一枝煙袋。楞在那裏。坐着發呆。（豈是可惜包封）正在出神的時候。不提防一個差官。舉手一個巴掌。說你這個混帳王八蛋。不替我滚出去。還在這裏等什麼。說着又是一脚。（真正自取其辱）先生亦因坐着沒味。便說我的當差的呢。我要到關道衙門去。又道我是你們請來的。就是要我走。也得好好的打發我走。不應該這個樣子待我。我倒要同刁大人把這個情理。再細細的同他講講。（果有情理也不致受侮了）差官道。你早晨來了。叫你看病。你不看。擺你娘的臭架子。一直等到人不中用了。還是刁大人說着。你這纔進去。看我們軍門的病。都是你這雜種躭誤壞的。（此句責備得是）不走。等做不成。說着舉起拳頭。又要打過來。幸虧刁大人的管家勸住。纔騰空放那先生走的。閒話少叙。再說錢太太在上房裡。原指望請了這個名醫來。一帖藥下去。好救回軍門的性命。誰知先生前脚出去軍門跟手就斷氣（剛剛碰着氣頭上）立刻手忙脚亂起來一位太太同着十八位姨太太一齊號咷痛哭哭的震天價響正哭着人報刁大人進來了錢太太此時已經哭的死去活來一衆老媽見是刁大人進來但把十幾位姨太太架弄到後房裡去（情景逼真）刁大人靠着房門望着死人亦乾號了幾聲（所謂猫哭老鼠假慈悲）於是錢太太又重新大哭一面哭着一面下跪給刁大人磕頭說我們軍門伸腿去了家下沒有作主的人以後各事都要仰仗了（婦女無見識得不傾心相託）刁邁彭急忙回說這都是兄弟身上應該辦的事還要大嫂囑咐嗎（說來亦狠中聽）說罷又哭錢守財既死之後一切成殮成服都不必說橫豎有錢馬上就可以辦得的但是一件他老人家做了這們大的一個官又掙下了這門一分大家私沒有兒子叫誰承受他本來出身微賤平時於這些近支遠親自己都弄不清楚續的這位續絃太太又個武官的女兒平時把攬家私以及駕馭這些姨太太壓制手段是有的至於如何懂得大道理也未見得所以於過繼兒子一事竟不題起（所錯在此）至於那些姨太太平日受他的壓制伏他的規矩都是因為軍門在世如今軍門死了大家都是寡婦家曉得太太也沒有仗腰的人彼此還不是一樣便慢慢的有兩個不服規矩起來太太到了此時也竟奈何他們不得（所藉者勢勢有時而窮）此時錢府上是整日整夜請了四十九位僧衆在大廳上拜禮梁王懺晚上施食鬧得晝夜不得休息（仗佛力為懺悔所得幾何）到了三七的頭兩天有個尼菴的姑子走了一位姨太太的門路也想揷進來做幾天佛事姨太太已答應了他誰知太太不答應一定要等和尚拜完四十九天功德圓滿之後再用姑子這件事本來小事情

誰知他們婦道家存了意見。這位姨太太見太太不充。掃了他面子。立刻滿嘴裏嘰哩咕嚕的瞎說了一泡。還是不算。又跑到軍門靈前。連哭帶罵。絮絮叨叨哭個不了。平時藏怒蓄怨至此方傾筐倒篋而出之太太聽得話內有因。便把他拉住了。問他說些甚麼。這位姨太太。索性一不做。二不休。便一頭哭。一頭說道。我只可憐我們老爺。做了一輩子的官。如今死了。還不能夠叫他風光風光。多念幾天經。多拜幾堂懺。好超度他老人家早生天界。免在地獄裏受罪。如今連着這門一點點都不肯。我不曉得留着這些錢。將來做什麼使。難道誰還要留着貼漢不成。連刺帶譏其實難聽如今他老人家死了。我曉得我們這些人。更該沒有活命了。我也不想活了。索性大家鬧破了臉。我剃了頭髮當姑子去。妾婦女所挾制家主者不過如此一面說。一面哭。太太也有聽得明白的。氣的坐在房裡瑟瑟的抖。後來又聽說什麼養漢。越發氣急了。也不顧前慮後。不養漢。立起走到床前。把軍門在日素來在放房產契據銀錢票子的一個鐵櫃。拿鑰匙開了。開來順手抱出一大捧的字據。一走走到靈前。說了聲老爺死了。我免得留着這樣東西害人。氣極語卻是悟後語抓了一把。捺在焚化錫箔的鑪內。點了個火。呼呼的一齊燒着。說是遲那時快。等到家人小子老媽丫環上前來搶。已經把那一大捧一齊送進去了。倘非盛怒時作為倒是一椿豪舉究竟這櫃子裡的東西。連錢太太自家亦沒有個數。大約剛纔所燒掉的一大包。估量上去。至少亦得二三十萬產業。一錢帶不去何苦脧削造孽有些可以註失重補。有些票子。一燒之後。沒有查考。亦就完了。當時錢太太盛怒之下。不加思索。以致有此一番舉動。氣字關頭誰能打破一霎燒完。正想回到上房裡。從櫃子裡再拿出一包來燒。誰知早被幾個老媽抱住。捺個一張椅子上。幾個人圍着。不容他再去拿了。(果然燒却淨盡也免得後來被人暗算)錢太太身不在已這纔躲着脚。連哭帶駡。駡個不了。起先說他閒話的。那個姨太太。倒撈在一旁呆看。不言不語了。正當胡鬧的時候。早有人飛跑送信到道衙門裡去。刁邁彭得信。趕來。不用通報。一直進去。因為進門的時候。就聽得人說錢太太把些家當產業。統通燒完。他便三步邁作兩步。走到靈前。嘴裡連連說道。這從那兒說起。這從那兒說起。(五字露出本相)一見鑪子裡還在那裡冒烟。他便伸手下去。抓了一下子。被火燙的手指頭生痛。連忙縮了回來。(雖然心愛之物如此不可嚮邇亦當暫時縮手)看看心總不死。(貪之一字甚矣哉果然心死灰塞豈戀名繮利鎖)於是又伸下去。抓出一疊四面已經焦黃。當中沒有燒到的幾張契紙。字跡還有些約畧可辨。刁邁彭一面檢看。一面連連跌脚說道。這又何必看了半天。都是殘缺不全。無可如何。亦只有付之一歎。(已視為自己囊中之物睹此豈不心痛)然後起身與錢太太相見。此時錢太太早哭得頭髮散亂。啞着喉嚨。把這事的始末根由。訴了一遍。訴罷又跪下磕了一個頭。跪着不起來。(何必如此)刁邁彭再三讓他站起。他總是不肯起。口口聲聲要求刁邁彭作主。(有仔細想過否)刁邁彭一想他們。都是一般寡婦。(正中下懷)沒有一個作主的。若論彼此交情。除了我也沒有第二個可以管得他的家事的。於是也就不避嫌疑。(何必如此)滿口答應。又說大哥臨終的時候。我受了他的囑托。本來就想過來替他料理的。一來這兩天公事忙。二來因為大哥過去了。纔不多幾天。還不忍說到別事。如今既然嫂嫂這裡弄得吵鬧不安。那亦就說不得了。(漸漸而來使他不起)(精鑿)錢太太聽了。自然是千感萬謝。忙又磕了一個頭。磕頭起來。便請刁大人到屋裡。來拿櫃子。

指給他看。說我們軍門幾十年辛苦賺得來的。明天就請大人過來。替他理個頭緒。應該怎麼個用頭就求大人斟酌一個數目。省得我嫂子受人的氣。（要他自已相託好免旁人議論）刁邁彭道。這件事不是光理個頭緒就算完的。倘我兄弟的愚見。總得分派分派纔好。大哥身後。掉下來的人。又不止你嫂子一個。如果還像從前和在一起。那是萬萬做不到的。兄弟明天過來自有一個辦法。（主意已定此時還不錢太太意下如何故不便說出）錢太太一向是惟我獨尊的。如今聽說要拿家當分派。意思之間以為這個家除了我。更有何人。便有點不高興。當下刁邁彭回到自已衙門。獨自盤算着說道。這位軍門。他的錢當初也不曉得是怎麼來的。如今整大捧的。被他太太一齊往火裡送。自已辛苦了。一輩子掙了這分大家私。死下來。又沒有個傳宗接代的人。不知當初要留着這些錢何用。（果然悟徹此理以後也不肯昧心瞞已了）我剛纔想要替他們大家老婆分派分派。似乎錢太太心上還不高興。唉我這人真正也太呆了。替他們分派之後。一個人守着十幾萬銀子。各人幹各人的。這錢豈非仍落他人之手。（可知始初未嘗真有歹意不過婦女不明大義醞釀而成我於錢太太何尤）我明天何不另想一個主意。等到太太出面。把些小老婆好打發的打發幾個。打發不掉的。每些須少分給他們幾個。餘下的一齊仍歸太太掌管。如此辦法。少不得他太太總要相信我。以後各事。經了我的手。便有了商量了。（已算到後來）轉念一想。凡事不能光做一面。總要兩面光。必須如此如此方妙。（使心用計必欲謀奪家業離間妻妾）（其於地方公事可知）主意打定。第二天止衙門不見客。獨自一個溜到錢家。先到大廳上。見了錢守財的幾個老差官。曉得這班人。都很有點權柄。太太跟前。亦都說得動話的。刁邁彭便着實拿他們擡舉又要拉他們坐下談天（欲籠絡人心必須虛心下氣）幾個老差官因他是實缺關道又是主人把弟齊說大人跟前那有標下坐位刁邁彭道不必如此說一來諸位大小亦是皇上家的一個官二來你們太太把了我要替他料理料理家務有此事情還得同諸位商量現在跟前沒有別人我們還是坐下好談諸位不坐我亦只好站着說話了（做作得像眾人那得不入其中）眾人至此無奈方纔一齊斜簽着身子坐下刁邁彭先誇獎諸位如何忠心軍門過去了全靠諸位替他料理這樣料理那樣又說諸位跟了軍門這許多年可惜不出去投標投營有諸位的本領倘若出去做官還怕不做到提鎮大員戴紅頂子嗎（先把眾人一擡使他不作準備）隨後方纔說到自己同軍門的交情如今軍門死了無人問信我做把弟的少不得要替他料理料理就是人家說我什麼也顧不得了（把眾人瞞過然後惟我欲為）此時眾人已被刁邁彭灌足米湯不由己的冲口而出一齊說道大人是我們軍門的盟弟軍門過去了大人就是我們的主人誰敢說得一句什麼要是有人說話標下亦不答應他一定奏他（要他自己說出妙）刁邁彭哈哈大笑道就是說什麼我亦不怕我同軍門的交情非同別個要是怕人說話我也不往這裡來了（又找足幾句）說罷就往上房裡跑走了幾步又停住了腳回頭說道諸位都跟着軍門出過力見過什面的人我今天來到這裡要同軍門的太太商量現在我奏到上頭公事要添招幾營人又有幾營要換管帶我看來看去只有諸位是老軍務目前就要借重諸位跟我幫個忙纔好（把眾人遣撥開免得礙眼）眾人一聽刁大人有委他們做管帶的意思指日便是個官了總比如今當奴才好便一齊請安謝大人提拔然後跟着同到上房見了錢太太

照例請安。勸慰一番。然後又提到替他料理家務的話。此時一衆差官都當他是好人。見他同太太講話。並不生他的疑心。（愚人容易籠絡）把他送到上房之後。便一齊退到外面。候着站班恭送。（如不此理伏豈不要暗中竊听背後議論）刁邁彭見跟前的人漸漸少了。方纔把想好的主意。說了出來。錢太太一聽。甚中其意。連忙滿臉堆着笑說道。到底我們軍門的眼力不差。交了這朋友。只有大人一位可以托得後事的。說着又歎氣道。我們軍門一條命。送在這班狐狸手裡。依我的意思。一齊趕掉。一個錢也不給他們。（御下既無恩惠眼前又無心腹不得不被人所算）刁邁彭道。這是斷斷乎不可。錢是要給幾個的。（恩則歸己怨則歸人面面俱圓）錢太太默默無言。刁邁彭又講到這班出過力的差官。很有幾個有才具的。兄弟的意思。想求嫂子賞薦幾個。等兄弟派他們點差事。幫幫兄弟。橫豎又不出門。府上有事。仍舊可以一喊就來的。（是好意耶是歹意耶沈機莫測）錢太太道。這是大人提拔他們。大人看誰好。就叫誰去。軍門過世之後。公館裏亦沒有甚麼事情。本來也要裁人。如今一得兩便。他們又有了出路。自然再好沒有了。（薑酒待人並無好意女流有何遠見）刁邁彭辭別回去。第二天辦了五六分札子。叫人送到錢府上。那札子便是委這幾個差官當什麼新軍管帶的。凡是錢府上幾個拿權老差官。都被他統通調了去。這般人正愁着軍門過世以後。絕了指望。如今憑空裡一齊得了差使。更勝軍門在日。有何不感激之理。（平心思之何愛於我而得此意外之寵任）自此以後。這班人便在刁邁彭手下當差。刁邁彭卻自從那日起。一直未曾再到過錢府。（招之不來麾之不去然是怪極）後文再敘。且說錢太太自從聽了刁邁彭的話。同那班姨太太。忽然又改了一副相待情形。天天同起同坐。又同在一塊兒吃飯。說話異常親熱（變改常度，必有深謀，惜乎衆人不知）。從前這班姨太太出出進進，都要打太太的床前走過。如今太太也不拿他們防備了，便在中間屋裏另開了一個門，通着後頭，預備他們出進。（多在刁邁彭意計之中）太太又說我們現在都是一樣的，還分甚麼大小呢。（是真耶是假耶，愚人真在夢裡）一班姨太太陡然見太太如此隨和，心上都覺得納罕。畢竟這班小老婆幾個是好出身，從前怕的是老爺，是太太，如今老爺已死了。太太也沒有威風了。有幾個安分守己的，還是規規矩矩，同前頭一樣，有幾個却不免有點放蕩起來，同家人小廝嘻嘻哈哈。有時和尚進來叅靈，或是念經，念的短了，或是聲音不好聽了，這些姨太太還排揎他們一頓。（雖是錢太太刻薄寡恩，亦是扶束嚴謹的好處）後來過了半月，借着到廟裏替軍門做佛事，就時常出去玩耍。太太非但不管他們，倒反勸他們出去散心，說你們都是一班年輕人。如今老爺死了，還有什麼指望。有得玩樂得出去玩玩。（不過示恩於將去罷了，有何好意）不比我自從遭了老爺的事，就一直有病，那裡有玩的興致呢。自那日起，錢太太果然推頭有病，不出來吃飯，一班姨太太見他如此，樂得無拘無束，儘着性兒出去玩耍。太太睡在家裡，一槪也不聞。（縱好貴痴愴是）（指使）錢府中照此樣子，已經有一個多月。這一個多月，刁邁彭竟其推稱有公事，一遭未曾來過。（此時正在遣兵備將）又不時把他新委的幾個錢府上的差官傳來諭話，說我這一陣因為公事忙，未曾到你們軍門家裡。自從軍門去世之後，留下這些年輕女人，我實在替他放心不下。你們得空還得常常回去，帶着招呼招呼也好，替我分分心。衆人一齊答應稱是，背後私議，齊說刁大人如此關切，真正是我們軍門的好朋友。（深謀譎算，誰能識破機關）又過兩天，正是初一，刁邁彭到城隍廟裏拈香。磕頭起來。說是神桌底下有張字帖似的。看是什麼東西。便有人拾了起來。遞到刁邁彭手裡。故意看了一看。就往袖子裡一藏。又是什麼詭計讀者試猜之出來上轎。此時那一班差官。都跟來看見。刁邁彭回到衙中。脫去衣服。吩咐左右之人。一齊退去。單把那班差官。傳進來。拿這張給他們看。又是埋怨自己。又是怪他們。平空地派起不是來總算晦氣說道。我再三的同你們說。我這陣子公事忙。不能常常到你們軍門公館裏去。況且現在又不比軍門在日。公館裡全是一班女人。我常常跪了去。亦狠不便。所以再三交代你們。叫你們時常帶着回去。招呼招呼。為的就是怕鬧點事情出來。叫人家笑話。也不必實有其事。就是被人家造兩句謠言。亦就犯不着。你們不聽我的話。如今如何被人家寫在匿名帖子上頭。壓蠱蒙誣千古沉冤這個寫帖子的人。也是可惡。什麼事情不好說。偏偏要說他們寡婦家的事情。不覬覦絕產斷不欺人寡婦我總得叫縣裡。查到這個人。重辦他一辦。這個帖子。幸虧是我瞧見。叫他們拾了起來。倘若被別人拾着了。傳揚出去。那時候名氣纔好聽呢。有你好朋友纔有此莫須有之事刁邁彭一頭說。眾差官一面應是。一面看那匿名揭帖內中。有兩個識字的。只得把上寫的四句詩。念給眾人聽道。蕪湖城裏出新聞。提督軍門開後門。日日人前來賣俏。便宜浪子與淫僧。無中生有要入拔舌地獄那兩個差官。畢竟是武夫。字雖認得。句子的意思。究竟還不懂。念完之後。楞住不響。刁邁彭特地逐句講給他們聽過。然後大家方纔明白。內中就有一粗鹵的。聽了這些言語。不覺雙眉倒豎。兩眼圓睜。氣憤憤的說道。這是怎麼說。這是怎麼說。我們軍門做了這們大的一個官。倒叫他死後丟臉。這件事。標下倒有點不服氣。讐人即在目前向誰作鬧近來半個月。我們太太有病睡在屋裏不出來。這一定是那班姨太太鬧的太太病了。沒有人管他們。就鬧得無法無天了。大人說不得我們軍門死了。知已朋友可以帮着替他料理料理家務的。祇有你老人家一位標下在這裏。替你老人家跪着。總得求你老人家替他管管纔好。於是一齊跪下。(畧用小計即認作真豈不被人家暗裏好笑)刁邁彭看了縐着眉頭。說道。這事情鬧的太難為情了。咔我亦不好管。啊也罷。等我慢慢的想個法子。你們且出去。一面打聽打聽倒底怎麼樣。一面訪訪那個寫匿名帖子的人。倒底是誰。查得人頭。我也好辦。況且這帖子。既然被我拾着一張。看來總不止一張。外面一定還有。你們姑且留起心來。(罪人既不可得向誰去查)衆差官只好答應着。退了下來。有兩個回到公館裏。把這話稟告了錢太太。錢太太聽了。一聲不嚮。歇了半天。方說我自已的病。還不曉得怎樣。那裡有工夫管他們。(是真病是假病耶卻不要弄假成真使後來懊惱不迭)你們姑且出去查查看。查到了什麼憑據。告訴我。說我再來問他們。差官出退。因見太太並不追究此事。心中俱各憤憤。齊說軍門死了。怎麼連個管事的人。都沒有了。儘他們無法無天。這還了得。(可惜一個能提太太被刁邁彭弄得六神無主)於是又過兩天。那兩個性子暴的差官正在茶館裡吃茶。回來將近走到轅門。忽見照壁前。有許多人在那裡圍住了。看他倆亦就停止了脚。看他們看些什麼。原來墻上貼着一張字帖。衆人一頭看。一頭說。一頭譬解。也譬解不的當。你道如何。原來那張字帖。正與前天刁大人在城隍廟裏拾着的一樣。不過第二句。提督軍門開後門一句。改為大小老婆鬧後門。換了四個字了。(一計不成又生一計不弄到家破人忘不止)這兩個差官不看則已。看了之時。不覺一腔熱血。大抱不平也不顧人多擠擁。立刻邁步上前。把字帖揭在手中。並不回到道衙門。拿了字帖一直逕到錢公館上房。叫老媽禀報說有要事。面回太太。太太便喚他們進見。那兩個差官見了太太。一言不發。把個字帖往太太面前一送。說一聲太太請看。太太瞧了。佯作不知。（此時還要裝聾作啞真正泥捏木雕）還問上頭說的是些甚麼。差官道。上回刁大人照這樣的字已經見過一張了。標下就來回過太太。請太太管管這些姨太太。少教他們出去弄的聲名怪不好聽的。太太說。沒有工夫管他們如今好了。連太太的聲名也被他們帶累上了。太太着急道。怎麼有我在上頭。差官道。這第二句可不是連太太。也着被他們糟蹋了麼。太太看了一遍。還是不懂。叫帳房師爺來講給他聽。方纔明白。等到明白之後。這一氣真非同小可。登時面孔一板。兩腳一頓。也不顧有人沒人。蓬着個頭。穿了一身小衣裳。也不及穿裙子。一跑跑到軍門靈前。拍着靈檯。又哭又罵（不過一個潑辣貨）（無一點見識）數說老爺在世。吃了皇上家的錢糧。不替皇上家辦事。只知道尅扣軍餉。弄了錢來討小老婆。（幾句分派得一點不錯）人家討小老婆三個五個。也儘彀的了。你偏一討討上幾十個。又不是開窰子。要這羣狐狸做什麼用。（所以曹阿瞞分香賣履別有作用）如今等你死了。留下這班禍害。替你換了頂戴還不算。還要拿我往渾水缸裡亂拉。連我的名聲也弄壞了。（罪歸家長也是你縱容胡為的不是）一面數說一面回頭。叫人替我把刁大人請了來。他是軍門的好弟兄。軍門死了。他索性門也不上了。我們這裏的事。他一管也不管了。他是地方官。倒底我們這裏大小老婆。那一個鬧後門。那一個賣俏。那一個同和尚往來。他是地方官。可以審得的。橫豎我是一直病。着連房門都沒有出。是瞞不過人的。將來審明白了。那個狐狸幹的事。我同那個拼命。倘若審不出。我情願自己剃了頭髮。當姑子去。住在這裡弄得名聲。被別人帶累壞了。我却犯不着。（不如此一激也不肯上緊遣發）說着又叫人去催刁大人。說他為什麽還不來。他不是軍門的好朋友嗎。軍門死了。他竟其信也不問了。活的不要管。問他對得住死的嗎。（且慢着還有大數不住在後頭）正吵着。刁大人來了。一隻脚纔跨進門。錢太太已經跪下了。口口聲聲。請大人伸冤。大人倘若不替我伸冤。我今天就死在大人跟前。說完。從袖筩管裡一把爍亮雪尖的剪刀。伸了出來。就在面前地下一擺。（婦人女子除了此法無別的可以挾制人也）刁邁彭見了。連連搖手道。快別如此。快別如此。有話起來說。我們好商量。我受了大哥臨終時候的囑托。我賽如就是他的顧命大臣一樣。還有什麽不盡心的。快快請起。快快請起。起先錢太太還只是跪着不起來。後來聽見刁大人答應了他。方纔又磕了一個頭。從地下爬起。就在靈前一張矮脚杌子上坐下。（要知身後無依也索身前放手）刁邁彭亦即歸坐。錢太太便一五一十。把方纔的話。說了一遍。（原來你還道他不知）刁邁彭道。這事原難怪大嫂生氣。大嫂一直有病。睡在家裡。如今忽然拿你帶累在裡頭。自然你要生氣。但是這事情。關係府上的大局。傳揚出去。名聲不好聽。而且也對不住死的大哥。依兄弟愚見。還是請大嫂訓斥他們一番。等他們以後。收斂些就是了。（畧不替他出主意說來全無痛癢）差官揷口道。頭一回大人抬着那張帖子。標下就趕回來。告訴太太。說請太太管管他們。不准他們出去。太太不聽。如今果然鬧到自己身上來了。刁邁彭道。是啊。當初我交代你們也為的是。這個錢太太道。我從前不管他們。是拿他們當做人。留他們的臉。如今鬧到這步田地。

大家的臉。亦不要了。大人若是肯作主。對得住死的大哥。想個法子安放安放這些狐狸。要他自己來求出主意須恠我不得若是不能。我就死了。讓他。說着伸手拾起剪刀來。就想抹脖子。急的衆人連忙搶下。刁邁彭裝做沒主意。向衆人道。這事怎麼辦呢。衆人也是你看看我。我看看你。都不得主意。一個教刁幾個知寳寫來好看然人錢太太又只是催着闕刁大人。倒底怎麼後來還是那個來送信的差官。心直口快。幫着說道。軍門過世之後。只有太太是一家之主。不要說是自盡。就是要往別處去住。也是萬萬不能的。錢太太道。留着我在這裡受氣。人家做了壞事。好一齊推在我的身上。既然不准我死。我無論如何。斷然不能再同這班狐狸。住在一塊兒的。仍舊要他自己說出免得旁人背後吐罵差官道。太太說到這步田地。料想是不能挽回的了。現在沒得法想。只好求大人把這些姨太太都吽出來問問。誰是安分守己的。誰留下。以後跟着太太同住。既然住下。就有得服太太規矩。倘若不情願的。只好請他另外住。豈知逐虎離山已驅入陷穽免得常在一塊兒淘氣。錢太太道。這些人我是一個合不來的。刁邁彭道。好是好。壞是壞。不可執一而論。就是吽他們另外住。也得有個章程給他們不是。出去之後。就可以任所欲為的。說來面面俱圓總逃不脫他的手段錢太太道。什麼章程。他們各人有各人的私房。還怕不穀吃用。公中的錢。那是一個不能動我的。聚而不散徒資胠篋之用不願意。儘管走。從前我沒有來的時候。小老婆聽說也打發掉不少了。沒有甚麼稀罕。後來這幾年。幸虧有我替他管得凶。所以沒鬧甚麼笑話。如今軍門過了世。還沒有斷七。他們就一個個的變了樣子。刁大人若看把兄弟分上。這班狐狸。辦都可以辦得的。如今還要拿出錢來。送給他們。那却萬萬不能（既成怨府日後誰肯幫助）刁邁彭聽畢湊近一步低低說道這話做兄弟的豈有不知但是如此一做被別人瞧着好像我們做事過於刻薄不如好好的呌他們另外去住回來兄弟放個風聲給他們並且不要他們住在這裡蕪湖地面上纔好呌他們遠遠的我們看不見聽不着說句不中聽的話就是他們跟了人逃走也不與我們相干以後我們倒反乾淨大嫂意思以為何如（做得斬釘截鐵免生後來支節豈不勤所）但是姨太太聽說一共還有頭二十位錢太太道還有十八個刁邁彭道也得做幾起慢慢的分派不是一天可以去得完的況其中果有一二安分守己的也不妨留兩個陪伴陪伴自己（少不得盡翦羽翼此是假語）兄弟今天先把幾個常常愛出去玩的替你打發掉其餘的過天再來錢太太一聽他話有理便也點頭應允不作一聲刁邁彭於是回過臉朝着衆人說道我同你們軍門是把兄弟有些事情雖然我也應該管得然而今天之事一張匿名帖子也作不得憑據我如今並不拿這帖子上說的話派誰的不是（撇去本題免得爭辯不清）不過一樣現在軍門已經過世太太便是一家之主太太說的話無論誰都不能違拗的各位姨太太既然不服太太的規矩愛出去玩耍以致把太太的名聲連累弄壞這便是各位姨太太的不是太太發過誓不能再同各位姨太太住在一處我勸來勸去勸不下來這是天長日久之事倘若今天說和之後明天又翻騰起來或是鬧得比今天更凶呌我旁邊人也來不及所以我替他們想也是分開住的好（其代為謀則善矣無如已存私心也）現在有我做個當中人也決計不會魁苦了他們我今天先替大家分派停當願意去的儘半月之內各自另外去住（要他自己情願絕不勉強）倘若半月之後不走

便是有心在這裡陪伴太太。太太亦並不難為他。一樣分錢給他使。但是永遠不得再出大門。設立苛條使他無可存身叫他們想想看。還是走那條路的好。錢太太道。走的人。一家給他多少。亦請刁大人吩咐個數目。刁邁彭道。這要太太吩咐的。錢太太不肯。一定要刁大人說。刁邁彭無奈。只得說道。今天我來分派。無論走的。同不走的。總歸一樣。至於走不走。聽便。各人衣服首飾。仍給本人。每人另給摺子一個。就把大哥所有的當鋪。分派均勻。每人寫明當本三萬。只准取利。不准動本。施些虛惠好使將來盡入已囊另外每人再給一千銀子的搬家費。不去的不給。錢太太意思似乎太多。與其便宜別人不如自家人受用錢太太見理不明刁邁彭道。出去之後。仍是軍門的人。軍門有這分家當在這裡。不好少他們的。說完。又對來的兩個差官說道。你倆暫且在這裡伺候兩天。那位姨太太要走。我不便當面問他們。他們也不便對我說。今天請帳房先生。把當鋪裡管事的。一齊約好。趕把利錢摺子。寫給他們。誰要走。有你們在這裡。也好帮着招呼招呼。不走的再等我來。同你們太太商量。安置的法子。此句是實料想不願意去的刁邁彭說完了一席話。便即起身告辭。他說話時。一眾姨太太在孝幔裡。都聽得明明白白。有兩個規矩的。早打定主意不出去。倒也難得有兩個共刁的聽了。不服。說道。我偏不走。看他能殼拿我這樣。此是假話後來轉念一想。太太的氣。從前也受夠了。如今有了三萬銀子的利錢。又有自己私房。樂得出去享用。無拘無束。武然趁心豈知總逃不出他的圈套因此也就不鬧。又有些本來不打算出去另住。聽了傍人的挑唆。或是老媽了環的攛掇。也覺得出去舒服些。因此願意分鬧。另外住的。十八位之中。倒有一十五位。欲知後事如何。且聽下回分解。

聽主使豪僕學摸金

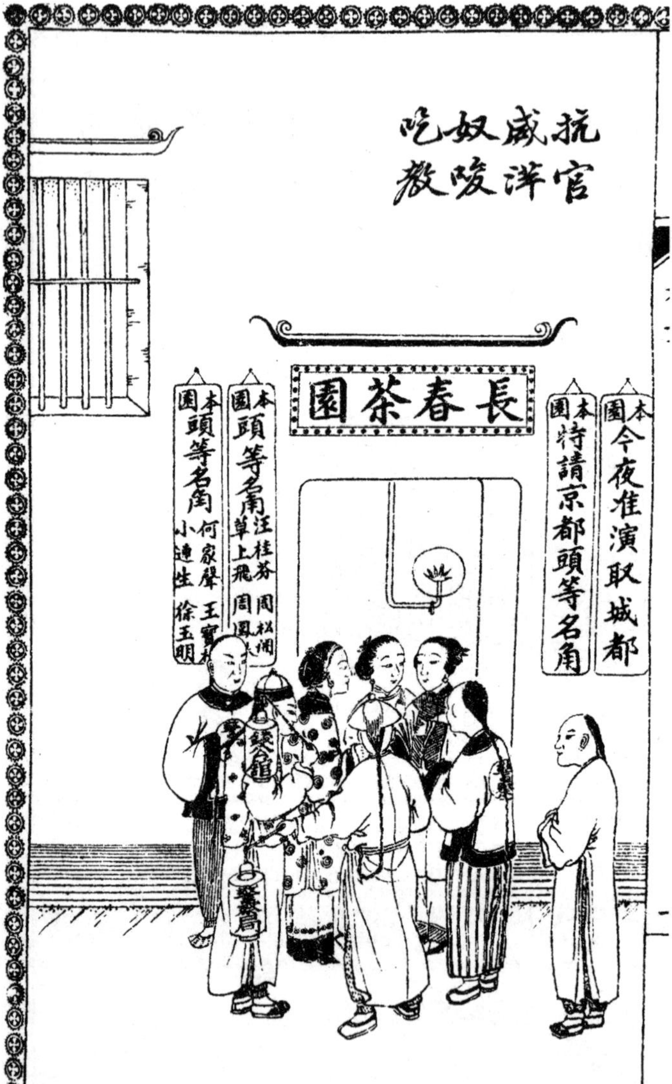
抗官成洋奴唆吃教
長春茶園
本園今夜准演取城都
本園特請京都頭等名角
本園頭等名角 汪桂芬 草上飛
本園頭等名角 何家聲 小連生 徐玉明

五編卷五十

聽主使豪僕學摸金

抗官威洋奴唆吃教

話說錢守財一班姨太太。自從太太鬧着不要他們同住。經刁邁彭一番分派。倒也覺得甚是公允。沒甚話說。做得八面玲瓏毫無破綻我愛其才我畏其人其時十八位姨太太當中。止有三個安心不願意出去。情願跟着太太過活。榮枯不改真是歲寒松栢也只好聽其自然。下餘的十五位。也有三個一起的。兩個一起的。合了夥。房子租在一塊兒。不但可以節省房金。而且彼此互有照應。不明利害弌將駁而殲旃其時正有大員一位的少爺。在蕪湖買了一大片地基。仿上海的樣子。造了許多弄堂。弄堂裏全是住宅。也有三樓三底的。也有五樓五底的。大家都貪圖這裏便當。所以一齊都租了這裡的屋。而且這片房子裏頭有戲園。有大菜館。有窰子。真要算得第一個熱鬧所在。姨太太們。雖然不逛窰子上茶館。然而戲園大菜館是逃不掉的。因此更覺隨心樂意。暫時縱其放蕩後來好施辣手刁大人限的是半月。這半月裏頭。油漆房子。置辦傢伙。並沒有一天得空。等到安排停當。搬了出來。却也沒有一個逾限的。你道為何。只因這位錢太太為人凶狠不過。所以一羣姨太太。也以早離開他一天。早快活一天。大家都存了這個心。自然是不肯耽閣了。飛鳥脫籠誰復依戀十五位當中。却有四位。因為自己家裏。或是有父母。有兄弟。得了這個信。把他們接出來同住。有的住本地。有的住鄉間。還有一二位竟往往別縣而去。倒也去得決裂免得被人暗算其他十位。却一齊住在這熱鬧所在。等到在錢府臨出門的頭一天。刁大人特地叫差官。傳諭他們說道。諸位姨太太現在雖是搬出另住。也要自己顧自己的聲名。凡是菴觀寺院。戲館酒館。統通不可去。得現在大人正有告示貼在。以上各處。不許容留婦女入內玩耍。倘有不遵。定須重辦。因為此事。又特地派了十幾個委員。晝夜巡查。設若撞見委員們。委員們倘若置之不問。何以禁止旁人。如其毫不徇情。未免有傷顏面。為此特地關照一聲。還是各自小心為妙。（伏此幾句後來不嫌囉唆）大家聽了。也有在意的。也有不在意的。按下不表。單說錢太太自從十五位姨太太一齊出去另住之後。過了兩天。心下忽然想着刁大人做事。好無決斷。這班狐狸。為什麼不趕掉了乾淨。他偏偏蝎蝎螫螫的。又像留住他們。却又叫他們分出去住。等他無拘無束。將來一定無所不至。豈不把軍門的聲名。愈加弄壞正不知他是何用意。（既是倩破元機何不出些主意）正在疑疑惑惑。齊巧刁邁彭親來問候。錢太太便問他所以縱容這班狐狸之故。刁邁彭道。依我的意思。頂好叫他們離開蕪湖地面。彼此不相聞問。無奈一時做不到。只好慢慢的來。好在我前天已經叫人透過風。給他們將來。自有擺佈他們的法子。不消大嫂費心的。（索性說出不慮疑忌）至於大嫂這裏。除掉分給各位姨太太之外。大約數目。我兄弟也粗知一二。也應該趁此時叫這裏帳房先生理出一個頭緒。該收的收。該放的放。譬如有什麼生意。也不妨做一兩樁。（漸漸來了）家當雖大。斷無坐吃山空的道理。此時大哥過世之後。大嫂是女流之輩。兄弟雖然不便經手。然而知無不言。也是我們做朋友的一點道理。（說得光明正大使他不作提防）錢太太道。正是。軍門去世。我乃女流之輩。一些事兒不懂。將來各式事情。正要仰仗你刁大人。倒說什麼不便經手。刁大人不管。叫我將來靠那個呢。說着便大哭將起來。女流無見識自然認作好人刁邁彭道。非是兄弟不管。但是兄弟實在有不便之故。彼此交情。無論如何好。嫌疑總應得避的。況且大嫂這裏。原有一向用的帳房。把事情交代他們。也就夠了。欲擒故縱是移船攏弄之計不瞞大嫂說。新近有好兩注生意。弄得好。將來都是對本的利錢。不要到後來連本搭利盡去倘若大哥在日。兄弟早來合他說。叫他入股。如今想想總不便。所以幾次三番。人家叫兄弟來說。兄弟總沒有來說。雖說看准這賣買好做。不至於蝕到那裏。然而數目太大了。大嫂雖不疑心。亦總覺得駭人聽聞的。補足漏洞使人無可議論錢太太道。刁大人說那裏話來。你照顧我。就是照顧你去世的大哥。只要生意靠得住。你說好。我有什麼不做的。錢是我的。誰還能管得住我。至於帳房所管。不過是個呆帳。有些大生意。他們是作不來主的。刁大人你說的。到底什麼生意。如果可以說得回來。要多少本錢。我這裏有。要他自己說出不落痕跡刁邁彭道。生意呢也算不得什麼大生意。不過弄得好。纔有對本利。弄得不好。也只有二三分三四分錢。說得太好必有敝病太太道。我亦不想多要。就有二三分三四分。我已經快活死了。到後來真要使你快活死刁邁彭見錢太太於他深信不疑。便也不再推托。言明先叫帳房先生。把所有的產業。以及放在外頭的。一律先開一篇細帳。至於所說的生意。立刻寫信通知前途。叫他來合股。自此以後。刁邁彭一連來了幾天。把這裏帳目。都弄得清清楚楚。所有的房契股票合同文據。共總一個櫃子。仍舊放在錢太太床前。還有什麼金葉子金條洋錢元寶。雖沒有逐件細點。亦大約曉得一個數目。亦是統通放在太太屋裏。已成之產業不算。總共還有個一百二十幾萬現的。（使他傾筐倒篋而出之所謂大盜不操戈矛者是也）錢太太又說分出去住一班狐狸。每人至少有三五萬銀子的。金珠首飾可憐我自己一個人所有的。也不過他們一個雙分罷了。他們十五個人。倒足足有五六十萬。（自己被騙不算數還要獻出人家的底細）刁邁彭聽了吐舌頭。借此又把錢太太同一班姨太太的。金珠價值。亦了然於心了。（慢藏誨盜夫復何尤）後來連着來說過兩注賣買。錢太太都答應一注。是在上海頂人家一爿絲廠。出股本三十萬。一樁是合人家開。一個小輪船公司。也拼了六萬。兩樁事。錢太太這邊都托了刁邁彭。請他兼管。刁邁彭說自己官身不便。於是又保舉了他的兄弟。刁邁峭做了絲廠的總理。又保舉自己的姪少爺。去到輪船公司裏。做副擋手。錢太太見兩樁賣買。都已成功。利錢又大又大。約算起來。不上三年。就有一個頂對。於是心上。甚是感激刁邁彭。托他還有什麼好做的事情。留心留心。（悖入悖出不致傾家蕩產也不算報應）刁邁彭滿口答應。又說各式賣買。好做的卻不少。但是靠不住的。我兄弟也不來說。設或有點差錯。放了出去。一時收不回來。叫我如何對得住大嫂呢。（說得冠冕堂皇不露一毫破綻）嘴裏如此說。心上卻不住的轉念頭。話分兩頭。且說那十五位姨太太。有五位跟了自己家裏的人。出去另住。倒也偃旗息鼓。不必表他。單說那十位一班。都是年輕好玩的人。又是這們一個鬧熱所在。此時無拘無束。樂得任意逍遙。日裏出去頑耍。到得晚上。不是合夥喝酒。便是聚攏打牌。十個人分住了三所。五樓五底的房子。每人都有三四個老媽丫環。此外底下人看門的。廚子打雜的。都是公用。初出來的時候。這十個人很要好。每月輪流做東道。輪到做東道那一天。十個一齊聚在他家。（誨淫誨盜不要

（樂極悲生）從前錢軍門在日。這些姨太太。上下人等。都喚做幾姨幾姨。以便易於分別。這番留在家裏的三位。是大姨。二姨。六姨。跟着父母兄弟回家去住的。五位是五姨。十姨。十三姨。十六姨。十八姨。餘下十位。統共搬出來同住。這天輪當八姨做東道。辦的是番菜。此時祇開了一爿番菜館。食物並不齊全。在本地人吃着。已經是海外奇味了。當下八姨隔夜關照。點定了十分菜。說明白晚上上火時候。送在家裏來吃。八姨是同十二姨。十五姨。十七姨同住的。說明白這天下午四點鐘。先會齊了打麻雀。打過八圈莊吃飯。（婦女聚賭視為常事官場之家法可知）誰知頭天戲園子裏。送到一張傳單。說有上海新到名角。某人某人。路過此地。挽留客串三天。一過三天。就要到漢口去的。勸人不可錯過這機會。頭一個十七姨得了信。就嚷起來。說明天一定要看戲。看過戲回來。吃大菜不遲。（禍事臨頭全然不知真正可笑可嘆）於是十二姨。十五姨。一齊湊興。都說要看戲。八姨還不願意。說湊巧我今天做主人。你們在家裏。也好幫着我料理料理。要看戲。明天我做東請你們。今天不放你們去。無奈三個人執定不肯。八姨又嚇唬他們道。刁道台出了告示。不准女人看戲。前天還特地叫人來關照。不要被他拿了去。依我還是不去的好。（讖言微中也是預兆）十二姨鼻子裏哼了一聲道。不信他連這點交情都不顧了。那還成個人嗎。（如今人面獸心的儘有）八姨見說他們不聽。便也無可如何。只得讓他們自去。這裏客人。絡續來到。都是八姨一個人接待。內中又有十四姨。亦說是因為看戲。隨後就來。當下一算。只有賓主六人。打兩場牌。還少兩位。便由八姨作主。把十二姨十五姨。一家一個大了頭。叫了來。替主人代打。（尊卑錯雜不成體統）本地戲園散戲本來是極早的。這裏一帮人。打牌打瞀了。忘記泒人去接。等到上了火一大會。只剩得一圈莊了。八姨吩咐燙酒。又叫厨房内預備起來。這纔覺得他四個看戲的。還没有回來。叫聲奇怪。忙着叫人再去接時。忽聽樓下一片聲嚷吱吱喳喳。聽亦聽不清楚。八姨連忙靠在樓窗上。向下追問。只見十七姨屋裏的老媽。急的跺脚說道不好了。三位姨太太連着跟去的人。被看街的兵一齊拉到局子裏去了。所謂掘布者今日驗矣 八姨一聽這話。忙問這話可真。樓下人說。打雞的都回來了。怎麽不真。跟去的男男女女。倒有七八個。一齊都拉了去。這個打雞的。幸虧同局子裡有點親。所以單把他放了出來。情有可疑 樓上下一番吵鬧。打牌的亦就不打了。其中還有十四姨。是同四姨九姨。住在一起的。至今不見他來。恐怕亦被街上的兵拉去。四姨九姨。又忙着問打雞的。可看見十四姨没有。打雞的說没有看見。大家更加疑心。杯弓蛇影觸處驚心 八姨又問打雞的。怎麽會被街上的兵拉去的呢。打雞的道。散戲場的時候。剛剛出了大門。就有十來個兵。上來拖了就走。一拖拖到警察局裏的。老爺出來說。本道大人有過告示。不准女人出來看戲。你們這些人。好不守婦道。等到明天一早。送到縣裏去辦。何不將戲館封了方是正本清源之道 八姨道。你們没有嘴。為什麽不說是這裏的呢。打雞的道。跟去的王二爺在街上。就同他們說。這是錢軍門的姨太太。他們不理。到了局裏。見了委員老爺。又說委員老爺。亦不理說。無論什麽人。違了大人的告示。我們都要拿辦的。有什麽話。你們明天到城裏去說罷。毫不留情總算辦事認真 王二爺還要說時。已經被他們帶了下來。三位姨太太是另外一間房子。泒人看守。其餘的都鎖着。預備明天。解到城裏去。大衆聽了。面面相覷。正想不出一個法子。忽然見十四姨。披頭散髮。闖進門來。說聲不不不好了。家家家裏來了一般強強強盜。在那那那裡打劫哩。大衆聽他這一說。都嚇呆了。四姨九姨。是同他同住的。要搶一齊搶。得了這個信。更嚇得魂不附體。城門失火殃及池魚如何不嚇八姨便問十四姨。你不自去看戲的嗎。幾時回家的。十二姨。十五姨。十七姨。被街上的巡兵拉了去。你知道不知道你家裡來了強盜。你一個人怎麼逃走得脫的呢。問得不慌不忙到有見識此時十四姨已經坐下。定了一定神。便含着淚說道。可不是。我正是去看戲的。他們被巡兵拉了去。我不曉得。我看完了戲。因為天冷。想換件衣服。再到你這裡來。想不到一腳纔跨進了門。強盜就跟了進來。故意使他漏網好作引導嚇得我也沒有敢進房。就一直跑到廚房柴堆裡躲起來的。只聽得強盜上了樓。四姨道。啊呀我的事情糟了。十四姨又接着說道。強盜上了樓。就聽得闌隆闌隆。像是開箱子拖櫃子的聲音。樓上吵了半天。又到樓底下翻了半天。纔去的。九姨聽到這裡。亦就跺着腳哭道。我就知道。我亦是逃不脫的。欲為一網相盡之計如何可以幸逃十四姨又說道。我一直爬在柴堆裡。動也不敢動。好容易等強盜走過一大會。看門的老頭子進來。纔拿我拉起來。家裏至今。祇剩了看門的老頭子一個。其餘的用人。都不曉得到那裏去了。事有可疑八姨便問可查過東西。搶去了多少。十四姨道。那裏查過。大約檢好的都沒有了。真正悔氣。也不曉得今年交的是什麼星宿。一回一回的遭這些事。所謂福無雙至禍不單行說完又哭。四姨道。今兒這裡的三個。扣在局子裡。不得出來。我們家裡。又遭了強盜。看來今天的飯是吃不成了。既然強盜已去。我們也得回家查點查點。這個明火執仗。地方官是有處分的今天辦警察。明天辦警察。老爺在日。錢倒捐過不少。如今死了。警察的好處。我們沒有沾到。違了告示。倒會把我們的人拿了去的。現在又出了搶案。不知道他們管事不管事。說到這裡。四姨便起身。拉了九姨十四姨同走。說我們倒底搶掉多少東西。也要回去查查看。查明白了。案總要報的。強盜總要他們替咱們辦的。（以堂堂道台衙門為逋逃藪豈是容易查明）說完自去。此時在座的人。只賸得三姨七姨十一姨。連着主人八姨。一共四個。八姨因為兩下裡出事。甚是沒精打彩。又愁着十二姨三個人。明天到城裏出醜。又記掛着他三人。今夜裡受罪。（一般是同命鳥如何不牽腸掛肚）想要派人去瞧瞧。都說局子門口。有人把着不得進去。三姨說衙門裡公事。我是知道的。只要有錢。就准你進去了。（還是三姨有主見）八姨就拿出四十塊錢。仍舊打發打雜的去。這裏廚子上來請示。番菜都已做好。客齊了。就好起菜了。三姨說隨便拿點。甚麼來吃了算數。番菜過天再吃罷。無奈番菜館裡。是點定的菜。不能退還。只好叫他一齊開了出來。敷衍吃過了事。剛剛吃完。打雜的回來。又同了一個被押的管家。一塊兒回來。這管家名喚胡貴。也是錢軍門的舊人。此番跟了幾位姨太太出來。大家都拿他當作自己人看待。（却是看錯了人了）胡貴當下說道。今日之事。是警察局裡。奉了本道大人面諭拿的。無論你是什麼人。違了本道的告示。一概不准用情。當時拿到之後。委員老爺就到道裏請示。本道大人說道。若論錢軍門的家眷。我們極應該替他留個面子的。但是誰不曉得我同錢軍門是把兄弟。我若容了情。以後還能禁阻別人嗎。（全不留一點香火情要算鐵面無私）現在是我格外留情。指示他一条路。你回去。就在今天晚上。叫他三個人。每人拿出一萬塊洋錢充做罰款就將他們取保出去如今正在這裏辦警察開學堂沒有款項得此也不無小補既保全他們的面子人家亦不至說我徇情如果不然明天解到縣裏公事公辦打了枷號也好叫衆人做個榜樣我本有言交代在前他們不聽好言自投羅網須知怪我不得（指教一番）（言語說來卻一句不錯）委員老爺回來就把三位姨太太叫了上去叫他們早打主意三位姨太太求他讓些無奈委員老爺執定不肯說是本道大人吩咐過要少一絲一毫都不能彀三位姨太太回說就是照辦一時也沒有這些現的委員老爺道你們這班人好呆沒有現的首飾珠寶利錢摺子都可以抵數只要彀了三萬就是了（象齒焚身焉用賈害）三位姨太太還不答應委員老爺立刻拿腔做勢把個跟去的陳媽鎖了起來陳媽說道我又沒有犯什麼罪為什麼要鎖我委員老爺就動了氣說他頂嘴馬上拖他跪下打他嘴巴纔打了十幾下子陳媽的兩個門牙已經打下來了倘了滿地是血（總算代三位受罪）三位姨太太看了害怕免得吃他眼前虧所以無法答應的八姨因這胡貴本來是靠得住的便也不生疑心（小人翻覆無常豈可輕信）到他三人房裏找了半天好容易把他三位的當鋪利錢摺子找到點了點數就檢了三個一萬頭摺子交代胡貴叫他拿這個去抵數胡貴去不多時又回來說單是利錢摺子委員老爺不要或是股票或是首飾方可作抵（索性再欺他一下）八姨一想股票本來是沒有的至於首飾他三人出門看戲都是插戴齊全了走的每人頭上手上足有萬把銀子珠寶金器已經儘彀何必再由家裏往外拿呢（所疑在此）於是又吩咐了胡貴胡貴去了一回又回來說委員老爺有過話光是利錢摺子不肯收但是總得

倍上幾倍。少了不能相信。三位姨太太說。橫豎是暫時抵押。將來可以拿錢贖回來的。至於首飾。不便交代他們。倘或被他們把好的掉換了幾樣。向誰去討回呢。（還算粗中有細）八姨一聽這話不錯。就把所有的當鋪摺子。一齊交付了他。胡貴收了摺子自去。（鯉魚脫卻金鈎去擺尾搖頭再不來）大家以為這筆錢拿出。三位太太一定可以回來了。一切取保等事。胡貴色色在行。可以無須慮得。三姨七姨十一姨。因為要等他三個。一直也沒有回去。誰知一等等到半夜三點鐘。還不見人回。一千人來。滿腹狐疑。再派人到警察局門口探聽。只見局門緊閉。連個鬼的影子也沒瞧見。去的人回來說了。大衆更覺驚疑不定。只得自寬自慰。說今天來不及了。大約明天一早一定總放出來的。（也叫做無可如何之想）於是三姨七姨十一姨要回去。八姨害怕。要留他們兩位來做伴。他三人也不便一齊全走。商議半天。方纔議定七姨一個。回去看家。這裏留下三姨十一姨陪伴。（豈知這一留又留出禍事來了）八姨七姨去後。這裡又派人去看了四姨。九姨。十四姨一盪。曉得被強盜搶去的東西狠不少。已經開好失單。專等明天報官。大家聽了。歎息一回。各自關門安寢。（風吹雨打觸處淒涼）八姨直同三姨十一姨。閒談了半夜。也沒有合眼。（也不過各人許各人的際遇罷了）看看天色快亮。方纔朦朧睡去。忽聽得有人在樓下院裡高聲叫喊。說快請三姨十一姨回去。今夜家裏被賊挖了壁洞。東西偷去無數若干。（禍事一齊來其中必有蹊蹺）七姨東西。賽如都偷完了。七姨在家裏急的要上吊。三姨十一姨一聽這話。一磆碌爬起。坐在床沿上。卻是嚇的瑟瑟的抖。兩只腳。就像蹈在棉花裏的一般。要想往牀下走。一步路亦不能了。又過了半天。方纔有點氣力。三姨歎口氣說道。老天爺不長眼睛。為什麽只管同我們幾個人做對頭。八姨到此。深自後悔昨夜不該留他二人作伴。此時無話可說。只得推他倆回去。鬧好失單。趕緊報案。好在不多時候或者就可破案。也論不定。（只好作或然之想）又托他倆安慰七姨三姨十一姨。急急的走了回去。幸喜前弄後弄。是沒有許多路的。八姨此時亦因昨夜的事。掛在心上。也就起來。不睡了。一面仍叫打雜的。去到警察局打聽。十三姨十五姨十七姨的消息。又說胡貴昨天已把款子繳了進去。怎麽還不放出來呢。（真正在困夢頭裏）打雜的去了一會子。急得滿頭是汗。跑回來說。局子裡人說。昨兒這裏並沒有派人拿什麽錢去。（可知已着了道兒）現在時候。爲着還早。所以還沒有拿人送到城裏去。八姨聽了這一急非同小可。忙道。昨兒胡貴不是說道台大人。要罰他們的錢嗎。打雜的道。小的到局子裏。就把這話托小的的親戚上去回了二爺。二爺又回了老爺。老爺還把小的叫上去。說這個話。雖是有的。道台要罰他們的錢。一個人也不過罰他們幾千。並沒有這許多。你們不要被人家騙了去。（雖是受人之騙也要怪主使者）你不來。我這裏。我亦要派人到你們公館裏。儘問一聲。如果是照罰的。我就緩點把人解城。倘若是不肯罰錢。早給我一個回信。我把人早解進城。也早卸我的干係。（俗云財去身安樂豈知財去而仍不能免禍乎）快去快來。委員老爺的話如此。小的所以回來的。八姨聽了。真正急的失魂落魄。絲毫不得主意。忙問你碰見了胡貴沒有。打雜的道。小的沒碰見他。若是碰見了。早把他拉了來了。八姨正在尋思。忽聽人報警察局來了一個師爺。一個二爺。一問正是為討回信來的。八姨躊躇了一回。只好自己出去回他。（家無男子也只好拋頭露面）見面之後。那師爺便說敝東。是奉公差遣。並不是一定同這裏為難。就是道台大人。要這邊捐幾個錢。也是充做善舉的。現在敝東特地叫我過來。商量一個辦法。至於說是昨天晚上。由尊府上管家送來幾個當鋪摺子。我們局裏卻沒有收到。難保是府上受人之騙。攛怪我們不得。況且幾個利錢摺子。又不是股票。就是再多些也抵不了數。現在逃走的這管家。叫什麼名字。請這邊開出來。我們也好替你們上緊的查。不消查得只要問主使之人至於現在每人罰他幾千銀子。並不為多。應該怎樣。還是早點料理為是。此時八姨一心。只在胡貴身上。嘴裏不住的說。所有的摺子是我親手交給他的。如今被他拿了逃走了。叫我怎麼對得住人呢。要好不是往往如此警察局師爺道。好在都是你們自己的當鋪。派人去注了失。再補一分。不就完了嗎。一句話。把八姨提醒。一想只好如此。方把心上一塊石頭放下。重新商量罰款之事。警察局師爺一口咬定二萬銀子。一切費用在內。馬上就可把人保釋。本來不義之財取些何妨但恐天道好還耳八姨想銀子只要二萬。雖然還在分寸上。總望少點纔好。後首說來說去。跌到二萬塊錢。每人六千罰款。下餘二千作一切費用。八姨道。洋錢現的是沒有。看來只好拿首飾來抵。他們各人首飾。昨兒各人都帶了出去。須得問他們自己。叫他們每人拿些出來。暫時抵數。等到出來之後。再拿錢去贖回來。也是一樣。於無可設法之中代為設法警察局師爺道。沒有現的。只好如此。但是他三位昨天進來的時候。頭上並沒有戴什麼珠寶。敝東亦親口問過。都說出門的時候。首飾原本有的。後來被拿在半路上。就卸了下來。叫人拿了回來了。所以敝東纔叫我們到這裏來的。所謂屋漏更遭連夜雨船遲又遇打頭風八姨聽了。又是一驚。忙說沒有。這回事。昨兒我們底下人回來還說所有的首飾。他三個都還帶的好好的呢。他三人不肯拿首飾抵給你們。所以纔叫他來問我要摺子。一定是他們藏了起來。哄你們的。（本來該人贓問但愿作如此想）警察局師爺道。我看未必。難保。亦是貴管家做的鬼。姑且等我們回去。問過了他們再講。說完立刻帶了二爺自去。此時八姨心上忐忑不定。一回又恨刁大人不顧交情。一回又罵胡貴混帳。不多一刻。局裡師爺又回來說。問過三位所有首飾。早交給胡貴拿回來了。現在他們三人身上。除了衣服之外。一無所有。所以叫咱仍舊到這裏來取。他三位還說自己首飾。倘若果真都被胡貴捲了逃走。無論如何。總求你八太太替他湊一湊。今天把他們救了出來。少不得總要算還你的。（天有不測風雲人有旦夕禍福）（得禍速致貧亦速）八姨一聽楞了半天。一聲不響。師爺又催了兩遍。想想沒法。只得開了三位的拜匣。湊來湊去。約摸祗有一半。一時逼在那裏。說不得。只得自己硬做好人。把自己值錢東西湊了十幾件。拿出來交代與師爺過目。師爺還說不值二萬。（本是不義之取偏要掂斤播兩）八姨氣極了。一件件折算給他聽。一總要值到二萬四千哩。師爺道。你話原也不錯。但是一樣。你倘是一件件置辦起來。照現在市價。合從前市價。只怕拿着二萬四千還買不來。若是如今要拿他變錢。可是就不值錢了。至少再添這們一半來。我回去是好交代。（問你還是前貫你的今貫你的）於是把個八姨急得沒法。正說着。齊巧昨兒番菜館裏一個細崽來收帳。因八姨是他老主顧。彼此熟了。他聽此說話。便代出主意道。這一定是師爺想好處。（原來故意作難何不明說）一句話提醒了八姨。說道。不錯。商量送他多少。細崽道。這位師爺常常到我們大菜館裏來。替人家了事。多多少少。都要等我來替你問他。果然那細崽到師爺面前咕唧了一回講明白另送二百塊錢。方纔拿了首飾走的。八姨不放心。又叫了個貼身老媽一同跟了去順便去接他們三人回來。（纔遭顛跌自然要格外小心）果然去不多時。十二姨十五姨十七姨就一同回來了。相見之下。自不免各有一番說話。彼此題到胡貴。十二姨說。我們還沒有走到局子門口。在半路上他走上來。說姨太太帶了這些珠寶進去。是不便的。請姨太太悄悄的探了下來。我替你拿着。我們一想不錯。一頭走。一頭探東西給他。（女流無見識容易上當）說也奇怪。跟去的一幫人。祇有他沒有被捉。在旁邊跟着。竟像沒事人一樣。（即是疑竇可惜衆人不知）從來到局子裏。還見他進來過一次。那時候我們心上嚇亦嚇死了。那有工夫理會到這些。誰知竟不是個好人。（於此中求好人難乎其難）八姨道。這也奇了。你們三個人在路上。探首飾東西。又不在少數。難道那些巡兵竟其一管不管。隨你們做手腳嗎。十五姨道。真的說也奇怪。我們把首飾除了下來。他還說手裏不好拿。又向我們要了兩塊手帕子。包着走的。拉我們的巡兵眼望着他。竟其一響不響。說穿了這件事。實在詫異得狠。難道他們竟其串通一氣來做我們的。（過後方知也算不得聰明）八姨於是又把打雜的叫上來。問問他昨天到局子裏去。在那裏碰見胡貴的。打雜的說。小的纔走到局子門口。胡二爺已從裏面出來。據他自己說。是委員老爺。特地放他回來傳話的。就同了小的一塊回來。別的小的不知道。大家聽說。正猜不出所以然。（你要解釋不難只要問問你作對者何人）却好昨夜被強盜打劫的四姨九姨十四姨。被賊偷的三姨七姨十一姨。亦因為掛記這邊。一齊過來問候。大家見面。一把鼻涕一把眼淚。各人訴說各人苦處。（要知身後嬌妻寵妾為人魚肉也不肯結交匪類了）八姨問他們報官沒有。三姨歎口氣道。題起報官來。更惹了一肚皮的氣。警察局裏的委員也來踏勘過了。失單也拿了去了。不過那委員的口音總說是家賊。（自古家火不起野火難燒說來一點不錯）我就同他說。現在墻上有挖好的壁洞。明明是外頭來的。那委員便說是裏應外合。沒有家賊。斷乎偷不了這許多去。墻上不挖個洞。他們怎麽往外拿呢。我又駁他。若說是家賊。他不好開了大門往外拿。豈不更為便當些。委員被我頂的無話說。纔拿了失單走的。但是一件賊去之後。掉下一根雪青紮腰。我們那些底下人都認得。說是這根紮腰。像你們這邊胡貴的東西。常常見他紮在腰裏的。同這一模一樣。（真贓實據現在還疑什麽）我就趕緊朝他們擺手。叫他們快別響了。照這樣子警察局裏還推三阻四。說我們是家賊。再有這個憑據。越發要叫他有得說了。（豈知人家已看得清楚了）三姨一番話。眾人還不理論。獨有八姨這邊四位。是昨夜受過他騙的。曉得他不是好東西。便道這事的確是他做的。也保不定。三姨忙問所以。八姨又把昨晚的事說了。於是大家便也一口咬定是他。接着又問四姨等強盜打劫之事。四姨道。你們的話。竟其一絲一毫也不錯。依我看來。不但是自己人做弄自己。並且還是官串通了。叫他們來的呢。（一語道破如畫龍點睛）眾人聽了。更為詫異。四姨道。我打這裏回去。強盜是已經走掉的了。查查我們那些二爺。別人都不少。單單少了王福。他爺兒倆。三姨道。王福是誰。四姨道。就是有兩撇鬍子的。南京人。常常到道裏去的。從前在老公館裏的時候。每逢刁道台來了。總是他搶着裝烟。刁道台看賞。說他好。還同他說。現在你們軍門過世了。只要你們在這裡好好當差。將來我總要提拔你們的。後來我們出來。就派了他跟到我們那邊照應。只可惜他兒子小三子不學好。時常在外頭同着一般光棍來往。我昨天回去不見了他爺兒倆。我還說莫不是被强盜打死了罷。你們快去找找呢。倒是看門老頭子明白。上來同我說。今兒這個岔子出的蹊蹺。(冷眼旁觀偏在明裏)我問他怎麽蹊蹺。他說小三子一向是一天到晚。一夜到天亮。從不回家的。獨獨昨天吃了飯。就沒有出門。起先他還在他爺的牀上躲着的。後來等到打過四點鐘。十四姨瞧戲去了。四姨九姨到八姨那邊去了。他這裏忽而躺下。忽而又站起來。到門外望望。好像等什麽人似的。(畢竟有心事人與衆不同)後來一轉眼就不見了。等到出了事。一直就沒有瞧見他爺兒倆個影子。(惜乎不作準備不然到可盡入網羅)我聽這話蹊蹺。今兒早上。我就叫人到門房裏看看他倆的鋪蓋行李。看門的老頭子就說。四姨用不着看。我早已看過了。牀上只有一條破棉絮。別的東西。早運了走了。這不是自己人做弄自己嗎。這班强盜。一定是王福的兒子。引來的了。衆人道。怎麽你又說是官串通的呢。四姨道。這個是我心上恨不過。所以如此說的。(此是家不和被賊欺倘謂官盜串通豈可為訓)昨天出了事。去報官。說是遲了。今兒一早出城來踏勘。官倒來的不少。甚麽縣裏。保甲局。警察局。老爺共有好幾位。看了半天。一點說不出道理來。倒把我們的人叫上去盤問了半天。頂可笑是縣裏周官。還問我們的人。來的這夥强盜。當中你們可有素來認得的人在內沒有。(可知外間早有風聲)這句話問的大家都笑起來了。我此刻也不管他什麽老爺不老爺。我隔板壁就說。强盜來了。一個個手裏洋鎗。我們逃性命還來不及。那裏有工夫拿他們的臉。一個個去認呢。(膽小如鼷總緣中國約束婦女太緊)一句話被我說的縣官亦笑了。連忙分辯說是無論有熟人。沒有熟人。城廂裏出了搶案。我總得要辦的。不過你們要曉得這強盜當中有了你們認得的人。你們的心上也可以明白。這一回事。用不着怪我地方官了。（明明說出所以然叫他死心塌地不要追贓）了你們眾位聽聽。看這位老爺的話。蹊蹺不蹊蹺。眾人聽了。也有說這話說得奇怪的。也有罵官糊塗的。在座的人。祇有八姨見事頂明白。聽了他話。估量了一回。便說道。據我看來簡直昨天的事。都是他們串通了做的。你們想我們這裏的胡貴。他們那裏的王福。為什麼都在這一天跑掉呢。（本來不難明白）被賊偷了東西。委員就說是家賊裏應外合。被強盜打劫了。蕪湖縣反問這影強盜你們認得不認得。我想他們心上都是明白的。不過不便說出來就是了。（明人不必細說）至於我們這裡幾位。却是自己不好。不遵他的告示說明白。是姓刁的叫拿的。我看來看去。姓刁的頂不是東西。（雖是慢藏誨盜總怪你自家太太忌克太甚把你們底裏和盤託出以致引盜入室耳）四姨我問且你。你門的王福可是常常到道裏去的。四姨道。可不是。八姨道。姓刁的同他說話。他回來亦告訴過你們沒有。四姨道。纔搬到這裏來的時候。王福天天到道裏去。回來之後。有影無形亂吹上一泡。近來這四五天裏。人雖是天天出去。問他那裏去。不說是道裏。只說是看朋友。我們還笑他。怕只是刁大人跟前碰下來。再想不到會出這個岔子。（禍患之來非一朝一夕之故由辨之不早辨也）這都是我們軍門當初用的好人。八姨道。不要怪用人。這班小人。本來沒有什麼好東西。怪只怪軍門活着在世的時候交的好朋友。真好本事。真好計策。半天一夜。都被他一網打盡了。（本來地方官是無力強盜況又以盜引盜乎）現在十個人當中。只空了我一個。不曉得他還要想什麼好法子來擺佈。我料想是逃不脫的。（何不遠引高飛）

不作弋人之襲這面幾個人。正談論着。只聽得外間。也有人在那裏。吱吱喳喳的說話。八姨便問是誰。老媽回就是大菜館裏的剛纔來過了。如今又來。八姨便曉得。就是剛纔同局裏師爺講價錢。那個細崽了。為他方纔幫着出力。便掀開簾子招呼他。又說剛纔辛苦了你了。細崽道。說那裏話來。自己老主客。有了事。應該幫忙的。不瞞太太說。這個局子開了。不到一年。我們吃煞他苦了。名字叫警察局。就是保護百姓的。名為保民而適以殃民又安用此警察局街口上站的兵。吃了東西。不還錢也罷了。還說他是苦人出身。偌大的局子。局子裏出來的老爺師爺。搖搖擺擺。哼而哈之。走到我們大菜館裏。揀精揀肥。要了這樣。又要那樣。一個伺候的不好。兩只眼睛一豎。就要罵人。再說說還要拿局子的勢力。嚇唬我們。我們伺候這些老爺師爺。也總算賠盡小心了。他們的帳。我們本來是不去收的。吃了不惠鈔同衙門差役一般足見行新政之難好在賠亦賠得有限。樂得借此結交結交他們。以後凡事有得照應些。雖則倚勢妄為也是店家自去怕他的不是誰知好事沒有。落到一個月頭裡。我們夥計送菜到西頭黃公館裏去。路上碰見幾個青皮。有人說還是安慶道友一黨呢。既辦警察應該無此名目了迎面走來。不由分說。拿我們的夥計。就是一碰。菜亦翻了。傢伙亦打碎了。還不算。還拉住我們夥計。賠衣服。說是鮑魚湯沾了他的衣服了。我們夥計不答應。要他賠衣服。彼此鬬了兩句嘴。他們一齊上前。就是七八個。把夥計打了。又去報警察。警察與青皮地棍同黨豈有不庇護之理等到店裏得了信。我趕了去。倒說老爺叫人出來吩咐。派我們不是。打碎碗盞。是自己不小心。一定要我們店裏賠他們的衣服。我想大事化為小事。出兩個錢。算不得什麼。便自認晦氣。問他們毀了件什麼衣服。等我看了。好賠還他們。那曉得老爺竟一口幫定他們說。衣服不用看。你拿五十塊錢。我替你們了事。不然。先把人押起來。再說。諸位太太想想看。天底下可有這個情理沒有。（強梁世界安講情理）因此我恨傷了。想了想。好漢不吃眼前虧。當面答應他回家打主意。當下老爺還把我們夥計留下做押頭。我也隨他去。我從局子裏出來。一頭走。一頭想主意。不知不覺。碰在一個人的身上。（因禍而得福這一碰倒碰出喜慶來了）猛可門吃了一驚。抬頭一看。被我碰的那個。不是別人。原來是我的娘舅。他問我有什麽要緊事情。如此心慌意亂。連娘舅到了眼前。都不認得了。我被他這一問。怔了半天。纔同他說。街上非說話之所。急忙回到店內。把始末根由告訴了一遍。娘舅聽了。把胸脯一拍。說了聲容易。無論他做官的如何凶惡。見了咱總要讓咱三分。諸位太太可曉得我這娘舅。他是做什麽的。能夠眼睛裏沒有官。原來他自在教的。（為淵敺魚莫怪人教之多）一吃了教。另外有教士管他。地方官就管他不着。而且這教士。樣樣事情。很肯幫他忙。真正比自己親人還要來的關切。連着生了病。都是教士帶了醫生來替他看。一天來上好幾遍。（不是小信小惠籠絡人家亦安肯奉承惟謹）我們中國人。隨你朋友如何要好。亦沒有這個樣子。所以凡是我們娘舅一個鎮上。沒有一個不吃他的教。（仗入教為庇護所以教民盡屬莠民）如今且說那一天。我娘舅聽說我受了這個冤枉。馬上同我說。叫我說是這爿大菜館。他亦有分的。如今店裏的夥計。被他們局子裏瓶去了。今天沒有人做菜。沒人做菜。生意就做不成。現在已經躭誤了半天。趕緊把人放出來。躭誤的賣買。就是要他賠也還有限。倘若到晚不出來。同他講。我這爿店。一共是十萬銀子的本錢。一年要做二十萬銀子的生意。他弄壞了我的招牌。問他可賠得起賠不起。役中更有强中首只好魚肉良懦娘舅交代了我這話。要我就去說。我想不如拉了娘舅一塊兒同去。有了護身符方敢挺身而往則下此之退縮不前者多矣幸喜我們這個娘舅。也不怕多事。就領了我同去。起初我們到局裏。老爺都是坐堂。叫我們跪着見的。這回我一到局子門口。他們是認得我的。便問五十塊洋錢可帶了來沒有。我說沒有。現在我們東家來了。有甚麼話。請老爺問他罷。他們進去回了老爺。跟手老爺又出來坐堂。叫我上去。我說這事不與小的相干。該賠多少。請老爺問小的東家罷。串教抵制官長雖由莠民作俑亦由官長判斷不公所致老爺問東家是誰。叫他上來。咱娘舅不慌不忙。走到堂上。就在案桌旁邊一站。老爺罵他你好大膽子。這是皇上家法堂。你敢不跪。咱娘舅說。縣大老爺的公堂。纔算是法堂哩。你這個局子。算不得什麼。就是真正皇上的法堂。咱來了亦是不跪的。老爺被他這一說。氣極了。問他有幾個腦袋敢不跪。他從從容容。從懷裏掏出一尊銅像來。又像佛。又不像佛。頭上有個四叉架子。有了往腰子纔敢藐視官上委員老爺一見這個也明白了。曉得他是在教。登時臉上顏色和平了許多。同他說。我這事不與你相干。用不着你來干預。我娘舅說。我開的店。我店裏的人。被你捉了來。一點鐘不放。就躭誤我一點鐘買賣。半天不放。就躭誤我半天的買賣。我今番來到這裏。問你要人。還在其次。專為叫你賠我們的買賣來的。問你索詐平民也不少了今口也須翻過來了這句話。可把委員老爺嚇死了。臉上頓時失色。幸而這老爺轉彎轉得快。一想此事不妙。也顧不得旁邊有人無人。立刻走下公案。滿臉堆着笑。拿手拉着咱娘舅的袖子。說我們到裏頭談去。所謂自落檯咱娘舅道。你只賠我買賣。還我的人就完了。此外沒有別的話說。委員道。我實在不曉得是你開的。是我糊塗。得罪了你。我在這裏替你賠罪。一面說。一面就作了一個揖（戲他做得出） 又說你既然老遠的來了。無論如何總賞小弟一個臉。進去喝杯茶。也是我地主之誼。同娘舅說完了。又回頭同我說道。這件事。我要怪你。你頭一遭到這裏。為什麼不把話說明白。早知道是他老先生開的。這事豈不早完了呢。（在教與平民顯分高下何以服人） 正說着。又回頭叫站堂巡兵。快把他們的夥計放他回去。他們賣買是要緊的。此時咱娘舅聽了他這番說話。又好氣。又好笑。還想不答應他。他手下的人。一面已經泡了兩碗蓋碗茶出來。我一椀。娘舅一椀。娘舅不肯到裏面去。他們就在公案旁邊。擺下兩把椅子。讓我們坐。老爺又親自送茶。咱娘舅道。老爺你不要忙。這些。我只問你。我們的事。你怎麼開發。老爺道。統通是我不是。你也不用說了。今兒委屈了你們的夥計。拿我的四轎。送他回去。打碎的傢伙。統通歸我賠。鬧事人。我明天捉了來辦給你看。就枷在你們店門口。你說好不好。（雖不禁應聲惆嚇也）（見官場勢利） 依咱娘舅的意。意思還不答應。是我拉了娘舅一把。說能照這樣。也就罷了。饒了他罷。娘舅方纔沒有再說別的。後來却着實拿他數說一頓。說我們幸虧在教。你今天纔有這個樣子。若是平民百姓。只好壓着頭受你的氣。（警察為地方自治之先聲警察而以媚外為宗旨何以收回治外之法權） 娘舅說一句。他答應一聲是。口口聲聲。總怪手下人不好。然後我們兩個人。連夥計一齊坐了轎子出來的。諸位太太。你想這個老爺。不是我說句瞧不起他們的話。真正是犯賤的。不拿吃教嚇唬他。沒有五十塊洋錢。他就肯同你了嗎。如今非但五十塊不要。並且賠還我們椀盞。鬧事的人。還要辦。

給我們看。只要有勢力奚必存公道三姨道。後來那個鬧事的。到底枷出來沒有。細崽道。第二天那老爺。果然自己來找我。要叫我同着他去。拜我們娘舅。此種翻覆小人見他作甚過天又托出人來說。說那幾個光棍。都逃走了。請這邊原諒他們點。如果一定要辦人。沒法亦只好上緊去捉。捉到了。一定要重辦的。也算陪盡小心後來我想這件事。我們已經佔了上風。安慶道友。就是哥老會一幫他們黨羽很多。倒不好纏的。不要將來吃他們的虧。因此我就同來人說。請老爺看見辦罷。也沒有說別的。後來道台刁大人聽見了。把委員老爺叫了進去。大大的埋怨一頓。埋怨他這事起初辦的太糊塗了。為什麼不打聽明白。就把人押起來。幾幾乎鬧出教案來。地方官長見教士如驚弓之鳥豈不長他勢焰刁大人還說不要看我是個道台。我的膽子比沙子還小。設或鬧點事出來。你我有幾個腦袋呢。也不光。我是這樣。或是上頭制台。亦何嘗不同我一樣呢。上頭尚且如此。你我更不用說了。以後總要處處留心纔好。不是仇外即是懼外二者宗旨皆非諸位太太。請看這些樣子。若要不受官的氣。除了吃教竟沒有第二條路。倘若不早點打算。諸位太太。都是女流之輩。又有財主的名聲。以後的虧還有得吃哩。為免官長欺負入教我總怪於失乙氏八姨道。你的話。固然也不錯。但是這件事。你娘舅也忒煞荒唐了。怎麼自己也沒有股子好說是股東呢。倘或查出來不是。豈不連累了教裡的名聲。教士肯帮人的忙。有了病。他還替你請醫生。他的心原是好的。像你們仗着在教。招搖撞騙。也決計不是個正道理。細崽道。在這昏官底下。也不得不如此。不然。叫我們有什麼法呢。所以一占上風。我亦就教娘舅不要同他爭了。為的就是這個。欲知衆人聽了。心上如何。且聽下回分解

覆雨翻雲自相矛盾

依艸附木大肆威權
卷五十一

五編卷五十一

覆雨翻雲自相矛盾
依草附木莫測機關

却說錢軍門的姨太太。聽了番菜館細崽的說話。心上自忖。曉得刁邁彭同他們作對。將來此地萬難久居。除了吃教。亦沒有第二條。可以抵制之法。（有此破家令尹不能不借外人為護符）於是等細崽去後。商量了幾天。仍把那個細崽喚來。叫他找了他娘舅。替他做了個介紹。一齊進了教。自從他三家被偷被搶被罰之後。至今也有一個多月。強盜同賊。杳無下落。就是被罰的三位金珠首飾。拿了進去。等到備了現錢去贖。倒說上頭不要。定要吃沒他們的東西。（與胠篋探囊之輩相去幾何）就是被胡貴騙去的利錢摺子。本典之中。竟亦不肯掛失摺子補不出。利錢亦取不到。（入井下石豈不欲絕其生機）他們一帮人急殺了。只得去求教士。幸喜這位教士。人極公正。先問他們有無別情。等到問實了。便說地方官警察局。本是保護居民的。如今居民被盜賊所害。問他保護的何事。至於利摺被騙。例可掛失。首飾作抵。理應贖回。又斷無措住的道理。（公道反在外人豈不被教士笑為野蠻）於是把這事詳詳細細寫了一封信。給刁道台請為追究。大眾見教士允為出力。方纔把心放下。按下不表。且說他三家出事的。那天晚上。警察局委員。先到道轅稟知。有三位錢府上姨太太出來看戲。已飭巡兵遵諭。捉拿到局請示辦理。刁邁彭傳諭從重示罰。以昭儆戒。第二天委員。把首飾繳了進了。刁邁彭便叫收起。委員又稟兩家被刧被偷情形。以及家人胡貴騙去利摺各話。刁邁彭尚未回答。恰好首縣又來稟報此事。刁邁彭道。慢藏誨盜。冶容誨淫。不打劫他們的。打劫那一個呢。（不仁致富所以毒流妻子但恐天道好還耳）雖然城廂出了盜案。是老兄們的責任。但這件事。據兄弟看起來。他們兩家實在是咎由自取。（匹夫無罪懷璧其罪夫復何尤）這兩件事。老兄們能够破案。固然甚好。倘然不能破案。我本道決計不催你們。就是他們來上控。我亦要申飭的。首縣同委員於本道近來的做事本也有點風聞。（同縣共治知其勞跡而不敢稟詳專制之流弊如此）聽了這話。自然樂得丟在腦後了。刁邁彭還說利錢摺子又抵不了罰欵。怎麼會被底下人騙去。不要是倒貼了底下人罷。這個倒要查個實在。好好用久的。怎麼會逃走。首縣等見本道。如此說法。也無話可說。只得退下。刁邁彭便趕到到太太那裏去送信討好。又說這一下子。可被我把他們弄倒了。又說他們有幾個人的當鋪摺子亦被底下人騙了逃走。如今他們想注失。要當鋪裏照樣補給他們。這件事。我兄弟却不答應。好好的底下人。怎麼會逃走。好好的摺子怎麼會失掉。這事倒要查訪明白纔好。（欲加之罪何患無辭借端易耳）錢太太本來是恨這班姨太太的。聽了刁邁彭的話。甚是歡喜。立刻吽帳房寫信分咐各當鋪管事。如果有人要來補利錢摺子。不准補給他。吽本人來同我說。帳房答應。自去照辦。這裏刁邁彭又趁空說法錢太太的銀子。（代人報怨自然要加些酬勞）無非又是什麼織布局。肥皂廠。洋燭公司。自來火公司。造紙廠。紙烟公司。有的八分利。有的七分利。有些竟還利大於本。一年就有一個項對的。錢太太相信了他。當他是好人。自不免為其所惑。大捧的送到他手裏。盡他去使用。（釀得百花成蜜後為誰辛苦為誰甜可為剋剝致富者殷鑒）如此者又是一個多月。錢太太的現錢。是早已捲光。做生意搭股分還不彀。刁邁彭便說當鋪是呆生意。不如把他抵押出去。抽出本錢來好做別的。錢太太信以為真。亦就托他經手。此時姓錢的資財。已有二百多萬在刁邁彭掌握之中了。（點明一句讀者記清）一日正在衙門裏。獨自一人盤算如今錢弄到手了。如何想個法子遠遠的脫離此纔好。（飽者遠颺此其時矣）忽見外面傳一封信來。說是某處教會來的。刁邁彭一聽教會二字。不免已吃一驚。及至折開來一看。原來寫的是絕好的華文。信上就是責備他不能保衛百姓。以致盜賊充斥。案懸不破。後來又題到錢姓婦人罰欵。前以飾物作抵。原說准其贖還。何以備欵往贖。委員揹住不付。辦事殊欠公允。今該婦某某氏等已經皈依敝教。本教會例應保護。所有某某氏等被盜被竊兩案。應請嚴限地方官。迅速破案。至某某氏既備現欵。自應准其將飾物贖去。務希飭令該委員即予發還。是所至盼各等語。（小民易虐上天難欺自此無公道然後借神道為設教倘平權立憲之法行安待外人責備）刁邁彭看過之後。賽如一盆冷水從頭澆下。一時想不出如何覆他一回。又罵這些女人。眞正刁惡。竟敢拿教會來壓制我。（上司耳目既遙紳者權限又輕不得不借重教士）想了半天。只好自己佯作不知。一齊推在首縣委員身上。（一旦發作可叫別人當災此是上官取巧辦法）說已札飭他們遵照來函辦理。含含糊糊寫了回信送去。教士看了。還當是道台果不知情。下屬蒙蔽上司。也是有的。（外人生性本直）於是又耽擱了半個月。仍然毫無音信。教士不免又寫信來催。豈知這半個月裏頭。刁邁彭早已大票銀子運往京城。路子都已弄好。這天教士來信。恰巧這天他接到電報。有旨賞他三品卿銜。派他做了那一國出使大臣了。（叫如此之人折衝樽俎豈不有辱壇坫）刁邁彭得了這個信。自然歡喜。但是事難兩全。如今錢太太一邊的銀子已經全數弄到了手了。至於那些姨太太的。明的暗的。亦已不在少數人貴見機。如今他們是有人保護的了。況且我日前就要到外洋去。正同他們打交道。倘若貪心不足。把名氣弄壞了。反倒不好。該應放的地方。少不得也要放手。這方是大丈夫的作用。得放手時且放手倒是一個知機之士 想罷便把洋人文案委員請來。斟酌了一封信。除盜賊兩案。仍勒限印委各員嚴拿懲辦外。所有某某氏存抵首飾。准其即日備價贖回。利錢揭子亦答應補給。教士得到這封回信。自無話說。那被罰的十二姨十五姨十七姨。都趕着把東西贖了出去。錢家的當鋪。早經刁邁彭言明由他經手抵出去的了。然而暗底下仍是他掌管。說不得自認晦氣。另想法子敷衍他們。也只好忍痛拔此毫毛 大衆見刁邁彭如此辦法。雖然那兩家一時破不了案。也就不像從前追得緊了。按下不表。單說錢太太那面。聽說刁邁彭出使外洋。不覺心上老大吃了一驚。到此驚心已嫌遲了 心上盤算我偌大一分家私。一齊托他經手。他今出門。多則六年。少則三年。方能回來。所有他做出去的賣買。叫我同那一個算呢。本來也忒煞相信 馬上差人一面拿帖子到道台衙門賀喜。順便請刁大人過來。商量善後事宜。刁邁彭直至把教士回信打發去後。方纔過來。見面就說。大嫂不來叫。兄弟也要過來了。天底下的事。竟其想不到的。沒頭沒惱下此一語已早打算好賴債之法 錢太太還當他說的是出外洋一事。便說這是朝廷倚重大人。大人有這樣聖眷。將來到外洋立了功回來。怕不做尚書侍郎。就是督撫也在意中。刁邁彭聽說。縐了縐眉頭說道。不是這個。還他一個糊裏糊塗要他自己來問 錢太太見他氣色不對。忙問又有什麼事情。刁邁彭又故意躊躇了一回。方說道。這事却也不好瞞你。如今大嫂被外國人告了。（先恫嚇他一句使他不敢提到正文）錢太太聽說他自已被外國人告了。不覺大驚失色道。我是中國人。他們是外國人。我同他井水不犯河水。他為甚麼要告我呢。刁邁彭道。不說明白了。不但你聽了糊塗。就是我聽了也詫異。這件事。原是你們這裏的人起的。（好在結怨已深不怕對穿）錢太太忙問是我們這裏的什麼人。刁邁彭道。還有誰。就那是班搬出去的姨太太。我倒是一片好心。幫着大嫂拿他們分了出去。一來省大嫂嘔氣。二來等他們自已過活。公中的錢也可省儉些。就是這一回。他們被偷被搶。以及罰他們。也是兄弟幫着大嫂。想竭力的拿他們壓倒了。免得將來生事。倘若兄弟早替他們出把力。催催縣裏。還會到如今不破案。（地方官以盜賊為兒戲小民何以安枕）不曉得他們如今聽了什麼壞種的說話。一齊入了外國籍。中國官管他們不着。他們有了事。倒可以來找我們的。大嫂你想氣人不氣人。（似你這外交好手還怕誰來惜乎錢太太不善回答）錢太太道。他們入外國籍。倒入的是那一個國度。可是你刁大人放欽差的那個國度。不是。如果是。你刁大人去的那個國度。務必拜托你大人。同他們那邊皇上說了。遞解他們回來。不要他們這些壞人做百姓。刁邁彭道。他們入籍的那個國度。聽說是什麼南冰洋。北冰洋。也不曉得是黑水洋。紅水洋。兄弟一時在氣頭上。也記不清楚。（禁婦女涉獵書史畢竟要被人欺負）總而言之。他們現在已經做了外國人。我們總是他的對手了。錢太太道。你說的可就是他。他還是另外。又有什麼外國人出來告我。刁邁彭道。有是另外有個外國人。亦是他們串出來的。錢太太道。就是告我。我也得有件事情。倒底告我那一樁呢。（日間不作虧心事半夜敲門不吃驚平時刻薄少恩自然要提心弔膽）刁邁彭道。說來話長。等我慢慢的講。其實在這件事情我固然、替大嫂出力。我待他們也不能算錯。每人分給他三萬吊錢的當鋪利錢。就拿按年八釐算。每年每人就有兩千多吊錢的利錢。無論如何亦儘夠使的了。況且他們各人又有自己的體已。還要貪心不足。串了外國人。進了外國籍。反過來告你大嫂。似乎也覺得過分。兄弟得了這個信。一直氣的沒有吃飯。人家來道喜。一齊擋駕。就趕過來通知太嫂。錢太太着急問道。倒底他們告我是些什麼話。你要知道不難可知來說是非者即是是非人不然竟可直截而談何必半吞半吐乎　刁邁彭至此方說道。告你吞沒家財。驅逐夫妾。錢太太道。這也奇了。我們軍門留下的家財。不是我承受。誰承受。至於那班東西。原是分出去的。他們另住。我何曾趕他們出門。這種說話。未免太煞欺人了。況且我做大婆的。就是真果的要趕掉他們。他們也只好走。我不過背個不賢的名聲罷。總說不到家當上頭揑得不像自然要駁倒　刁邁彭哈哈一笑道。大嫂你就是誤在這上頭了。現在的世界比不得從前了。從前做姨太太的。見了正太太。賽如主母。自己就同買來的了頭一樣。所以太太說打就打。發人家。不能說他不是。如今各色事。都是外國人拿權。外國人講平等講平權。是沒有什麼大小的。你是軍門身上下來的人。他們亦是軍門身上下來的人。同是一樣的人。就不分什麼高下。有一個錢。大家就得三一三十一平分。如此方無說話。倘若你一個人多拿了。他們少拿了。就可以說話的。就可以請出訟師來。同你打官司的。總得大家扯勻纔好。不過強詞奪理不問外國人有如此名目　錢太太道。我是中國人。我不懂得什麼外國理信。刁大人你亦是中國官。你為什麼不拿中國的例子駁他呢。幾句頂得是　刁邁彭道。我心上何嘗不是如此想。但是我這個官。沒有這個權柄。可以管得他們。錢太太道你刁大人既没有這權柄管他們。等他來的時候。你不理他就是了。他們能夠拿你怎樣。（一發說得有理）刁邁彭道。我不理他們要到南洋兩江制台那裏去的。兩江制台不理他們還會到外務部這兩處。只要一處管了帳。我們總没有便宜沾的。（不聞外國人為干預人家家務運動政府不過嚇婦婦女罷了）錢太太道。依你說怎麼樣。可是要我把家當拿出來分派給他們。還是拿我趕出去請他們回來住。不然怎麼樣呢。說着就急得哭起來了。（何不請一訟師與他打外國官司乾急作甚）刁邁彭道大嫂你且慢着。不要發急。他們如此說。我不得不過來。述給你聽。少不得我總要替你想法子。就是我自已没有權柄管理外國人。也總要挽出人來。替你們和息的。（要你想法子和息豈不性命要喪在你手裡）說罷。亦就告辭回去。錢太太還想留住他。托他想法子。刁邁彭道。我的心上。比你大嫂還要着急。就是你不托我。我亦要替你想法子的。不然。我怎樣對得住大哥呢。（好個良友不負死誼）兄弟自從接到電報放欽差忙的。連回電都没有打。目下實在没有工夫。等兄弟回去打好主意。明天再來同大嫂商量罷。說完自去。錢太太等他去後。心上自已盤算。說刁某人每逢來在這裏。何等謙和。替我做事何等忠心。怎的今天變了樣子。（謀吞到手如何不變樣子）難道放了欽差。立刻架子就大起來麼。如此也不是甚麼靠得住的朋友了。（蜜浸砒霜本須提防）轉念一想。我這分家私。一齊在他手裏。如今要同外國人打交道。除了他没有第二個。（衆妾還有細崽出主意太太竟無一人商量可見妬忌者必成孤立）況且他本來是這裏的道台。如今又放了欽差。說出去的話。外國人無論如何。總得顧他一點面子。我如今是没腳的蟹。如瞎子一樣。除了人一步不能行。無奈只得耐定了性。靠在他一個人身上的了。（說來也是可憐）按下錢太太自己打主意不題且說刁邁彭回到衙門。一面又要忙交卸。一面又要預備進京陛見。一霎時又是外國人來拜一會。又要出門謝步。一回又是那裏有信來。有電報來。一回忙着回那裏信。那裏電報。眞正忙得席不暇暖。人仰馬翻。少不得每天總要抽出空來到錢公館坐上五分鐘。或是三分鐘。日日抽空過來深恐旁人纔間錢太太見了面。頂住問他怎麼樣。刁邁彭無非一派恫嚇之詞。錢太太又問如何對付他們。刁邁彭只是咬定一口。一個錢不能給他們的。起先錢太太聽了。又把刁大人當做忠心朋友。自怨自己。那天幾乎錯怪了他。九折山坂無如人心之險如何輕信輕疑豈知一連幾天刁邁彭來了幾次。都是這個說法。及至問他照此下去幾時可了。刁邁彭縐着眉頭說道。若是不給錢要他們了。可是不容易呢。以不動尊為和事老好使數萬家當盡入貪囊錢太太說。刁大人你是快走的人了。不趁在你手裡。把事早點了結。到了後任手裏。叫我去找誰呢。仍舊要他自己央求刁邁彭道。昨兒省城裏已有信來。派來署事的這位候補道。我也同他見過面的。等我見了他。竭力托他。就是了。錢太太一聽事情不妙。連忙拿話頂住刁邁彭說。一定要在刁大人手裏了結。寃家不見對頭人如何好憑空起滅錢太太真是懞懂刁邁彭隱約其詞。似乎嫌錢太太一個錢。不肯放鬆。這事總不會了。錢太太却一口咬定。要我往外拿錢。可是不能。刁邁彭見話說不上去。只得另外打主意。費盡心機總難脫其手段當是辭了出來。回到衙門。齊巧有個保人壽的洋人。因在南京得到刁邁彭放欽差的消息。就有刁邁彭的朋友。替這洋人寫封了信。叫他到蕪湖來兜攬生意。刁邁彭看朋友的分上。少不得自要照顧他些賣買。恰巧這日正從錢公館回來。想不出一個哄騙錢太太的法子。等到見了洋人忽然有觸斯通。（無巧不成書奈何先生亦落人窠）便道你這遢人遠的跑來總得替你多拉幾注買賣纔好洋人自然歡喜。刁邁彭便說我有一個朋友。姓錢家裏狠有家私我薦你到他家裏去但是我個朋友。只有女眷在家。你先到那裏。不必同他們說甚麼停刻等我到來有我替你拉攏自然一說成功。（官場而行此騙局莫怪世途荊棘）洋人更為感激不盡立刻問明方向獨自先去刁邁彭亦跟手坐了轎子趕來。洋人先到那裏。雖有繙繹。因為刁大人交代過吽他不要說什麼他只得不響不過門上見是洋人。向那裡來的。祇回了聲道裡來的。門上人聽說是道裡來的摸不着頭惱只得請他廳上坐了。再講。一面泡茶。一面進去報知女主人。錢太太聽了。只當是告他的那個外國人。抄家當來了。嚇得什麼似的。（雖亦要虛聲恫嚇也要賣個野人頭方始上緊）連連說道。這怎麼好這怎麼好你們快去。先把刁大人趕來。等他想個法子。先把洋人弄走了。纔好家人奉命飛跑趕去走到半路上。齊巧刁大人也來了。（不請而自來可是約會好的）刁邁彭轎子裏看見。先說道我正要到你們太太這裏來。現在可是外國人來了。家人道正是。刁邁彭催轎夫快走趕到錢公館下轎走進大廳先向洋人拉手。說了聲。你這裏的事。一齊包在我兄弟身上。其實你也無須來得的洋人由繙繹傳話說道。我是要來。我是要來。（偏偏回答又對針縫）刁邁彭未曾下轎。那個請他的家人早已趕快一步。回到家裏。稟報太太知道。說刁大人聽說洋人在此。已經趕了來了。等到刁大人下轎到廳上。同洋人說的話。錢太太早已趕出來。在屏門背後。聽的清清楚楚。一聽他倆所說的話。洋人說我要來。刁大人說你的事。一齊包在我身上。這兩句。再要合拍沒有。竟是為着打官司來的錢太太不聽則已聽了之時登時魂飛天外面上失色（確有此種景況作者又姑甚甚詞）說時遲那時快刁邁彭向洋人說完了兩句話立刻起身到後頭來一見錢太太流淚滿面一句話也說不出（婦女無遠謀不過是哭）刁邁彭道此處不便我們到裏頭去講果然錢太太跟刁邁彭到得裏面錢太太一把眼淚哭着說道別的話不必講自從軍門去世之後我這裏一家一當都在你刁大人手裏為今之計弄到這個樣子你刁大人不來救我更指望誰來救我呢說罷跪在地下不肯起來刁邁彭一面讓他起一面故意做出噯聲嘆氣的樣子（虧他裝得像）說這是怎麼好這是怎麼好叫我怎麼對得起死的大哥一個人在客堂裏打了幾個旋身又出來同外人喊喊喳喳了一回（難道無一人竊聽不怕露馬腳）不見洋人走他又進來同錢太太說道如今之計只有一個法子少不得我要被人家說我不避嫌疑罷了錢太太一聽有法子好想立刻問他是什麼法子刁邁彭想要說出口又頓住了不說道到底不便到底被人家說起來不好聽只得另外打主意錢太太看他又有不肯之意不免又把眉毛皺起來只見刁邁彭又在地下旋了兩三遍把牙齒咬咬緊說道這是沒有法子的事為朋友只得如此我為了朋友就是被人家說我什麼我究竟自己問心無愧（九轉三回使人畧不疑忌）旁人看他自言自語坐立不定都莫知其所以然大家正在楞住的時候忽然聽他說道大嫂現在洋人不肯走兄弟只有一個法子等我去同洋人說說大嫂現在賸得有限家當其餘的因為替軍門還虧空早已全數抵押出去了他若說問抵押給那個你只說我經手但是口說無憑你快叫帳房立刻寫好幾張抵押據隨便寫抵給張三李四都可以由你畫了

花押交代給我。洋人不相信。我就拿這個給他看。我替你經手。連當鋪連錢連銀子。一共是二百六十七萬。你就照這個數目寫給我。可好不好。真正好計策可惜太狠些畢竟錢太太是女流之輩。聽了此話。馬上就吽自己的帳房上來照寫。不料這帳房倒是有點忠心的。近來因見刁邁彭的行為。狠覺不對。平時已在女主人面前。絮聒過多次。無奈女主人不聽他話。也吽無可如何有如此之人錢不倚為心腹錢太太實不可以真心相待此時又吽他出立凴據。他便兩眼瀰煞瀰煞的。頂住了刁邁彭一聲不響。已是看出苗頭後來女主人又催他。帳房。只是不寫。刁邁彭何等精明。早已猜着其中用意。忙道貴居停這一分家當。一齊都在我一人身上。我如今是就要出洋的人了。說不定十年八年。方得回來。正要我個人交卸了好走。像老兄辦事。這樣鄭重。實在可靠得狠。倒不如趁今天我們做個交代罷。落得做個虛人情刁邁彭一面說。一面上却是笑嘻嘻的。錢太太看了不懂。只是催帳房快寫。寫好了。就交代刁大人。那帳房想了一回。嘆了一口氣。題起筆來。一氣寫完。有些話頭。怕自己寫的不合式。只得隨時請教刁大人。刁邁彭見他肯寫。也就不刁難他了。等到寫完。又逐句講給錢太太聽過。催着錢太太畫過字。比通草傳國詔一般刁邁彭道。你們不要疑心。我要這個。不過給外國人瞧過。就拿回來的。說着便把筆據袖了出去。又同洋人咕嚕了一回。洋人同他拉拉手。帶了繙繹自去。刁邁彭果然來把筆據交還了錢太太。此時不下手後來自有好法吽了聲大嫂。這個東西果然有用。把這東西給洋人看過。居然一聲不響。就去了。大嫂你暫請收好了這個。等洋人要看時。我再來問你討。錢太太道。這又何必給我呢。刁大人收着不是一樣。不怕弄假成真必竟女流無見刁大人道。不可不可。人家要疑心我吞沒你的家當的。列位看官。看到此處。以為刁邁彭拿筆據交還與錢太太。一定又是從前騙蓋道運札子的手段來。豈知並不如此。他用的。乃是欲擒姑縱之意。蓋道運的事情。關係蔣撫台出入甚重。所以不得不把札子掉換下來。錢太太這裏。橫豎欺他是女流之輩。甕中捉鼈。是在我手掌之中。不過想做得八面玲瓏。一時破不了案。等他擺脫身子。到了外洋。錢太太從那裏去找他呢。（世上果有如此陰險之人也虧先生生花筆寫得出）所以他當下把筆據交代之後。仍回自己的衙門。同保壽險的洋人。鬼混了一陣。只說是錢太太一定不肯保洋人。無可如何。只好聽之。他。卻又耽擱了兩三天。一直不到錢公館。（要來就來要去就去俱有深意）畢竟錢太太放心不下。叫人去請。推頭有公事。錢太太少不得自己親來。刁邁彭見面之後。只說你大嫂之事。不了自了。包你那個外國人是不來的了。就是你們那班姨太太。曉得官司打不出。也一齊癟了念頭了。這兩天我倒替你狠放心。狠快活。你自己着急的那一門。（佯作不知問得不關痛癢）錢太太道。我所急的。非為別事。有你刁大人在這裏一天。我自然放心。設或你刁大人動身之後。那外國人又來找起我來。卻如何是好呢。（不慮侵吞家產却慮洋人經繞不將血產雙手捧獻與人再給絕契不止）刁邁彭聽了此言。故意呵唷一聲。跌足躊躇道。這一層我倒沒有慮到。倒底你大嫂心細。然而據我看起來不要緊。橫豎你給我的那張抵押據。在你手裏。你拿出來給他看就是了。錢太太道。這張據應該是你拿着的。不應該在我手裏。（何致糊塗到這般田地）刁邁彭道。我拿着不妥。一來你大嫂雖不疑心到我。我也要防別人說話。二來我把這筆據帶了出洋。等到洋人來了。還是沒得給他看。如今這事。沒有別法想。祇有你把那張假筆據拿出來。等我替你上個稟帖。給上頭預先存個案。再結結實實的找上兩個中人。就是我出洋去。有中人替我說話。有起事來。只要中人出場。洋人自然不來找你的了。（好計策一成鐵案隨你翻騰不出）錢太太的筆據是帶好了來的。馬上交出。又問中人是誰。（如此重大之事並不與第二人商量足為信任太專者戒）刁邁彭屈指一算。後任明天好到。便約錢太太三天回音。錢太太自回公館。這裏刁邁彭等到後任接了印。便向後任說。從前在此地住的。有一位錢軍門。如今死了。他的家眷因為軍門去世之後。官虧私虧。共有二百多萬。一齊托兄弟替他經手。把家產抵還清楚。現在分文不欠。恐怕再有人說他。所以托兄弟替他稟明上頭。並在道縣各衙存案。以免後論。（以串官賴債之法翻作吞沒絕產之計推陳出新是絕妙好手筆）兄弟適因交卸。未曾趕得及辦理此事。現在只好費老兄的心了。說罷便把替錢太太代擬的稟帖。以及抵押據。還有揑造的人家還來的借據。一齊抄黏稟帖。請後任過目。（做得毫無罅漏是蒙蔽上司欺騙同寅的好手）後任因為他是欽差。上頭聖眷優隆。將來不免或有倚靠他的地方。所以於他委的事。絕無推卻。趕着僉稿。並送。第二天就詳了出去。諸事辦妥。（照例公事本不怕駁下）方纔到錢太太那裏報信。上頭的批稟來不及。只好拿了道縣的批頭。給錢太太看。又講給錢太太聽道。現在你生怕我走了。沒有對證。如今好了。道裏縣裏。一齊存了案。又稟了省裏三大憲。將來沒有不准的。不過批稟。一時還不得回來。將來稟帖批過之後。新道台少不得要來招呼你的。而且道裏縣裏都存了案。他倆就是活對証。他們走了。就是後任換了。有案卷存在他們衙門裡。終究賴不脫的。如今這事辦得萬妥萬當。人家只曉得是你抵押到我名下。（是你自己情願把產業送與他）

猶怪我不得捻茶移漾作何嘗不是此法那洋人決計不會來找你的了。就是再有話說。不要你出頭。道裏縣裏就會替你出頭的。你說好不好。好是好的可惜做得太干淨錢太太又問那張筆據。刁邁彭道附在卷裏。你也不拿。我也不拿。是中人替我們守着。那是再要妥當沒有。錢太太默然不語。想是悔悟過來刁邁彭又忙着說。現在我就要走了。倒是我經手的帳。總要交代了纔好走。一切生意都是我手裏放出去的。一時又收不回來。少不得找個靠得住的人。接我的手。說着便喊一聲來。你們把七大人請進來。又回頭對錢太太說。這是我的堂房兄弟。就是上回薦給你在上海管事情的。我去了。只有他可以接我的手。如今先叫他進來見見大嫂。以後有什麼事情。大嫂就好當面交代他了。還要搪塞一搪塞好去得脫然無累說着七大人進來了。穿的衣服。並不像什麼大人老爺。簡直油頭光棍一樣。輕薄少年豈能担當重任錢太太此時迫於刁邁彭面子。只得同他見禮。想來也有些不願意刁邁彭道。我這兄弟只能總其大綱。而且他一個人亦來不及。現在兄弟又把上次問大嫂要去的幾個差官留心察看。見他們辦事都還老練。我特地挑了又挑。挑出七八個頂正尖子。幾注大生意。每一處派他們一個。去管理銀錢帳目。好叫他深信不疑錢太太道。他們字都不認得。當得了嗎。刁邁彭道。為的是自己人。無論如何總靠得住些。就是字不認得。數目是總認得的。因為不夠。又把本宅的帳房一齊派了出去。刁邁彭一面分派。一面又叫拿筆硯。把他經手的生意。以及現派某人管理某事。仍托本宅帳房拿張八行書。開了一篇細帳。交代了錢太太。二百多萬大交接只有一紙空文自從錢太太請他經手這些銀錢。某處生意。某處生意。不過嘴裏說得好聽。始終沒見一張合同。一張股票。一個息揭大約現寫的這片帳。在他就算是交代的了好。在錢太太是女流之輩。儘着由他哄騙。（家無長男安得不被人哄騙）至於一班帳房。一班差官。因見大家都派了事情。也就不來多嘴了。（所以要欺瞞主子必先要籠絡下人）交代清楚。刁邁彭便跪下磕頭辭行。照例又叮囑了幾句。錢太太少不得也說幾句客套話。然後刁邁彭拱手拱了。帶着兄弟而去。且說刁邁彭的兄弟就是上回所說的做絲廠的擋手的刁邁崑了。這人最是滑不過。但是刁邁彭有些事情。自己不能去做。總是托了這兄弟去做。兄弟有利可圖。倒也伏伏帖帖。聽他的使喚。做他的聯手。這遭刁邁彭賺了姓錢的二百幾十萬銀子。自己實實在在有二百萬上腰。下餘幾十萬。這裏五萬。那裏三萬。生意却也搭的不少。其中就算這兄弟經手的絲廠畧為大些。當初原為遮人耳目起見。不得不如此。等到後來錢太太把抵押的憑據。稟了上頭存了案。他却無所顧忌了。（弄假成真何嘗不是漸漸而來）但是還怕兄弟並那錢太太手下一班舊人。說出他的底細。特地替兄弟捐了一個道台。一面在上海管事。一面候選。（算無遺着的是能才）其他錢府帳房差官等等。湊攏不過十幾個。面子上每人替他預留一個位置。其實早同擋手說明。派的都是吃糧不管事的事情。沒有一個拿得權的。不過薪水總比在錢府時畧為豐潤。這班人有錢好賺。誰肯再來多嘴。歇上三五個月。有另外薦出去的。也有因為多支薪水。歇掉的。總之不到一年。這班人一齊走光。（剪盡羽翼使他孤立無助）錢太太還毫無知曉。等到錢太太拿不到利錢。着急寫信到上海來追討。刁邁崑總給他一個含糊。（此刻拔刁已不怕他發作矣）後來錢太太急了。自已趕到上海來。東打聽。也是刁家產業。西打聽。也是刁家股分。竟沒有一個曉得是姓錢的資本。於是趕到絲廠裏找刁邁崑。說是進京投供去了。（做成圈套還他一個不能見面）問問那班舊人。都說不知道。錢太太又氣又急。只得住了下來。雖然沒人趕他。却也沒人睬他。自己又是女流之輩。身旁沒有一個得力的人。（至親成仇敵莫怪無人幫助）乾急了兩個月。心想只得先回蕪湖再作道理。誰知看了日子。寫了船票。正待動身。倒說忽然生起病來。錢太太自到上海。一直就住的全安棧。一病病了二十來天。在蕪湖來的時候。本來帶的錢不多。以為到了上海。無論那一注利錢收到手。總可殼用。那知東也碰釘子。西也碰釘子。一個錢沒弄到。而且還受了許多閒氣。（早為立嗣也不致受別人的閒氣）等到想要回去。原帶來的錢。早已用沒了。還虧當了一隻金鐲子。纔寫的船票。後來病了二十幾天。當的錢又用得一文不賸。（也叫他受盡客路淒凉之味）上海無從設法。無奈只得叫同來的底下人。寫信回家。取了錢來。然後離得上海。等到一到家。刁邁崑的信也來了。（來得如此湊巧足見錢太太病臥客卸無不知曉）說是剛從北京回來。大嫂已經動身。兄弟不在上海。諸多簡褻。但是通篇。並無一句提到生意之事。（說得無關緊要若不為已事而來者）錢太太又趕了信去。問他本錢怎麽樣。利錢怎麽樣。他一封信回來。竟推得乾乾淨淨。說上海絲廠。已及各項生意。原是君家故物。自從某年某月由大嫂抵與家兄執業。彼此早已割絕清楚。如不相信。現有大嫂在蕪湖道縣存的案。並前署蕪湖道申詳三憲公文為據。儘可就近一查。豈能欺騙。各等語。（是你自已親送與他如何忘却）信後又說大嫂倘因一時缺乏。朋友原有通財之義。雖家兄奉使外洋。弟亦應得盡力。惟以抵出之款。猶復任意糾纏。心存隱射。弟雖愚昧。亦斷不敢奉命云云。（突如一道催命符）錢太太接到這封信。氣得幾乎要死。手底下還有幾個舊人，都慫恿他去告狀。（愚人那知利害）當下化了幾十塊錢，托人做了一張狀子，又化了若干錢，纔得遞到蕪湖道裡。蕪湖道檢查舊卷，錢某人的遺產，早已抵到刁欽差名下，有他存案為憑，據實批斥不准。錢太太心不服，又到省裏上控。省裏叫蕪湖道查復。這個擋口，刁邁崑早已得信，馬上一個電報給他哥，他哥就從外洋一個電報給蕪湖道，說明存案之事。（任你通天本事，也逃不出他的圈子）任你是誰做了蕪湖道，只有巴結欽差，斷無巴結死軍門之理。因此錢太太又接二連三，碰了幾個釘子。不但外頭放的錢，一個弄不回來，就是手裏的餘資，也漸漸的銷歸烏有。因此一氣一急，又生了一場病，就此竟嗚呼哀哉了。（斷送一條老命）一切成殮發喪，不用細述。但說刁邁彭在外洋得了這個消息，心上雖是快活，然而還有一句說話道他，那所房屋極好，我狠中意。現在不曉得便宜了誰了。（如此貪得無厭之人，天壤間諒來亦少，但作者為為富不仁者痛心疾首而道之耳）做書人做到此處，不得不把姓刁的權時閣起，單說姓錢的家裏。自從正太太去世，家裏祇留了三個寡婦姨太太。此時公中雖然無錢，幸虧他三人還有些體已，拿出來變賣變賣，尚堪過活，而且住着一所絕好的大房子。上頭又沒有了管頭，因此以後的日子倒也甚為安穩。有日家裏正為錢軍門過世，整整三足年，特地請了一班和尚在廳上拜懺，就把他夫婦二人的牌位用黃紙寫了，供在居中，以便上祭。這日約摸午牌時分，三位姨太太正穿了素衣上來哭奠，正在哀哀慟哭之時，忽然外面跑進一個三十多歲的男人進來。（此是何人，讀者試猜之）這人是個瘦長條子，面孔雪白，高眉大眼，儀表甚是不俗。雖是便衣，卻也是藍寧綢袍子，天青緞馬褂，腳下粉底烏靴，看上去狠像個做官模樣。家人們見他一直闖了進來。又想攔又不敢攔。便問老爺是那裏來的。請旁邊客廳上坐。那人也不及回答。但見他三步并做兩步。直走至拱桌前。跪倒。放聲痛哭。哭個不了。一面哭一面跌腳搥胸。自己口稱兒子不孝。不能來送你老人家的終。叫我怎麼對得住你呢。（忽地裏跑出一個兒子來使人驚疑不定）一面數說。一面還是哭個不了。眾人聽了他的聲音。都為奇怪。暗想我們軍門那裏來的這個大兒子。但是看他哭得如此傷心。又不敢疑他是假。只得急急將他勸住。問他一向在那裏。幾時來到此地。他擦了擦眼淚。一見有三個穿素的女人。曉得便是三位老姨太太。立刻爬在地下。磕了三個頭。口稱姨娘行禮。（使錢太太在日而來豈不可以出傷申冤）起來歸坐。不等眾人開口。他先說道。我今日來到這裏。我若不把話說明。你們一定要奇怪。我的母親劉氏。原是老人家頭一位姨太太。彼時老人家還在湖南帶兵。有天聽了朋友一句玩話。立時三刻。逼我母親出去。一刻不能相容。其時我母親已躭了兩個月的身孕。老人家並沒有曉得。（此句便是說謊）虧得我母親彼時手裏光景還好。便把咱老娘接到長沙同住。後來等我養了下來。狠寫過幾封信給老人家。老人家一直置之不理。後來等到我七八歲上。忽然老人家想到沒兒子的苦。不知那位曉得我母子的下落。便在老人家面前點了兩句。聽說老人家着實懊悔。不過此時老人家已經得缺。恐招物議。沒有敢認。然而卻是常常托人帶信問我們母子光景如何。（有了亡人遺筆自然是真了）後來又過了十幾年。老人家已補授提督。我的母親亦去世。其時我已有二十多歲了。好容易找到。從做狼山鎮的黃軍門。曉得他同老人家把兄弟。我就去找他把話說明。托他到老人家跟前替我設法黃軍門就留我住在他衙門裏。後來又帶我致鎮江。見過老人家一面。彼時正議續娶這一位嫡母。原說是沒有兒子的。所以仍舊不敢認。寄過銀子見面而不認豈非自相矛盾 我回家再三托黃軍門替我位置。以後每年總寄兩回銀子給我。每次三百兩。一年六百兩。娶親的那一年。又多寄了一千兩。都是黃軍門轉交的。又過了三四年。黃軍門奉旨到四川。督辦軍務。就把我帶了過去。其時我已經保到都司銜。候補守備。在四川住了五個年頭。接連同土匪打了兩回勝仗。總算官運還好。兩保保到副將銜。候補遊擊。現成得了一個做官兒子豈不將門有後 這個擋口。想不到黃軍門去世。幸虧接手的人狠把我看得起。倒分給我四個營頭。叫我統帶。進來幾年。家裏的情形。除掉老人家告病及老人家去世。我是知道的。說來歷歷如繪叫人那不深信 但是相隔好幾千里。又恐怕家裡大娘不肯認我。所以一直連封信都不敢寫。如今是有差使過來。到了漢口。碰見黃軍門的大少爺。纔曉得這邊的事。心上惦記着這邊父母。同已去世。不曉得家裡是個什麼樣子。所以特地趕過來看看。原來家裡還有三位姨娘料理家務。那是極好的了。又一派恭順使他自然願意承認 這一番話。說得三位姨太太將信將疑。大姨太太年紀最大。曉得舊事。知道錢軍門是有這們一位姓劉的姨太太。為了不好。趕出去的。後無下落。亦從未見軍門題過。至於兒子。更是毫無影響了。所疑在此 那人見三位姨太太怔住。不響。曉得他們見疑。忙從靴子裏取出一搭子信來。一面翻信。一面說道。我的名字叫國柱。還是那年黃軍門要替我謀保舉。寫信給老人家。叫老人家替我題個名字。親題名字如何絕不提起 後來回信。就題了這國柱二字。這裏還有老人家親筆信為憑。不是我可以造得來的。而且我還有一句話要預先剖明。我現在也是四十歲的人了。功名也有了。老婆也娶了。兒子也養了。有現成的差事當着手裡。還混得過。決不要疑心我是想家當來的。（有此數層自然不疑心了）一面又叫跟班的。把護書拿來。取出好幾件公事。據他說全是得保舉的憑據。上頭都有他的名字。翻出來給人瞧。三位姨太太瞧了。亦似懂非懂的。（何不請帳房師爺來看看）當時大家便問他吃飯沒有。他說一到這裏。纔落了棧。沒有吃飯。就趕了來的。又說我是自己人。不用你們張羅。我也用不着客氣。至於我到此。只能耽閣幾天。找和尚拜兩天懺。靈柩停在那裏。你們領我去磕一個頭。事情完了。我就要走的。雖然說得如此冠冕。人家總不免疑心。他自己亦懂得。（明目之珠夜光之璧以暗投人於道路莫不按劍相眄者何則無因而至前也）趕忙吃過飯。回到寓處。取出一張五千銀子的銀票來。（有許多銀子還要覬覦絕產可見人心是不足）仍回到公館裏來。托這邊帳房裡替他到莊上去換銀子。銀子換到。馬上交出三百錢。作為拜懺上祭之用。（無論是真假是有如此孝順子相認想死者亦願意的）慢慢的又同三位姨娘講到家裏的日子。曉得公中一個錢都沒有。三位姨娘都是自吃自的。便說我這回銀子帶的不多。回來先拿五千銀子過來。以備公中之用。至於三位姨娘缺錢使用。等我寫信往四川。再滙過來。人家見他用錢用得如此慷慨。終究狐疑不定。大姨太太私下便出主意。說他倘是真的。而且做了這們大的官。很可以叫他去出出場。到道裏縣裏去拜望拜望。人家兒子養在外頭。等到大了。再回來歸宗的很多。是真是假。等他到外頭碰碰去再說。（他算是細心了）如是假的。他一定不敢去見主意打定。趁空便同他說了。誰知他聽了此言。非但不怕。而且甚喜。（豈知正中下懷）說道。他是老人家的兒子這些地方。極應 該去的。雖說兒子養在外頭長大之後。歸宗的狠多。但是說出去。終不免叫人疑心。我想總求 這邊姨娘。先派個在行底下人。跟了我同去。等投帖的時候。務先把話說明。人家便不疑心了。此是預先算好來的等到拜過之後。我還要重新替老人家開弔。哩到了第二天。果然錢公館裡派了兩名家丁。一名差官。過來伺候少大人。拜客道裏縣裏營裏統。通是新換的官。自從錢軍門過世之後。家裏又沒有人同官場上來往。大衆都不曉得他的底細。更樂得藉此蒙混過去。祇有幾家土著的老鄉紳。還有往年同錢府上來往的幾家鋪戶。如錢莊票號等類。間或有兩家留心到錢軍門並無兒子一層。等到家人把話說明。一來事不干已。二來此時錢府早經衰敗。久已彼 此無涉。因此不犯着前來多事。將以上數層表明所以當場並不露出馬腳 等到客人拜完。家裏人沒有了疑心。便讓他家裏來住。不怕引盜入室齊巧這位蕪湖道。是個老古板。因為錢軍門從前狠有點名聲。因此於這錢大少爺來拜時立刻請見。而且第三天就來回拜。見面之後。問長問短。錢國柱並不隱瞞。竟說明自已是先君棄妾所生。樹高千丈。葉落歸根。此時先父母停柩未葬。還有三位庶母。光景甚是拮据。說不得。都是小姪之事。雖是身後蕭條也還是百足之蟲死而不僵經理得宜不難漸復舊觀 又說小姪在外頭帶兵幾年。從前先君在日常常寄錢給小姪使用。如今先君一死。卻再想不到他老人家有許多官虧私虧。以致把家產全數抵完。此事還是從前了老伯經手。各衙門都有存案。料想老伯是曉得的。雖死無對証難道三位姨娘絕不提起 如今生養死葬一應大事。無論小姪有錢沒錢。事情總是要做。儘着 小姪的力量去辦便了。蕪湖道道。尊大人解組歸來。聽說共有好幾百萬。即使抵掉不少。看來身後之需。或不至過於竭蹶。就是幾位老姨太太手裏。諒想還可過得。再不然。這所房子亦值得十多萬錢。明眼人自能見之 國柱道。無論先君有無遺貲。總之這些事情。在小姪都是義不容辭的。況且病不能侍湯藥。死不能視含殮。已經是不可為子。不可為人。如今再來搜括老人家的遺產。小姪還算個人嗎。說來實在中聽 所以小姪一回來。先取五千金存在公中。以備各項用度下去。所缺若干。再到四川去滙。莫說公中無錢。就是有錢。小姪亦決計分文不動。至於賣房子一句話。更非忍言。欲取姑與與門邁彭同一手法所以淺露人斷不能謀人家產 一番話竟說得蕪湖道大為服佩。連連誇說。像世兄這樣天性獨厚。能顧大局。眞是難得。又問世兄少年。料想讀的書不少。錢國柱回稱還是在黃仲節黃軍門世叔那裏讀過幾年書。經書古文統通讀過。蕪湖道道。我猜世兄一定是有學問的。若是沒有讀過書。決計不懂這些大道理。說完又連誇獎。所謂君子可欺以其方 自此錢國柱有了蕪湖道。認他為錢軍門之子。而且異常看重。自然別人更無話說了。要知後事如何。且聽下回分解。

走捷徑假
子統營頭

蘄春山劣紳賣礦產
廬陵蓄道德能文章

走捷徑假子統營頭
靠泰山劣紳賣礦產

話說四川來的錢國柱。自從蕪湖道。認他為錢軍門的少爺。再加他自己。又能不惜錢財。把一公館的人。都籠落得住。而且所辦的事。所說的話。無一句不在大道理上。因此衆人聽了。更為心服。（有如此大本領何事不可為）他見大勢已定。便說老太爺老太太靈柩。停在此地。終非了局。便與三位老姨太太商量。意思想再開一回弔。然後靈柩送回原籍。算了算總得上萬銀子。一面打電報到四川去滙。一等錢到了。就辦此事。（虛下一着使人不覺入其個中）三位老姨太太自然無甚說得。誰知過了兩天。不見電報回來。錢國柱哭喪着面孔。咳聲歎氣的。走了進來。說老天爺同我作對。連着這一點點孝心都不叫我盡。我這人生在世界上。還能做什麼事呢。大家問他回電怎麼說。他並不答言。只是呼嗤呼嗤的哭。（不用苦肉計斷乎不會成功）大家急了。又頂住問他。他說四川的防營。前月底奉到上頭的公事。這個月就要裁掉。我這遭出差。本是有個人替我的。我打電報去同他商量。叫他無論在那裏。暫時替我挪滙七八千金。再拿我這裏的幾千湊起來。看來這件事。可以做得體體面面。把老人家送回家去。那知憑空出了這門一個岔子。叫我力不從心。真真把我恨死（說得又活龍活現）大姨太太道。老爺在世。有些手底下的拔過的人。得意的狠多。現在有你大少爺在此。不怕他不認。寫幾封信出去。同他們張羅張羅。料想不至於不理。（此是下着）錢國柱道。不可不可。

老人家的大事。怎麽好要人家帮忙。我雖暫時卸差。究竟還算騎在馬上的人。朝他們去開口。斷斷不可。不是怕他們疑心。我為的是人在人情在。如今老人家已過世三年。彼此又一直没有通過音信。他不應酬你。固不必說。就是肯應酬。一處送上二三十兩。極多到一百兩。於我們仍舊無濟。而且還承他們這們一分情。實在有點犯不着。還是我們自己想法子好。意見不對自然要駁掉過了一天。錢國柱又說道。雖然我那邊差使。已經交卸。究竟我在這裏。不能過於躭擱。既然錢不湊手。說不得只好稱家有無。況且從前已經開過弔。此時也不便再去叨擾人家。馬上我人看個日子。儘半個月之內。就送柩起身。除掉幾處至好之外。其餘槪不通知他。此是假話然亦只有如此辦法這半月之內得空。就往道裏跑。見了蕪湖道。恭順的了不得。後來又拜在蕪湖道門下。說甚麽門生。父親去世的早。老一輩子的教訓。門生聽見的不多。如今拜在門下。受老師一番陶鎔。庶幾將來。可以稍為懂得做人的道理。這種話。灌在蕪湖道的耳朶裏。豈有不樂之理。摸着脾胃自然一擊即中曉得他四川差事已撤。目下正在為難。自己出於至誠。送他二百銀子。不要他出名。竟替他寫信。給所屬各府州縣。替他張羅。居然也弄到將近二千銀子。統通交代錢國柱。錢國柱自然感激。登高一呼眾山皆應算來知己不在少數看看動身的日子。一天近似一天。錢國柱就在廟裏開了一天弔。凡是發有訃聞的。道台以下。都來弔奠。到客雖然不多。而場面却也狠好。錢國柱披麻帶孝。叫兩個人攙着出來。給客人磕頭。拿着哭喪棒。嘴裏乾號着。居然狠有個孝子模樣。因此三位老姨太太以及合公館裏人。瞧着都為感歎。都說還算我們軍門的福氣。有這們一個好兒子。打發他回家。（衆人已被其騙信）內中忽然有位素同錢軍門要好的朋友。也是本地鄉紳。是個候補員外郎。姓劉名存恕。獨他不十二分相信。背後裏說過幾句閒話。（無論是真是假總之有若大產業與其便宜別人何如傳授殺子）就有人把這話傳到錢國柱耳朵裏去。當時錢國柱也沒有說甚麼。但在肚皮裏打主意。本來說明白開弔後就動身的。如今又一連就擱了七八天。還沒有動身。蕪湖道問他為什麼還不動身。他思思縮縮。要說又不肯說。蕪湖道懂得他的意思。曉得一定是錢不彀。問他是否為此。他到此也只得實說。（要道台替他出主意好免別人議論）蕪湖道道。如今遠水救不得近火。就是我們再帮點忙。至多再湊了幾百銀子。也無濟於事。況且你這回回去。路遠山遙。又非兩三天就可以到的。就是回家安葬。亦得開開弔。驚動驚動朋友。那一注不是錢。從前我狠想叫你把房子暫時押抵頭二萬金。以辦此事。你世兄不肯。如今依我的主意。只有這們一個辦法。你世兄萬萬不可拘泥。姑且照我的說話。回去同你們老姨太太商量商量。好在尊大人現在只剩得三位老姨太太。也不消住這大房子。就是遲兩年。等你世兄有了錢。再贖亦不妨。錢國柱聽了這番說話。心上狠願意。面子上卻故意躊躇了半天。說道。老師教訓的極是。且等門生回去同幾位庶母商量商量。當再來稟復。（是奉了憲諭何必再稟庶母命）但是門生還有一件事。老人家帶了這許多年的兵。又補授實缺多年。總算替皇家出過力的人。如今去世之後。連個照例的好處都還沒有辦准。小姪意思想仗老師大力。求求上頭督撫憲。能彀專摺替先君求個恩典。或照軍營積勞病故例。從優賜卹。倘能辦到一樣。存沒均感。（辦葬請卹總將大題目做去）說着又爬在地下。磕了一個頭。蕪湖道道。這是世兄的一點孝心。愚兄豈有不竭力之理。不說別的。就是尊大人在安徽帶兵年代亦就不少。世兄一面把房子押掉扶柩起身。我這裏一面就替你辦起來。大約頂快。亦得好幾個月的工夫立嗣請郵不在素所交結之人卻在絕不相識之人足為所託匪人者戒錢國柱又重從磕頭謝過。當天蕪湖道就留他吃飯。說是今天因為開辦學堂。請了幾位紳董吃晚飯。帶着議事。就屈世兄作陪。錢國柱聽了此言自然不走。少停容到。不料那個疑心他的劉存恕也在其內。錢國柱一見有他。立刻吩咐底下人回家到我屋裏床頭上有個皮包。替我取來。這裏一面入席。錢國柱的管家已把皮包取到。交代給主人。錢國柱把皮包接了過來。一手開皮包。一手往裏一摸。早摸出一張紙來。嘴裏說道。今天趁諸位老伯都在這裏。小姪有件東西。要請諸位過一過目。一面說一面把那張紙頭先遞到劉存恕手中。劉存恕接過來一看。原來是一個札子。既要認親歸宗自是要些憑據再看札子上的公事。乃是欽差督辦四川軍務大臣。叫他統帶營頭。公事上頭拿他的官銜都寫的明明白白。眾人見他拿了這個出來。都莫明其用意。眾人一面傳觀。只聽得他又說道。先君過世之後因為官虧。家產業已全數抵押出去。一無所有。小姪不遠數千里趕回歸宗。就當一切大事。自己吃了苦不算。還要賠錢。一切事情都瞞不過我們這敝老師的。老人家真能曉得小姪的苦處有伙腴子乃敢明目張膽若此因為外面很有些不相干的人。言三語四。不說小姪回來想家當。便說小姪這個官是假的。所以小姪今天特地拿出這札子來。彼此明明心迹。說完隨手把札子收回。放在皮包之內。交代跟人先拿回去。自己仍舊在這裏陪客。當下眾人看了他的札子。都無話說只有蕪湖道當他是個正經人。（只要騙過一人其餘皆在其次）便指着他同衆人說道。從前他們老太爺致仕之後。聽說手裏着實好過。何以一故下來。竟其一無所有。只有他一位世兄。真正是前世修來的。他所做的事。狠顧大局。這盪回來。非但他老太爺的好處没有沾着。而且再賠了好幾千兩銀子。真要算難得的了。現在想要扶他老太爺靈柩回去。一個錢没有。如何可以動得身。我勸他暫時把房子押幾個錢。動身他還不肯。這種好兒子。真正是世界上没有的。（羨他人子想自己兒子必是不肖）衆人聽說。自然也跟着附和一回。却不料在席有本衙門裏一位老夫子。早看得清清楚楚。獨他一言不發。（旁觀者清莫謂衆人可欺）等到席散同同事講起。說我辦了這幾十年的公事。甚麽没有見過。連着照會。尚且有硃筆墨筆之分。至於下到札子。從來没有見過有拿墨筆標日子的。凡是札字。總有一個紅點。臨了一圈一鈎。名字上一點一鈎。還有後頭日子。都要用硃筆標過。方能算數。而且一翻過來。一定有内號戳記一個。他這個札子。一非硃標。二無内號。想是我閱歷尚淺。今天倒要算得見所未見了。他同事道。這話我不相信。札子上的關防。總是真的。老夫子道。關防固然是真的。難道就不許他預印空白麽。他本是黃軍門的世姪。到了四川。一直就在黃軍門門跟前。黃軍門過世。他還在他的營裏。這個擋口。何事不可為。不過我們心存忠厚。不當面揭破他也就罷了。（事不干己誰肯空裏結冤）再說錢國柱回到家裏。只說是蕪湖道的意思。要上稟帖。托上頭替老人家請卹典。但是目前上上下下各衙門打點。以及部裏的化銷。至少也得四五萬金。三位老姨太太齊說。這事固然是正辦。然而一時那裏有這些錢呢。錢國柱道。這是老人家死後風光的事。無論如何。若了我一個人。到處募化。也總要辦他成功。可見存心說話慢慢逼近後來轉轉灣灣。仍逼到抵房子一句話上。但是仍出自三位老姨太太嘴裏。並不是他創議。他到此時得風就轉。連說若是。只爲盤送靈柩。無論如何。我總是不肯動這房子的。如今替老人家請恤典。數目太大了。不得不在這房子生法。次日出門。仍舊托了道裡的帳房朋友替他經手。竟抵了五萬銀子。蕪湖道聽見了。反說他是正辦。的是正辦又說某人的老太爺不在了。只有三個小。又沒有孩子。一所大房子。還不是空了起來。現在抵給人家。到底好先收兩個錢用用。跟手見了錢國柱的面。又說你四川的差使。聽說已經交卸。將來三位老姨太太回去。少不得要你養活。你沒得差使的人。如何拖累得起。是我們大家要好。我總得替你想個法子。錢國柱聽了這話。立刻請安。謝老師的栽培。蕪湖道道。你一面扶柩動身。我這裏一面想法子。目下我就要進省。等你回來。大約亦就有了眉目了。按下錢國柱拿了銀子。隨同三位老姨太太伴送錢軍門夫妻兩具靈柩回籍安葬。不表。且說這裏蕪湖道果然過了兩天。因爲別事晉省。帶着替錢軍門請恤典。替錢國柱謀差使。從蕪湖到省。搭上了火輪船。馬上就可以到的。下船之後。先到下屬預備的公館休息了一回。隨手上院。照例先落司道官廳。一進官廳。只見先有一個人。已經坐在那裡了。看樣子。不像本省候補人員。彼此請教貴姓台甫。蕪湖道先自己說了一遍。那人忙稱大公祖。自稱姓尹。號子崇。本籍廬州。以郎中在京供職。一向在京。是住在敝岳徐大軍機宅裡的。蕪湖道明白。便曉得他是綽號琉璃蛋。有此等綽號其爲人可知徐大軍機的女婿了。於是又問他這遭出京有什麼貴幹。尹子崇因為同他初見面。有些秘密事情。不好出口。只淡淡的說道。有點小事情。要同中丞商量商量。也没有什麼大事情。隨問蕪湖道道太公祖所管的地方可有什麼好的礦。蕪湖道看出苗頭。估量他此番一定是為開礦來的。便亦隨嘴敷衍了幾句。恰巧裏頭先傳見蕪湖道。蕪湖道上去。回完公事。就把錢軍門身後情形。以及替他求恤典的話。說了一遍。又說錢某人原有一個棄妾所生的兒子。一直養在外頭。今年也差不多四十歲了。從前跟着黃某人黃鎮在四川防營。保至副將銜游擊。這人雖是武官。甚是温文爾雅。人狠漂亮。公事狠亦明白。現在扶了他老人家的靈柩回籍安塟去了。但是現在四川防營已撤。錢游擊沒有了差使。可否求求老帥的恩典。安置他一個地方。（極力保舉真是難得）原來這撫台從前做臬司時候。同錢軍門也換過帖的。官場上換帖。雖不作準。只要有人說好話。那交情亦就登時不同泛泛了。撫台聽了蕪湖道的話。馬上說道。原來錢某人還有個兒子。兄弟聽見了狠歡喜。（巧遇）況且是故人之子。我們應得提拔提拔他。（好極）可巧這裏的營頭。新近被剛欽差回京。一共做掉了三個統領。有十幾營。還是錢某人手裏招募的。如今他既然有這們一個好兒子。我這個差使。暫不委人。你回去就寫封信給他。叫他葬事一完。趕緊回來。至於他老人家的恤典。等他到了這裏。我們再商量着辦。我同他老人家是把兄弟。還有什麼不幫忙的。蕪湖道道。既蒙大帥賞恩典。肯照應他。職道去就打個電報。（極力保舉敲釘轉脚真是難得）給他。叫他把葬事辦完。趕緊出來到差。撫台道。如此更好。蕪湖道退出。自去辦事不題。後來這錢國柱竟因此在安徽。帶了十幾個營頭。說起來沒有一個不曉得他是錢軍門的兒子的他扶柩回籍的時候早把三位老姨太太安頓在家手裏有了抵房子的五萬銀子着實寬裕自然各事做得面面俱到了（也算好的了）等他在安徽帶了幾年營頭索性托人把蕪湖的房子賣掉又賣到好幾萬銀子入了他的私囊（到底要入私囊可歎）到是分出去的幾位老姨太太仗着在教出來找過他幾次弄掉了幾千銀子此外却一直太平無事不必細述如今且說同蕪湖道在官廳子上碰見的尹子崇等到蕪湖道見了下來撫台方纔請他他還沒有來的時候撫台就總着眉頭對巡捕說他只管天天往我這裏跑些什麼誰不曉得他是徐大軍機的女婿一定要把他這塊招牌揹出來做什麼呢而且琉璃蛋的聲名且不見得怎樣（已經存看不起他之心）正說着尹子崇進來了撫台是有侍郎銜的尹子崇是郎中少不得按照部裡司官見堂官的體制見面打躬然後歸坐撫台雖不喜歡他但念他是徐大軍機的姑爺少不得總須另眼看待尹子崇當下先開口說道司官昨兒晚上又接到司官岳父的信（開口即撞出岳父來可笑）吽司官把這邊的事情趕緊料理料理清楚料理清楚了就吽司官回部當差過年上半年謁陵下半年又有萬壽吽司官不要錯過了機會撫台道世兄這邊除掉礦務事情還有別的事嗎尹子崇道不瞞大人說就這善祥公司的事司官就有點來不及了（一派謊話）司官創辦這個公司的時候說明白招股六十萬先收一半雖不是司官的錢司官却狠費張羅就是司官的岳父也幫着寫過幾封信纔有這個局面（自然）不要說礦是好的但是三十萬銀子已經用完了（作何用法）下餘的一半股分人家都不肯往外拿撫台道只要礦好眼看着這公司將來

一定發財的再加以令岳大人的聲望單在那裏你世兄又是槃槃大才調度有方還怕不蒸蒸日上嗎下餘的一半股分只要寫信催他們往外拿就是了（的是大人敷衍語）利錢既不少人家的將來發財又可操劵人家還有什麼不放心的尹子崇道不瞞大人說這件事壞在司官過於要好實事求是所以纔弄得股東裏頭有了閑話銀子不肯往外拿（恐仍不彀用）撫台聽了詫異道這又奇了倒要請教請教尹子崇道當初纔開創的時候司官就立意事事省儉所以自從開創到如今所有的官利一齊都沒有付（是何原故）原說是等到公司獲利之後補還他們原不想少他們的不料他們都不願意（要等獲利付利我亦不願意）把後頭的股本就此揹住不付撫台道哦原來有此一層現在你世兄的意思打算怎麼樣呢開礦本是件頂好的事（言語落落大方）不但替中國挽回利權而且養活窮人不少若是半途而廢豈不可惜現在你世兄有令岳大人的面子（是）還是勸人家趕緊把股本交齊或者再招集新股況且這個礦明擺着是個發財的事情料想人家不至於不肯來但是兄弟有一句說話利錢總應該發給他們俗語說得好將本求利有了利錢人家自然踴躍了（照撫台所說一番話雖是面子話然辦事必須井井有條自然人人踴躍奈尹子崇一派空談毫無實事所以連付利一層也不在心上了情形活畫）尹子崇聽了撫台的這番說話臉上忽然一紅好像有許多說話一時說不出口的停了半天方搭赸着說道大人教訓原極是但是司官的岳父有信來叫司官回京不願司官再經手這個事情（到此刻光景我亦不願再經手）況且近來兩個月先招的股本用完後頭的一半人家又不肯拿出來司官已經經手墊了好幾萬銀子下去（是付何用款）所以也急於擺脫此事能夠早脫身一天好

一天撫台道。照閣下的意思想怎麼樣呢。尹子崇道。司官亦得回去同股東商量起來看。撫台見無甚說得。只得端茶送客。等到送客回來。又蹺着腳。朝着手。下人說我們中國人。真正劇頭。沒有一件事辦得好的。是 起初總是說得天花亂墜。向人家招股。等到股本到了手。爛嫖爛賭。利錢亦不給人家。隨後事情鬧糟了。他又不願意幹了。現在也不曉得他打什麼主意。要尋脫身計要尋銀子用 我沒有這大工夫陪他。再來不見。手下人答應着。不在話下。且說尹子崇這回上院。原有句話。要同撫台商量的。後來被撫台幾句話頂住。使他不能開口。便也沒精打彩。回到善祥公司裏幾個公司裡的同事。接着問那事。回過中丞沒有。方纔那個洋人 又來過了。他的意思這件事。一定要中丞預聞。總得中丞答應了。他以後他到這裏開起礦來。大家可以格外聯絡些。尹子崇道。這洋人怎麼這樣糊塗。他不相信我。能辦實事自然人能相信他一定要撫台答應他他纔肯買我。我就是不肯折這口氣。你告訴他這個公司。是我姓尹的開創的。姓尹的有什麼事。自有姓徐的担當。可曾言明否在洋人亦只要令岳担當 他撫台能彀怎樣。若說他撫台不答應。叫他同我老丈去說。我如今賣定這礦。真是大膽至於洋人怕撫台掣他的肘。不肯保護他。問撫台可有幾個腦袋。敢得罪外國人。尹子崇正在一個人說得高興一回。那個買礦的洋人又來了。後頭還跟着一回通事。尹子崇一見洋人來。到直急的屁滾尿流。連忙滿臉堆着笑。站起身。拉手讓坐。又叫跟班的開洋酒。開荷蘭水。拿點心。拿雪茄烟。請他吃。當由洋人先同他帶來通事。咕嚕了幾句。通事就過來問尹子崇。同撫台碰過頭沒有。在洋人初意本實事求是并無欺心尹子崇道。這個礦。是我姓尹的手裏開辦的。

一切事他作不了我的主。況且還有做岳徐大軍機在裏頭。（只怕徐大軍機亦不能獨自作主）將來你們接了手。儘着這一個省分。任憑你愛到那裏去開採。你就到那裏去開採。我們可是怕他不保護。只怕他沒有這個膽子。依我說。你們儘管放心去幹。有什麽說話。你索性來同我講。等我去同我們老丈講。包你千妥萬當。（我看未必）通事當把這話繙譯。給外國人聽了。外國人又咕唧了一回。通事又到尹子崇說道。我們敝洋東的意思。說這個公司。雖是你尹先生創辦的。但你尹先生祇算得一個商人。就是敝洋東。他也不過是個商人。（洋人說話正派之至。無奈尹先生以礦主自居。莫怪洋人要將計就計也）雖然是一個願賣。一個願買。然而內地非租界可比。華商同洋商。斷不能私相授受。爲的這開礦的事。是要到內地來的。洋商尚不准在內地開設洋棧。豈有准他在內地亂開礦的道理。（此是實情實理）況且還有一說。就是在租界上。華商把賣買倒給了洋商。或是單掛他的牌子。也得到領事公館裏去註册。如今我們敝洋東。走到內地來。接你的賣買。怎能彀不經兩邊官長的手。就能作准呢。你們中國人說起來。總說外國人。如何不講情理。如何不守條約。這件事。敝洋東的意思。一定要兩邊官長都簽了字。他纔肯接手。（是一定的章程）尹子崇聽他的這一番說話。心上老大不自在。通事早把他的命意。統通告訴了洋人。再加他那副懊悶的情形。就是通事不繙。給外國人聽。外國人也早已猜着了。那洋人的心上。豈不明白。這事倘或經了撫台。除非這撫台是尹子崇一流人物。纔肯把這全省礦產賣給外人。（大約只有尹子崇一人肯賣）任憑外人前來開挖。中國官一問不問。倘或這撫台是稍微有點人心的。念到主權不可盡失。利源不可外溢。是沒有不來阻擋的。

只要撫台不答應他。這事就辦不成功。所以一回回要尹子崇。把這事上下打通。方肯接手。至於尹子崇。雖說是徐大軍機的女婿。然而全省礦產。即關係全省之事。撫台是一省之主。事關國體。在尹子崇不作此想倘若撫台執定不肯。就是軍機大臣。也奈何他不得。尹子崇剛剛聽了撫台一番說話。曉得拿這話同他去講。一定不成。然而面子上。又不肯坍台。只好處處拉好了丈人。叫洋人不要聽撫台的話。有話只同他講。他好去同他丈人去講。不料這洋人。乃是明白事體的。執定不肯。尹子崇恐怕事情弄僵。弄僵倒是便宜公司的事。擺脫不得。還是小事。第一是把公司賣給外國人。至少也得他們二百萬銀子。除掉歸還各股東股本外。自己狠可穩賺一注錢財。一席話卻能一注大財恐怕後悔不及因此被他搭上了手。決計不肯放鬆。閒話少敘。且說當時洋人。聽了尹子崇的話。也曉得他此中為難。心上暗暗歡喜。一人自想。公司雖然接辦不來。弄他幾文也是好的。來者不善答者有餘洋人從此變意他有做軍機大臣的好親戚。還怕沒有人替他拿錢嗎。仍注意在徐大軍機身上於是笑嘻嘻的。就要告辭。尹子崇還是苦苦留住不放。一定要商量商量。那洋人腦筋一轉。計上心來。連忙坐下。聽他說話。尹子崇無非還是前頭一派說話。自己拍着胸脯。說道。你們這些人。為什麼一點膽子都沒有。一定要撫台答應。纔算數。他的官做得長做不長。都在咱老丈手裏。卻有此權不是說句狂話。我們做出來的事。他敢道得一個不字。他要吱一吱。立刻端掉他的缺。還怕沒有人來做。通事不響。洋人只是笑。尹子崇又催通事問洋人。通事問過洋人。回稱。只要你丈人徐大軍機肯簽字。也是一樣。不是賣礦實在是賣老丈尹子崇道。肯簽字。一定包在我手裏。洋人道。既然如此。

尹先生幾時進京。我們同着一塊兒進京。倘若徐大軍機不肯簽字。非但我這盪進京的盤纏要你認。就是我這盪由上海到安徽的盤纏。以及到了這裏幾多天的澆用。都是要你認的。（由淺入深）通事說一句。尹子崇應一句。因他說的有一同進京一層。尹子崇道。這層暫時倒可不必。等我先進京。把老頭子運動起來。（此話已不硬了）彼時再打電報給你們。然後你們再進京不遲。但是一件事情不成。一切盤纏等等。自然是我的。設或事情成功了。你們又翻悔起來。叫我去找誰呢。洋人道。彼此是信義通商。那有騙人的道理。尹子崇道。但是口說無憑。你總得付幾成定銀。擺在這裏。方能取信。（可以開口要錢了）洋人想了一回。問道。付多少呢。如果是我翻悔。說不得定錢罰去。倘你翻悔。或是竟其辦不成功。怎麽一個議罰呢。（一步進一步順流而下洋人大有才）尹子崇道。我是決計不翻悔的。洋人道。你雖如此說。我們章程。總得議明在先。省得後論。尹子崇道。是極是極。於是躊躇了一回。先要洋人付二成。又說這全省的礦。總共要你二百四十萬銀子。也總算克己的了。二成先付四十八萬。洋人嫌多。後來說來說去。全省的礦。一概賣掉。總共二百萬銀子。先付二成四十萬。洋人祇答應付半成五萬。又禁不住尹子崇甜言蜜語。從五萬加到先付十萬。即日成交。先由尹子崇簽字為憑。限五個月交割清楚。如其尹子崇運動不成。以及半途翻悔。除將原付十萬退出外。還須加三倍作罰。此時尹子崇一心只盼望成功。要洋人當天付銀子。凡洋人所說的話。無不一一照辦。事情一齊寫在紙上。自己簽字為憑。寫好之後。尹子崇等不及明天。當時就把自己的花押。畫了上去。意思就想跟着洋人。要到寓處去拿錢。洋人說我的錢。一齊存在上海銀行裏既然答應了你早晚總得給你的橫豎事情已經說好了我在這裏也沒有什麽躭閣明天就回上海你們可以派個人一塊兒跟我到上海拿銀子去尹子崇聽了心上雖然失望無奈暫時忍耐把那張簽的字權且收回又回頭同公司人說叫誰去收銀子呢想來想去無人可派只得自己去走一遭當同洋人商量後天由他自己同往上海定銀收清之後他亦跟手前赴北京洋人應允自回寓所這裏尹子崇也不知會股東便把公司裏的人一槩辭掉所有公司辦的事情一概停手又把現在租的大房子回掉另外借人家一塊地方但求掛塊招牌存其名目而已凡是自己來不及幹的都托了一個心腹替他去幹好讓他即日起身正是有話便長無話便短兩天到了上海收到洋人的銀子把那張簽的字交給洋人洋人又領他到領事跟前議了一回此時尹子崇只求銀子到手千依百順那是再要好沒有他本是個濶人等到這筆昧心錢到手之後越發闊起標勁來無非在上海四馬路狂嫖爛賭竭力報效好幾萬不必細表（只顧目前受用關心之至）他來的時候正是五月中旬如今已是六月初頭依他的意思還要在上海過夏到秋涼再進京（太舒齊了）實實在在是要在上海討小（金屋貯嬌是極妙的事情）有班謬托知己的朋友（好朋友）天天在一塊兒打牌吃酒看他錢多覰空夥他幾個用用所以不但他自己不願走就是這班朋友也不願意要他走後來還是他自己看見報上說是他丈人徐大軍機因與别位軍機不和有摺子要告病他自己自從到了上海一直嫖昏也沒有接過信究竟不曉得老丈告病的話是真是假算了算洋人限的日子還有三個多月事情儘來得及但

是一件。老丈果真告病。那事却要不靈。心上想要打個電報到京裡去問問。又一想自己從到上海老丈跟前。一直沒有寫過信。如今憑空打個電報去。未免叫人覺着詫異。左思右想。甚是為難。何不早想着後來幸虧他同嫖的一個朋友替他出主意。叫他先打個電報進京。只問老頭子身體康健與否。不說別的。他便照樣打去。第二天得到舅爺的回電。上寫着父病痢三個字。尹子崇一想他老丈是上了歲數的人了。又是抽大烟。是禁不起痢的。到此他纔慌了。只得把娶妾一事。暫擱一邊。自己連夜搭了輪船進京。所有的錢五成存在上海。二成滙到家裏。上海玩掉了一成。未全用去尚好自己却帶了一成多進京。當下急急忙忙趕到京城。總算他老丈命不該絕。吃了兩帖藥。痢疾居然好了。尹子崇到此把心放下。但是他老丈總共有三個女婿。那兩個都是正途出身。獨他是捐班。而且小時候。仗着有錢。也沒有讀過什麽書。至今連個便條都寫不來。可笑因此徐大軍機不大歡喜他。他見了丈人。一半是害怕。一半是羞愧。賽如鋸了嘴的葫蘆一般。不問不敢張嘴。苦了你了如今為賣礦一事。已在洋人面前誇過口。說我回京之後。怎麽叫丈人簽字。怎樣叫丈人帮忙。鬧得一天星斗。誰知到京之後。祇在丈人宅子裏乾做了兩個月的姑爺。始終一句話。未曾敢說。看看限期將滿。洋人打了電報進京催他。洋人是早有成見一步緊一步他至此方纔急的了不得。一個人走出走進。不得主意。如此者又過了十幾天。買礦的洋人也來了。住在店裏專門等他。不成功好拿他的罰款。更把他急得像熱鍋上螞蟻似的。自古道情急智生。他平時見老丈畫稿。都是一畫了事。至於所畫的是件什麽公事。是向來不問的。尹子崇雖然學

卷五十二

問不深畢竟聰明還有。（聰明得不正路可惜）看了這樣便曉得老丈是因為年紀大了精神不濟的原故這件事倒狠可以拿他朦一朦。又幸虧他那些舅爺當中有兩位平時老子不給他們錢用大家知道老姊丈有錢十兩八兩一百八十都來問他借因此這尹子崇丈人跟前雖不怎樣露臉那些使他錢的舅爺却是感激他的所以郎舅當中彼此還說得來尹子崇也曾把這賣礦一事同他舅爺談過幾個舅爺都一力攛掇他成功將來多少總得沾光幾文當下大家都曉得尹子崇被洋人逼的為難都來替他出主意。（凡家規嚴緊銀錢不由子弟濫用而子弟設法作弊係中國人通病悞事不小）後來還虧他一個頂小的舅爺這年不過一十九歲年紀雖小心思最靈仗着他父親徐大軍機的喜歡他他便帮着出壞主意言明事成之後酬謝他若干尹子崇自然應允他先把外頭安排停當然後回去運動老頭子曉得老頭子同前門裏一個什麼寺的和尚要好空閑了常常往這寺裏跑這寺裏的當家和尚會詩會畫又會替人家拉皮條（趨炎附熱之徒斷無好事做出來）他既同徐大軍機做了一人之交惹得那些走徐大軍機門路的都來把結這和尚而且和尚替人家拉了皮條反絲毫不着痕迹因為徐大軍機相信他總說他是出家人四大皆空慈悲為主凡是和尚托的人情無論如何總得應酬他和尚做的這些事雖然瞞得過老大人却是瞞不過小大人幸虧這和尚見了小大人甚是客氣反借着别的事情替少大人出點力以為求容之地（一介是騙局真真可嘆）這些少大人雖然明知道他的所為因為念他平日人還恭順亦就不肯在老頭子跟前揭穿他的底子這番尹子崇小舅爺替他出的主意就靠在這老和尚身上老和尚曉得少大

人有此一番作為便也不敢怠慢檢了空日備了一桌素齋預先自己到府邀請徐大人這日
赴讌徐大軍機自然立刻允應到了那天徐大軍機朝罷無事便坐了車子一直逕去見了和
尚談詩談畫風雅得狠正談得高興頭上尹子崇先同小舅爺趕到寺裏說是伺候老爺子來
的徐大軍機並不在意（委實不在意有此一節奇文）和尚見了竭力拉攏說道備了一桌素齋本來嫌人少
如今你二位到這裏陪陪老大人那是再好沒有的了（活畫和尚神情）二人亦謙遜了一回老和尚丟
下他二人仍去同老頭子談天纔談得幾句忽然有聽得窗子後頭一陣洋琴的聲音（來了有心哉彈
琴乎）和尚耳尖聽了先問香火道這是誰又在那裏弄這個東西香火道就是前天來的那位外
國王爺和尚道叫別的師傅陪陪他不要怠慢了人家我這裏陪徐大人沒工夫去招呼他就
說我不在家就是了香火答應着出去這個擋口尹子崇郎舅兩個也已出去徐大軍機便問
這外國王爺是怎樣的一個人（大人是所必問待大人問其來歷而和尚善言引進便不露出馬腳極妙）和尚道人倒是狠好的一
個也是在教他的教原同我們釋教差彷不多都是一心向善的他自從到京之後一直就住
在他們公使館裏前頭到過寺裏一次是我出去陪他的我雖然不會他們的說話有了通事
傳話都是一樣的這人彈得一手好洋琴還會做做外國詩（投其所好和尚可謂善於說辭）有一部什麼外國
人詩集當中選刻他的詩狠不少可惜都是外國字我們不認得倘若懂得他們的文理同他
唱和唱和結交一個海外詩友倒是一樁極妙之事徐大軍機道你既然說得他如此好為什
麼不請他來會會呢和尚道講起外交的禮節他既來了原應該我自己去接他的（再逼近一步妙）況

且他也是王爺之分。非同尋常可比。但是難得今天你大人有空。我們正想借此談談心。所以讓他們去陪他也是一樣的。徐大軍機道停刻我們還要在這裏吃飯。倘若被他闖進來反爲不美我看還是請他來會會的好。如果他沒有吃飯。就讓他一塊兒吃素齋。我們的禮信總到的了。和尚巴不得這一聲。立刻丟下徐大軍機自己去請。一霎時。只見和尚在前頭走。來了洋人在當中。尹子崇郎舅兩個。跟在後頭。洋人身旁還有一個人。想必是通事了。進屋之後。徐大軍機先站起來。同他拉手。他亦趕着探帽子。徐大軍機一見兒子女婿。都跟在後頭。便說了聲你們倒同他先會過了。和尚連忙湊熱鬧說道。虧得請他進來。他剛纔見少大人尹姑爺。把他樂的了不得。正商量着一同來見你老大人哩。和尚真善於說辭是拉皮條老手當下分賓歸坐。寒暄得不到三五句。和尚恐怕問出破綻來。急急到外間調排桌椅。催他們入座。從前徐大軍機在寺裏吃飯都是一張方桌。同這當家和尚兩個人。對面坐的。如今多了四個人。六人三對面。方桌亦還坐得下。再不然。加張圓桌面子。也坐得狠舒服。狠寬展了。那知和尚竟不其然。只見他對着香火說道。徐大人常常來的。外國人還是頭一遭哩。一時頭上素番菜來不及辦。就拿這中國菜請他。似乎覺得不恭敬些。現在我一個法子。寫和尚善於周旋應酬你們到西書房裏。把那張大菜桌子。那些椅子。都搬過來。用大菜傢伙。吃中國菜。我們依他一樣。他總不能說我什麼了。一霎時調排已定。隨請入座。徐大軍機走到外間一看。只是擺的見狠長桌子。和尚便說徐大人咱們今天是中西合璧。你老大人獨自一位。請坐在上面。旁是少大人尹姑爺作陪。這邊底下是主位。密司忒薩坐在右首。他同來這位劉先生。坐在左手。靠着主人右首。這一位在他們外國人。算是頭一席。所以你老大人無須同他客氣的。當下坐定之後。和尚又叫開洋酒荷蘭水。洋人不會用筷子。又替他換了刀叉。（筆力遒到）當下說說笑笑。都是些不相干的話。徐大人找出多少話來應酬他都是少大人尹姑爺。同着繙譯替他支吾的。等到吃過一大半。約摸徐老頭兒有點倦意。不曉得洋人同繙譯說了幾句什麼話。繙譯便同少大人說。我們敝洋東極其仰慕徐大人。從前沒有到中國時候。就常常見人題起徐大人的名字的。他現在跟着我們中國人。亦很認得幾個中國字。和尚急忙插口道。認得了中國字。將來就好做中國詩了。只是我們不認得洋字。不會看他的詩。實在抱愧得狠。（借做詩引到寫字妙極）和尚說的話。大家亦沒有理會。那通事劉先生又說道。敝洋東的意思。想求大人把大人的名字三個字。（逼近到題）寫在一張紙上。給他看。徐大軍機聽了大喜。立刻叫拿筆硯。又見洋人從身上上摸索了半天。拿出一大疊的厚洋紙。上頭還寫着洋字。花花綠綠的。看了亦不認得。通事把這一疊紙接過來。送到徐大軍機面前說道。（通事亦善於說辭）敝洋東嫌中國紙不牢。身上一搓就要破的。請大人把三個字寫在這張紙上。徐大軍機此時。絲毫不加思索。立刻戴上老花眼鏡。題筆來。把自己的名字三個字。端端整整寫了出來。（得來全不費工夫）通事拿回給人看過。洋人又咕嚕了兩句。通事又把那疊紙梟去幾張。重新送到徐大軍機面前。說敝洋東想求大人照樣。再替他寫三個字。前頭寫的。是他自己留着當古玩珍藏。這寫的。他要帶到外國去。把這三個字。印在他的書當中。和尚又幫着敷衍道。想是這位外國詩爺今天即席賦詩。定歸把他今天碰見老大人一齊都做了進去。所以要把老大人的名字刻在他的詩稿當中。只倒是海外揚名的。和尚一面說。徐大軍機早已寫完。又傳到洋人手中。洋人拿起來往身上一藏。諸事定當如願以償然後仍舊吃酒吃菜。和尚見事美好。便丟個眼色給香火催廚房趕緊出菜。一霎席散。讓少大人尹姑爺陪了洋人。到西書房裏吃茶。他自己招呼徐大軍機。徐大軍機又坐了半天。喝了兩杯茶。方纔坐車先自回去。至此和尚方纔踱到西書房來。正見少大人在那裏指手劃腳。自己稱揚自己哩。要知後事如何。且聽下回分解。

洋務能員但
求形式

外交老手別具肺腸

洋務能員但求形式
外交老手別具肺腸

話說老和尚。把徐大軍機送出大門。登車之後。他便踱到西書房來。原來洋人已走。只賸得尹子崇郎舅兩個他小舅爺正在那裏高談闊論誇說自己的好主意。神不知鬼不覺就把安徽全省礦産輕輕賣掉。（如此大事而可弄巧其無家法可知）外國人簽字。不過是寫個名字。如今這賣礦的合同連老頭子亦都簽了名字在上頭。還怕他本省巡撫說什麽話嗎。（撫台仰承宰相鼻息不以國計民生為念自然不敢爭回）就是洋人一面。當面瞧見老頭子簽字。自然更無話說了。原來這事當初是尹子崇弄得一無法想求教到他小舅爺。小舅爺勾通了洋人的繙繹。方有這篇文章。所有朝中大老的小照那繙繹都預先弄了。出給洋人看熟。所以剛纔一見面。他就認得是徐大軍機並無絲毫疑意。（繙繹既無學行又愛財物何不代為佈置）如合同例須兩分。都是預先寫好的。明欺徐大軍機不認得洋字。所以當面請他自己寫名字。因係兩分。所以叫他寫了又寫。（不但如此自來辦理交涉皆坐此不諳外情之弊所以冒昧畫押）至於和尚一面。前回書內。早已交代。無庸多敘。當時他們幾个人。同到了西書房。繙繹便叫洋人。把那兩分合同取了出來。叫他自己亦簽了字。交代給尹子崇一分。約明付銀子日期方纔握手告別。尹子崇見大事告成。少不得把弄來的昧心錢除酬謝和尚通事二人外。一定又須分贈各位舅爺若干。好堵住他們的嘴。（匪錢只當匪錢用）閑文少敘。且說尹子崇自從做了這一番偷天換日的大事業等到銀子到手。便把原有的股東一齊寫信去招呼。說是公司生意。不好吃本太重。再弄下去。寔寔有點撑不住了。不得已。方纔由敝岳作主。將此礦產賣給洋人。共得價銀若干。除墊還他經手若干外。所賸無幾。一齊打三折。歸還人家的本錢。以作了事。（如此發財生意還要講坍賬似乎太不公氣）股東當中。有幾个素來仰仗徐大軍機的。自然聽了。無甚說得。就是明曉得吃虧。亦所甘願。有兩个稍些強硬點的。聽了外頭的說話。自然也不肯干休。（自來不平則鳴）常言說得好。若要人不知。除非己莫為。尹子崇既做了這種事情。所有同鄉京官裏面。有些正派的。因為事關大局。自然都派尹子崇的不是。有些小意見的。還說他一个人。得了如許錢財。別人一點光。沒有沾着他。要一个人安穩享用。有點氣他不過。便亦攛掇了大眾出來。同他說話。專為此事。同鄉當中。特地開了一回會館。（在下結成團體上者有所警懼）在尹子崇卻嚇得沒敢到場。後來又聽聽外頭風聲不好。不是同鄉要遞公呈。到都察院裏去告他。就是都老爺要參他。（從前做過事失意一齊來）他一想不妙。京城裏有點站不住脚。便去催逼洋人。等把銀子收清。立刻捲捲行李。叩別丈人。一溜烟逃到上海。（暫時借租界為逋逃藪）恰巧他到上海。京城的事也發作了。竟有四位御史。一連四个摺子參他。奉旨交安徽巡撫查辦。信息傳到上海。有兩家報館裏。通統把他的事情。寫在報上。拿他罵了个狗血噴頭。（賴有此清議）他一想上海也存不得身。而且出門已久。亦很動歸家之念。不得已奄旗息鼓。徑回本籍。（遁歸巢穴然後可一鼓而擒之）他自己一人付道。這番賺來的錢。也儘彀我下半世過活的。既人家同我不對。我亦樂得與世無爭。回家享用。於是在家一過。過了兩个多月。居然無人找他。他自己又自寬自慰說道。我到底有泰山之靠。他們就是要拿我怎樣。總不能不顧老丈的面子。況且合同上還有老丈的名字。就是有起事情來。自然先找到老丈。我還退後一層。真正可以無須慮得。移禍江東用心太很一个人正在那裏盤算。忽然管家傳進一張名片。說是縣裏來拜。知縣親自到門可知事情不小他聽了這話。不禁心上一怔。說道我自從回家。一直還沒有拜過客。他是怎麽曉得的。既然來了。只得請見。這裏執帖的管家。還沒出去。門上又有人來說縣裏大老爺已經下轎。坐在廳上。專候老爺出去說話。尹子崇聽了。分外生疑。想要不出去見他。他已經坐在那裏等候。不見是不成功的。轉念一想道。橫豎我有好靠山。他敢拿我怎樣。恐怕你丈人亦不能免你還要倚為泰山於是硬硬頭皮。出來相見。誰料走到大廳。尚未同知縣相見。只見門外廊下。以及天井裏。站了無數若干的差人。尹子崇這一嚇。非同小可。此時知縣大老爺。早已望見了他了。提着嗓子叫了一聲尹子翁兄弟在這兒。尹子崇只得過來。同他見面。知縣是个老猾吏。笑嘻嘻的。一面作揖。一面竭力寒暄道。兄弟直到今日。纔曉得子翁回府。一直沒有過來請安。抱歉之至。若有意若無意妙甚趣甚尹子崇雖然也同他周旋。畢竟是賊人胆虛。終不免失魂落魄。張皇無措。作揖之後。理應讓客人坑上上首坐的。不料一个不留心。竟自己坐了上面。後來管家上來遞茶給他。叫他送茶。方纔覺得。臉上急得紅了一陣。只得換座過來。越發不得主意了。一種慌張之狀流露無形知縣見此樣子。心上好笑。便亦不肯多耽時刻。說道兄弟現在奉到上頭一件公事。所以不得不親自過來一盪。說罷。便在靴筩子當中抽出一角公文來。尹子崇接在手中一看。乃是南洋通商大臣的札子。心上又是一呆。及至

二

抽出細瞧。不為别件。正為他賣礦一事。果然被四位都老爺聯名參了四本。奉旨交本省巡撫查辦。閉門家裏坐禍從天上來可為作奸犯科者戒本省巡撫本不以他為然的。自然是不肯帮他說話。不料事為兩江總督所知。以案關交涉。正是通商大臣的責任。頓時又電奏一本。說他擅賣礦產。膽大妄為。請旨拿交刑部治罪。雷厲風行絕無回顧之念上頭准奏電諭一到。兩江總督便飭藩司。遴選委員前往提人。誰知這藩司正受過徐大軍機栽培的。便把他私人候補知縣毛維新。保舉了上去。這毛維新同尹府上。也有點淵源。為的派了他去。一路可以照料尹子崇的意思。有此一層所以當時並不十分吃苦等到到了那裏。知縣接着毛維新。因為自己同尹子崇是熟人。所以讓知縣一个人去的。及至尹子崇拿制台的公事。看得一大半。已有將他拿辦的說話。早已嚇呆在那裏。兩隻手拿着札子放不下來。原來也是不禁嚇的問你當時何以嘴硬後來知縣等得長久了。便說道。派來的毛委員。現在兄弟衙門裏。好在子翁同他熟人。一路上倒有照應。轎子兄弟已經替子翁預備好了。就請同過去罷。一經說穿便不容情纔掙得一句道。這件事。乃是家岳簽的字。與兄弟並不相干。有什麽事。只要問家岳就是了。所謂嘴硬骨頭酸知縣道。這裏頭的委曲。兄弟並不知道。兄弟不過是奉了上頭的公事。叫兄弟如此做。所以兄弟不能不來。如果子翁有什麽冤枉。到了南京。見了制台。儘可分辯的。再不然。還有京裏。況且裏頭有了令岳大人的照應。諒來子翁雖然暫時受點委曲。不久就可明白的。現在時候已經不早了。毛某人明天一早。就要動身的。我們一塊去罷。再催一句使他無縫可鑽尹子崇氣的無話可說只得支吾道兄弟須得到家母跟前禀告一聲還有些家事須得料理料理准今天晚上一准過去知縣道太太跟前等兄弟派人進去替你說到了就是了至於府上的事好在上頭還有老太太況且子翁不久就要回來的也可以不必費心了（亦硬亦軟又尖又圓）尹子崇還要說別的知縣已經仰着頭眼睛望着天不理他又拖着嗓子叫來啊跟來的管家齊齊答應一聲着知縣道轎夫可伺候好了我同尹大人此刻就回衙門去底下又一齊答應一聲回稱轎夫早已伺候好了知縣立刻起身讓尹子崇前頭他自己在後頭倍着他一塊兒上轎這一走他自己還好早聽得屏門背後他一班家眷本已得到他不好的消息如今看他被縣裏拉了出去賽如綁赴菜市口一般早已哭成一片了（自己作事不慎連累老母妻子驚心吊胆於心何忍）尹子崇聽着也是傷心無奈知縣毫不容情只得硬硬心腸跟了就走霎時到得縣裏與毛委員相見知縣仍舊他在廳上坐無非多派幾个家丁勇役輪流拿他看守至於茶飯一切相待自然與毛委員一樣畢竟他是徐大軍機的女壻地方官總有三分情面加以毛委員受了江甯藩台的囑托公義私情二者兼盡所以這尹子崇甚是自在（欽犯甚是做得過）當天在縣衙一宵仍是自己家裏派了管家前來伺候第二天跟着一同由水路起身在路曉行夜宿非止一日已到南京毛委員上去請示奉飭交江甯府經廳看管另行委員押解進京（一路有錢使用諒來不致于吃虧）擱下不表且說毛維新在南京候補一直是在洋務局當差本要算得洋務中出色能員當他未曾奉差之前他自己常常對人說道現在吃洋務飯的有幾个能穀把一部各國通商條約肚皮裏記得滾瓜爛熟呢但是我

們於這種時候。出來做官。少不得把本省的事情。溫習溫習。省得辦起事情來。一無依傍。能于此種上留心還算是个有志於是單檢了道光二十二年。江甯條約。抄了一遍。總共不過四五張書。就此埋頭用起功來。一念念了好幾天。居然可以背誦得出。他就到處向人誇口說。他念熟這个。將來辦交涉是不怕的了。陳年文書好合藥俗語一點不錯後來有位在行朋友。拿他考了一考。曉得他能耐不過如此。便駁他道。道光二十二年定的條約。是老條約了。單念會了。這個是不中用的。他說我們在江甯做官。正應該曉得江甯的條約。至於什麼天津條約。烟台條約。且等我兄弟將來改省到那裏。或是咨調過去。再去留心不遲。強辯得可笑那位在行朋友。曉得他是誤會。雖然有心要想告訴他。無奈見他拘墟不化。說了亦未必明白。不如讓他糊塗一輩子罷。不虛心焉能得實惠因此一笑而散。

却不料這毛維新反於此大享其名。竟有兩位道台。在制台前很替他吹噓。說毛令不但熟悉洋務。連著各國通商條約。都背得出的。實爲牧令中不可多得之員。以誤傳誤將錯將錯有趣之極制台道。我辦交涉也辦得多了。洋務人員。在我手裏提拔出來的也不計其數。辦起事情來一齊都是現查書。洋務人員不過是个抄書傭不但他們做官的是如此。連著我們老夫子也是如此。所以我氣起來。總朝著他們說。我老頭子記性差了。是不中用的了。你們年輕人很應該拿這些要緊的書念念。兩部在肚子裏。一天念熟一頁。一年便是三百六十頁。化上三年功夫。那裏還有他的對手。讀熟幾款條約不過要照約辦理耳無奈我嘴雖說破。他們總是不肯聽。甯可空了。打麻雀。逛窰子。等到有起事情來。仍然要現翻書。起來真正氣人。連如此人而亦不多見可笑可嘆今天你二位所說的毛令。既然肯在這上頭用功很好。就叫他明天來見我。原來此時做江南制台的姓文名明。雖是在旗。卻是個酷慕維新的。只是一樣。可惜少年少讀了幾句書。胸中一點學問沒有。這遭總算毛維新官運亨通。第二天上去。制台問了幾句話。虧他東扯西扯。居然沒有露出馬脚。就此委了洋務局的差使。一夕話竟賺優差得力於江甯條約不少這番派他到安徽去提人。稟辭的時候。他便回道。現在安徽那邊聽說風氣亦很開通了。卑職此番前去。經過的地方。一齊都要留心考察考察。制台聽了。甚以為然。等到回來。把公事交代明白。上院稟見。制台問他考察的如何。他說現在安徽官場上。很曉得維新了。制台道。何以見得。他說聽說省城裏開了一爿大菜館。三大憲都在那裏請過客。制台道。但是吃吃大菜。也算不得開通。毛維新面孔一板道。回大人的話。卑職聽他們安徽官場上。談起那邊中丞的意思。說凡百事情。總是上行下效。將來總要做到。叫這安徽全省的百姓。無論大家小戶。統通都為吃了大菜纔好。以吃洋菜為開通也只好欺不學無術之人制台道。吃頓大菜。你曉得要幾個錢。還要什麼香檳酒。皮酒去配他。還有些酒的名字。我亦說不上來。貧民小戶。可吃得起嗎。如馬太太吃八寶豆粥疑鄉下人吃豆粥與己一樣一般誤會可笑制台的話。說到這裏。齊巧有個初到省的知縣。同毛維新一塊進來的。只因初到省。不大菜得官場規矩。因見制台只同毛維新說話。不理他。他坐在一旁難過。便插嘴道。卑職這回出京。路過天津上海。很吃過幾頓大菜。光吃菜。不吃酒。亦可以的。他這話原是幫毛維新的。制台聽了。心上老大不高興。眼睛往上一楞。說我問到你。再說上海洋務局省裏洋務局。我請洋人吃飯。也請過不止一次了。那回不是好幾千塊錢。你曉得。富貴人肚腸那知外國人亦有黎蓊回頭又對毛維新説道。我兄弟雖亦是富貴出身。然而並非紈絝一流。所謂稼穡之艱難。尚還略知一二。毛維新連忙恭維道。這正是大帥關心民瘼。纔能想得如此周到。文制台道。你所考察的。還有别的沒有。毛維新又回道。那邊安慶府知府饒守的兒子。同著那裏撫標參將的兒子。一齊都翦了辮子。到外洋去遊學。（翦辮遊學是變制度改服式的先聲）恰巧卑職是到那裏。正是他們剃辮子的。那一天首府饒守曉得卑職是洋務人員。所以特地下帖。邀了卑職去。同觀盛典。這天官場紳士。一共請了三百多位客。預先叫陰陽生挑選吉時。陰陽生開了一張單子。挑的是未時剃辮大吉。所請的客。一齊都是午前穿了吉服去的。朝主人道過喜。先開席坐席。等到席散已經到了吉時了。只見饒守穿著蟒袍補褂。帶領著這位遊學的兒子。亦穿著靴帽袍套。望空設了祖先的牌位。點了香燭。他父子二人。前後拜過。稟告祖先。然後叫家人拿着紅毡。領着少爺到客人面前。一一行禮。有的磕頭。有的作揖。（使夫子見此必曰不及百年此其戎矣其禮先亡矣）等到一齊讓過了。這纔由兩个家人。在大廳正中。擺一把圈身椅。讓饒守坐了。再領少爺過來。跪在他父親面前。聽他父親教訓。（冠禮古儀已亡剪辮新法纔行）大帥不曉得這饒守。原本只有這一個兒子。因為上頭提倡遊學。所以他自告奮勇。情願自備斧資。叫兒子出洋。（真是上行下效捷于影响）所以這天撫憲同藩臬兩司。以及首道。一齊委了委員。前來賀喜。只可憐他這个兒子。今年只有十八歲。上年臘月纔做親。至今未及半年。就送他到外洋去。莫説他小夫婦兩口子拆不開。就是饒守自己想想。已經望六之人了。膝下只有一個兒子。怎麽捨得他出洋呢。所以一見兒子跪下請訓。老頭子止不住兩淚交流要想教訓兩句，也說不出話了。（忍令愛子出洋，方非姑息之愛）後來眾親友齊說，吉時已到，不可錯過，世兄改裝也是時候了。只見兩个管家上來，把少爺的官衣脫去，除去大帽，只穿着一身便衣，又端過一張椅子，請少爺坐了。方傳剃頭的上來，拿盆熱水，撳住了頭，洗了半天，然後舉起刀子來剃。誰知這一剃剃出笑話來了。只見剃頭的拿起刀來，磨了幾磨，嗶擦擦兩聲響，從辮子後頭一刀下去，早已一大片雪白的露出來了。（內地風氣未開，所以連一箇西法整容匠亦找不出）幸虧卑職看得清切，立刻擺手，叫他不要再往下剃。趕上前去同他說，再照你這樣剃法，不成了个和尚頭嗎？外國人雖然是沒有辮子，何嘗是个和尚頭呢。（你能留心到此，不愧洋務能員）當時在場的眾親朋以及他父親聽卑職這一說，都明白過來，一齊罵剃頭的，說他不在行，不會剃。剃頭的跪在地下，索索的抖，說小的自小吃的這碗飯，實在沒有瞧見過剃辮子是應該怎麼樣剃的，小的總以為既然不要辮子，自然連着頭髮一塊兒不要，所以纔敢下手的。現在既然錯了，求求大老爺的示，該怎麼樣指教指教（想國初剃髮令初下時，亦必有此話柄）小的。卑職此時早已走到饒守的兒子跟前，拿手撩起他的辮子來一看，幸虧剃去的是前劉海，還不打緊。（險些變成个濯濯牛山）便叫他們拿過一把剪刀來，由卑職親自動手，先把他辮子拆開，分作幾股，一股一股的替他剪了去，底下還替他留了約摸一寸多光景，再拿鏍花水前後刷光，居然也同外國人一樣了。（如此在行，想是也學過剃髮匠了）大帥請想，他們內地真正可憐，連着出洋遊學，想要去掉辮子，這些小事情都沒有一个在行的。幸虧卑職到那裏，教給他們以後只好用剪刀剪，不好用刀子剃，這纔大家明白過來，說卑職的法子不錯，當天把个安慶省城都傳遍聽説參將的兒子就是照着卑職的話用翦刀的【所謂不會芸苗看上首】第二天卑職上院見了那邊中丞很蒙奬勵説到底你們江南無辮子遊學的人多這都是制憲的提倡我們這裏還差着遠哩文制台聽了别人説他提倡學務心上非凡高興當時只因談的時候長久了制台要緊吃飯便道過天空了我們再談罷説完端茶送客毛惟新只得退出在着又上别的司道衙門一處處去賣弄他的本領【巧言如簧顏之厚矣】不在話下且説這位制台本是个有脾氣的無論見了什麽人只還官比他小一級是他管得到的不論你是實缺藩台他見了面一言不合就拿頂子給人碰【也須防釘頭碰着鉄頭】也不管人家臉上過得去過不去藩台尚且如此道府是不消説了州縣以下更不用説了至於在他手下當差的人甚多巡捕戈什喝了去罵了來輕則脚踢重則馬棒越發不必問的了且説有天為了一件甚麽公事藩台開了一个手摺拿上來給他看他接過手摺順手往桌下一摔説道我兄弟一个人管了這三省事情那裏還有工夫看這些東西呢你有什麽事情直截痛快的説兩句罷【所以上摺子也要看脾胃】藩台無法只得撿定性了按照手摺上的情節約略擇要陳説一遍無如頭緒太多斷非幾句話所能了事制台聽到一半又得不耐煩了發狠説道你這人真正麻煩兄弟雖然是三省之主大小事情都照你這樣子要我兄弟管起來我就是三頭六臂也來不及【這又不好那又不好恐怕將來諸事人家都不肯告訴你】説着掉過頭去同别位道台説話藩台再要分辨兩句他也不聽了藩台下來氣的要告病幸虧被朋友們勸住的後來不多兩日又有淮安府知府上省稟見這位淮安府乃是翰林出身放過

一任學台。後來又考取御史。補授御史。京察一等。放出來的。到任還不到一年。齊巧地方上出了兩件交涉案件。特地上省見制台請示。恐怕說的不能詳細。亦就寫了兩个節略。預備面遞。等到見了面。同制台談過兩句。便將開的手摺。恭恭敬敬。遞了上去。恰恰又犯其所忌制台一看。是手摺上面寫的。都是黃豆大的小字。便覺心上幾个不高興。又明欺他的官不過是个四品職分。比起藩台差遠了。索性把手摺往地下一摔。說道。你們曉得我年紀大眼睛花。故意寫了這字字來朦我。平空地磁下頂子來也叫你見所未見那淮安府知府。受了他這个瘋子一聲也不響。等他把話說完。不慌不忙。從從容容的。從地下把那个手摺拾了起來。一頭拾。一頭嘴裏說。卑府自從殿試朝考。以及考差考御史。一直是恪遵功令。寫的是小字。皇上取的亦就是這个小字。如今做了外官。倒不曉得大帥是同皇上反。一个个是要看大字的。這個只好等卑府慢慢學起來。腳氣太大自然要受人揶揄但是今時這兩件事情。都是刻不可緩的。所以卑府纔趕到省裏來面回大帥。若等卑府把大字學好了。那可來不及了。步位踏得正不怕人家挑剔制台一聽這話。便問是兩件什麼公事。你先說个大概。淮安府回道。一件為了地方上的壞人。賣了塊地基給洋人。開什麼玻璃公司。一樁是一个包討債的洋人。到鄉下去。恐嚇百姓。現在鬧出人命來了。制台一聽。大驚失色道。這兩樁都是个關係洋人的。你為什麼不早說呢。快把節略拿來我看。出尔反尔好在面皮老做得手淮安府只得又把手摺呈上。制台把老花眼鏡帶上。看了一遍。淮安府又說道。卑職因為其中頭緒繁多。恐怕說不清楚。所以寫好了節略來的。況且洋人在內地開設行棧。有背約章。就是包討帳亦是不應該的。況且還有人命在裏頭。所以臬府特地上來請大帥的示。總得禁阻他來纔好。制台不等他說完。便把手摺一放。說老哥你還不曉得外國人的事情。是不好弄的麼。地方上百姓。不拿地賣給他。請問他的公司到那裏去開呢。就是包討帳。他要的錢。並非要的是命。他自己尋死。與洋人何干呢。以媚外為宗旨者。無論是非曲直。總不敢開罪于外人 你老兄做知府。既然曉得地方有這些壞人。就該預先禁止他們。拿地不准賣給外國人。纔是。反派知縣的不是。總算晦氣 至於那個欠帳的。他那帳借紙。怎麼會到外國人手裏。其中必定有個緣故。外國人頂講情理。決不會憑空詐人的。而且欠錢還債。本是分內之事。難道不是外國人來討。他就賴著不還不成。既然如此。也不是什麼好百姓了。如此說法。豈不更長外國人氣燄。而以出頭討帳為可行乎 現在凡百事情。總是我們自己的官。同百姓都不好。所以纔會被人家欺負。等到事情鬧糟了。然後往我身上一推。你們算沒有事了。好主意。冤屈煞人 原來這制台的意思。是洋人開公司。等他來開。洋人來討帳。隨他來討。總之在我手裏。決計不肯為了這些小事。同他失和的。你們既做我的屬員。說不得都要就我範圍。斷斷乎不准多事。禁壓 自己豈能阻絕洋人不來 所以他看了淮安府的手摺。一直只怪地方官同百姓不好。決不肯批評洋人一個字的。淮安府見他如此。就是再要分辯兩句。也氣得開不出口了。中國大員。殺家雞子是拿手。以後做下屬也要改變宗旨 制台把手摺看完。仍舊摔還給他。淮安府拾了稟辭出去。一肚皮沒好氣。正走出來。忽見巡捕拿了一張大字的片子。遠望上去。還疑心是位新科的翰林。只聽那巡捕嘴裏嘰哩咕嚕的說道。我的爺。早不來。晚不來。偏偏這時候。他老人家吃著飯他來了。到底上去回的好。還是不上去回的好旁邊一个號房道淮安府纔見了下來只怕還在簽押房裏換衣服沒有進去也論不定你要回趕緊上去還來得及別的客你好叫他在外頭等等這个客是怠慢不得的（又是什麽大官不過主人如此下人益發不敢怠慢了）那巡捕聽了拿了片子飛跑的進去了這裏淮安府自回公館不題

且說那巡捕趕到簽押房跟班的說大人沒有換衣服就往上房去了巡捕連連跺脚道糟了糟了立刻拿了片子又趕到上房纔走到廊下只見打雜的正端了飯菜上來屋裏正是文制台一迭連聲的罵人問為什麽不開飯（早又不是遲又不是個燥此種主人倒是煩難）巡捕一聽這人聲口只得在廊簷底下站住心上想回因為文制台一到任就有過吩咐的凡是吃飯的時候無論什麽客人來拜或是下屬稟見統通不准巡捕上來回總要等到吃過飯擦過臉再說無奈這位客人既非過路官員亦非本省屬員平時制台見了他還要讓他三分如今叫他在外面老等起來決計不是个道理但是違了制台的號令倘若老頭子一翻臉又不是玩的因此拿了名帖只在廊下盤旋要進又不敢進要退又不敢退（足將進而趑趄口將言而囁嚅活畫出一下僵伏威嚴光景）正在為難的時候文制台早已瞧見了忙問一聲什麽事巡捕見問立刻趨前一步說了聲回大帥的話有客來拜話言未了只見拍的一聲響那巡捕臉上早被大帥打了一个耳刮子（先賞你个五分頭）接着聽制台罵道混帳忘八蛋我當初怎麽吩咐的凡是我吃着飯無論什麽客來不准上來回你沒有耳朵沒有聽見說着舉起腿來又是一脚（又給你吃踼踼）那巡捕捱了這頓打罵索性潑出胆子來說道因為這个客是要緊的與別的客不同制台道他要緊我不要緊你說他與別的客不同隨你

是誰。總不能盖過我巡捕道。回大帥來的不是別人。是洋人。那制台一聽洋人二字。不知為何頓時氣燄矮了大半截。怔在那裏半天。提起洋人即如一小鬼見閻王後首想了一想。驀地起來拍撻一聲響。舉起手來。又打了巡捕一个耳刮子。接着罵道。混帳忘八蛋。我當是誰。原來是洋人。洋人來了。為什麽不早回。叫他在外頭等了這半天。稟要打不稟也要打想是今天手滑打出性子來了巡捕道。原本赶着上來回的。因見大帥吃飯。所以在廊下等了一回。制台聽完。舉起腿來。又是一脚。說道。別的客不准回。洋人來。是有外國公事的。怎麽好叫他在外頭老等。糊塗混帳。還不快請進來。那巡捕得了這句話。立刻三步并做二步。急忙跑了出來。走到外頭。拿帽子探了下來。往桌子上一摔。道。回又不好。不回又不好。不說人頭誰亦沒有他大。只要聽見洋人兩个字。一樣嚇的六神無主了。但是我們何苦來呢。掉過去。一个巴掌。翻過來。又是一个巴掌。東邊一條腿。西邊一條腿。老老實實不幹了。吃了他的飯總要捱他的打罵還是早出去為妙正說着。忽然裏頭又有人赶出來。一迭連聲的叫喚說。怎麽還不請進來。那巡捕至此。方纔回醒過來。想是氣昏了不由的。仍舊拿大帽子合在頭上。拿了片子。把洋人引進大廳。此時制台早已穿好衣帽。站在滴水簷前。預備迎接了。原來來拜的洋人。非是別人。乃是那一國的領事。你道這領事來拜制台。為的什麽事。原來制台新近正法了一名親兵小隊。制台殺名兵丁。本不算得大不了的事情。況且那親兵亦必有可殺之道。所以制台纔拿他如此的嚴辦。誰知這一殺。殺的地方不對。既不是在校場上殺的。亦不是在轅門外殺的。偏偏走到這位領事公館旁邊。就拿他宰了。所以領事大不答應。前來問罪。真是在老虎頭上拍蒼蠅當下見了面。領事氣憤憤的。把前言述了一遍。問制台為什麼在他公館旁邊殺人。是个什麼緣故。（正要尋个枕頭來眠）幸虧制台年紀雖老。閱歷卻很深。頗有隨機應變的本領。當下想了一想。說道。貴領事不來問我兄弟殺的那个親兵。他本不是个好人。他原是拳匪一黨。那年北京拳匪鬧亂子。同貴國及各國為難。他都有分的。兄弟如今拿他查實在了。所以纔拿他正法的。（到是一个說慌話的祖宗）領事道。他既然通拳匪。拿他正法。亦不冤枉。但是何必一定要殺在我的公館旁邊呢。制台想了一想道。有个原故。不如此。不足以震服人心。貴領事不曉得這拳匪乃是扶清滅洋的。將來鬧出點子事情來。一定先同各國人。及貴國人為難。就是於貴領事。亦有所不利。所以兄弟特地想出一條計來。拿這人殺在貴衙署旁邊。好教他們同黨瞧著。或者有些怕懼。俗語說得好。叫做殺雞駭猴。拿雞子宰了。那猴兒自然害怕。兄弟雖然只殺得一名親兵。然而所有的拳匪。見了這个榜樣。一定解散。將來自不敢再同貴領及貴國人為難了。（倒有一篇大文章虧你一時做得出）領事聽他如此一番說話。不由得哈哈大笑。獎他有經濟。辦得好。隨又閒談了幾句。告辭而去。制台送客回來。連要了幾把手巾。把臉上身上擦了好幾把。說道。我可被他駭得我一身大汗了。（雖是說退然已嚇得不像了）坐定之後。又把巡捕號房統通叫上來。吩咐道。我吃著飯。不准你們來打岔。原說的是中國人。至於外國人。無論什麼時候。就是半夜裏。我睡了覺。亦得喊醒了我。我決計不怪你們的。（足見難說話的摠有法子降伏他）你們沒瞧見。剛纔領事進來的神氣。賽如馬上就要同我翻臉的。若不是我這老手。三言兩語。拿他降伏住。還不曉得鬧點什麼事情出來哩。還擱得住你們再替我得罪人嗎。（倒也是實話）以後凡是洋人來拜。隨到隨請。記著巡捕號房。統通應了一聲是。制台正要進去。只見淮安府又拿著手本來稟見。說有要緊公事面回。並有剛剛接到淮安來的電報。須得當面呈看。制台想了。想肚皮裏說道。一定仍舊是那兩件事。但不知這个電報來。又出了點什麽岔子。本來是懶怠見他的。不過因內中牽涉了洋人。實在委決不下。（一自聯軍進京仇外之宗旨一變而為懼外之宗旨可見戰勝攻取係國家上之大應響）只得吩咐說請。霎時淮安府進來。制台氣吁吁的問道。你老哥又來見我做什麽。你說有什麽電報。一定是那班不肖地方官。又鬧了點什麽亂子。可是不是。（不問事情如何先派地方官的不是）淮安府道。回大帥的話。這个電報。却是个喜信。制台一聽喜信二字。立刻氣色舒展許多。忙問道。什麽喜信。淮安府道。卑府剛纔蒙大人教訓。卑府下去回到寓處。原想照著大人的吩咐。馬上打个電報。給清河縣黃令。誰知他倒先有一个電報給卑府。說玻璃公司一事。外國人雖有此議。但是一時股分不齊。不會成功。現在那洋人。接到外洋的電報。想先回本國一走。等到回來再議。（此是暫時自慰息事終究不妥）制台道很好。他這一去。至少一年半載。我們現在的事情過一天是一天。但願他一直就誤下去。不要在我手裏。他出難題目給我做。我就感激他了。（只要保全自己名位於國家之事毫不相關）那一樁呢。淮安府道。那一樁原是洋人的。不是不合。到內地來包討帳。制台一聽他說洋人不是。口雖不言。心下却老大不以為然。說你有多大能耐。就敢排揎起洋人來。（賽如提起你的老祖宗）於是又聽他往下講道。地方上百姓動了公憤。一鬨而起。究竟洋人勢孤。制台聽到這裏。急的把桌子一拍道。糟了。一定是把外國人打死了。中國人死了一百個也不要繄。如今打死了外國人。這個處分。誰躭得起。前年為了拳匪。殺了多少官。你們還不害怕嗎。（一則奉若神明。一則輕如草芥。此不平終不免激而為亂）如淮安府道。回大師的話。卑府的話。還未說完。制台道。你快說。淮安府道。百姓雖然起了一个鬨。並沒有動手。那洋人自己就軟下來了。（拒絕外國人只要結成團體據理而爭無有不掩旗息鼓而去的）制台繃着眉頭。又把頭搖了兩搖。說道。你們欺負他單身人。他怕吃眼前虧。暫時服軟。回去告訴了領事。或者進京告訴了公使。將來仍舊要找咱們倒蛋的。不妥不妥。淮安府道。實實在在。是他自己曉得自己的錯處。所以纔肯服軟的。制台道。何以見得。淮安府道。因為本地有兩个出過洋的學生。是他倆聽了不服。哄動了許多人。同洋人講理。洋人說他不過。所以纔服軟的。（國家養士于學校而爭主權者反出于遊學之輩安得不專重學堂）制台又搖頭道。更不妥。這些出洋回來的學生。真不安分。於他毫不相干。就出來多事。地方官是昏蛋。難道就隨他們嗎。（豈知民智已開斷不可再加以壓力）淮安府道。他倆不過找着洋人講理。並沒有滋事。雖然哄動了許多人。跟着去看。並非他二人招來的。制台道。你老哥真不愧為民之父母。你總幫好了百姓。把自己百姓。竟看得沒有一个不好的。都是他們洋人不好。我生平最恨的就是這班刁民。動不動。聚眾滋事。挾制官長。如今同洋人。也是這樣。若不趁早整頓整頓。將來有得纏不清楚哩。（天欲變專制為立憲斷不能再以一人壓眾）你且說那洋人服軟之後。怎麼樣。淮安府道。洋人被那兩个學生一頓批駁。說他不該包討帳。於條約大有違背。如今又逼死了人命。我們一定要到貴國領事那裏去告的。（可知領事必不護短）制台聽了。點了點頭道。駁雖駁得有理。難道洋人怕他們告嗎。就是告了外國領事。豈有不幫自己人的道理。淮安府道。

誰知就此三言兩語。那洋人竟其頓口無言。反倒托他通事。同那苦主講說。欠的帳也不要了。還肯拿出幾百銀子來。撫恤死者的家屬。叫他們不要告罷。此是懼公理不是怕壓力制台道。噯。這也奇了。我只曉得中國人出錢給外國人。是出慣的。那裏見過外國人出錢給中國人。這話恐怕不確罷。不諳外情自然不敢相信淮安府道。卑府不但接着電報。是如此說。並有詳信。亦是剛纔到的。制台道。奇怪奇怪。他們肯服軟認錯。已經是難得了。如今還肯撫恤銀子。尤其難得。竟正意想不到之事。我看狠該應就此同他了結。你馬上打個電報回去。叫他們趕緊收篷。千萬不可再同他爭論別的。恐怕學生倒不如你的知足所謂得風便轉。他們既肯賠話。又肯化錢。已是莫大的面子。我辦交涉也辦老了。從沒有辦到這个樣子。如今雖然被他們爭回這个臉來。然而我心上倒反害起怕來。得意而懼倒是老成之見不得。俗語說得好。叫做得意不可再往。這個事可得責成你老哥身上。你老哥省裏也不必耽擱了。趕緊連夜回去。第一彈壓住百姓。還有那什麼出洋回來的學生。千萬不可再生事端。二則洋人走的時候。仍得好好的護送他出境。他一時為理所屈。不能拿我們怎樣。終究是記恨在心的。拿他周旋好了。或者可以解釋解釋。我說的乃是金玉之言。外交祕訣。老哥你千萬不要當做耳旁風。你可曉得你們在那裏得意。我正在這裏提心弔膽呢。賽如一只鬥敗過的公雞雖勝亦不敢恃勝的

淮安府只得連連答應了幾聲是。然後端茶送客。要知後事如何。且聽下回分解。

滇邦交舒尊禮拜堂
清真敎堂

重民権集
議保商局
卷五十四
保商局
城隍廟
迴避
清道

五編卷五十四

慎邦交紆尊禮拜堂 重民權集議保商局

却說江南官場上自從這位賢制軍一番提倡於是大家都明白他的宗旨所在是見了洋人無論這洋人如何强硬他總以柔媚手段去迎合他（豈知洋人是越扶越醉的）抱定了釁不我開四個字的主義敷衍一日算一日搪塞一朝算一朝制台如此道府自不得不然道府如此州縣越發可想而知了（一班大小官員皆是畏首畏尾勢必盡變為奴隸為犬馬）幾個月前頭不知那裏死掉一個外國有名的教士這教士在中國歲數也不少了一年到頭勸人為善却着實做些好事（洋人中着實有名理的所以國勢蒸蒸日上）偶爾地方上出了甚麼民教不和的案件只要這位教士到場任你事情如何棘手亦無不迎刃而解（的了）所以各省的大吏亦都感激他後來奏聞朝廷不但屢次傳旨嘉獎而且還賞過他頂戴匾額由外洋進來傳教的總算數一數二的了誰知皇天不佑好人他年紀并不大忽然得了一病就此嗚呼哀哉（好人不在世中外同慨）他們在教的人開什麼追悼會紀念會自有一番典禮不用細表單說這位制台大人從前因辦交涉也受過他的好處此時聽見他的凶信立刻先打了一個電報足足有好幾百字去慰唁他的夫人兒子又特地派了自己的二少爺同着本省洋務局老總胡道台帶了弔禮坐了輪船前去弔唁一直等到送過教士的夫人兒子回國方纔回來（也算情意交盡）自有此一番舉動大眾愈加曉得不但同在世的洋人往來酬應必不可少就

是弔死送葬一切禮信也不能免的（弔死問孫華洋一體）因此便有些州縣望風承旨借着應酬外國人以為巴結制台地步（此是出於揣摩造端已非）目下單說江寧府首府該管的一個六合縣這六合縣在府北一百一十五里離着省城較近自然信息靈通（附郭小縣定然早開風氣）此時做這六合縣知縣的乃是湖南人氏姓梅名颺仁號子賡行二這人小的時候諸事顢顢頇頇不求甚解偶然人家同他說句話人家說東他一定纏西人家說南他一定纏北因此大家奉他一個表號叫他做梅二纏夾（原來是一个纏夾二先生）幸喜他凡事雖然纏夾只有讀書做八股却還來得（此是別有功夫）居然到二十歲上掙得一名秀才到二十七歲上又掙得一名舉人有人說他前一科就該得意的了只因為一首八韻詩是平平平仄仄仄平起的後四韻忘記了却又鬧了個仄仄平平仄變成功仄起的了因此房官看到那裏圈不下去就打了下來（到底吃虧在忘記肚上）批語上拿他三篇文章讚他天花亂墜只可惜詩上倒了韻不能呈薦着實替他惋惜等到出榜之後梅颺仁領出落卷來一看見是如此不禁氣憤填膺不怪自己錯了韻反罵主司去取不公歎自己文章憎命（下第亂罵主司是文人通病）當時有他一個同窗聽了他的話便駁他道子賡你的文章並沒有薦到主司跟前也不是你文章做得不好是你詩上錯了韻出了岔子是怪不得別人的梅颺仁至此方纔明白過來曉得自己粗心所致只是他命中注定有個舉人到了下一科便是他發達的那年（功名早晚自有定分）自古道福至心靈三場完畢沒有出岔子等到出榜居然高高的中了梅颺仁的父親單名一個蔚字是個候選通判此時正跟了一位出使英國大臣鳳大人做隨員在上海沒有等到

聽見兒子的喜信十天前頭就跟了欽差坐了公司船起身他父親的為人生性愛小歡喜佔便宜（此是人生大毛病）離了上海還沒有三天這日正值風平浪靜他一人飯後無事便踱出來到處閑逛後來走到一間房艙門口齊巧這艙裏的外國客人因事到隔壁艙裏同別的客人談天忘記自己艙門帶上（外國人本來是大意慣的）這梅蔚看了看艙內無人又見那張外國牀上放着一個狠大的皮包他曉得外國人每逢出門凡是緊要的東西以及銀錢等類都是放在這皮包裡頭的他便動了垂涎之念也不管自己是何職分並是何身價且忘記自己這遭跟着欽差出洋還是替國家增光來的還是替國家丟臉來的此時都不在念一心一意只想偷他一票以為我此時身在外洋就是破了案也沒有人認得是我的主意打定便躡手躡脚掩入房中把個皮包提了就走一提提到自家那間艙內急忙將門掩上想把皮包打開來看誰知又着是鎖的後來好容易拿小刀子把皮包劃破了把裏面的東西一齊抖出誰知這皮包內只有一卷字紙幾本破書兩個金四開此外一無所有（為區區之數甘於敗節良名甚不值得）他看了雖然失望因想兩個金四開也值得好幾文錢總算意外之財這遭賣買未曾白做便也甚是開心後來那個失落皮包的客人當時雖然也着實尋找後來找不着又因所失甚微隨亦沒有追究所以未曾破案（總算是便宜他的）船上因為他是中國欽差的隨員每逢吃飯都叫他跟着欽差一塊兒吃大菜用的傢伙什麽刀叉等類有些都是金子打的黄澄澄的着實可愛而且也狠值錢他看了這個又捨不得了每逢吃飯總要偷人家一兩件小傢伙而且非但他一個連他的同事

一位候選知府也同他一個脾氣（一班鼠竊狗偷之輩派做隨員豈不貽笑外人）當時船上因為差的東西多了查來查去方纔查出是中國欽差隨員老爺們幹的事那船上的洋人便氣極了不准他們再到大餐間裏去吃飯（自取其辱）欽差也曉得了面子上狠難為情私底下叫了他二人過來着實申飭他二人一頓（不於人前揭他的隱微還算留他面子）梅颺仁的父親還不服說道咱們中國的錢被他們外洋弄去的也不少了趁此拿他點東西也樂得的（外國人爭奪中國人權利並非偷偷摸摸的）欽差聽了格外生氣到了倫敦就想咨送他回國的因為接到電報曉得他的兒子中舉因此纔擱了下來後來還鬧出許多笑話下文再表目下單說這梅颺仁中舉之後接到他父親從英國寄回來的家信自然有一番歡喜說話接着又勉勵他無非叫他潛心舉業預備明年會試末後說到自已還要自已信口胡吹說他自到外洋辦理交涉同洋人如何接洽洋人如何相信他欽差如何倚重他好在沒有對證騙騙自已的兒子罷了（以欺瞞君父之慣技翻作哄騙兒子之妙法）信上還說我的底子不過通判將來保舉雖然可靠然而一保同知再保知府三保道員其中甚費周章而且躭誤時日意思想叫兒子把家裏的幾畝薄田還有幾處市房一齊盤給人家拿出錢來等兒子明年上京會試的時候替他上兑捐一個分省補用知府如此一保便成道員似乎來的快些（自捐例開而市井小人皆得挾資財以濫邀名器所以流品之卑不可問聞）梅颺仁得信之後遵照辦理等到事情辦妥已經過了新年急急起身跟了大幫舉子上京會試頭二場幸喜沒有出岔子到了第三場他每策止限定三百字不知怎麽一個不留心多拽了一張鬧了一個拽白（到處出岔子此種人吃虧不少）他急了便胡湊亂湊把這條策

多湊了一頁。雖然沒有被貼。然而每篇都是三百字。這篇鬧了個大肚皮。文理又不甚貫串。自然就吃了這大肚皮虧了。等到出榜。名落孫山。心上好不懊惱。一面急忙忙。想替老人家把官捐好。便即出京。齊巧這年山西鬧荒。開辦急賑。忽有人同他說起。目下只要若干銀子。捐個一大八成知縣。馬上就得了缺。官以財得豈能責以吏治民生他聽說。不覺心上一動。說老人家的保舉總在三年之後。等到開保的前頭。再給他報捐。也不為遲。何如我此刻先拿這錢。自已捐個大八成知縣。倘或選得一個好缺。這兩年之內。先賺上幾萬銀子。也未可知。做官為發財地步誰復以國事為念主意打定。便把老子的事情擱起。先辦自已的事。果然天從人願。不到半年。便選到江南做實缺知縣去了。總算他官運亨通。一選就選到江南六合縣知縣。到省的時候。還是前任制台手裏。前任制台。是個老古板。見面之後。問了幾句話。梅颺仁都是老老實實回答的。前任制台喜歡他說他是書生本色。如此並不留難。馬上就叫藩台掛牌。飭赴新任。到任之後。公事一切尚稱順手。過了半年。無甚差錯。制台既是古板。有些性情。同洋人交涉的事件。自不免就要據理直爭。不肯隨便了事。當今之世為大員者能於交涉上爭得一分主權即為地方留一分公益因此洋人在他手中。不甚得意。上憲既如此。做下屬的。也想以氣節自見。都要批駁洋人一兩件事情。以為表見之地。這梅颺仁的為人。雖然沒有什麽大閱歷。然而上司的意旨。卻也不敢不留心。既留了心。還有什麽不照着辦的。為屬員者皆能仰體上司保種之心外人亦不敢小覷我了六合縣在內地。同洋人本來沒有什麽交涉。一天有個教民。欠了人家的錢不還。被他抓住了理。打了這教民一頓。這教民本來是個不安分的。所以教士並不來保護他梅颸仁因此揚揚自得便上了一個禀帖以顯他的能耐（偶爾得計便要鋪張揚厲不至於吃釘子不止）齊巧前任制台奉旨來京未曾來得及批他這個禀帖已經交卸後任就是現在這位媢外的新制台了在接管卷內看見這個禀帖心上老大不高興便說朝廷敦崇睦誼視教民如赤子不惮三令五申叫地方官極力保護該令豈無聞知乃膽敢虐待教民又復砌詞瀆禀以為見好地步實屬糊塗謬妄除嚴行申飭外並記大過三次以為妄啓外釁者戒不倫不類罵了下來（遇如此上司而與外國人於交道惟有禁壓我民不得罪外人罷了）梅颸仁接着一看賽如一盆冷水從頭頂上直澆下來心想前任制憲是如此後任制憲又是如此真正叫我們做屬員的為難死了但為今之計當王者貴少不得跟着改變從前的宗旨或者還可立腳（事雖經夾心到並不固執）凡是初次出來做官的人沒有經過風浪見了上司下來的札子上面寫着什麽違干未便定予嚴參等字樣一定要嚇的慌做一團意思之間賽上如司已經要拿他參處的一般後來請教到老夫子老夫子譬解給他聽說這是照例的話句照例的公事總是如此窩的頭一次他聽了還當是老夫子寬慰他的話等到二次三次弄慣了也就膽子放大不以為奇了（所謂習慣成自然）又凡是做官的人如在運氣頭上一帆風順的時候就是出點小岔子說無事也就無事倘或正在高興頭上有人打他一下悶棍無論大小事件他吃了這個癟子心思登時不靈手足也就登時無措了（上司有意作對豈能免禍）目下單表這梅颸仁到任已經半年各種什面都算見過再加制憲垂青公事順手雖然他的為人平時有點顢頇因在運氣頭上倒也並不覺得只可惜忽然換了上司變了局面結結實實

一個釘子。碰了下來。正是上文所說的。在高興頭上。被人打了一下悶棍。登時弄得兩眼漆黑。走頭無路。活畫一不經風浪的人一回又想做好官。索性同上司去。碰上一碰。就是革職也博個强項聲名。一回又想自己巴結到這個官。也狠不容易。而且缺分又好。倘或同上頭鬧翻了。莫說參官就是撤任。在省裏閒空起來。這是何犯着呢。況且這捐官的錢。原是患得患失之心重豈能急流勇退預備替老人家過班的。如今還沒有補上。這個空子。已經把功名丟掉。怎麽對得住老人家呢。有此幾個講究。少不得就要委曲下來。改換自己的宗旨。依阿洗澳之風中國官場最盛照此看來。人家雖稱他為纏夾先生。其實他並不纏夾。但從是他自受了這個癟子。少不得氣燄。登時矮了半截。不但精神委頓。舉止張皇。就是說話。也漸漸的語無倫次了。一經吹求便爾喪魂失魄六合離省城最近。制台一舉一動。都有耳報神前來報給他的。他見制台是如此舉動。越發懊悔他自己的從前所為。只因矯枉過正。就不免鬧出笑話來了。南京城裡。回子頂多。因此這六合的地方。也就不少。有天一個回子。被一個人扭到衙門裏喊寃。喊寃的人叫盧大。回子叫馬二。盧大控告馬二。這說被馬二一拳頭打掉他一個門牙。淌了若干的血。同馬二評理。馬二不服。掄起拳頭。接連又是三拳。現在腰裡膀子上。都受了重傷。所以扭來求大老爺伸寃。恃强毆人曲直本不難明其時正值梅大老爺早堂未散。一聽是鬬毆小事。便吩咐把兩造。帶到案前跪下。梅大老爺先把名字問個明白。然後又追問為什麽彼此打架。盧大尚未開口。馬二先搶着說。在法堂上尚且要搶嘴其蠻橫可知纔說得一句。回大老爺的話。梅大老爺曉得他是被告。行凶打人的人。心上先有三分不願意。他便把眼睛一楞。拿驚堂木一拍。罵了聲忘八蛋。老爺還沒有問到你。用你插嘴。兩邊差役。一見老爺動氣。便一齊吆喝。不准多嘴。（隨你如何强橫至此無不懾伏）老爺至此。方纔細問盧大端的。盧大道。小的在南街上。王公館裏管廚。王公館的主人。喜歡吃燒鴨子。這馬二店裡。油雞燒鴨子。鹹水鴨子。都有。小的天天上街賣菜。總到他店裡。賣半隻燒鴨子。這天賣了菜回來。又到他店裏。小的就拿菜籃子。往他櫃檯上一擺。他就同小的翻起來了。小的同他講理。說我同你也算老主顧了。就是借你的櫃檯擺擺籃子。也不打緊。用不着這個樣子。梅大老爺說。是啊。他怎麼樣呢。盧大道。他把眼睛一豎。說道。別的事情。咱同你講。朋友這個可來不得。（區區小事也值得翻臉其中必有蹊蹺）梅大老爺道。你怎麼說呢。盧大道。我說我的籃子。擺末已經擺了。收不回去的了。你待怎麼。我的青天大老爺。這馬二聽到這裏。也不同小的再說什麼。便伸過來一拳頭。小的一個不防備。早把小的的門牙。打下來了。現在還在這裡淌血哩。小的趕着問他為什麼打人。他舉手又是三拳。這可把小的打壞了。（不問來由亂打人無此情理）梅大老爺一聽這話。便把驚堂木一拍。臉上露着一團怒氣。指着馬二罵道。好個混賬忘八蛋。他借你櫃檯擺擺籃子。什麼人不了的事。你膽敢行凶打人。這還了得。說着就伸手到籤筒裏去抓籤。想打馬二的板子。（聽了一面之辭即要打人本來忒暴躁）那馬二急了。便在地下碰頭說道。我的老爺。你聽明白了。再動氣。小的是在教啊。梅颺仁上次。原是因為打了教民。碰了制台釘子。這番一聽在教二字。不覺心上畢拍一跳。連忙從籤筒裏。先把那隻手。收了回來。心上獨自想道。好臉啊。幾乎鬧出點事情來。（宛如驚弓之鳥不禁恐嚇）一面拿袖子擦頭上的汗。一面又吩咐馬二快。說說話時。那梅大老爺的臉色。已經平和了許多。就是問話的聲音也不像先前之疾言厲色了。也算翻變得快當下只聽得馬二回道。大老爺明鑒。小的從老祖宗下來。一直在教。梅賜仁道。原來你是世代在教。你們教裡的規矩。我曉得的。快起來。快起來。不要你跪着說話。誤會得可笑於是馬二站立在公案西邊。原來盧大倒反跪在下面。只聽馬二又回小的的櫃檯。借給他擺擺籃子。原不打緊。大老爺可曉得他籃子裡。是些什麽。梅賜仁道。是些什麽。馬二道。請大老爺問盧大。盧大接口道。籃子裏有什麽。有他媽媽的肉。梅賜仁把驚堂木一拍道。公堂之上。由你信口罵人。看來就不是個安分東西。給我打嘴。左右一聲吆喝。登時幾個人上來。猶如鷹拏燕雀一般。揪住盧大。打了十個嘴巴。私下已經受打當官又要受打總算晦氣老爺又問馬二。馬二道。小的是清真教門。猪肉這件東西。原是忌的。盧大籃子裡。又是猪頭。又是猪蹄子。不乾不淨。就往小的櫃檯上一擺。小的先同他好說。叫他不要擺。不料他倒惱了。開口就罵小的。說什麽猪爹爹。驢祖宗。可把小的氣極了。順手推了他一把。是有的。小的並沒有敢拿拳頭打他。這都是他渾告。求大老爺的明鑒。煞口供而論時教行止是有的了原來梅賜仁一時糊塗。只認做中國人吃了教。便稱在教。並不曾想到回子。也稱在教。雖是馬二供了出來。他還是執迷不悟。連說你們教裏規矩。自然是吃了教。就得念念了經。經。就得吃素。什麽葷腥。原不准進門的。這件事是盧大不是。依我老爺的意思。盧大就先該打。遇著此種糊塗官還是不去喊冤免得捱打盧大一聽老爺要打他。連忙分辯道。他的教。並不是人家吃的。那個教。用不着吃素。他自已還宰鷄鴨哩。梅賜仁道。無論他那一教。都是一樣。本縣皆有保護之意。斷不容你們這些刁民。欺負他的。說着又喝令拖下去打。（心思一偏自然要作威作福起來）盧大急了拚命的磕頭。說求老爺的恩典。梅颺仁道。你這東西可惡。不能如此便宜你。你還是願打呢。還是願罰。盧大又磕頭道。大老爺的恩典。小的一個當廚子的。那裏有許多罰呢。梅颺仁道。不罰不成功。現在姑念你初次。我老爺格外加恩典給你。你拿出三十塊錢。給馬二重修櫃檯。就此完案。如果不罰。打八十大板。枷在馬二店門口三個月。你自己想。還是走那一條路好。（旣欲坦護教民何姑欺壓平民）盧大又磕頭道。三十塊實在罰不起。後首求來求去。減到十二塊洋錢。當天還沒有梅颺仁便吩咐拿他交保。出外措資。限三天交案。隨囑咐馬二。到第三天當堂來領。馬二打了人。倒反打了贏官司。好不興頭。可憐盧大捱了馬二一頓打。老爺非但不給他伸寃。還要罰他出錢。真正悔氣。閒話休表。且說轉眼之間。三天限期已到。盧大怕打。早已連借帶當。湊了十二塊洋錢。送到衙門裡來。（目今强梁世界有何理可講惟有自認悔氣罷了）此時老爺正坐在堂上理事。盧大把洋錢交了上去。老爺吩咐他一旁靜候。等到馬二到案具領。准予銷案。盧大無可如何。只得息心屛氣等在外面。誰知一等。等在散堂。那馬二還沒有來。老爺沒有工夫等他。早已退堂。盧大却不敢就走。後來好容易等到上了燈。馬二纔來。老爺叫原差出來。問他為什麼到此時纔來。他說他的老師父死了。前去帮忙。所以到這會纔來的。（私事比官事還要緊足見教中勢力）原差據情稟復。老爺便問可是他教裡的老師父。原差道。正是。梅颺仁心上盤算道。上回我打了那個吃教的。他們教幫中一定是恨我了。如今我不何借着這件事情。同他們聯絡聯絡。不但可以解釋前嫌。（借聯絡為釋嫌地方真正）

（異想天開）而且叫上頭制台瞧着。心上也歡喜。況且近來不多幾時。那一省死掉一個教士。制台還派了自己的二少爺。前去弔孝。我的官比不上他。總得自去走一盪。叫人家看着。也鄭重些。想定主意。仍叫原差出來。問馬二。問他們的老師父。在那裡死的。馬二照說一遍。梅颼仁又叫原差出來留住馬二。說老爺要去上祭。叫你領路。一塊兒同去。（為打官司倒弄出一付弔禮來以後教中更仗教行凶）馬二自然遵命。梅颼仁便吩咐大廚房裏。立刻備一桌祭席。叫人挑着。自己亦就頂冠束帶。出來。上轎。馬二在前領路。一領領到清真寺門口。歇下轎子。老爺出轎。其時已是深夜。亦看不出上面寫的。是幾個什麼字。（將錯就錯只要是了教不問教之如何）梅颼仁還疑心他們。是的禮拜堂。連忙踱到裏面。忙着叫跟來的人。擺設祭筵。那馬二却早已去找老師父的家小。以及他們那般在教的。霎時男男女女。亦就聚了七八十個人。有些都是聽說大老爺來上祭。趕着來瞧熱鬧的。（生前有何交情一時摸不着頭腦）但是聚了一屋子的人。梅大老爺舉目四看。並不見一個外國人。心想教士的家小。總應該是洋婆。怎麼如今來的。全是些中國人呢。（真正是大纏夾）正在心上疑疑惑惑。不提防那桌祭筵纔擺得一半。已被那些回子。打了一個空。登時人聲鼎沸起來。還有人提起一個猪頭。摔到梅大老爺這邊來。一齊嚷着說。不要放掉了。那狗官。他不是來上祭。竟是拿我們開心來的。（十錯萬錯來入不錯斷無動粗之理）原來此番梅颼仁來的孟浪。只聽了在教二字。便拿定他是外洋傳教的教士。並不曉得是回子。倒反備了猪頭三牲來上祭。豈知越發觸動眾回子之怒。鬧了個沸反盈天。（自古入門問俗如何平空地又觸怒眾人）梅颼仁幸虧馬二保護着。從人叢裏逃出來。（你要祖教壓民如今也叫你償償味道）走了幾步跟班的差役們。方纔慢慢的跟了上來。梅颺仁轎子。是已被衆回子拆散的了。只得步行回衙。一頭問馬二。你們這裏傳教的。總不止你老師父一位。別的外國人。以及你老師父的家小。都到那裏去了。馬二到此。方對他講。我們雖然在教。並沒有什麼外國人。大老爺不要弄錯了。梅颺仁又問左右跟班的。纔回稱這裏。是回子的清真寺。並不是什麼外國人的禮拜堂。梅颺仁怪他為什麼不早說。跟班的回道。小的至今。沒有明白。老爺到那裏去。只知道老爺叫馬二領路。所以一齊就跟到這裏來的。既不謀於衆人如何怪起別人來梅颺仁又問馬二。你們老師父。可是那個在住堂裏的神父。說明回教還要問神父真是痰迷心竅馬二道。我們只叫老師父。不曉得什麼神父不神父。梅颺仁至此。方纔明白過來。自己沒有問清。拿着回子當做了外國傳教的了。但是臉上又落不下去。回衙之後。立刻坐堂。把剛纔傳話的原差。叫上來罵了一頓。又打了二百屁股。總算替大老爺光了光臉。纔把這事過去。自己做錯反打別人打得無理之極自此以後。梅颺仁有十幾天。沒有出門。生怕路上碰見了回子。再來打他。其實衆回子。當時雖然鬧了涸沸反盈天。當中究竟也有幾個懂事的說他無論如何不好。總是地方官。倘一翻臉。你們總敵他不過。因次到了第二天。大衆亦就偃旗息鼓。沒有鬧到衙門裏去。梅颺仁聽聽外面。沒有什麼動靜。方纔一塊石頭落地。做了一縣之主怕幾个教民還要出來做什麼官又過了些時。上頭有來文書。下叫地方官提倡商務。六合是個小地方。又是內地。沒有什麼大生意的。梅颺仁卻因上回責打了教民。碰了制台釘子。一直總想做兩件仰承憲意的事。以為取悅之地。無奈越想討好。越不討好。以致誤認教民。又被回子。蹧蹋了一頓。心上好不煩惱（以迎合為得計者不過自尋煩惱耳）如今得了這個題目便想借題做一篇新鮮文章上頭的公事是叫地方官時時接見商人與商人開誠布公聯絡一氣地方有事商為輔助商民有事官為保護總令商情得以上通永免隔閡之弊札子上的話是如此立意原非不善梅颺仁因想借此做番事業便把札文反覆細看看了十來遍忽然豁然貫通竟悟出一個道理來（不是纏夾倒是神悟）當時拿了札子一直奔到老夫子書房裡對老夫子說道據兄弟看來上頭的意思還是重在地方有事商為輔助的一句話上輔助什麼不過要他們捐錢而已（斷章取義想入非非）本來現在地方上狠有些上頭交辦的公事什麼學堂等等一齊都要地方官籌欵如果辦不起來還有處分兄弟正在這裡發愁如今可巧有這個札子我們以後的事倒有了些把握了（平空地悟出一篇大道理來恐怕別人再想不到）老夫子接過札子大約看過一遍歪着頭想了一回不禁一跳就起道颺翁你真可謂讀書得間了你說的一點不錯上頭正是這個意思但是話雖如此說我們辦事須有個次序上頭既叫我們保護商人我們如今先不說捐錢的話先借一個地方或是公所或是總會以為接待商人之所等他們一齊來了彼此也聯絡了然後再向他們開口人有見面之情你開出口去他們總得答應你的（借商務為勸捐地步真是別開生面）老夫子說一句梅颺仁應一句等到老夫子說完了他說一連又了兩句着着我兄弟就照你老夫的話去辦前天兄弟看見制台轅門抄上寫看省城裡已經設了一個保商局派了黄觀察做總辦大約亦就是辦理此事我們姑且託他到省裡打聽打聽章程是個什麼樣子我們也照辦一個可好不好（揣摩上司旨意是第一要着）老夫子

道。好好好。就是如此。幸喜這梅颺仁是個躁性子。有了一件事。從不肯留過夜的。當天就在本城城隍廟裡。借了三間房子。做了一個接待商人之所。門口掛起一面招牌。上寫奉憲設立保商局。另外兩扇虎頭牌。是商局重地。閑人免進。八個大字。一面又仿照札子上的意思。請老夫子擬了告示。曉諭一切坐賈行商。叫他們都到這裡來聚會。又稟明上頭。委了本縣典史。王朝恩王太爺。做了駐局的委員。(應有盡有還算成個局面)縣大老爺公事忙。不能常常過來問信。商人有什麼事。都找王太爺說話。這是後話不題。且說當時忙了幾天。就檢定日子開局。恐怕開局的那天商人來的。不甚踴躍。一面由梅颺仁先發帖子請客。凡是城箱內外。大大小小的紳衿。一概請到。又叫典史王太爺坐着轎子。到各鋪戶一家家去。拜勸他們到這天來入會。(商情渙散鼓勵甚難)誰知到了這天。做買賣的仍然不多。大家不曉得大老爺安的甚麼心。所以有些人不敢來。(中國官員向以商人為魚肉並無提倡之意安得不視為畏途)只有一向同地方官有來往的幾家紳衿。還有兩個同帳房裡有首尾的一家錢莊。一家南貨店的老板。來了。合湊起來。不到兩桌人。梅颺仁甚為掃興。客人到齊。勉強入座。一席是梅颺仁自作主人。一桌是典史王太爺代作主人。坐定之後。大家喝了幾杯酒。坐首座的一位紳士。是北門外頭大夫第知府銜候選同知蔣大化。先開口道。老公祖你這件事。辦的甚好啊。你是怎麼想出來的。治弟真拜服你。(想來已窺破隱情)原來梅颺仁頭天晚上。先在老夫子跟前。叨了許多教。這回聽了蔣大化的話。便搖頭鼓舌的說道。這件事呢。雖不是兄弟一個人主意。然而兄弟亦早存了這個心。所以發個狠。特地趁在兄弟任上。把這件事辦成了。一來上頭有了交代。二來兄弟以後叨教之處甚多。到了這個地方。諸位既不須拘什麼形迹。就是兄弟有什麼為難之事。也可以當面商量。否則你們諸公請想這們一個六合縣。周圍百把里路的地方。又要辦這個。又要興那個。巧媳婦做不出沒米的飯。呌兄弟怎麼來得及呢。言下已有驅商人之意如何商人還肯來自投羅網 梅颺仁這番說話。總不脫他將來借此籌款的宗旨。此時在席第五座。是改試策論新科發達的一位孝廉公。身上也捐了個內閣中書。姓馮。號蘩齋。據他自說。舊學不見得怎樣。新學他卻極有工夫的。所以改試策論。馬上就中。只可惜會試的卷子上。有目的兩個字。在他自己以為用的是新名詞。房官看了還好。卻不料到了大總裁吏部尚書塔公手裡。看到這裡。拿起筆墨。暨了一個小小杠子。另外粘了一張紙條。注了十個字道。以的字入卷內。未免太俗。盲眼主司屈煞士子不少因此就沒有中得進士。等到報之後。馮蘩齋領出落卷來一看。見是如此。氣的了不得。大罵主司一場。急急收入回家。齋巧上頭派了委員。下來勸捐。他就湊了把千銀子。捐了個內閣中書。借此可以出入公門。干預干預地方上的公事。一片自私自利之念安能為地方上留心公利公益這日請客有他在座。他聽了梅颺仁一番說話。心上老大不以為然。便想借此吐吐自己胸中的學問。於是不等別人開口。他先搶着說道。老公祖批言誤矣。治弟狠讀過幾本繙譯的外國書。故而畧曉得些外國政治。照着今日此舉。極應該倣照外國下議院的章程。無論大小事務。或是或否。總得議決於合邑商民。其權在下。而不在上。如謂有了這個地方。專為老公祖聚斂張本。無論為公為私。總不脫專制政體。治弟不取也。說着又連連搖頭不止。纔學皮毛即目空一切究竟立憲政體如何恐亦舌蹻不下梅颺仁却也奈何他不得。彼此楞了一回。第二座一位進士底子的主事。公姓勞。名祖意的。開言說道。治弟有個外孫。新近從東洋遊學回來。他的議論。竟與爕齋相像。我們這一輩子的人。都是老朽無能了。英雄出少年。倒是爕翁同我們這外孫。將來狠可以做一番事業。馮中書見他倚老賣老。竟把自已當作後輩看待。心上狠不高興。凌轢前輩欺負老成是新學通病想了一想說道。到了這個時候。也没有什麼事業可以做得。除掉腹地裏幾省。外國人鞭長莫及。其餘的雖然没有擺在面子上瓜分。暗地裏都各有了主見了。否則我們江南。總還有幾十年的等頭。如今來了這們一位制軍。只怕該五十年的。不到五年。就要被他雙手斷送。不戰而滅人之國自是泰西外交家辣手但我能處處保全主權為念彼亦無隙可乘耳惜乎賣國求榮者之多也勞主政道。那亦不見得。送得如此容易。就是真個送掉。無論這江南地方。屬那一國。那一國的人。做了皇帝。他百姓總要有的。咱們只要安分守已做咱們的百姓。還怕他們不要咱們嗎。你又愁聽什麼呢。外國人罵中國人是奴隸性質甚然梅颺仁道。勞老先生的話。實在是通。論兄弟佩服得狠。莫說你們做百姓的。用不着愁。就是我們做官的。也無須慮得。將來外國人。果然得了我們的地方。他百姓固然要。難道。官就不要麼。没有官。誰幫他治百姓呢。所以兄弟也決計不愁。這個他們要瓜分。就讓他們瓜分。與兄弟毫不相干。到了此時恐怕要做長樂老也不可得矣勞老生以為如何。勞主政道。是極是極。兩個是極。直把個梅颺仁讚得十分得意。馮中書却早氣得面孔都發了青。欲知後事如何。且聽下回分解。

呈履歷恭
我甘屈節

遞衙條州判苦求情
卷五十五

五編卷五十五

呈履歷參戎甘屈節　遞銜條州判苦求情

却說馮中書當下。聽了梅老公祖。及勞老先生一番問答。心上想道。這箇人竟其絕無一毫國家思想。只要保住他自己的功名產業就是。江南全省地方。統通送與外國人簡捷。與他絕不相干。但是百姓好做順民。你這個官將來却無用處。（魯連拒秦齊橫入海皆知國勢一移必無立足之境）誰不曉得中國的天下。都是被這班做官的一塊一塊送掉的。（祖宗垂訓不可以尺寸地與人豈知傳至今日日被一班貪官污吏暗將不缺金甌送與人了）他如今還說出這種話來。豈不可笑。（世修降表正由耻心斯喪所致）一個人肚皮裏。正尋思着。忽又聽得梅颺仁。說道勞老先生江南地方。被外國人拿去。倒是一樣不好。勞主事忙問何事。梅颺仁道。不是別的。只有我們這一位制憲。實實在在。不好伺候。他一到任。我就碰他一個釘子。這幾個月。凡弟總算跟定了他走的了。聽說他還是不高興。我你想我們做下屬的難不難。（作威作福使屬員無所措手足）（壓力之流毒如此）勞主事尚未開口。馮中書搶着說道。這個老公祖。倒可以無須慮得的。如今他是上司。你是屬員。等到地方屬了外國人。外國人只講平等。沒有甚麼大人卑職。你的官就同他一般大。上頭祇有一個外國皇帝。你管不到他。他也管不到你。你還慮他做什麼呢。（肯與外國人作奴隸倒可）（免替上司官作犬馬）梅颺仁聽了。似信未信。未曾開言。又是勞主事搶說道。我原說彝齋兄的宗旨。同我們外孫一樣。這平等的話。我這外孫子也是常常說的。馮中書聽了。格外生氣。（一個是艷羨青年一個是不服）

前輩究竟因他上了幾歲年紀。又是一鄉之望。奈何他不得。只得忍氣吞聲。草草把酒席吃完。各自分散。自此以後。這梅颺仁竟借此聯絡商人。捐了無數的款項。把地方上什麼學堂等等。一切可以得維新名譽的事情。卻也辦了幾件。肯與地方上辦幾件新政雖非盡在於公總算是仰體憲意他又自己愛上稟帖。長篇大套的。常常寫到制台那裏去。等到時候久了。上頭也就回心轉意。說某人還能辦事。雖緣年少喜事究與暮氣太深者有別列公有所不知。凡是做官的。能彀博得上司稱讚。這們一句。就是升官的喜信。果然不到三個月。藩台掛牌。把他升署海州直隸州。梅颺仁得信之下。好不興頭。立刻親自進省謝委。省裏回來。那個委署六合縣的也就到了。梅颺仁忙着交卸。帶了家眷幕友家丁。逕到海州上任。海州這個地方。緊靠海邊。名為要缺。其實從前並沒有什麼事情。直至近兩年來。有些國度。總想霸佔我們中國的地方。為今之計惟有自開商場以為抵制地步不時派了兵船。前來中國江海一帶口岸。往來巡弋。每到一處。又不就走。有時候還要派人上岸。上來的人。多多少少。也不能定。不說是測量形勢。就說是操練兵丁。未曾照會地方擅行登岸作種種捐害主權之事即可照遞徇辦理封疆大吏。尚且拿他無可如何。至於地方官。更不消說得了。主權日替有由來矣閒話少敘。且說梅颺仁到任之後。剛剛纔有一月光景。他所管的海面上。忽然來三隻外國兵船。一排兒停住了不走。第二天。大船上派了十幾名外國兵。一齊坐了小划子下來。後頭還跟了通事。走到岸上。向鋪戶買了許多的食物。什麼雞鴨米麥之類。買好了。把帳算清。付了錢。仍舊坐了小划子。回上大船。並沒有絲毫騷擾。和平之世外國兵官約束兵丁尚嚴斷無騷擾之事有些鋪戶。見是外國人來買東西。故意把價錢多說些。因而倒反沾光不少。還望他第二天再來買這個檔口。便有人飛跑送信到州裏。說是海裏來了三條外國兵船。不知是做什麼來的。州官梅颼仁聞報不覺大吃一驚。不諳外交自然要張皇失措了馬上請了師爺來商量對付的法子。又說這來的兵船。倘或他們要同我們開仗。我們這裡毫無預備。卻怎麼是好呢。並無開罪之處外國人亦斷無平空啟釁之理一面着急。一面又叫人去知會營裏。倘或鬧點事情出來。只好請他們先去抵擋抵擋。一種不倫不類之言說來甚覺可笑梅颼仁只顧忙亂頭上的汗珠子早已有黃豆大小滾了下來。師爺見了他這副發急樣子。又好氣。又好笑。連忙勸他道。現在頂要緊的。是先派個人到船。問他到此是個什麼意思。倘若是路過這裏沒有什麼舉動。彼以禮來我以禮往。也不必得罪他們。但是也得早早請他離開此地。以免地方上百姓見了疑懼。還是師爺有主意否則豈不冒昧致禍乎倘或是另有別的意思。他們船上的大砲。何等利害。斷非我們營裏這幾個老弱殘兵可以抵擋得住的。必須快快打電報稟明上頭制台。請示辦理。惟有備則無患遠水亦救不得近火梅颼仁正在束手無策的時候。聽了師爺的說話。甚是中聽。立刻照辦。但是一時又不曉得是個怎麼辦法。誰有這個膽子。敢到他們船上去呢。胆小如鼷豈能担當重任師爺道。兩國交兵。不斬來使。我們派個人去。是決計不要緊的。梅颼仁便問派什麼人去。師爺想了。想說東家是一縣之主。去了不便。而且這些船上都是外國人。本衙門裏沒有繙譯。現在只好借重州判老爺。同了學堂裏英文教習去走一盪。今日辦一事明日辦一事至有事勢尚可幫助一會問他個來意。便好打電報到南京去。梅颼仁道。是極是極。馬上叫人把州判老爺請了過來。把這話告訴了他。請他辛苦一盪。州判老爺生恐外國人拿他宰了。一味推三阻四。畏首畏尾與州官一樣先說晚生不懂得外國話。梅賜仁道。有繙譯。州判還想說別的湊巧請的那位英文學堂教習也來了。問知來意。幸喜他讀過幾年外國書。人還開通。又聽得這事不會白做的。將來州官。總得另外盡情。馬上答應說應得效勞。又幫着勸了州判老爺一番。方允一全前去。强鄰直逼處此非盡撤去大小官員改派一班維新志士斷難於外人與交道州判老爺跟了教習走出來上轎。一頭走。一頭說道。外國人是個什麽樣子。我兄弟還是小時候在洋片子上。瞧見過兩次。到底同我們中國人。一樣不一樣。見了他要行個什麽禮。我們一上船。該用個什麽手本。還是怎麽說。磕頭老爺惟於此種禮節上講究此外一無所知教習道。外國人不過長的樣子。是個高鼻子。摳眼睛。說的話。彼此口音不同。此外原同中國人一樣的。不說明幾疑為三頭六臂老父台見了他。只要拉拉手也不消作揖。也不消磕頭。只要拉拉手就好了。但是拉手。切記用右手同他拉。千萬不可拉左手。是要得罪他的。州判老爺道。得罪了他。便怎麽樣。可是他就同咱打仗。問得語無倫次誰耐煩與此種人講話教習道。那亦未見得。不過像煞不敬重似的。你想你不敬重他。他心上會願意嗎。州判老爺道。我往常聽見人說。外國兵船上。無論那裏都裝的是礮。只要拿手指頭往桌子上一揿。就轟的一聲。立刻把人打死。那年李中堂放欽差出去。也不知到了那個國度人家。礮船上請他吃飯。他一點沒有預備。跑到人家船上。問那兵官說着話。一言不合。那個帶兵官。拿起茶椀往桌子上一摔。登時一個紹興墵一樣大的礮子。彈了出來。幸喜我們老中堂坐的地方偏了。一點沒有打中身上。你說險不險呢。齊東野人之語也上讕談這事一則是老中堂的福氣大。二來也虧他老人家。從前打長毛。打捻子。見

多識廣。大礮的聲音耳朵是聽慣的了。見了這個樣子。只微微的一笑。並沒有說什麼。為使之道須是
泰山奔於前而不變麋鹿興於後而不懼方可折衝樽俎倘被一礮之威而舉止失措鮮不隕越貽羞矣那船上的兵官。見一礮打他不中。心上反
覺過意不去。翻過來好好的送他上岸。第二天就辦了許多金珠寶貝。到老中堂跟前求和。老
中堂允了他的和。准了他五口通商。所以如今纔有了這些外國人。我說的可是不是。牽東扯西與三
家村老學堂究講故典一般捧腹我如今不怕別的。單怕他開礮。我是自小被礮仗嚇壞了。往常聽兒放鞭放
礮。總是護着耳朵的。教習聽他引經據典。說得津津有味。心上着實可笑。也不同他計較。便道
中堂大官。所以船上開砲迎接他。我們去是不開砲的。你去見他也用不着什麼手本。拿張片
子到了船上。我替你傳話就是了。一泡瞎話倒叨了許多教總算拋磚引玉說着一同出來。上了轎。坐了轎子。一直
擡到海邊上。小划子早已預備好了。州判老爺雖說有教習的。他壯着膽子。走到海灘下了轎。
依然戰戰兢兢的。賽如將要送他上法場的一樣。扶上划子。船小人多。不免東搖西蕩。又把他
嚇得啊唷皇天的。叫伏在一個人的身上。動也不敢動。齊桓公尚懼蔡姬蕩舟這也怪不得他了好容易撐近大船。
扶他上梯子。他擡頭一看。船頭上站着好幾個雄糾糾深目高鼻的外國兵。更把他嚇得索索
的抖。兩隻腿上。想要一點力氣都沒有了。忙找了三四個人。拿他架着送到船上。他此時魂靈
出竅。臉色改變。早已呆在那裏。撥一撥。動一動。連着片子也沒有投。手亦忘記拉了。魯子敬單刀赴會不
過戲劇上形容過甚罷了未必有如此慌張幸虧那個教習。擋在頭裏。一到船上。同人家拉過手。就打着英國話問
人家那裏來的。到此是個什麼意思。船上人回答出來。纔曉得並不是英國來的兵船。幸虧英

國話是普通的。大家都還懂得兩句。船上的帶兵的還是個提督職分。聽說中國官。派人來問他蹤跡。他也打着英國話。說我們路過這裏。想上去打獵玩耍兩天。就要開船的走。并沒有什麼意思。你們不必驚慌。外國人雖非我族類然亦斷無違背公法之理倘一經誤會偶然開釁必致釀成交涉重案 教習把話問明白。亦就同人家拉了拉手。攙了州判老爺下船。州判老爺自從上船。一直也沒有同人說一句話。此時回到小划子上。定了一定神。方算是魂靈歸竅。拿手把頭上的汗抹了一把。說道出娘肚皮。今兒是頭一遭。可把我嚇死了。這官簡直不是人做的。膽大天下去得膽小寸步難行教習也不理他。只瞧着他覺着好笑。他見人家不理他。又搭訕着說道。聽聽說得外國人。如何如何。其實也有說有笑。狠好說話的。中國人胆小皆因從小被父兄將小說上一種牛鬼蛇神之話嚇怕的 教習道。既然如此。老父台為什麼不同他攀談攀談呢。州判老爺把臉一紅道。他同我言語不通。叫我說什麼呢。教習道。不要緊。有我替你傳話。州判老爺道。同你到這裏。已經勞你的神了。還好再打攪你麼。我兄弟心上愈覺不安了。纔得逃生便要遮臉說着划子靠定了岸。他倆仍舊坐轎進城銷差。見了州官。州判老爺胆子也壯了。張牙舞爪。有句沒句。跟着教習說了一大泡。要你開口時偏不敢開口不要你開口時偏要搶嘴等到把話說完。梅颺仁方纔明白。此番兵船的來意。於是一塊石頭落地。又想道。外國人來到這裏。雖然沒有什麼事。也樂得電稟制台知道。顯得我們同外國人也還聯絡。所以纔會偃旗息鼓。平安無事。蒙上冒功倒是中國官慣技主意打定。請教師爺。師爺亦幫着他說狠好。連忙找出電報編新寫好碼子。叫人去打州判老爺又求着把他親自到船上。見洋人周旋的話敘上。梅颺仁應允。官報上說得天花亂墜皆是臨事束手無策因人成事州判老爺請安。謝了一聲堂翁栽培。然後鼓舞歡欣。跟了請來做繙繹的那位教習。一同出去。梅颺仁親自送了出來。祇同教習說道。以後還要仰仗。（也知自己功名富貴皆在此人身上）教習道。理應效勞。霎時別去。且說電報打到南京。制台一見上面。敘着有三隻兵船。登時大驚失色。（虛事重報自然要吃驚）及至看到後半。業已問過無事。臉色方纔平和下來。忙傳通省洋務局總辦上院斟酌辦法。這位制台是向來佩服外國人的。洋務局老總。也就迎合着憲意回道。如今不問他是做什麼來的。既然他們老遠的從外國跑到我們中國。總之他們是客。我們是主。這個地主之誼。是要盡的。（不問以越入界限之罪倒反盡行李供張之誼不諳外交）制台道。你但知其一。不知其二。你曉得的來是個什麼人。洋務局老總道。梅牧電報上原說是個水師提督。制台道是啊。提督是個什麼職分。在我們中國是武一品大員。可以節制鎮道。連你老哥。都要歸他節制的。現在就拿我們的官來比他。他來了他方上。文武統通應該出境接纔是。（外國兵船時常在海上游弋倘概以接上司之禮待之恐不勝其煩）現據梅牧的來電。看起來。直到派了繙繹上船。問過方纔知道。可見地方上。預先就沒有一點預備。這班地方官。也總算糊塗極了。據兄弟的意思。趕緊回個電報給梅牧。叫他連夜預備一座公館。請他們上岸來住。住一天。供應一天。（此例一開將來責備愈多何以善其後）梅牧是地方官。這錢說不得要他賠。賠的多了。我們再調劑他。等他好放心竭力去辦。我們這裏。再放一隻兵輪去。算是我特地派了去接他們。到南京來盤桓幾天的。如此或者叫他們心上歡喜。你老哥以為何如。（以媚外為宗旨者自然要矯枉過正）洋務局老總自然是順着他說好極。准定遵照大帥的憲諭辦理。制台立刻就同洋務局老總當面擬好一個電報。知會海州梅牧。一面傳令派了一隻兵輪。連夜關足機器。逕向海州進發。（畫蛇添足。皆因當時左右無人。是以未曾阻止。）按下慢表。且說海州知州。正在衙內。同一班老夫子商量辦法。忽然接到制憲回電。見是如此。便也不敢怠慢。立刻叫人到學堂裏。仍把那位教習請到。請他到船上傳話。就說制台有電報。請貴提督到岸上居住。已由梅知州代備寬大房屋一所。那船上提督便道。我們來此。非有他意。上次即已言明。雖承貴總督美意。敝提督實實不顧相擾。況且我們的船。再過一兩天。就要離開此地的。決計不要貴州梅大老爺費心。（春秋大夫無外交。況外國兵船各有職守。並非歷聘而來。斷不愛地方供給。）教習見洋人不願到岸上居住。便也由他回來。回復了梅颺仁。梅颺仁得了這個信。甚是為難。若是依了洋人。隨他住在船上。深恐怕制台說他不會應酬。如果再叫繙繹到船上去說。又怕洋人討厭。想來想去。不得主意。（以順承上司為見好地步。必然有時而窮。）這個擋口。齊巧省裏派來的兵船到了。船上的管帶。是個總兵銜參將。姓蕭名長貴。（此種武官與外官人兩兩相形。未免見絀。）到了海州。停輪之後。先上岸拜會州官。梅颺仁接見之下。蕭長貴當把來意言明。又說兄弟奉了老帥的將令。叫兄弟到此地同了老兄。一塊兒去到船上。稟見那位外洋來的軍門。兄弟這個差使。是這位老帥到任之後。纔委的。頭尾不到兩年。一些事兒不懂。都要老大哥指教。（你去請教到他。真是問道於盲。）梅颺仁道。豈敢。蕭長貴道。兄弟打省裏下來的時候。老帥有過吩咐說。那位外國來的帶兵官。是位提督大人。咱們都要按照做屬員的禮節去見他。你老大哥還好商量。到是兄弟有點為難。依着規矩。他是軍門大人。咱是標下。就應該跪接。纔是。（武官見上司如奴隸見主。輕武重文之風不改。何以自強。）梅颺仁道。現在又不要你去接他。只要你到他船上。見他就是了。倒底文官還有些見識蕭長貴道。兄弟此來。原是老師派了兄弟專到此地接他來的。怎麼不是接。非但要跪接。而且要報名。等他喊起去。我們纔好站起來。這個禮節。兄弟從前在防營裏當哨官。早已熟而又熟了。大約按照這個禮信做去。是不會錯的。所謂一介武夫自視亦輕於草芥梅颺仁道。要是這個樣子。我兄弟就不能奉陪了。我們地方官接欽差。接督撫。從來沒有跪過。如今咱倆同去。我站着。你跪着。算個什麼樣子呢。蕭長貴道。做此官行此禮。我倒不在乎這些。梅颺仁道。就算你行你的禮。與我並不相干。但是外國人既不懂得中國禮信。又不會說中國話。你跪在那裏。他不喊起去。你還是起來不起來。慮得亦是蕭長貴一聽這個話。不禁拿手抹着脖子為難起來。連說這怎麼好。甚是為難梅颺仁道。不瞞老兄說。這船上本來我兄弟也不敢去的。有我這兒繙譯去過兩盪。聽說那位帶兵官。很好說話。所以兄弟也樂得同他結交結交。來往來往。況且又有制憲的吩咐。兄弟怎好不照辦。現在也不好叫你老哥一個人為難。兄弟有個變的法子。既經拘他不過也只好替他想个兩全法子蕭長貴忙問是個什麼法子。梅颺仁道。你既然一定要跪着接他。你還是跪在海灘上。等我同繙譯先上船見了他們。那邊的官。我便拿你指給他看。等他看見之後。然後我再打發人下來。接你上船。你說好不好。蕭長貴聽說。立刻離坐。請了一個安。說多謝指教。武人容易愚弄兄弟准定如此。梅颺仁道。可是一樣。外國人不作興磕頭的。就是你朝他磕頭。他也不還禮的。所以我們到了船上。無論他是多大的官。你也只要同他拉手就好了。關切得是蕭長貴道。這個又似乎不妥。雖然外國禮信。不作興磕頭。但是咱的官同人家的官比起來。本來用不着人家還禮。（自視一無重輕自然容易召外人之侮）依兄弟的意思。還是一上船就磕頭。磕頭起來。再打個千的為是。梅颺仁見說他不信。只得聽他。馬上吩咐伺候。同了繙譯上船。剛上得一半。這裏蕭長貴早跪下了。等到梅颺仁到船上。會見了那位提督。纔拉完手。說過兩句客氣話。早聽得岸灘上一陣鑼聲。只見蕭長貴跪在地下。雙手高捧履歷。口拉長腔報着自己官銜名字。一字兒不遺。在那裏跪接大人。（外國人笑中國人為頑固守舊皆因畏朝廷制壓力太甚之故）梅颺仁在船上瞧着。又氣又好笑。等他報過之後。忙叫繙譯知會洋官。說岸上有位兩江總督。派來的蕭大人。在那裏跪接你呢。洋官聽說。拿着千里鏡。朝岸上打了一回。纔看見他們一堆人。當頭一個。只有人家一半長短。（能做矮子纔能够出人頭地）洋官看了詫異。便問誰是你們總督派來的蕭大人。繙譯指着說道。那個在前頭的便是。洋官道怎麼他比別人短半截呢。繙譯申明他是跪在那裏。所以要比人家見短半截。（真是見所未見）又說這是蕭大人敬重你。他行的是中國頂重的禮信。洋官至此方纔明白。忙說幾句客氣話。無非是不敢當。叫他起來。請他上船的意思。繙譯繙了出來。梅颺仁便派人招呼他上來。一霎蕭長貴上了大船。繙譯便指給他說。那位是提督。那位是副提督。那位是副將。蕭長貴立刻爬在地下。先給提督磕了三個頭。起來請了一個安。只見他從袖筩管裡掏了半天。摸出一個東西來。繙譯在旁邊看得明白。原來是一套華洋合璧的履歷。倒狠拜服他想得週到。（外國人不用這個何以開此例）只見他倏地朝着洋提督跪了一隻腿。拿履歷高高舉起獻了上去。洋提督不曉得他拿的是什麼東西。忙問這邊同來的繙譯。繙譯同他說明。方纔覩自離座。接了他的履歷。（一種恭順之氣外國人亦必喜見）蕭長貴至此。亦把那隻腿伸了起來。又同什麽副提督副將見禮。仍舊是磕頭請安。雖然人家不還禮。幸虧他臉厚。並不覺得難為情。（屈膝虜廷古人已先我而為之何必懷慚）一一見完之後。方趨前一步。站着同洋提督說話。洋提督同他說話。請他坐。他說標下理應伺候軍門大人。軍門大人跟前。那有標下的坐位。洋提督再三讓他。方纔斜簽着臉坐了一點椅子邊。（此種禮節當哨官時練習好的）洋提督說話。他不懂。都是繙譯代傳。繙譯聽了洋提督的話。答應也司。他亦坐在一旁。高聲應是。人家見他好笑。他也並不覺得。（倘顧人恥笑也做不出了）只聽他又朝着洋提督說道。回軍門大人的話。標下奉了老帥的將令。派標下來迎接軍門大人。到南京去盤桓幾天。我們老帥曉得軍門大人到了。馬上叫洋務局老總替軍門大人預備下一座大公館。裱糊房子。掛好字畫。掛燈結彩。足足忙了三天三夜。總求軍門大人賞標下一個臉。標下今日就伺候軍門起身。（聞說江督在南京設立迎賓館專為接待洋員起見媚外之大員何所不至）說完之後。繙譯照樣繙了一遍。洋提督道。我早已說過。再過上一禮拜。就要走的。另外還有事情。到別處去。多承你們總督大人費心我心領就是了。蕭長貴聽洋提督不肯進省。忙又回道。軍門若是不到南京。我們老帥一定要說標下不會當差使。所以軍門動了氣。不肯進省。現在求軍門無論怎樣幫標下一個忙。給標下一個面子。等我們老帥看着歡喜。將來調劑標下一個好差使。標下是一家大大小小都要供你老人家長生祿位的。（借巴結外人為干求調劑地步患得患失之匹夫何事不可為）說完。又請了一個安。於是繙譯又把話繙了一遍。洋提督聽完。笑了一笑。叫繙譯同他說。你們不必強留我南京。我是決計不去的。

蕭長貴見他心上甚是懊悶。便道。既然軍門大人不肯賞臉。亦是沒有法子的事情。標下是奉了老帥將令。到此伺候軍門大人的。軍門大人有什麽差使。儘管派下來。等標下去辦洋提督也同他謙遜了兩句。梅颺仁又當面虛邀他到岸上去住。又說公館一切早已預備妥貼。無奈那洋提督只是不肯下船。大叙見無甚說得。方纔一同辭別下船。梅颺仁自己回衙理事。蕭長貴却不敢遝回南京。天天還是拿着手本。早晚二次。穿着行裝。到洋提督大船上請安。中國設立兵船不過伺候上司迎接要差豈真能與外國人見仗乎洋提督辭過他幾次。他不肯聽。也只得聽其自然。洋提督原說是七天就走的。却不料到第五天夜裏。蕭長貴止在自已兵船上睡覺。忽聽得外面一派人聲。接着又有洋鎗洋礮聲音。拿他從睡夢中驚醒。直把他嚇得索索的。抖在被窩裏。慌作一團。想要吽個人出去問信。無奈上氣不接下氣。掙子半天。還掙不出一句話來。如此無用之人也為管帶雖有堅甲利兵豈不費冠根而資敵械乎正在發急時候。忽然一個水手。從船頭上慌慌張張的來報信道。大人不好了。有強盜。蕭長貴一聽強盜二字。更嚇得魂不附體。馬上想穿褲子逃命。急忙之中。又沒有看清。拿褲腳當作褲腰。穿了半天。只伸下一隻腿去。那一隻腿抵死伸不下去。他急了用力一登。豁拉一聲褲子裂開了一大條縫。至此方纔明白穿倒了。重新掉過來穿好。把長衣披在身上。來不及鈕扣子。拿紮腰攔腰一捆。拖了一雙鞋。形容得淋漓盡致手下的兵丁。還當是大人出來打強盜哩。拿了手鎗上前遞給他。只聽他悄悄的同旁邊人說道。強盜來了。沒有地方好逃。我們只得到下層煤艙裏躲一會去。說完往後就跑。見強盜如此害怕一遇大敵有不望風而逃乎幸虧走得不多幾步。船頭上的水手。

又趕來報道。好了好了。所有的強盜都被洋船上打死了。還捉住十幾個。請大人放心。沒有事了。國家養兵於平日原欲熄盜風而衛民生今一旦盜來反藉外兵去殲盜真叫做吃糧不管事至此蕭長貴方纔把神定了一定。站住了腳問旁邊人道。我現在可是做夢不是。真正因夢未醒大家都聽了好笑。蕭長貴又怔了半天說道。你們說什麼強盜已經捉住的話。可是真的。一個水手道。怎麼不真。是標下親眼見的。一共捉住有十二三個哩。蕭長貴道。你們看清楚了沒有。不要還有人躲在黑影裏。我們出去被他宰了。白白的送了命。那可不是玩的。岳武穆云文官不愛錢武官不惜死天下可致太平今武官如此怕死豈尚肯忘身殉國乎我看還是不出去。問信的為是。就是出了什麼盜案。都是地方官的處分。我們是客官。何苦往自己身上拉呢。你們也快快息燈睡覺。把艙門關好要緊要緊。說罷。他老人家先自脫衣上床。仍舊歇下。兵丁們亦樂得省事。於是大家安睡了一夜。主將怕事下屬亦樂得偷懶了次日起來。向來蕭長貴到洋提督船上稟安。總是每早七點鐘就去的。這天怕去的早了。路上遇着什麼強盜的餘黨。恐防不測。特地又緩了一個鐘頭纔去的。等到蕭長貴到了洋提督大船上。海州梅颺仁亦早已來了。原來這天晚上洋提督船上捉住了強盜。強盜我到外國兵船上去真正自投羅網次日一早。就叫人到城裏送信。梅大老爺一想。捉住了大盜。地方官是有保舉的。因人成事全無一點慚愧反欲希冀保舉所以一得信。就趕着出城到船上求着把強盜帶回城裏審問。幸虧那位洋提督並無一點為難的意思。立刻把十三個強盜統通交給了梅颺仁。又怕路上或有閃失。特地派了八名洋兵幫着解到城裏。蕭長貴一見強盜果然拿着。登時膽子壯了起來。立刻回船也派了幾名兵幫着護送。以為將來邀功地步。臨事畏縮

[不前事成爭奪恐後]當下梅大老爺督率一班人。把强盜解到衙門。打發過洋兵。及蕭長貴派來的兵馬上升堂審問。起先那些强盜。還想賴着不認。後來有幾個熬刑不過。只得招了。原來都是積年的大盜。其餘的見他同黨已招。曉得抵賴不脫。也只有一一招認。梅颺仁心上想道。我今天平空拿住了許多大盜。雖然是外國兵船上出力。究竟是在我地面上。稟報上去。面子總好看的。於是心上甚是快活。立刻叫書辦把强盜供狀。敘了文書。申報上憲。又請老夫子詳詳細細替他做了一個電稟。專稟制台。電稟上先敘此番外國兵船到來。他如何竭力聯絡。竭力保護。以致那兵船上的提督。如何感激他。想報答他。[揣摩風旨蒙蔽上司一入仕途即會的不須教得]又敘他自從到任之後。懸賞購線。捕拿巨盜。久已萑苻絶迹。閭閻相安。乃於某日風聞有大股盜匪道出卑境。卑職先期商明外國兵船。請其屆時幫助。當荷應允。[好在兵船暫時過境不怕對穿]不料某晚三更時分。據眼線報稱該盜窩藏某處。卑職立即督同通班健役。前往捕拿。惟是盜黨甚多。[盜黨倒不多你主見太多]卑職深慮所帶勇役。衆寡不敵。[像煞有介事]因即一面設法。誘至海灘。[好排調]一面密告外國兵船。果蒙協力兜拿。[訛得鋪張揚厲其實全無影響]共捕獲積年巨盜一十三名。經卑職帶回卑署。詳加鞫訊。俱各供認歷年某案某案。肆行搶刧不諱。除將供招另文申詳。懇祈憲示遵行外。所有此次外國兵船幫同緝獲積年巨盜。應如何答謝之處。卑職不敢擅專。理合電稟。乞諭祇遵云云。[既不没其功名又為代邀酬謝面面俱圓]電報發了出去。梅颺仁提忙又親自到洋船上。謝洋提督幫助之力。又說敝縣已把此事電稟制台。馬上就有回電。制台亦總是感激的意思。想留洋提督多住兩三天。以便稍情地主之誼。洋

提督謙遜了幾句。依舊是不肯久留。梅颺仁只得告辭回去。且說南京制台接到海州知州梅颺仁的電稟。從頭至尾。看了一遍。登時臉了露出一副受寵若驚的樣子。忽而紅。忽而白。於紅白不定之中。又顯出一副笑容。（可見得意到十二分地步）忙把總理洋務文案。候補道史其祥史大人請到簽押房裏面商。這位制台。是專門講究洋務的。就是簽押房。也是洋款擺設。居中擺了一張大菜桌子。一面三把椅子。底下一位是主位。當下史其祥史大人進門。歸坐之後。制台先把海州上來的電報稟給他看過。史其祥一面看。一面點頭。看完之後。便問老帥是個什麼主見。（雖有主意總不敢越過他的頭裏）制台道。我想此事外國船上的洋兵。替我們促住了强盜。還肯交給我們地方官自己審辦。這就是十二分面子。他們既給咱面子。咱們也不可以不顧人家的面子。我想現在既已審問明白。都是積年巨盜。本應該就地正法的。我們如今且不要批下去。電諭海州梅牧。把這些人犯的案件。以及應該得的罪名。詳細叙明。叫繙譯繙成英文。照會過去。應該如何辦法。就他們不死。我們也樂得積些陰德。你道如何。（外國人並不欲干預你的內政你偏太阿倒持授人以柄適啟外人侵權之漸）史其祥聽罷。歇了一歇。說道。這是我們內地裏的事情。既是大盜。審明之後。就地正法。乃是我們自己的主權。他們外國人。本不應該干預的。依職道的見識。還是老帥自己批飭下去。將該盜就地正法。似乎不必咨照外國兵官。（還是洋務局老總有些見識否則豈不國未滅亡人先附屬）至於他們出了力。應該如何答謝。或是電飭梅牧。親到船上一盪。代達老帥的意思。或是辦些土儀。如羊酒雞蛋之類。犒賞兵丁。亦無不可。（情意兩盡十分週到）這是職道愚昧之見。請請老帥的示。可行不可行。制台聽罷。亦楞了一回說道你的話呢。固然不錯。然而人家顧了咱的面子。咱們一點人家客氣客氣。似乎心上總過不去。我看土儀呢。亦得送這幾個人。怎麽辦法。我的意思。總得讓讓人家。等人家退回來。不管我們。再自己辦。那就不落褒貶了。（你要不落外國人褒貶却如何對得住主人）我這是面面俱到的法子。我看還是如此辦得好。史其祥道。這辦案的事。實實在在是我們自己的主權。那外國人是萬萬不可同他通融的。（據理而爭挽回不少）制台一見史其祥還是執定前見。心上狠不高興。便道我兄弟辦交涉也辦老了。這些事。還有什麽不懂。你們總是頑固見識。到了這個時候。還是一點不肯讓人。（據你意思必須得天下盡讓與人方不是頑固）但是據你剛纔所說。究不能彀面面俱到。總得斟酌一個兩全的法子。纔好。史其祥笑着說道。強盜歸我們自家辦。就是保守我們自己的主權。再送些土儀給他們。也總算有情分到他們了。除此之外。實在沒有第二條法子。制台聽了。面孔一板道。你這人真好糊塗。我剛纔怎麽同你講的。這件事。非往常可比。強盜雖然應該歸我們辦。你不想這回的強盜。是那個拿到的。人家出了力。又不想咱們的別的好處。難道連這一點面子。還不給他。還成句話嗎。（名器不可以借人不如多與之邑春秋大義懍然想未夢見來）我辦交涉辦老了的。如今倒留個把柄在人家手裏。叫人批評兩句。我可犯不着。（誰批評你乞道其詳）說完。鬍子一根根蹺了起來。坐看不言語。（宗旨不合自然逆耳）史其祥見制台生了氣。一想不妙。怕於自己差使有礙。便暗暗說道。主權不主權。關我甚麽事。用得我乾着急。我起了勁。白得罪了上司。於我有什麽好處呢。（莫謂晉無人我謀適不用也）但是一時又想不出一個轉灣的法子。躊躇了好半天。只得仰承憲意。自圓其說道。職道的話。原是一時愚昧之說。作不得准的。既然老帥要想一個兩全的法子。足見老帥於慎重邦交之內。仍寓挽回主權之心。職道欽佩得狠。現在職道想得一法。是主權既不可棄。邦交又當兼顧。請請老帥的示可行不可行。（不過降以相從罷了有何好法）制台道你快說。史其祥道。請老帥立刻電飭梅牧。把拿到十三個人當中把為首的。先行就地正法。幾名伸國法。即所以保主權。下餘的幾個。若以強盜論原應該不分首從。一律斬決。如今且不將他定罪。就遵照老帥的剛纔吩咐的話。送交外國兵官。聽他處治。他要他死。這幾人本有應得的死罪。他要開脫他們。我們也樂得就此積些陰功。也不負老帥好生之德。（一撥即轉為他屬下不得不順其脾胄）制台聽到這裏。一面聽。一面點頭。嘴裏不住的讚好。不等史其祥說完。忙搶着說道。就是這樣。就是這樣。到底你史大哥有主意。所以兄弟凡事都要同你商量。現在就作准照你辦。立刻擬好電報。送到電局。飭令梅牧遵照辦理。（添了一條新章以後到好照例辦了）

按下省城之事不表。單表海州梅颺仁。奉到制台的覆電。立刻照諭施行。請了本營參將。從監裏把前番審定的五名盜首。提到大堂。驗明箕斗。登時綁赴校場。一概正法。殺人的時候。他同營裏一齊穿着大紅斗篷。殺人回來。照例先到城隍廟拈香。回到衙門。又照例排衙。然後退入簽押房。大凡他們做官的人。忌諱頂多。又怕的是鬼。說是穿了大紅斗篷。鬼就不敢近身了。再到城隍裏廟一轉。就是有點邪魔鬼祟。亦被城隍老爺叫小鬼拿他趕掉。等到回到衙門。升坐大堂排衙的時候。衙役們拿着棍子。趕出趕進。一陣吆喝。無論有多少冤鬼。早已嚇都嚇散了。歷來相傳。都是如此說法。（習俗於沿牢不可破）究竟做官的人。誰被冤鬼纏過。又沒人見過。不過借此騙騙自己安安自己的心罷了。且說梅颺仁回到簽押房。因為洋提督後天就要走。連夜到學堂裏。又把那位教習。拿轎子擡了來。請他繙譯這件公事。以便照會洋提督。請他的斷（此時當洋教習的大是得用）那位教習。起先還拿腔做勢。說來不及。又說為人辦事。須有一定時刻。晚生今天在學堂裏。已經教了幾個鐘頭的書。到了晚上。極應該休息休息。如今又要我繙譯這些東西。這是最傷腦筋。晚生還是帶回去。等到空的時候。再譜好過來罷。（一半是才力不濟不盡有意刁難）梅颺仁一聽他話不得對。只挽出師爺同他講。說洋提督後天就要走的。這件公事。無論如何。明日一早。總得送過去。吾兄辛苦了。做東自應格外盡情。千萬辛苦這一遭罷。（此時刻不及待也只好宛轉相求）那位教習聽說格外盡情。無奈只得應允。當下就在梅颺仁簽押房裏。調齋案卷。繙譯起來。梅颺仁跑出跑進。不時自己出來招呼。問他要茶要水。肚子餓了有點心。一回又叫管家把上海艾羅公司買的補腦汁開一餅給他喝。免得他用心過度。腦筋受傷。（竭力張羅也算寵到十二分地位了）那位教習見他如此心上也覺過意不去。只得盡心代為繙譯。無奈這件公事頭緒太多。他的西學。尚不能登峯造極。狠有些繙不出來的。地方好在通海州。除掉他。都是外行。騙人還騙得過。當下足足鬧了八個鐘頭。只勉強把制台的意思。敘了一個節略。寫了出來。（洋教習也不過爾爾）念給梅颺仁聽過。梅颺仁除掉說好之外。亦無他話。可以說得。（不充作在行還算老實）當下梅颺仁立刻叫人把寫好的英文信送到船上。那位教習深曉得自己本事有限。恐怕外國人看了他寫的英文信不懂。非自己前去當面譬解給他聽。是斷乎不會明白的。（慮到此着也算自知之明）連忙擬身而出。說這信等我自己送去。梅颺仁見他如此要好。自然歡喜。誰知等到他到了船上。見了洋提督呈上書信。洋提督看過一遍。又有第二遍。看來看去。竟有大半不懂。忙問他信上寫的什麽。他只得紅着臉把這事一五一十說給洋提督聽了一遍。洋提督道。幸虧你自己來。你倘若不來。我這船上懂得各國文法的人都有。單單就是你的英文。沒人懂得。說罷。哈哈大笑。（班門弄斧應得惹笑）那位教習曉得總是寫的信上拼法不對。所以被洋人恥笑。羞的紅過脖子。當時洋提督說道。既然貴國法律這幾個人都該辦死罪的。就請貴州梅大老爺照着貴國的法律辦他們就死了。（此洋提督心平氣和真是可敬）那位教習又請洋提督同到法場監斬。洋提督欣然應允。（此落得去看看熱鬧）隨即約定時刻。那位教習先回來送信。梅颺仁立刻照會營裏擺齊隊伍。押解犯人同到法場。纔走到那裏。洋提督帶了幾十名洋兵也早來了。外國的兵。腰把筆直。步伐整齊。身材長短都是一樣。手裏托着洋鎗。打磨的淨光雪亮。耀人的眼睛。等到到了法場上。一字兒擺開。站在那裏。一動（先揚一筆）不動。及看中國的兵。老的小的。長長短短。還有些癆病鬼。鴉片鬼。混雜在內。穿的衣裳雖然是號褂子。掛一塊飄一塊。破破爛爛。竟同叫化子不相上下。而且走無走相。站無站相。脚底下踢哩搭拉。不是草鞋。便是赤脚。有的襪子變成灰色。有的還穿一雙釘靴。等到到了法場上。有說笑的。也有罵人的。癆病鬼不管人前人後。隨便吐痰。鴉片鬼就拿號褂子袖子擦眼淚。掮的刀叉一齊都生了繡了。比起人家的兵來。真正是天懸地隔。（數語描摹得祖國兵制敗壞非急切所能改良）洋提督走來同中國官見面之後。先拿照像機器替犯人拍了一張。等到照殺過之後。又拍了一張。（此種照片傳流人間倒比因果報應之說親切）然後分

十一

道自回去其時梅颺仁已將憲諭飭辦的羊酒雞蛋送洋人的禮物都已辦齊就托省城派來兵輪營帶蕭參將上船送禮蕭長貴一聽要他去送禮又把他輿頭的了不得因為這分禮是督制台送的是面子上的事情立刻穿好衣帽把禮物裝了幾擡盒活猪活羊各一百頭由兵役們牽着他自己却坐了一頂小轎跟在後頭說這兩年在船上當差事舒服慣了把騎馬的本事忘掉了（也有髀肉復生之嘆否）霎時到得船上禮單是早已托繙譯繙好的兵船上的人看了都還明白蕭長貴是船上來過多次了熟門熟路人都有點認得見了船上的人無論是兵官是兵丁是水手見了洋人就請安見了洋提督更請兩個安一個是自己請的一個是督制台請的他那副卑躬屈節的樣子洋船上的人是早已看慣的了都不以為奇（中國官如此卑汚苟賤無怪外國人視為無物）當下洋提督吩咐叫把禮物全行收下犒賞來人又叫一員小武官陪了蕭長貴大餐這一頓飯直害得蕭長貴坐立不安神魂不定（與鴻門會上何如）還有些兵丁見他來熟了都不同他客氣拉着他的辮子打着洋話問他可是尾巴不是蕭長貴話雖不懂曉得是拿他開心的話頭便漲紅了臉低着頭一聲也不敢響（中國人被外國人侮非是今日始矣）一會吃完飯又在洋提督跟前稟謝過然後告辭一直回到州衙門彼此會面商量了一回明天送行的儀注蕭長貴仍說要在岸灘上跪送又邀了本營參將擺齊隊伍一塊兒去跪送本營參將亦就答應了此時梅颺仁又把本城的文官一齊約定次日一早先到本衙門會齊然後一同出城上手本大家得都應允（一班無氣節無廉恥之人如何不和調）慢慢的梅颺仁又講到這回拿住强盜雖然是外國人出力看上頭制台的

意思。甚是歡喜。將來保舉一定是有的。地方上應盡之義務亦冀保舉真是無恥之極蕭長貴聽到這裏。跑過來。深深一揖。托着替他帶個名字。梅颺仁為他是制台派來的。即日回省。還望他幫着自己說好話。馬上答應。接着繙譯又求保舉。梅颺仁亦答應。又說往來傳話。這遭是你老哥頂辛苦了。應該應該。繙譯歡喜的了不得。說話之時。前番上船探信的那位州判老爺。正同別人閒話。忽然聽到這邊談保舉。立刻丟掉別人。趕過來。朝着梅颺仁說道。堂翁還有晚生呢。如聞其聲如見其人梅颺仁一聞此話。不覺怔了半天。纔慢慢的問道。你老哥還有什麼。州判老爺道。不是晚生說句誇口的話。這件事。要算晚生的頭功。因人成事攘為己功令人追想介子推天實為之而二三以為己力之語堂翁你還有什麼不知道的。他們一個人。不敢上去。不是你堂翁委了晚生。同了這位繙譯老夫子去的嗎。梅颺仁道。是啊。去了也不好說是頭功。州判老爺着急道。晚生不去這一盪。那外國人怎肯同我們要好。替我們出力。晚生不求堂翁別的。只求將來開保案時候。求堂翁把晚生這段勞績敘上。制台大人看了。是決計不會批駁的。將來借此晚生得能過個班。也不枉堂翁的栽培。噫吾知之矣大凡勞績過班不過如此而已說着又請了一個安。梅颺仁只是淡淡的。說我們再商量罷。州判老爺恐怕事情不妙。呆坐半天。忽然心生一計。便悄悄的拉了那位同去當繙繹的教習一把。兩個人一同告辭出來。州判拿他讓到自己衙門裏坐了。同他商量。一班乞憐暮夜之人百計鑽營不過望升官發財而已說這事是你第一個出力。兄弟還在第二。總而言之。沒有第三個人可以蓋過咱倆的。我看我們這位堂翁疑疑惑惑。是有點靠不住的。我們不如趁今天晚上。洋船還沒有開。咱倆同到他們船上。求他出封信。

給制台保舉。咱倆索性丟掉他們。你說可好不可好。（借外人為奧援自是捷徑）繙譯聽罷此言。想了一回。心想他的話。確也不錯。走外國人門路。似乎覺得比中國人妥當些。倒難為他想出這條好法子來。連說好極。你如果要去。有什麼話。我替你傳去。州判大喜。立刻開抽屜。找出兩條紅紙。又把西席老夫子請來。托他代寫兩張官銜條子。一張是自己的。一張是繙譯的。都把自己一想情願的保舉。開了上去。（有了外國護符不怕他不答應）寫好之後。立刻飛轎趕到海灘。下轎上船。此番州判老爺曉得外國船上的人沒有歹意。放開膽子。不像前番觳觫恐惶的樣子了。（不要再如從前屎屁直流）船上的人。問他來做什麼。繙譯說是要見你們提督的。船上人只得領他進見。此時州判老爺因有求於人。不得不自己格外謙恭。見了洋提督。磕頭請安。竟與蕭長貴一式無二。幸虧洋提督早已司空見慣。看他磕頭。昂不為禮。（自取其辱夫復何尤）直等他站起。方纔用手指了一指。是讓他坐的意思。他亦明白。於是斜簽着臉。朝上坐下。當由繙譯敘述來意。洋提督一頭聽。一頭笑。一面又搖搖頭。（外國人覔視中國皆由此輩弄壞）州判老爺瞧着。話雖不懂。意思是明白的。曉得有點不願意的意思。心上甚為着急。想要插嘴。又不知說什麼是好。而且說出來的話。他們亦不懂得。正為左右為難。只聽得繙譯又嘰哩咕嚕的說了半天。方見洋提督笑了一笑。（想是有的活動）繙譯便回過頭來。從州判老爺手裏把兩張銜條討過來。遞給了洋提督。洋提督看了。不懂。又問繙譯這上頭寫的什麼。繙譯却把州判老爺的一張。翻來覆去。講給他聽。州判老爺一旁瞧着。暗暗歡喜。以為這事總可望成功了。繙譯說了一回。便約州判老爺同一走。州判老爺便急急的問他。我們的事怎樣你看會成功。不會成功。問得要緊繙譯道。停刻再說。有意作難州判老爺無奈。只得去替洋提督請了一個安。算是告辭。然後同了繙譯出來。一出艙門又問繙譯到底咱們的事怎麽樣。事未明白如何不解問繙譯道。等我們回去再細說。一發要賣關子此時直把個州判老爺急的頭上汗珠子有黃豆大小。究竟事情成否。不得而知。禁不住心上畢卜畢卜跳不住。欲知後事如何。且聽下回分解。

製造廠假札賺優差

學仕院冒名作鎗手
官字第一

五編卷五十六

製造贗假札賺優差　仕學院冒名作鎗手

却說海州州判同了繙譯從洋船上回到自己衙門。急於要問所遞衙條。洋提督是否允准出信。當下繙譯先說洋提督如何不肯。經他一再代為婉商。方纔應允。並且答應信上大大的替他兩人說好話。（此風一開將來勾通洋人挾制上司無所不至）州判老爺聽了。非凡之喜。一宵易過。次日又跟了同寅同到海邊。送過洋提督開船。方纔回來。蕭長貴亦開船回省。過了一日。梅颺仁果然發了一個稟帖。無非又拿他辦理交涉情形。鋪張一遍。後面敘述拿獲大盜所有出力員弁。叩求憲恩准予奬勵。（奬案之濫久已成為弊竇）等到制台接到梅颺仁的稟帖。那洋提督的信。亦同日由郵政局遞到。立刻譯了出來。信上大致是謝制台派人接他。又送他土儀的話。下來便敘海州文武相待甚好。這都是貴總督的調度。我心上甚是感激。末後方敘到海州州判某人。及繙譯某人。他二人託我求你保舉他倆一個官職。至於何等官職。諒貴總督自有權衡。未便干預。附去名條二紙。即請台察各等語。（照事直敘不贊一辭此種洋提督實在難得）制台看完。暗道這件事情。海州梅牧總算虧他的了。就是不拿住強盜。我亦想保舉他。給他點好處。做個榜樣。如今添此一層。更有話好說了。至於州判繙譯。能夠巴結到洋人寫信給我。他二人的能耐也不小。將來辦起交涉來。一定是個好手。我倒要調他倆到省裏來察看察看。（下義其罪上賞其姦已成上下相蒙之世界）當日無話。次日司道上院。見了制台。

制台便把海州來禀給他們瞧過。又題到該州州判同繙譯。託外國官求情的話。藩司先說道。這些人走門路。竟走到外國人的門路。也算會鑽的了。所恐此風一開。將來必有些不肖官吏。拿了封洋人信來。或求差缺。或說人情。不特難於應付。從之則大權旁落不從則開罪外人此中必無兩全之策勢必至是非倒置。黑白混淆。以後吏治。更不可問。依司裏的意思。海州梅牧獲盜一案。亟應照章給獎。至於州判某人。巧於鑽營。不顧廉恥。請請大帥的示。或是拿他撤任。或是大大的申斥一番。以後叫他們有點怕懼也好。辭嚴義正絕無顧慮誰知一番話。制台聽了。竟其大不為然。馬上面孔一板道。現在是什麼時候。朝廷正當破格用人。還好拘這個嗎。拘執固非隨和亦失此中訣竅還當問諸外交名家照你說法。外國人來到這裡。我們趕他出去。不去理他。就算你是第一個大忠臣。弄得後來人家翻了臉。駕了鐵甲船。殺了進來。你擋他不住。乖乖的送銀子給他。朝他求和。歸根辦起罪魁來。你始終脫不掉。到那時候。你自己想想上算不上算。媚外為保全身家性命起見自然打算已熟古語說得好。君子防患未然。我現在就打的是這個主意。試問着着讓人到底可以免患否又道是觀人必於其微。這兩人會託外國人遞條子。他的見解。已經高人一着。兄弟就取他這個將來。一定是個外交好手。把觀人必於其微數字解釋錯如何能防微杜漸現在中國人才消乏。我們做大員的。正應該舍短取長。預備國家將來任使。還好責備苛求嗎。藩台見制台如此一番說話。心上雖然不願意。嘴裡不好說什麼。只得答應了幾聲。是退了出去。這裏制台。便叫行文海州。調他二人上來。二人曉得是外國信發作之故。自然高興的了不得。立刻裝束進省。到得南京。叩見制台。制台竟異常謙虛。賞了他二人一個坐位。坐着談了好半天。無非獎勵他二人。狠明白道理。現在暫時不必回去。我這裡有用你們的地方。（天下無棄物自有江西老收古董）兩人聽說。重新請安謝過。次日制台。便把海州州判。委在洋務局當差。又兼製造廠提調委員。那個繙譯。因他本是海州學堂裏的教習。拿他升做南京大學堂的教習。仍兼院上洋務隨員。（一走捷徑即得優差人亦何樂而不為）分撥既定。兩人各自到差。海州州判。自由藩司另外委人署理。海州梅颺仁因此一案。居然得了明保。奉旨送部引見。蕭長貴回來。亦蒙制台格外垂青。調到別營做了統領。仍兼兵輪管帶。（洋務升遷最快所以人家希冀此項差使）都是後話不提。且說海州州判。因為奉委做了製造廠提調。便忙着趕去見總辦。見會辦。拜同寅。到廠接事。你道此時做這製造廠總辦的是誰。話來話長。原來此時這位當總辦的。也是纔接差使未久。這人姓傅號博萬。他父親做過一任海關道。一任臬司。兩任藩司。後首來了一位撫台。不大同他合式。他自己估量自己手裏也着實有兩文了。便即告病不做。退歸林下。（急流勇退總算知止不殆）傅博萬原先有個親哥哥。可惜長到十六歲上就死了。所以老人家家當。一齊都歸了他。人家叫順了嘴。都叫他為傅百萬。其實他家私。老人家下來。五六十萬是有的。百萬也不過說說好聽罷了。（錦上添花人情大抵如此）只因他生得又矮又胖。穿了厚底靴子。站在人前。也不過二尺九寸高。又因他排行第二。因此大家。又贈他一個表號。叫做傅二棒錘。（綽號再沒有不象的）傅二棒錘自小纔養下來。沒有滿月。他父親就替他捐了一個道台。所以他的這個道台。人家又尊他為落地道台。（名號愈出愈奇）但是這句話。只有當時幾個在場的親友曉得。到得後來。亦就沒有人提及了。後來大眾所曉得的。只有這傅二棒錘一個綽號。且說傅二棒錘。先前靠着老人家的餘蔭。只在家裏納福。并不想出來做官。（做官有何好處何如安安）（逸逸作個富家郎）在家無事。終日抽大烟。幸虧他得過異人傳授。說道。凡是抽烟的人。只要飯量好。能夠吃油膩。臉上便不會有烟氣。（雖沒有烟氣終究有點虛腫）他這人吃量是本來高的。於是吩咐厨房裏一天定要宰兩隻鴨子。是中飯吃一隻。夜飯吃一隻。（傷殘物命不少）剩下來的骨頭。第二天早上煮湯下麪。一年三百六十天。天天如此。所以竟把他吃得又白又胖。（此種白胖究不同不吃烟人）竟與別的吃烟人兩樣。他抽烟一天是三頓。早上吃過點心。中飯晚飯都在飯後。泡子都是跟班打好的。一口氣一抽。就是三十來口。口子又大。一天便百十來口。至少也得五六錢烟。等到抽完之後。熱手巾是預備好的。三四個跟班的。左一把。右一把。擦個不了。所以他的臉上。竟其沒有一些些烟氣。擦了臉。自己拿了一把鏡子。一頭照。一頭說道。我該了這們大的家私。就是一天吃了一兩八錢。有誰來管我。不過像我們世受國恩的人家。將來總要出去做官的。（有志者事竟成）自己先一臉的烟氣。怎麼好管屬員呢。有些老一輩人。見他話說得冠冕。都說某人雖有嗜好。尚還有自愛之心。因此大家甚是看重他。（倘不抽烟豈不是個完人）都勸他出去混混。無奈他的意思。就這樣出去做官。庸庸碌碌。跟着人家到省候補。總覺不願。總想做兩件特別事情。或是出洋。或是辦商務。或是那省督撫奏調。或是那省督撫明保。做一個出色人員。方爲稱意。（立志已高自然要出人頭地）但是在家納福。有誰來找他。誰知富貴逼人。坐在家裡。也會有機位來的。（想是命中該發跡的）齊巧有他老太爺提拔的一個屬員姓王。現亦保到道員。做了出使那一國的大臣參贊。這位欽差大臣。姓温名國。因是由京官翰林放出來的。平時文墨功夫雖好。無奈都是紙上談兵。於外間的時務。依然隔膜得很。（未曾遊歷有何見識）而且外洋文明進步、異常迅速。他看的洋板書。還是十年前編纂的。照着如今的時勢。是早已不合時宜的了。他卻不曉得。拾了人家的唾餘。還當是入時眉樣。（古董舖中國官員裏人物皆是）亦幸虧有些大老們。耳朶裏從沒有聽見這些話。現在聽了他的議論。以為通達極的了。就有兩位上摺子。保舉他使才。（也算是個遼東豬）中國朝廷。向來是大臣說甚麼是甚麼。照例奉旨記名。從來不加考核的。等到出使大臣有了缺出。外部把單子開上。又只要裏頭有人說好話。上頭亦就馬上放他。等到朝旨下來。什麼謝恩請訓。都是照例的事。就是上頭召見。問兩句話。亦不過檢可對答的回上兩句。餘下不過磕頭而已。列位看官。試想任你是誰。終年不出京城一步。一朝要叫你去到外洋。你平時看書。縱雖明白。等到辦起事來。兩眼總漆黑的。（如此使才安能與名門名家者對壘）閑話少敘。且說這個温欽差名見下來。便到各位拿權的王大臣前請安。請示機宜。以為將來辦事的方針。（真是問道於盲）這些大人們當中有關切的。便荐兩個出過洋。懂得事務的。或當參贊。或充隨員。以為指臂之助。（此種人不可少）卻還有些汲引私人的。亦只顧荐人。無非為三年之後。得保起見。（此則濫竽充數矣）當下只傳二棒鎚父親。所提拔那位屬員王觀察。已有人把他荐到温欽差跟前。充當參贊。幸喜欽差甚是器重他。他便想到從前受過好處的傅藩台的兒子。（飲水思源古道可風）亦是傅二棒鎚有出山的思想。預先有過信給這王觀察。王觀察才幹雖有。光景不佳。（真正英雄氣短）既然出洋。少不得添置行頭。籌寄家用。雖有照例應支銀兩。無奈總是不敷。所以也須張羅幾文。（也是無可

（奈何之事）心上早看中這傅二棒鎚。是個主兒。本想朝他開口。齊巧他有信來。託謀差使。便將機就計。在溫欽差前竭力拿他保荐。求欽差將他携帶出洋。（一舉兩得利己利人）欽差應允。王觀察便打電報給他。叫他到上海會齊。等到到得上海。會面之後。傅二棒鎚雖然是世家子弟。畢竟是初出茅廬。閱歷尚淺。一切都虧王觀察指教。因此便同王觀察十分親密。王觀察因之亦得遂所願。兩人遂一塊兒跟着欽差出洋。（如魚得水自然刻不可離）王觀察當的是頭等參贊。因為這傅二棒鎚巳經是道台。小的差使不能派。別的事又委實做不來。又虧王觀察替他出主意。教他送欽差一筆錢。拜欽差為老師。欽差亦就奏派他一個掛名的差使。（既到門牆自然有得位置了）溫欽差自當窮京官當慣的。在京的時候。典質賒欠。無一不來。（此中苦况非過來人不知）家裏有一個太太。兩個小姐。太太常穿的都是打補釘的衣服。光景艱難。不用老媽。都是太太自己燒茶煮飯。漿洗衣服。這會子得了這種闊差使。在別人一定登時闊綽起來。誰知道這位太太。德性最好。不肯忘本。（此種賢惠婦人卻是難得）雖然做了欽差夫人。依舊是一個人不用。上輪船。下輪船。倒馬桶。招呼少爺小姐。仍舊還是太太自己做。（雖是儉為美德也要存些體統）朋友們看不過。告訴了欽差。托欽差勸勸他。他說道。我難道不曉得。現在有錢。但是有的時候。總要想到沒的時候。如今一有了錢。我們就儘着花消。倘或將來再遇着難過的日子。我們還能過麼。所以我如今決計還要同從前一樣。有了攢聚下來。豈不更好。（不會享福的人卻別有一種見解）欽差見他說得有理。也只得聽他。（人各有志豈能相强）好在也早巳看慣的了。並不覺奇。傅二棒鎚既然拜了欽差為老師。自然欽差太太也上去叩見過。太太說你是我們老爺的門生。我也不同你客氣、況且到了外洋、我們中華人。在那裏的少、我們都是自己人一樣、你有什麼事情只管進來說。就是要什麼吃的用的、亦儘管上來問我要、我總拿你當我們家子侄一樣看待。是用不着客氣的、（又會做人倒是刻薄一流）不傅二棒鎚道。門生蒙老師師母如此栽培、實在再好沒有說着又談了些別的閒話。亦就退了出來、這一帮出洋的人。從欽差起至隨員止、只有這傅二棒鎚頂財主。是匯了幾萬銀子帶出去用的、（腰纏十萬騎鶴上揚州同此一種豪放）雖然不帶家眷。管家亦帶了三四個。穿的衣裳脫套換套。他說外國人。是講究乾淨的。穿的襯衣衫褲、夏天一天要換兩套。冬天亦是一天一身。換下來的、拿去重洗、外國不比中國。洗衣裳的工錢極貴。照傅二棒鎚這樣子、一天總得頭兩塊金洋錢、工錢一月、統扯起來也就不在少處了。（舉一以概其餘）欽差幸虧有太太、他一家老少的衣衫、自從到得外洋。一直仍舊是太太自己漿洗、在外國的中國使館。是租人家、一座洋房、做的外國地方、小一座洋房、總是幾層洋樓。窗戶外頭便是街上。外國人洗衣服、是有一定做工的地方、并且有空院子、可以晾曬。欽差太太洗的衣服。除掉屋裏。只有窗戶外頭好晾。太太因為房裏轉動不開、只得拿長繩子。把所洗的衣服。一齊拴在繩子上。兩頭釘好、晾在窗戶外面、這條繩子上。褲子也有、短衫也有、襪子也有、裏腳條子也有、還有四四方方的包腳布、也有藍的、也有白的、同使館上面。天天掛的龍旗、一般的迎風招展。（形容得一淋漓盡致）（若親見過來）有些外國人在街上走過、見了不懂、說中國使館今日是什麼大典、龍旗之外、又掛了些長旂子方旂子。藍的白的。形狀不一、到底是個什麼講究、（少所見而多所怪這也怪他不得）因此一傳十、十傳百人人詫為奇事便有些報館訪事的回去告訴主了筆第二天報上上了出來幸虧欽差不懂得英文的雖然使館裏逐日亦有洋報送來他也懶怠叫繙譯去繙所以這件事外頭已當作新文他夫婦二人還是毫無聞見依舊是我行我素（裝聾作啞省却許多閒是非）傳二棒鎚初到之時衣服很拿出出洗過幾次便有些小耳朵進來告訴了欽差太太說傳大人如何闊如何有錢一天單是洗衣服的錢就得好幾塊欽差太太聽了念一聲阿彌陀佛要是我有了錢決計不肯如此用的（可知肉痛之極）我們老爺少爺的衣服通統是一個月換一回我自己論不定兩三個月纔換一回那裏有他闊天天換新鮮他一個月有多少薪水全不打算打算照這樣子只怕單是洗衣服還要去掉一半你們去同他說橫豎一天到晚空着沒有事情做叫他把換下來的衣裳拿來我替他洗他一天要化兩塊錢的我要他一天一塊錢就彀了他也好省幾文我們也樂得賺他幾文橫豎是我氣力換來的（你又不是缺錢使如何做窮女生涯）當下果然有人把這話傳給了傅二棒鎚傅二棒鎚因為他是師母如把褲子襪子給他洗終覺有些不便一直因循未果後來欽差太太見他不肯拿來洗恐怕生意被人家奪了去只得自己請傅二棒鎚進來同他說傅二棒鎚無奈只得遵命（他既樂此不疲何必再存疑忌）以後凡是有換下來的衣服總是拿進來給欽差太太替他漿洗頭兩個月沒有話說傅二棒鎚因為要巴結師母工價並不減付仍照從前給外國人的一樣欽差太太自然歡喜（婦女最喜歡小便宜）有天有個很出名的外國人請欽差茶會欽差自然帶了參贊繙譯一塊兒前去到得那裡場子可不小男男女女足足容得下二三千人（也算一個無遮大會）

多半都是那國的貴人。闊人。富商巨賈。此外便是各國的公使參贊。客官商人。凡是有名的人。統通請到。傅二棒鎚身穿行裝。頭戴大帽。翎頂輝煌的。亦跟在裏頭。蹭出蹭進。無如他的人。實在長得短。站在欽差身後。墊着脚指頭。想看前面的熱鬧。總被欽差的身子擋住。總是看不見。夾在人堆裏。擠死擠不出。把他急的了不得。只是拿身子亂擺。矮子觀場吃虧不少齊巧他身子旁邊。站了一個外國絕色的美人。外國的禮信。凡是女人來到這茶會地方。無論你怎樣闊。那女人下身。雖然拖着掃地的長裙。上半身。却是袒胸露肩。同打赤膊的無異。這是外國人的規矩如此。並不足爲奇的。短髮文身裸衣爲飾即三代時已有之傅二棒鎚站在這女人的身旁。因爲要擠向前去。瞧外面的熱鬧。只是把身子亂擺。一個腦袋。東張西望。賽如小孩搖的鼓一般。那女人覺得膀子底下。有一件東西。磕來碰去。翠森森的毛。又是涼冰冰的。不曉得是什麼東西。凡是外國人茶會。一位女客。總得另請一位男客陪他。這男客接到主人的這副帖子。一定要先發封信去。問這女客肯要他接待與否。必須等女客答應了。肯要他接待。到期方好前來伺候。倘若這女客不要。還得主人另請高明。外國風俗女貴男賤並不是虛話閒話休敘。且說這天陪伴這位女客的。也是一位極有名望的外國人。聽說還是一個伯爵。是在朝中有職事的。請伯爵接待女客則百里奚媵嫁胥女未足爲辱當時那外國女客。因不認得那件東西。便問陪伴他的那個伯爵。問他是什麼。幸虧那位伯爵。平時同中國官員。往來過幾次。曉得中國官員頭上常常戴着這翠森森涼冰冰的東西。名字叫做花翎。就同外國寶的星一樣。有了功勞。皇上賞他。准他戴。他纔敢戴。若是不賞他。却是不能戴的。那位伯爵。只知其一不知其二。却把銀子可捐戴的。一層沒有告訴了他。這也是那位伯爵。不懂得中國內情的緣故。休要怪他。名器不可以借人況捐戴亦暫開之例莫怪外人不知當下那外國女客明白了。這個道理。便把身子退後半尺。低下頭去。把傅二棒鎚的鈕子。仔細端詳了一回。又拿手去摩弄了一番。然後同那伯爵說笑了幾句。方始罷休。這天傅二棒鎚跟了欽差。辛苦了幾個時辰。人家個子高看得清楚。倒見了許多什面。獨有他長得矮。躲在人後頭。足足悶了一天。一些些景緻多沒有瞧見。因此把他氣的了不得。晏子長不滿六尺身相齊國況形骸是天所賦與何必動氣回到使館。三天沒有出門。第四天。有個出名製造廠的主人請客。請的是中國北京派來考查製造的兩位委員。國家費了巨款名為出洋考查究竟考查如何這兩位委員。都是旗人。一名呼里圖。一名搭拉祥。都是部曹出身。到了外洋自然先到欽差衙門稟到。驗過文書。却與傅二棒鎚未曾謀面。這晚廠主人請那兩位委員。却邀他作陪。傅二棒鎚接到了信。便一早的趕了去。見了外國人。寒暄幾句。接着那兩位委員亦就來了。進門之後。先同外國人拉手。又同傅二棒鎚厮見。問傅二棒鎚貴姓台甫。貴處。貴班。貴省。幾時到外洋來的。傅二棒鎚一一說了。他倆曉得是欽差大人的參贊。不覺肅然起敬。也不過徒慕虛名罷

了傅二棒鎚仔細看他二人。一個呼里圖。滿臉的烟氣。青枝枝的一張臉。一個搭拉祥。滿臉的滑氣油晃晃的一張臉。一班妖魔鬼怪即畫亦畫不出來年紀都在三十朝外。說的一口好京話。見了人滿拉攏。此是當京官的最講究傅二棒鎚亦問他二人官階。一切呼里圖說是內務府員外郎。現在火器營當差。搭拉祥是兵部主事。現蒙本部右堂桐善桐大人。在王爺跟前。遞了條子。蒙王爺恩典。派在

練兵處報効。是咱倆商量。凡是人家出過洋的回來。總是當紅差使。所以咱倆亦就稟了王爺。情願出洋遊歷。考查考查情形。將來回來報効。（出洋考查又添了一條捷徑）王爺聽了很歡喜。臨走的這一天。咱倆到王爺跟前請示。他老人家說好好好。你們出去考察回來。一家做一本日記。我替你們進呈。將來你倆升官發財。都在這裏頭了。（上以此教人下亦以此實行其事升官發財說來話不為怪）傅二哥你想他老人家。真細心。真想得到。咱倆蒙他老人家這樣栽培。說來真真也是緣分。傅二棒鎚聽了他二人這一番說話。默默若有所悟。（別有會心此亦不便說出）時聽他說完。只得隨口恭惟了兩句。接着便是本廠的主人。同他二人說話。兩邊都是通事傳話。廠主人問他二位在北京做些什麼事情。想來一定忙的。呼里圖說是喫錢糧。沒有別的事情。（吃糧不管事倒是實話）外國人不懂。通事又問了他。纔曉得他們在旂的人。自小一養下來。就有一份口糧。都是開支皇上家的。廠主人方纔明白。又問搭拉祥。搭拉祥說我單管畫到。（此種人除畫到之外也無別的事會幹）廠主人又不知甚麼叫做畫到。搭拉祥說我們當司官的。天天上衙門。沒有什麼公事。又要上頭堂官。曉得我們是天天來的。所以有本簿子。這天誰來過。就畫上個到字。我專當這差使。除掉自己之外。還有些朋友。自己不來。托我替他代畫的。所以我天天上這一盪衙門。倒也很忙。廠主人又問他二人。這遭出來。到我們這裏。可要辦些什麼鎗炮機械不要。（廠主生意經倒不推板）搭拉祥正待接腔。呼里圖搶着說道。從前咱們火器營裏。用的都是鳥鎗。別的鎗恐怕沒有比過他的。至於礮。還是那年聯兵進城的時候。前門城樓上。架着幾尊大砲。到如今還擺着。咱瞧亦就很不小了。（叫此種人去查考製造不如派幾個工頭）當下廠主人見他說的話。不類不倫也就不談。這個另外說了些閒話。等到吃完客散。傳二棒鎚回到使館。心想現在官場。只要這人出過洋。無論他曉得不曉得。總當他是見過什面的人。派他好差使。我這盪出洋。總算主意。沒有打錯。將來回去。總得比別人占點面子。（出洋為得差地步命意已卑如何能顧名思義）一個人正在肚裏思量。不提防接到家裡一個電報。說是老太太生病。問他能否請假回去。他得到這個電報。心上好不自在。要想留下。究竟老太太天性之親。一朝有病。打了電報來。要說不回去。於名分上說不下去。如果就此請假回國。這裡的事。半途而廢。將來保舉弄不到。白吃一盪辛苦。想想亦有點不合算。（功名念切自然天分情薄）左思右想。不得主意。後來他這電報。一個使館裏都傳開了。瞞亦難瞞。欽差打發人來問他。老太太犯的是什麼病。要電報去看他。一想不好。只得上去請假。說要回國省親。（儼然裝出一個孝子模樣）又道。倘若門生的母親病好了。再回來報效老師。溫欽差道。我本想留下你幫帮我的。因為是你老太太有病。我也不便留你。等你回去看看。好放心。老弟幾時動身。大約要多少川資。我這裏來拿就是了。（在此一無事事不如早遣發為是）傳二棒鎚一想。這個樣子。不能不回去的了。眼望着一個保舉。不能到手。至於回國之後。要說再來。那可就煩難了。躊躇了一回。忽然想到前日呼里圖塔拉祥二人的說話。只要到過外洋。將來回去。總要當紅差使的。於是略略把心放下。又想他們到這裡遊歷的人。都要記本日記簿子。以為將來自見地步。我出來這半年。一筆沒記。而且每日除掉抽大烟。陪着老師說閒話之外。此外之事。一樣未曾考較。就是要記。叫我寫些什麼呢。（連本日記簿子寫不出真是如入寶山空手回）回去之後。沒有這本東西做憑據。誰相信你有本事呢。亦是他福至性靈。忽又想到一個絕妙計策。（真實本領沒有小巧卻是有的）仍舊上來見老師。說門生想在這裏報効老師。無奈門生福薄災生。門生的母親又生起病來。門生不得不回去。辜負老師這一番栽培。門生抱愧得很。（先扯上些野話）欽差道。父母大事。這是沒法的。你回去之後。能夠你們老太太的病就此好了。你趕緊再來。也是一樣。倘或真果有點什麼事故。你老弟一時不得回來。好在愚兄三年任滿。亦就回國。我們後會有期。將來總有碰着的日子。（也只好淡淡的回答）傅二棒鎚道。門生蒙老師如此栽培。實在無可報答。看樣子門生的母親未必再容門生出洋。門生的意思。亦就打算引見到省。稍謀祿養。門生這一到省。人地生疏。未必登時就有差委。門生想求老師一件事情。（欲語不語甚難啟口）欽差不等他說完。接着問道。可是要兩封信。老弟分發那一省。（此是人人揣得到）傅二棒鎚道。門生想求老師賞兩個札子。（此卻一時揣不着）欽差想了想。縐着眉頭說道。我內地裡沒有甚麼事情。可以委你去辦。（也是實話）傅二棒鎚道。不是內地。仍舊在外國。英國的商務。德國的鎗炮。美國的學堂。統通求老師賞個札子。等門生去查考一遍。（真正非夷所思）欽差道。不是你老太太有病。你急於回去。還有工夫一國一國的去考查這些事情嗎。（疑得亦是）傅二棒鎚道。門生並不真去。（叫人一時摸不着頭腦）欽差道。你既不去。又要這個做甚麼。這更奇了。傅二棒鎚又扭捏了半天。說道。不瞞老師說。老師大遠的帶了門生。到這外洋來。原想三年期滿。提拔門生。得個保舉。以便將來出去做官便宜些。誰料平空裡出了這個岔子。現在保舉是沒有指望。這是門生自己沒有運氣。辜負老師栽培。亦是沒法的事。門生現在求老師賞個札子。不為別的。

為的是將來回國之後。說起來面子好看些。雖說門生。沒有一處處走到。到底老師委過門生。這們一個差使。將來履歷上。亦寫着好看些。（委札可空造無怪作偽日多）温欽差聽了一笑。也不置可否。你道為何。原來温欽差的為人。極為誠篤。說是委了差使不去。這事便不實在。所以他不甚為然。因之沒有下文。（倒也是個好欽差）當下但問他幾時動身。川資可到賬房去領。傅二棒鎚見欽差無話。只得退了下來。心上悶悶不樂。幸虧他父親提拔的那位王觀察。此時正同在使館當參贊。聽得他這個消息。立刻過來探望。傅二棒鎚只得又託他吹噓。王觀察一口應允。傅二棒鎚又說只要欽差肯賞札子。情願不領川資。自行回國。（情愿以川資為抵銷與行賄何異）王觀察正是欽差信用之人。說的話。自然比別人香些。欽差初雖不允。禁不住一再懇求。又道是傅某人情願不領川資。況且給他這個札子。無關出入。欽差因他說話動聽。自然也應允了。（總是却不過情面）誰知傅二棒鎚得到這個札子。却是非凡之喜。（在別人却毫無用處在他則大有作為）立刻收拾行李。叩謝老師。辭別衆同事。急急忙忙。趁了公司船回國。在公司船上。足足走了兩個多月。方才回到上海。在上海棧房裡。躭擱一天。隨即逕回原籍。老太太的病。乃是多年的老病。時重時輕。如今見兒子從外洋回來。心上一歡喜。病勢自然鬆減了許多。請了大夫吃了幾帖葯。居然一天好似一天。傅二棒鎚於是把心放下。這遭出洋。雖然化了許多寃枉錢。又白辛苦了半年多。保舉絲毫無望。然而被他弄到了這個札子。心上却是高興。（所得足償所失如何不高興）路過上海時。請教了一位懂時務的朋友。買了幾部什麼英軺日記。出使星軺筆記等類。空了便留心觀看。凡是那一國輪船打得好。那一國學堂辦得好。那一國工藝振興得好。那一國鎗炮製造得好。雖不能全記大致記得一半。成能留心到這個也算悻悻自好之士到了檯面上。同人家談天說的。總是這些話。大衆齊說某人到過一盪外洋。居然增長了這多見識。以耳為食者如何不被伊瞞過傳二棒鎚聽了。心上歡喜。仍舊逐日溫習。一直等到老太太可以起床。看看決無妨碍的了。他便起身進京引見。到得京裡。會見幾位大老們。問他一向做什麼。他便說新從外洋回來。奉出使大臣某欽差的札子。委赴各國考察一切。借此可以招搖撞騙真是好計策事完正待銷差。忽接到老母病電。一面電稟銷差。一面請假回國。現因親老。不敢出洋。所以纔來京引見的。大老們聽了他這番說話。又問他外國的事情。他便把什麼英軺日記。出使筆記。所看熟的幾句話。演說了出來。聽上去。到也是原原本本。有條不紊。豈知是抄人家的舊文大老們聽了。都讚他留心時事。又問他外國景緻。這是更無查對之事。除自己知道的之外。又隨口編造了許多。那些大老爺有幾位。輪船都沒有坐過。聽了他話。還有什麼不相信的。諸大老不出戶庭一步如何不喜聽山海經傳二棒鎚見人家相信他的話。越發得意的了不得。引見之後。遂即到省。指的省分是江蘇。先到南京。稟見制台。傳了上去。制台是已經曉得他的履歷的了。一來他父親做過實缺藩司。從前曾在那裡同過事。自然有點交情。二來又曉得他從外洋回來。南京候補雖多。能夠懂得外交的。却也很少。某人既到過外洋。情形一定是明白的。因此已經存了個另眼看待的心。有人先容雖枯木朽株良邀良工之特識等到見面。傳二棒鎚又把溫欽差派他到某國某國查考什麼事情。一一陳說一遍。說完。又從靴筩裡。把溫欽差給他的札子。雙手遞給制台過目。好在多是真憑實據制台畧為看了一看。便問他所有的地方。可曾自己一一親自到過。傅二棒鎚索性張大其詞。說得天花亂墜。不但身到其處。並且一一都考較過。誰家的機器。誰家的章程。滔滔汩汩。說個不了。好在是沒有對證的。制台當時。已不免被他所瞞。（欺他是個外行）等他下去。第二天同司道說。如今我們南京正苦懂得事的少。如今傅某人從外洋回來。倒是見過什面的。有些交辦的新政。很可以同他商量。他閱歷既多。總比我們見得到。司道都答應着。（只要騙信一人其餘都好商量）又過了幾天。傅二棒鎚稟辭。要往蘇州。說是稟見撫台去。制台還同他說這裡有許多事。要同你商量。快去快來。傅二棒鎚自然高興。等到到了蘇州。又把他操演熟的一套工夫。使了出來。可巧撫臺是個守舊人。有點糊裏糊塗的。而且一向是謹小慎微。屬員給他一個稟帖。他要從第一行人家的官銜名字。謹稟大人閣下敬稟者讀起。一直讀到某年月日為止。才具只得如此。還能做得什麼事情。所以聽了他的說話。倒也隨隨便便。並不在意。（如醉如痴隨你蘇張之口無所施其技）傅二棒鎚見蘇州局面既小。撫台又是如此。只得仍舊回到南京。此時制台正想振作有為。（喜事之人必易受羣小之蒙）都說他的人是個好的。只可惜了一件。是犯了不學無術四個字的毛病。倘或身旁有個好人。時時提醒了他。他卻也會做好官的。無奈幕府裏屬員。當中辦洋務的。只仗着繙譯。要說繙譯外國話。外國文理是好的。至於要講到國際上的事情。他沒有讀過中國書。總不免有點偏見。幫着外國。所以這位制台。靠了這班人辦理外交。只有愈辦愈壞。（使人有才難之歎）主權慢慢削完。地方慢慢送掉。他自己還不曾曉得。（王衍之亂天下正因遇厲治之主）此外管軍政的。管財政的。管學務的。縱然也有一二個明白的在內。無奈好的不敵壞的多。不是借此當作升官的捷徑。便是認做發財的根源。一省如此。省省如此。國事焉得而不壞呢。欲挽回國勢非盡去壞人不可閒話休敘。且說傅二棒錘回到南京。制台又謬採虛聲。拿他當作了一員能員。先委了他幾個好差使。隨後他又上條陳。說省城裡這樣辦得不好。那樣辦得不對。照外國章程。應該怎樣怎樣。一國有一國程度如何可以柄鑿制台相信了他的話。齊巧製造鎗砲廠的總辦出差。就委他做了總辦。又撥給許多款項。叫他隨時整頓。不久又兼了一個銀元局的會辦。一個警察局會辦。這幾個差使。都是他說大話發空議論騙了來的。考其究竟。還虧溫欽差給了他那個考查各國的札子。他雖然一處沒有去。借了這札子的力量。居然制台相信他。做了這廠的總辦。那海州州判調省之後。制台拿他撥在廠裡當差。其時正當這傳二棒錘初委總辦。接手未久。亦是他倆官運亨通。傅二棒錘自從接差之後。諸事順手。從未出過一點岔子。蕭規曹隨有何難處所以制台愈加相信。當了兩年紅差使。跟手就委署一任海關道。交卸到省。仍舊當他的紅差使。那位州判老爺。因為憲眷優隆。亦就捐升同知。做了搖頭大老爺。也算一帆風順說是遇有機會。就可以過班知府。後來能否如願。書中不及詳敘。且說彼時捐例大開。各省候補人員。十分擁擠。其中魚龍混雜。良莠不齊。做上司的人。既漫無區別。以一人而知衆人則難以衆人而知衆人則易所以欲別賢愚必當重民權專檢些有來往有交情。或者有大帽子寫信的人。照應照應。量委差缺。有些苦的候補了十來年。永遠見不到上司面的人。還有因此京裏有位都老爺。便上了一個摺子。請旨飭令各省督撫。整頓吏治。甄別賢愚。好的留省當差。准的咨回原籍。或是責令學習。[illegible]

(如此辦法定教窟穴一空)摺子上去。上頭自然沒有不壞。立刻由軍機處。寄字各省督撫照辦。各省當中。有些已有課吏館的。奉到這個上諭。譬如本來敷衍的。至此也要整頓起來。(倘能實事求是吏治也不致壞到十二分地步)還有些督撫。曉得捐班當中通的人少。也不忍過於苛求。凡是捐班人員初到省。道府大員總得給他個面子。不肯過於頂真。同通以下。以及佐雜。就用不着客氣了。這些人到省。並不要他做什麼策論。也不要扃門考試。同通知縣。只要他當面默京報。北京出的京報。上面所載的。不過是宮門抄。同本日的幾道諭旨。以又幾個摺奏。並沒有什麼深文奧義。是頂容易明白的。(也算降格以求了)這時候做督撫的人。隨手翻一條。或是諭旨。或是摺片。只要不默騎馬句。就算是完卷。算算是並不煩難。無奈有些候補老爺。仍舊還是默不斷。(連淺近文義也默不斷何能責以吏治)傳說那一省有一個候補同知到省。撫台叫他默京報。默的是那一省的巡撫上的摺子。這位巡撫是姓覺羅。他當下拿筆在手。某省巡撫一默。奴才一默。覺羅一默。(官場話柄無所不有)默到這裏。撫台說罷了罷了。不消再往下默了。當下那位同知。還不曉得自己默錯。等到衆人一齊默過。退了下去。還要指望上司照應他。派他差使。那知道過了兩天。掛出牌來。是叫他回籍學習。(自古學而後入官已不可責諸晚近)他到此急了。一時摸不着頭腦。請教旁人。旁人說莫非你默京報默錯了罷。他還不服。人家問他默的那一段。他便背給人家聽。又道旗人的名字。一直是兩個字的。奴才底下覺羅兩字。一定是這位撫台的名字。我默的並不錯。人家見他不肯認錯。也就鼻子裏冷笑一聲。不告訴他。等他糊塗一輩子。(不肯虛心自然難得實益)但是上司掛牌。叫他回去學習。是無從挽回得來的。只得收拾行李離開此省。另作打算。（銅臭奴至此亦計窮力盡了）此亦因點破句子。鬧笑話的。尚不知其數。但看督撫跳剔不跳剔。憑各人的運氣去碰了罷。（督撫果真嚴厲總算此輩晦氣）至於一班佐雜學問。自然又差了一層。索性京報也不要他默了。只叫他各人把各人的履歷。當面寫上三四行。督撫來不及。就叫首府代爲面試。只要能夠寫得出。已算交代過排場。倘若字迹稍些清楚點。就是超等。至於寫不成字的。往往十居六七。（此輩身爲民上吏治安得不壞）要奏參革職。亦參不了許多。要咨回原籍。亦咨不了許多。做上司的到了此時。亦只好寬宏大量。積點陰騭。給他們留個飯椀罷了。（仕途不過安插無用之人）閒話少敘。目下單說湖南一省。新近換了兩任巡撫。着實文明。很辦了些維新事業。屬下各員。望風承旨。極應該都開通的了。那知開者自開。閒者自閒。（興學未久捐納未停安望進步）當時正接着這考試屬員的上諭。撫台本是個肯做事的人。當下便傳兩司商量辦法。藩台說同通州縣。本有月課。現在考較他們。也不過同月課一個樣子。臬台說其實只要月課。頂真些。考得好的拔委差缺。那不好的。自然也要巴結上進。（兩司之言原無可無不可）是撫台道。這個我豈不知。但是現在軍機裏。鄭重其事的寫出信來。總得另外考試一場。分別一個去取。我的意思不光專考捐班人員。就是科甲出身的。也應一體與試。（正途荒廢已久也該教他溫習些）齊巧藩台是個甲班。便道科甲出身人員。總求大帥給他一個面子。可否免其考試。撫台道。這個不可。科甲人員。文理雖通。但是他們從前中舉人中進士。都是仗着八股試帖騙得來的。於國計民生。毫無關繫。（所學非所用誤人不少）這番考試。乃是試以政事公事明白的。方可做官。倘若公事不明白。雖是科甲出身。也只好請他回家處館。這樣人倘若將來拿了印把子。怕不誤盡蒼生嗎。（文章原可發為政事倘果讀通的人斷不慮此正恐一孔之儒耳）藩台聽了無話。當下撫台便叫藩台。傳諭他們。自從候補道府起至佐雜為止。分作三天。一體考試。如有規避。從重參處。倘有疾病。隨後補考。（雷厲風行不留餘地）這個風聲一出。人人害怕。個個驚皇。不但一班候補道台。怨聲載道。自以為已經做了監司大員。如今還要他同了一班小老爺。分班考試。心上氣的了不得至於一班科甲人員尤其不平心想我們乃是正途出身又不是銀子買來的還要考甚麼。（我亦云然）但是撫台既有這個號令。又不敢違拗。只得一個個去打聽。幾時纔考考些甚麼。打聽着了。以便也預先揣摩起來。（急來抱佛脚人人如此）其中有位候補知府。乃是一位太史公。截取出來的。到省後。亦委過兩盪好點的差使。無奈總是辦理不善。鬧了亂子。撤了回來。因此也就空在省裏。他雖然改官外省。却還是積習未除。他點翰林的。那年已經四十開外。五十多歲上。截取出來。目下已經六十三歲。然而精神還健。目力還好。每日清晨起來。定要臨摹靈飛經。寫白摺子兩開。方吃早點。下午太陽還未落山的時候。又要翻出詩韻來。做一首五言八韻詩。（寫白摺子做應制詩）（究竟何補時艱）他說吟詩一事。最能陶寫性靈。然而人家見他做詩。却是甚苦。或是鍊字。或是鍊句。往往一首詩。做到二三更天。還不得完。詩不做完。就不睡覺。（真是一字拈斷吟髭）偶然得到了一句。自己得意的句子。馬上把太太少爺。一齊叫了來。講給他們聽。有時太太睡了覺。還一定要叫醒了他。或爬在床沿上。高聲朗誦。念給太太聽。（可見得意之極）他自從當童生起。一直頂到如今。所有做的試帖詩稿。經他自己刪汰過五次。到如今還有二尺來高。六十幾本。自以為在清朝當中也算得一位詩家了。（歌咏昇平在閒關謝客時還可行）後來朝廷廢去八股試帖。改試策論。他聽了大不爲然。此時已經改外候補。因爲得了這個信息。氣的三天沒有上衙門。同寅當中有兩個關切的。還當他有病在家。都走來瞧他。問他爲什麼不出門。他歎口氣對人說道。現在是雜學龐興。正學將廢。眼見得世界上讀書的種子。就要絕滅了。（數句詩也算不得吾道干城）自此以後。白摺子寫的格外勤。試帖詩做的格外多。人家問他何苦如此。他說他是爲正學一線之留延。所以不得不如此。（豈知雕蟲小技不合大成）大家都說他痰迷心竅。也就不再勸他。又過了些時。聽見撫台有考試屬員的話。又說連正途出身的道府。亦要一體考試。他聽了更氣的什麼似的。說我們自從鄉會覆試朝殿散館以及考差。除掉皇上。亦沒有第二個人來考過咱。（何不也請他做幾篇）如今不該做了他的屬員。倒被他搬弄起來。這個官還好做嗎。說着馬上要寫稟帖。給撫台告病。說不幹了。我不能來受他的氣。（自恃老前輩如何不氣）誰知他老人家正在鬧着告病。倒說一連接到親友兩封來信。一封是他一個至好朋友。還是那年由京裡截取出來。問他挪用過八百金。一直未曾歸還。如今那個朋友。光景很難。所以寫了信來問他討。又一封乃是他的親家。現任戶部侍郎。從前定過他的小姐做兒媳。如今兒子已經長大。擬於秋間。爲之完姻。以了向平之願。這位侍郎公親家。乃是他一向仰仗的。想想自己女兒也不小了。留在家裡無用。早晚總要出閣的。還賬要錢。嫁女兒亦是要錢。眼面前就有這兩宗出欵。倘若不做官。更從何處張羅。因此空發了半日牢騷。（爲景況上起見只得降心相從了）過了一夜。第二天便出門拜見首府。因首府是他同年。彼此知己。好打聽中丞這番考試屬員是個什麼宗旨所考的是些什麼東西首府同他說聽說也不過策論告示批判之類他說若說策論呢對策不過翻書的工夫鄉會三場以及殿試我輩尚優為之至於作論越發不是難事不過做一篇散體文章況且朝考亦要作論這些都是做過的至於擬告示擬批擬判我兄弟雖是一行作吏但自問並不同於俗吏所為一向於這公事上頭却也不甚留心不甚了了驟然拿個稟帖叫我批說椿案子叫我判叫我寫些什麼呢（聞唐制考試題目尚有狀判之類至本朝專重制義此道更無人過問矣）首府乃是一個老滑聽了說道這些事情只要准情酌理大致不錯也就交代過去沒有什麼煩難的他道總要還他格式纔好這些格式我肚子裏一向沒有怎麼好呢首府道就像我兄弟出來做官何曾懂得什麼格式也不過書辦擬了上來老夫子改好之後再送我過目瞧着有不對的斟酌換兩個字罷了（寔缺官自然是在行的）老同年如其單要講究格式其實只要一書辦足矣（只當作老馬識途）那位截取知府聽了喜的了不得連忙說道現在我兄弟就少怎麼一個人指點指點如此就拜託同年可否就在貴衙門裏書辦當中檢老成練達的賞荐一位以便兄弟朝夕領教也免得時刻來煩老同年首府被他纏不過曉得他有痰氣的如果不荅應一定還要纏之不休只得應允等到他拜客回公館那府裡的書辦也就來了（此刻當書辦的倒大佔風頭）見了面磕頭稱大人自己稱書辦問他那一房回說是刑房這位太守公竟其異常客氣因為他姓王就稱之為王先生又請王先生坐王先生執定不肯他說請教的事情多坐了好商量（也算是虛心下氣了）原來這位太守公從前做八股的時候單練就一種工夫是自己抄寫類書把什麼四書

人物串珠。四書典林。文料觸機等類。一概自己分門別類。抄寫起來。等到用的時候。自然是有觸斯通。取之不竭。以類書作藍本所謂爛墨卷 如今撫台要考官。他想考試。都是一樣。夾帶總要預備的。他的意思。很想仿照款式照編一部。就題個名字。叫做官學分類大成。此書一出加惠仕途不少 將來刻了出來。不但便已。並可便人。通天下十八省。大大小小候補官員。總有好幾萬人。既然上頭要考官這種類書每人總得買一部。一十八省一齊消通。就有好幾萬部的銷場。不惟得名。而又獲利。看來此事大可做得。倒是一個好計較 因此便把這意告訴了王先生。王先生聽了。楞了一楞。說道。案卷有幾千幾百宗。一時那裏查得齊。況且書辦管的。單是刑科。還有吏戶禮兵工五科的事情。再加現在的洋務商務。一共有八九門。書辦一個人怎麼管得來呢。所謂若涉大海茫無津涯 若是大人考較各種格式。依書辦的愚見。外面書鋪裏有一種書。叫做什麼宦鄉要則。買部來看看。大約亦有個六七成。連個宦鄉要則還未成目覩自然不懂格式 那位截取太守公。聽了甚喜。聽了一遍不懂。又問了一遍。把名字問明白了。立刻寫了個條子。叫官家去買。不到半點鐘工夫。居然買了回來。翻開一看。只見各種款式都有些。他老人家翻來覆去。看了一回。說道。原來這書。竟同我們做時文的所讀的制藝聲調譜一樣。只要把他讀熟。將來出去做官。自然無往不利了。虧你曉得到此上頭 王先生道。這些都是個呆的。至於其中的巧妙。在乎各人學問閱歷。書上亦載不盡許多。連個文無定法也不知其文之法 不佳可知 截取太守公道。這個你可辦得來。王先生道。辦雖辦得來。不過幾句照例的話。隨便寫了上去。仍舊要師爺改了。纔好用。截取太守公道。我現在只要有你的本事。我就不愁了。不早棗書誦律

（總算失着）兩個人談了半天，就要留王先生吃飯。王先生不肯，起身告辭。特地叫他把地名寫下，以便叫人來請。等到王先生去後，這一位太守公足足盤算一夜，想來想去，自己本事總覺有限，不可冒昧出去應考。（也算自知之明）忽然悟到凡是考試，都可以請鎗手冒名頂替進場。等到明天，我何不把王先生找了來，就叫他充做我的跟班，一塊兒混了進去，等到題目下來，可以同他商量，豈不省事。（虧你想得出）主意打定，次日一早便派人把王先生找來，同他密商此事，答應送他若干銀子，如得高等，得有差缺，另外補情。王先生聽了，若笑不笑的躊躇了一回，說道：「大人既要書辦去做這個，為什麼昨天不說？書辦今天早上已答應了別人了。」截取太守公一聽大驚，心想人家倒比我還來得快，可見這事早已通行，在我今日並不算作創舉。（忘卻公令之嚴）想罷便問：「請你作鎗的是誰？」書辦道：「是一位同知老爺，並不同大人一班。至於這位老爺的名字，書辦也不便說。橫豎到了那天，如其府廳同一天考，只要書辦幫完了，那邊自然趕到大人這邊來效力。倘若不在一天，那話更好說了。」這位太守公聽了，默默無言，只得另打主意。（豈知塞翁失馬馬知非福）原來這兩天所有的道員，已經竭力運動，弄了什麼京信，撫台答應顧全他們的面子，免其考試，府廳以下，均不能免。（府道並行也，太不均勻）當下已定了府廳為一天，州縣人多，分作三天，統通到課吏館聽候面試。至於佐雜各員，則歸首道代勞。閒話少敘。且說到了考試府廳的那一天，撫台因係奉旨的事，不得不格外慎重，天甫黎明，憲駕已臨課吏館，司道大憲通同堂恭與考。各官一齊翎頂輝煌，靴聲橐橐，卻個個手跨考籃，同應試的舉子一樣。當下逐一點名給卷，點完之後，司道退出。照例封門。撫台特留下兩員候補道。作為場中巡綽官。慎重功令辦得十分週到當下發出題目牌。衆人擠上去看時。只見上面一共寫着兩個題目。一篇史論。一道策。史論題目。是大家曉得的。總出在御批通鑑輯覽一部書上。策題問的是膏捐。這膏捐一事。有些抽大烟的老爺們。或者還明白一二。至於那些不抽烟的。以及平時連申報都不看的。還不曉得是什麼事呢。一竅不通之人也要出來做官一時人頭簇簇。言三語四。聚了多少人商量。也有商量出道理的。也有商量不出道理的。胸無點墨何以出身加民正在聚訟紛紛之際。忽聽得一片聲喧。說是拿住了搶手。只見許多穿袍子戴帽子的老爺。扭住一個又胖又大的一個黑漢。說他進來冒名頂替做搶手。如今要拿他去回撫台。求榮反辱何必多此一舉後來那兩個監場的道台。彼此商量了一回。齊說這事情鬧到大帥跟前。恐怕弄僵不好收場。便挺身出來。打圓場。勸諸位放手。把搶手交給我們二人。我們替你們稟明中丞。查明白他那本卷子。是替什麼人搶的。查明白了。一面撤去這本卷子。再把本人嚴參。一面把搶手另外一間屋子看管起來。等到開門的時候。發交長沙縣嚴辦。諸位不要躭誤自己的工夫。這件事。統通交給我二人便了。也算善於說法了一衆大人老爺們。見這兩位道台說話在理。果然把搶手交出。衆人各自散去。那兩位道台這纔進去。面稟撫台。撫台於此舉甚是頂真。一聽這話。忙說冒名頂替。照考試定章。辦起來自要斬立決的。今天考試。雖非鄉會可比。然究係奉旨之事。既然拿到了搶手。兄弟今天定要懲一儆百。讓衆人當面看看。好叫他們有個怕懼。總算鐵面無情說着立刻叫巡捕官。傳令開門。傳三大營首府縣伺候。說撫台大人。今天要請太令殺人。

宛如龍圖復生衆官不知。就裏一齊奔到課吏館。誰知等了半天。既不見撫台出來。亦沒有別的吩咐。後來一打聽。不料拿到的那個槍手。查出那本卷子。不是別人。正是撫台二少爺的妻舅。他因為要仰仗太親翁的提拔。所以特地捐了一個知府。寄托宇下。正逢着撫台考官。這位大人。乃是個一竅不通的。只得請了槍手。代為槍替。又有二少爺的內線。替他求求太親翁。料想超等總有分的。那知被人拿住了破綻。弄巧反成拙大抵如此撫台一時未及查問明白。鬧得一天星斗。一時不好收蓬。所謂作法自斃衆人來了半天。巡捕上來請示。撫台只吩咐槍手發交首府。調三大營來。是恐怕再有人傳遞。特地叫他們來巡緝的。要殺人的話。也就不題了。出爾反爾不成政體欲知後事如何。且聽下回分解。

慣逢迎片言矜秘奧

辦交涉
兩面
露殷勤

五編卷五十七

慣逢迎片言矜秘奥

辦交涉兩面露殷勤

話說湖南撫臺本想借着這回課吏。振作一番、誰知鬧來鬧去。仍舊鬧到自己親戚頭上。做聲不得。只落得一個虎頭蛇尾。〔行法自親舊始法之不行未始不由親舊壞之也〕後來又怕別人說話。便叫人傳話給首府。叫他斟酌着辦罷。〔出面不得只好叫別人去做難人〕首府會意。回去叫人先把那個鎗手教導了一番話。〔險些作了刀頭之鬼〕先由發審委員問過兩堂。然後自己親提審問。首府大人假裝聲勢要打要夾。說他是個槍手。只顧言東語西。不肯承認。在堂的人。都說他是個瘋子。〔要真就真要假就假〕首府又問這人有無家屬。就有他一個老婆。一個兒子。趕到堂上跪下。說他一向有痰氣病的。這天本來穿了衣帽到親戚拜壽。家有小工王三跟去。王三回來。說剛剛走到課吏館。因彼處人多路擠。一轉眼就不見了。王三尋了半天不見。只得回家報知。後來家中妻子。連日在外查訪。杳無消息。今天剛剛走到府衙。聽得裏面審問重犯。又聽說是課吏館捉到的槍手。因此趕進來一看。誰知果然、是他。但他實係有病。雖然捐有頂戴。並未出來做官。亦並不曾做文章。叩求青天大人開恩放他回去。〔一番教供暫時遮人耳目〕首府聽了。不理歇了一回。纔說道。就不是槍手。是個瘋子。也要監禁的。〔本難輕易放脫也只好權時難為他〕那人的妻子還是只在下叩頭。首府又叫人去傳問請槍手的那位候補知府。那位候補知府說是有病不能親來。拿白摺子寫了說帖。派管家當堂呈遞。〔做得水洩不漏的是能趕〕首府一面看說帖管家一面在底下回道家主這天原預備來考的實因這天半夜裏得了重病頭暈眼花不能起床（雖不是真病也有些心病）首府道既有病就該請假管家道回大人的話撫臺大人點名的時候正是家主病重的時候小的幾個人連着公館裡上上下下請醫生的請醫生撮藥的撮藥那裏忙得過來好容易等到第二天下午家主稍為清爽些想到了此事已經來不及了說着又從身邊把一卷藥方呈上說道這張是某先生幾時幾日開的那張是某先生幾時幾日開的又說家主現在還躺在床上不能起來大人狠可以派人看的又道這些醫生都可以去問的（在衆人屬目之地總要駁幾句）首府點點頭吩咐衆人一齊退去瘋子暫時看管聽候稟過撫臺大人再行發落後來首府稟明了撫臺回來就照這樣通詳上去把槍手當做瘋子定了一個監禁罪名（便宜了他總要有些憑據見証方可遮飾過去）候補知府某人派首縣前往驗過委係有病取具醫生甘結為憑（總要做得周到）惟該守既係有病亟應先期請假迨至查出未到始行遣下續報雖訊無資雇槍手等弊究不能辭玩忽之咎（也要認些風流罪過）應如何懲儆之處出自憲裁各等語撫臺得了這個稟帖還怕有人說話（也知清議可畏）並不就批第二天傳發出一道手諭貼在府廳官廳上說本部院凡事秉公辦理從不假手旁人此番欽奉諭旨考試屬員原為拔取真材共求治理在爾各員應如何恪恭將事爭自濯磨以副朝廷孜孜求治之盛意乃候補知府某人臨期不到已難免疏忽之愆復經當場拿獲瘋子某某其時衆議沸騰僉稱槍手是以特發首府嚴行審訊旋經該府訊明某守是日有病某某確有瘋疾取具醫生甘結並該瘋子家屬供詞稟請核辦前來本部院

辦事頂真猶難憑信（總要說得冠冕堂皇）為此諭爾各守丞倅知悉凡是日與考各員苟有真知灼見確能指出鎗替實據者務各密告首府彙稟本部院親自提訊一經証實立即按律嚴懲飭吏治而拔真材在此一舉本部院有厚望焉特諭（有此一諭可免別起風潮）這個手諭貼了出來就有些妒忌那位知府的又有些當場拿人的各人有各人的主意有的是沖憤有的想露臉竟有兩個人寫了稟帖去交給首府代遞（真是困夢未醒）次日衙期一齊到了官廳頭一個上來拿稟帖交給了首府首府大略一看一面讓坐一面拿那人渾身打量一番慢慢的講道事情呢本來不錯就是兄弟也曉得並不冤枉但是一樣誰不曉得他是撫台少爺的親戚我們何苦同他做這個冤家呢（索性老實說出）況且就是拿他參掉騰下來的差使未必就派到你我而且我們的名字他老人家倒永遠記在心上據我兄弟看來諸君狠可不必同他多此一個痕迹（說得委宛可聽）果然諸君一定要兄弟代遞兄弟原不能不遞但是朋友有忠告之義愚見所及安敢秘而不宣諸君果且斟酌斟酌再遞何如（做成圈套一個叫人來遞一個又勸人不要遞）大家聽了首府的話想想不錯有些稟帖還沒有出手的一齊縮了回來就是已把稟帖交給首府的到此也覺後悔朝着首府打恭作揖連稱領教也把那稟帖收了回來（如此一來好教人死心塌地不好再起風波）首府又細加探聽內中有幾個心上頂不服的把他們的名字一齊開了單子送給撫台（自有用意）撫台見手諭貼出了兩天沒有說話便按照着府的詳文辦理略謂某守臨期因病不到雖非有心規避究屬玩視着記大過三次瘋子暫行監禁俟其病痊方准交其家屬領回（至此方可明目張膽而出之）一面繕牌曉諭一面已把前天所考的

府廳一班分別等第榜示轅門凡是首府開進來的單子想要攻訐他兒子妻舅的幾個名字一齊考在一等之內三名之後不過藉此搪瞞衆人之口這班人得了高第無不頌稱中丞拔取之公。次日一齊上院叩謝其實弄到後來前三名仍是撫台的私人第一名。委了一個缺出去二三名都派了一個差使三名之後毫無動靜空歡喜了一陣。始終未得一點好處。奸人作用可愛不過賣個虛人情至於那位記過的雖然一面記過一面仍有三四個差使委了下來衆人看了他雖不免作不平之鳴。畢竟奈何他不得威權在手誰敢揭其隱而發其覆祇因這一番作為撫台深感首府斡旋之功拿他器重的了不得未久就保薦他人材將他送部引見引見之後過班道台仍歸本省補用並交軍機處存記領憑到省稟見撫台第二天就委了全省學務處洋務局營務處三個闊差使名為講求新政不過為佈置心腹地步又兼院上總文案且說這位觀察公姓單號舟泉為人極其漂亮又是正途出身俗語說得好一法通百法通他八股做得精通自然辦起事來亦就面面俱到了作事圓通自然投無不利他自從接了這四個差使之後一天到晚真正是日無暇晷沒有一天不上院撫台極其相信他固不必說他更有一種本事是一天到晚同撫台在一處凡是撫台說的話他總答應着從來不作興說一句不是的肯和諧最佔便宜有天撫台為了一件甚麼交涉事件牽涉法國人在內撫台寫錯了寫了英國人了撫台自己謙虛拿着這件公事同他商量問他可是如此辦法不恥下問足見謙沖他明明曉得撫台把法國的法字錯寫做英國的英字他卻並不點穿只隨着嘴說極是是個深心人撫台心上想某字同某人商量過他說不錯一定是不錯的了信任可知便發到洋務文案上照辦幾個洋務文案奉到了這件公事一看是撫台自己寫的自然是分頭趕辦等到仔細校對起來法國人的事牽到英國人身上明明是撫台一時寫錯然而撫台寫的字不敢提筆改只得捧了公事上來請教老總（自然不敢擅專）單道台道只個我何曾不曉得是中丞寫錯但是在上憲跟前我們做屬員的如何可以顯揭他的短處（然則為上司者又何從聞過乎）兄弟亦正為此事躊躇此時單道台一面說一面四下一看只見文案提調候補知府旗人崇志綽號崇二糡糊的還沒有散便把手一招道崇二哥快過來這事須得同你商量崇二糡糊忙問何事單道台如此這般的說了一遍又道現在別無辦法只有托你二哥明天拿這件公事另外寫一分夾在別的公事當中送上去請他老人家的示看他怎麼批料想鬧錯過一回斷乎不會回回都鬧錯的（也算費盡心思）崇二糡糊雖然糡糊此時忽然明白過來忙說道回大人的話這件公事大帥今天纔發下來明天又送上去不怕他老人家動氣又該說咱們不當心了（要你模糊時你卻不肯模糊）單道台發急道我們文案上碰個釘子算什麼差使當的越紅釘子碰的越多總比你當面回他說大人寫錯了字的好（不肯顯揭人短真是老於世故）況且他一省之主肯落這個把柄在我們手裏嗎還是照我辦的好（要他自己去悟也算苦心孤詣）崇二糡糊拗他不過只得依他等到了第二天送公事上去果然又把這件公事夾在裏面撫台一面翻看一面說話後來又翻到這件忽然說道這個我昨天已經批好交代單道台的了崇二糡糊不響撫台又說一遍崇二糡糊回稱這是單道說的還得請請大帥的示（語言閃爍）撫台心上想難道昨兒批的那張條子他失落掉不成於是又重批一條誰

知那個法國人的法字依舊寫成英國的英字一誤再誤他自己實實在在未曾曉得(真是懵懂)等到下來崇二糊糊把公事送給單道台過目單道台看到這件只是縐眉頭也不便說什麼(一發不好露聲色)為的旁邊的人太多他做屬員的人如何可以指斥上憲之過倘或被旁邊人傳到撫台耳朵裏去如何使得(作事謹慎着實可愛)看過之後放在一邊等了半天打聽得撫台一個人在簽押房裏他便袖了這件公事一個人走到撫台跟前(機密之極)一掀門簾正見撫台坐在那裏寫信他進來的脚步輕撫台沒有聽見他見撫台有事便也不敢驚動袖了公事站在當地一站站了一點鐘(陪盡小心)撫台因為要茶喝喊了一聲來猛然把頭擡起纔看見了單道台問他幾時來的有什麼事情單道台至此方纔卑躬屈節的口稱職道纔進來因見大帥有公事所以不敢驚動(隨機應變體貼入微)撫台一面封信一面讓他坐等信封完然後慢慢的提到公事(從容暇豫)倒是撫台先說昨天一件什麼事不是我兄弟已經同老哥商量好了批了出去叫他們照辦嗎他們今天又上來問我你看他們這些人可糊塗不糊塗(自己糊塗反說人家糊塗此種人世間不少)單道台道非但他們糊塗職道學問疏淺實在亦糊塗得狠(先自己認個錯)就是昨天那件公事大帥一定曉得這外國人的來歷一定是英國人不是法國人職道猜這件公事他們底下總沒有弄清一定是把英國人寫做法國人了大人明鑒萬里所以替他們改正過來的(作個反講法使他自己去認)撫台聽了楞了一楞說那件公事你帶來沒有單道台回稱已帶來就在袖筩管裏把那件公事取了出來雙手奉上却又板着面孔說道法國人在中國的不及英國人多所以職道狠疑心這樁事一定是英

國人大帥改的一點不錯。（又替他回護一番免得他懷慚）撫台亦不答腔。接過公事。從頭至尾瞧了一遍。忽然笑道。這是我弄錯了。他們並沒有錯。（至此方恍然大悟）單道台故作驚惶之色道。倒是他們不錯。這個職道倒有點不相信了。（故意作為不知）立刻接過公事。又仔細端詳看一遍。一面點頭。一面箍嘴弄舌的自言自語了。一回又說道。果真是法國人。不是大帥改過來。職道一輩子也纏他不清（要他改一個字）（如此鄭重而出之不外揣摩一法）職道下去立刻就吩咐他們照着大帥批的去辦。撫台道。這事已耽誤了一天了。趕快催他們去辦罷。單道台諾諾連聲。告退下去。回到文案上。朝着崇二糢糊一班人說道。你們不要瞧着做官容易。伺候上司。要有伺候上司的本領。照着你們剛纔的樣子。就是公事送上去十回。非但改不掉。還要碰下來。（大員十個九個護短非老奸不能道隻字）崇二糢糊道。依着卑府是要在那寫錯字的。旁邊貼個紅簽字送上去。等他老人家自己明白。單道台道。這個尤其不可。只有殿試朝考。閱卷大臣看見卷子上。有了什麼毛病。方纔貼上個簽子。以做記號。我是過來人。還有什麼不曉得。如今我們做他下屬。倒反加他簽子。賽如當面罵他。不是斷斷使不得（畢究揣摩純熟者不露痕跡）中庸上有兩句話。我還記得。叫做在下位不獲乎上。民不可得而治矣。什麼叫獲上。就說會巴結會討好。不叫上司生氣。如果不是這個樣子。包你一輩子不會得缺。不能得缺。那裏來得黎民管呢。這便是民不可得而治矣的註解。（斷章取義大言欺人）單道台正說得高興。崇二糢糊是有點糢糊糢糊。也不管什麼大人卑府。一定要請教。剛纔大人上去。是同大帥怎麼講的。怎麼大帥肯自己認錯。改正過來。求求大人上去指示。等卑府將來也好學點本事。（此事你欲明白只好叫你糢糊）

（一世了）單道台閉着眼睛說道。這事些些可以意會。不可言傳。要說一時亦說不了。許多神而明之。存乎其人。諸公隨時留心。慢慢的學罷了。（不傳之傳勝於言傳）又過了些些時。首縣稟報上來。有一個遊歷的外國人。因為上街買東西。有些小孩子拉住他的衣服。笑他那個洋人。腦了。就把手裏的棍子。打那孩子。那孩子躲避不及。一下子打到太陽穴上。是個致命傷的所在。那孩子就躺在地下。過了一會。就沒有氣了。（失手打死人雖是外國人恃強亦由小孩不知利害）那個孩子的父母。自然不肯干休。一齊上來。要扭住外國人。外國人急了。舉起棍子。一陣亂打。旁邊看的人。狠有幾個受傷的。（此則心急意亂不暇致詳）街坊上衆人。起了公憤。一齊奮勇上前。捉住了外國人。奪去他手裏的棍子。拿繩子將他手腳一齊捆了起來。穿根匾担。把他扛到首縣喊寃。（終究寡不敵衆）首縣一聽人命關天。這一驚非同小可。等到仔細一問。纔曉得凶手是外國人。因想外國人。不是我知縣大老爺可以管得的。立刻吩咐一干人下去候信。當時尸也不驗。立刻親自上院。請示撫台。見了面。問知端的。曉得是交涉重案事情。是不容易辦的。馬上傳單道台商量辦法。（中外刑律不同無例可案）單道台問打死人的凶手。既是外國人。到底那一國的。查明白了。可以照會他該管領事。商量辦法。（尋着頭緒方可下手）首縣見問。呆了半天。方掙扎着說道。橫豎外國人就是了。卑職來的怱促。卻忘記問得。撫台又問打殺的是個什麼人。（也要問苦主軟硬）首縣說是個小孩子。撫台道。我亦曉得是個小孩子。到底他家裏是個做什麼的。首縣道。這個卑職忘記問他們。等卑職下去問過了他們。再上來稟復。（首縣不濟事）大帥撫台罵他糊塗。叫馬上去查明白了。再來。首縣無奈。只得退去。回到衙門。把簽稿二爺叫上來。

哼兒哈兒。罵了一頓。罵他糊塗。不把那小孩子的家計。同凶手是那一國的人。查明白了回我。如今撫台問了下來。叫我無言可對。真正糊塗。趕緊去查。發稿門下來照樣把地保罵了一頓（吃了上頭釘子把下頭人出氣一層壓一層）地保又出去追問苦主。方纔曉得是豆腐店的兒子。是個小戶人家。沒有什麼大手面的。後來又問到外國人。大家都不懂他說話。首縣急了。曉得本城紳士龍侍郎。新近亦沾染了維新習氣。請了外國回來的洋學生。在家裏教兒讀洋書。打算請了他來充當繙繹。（言語不通只好借重舌人）馬上叫人拿片子去請。等了半天去人。空身回來說是龍大人那裏洋師爺。半個月前頭。就進京去考洋翰林去了。（偏匕不湊巧）首縣正在難齋巧。院上派人下來說把外國凶手先送到洋務局裏安置。等到問明之後。照會他本國領事。再商辦法。（外國人不服中國律例辦理卻是棘手）首縣聞言如釋重負。趕忙前去驗尸。提問苦主。鄰右。疊成文書。中詳上憲。閒話少敘。原來這事全是單道台一個人的主意。他同撫台說。我們長沙並沒有什麼領事。這個外國人。是為遊歷來的。如今打死了人。倘若不辦他。地方上百姓。一定不答應。若說是拿他來抵罪。我們又沒有這樣的治外法權。可以拿着本國的法律。治別國的人。（欲辦得不偏不倚確是煩難）想來想去。這凶手放在縣裏。總不妥當。倘或在班房裏。叫他受點委曲。將來被他本國領事說起話來。總是我們不好。不如把他軟禁在職道局子裏。（想是居為奇貨）不過多化幾個錢。供應他。等到他本國領事回文來。看是如何說法。再商量着辦。（一緩下來方可從中施其手段）請請大帥的示。看是怎樣。撫台連說狠好。所以單道台下來。立刻就派人到首縣裏去提人的。當下人已提到局子裏。有的是繙譯。立刻問他是那一國的人。甚麼名字。幸虧鄰省湖北漢口。就有他該管領事。可以就近照會。馬上又回明撫台。詳詳細細由撫台打了一個電報。給湖廣總督。托他先把情節。告訴他本國領事。再彼此商量辦法。（外國人深入內地。衆已如甕中之鼈。自可由他播弄）這位單道台。辦事一向是面面俱到。不肯落一點褒貶的。他說這事。是人命關天。況且凶手又是外國人。湖南省的闊人又多。如果一個辦的不得法。他們說起話來。或是聚衆同外國人為難起來。到這時節。拿外國人辦也不好。不辦也不好。不如先把官場上為難情形。告訴他們。請他們出來。替官場幫忙。如此一來。他們一定認做官場也同他們一氣。紳士百姓。一邊就好辦了。（為政不難不得罪於巨室　聯絡紳士百姓是第一要着）但是一件。外國領事一定不是好纏的。外國人打死了人。雖然不要抵命。然而其勢也不能輕輕放他回去。但是如今我們說定這外國人。一個什麼罪名。領事亦決計不答應。此時卻要用着他們紳士百姓了。等他們大衆動了公憤出頭。同領事硬爭。領事見動了衆。自然害怕。（外國人不怕官只怕百姓鼓動百姓外國人再不好壓制官長矣）再由我們出去。壓服百姓。叫百姓不要鬧。百姓曉得我們官場上。是幫着他們的。自然風波容易平定。（解鈴就是繫鈴人　自然容易起滅）那時節凶手的罪名。也容易定了。百姓自然也沒得說了。外國領事。還要感激我們。（叫百姓做難人自然只見官長好處）內而外部。外而督撫。見你有如此才幹。誰不器重。真是無上妙策。（真是巧不可階）主意打定。立刻就想坐了轎子。去拜幾個有權勢的鄉紳。探探他們口氣。好借他們做個幫手。（正該如此）正待上轎。已有人前來報稱。衆紳士因為此事。說洋務局不該不把外國凶手交給縣裏審問。如今倒反拿他留在局中。十分優待。因此衆人心上不服。一齊發了傳單。約定明日午後兩點鐘在某處會議（豈知不待鼓舞先已結成團體）此事又聽說一共發了幾千張傳單通城都已發遍將來來的人不少一定還恐怕愚民無知因此鬧出事來（衆人一唱百和必致節外生枝）單道台聽了馬上上三步併兩步做上了轎又吩咐轎夫快走（此時刻不可緩矣）什麼葉閣學龍祭酒王侍郎幾個有名望的他都去拜過（難得他去做說客）只有龍祭酒門上回感冒未見其餘都見着的見了面頭一個王侍郎先埋怨官場上太軟弱不該應拿凶手如此優待如今大衆不服生怕明天鬧點事情出來彼此不便（責備得是）好個單道台聽了王侍郎這番說話連說這件事職道狠替死者呼寃一定要禀明上憲照會領事歸我們自家重辦好替百姓出這口氣（又做出一腔義憤）王侍郎道既然曉得百姓死的寃枉極該應把凶手發到縣裏叫他先吃點苦頭也好平平百姓的氣（我亦要問）單道台湊近一步道大人明鑒我們做官的人只好按照約章辦理無論他是那一國的人都得交還他本國領事自辦面子上那能說句違約的話呢（本來約章皆因當時大臣不諳外情以致主權盡失）但是職道却有一個愚見這個凶手如今無故打死了我們中國人倘若就此輕輕放他過去不但百姓不服就是撫憲同職道亦覺於心不忍所以職道狠盼大人約會大衆帮着出力等到領事來到此地同他竭力的爭上一爭（自己不肯據公法而爭却要地方出面究竟民有何權）倘若爭得過來一來伸了百姓的寃二來也是我們的面子就是京裏曉得了這是迫於公憤的事也不能說什麼話王侍郎道官不帮忙只叫我們底下出頭這是還有用嗎（此是老實人口氣）單道台發急道職道何嘗不出力要說不出力也不趕着來同大人商量了一席話竟把王侍郎一班紳士拿單道台當作了好官說他真

能衛護百姓。登時傳遍了一個湖南省城。竟沒有一個不說他好的。（口若懸河一時皆被其騙醒）單道台又恐怕底下聚了多少人。真要鬧點事情出來。倒反棘手。（此卻慮得是）過了一天。因為王侍郎是省城衆紳矜的領袖。於是又來同王侍郎商議。見面之後。先說接到領事電報。一定要我們把凶手護送到漢口歸他們自己去辦。是職道同撫憲說明。一定不答應他。（添出許多話頭好叫地方感其斡旋之力）現在撫台又追了一封電報去。就說百姓已經動了公憤。叫他趕緊到這裏。彼此商量辦法。以保兩國睦誼。如今電報已打了去。還沒有回電來。不曉得那邊怎麼樣。卑職深怕大人這邊等得心焦。所以特地過來送個信。（鄭重出之一若專為此事而來者）總望大人傳諭衆紳民。叫他們少安毋躁。將來這事官場上一定替他們作主。決不叫死者含冤。（先安穩一句）所慮官場力量有時而窮。不得不借衆力以為挾制地步。（原是只要虛張聲勢）究竟到了內地。他們勢孤。總可以強他就我。（不怕他不就我範圍）所以動衆一事。大人明鑒。只可有其名而無其實。倘或聚衆人多了。外國人有個一長兩短。豈不是於國際上又添了一重交涉麼。（既要他出頭又要他不生事真是六轡在手高下隨心）此時王侍郎本係丁憂在家。剛剛服滿。頗有出山之意。一聽這話。深以為然。但是於自己鄉親面上。不能不做一副激烈的樣子。說兩句話烈的話。以顧自己面子。其實也並不是願意多事的人。當下聽了單道台的話。連稱是極。等到單道去後。他那些鄉親前來候信。王侍郎只勸他們不可聚衆。不可多事。將來領事到來。撫台一定要替死者伸冤。（一個人已為其所用）他是一鄉之望。說出來的話。衆人自然沒有不聽的。果然一連平定了三天。（已把百姓一面穩住）等到第四天。領事也就到了。領事只因奉到了駐京本國公使的電報叫他親赴長沙。會審此案。所以坐了小輪船來的。地方官接着自不得不按照條約以禮相待預備公館請吃大菜。一切煩文不用細述。等到講到了命案。單道台先同來的領事說。我們中國湖南地方百姓頑蠻。而且從前打長毛全虧湖南人。都是些有本事的。先把地方公憤來壓他 他們為了這件事情。百姓動了公憤。一定也要把凶手打死。以為死者伸冤。又把眾人見來嚇他 主 兄弟聽見這個信急的了不得。馬上稟了撫台。調了好幾營的兵。晝夜保護。纔得無事。不然。那凶手還能活到如今。等貴領事來嗎。又歸功到自己身上 領事道。這個條約上有的。本應該歸我們自己懲辦。倘若凶手被百姓打死了。我只問你們貴撫台要人。外國人口氣本硬 單道台道。這個自然。不特此也。百姓聽見貴領事要到此地。早已商量明白。打算一齊哄到貴領事公館裏。要求貴領事拿凶手當眾殺給他們看。百姓既不動蠻。不能說百姓不是。他們動了公憤。就是地方官亦無可如何。不知貴領事到了這個時候。是個怎麼辦法。處處拿眾怒難把來壓制他欺他是個孫客 領事聽了他這番話。一想現在我們勢孤。倘真百姓鬧起事來。也須防他一二。但是面子上又不肯示人以弱。呆了一呆說道。貴道台如此說法。兄弟馬上先打個電報。給我們的駐京公使。叫他電回本國政府。趕快派幾條兵輪上來。倘若百姓真要動蠻。那時敝國卻也不能退讓。明知遠火救不着近火也只好裝裝膽 單道台一聽領事如此說法。亦就正言厲色的說道。貴領事且不要如此說法。敝國同貴國的交誼固然要顧。然而百姓起了公憤。就是敝國政府亦不能禁壓他們。何況兄弟。中國百姓是最循良外人未嘗不知 以前是貴領事未到。百姓幾次三番想要鬧事。都是兄弟出去勸諭他們。又告訴他們。聽將來領事到來自能秉公辦理，爾等千萬不可多事。又告訴他們：今天初到這裏，他們已聚了若干的人，想來鬧，信又是兄弟拿他們解散。若非兄弟出力，早已鬧出事來，貴領事那裏還能平平安安在這裏談天。（中國官壓力本重，自然相信）就是打電報去調兵船，只怕遠水亦救不得近火。（不慌不忙，有膽有識）如今各事且都丟開不講，但說這個凶手，論他犯的罪名，是故殺。照敝國律例，是要抵擬的。（做了大清的官）（自然要尊主權）但不知貴領事此番前來作何辦理。領事道：是故殺，不是故殺，總得兄弟問過犯人一次，方能作准。（領事答得亦和平）就是故殺，敝國亦無擬抵的罪名，大約不過監禁幾個月罷了。（外國刑律雖輕）（然亦必斟情酌理而出之）單道台道：辦的輕了，恐怕百姓不服。（又拿百姓來嚇他）領事道：貴國的人口很多，貴國的新學家做起文章來，或是演說起來，開口四萬萬同胞，閉口四萬萬同胞，打死一個小孩子，值得什麼，還怕少了百姓嗎？（此則野蠻之言，非所聞於文明之國也，假使以彼易此，又將何如）單道台一聽領事說的話，明明奚落中國，有心還要駁他兩句，回心一想，彼此翻了臉，以後事情倒反難辦。我橫豎打定主意，兩面做個好人，只要他見情於我，我又何苦同他做此空頭冤家呢。想罷，便微微一笑，暫別過領事，又回到王侍郎家裡，把他見了領事如何辦駁，如何要求，添了無數枝葉，不曉得的人聽了，都當真正是個好官，真能彀迴護百姓。（外國人保護百姓是真的，中國官保護百姓是假的）後來大眾問他到底辦這外國人一個什麼罪名，單道台道：這個還要磋磨起來看。單道台此時也深曉得領事與紳士兩面的事不容合在一處的。（把兩面離開，然後可以從中搬弄）但是面子上見了領事，不能不裝出一副害怕的樣子，說百姓如何刁難，如何挾制，如果不是我在裡頭彈壓住他們，早晚他們一定鬧點事情出來只要說得領事害怕自然可望移船就岸見了紳士又做出一副慷慨激烈的樣子（翻雲覆雨是個兩面人）說道我們中國是弱到極點的了兄弟實在氣憤不過如今我們還沒有同他為難聽說他要把諸公名字開了清單寄給他們本國駐京公使說是這樁命案全是諸公鼓動百姓與他為難拿個聚衆罪名輕輕加在諸公身上（平空地編造黑白恐嚇紳衿豈知將來果應了此語）將來設有一長兩短百姓人多他查不仔細諸公是不得免的幾個紳士一聽這話起先是靠了大衆公憤故而敢與領事抵抗如今聽說要拿他們當作出頭的人早已一大半打了退堂鼓了反有許多不懂事的人私底下求去單道台求他想個法子不要把名字叫領事知道方好（不過和調而已究竟毫無肝膽）因此幾個周轉領事同紳士都拿單道台當做好人當下拿凶手問過兩堂定了一個監禁五年的罪名（也算辦得極重的了）據領事說照他本國律例打死一個人從來沒有監禁到五個年頭的這是格外加重撫台及單道台都沒有話說單道台還極力恭惟領事說他能顧大局並不袒護自己百姓好叫領事聽了喜歡（竭力趨奉好怨不到自己身上）及至他見了紳士依舊是義形於色的說道雖然凶手定了監禁五年的罪名照我心上似乎覺得辦的太輕總要同他磋磨還要加重方足以平諸公之氣（已佔面子還要說好看話）這番話他自己亦明曉得已定之案決計加重不來不過妄言之好叫百姓說他一個好字至於紳士到了此時一個個都想保全自己的功名倒反掉轉頭來勸自己的同鄉說這位領事能殼把凶手辦到這步地位已經是十二分了況且有單某人在內但凡可以替我們帮忙替百姓出氣的地方也沒有不竭力的（也總算難為他了）爾等千萬不可多事百

姓見紳士如此說法大家誰肯多事一天大事瓦解氷銷竟弄成一個虎頭蛇尾自辦交涉以來只有將中國人正法未曾見將外國人正法這却不可責備只有單道台却做了一個面面俱圓撫台見面誇奬他說他能辦事領事心上也感激他彈壓百姓沒有鬧出事來見了撫台亦狠替他說好話至於紳衿一面一直當他是迴護百姓的更不消說得了總括幾句已是功成名就自從出事之後頂到如今人人見他東奔西波着實辛苦官廳子上有些同寅見了面都恭惟他能者多勞單道台得意洋洋的答道忙雖忙然而並不覺得其苦正是樂此不疲所謂成竹在胸凡事有了把握依着條理辦去總沒有辦不好的不過是中無成見罷了人家問他有甚麼訣竅他笑着說道此是不傳之祕諸公領悟不來說了也屬無益人家見他不肯說也就不肯往下追問了又過了些時領事因事情已完辭行回去地方官照例送行不用細述誰知這回事當時領事只認定百姓果然要鬧事幸虧單道台一人之力得以壓服下來只好暫時瞞過當時在湖南雖隱忍不言過後想想心總不甘外國人從無受人挾制之時自然要事後追悔了於是全歸咎於湖南紳衿又說撫台不能鎮壓百姓由着百姓聚衆人太軟弱不勝巡撫之任至於幾個為首的紳衿開了單子稟明駐京公使請公使向總理各國事務衙門詰責定要辦這幾個人的罪名又要把湖南巡撫換人也不過出氣罷了因此外國公使便向總理衙門又多出一番交涉來要知後事如何且聽下回分解

大中丞受
制顧問官

洋翰林見拒老前輩
王第
卷五十八

五編卷五十八

大中丞受制顧問官
洋翰林見拒老前輩

且說駐京外國公使。接到領事的稟帖。一想這事。一定要爭的。外國公使最要替祖國爭主權不比中國欽差視海外流僑為無足重輕便先送了一個照會。到總理衙門。叫這些總理各國事務大人們照辦。列位看官。是知道的中國的大臣。都是熬資格出來的。等到頂子紅了。官升足了。鬍子也白了。耳朵也聾了。火性也消滅了。暮氣用事還能辦什麼事情還要起五更上朝。等到退朝下來。一天已過了半天。他的精神。更磨的一點沒有了。正合了傳奇上一句踏盡平坡氣漸消所以人人只存着一個省事的心。能彀少一樁事。他就可以多休息一回。倘在他精神委頓之後。就是要他多說一句話。也是難的。也怪他不得而且人人又都存了一個心。事情弄好弄壞。都與我毫不相干。視國家之事一若秦人視越人之肥瘠只求不在我手裡弄壞的。我就可以告無罪了。只要不作禍首罪魁人人都存着這個念頭。所以接到公使的照會。司員看了看。曉得是一件交涉重案。壓不來的。馬上拿了文書呈堂。無奈。張大人看了搖搖頭。王大人看了不則聲。李大人看了不贊一辭。趙大人看了仍舊交還司員。一種偷安旦夕之人馬肯顧全大局司員請示。怎麼回覆他。諸位大人說。請王爺的示。落得往上推第二天會見了王爺。談到此事。王爺問諸位是什麼意思。還是答應他。還是不答應他。怎麼回覆他纔好。仍舊問下來諸位大人。你看看我。我看看你。一句話也沒有。賽如鋸了嘴的葫蘆王爺等了半天。見各位大人。沒有一句說話。又問下來道。到底諸公。有些什麽高見說出來。我們大家亦可以商量商量。張王李趙四位大人。被王爺這一逼。不能不說話了。張大人先開口道。還是王爺有什麽高見。一定不會差的。王大人更報着自己的名字說道。某人識見有限。還是王爺歷練的多。王爺吩咐該怎麽辦。就怎麽辦罷。李大人道。他二位說的話。一些不錯。趙大人資格最淺。就是肚皮裡有主意。也不敢多說話的。只隨着大衆說。應了一聲是。（一種竊位素餐之輩。幾有朝無人焉之歎）王爺見談了半天。仍談不出一毫道理來。於是摸出表來一看。張大人說本衙門有事。王大人說還要拜客。李趙二位大人。亦都要應酬。一齊說了聲明天再議。送過王爺。各人登車而去。（又可詠委蛇委蛇。退食自公之句了）過了兩天。公使館裡没有來討回信。王爺同他四位。亦就没有再題此事。（過得一天是一天）等到第三天。公使因為他們没有回覆。又照會過來。問信他們。還是不得主意。王爺同他們議了半天。無非是是者者。閙了些過節兒。一點正經主意都没有。這天又是空過去。亦没有照覆公使。（敷衍得過是本事）等到第五天。公使生了氣。說給你們照會。你們不理。於是寫了一封信。來訂期明日三點鐘。親自前來拜會。以便面商一切。（可知苟且因循之輩非迫以強硬手所不可）諸位王爺大人們。只得答應他。回他明天恭候。同外國人打交道。是不可誤時候的。說是三點鐘來見。兩點半鐘。各位王爺大人。都已到齊。一齊穿了補褂朝珠。在一間西式會客堂上等候。剛剛三點。公使到了。從王爺起。一個個同他拉手致敬。分賓坐下。照例奉過西式茶點。王爺先搭訕着同他攀談道。我們多天不見了。公使還没有答腔。張大人忙接了一句道。這一别可有一個多月了。王大人道。還是上個月會的。李大人道。多時不見。我們記掛貴公使的狠趙大人道。我們總得常常敘敘纔好。（西鄰責言豈敝而應酬所能了事）公使是懂得中國話的。他們五位都說客氣話。少不得也謙遜了一句。王爺又道。今天天氣好啊。張大人道。沒有下雨。王大人道。難得貴公使過來。天緣總算湊巧得的。李大人道。幸虧是好天。下起雨來。這京城地面。可是有些不妨便。趙大人道。我曉得貴公使館裡。很有些精於天文的人。不是好天。貴公使亦不出來。（一派野話豈遂可拒絕外人無理之求乎）公使又問道。前天有兩件照會過來。貴親王貴大臣想都已見過的了。為什麼沒有回覆。王爺道。就是湖南的事嗎。張大人亦說了一聲湖南的事。（打順板是大老拿手）公使問怎麼辦法。王爺咳嗽了一聲。四位大人亦都咳嗽了一聲。（欲言不言情景逼真）公使又問怎麼樣。王爺道。等我們查查看。四位大人亦都說須得查明白了。再回覆貴公使。（不過逼出查覆兩個字來）公使問幾天方能查清。王爺道。行文到湖南。再等他聲覆到京。總得兩個月。四位大人齊說。總得兩個月。（延擱公事）（拒下屬之請則可塞外人之責則不可）公使道。敝國早替貴國查明白了。實在巡撫過於軟弱。一班紳衿架弄着百姓。幾乎鬧出事來。拳匪那年的。我們彼此要好。所以特地關照一聲。貴親王貴大臣似可無須再去查。得就請照辦罷。（本可據理而爭以保主權乃因循不果莫怪外人干預）王爺又咳嗽了一聲。各位大人亦都咳嗽了一聲。但是也有吐痰的。也有不痰吐的。呆了半天。公使又追着問信。王爺說。我們須得商量起來看。四位大人齊說。總得商量起來看。公使聽了。微微一笑。幸虧這位公使性氣和平。也是曉得中國官場的習氣。是捱一天算一天。等到實在捱不過去。也只好隨着他辦。（已被外人摸着脾胃）所以當時聽了這班王爺大人們的說話。也不過於迫脅他們。（只要遂其所求何必用強硬手段）但道要等行丈去查。那是等候不及。現在電報。又不是不通。諸公馬上打個電報去。兩三天裡頭。還怕沒有回電嗎。一句話。把他們提醒了。一齊都說。准其打電報去問明白了。就給貴公使回音。罷公使臨走。又說了一句。三日之後。來聽回音。等到送到公使。王爺說道。這件事情。還是依他。還是不依他。倘若不依他。總得想個法子。對付他纔好。（你要靠此筆爭回主權只怕有所不能）四位大人。當中要算張大人資格最老。經手辦的事亦頂多。忙出來攔住道。王爺不曉得我們。同外國人打交道也不止一次了。從來沒有駁過他的事情。那是萬萬拗不得的。只有順着他辦。說完。又回頭對王李趙三位大人道。我們辦交涉事老了。這一點點訣竅還不懂得。（什麼訣竅不過有求必應罷了）王爺被他駁得無話可說。歇了半天。搭訕着說道。這件事情。你們到底查明白了沒有。張大人道。用不着。等到他們外國人來。他們說怎麼辦。就怎麼辦。還要王爺操這個心嗎。（所謂國未亡而人心先死其理信然）其實公使來鬧了半天。為了什麼事。他們亦祇曉得一個大畧。是湖南出了一件人命交涉案件。公使不答應。說巡撫軟弱。挾制政府裡換人。（此是我國內政不何受人挾制）究竟案中的詳情。他們還是糊裡糊塗。一個個吃了補心丹。一齊把心補注。決不肯為了此事再操心的。（鞠躬盡瘁死而後已於今豈可再見）當下又談了一回。無非是商量。把現在這位湖南巡撫。調任別處。簡一個有機變的。調做湖南巡撫。（如何有機變不過仰承外人風旨罷了）又是張大人出主意道。我們調去的人。怕他們外國人不願意。何如等他後天來討回信時。探探他的口氣。他說那個好。就派那一個去。省得將來同他們不對。又來同我們倒蛋。（誰把主權雙手送與人使我痛恨於夫己氏）王爺點頭稱是。大衆亦就別去。且說總理各國事務王大臣。聽了外國公使的說話。心上雖不甘願還就他。卻也不敢違拗他。（主國之不振一至於此可為三歎）等到第三天。公使又來討回信的時候。見了面。拿他恭惟了一泡。先時一個個手裏。都揑着一把汗。後來題到正事。王爺頭一答應他。准定把湖南巡撫換人。但是放那一個去。一時還斟酌不出。這麽一個對勁的最好。是同貴國人說得來的。以後辦起交涉來。彼此有商個量。不至於再像這回事。弄得不討好。（何不將用人行政各大端載在約章以後作事例有方針）公使道。是啊。現署山東巡撫的賴養仁賴撫台這人就很好。前任黃撫台。狠同我們敝國人作對。自從賴姓的接了手。我們的鐵路。已經放長了好幾百里。還肯把離縣城外一塊地方。借給我們做操塲。（可惜無權把帝國江山借與人尚果有權我知其必為矣）貴親王。貴大臣。是曉得的敝國在貴省地方。造了鐵路。不見得中國人不坐載貨搭客。原是彼此有益的事（自然要見）（你的情）情。就是借地做操塲。後來亦總要還的。（況外人肯借債與中國是有押借的借借何妨）不曉得前任黃某人。為什麽商量不通。賴撫台是開通極了。所以我們各國都歡喜他。以後貴政府都要用這種人。國家纔會興旺。（不但興旺且增一番新氣象）現在據我們意思。貴親王。貴大臣。就奏明貴國皇上。竟把賴某人補授湖南巡撫。再揀一個同賴某人一樣的人。做山東巡撫。如此方見我們兩國邦交。更加親熱。諸公以為如何。（外國皇帝代表之旨意一定要欽遵的）王爺聽了。望望四位大人。四位大人。亦望望王爺。彼此不則一聲。還是王爺熬不過。就近同張大人說。既然他們說賴某人好。我們就給他一個對調罷。（答應）（一半豈要存個半主國之名目乎）張大人搖搖頭道。使不得。使不得。賴某人一准升湖南巡撫。山東一席。還要斟酌。這個是他們不歡喜的。調了過去。亦不討好。還是陝西賓某人。從前做津海道的時候。很

三

應酬他們外國人。凡是纔進口的新鮮果子以及時鮮吃物等類。他除掉送我們幾個人之外。各國公使館裡他都要送一分去。你說他想的週到不週到。如果把這種人調到山東去。他們一定喜歡的。（要答應索性一齊答應他倒也直截爽快）王爺道。既然如此。我們就答應他就是了。張大人道。倒也不在乎一定先要說給他們。只不要駁他的話。他就曉得我們已經許他的了。王爺不曉得老辦交涉的本有這默許的一個訣竅。凡事我們等他做不則聲。他們就曉得我們已經允許了他了。（此例一開將來無理需索只要不顧行拒絕定然是默許了）王爺點頭稱是。他二人談了半天。公使等得不耐煩。又問怎麼樣。他們幾個人。只是守着默許的秘訣。無論如何也不做聲。（好計較）公使急得發跳。還是王爺熬不住。同他說了聲回來就有明文。（仍舊是明許何嘗是默許）公使聽了這句。也就明白。不再往下追問了。又說了幾句別的閒話。分手辭去。次日果然一連下了兩條上諭。湖南山東兩省巡撫一齊換人。先前的那位湖南巡撫。亦並沒有拿他調補陝西落空下來。這也是張大人的調度。說他是得罪過外國人的人。一時不好叫他有事情。總得冷冷場。等人家平平氣。方好位置他。（果能辦絡外交即其人極不堪朝廷亦不敢移動）閒話休題。且說新任山東巡撫賓撫台。名喚賓世豪。原是佐貳出身。生平最講究的是應酬。（能於此上頭用心畢竟要佔便宜）做佐雜的時候。有一次跟着一位候補知縣一同到外州縣出差。候補知縣坐的是轎子。他不肯化錢。在路上或是叫部小車子。或是跟着轎子一路的跑。（儉於自奉勤於奔走總算勤儉起家）有些不知道的。還當是跟的差官底下人之類。並沒人曉得他是太爺。亦是他運氣湊合。這年正在省裏候補。空閒着沒有事。齊巧本省巡撫有位老太爺。最愛着象棋。就有人把他保荐進去同老太爺一連下了十盤就一連和了十盤。據賓世豪私下對人家說。若照老太爺手段。贏他一百盤都容易。（有此絕技並非一無所長）但是恐怕老太爺面子上過不去。所以同他和了十盤。此時老太爺也明曉得賓世豪是個好手。但是自己生性好勝。不贏他一盤。總不肯歇手。（低手最不肯服軟）幸虧賓世豪乖覺。摸着老太爺脾氣。故意讓他幾步。等老太爺贏了一盤。光了光面子。果然老太爺大喜。連說我今天雖然贏了賓某人棋子。然而他的手段是好的。祇有他還可以同我交交手。若是別人休想。（技藝未精偏偏要在人前誇口）賓世豪聽老太爺獎勵他。甚喜。此時老太爺離不了他。先叫兒子委了他幾個掛名差使。拿乾薪水。後來碰着機會。開保舉。又把他保舉過班。連進京引見的盤費。都是老太爺叫兒子替他想的法子。無非是委派一個解餉等差。無庸細述。等到引見出來。走了老太爺門路。署過兩盪好缺。（有了內線自然要得差放缺）又着實弄到幾文。又一齊孝敬了上司。於是升過府班。過道班。保送海關道。放津海關道。一齊都是應酬來的。津海關做了兩年。只有因人謀他的這個缺。上頭也曉得他發了財了。就拿他升臬司。接着升藩司。如今升山東巡撫。（自奉甚儉孝敬上頭最盡心安得不竿頭直上）他自從佐貳起家。一直做到封疆大吏。前後不到十年工夫。他辦交涉的手段。還是做候補道的時候。就練好的。（揣摩純熟鑪火功深）等到做了津海關道。自然交涉等事情更多了。他練就的一套功夫。是什麼。就是上丈張大軍機所說的默許的一個秘訣。凡是洋人來講一件事情。如果是遵條約的。固然無甚說得。倘若不遵條約的。面子上一樣同人家爭爭。到後來洋人生氣。或者拿出强項手段來辦事。他亦聽那洋人去幹。決不過問。（爭來爭去究竟）

爭回什麼後來洋人摸着了他的脾氣。凡百事情，總要同他言語一聲，他允也罷，不允也罷，洋人自已去幹他自已的。總算已見到他了他有時碰了上頭的釘子，下來問那洋人，洋人道：你早已默許我過了。你不許我做，能我做嗎？如今事已做成了，你再要我反悔，可是不能。倘若一定要反悔也可以，你賠我若干錢，我就歇手。你為什麼不早點攔住我？如今我已經化了本錢，忽然攔住我，我不做，耽誤我的買賣，壞我的名氣，還得賠我若干錢，方能過去，否則不能同你干休。外國人不過虛聲恫嚇罷了他聽了外國人的說話，依舊無言可答。後首外國人又來問他討銀子要賠款，倘或彼此說開了，也就不要了。有些說不開的，外國人問他要賠款，他還當真的給他。他卻實行其事如此者三四次，上頭見他賠銀子是真的，以後的事，曉得他為難，只要外國人沒有話說，也不來責備他了。倒可邀上頭原諒且說他如今升了巡撫，自然是過了幾年，閱歷愈深，又加以外國人在他手裡究竟佔過便宜，不肯忘記了。他一聽他來，個個歡喜。到任之後，這一個來找，那一個來找，凡是來找他的外國人，他沒有一個不請見，又沒有一個不回拜。一天到晚，只有同外國人來往，還來不及，那有工夫還能顧及地方上公事呢。不過借手他人罷了因此便有人上條陳，說大帥萬金之體，為國自愛，倘照這樣忙法子，就是天天喝參湯，精神也來不及，總得找個人能彀替代替代纔好。大員不過總理其成，何必每事躬親實世豪道：外國人事情，他們一樣不懂，誰能替我？除非現在有這們一個人，懂得外國人的脾氣，有什麼事情，他替我代辦了，不要我操心，還要外國人不生氣，如此我纔放心得下。你們可有這們一個人？要如你之一意媚外，喏大中國恐亦找不出第二個大家保舉不出人，也就不往下說了。後來這個風聲傳到外國人的耳朵裡。便借此因頭硬來荐人。又引證海外那一國。從前沒有興旺的時候。亦是借用別國有本事的人做客卿。然後他的國度。就此興旺了。這也不過借他做個嚮導的意思。（楚材晉用自古有之）賈世豪聽了這個說話。心想這個法子倒不錯。用外國人去對付外國人。外國人同外國人。有些事情。總容易商量得通。不消我費心。而且以後。永無難辦的交涉。我倒可以借此卸去這付重擔。省得外國人時刻來找我。也免後裡頭嫌我辦得不好。橫豎有人當了風去。好歹不與我相干。（存個苟且之心不恤大權旁落）存了這個主意。馬上答應。就託外國人介紹。請了一位嚮導官。據他們外國人說。此人在他們學堂裡學的是政治法律。都得過高等文憑的。賈世豪道。我這一番的公事。十府二直隸州一百單八州縣。所有的公事。都要我一個人過目。我那兒來的及。有了這個幫手。我也可以歇歇了。（究竟能否分憂尚未可必）過了兩天。介紹的人。先把合同底子送過來。請賈世豪過目。滿紙洋文。寫的花花綠綠的。賈世豪不認得。發到洋務局。叫繙譯去繙譯好。又由洋務總辦斟酌。添了兩條。餘外無甚改動。每月是六百兩薪水。先訂一年合同。賈世豪看了無話。就叫照辦。那洋人本是住在中國的。自然一請就到。（又添了一個外國上司了）等合同簽字之後。賈撫台便約他到衙門裡同住。以便遇事可以就近相商。那洋人本無家眷。原是無可無不可的。搬了進來。因為他姓喀。撫台稱他喀先生。合衙門都稱他喀師爺。官場來往。還稱他為喀老爺喀大人。有些不曉得他的姓。都尊之為洋大人。（一種趨炎附勢之人已把他抬到三十三天去）閒話休敘。單說他纔接事的頭一天。賈世豪為了長清縣稟到一件命案。師爺擬的批不算數。一定要叫繙譯去。同喀先生說過。請喀先生擬批。也算信任到十二分地步了誰知講了半天。一個案由還沒有明白。大家都說喀先生學的是外國刑名。中國的刑名。他沒有講究過。就是擬了出來。到部裡亦要駁的。還是請我們自已老夫子擬罷。賞世豪無奈。只得拿回來。交給自已老夫子去辦。辭而如此倘果熟悉內情豈不把大權攬盡又過了幾天。上頭有廷寄下來。叫他練兵辦警察開學堂。他得了這個題目。便道這幾件。都要新政事宜。可是請教這位大政治家了。看得忒察鄭重了即忙把喀先生請了來。同他逐一細講。要他代擬章程。喀先生道。這幾件在我們敝國。都是專門的學問。即以練兵而論。陸軍有陸軍學堂。水師有水師學堂。就以學堂而論。也有初級有高級。我不是那學堂裏出身。不好亂說。不過徒有其名不合於用賞世豪至此。方纔有點反悔之意。縐了縐眉頭。說道人命案件請教你。你說中國刑名你不懂。今這兒些事情。原是上頭照着你們法子辦的。怎麼你亦不懂。這樣不懂。那樣不懂。倒底你曉得些什麼呢。曉得些吃飯喀先生道。你們中國的法律。本是腐敗不堪的。現今雖然說改。亦還沒有改好。反被他批駁要我拿了你們的法律去辦事。我可不能。我要用我們敝國的法律。大師你又怕部裡要駁。今兒你大師所說的幾件事。在我敝國。都是專門學問。如果你大師一准辦這幾樁事。要我荐人。我都有人。總之不諳外情所以方鑿圓枘至於問我。曉得些什麼將來。倘如有了。同敝國交涉的事情。不消你大師費心。我都可以辦得好好的。本者你辦交涉不問事之如何只有惟命是從此事卻可委我賞世豪聽了無話。所有新政。仍舊委了本省司道。分頭趕辦。也不再去請教喀先生了。喀先生也樂得拿薪水。吃飯睡覺。清閒無事。彈鋏齊門自謂無能況中國是大度慣的不知不覺。已過了半年。下來。一天。有他一位外國同鄉帶了家小初次到中華來先到山東游歷因為叫人挑行李價錢沒有說明白。挑夫欺他也有的。便把那個外國人的行李。吃住不放。約摸有二里多路。定要他五百大錢一擔。那個外國人恨傷了。曉得喀先生在撫台衙門裏。便來找他。將情由細說一遍。又說挑夫一共三個。喀先生心上想在此住了半年。無事辦自己亦慚愧得狠。如今借此題目。倒可做篇文章了。（引狼入室何嫌噬臍）便去找賣世豪氣憤憤的。說挑夫吃住他同鄉的行李。直與搶奪無異。貴國這條律例。我是知道的。應請大帥將挑夫三名。一概按例梟示。方合正辦。（說來駭人聽聞）賣世豪起初聽了。還以為挑夫果然可惡。如其搶奪洋人行李。一定要重辦的。（大員深居簡出寄耳目於衆人）（本來容易朦蔽）立刻傳了首縣。來告訴他這事。叫他辦人。首縣去不多時。回來稟稱人已拿到。並且問過一堂。此事原係挑夫同洋人。講明五百大錢。因此洋人不肯付錢。挑夫一定吃住了。討說五百一擔。本是講明白的。少一個錢可不能。洋人氣急了。就拿棍子打人。現在有個挑夫頭都打破了。卑職驗得屬實。因有三個挑夫起了。鬨說錢亦不要了。仍把東西挑回去。等洋人另外找人去挑。他們總算沒有做這筆買賣。（特强毆人激動衆怒是非本不難明）後來還是房東出來。打圓塲。每擔給他三百大錢。行李亦早已交代過了。據卑職看這件事情。早已完結的了。那個洋人。又來叫大帥操心。亦未免太多事了。（本來言明在前與本國交涉須要仰仗他如何又嫌伊多事）首縣一番話。說得甚為圓轉。賣撫台一聽不錯。說挑夫亂要錢。誠屬可惡。你既打了他。又沒有照着原講的價錢給他。如今反說挑夫動搶。一定要我拿他們正法。這也太過分了。（誰教你太阿倒持）便請了喀先生來。把情節同他講明。叫他回覆。那洋人不要管這間事。誰知喀先生不聽則已。聽了之時。竟其拍桌子。搥板凳。朝着竇撫台大鬧起來。說我自從接事以來。不按照你們中國的法律辦事。嫌我不好。如今按照你們中國的法律辦事。亦是不好。明明是瞧我不起。所以不聽我的話。既然不聽我的話。還要我做什麼呢。安坐在深山格虎狼而自衛者何以異是當下。那洋人又着實責備竇撫台。說他違背合同。既然請了我來。一點事權也不給我。被別國人看着。還當是我怎樣無能。這明明是壞我的名譽。以後還有誰請我呢。究然是個無頰口氣現在你把一年的薪水。一齊找出來給我。還不算。還要賠我名譽銀子若干。如果不賠。我同你到北京公使那裡講理去。煩惱不尋人人去尋煩惱說完。就要拖了竇撫台出去。自取其尋竇撫台問他那裏去。他說北京去。竇撫台說。就是要北京去。我自有職守的人。不奉旨是不能擅離的。你要去。你一個人先去罷。這是你自己要去。不是我辭你的。不能問我要薪水。那洋人一聽竇撫台如此的回絕他。越發想要鬧。幸虧其時首縣還沒走。立刻過來打圓場。一面同洋人說有話總好商量。我們回來再說。他是一省之主。你把他鬧翻了。你在這裡是孫立無助的。吃了眼前虧。不要後悔。幸虧首縣善於排解洋人聽了這兩句話。一想不錯。方纔閉了嘴不響。首縣又過來。求大帥息怒。大帥是朝廷柱石。他算什麼東西。倘或大帥氣壞了。那還了得。竇撫台亦只好收蓬。就吩咐把此事交給洋務局去辦。首縣答應下去。稟明洋務局老總。就同着洋務局老總找到洋人。說來說去。言明認賠一年薪水。以後各事概不要他過問。洋人只要銀子到手。自然無甚說得。果然政事名家也輕易請不到此輩不過掠食而已竇撫台自從上了這們一個當。自己也深自懊悔。倚靠洋人的心也就淡了許多了。（經一番挫跌長一番見識）後首有人傳說出來。這事一來。是賓世豪自己懊悔。深曉得上了外國人的當。一來是他親家沈中堂從京裡寫信出來。通知他信上說。現在京裡狠有人說親家的閑話。說親家請了一位洋人。做老夫子。大權旁落。自己一點事不問。這事狠失國體。勸親家趕快把洋人。那位辭掉。免得旁人說話。至戚相關。所以預行關照。賓世豪得了這封信。所以毅然決然。借點原由。同洋人反對。彼此分手。以免旁人議論。以保自己功名。話休絮煩。且說他這位親家沈中堂。現官禮部尚書協辦大學士。又兼掌院大學士。雖然不在軍機處。有什麼權柄。然而屢掌文衡。門生可是不少。他的為人。本來是極守舊的。無奈後來朝廷銳意維新。他雖不敢公然抵抗。然而言談之間。總不免有點牢騷。（所謂老悖）有天有兩位督撫。又有幾個御史連上幾個摺奏。請減科舉中額。專重學堂。老頭子見了。心上老大不高興。嘴裡說道。不要說別人。連就是他們幾位。從前那一個不是由科舉出身。如今已得意了。倒會出主意。斷送別人的出路。真正豈有此理。（此責其忘本）後來打聽着上摺子的幾位御史。內中有一個姓金的。一個姓王的。都是那年會試。他做總裁取的門生。因此越發氣的了不得。（此怪其背師）無奈朝廷已經准了他們的摺奏。面子上不好說什麼。只吩咐門上人。以後王某人同金某人來見。一概擋駕。璧還他們的門生帖子。不要收。（所謂屏諸門牆之外）門上人答應着。後來王金二人來了。果然被門上人擋住了。兩人只得託人疏通。無奈他老人家拙性發作。決意不收。兩人無可如何。只索罷休。（背時人把結他什麼）又過了些時。又有那省督撫。奏請朝廷優待出洋遊學畢回來的學生。（欲為國家得真才不得不優其出身）他老人家得了這個信。越發鬍子根根蹺起。說這些學生。今兒鬧學堂。明兒鬧學堂。一齊都是無法無天的。怎麼好叫朝廷重用他們這種人。做了官還了得。（不要想別的好處只要不委靡不振喪失主權他不負朝廷興學之意了）當下正要把他那些得意門生。凡是與自己宗旨相同的。挑選幾十位。約會在一處。請他們吃飯。商量挽回的法子。單子還沒有發出。又傳到一個消息。說要把天下庵觀寺院。一齊改作學堂。他老人家一聽這話。更氣得兩手冰冷。連連說道。如今越鬧越好了。再鬧下去。不曉得還鬧出些什麼花樣來。我亦沒有這種氣力。回他們去爭。只有禱告菩薩。給他們點活報應就是了。（不但守舊且是佞佛）這一夜。直把他氣的不曾合眼。第二天。就請病假在家裡靜養。他是掌院。又是尚書。自然有些門生屬吏。川流不息的前來瞧他。（還在當令頭上自然不致於跫然足音）大眾一齊曉得老師犯的病。是醫藥不能治的。便有一個門生。告奮勇。說門生拚着官不要。拚着性命不要。學那從前吳都老爺的尸諫。明天一定要上摺子爭回來。倘若上頭不批准。門生真果死給眾人看。總替老師出這一口氣。（總算師弟沆瀣一氣了）沈中堂一看這告奮勇的人。不是別人。正是侍讀學士旗人紳靈。號叫紳筱庵的便是。還是三科前。那年殿試。他做閱卷大臣。把紳筱庵這本卷子。取在前十本內。第二科留館。旗人升官容易。所以如今已做到侍讀學士了。沈中堂看清是他。忙把大拇指頭一伸。說你老弟。尚能把這樁事扳回來。菩薩馬上保佑你升官。將來一定做到愚兄的地位。紳筱庵當時亦就義形於色的。辭別老師。言明回家。擬好摺子。請老師明天候信便了。（被他抓住也只好如此回答）沈中堂聞言之下。喜雖喜。然而面上還露着一副哀戚之容。（定然要生靴）說筱庵老弟。果真要尸諫。雖是件不朽之事。但是他一家妻兒老小，靠託誰呢。我老頭子這們一把年紀，官況又不好，還能照顧他嗎。於是呆了一回，等到衆人要去，一定要親自送他們到門外上車。衆門生執定不肯，說老師於門生，向來是不送的，倘若老師要送，一定是拿我們擯諸門外了。於是走到簷下，大衆站定不肯走。沈中堂道：我不是送衆位，我是送筱庵老弟的，筱庵果然要學吳侍御之所為，我們今日就要一别千古了。我怎好不送他一送呢。（生生咒人死，豈不罪過）衆人見他如此說法，只得隨他送諸門外。如今不說紳學士回去疑搨，且言沈中堂送客進來，也不回上房，一直到自己常常念經的一間屋子裏，就在觀音面前，抖抖擻擻的點了一炷香，又爬下碰了三個頭，等到碰頭末了一個，爬在地下，有好半天，沒有站起，口中念念有詞，也不曉得禱告的是些什麼。（大約禱告紳學士搨子上去一定挽回聖意）後首起來之後，又上氣不接下氣的，念了半遍金剛經，實在念不動了，只好次日再補。（此誤信歷來持金剛神咒之有奇驗者）自此便在家養病，三天假滿，又續三天。老頭子一心指望紳學士搨子上去，定有一道上諭，即使批斥不准，或是留中，紳筱庵既說明尸諫，他的為人平時雖放蕩不羈，然而看他前天那副忠義樣子，決計不是說着玩玩的。（奇人奇事在此一舉）但是搨子上去，准與不准，以及筱庵死與不死，總應該有個確信，何以一連幾天，杳無消息，真令人猜不出是個什麼緣故。眼見得六天假期滿了，筱庵那裏還是無動靜。（譬若青沉疑信參半）自己又不是怎樣病得利害，請假請得太多了，反怕有人說話，無奈只得銷假請安。衆門生屬吏，更見他老人家病痊銷假，又一齊趕了來稟候。沈中堂見了衆位，又獨獨不見紳學士，前天的話是大家一齊聽見的，沈中堂便問衆人。這兩天見着筱庵。沒有。我等了他五天。摺子仍舊沒有上去。難道前天說的話。是隨口說說的嗎。如果說了話。不當話。我也不敢認他為門生了。（口是心非定當鳴鼓而攻）其時衆人。當中有個同紳筱庵。同做日講起居注官一位翰讀學。姓劉名信明他聽了沈中堂的說話。忙替紳筱庵辨道。筱庵那天從老師這兒回去。聽說。竟為這件事氣傷了。在家裡發肝氣。請了許多中國醫生。醫不好。後來還是吃了洋醫生。兩粒丸藥吃好的。（雖是代為遮護之語但願服洋醫生藥以治病痛又豈肯犧牲性命以指異學乎）第二天睡了一天。第三天纔起來的。正想辦這件事。湊巧那兩天天熱。不知怎樣又忽然發起痧來。馬上找了個剃頭的。挑了十幾針。幸虧挑的還快。總算保住性命。（即使真有其事視性命如此值錢又何能為太山鴻毛之辯乎）現在是門生。大家叫他在家裡養病。不要出來。受了暑氣。不是玩的。大約明天總到老師這裡來請安。沈中堂道。原來說來說去。他的性命。還是要緊的。他連外國大夫的藥都肯吃。他還肯為了這件事死嗎。我如今也斷了這個念頭。決計不再望他死了。（強人以難本是不情言）罷。恨恨不已。過了兩天。紳筱庵曉得老師怪他。但是不好意思見老師的面。後來好容易找了許多人疏通好了。方纔來見。沈中堂總同他淡淡的。不像從前的親熱了。（總是有的芥蒂）原來紳筱庵紳學士。自從那天從沈中堂宅子裡回去。原想一鼓作氣。留個千載不朽的好名兒。（始願未嘗不是）一路上在車子裡。盤算這個摺子。應得如何着筆。方能動聽。及至到家。纔跨下車來。忽見自己的管家迎着請了一個安。說替老爺叩喜。紳筱庵忙問何事。管家道。廣東學政出缺。外頭都擬定是老爺。小軍機王老爺剛纔來過。因見老爺不在家。叫奴才轉稟老爺。今天王爺還提到老爺的名字。看來這事情倒有十分可靠。紳筱庵原想明天學吳可讀尸諫的。及至聽了管家這番說話。不覺功名心一動。頓時就把那件事忘記了。千秋節義之士豈富貴功名足以動其念他這一夜賽如熱鍋上螞蟻似的。在一間屋裡。踱來踱去。一直沒有住腳。又想寫信去問小軍機王老爺。家人回稱時候已經不早了。怕王老爺已經睡了。覺又要寫信去問別位朋友。一時又無可問之人。恐怕人家本來不曉得。現在送個信給他。反被他鑽了去。此事不可不防。因此足足盤算了一夜。患得患失之心重則立節立名之念輕天人交戰之際其間不容以髮第二天一早正想出門。探覓消息。上諭已經下來。早放了別人。紳筱庵望了一個空。一團閱氣。無可發洩。方想到昨兒在老師沈中堂跟前說的話。現在正好借此題目。發洩發洩。借別事以發揮胸中沉鬱定有一種激烈之氣正提起筆來做摺子。忽然太太叫老媽來請。說是小少爺頭暈發燒。也不知犯了什麼證候。紳筱庵兄弟三房。祇此一個兒子。年方一十歲。讀一書很聰明。雖不能過目成誦。然而十一歲的人。居然五經已讀完三經。現在正讀左傳。又是一個魔障文章已做到起講。先生許他明年就好完篇了的。因此紳筱庵夫婦竟拿他當做寶貝一般看待。一旦有了病。不但紳筱庵神魂不定。一個太太早靠在少爺身邊。一手拍着。一面淚珠子早已接連不斷的。掛在臉上了。此種光景那堪使抛妻別子者觀之紳筱庵回到上房。一看這個樣子。一條英氣勃勃的心腸。早為兒女私情所牽制。少不得延醫服藥。竭力替兒子醫治。以安太太心。這一鬧又鬧了兩天。等到兒子病好。恰值沈中堂假期已滿。他此時學吳可讀尸諫的心。早已消歸東洋大海。自來晚節不終誤於轉念者不少只是老師面前。無以交代。少不得編造謠言。託人緩頰。把此事擱塞過去。明知老爺冷淡他事到其間。也只好聽其自然了。（從古大節懍然皆是根於至性豈師友所能勸駕）過了些時他這叚故事外頭都傳開了。都説老頭子發痰氣。逼着門生尋死。幸虧紳某人有主意沒有上了他的當。有天他老人家在家裡坐着。直隸總督來拜。見面之後。責弄他這兩年派出去的學生學成回來。狠有些好學問的。今兒召見。已蒙上頭應許。准其擇尤保送。由禮部請示日期在保和殿考試一次。分别等第。賞他們進士翰林。以示鼓勵。將來這閱卷一事。少不得總要老先生費心的。這樣門生。多收兩個在門下。將來能夠替國家辦點事。大家都有面子。（想是有意來調笑他）沈中堂聽他説完。忙忙搖手道。别的都可以。只是保和殿考試一事。兄弟還要力爭他們。這些人都穀到殿試以後。要把我們擺到那兒去呢。（千年窟穴豈能異學爭鳴）就以我們這個翰林院衙門而論。幾千年下來。一直乾乾淨淨的。如今跑進來這些不倫不類的人。不被他們鬧糟了嗎。（豈知時至今日偏天下已無一片干淨土矣）説罷。悶悶不樂。直隸總督。此來原想預先託個人情的。後見話不投機。只好搭赸着出去。那知這位直隸總督。上頭聖眷狠紅。説什麽是什麽。向來沒有駁回的。他回去之後。果然保送了許多學生。請上頭考試録用。軍機上先得了信。就有位軍機大臣。曉得沈中堂有迂拙脾氣的。便拿他開心。説直隸總督某人。送些學生進來。都被我們咨回去了。曉得中堂不歡喜這班人。所以特地告訴你一聲。也叫你歡喜歡喜。（居今反古自然要受人揶揄）沈中堂聽了。果然心上狠快活。連連説道。這纔是正辦。就是上頭准了他這個。如其派我閱卷。我寧可辭官不做。這個差使決計不當的。那位軍機大臣道。中堂所見極是。彼此别去。誰到知了第二天。就有上諭着於某日在保和殿考試出洋畢業學生沈中堂看了還當是軍機沒有這個權力阻當這件事(豈知為人所責)也只有付之一歎沒有別的說話又過了兩天考試過了第二天派他做閱卷大臣(幸而上頭聖眷未衰)他此時告假已來不及要說不去這違旨的罪名又當不起只得垂頭喪氣跟了進去(大非幸已顧)虧試卷不多而且派閱卷大臣也不止他一位他自已樂得不管事讓別人去作主不過大概翻了一翻撿一本沒有違礙字眼的擺在第一呈進上去(聊以塞責)等到引見下來果然朝廷破格用人頂高等的都賞了翰林其次用主事知縣京官外官都有那些用主事知縣的不用去說他了但說那幾個賞翰林的照例要衙門拜老師認前輩這些禮節一點不能少的(照例文章應有盡有)沈中堂當的是掌院學士正管得着他們少不得前來叩見那幾位翰林雖然打外洋回來不曉得中華規矩然而做此官行此禮到了此時說不得也要從衆了(醜媳婦總要見公婆面)於是打聽了規矩封了贄見門包拿着手本前來私宅謁見不隄防這位老中堂早就預備此一着兩天頭裡便齊集了甲班出身的那些門生同他們說道從前要進我們這個翰林院何等煩難鄉試三場會試三場取中之後還要覆試又是殿試朝考留館諸君都是過來人那一層門檻可以越得過如今這些人一點苦沒有吃着止作得兩篇策論就要來當翰林以後無論什麽人也可以當翰林了(大為備嘗難苦者不服)然而上頭有恩典給他們我們怎好叫上頭不給他們就是上頭派愚兄閱卷愚兄亦怎好不去不過收到這種門生愚兄心上總覺不是(總有鄙夷不屑之心)現在請了諸位來彼此商量一個抵制的法子就同他們上海抵制美約一樣總要弄得他們不敢進這個

衙門纔好。諸位老弟高見以為何如。於是一齊稱是。沈中堂又問（桃李公門豈容參雜異弁）他們抵制的法子。有人說應該上個摺子。不准他們考差。凡是本衙門差使都不准派。又有人說這個翰林祇能算做頂帶榮身。不能按資升轉。（豈知此中就稱捷徑自有破格錄用之處）沈中堂聽了。不置可否。內中有一位閣學公姓甄。號守球。年紀已七有十三歲了。獨他見解獨高。忙插嘴道。老師所說的是抵制之法。祇制得他們自己不敢來纔好。（做要做得乾淨方是實行抵制）現在有個法子。他既然賞了翰林。一定要來拜老師。認前輩。老師不能不認他。他送贄見亦樂得收他的。我們這些老前輩無求於他。等他來的時候。我們約齊了。一概不見。我們不要認得他。就是在別處碰見了。他稱我們前輩老前輩。我們只拱手說不敢當。也不要理他。（與管寧割席一樣用意）如此等他碰過幾回釘子。怕見我們的面。以後叫把這他們翰林一道。視為畏途。自然沒有人再來了。（真是關門塞狗洞）但是要抵制。我們總要齊心纔好。衆人聽罷。一齊稱妙。沈中堂點頭稱是。連說守球老弟所論。極是。愚兄樂得認他做門生。但是贄見亦要照尋常加倍。我們中國的規矩。凡是沾到一個洋字。總要加錢。不要說別的。我們大孩子。新從上海來。他說上海戲園子規矩。洋人看戲加倍。他幾個雖不是洋人。然而總是外洋回來的。我問他多要並不為過。衆門生又一齊稱是。於是當天議定。等他幾人來見老前輩時。一概不許接待。以為抵制之策。（還要取瑟而歌不知否一笑）衆人一齊認可。方纔別去。欲知後事如何。且聽下回分解。

仙露明珠仿斯朗潤
附來裙帶能謅能騷

掌到銀錢作威作福
卷五十九

五編卷五十九

附來裙帶能諂能驕
掌到銀錢作威作福

話說甄守球甄閣學在沈中堂宅內。議定抵制之法。凡是新賞翰林的。那幾學生來拜。一概不見。不要他們認前輩老前輩。商議既定。果然大衆齊心。直弄得他們那幾個人。到一處碰一處。沒有一處見到。新舊水火勢必結成朋黨後來這幾個人。曉得在京裏有點不合時宜。也就各自走了道路。出京另外謀幹去了。此輩蟠踞朝廷如何能並立於朝京裏的這班人。聽得他們已走。彼此見面。一齊誇說甄老前輩出的好計策。甄閣學亦甚是得意。城狐社鼠終有傾覆之日一天甄閣學在自己宅子裡。備了三席酒。請衆位同年同門吃酒賞菊花。沈中堂得了信。說是飲酒賞菊。是項雅緻的事情。怎麼守球不請我老頭子。老年人最要爭過意就有人把話傳給了。甄閣學連忙親自過來陪話。說道。不是不請老師。實在因為男子小客。多怕褻瀆了老師。所以不敢來請。此是文飾之詞大約老前輩在座一來怕恐拘束二來不好怠慢所致沈中堂道。我狠歡喜。到了那天。我要來。你亦不必多化錢。我亦吃不了什麼。不過大家湊湊罷了。老頭子湊趣　甄閣學自然高興。到了那天。因為老頭子要來。雖說不化錢。早已特特為為。又添了一桌菜。檢老師愛吃的。點了幾樣。這天約明白的兩點鐘會齊。不到一點鐘。老頭子頂高興。早已跑了來了。一問所請的客。都是自己的門生。尤其高興。幕燕堂鶴猶然酬嘻淋漓老年人好事等到客齊。老頭子先創議要人家做菊花詩。老頭子什麼五古七古。七律七絕。我都有點忘記了。祇有五律。祇要拿試帖減四韻。我雖然多年不做。工夫荒了。還勉强湊得成功。眾人見老頭子高興。少不得一齊獻醜。當人各自搜索枯腸。約摸一個鐘頭。還是沈中堂頭一個做好。（詩壇老將獨得先標）眾人搶着看時。果然是一首五律。然後眾人絡續告成。數了數一共二十七首。有三位說要回去補做了送來。（想此調不彈久矣）彙齊之後。甄閣學一齊請沈中堂過目。其中只有兩個做七絕的。一個做七律的。九個做五律的。十五個做五絕。你道為何。只因五絕比五律更好做。連中間的對仗都可以減去。所以大家捨難就易。走了這一路。（也不過潦草塞責罷了）當時沈中堂看了甚喜。說明天請守球老弟。畫一張格子。分送諸位。另外各自再謄一張。中縫腳下。各人寫各人的名字。簽條上就寫翰苑分書菊花詩。送到琉璃廠。等他們刻了板。印出來賣。凡是寫大卷子的人。誰不要買一部。（還要刻板深傳真是多事）眾人聽了。不勝佩服。酒席吃到一半。甄閣學忽然起身。向內停了一回。拿了兩張字出來。送到沈中堂跟前。說是門生的兩個兒子做的。不曉得將來還有點出息沒有。（是泥了言為心聲有關一生福澤之語）沈中堂道。好啊。拿來我看。原來都是和的菊花詩。前面寫着恭求太老夫子中堂訓正。下面註着小門生甄學忠甄學孝謹呈字樣。沈中堂未看詩。先看名字。說道好名字。一個人能彀記得忠孝兩個字。還有什麼說的呢。（命名之意已是不凡）於是又看詩。連讚好口氣。兩位世兄。將來一定都是要發達的。都是我的小門生。將來亦于湯有光的事。我很想見見他倆。（借獻詩引出見面來是以詩為介治）甄閣學巴不得這一聲。立刻進去。招呼兒子扎扮了出來。沈中堂一看。大的約摸有四十外了。（如此年紀還在父母蔭下其福不少）戴的是藍頂花翎。小的亦有二十多歲。還是全頂子。一齊都穿着袍套。

見了太老師爬下磕頭。太老師止回了半揖。磕頭起來。又讓坐。老頭子因見甄學忠是四品服色。曉得他一定有了官了。便問在那一部當差。甄閣學搶着回道。本來有個小京官在身上。如今改了直隸州出去。沈中堂道。怎麼不下場。甄閣學道。已經下過十場。年紀也不小了。（屢試不售。然後此從異路。究與凡為皆部者不同）正途不及。只好叫他到外頭去歷練歷練。沈中堂道。可惜可惜。有如此才華。不等着中舉人。中進士。飛黃騰達上去。却捐了個官到外頭去混。真正可惜。（劉蕢下第。不盡無才）一面說一面又拿他倆的詩。顛來倒去看了兩三遍。拍案道。言為心聲。這句話是一點不差的。大世兄的詩好雖好。然而還總帶着牢騷。這便是屢試不第的樣子。幸虧還豪放。將來外任還可望得意。至二世兄富麗堂皇。不用說將來一定是玉堂人物了。（大老目巳定是不錯）換着又問甄學忠幾時出去做官。分發那一省。甄學忠回稱。這個月裏就辦引見。指分山東。沈中堂道。好地方。山東撫台也是我門生。我替你寫封信去。甄閣學本有此心。但是不便出口。今見老師先說了出來。自然感激涕零。立刻又叫兒子磕頭。謝了太老師栽培。（仕途擁擠。緫要有人先容。自是感激）當時沈中甚是高興。吃酒論文。（詩書甲冑。禮義干城。究不能當炮火之衝突）直至上火始散。次日甄閣學又叫兒子去叩見太老師。等到引見領凭下來。又去辭行。沈中堂見面之後。果然鄭重其事的拿出一封親筆信來。叫他帶去給山東巡撫。（大老八行書。如此名貴）按下慢表。目前單說甄閣學的兒子甄學忠拿了沈太老爺的信。携帶家眷前去到省。他父親因為他獨自一個出去做官。心上不放心。便把自已的內兄請了來。請他跟着同到山東。諸事好有照應。他父親的內兄便是他的舅太爺了。這位舅太爺姓于。前年死了。老伴無依無靠。便到京找他老妹丈。吃碗閒飯。甄閣學是做京官一直省儉慣的人。憑空多了一個人吃飯。心上老大不自在。當京官的苦況可知幾次三番。要把他薦出去。無奈人家嫌他年紀太大了。都不敢請教。依人作嫁大是不易這遭托他同到山東照兒子。却是一舉兩得。于太舅爺年紀雖大。精神尚健。於世路上一切事情亦還在行。閱歷半身只落得依人字下甄學忠自這位老母舅照料。自然諸事一概靠。托樂自己不問。于舅太爺却勤勤懇懇。事必躬親。於這位外甥的事格外當心。任怨任勞老誠可靠那些跟來的管家。都是在京裏苦毅的了。好容易跟着主人到外省做官。大家總望賺兩個誰知碰見了這位舅太爺。以後的好處且慢說。但就目前路上而論。甚麼顧車子。開發店家。有心賺兩個零用錢。亦做不到。因此大家沒有一個歡喜這位于舅太爺的。而且都在少主人面前。說他的壞話。衆口鑠金黑白混淆在路曉行夜宿。非止一日。早已走到山東濟南府城。稟到。稟見。繳憑投信。一切繁文不必細表。撫台接到沈中堂的私函。托他照應甄學忠。自然是另眼看待。到省不到一個月。撫台避嫌疑。不肯委他差使。一人得寵衆人拖忌此事不可不慎齊巧那時候辦河工。撫台反替他托了上游的總辦張道台。算是張道台上稟帖。向撫台說。這甄牧如何老練。如何才幹。目下正值需才之際。可否稟懇憲恩。飭令該牧來工差遣。以資臂助。各等語。撫台看了。彼此心心相印。斷無駁回之理。甄學忠奉到了公事。連忙上院叩謝。撫台當着大衆。很拿他交代一番。又說你到省未久。本還輪不到委什麼差使。這是張道台有稟帖在此。這裏稟請你去幫忙。好生幹。調劑一個好差不露痕跡使受恩者無從德我真是謹慎人作用甄學忠連應了幾聲是。下來大家都說他一定同張觀察有什麼淵源還有人來問他。甄學忠回稱。素昧生平。大家都不相信。還說他有意瞞人。（眾人日伺左右偏明派優差豈不更要飛黃深白手）甄學忠自己亦摸不着頭腦。人家都說他閒話。無可置辯。後來到得工上。叩見了張觀察。張觀察同他狠客氣。第二天就委了他買料差使。上來叩謝。張觀察曉得買料事繁。派了面薦了兩個人。一個蕭心閒。一個潘士斐。說他二人於辦料一切都是老手。（加派幫手關切之至）甄學忠又怕薦的人。沒有自己人當心。（慮得亦是）於是又寫信到公館。請他娘舅于舅太爺。趕了來。于舅太爺一聽外甥有了事。自然也是歡喜的。便道這買料的事。上關國帑。下關民命。中間還關係委員的考成。若是沒個人去鑒察鑒察他們。這些人我是知道的。什麼私弊都會做出來。因此接信之後。便趕着趕到工上。有他一個清眼鬼。自然那些什麼蕭心閒。潘士斐。以及一班家人們都不敢作什麼弊了。（付託得人省力不少）然而大家一齊拿他恨入骨髓。不在話下。且說甄學忠到省不及一月。居然得了這個美差。便有他的堂房舅子。姓黃。綽號黃二麻子的。前來找他。他太太是湖北人。這黃二麻子是他大舅子。齊巧這年正在山東濰縣當徵收。看了轅門抄。寫得妹丈得了河工差使。他便想趕到省裏來。一來望望妹妹。二來想插手弄點事情做做。總比他當徵收師爺的好。（一樣內親然一個投奔窮京官一個靠託紅差使命意迥然不同）主意打定。便在東家跟前請假兩個半月的假。上省找他妹夫。他這個館地。原是情面帳。東家並不拿他十二分當人。他要告假。樂得他等告假。叫帳房多送了一個月的束修。給他做盤川。又托帳房師爺。替他照官價顧了一輛車。派了一個差役送他進省。連個二爺都沒有帶。到了省城。黃二麻子是省錢慣的。不肯住客店。又因為同甄學忠的太太有幾十年不見了。雖是堂房兄妹。怕他一時記不得。似乎未便冒昧。況且妹夫又是從未見過面的人。因此便借了一個朋友家裡。暫住歇脚。（特將來時情景表明）他是午飯前到的。吃了飯。就換了衣服。要去拜望妹妹妹丈。他也不該什麼好衣服。一件覆染的繭緞袍子。一件天青緞舊馬褂。便算是客服了。（來時襤褸去時即裘馬輝煌）又嫌不恭敬。特地又戴了一頂大帽子。穿了一雙前頭有兩隻眼的靴。搖搖擺擺。算做行裝。也還充得過。（脚靴手版是小老爺行徑）打扮停當。忽然想起初次拜妹夫。應該用個什麼帖子。他朋友說。用個姻愚弟罷了。黃二麻子搖搖頭說道。我這遭來是望他提拔提拔我的。同他兄弟相稱。似乎自己過於拿大。而且依我意思。用帖子亦不妥當。還是寫個單名的手本。你說好不好。（一種恭順之氣令人可親）那朋友道。令親是什麼官。黃二麻子道。舍妹丈是戶部主政。改捐直隸州知州。我們這位太親翁。是現任內閣學士。除掉內閣大學士之外。京城的官就要算他頂大。舍妹丈便是他的大少爺。那朋友道。他老子官大。兒子總不能世襲到自己身上。就算可以世襲。也沒見過郎舅至親。可以用得手本的。（駁得是）黃二麻子道。這是官場的規矩。你沒有做過官。是不曉得的。（欺他是個外行）我這遭是來找他在工上弄事情做的。事情成功了。他做老總。我們在他下手辦事。賽如就同他的屬員一樣。怎麼今天來了。不上個手本。不但見舍妹丈要用手本。就是去見舍妹。也是要用手本。先上去稟安。方是道理。（要走內線自然要用手本見妹妹）那朋友見他執迷不悟。也只好隨他。便說道。你說的不錯。時候不早了。你快去罷。黃二麻子趕忙出門。一路問人。好容易問到妹夫的公館。自己投帖。門上人拿他看了兩眼。回稱老爺到工上去了。不在家擋你老爺的駕罷。黃二麻子又說既然老爺不在家。費心上房太太跟前替我回一聲。就說我黃某人稟安稟見。門上人聽他說要見太太。又拿他看了兩眼。問他同敝上可是親戚。他到此方纔說明你們的太太就是我的舍妹。（不說明來歷亦不容易進門）門上人連忙改口稱呼。說原來是一位舅老爺。（小人勢利情景逼真）又問同我們太太可是胞兄妹。黃二麻子道同高祖還在五服之內。是親的不算遠。門上人一聽不是親舅老爺。那臉上的神色又差了。（世態炎涼我不忍見）但念他總是太太娘家的人。得罪不得。便道你老爺坐一回。等家人上去回過再來請。黃二麻子連稱勞駕得狠。一霎時門上人進去回過太太。讓他廳上相見。（多年不見自然要會）太太家常打扮出來見了面。太太正想舉袖子萬福。黃二麻子早跪下了。磕頭起來。又請了一個安。口稱連年在省外處館。姑太太到了。沒有趕得上來伺候。（卑躬屈節和顏悅色揣摩到十二分火候）太太道不敢。於是滿面春風的問長問短。黃二麻子異常恭敬。竟其口口聲聲姑老爺姑太太。什麼妹夫妹妹等字眼一個也不題了。隨後提到托在工上謀事情的話。太太道至親原應該照應的。無奈這些事情都是你妹夫作主。不是熟手插不下手去。我亦不好要他怎麼樣。（初次會面自然不好輕易答應）你既然大遠的來住在那裏。黃二麻子暫時借一個朋友家裡歇歇腳。還沒有一定的住處。太太道既然如此。你且把行李搬了來住兩天。你妹夫不時到省裏來。等他見了你。我們再來想法子。（先謀安頓再圖機會關切之極）黃二麻子聽了前半截的話。心上老大着急。及聽到後半留他在公館裡住。便滿心歡喜。又着實說了幾句感激姑太太栽培的話。然後退了下來。一眾家人曉得太太留他在公館裏住着太太面上少不得都來趨奉他一個個舅老爺長舅老爺短哼的鎮天價響黃二麻子此時同他們却異常客氣。連稱我如今也是來靠人的一切正望你們老爺提拔諸位從旁吹噓我們還不是一樣嗎快別題到舅老爺三個字（新來慢到自然要虛心下氣）大家見他隨和。倒也歡喜他過了兩天。甄學忠工上有事自己沒有回來。差了于舅太爺到省城裏來辦一件什麼事。黃二麻子早打聽明白了。等到于舅太爺下車進來之後。他忙趕着拿了姻愚姪的帖子上去叩見見了面口稱老姻伯。自稱小姪。說到他自己的事情又要懇老姻伯替他吹噓（知他是個拿攫之人外把結）于舅太爺是至誠人。看他規矩。便也認他是個好人。（君子可欺以其方）過了一天事情辦完于舅太爺要回工上去。甄學忠的太太又來拜托他在外甥面前替他哥子幫忙（一個太太已為其所用）于舅太爺只得答應着。等到老人家轉過了身。一班家人都指指點點的罵他黃二麻子聽在肚裏。心想他的人緣。如此不好。倒是一個絕好的機會。（已有謀奪他位置之意）沒有事。便到上房找妹子談天面子上說是請姑太太的安其實是常常親熱慣了。他有他的主意。湊巧這位太太最愛談天說閒話。如今有了這個本家哥哥來湊趣。而且又無須避得嫌疑。因此這黃二麻子在妹子跟前狠有臉家人小子們。求舅老爺說句把話亦狠靈。（欲得主子信任先要將下人籠絡）如此者約有半個月光景有天甄學忠因公回省到得家裏。聽了于舅太爺的先入之言。（一個舅太爺又為其所用）心上早有了個底了。等到見了面。頭一樣他能夠低頭服小。就合了脾胃。（會拍馬屁終究不穿）答應同他一塊兒到工上去。黃二麻子既到得工上。一看姑老爺的氣派可不小。雖說是個買料委員。只因他手下用的人多。凡是工上用的東西。無論一土一木。都要他派人去採辦。用的人多自然趨奉的人就多名為委員。實則同總辦一樣此時是于舅太爺拿總專管銀錢就是總辦薦的蕭心閒潘士斐亦都在總局裏派了有底有面的執事黃二麻子初到一個個都去拜望（仍舊用他的聯絡眾人手段）題到妹夫還不敢稱妹夫仍舊稱我們姑老爺後來見大家背後叫老總他亦改口稱老總過了兩天老總派他稽查工料（居然也有了差使了）他也不曉得稽查些什麼他平時見了老總及于舅太爺不敢多說話（此是小心處）却同蕭心閒潘士斐兩人甚是投機（此是使乖處）他倆念他是東家的舅爺總比別人親一層而且他在工上住了兩天定要借事進省一遍說是記掛姑太太進省看姑太太去人家見他走得如此勤便疑心他縱然不是親兄妹亦總是嫡堂兄妹了有些話不便當面向東家談的便借他做個內線只要他在他姑太太跟前題一聲將來東家總曉得的（一班走小路無行止之人將他抬上）幾回事情一來他曉得人家有仰仗他的地方登時水長船高架子亦就慢慢的大了起來（漸漸忘却本來面目）朝着蕭潘一班人信口亂吹數說姑太太今天留他吃什麼點心又為他添什麼菜又指着身一件光板無毛的皮袍子說這件面子也是姑太太送的（招搖撞騙無所不為）眾人看了看皮袍子面子乃是一件舊寧綢覆染的已經舊的不要舊了潘士斐愛說玩話便笑着說道你們姑太太也太小氣了既然送你皮袍子面子為什麼不送你一件新的却送你舊的（調笑得有趣）黃二麻子把臉一紅想了一想說道我們姑太太本來要送我一件新的是我不要只問他要這件舊的（不過是遮驗語）眾人說有新的送你你反不要要舊的這是什麼緣故（乞道其詳）黃二麻子道我們天天在工上當差使跑了來跑了去風又大灰土又多新的上身不到三天就弄壞了豈不可惜我所以只問他要件舊的可以隨便拖拖這個意思難道你們還不曉得（雖是隨口謅造說來卻是可聽）過了一天姑太太差了管家來替老爺送東西吃食順便帶給于舅太爺黃二麻子一家一塊鹹肉一盤包子于舅太爺向來是自已一個人吃飯的所以大家不曉得黃二麻子卻如得了皇恩御賜一般直把他喜的了不得逢人便告（得着風即扯蓬）又說我們姑太太怎麽想得這樣週到曉得我們在工上吃苦所以老遠的帶吃食來從前我有兩個舍妹大舍妹小氣的了不得所以祇嫁了一個教書的不久就過去了（未知果有其事否）這是二舍妹他自小手筆就濶氣派也不同所以就會做太太這是一點不錯的（量大福大說來卻是有理）到了第二天中午特地把姑太太給他的鹹肉蒸了一小塊拿小刀子溜薄的切得一片一片的擺在一個三寸碟子裏頭等到開飯的時候他拿了出來一桌子五個人吃飯他每人敬了一片說這就是我們姑太太的肉請諸位嘗嘗（你們姑太太的肉是個禁臠如何輕易被人嘗試）敬了一片第二片他可不敬了只見他一筷子一片只管夾着往嘴裏送（老虎食可知）一頭吃還要一頭讚等到吃完剩了三片還叫伺候開飯的二爺替他留好了預備第二頓再吃（此是省儉慣的）偏偏碰見這個二爺的嘴饞伸手拈了一片往嘴裏一送又自言自語道只聽他說好倒底是個甚麽滋味等我也嘗他一片果然滋味好於是又偷吃了一片越吃越好吃又自已說道一不做二不休一片也是吃三片也是吃索性吃完了他（仰承餘瀝備嘗異味）舅老爺不問便罷倘若問起來就說是個貓偷吃了的他總不能怪我（區區小事不怕發作）主意打定等到晚上開

飯的時候伺候開飯的二爺只指望他忘却那三片鹹肉不題起纔好。誰知黃二麻子於這三片鹽肉。竟是刻骨銘心也决計忘不掉。一坐下來。還沒有動筷子就問我的鹽肉呢。（冷汁殘羹猶生朶頤）偷嘴的二爺忙嚷着叫廚房裡添椀肉。黃二麻子道不是要廚房裏添肉是中飯吃的我們姑太太肉。還賸下三片。我叫你替我留好的。偷嘴的二爺曉得躲不過。瞎張羅了半天纔回了一聲沒有了。（三字如聞其聲）黃二麻子眼睛一瞪。把筷子往桌子上一拍說道那裏去了。（比咬了他的肉還要痛）偷嘴的二爺說道。想是被野貓啣了去了。（不要是家貓罷）急的黃二麻子跺脚罵王八蛋說道是我們姑太太給我的肉。我一頓捨不得吃完。所以留在第二頓吃。叫你留好。你不當心。如今被貓啣了去了。我不管。我只是問你要。你沒你賠我的。你要不賠。你自已去同你們太太說去（你們太太倒肯捨身）（佈施不在乎此）黃二麻子只管罵。不動筷子。等到別人吃完飯。他還是坐着不動。一定要偷嘴的二爺賠他的。那偷嘴的二爺先撅着嘴不做聲。儘着他罵。後來挨不過。走到門外嘴裡嘰哩咕嚕的說道。少了三片鹽肉。不過是猪肉。又不真果是他們姑太太身上的肉。何犯着鬧到這步田地（誰叫你染指）偏偏這句話。又被黃二麻子聽見了。趕着出去打他的嘴巴。問他吃的誰的飯。一定上去回老爺。攆掉他還不算。還要打他的板子。別的爺們曉得事情鬧大了。都怪那個偷嘴的二爺不是。不該嘴裏拿太太亂講。舅老爺是太太的哥哥。你亂講被他聽見了。怎麼叫他不生氣呢。他果然同老爺說了。你還想吃飯嗎（為偷嘴打破飯盌甚不值得）那個偷嘴的二爺到此方纔悔悟過來。由衆人架弄着。領他到黃二麻子跟前磕頭。求舅老爺息怒。不要告訴太太曉得（也叫做無可奈何）黃二麻子起先還拿腔做勢一定不答應禁不住衆管家一齊打千哀求方纔答應下却不過衆情那個偷嘴的二爺又磕頭謝過舅老爺恩典方纔完事如此一來黄二麻子把情分一齊買在衆人身上衆人自然見他的情他自已一想上頭除掉姑老爺就是于舅太爺一位餘外的人都越不過我的頭去自此以後他的架子頓時大了起來所謂小人得志一班家人小子看了老爺太太的分上少不得都要巴結他還有些人曉得他在主人面前說得動話指望他說句把好也不得不來趨奉所謂狐假虎威偏偏事有湊巧于舅太爺病了十天甄學忠一向有什麼事情都是于舅太爺承當了去如今他老人家病了樣樣都得自已煩心不上三天早把他鬧煩了一向適意慣的誰耐煩這些到這擋口黄二麻子曉得是機會到了便格外在姑老爺跟前獻殷勤甚至家人小廝當的差使不該他做的他亦搶在前頭欲博主子信任自然要不拘身分甄學忠覺得他這人可靠漸漸的拿些事情交代他辦他辦完了事情一天定要十幾盪到于舅太爺屋裏看于舅太爺的病伺候于舅太爺什麼湯啊水啊亦都是他料理又要博病人歡心因此于舅太爺亦狠見他的情面子上狠讚他好胸中自有涇渭却不料他老人家的病一日重似一日甄學忠還算待娘舅好凡是左近有名的醫生都已請遍無奈總不見效他老人家自已也曉得是時候了便把外甥請到床前黄二麻子亦跟了進去只見他從被窩裏伸出手來拉着外甥的手說道老賢甥我自從你令堂去世承你老人家看得我起如今又到你手裏並不拿我娘舅當作外人一切事情都還相信我我如今是不中用的了人之將死其言也善現在正是你要緊時候我不能帮你的忙這也是無可奈何之事

千古英雄同此一歎但是我死之後銀錢大事你可收回自己去管一句話須要記好人心叵測誰你是至親也都是靠不住的此是閱歷過來之談于舅太爺說到這裏已經喘吁吁上氣接不到下氣頭上汗珠子同黃豆大小直滚下來甄學忠此時念到他平日相待情形不期而然的從天性中流出幾點眼淚至此鐵人亦當下淚忙請娘舅呷一口參湯勸娘舅暫時養神不要說話約摸停了一會于舅太爺得了參湯輔助之力漸漸的精神回轉於是又掙扎着說道不但銀錢大事要自己管就是買土買料也總要時時刻刻當心我活一天這些事我都替你搶在頭裏不要你操心就是惹人家駡我恨我我亦不怕横豎我有了這把年紀也不想什麼好處除了我却没有第二個肯做這個寃家的任怨任勞却是難得黃某人人是狠能幹的言下是有分寸說到這裡于舅太爺氣又接不上來喘做一團甄學忠扶他睡下呌他歇一回誰知他話說多了精神早已散了一個氣不接早見他眼睛一翻早已不中用了也算是鞠躬盡瘁死而後已 甄學忠少不得哭了一場趕緊派人替他辦後事忙着入殮出殯把他靈柩權寄在廟裡隨後再扶回原籍都是後話不題且說當他病重時同他外甥說的幾句話黃二麻子跟在屋裏聽得清清楚楚處處留心先聽他說人心叵測雖是至親亦靠不住不由心上畢拍一跳暗暗罵他老殺才你病了我如此的伺候你巴結你如今倒要絶我的飯椀幸虧没有呌出名來還好第到第二回說黃某人人是狠能幹的照于舅太爺的意思諒來一定還有不滿意於他的說話又幸虧底下的話没有說出便宜了他他就一命嗚呼了碰巧他這位老賢甥聽話也只聽一半竟是斷章取義聽了老母舅臨終的說話以為是老

毋舅保舉他堂舅爺接他的手。所以纔會誇獎他能幹。他得了這句說話。等到于舅太爺一斷了氣。還沒有下棺材。他已把大權交給黃二麻子。雖是誤會亡人遺囑。然如黃二麻子之陰謀暗算。能保其終不用乎黃二麻子却出其不意。受了妹夫的托付。這一喜真非同小可。當天就接手。接手之後。一心想查于舅太爺的帳目有什麽弊端。掀了出來。也好報報前仇。所謂以小人之腹度君子之心誰知查了半天。竟其一毫也查不出。可謂完人只有一間空房裏常常堆着千把吊錢。他便到妹夫跟前獻殷勤道。這許多錢堆在家裏。豈不閣利錢。何不存在錢鋪裏。一來可生幾個利錢。二則也免自己担心。舅太爺倒底有了歲數的人了。無論你如何精明。總有想不到的地方。所謂瞎批駁只見他妹夫道。你倒不要說他工上用的全是現錢。不多預備點存在家裡。一時頭上要起來。那裏去弄呢。幸虧還有一線之明黃二麻子碰了這個軟釘子。自己覺着沒趣。搭訕着又說了幾句別的閒話。妹夫也沒有理會他。他自取其辱便回到自己房裡。生氣咕嘟着嘴。一個人自言自語道。誰稀罕吃他的飯。這也算得什麽又怨誰來正在氣悶。齊巧管廚的上來付伙食錢。管廚的曉得他是主人的舅老爺。今兒又是初接事。不敢不巴結他。一進門先請一個安。說了聲請舅老爺的安。黃二麻子愛理不理的。問他什麽事。管廚的故意做出一副笑容。從袖子裡取出一本伙食帳來。送到桌子上。却又笑嘻嘻的說道。又要舅老爺費心了。賠盡小心黃二麻子是在過現任州縣衙門當過師爺的。自己雖然沒有經過手。規矩是知道的。曉得大廚房裡帳房師爺有個九五扣。只學會了衙門的陋習黃二麻子便拿起算盤。踢踢搭搭一算。五天應付九十六弔。照九五扣。應除四弔八百文。實付九十一弔二百文。

照數發了出來。管廚的接到手裡一算。不敢說不對。只笑嘻嘻的說道。舅老爺這是怎麼算的。小的不懂。（也並未曾說甚麼）黃二麻子當是管廚的有心當面奚落他。便把算盤一摔。跟手拿桌子一拍。罵道好混帳。你瞧不起我。見我今天初接手。欺負我外行。要來蒙我。這天底下衙門局子都是一樣。我做帳房雖是今天頭一天。你當管廚的。難道亦是今天頭一回嗎。你如果嫌少。你不要拿。替我把錢放在這裏。（先給他一個下馬威）管廚的碰了這個釘子。曉得一時說不明白。只好拿了錢。揩訕着出去。（總算知竅）黃二麻子還罵道。底賤貨。你不凶過他的頭。他就凶過你的頭。眞正不是些好東西。到了第二天。管廚的特地送了黃二麻了一隻火腿。又做了兩碗菜。一碗紅燒肘子。一碗是清燉鴨子。說是小的孝敬師老爺的。總得求舅老爺賞個臉收下。（先送上些包苴然然開口廚子老練）起先黃二麻子還只板着個臉。一定不要這些東西。禁不住管廚的一再懇求。方纔有點活動。管廚的下去。當夜便找了值帳房的二爺。請他吃了幾杯酒。托他同舅老爺說。（還要挽出人來說真是老於世故）這個九五扣照例原是應該有的。只為舅太爺要替老爺省錢。叫我們辦清公事。什麼伙食錢酒席價格外往少裡打算。也不要什麼扣頭。如今舅老爺來了。這個錢我們下頭亦情願報効的。（名為報効其實是好聽說話）但是有一句俗語。叫做羊毛出在羊身上。無非還是拿着老爺的錢貼補他舅老爺罷了。舅老爺是何等精明的人。難道要我們賣老婆孩子不成。少不得還要拜求舅老爺在老爺面前就說現在工上米糧柴火。以及吃的菜無一不貴。若照着前頭數目。實在有點賠不起。總得求他老人家看破些。自下個月起。每人伙食加上十個錢。如此一來。我也不至賠本。

舅老爺也有了。（你要扣稱我字加倍一個出一個）至於老爺一天多化幾百錢，少處去，大處來。只要那筆材料裏頭多開銷上頭幾文，還怕這筆沒抵擋嗎。（說來說去終究是皇上家的錢晦氣）那值帳房的二爺吃喝了他的酒菜，少不得要幫他的忙。當時諾諾連聲，等到晚上，走到黃二麻子身旁，一五一十，說了一遍。只見黃二麻子縐了半天眉頭，說道：既然如此，何不早說。老爺跟前，我已經說他做不下去，保舉了別人，換別人做了。如今叫我到老爺跟前，怎麼再替他說回來呢。（且給他一個小驚嚇）值帳房的二爺聽了此言，亦為一驚，口稱這事總要求舅老爺恩典。停了半晌，黃二麻子又說道：這們樣罷，老爺跟前，我還說得回來，只說接手的那個人家裡有事，一時不能上工，仍叫前頭一個做起來，以後我們再留心另顧別人罷。但是要接手的那個人，我已經答應他了，明天就要來上工。這個只好你們底下去同他商量，他肯讓自然極好，倘若不肯，也只好由他。我不能做出爾反爾的事。（做成圈套好大嚇他幾個）值帳房的出來，同管廚的說了。管廚的倒也明白，說也不過想兩個錢，等我認晦氣送他二十吊錢，叫他明天不要來。但是由我們底下勸他，一定不肯依的。這事情還得求舅老爺幫我一個忙，這錢就請舅老爺給他，方纔妥當。（是個行賄慣家）值帳房的又上去回了黃二麻子。黃二麻子不說別的，但說二十吊錢太少，恐怕說不下去。後來又添了十吊，黃二麻子答應了，方纔無事。（如何肯便宜他）自從管廚的有了這回事，大家都曉得舅老爺是要錢的，凡是來想他妹夫好處的，沒一個不送錢給他。等到妹夫差使交卸下來，他的腰包裏亦就滿了。（是個賺錢好手）要知後事如何，且聽下回分解。

苦辣甜酸遍嘗滋味
號房

嬉笑怒罵皆為文章

五編卷六十

苦辣甜酸遍嘗滋味

嬉笑怒罵皆為文章

話說黄二麻子。在他妹夫的工上。狠賺了幾個錢等到事情完了他看來看去統天底下的賣買只有做官利錢頂好。（做官為生財地步莫怪吏治日壞）所以拿定主意一定也要做官但是賺來的錢雖不算少。然而捐個正印官還不彀。又恐怕人家說閒話為此躊躇了幾天。纔捐了一個縣丞。（官越小越好賺錢見識不錯）指分山東。並捐免驗看。逕自到省一面到省一面又托過妹夫將來大案[illegible]頭替他填個名字。一保就好過班妹夫見他有志向上而且人情是勢利的見他如此也就樂得成人之美。（順水人情樂得做）閒話休叙且說黄二麻子到省之後勤勤懇懇。上衙門站班他拿定主意只上兩個衙門。一個是藩台一個是首府每天只趕這兩處趕了出又趕進別處也來不及再去了。（蜜蜂只揀旺花飛）又過了些時有天黄二麻子。走到藩台衙門裡一問號房說大人今兒請假。不上院了。又問為什麽事請假回稱同太太姨太太打飢荒姨太太哭了兩天不吃飯所以他老人家亦不上院了。（原來為此）又問。為什麽事同姨太太打飢荒號房道。這個事我本不曉得。原是裏頭二爺出來說的。被我聽見了。我今告訴你你到外頭卻不可亂說呢。（閫內之言不踰閫自然要叮囑）黄二麻子道。這個自然。號房道。原來我們這位大人一共是一位正太太。三位姨太太（比齊桓公如夫人者六人尚少一半）不是前兩天有過上諭。如要捐官的儘兩月裏頭上兌。兩月之後就不能捐了。因此我們大人就給太太養的大少爺捐了一個道台。大姨太太養的是二少爺。今年雖然纔七歲有他娘吵在頭裏定要同太太一樣也捐一個道台。二姨太太看着眼熱。自己沒有兒子。幸虧已有五個月的身孕（胎裏可以捐官愈出愈奇）便要大人替他沒有養出來的兒子。亦捐一個官放在那裏。我們大人說將來養了下來得知是男是女。倘若是個女怎麼樣。二姨太太不依。說道固然保不定是個男孩子。然而亦拿不穩一定是個女孩子。姑且捐好一個預備着。就是頭胎養了女兒還有二胎哩大人說他不過也替他捐了不過比道台差了一級祇捐得一個知府（總算是個胎裏知府）二姨太太纔鬧完。三姨太太又不答應了。三姨太太更不比二姨太太。並且連着身孕也沒有也要替兒子捐官大人說你連着喜都沒有急的那一門。三姨太太說我現在雖沒有喜。焉知道我下月不受胎呢。因此也鬧着一定要捐一個知府。（此知府連胎裏多沒有一發荒唐）聽說昨兒亦說好了。大人被這幾位姨太太鬧了幾天幾夜。沒有好生睡。實在有點撐不住了。所以請的假（總算自尋煩惱）黃二麻子至此方纔明白。於是又趕到首府衙門。到了首府執帖的說大人上院還沒有回來。黃二麻子只得在官廳子上老等。一等等到下午三點鐘。才見首府大人回來。急忙趕出去站班。只見首府面孔氣得碧青。下屬站班。他理也不理。下了轎。一直跑了進去。大非往日情形可比（然也作怪）黃二麻子心中不解。等到人家散過。他獨不走。跑到執帖門房裏探聽消息（是有心人）執帖的說太爺你請少坐。等我進去打聽明白了。再出來告訴你。於是上去伺候了半天。好容易探聽明白出來同黃二麻子說道。你曉得我們大人為了什麼事氣的這個樣子。黃二麻子急於要問。執帖道照這樣看去這個官竟是不容易做的（先冒一句）只因今天上院齊巧撫台大人這兩天發痔瘡屁股裏疼的熬不住自從臬台大人起上去回話說不了三句就碰了下來聽見說我們大人還被他啐了一口唾沫因此氣的了不得現在正在上房生氣口口聲聲要請師爺替他打禀帖告病哩（伺候權要之門奔走形勢之途自是不易不如解組歸田落得逍遙自在）黃二麻子道這個却是不該應的他自己屁股有病怎麼好給人家臉上下不去平心而論這也是他們做道府大員的纔夠得上給他吐唾沫像我們這樣小官想他吐唾沫還想不到哩（吮癰舐痔之輩豈以為辱）一面說完也就起身告辭回去到第二天仍舊先上藩台衙門號房說大人還不見客黃二麻子道現在各位姨太太可沒有什麼飢荒打了號房道聽說我們大人只有大太太大姨太太兩位少爺的官實實在在銀子已經拿了出去二姨太太同三姨太太他倆一個纔有喜一個還沒有喜為此大人還賴着不肯替他們捐嘴裏雖然答應還有部照給他們他們放心不下所以他倆這兩天跟着老爺鬧大約將來亦總要替他捐的（國家給人權利尚要一體均沾何況妻妾平權如何好有輕重自然不依他不止）這是私裏還有公事向來有些局子裏的小委員凡是我們大人管得到的如果要換什麼人一齊都歸我們大人作主撫台跟前不過等到上院的時候順便回一聲就是了如今這位撫台大人却不然每個局裏都委了一位道台做坐辦（他為一省之主自然要攬盡大權）面子上說藩司公事忙照顧不了這許多所以添委一位道台辦公事名為坐辦其實權柄同總辦一樣一切事情都歸他作主他要委就委他要撤就撤全憑他一個人的主意我們大人除掉照例畫行之外反不能問信弄得他老人家心

上亦有點酸擠擠的不高興（上司作對有何趣味）所以今天仍舊不出門。黃二麻子聽完這番話一個人肚皮裏尋思道他做到一省藩台。除掉撫台誰還有比他大的。誰不來巴結他。照現在的情形說起來辛苦了半輩子。弄了幾個錢。不過是替兒孫作馬牛。（參透此理也可淡於名利了）外頭的同寅還來排擠他一羣小老婆似的。（同劇頭軋何異妻妾爭風）賽如就是撫台。一個是男人。大家都要討他喜歡稍些失點寵就要酸擠擠的。說穿了這個官真不是人做的。（然則你又來做什麼）一面說一面呆坐了一回號房說黃太爺。你也可以回去歇歇了。他老人家今天不出門。你在這裏。豈不是白耽閣了時候。一句話提醒了黃二麻子。連忙站起來說道。不錯。你老哥說的是極。臬台衙門。我有好兩個月不去了。他那裏倒差也不少。永遠不去照面。就是他有差使也不會送到我的門上來說着自去。（此番險些錯過道兒）纔進臬台轅門。只有首府轎子。執事橫七豎八亂紛紛的擺在大門外頭黃二麻子心上明白。曉得首府在這裏。心上暗暗歡喜。以為這一盪來的不寃枉又上了臬台衙門又替首府大人站了出班真正一舉兩得心上正在歡喜。（且慢歡喜着更有出人意料之事）等到進來一看統省的官到得不少。一齊坐在官廳子上等見停了一刻各位實缺候補道大人。亦都來了。都是按照見撫台的儀制在外頭下轎（却是為何）黃二麻子心上說司道平行一向頂門拜會的怎麼今兒換了樣子。於是找着熟人問信纔曉得撫台奉旨進京陛見因為他一向同臬台合式同藩台不合式所以保奏了臬台護院（越次寵任不顧人家面上下不去）正碰着臬台又是旗人。上頭聖眷極紅。登時批准。批摺沒有回來自然電報先到了。恰好這日是轅期。臬台上院。撫台拿電報給他看過各還各的規矩。臬台自然謝撫台的栽培。撫台又朝着他恭喜。當時就叫升砲送他出去。等到臬台回到自己的衙門。首府縣跟屁股趕了來叩喜。（獨得先籌賽如接着頭差）接連一班實缺道。候補道。亦都按照屬員規矩前來稟安稟賀。（一班趨炎附勢之人奔走恐後）此時臬台少不得仍同他們客氣。常言道。做此官行此禮。無論那臬台如何謙恭。他們決計不敢越分的。（中國官一層壓一層不比外國人講平權）閒話休敘。當下黃二麻子聽了他朋友一番說話。便道。怎麽我剛纔在藩台衙門來。他們那裏一點沒有消息。他的朋友道。撫台剛剛得電報。齊巧臬台上院稟見。撫台告訴了他。臬台下來。撫台祇見了一起客。說是痔瘡還沒有好。不能多坐。所以別的客。一概不見。自從得電報到如今。不過一個鐘頭。自然藩台衙門裏不會得信。（螞蟻報也沒有如此快）黃二麻子道。怎麽電報局。亦不送個信去。他的朋友道。你這人好呆。人家護院。他不得護院。可是送個信給他。好叫他生氣。不是。（誰肯一個失寵人把結他）黃二麻子道。撫台亦總該知照他的。他的朋友道。不過是接到的電報。部文還沒有來。就是晚點知照他也打緊。況且他倆平素又不合式。如果合式。也不會拿他那個缺。越過藩台給臬台護了。黃二麻子到此方纔恍然。（不說穿一時也不會明白）停了一會。各位道台大人見完了新護院。一齊出來。新護院拉住叫請轎。他們一定不肯。又開中門。拉他們。還只是不敢走。仍舊走的旁邊。各位道台出去之後。又見一班知府。一班州縣。約摸有兩點鐘纔完。（一個冷衙門難得今天熱鬧）藩台那裏也不曉得是什麽人送的信。後來聽說。當時簡直氣得個半死。氣了一回。亦無法想。一直等到飯後。想了想。這是朝廷的旨意。總不能違背的。好在仍在請假期內。自己用不着去。只派了人。拿了手本到臬

三

台衙門替新護院稟安稟賀。又聲明有病請假。自己不能親自過來的緣故。然而過了兩天假期滿了。少不得仍舊自己去上衙門（所謂若要好大做小）他自己戴的是頭品頂戴紅頂子。臬台還是亮藍頂子。如今反過來去俯就他。怎麽能夠不氣呢（徒氣無益）按下慢表。且說甄學忠靠了老人家的面子。在山東河工上得了個異常勞績。居然過班知府。第二年又在搶險案內。又得了一個保舉。又居然做了道台（官途風順干霄直上）等到經手的事情完了。請咨進京引見。父子相見。自有一番歡樂。老太爺便題到小兒子讀書不成。應過兩回秋闈不中。意思亦想替他捐個官等他出去歷練歷練。甄學忠仰體父意。曉得自己没有中舉。祇以捐納出身。雖然做到道台。尚非老人所願。如今再叫兄弟做外官。未免絶了中會的指望。老人家越發傷心了（科甲之見重當世如此）於是極力勸老人家。祇替兄弟捐個主事。到部未曾補缺。一樣可以鄉試。倘若能夠中個舉人。或是聯捷上去。莫說點翰林。就是呈請本班。也就沾光不少（總算曲體親心）甄閣學聽了。頗以爲然。果然替小兒子捐了一個主事。籤分刑部當差。又過了兩年。大兒子在山東居然署理濟東泰武臨道（外官不比當京官的苦總算跨竈）此時甄閣學春秋已高。精神也漸漸的有點支持不住。便寫信給大兒子。說想要告病。此時兒子已經到任。接到了老太爺的信。馬上寫信給老人家。勸老人家告病。或是請幾個月的病假。到山東衙門裏盤桓些時（板輿迎養其樂融融）甄閣學回信應允。甄學忠得到了信。便商量着派人上京去迎接。想來想去。無人可派。只得把他的堂舅爺黃二麻子請了來。請他進京去走一遭（至親莫如郎舅自然信託）此時黃二麻子在省城裏。靠了妹夫的虛火。也弄到兩三個局子差事在身上。

聽了妹夫的吩咐，又是本省上司，少不得馬上答應。甄學忠又替他各處去請假。凡是各局子的總會辦，都是同寅，言明不扣薪水。在各位總會辦，橫豎開支的不是自己的錢，樂得做好人，而且又顧全了首道的情面，於是一一允許。（仰仗他處正多，區區小事如何不答應。）黃二麻子愈加感激。第二天收拾了一天，稍些買點送人禮物。第三天就帶了盤川，及家人，縷兒一路上京而來。在路曉行夜宿，不止一日，已到了京城，找到了甄閣學的住宅，先落門房，把甄學忠的家信，連着自己的手本，托門上人遞了進去。甄閣學看了信，曉得派來的是兒子的堂舅爺，彼此是親戚，便馬上叫請見。黃二麻子見了甄閣學，行禮之後，甄閣學讓他坐，他一定不敢上坐，並且口口聲聲的老大人，自己報着名字。（一派恭順之氣，自是盧山真面。）甄閣學道：我們是至親，你不要鬧這些官派。黃二麻子那裏肯聽，甄閣學道也只好隨他。黃二麻子請示老大人幾時動身，甄閣學道：我請病假，上頭已經批准。本來一無顧戀，馬上可以動得身的。（官成名就，身輕如葉。）無奈我有一個胞兄，病在保定，幾次叫我侄兒寫信前來，據說病得狠凶，深怕老兄弟不得見面，信上再三勸我務必到他那裏看他一盪。現在我好在一無事體，看手足分上，少不得要親自去走一遭。（由北京往山東，到保定自是順路。）再者，我那些侄兒，還沒有一個出仕，等我去同他商量商量，也要替他們弄出兩個去纔好。（猶子至親，自然要代謀出路。）黃二麻子便問：這位大老大人，一向是在保定候補呢，還是作幕？甄閣學道：也非候補，也非作幕。只因我們家嫂祖父兩代在保定做官，就在保定買了房子，賽同落了戶的一樣。家兄娶的頭一位家嫂，沒有生育就死了。這一位是續絃，姓徐。徐家這位太親母止此一個女兒，鍾愛的了不得。就把家兄招贅在家裏做親的。（原來是坐產招夫倒安享現成富貴）那年家兄已有四十八歲家嫂亦四十朝外了。（老年花燭另有一番恩情）家兄一輩子頂羨慕的是做官自從十六歲下場鄉試一直頂到四十八歲。三十年裏頭連正常恩。少說下過十七八場。不要說是舉人副榜連着出房堂備也沒有過。總算是蹭蹬極了。到了（蹉跎壯志銷耗精神至斯已極）這個年紀。家兄亦就意懶心灰把這正途一條念頭打斷。意思想從異途上走。（主意還算不錯）到這時候。如說捐官家嫂娘家有的是錢單他一個愛婿。就是捐個道台。也狠容易。（又非無力何必定向故紙堆裏去鑽）偏偏碰着我們這位太親母。就是家兄的丈母了。他的意思。却不以為然。他說梁灝八十二歲中狀元。只要你有志氣將來總有一朝發迹的日子。我這裏又不少穿又不少吃。老婆孩子。又不要你養活。你急的那一門。要出去做官我勸你還是用功。不要去打那些瞎念頭。你左右不過五十歲的人。比起梁灝。還差着三十多歲哩（自世重科甲至婦人女子亦以正途為榮豈知白髮催人誤人進取不少）家兄聽了他丈母的教訓無奈只得再下場。如今又是七八科下來了。再過一兩科不中。大約離着邀恩也不遠了。偏偏事不凑巧。他又生起病來至於我那些姪兒呢。肚子裏的才情。比起我那兩個孩子來却差得多。（前輩藻鑒自精）我的兩個孩子。我豈不盼他們由正途出身。於我的面上。格外有點光彩。無奈他們的筆路不對。考一輩子。也不會發達的。（老眼無花）幸虧我老頭子見機。得早隨他們走了異途。如今到底還有個官做。若照家兄的樣子。自己已經蹭蹬了一輩子。還經得起兒子再學他的樣（一誤豈容再誤）所以我急於要去替他安排安排纔好。（至戚相關情不自禁）甄閣學說完了這番話。黃二麻子都已領悟無言而退。一時在京那些同年至好。曉得甄閣學要出京。今天你送禮。明天我餞行。甄閣學怕應酬。一概辭謝。趕把行李收拾停當。雇好了車。提早三天就起身。前往保定進發。他第二個兒子甄學孝。同着家眷。仍留京城當他的主事。一筆不漏。按下慢表。單說甄閣學同了黃二麻子兩個。曉行夜宿。不止一日。已到保定。大大人的公館。一直到他門口下車。原來大人的太母。年前頭也不在了。另外有過繼兒子過來當家。大大人因為住在丈人家不便。（久住妻家須是無氣節男子纔可）好在有的是妻財。立刻拿出來。另外典一所大房子。同着太太少爺搬出來另住。（人貴知機奚待下逐客之令）當時黃二麻子。招呼着甄閣學下了車。甄閣學先進去了。黃二麻子且不進去。先在門外督率家人練勇卸行李。自己又一面留心在門樓底下。兩面墻上看了一回。只見滿墻貼着二寸來寬的紅紙封條。只見報條上的官銜。自從拔貢舉人起。某科進士。某科翰林。京官大學士軍機大臣起。以及御史中書為止。外官從督撫起。以至佐雜太爺止。還有武職提鎮至千把外委。通通都有。又有什麼欽差大臣。學政主考。一切潤差使。至於各省局所督會辦。不計其數。（衣裳猶是鐘鼓漸非欲起死者而問之）黃二麻子一頭看。一頭想心思。他老人家生平沒有做過什麼官。就是令弟二先生。也不過做到閣學。他上代頭。又沒有什麼闊人。那裏來的這許多官銜。至於外省的那些官銜。同那武職的。越發不對了。就說是親戚的。也只應該揀官大的寫上幾個。光光門面。什麼佐雜千把。寫了徒然叫人家看着寒滲。不曉得他一齊寫在這裏。是個什麼意思。（欲問家世須尋父老閒談）黃二麻子正在門樓底下一個人納悶。不知不覺。行李已發完了。是於跟了大眾一塊兒進去。聽見這裏的管家說起二老爺進來的時候我們老爺正發暈過去至今還沒有醒（先在管家口裏虛寫一筆自有榫燈匣劍之妙）黃二麻子雖是親戚不便直闖人家的上房只好一個人坐在廳上靜候等了一會忽聽得裏面哭聲大震黃二麻子道聲不好一定是大大人斷了氣了（不知此定然作如是想）想進去望望究竟人地生疏不敢造次心上又想幸虧還好他老兄弟倆還見得一面但這一霎的工夫不曉得他老兄弟可能說句話沒有正想着裏面哭聲也就住了（煞也作怪）黃二麻子不免懷疑樓下慢表如今且說甄閣學自從下車走到裏面便有他胞姪兒迎了出來搶着替二叔請安剛進上房又見他那位續絃嫂子也站在那裏了甄閣學是古板人見了長嫂一定要磕頭的磕完了頭嫂子忙叫一班姪兒來替他磕頭（遠客初來定有一番禮節）等到見完了禮甄閣學急於要問大哥怎麼樣了他嫂子見問早已含着一包眼淚拿袖子擦了又擦歇了半天纔回得不大好請裡間坐（是夫婦情深久病垂危的光景）甄閣學也急於要看哥哥的病不等嫂子讓早已掀開門簾進去了（是手足誼重急欲一見的情形）進得房來只見他哥哥朝外睡在床上拿塊手巾包着頭臉上一點血絲也沒有的確是久病的樣子（描摹得出）甄閣學要進來時候他哥哥迷迷糊糊似睡不睡並不覺得有人進來等到兄弟叫了他一聲似乎拿他一驚睜開眼睛一看當時還沒有看清後來他兒子趕到床前又高聲同他說是二叔來了這纔心上明白登時一驚一喜（驚的是兄弟自分永別喜的是手足猶得會面）竭力的從被窩裏掙着出一隻手來拿兄弟的衣裳一把拉住看他情形不曉得要有許多話說（倘在無病時老兄弟久別重逢定有一番剪燭話舊樂事）誰知拉兄弟衣裳的時候用力過猛又閃了氣一陣昏暈一鬆手早又不知人事（此是久病身虛驚喜過甚所致）

並非真死兒子急的喊爸爸喊了幾聲亦不見醒甄閣學一時手足情切止不住淌下淚來誰知他嫂子姪兒以為這個樣子人是決計不中用的了又用力喊了兩聲不見回來便當他已死一齊痛哭起來確有此不暇致詳光景 後來還是常伺候病人的一個老媽在病人胸前摸了一把說老爺胸口還有熱氣決計不礙勸大家別哭老年人有見識大家方纔停止悲聲停了一刻忽聽見病人在床上大聲呼喊起來眾人一齊吃了一驚趕緊鳥開帳子一看只見病人已經掙扎着爬起來了舉動駭人眾人又怕他閃了氣力然而要想按他又按他不下病人却有蠻力只得扶他坐起只聽他嘴裏還自言自語這可真正嚇死我了一連又說了兩遍說話的聲音狠有氣力迥非平時可比然也作怪再看他臉色也有了血色了更非夷所思 甄閣學看了詫異忙問大哥怎麼樣只見他回道我剛纔似乎做夢夢見走到一座深山裏面這山上豺狼虎豹樣樣都有見了人恨不得一口就吞下去的樣子我幸虧躲在樹林子裏沒有被這班惡獸看見得以無事豺狼當道非入山必深安能免其吞噬畢竟他是有病之人說到這裏便覺上氣不接下氣眾人趕忙送上半碗參湯等他呷了幾口接接力又說道我在林子裏那些東西瞧不見我我却瞧見他們看的碧波爽清的所謂醒眼看醉人原來這山上並不光是豺狼虎豹連着貓狗老鼠猴子黃鼠狼統通都有至於豬羊牛更不計其數了一班禽獸世界如何容得人在裏頭老鼠會鑽滿山裏打洞鑽得進的地方他要鑽倘若碰見石頭鑽不進的地方他也是亂鑽鑽頭覓縫者似此狗是見了人就咬然而又怕老虎吃他見了老虎就擺頭搖尾巴的樣子又實在可憐搖尾乞憐者似此最壞不過的是貓跳上跳下見了虎豹他就跳在樹上虎

豹走遠了。他又下來了。（善於趨避者似此）猴子是見樣學樣。（善於揣摩者似此）黃鼠狼是顧前不顧後的。後頭追得緊。他就一連放上幾個臭屁跑了。（遺累後人者似此）此外還有狐狸。裝做怪俊的女人在山上走來走去。叫人看了。真正愛死人。（善於獻媚者似此）猪羊頂是無用之物。（是個吃坯）牛雖來得大。也不過擺樣子看罷了。（是個蠢物）我在樹林子裏看了半天。我心上想。我如今同這一班畜生在一塊。終究不是個事。又想跳出樹林子去。（作者有遁世無悶之志）無奈遍山遍地。都是這班畜生的世界。又實在跳不出去。想來想去。只好定了心。閉着眼睛。另外生主意。（人世擾攘我心鎮定是火坑裏一服清涼散）正在這個擋口。不提防大吼一聲。頓時天崩地裂一般。這時候我早已嚇昏了。並不曉得我這個人是生是死。恍恍惚惚的。一睜眼忽然又換了一個世界。（是個歷刼不磨之士）不但先前那一班畜生。一個不見。並且連我剛纔所受的驚嚇。也忘記了。（把眼前纖污一掃而空）病人說到這裏。又停了一刻。接了一接力。家人們又送上半碗湯。呷了兩口。這纔接下去說道。我夢裏所到的地方。竟是一片康莊大道。馬來車往。絡繹不絕。竟同上海大馬路一個樣子。（正真蕩平在方寸地）我此時順着脚向東走去。不知不覺。走到一個所在。乃是一所極高大的洋房。狠高的台階。一頭走。一頭數台階。足足有一十八級。（按一十八省）我上了台階。亦似乎覺得有點腿酸。就在東面廊下。一張外國椅子上。和身倒下。（已是用夷變夏）剛纔有點矇矓睡去。忽然覺得身後有人。推我一把。嘴裏大聲喊道。這是什麼地方。你是那裏來的野人。敢在這裏亂睡。你不看裏面那些戴頂子穿靴子的老爺們。他們一齊靜悄悄的坐在那裏。只有你這個不懂規矩的。在這裏撒野。還不給我滾開。（宇宙雖寬竟少安身之處）我被他罵得動氣。便道他們做他的老爺。我睡我的覺。我不礙着他們。他們不能管我。你怎能管我。（不為名繮利鎖自然無拘無束）你道我不懂規矩。難道他們那班戴頂子。穿靴子的人。就不作與有不規矩的事嗎（知法犯法偏在此輩）那個人被我頂撞了兩句。登時惱羞成怒。掄起拳頭來就要打我。我也不肯失這口氣就與他對打起來。（個人獨立自主之權即國家亦無奈我何）洋房裏的人。聽見我同那人打架。立刻出來吆喝。說這裏辦正經事。你們鬧的什麼。那人見有人吆喝。馬上站住。我也只好住手。裏頭的人便問我是那裏來的。我怎麼回荅他一時間恍恍惚惚也記不清了。又忽然記得我問那人。你們在這裏做什麼。那人道。我們在這裏校對一部書。我問他是什麼書。那人說是上帝可憐中國貧弱到這步田地一心要想救救中國（是先生苦口婆心救世的本意）然而中國四萬萬多人。一時那能彀統通救得。因此便想到一個提綱挈領的法子。說中國一向是專制政體。普天下的百姓都是怕官的。只要官怎麼百姓就怎麼。所謂上行下效。為此拿定了主意。想把這些做官的先陶鎔到一個程度。好等他們出去。整躬率物。出身加民。（魑魅呈形魍魎現醜急宜改過自新猶可挽回末路）又想中國的官。大大小小。何至幾千百個。至於他們的壞處。狠像是一個先生教出來的。（專制政體之末流必致於此）因此就悟出一個新法子來摹仿學堂裏先生。教學生的法子。編幾本教科書。教導他們。（吾佛慈悲可作當頭棒喝）並且仿照世界各國普通的教法。從初等小學堂。一層一層的上去。由是而高等小學堂中學堂高等學堂。等到了高等卒業之後。然後再放他們出去做官。自然都是好官。二十年之後。天下還愁不太平嗎。（把塵緊障礙一掃而空之另換清淨世界）我聽了未及回答。只見那人的背後走過一個人來。拿他拍了一下說聲夥計快去校對你的書罷校完了好一塊兒出去吃飯那人聽罷此言馬上就跑了進去不多一刻裏面忽然大喊起來但聽得一片人聲說火火火隨後又看見許多人抱了此燒殘不全的書出來（識破機關己把造物所忌）這裏刻頃間火已冒穿屋頂了一霎時救火的洋龍一齊趕到救了半天把火救滅再到屋裏一看並不見有什麼失火的痕跡就是纔剛洋龍裏面放出來的水地下亦沒有一點（水火相爭終歸烏有）我心上正在稀奇又聽見那班人回來圍在一張公案上面查點燒殘的書籍查了半天道是他們校對的那部書祇賸得上半部（斷簡殘編鬼神呵護）原來這部教科書前半部是專門指摘他們做官的壞處好叫他們讀了知過必改後半部方是教導他們做官的法子如今把這後半部燒了只賸得前半部光有這前半部不像本教科書倒像個封神榜西遊記妖魔鬼怪一齊都有（古者寓言十九重言十八也不過作醒世良言看罷了）他們那班人因此便在那裏商議說總得把他補起來纔好內中有一個人道我是一時記不清這些事情就是要補也非一二年之事依我說還是把這半部印出來雖不能引之為善卻可以戒其為非（是作者現身說法）況且從前古人以半部論語治天下就是半部亦何妨倘若要續等到空閒的時候再續諸公以為何如（觀正）（神行何必定窺全豹）眾人躊躇了半天也沒有別的法子可想只得依了他的說話彼此一鬨而散他們都散了我的夢也醒了說也奇怪一場大病亦賽如沒有了（借詼諧以銷胸中塊壘一字一淚）當下甄閣學見他哥子病勢已減不覺心中安慰了許多以後他哥子活到若干年紀他自己即時前往山東到他兒子任上做老太爺去寫了出來不過都是些老套頭也不必提他了是為官場現形記前半部終

宣統元年二月訂正初版

官場現形記全集

著作者　李伯元
增注者　歐陽鉅元
經辦所　崇本堂
代售處　廣益書局
同上　鴻文書局
同上　鴻寶齋
販賣所　各省大書莊

賞格

啟者此書為前世界繁華報主人李君伯元所著頗蒙閱者歡迎久已風行海內其版權現歸本堂經辦近聞有無賴書賈翻印此書者如有人通信本堂因而拿獲者當贈洋五十元決不食言

崇本堂啟

清末民初文獻叢刊

增補繪圖官場現形記

（中册）

［清］李伯元 著
［清］歐陽鉅元 增注

朝華出版社
BLOSSOM PRESS

續編卷二十二

叩轅門蕩婦覓情郎
奉板輿慈親最孝子

却說浙江吏治。自從傅署院到任以來。竭力整肅。雖然不能有十二分起色。然而局面已為之一變。（大員原要轉移風氣）若從外面子上看他。却是真正的一個清官。（一若陸稼書之治嘉定）照壁舊了也不彩畫。轅門倒了也不收拾。暖閣破了也不裱糊。首縣奉了他的命。不敢前來辦差。一個堂堂撫台衙門。竟弄得像破窰一樣。大堂底下草長沒脛。無人剪除。馬糞堆了幾尺高。也無人打掃。（把個錦繡世界變成蕭條氣象）人家都說碰到這位上司。自己不要辦差。又不准別人辦差。做首縣的應該大發財源。誰知外面花費雖無。裏面孝敬却不能少。不過折成現的罷了。（天地生財止有此數聚而不散好為一網打盡之計）所以但就情形而論。只有比起從前儉樸了許多。不能不說是他的好處。至於要錢的風氣。却還未能改除。（暗要錢到底比明要錢好些）俗語說的好。千里為官只為財。做書的人。實實在在沒有瞧見真不要錢的人。（廉吏本是難為）所以也無從捏造了。閒話休題。且說署院自從到任至今。正是光陰似水。日月如梭。彈指間已過半載。朝廷因他居官清正。聲名尚好。（沽名弔譽正是此輩）就下了一道上諭。命他補授寔缺。他出京的時候。是一個三品京堂。如今半年之間。已做到封疆大吏。自然是感激天恩。力圖報稱。立刻具摺謝恩。合屬官員得信之餘。一齊上院叩賀。不消細說。從此以後。他老人家更打起精神。勵精圖治。閒下來還要課小少爺讀書。他太太早已去世。小少爺是姨太太養的。年方一十二歲居然開筆能做破承（倒是一個跨竈）傅撫院更是得意非凡拿了一本文法啟蒙天天講給小少爺聽還說我們這種人家世受國恩除了做八股考功名將來報効國家並沒有第二條路可以走得（倒是一個八股傳家）他一家骨肉只有親了三口並無別的拖累所以他於做官課子之外一無他事（家累倒輕得狠）今見天恩高厚將他補授斯缺心中更為快樂一天適當轅期會客之後回到上房吃飯正想吃過飯考問兒子的功課他一向吃飯因為人少都是姨太太陪着吃的這日等了半天姨太太竟未出來他總以為姨太太另有別的事情偶然遲到不以為意誰知等到吃完姨太太始終不見問問老媽都不肯說後來又問兒子兒子年輕嘴快回稱我娘困在牀上從早上哭到此刻還沒有梳頭（是行文寔事虛寫之法）傅撫院聽了詫異一時摸不着頭腦（一個悶葫蘆無從打破）只得又問兒子旁邊伺候的老媽一齊做眉眼給少爺叫他不要說被傅撫院瞧見罵了老媽兩句說你們偏會鬼鬼祟祟有甚麼事情要瞞我（還是不說穿的妙）一定追着兒子要問個明白（偏要尋根究底）少爺無法只得說道我亦不知道甚麼今兒門上湯二爺來說有個媳婦長的狠標緻還帶了一個孩子說是來找爸爸的我娘就為着這個生氣（妙在小孩子說不明白）傅撫院一聽這話心上老大吃驚盤算了半天一聲不響（自家自事自家知）歇了一回問道現在只女人在那裏（問得要緊）少爺道他要來湯二爺叫把門的看好了門不許他進來我娘囑咐湯二爺等他來的時候打他出去傅撫院着急道此刻到底只人在那裏（問得一發要緊）少爺道連我不知道老媽見主人發急曉得事情瞞不住只得回道這女人據他自己說是北京下來的現住在衙門西邊一爿小

客棧裏來了好兩天了。他說認的老爺有靠十年光景。從前老爺許過他甚麼。他所以找了來來的。（到底是老媽子說的明白）傳撫院道。那裡有這回事。我也不認得什麼女人。（在衆人面前總要遮遮面光）老媽道。他是這們說咜。我們也不曉得。傳撫院道。我不問你這個。到底他到衙門裏來過沒有。（最要緊問此句）老媽道。只個不知道。我們亦是湯二爺說的。聽見傳撫院便吩咐叫湯升來。我問他原來這湯升是傳撫院的心腹門上。他家的規矩。凡老人家手裏用的人。兒子都不能直呼名字。所以少爺也稱他為湯二爺。閑話休題。且說姨太太先前也是聽見了頭們。咕咕唧唧。說甚麼有個女人來找老爺。（此輩外面信息最靈）姨太太醋性是最大不過的。聽了生疑。便向了頭追究了頭。說是湯二爺說的。姨太太便把湯二爺叫上來。考問此事。沒了大太太。姨太太便做了中宮。當家人的。那裏還有不巴結他的。便一五一十說了一遍。當時姨太太就氣的幾乎發厥。（妬病是沒有藥治的）這時候還撫院正在廳上會客。老媽們屢次三番要出來報信。因為會的是些正經客。恐怕不便。所以沒有敢回。等到傳撫院送客回來吃飯。姨太太肝厥已平下去了。只是還躺在床上不肯起來。（幸在講道學之人一馬一擻偏務磨多荒必至日日爭風吃醋）傳撫院向兒子道問此事。已及傳與湯二爺。他都聽在耳朵裏。做不聽見不作聲。看他們怎樣。（妬婦最會藏奸）停了一刻。湯升穿了長褂子上來。傳撫院正要問他。一想守着多少人說出來不便。便起身要帶湯升到簽押房裏去盤問。剛剛走到廊簷底下。已經被姨太太聽見。直着嗓子大喊起來。又像拿頭在板壁上碰的。蓬蓬蓬蓬的響。（妬則必潑）傳撫院一聽聲音不對。立刻縮住了腳。再一細聽。姨太太已經放聲大哭起來。說甚麼老不死的。面子上假正經。倒會在外頭騙人家的女人。還養了雜種的兒子。假道學終有指破之一日你們帶聲信給那老不死的。他要去會那不要臉的婊子。叫他先拿條繩子來勒死我。再去拿八抬轎抬那婊子進來。恃寵則驕驕則必悍一面罵。一面又問少爺在那裏。有所挾持先是少爺聽見娘生氣。丟掉飯碗。早已溜在後院去了。倒是乖覺好容易被了頭老婆子找着。一齊說我的小祖宗。你快上去罷。媸太太要同老爺拼命。現在不知道怎麼樣了。小少爺起先還不肯去。想來怕打後來被了頭老婆子。連哄帶騙的。纔騙到上房。他娘一看了他。就下死的打了兩拳頭。手裏打的兒子。嘴裏卻罵的老爺了。所謂撒潑說我們娘兒倆。令兒一齊死給他看。替他拔去眼中釘肉中刺。好等他們來過現成日子。橫豎你老子有了那個雜種。也可以不要你了。說着。又叫拿繩子來。我先勒死了你。我再死。先將兒子出氣好比與老爺打架兒子捱了兩拳頭。早已哇的哭了。傅撫院本來跕在廊簷底下的。後來聽見媸太太我少爺。知道事情鬧大了。只得回轉上房。到套間裏在靠窗一張椅子上坐下歎氣。早知如此悔不當初媸太也不睬他。後來看見小婆打兒子。又要勒死兒子。他老人家也動了真氣。便氣憤憤的來說道。兒子是我養的。你們做妾婦的人。不懂得道理。好歹有我管教。你須打他不得。親生兒子悔不當初媸太太一聽這話。格外生氣。便使勁啐了傅撫院一口道。你說兒子是你養的。難道不是我十月懷胎懷出來的。我是他的娘。我就可以打得他。說着順手又打了兒子幾巴掌。打自的養的兒子勝如打別人養的兒子兒子又哭又跳。傅撫院道。豈有此理。我們這種詩禮人家。一個做小老婆的。都要如此顛狂起來。還了得。自己做了不是還要拿道學來壓人媸太太道。小老婆不是人。傅撫院道。人家縱容小老婆。把小老婆頂在頭上。我這個老爺。不比別人。我要照我的家教。從前老太爺的臨終時候。有過遺囑的。不好我就要。總是自己心虛不敢派人家的不是話未說完。姨太太逼着問道。你要怎麽樣。傳撫院又縮住了嘴不肯說出來。姨太太道。開口老太爺遺囑。閉口老太爺遺囑。難道你在外頭相與那不成器的女人。也是老太爺遺囑上有的嗎。以子之矛陷子之盾既然家教好。從前就不該應同那臭婊子來往。也不曉得姓張的。姓王的。養了雜種。一定要拉到自己身上即以其人之道還治其人之身又養兒子非親骨肉使他不果去認說傳撫院被他頂的無話說。連連冷笑道。你們聽聽他這話說的奇怪不奇怪。來的女人是個甚麽人。也沒有問個明白。一定要栽在身上。等弄明白了。再同我鬧也不遲。反問計一用即靈急欲洗清身子姨太太正還要說。人報表太太來了。傳撫院立刻起身迎了出去。朝着進來的那個老婦人叫了一聲表嫂。連說豈有此理。請表嫂開導開導他。表嫂在這裏吃了晚飯去。我有公事。不能陪了。借此脫身又推說有公事使他不疑原來傳撫院請的帳房。就是他的表兄。這表太太便是表兄的家小。傳撫院因為自己人少。就叫表兄表嫂。一齊住在衙門內。樂得有個照應。這天家人了頭們看見姨太太同老爺嘔氣。就連忙的送信給表太太。請他過來勸解勸解。傳撫院此時。心掛兩頭。未免有情可惜懾於閫威正在進退兩難的時候。一見表嫂到來。便借此為由。推頭有公事。到外邊去了。湯升一直站有廊簷底下。伺候着。看見老爺出來。亦就跟了出來。一走走進簽押房。傳撫院坐着。湯升站着。傳撫院問湯升道。那女人是幾時來的。共總來過幾次。現在住在那裏。他來是個甚麽意思。甚麽意思你自家明白偏要問人湯升回道。這女人來了整整有五六天了。住在衙門西邊一片小客棧裏。來的那一天。先叫人來找小的。小的沒有去。第二天晚上。他就同了孩子。一齊跑了來。把門的沒有叫他進來。送個信給小的。小的趕出去一看。那女人穿的到也乾乾淨淨。小孩子看上去有七八歲光景。到生的肥頭大耳。（是撫院的外妻自然要竭力一贊）傳撫院道。我不問你這個。問他到這裏是個甚麼意思。湯升湊前一步。低聲回道。小的出去見了他。就問他來幹甚麼的。他說八年前。就同老爺在京裏認識。後來有了肚子。沒有養。老爺曾經有過話給他。說將來無論生男生女。連大人孩子。都是老爺的。但是家裏不便張揚。將來只好住在外頭。（別院藏嬌倒有意思但恐室人交謫耳）後來十月臨盆。果然養了個兒子。就是現在帶來的。那個孩子了。（倒是一點親骨肉）傳撫院道。既然孩子是我養的。我又有過話。他為甚麼一養之後。不來找我。要到這七八年呢。（疑心生暗鬼）湯升道。小的何嘗不是。如此說。況且這七八年。老爺一直在京裏。又沒有出門。為甚麼不來找呢。傳撫院道。是啊。他怎麼說。湯升道。他說他還沒有養。他娘就把他帶到天津衛。孩子是在天津衛養的。養過孩子之後。一直想守着老爺。老鴇不肯。一定要他做生意。頂到大前年。纔贖的身。因為手裏沒有錢。又在天津衛做了兩年生意。今年二月上京。意思就想找老爺。不料老爺已放外任。他所以趕了來的。（用了一番苦心倒是一個極有節義的可惜落在院子裡）傳撫院聽了。縐縐眉頭。又搖搖頭。半嚮不說話。（捨又捨不得使又使不得）（真正無可奈何之天）歇了一回。自言自語道。他在天津贖身。是那個化的錢。他怎麼會知道我在這裏。湯升道。在窰子裏做生意。怕少了寃桶化錢。老爺是一省巡撫。能夠瞞得了人嗎。傳撫院道。你不要聽他胡說。我也不認得這種人。（轉一念也只好橫去良心負也了）你去嚇嚇他。如果再來找我。就要拿他發到首縣裡重辦。立刻打他的提解。湯升道。這些話。小的都說過了。他自從來過一次之後。以後天天晚上。坐在二門外頭。頂到關宅門纔走。頭三天還講情理。說他此來。并不要老爺為難。的只要老爺出去會他一面。給他一個下落。他就走的。而且不要老爺難為錢。他出去做做生意。自己還可以過得。他還說這七八年。沒見老爺寄過一個錢。他亦過到如今了。兒子亦這們大了。大家有情義。何必叫老爺一時為難呢。但是樹高千丈。落葉歸根。將來總得有個着落。不得不說說明白。遺此一塊肉纔要尋個着落是極講情理的傳撫院道。越發胡說了。再怎麼說。打他兩個耳刮子。負心話亦為講道學怕小妾所致湯升道。小的亦是怎們說。叫他把嘴裡放乾淨些。那知他不服。就同小的拌嘴。到昨天晚上越發鬧的凶。一定要進來。幸虧被把門的攔住。沒有被他闖進宅門。齊巧了頭們出來有事情。看見這個樣子。進去對姨太太說了。小的就曉得被他們瞧見不得。起先還攔他們不要說。怕的是鬧口舌是非。他們不聽。今兒果然幾乎鬧出事來。傳撫院說。我家裡的事情。還鬧不了。那裡又跑出來這個女人。說來說去總是懼內無膽量不然必被鬼三竄矣你叫人去同他說。叫他放明白些。快些離開杭州。如果再在這裡纏不清。將來送他到縣裡去。他可沒有便宜的了。傳撫院把話說完。湯升雖然答應了幾聲是。却是站着不走。是有深意傳撫院問他站在這裏做甚麼。湯升回道。老爺明鑒。那女人實在利害得狠。說出來的話。句句斬釘截鐵。所謂真金不怕火起先小的有些話。不敢回老爺。現在却不能不回明一聲。好商量想個法子。對付他。傳撫院道。奇怪。你倒怕起他來了。湯升道。小的不是怕他。怕的是這種女人。他既然潑出來。趕到這裡。他還顧甚麼臉面。生怕被他張揚出去外。頭的名聲不好聽。寃有頭債有主既掽着對頭豈肯輕易放過傅撫院說。送到縣裡去打他的嘴巴。辦他的遮解就是了。湯升道。不瞞老爺說。這些話小的都同他講過了。他非但不怕。而且笑嘻嘻的說。你們不去替我回。你家老爺再不出來會我。我為他守了這許多年。吃了多少苦。真正有寃沒處伸。我可要到錢塘縣裏去告了。傅撫院道告那個。湯升道。小的也不曉得告的是那個。傅撫院道。等他告呢。我看錢塘縣有多大的膽量。敢收他的呈子。湯升道。小的亦是怎麼想。後來他亦料到這一層。他說縣裡不准到府裡。府裡不准到道裡。道裡不准到司裡。杭州打不贏官司。索性趕到北京告御狀。雖非九烈三貞也是你食言負心所致傅撫院聽了這話。氣的鬍子一根根筆直。連連說道。好個潑辣女人。所以風流債是最不可欠的湯升你可曉得老爺是講理學的人。凡事有則有。無則無。從不作欺人之談的。這女人還是那年。我們中國同西洋打仗。京裡信息不好。家眷在裏頭住着不放心。一齊搬了回去。是國子監孫老爺高興。約我出去吃過幾回酒。就此認得了他。後來他有了身孕。一定栽在我身上。說是我的。當初我想兒子的事。多一個好一個。因此就答應了下來。誰知後來我有事情出京。等到回去不上兩個月。再去訪訪。已經找不着了。原來你也不是無情漢當時我一直記掛他。不知所生的是男是女。倘若是個女兒呢。落在他們門頭人家。將來長大之後。無非還做老本行。那如何使得呢。所以此中良家子不少所以我今天聽說是個男孩子。我這條心已放了一大半。好歹由他去。不與我相干。不是我心狠肯把兒子流落在外頭。你瞧我家裡鬧的這個樣子。以後有得是飢荒。三妻四妾男子是常事況堂堂撫院不能庇一女子總怪你乾綱不振況且這女人。也不是個好惹的。（所不喜者是太剛倘剛柔得宜亦必不能忘情矣）我如今多一事不如省一事。謝謝罷。我不敢請教了。湯升道。既然老爺不敢留他。或者想個什麼法子。打發他走。不要被他天天上門。弄得外頭名聲不好聽。裏頭姨太太曉得了。還要嘔氣。傅撫院道。你這人好糊塗。你把他送到錢塘縣去。叫陸大老爺安放他。不就結了嗎。（也知此事非可輕易了結）湯升道。一到首縣。外頭就一齊知道了。傅撫院道。陸某人不比別人。我的事情他一定出力的。他這些本事狠大。等他去連騙帶嚇。再給上幾個錢。還有大不了的事。（總是要打發他幾個錢）湯升道。橫豎是要給他錢。他纔肯走路。小的出去就同他講。有了錢。他自然會走。何必又要發縣。多一周折呢。（存個尅扣念頭）傅撫院發急道。你個人真好糊塗。錢雖是一樣給他。你為什麼定要老爺自己掏腰。你纔高興。（原來是要別人家會折姘頭錢）湯升至此方纔明白老爺的意思。這筆錢是要首縣替他出。他自己不肯掏腰的緣故。只得一聲不響。退了下來。剛走到門房裡。三小子來回道。大爺那個女人又來了。湯升搖了一搖頭說道。自己做的事却要別人出錢替他了。通天底下那有這樣便宜事情。說不得。吃了他的飯。只好苦着這副老臉去替他幹。還有甚麼說的。一面自言自語。一面走出房門。到了宅門外頭。那女人正在那裡。一手拉着孩子。一手指着把門的罵呢。（想是把們不曉事得罪了他了）那女人穿的是淺藍竹布褂。底下紮着腿。外面加了一條元色裙子。頭上戴着金簪子金耳圈。却也梳的是圓的頭。瘦伶伶的臉。爆眼睛。長眉毛。一根鼻梁筆直。不過有點翹嘴唇。雖然不施脂粉。皮膚倒也雪白。手上戴了一副絞絲銀鐲子。一對金蓮叫大不大。叫小不小。穿着印花布的紅鞋。（的是一個好小妻可惜撫院欄內沒有豔福消受）只因他來過幾次都是晚上。所以湯升未曾看得清楚。今番是白天。特地看了一個飽。（撫院所眷畢竟不錯倒要細看看）至於他那個兒子。雖然肥頭大耳。却甚聰明伶俐。叫他喊湯升大爺。他聽說話。就喊他為大爺。（的是一個好兒子可惜撫院怕小妻白白葬在馬糞堆裏了）這時候。因為女人要進來。把門的不准他進來。嘴裏還不乾不淨的亂說。（所錯在此）所以女人動了氣。拿手指着他罵。齊巧被湯升看見。呵斥了把門的兩句。因為白天在宅門外頭。倘或被人看見不雅。就讓女人到門房裏坐。叫三小子泡茶讓女人喝。又叫買點心給孩子吃。張羅了半天。方纔坐定。（會做人情）女人問道。我的事情怎麼樣了。托了你湯大爺。料想總替我回過的了。我也不想賴到這裡。在這裡多住一天。多一天澆裹。說明白了。也好早些打發我們走。（千里迢迢只因有言在前如何賴得過去）我不是那不開眼的人。銀子元寶再多些都見過。祗要他會我一面。說掉兩句。我立刻就走。不走不是人。他若是不會我。叫他寫張字據給我。也使得。他做大官大府的人。三妻四妾。不能保住他不討。他給我一張字。將來我也好留着做個憑據。（有了把柄纔要他寫個憑據而且不要他的錢句句是綿裏有針確是不易打發）湯升道。這些話都不用說了。倒是你有甚麼過不去的事情。告訴我們。替你想個法子。打發你動身是正經。這些話都是白說的。女人道。我不稀罕錢。我只要同他見一面。他一天不見我。我一天不走。（堂堂大員既因遺腹輕易許了人家後又因妬妻翻悔豈肯輕易走路）後來被湯升好騙歹騙。好說歹說。女人方纔應允。笑着說道。送我到錢塘縣。我是不怕的。但是我既然同他要好。我為甚麼一定要鬧到錢塘縣去。出他的壞名聲呢。（總算情義兩全）現在是你出來打圓場。我決不敲他的竹杠。只要他把從前七八年的用度。算還了我。另外再找補我幾吊銀子。我也是個爽快人說一句是一句。無論窮到討飯。也決計不來累他。湯大爺你是明白人。你老爺不肯寫憑據給我。卻要我同他一刀兩斷。自己評評良心。這一點子是不好再少的了。落得做他一個人情湯升聽了他話。又是喜。又是愁。喜的是女人肯走。愁的是數目太大。老爺自己又不肯往外拿。卻要叫我同錢塘縣陸大老爺商量。得知人家肯與不肯呢。想了一會。總覺數目太大。再三的磋磨。好容易講明白。一共六千銀子。也有了結果之本了女人在門房裡坐等。湯升想來想去。總不便向首縣開口。只得又上去回老爺。其時傅撫院正在上房裡。同姨太太講和。一樣止一點親骨血何以厚於此而薄於彼傅撫院同姨太太說道。那個混帳女人。已經送到首縣裏去了。叫他連夜辦遞解。大約明天就離杭州了。可惜把親骨肉委在泥塗了姨太太聽了。方纔無話。湯升上來一見這個樣子。不便說甚麼。只好回了兩件別的公事。支吾過去。卻出去在簽押房裏等候。傅撫院會意。便亦踱了出來。劈口便問怎麼樣了。湯升把剛纔的話說了一遍。又回道。這女人很講情理。似乎不便把他發縣。因愛結怨問你豈不負心請老爺的示。這筆銀子怎麼說。據小的意思。還是早把他打發走的乾淨。傅撫院道。話雖如此。說六千數目總太大。湯升道。像這樣的事。從前那位大人也有過的。聽說化到頭兩萬事情纔了。傅撫院聽說。半天不言語。意思總不肯自己掏腰。此種孽錢要人家會鈔虧你還講道學湯升情急。智生忽然想出一條主意。道外頭有個人。想求老爺密保他一下。為的老爺不要錢。他不敢來送。等小的透個風給他。把這事承當了去。橫豎只做一次。也累不到老爺的清名。就是將來外邊有點風聲。好在這錢不是老爺自己得的。自可以問心無愧。取諸外府而酬諸外人總算苞苴不入傅撫院道。是啊。只要這錢不是我拿的。隨你們去做就是了。但是也只好問人要六千。多要一個。便是欺人。欺人自欺。那是斷斷不可。（還怕人家打後手真正有己無人）湯升聽了這話。心上要笑又不敢笑。（一派迂腐惹人笑柄）只得答應着退下。不到三天把事辦妥。妥人離了杭州。湯升亦賺着不少。那個想保舉的人。你道是誰。就是本省的糧道。他同湯升說明。想中丞給他一個密保。他肯出這筆銀子。中丞應允。他肯立刻墊了出來。且說這糧道姓賈字筱之。是個孝廉方正（近來孝廉方正皆是欺世盜名之事）出身。由知縣直爬到道員。生平長於逢迎。一舉一動。甚合傳撫院的脾胃。新近又有此一功。因此傳撫院就保了他一本。適遇河南臬司出缺。朝廷就升他為河南按察司。辭別同寅。北上請訓。都不用細述。單說他此次。本是奉了老太太。同了家眷一塊兒去的。將到省城時候。有天落了店。他便上去同老太太商量道。再走三天。就到省城了。請老太太把從前兒子到浙江糧道上任的時候。教訓兒子的話。拿出來操演操演。倘若有忘記的。兒子好告訴老太太。省得臨時說不出口。（庭幃慈訓本出自然豈是預先可以報告的）老太太道。那些話我都記得。賈臬台便從下一站打尖為始。約摸離着店還有頭二里路。一定叫轎夫趕到前頭。在店門外下轎。站立街旁。（板輿奉養本天倫樂事今長途跋涉必要下轎站立街旁豈不愈形勞頓乎）有些地方官來接差的。也只好陪他站着。老遠的望見老太太轎子的影子。他早已跪下了。等到轎子到了跟前。他還要嘴裏報一句兒子某人接老太太的慈駕。（報名跪接一若辦皇差接聖駕）老太太在轎子裏點一點頭。他方從地上爬了起來。扶着轎杠。慢慢的扶進店門。老太太在轎子裏吩咐道。你現在是朝廷的三品大員了。一省刑名。都歸你管。你須得忠心辦事。報効朝廷。不要辜負我這一番教訓。（元來所操演是此種話頭）賈臬台聽到這裏。一定要回過身來。臉朝轎門。答應一聲是。再說一句兒子。謹遵老太太的教訓。（不過欲做把人家看看）說話間。老太太下轎。他趕着自己上來。攙扶着老太太進屋。又張羅了一番。然後出來會客。（倘非出於勉強豈不是真孝子）惹得接差的官員看熱鬧的百姓。一齊都說這位大人。真正是個孝子咧。誰知他午上打尖是如此。晚上住店亦是如此。到了出店的時候。一定還要跪送。所有沿途地方官。止見得一遭。覺得稀奇。倒是省裏派出來接他老人家的差官。一路看了幾天。甚為駭異。私底下同人講道。大人每天幾次跪着接老太太。乃是他的禮信應得如此。何以老太太教訓他的話。顛來倒去。總是這兩句。從來沒有換過。是個甚麼緣故。（確有可疑）大衆聽了他言。一想果然不錯。（也被人家看出破綻了）到了第三天。將到開封這天。更把他忙的了不得。早上從店裏出來。送一次。打尖。迎一次。打尖完。又送一次。離城五里。又下來稟安一次。頂到城門。合省官員出城接他的。除照例儀注行過後。他便一直扶了老太太的轎子。從城外走到城裏。頂到行轅門口。又下來跪一次。一路上老太太又吩咐了許多話。忙得他不時躬身。稱是。等到安頓了老太太。方纔出來稟見中丞。（孝子是出於天性豈是禮數所可貌飾昔袁公路好禮數終不免貽譏於世今賈臬台連個禮數都是裝出來的無非欲塗人耳目而已）大家曉得他是孝子。都拿他十分敬重。等到接印的那一天。他自己望闕謝恩拜過印磕過頭還不算。一定還要到裏頭請老太太出來行禮。老太太穿了補褂。由兩個管家拿竹椅子。從裏頭抬了出來。賈臬台親自攙老太太下來行禮。老太太磕頭的時候。他亦跪在老太太身後。等老太太行完了禮。他纔跟着起來。（高年最宜適意大忌勞動今賈臬台必欲強着出來行禮不能頤養天和）

（反致偪促不安豈適成其為不孝乎）不躬身向老太太說道。兒子蒙皇上天恩。補授河南按察使。今兒是接印的頭一天。凡百事情。總得求老太太教訓。（想亦是預先操練好的）老太太正待坐下說話。忽然一口痰湧了上來。咳個不了。（豈不把操演話頭打斷）急的賈臬台。忙把老太太攙扶坐下。自己拿拳頭。替老太太搥背。管家們又端上茶來。老太太坐了一回。好容易不咳了。少停。又哇的吐了一口痰。但是覺得頭昏眼花。有些坐不住。（真正罪過）一衆官員齊說。老太太年紀大了。不可勞動。還是拿椅子抬到上房歇息的。好老太太也曉得自己撐持不住。只得由人拿他送了進去。（豈不怕兒子憎怪）賈臬台跟到上房。又張羅了半天。方纔出來把照例文章做過。上院拜客。不用細述。且說他自從到任之後。事必親理。輕易不肯假手於人。凡遇外府州縣上來的案件。須要臬司過堂的。他一定要親自提審。見了犯人的面。劈口先問你有寃枉沒有。（不過叫人家翻供）碰着老實的犯人。不敢說寃枉。依着口供認過一遍。自無話說。倘若是個狡滑的。板子打着。夾棍夾着。還要滿嘴的喊寃枉。那做州縣的好容易把他審實了。定成罪名。疊成案卷。解到司裏過堂。被這位大人輕輕的挑上一句。就是不寃枉。那犯人也就樂得借此。可以遷延時日。賈臬台一見犯人呼寃。便立刻將此案停審。行文到本縣。傳齊一干原告見証。提省再問。（不過欲拖累無辜）他說這都是老太太的教訓。老太太說人命關天。不可草率。倘若寃屈了一個人。那人死後見了閻王。一定要討命的。賈臬台最怕的是寃鬼來討命。所以聽老太太的教訓。特地分外謹慎。（昔有刑官決囚忽夜夢一人告曰無數生靈盡喪汝手於是縱囚不殺其後縱囚謀亂戕殺人命於是方悟向者之告為縱囚而起今賈臬台聽老太太之言無故翻案拖累平民亦是此類）無奈各州縣解上來的犯人。十個裏頭倒有九個喊冤枉。賈臬台沒法。只得一面將他人收監。一面行文各州縣去。不到一月。司裏府裏縣裏三處監牢。都已填滿。重新提審的案件。一百起當中。倒有九十九起不能斷結。各處提來的屍親苦主見証鄰佑。省城裡大小客店。亦都住的實實窒窒。有些帶的盤纏不足。等的日子又久了。當光賣絕。不能回家的。亦所在皆是。(無故教供數翻又不能隨到隨結拖延時日以致多吃苦頭真是罪上加罪)老太太又看過小書。題起從前有個甚麼包大人施大人。每每自己出外私訪。好替百姓伸冤。賈臬台聽在肚裏。亦不時換了便服。溜出衙門。在大街小巷各處察聽。(中國前年拳匪之事皆富於信小說書今賈臬台聽老太太看)(小說書之言私行察訪亦是蛇足)歇了半年。有天晚上。獨自一個出來走了一回。覺得有點吃力。忽見路旁有個相面先生。一張桌子。一張椅子。那相士獨自坐在燈光底下看書。旁邊擺着幾張板凳。原是預備人來坐的。賈臬台走的乏了。一看有現成板凳。便一屁股坐下。相士提着招呼。以為是來相面的了。賈臬台道。不敢勞動。我是因為走乏了。歇歇腳的。相士一見沒有生意。仍舊看他的書不來理會。賈臬台坐了一會。便搭赸着問道。先生貴府那裏。一天到晚在這裏生意可好。家裏還有甚麼人。(問出沒趣來了)相士見問。方把賈臬台看了兩眼。嘆了一口氣。順手拿書往桌上一撩。說道。客人不要題起。題起來恨的我要三天三夜睡不着覺。(先將大意一冒)賈臬台聽了詫異道。這是甚麼緣故。相士道。我是陳州府人。客人。你想想陳州到省裏。是幾天的路程。(是極遠的了)我家裏雖不算得有錢。日子也狠好過得。(為什麼要做此道)五年前。還是趙大人歲考的。那一年在下在他手裏。僥倖進了個學。(原來是個茂才失敬失敬)每年坐坐館。也有二十幾吊錢的束脩。(是坐守青氊)誰知去年。隔壁隣舍打死了人。地保鄉約上上下下。趕着有辮子的抓。因此硬拖我出來做干証。本縣做做也罷了。然而已經害掉我幾十吊錢。後來又碰着這個天殺的臬台。真正混帳王八蛋害得我家破人亡。一門星散。當面罵得直捷痛快賈臬台聽到這裏陡吃一驚。又問道。是那個臬台。還是前任的還是現在的。受了當頭棒喝還要裝假不知相士道。就是現在姓賈的這個雜種了。如禰正平之打鼓罵曹賈臬台一聽。當面罵他。心上怕驚一跳。如聞清夜之鐘驚醒幻夢要發作又不好發作。只得忍着氣問他道。你好好的在家裏。怎麼會到省城來呢。偏要問問清楚相士道。因為姓賈的這雜種。面子上說要做好官。其實暗地裏想人家的錢。無論甚麼案件。縣裏口供已經招的了。到他手裏。一定要挑唆犯人翻供。他好行文到本縣。把原告隣舍干証。一齊提到。提來了。又不立時斷結。把這些人擱在省裏。如孽鏡台之照見原形省裏澆裹狠大。如何支持得住。雜種一天不問這些人一天不能走。就以我們這一案而論還是五個月前頭提了來的。一擱擱到如今。他這樣的狗官。真正是害人。我想這人一定不得好死。將來還要絕子絕孫哩。索性罵他個狗血噴頭賈臬台聽他的話。氣的頓口無言。歇了一歇。就道。你不要看輕這位臬台大人。人家都說他是孝子哩。豈知只好瞞心不好瞞人相士鼻子裏哼了一聲道。你們說他是孝子。你可知道。他這孝子是假的呢。一語道破賈臬台欲問究竟。揭破隱微偏要問問相士道。等他絕子絕孫之後。他祖宗的香烟都要斷了。還充那一門的孝子。不過多討罵幾聲賈臬台見他愈罵愈毒。不好發作甚麼。只得忍着氣走開。仍舊獨自一人踱入衙門而去。欲知後事如何。且聽下回分解。

續編卷二十三

訊姦情臬司惹笑柄

造假信觀察賺優差

却說賈臬司聽了相士當面罵他的話。憤憤而歸。到了次日。一心想把相士提到衙中。將他重重的懲處一番。以洩心頭之恨。（害得人家流落異鄉做此飯生涯還想淫刑以逞）但是一件。昨日忘却訊問這相士姓甚名誰。票子上不好寫。而且連他擺攤的地方。地名亦不曉得。更不能憑空拿人。想了半天。只好擱手。（怒中不服致詳亦是天不從人之願）然而心上總不免生氣。齊巧這日。有起上控案件。他老人家正在火頭上立客坐堂。親自提問。（古人戒怒時不可問案亦恐遷怒於人也）這上控的人姓孔。乃是山東曲阜人氏。他又親一向在歸德府做買賣。因為歸德府奉了上頭的公事。要在本地開一個中學堂。款項無出。就向生意人硬捐。這姓孔的父親。只開得一個小小布店。本錢不過一千多弔。不料府大人定要派他每年捐三百弔。他一爿小鋪。如何捐得起。府大人見他不肯。便說他有意抗捐。立刻將他鎖押起來。（為地方上造就人材反借此以敲剝脂膏所以利未興而怨已叢）他的兒子。東也求人。西也求人。想求府大人將他父親釋放。府大人道。如要釋放他父親。也甚容易。除每年捐錢三百弔之外。另外叫他再捐二千弔。立刻繳進來。為修理衙署之費。（他欲抗拒索性將他敲肌吸髓怕他不拿出買命錢來）他兒子一時那裡拿得出。許多。府大人便將他父親打了二百手心。一百嘴巴。打完之後。仍押班房。尚算留情。未曾打得屁股。（苛政猛於虎豈不甚然）兒子急了。只得到省上控賈臬司。正是一天怒氣無可發洩。把呈子大約看了一遍。便拍着驚堂罵道。天底下的百姓刁。到你們河南也沒有再刁的了。剛剛碰在氣頭上開學堂是奉過上諭的。原是替你們地方上培植人材。多捐兩個有什麼要緊。也值得上控。這一點事情都要上控。我這個臬台。只好替你們白忙的了。姓孔的兒子說道。小的本來不敢到大人這里來上控的。實在被本府大人逼的沒有法兒。所以只得來求大人伸寃。賈臬台道。混賬。自己抗了捐不算。還敢上控。你們河南人。真正不是好東西。專拿河南人出氣。倘河南京官聞之。豈不要參他的官姓孔的兒子道。小的是山東兗州府曲阜縣人。是在河南做生意的。老聖人傳下來我們姓孔的人。雖然各省都有。然而小的實實在在不是河南人。剛剛姓孔的不是河南土著。豈不白寃曲了人賈臬台見他頂嘴。猶如火上加油。那氣格外來的大。拍着驚堂木連連罵道。放屁胡說。就是你們孔家門裡。沒有一個好東西。索性還怨到聖人子孫。亦因相士曾讀過他家的書姓孔的兒子道。大人你這話怎麼講。你老讀誰的書。你長大了。姓孔的沒有好人。還有老聖人呢。怎麼連他老人家都忘記了。駁得啞口無言賈臬台被他這一頂。立時頓口無言。面孔漲得緋紅。歇了一會。又罵道。你有多大胆子。敢同本司頂撞。替我打。打他個藐視官長。咆哮公堂。兩旁差役吆喝一聲。正待動手。姓孔的兒子。一站就起。嘴裡說道。大人打不得。打不得。好個打不得一頭說。一頭往外就走。好個往外就走賈臬台氣的要再發作。格外鬧羞成怒他背後有個老管家。還是跟着老太太當年賠嫁過來的。凡遇賈臬台審案。老太太都命他在旁監視。設如賈臬台要打人。他說不打。賈臬台便不敢打。真是他的話。猶如母命一般。如今他見賈臬台要打姓孔的兒子。他知道是打錯了。便把主人的袖子一拉道。這個人打不得。打錯了。老太太要說話的。（幸虧有人提醒）賈臬台聽了老管家的話。立刻站起來答應了一聲是。回頭叫差役把姓孔的兒子拉回來。對他說道。依本司的意思。定要辦你個罪名。是我老太太吩咐。念你是生意人。不懂得規矩。（自己不懂規矩倒說人家不懂規矩）暫且饒你一次。二次不可下去。姓孔的兒子道。到底小的告的狀大人准與不准。賈臬台道下去候批。大正月裡我那里有這許多工夫。仝你講話。（原來你沒有空是自己走錯門路了）姓孔的兒子道無奈退了下去。值當的門上回道。河南府解來的那起謀殺親夫一案的人證。是去年臘月二十四。都解齊了。犯人寄在監裡。人證住在店裡。老爺當初原說是就審的。如今一個年一周。又是多少天了。大家都望老爺。早點把案斷開。好等那些見證同去。鄉下的人是耽誤不起的。（門上人倒好生心）賈臬台道。我一年到頭。只有封了印空兩天。你們還不叫我閑。什麼要緊事情就等不及。你們曉得我這兩天裡頭。又要過年。又要拜客。那里有一天空。我做官也算得做得勤的了。（不過太勤了些反欲拖累貧民）今天還是大年初五。就要不等開印。我就出來問案。尚說我就該百姓。你們這些人。良心是什麼做的。況且大年初五就要問案。也要取個吉利。怎麼就叫我問這奸情案呢。你們叫我問。我偏不問。退堂明天審。（原來是執拗一流人物）到了明天。便是新年初六。他老人家飯後無事。吩咐把河南府解到的謀殺親夫一案。提來過堂。霎時男女兩犯。及全案人證一統提到。他老人家便坐大堂。一一點名。先問原告。再問見證。然後提審奸夫。一齊掭有口供。都與縣裡所供的不相上下。賈臬台審了半天。也審不出一毫道理。（本是情真罪當偏想平反）原來告狀的是本夫的侄兒。這奸夫就是本夫的姑表兄弟。算起來是表叔同表嫂通奸。後來陡起不良。將本夫用葯毒死。表叔與表嫂通奸本自親情虧他肯與同謀被他親侄兒看見。舉發到官。縣官親臨檢驗。填明屍格。委係服毒身亡。隨把鄰右奸婦。提案審問。奸婦熬刑不過。供出奸情。然後補提奸夫。一見人證俱齊。曉得賴不到那裡。亦就招認不諱。當時由縣擬定罪名。疊成案卷。送府過堂。轉道解省。當時本縣出了這種案件。問明之後。照例先行。申詳各憲。所以人犯尚未解省。臬司衙門早經得知。賈臬台一見是謀殺親夫的重案。恐怕本縣審得容有不實不盡。所以格外關心預先傳諭。一俟此案解到。定須親自過堂。求其生而不得則死者與我皆無憾也何以於求生而不得之中偏想一求生之道又因受了老太太的教訓。說是臬司乃刑名總滙。人命關天。非同兒戲。所以雖在封印期內向例不理。刑名他以堂堂臬司。卻依舊逐日升堂。理事也算是他的好處。處處遵依母訓總算他的好處閒話休題。單說他的本意。自因恐怕案中容有寬情。所以定要親自提訊。及至問過原告見證奸夫。都是照寔直陳。沒有翻動。他心上悶悶不樂。便叫把奸婦提上堂來。這奸婦年紀不過二十歲。雖然是蓬首垢面。然而模樣卻是生得縹緻。一雙水汪汪的眼眼更為勾魂攝魄。尤物原是禍胎賈臬台見了這種女人。雖不至魂不守舍。然而坐在上頭。就覺得有點搖幌起來。自知不妙。趕緊收了一收神。能空慾而不能懲慾照例問了幾句口供。他老人家是奉過老太太教訓的。道是女人最重的是名節。最要緊的是臉面。如今公堂之上。站了許多書差。還有許多看審的人。叫他一個年輕婦女。如何說得出話來。況且這通奸事情。也不是冠冠冕冕可以說的。想罷。便吩咐把女人帶進花廳細問。原欲解網三面使爾容寔重問當下遞了一個白鬍子的書辦。四個年老的差役。跟了進去。其餘的都留在外面。賈臬台走進花廳。就在坑上盤膝打坐。叫人把女人帶到坑前跪下。賈臬台又叫他仰起頭來。賈臬台的臉。正對准了女子的臉。看了一回。先說得一聲道。看你的模樣。也不像是個謀殺人的。豈知紅顏粉面殺人不用鋼刀女人一聽這話。正中下懷。連忙喊了一聲大人寃枉。賈臬台道。本司這里。不比別的衙門。你若是真有寃枉。不妨照寔的訴。倘若沒有寃枉。也決計瞞不過我的眼精。你但從實招來。可以救你的地方。本司沒有不成全你的。已存了個救生不救死的念頭平時我們老太太常常叫我買這些鯉魚烏龜甲魚黃鱔。到黃河裡放生。那有好好一個人。無緣無故。拿他大切八塊的道理呢。你快說。豈知生者蒙恩死者將冤沉海底女人一見大人如此慈悲。自然樂得反供。便說道。小女人自從十六歲上嫁了這個死的男人。到今年已經第五個年頭了。咱兩口子再要好是沒有的。到上年九月。他犯了傷寒病。請城裡南街上張先生來家替他着。誰知他的葯吃錯了。第二天他就蹺了辮子了。自己謀殺親夫還欲誣陷醫生真正很極青天大人。你想咱門年紀輕輕的夫妻。生生被他拆開。你說我這以後的日子。怎麼過呢。說罷。嗚嗚咽咽的哭起來了。賈臬台瞧着。也覺得傷心。停了一會問道。庸醫殺人。亦是有的。怎麼他們咬定是你毒死的呢。女人道。女小人的男人。被張先生看死了。小女子自然不答應。鬧到姓張的家裡。叫他還我的丈夫。他被小女子纏不過。他不說是他把葯下錯了。倒說是小女子毒死的。我的青天大人。他這話可就坑死了小女人了。不說任子出手倒說醫生坑害真口如同刀賈臬台聽了點頭歎息。又問道。這姓張的醫生同來沒有。書辦回道。點單上張大純。就是他。剛纔大人已經問過了。賈臬台道。剛纔他跟着大眾上來說的話。都是一樣。

我却没有子細問他、如今看起來、倒是這裡頭頂要緊的一個人了、你們去把他提來、等我再細細問他一問。（重問醫生不過要誣以庸醫殺人之罪）差役從命。立時出去、把張大純帶了進來、就跪在女人旁面。賈臬台問了名姓、復問死者究竟身犯何症。張大純道、犯的是傷寒症。一起手病在太陽經職員下的是桂枝湯、大人明見、這桂枝湯、是職員遠祖仲景先生傳下來的秘方。自從漢朝到今日。也不知醫好了多少人、不瞞大人說。不是職員家學淵源、尋常懸壺行道的人、像這種方子。他們肚裡就沒有的。（先誇說自己醫道醫生無用）賈臬台道。我不來攷查你的學問、要你多嘴。張大純不敢做聲。賈臬台又問道、你看過幾次、張大純道、職員只看過一次、以為這帖葯下去。一定見效的、誰知後來說是死了。職員正在疑心。倒說他女人找到職員家裡、要職員賠他的男人、（反咬一口）（女子利害）剛說到這裏、女人插嘴道、你看一次病。要人家二十四弔錢、掛號要錢、過橋要錢、還不好生替人家看。把病人吃死了。怎麼不問你要人呢、（他把敲竹槓伎倆說出明要緝怨於人女子可畏）賈臬台道、看病用不了這許多錢、女人道、大人你不知道。咱那裡的先生、都是些黑良心的。隨常的先生起碼要四弔錢一回、這位張先生與眾不同。看一回要二十四弔。每到一個人家、進了大門、多走一重院子。要加倍四十八弔。他住城南。咱住城北、他穿城走過。要走兩道弔橋、每一頂橋加二弔。大人你說他的良心。可很不很。（醫生當行方便反任情索詐雖非誤投藥餌殺人無形亦要治他以敲剝病家之罪）賈臬台道。從前我到過上海、上海的先生、有個把心狠的。是有這許多名目。你們河南地方。不至於如此、像這們要起錢來。不要絕子絕孫嗎。（罵得確）女人道、可不是呢。賈臬台又對張大純道。多要少要。我也不來問你。但是你怎麼曉得是服毒死的。張大純道職員被這女人纏不過。職員說你的男人。吃了我的藥。只會好。不會死的。論不定吃了別人的藥了。他說沒有。職員不相信。趕到他家。定要看看死人。是個什麼樣子。那時他男人尚未盛殮。被職員這一看。可就看出破綻來了。証據確鑿不為無憑說到這里。賈臬台連忙攔住道。不用說了。你這些話。剛纔都說過了。還不是同大家一樣的。你的話也不能為憑。堵住他的嘴是要開脫女子的罪名張大純着急道。縣主大老爺驗過屍。驗出來是毒死的。毒死的。同病死的。着差天懸地隔呢。賈臬台發很道。不管他是毒死是病死。你們做醫生的。人家有了危急的病。來請教到你。你總不該應同人家狠命的要錢。古人說。醫生有割股之心。你們這些醫生恨不得把人家的肉割下來。送到你嘴裡方好。真正好良心。罵得痛快言罷。喝令左右替我把他拉下去。發首縣等到事情完結之後。我要重重的辦他一辦。做個榜樣。正該如此左右一聲答應。登時張大純頸顙子上。拿了鍊子。拉着送到祥符縣去了。方饜人心醫生去後。賈臬台重新再問女人。女人咬定一口。男人是病死。不是毒死。這個侄兒想家當。搶過繼。家當想不到手。所以勾通了張大純。同衙門裡的人。串成一氣。陷害小女人的。反嗜可畏縣裡大老爺。被他們朦住了。所以拿小女人屈打成招。我的青天大人。再不替小女人伸冤。小女人沒有活命了。做了此等事還想活命真正瞎無天日賈臬台聽了。點頭不語。翻出原卷看了一回。問道。謀殺一層。擱在後頭。已有替他脫輕死罪之意我且問你。你同你男人的表弟通奸。可有此事。要他招此句好不致盡反前案女人道。王家表弟。同小女人的男人。生來是不對的。咱們家裡他並不常來。面長面短。小女人還不認得。那裡與他通姦。這話可屈死小女人了。（可惜你說得太覺干淨人家不信）賈臬台聽了。微微的一笑道。通奸原不是要緊事情。律例上是沒有死罪的。你怕的那一門。現在堂上並沒有別人。不妨慢慢的同我講。（開導他招通輕罪奸使自己不致十分為難）女人仍是低頭無語。賈臬台道。現在我索性把值堂書差。一概指使出去。省得你害羞不肯說。說罷。便叫書差退至廊下。此時花廳之內。只有賈臬台一位。犯婦一口。賈臬台道。如今這屋裡沒有人了。你可以從實招了。女人還是不說。時時抬頭偷眼瞧着大人。（好個奸刁女子）只見大人閉目凝神。坐在坑上。此時女人跪在地下。見大人如此舉動。絲毫摸不着頭腦。以為大人轉了甚麼念頭。（是淫婦的惡念）無奈他只是閉着眼睛出神。頗有莊敬之容。而無猥褻之意。（是女子目中看出錯會主意）停了一會。但聽得大人吩付道。你快招啊。這屋裡沒有人。還有什麼話說不得的。女人心上想道。事已到此。樂得翻案翻供。到底看他將奈我何。（好個刁惡女子然豈不辜負了臬台一番美意了）瞧他的樣子。決計沒有什麼苦頭給我吃的主意想好。仍是一口咬定。是人家設了圈套。陷害他的。賈臬台問來問去。依然一句口供沒有。賈臬台發急道。我現在還沒問你謀殺。你連通姦的事情。都不肯認。你這人也不懂得好歹了。唉。這總怪本司不能以德化人。所以地方上生了你這個刁婦。（明知情真罪當特為一念憐惜所致開一生路然死罪可饒活罪難想今盡翻前案豈不對不住死者）現在說不得。只好驚動我們的老太太了。我們這老太太。至誠所感。人不忍欺。等你一見了我們老太太。那時不打自招。不愁你不認。說罷。便起身從炕上走了下來。行近女人身旁。捲捲袖子。要去拉女人的膀子。（不要誤認了上海的吊膀子）誰知賈臬台是安徽人。所說的話慢些還可以懂。若是說快了。倒有一大半不能明白。所以女人聽了半天。

他這一篇話。祇聽清老太太三個字。其餘的。一概是糊裡糊塗。忽然看見大人下來拉他的膀子。不曉得是什麼事情。陡然吃了一驚。你既知大人沒有苦給你吃還驚什麼難道有給你別樣苦吃嗎在賈臬台的意思。是要拉他到上房裡去。請老太太審問。何不喚老媽子出來同他進去女人不知道。反疑大人有了什麼意思了。難道大庭廣眾之中好有什麼歹意一時不得主意。蹲在地下。大人要他站起。他便不站起。賈臬台見了拉他不起。便用兩隻手去拖他。拖拖扯扯好看煞人女人一時情急。隨口喊了一聲大人。你這是什麼樣子。女人喊出來豈不要出醜誰知這一喊。驚動了廊下書差。不知道裡面什麼事情。還當是大人呼喚他們。立刻三步做兩步。闖了進來。一看大人正在地下。拿兩隻手拉着女人不放哩。此時還不放手真大褻尊大家見此情形。均吃一驚。連忙退去不迭。大家吃驚退去豈亦疑大人有意於他嗎賈臬台一見女人不肯跟到上房。聽老太太審問。這一氣非同小可。氣什麼難道怪女子不肯順遂你嗎立刻放手。同到炕上坐下。罵道。像你這種賤人。真正少有。不受抬舉寔在可恨我們老太太如此仁德。你還怕見他的面。你這人還可以造就嗎。這種不知好歹的東西。本司也決計不來顧戀你了。你到底要顧戀他什麼說罷。喊一聲人來。書差蹌踉奔進。賈臬台分付。把女人交給發審。委員老爺們去問。限他們儘今天出問口供。衆人遵命。立刻帶了女人出去。賈臬台方才退堂。剛剛回到上房。老太太問道。今天有什麼事情。坐堂坐得如此之久。賈臬台躬身回了一遍。老太太道。這些事情。你們男人問他。他如何肯說。把他叫上來。等我問給你看。包你不消費事。通統都招出來了。賈臬台道。兒子的意思。也是如此。無奈他不肯上來。老太太道。你領他上來。他自然不肯。到底是積世老婆婆有見識等我喚老媽去叫他。也不用一個衙役。他是個女人。不會逃到那里去的。（吞舟漏網還逃什麽）說完。分付一個貼身老媽。出去提人。這老媽姓費。跟着老太太。也有四十多年了。滿衙門的了環僕婦。都歸他總管。合衙門上下。都稱他為費大娘。宅門以外。三小子茶房。把門的差役人等。都尊他為總管奶奶。（權勢不輕）這總管奶奶傳出話來。沒有一個不奉命如神的。（勝如奉了玉旨）而且老太太時常提問案件。大家亦都見慣。不以為奇。凡經老太太提訊過的人。無論什麽人。有罪都可以改成無罪。十起當中。總要平反八九起。（縱虎歸山豈不仍舊要害人性命）此番這女人。聽說老太太派人提他到上房。他心上還不得主意。（總是女流無見識）一應差役官媒人等。都朝他恭喜。齊說我們這位老太太。是慈悲不過的。到了他手裡。你就有了活命了。快快跟着總管奶奶上去罷。女人至此。喜出望外。登時跟着到了上房。見了老太太。跪下磕頭。其時老太太。坐在上房中間上首一張椅子上。賈臬台站在後頭。替老太太搥背。還不時過來倒茶裝水烟。（人前總要裝出孝子模樣）老太太當下。問了女人幾句話。還沒有問到姦情。女人已在地下極口呼寃。老太太聽了。點頭復嘆一口氣說道。蟻螻尚且貪生。為人豈不惜命。死的我亦不去管他了。現在活活的。要拿你大切八塊。雖說皇上家的王法。應該如此。但是有一線可以救得你的地方。在我手裡。決計不來要你命的。（此死囚也人求其生而不得我求其生而無不得耳）說罷。回轉頭來。對兒子說道。你做官總要記好我一句話。叫做救生不救死。死者不可復生。活的總得想法替他開脫。賈臬台連忙走過來。答應了一聲是。又跪下謝叩老太太的教訓。起來站立一旁。（家庭行此大禮倒也見所未見）然後老太太又細細盤問女人。無奈仍然連連呼寃。一句口供沒有。（倘因此發回原縣重審那時欲開脫而無從了）老太太發急道。無論什麼人。到我這里。沒有不說真話的。我現在有恩典給你。想是你還不知道。一味刁好終究愚笨費媽。你把他帶到廂房裡。叫大廚房做碗麪給他吃。你們好好的開導開導他。想是要他教供費大娘領命。把女人帶下。兩個人在廂房裡。咕唧了好一回。情形可想一霎點心吃過。費娘仍帶他到老太太跟前。老太太又拿他盤問了半天。無奈女人總不肯吐真言。氣的老太太喘病發作。連連咳嗽不止。急的賈臬台忙跪到老太太身後。又搥了一回背。方漸漸的平復下來。只聽得老太太喘吁吁的說道。我從小到大。沒有見過你這樣牛性子的人。我好意開導你。你不說我也不要你說了。何不授意於老媽人家亦不錯會了主意等我晚上佛菩薩面前。上了香。我把你的事情。統通告訴了佛菩薩。到那時候。自然神差鬼使的。叫你說。不怕你不說。這種法子愚弄人則可倘真要如此自己先受愚了老太太還要說下去。無奈又咳了起來。霎時間喘成一堆。賈臬台只好叫人。仍舊把女人帶出去。交給發審老爺們審問。自己在上房伺候老太太。把老太太攙進上房。睡了一會。亦就好了。賈臬台方才把心放下。出來吃晚飯。剛剛坐定。人報大少爺進來。按下上文接下下文他這位大少爺。是前年振捐便宜的時候。報捐分省知府。就在勸捐案內得了個異常勞績。保了個免補本班。以道員補用。並加三品銜。少爺的意思。一心只羨慕二品頂戴。要想戴個紅頂子。又因他這個道台。雖然是候補班。將來歸部掣籤。保不定要拿那一省。況且到省之後。還要候補。一省之中。候補道台論不定。只有一缺半缺。若非化了大本錢。到京裡走門路。就是候補一輩子。也不會得實缺的。他的主意。再牢靠沒有。官家子弟自然識透此中訣竅雖然道台核准了已一年有餘。他卻一直不引見。不到省。仍舊在老子任上當少爺。吃現成飯。靜候機緣。這天因在電報局。得了電報。說是鄭州底下黃河又開了口子。漫延十餘州縣。一片汪洋。盡成澤國。（機會來了）至於勸捐辦賑。自有借此營生的一般大善士鑽着去辦（辦賑濟是生財之道拿了人家的錢去做善舉還怕善門難開不至盡入腰纏不止）他一心一意却想靠老人家的面子。弄一個河工上總辦當當。一來辦工辦料。老大可以賺兩個錢。二來合龍之後。一個異常勞績。又是穩的。（名利兼收）已經做了道台。雖然官階無可再保。但求保一個送部引見。下來發一道上諭。某人發往某省。就變成做特旨道。至於二品頂戴。賽如自家荷包裡的東西。更不消多慮了。河工上賺的銀子。水裡來。水裡去。就拿他到京裡。拜上兩個老師。再走走老公的路子。放一個缺也在掌握之中。（不動老本可望放缺此宗機會卻難遇）所以黃河決口。百姓遭殃。却是他升官發財的第一捷徑。他既得了這個消息。連忙奔回衙門。告訴他老子。求他老子替他到河督跟前。謀這個差使。賈臬台聽了兒子的話。自然也是歡喜。（百姓蕩析離居大員不恐懼修者反是歡喜是何肺腸）說道。既然鄭州黃河決口。院上就要來知會的。大少爺道。剛剛來的電報。只怕此時已經送到院上去了。話言未了。果然院上打發人來。說是鄭州決口。災區甚廣。一切工程。雖有河督担任。究竟在河南省治。是巡撫管轄的地方。所以撫台急急傳見司道。商議賑撫事宜。（急擬賑撫一若關心民瘼）賈臬台得信。立刻起身上院。會同各司道。一同進見。撫院大人接着。先把鄭州來的電報。拿出來叫大衆看了一遍。說道。近來二十多年。我們河南。從沒有開過這們大的口子。這是兄弟運氣不好。偏偏碰着了這倒楣的事情。（面上說倒楣心內恐亦得意）司道一齊同道。我們河南。不比山東。山東自從丁宮保。把河工攬在自己身上。倒被河督卸了一半干係。我們河南。却是責成河督。與大人並不相干。撫院道。担子在身上。有好有壞。開了口子就有處分。辦起工程來多少有點好處。如今歸了河督。好處沾不到。只怕處分倒不能免的。為的是在你屬下。總是你該管地方。怎麼能彀便宜你呢。担虛名而不沾實惠想來甚不合算如今不要說別的。十幾處州縣。就有幾十萬灾民。我們河南是個苦地方。那里捐這許多錢去養活他們。兄弟頭一個就捐不起。現在兄弟請你們諸公到此不為別事。先商量打個電報。給上海的善堂董事。勸他們弄幾個錢來做好事。將來奏出去也有個交代。於無可想法之中想出一法子來也好分肥幾個善舉錢司道俱各稱是。正說着。河督也有信來了。是咨照會銜電奏的事情。撫台道。不用說。來了他是不肯饒我的。一定要拿我拖在裡頭。好替他卸一半干係。我是早已看穿。彼此都不能免的。有分謗而不能分惠太覺便宜了他便親自動手。擬好復電。是彼此會銜電奏。並聲明已經電托上海辦捐官商。籌款賑撫。以顧自己的面子。河督那面。亦聲明業已遴派委員馳赴上下游查勘形勢。以便興工築堵。一面兩個人。並自行檢舉。又將決口地方員弁。統通撤參候旨懲處。面子上着實好看這都是照例文章。不用細述。過了一日。奉到電諭。以該督撫疏於防範。釀此巨灾。非尋常決口可比。河道總督河南巡撫。均着革職。留任。其他員弁。一概革職。戴罪自贖。還有幾個枷號河干的。不過遮人耳目朝廷軫念灾民。發下內帑銀二十萬。着河南巡撫。遴選妥員。馳赴灾區。核實散放。毋任流離失所。先得了一注大大的彩頭還說沒有好處所有此次工程浩大。仍着該督撫督率在工員弁。不分日夜。設法防堵。以期早日合龍各等語。賈臬台得了這個消息。這日午後。便獨自到撫台跟前。替兒子求謀河工上總辦差使。撫台說道。你老哥的世兄。還有什麼說的。派了出去。兄弟再放心沒有了。但是這個工程。須得河台作主。兄弟犯不着借他的面子。因為我們河南。比不得山東巡撫。可以拿得權的。既然是老哥囑托。兄弟揔竭力的。同河台去說就是了。不過面子上卻不去的說話 賈臬台替兒子謝過了栽培。退回本衙。告訴了大少爺。大少爺皺眉道。這樣說起來。恐防要漂。賈臬台道。何以見得。大少爺道。撫台作不得主。到了河台手裡。一定要委他的私人。我們還有指望嗎。各人要照應各人私人做官實在不易 賈臬台道。既然。你怕撫台說話不中用。不如打個電報給周老夫子。等他打到電報出來。托托河台。裡外有人帮忙。他揔得顧這個面子。必須有硬腰子才拿穩鑽謀自是不不易列位看官。你曉得賈臬台說的周老夫子是誰。原來就是現在軍機大臣上的周中堂。賈臬台此番升臬台。進京陛見的時候。化了三千銀子。新拜的門。遇事狠為關切。所以如今想到了他。要打電報給他。求助一臂之力。有個孝敬的人自然有求必應 大少爺聽了父親的說話。一想這條門路果然不錯。立刻擬好電報。親自赶到電報裡打報。省城裡公事忙。電報學生。是一天到晚不得空的。大少爺特地打了一個加急的三等報。化了三倍報費。眼看着打了去。又托本局委員。私下傳個電報給那邊委員。此電送到。先打一個回電。不消一刻。那邊回電過來說周中堂不在宅中。電報局委員。巴給大少爺。忙說一得回電。立刻就送過來。大少爺只得悵悵而歸。急驚風遇着慢郎中 等到天黑。周中堂的回電來了。赶忙譯出來一看。只見上面寫的。是河南賈臬台。弟與某素無往來。前薦某丞未收。工程浩大。恐非某能勝任。未能安置私人已有指使彈參之意所以後來賈少爺好借題發揮○兩某字皆指河督世兄事當另圖。下面注着一個隱字。賈臬台父子。便知是周中堂的別號了。賈臬台看過電報無語。口中說道。既然周老夫子如此分付。你權且等他幾天。再作道理。一語提醒了人 大少爺聽了。並不答應。自己肚裡打主意。尋思了好半天。忽然想出一個計策。不知葫蘆裡放出什麼葯來 急忙忙奔到自己書房。他雖是捐班出身。幸虧肚才還好。提了筆就寫。登時寫成功一封信。看完自己又看了一遍。看他臉上甚是高興。但不知這信是給誰的。看完之後。封入信封。填好了信面。忽又重新拆開。取了出來。又隨便疊了一疊。套入信封裡去。跟手往靴頁子裏一夾。怡然自得。當晚睡覺歇息無話。一人鬼鬼祟祟如周瑜之賺蔣幹別人摸不着頭路 到了次日。見了父親。也不說別的。但說今天爹爹上院見着撫台。請出一聲。到底托他的事情。河台那里。可曾有過信去。倘若已經提過。無論事情成與不成。似乎應得前去稟見一盪。天下斷沒有坐在家裡可以得差使的。假人說假話偏說得冠冕 賈臬台道。你話不錯。這天上院見了撫台。未及開言。倒是撫台先提起說世兄的事情。昨天兄弟已有信給河台了。聽說河台這幾天裡頭。就得動身。到下游去踏看。世兄可以先去見他一回。就是工上的事情派不到。好歹總不會落空。撫台倒着實留心豈知將機就計反好做他的文章去了 賈臬台聽了。着實感激。回來同兒子說知。大少爺道。祇要撫台有過信。我去見他就有了底子了。這時候河台已經駐紮上工。不能像從前整天閑着無事。大少爺就於這日飯後動身。坐的是自己的雙套車。後頭跟着行李車。家人車。還有騾馬一大群。在路不分日夜。兼程而進。這天到了工上。在河台行轅旁邊一個相好朋友的下處。暫且住下。說去見了反不去見必須找到一個好朋友方好遂他之計 這相好也是新委的河工差使。姓蕭號二多。（原來是個小耳朵）是個候選知府。乃是河台的紅人。天天見着河台的。賈大少爺有了這條好内線。更可以顯他的作用。先打聽河台。這兩天還不動身。他並不着忙稟見。說在路上辛苦了。要養息兩天。方能出門。後來倒是蕭知府關切。說你既然來了。應該先去見他老人家一面。這兩天各省投効的人。一天總有好幾起來稟見。都是大帽子的信。你再不去。將來好差使。都被人家佔了去。你就没有指望了。（人家贊他熱心他卻坐在家裡看厮殺穩取魁州）賈大少爺道。你別督我着急。我來雖來了。然而心上懊悔的了不得。這一回狠不該來。狠應該先在省裡聽聽消息再來。（文章來了）蕭知府道。省城裡有什麼消息。賈大少爺道。省城裡有什麼消息。怕的是京裡有什麼事情。他老人家倘或有點風吹草動。我們這個大局。就有變動。所以兄弟甚是懊悔。早知如此。實實在在不該應來的。（說得閃閃爍爍要他自己來問裝得像極方好叫人家中計）蕭知府說。難道你得了什麼確實信息不成。賈大少爺道。真實信息雖然没有。然而終究不妥。知己之間。我也不用瞞你。就是我動身的那一天動身之後。不到三個時辰。老人家接到京城省一封信。立刻派了三匹馬一路追了下來要追我回去。（所以要跟了一大羣騾馬）老哥。你想兄弟是何等性子躁的人。上了路。白天晚上。那里歇一歇。三步路併做兩步走。一口氣赶到這里。我剛下車。他的馬也赶到了。我看了信。真把我的氣了不得。早知如此。我不會頓在省裡候信。何必定要吃這一盪辛苦呢。所以我這兩天不去上院為的是等等信息再說。（越裝越像越說越像真正活現紙上）老哥你不問我。亦不便告訴你。好在你也不是外人。告訴了你也不要緊。（吞吞吐吐使他不起猜疑）蕭知府聽了。賽如頂上打了個悶雷一樣。楞了好半天。纔說道。到底老大人接到京裡那一個的信。這個消息究竟確不確。賈大少爺聽說。也不答言。從自己枕箱裡。找了一回。我出一封信來。隨手遞與蕭知府說道。我們自己人。這個你拿去瞧了。就明白。只要你外頭不提起。我們自己曉得就是了。蔣幹是偷去此是送與他看一樣心思兩樣作法蕭知府接到手中一看。信上的字。足有桃核大小。共祇有三張信紙。信上說的話除寒暄之外。就說令親某人。擬改同知。分發河南。承囑函托某人照拂。此某即指河督言某辦事不近人情。朝議咸薄其為人。僕前以舍親某丞相屬。至今亦未位置。令親事容代緩圖各等語。因電報上兩句話生發出許多說話來所以大臣先生之口風一點不肯輕露蕭知府看了。意思似乎不甚明白。又翻來倒去的看。一個啞迷要他自己去猜賈大少爺忙解說 他聽道這是軍機大臣周中堂。給老人家的信。老人家是周中堂的門生。這件事情。還是三個月前托他的。想不到如今纔接到他老人家的回信。這信上的事情。雖與兄弟毫不相干。然而照他這封信上。他老人家同河帥。意思着實有點不對。他寫這封回信的時候。黃河尚沒有開口子。如矢出了這個岔子。我們私底下講講不妨。若照這封信上。河帥的事情。恐怕不妙。蒼蠅不釘沒縫蛋不要弄假成真所以老人家一得這封信。就要追我回去。叫我不要來。我所以到了這里。一直不去見他。就是這個緣故。解釋一番方好叫他中計蕭知府聽了。心上老大不高興。然而他是河台的紅人。更比別人休戚相關。聽了那有不着急的。賈大少爺。雖然再三囑咐他不要提起。叫他不要提起正是要他提起他見了河台一心想獻殷勤。難保不露出一言半語。齊巧這兩日。河台接到軍機大臣上字寄。屢奉嚴旨切責說他調度乖方辦理不善。若不尅期合龍。定降嚴譴各語。河台自奉到這些諭旨。正在茶飯無走頭無路。不知如何是好。再聽了蕭知府傳來的話。焉有不關心之理。疑心生暗鬼當向蕭知府詳細追問。蕭知府也只得詳細無隱。把賈大少爺的話。說了一遍。又把周中堂的信。大略念了一遍。河督聽了。尤為毛髮悚然。一想事情不妙。保不定這幾天之內。裡頭還要動我的手事情本有影子不過不防人家去送信想來想去。一籌莫展。只得與蕭知府商量。又問他周中堂與賈臬台。是個什麽交情。撫台曾有信給我。說賈臬台的世兄。如何老練。要我派他總辦差使。何以他來了。一直不來見我。不如此嚇嚇你見了你也不中用蕭知府見問。只得把賈臬台拜門的一節說明。又說若照周中堂的信看起來。他二人的交情狠不淺。本來是有淵源不過明薦未必允反激倒有驗耳至於賈道雖然來了幾天。卻因為路上感冒。所以一直還沒有上來稟見河台。又想了半天。說道。若論工上的差使。總得熟手纔可以委。現在說不得了。一來要看周中堂的分上。二則撫台又有過信來。好在下游地方狠大。一個人也顧不來。賈某人現已來了。不如先把他添上。給他一個下游總辦。將來裡頭的事。就托他老人家。帮着疏通疏通。倒是一條門路不過急來抱佛脚人家不知還記前嫌否蕭知府連連稱是。又說卑府下去。就叫賈道來稟見。河台道。他既然在路上感冒。不妨叫他多養息兩天。再來見我。河工上風大。吹着不是玩的。你去把我的話。傳諭給他。我這裏不妨先下札子。叫他請兩天假就是了。甚好但平安時不想燒香急難時方肯許願耳蕭知府唯唯領命。一到下處。立刻把這話告訴賈大少爺。賈大少爺聽了。自然歡喜。心上想道。他如今可上了我的當了。未到天黑。札子已經送來。賈大少爺差使既已到手。病也沒有了。反跌文已經做好醫氣病自然疏通耳並不請假。第二天便赴河督行轅稟見謝委。欲知後事如何且聽下回分解

續編卷二十四

擺花酒大鬧喜春堂

撞木鐘初訪文殊院

話說賈臬臺的大少爺自從造了一封周中堂的假信吹了個風聲到河臺耳朶裏竟把河臺瞞過信以為真立刻委他當了河工下游的總辦（刀瘡藥一用卽靈官場畢竟是戲場）他心十分歡喜立刻上轅稟見謝委稟辭河台見面之後不免又着實灌些米湯他到工之後自己一個人盤算將來大工合龍隨摺保個送部引見已在掌握之中雖然免了指省保舉一切費用然而必得放個實缺出來方滿我的心願又想要放實缺非走門路不可要走門路又非化錢不可（纔得差使卽算到後來預為下文伏線）因此他一到工上先把前頭委的幾個辦料委員拆個錯誤一齊撤差統通換了自己的私人以便上下其手（一朝天子一朝臣）下游原有一個總辦見他如此作威作福心上老大不高興屢次到河臺面前說姓賈的壞話河臺碍於情面不好將他如何後來又被賈總辦曉得了反說他有意霸持遇事掣肘還了個稟帖給河臺請河臺撤他的差使以便事權歸一大人若不將他撤去職道情願辭差（傾軋之風官場最甚）河臺無法只得又把前頭的一個總辦調往別處這裏歸了他一人獨辦更可以肆無忌憚任所欲為（利慾薰心奸謀日肆）諸公要曉得凡是黃河開口子總在三汛到了這時候水勢一定加漲一個防堵不及把堤岸衝開就出了岔子等到過了這個汛水勢一退這開口子的地方竟可以一點水沒有所以無論開了多大的口門到後來沒有不合龍

的故而河工報効人員只要上頭肯收留雖然辛苦一兩個月將來保舉是斷乎不會漏的國家當有事之秋大河不閘決口當無事之秋頻頻決口思其故而不可得後來方知官員閘在那裏想出賺錢法子來此番賈大少爺既然委了這個差使任憑他如何賺錢只要他肯拿土拿木頭把他該管的一段填滿挨過來年三汛不出亂子他便可告無罪就是出了亂子上頭也不肯為人受過但把地名換上一個譬如張家莊改作李家莊將朝廷朦過去也就沒有處分了自來辦大工的人都守着這一個訣竅上下蒙蔽官場慣技所以這回賈大少爺的保舉竟其十拿九穩有話便長無話便短過了幾日決口地方雖不能如上文所說的點水俱無然而水勢漸平防堵易於為力又加以河帥恐遭嚴譴晝夜督催賈大少爺本是個嬌生慣養的人到了此時也只好跟在工上吃辛吃苦亦總算難為他了看升官發財面上等到工程十成八九大眾方纔把心放下下游工程統歸總辦作主當由他選擇吉日吉時合龍到了那天四更頭裏賈大少爺換了一身簇新的行裝攞齊親兵小隊跨了一匹高頭大馬親到工上督率等着吉時報到大工告成總辦又統率在工大小文武員弁上香行禮叩謝河神文武員弁又一齊向總辦賀喜總辦又赴河帥行轅稟知合龍當蒙河帥傳見允為從優保獎照例文章不用細述昔李文忠公曾請某西人治河擬為一勞永逸之計後竟不果可知黃河不決口官場沒飯吃了賈大少爺事完之後當即回省仍在父親衙內居住過了些時電報局得了閣抄上諭曉得賈大少爺蒙河督於奏報合龍摺內另片保奏奉旨送部引見先賞加布政使銜得信之下自然歡喜總算專謀好手河督因他自賈臬台的少爺乃是同寅之子雖未接到部文業奉聖旨允准特地自寫信來關照賈臬

台便叫兒子先赴河督巡撫兩院叩謝此時督撫兩憲俱已開復處分而且一齊又交部從優議敘自然也是高興的（國家千百萬帑藏一半歸諸泥沙一半歸諸中飽如何不高興）等到大案出奏的時候賈大少爺除將在工員弁分別異常尋常請獎外又趁勢把自己的兄弟姪兒親戚故舊朦保了十幾個在裏頭河督一時不及細察統通保了進去（一人得道雞犬飛昇）這是河工上的積弊如此也無從整頓的閒話休提單說賈大少爺這一盪差使錢也賺飽了紅頂子也戴上了送部引見也保到手了正是志滿心高十分得意（幾疑凡事可以人力為之）在家裏將息了兩個月他便想進京引見謀幹他的前程稟告父親賈臬臺自然無甚說得隨向原保大臣那裏請了咨文擇日登程北發預先把賺來的銀子託票號裏替他匯十萬進京（腰纏十萬貫騎鶴上揚州）又託京裏朋友預為代賃高大公館一所以便到京居住諸事辦妥然後自己帶了一個姨太太一個代筆師爺又一個管賬的並男女大小僕人廚子車夫人等數了數足足有三十來個（真正是個闊手筆）賈大少爺同姨太太坐的都是自己的車其餘全是祥符縣辦的官車在路曉行夜宿非止一日一日到得北京城在順治門外南橫街朋友替他預先找好的一座公館暫時住下賈大少爺此番進京原是為廣通聲氣起見所以打定主意極力拉攏到京之後凡是寅年世戚鄉誼無不親自登門奉拜足足拜了七八天的客方纔拜完（腳靴手版僕僕道途）他每日出門坐的是自己的坐車騾子是在河南五百兩銀子買的趕車的一齊頭戴羽纓涼帽身穿葛布袍子腰掛荷包足登抓地虎跨在車沿上脊梁筆直連帽纓子都不作興動一動（鞭影車聲招搖過市）這個名堂叫做朝天一炷香京城裏頂講究這個所

以賈大少爺極力摹仿坐車之外前頂馬後跟騾每到一處管家趕忙下馬跑在前頭投帖所拜的客也有見得着的也有見不着的也有發帖子請吃飯的也有過天來回拜的賈大少爺都不在意頂要緊的是太老師周中堂同着寄頓銀子一個錢店掌櫃外號叫做黃胖姑的（點出黃胖姑為下文鑽門路借銀子伏線）到京的第二天就去奉拜齊巧這天周中堂請假在家一見大片子名字上頭寫着小門生三個字另外黏着一張籤條寫明河南按察使賈某之子周中堂便曉得他是了這位老中堂一直做京官沒有放過外任一年四季甚麼炭敬冰敬贄見別儀全靠這班門生故吏接濟他些以貧澆裏如今聽說是他心上早打了底子立刻請見（一注大大財香進門如何不請見）賈大少爺進去了好一回只覺得冷冷清清不見動靜（鬼也沒得一個上門是何緣故）約摸坐了半個鐘頭中堂方纔出來賈大少爺朝他拜了幾拜中堂祇還了半個揖讓他坐他曉得中堂的炕不是尋常人可以坐得的就在旁邊一張椅子上坐下中堂見了他氣吁吁的（為什麼動氣發摸不着頭路）一祇問得他父親一聲好跟手自己就發了一頓牢騷（一見即發牢騷益發叫人難揣）隨後方問你來京幹嗎賈大少爺一一回答中堂見說話完就此送客賈大少爺出來忙趕到前外門大柵欄去找黃胖姑黃胖姑是紹興人因為在京年久說的一口好京話京城上下三等人都認得外省官場也狠同他拉攏大家為他養的肥胖做起事來又有些婆婆媽媽的腔調所以大家就送他一個表號叫他做黃胖姑（是個大作用）他這表號是沒有一個人不曉得的賈大少爺到他店門口下了車不等通報闖進了門就嚷着問道胖姑在家沒有惹得一班夥計們都抿着嘴笑（直呼外號自然惹笑）一個夥計

把他領到客座裏。只、聽得嘻嘻哈哈一陣笑聲從裏頭笑到外頭。（未見人先聞笑描摹出一大騙子行狀）一看不是別人、正是黃胖姑。黃胖姑一見賈大少爺。嘴裏嚷道我的大爺你是幾時來的可把我想壞了。賈大少爺要同他行禮他雙手拉住賈大少爺的手。不准他下禮那股要好的勁畫亦畫不出。（善於趨奉的是大奸慝作用）兩人分賓敘坐。纔坐下。黃胖姑又站起來問老大人好。（人情熟極純任自然）賈大少爺亦、站起來回答說好。然後仍舊坐下對談黃胖姑要留賈大少爺吃便飯賈大少爺道今天要拜客。過天再擾罷。黃胖姑便問今天拜了些甚麼客賈大少爺回稱剛從周中堂那裏來。黃胖姑道。這位老中堂現在背時的了。你去找他做捨。（你不說破人家還在夢裏）賈大少爺一聽大驚急於要問黃胖姑道。新近他老人家因為誤保了一個人。上頭狠不喜歡看實拿他申飭幾乎把官送掉虧了一位王爺替他求情。官雖沒有壞。恐怕要出軍機所以他這兩天請假躲在家裏。（原來是在家避風頭）你想出了軍機還有甚麼撈呢。賈大少爺聽說。心上沉思道。怪不得走上大門冷清清見了他老人家面色狠不對。又發了半天牢騷。原來就是這個講究想罷問道。保舉一個甚麼人保舉錯了。黃胖姑道本來老中堂也太糊塗了。甚麼人保不得。偏偏保舉個維新黨。（維新黨之不為守舊所喜亦是咎由自取）怎麼不要壞官呢。趕出軍機還是便宜他的賈大少爺頓腳說道。糟了糟了。裏頭頂恨這個他老人家怎麼糊塗到這步地位他保舉維新黨。人家就要疑心他連他亦是個維新黨。（保舉維新黨亦為憐才一念所誤然彼時才妥作豈不連累人家）黃胖姑道。對啊。正是為此。賈大少爺道。既然如此。以後他那裏我亦不便常去走動省得叫人家疑心說我也是他們同黨。黃胖姑把大拇指頭一伸道。我的大爺你真是個明白人有見識我佩服你況且這種背時的人你巴結他也沒用（堂堂宰相背了時尚）不中用下此者然可知矣賈大少爺聽了半天不語黃胖姑何等刀鑽早已瞧出他是因為斷了一條門路心上可惜的意思（此等機械小人如何好被他看出破綻）便說道他的事是自己找的我們也不必顧戀他大爺咱是自己人你的事情我總可以效力我有幾個朋友在裏頭大家都還說得來你委了我我去託他們包你成功就是了（此等人無縫尚要鑽鑽況在有縫乎）賈大少爺一聽這話句句打入他的心坎裏時轉憂為喜連說本來有許多事要拜託費心過天細細的再談說完起身要往別處拜客黃胖姑又恐怕賣買被人家分做了去不肯放鬆一步（一個大肥羊如何肯被人家搶去）先約他明天到便宜坊吃中飯（先下些種子然後可望收成）又道大爺早晨出門拜客可以到館子裏去換便衣咱們儘興樂一樂賈大少爺立時應允臨時出來上車忽然又笑着問黃胖姑道近來有什麼好條子沒有黃胖姑道有有有明天我薦給你（還他一個倘恍迷離使他不得不來請教）說完各自分手黃胖姑回轉店內立刻寫帖子請客（借請客為拉攏是個老法）所請的客一位是新科翰林錢運通錢太史一位是甲班主事王占科王老爺一位是個宗室老爺名字叫做溥化排行第四人家都尊他為溥四爺一位是銀鑪老板姓白號韜光一位是琉璃廠書鋪掌櫃的姓黑名字叫做黑伯果天生一張嘴能言慣道一到席面上咭咭呱呱只有他一個人說的話大家叫順了嘴把黑伯果三個字竟變為黑八哥了（東方滑稽鄒衍談天到處占光不少）還有一位是在前門外開古董鋪的姓劉名厚守新近捐了一個光祿寺署正常常帶着白頂子同大人先生們往來（古董掮客最是奔走大人先生之門）這些人除去錢王二位是帶還東的

其餘全是黃胖姑的好友。而其廣通內線。專拉皮條。（入字為下文伏線）黃胖姑看准了。想做賈大少爺一注生意。所以把這些人一齊邀來。當下數了數。連賈大少爺一共是七個客人。一共寫好派人一面到便宜坊定座。一面分頭請客。不在話下。到了次日。看看自鳴鐘上剛正打過十一點。黃胖姑吩咐套車。自己先到便宜坊等候。約摸有三刻工夫。黑八哥頭一個先來。第二個便是宗室溥四爺。一進門就同黃胖姑請安拉手。說不出那頭親熱樣子。（窮宗室想是曾受過他的好處）賈大少爺雖然沿途拜客。到也未曾躭擱。接着他也就來了。一個個問貴姓台甫。黃胖姑替他們三個彼此通姓報名。大家無非說了些久仰的客氣話。後來說到溥四爺。黃胖姑道。賈大哥。我們這位溥老弟乃是宗室當中第一位博學。說罷又哈哈一笑道。誰不曉得北京城裏有名的才子溥四爺呢。（又是識訌又是譎諢）我從前考過他的學問。我拿筆在紙上寫一豎兩點。他認得是個小小的小字。後來我又在小字上頭加了兩橫。難為他亦認得。說是出告示的示字。跟手我又在示字上加一個寶蓋頭。他說這是我們宗室的宗字。這些都不希奇。未後來又在宗字頭上加一個山字。這却難為他了。你說他念個甚麼字。賈大少爺尚未接言。黃胖姑道。他說是哈嗟門哈字。大爺你瞧。虧他好記性。記得這字是哈嗟門的哈字。（幸喜他是宗室所以數典而不忘祖）賈大少爺也明白北京城的崇文門。俗名叫做哈嗟門。想是溥四爺念慣了哈字。看慣了崇字。所以拿崇字當作哈字讀了。曉得這話是黃胖姑奚落溥四爺的。但係初次相會。不便說甚麼。只好笑而不答。（葫蘆回得妙）及至回頭再看溥四爺。却是眉頭一掀。顴子一挺。欲笑不笑的。滿面孔得意之色。（吃單料的人偏會驕人）大家言來語去。正談論間。白鶴光劉厚守錢太史三個人亦都來到。其時已有四點多鐘。只差王主事一個人。黃胖姑道。時候不早了。我們先坐罷。空了首席等他。剛纔入座停當。人報王老爺來。大家一齊站起。主人出位相迎。只見王主事穿着衣帽。進來先朝主人作了一個揖。又朝檯面上作了一個總揖。黃胖姑讓他換了便衣。入座。在席的人。王主事只認得錢太史及古董鋪老板劉厚守兩個人。錢太史發達比他遲兩科。乃是後輩。並不在意。到是這劉厚守。乃是一直充當現任滿大學士又兼軍機大臣華中堂的門上。跟了中堂幾年。着實發了幾十萬銀子的家私。因此就在前門外開了一爿古董鋪（中國王爺中堂是古董鋪裏人物中堂的門口自然該開古董鋪）如今雖然捐了官。却還常到中堂宅內當差。（總算君子不忘其舊）王主事還是那年朝考。中堂派了閱卷大臣。照例拜門。去過幾盪。沒有得見。只好在劉厚守門房裏坐坐。劉厚守雖不認得他。却是記得劉厚守的面孔。（他虧不忘舊情）自古道宰相家奴七品官。況且他現在又捐了署正。同是六品。一樣分印結。而且又是中堂老師的門口。尋常人那裏巴結得上。（中堂家的狗尚且勢利何況中堂的門口自然要巴結的）如今反見他坐在下首。自己坐了首坐。心上着實不安。一定要同劉厚守換坐。劉厚守不肯道。你別光讓我。還有別人呢。王主事只得又讓別人。別人都不肯。只得自己扭扭捏捏的坐了。（偏會做客）然後同不認得的人。一一問貴姓台甫貴科貴班貴衙門。一問問到賈大少爺。賈大少爺回稱姓賈號潤孫。王胖姑插口說道。這位便是河南臬臺賈筱芝賈大人的少爺。我們至好。王主事道。原來是孝子順孫。聚在一門。難得難得。（我亦謂難得但可惜是假的）跟手又問貴科。賈大少爺漲紅了臉。回答不出。黃胖姑只得又替他說道這位賈觀察乃是去年振捐案內保過道班今年河工合龍又賞河台保了送部引見他老夫人官聲甚好早已簡在帝心將來潤翁引見之後指日就要放缺的（偏要你多情）王主事一聽他不是科甲出身立刻回轉了臉不同他說話（捐班比科甲還硬不要看輕一輩子）在坐的人曰有銅錢太史還說得來王占科乃是庶常散的主事錢運通乃是新庶常所以錢運通見了王占科竟其口口聲聲老前輩自稱晚生王主事却是直受不辭非凡得意不料談了半天劉厚守忽然問王主事道王老爺你好面善我們好像在那裏會過（想來因他看不起捐班要羞辱他）一句話問住了王主事羞的滿臉通紅歇了半天纔答道厚翁你真是貴人多忘事兄弟那年朝考下來三次到中堂老師那裏去叩見回回都坐在厚翁屋子裏的怎麼就忘記了劉厚守道莫怪莫怪我們中堂每日找他的人可不少咱那裏記得許多不要說別的外省實缺藩臬來過幾次我還記不清他的名字何況（我代為說道何況是個把進士）說到這裏不往下說了黃胖姑趕忙打岔道這位王大哥乃是刑部主事貴州司行走當差狠勤將來老中堂跟前還得你老哥保舉保舉他常常提提他名字拜託拜託（偏要你拉攏）劉厚守聽了一笑王主事更覺難以為情坐立不定（個把進士你太目中無人了）這個檔口裏賈大少爺坐着無味便做眉眼與黃胖姑黃胖姑會意曉得他要叫條子本來也覺着大家悶吃不高興遂把這話問衆人衆人都願意黃胖姑便吩咐堂官拿紙片當下紙筆拿齊溥四爺頭一個搶着要寫（偏是目不識丁偏要賣弄才情）先問王老爺叫那一個王老爺說二麗無奈溥四爺提筆在手欲寫而力不從心半天畫了兩畫一個麗字寫死寫不對（人家好好一個麗人不要被你塗作妖魔怪鬼）

後來還是王老爺提過筆來自己寫好當下檢熟人先寫於是劉厚守叫了一個景芬堂的小芬(好)黑伯果叫了一個老相公名字叫綺雲(好)白韜光說我沒有熟人我免了罷主人黃胖姑到也隨隨便便不料溥四爺反不答應拉住他一定要叫白韜光說如要我破例叫條子對不住我只好失陪了大家見他要走只得隨他錢運通說老前輩在這裏不敢放肆(父子尚要聚麀何況前輩)王老爺不去理他早已替他寫好了溥四爺最高興叫了兩個一個叫順泉一個叫順利(不過順順利利也不見得什麼好)末後輪到賈大少爺王老爺因為他是捐班瞧他不起不同他說話只問得黃胖姑一聲說你這個朋友叫誰賈大少爺叫黃胖姑薦個條子黃胖姑想了一回忽然想到韓家潭喜春堂有個相公名字叫奎官(為後文大鬧喜春堂伏線)他雖不叫這相公的條子然而見面總請安說老爺有什麼朋友求你老爺賞鑒賞鑒因此常常記在心上當時就把這人薦與賈大少爺主人見在檯的人都已寫好然後自己叫了一個小相公紅喜作陪(一發狠好)霎時條子發齊主人讓菜敬酒不多一會飽堂的把門帘一掀走了進來低着頭回了一聲道老爺們條子到了眾人留心觀看到是錢太史的相好頭一個來這小子長的雪白粉嫩見了人叫爺請安(是個好條子可惜沒有提出他名字)在席的人到有一大半不認得他問起名字王老爺代說他是莊兒的徒弟今年六月纔來的頭一個條子就是我們這位錢運翁破的例你們沒瞧見運翁新近送他八張泥金炕屏都是楷書足足寫了兩天工夫另外還有一副對子都是他一手報効的送去之後叫他第二天徐尚書在他家請客他寫的八張屏掛在屋裏不曉得被那王爺瞧見了狠賞識(足見條子家裏)

（王齋尚書是常常到的）說至此錢太史連連自謙道晚生寫的字何足以污大人先生之目不過積習未除玩玩罷了王占科道這是他師傅莊兒親口對我講的並不假照莊兒說起來運翁明年放差大有可望大衆又一齊向錢太史說恭喜（只因其風肆好遂爾愛屋及烏）正鬧着在席的條子都絡續來到只差得賈大少爺的奎官没來這時候賈大少爺見人家的條子都已到齊瞧着眼熱自己一個人坐在那裏甚覺没精打彩（還有白鬍光陪看如何就淺過起來）黃胖姑看出苗頭便說奎官的條子並不忙怎麼還不來正待叫人去催奎官已進來了黃胖姑便把賈大少爺指給他奎官過來請安坐下說今日是我媽過生日在家裏陪客所以來的遲了些求老爺不要動氣溥四爺說道你再不來可把他急死了（急色鬼眼紅煞了）一頭說話一頭唱酒叫來相公的搳拳打通關五魁八碼早已鬧的烟霧塵天賈大少爺便趁空同奎官咬耳朵問他現在多大年紀唱的甚麼角色出師沒有住在那一條胡同裏家裏有甚麼人（到是很在行的）奎官一一的告訴他今年二十歲了一直是唱大花臉的十八歲上出的師現在自己住家家裏止有一個老娘去年臘月娶的媳婦今年上春三死了住在韓家潭同小叫天譚老板斜對過老爺吃完飯就請過去坐坐賈大少爺滿口答應奎官從腰裏摸出鼻烟壺來請老爺聞又在懷裏掏出一桿京八寸裝出蘭花烟自己抽着了從嘴裏掏出來遞給賈大少爺抽（親熱之極如何不着迷）賈大少爺又要聞鼻烟又要抽旱烟一張嘴來不及把他忙的了不得一頭吃烟舉目四下一看只見合席叫來的條子都沒有像奎官如此親熱巴結的自己便覺着得意更把他興頭的了不得（想來已在技癢）黃胖姑都看在眼中朝着

貴大少爺點點頭。又朝着奎官擠擠眼。（好極）奎官會意。等到大家散的時候。他偏落後。還走一步。黃胖姑連忙帮腔道。大爺怎麼樣可對勁。（偏要問他）貴大少爺笑而不答。（早已心許）溥四爺嚷着一定要貴大少爺請他吃酒。齊巧今兒是奎官媽的生日。你倆如此要好。你不看朋友情分。你看他面上。今兒這一局還好意思不去應酬他嗎。（蠢白字偏要吃白酒）白鬍光道。潤翁賞酒吃。兄弟一定奉陪。（你是一定少不得的）黑伯果拍他一下道。不害臊的。條子不叫。酒到會要吃的。說的大家都笑了。貴大少爺却不過情。只得答應。同到奎官家去。又託黃胖姑代邀在席諸公。王老爺頭一個回頭。說明天有公事。要起早上衙門。謝謝罷。劉厚守說。我不能磨夜。有時候的九點鐘總得回家。黃胖姑道。不錯。厚翁嫂夫人閫令極嚴。我不敢勉强。回來叫他頂燈吃苦頭。是對他不住的。（元來是有事常之體的）又朝着錢太史說道。運翁明天没有甚麼事情。可以同去走走。貴大少爺因為他是翰林。要借他撑場面。（你也知京城裏不重貲郎）便道。運翁是最好。没有我們一見如故。今天一定賞光的。錢太史無奈。只得應允。王老爺起先還想拉住錢太史。做眼色給他。叫他不要去。（原來你還在瞧他不起）後來見他答應。便也無法。他自己只得跟了劉厚守。先辭別衆人。上車而去。這裏大家席散。約摸已有八點多鐘。等到主人看過賬。大衆作過揖。然後一齊坐了車。同往韓家潭而來。便宜坊到韓家潭有限的路。不多一回就到了。下車之後。貴大少爺留心觀看。門口釘着一塊黑漆底子金字的小牌子。上寫着喜春堂三個字。大門底下懸了一盞門燈。有幾個跟兔。一個個垂手侍立。口稱大爺來拉。走進門來。雖是夜裏。還看得清爽。彷彿是座四合廳的房子。沿大門一並排三間便是客座書房。（好一個月宮）院子裏隔着一道竹籬。地下擺着大大小小的花盆。種了若干的花。（想來是桂花一笑）這一天。是奎官媽的生日。隔着籬笆。瞧見裏面設了壽堂。點了一對蠟燭。却不甚亮。有幾個穿紅着綠的女人。想是奎官的親戚。（定是月裏嫦娥呵呵）此外並無別的客人。甚是冷冷清清。（蟾宮光景本來是清冷世界）

當下奎官出來。把衆人讓進客堂。賈大少爺舉目四看。字畫雖然。掛了幾條。但是破舊不堪。烟榻床鋪一切陳設。有雖有。然亦不甚漂亮。一面看。一面坐下。溥四爺白韜光兩個。先吵着快擺。讓我們吃了好走。主人無奈。只得吩咐預備酒。一聲令下。把幾個跟兔樂不可支。連爬帶滾的。嚷到後面廚房裏去了。霎時檯面擺齊。主人讓坐。拿紙片叫條子。以及條子到。搳拳敬酒。照例文章。不用細述。這時候賈大少爺。酒入歡腸。漸漸的興致發作。先同朋友搳通關。又自己擺了十大碗的莊。不知不覺。有了酒意。渾身燥熱起來。（想來是淫根在那裏發作了）頭上的汗珠子。有綠豆大小。奎官讓他脫去上身衣服。打赤了膊。（是要出他的醜了）又把辮子盤了兩盤。誰知這位大爺。有個毛病。是有狐騷氣的。而且狠利害。人家聞了都要嘔的。當下在席的人。都漸漸覺得。於是聞鼻烟的聞鼻烟。吃旱烟的吃旱烟。奎官更點了一把安息香。想要解解臭氣。（你的鼻烟蘭花烟今番也不肯給他用了）不了賈大少爺汗出多了。那股臭味格外難聞。在席的人被薰不過。不等席散。相率告辭。轉眼閒只賸得黃胖姑一個。奎官怕近賈大少爺的身旁。賈大少爺一定要奎官靠着他坐。奎官不肯。（早知如此也不與他親熱了）賈大少爺伸出手去拖他。奎官無法。只得一隻手拿袖子掩着鼻子。（比你的木息香還要難聞）賈大少爺是懂得相公堂子規矩的。此時倚酒三分醉。竟握住了奎官的手拿自己的手指頭。在奎官手心裏一連掐了兩下。（他把袖子掩着鼻子你還想你的斷袖癖）奎官為他騷味難聞。心上不高興。然而又要顧黃胖姑的面子。不好直絕回覆他不留他。只得裝作不知。同他說别的閒話。賈大少爺一時心上拆拿不定。黃胖姑都已明白。只得起身告别。賈大少爺並不挽留。奎官一見黃老爺要走。怕他走掉。賈大少爺更要纏繞不清。便說求黃老爺等一等。我們大爺吃醉了。還是把車套好。一塊兒把他送回家去的好。（只因臭味難投遂以閉門羹相待）賈大少爺聽說套車。這一氣非同小可。（便了東風氣殺周郎不便南風又氣殺賈郎一笑）他手裏正拿着一把酒壺。還在那裏讓黃胖姑吃酒。忽聽這話。但聽得拍充一聲。一個酒壺。已朝奎官打來。雖然沒有打着。已經灑了渾身的酒。又聽得拍的一聲。桌子上的菜椀。乒乒乓乓。把吃剩的殘羹冷炙。翻的各處都是。幸虧檯面沒有翻轉。（打鴨驚鴛忒殺風景）奎官一看情形不對。便說道。大爺你可醉拉。賈大少爺氣的臉紅筋漲。指着奎官大罵道。我毀你這小王八羔子。我大爺那一樣不如人。（有大不如人在你不自知其醜）你叫套車。你要趕着我走。還虧是黃老爺的面子。你不看僧面看佛面。如果不是黃老爺薦的。你們這起王八羔子。沒良心的東西。還要吃掉我呢。（實要咬脫你着雞巴）一頭罵。一頭在屋裏踱來踱去。黃胖姑竭力的相勸。他也不聽。奎官只得坐在底下。不做聲。歇了半天。熬不住。只得說道。黃老爺。你想這是那裏來的話。我怕的大爺吃醉。所以纔叫人套車。想送大爺回去。睡得安穩些。為的是好意。賈大少爺道。你這個好意我不領情。（你要領什麼情）奎官又道。不是我說句不害臊的話。就是有什麼意思。也得兩相情願纔好。（不錯）賈大少爺聽到這裏。越發生氣道。放你媽的狗臭大驢屁。你拿鏡子照照。你的腦袋。一個冬瓜臉。一片大麻子。這副模樣。還要拿腔做勢。我不稀罕。（誰叫你稀罕）奎官道。老爺叫條子。原是老爺自己情願。我總不能捱上門來。（說得不錯）賈大少爺氣的要動手打他。黃胖姑因怕鬧的不得下臺。只得奔過來。雙手把賈大少爺捺住。說道。我的老弟。你凡事總看老哥哥臉上。他算得什麼。你自己氣着了倒不值得。你我一塊兒走。賈大少爺道。時候還早得狠。我回去了沒有事情做。（然則你要在此討沒趣嗎）黃胖姑道。我們去打個茶圍。好不好。（只得如此下場）賈大少爺無奈只得把小褂大褂一齊穿好。奎官拗不過黃胖姑的面子。也只得親自過來幫着張羅。又讓大爺同黃老爺吃了稀飯再去。賈大少爺不理。黃胖姑說。吃不下。因為路近。黃胖姑說不用坐車。我們走了去。於是奎官又叫跟兒點了一盞燈籠。親自送出大門。照例敷衍了兩句。方纔回去。當下二人走出門來。向南轉灣。走了一截路。出得外南營。一直向東。又朝北方進陝西巷。一走走到賽金花家。黃胖姑一進門。便問賽二爺在家沒有。人回賽二爺。今兒早上肚子疼。請大夫吃了藥。剛剛睡着了（想是被所狎狂蕩了些出了些風流汗受了点風所致）黃胖姑道。既然他睡了。我們不必驚動他。到別的屋子裏坐坐。就要走的。當下就有人把他倆一領。領到一個房間裏坐了。黃胖姑問姑娘呢。人回花寶寶家應條子去了。（想因氣味難聞性情又躁故兒子也藏着狐狸也躲了）黃胖姑無甚說得。於是二人相對。躺在烟鋪上談心。賈大少爺一直把個奎官恨的了不得。（自己冒失也值得在人前抱怨）黃胖姑因為是自己所薦。也不好同他爭論什麼。只說道論理呢。這事情奎官太固執些。你太爺也太情急了些。（言中有刺）纔擺一檯酒。就同他如此要好。莫怪他要生疑心。過天你再擺檯飯。試試如何。賈大少爺道。算了罷。那副嘴臉。我不希罕。我有錢。那裏不好使。一定要送給他。（然則你為什麼要發酒瘋呢）黃胖姑道。你的話原不錯。這種事情丟開。就完了。有什麼一直放在心上的。好便好。不好就再換一個。十個八個聽憑你大爺挑選。誰能殼管住你呢。賈大少爺道。你這話狠明白。我今天要不是看你的面子。早把那小鼈蛋的窠毀掉了。（只怕你動不得要招禍殃呢）黃胖姑道。這些話不用說了。我們談正經要緊。你這盪到京城倒底打個什麼主意。賈大少爺便湊近一步。附耳低聲。把要走門子的話。說了一遍。又說在河南的時候。常常聽見老人家談起。前門內有個甚麼菴裏的姑子。現在狠有勢力。並且有一位公主。拜在他門下為徒。（三姑六婆最會鑽門路）老人家說過他的名字。我一時記不清楚。這姑子常常到裏頭去。說一是一。說二是二。上頭總說他們出家人。以慈悲為主。方便為門。他們來說什麼。總得比大概要賞他們一個臉。其實這姑子。也是非錢不應的。（沒後代的人偏會要錢）不過走他的門路。比大概總要近便些。譬如別人要二十萬。到他十萬也就好了。人家要十萬。到他五萬也就好了。只要認得了他。是一個冤枉錢不會化的。（倒是一個終南捷徑）倘若不認得他。再要別人經手。那就化的大了。黃胖姑一聽這話。心上畢拍一跳。心想被他曉得了這條門路。我的買賣就不成了。其實黃胖姑心上。狠曉得這個姑子的來歷。而且同他也有往來。因為想賺賈大少爺的錢。只得裝作不知。又假意說道。大爺你既有這條門路。那是頂近便沒有了。為甚麼不去找找他呢。（奸極惡極）那賈大少爺道。動身的時候。原問過老人家。老人家說。你一到京。打聽人家。像他這樣大名鼎鼎。還怕有不曉得的。所以我來過你。倒底他如今怎麼樣。（真是問道於盲）黃胖姑假作躊躇道。你這問可把他我問住了。不是我說句大話。北京城裏上下三等。九流三教。祇要些微有點名氣的人。誰不認得我黃胖姑。倒没聽說有甚麼姑子。同裏頭來往。你不要免錯。不是姑子。是和尚道士罷。（葫蘆答得妙一如丈人對子路之意）賈大少爺道。的的確確是姑子。老人家說過。我忘記了。說罷。甚是懊悔。黃胖姑道。既然說是住在前門裏頭。你何妨去找找。有了這條門路。也省得東奔西波。咱們是自己人。我也帮着替你打聽打聽。（奸極惡極一法說得好聽）賈大少爺道。如此費心得狠。坐了一回。又抽了兩袋烟。姑娘出條子還没有回來。賈大少爺摸出表來一看。說天不早了。我們回去罷。賽金花始終也没有見面。只有幾個老媽送了出來。（室邇人遠幾有人面桃花之感）二人一拱手。各自上車而去。賈大少爺回到寓處。一宵無話。到了次日。仍舊出門拜客。順便去訪問他老人家所說的那個姑子。一連問了幾個朋友。也有畧知一二的。也有絲毫不知的。只因這些朋友。不是窮京官。就是流寓在京的。一向無事同這姑子往來。難怪他們不曉得。（知者假作不知不知者亦難强托為知真正叫人無法）弄得賈大少爺甚為悶悶。一心思想。我若是把各式事情。交托黃胖姑。原無不可。但是經了他手。其中必有幾個轉折。未免要化寃錢。（亦已看出苗頭來真是精明不過）倘若我找着這個姑子。託他經手。一定事半功倍。老人家總不會給我當上的。只恨動身的匆忙。未曾問得仔細。只好慢慢的尋找。一個人坐在車中往來盤算。一走走到他老人家拜把子的一個都老爺家。這都老爺姓胡名周。為人甚是四海。見了面。居然以世姪相待。問長問短。甚為關切。賈大少爺急不待擇。言談之間。講及朝政。不說自己想走門路。但說如今裏頭的情形。竟其江河日下了。聽說甚麼當姑子的胆敢出入權門。替人關說。這還了得。（做一個反激文章總算是鐵門子的好手）胡都老爺道。是啊。越是他們出家人。裏頭越相信。時事如此。無法挽回。也只得付之一歎的了。（讒人鴟張賢士無名真有時事日非之歎）賈大少爺道。老世伯現居言職。何不具摺糾參。那倒是名傳不朽的。想是不曉得那個菴裏的姑子。叫個甚麼名字。所以未曾動手。（越法反激得妙）胡都老爺道。名字倒有點曉得。不過現在裏頭閹寺當權。都成了他們的世界。說了非但無益。反怕賈禍。所以兄弟只得謹守金人之箴。不敢多事。（畏禍心切豈宜言責）賈大少爺道。老世伯身居台諫。尚然如此見機。無怪乎朝政日非了。現在京城地面。既有這種人。倒不可不請教。請教他的名字。將來當作一件新聞。談談亦好。（總要探出他的口氣來愈逼愈近）胡都老爺想了一回說道。這姑子的名字。叫鏡空。這種人你找他去做啥。如果一定要找他。訪問個實在。你只要進了前門。沿城腳去問。有幾個轉灣我聽人家說過。如今也記不得了。（亦不過捕風捉影而已）賈大少爺。問到了地方名字。心中暗暗歡喜。同老世伯無甚說得。只得興辭出來。一見天色尚早。就命車夫替他把車趕進前門。車夫請示進前門到那一家拜客。賈大少爺。便按胡都老爺的話。一一告訴了車夫。（將錯就錯）車夫道聲曉得。（偏又錯會了主意）於是把鞭子一灑。展起雙輪。不多一刻。捱進前門。約摸轉了七八個灣。到得一個所在。只見一道紅牆。門前有幾棵合抱的大槐樹。山門上面懸着一方匾額。上寫文殊道院四個大字。山門緊閉不開。却從左首一個側門內出入。但是門前甚是冷清。並無車馬的蹤跡。（情形不對）賈大少爺下得車來。車夫在前引路。把他領進了門。乃是一個小小院落。當頭一個藤蘿架。其時綠葉正茂。賽如搭的涼棚一般。不見天日。（忙中偏有此閒筆）院之西面。另有一個小門。進去就是大殿的院子了。南面三間開出去。便是山門。北面為大殿。左為客堂。右為觀音殿。一共是十二間。院子裏上首。兩個磚砌的花台。下首兩棵龍爪槐。房子雖不大。倒也清靜幽雅。是個藏嬌之所並非藏奸之所賈大少爺一路觀看。踱進客堂。就有執事的道婆。前來打個問訊。賈大少爺便說是專誠來拜鏡空師父的。道婆道。老爺請坐。等我進去通報。偏又遇着個聾子不到一刻。只見道婆引了一個老年尼姑出來。老尼見了賈大少爺。兩手合十。念了一句阿彌陀佛。動問老爺貴姓。是什麼風吹到此地。賈大少爺便把自己的姓名履歷。背了幾句。又道。是進京引見。久仰師傅大名。所以特來拜訪。老尼一聽他是道台。不覺肅然起敬。連稱不知大人光降。褻瀆得狠。言語不對賈大少爺回稱說那裏話。又問師傅出家幾年。是幾時到的京城。這菴裏香火必盛。來往的人可多。老尼道。不瞞大人說。老身原是本京人。出家就在這菴裏。是二十五歲上削的髮。今年六十五歲了。京城地面。乃是紅塵世界。老身師徒三衆。一直是清修。所以這菴裏。除掉幾位施主家的太太小姐。前來做佛事。吃頓把素齋。此外並無雜人來往。大人今天忽然下降。乃是難得之事。一法說得不對了 賈大少爺一聽不對。沉吟了一會。便問師傅的法號。上一個字可是水月鏡花的鏡字。下一個字可是四大皆空的空字。老尼道。下一字不錯。上一字乃是清靜的靜字。並不是鏡子的鏡字。原來是誤入桃源了賈大少爺便知其中必有錯誤。忙問有位與師傅名字同音的。但是換了一個鏡字。這人師傅可認得。老尼道。一個北京城。幾十里地面。菴觀寺院。不計其數。那裏一一都能認得。索性回絕得影子沒有了賈大少爺知道走錯了路。只得說了些閑話。搭赸着辭了出來。老尼又要留吃素麵。賈大少爺隨手在身上摸了一錠銀子。送與老尼。作為香金。方纔拱手出門。匆匆上車而去。賈大少爺一面上車。一面問車夫道。不對啊。你從那兒認得這姑子的。車夫道。小的從前伺候過順治門外南橫街戶部謝老爺。跟着謝老爺來過兩盪。所以纔認得的。所以是熟門熟路他菴裏狠有兩个年輕的姑子。長的狠俊。謝老爺上年在這裏請過客。小姑子出來陪着一塊兒吃酒。今天想是為着老爺頭一盪來。所以小的不出來陪。這菴裏狠靠不住。原來是誤認漁郎問渡賈大少爺聽說。心上一動。把頭伸到車子外頭往後一瞧。只見剛纔替他通報的那個道婆。在那裏探頭探腦的望。此時賈大少爺弄得六神無主。意思想要出城。因聽了車夫的話。想要會會那年輕的姑子。素性誤入天台吃他的胡麻飯去待要下車。又見天色漸晚。恐怕趕不出城。車夫見他躊躇。也就停鞭以待。賈大少爺沉吟了一會。道。今天鏡空會不着。倒想不着走到這門一個好地方來。姑且回去通知了黃胖姑。過天同他一塊來。他在京裏久了。人家不敢欺負他甚麼相公褂子。我都玩過的了。倒要請教請教這尼姑的風味。且作一漁父重來之想說罷。便命車夫趕車出城。過天再來。車夫道。諭。鞭子一灑。騾子已得得而去。賈大少爺又不住的把頭伸出來往後探望。一直等到轉過灣。方纔縮進。是有依依不釋之意霎時到得寓所。下車寬衣。只見管家拿了兩副帖子。上來。當中還夾着一封信。賈大少爺看那帖子。是一副黑伯果。請在致美齋吃午飯。一副是溥四爺。請在他叫的相公順泉家吃夜飯。都是明日的日期。另外那封信。乃是黃胖姑給他的。賈大少爺看得一半。不覺臉上的顏色改變。等到看完。這一嚇更非同小可。臨末故作驚人之筆使人急欲看下文欲知信中所言何事。以及賈大少爺明天曾否赴黑溥兩人之約。並後來曾否再去訪那姑子。
且聽三續書中分解。

買古董借徑謁權門

勢利鬼偏逢勢利交

假公濟私司負設計

待罪天牢
有心下石

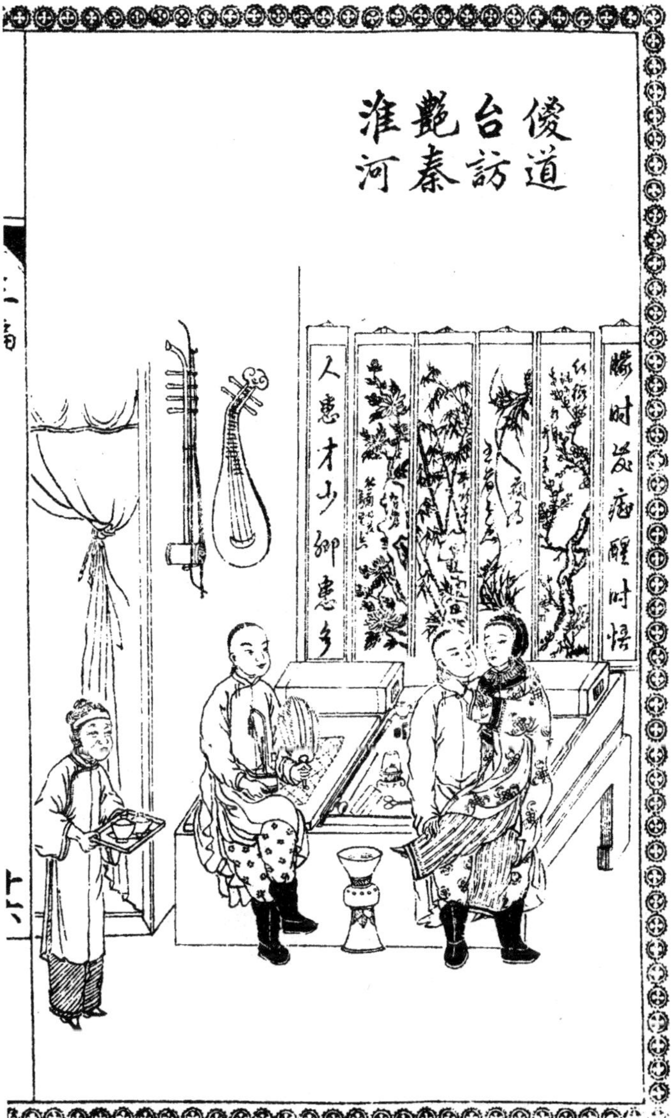
傻道台訪艷秦淮河
人患才少卿患多

飾嬌女背地结鴛盟

說洋話哨官遭毆打

謀釐局枕畔代謀差

借名頭斂錢
開書局
奉憲設立善書總局
閑人勿入
善局

辨義賑善人是富

捐鉅資紈
袴得高官
何公館
奏旨設立報效山西振捐籌辦各省礦務總局

騙中騙
又遇鬼魅
爲善最樂
讀書便佳

三編卷二十五

買古董借徑謁權門　獻巨金痴心放實缺

却說賈大少爺自從城裏出來。回到下處。正想拜訪黄胖姑。告訴他文殊道院會見姑子的事。不料黄胖姑先有信來。拆開看時。不知信上說些甚麽。但見賈大少爺臉色一陣陣改變。看完之後。順手拿信往衣裳袋裡一塞。也不說甚麽。當夜無精打彩。茶飯不甯。（一個悶葫蘆無從打破）他本有一個小老婆同來的。見了這樣。忙問緣故。他也不說。（連自家人也要瞞起一法叫人摸不着頭路）到了次日。一早便即起身。吩咐套車。趕到黄胖姑店裏。打門進去。叫人把胖姑喚醒。彼此見了面。胖姑便問大爺為何起得這般早。賈大少爺道。依着我昨兒接到你信之後。就要來的。為的是常常聽見你說你的應酧狠忙。一吃中飯就找不着你了。所以我今兒特地起個早趕了來。我問你到底這個信息是那裏來的。現在有這個風聲。料想東西還沒出去。（原來為此人家嚇嚇你也值得如此大驚小怪）黄胖姑道。本來前天夜裏的事情。他昨兒纔曉得。就是要出去。也決計不會如此之快。不過我寫信給你。叫你以後當心點。這是我們朋友要好的意思。並沒有別的。（說得如此風涼些把人家胆子嚇破）賈大少爺道。看來奎官竟不是個東西。我看他也並不紅。前天晚上也沒有見他有過第二張條子。却不料倒有這門一位仗腰的人。（所以人無貌相海水不可斗量）黄胖姑道。說起來也好笑。就是打聽你的這位盧給事。五年前頭。也是一天到晚。長在相公堂子裏的。他老人家在廣東做官。歷任好缺。自從他點了翰林當京官。連着應酬。連着院。三年頭裏。足足揮霍過二十萬銀子。奎官就是他贖的身。等到奎官贖身的時候。他已經不大玩了。因為了他一向最歡喜唱大花臉。所以就愛上了奎官。然論起奎官來。也虧得有此一個老斗幫扶幫扶。如果不是他。現在奎官也不曉得到那裏去了。原來有如此淵源你何不早說賈大少爺道。他問我是個什麼意思呢。黃胖姑道。你別忙。我同你講。這位盧給事。名字叫盧朝賓。號叫芝侯。還是癸未的庶常。後來留了館。那年考取御史。引見下來。頭一個就圈了他。不久補了都老爺。混了這幾年。今年新轉的給事中。他同奎官要好。他替他贖身。他替他娶媳婦。他替他賣房子。吃他用他多不算。奎官兩口子。同他賽如一個人。原來是得隴望蜀魚龍渾雜如今是奎官媳婦死了。他去的也漸漸的少了。齊巧那天是奎官媽生日。他晚上高興跑了去。剛碰着你在那裏鬧脾氣。等你出門。他就問奎官。叫奎官告訴他。如何如此湊巧可知其中必有弊病昨兒奎官為着得罪了你。怕我臉上下不去。到我這兒來賠不是。我問他奎官。昨兒有些什麼人到你那裏。他就提起這盧芝侯。我問他賈大人生氣。盧都老爺曉得不曉得。他說盧都老爺來的時候。正是賈大人摔酒壺的時候。後來的事情。統通被他老人家都曉得了。想是有鬼使神差我當時就怪奎官。說賈大人是來引見的。怎麼好把他的事情告訴他們都老爺呢。奎官說。我見賈大人生氣。我一步沒離。我並沒有告訴他。又問我們家裏。也不曉得那一個告訴他的。果然是真來豈有瞞得過去的真正是傻小子所以我昨兒得了這個風聲。立刻寫信通知你。你是就要放缺的人。名聲是要緊的。既然大家相好。我所以關照。難得你如此好心賈大少爺道。費心得狠。你看上去。不至於有別的事情罷。

黄胖姑道。那亦難說。他們做都老爺的。聽見風就是雨。皇上原許他們風聞奏事。說錯了。又沒有不是的。你去問他自己可知是打到拳頭窠裏去了賈大少爺一聽。不免愁上心來。低首沉吟。不知如何是好。歇了一會說道。千不該萬不該。前天吃醉了酒。在你府的人那裏撒酒風。叫你下不去。真正對你不住。大哥我替你陪個罪。說着便作揖下去。想來也知是非即是是非人黄胖姑連連還禮。連連說道。笑話笑話。咱們兄弟。那個怪你。賈大少爺道。大哥你京裏人頭熟。趁着摺子還沒有出去。想個法兒你替我疏通疏通。疏通出兩個錢倒不要緊。你要出錢疏通可知是中他之計了黄胖姑聽了歡喜。又故作躊躇說道。雖說現在之事。非錢不行。然而要看什麼人。錢用在刀口上纔好。若用在刀背上。豈不是白填在裏頭。幸虧這位都老爺。這兩年同奎官交情有限。若是三年頭裏。你敢碰他一碰。索性再嚇他一嚇使他不致疑心但是這位都老爺是有家見過錢的。你就送他幾吊銀子。也不在他眼裏。不比那些窮都見錢開眼。不要說十兩八兩。就是一兩八錢。他們也沒命的去趕。我們自己人。還有什麼不同你講真話的。原來是要敲他的大竹損前兒的事情也是你大爺過於脫略了些。京城說話的人多。不比外面可以隨隨便便的。索性借此教訓他幾句至於盧芝侯那裏。我不敢說他一定要動你的手。然而我也不敢保你一定無事。鬆一步即是緊一步既然承你老弟的情。瞧得起我。不把我當作外人。我還有不盡心竭力的嗎。怕他賣買走到别家去說着。賈大少爺又替他請了一個安。說了聲多謝大哥。黄胖姑一面還禮。一面又自己沉吟了半天。說道。芝侯那裏。愚兄想來想去。雖然同他認得多年。總不便向他開口。碰了釘子回來。大家沒味。我替你想。你若能拚着多出幾文。索性走他一條大路子

到那時候。不疏通自疏通。你看可好。（是叫他不蓋甕蓋蓋缸蓋）賈大少爺摸不着頭腦楞住不語。黃胖姑又
說道。算起來。你並不吃虧。你這遭來。本來想要結交結交的。如今一當兩便。豈不省事。依我意
思。你說的那些甚麼姑子道士。都是小路。我勸你不必走。你要走還是軍機大臣上結交一兩
位。凡事總逃不過他們的手。你就是有內線。事情弄好了。也總得他們擬旨。（不過要招攬他的賣買偏用盡心機）
（去嚇他使他捏着一把冷汗又說了一大篇城頭上出棺材遠兜遠轉）再不然。黑八哥的叔叔在裏頭當總管。真正頭一分的紅
人。說一是一。說二是二。同軍機上。他們都是連手。（至此放纔點出全題叫他裏應外合走兩條大門路）你若是認得了這
位大叔。不要說是一個盧都老爺。就是十個盧都老爺。也弄你不動。何以見得。他們摺子上去。
不等上頭作主。他們就替你留中了。（此關孝敬都老爺之還差一層）至於那些姑子。你認得他他們就是真能
夠替你出力。他們到裏頭。還得求人。他們求的。無非仍舊還是黑大叔幾個。有些位分還不及
黑大叔的。他們也去求他。在你以為這當中。就是他一個轉手。化不了多少錢。何如我叫八哥
帶着你。一直去見他叔叔。豈不更為省事。（此關走姑子小門路之似近實遠弄巧反拙）前天我見你一團高興要去
找姑子。我不便攔你。究竟我們自己弟兄。有近路好走。我肯叫你多轉灣嗎。（本是叫他去種個木鐘好叫他死心）
（蹋地來尋自己）賈大少爺道。本來我要同你說。我昨兒好容易問了我們老世伯。纔曉得這姑子的名
字住處。誰知奔了去。並不是那個姑子。還有好笑的事要同你講。黃胖姑道。什麼好笑的事。賈
大少爺把車夫說姑子不正經的話。述了一遍。黃胖姑道。本來這些人不是好東西。你去找他
做什麼呢。（索性望渾水裏一擦）但是愚兄還有一言奉勸你老弟。現在正是疑謗交集的時候。這種地方

少去爲娼一個奎官玩不了。還禁得住再鬧姑子。倘或傳到都老爺耳朵裡。又替他們添作料
了。（趁此打斷他的癡念好引船就岸）賈大少爺一團高興。做聲不得。只得權時忍耐。談論正經。連連陪着笑說
道。大哥的話不錯。指教的極是。小弟的事。全仗大哥費心。還有什麼不遵教的。但是走那條路。
還得大哥指引。黃胖姑道。你別忙。今天黑八哥請你致美齋。一定少不了劉厚守的。到了那裡。
你倆是會過的。你先拿話籠住他。私底下我再同他替你講盤子。（擋客對主十分老實）你曉得厚守是個
什麼人。賈大少爺道。他是古董鋪的老板。黃胖姑哼的一笑道。古董鋪的老板你也忒小看他
了。你初到京。也難怪你不曉得。你說這古董鋪是誰的本錢。賈大少爺一聽話內有因。不便置
辭。黃胖姑又道。這是他的東家華中堂的本錢。（此是宰相納賄之妙法）賈大少爺道。他有這個綳硬東家。
自然開得起大古董鋪了。黃胖姑道。你這人好不明白。到如今你還拿他當古董鋪老板看待。
真正有眼不識泰山了。（以門客充老板借賣買爲過付招權納賄愈出愈奇難怪人家不知）賈大少爺聽了詫異。定要追問。黃胖
姑道。你也不必問我。你既當他是開古董鋪的。你就去照顧照顧。至少頭二萬兩銀子起碼。再
多更好。無論什麼爛銅破瓦。他要一萬。你給一萬。他要八千。你給八千。你也不必同他還價。你
把古董買回來。自然還你效驗。賈大少爺聽說。格外糊塗。（到此已說得幃燈匣劍光芒直露還要糊塗虧他是個聰明人）心上
思想。一定是我買了他的古董。便算照顧了他。他纔肯到中堂跟前替我說好話。便把這話問
黃胖姑道。可是不是。黃胖姑道。天機不可洩漏。到時還你分曉。（你說是即是何必要尋根究柢）賈大少爺將信
將疑。自以爲心上想的一定不錯。便也不復追問。停了一刻說道。華中堂這條路。是一定要走

的了。（你還想明送可知他老人家不要你的）還有別人呢。黑大叔那裡幾時去。黃胖姑道。你別忙。華中堂的路要走。軍機上不是他一個別人那裏。自然也要去的。你不要可惜錢包。你總佔便宜就是了。賈大少爺道。你老哥費了心。小弟還有什麼不曉得。黃胖姑道。事不宜遲。要去今天就去。你在我這裏坐一會兒。等我替人家辦掉兩樁事情。（你去辦什麼事情不過預先去串通一氣上下其手罷了）等到一點鐘。我們一塊兒上致美齋。賈大少爺道。既然你有事情。我也不來打攪你。我到別處去轉一轉來。等到打過十二點鐘。我來同你。說罷。拱拱手別去。這裏黃胖姑。果然替人家辦了若干事。無非替人家捐官上兌。部裏書辦打招呼。以及寫回信。打電報。大小事情。足足辦了十幾件。（其間必預先寫信知照劉守厚讀者）（不可被其瞞過）真正是能者多勞。幸虧他自己以此為生。倒也不覺辛苦。等到事情辦完。恰恰打過十二點。賈大少爺已經來了。約他一同去赴黑八哥的約。飯後同到劉厚守鋪子裏買古董。（早已佈置）（機穽擒猛虎安排香餌釣鰲魚）說罷。同出上車。霎時到得致美齋。客人絡續來齊。亦無非是昨天幾個。但是沒有錢玉二位。却添了一位。也是進京引見的試用知府。這位知府。姓時號筱仁。乃山西人氏。（點出）（時筱仁是為後文借銀張本）賈大少爺敘起來。還有點世誼。賈大少爺到了檯面上。竭力的敷衍劉厚守黑八哥兩個。很露殷勤。劉厚守因預先聽了黃胖姑先入之言。詞色之間也就和平了許多。不像前天拒人於千里之外了。（看他一路辦事並無閒暇何以有先入之言讀者從可知矣）一霎席散。天色還早。劉厚守要回店。賈大少爺便約了黃胖姑跟他同走。溥四爺又再三叮囑。晚上同到順泉家吃飯。賈大少爺因為奎官之事。面有難色。尚未回答得出。（一經虛嚇便爾喪胆豈知皆是黃胖姑一人之撥弄）黃胖姑道。你跟着我們。一塊兒玩只要不撒酒風。包你無事。究竟他是貪玩的人。也就答應下來。分別上車各自回去。霎時黃賈兩人。到了大柵欄劉厚守古董鋪下車進去。劉厚守已先回一步。接着讓了進去。請坐奉茶。賈大少爺是初到。不免又說了些客氣話。劉厚守雖同他客氣。究竟還有點驕傲之容。不能不使賈大少爺格外恭敬。一個宰相家人便如此傲容豈知冰山易倒乎當下黃胖姑先把賈大少爺的來意言明說要選買幾件古董孝敬華中堂的。劉厚守四面一看道。這擺着的都是。請挑就是了。賈大少爺當下四下裏看了一遍。選中一對鼻煙壺。一個大鼎。一個玉磬。還有十六扇珠玉嵌的掛屏。劉厚守道。這對烟壺。倒虧順翁法眼挑着的。這位老中堂。別的不稀罕。祇有這樣東西收藏的最多。他有一本譜。是專門考究這烟壺的。上個月底結帳。總共收到了八千零六十三個。如此說起來他老人家不要死了葬在烟壺裏而且個個都好。沒有一個壞的。拿這樣東西送他頂中意。好的倒有不過往別家鋪子裏撿來他又不中意了賈大少爺聽了。非常之喜。劉厚守道。這位老中堂。他的脾氣。我是曉得的。最恨人家孝敬他錢。你若是拿錢送他。一定要生氣。說我又不是錯錢眼的人。你們也太瞧我不起了。本來他老人家。做倒這們大的官。還怕少了錢用。你們送他錢。豈不是明明罵他要錢。怎麼能彀不碰頂子呢。所以他愛古董。你送他古董頂歡喜。他既歡喜古董何不向別家鋪子裏選些送給他賈大少爺便託黃胖姑。問一共多少價錢。劉厚守說。烟壺二千兩。古鼎三千六。玉磬一千三。掛屏三千二。一共一萬零一百兩。如此價錢只怕劉家鋪子裏大約好買上幾百分只怕你這鋪子亦不銷如此大本錢賈大少爺意思嫌多。說可能讓些。偏遇不曉事人黃胖姑急忙從他身後。把他衣裳一拉意思想叫他不要同劉厚守講價錢。賈大少爺尚未覺得。劉厚守早已一聲不響。仰着頭。眼望到別處去了。（裝模做樣卻是何故）黃胖姑趕忙打圓場朝着賈大少爺說道。彼此知己。劉厚翁還肯問你多要麼。賈大少爺亦恍然大悟道。既然如此就託大哥替我劃過來就是了。劉厚守道。如果不是胖姑的面子。我這一對烟壺任你出甚麼大價錢我不賣不瞞你二位說。我有個盟弟。亦在河南候補。上年有信來。說是也要拜在我們這位老中堂門下。託我替他留心幾件禮物。這對烟壺。我本要留給他的。如今被賈潤翁買了去。中堂見了一定歡喜。不過我有點對不住我那個盟弟。（你肯把你盟弟預定之物割愛想來亦肯把中堂給你盟弟之好處給他了）黃胖姑同賈大少爺連連稱謝不置。黃胖姑又道。厚翁肯替人家幫忙說兩句好話。一句話就值一萬銀子。（季布一諾千金他的話比季布還要值錢）個把烟壺算得什麼。將來潤孫的事。總還要借重厚翁大力。劉厚守道。我們一句話算得甚麼。胖姑你是知道的。我如今也捐了官了。老中堂跟前。我也不大去。就覺着生疏了。而且現在做了官。官有官體。倒比不得從前可以隨隨便便了。但是一樣。我從前跟他老人家這幾多年。總算緣分還好。他待我很不錯。不是我自己胡吹。我跟他這十幾年。可沒有誤過事。所以偶爾說兩句話。或者替人家吹噓吹噓。他老人家還相信。總還給個面子。（如此大賣買交給你一人身上如何不言聽計從）黃胖姑道能夠叫他老人家相信。談何容易。像你厚翁這樣的老成練達。愛惜聲名。真正難得。（幣重言甘煞費苦心）劉厚守聽了。怡然自得。坐在椅子上。儘興的把身子亂擺一聲兒也不響。歇了一會。黃胖姑又叮嚀一句道。如此東西算買定。少停兄弟把錢划過來中堂跟前怎麼送上去。索性奉託厚翁代辦一辦。（做成賣買自然要送佛送到西天）劉厚守躊躇道。這件事倒要講起來看。兄弟自從上見之後。裏頭的事。一直不大問信。門口另外派了人。不去找他們。中堂雖然也見得着。但是將來事情多。終究不能越過他們的手。如果去找他們。我兄弟現在是有官人員。不好再同他們去講這個。怕的是自己褻瀆自己。胖姑我看這件事。你還是託了別人罷。故意為難不過要掙個數目黃胖姑道。你的事情我曉得的。並不是要你去同他們講價錢。只要你吩咐他們一句。他們還敢不遵嗎。劉厚守道。這幾年我替人家經手。實在經手的怕了。你偏偏要來找我。沒法。你老哥的事。做兄弟的怎麼好意思推頭不給你個面子。賣情在別家身上恐怕人家不見情黃胖姑立刻站起身來。請安相謝。賈大少爺也跟着請了一個安。劉厚守道。事情准定我去辦。但是我說個數目。你不要駁我。賈大少爺正在沉吟。黃胖姑把身子一挺。拿手把胸脯一拍道。你說我依你。劉厚守道。上頭不要錢。底下不好白難為他們。依兄弟的愚見。這分禮足值一萬。我們自己人。我亦不准他們多要。我們一底一面罷。一底一面門包側着賈不輕黃胖姑看着賈大少爺。賈大少爺看看黃胖姑。賈大少爺道。一底一面是多少。黃胖姑道。虧你一位觀察公。一底一面還不曉得。你送的東西面子上值一萬。這零零碎碎用的錢。也得一萬。賈大少爺意思嫌多。黃胖姑好勸歹勸。兩面竭力的磋磨。閻王好見小鬼難當劉厚守忽然又拿起喬來。說我那裡有工夫。替人家辦這些事。反面無情是小人的作用又禁不住黃胖姑再三相求。方纔講明八千銀子的門包。說明當晚就把禮物連門包送了進去。約賈大少爺明天下午去叩見。黃胖姑同賈大少爺見諸事俱妥。方纔別去。晚上又去赴了溥四爺的約會。一筆不漏席散之後。黃胖姑又趕到賈大少爺寓處。同作說客一樣。又叫他拿出幾千銀子。為的軍機上。不止華中堂一位。此外尚有三位。別處也得點綴點綴纔好。賈大少爺見他說得有理。只得應允。事情概託黃胖姑代辦。黃胖姑亦就勇於任事。自己一力承當。絕不推託。（或虛寫或實寫如畫松之一枝一榮雙管齊下）當下議定。明天頭一處。先到華中堂那裏。回來依着路再到那三家去。這四處見過之後。再託黑八哥帶領着去見他叔子。目下一面先託八哥同他叔子講起價錢。一切事情。都託了黃胖姑作主。賈大少爺又託胖姑。另外劃出幾百銀子送一般窮都老爺。免得他們說話。又敦囑送奎官老斗盧都老爺格外從豐。黃胖姑會意。一一允諾。因為一應大事。都已託他經手。所以也不在這小頭節目上剝削他了。（筆情如萬壑之歸川細大不遺）賈大少爺等胖姑回去。方纔歇息。一宵已過。次日起來。賈大少爺性子急。不等下午。忙着就去叩見華中堂。到了門上。劉厚守早已安排好的了。（向時黃胖姑之所謂裝腔乃於今日見之耳）其時中堂上朝未回。就留他在門房裡坐着等候。好容易等到正午。中堂從軍機上回來。便有幾個部裏的司官。跟着來找中堂畫稿。公事辦過。家人們趕着上去替他回。又等中堂吃過飯。方纔請見。（可知是早去之無用）賈大少爺曉得這位華中堂。乃是軍機上頭一個拿權的人。當今聖眷又好。不曉得見了面。要拿多們大的架子。手裏早捏着一把汗。誰知及至見面。異常謙和。（外面是謙和內裏着實很毒）朝他磕頭。居然還了一揖。因為賈大少爺送這四樣禮物。說明白是拜門的贄見。所以他口口聲聲呌老弟。當時坐下。先問老弟幾時到京的。又問老人家可好。又問老弟這個月裡可來得及引見。賈大少爺一一回答。未後華中堂又說到自己。從半夜裏忙到如今。一霎沒得空。如今上了年紀了。有點來不及了。我想擱下不做。上頭又不准我告病。（自己把持朝政還說未能息肩）賈大少爺回道。中堂是朝廷柱石。怎麼能容得中堂告病呢。中堂道。留着我中甚麼用。也不過像俗語說的。做一日和尚撞一天鐘罷了。就是拚性命去趕現在的事。也是弄不好的。（赤心為國誰能相諒）賈大少爺見題到國家大事。恐怕說錯了話。便也不敢多講。中堂見他無話。方纔端茶送客。賈大少爺出來。又趕着去見第二家。這位軍機大臣姓黃。乃是纔補的。他補的這個缺。就是周中堂讓給他的。周中堂因為自己做錯了事。保舉了維新黨。上頭不喜歡他。他就上摺子。說是自己有病。請開去各項差使。總算上頭念他多年老臣。賞他面子。准其所奏。就叫他入閣辦事。（入閣辦事不過一個伴食宰相）大學士雖然不曾開缺。然而聲光總比前頭差得遠了。閑話休題。單說這位黃大軍機。資格雖淺。辦事卻甚為老練。見了賈大少爺。先問貴庚。賈大少爺回稱三十五歲。黃大軍機道。英雄出少年。將來老兄一定要發達的。（勉勵新進正望年富有為）說完了也就送客。第三家拜的這位軍機姓徐。見面之後。到問了半天河南的情形。所問的話。無非是撫台的缺怎麼樣。藩台的缺怎麼樣。一年開銷若干。可餘若干。沒有一句要緊話。（留心缺分肥瘠正要周知外事）賈大少爺因為他是戶部尚書。現在正是府庫空虛。急於籌款之時。便說道。職道有一個理財條陳。尚未寫好。過天送過來。求大人的教訓。徐尚書道。現在有錢也要過。沒錢也要過。巧媳婦做不出沒米的飯。上頭催部裏。部裏催各省。他們有得解來。無非左手來。右手去。他們不解來。橫豎其過並不在我。（正所謂司農常熟世間荒）至於條陳。我這裏也不少了。空了拿過了消消閑。至於一定要說怎麼樣。我沒有這樣才情。等別人來辦罷。（宰相無理財之策何補時）

稟說完亦就送客。賈大少爺又趕到第四家。門上人回報。大人今天不見客叫他過天再來第二天去又未見着。第三天纔見的。賈大少爺因四處已用去銀子三萬兩。雖然都得見面。然而都是浮飄飄的。究竟如何栽培。毫無把握。（三萬金毫無實據漫云載寶而朝）心上着急。只得又去請教黃胖姑。胖姑道。老弟你這是急的那一門。等你引見過。你是明保人員。定要召見的。要有什麼好處。總在召見之後。等到召見之後。自然給你憑據。你不要嫌我多事。黑八哥叔叔那裏。他侄兒已經同他講好了。先送二萬銀子去見一面。（二萬金祇見一面豈真面上有金）如要放缺再議。賈大少爺道。多化幾萬銀子。算不得什麼。我這錢帶了來。原來預備化的。但是馬上總要給我一點好處。就是再多兩個我也拚得。黃胖姑道。老實對你講。要放缺。這兩個是不夠的。你要效驗。我同你說過的了。總要等到召見之後。想什麼好處。預先打定主意。去同黑大叔講妥。只要一召見上諭下來裏應外合。那時最便沒有。（仕途捷徑孰有再便於此）你如今聽我的話。包你一點冤枉路不會走。不是你老弟的事。我也沒有這大工夫去管他。（趁了人家的錢還是他的情分）叫他去撞撞木鐘。化了錢沒有用。碰兩個釘子再講。賈大少爺道。老哥。你說的話。我是知道的。我的事情托了你。這個月裏就要引見。日子狠快亦沒有幾天了。我看倒是黑大叔這條門路頂靠得住。（老公門路久已昭昭在人耳目）胖姑道。我的門路是沒有一條靠不住。設或靠不住。第二三遭誰來相信我。誰來找我。我就是你老弟。我同你交情再好些。你見我靠不住。你也不來找我了。（是第一個硬牌子）賈大少爺道。這些話不用講了。我相信你。倒時黑大叔那裏幾時去。黃胖姑道。這事就辦就辦。沒有什麼躭悞幾天的。八哥一囊來討回信。只要你定了主意。明天就叫他帶了你去見他叔子。賈大少爺道。橫豎你替我把銀子預備現成就是了還有別的主意麼。定教京洛緇塵金沙洒徧正說着黑八哥也來了。黃胖姑把他拉在一傍告知詳細。黑八哥過來說道。不瞞潤翁說。我們家叔。原是一個錢。不要的。這二萬銀子。不過賞賞他的那些徒弟們你不要疑心他老人家要錢。生不帶來死不帶去況又是沒後代的人要他做什麼就是我兄弟替人家經手。我們家叔亦早吩咐過。不准得人家一個錢。我們是知己。又是黃胖姑託了我我就帶你去見見。等我今天先把銀子拿了去。必須要把銀子先拿去然後好代他說話你明天不要過早。約摸一點之後。你到我家裏。我同你去見賈大少爺再三稱謝。自不必說。到了次日。賈大少爺如期而往黑八哥忙叫套車。說是家叔不能出來。只有到宮裏去見他。賈大少爺只好跟着他走。他叫下車就下車。他叫站住就站住。下車之後。一轉轉了幾十個灣。約摸走了十幾個院子。過了十幾重門。高高低低的台階。也不知走了多少。此是什麼所在如何好輕易進去他此刻戰戰兢兢并無心觀看院子裏的景緻。只有低着頭悶走。一走走到一個所在。黑八哥叫他站住廊簷底下等候。八哥自己到裏面院子裏。伺候的人却不少。都是靜悄悄的。一些聲息多沒有。此是什麼光景如何好有個閒雜人在裏頭八哥進去了半天。也不見出來。忽聽得裏頭吩咐了一句傳飯。但見有幾十個人。一齊穿着袍子。戴着帽子。一人端着一個盒子。也不知盒子裏裝的是些什麼。只見雁翅似的一個個挨排上去。又停了一會。裡頭傳洗臉水。那些人又把盒子一個個端了下來。賈大少爺曉得是上頭纔用過膳。但不知這用飯的是那一位。如用御膳一般足見權傾宮掖又停一刻。纔見黑八哥從裏頭出來。招呼他上去。賈大少爺頭也不敢抬。跟了就走。黑八哥把他一領。領到堂屋裏。只見居中擺着一張桌子。桌子上面坐了一個人。桌子上並無東西。只有一把小茶壺。一個茶鐘。上面那個人坐在那裏。自斟自喝。眼皮也不掀一掀。（活畫出一個權閹模樣倘非聖朝家法之嚴鮮不與明季魏閹一般）賈大少爺進來已經多時。他那裏還沒有瞧見。一面喝茶。一面慢慢的說道。怎麼還不進來。只見八哥躬身回道。賈某人在這裏叩見大叔。一面又使眼色給賈大少爺。叫他行禮。賈大少爺連忙跪下磕頭。黑大叔到此方拿眼睛往底下瞧了一瞧。（正眼瞧了一瞧已算着實銀子面上）連說請起。恕我年紀大了。還不動禮。老大給他個座位。坐下好說話。（賜他個坐位總算着實垂青）賈大少爺還不敢坐。黑大叔又讓了一次。方纔扭扭揑揑的。斜簽着身子。臉朝上。坐下半個屁股在椅子上。黑大叔便問他父親好。賈大少爺連忙站起來回答。又說父親給大叔請安。黑大叔聽了不自在。對他侄兒說道。他可是賈筱芝的少爺。不是。八哥回稱一聲。是。黑大叔又回過臉兒朝賈大少爺說道。你父親叫我大叔。你是他兒子。怎麼也叫我大叔。只怕輩分有點兒不對罷。說完哈哈大笑。（聲音笑貌足見權傾一世）賈大少爺一聽此言。惶恐無地。回答也不好。不回答也不好。楞了半天。剛要開口。黑大叔又同他侄兒說道。你領他到外頭去歇歇。沒有事情。可叫他常來走走。都是自己孩子們。咱亦不同他客氣了。（有此幾句已經抬舉到十二分地步了）賈大少爺聽說。只好跟了黑八哥。退了出來。他退出去的時候。還一步步的慢走。意思以為大叔總得起身送他。豈知黑大叔坐在那裏。動也不動。賈大少爺報着自己的名字。告別了一聲。只見大叔把頭點了一點。一面低了下去。連屁股並沒有擡起。在他已經算是送過客的了。此宰相還要尊貴。千古權奸如出一轍　賈大少爺出來。也不知黑大叔待他是好是歹。心上不得主意。凡自小鹿兒心頭亂撞。仍舊無心觀看裡頭的景緻。真是如入寶山空手回　跟着黑八哥一路出來。曲曲彎彎又走了好半天。方到停車的所在。仍舊坐了車。電掣風馳的一直出城。到得黃胖姑錢莊門口下車進去。此時黑八哥因有他事。並未同來。黃胖姑接着。忙問今天去見着沒有。賈大少爺回稱見着的。黃胖姑立刻深深作了一個揖。說道。恭喜恭喜。奸刁之極使人莫測　賈大少爺一面還禮。一面問道。見他一面有什麼喜在裏頭。黃胖姑道。你引見見皇上。倒有限。你能夠見得他老人家一面。談何容易。談何容易。八字下得沉重　見皇上未必就有好處。他老人家肯見你。你試試看。等到召見下來。你纔服我姓黃的。不是說的假話。倒也着罷哩　賈大少爺依舊將信將疑的。辭別回去。這時候離着引見的日期狠近了。一天到晚。除掉坐車拜客。朋友請吃飯。此外並無別事。一天正從拜客回來。順便攏到黃胖姑店裏。黃胖姑劈面說道。我正想來找你。你來的狠好。省得我多走一盪。賈大少爺忙問何事。黃胖姑道。有個機會在這裏。不知道你肯不肯。賈大少爺又問是什麼機會。黃胖姑伸手把他一把。拖到帳房裡面。低低的同他講道。不是別的。為的是上頭。現在有一個園子已經修得有一半工程了。賠款未清國債日重司空仰屋難嗟徧營此不急之務　但是款項還缺不少這個原是八哥他叔叔關照。說有甚麼外省引見人員。以及巨富豪商。只要報效他。都可以奏明上頭。給他好處。民窮財盡收括未已還欲動人爵位責人報効　朝廷還愉少了錢。蓋不起個園子。不過上頭的意思。為的是游玩所在。不肯開支正帑。這也是黑大叔上的條陳。開這一條路。准人家報効。民間蓋藏已空內府收貯又滿還缺別人賠青缺其遊玩我想你老弟。不是想放實缺嗎。趁這機會報効上去。黑大叔那裏我們是熟門熟路。他自然格外替我們說好話。你自己盤算盤算。依我看起來這個機會是萬萬不好錯過。千載一時事半功倍賈大少爺聽了。心上喜的發癢癢。又問道你包得住一定放缺嗎。黃胖姑道。這個自然拿不穩也。不來關照你了。你引見之後。第二天召見下來頭一條上諭軍機處存記。那是坐穩的。那是不消說了不只要第三天有什麼缺出。軍機把單子開上去。單子上有你的名字。裏頭有了這個底子。黑大叔再在旁邊一帮襯。這個缺還會給別人嗎。穩取荊州不怕落空賈大少爺道。設或是個苦缺怎麼樣呢。黃胖姑道。一分行情一分貨。你拚得出大價錢。他肯拿行貨給你嗎。這個賣買我們經手也不止一次了。如果是騙人。以後還望別人來上鈎嗎。如分而價千拿百穩一席話。更把個賈大少爺說得快活起來。賽如已經得了實缺似的。便問大約要報効多少銀子。這銀子幾時要繳。黃胖姑道。銀子繳的越快越好。早繳早放缺。至於數目看你要得個甚麼缺。自然好缺多些。壞缺少些。也提足先得隨意聽揀賈大少爺道。像上海道這門一個缺。要報効多少銀子呢。黃胖姑把頭搖了兩搖道。怎麼你想到這個缺。這是海關道。要有人保過記名。以海關道簡放。纔輪得着。然而有了錢呢。亦辦得到。隨便弄個什麼人保上一保。好在裏頭明白。沒有不准的。今天記名。明天就放缺。誰能說我們不是。看了銀子即記名放缺皆買到說什麼名器不可以借人至於報効的錢。面子上倒也有限。不過這個缺裏頭一向當他一塊肥肉。從前定的價錢。多則十幾萬。少則十萬也來了。現在這兩年聽說出息比前頭好。所以價錢也就放大了。新近有個什麼人要謀這個缺裏頭一定要他五十萬。他出到三十五萬。裏頭還不答應。（五十萬買一上海關道總要百萬家私纔能做此官）賈大少爺聽說。把舌頭一伸道。要報効這許多麽。黃胖姑道。你怎麽越說越糊塗。我不是同你說過。面子上有限。馮報効的錢。是面子上的錢。就是蓋造園子用的。你多報効也好。少報効也好。不過借此為名。總管好替你說話。至於所說的五十萬。那是裏頭大衆分的。你倘若不要上海道。再次一肩的缺。價錢自然也會便宜些。（放缺一定要錢所以沒有錢的人一世找不到印把子了）賈大少爺楞了半天。說道錢來不及。亦是沒有法想。（何不去與純陽祖師借點金石）但是使了這許多錢。總得弄個好點的缺。可以撈回兩個。（犯了本錢的官總要想利錢所以不要錢的官是沒有的了）黃胖姑道。五十萬呢。本來太多。而且人家一個上海道。做得好好的。你會化錢難道人家就不會化錢。你就是要人家也未必肯讓。現在我替你想。隨便化上十幾萬。弄他一個別的實缺。只要有錢。倒也並不在乎關道。你道如何。賈大少爺道。你是知道的。我一共滙來十萬銀子。已經用去一大半了。現在再要打電報給老人家。你曉得我們老人家的脾氣。我的事他是不管的。（本來父子不通財）現在至少再湊個十萬。纔夠使。而且還要報効。黃胖姑道。報効有了一萬儘夠的了。光安置裡頭。再有十萬也好了。現在只要你再湊十萬。我替你想法子。包你實缺到手。（何以見得）賈大少爺道。這個我知道。但是十萬銀子。從那裏去籌呢。意思想要黃胖姑擔保替他去借。同黃胖姑商量。（上門買賣）黃胖姑道。借是有處借。但是利錢大些。我們自己人不好叫你吃這個虧。（說得好聽）賈大少爺道。橫豎幾天就有實缺的。等到有了缺。還怕出不起利錢麽。只求早點放缺。就有在裏頭了。（只怕拿不定）黃胖姑聽罷。便不慌不忙。說出一個人來。你道這人是誰。且聽下同分解。

模稜人慣説模稜話　勢利鬼偏逢勢利交

却説賈大少爺因為要報效園子的工程又想走門子放實缺兩路夾攻尚短少十萬銀子之譜托黄胖姑替他擔保暫時挪借黄胖姑忽有所觸想着了一個人你道是誰就是上回書所説黑八哥請吃飯在座的那個時筱仁時太守（足見上文下此一句不是閒筆）這位時太守本來廣有家財此番進京引見也滙來十幾萬銀子預備過班上兑之後帶着謀幹只因他這個知府是在廣西邊防案内保舉來的雖然他自己並沒有到過廣西然而仗着錢多上代又有些交情因此就把他的名字保舉在内（保舉不必一定到省只要講銀子交情近時通病）其實這種事情各省皆有並不稀奇至於他那位原保大臣是一個提督軍門一直在邊界上帶兵防堵近來為着尅扣軍餉保舉不實被都老爺一連參了幾本奉旨革職押解來京治罪（為下文待罪天牢伏線）這道聖旨一下早把時筱仁嚇毛了這時筱仁初進京的時候拉攏黑八哥拜把子送東西意思想拚命的幹一幹（虛寫幾筆補上文所未有）等到得著這個風聲嚇得他把頭一縮非但不敢引見並且不敢拜客終日躲在店裏惟恐怕都老爺出他的花樣（杯弓蛇影自起猜疑）等到夜裏人靜的時候一個人溜到黑八哥宅裏同八哥商量託八哥替他想法子八哥道現在是你原保大臣出了這個岔子連你都帶累的不好我看你還是避避風頭過一陣再出來的為是就是我們家叔雖然不怕甚麽都老爺然而你是一

個知府。還不夠上他老人家替你到上頭去說話。(索性嚇他一嚇然後好轉他的念頭)時筱仁聽了這話。覺著沒趣。因此便與黑八哥生疏了許多。黃胖姑的消息。是頂靈不過的。曉得他有銀子存在京裏。一時不便拿出來使用。便把他拉來。叫他借錢與賈大少爺。自已於中取利。(早已算計停當)(借花獻物又得花息)主意打定。一便說道。人是有一個。不過人家曉得你辦這種事情。利錢是大的。賈大少爺問要多少利錢。黃胖姑道。總得三分起碼。賈大少爺嫌多。黃胖姑道。你別嫌多。且等我找到那個人來問他願意不願意再講。(樂得推托)賈大少爺道。如此拜託費心了。當時別去。說明明日一早來聽回音。等他去後。黃胖姑果然去把時筱仁找了來。先寬慰他幾句。又替他出主意。勸他忍耐幾時。所說的話。無非同黑八哥一樣。(看中他的銀子總要冷了他的心腸)慢慢的纔說到他的錢。放在京裏錢莊上。以前所為著就要提用。諒來是沒有利錢的。現在一時既然用不著。何如提了出來。到底可以尋兩個利錢。總比乾放著好。不比錢少。十幾萬銀子。果然放起來。就以五六釐錢一月而論。卻也不在少處。大約你一個月在京裏的澆裏。連著揮霍也儘夠了。(有了銀子不愁用度何必一定要做官)一句話提醒了時筱仁。心中甚以為是。但不過五六釐錢一個月。還嫌少。一定要七釐。黃胖姑暫時不答應他。(最奸刁是市儈)等到第二天。賈大少爺來討回信。便同他說。銀子人家肯借。利錢好容易講到二分半。一絲一毫不能少。訂期三個月。人家不相信。你要我出立憑據。必須由我手裏借給你。將來你不還錢。人家只問我要。(移花接木是沒本錢的生意)老弟這事情是我勸你辦的。好處你得。這副十萬銀子的重擔。卻在愚兄身上。但是小號裏股東。並不是愚兄一個。如今要小號出這張票子。你得我個保人。不是做愚兄的不相信你。為的是幾個股東跟前。有個交代。要他保人還說子在自己身上據賈大少爺一聽利錢只要他二分半。已比昨天寬了半條心。幸虧他會拉攏。親戚世誼當中。很有幾個有名望的在京。出錢買缺。又是當今通行之事。因此大家不以為奇。倒反極力慫恿。當時就有幾位出來做保。好防後來逃不出有著落不怕逃到天上去自己又不消與他反臉黃胖姑又把時筱仁找了來。由本店出立存摺給他。時筱仁更覺放心。但是黃胖姑一口咬定。利錢只有五釐半。一轉手即賺上一分九釐半利錢所以招牌門口亦是要緊時筱仁只好由他。閒話休題。且說賈大少爺錢已借到。又會過八哥幾面。八哥滿口答應。說一切事情。都在兄弟身上。只怕有些拿不穩看看已到了引見之期。頭天赴部演禮。一切照例儀注。不容細述。這天賈大少爺起了一個半夜。坐車進城。同班引見的會著了好幾位。在外頭等了三四個鐘頭。一直等到八點鐘。纔有帶領引見的同官老爺把他們帶了進去。不知道走到一個甚麼殿上。司官把袖了一摔。他們一班幾個人在台階上一溜跪下。離著上頭約摸有二丈遠。曉得坐在上頭的就是當今了。堂簾高拱不甚分明當下逐一背過履歷。交代過排場。司官又帶他們從西首走了下來。他是道班。又是明保的人員。當天就有旨叫他第二天預備召見。又要謝恩。咫尺天顏龍光纔近又要到各位軍機大人前稟安。真是忙個不了。賈大少爺雖是世家子弟。然而今番乃是第一遭見皇上。雖然請教過多人。究竟放心不下。天日威嚴如何不懔當時引見了下來。先見著華中堂。華中堂是收過他一萬銀子古董的。見了面。問長問短。甚是關切。後來賈大少爺請教他道。明日朝見。門生的父親是現任臬司。門生見了上頭。要碰頭不要碰頭。華中堂沒有聽見上文。只聽得碰頭二字。連連回答道。多碰頭。少說話。是做官的秘訣。（所問非所對一如不問）賈大少爺忙分辯道。門生說的是上頭問著門生的父親。自然要碰頭。倘若問不着。也要碰頭不要碰頭。華中堂道。上頭不問你。你千萬不要多說話。應該碰頭的地方。又萬萬不要忘記不碰。就是不該碰。你多磕頭。總沒有處分的。（愈說愈支離）一夕話說的賈大少爺格外糊塗。意思還要問。中堂已起身送客了。賈大少爺只好出來。心想華中堂事情忙。不便煩他。不如去找黃大軍機。黃大人是纔進軍機的。你去請教他。或者肯賜教一二。誰知見了面。賈大少爺把話纔說完。黃大人先問你見過華中堂沒有。他怎麽說的。賈大少爺照述一遍。黃大人道。華中堂閱歷深。他叫你多碰頭少說話。老成人之見。這是一點兒不錯的。（已經領教說他作甚）兩句話。亦沒有說出個道理。賈大少爺無法。只得又去找徐大軍機。這位徐大人。上了年紀。兩耳重聽。就是有時候聽得兩句。也裝作不知。（真是問道於盲）他生平最講究養心之學。有兩個訣竅。一個是不動心。一個是不操心。（寔把個心養成槁木死灰）（要他何用）那上頭見他不動心。無論朝廷有什麽緊要的事。請教到他。他絲毫不亂。跟着衆人隨隨便便。把事情敷衍過去。回他家裏。依舊吃他的酒。抱他的孩子。那上頭見他不操心。無論朝廷有什麽難辦的事。他到此時。只有退後。並不向前。口口聲聲反說年紀大了。不如你們年輕人辦的細到。讓我老頭子休息休息罷。他當軍機上頭是天天召見的。他見了上頭。上頭說東。他也東。上頭說西。他也西。每逢見面。無非是是是。者者者。（所謂扯順風旗）倘若碰着上頭要他出主意。他怕用心。便推頭聽不見。只在地下亂碰頭。（一派裝聾作啞樂得安閒自在）上頭見他年紀果然大了。鬍鬚也白了。

也不來苛求。他往往把事情交給別人去辦。後來他這個訣竅被同寅中都看穿了。大家就送他一個外號。叫他做琉璃蛋。他到此。便樂得不管閒事。（理亂不知黜陟不閒好比山中宰相）大眾也正喜歡他不管閒事。好讓別人專權。因此反沒有人擠他。（隨光混俗處亂世的妙法）表過不題。這日賈大少爺因為明天召見。不懂規矩。雖然請教過華中堂黃大軍機。都說不出一個實在。只得又去求教他。見面之後。寒暄了兩句。便題到此事。徐大人道。本來多碰頭是頂好的事。就是不碰頭也使得。你還是應得碰頭的時候你碰頭。不應得碰頭的時候還是不必碰的為妙。（浮光掠影不落痕跡）賈大少爺又把華黃二位的話述了一遍。徐大人道。他兩位說的話都不錯。你便照他二位的話看事行事最妥。（原來是一鼻孔出氣所以能夠同舟共濟）說了半天。仍舊說不出一毫道理。又只得退了下來。後來一直找到一位小軍機。也是他老人家的好友。纔把儀注說清。第二天召見上去。居然沒有出岔子。等到下來。當天奉旨是發往直隸補用。便交軍機處存記。（化了幾萬銀子買此兩句）這幾天黑八哥一天好幾盪來找他。黃胖姑也勸他。上緊把銀子該報効的報効。該孝敬的孝敬的。早些送進去。倘或出了缺。黑大叔在裏頭。就好替你招呼。（何以見得）賈大少爺亦以他二人之言為然。當時算了算。連前頭用剩的。以及新借的。總共有十三萬五千銀子。當下黃胖姑替他分派。報効二萬兩。孝敬黑大叔七萬兩。再孝敬四位軍機二萬兩。餘下二萬五千兩。以二萬作為一切門包使費。經手謝儀。以五千作為在京用度。（財去身安樂）賈大少爺聽了。甚為入耳。滿心滿意。以為這十幾萬銀子用了進去。不到三個月。一定可以得缺的了。（不要或然拿穩）且說此時周中堂雖然告退出了軍機。接連請假在家不問外邊之事。然而京報是天天看的。（一向冷了許多時今朝又出現了）一日看見奉旨叫賈某人預備召見。召見之後。又奉旨發往直隸補用。又交軍機處存記。忽然想着了他。說道賈筱芝的兒子。乃是我的小門生。他自從到京之後。我這裏祇來過一盪。以後沒有見他再來。明天要請幾個門生吃飯。順便請請他。他這盪進京。總算得意。同他聯絡聯絡。臨走的時候。還好問他借兩伯銀子。（背時人只轉背時念頭）主意打定。就順便多發了一副帖子。約他到宅中吃飯。賈大少爺於這位老太師跟前久已絕跡的了。（空谷那得有足跡）齊頭帖子來的時候。正因為得了軍機處存記。曉得是黑大叔同幾位軍機大人的栽培。意思正想要請請八哥。託他約個日子。帶領進宮謝大叔恩典。（受爵公朝拜恩私室）忽然見管家拿了周中堂的帖子進來。賈大少爺看過。是約明午吃飯。心上一個不高興。隨嘴說了一句道。明午我自己要請客。我那里有工夫去擾他。（倘然念着捏函騙差之事亦當雪中送崟炭）管家問怎麼回覆來人。賈大少爺道。帖子留下。明天推頭有病不去就是了。（與孟子辭齊王一樣推頭兩樣用意）管家自去回覆來人不題。這裏賈大少爺忙寫信約黑八哥明午館子裏一敘。叫管家即刻送去。管家到黑宅的時候。剛剛黃胖姑拿了七萬銀子的銀票。又二萬銀子的報効。連費用交代八哥。托八哥替他去求大叔。八哥一算。銀子一共祇有九萬。忙問道。不是他專為此事。問時某人借過十萬。怎麼你祇拿九萬來呢。（一網打盡久已目無餘子）家叔跟前為得要個整數。少了拿不出手。咱們自己人。我不瞞你。你有了他還有咱呢。（貪心不足蛇吞象）黃胖姑一聽口音不對。連忙替賈大少爺分辨說道。實在沒有錢。好容易借了十萬。拿一萬替他老太爺還了八千銀子的賬。餘下二千做京裏的澆裹。好在他多孝敬少孝敬。大叔肚子裏。總有分寸就是了。（難為他幫重言甘）黑八哥聽了。甚為失望。面子上頓時露出悻悻之色。（翻雲覆雨正是此輩）正說話間。門上人傳進賈大少爺約明午吃飯的信。黑八哥正是滿肚皮不願意。看了信。隨手把信一摔道。我那裏有工夫去擾他。（然則十一萬銀子真泥沙之不若矣）黃胖姑見黑八哥動了真氣。於是左一個揖右一個揖。連連說道。這一遭是兄弟効力不週。總求你担代一二。以後補你的情。就是了。黑八哥一時雖不願意。究竟因為他經手的賣買多。少他不得。一時也不便過於回絕他。（所謂不看僧面看佛面）歇了半天。纔說道。胖姑這遭事。虧得是你經手。叫咱也不好意思的。同你翻臉。若是換了別人。我早把這九萬銀子。摔在大門外頭去了。看你還有臉再到我的門上來。（果然如此也省他幾個）黃胖姑聽說。連忙又作一個揖道。多謝八哥栽培。你老人家同我鬧著玩。我是禁不起嚇的。早已嚇了一身大汗。連小褂都汗透了。（險些把自己的賣買打掉）倒是賈潤孫他請你吃飯。也是他一番盛意。總還求你賞他一個臉。去擾他一頓。等他也好放心。（原來請酒是賽過討此条）黑八哥至此。方教把信留下。叫手下人回覆來人。同他說我明天一準到就是了。黃胖姑從黑宅出來。先去拜賈大少爺。見面之後。不好說黑八哥同他起初翻臉。怕的是賈大少爺笑他。（也算費他一番苦心）只好說。現在裏頭開銷很大。黑大叔拿了你這銅錢。統通要開銷給別人。如今七萬銀子不夠。黑八哥一定不肯收。後來虧了我好說歹說。又私下許了他些好處。他纔答應替我們竭力去幹。你道辦事煩難不煩難。（也是寔話）老弟你幸虧這事。是托愚兄經手。倘若是別人。還不曉得如何煩難呢。（總要賣弄自家權勢）賈大少爺自然連稱費心。感激不題。一宵易過。便是天明。賈大少爺。清晨起來。先寫一封信給周中堂。推頭感冒不能趨陪。等到病好。即來請安。將信寫好。叫人送去。周中堂本來很有心。於他。見他不來。不免失望。然又想拉攏他。隨手交來人帶回一信。說世兄既然欠安。不好屈駕。等到清恙全愈。就請便衣過來談談。（背時人著實謙虛要好無奈要好不上）賈大少爺拆開看過。鼻子裏嗤的一笑道。我自己事情還忙不了。那裏有工夫去會他。（得著風便要扯足蓬）說完。把信丟在一邊。自己卻到館子裏去。請黑八哥吃飯。等到黑八哥來到。賈大少爺先題起這番記名。全是大叔栽培。心上感激得很。意思想求老哥帶領進去。當面叩謝。黑八哥道。家叔事情忙。等我進去說明白了。約好日子。再來關照。（亦是事所當然）賈大少爺不免又是連連稱謝。八哥這天吃飯下來。因事進宮。順便說賈大少爺要進來叩謝的意思。說了。黑大叔道。賈筱芝的兒子。也過於囉嗦了。有了機會。咱自然照應他。咱一天到晚事情忙不了。那裏有工夫去會他。（豈知人家眼睛看大不放他在眼裏）的黑八哥見他叔叔推頭沒有工夫見賈大少爺。生怕出來被賈大少爺瞧他不起。說他連這點手面都沒有。面子上落不下去。但是他叔子的脾氣。一向是知道的。既然說過沒有工夫。也不便一定逼著他見。（好歉我左右做人難）只好一聲不響。垂手侍立。一站站了約摸有半點多鐘。他叔子見他不走。又不言語。便說道。你得了姓賈的多少錢。這樣的替他幫忙。（難道怕人家染指）八哥走上兩步。朝他叔叔打了一個千。說道。姪兒替人家經手事情。一向不敢問人家多要一個錢。大叔只管查問。倘然姪兒多拿了一個錢。聽憑大叔要拿姪兒怎麼辦就怎麼辦。姪兒是死而無怨。（此是破他疑心）現在賈筱芝的兒子。他這銀子是的的確確的借來的。如今姪兒把他帶進來。叫他見過大叔一面。非但他自己放心。就是那借銀子給他的那個人聽見了也放心。曉得他這銀子已經交了進來。不久總要得好處的。（此是說人家難處）黑大叔道。難道銀子放在我這裏他們還不放心嗎。（此是倚仗自己權勢）八哥道。放心還有甚麼不放心。就是姪兒替人家經手至今也不止一次了。何曾誤過人家的事。（此言不怕人家寒心）但是咱們的賣買是一年到頭做的。來京引見的人有幾個腰裏常常帶著幾十萬銀子。不過也是東挪西借。得了缺再去還人家。如今並不是要大叔馬上給他好處。只求大叔賞他一個臉。再見他一面。人家出了銀子。心上也安穩了。（此言要顧諒人家苦心）黑大叔一聽這話不錯。但是一時自己又掉不過臉來。只好說道。你們這些孩子真正沒有經過事。七八萬銀子。算得什麼。只顧來同我纏。我若是不答應你。怕的你今天沒有臉出去。就是出去了。也見不得姓賈的。（看透人情）現在你去同他說罷。叫他後天來見我。說完。黑大叔踱了進去。八哥到此。正如奉了聖旨一般。出來之後。立刻叫人去通知黃胖姑。叫黃胖姑轉諭賈某人。叫他後天一早前來伺候。一同進去。不得有誤。（此召見事是要緊）黃胖姑也不敢怠慢。自己不得空。又怕傳話的人說不清楚。特地叫人把個賈大少爺找了來。鄭重其事的把黑八哥的話。傳給了他。賈大少爺自然感激不盡。等到回家。剛跨進門。只見管家拿了一張大名片進來。上面寫著候選知縣已信六個小字。（百忙中跑出一姓已來來得突兀）賈大少爺看過。連說我並不認得此人。他為什麼要來找我。管家道。家人也問過他。他說他的胞兄是華中堂那裏的西席。他曉得老爺不久就有喜信。本已求過中堂。要薦到老爺這裏來。是中堂叫他令兒先來的。賈大少爺道。有信沒有。管家道。家人亦問過他。既然是中堂薦來的。應得有中堂的薦信。他說沒有。又說等你們大人見了面他自然曉得的。（雖如此說終是無因至前）賈大少爺道。不要是撞木鐘罷。（明月之璧夜光之珠以暗投人於道終莫不按劍相眄者）既然是華中堂薦來的。多少一個條子總有。為什麼空著手來見我呢。既而一想他說我不久就有什麼喜信。或者果是他們老夫子的兄弟。打著中堂的旗號。前來找我。也未可知。我不如請他進來。見機行事。（幸虧有此一想否則豈不得罪了人家）主意打定。就吩咐得一聲請。一雲管家引了那人進來。卻是靴帽袍套。（何以如此起居）賈大少爺先想穿了便衣出去相會。惟恐他果是華中堂薦來的。或者中堂真有什麼吩咐。生怕簡慢了他。便是簡慢中堂。（初念本是）又想倘然穿了官服去會他。設或他並不是中堂什麼世交故誼。豈不是我自己褻瀆自己。而且他是知縣。我是觀察。畢竟體制所關。（轉念又錯）想了一會。於是仍舊穿著便衣。叫家人取過一頂大帽子戴上。（末後卻是權宜）然後出來相見。那姓包的見面之後。立刻爬下行禮。（何以要行此大禮）賈大少爺雖然一旁還禮。卻先爬起來。等到坐定。動問台甫履歷。姓包的自稱賤號松明。敝省山東濟甯州人。卑職的胞兄號叫松忠。是前科的舉人。上年就在老中堂家坐館。卑職原先也在京城坐館。去年由五城獲盜案內。保舉了候選知縣。往常聽見家兄說起。大人不日就要高升。馬上得實缺的。所以卑職就託了卑職的胞兄求了中堂。想來伺候大人。求大人的栽培。（一如龐統初見劉先主匿去真情）賈大少爺道。你見過中堂沒有。包松明道。見是見過幾面。（說得清描淡寫）賈大少爺道。中堂有信沒有。包松明道。卑職原想求中堂賞封信。昨天見著中堂。中堂說。你先去見他。我隨後寫信送來。所以卑職今天來的。後來卑職出來的時節。中堂叫帶個信給大人。叫帶口信確有來歷賈大少爺一聽中堂託他帶信。不禁又驚又喜。忙問中堂有什麼見諭。包松明道。中堂說大人上回送的那對烟壺。中堂很喜歡。把自己所有的拿出來比了一比。竟沒有比過這一對的。但是中堂的意思。很想照樣再弄這樣一對纔好。冷灰內爆出熱栗子來情形可想該多少錢。他老人家都不可惜。叫人家不可惜費到說自己不惜錢明示不肯賤售賈大少爺一聽中堂賞識他的烟壺。立刻眉花眼笑。曉得包松明與中堂交非泛泛。所以纔把這話交代於他。於是同包松明言長言短。又要留他在寓裏吃飯。又說本來兄弟久慕得很。極想常常請教一切。又說現在兄弟還未得缺。一切簡慢。將來外放之後。另外盡情。又問貴寓在那裏。寶眷在京不在京。可以搬在兄弟這兒一塊住。僧來看佛面不得不如此殷勤包松明把不得如此。一一答應。連說家眷不在這裏。賈大少爺便吩咐管家。立刻把西廂房王師爺的床。移在下首。你們門房裏。王師爺住的地方。另外擺張床。去把包大老爺的行李。搬了來。即刻就去。不准躲懶。要是誤了包大老爺的差事。你們這些王八蛋。一齊替我滾出去。不是喜新厭故亦不致招非惹禍張羅了半天。包松明起身告別說要先到中堂跟前去覆過命。回來就搬過來。賈大少爺又再三叮嚀了幾句。方纔進來。一心只想著包松明。說中堂賞識他的烟壺。曉得銀子沒有白化。不久必有好處。却忘記把中堂還要照樣再弄一對的話味一味。見利而不見害總是利慾迷心一團高興。便想去告訴黃胖姑。忙喚套車。到了前門大柵欄。黃胖姑開的錢莊上。會著了胖姑。按照包松明說的話。述了一遍。黃胖姑聽了。只是拿手摸著下把頦。一言不發。老奸歷盡世途識透此中訣竅賈大少爺莫明其妙。忙又問道。包松明說的話。很有道理的。確是中堂薦來的。但是怎麽連個薦條都沒有呢。黃胖姑微微笑道。大人先生這些事情。豈肯輕容易落筆。（不是周中堂背時之人直言相告你那得借此揑信騙差徼倖一時）你送他烟壺。他都肯同姓包的說。這姓包的來歷就不小。你如何發付那姓包的呢。賈大少爺便把留他住的話說了。黃胖姑道。很好。到是姓包的後頭那句話。你懂不懂。賈大少爺茫然。黃胖姑道。中堂的意思。還要你報効他一對呢。（一個啞謎兒被粗心人生吞硬咽）賈大少爺道。我報効過了。黃胖姑道。我也曉得你報効過了。他說中堂心上還想照樣再弄這們一對。他不是點著了你。仍舊要你孝敬他。倘若不想到了你。他為什麽要把這話。叫姓包的來傳給你呢。（如聞清夜之鐘發人警醒）賈大少爺聽了這話。手摸著脖子。一想不錯。（指破愚迷汗流浹背）躊躇了半天。說道。銀子多也化了。就是再報効一對也有限。但是到那裏照樣再找這們一對呢。（終久癡迷到底）黃胖姑沈思了一回道。你姑且再到劉厚守鋪了裏瞧瞧看。（點破迷津引發覺路）賈大少爺一聽他話不錯。好在相去路不多遠。立刻坐了車去找劉厚守。見面寒暄之後。題起要照前樣再買一對烟壺。劉厚守故作躊躇道。我的大爺。前一對還是彼此交情。讓給你的。叫我那裏去照樣替你去找呢。現在的幾個闊人。除掉這位老中堂。你又要去送誰。（故意作難得妙）賈大少爺。正想告訴他。原是華中堂所要。既而一想。怕他借此敲竹槓。話在口頭。仍舊縮住。慢慢的道。是我自己見了心愛。所以要照樣買這們一對。（此時也會使乖）劉厚守是何等樣人。而且他這店就是華中堂的本錢。他們裏頭息息相通。豈有不曉得之理。他既不談。也不追問。（串通一氣愚弄癡人）歇了一會說道。有是還有一對。是兄弟留心了二十幾年。纔弄得這們一對。原想留著自己玩。不賣給人的。如今彼此相好。也說不得了。（只怕你前頭所賣的並沒有送進去一毫不動還在這裏）賈大少爺一聽他還有。不禁高興之極。連說如蒙厚翁割愛。要多少價錢兄弟送過來就是了。劉厚守只要他一句話。立刻走到自己常坐的一間屋裏。開開抽屜。取了出來。交給賈大少爺。賈大少爺托在手上一看。誰知竟與前頭的一對。絲毫無二。看了半天。連說奇怪。怎麼與前頭買的一對一式一樣。竟其絲毫沒有兩樣呢。（原來八千另六十三個個個如此否則偌大京城不要說一時選不出許多來況在一家舖了嗎）劉厚守立刻分辯道。這一對比那一對好。怎麼是一樣。前頭一對。你是二千兩買的。這一對。你就再加兩倍。我亦不賣給你。（早說過價錢要飛漲）賈大少爺道。依你要多少。劉厚守道。一個不問你多要一文。也不能少。我的。你拿八千銀子來。我賣給你。（頓漲三倍並不為過）賈大少爺道。倘然是另外一對。果然比前頭的一對好。不要說是八千。連一萬我都肯出。現在仍舊是前頭的一對。怎麼要我八千呢。（你辯得強詞奪理原來你還不知此中訣竅）劉厚守道。你一定說他是前頭的一對。我也不來同你分辨。你相信就買。不相信。我留著自己玩。說著把這烟壺收了進去。（拆穿西洋鏡講難道你還不知道）賈大少爺坐著無趣。遂亦辭了出來。仍舊趕到黃胖姑店裏。黃胖姑見面就問烟壺可有。賈大少爺道。有是有一對。同前頭的絲毫無二。據我看起來。很疑心就是前頭的一對。黃胖姑不等他說完。忙插嘴道。既然有此一對。就該買了下來。賈大少爺道。價錢不對。（原來還是夢裏）黃胖姑問多少價錢。賈大少爺道。他問我要八千。黃胖姑便道。八千不算多。就是八萬。你也要買的。（此等傻子也值得同他講真話）賈大少爺忙問其故。黃胖姑歎一口氣道。咳。你們只曉得走門子送錢給人家用。連這一點點精微奧妙。還不懂得。（如同木頭人講話總算同他要好朋）

（切指教他）賈大少爺聽了詫異。一定要請教。黃胖姑便告訴他道。你既然認得就是前頭的一對人家。拿你當傻子。重新拿來買給於你。你以傻子自居。賣了下來。再去孝敬。包你一定得法的就是了。（一定要說得搗穿墻子春穿壁）說到這裏。賈大少爺也就恍然大悟。想了一想說道。仍舊要我二千也夠了。一定要我八千。未免太貴了些。黃胖姑把頭一搖道。不算多。他肯說價錢。這事情纔好商量。賈大少爺還要再問。黃胖姑道。你也不必多問。我們快去買了下來。再配上幾樣別的古董。仍舊託劉厚守替我們送了進去。老弟。不是愚兄誇口。若非愚兄替你開這一條路。你這路那裏去找呢。（現成門路不會走說什麼鑽門子）說著。兩人一塊兒坐車。又去找到劉厚守。把來意言明。劉厚守開嘴笑道。我早曉得潤翁去了。一定要回來的。如今連別的東西我都替你配好了。取出看時。乃是一一個搬指。一個翎管。一串漢玉件頭。總共二千銀子。連著烟壺一共一萬。（不過要人家再孝敬萬兩何必做此圈套）一賈大少爺連稱費心。黃胖姑便說銀子由我那裏划過來。當下又議定三千兩銀子的門包。（門包）（倒比前難些）仍託劉厚守一人經手。諸事就緒。賈大少爺方纔回寓。下車進門。便問包大老爺的行李。搬了來沒有。管家回道。搬了來了。又問牀鋪好了沒有。管家回道。王師爺出去了。家人們不好拆他的牀。等他回來。纔好動他的。賈大少爺便罵混漲王八蛋。你們吃我的飯。還是吃姓王的飯。管家們不敢做聲。賈大少爺又問包大老爺來過沒有。管家們回來過一次。又去了。賈大少爺又罵管家不會辦事。替我得罪人。姓王的是你們那一門的祖宗。不敢得罪他。（莫說寒士易欺只怕人家要打把不平）一頭說。一頭走到師爺住的屋裏。親自動手去掀王師爺的鋪蓋。管家們也只好幫著下帳子。捲鋪蓋。賈大少爺直等看着把包老爺的帳子挂好。被褥鋪好。方纔走去（初進門如此抬舉只怕將來要尾大不掉）列位曉得。這位王師爺是個什麽人。他原是浙江杭州秀才。乃是賈臬台做浙江糧道時書院取過高等的。故此就拜了門。也無非竭力仰攀。以圖後來提拔的意思。賈臬臺倒也很賞識他。就把他帶到河南。一直留住在衙門裏。（也算是個得意門生）齊巧兒子得了保舉進京。賈臬台就把這人交代兒子道。你把他帶了去。有什麽往來信札。請客帖子。可以叫他寫寫。（況又重以父命）因此他所以纔跟了賈大少爺進京。上文說的一位代筆師爺。就是他了。祗因他的為人。過於拘執了些。所以東家不大喜歡。（所以為人第一要圓通）他是杭州人。說起話來。姐的姐的。全是土音。（操土音原是不忘本）有點上不得臺盤。所以東家更覺犯他的惡意。（不過不會隨機應變趨炎附勢罷了）思想辭他館。打發他回去。已非止一日了。（窮途白眼幾有托足無門之悲）這天賈大少爺因他不在家。又急於要巴急包老爺。所以趁空自己動手。搬他的鋪蓋。誰知搬到一半。他剛剛從外頭回來。在門帘縫裏張了一張。見是如此。這一氣非同小可。（不合則去士可殺而不可辱今見辱如此那得不氣）要知後事如何。且聽下回分解。

三編卷二十七

假公濟私司員設計

因禍得福寒士捐官

却說賈大少爺正在自己動手掀王師爺的鋪蓋。被王師爺回來從門縫裏瞧見了。頓時氣憤填膺。怒不可遏。（人非草木那得不氣）但是他的為人。一向是忠信慣的。要發作一時又發作不出。（情感使之然也）他是杭州人。別處朋友又說不來。每日沒有事的時候。一定要到仁錢會館裏走走。同兩個同鄉親戚談談講講。吃兩頓飯。借此消悶。（異地相逢倍形知己）這天也正從會館回寓。一見東家如此待他。曉得此處不能存身。便獨自一人踱出了門。在街上轉了幾個圈子。（蹀躞街頭一籌莫展）意思想把行李搬到會館裏住。一來怕失脫館地。二來又怕同鄉恥笑。倘若仍舊縮轉來。想起東家的氣燄。實在令人難堪。（宰相背時尚不在他眼裏何況寒士）而且叫他與管家同房。尤其逼人太甚。（不揮諸門外還算留情）想來想去一籌莫展。正在為難的時候。不提防背後有人拿手輕輕的在他肩膀上拍了一下。王師爺陡吃一驚。回頭一看。不是別人。正是他同鄉同宗王博高。（淪落他鄉偏逢知己）這王博高乃是戶部額外主事。沒有家眷在京。因此住在會館之中。王師爺是天天同他見面的。王博高這天傍晚無事。偶到騾馬市大街一條胡同裏看朋友。不提防遇着王師爺。低頭着。一個人在街上亂碰。等到拍了他一下。又見他這搬吃驚的樣。（冷眼旁觀）便也疑心起來。王博高是個心直口快的。劈口便問你有什麼心事。一個人在街上亂碰。王師爺見他問到這句。不禁兩隻眼直勾勾的朝他望了半天。一句話也說不出。（滿肚委曲欲訴無由）王博高性子素来燥急。見了這樣。心上更為詫異。（舉動失常必有緣故）便道你這樣子。不要是中了邪罷。快跟我到會館裡去請個醫生替你看看。（以邪引邪倒不得不防）王師爺也一聲不響。於是王博高雇了一輛站街口的轎車。扶他上車。自己跨沿。一拉拉到仁錢會館。扶他下車。走到自己房間。開門進去。王師爺一見了牀。倒頭便睡。（一法要疑心着魅了）王博高去問他。只見他呼嗤呼嗤的哭個不了。（哭出來了有了性命了）王博高頂住問為什麼哭。死也不肯說。再問問他。只怪自己的命運不好。（千寃萬苦一時無從說起）王博高道。你再不說。你快請罷。我這牀上不准你困了。如此一逼。王師爺纔一五一十的說了出來。還再三叮囑。王博高叫他不要做聲。怕同鄉聽見笑話。（然則你不遇俠腸恐一輩子不得出氣了）王博高不等他說完。早已氣得三尸神暴躁。七竅內生烟。連說這還了得。他有多大的一個官。竟其拿朋友不當朋友。與奴才一樣看待。這還了得。眼睛裏也太沒有人了。我頭一個不答應。明天倒要約齊了同鄉。叫了他來。同他評評理。（快人快語有拔劍斲案之概）王師爺一見王博高動氣。馬上伏在牀上哀求道。你快別嚷了。總是我嘴快的不好。我告訴了你。你就嚷了出來。無非我的館地更辭的快些。眼望着要流落在京裏。你又不是寬裕的。誰借盤川給我回杭州呢。（迂拙如此無怪乎一世不發蹟了）王博高道。這種館地。你還要戀着。怕得罪東家。無怪乎被東家看不起。如今這事情既然被我們曉得了。我一定要打一個抱不平。你怕失館。我們大家湊出錢來。送你回杭州。（好安他的心）王博高一面說。一面叫自己的管家去到賈大人寓處替王老爺把鋪蓋行李搬了出來。（索性絕了他的念頭）一面又把這話。統通告訴了在會館住的幾個同鄉。大家都抱不平。如此張羅難得他行俠仗義 一霎時。王博高的管家。取了行李鋪蓋回來。王博高問管家瞧見賈大人沒有。管家回道。小的走到賈大人門上。把話告訴了他門口。他的出口上去回了賈大人。把小的吽了上去。朝着小的說。這是姓王的自己辭我的。並不是我辭他的。我辭他。我得送他盤川。打發他回去。他辭我。一定另有高就。我也不同他客氣了。正要你不客氣好出你花的樣 王博高道你說甚麼呢管家道小的同他辯甚麼拿着鋪蓋行李回來就是了也只得不辯而辯 王博高聽了愈加生氣。說他太瞧不起我們杭州人了。明天上衙門。倒要把這話告訴告訴徐老夫子。吽個人去問他看他在京裏還站得住站不住。死人旁邊有活鬼不要欺人家無仗腰子把人家騰蹋 列位看官。你道王博高說的徐老夫子是誰。就是上文所說綽號玻璃蛋。那位徐大軍機。他正是杭川人。現為户部尚書。王博高齊巧是他部裏的司官。王博高中進士時。却又是他的副總裁。所以稱他為徐老夫子。但是這位徐大人。胆子最小。從不肯多管閑事。前文已見一斑 連着他老太爺的事情。他還要推三阻四。不要說是同鄉了。不知者必謂王博高去撞木鐘了 然而杭州人總為靠他泰山北斗。有了事不能不告訴他。其實他除綽要錢之外。其餘之事。是一概不肯管的。幸虧有此一着總好借題發揮 這一夜把王博高氣的直截未曾合眼。問了王師爺一夜的話。打了幾條主意。為人在世總要具些熱腸纔好扶危濟困 到的次日。照例上衙門。齊巧這日尚書徐大人沒有到部。王博高從衙門裡下來。便一直坐車到徐大軍機宅內。告訴門上人。說有要緊事情面回大人。徐大軍機無奈。只得把他請了進去。問及所以。王博高便把同鄉王某人。受他東家賈潤孫蹧蹋的話說了一遍。又道。賈潤孫把王某人鋪蓋掀到門房裡去。明明拿他當奴才看待。直截拿我們杭州人不當人。瞧我們杭州人不起。所以門生氣他不過。昨天就吽王某人搬到會館裏住。今兒特地來請老師的示。總得想個法兒懲治懲治姓賈的纔好。如此說去恐一輩子也無用了徐大軍機聽了半天不言語。拿手撚着鬍子。又歇了半天纔說道。說起來呢。同鄉人的也多得狠。一個個都要我照應。我也照應不來。誰要你照應大凡一個人出來處館。凡百事情總得忍耐些。豈知越忍耐人家越看不起做東家的也有做東家的難處。為着一點點事情。就鬧脾氣辭館不幹。等到歇了下來。只怕再要找怎麼一個館地。亦狠不容易呢。亦看人家的運氣罷了王博高道。這回倒不是他自己辭的館。是門生氣不過。吽他搬出來住的。分辯要緊徐大軍機道。老弟這就是你的不是了。是非這為多開口。禍亂都因硬出頭。你難道連這兩句俗話還不曉得嗎。現在世界。最忌的是硬出頭。不要說是你。就像愚兄如今當了軍機大臣。什麼事情能夠逃得過我的手。然而我但凡可以不必問信的事。生來決不操心。不是你的人緣好作用大早被人家擠去了如今為了王某人的事情。你要硬出頭替他管這個閑帳。現在王某人的館地已經不成功了。京城地面。沒有事情的人。豈可以長住的嗎。倘或王某人因此流落下來。我們何苦喪這陰騭呢。亦是閱歷之談但救人總當救徽王博高道。姓王的一面門生早已同他說過。由同鄉湊幾文送他回杭州去。如此之人近世已不可多得又不止此者乎徐大軍機不等說完。連連搖頭道。同鄉人在京城的狠多。倘若要幫忙。我這幾兩俸銀。不夠幫同鄉忙的。我頭一個不來管這閑帳。就是你老弟。每月印結分的好。也不過幾十兩銀子。還沒有到那博施濟眾的時候。我也勸你不必出這種冤錢。自己不肯為善又要絕人家之心真是枉生人世向善至於姓賈的。雖然也不是什麽有道理的人。但是我們犯不着為了別人的事同他過不去（亦尚如此）（所以人家更肆無忌憚了）老弟你以我言為何如。（人家一天星斗被你說得瓦解冰消）王博高聽了。又添了一肚皮的氣心裏想他不肯出力。這事豈不弄僵。現在坍檯坍在姓賈的手裏。心上總不甘願。默默的盤算了一回。幸虧曉得徐老夫子有個脾氣。除掉銀錢二字。其餘都不在他心上。（如非一無所好方是無法可以打動他的心）賈潤孫同華中堂如何往來。如何孝敬。都已打聽明白。他所孝敬徐老夫子的數目。實實不及華中堂十分之二。至於黑大叔一面。更不能比。現在除非把這事和盤托出。再添上些枝葉。或者可以激怒於他。稍助一臂之力。（遣將不如激將）主意打定。便道。不瞞老師說。姓賈的非但瞧不起杭州人。而且連老師都不在他眼裏。（虛冒一冒）一句話戳醒了徐大軍機。忙問他怎樣瞧我不起。但是後的話。誰不被人家罵兩句。也不能作他的准。（笑罵由他笑罵好官我自為之的是奸雄）王博高道。空口無憑的話門生也不敢朝着老師來說。但是賈潤孫這個人。實在可惡。他的眼睛裏。除掉黑總管華中堂之外。並沒有第三個人。他自以為靠著這兩個人。就保他馬上可以放缺。再用不著別人的了。（還在）（題前蓄勢）徐大軍機道。論起來放缺不放缺。原應得我們軍機上作主。如今我們的買賣。已經一大半被裏頭太監們搶了去。這也不必說他了。他離着上頭近。說話比我們說得響。所以我們也只好讓他三分。至於華中堂。他雖是中堂。但我是進軍機的時候。不曉得他還在那裏做副都統。就是論起科分來。他也不能越過我去。怎麽倒拿我看得不如他呢。（還沒有說出所以然之故你要先存個醋心）王博高道。正是為此。所以門生氣不過。要來告訴老師一聲。（先我是兩句）說着便把賈大少爺如何走劉厚守門路。一回回買古董拜在華中堂門下。所有的錢。都是前門外一爿錢莊的掌櫃。名字呌黃胖姑替他過付的。賈潤孫的錢不夠。又托黃胖姑替他借了十來萬。聽說就是送黑總管華中堂兩個人的。大約一邊總有好幾萬。（如何打聽得明明白白真有鬼使神差）徐大軍機道。你這話聽誰講的。可是真的。（今番你也要着他的路了）王博高道。怎麽不真。門生的意思也同老師一樣。黑總管那裏倒也不必說他了。但是華中堂同老師兩下裏同是一樣的軍機。他偏兩樣看待。真正豈有此理。徐大軍機一聽此言。楞了半天不響。心上盤算了一回。越想越氣。霎時間面色都發了青了。（不知被閙中堂曉得更要氣得什麽樣子）王博高見他生氣。便又說道。姓賈的劣迹。聽說不少。他在河工上。並沒有當什麽差使。就得了送部引見的保舉。明明是河督照應他的。而且在工上狠賺了些錢。來京引見。大老婆小老婆。帶的人可不少。就是到京之後。鬧相公。逛窰子。嫖師姑。還同人家吃醋打相公堂子。實在是個不安分的人。倘若這樣人得了實缺。做了監司大員。那一省的吏治。真正不可問了。（你還想放實缺嗎可惜你十幾萬銀子、白賠在裏頭了）徐大軍機道。別的我不管他。倒是他究竟孝敬華中堂多少錢。老弟你務必替我打聽一個實數。他送華中堂多少錢。能少我一個。呌他試試看。（只有一個膚受之愬可行）說完送客。王博高自回會館不題。這裏徐大軍機氣了一夜。未曾合眼。（實在可氣不過人家不說穿你還在夢裏）次日一早到了軍機處。會見了華中堂。氣吁吁的不說別話。兜頭便問道。恭喜你收了一位財主門生了。（兜心一拳）華中堂聽了詫異。不知所對。一定要請教老前輩說的是那個。徐大軍機又微微的冷笑了一聲。說道。河南臬司賈筱芝的兒子。不是他纔拜在你的門下嗎。華中堂氣憤憤的道、我們收兩個門生、算得甚麼。我說穿了。我們幾個人。誰不靠着門生孝敬過日子、各人有本事、誰能管得誰。有所倚仗徐大軍機道。我不是禁住你不收門生、但是賈筱芝的兒子、漂亮雖然漂亮、然而過於滑溜、這種人我就不取、華中堂道、天底下那裏有真好人、老前輩你我也不過担待他們些、就是了。徐大軍機道、我見了不好的人、我心上就要生氣、我不知你有担待、你做中堂的。是宰相肚裏好撐船、我生來就是這個脾氣不好、隨和的人也有發脾氣之一日華中堂道、既然老前輩不喜他、等他來的時候、關照他以後不要叫他上徐大人的門就是了、樂得一網打盡誰叫你事事落後甚麼財主門生不財主門生、門生不財主、豈不要老師一齊唱了西北風嗎、華中堂還要再說別位軍機大人、恐怕他倆鬧起來。叫上頭曉得了不好看。好容易總算極力勸住。徐大軍機還說你們傳個信給姓賈的、叫他候着再歇一個月、實缺包他到手。檯脚沒有墊平也想放實缺華中堂聽了又生氣說道、放缺不放缺、恩出自上。誰亦作不了誰的主。然則要走什麼門路正鬧着、上頭傳出話來、召見軍機幾個人、一齊進去、方纔把話打住。但是王博高自己爺拍胸脯在王師面前做了這們一回好漢、雖然把徐老夫子說腦了。已同華中堂反過臉。然而賈大少爺那裏一點沒有叫他舉着心上總不滿意、總要叫他就點心事方好消消氣想來想去。總得再去攛掇徐老夫子。或者叫了姓賈的來當面坍他個檯。否則亦總得叫他破費兩個、大家沾光兩個、這是方好過去、蒼蠅不頂沒縫蛋想了一回主意、打定第二天又去拜見徐大軍機。只見徐大軍機氣色還不好看、曉得是昨夜餘怒未消、寒喧了兩句。王博高又趁空提到賈大少爺的話、徐大軍機道、為了這個人、我昨兒幾乎同華老二打起來。王博高愣然。徐大軍機道。可恨華老二。依老賣老。不曉得果真得了姓賈的多少錢。竟其一力帮他連個面子都不顧了。（足見門生的言語不虛）王博高一聽曉得有機會可乘便趁勢說道。回老師的話。他孝敬華中堂的錢。比大概的都多。所以難怪華中堂。（其實也並不知細數）倒是姓賈的這小子。自從走上了黑總管華中堂兩條路。竟其拿別人不放在眼裏。非但不把老師放在眼裡。而且背後還有蹧蹋老師的話。都是他自己朋友出來說的。現有活口。可以對証。（索性編上些謊話看他如何）徐大軍機聽說賈大少爺背後有蹧蹋他的話。雖然平時不動心慣了的。至此也不能不動心（財是第一關頭氣是因財而生如何能不動心）便問他背後蹧蹋我什麼。王博高道。他雖罵得出門生卻說不出。（蹧蹋變了罵愈說愈利害）徐大軍機道。這小子他還罵我嗎。王博高道。真正豈有此理。門生聽着也氣得一天沒有吃飯。（吞吞吐吐總要觸怒到他十二分地步）徐大軍機道。他罵我甚麼。你說。王博高又楞了半天。徐大軍機又催了兩遍。王博高纔說道。說說也氣人。他背後說老師是個金漆飯桶。徐大軍機聽了不懂。便問甚麼叫飯桶。王博高道。一個人只會吃飯。不會做別的。就叫做飯桶。金漆飯桶。大約說徒有其表面子上好看。其實內骨子一無所有。（加上些濃油赤醬不怕他不生氣）徐大軍機至此方動了真氣。說道。怎麼他說我沒用。我倒也要點手面給他瞧。看我倒底是飯桶。不是飯桶。真正豈有此理。說着那氣色更覺不對了。兩隻手氣得冰冷。兩撇鼠鬚一根根都蹺了起來。坐了椅子上不聲不響（忍毒之於人甚矣哉）王博高曉得他年高的人。恐怕他氣的痰湧上來。厥了過去。忙解勸道。老師也犯不着同這小子嘔氣。他算得什麼。老師為國柱石。氣壞了倒不是玩的。將來給他個利害。叫他服個罷就是了。解鈴還是繫鈴人徐大軍機便問怎麼給他個利害。說的好容易光叫他服個罪。我這口氣就平了嗎。所謂背後之言常使人刻骨此時王博高已想好一條主意走近徐大軍機身前。附耳說了一遍。不知葫蘆裏放出什麼藥來徐大軍機平時雖然裝痴做聾。此時忽然聰明了許多。終究是老成持重非是刻薄孤恩一路但好人做不得耳王博高說一句。他應一句。等到王博高說完。他統通記得一句沒有遺漏。便笑嘻嘻的道。准其照老弟說的話去辦。摺稿還是就在我這裡起。還是老弟帶回去起。依我的意思會館裏人多。帶回去恐怕不便。還是在我這裡隱瞞些。原來是做成圈套虛聲恫嚇王博高因為要在老師跟前獻殷勤。忙說老師吩咐的極是。門生就在老師這裡把底子打好了再出去。徐大軍機忙叫人把他帶到自己的一間小書房裡。等他把摺稿擬定。彼此又斟酌了一番。終究是老軍機的見多識廣王博高方纔辭別徐大軍機。攏了稿底出來。也不回會館。竟往前門大柵欄黃胖姑錢莊而來。到門不及投帖。下了車就一直奔了進去。店裡夥計見他來的奇怪。就有幾個人出來招呼。問他貴姓。找那一個。王博高說我姓王。找你們黃掌櫃的。夥計們便讓他在客位坐了。進去告訴了黃胖姑。黃胖姑走到門簾縫裡一張。是個不認得人的。本來是個生客這叫做不打不成交便叫夥計出去探問車夫。纔曉得他是戶部王老爺。剛打軍機徐大人那裏來的。黃胖姑便知道他來歷不小。肚裡尋思。或者有什麼買賣上門。也未可知。也要算個賣買不過不是買客是賣客連忙親自出來相陪。一揖之後。歸坐奉茶。彼此寒暄了兩句。王博高先問道。有個賈潤孫賈觀察。閣下可是一向同他相好的。問得突兀黃胖姑是何等樣人。一聽這話。便知話內有因。就不肯說真話。慢慢的回答道。認雖認得也是一個朋友介紹的。一向並沒有甚麼深交。就是小號裡他也不常來。（頗得干淨）王博高道。他可託過實號裏經手過事情沒有。（一法問得奇怪）黃胖姑不好說沒有。只得答道。經手的事情也有。但是不多也是朋友轉託的。（答得無關緊要）王博高道。既然如此。就是了。說完便問胖姑有空屋子沒有。我們談句天。（鬼鬼祟祟一法使人可疑）胖姑道。有有有。便把他拉到後頭頂一間屋裡去坐。（隨機應變的是老奸作用）這間屋本來是間密室。原預備談秘密事的。兩人坐定。王博高就從袖筒管裡把摺稿拿了出來。說有一件東西。是從徽老師徐大軍機那裡得來的。小弟自從到京以來。也狠仰慕大名。無緣相見。所以特地從徽老師那裏抽了出來。到實號裏來送個信。徽老師的為人。諸公是知道的。凡事但求過得去。決計不為已甚。這摺稿原是徽同門周都老爺擬好了。來請教徽老師的。老兄看了自然明白。（至此方纔說明補上文所未有）此時黃胖姑把摺稿接在手中。早已仔仔細細看了一遍。原來是位都老爺參賈潤孫的。并且帶着他自己。摺子上先參賈某總辦河工。浮開報銷。濫得保舉。到京之後。又復花天酒地。任意招搖。并串通市儈黃某。到處鑽營。卑鄙無恥。（此等作料早已在上文王博高對徐大軍機言內預先伏線故毫無掛漏亦非硬砌）相應請旨將賈某革職。同黃某一併歸案訊辦。澈底根究。以儆官邪而飭吏治各等語。另外還黏了一張單子。是送總管太監某人若干。送某中堂若干。送某軍機若干。都是黃胖姑一人經手。不過數目多少不甚相符。（留此漏洞好像個御史風聞的話頭）黃胖姑看過之後。他是老京城了。這種風浪也經過非止一次。往往有此窮都。借此為由。想敲竹槓。在他眼裏實已見過不少。此番王博高前來明明又是那副圈套。心上雖不介意。（正是要你知道否則指使奏參亦極容易之事但恐投鼠忌器耳）但念自己代賈潤孫經手。本是有的，王某人又是從徐大軍機那裏來的。看來事情瞞不過他。若要不知如非莫為又念凡事總要大化小。小化無，羊毛出在羊身上。等姓賈的再出兩個。把這件事平平安安過去。不就結了嗎。否則人家弍不來尋你了想罷便說道。此事承博翁費心。晚生感激得狠。晚生經手雖有。但是什麼中堂總管跟前。晚生也彀不上同他們拉攏。摺了上說的未免言過其實。本是事出有因查無實據不過既承博翁關照。事情料可挽回。索性就托博翁照應到底。徐大人跟前。以及博翁跟前。還有周都老爺那裏。應該如何之處。晚生心上都有個數。要你自家說出晚生是個做賣買的人。全靠東家照應開這個店。那裏有什麼錢。打破鼻子說亮話。還不是等姓賈的過來盡點心。只要晚生出把力你們老爺還有什麼不明白的。明人不作暗事一席話。說得王博高也不覺好笑。連說老兄真是個爽快人。聞名不如見面。兄弟以後。倒要常常過來請教。不如此事有把握人家亦不來照顧他的賣買了當時黃胖姑訂明明日回音。王博高答應。黃胖姑又把摺稿擇要錄了幾句下來就把帶參自己的幾句話抹去未寫。亦是事所當然等到寫好。王博高帶了原稿忙回去。黃胖姑等他去後便叫人把賈大少爺找了來。先拉他到密室裡。同他說知詳細。又拿摺稿與他閱過。賈大少爺這幾天正因各處安排停當。早晚就要放缺。心中無所事事。終日終夜嫖姑娘鬧相公。正在發昏的時候。不防視有此一個岔子。賽如兜頭被人打了一下悶棍一般。一時頭暈眼花半句話回答不亦是出。活畫出一不禁恐嚇的人黃胖姑道。老弟這事情。幸虧是愚兄禁得起風浪的。若是別人。早已嚇毛了。亦是實話說着。便把托王博高暫時替他按拉將來三處都得盡心等商量定了。明天給他回去等話一齋告訴了賈大少爺。（早已替他安排停當）賈大少爺道。怎麼個盡心呢。黃胖姑道。軍機徐大人跟前。你是拜過門的。我想你可再孝敬三千。博高費了一番心。至少送他一千道乏。至於周都老爺那裏。不過說博高送他兩百銀子。就結了。一共不過五千銀子。大事全消。（吝惜幾個程儀多丟了五千銀子所謂拔一根汗毛叫痛割了一塊肉也不過如此）賈大少爺看看銀子存的不多。如今又要去掉五千兩。不免肉痛。只因功名大事。無奈只得聽從。（滿船黃荳已漂了還惜幾粒芝蔴作甚）　到了次日。王博高來討回音。先說徽老師徐大軍機跟前。已經說明。并不計較。就是周都老爺那裏。亦是多少唯命。不過現在打聽出這件事。是他自己朋友杭州人姓王的起的。（圖窮而匕首現）賈某人瞧不起朋友。所以姓王的串出都老爺來參他。倘若參不成。姓王的還要叩閽。目下倒是安排姓王的頂要緊。姓王的空在京裏沒有事情做。終非了結。亦是徽老師的吩咐。勸賈某人拿出兩吊銀子。我們大家做中人。算他借給姓王的。捐個京官。再由徽老師替他說個差使。等他有了事。便不至於同賈某人為難了。（是一篇之生臘）黃胖姑只得回稱商量起來看。（此事自然做不得主）王博高隨又告辭回去。黃胖姑又去找了賈大少爺來同他商議。賈大少爺一聽還要叫他添銀子。執定不肯。（癩痢總要強三強亦是勢所必然）又是黃胖姑做好做歹。勸他添一千銀子。仍舊孝敬徐大軍機三千兩不敢少。送王博高的改為五百。送周都老爺及上下門包。一共五百。提出二千。作為幫王師爺捐官之費。（福人適所以福人凡事如是）一齊打了銀票等第三天王博高來。統通交代清楚。王博高帶了賈大少爺。又去見了徐大軍機。一面另外備了一席酒。替賈大少爺及王師爺解和。（偶然撤了人家一個舖蓋倒惹了一天大禍）又過了兩天。徐大軍機又把王博高吽了去。拿幾百銀子交代他替王師爺捐了一個起馬的京官。又給他二百現銀子。以為到衙門創衣服一切使用。下餘一千多兩。徐大軍機便同王博高說。老弟你費了多少心。姓賈的又送了我三千金。我也不同你客氣了。這是王某人捐官剩下來的一千多銀子。你拿了去就算替你道乏罷。總真谿壑易盈不比華中堂心很王博高偶然打了一個抱不平。居然連底連面。弄到一千幾百兩銀子。心上着實高興。心想好人是做得過。做個榜樣與人看也可以勸善閑話少題。且說華中堂自與徐大軍機衝突之後。彼此意見甚深。便是有心要照應賈大少爺。也不好公然照應。因此賈大少爺倒反閣了下來。一閣閣了兩個多月。連着一點放缺的消息都沒有了。欲速反遲弄巧反拙凡事如是難可逆料幸虧他這一陣子。自以為門路已經走好。裡頭有黑總管。外頭有華中堂。賽如泰山之靠。就是都老爺說他兩句閑話。他也不怕。但是胆子越弄越大。鬧相公。闖窑子。同了黑八哥一般人。終日廝混。比前頭玩得更凶。化了念萬銀子只落得結交一班匪類一玩玩了兩個月。看看前頭存在黃胖姑那裏的銀子。漸漸化完。只剩得千把兩銀子。幾有牀頭金盡之嘅而放缺又遙遙無期。黃胖姑又來同他說。再歇一個月時筱仁的十萬銀子。就要到期。應該怎麽。他好預先打算。賈大少爺一聽。心上不免焦急。便同黃胖姑說起放缺一事。如今銀子都用了下去了。怎麽出了這們許多缺一個輪不到我。請你找找劉厚守。託他裡頭替我上點勁纔好。黃胖姑道。這兩年記名的道員。足足有一千多個。你說你化錢。人家還有比你化錢多的在你頭裡。總得一個個挨下來。早晚不叫你落空就是了。賺到手他的銀子自然要把話改了賈大少爺到此也無法想。祇有在京守候。只是黃胖姑經手的那筆十萬兩頭看看就要期滿黃胖姑自己不見面。好朋友日日見面至此也變成空谷足音了每天必叫夥計前來關照一次。說日子一天一天的近了。請請賈大人的示。預先籌划籌划到期之後賈大人還了小號。小號跟手就要還給時大人的。若是誤了期小號裡被時大人追起來。那是關係小號幾十年的名聲。不是玩的。響牌子如何坍得起賈大少爺被他天天來囉嗦。實在討厭之極。而又奈他何不得。何不拿出大爺的脾氣來等到滿期的頭一天。黃胖姑又把他用剩的幾百兩銀子。結了一結。打了一張銀票。叫夥計送過來。跟手就把往來的摺子。要了回去。說要塗銷。至此尚不看破世情真是沉迷不悟賈大少爺聽了這一氣非同小可。急的踱來踱去。走頭無路。幾天裡頭。河南老太爺任上。以及相好的親友那裏。都打了電報去籌款。到了這日。祇有一個把兄弟。寄來五百兩銀子。也算是雪中送炭了也無濟於事。其餘各處杳無回音。真把他急的要死。恨不得找個地方躲兩天纔好。到了第二天。便是應該還錢的那一天了。大清早上。黃胖姑就派了人來。拿他看守住了。翻面無情小人常技來看他的人。輪流回店吃飯。但是黃胖姑所派來的人。只在賈大少爺寓處靜候。並不多說一句話。是有大作用在到得天黑。賈大少爺叫套車要出門。黃胖姑派來的人怕他要溜。也就雇了一輛車跟在他的車後頭。賈大少爺到了朋友家下車進去。黃胖姑派的人。也下車在門口守候。賈大少爺出來上車。他也跟着出來上車。真是一步不肯放鬆。比官差還要凶等到晚上十一點鐘。黃胖姑又加派兩個人來。緊要重犯如何不加着但亦是跟出跟進。並不多說一句話。賈大少爺見溜不掉。自己趕到黃胖姑鋪子裏。想要同他商量。黃胖姑只是藏着不見面。只要你的銀子別無話說店裏別的夥計。見了他也是淡淡的也叫你嘗嘗勢利滋味賈大少爺在那裡無趣。仍舊坐車回來。看守他的人。也仍舊跟了回來。其時已有頭兩點鐘了。賈大少爺回家。剛纔下車跨進大門。便見黃胖姑同了前頭他做保人的一個同鄉。一個世交。一齊進來。見面也不寒暄。只是板着面孔坐着要錢。至此方露出廬山真相賈大少爺無法。只好左打一恭右請一安。求黃胖姑替他担代展限兩個月。黃胖姑執定不允。說並不是我來逼你老弟。實在我被別人逼不過。你不還我。我要還人。倘若不還。以後我京裡就站不住。還想做別的買賣嗎。不給他的利害斷不肯上緊去設法禁不住賈大少爺一再哀求。兩個保人也再三替他說法。黃胖姑連着兩個保人。都一家埋怨一頓。不做中人不做保一世無煩惱看看鬧到天快亮了。黃胖姑見他實在無法。便道兩個月太遠。小店躭裡閣不起。既然你們二位作保。我就再寬他一個月。但是現在利錢狠重。至少總得再加二分。共是四分五厘利息。賈大少爺無奈。只得應允。又立了字據。由中人畫了押。交給了黃胖姑。倘然一世不發缺定必活活氣死賈大少爺又說京裡無可生法。總得自己往河南去走一遭。黃胖姑也明曉得他出京方有生路。面上子卻不答應。說你這一走。我的錢問誰要呢。何不回以你做保山放實缺我還要來替你討回音難道肯逃到天上去後來仍由兩個保人出主意。請黃胖姑派一個人。兩個保人當中一個留京。一個跟他到河南取銀子。言明後天就動身。黃胖姑方纔答應。相辭回去。仍舊是他一個人在那裏做作難為保人罷了欲知後事如何。且聽下回分解。

三編卷二十八

待罪天牢有心下石
趨公郎署無意分金

做書的人。一枝筆不能寫兩樁事。一張嘴不能說兩處話。總得有個先後次序。如今暫把賈大少爺赴河南籌款一事。閣下慢表。再把借十萬銀子與他的那個時筱仁重提一提。以上接下賈觀察一邊以下接敘時太守一邊且說時筱仁。自從拿十萬銀子。交給黃胖姑生息之後。一個月到狠得幾百兩銀子的利息。可知黃胖姑此番連好處利錢賺着不少了他此時因為躲避風頭。不敢出面。既不拜客。亦不應酬。倒也用度甚省。每月倒可多餘幾文。此賈潤身濫交瞎用相去天懸黃胖姑同賈大少爺。雖然打了三個月的期限。他同黃胖姑。却是能彀多放一天。便多得一天利息。然則黃胖姑如此作難賈大少大約因放欵不穩恐被倒賬所致只要黃胖姑不來退還。他他此時沒有正用。決計不來討回的。生意帮中本是各歸各款但是他的為人。原是功名熱中的人。自己雖沒有到廣西。同土匪打仗。靠了上代的交情。居然也保舉到一個候補知府。這番上京引見。帶了十幾萬銀子進來。又想謀幹。又想過班。倒把一個賈潤身墊了刀頭正在興頭的時候。忽被都老爺一連參了幾本。說他的那個原保大臣舒軍門。尅扣軍餉。縱兵為匪。誤勦良民。捏報勝仗。以及濫保匪類。浮開報銷。足足參有二十多欵。御史為朝廷耳目如此貪官應該參的朝廷得奏。龍心大怒。立刻下了一道旨意。叫兩廣總督。按照所參各欵。查明覆奏。不得徇隱。齊巧碰着這位兩廣總督。年少精明。勇於任事。不怕招怨。竟其絲毫不為隱瞞。一齊和盤托出。奏了上去。各省查案皆如此鐵面無私豈不足懲一警上頭說他溺職辜恩。養癰貽患。立刻降旨。將他革職拿解來京。交與刑部治罪。廣西防務。另派別人接辦。今番也算身經大創了時筱仁因為原參摺內有濫保一條。恐干查究就是查不出。倘若在京鬧的聲名大了。亦怕都老爺沒有事情之時。拿他填空。總為不妙。禍兮福所基黑、福兮禍所伏八哥一干人。也勸他叫他暫時匿跡銷聲。等避過風頭。再作道理。這也是照應他的意思。倒也並無惡念有天外邊傳說。舒軍門業已押解來京。送交刑部。當由刑部鐵擎山西司審訊。聽說已經問過一堂。收入天牢之內。時筱仁當初保此官時。原是靠着上代交情。自己卻未見過那舒軍門一面。自從舒軍門解到刑部之後。雖然亦有幾個受過他的恩惠的人。前去看他同他招呼一切。飲水思源總算良心不昧時筱仁因彼此素昧平生。也樂得裝作不知。求免拖累。人皆如此豈不寒了提攜後進之人單說這位舒軍門。歷年帶兵在廣西邊界上。尅扣的軍餉。每年足有一百萬。無奈他交遊極廣。應酬又大。京官老爺們。每年總得他頭二十萬銀子。大家分潤。至於裏頭的什麼總管太監軍機大臣。以及各項御前有差使的人。至少一年也得結交三四十萬。此外還有世交故舊。沾他光的也不少。如此四海之人到此無一援手也可以見人情了所以他進款雖多。出欵亦足相抵。等到革職交卸。依然是兩手空空。結怨於民求媚於上甚不值得由廣西押解進京。尚在半路。業已借貸度日。門生故吏當中。有兩個天良不泯的。少不得各憑良心。幫助他幾個。其在一班勢利小人。早已溜之大吉。不遭顛沛不見人心舒軍門是湖南衡州人。他自己歷年在廣西。家小卻一直住在原籍。等到奉着革拿上諭。家眷立刻赶到京城。舒軍門家內並無他人。祇有一個太太。一個小少爺。年紀不過十二三歲。他外面用錢雖然揮霍。只因一向不大顧家。所以太太手裡並不曾有甚積蓄。（與其結交匪類。如何留與兒孫。）到京之後。住在店裏。已經是當賣度日。坐吃山空。他今乃是失勢之人。那裏還有人來問信。一天舒軍門押解來京。一直送交刑部。照例審過一堂。立時將他收禁。他做官做久了。豈有不懂得規矩之理。這個刑部天牢。並不是空手可以進得的。況他又是闊綽的人。更非尋常官犯可比。當他在半路上。早已東拚西湊。湊得三千銀子。專為監中打點之用。（早知仰面求人之難。何不撙節留些自用。）及至到監打聽。纔曉得現在做提牢廳的這位司官老爺。是他老把弟。前任山東臬台史達仁之子。本部主事史耀泉。這史耀泉歷年在京充當京官。亦狠得這老世叔的接濟不少。所以舒軍門一打聽是他。不禁把心寬了一大半。（人心難測。不要大意。）及至進監。不多時候。史耀泉便走來看他。口稱老世叔暫時委屈。老世叔平日上頭聖眷狠好。不過借此堵堵人家的嘴。料想不日就有恩詔。一定還要起用的。至於這裏的一切事情。都有小侄招呼。請老世叔儘管放心罷了。（口內亦狠說得冠冕。不知心內如何。）舒軍門聽他如此說法。雖然歡喜。但是閻王好見。小鬼難當。老世叔雖然不要錢。還有禁卒人等。未必可以通融的。便把湊到的三千銀子取出來。交與史耀泉。託他上下代為招呼。史耀泉嘴裡雖說不要。却早已伸手接了過來。（情形可想而知。）順手點了一點。大大小小的銀票。一共祇有三千銀子。數完之後。仍舊交還了舒軍門。（此是何故。必有蹊蹺。）說道。老世叔的事。小侄自可効勞。何必定要這個。況且老世叔在這裡頭。至多不過三五日。一定就要出來的。你儘管放心就是了。（說得又狠在禮。）說罷。揚長而去。舒軍門聽他說話。不覺信以為真。列位看官。要曉得刑部羈禁官犯的所在就在獄神堂旁邊。另外有幾間房子。當下史耀泉去後。禁卒便把他領到一個所在。乃是三間敞廳房子。雖然軒敞。卻是空空洞洞的。其中一無所有。不但睡覺的床沒有。連着一張桌子一張椅子也沒有。（到此也可知情節不符了）舒軍門走了進去之後。只好一個人在地下踱來踱去。連個坐處都沒處尋。他老人家生平烟癮最大。從前在大營時候。三四個差官輪流替他打烟。還來不及。此時把他一個人丟在這裏。不但烟具不來。而且連着鋪蓋也不送進。歇了一回。烟癮上來。直把他難過的了不得。（生平沒有吃過苦處的至此也叫他嘗嘗滋味）沒有進監的時候。早同手下人講明。應用物件。無不立時送進。那知等了三個時辰。還是杳無音信。此時他老人家的眼淚鼻涕一齊發作。漸漸的支持不住。只好暫在牆根底下權坐一回。（與乞丐一般也沒有這種苦趣真有求生不能求死不得之慨）後來等到天黑。依然不見手下人進來。便曉其中必有緣故。又拜求禁卒。把個史耀泉找了來。同他商議。史耀全說。小侄因為老世叔兩三天就要出去的。生怕老世叔一時看不開。或者尋個自盡。小侄擔當不起。所以就吩咐這屋裡不准多放東西。（原來你在那裏作奸總怪自己沒有眼力）這也是小侄一片苦心。務求老世叔原諒一二。小侄事情多。容明天再來請安罷。說完。掉頭不顧的走了。（語言閃爍情形可想）舒軍門情知不妙。然又無計可施。只得罷手。（明日吊橋落在井裏誰亦跳不出他圈子）此時烟癮大發。加以飢火上蒸。更覺愁苦萬狀。（昔日豪華而今何如）擱下慢表。且說舒軍門由廣西押解來京。手下只有一個老伴當。現在也保舉了武官。兩個差官。都是在跟前當差當久了的。軍們平時待他們還好。所以他三個不得不跟了軍門。吃這一遍苦。（也算不負從前特識）然而三個當中。只有一個老伴當。名喚孔長勝。一個差官名嗔王得標這二人還肯掏出一點忠心替軍門謀幹（幸虧有此兩個心腹否則豈不更要喫苦）此外還有一個差官名喚夏武義因他排行第十大家都叫他夏十他為人卻與那兩個不同自從軍門壞了事之後他一直就想另覓枝棲因被孔王兩個再三相勸方纔一路同來到京之後也不問軍門死活把一應事務通統卸在孔王二人身上他卻早已訪親覓友幹他自己的去了（小人負義到處皆有）孔王兩個奈何他不得只好聽其所為從文再敘且說孔王兩個送舒軍門進了刑部監以為軍門身邊有三千兩銀票大約上下可以敷衍他兩人便把烟具行李收拾齊整預備跟着送到裏邊豈知走到門前為禁卒門所阻口稱提牢史老爺吩咐軍門所犯案情重大既不容跟隨人等進監探視亦不准將行李食物私相傳遞倘有不遵一概重辦（受過恩惠的人如此作辦真可食他之肉）舒軍門將要進監的時候曉得自己三千兩一定不夠滿腹盤算京官當中受過我接濟的人雖然不少然而京官窮的居多不可前去開口（此重原諒得是）至於大員當中雖然也有些用我錢的但念我此時業已身犯重罪死活未知只盼他們顧念前情肯替我在上頭說一兩句好話帮扶我叫我不死便以儘夠那裡還有向他們借貸之理（此重自量得亦是）想來想去一籌莫展後來忽然想到順治門外有個開標局的涿州盧五（衣冠中多是勢利江湖上倘有豪俠）這盧五從前本是馬販子出身舒軍門歷年統帶營頭營裏用馬都是他販賣前去營盤裏的錢比別處賺的容易他就此興家立業手內着實有錢碩然君子（不忘所自）他為人又愛交朋友最有義氣（不可以武夫目之）使的一手好雙刀因此江湖上又送他一個表號叫他為雙刀盧五有名（亦凜凜生氣）盧五從前為了一件甚麼案件也曾下過

刑部監。後來遇赦得放。他在刑部監時。禁卒人等。着實得過他的好處。因此刑部裏面沒有一個不曉得他的。（更是熟門熟路）舒軍門既然想着了他。便同孔王兩個說知。孔王兩個這日。見軍門進監之後。內外朦不通氣。諒係人情未曾托到。一時走頭無路。便急急奔到順治門外。去找雙刀盧五。誰知奔到那裏。盧五已於五天前頭因事出京。直把他二人急得要死。恨不得哭出來。（歲寒然後知松栢之後凋）標局裏人。問起根由。纔曉得是舒軍門派來的差官。登時標局裏的人。異常殷勤。連說五爺幾天頭裡。就題起軍門不日可到。齊巧有事。他老人家回家去了。五爺臨走的時候。曾經有過話。倘或軍門到京。短了一萬八千使費。儘管來取。又叫局裏夥計們幫着招呼。（行俠仗義之人能扶危濟困何以馬援反以為戒）說罷。便吩咐備飯。款待二位。孔王兩個道。現在不拘你們那一位。趕緊幫着到部裏替軍門招呼招呼就夠了。（艱難中有如此義僕還算不負所託）軍門從午刻進監。到如今。鴉片烟還沒送進去。不能曉得裏邊怎樣吃苦哩。盧五的夥計一聽這話。便有一個瘦長條子。挺身而出道。既然如此。我陪二位一同前去。說罷。便到後面牽出一匹馬。孔王兩個。自有牲口。當時三人同時上馬。一個轡頭。到得刑部監。這盧五的夥計。名喚耿二。本是盧五結義的朋友。（英雄賞識定自不錯）盧五那年犯案下刑部監。一應都是耿二替他跑腿。當下刑部監裏的人。一見是他。一齊趕着叫二爺。（小人亦念前情提牢反不如獄卒了）耿二道。現在舒門軍舒大人到這裏。諸位有什麼說話。一齊在小弟身上。舒大人雖然帶了這多年的營頭。但他是個清官。諸位得原諒他一二。（先用軟話不得不然）一干人道。二爺一句話。比一萬兩銀子還重。二爺到這裏。不用吩咐。我們一齊明白。不過提牢老爺跟前。須得二爺自己去同他言明一聲。現在的事情。倒不是我們下頭為難。閻王好見小鬼難當現在倒把這話翻過來了耿二便問提牢是那一位老爺。眾人說是史耀全史老爺。耿二說不認得。當下便有一個老禁卒說我帶你去。我先替你通報。你倆好說話。替他着實要好耿二應允。老禁卒果然上去同史耀全唧唧噥噥的半天。然後下來招呼耿二。凡事總要先容耿二見了史耀全。叫了一聲老爺。又打了一個千。史耀全也把身子呵了一呵。史耀全聽了老禁卒先入之言。心上早有了底子。不過見錢眼開罷了耿二說不滿三句。他便笑嘻嘻的說道。舒大人沒有錢。我們是世交。豈有不曉得的。虧你還要說世交險些一條性命送在你手裏但是我們這些同寅當中。當他是塊肥肉。我們又是世交。我倘若拿他少了。人家一定要說我用情在他身上。真正說不出的冤枉。自己作難還要推在人家身上舒大人一進來。就交給我三千票子。你想這門大的一個衙門。加上他老人家的身分。叫我拿他這三千兩。派給那一個好。幸虧你來了。這事情我們就有了商量了。元來你自家不好向他掙多論少故此一味放刁耿二道。三千兩不夠。小的亦知道。但是舒大人亦是實在沒有錢。各位大人跟前。少不得總求老爺替他擔代一二。現在小的既求老爺替他週全。斷乎不能再叫老爺為難。准定小的回去。明天再湊三千銀子送過來。至於下頭的這些夥計們。由小的去同他們商量。不敢再要老爺操心。史耀全聽了。方纔無話。但是三千兩頭。要當天交進來。如此要錢還說報効得起真正陰險耿二說。天已黑了。那裡去打票子。就是有現元寶。也不能抬了進來。叫人看着算個什麼樣子呢。復由老禁卒從中做保。准他明日一早交進。此事方纔過去。救人如救火如何好拖延時刻且說舒軍門這日在監裏足足等到二更多天。方見手下人拿了烟具鋪蓋進來。猶如絶處逢生。說不盡他那種苦惱情形。憑你蓋世英雄至此亦愁眉哭作了當下急急開燈先呼了十幾口烟。方慢慢的問起情由。差官就把前後情形。統通告訴了他。舒軍門聽到耿二又答應吏耀全三千銀子。不禁大為詫異道。他這人還算人嗎。本來你自己沒有眼力他同我拉交情說明不要我一個大錢。怪道我左等右等。總不見你們進來。原來是嫌三千太少。既然嫌少。當時何不與我言明。一定要磨折我。這是甚麼道理呢。差官道。到了這地方。還有什麼道理好講。不全是他們的世界嗎。還是差官有見識舒軍門嘆了一口氣。差官又說別的有限。倒是這一罐子鴉片烟可就值了錢了。軍門問多少。差官回一應上下。都是盧五的夥計耿二。擔在身上。亦不曉得是多少。但是這罐鴉片烟拿進來。另外是三百兩。救性命之物那得不要此數舒軍門聽了吐舌頭。誰叫你抽上了大癮自此以後。舒軍門的差官。便時常進監探望。送東西。一應使費。都是盧五局裏擔付過了幾天盧五回京。又親自進監問候。結交了一世算結交着一個朋友不在話下。目下再說時筱仁時太守。因為舒軍門獲咎。暫避風頭。不敢出面。他平生最是趨炎附勢的。如何肯銷聲匿跡。如今接連把他悶了好幾個月。直把他急得要死。也算暗受池魚之殃心想我這個人。總得想個出頭之日。方好合當有事。舒軍門押解到京。收入刑部。太太聞信。亦來探望。三個差官。曉得太太已從原籍到京。大家便搬在一塊兒住。以便商量辦事。家裏的人。都曉得軍門外面交情很不少。孔王兩個。又趁進監探望的時候。細問軍門。某人有什麼交情。某處有銀錢來往。一一問明。以便代為設法。時筱仁到京已久。畢竟有曉得他的蹤跡的。就將他的住處履歷。詳細通知舒軍門一邊。軍門的兒子小一切都在孔王兩個。加着太太親自出去向人討情。（未同安樂。也共患難。）這天得知時筱仁在京。又探明這時筱仁的官。乃是軍門所保。一來彼此本有淵源。二來也曉得這時筱仁手頭素裕。當下便由舒太太帶着兒子。同了孔王兩個。趕到時筱仁寓處。求他幫忙。（叫他不要下石已經萬幸還想幫忙。）時筱仁見面之後。着實拿舒太太安慰。連說小侄這個官兒。還是軍門所保。小侄飲水思源。豈有坐視之理。老伯母儘管放心。（不肯照應的人偏要拿好話來堵住人家的嘴。）舒太太聽他此言。以為總有照應。便也不往下說。帶了兒子欣然而去。那知過了兩天。杳無消息。（可知不是真情。）不得已寫上一信。差人送去。寫明暫時借銀五千兩。誰知時筱仁接信之後。立刻回覆一封信來。上說小侄此番北上。祇湊得引見費一千餘金。原為親老家貧。極謀祿食。詎料軍門獲咎。人言藉藉。小侄轉為所誤。避匿至今。不特將引見費全數用完。此外復增虧累不少。若論上代交情。以及小侄知遇。極應勉力圖報。聊盡寸心。無如小侄此時。實係進退兩難。一籌莫展。效力不週之處。伏乞格外海涵。不勝感荷云云。（此種人只有硬折梢不怕他不應。欸求告是萬萬不靈的。）舒太太得信。大為失望。不免背後就有不滿意於他的話。說他不是無錢。明明是貧義忘恩。坐視不救。（豈知偏天下這種人不少罵也無益。）不料舒太太只顧恨罵時筱仁。旁邊倒觸動了一個人。你道這人是誰。就是跟着舒軍門進京的差官。夏十頁武義便是。（辜恩反嗜到處皆有。）這夏十自從跟隨軍門進京。一路上怨天恨人。沒有一些些好聲氣。軍門現是失勢之人。也不同他計較。（虧他如此耐性。）自從軍門進了監。他鎮日在寓處。除掉吃飯睡覺之外。一無事事。有時還要吃兩杯酒。吃醉了借酒罵人。起先孔王兩個。還將他好言相勸。後來人家一開口。他的兩隻眼睛已豎了起來。因此孔王兩個也就相戒不言。（早知如此何必同他上路）舒軍門的太太本是個好人。更不消說得了。（一失意便要罵人終究是忠厚之輩）這夏十京城之內。也很有幾個朋友。無奈同他來往的。都是混混一流。（匪人交匪人）只曉得夏十在外邊久了。一定發了大財。那些朋友。起初都來想他好處。等到想不着。也就漸漸的疏遠了。所以夏十自從到京。轉眼已是三個月。除了這裏另外總弄不到一條出路。因此便悶悶在家。也不出去。（受過人家豢養尚然如此天地雖大不容此輩）這兩日無意之中。曉得軍門太太去找時筱仁。偶然聽他說起。時筱仁官居知府。廣有錢財。他便動了擇木之思。（還是早早遠避的脫晦氣）後來舒太太向時筱仁借錢不遂。背後罵時筱仁如何忘恩。如何負義。他一一聽在耳中。忽然竟有所觸。於無事時向孔王兩個。把時筱仁的履歷住處。一一問明。（奸險之極）等到黃昏時候。便借探友為名一直連到時筱仁寓處。打門求見。（恃功膽壯）連日時筱仁。正為舒軍門信息不好。朝廷有嚴辦的意思。他恐怕牽連。終日躲避在家。不敢出外。正在一個人自怨自艾。連說我有了這許多錢。早知如此。一個實缺道台都可以到手了。（何不想想賈潤身如今可曾放缺）只為捐班不及保的體面。所以纔走了他的門路。誰知如今反為所害。弄得不敢出頭。今天又有人來說。這老頭子在廣西時節部下兵勇。暗中都與會黨私通。所以都老爺纔參他縱兵為匪。養癰成患。現在又有廷寄給廣西巡撫。說他手下辦事的人。難保無會黨頭目混跡在內。叫廣西巡撫嚴密查辦。務絕根株。我雖不在他手下辦事。然而是他所保。不免總有人疑心我們都是一黨。（疑心生暗鬼）我今總得想個法兒洗清身子纔好。（所以要下毒手）否則便是一輩子也無出頭之日。（你要殺命救命恐怕天地不容）時筱仁正在一個人自思自想。不得主意的時候。忽然管家來回。舒軍門跟來的差官夏某人。前來求見。時筱仁一聽舒軍門三個字。還當又是來借錢的。想要回頭不見。管家道。這姓夏的說過。他雖在軍門公館裏當差。此來却非為軍門之事。（所以要說明在前）時筱仁聽了這句。不覺得心上一動。便道你去領他進來。（小人畢竟有小人之見識）霎時夏武義進來。叩頭請安。時筱仁摸不着他的底細。急忙彎着腰去扶他。又像還禮。又像不還的。同他謙遜了一回。時筱仁叫他坐。他不敢坐。口稱標下理當伺候大人。大人跟前。那有標下的坐位。（便有想他收留之意）時筱仁還不曉得他是個什麼來意。又道你是軍門跟前的人。我也是軍門保舉的。我們自己一家人。你還同我鬧這個嗎。夏十聽了。方斜簽着身子坐下。當下言來語去。無非一派寒暄之詞。兩人雖都有心。然而誰摸不着誰的心思。總覺得不便造次。（小人恥獨為小人必要緊作君子模樣）後來還是時筱仁熬不住。先試探一句道。這兩天軍門的信息狠不好。你曉得不曉得。夏十道。說是亦聽見人家說起。但是上頭究竟是個甚麼意思。依大人看起來。軍門到底幾時可以出來。（各人要探口氣好看熱人）時筱仁道。放出來的話。如今還說不到。哩能夠不要他老人家的命。已經是他的造化。夏十忙問道。這話怎講。時筱仁便把都老爺又參以及重派廣西巡撫密查的話。說了出來。夏十半天不言語。（肚裏打算面上難說）時筱仁把身子湊前一步道。我請教你一樁事情。（漸漸來了）夏十一聽請教二字。不覺肅然起敬。連說大人有話請吩咐。時筱仁道。我的官。雖是軍門所保。但是我並沒有在他手下當過差使。像你是跟軍門年代久了。軍門所辦的事。究竟如何。都老爺所參的到底冤枉不冤枉。你我是自己人。私下說說不妨事的。（想已是看出奸情故亂以隱情相問夏十聽到此話。覺得意思近了一層。也把身子向前湊了一湊道。這話大人不問。標下也不敢說。論理標下跟了他十幾年。受了他老人家幾十年好處。這話亦是不該應說的。但是大人是自家人。標下亦斷無欺瞞大人之理。本來是做奸細來的但恐人家寒心故必須找足幾句時筱仁道。我這裏你說了不要緊的。夏十又嘆一口氣道。唉。說起這位軍門。來在廣西辦的事。論起他的罪名來。莫說一個頭不夠殺。就有十個八個頭也不夠殺。先虛寫一筆已籠罩全題時筱仁忙問。這是怎麼說。夏十道。國家養兵千日。用在一朝。別的不要講。這兩句話。是人所共知的。這位軍門。自從到廣西的那一年。手下就有四十個營頭。大人你想。四十個營頭。一年要多少餉。你猜實實在在有多少人。先說一個尅扣軍餉罪名要他猜猜妙時筱仁道。六七成總有。吃上三四成。也就不在少處了。夏十道。只有倒六折。這也不必去說他。初到的兩年。地方上平靜。沒有土匪。雖然祇有四成人。倒也可以敷衍過去。近來四五年。年成不好。遍地土匪。他老人家還是同前頭一樣。你說怎麼辦得了呢。養癰貽患百口難辯標下聽得人家說。都老爺摺子上。還有一句叫做甚麼縱兵為匪。標下起先聽了還不懂。到後來纔明白。說他叫兵為匪。這句話是假話。但是兵匪串通一氣。這句話卻是實在不冤枉他。此種弊病各省皆有江浙為甚倘一經潰決不堪設想時筱仁道。照你說來。軍門應該着實發財了。怎麼如今還要借帳呢。夏十道。錢雖賺的多。無奈做不了肉。大人你想。光京城裏面甚麼軍機處內閣六部還有裏頭老公們。那一處不要錢孝敬。東手來。西手去。也不過替人家幫忙。事到如今。錢也完了。人情也沒有了。還不同沒有用過錢的一樣。為他人作牛馬黃狗吃了食白狗當了災只落得神怒人怨萬世吐罵真不值得平心而論。我們軍門倘若不把錢送給人用。那裏能夠叫你享用到十幾年。如今纔出你的手呢。善積不足以成名惡不積不足以滅身盈滿為災天之道也時筱仁道。都老爺參他。還有些別的事情。可確不確。他手下辦事的人。到底有什麼會黨沒有。夏十道。標下前後在大營頓過二十來年。有什麼不曉得的。從前還是打長毛。打捻子的時候。營盤的人。敘起來都是同鄉。這裏頭又多半是無家無室的。故爾把同鄉都當作親人一樣。因此就立下一個會。無非是有福同享。有難同當的意思。有了事情。大家可以照顧。彼此只當作哥兒兄弟看待。同拜把子的一樣。並不論官職大小。亦並沒有為非作歹的意思。哥老會並非謀反叛逆之徒所以曾文正亦黨養贍打起仗來。一鼓作氣。說聲上前。一齊上前。所以從前打長毛。打捻子。屢次打贏。就是這個緣故。到後來。上頭一定要拿他當壞人看待。大人你想。吃糧當兵的人。有幾個好的。當他壞人。他就做了壞人了。加上一個匪字是為淵敺魚激之使然矣非但當他壞人。而且還要尅扣他。怎麼能殼叫他心服呢。至於我們這位軍門。他手下的人。未必真有這幫人在內。有了這幫人。肯叫他如此尅扣嗎。哥老會還能替國家出力舒軍門連個哥老會都沒有所以一敗塗地了廣西事情。一半亦是官逼民反。所以欲安反側先除酷吏正經說起來。三天亦說不完。時筱仁道。閑話少講。我只問都老爺所參的事情。可樣樣都有。夏十道。總而言之。一句話。有些事情。都老爺摸不着。所以參的不的當。所治非所罪不免奸雄笑人至於所參的。乃是帶營頭的通病。人人都有的。說起來。那一位統領不該應拿問。不該應正法。如今獨獨叫他一個人當了災去。還算是他晦氣呢。時筱仁道。別的不要說。但是像你跟了軍門這許多年。吃了多少苦。總望軍門烈烈轟轟。帶你們上去。如今憑空出了這們一個岔子。真是意想不到之事。夏十道。軍門一面。不用去說他了。倒是旁人的氣難受。（依你說要人家跟了你反嗜豈不活活把個軍門咬死嗎）時筱仁道。軍門現是失勢之人。你還跟了他進京。也算得赤心忠良了。怎麼旁邊人能夠給你氣受。夏十又嘆了一口氣。隨口編了多少假話。說孔王二差官。如何覇持。借着軍門的事。如何在外頭弄錢。太太又如何糊塗。連着背後罵時筱仁忘恩負義的話通統說了出來。（主意是獻功來至此方纔說出）說完了起來。替時筱仁請了一個安。說標下情愿變牛變馬。過來伺候大人。姓舒的飯情愿不要吃了。（只怕人家小小一個知府不禁你反咬）時筱仁聽了他一番言語。別的都不在意。但是他說軍門還有許多事情。連都老爺都不曉得。倒要問問他。（要殺嚴世蕃總要加上些罪名）人家說我同他一黨。害得我永無出頭之日。如今借他做個證見。等我洗清身子也好。主意打定。便道我用你的地方是有。但是你暫且不要搬到我這裏來住。以免旁人耳目。（想來也怕自己官小不勾他咬）你若是缺錢用。我這裡不妨每月先送你幾兩銀子使用。等到我的事情停當。咱們一塊兒出京到那時候。你的事情。都包在我的身上。夏十見時筱仁應允。而且每月還先送他銀子。立刻爬在地下。叩頭謝賞。那副感激涕零的樣子。真是一言難盡。叩頭起來。時筱仁又問了許多話。無非是舒軍門在廣西時候的劣迹。（此處且不說明妙在虛虛實實）等到夏十去後。他恐怕忘記。隨手又拿紙筆錄了出來。寫好之後。看了又看。改了又改。整整盤算了一夜。改到一半。（屋漏更遭連夜雨船翻又遇打頭風）忽然擱筆道。他現在已是掉在井裏的人。我怕他不死。還要放塊石頭下去。究於良心有虧。（平旦之氣良心發現）想到這裏。意思想要就此歇手。忽然看見桌子上一本京報。頭一張便是驗看之後。分發人員的諭旨。前兩個就是同自己一塊兒進京的。內中還有兩個同時進京。目下已經選缺出去了。時筱仁看了這個。不覺心上又為一動。又想到朋友們叫我暫時避避風頭的話。照此下去我要躲到何年何月。方有出頭之日。欲救自己不得不出手人家 又一轉念道。識時務者為俊傑。他本來不認得我。雖然他保舉我過班。畢竟是老人家的面子。他受過老人家的好處。他保舉我。只算是補老人家的情。他與我並無來往。我又何必為了他就悞了自己功名。恩將讐報有辱先人 況且他在廣西所做的事情。亦實實在在對不住皇上。我現在就是告發他。也不為過。只好讓人家去打落水狗如何好自己去踏破坍船 想到這裏。忽又轉一念道。我去出首。又要証見。又要對質。有了真十不愁沒有証見。但是我何犯着同他對質呢。想來想去。總不妥當。幸虧是遲疑不發 於是又盤算了一回。想要找個朋友談談心。想這些朋友當中。一向只有黃胖姑黑八哥兩個。遇事還算關切。我明天先找他兩個商量商量再說。主意打定。上床安置。未及睡着。天已大亮了。他恐怕誤了正事。立刻起身去找黃胖姑。有事在心如何睡得安穩 胖姑被他鬧起。還當他是來提銀子的。心上到捏了一把汗。及至見面問起來意。時筱仁低低的同他說過。又說現在並不求別的。只求我自己洗清身子。好幹我的事業。時黃胖姑躊躇了一回道。你要洗清身子。目下先要得罪兩個人。想來黃胖姑亦曾做過舒姓的賣買所以替他揚槽去的 時筱仁請教那兩個。黃胖姑道。裏頭一個黑總管。外頭一個華老爺。他倆從前着實受過姓舒的孝敬。所以到如今。一直還是護庇他。依他倆的意思。本來沒有這回事的。都是璃琉蛋架在頭裡。所以纔把他拿問。外面說不動心不操心其實所不動不操者皆無關緊要之事至於切己之事亦猶為動心操心 時筱仁也曉他得說的琉璃蛋就是現在的徐大軍機了。便問他怎麼架在頭裏。黃胖姑道。琉璃蛋一定要辦。華老爺一定不要辦。他倆天天在那裏為着這件事抬槓子。有天幾乎打起架來。至於黑總管聽說他常常在佛爺前替軍門求情。說好話。說甚麼舒某人有罪。佛爺很可以革掉他的功名。叫他帶罪立功。以觀後效。還是從前孝敬的好處都老爺的話。奴才不敢說他是假。然而風聞奏事。一半亦是有影無形。舒某人果然不好。為甚麼不在廣西造反。到乖乖的等上頭拿問呢。所以嚴分宜一時父子俱賊亦是徐階的奸處這都是黑大叔的話。是他侄兒親口說給我聽的。照這樣兒。虧你還想出首告他。你與他並無殺父之仇何以要學沈鍊鄒應龍時筱仁道。不是這兩天。又被都老爺參的很不好聽。有廷寄叫廣西巡撫查辦嗎。黃胖姑道。你這話聽那個講的。這班窮都同一羣瘋狗似的。沒有事情說了。大家一窩風打死老虎。但碰着膽子小的禁不起參。私底下送他們兩個。也是樂得。至於廷寄查辦還不是照例文章。他的人已經進了刑部。不好提出來問他。何犯着到廣西去查呢。大約又是華老爺敷衍琉璃蛋的。官場弊病總沒有似他看得透所以小人也要小人之才這些話。都是人家嚇你的。你當了真。又混出主意了。時筱仁被黃胖姑一席話。說的頓口無言。心想到底我走那一條路才好。現在我若是去出首。只好走徐大軍機一路。但是聽胖姑所講。裏頭黑大叔外面華中堂都幫着軍門這邊。何以軍門一出了事。八哥反叫我不要出面避避風頭。這是什麼用意呢。躊躇又把這話詳詳細細的請教黃胖姑。胖姑聽了哈哈一笑。怒時見真情喜時亦易見真情頓時又收住了笑做出一副正言厲色的樣子。隨機應變是可人的說道。總而言之一句話。凡百事情都是官小的晦氣。你瞧一省之中督撫被參。弄到後來還不是壞掉一兩個道府了事。道府被參。弄到後來。還不是壞掉一兩個州縣佐雜了事。舒軍門的事情。雖比不上這些。你也不是他手下的人。然而他總是你的原保大臣。他正在信息不好的時候。你何苦自己去碰在刀上。不要多。只要被都老爺輕輕的帶上一句。你就吃不了。這無非八哥關照你的意思。有什麽別的用意呢。（隨口敷衍說來亦句句動聽我愛其人我畏其人）時筱仁道。八哥照應我。總得替我想個出頭的路纔好。黃胖姑又哈哈笑了一聲道。有什麽出頭不出頭。你連財去身安樂一句話。還不曉得嗎。（至此方說實話）時筱仁道。我帶了銀子進京。為的那回事。既然想錢。為什麽不說明。吽我癟了兩三個月呢。這黃胖姑一句話在口頭。沒有說出。是早要你出。你一定不肯多出。必須逼你到這條路上來。然後你方心服情願的多出。（賺錢之法本無一定）但是這句話。又不便向時筱仁說明。（盧山真面本不易見）只得支吾其詞道。這不過我想情度理是如此。究竟他們心上想要你多少。他們不說明。我也不會曉得。或者真心照應你。不要你錢。也未可定。（又要放刁）時筱仁道。胖姑。你又要自謙了。這些朋友當中。還有高明過你的。你說的話。是決計不會錯的。現在我也不東奔西波了。只要你肯照應我。替我出個主意。徐大人既同軍門不對。他那裏有甚麽路。你替我疏通疏通。（好在新近開了門路了）至於八哥。他叔叔。還有華中堂那裡。既然都是幫着這一邊的。那話自然更容易說了。（劉黑兩人曾經同過枱面仍舊要他經手足見凡事都少不了他）黃胖姑此時。心中其實路道早已安排停當。但是一時不肯說出。怕吽時筱仁看着事情容易。回稱你歇兩日再來候信。（老做買賣的人總要欲奪故予）至時筱仁此時。心上已經明白。華黑兩個是不妨事的。只要有銀子就會說話惟現在急於打聽徐大軍機這一條路。只要有人代為介紹。等我認得了這個人。彼時舒軍門的事。不妨見機而行。能夠替他解開與事。也是我陰功積德。本來應該如此倘然不能。我就順了這邊放上一把火。只要徐大軍機不來恨我。橫豎是沒有人曉得的。只怕天理難容主意打定。因見黃胖姑。有叫他歇兩天來候信的話。只得暫時起身相辭。又在寓中悶守了兩日。到第三天早上。又來找黃胖姑。黃胖姑便告訴他說。人是有一個。這人是徐大軍機的嫡親同鄉。而且還是師生。偏偏又是他部裏的司官老爺。一天沒有事。徐大軍機宅子裏。也得去上兩盪。所以徐大軍機很歡喜他。有些事情。都同他商量。叫他經手。但就本部而論。就有好幾個差使。此外還有幾處都是吃糧不管事的。如今徐大軍機跟前。除非託他疏通。更沒有第二個。說得如此權勢終究沒有說出人來時筱仁忙問是誰。黃胖姑便說出王博高來。足見從前為了費大少事倒認得一個要緊的人可知人生何處不相逢又道。這位王公官途着實得意得很。新近又被順天府尹大京兆。保薦了人材。召見過一次。他的頭又會鑽。不曉得怎麼弄的。軍機處幾位都同他合式起來。召見的那一天。佛爺問軍機給他點甚麼好處。軍機擬了三條旨意。佛爺圈了頭一條。是免補主事。以員外郎升用。目下有缺。就是他的了。此則借黃胖姑口中補上文所未有我們也是新近為着別人家一件事。相識起來的。但是他的為人。明送是不肯受的。避其名而受其實與白華中堂一鼻孔出氣只好說是你要拜徐大軍機的門。一切贄見門包。總共多少銀子呢。統通拜託了他。託他替你去包辦。他外面做的。却是方正的了不得。你交給他幾千銀子。他事情辦完之後。一定要開一篇細帳。不拘十兩八兩。五錢六錢。多少總要還你點。以明無欺。你不必另外送他。他也儘夠的了。我現在把這個人說給你，你果然要辦這一手，我們就去辦了來。止門賣買不怕走漏 時筱仁道：銀子呢？黃胖姑道：十萬頭非預先說明，一時提不出。你要銀子用，我替你借。你認利錢就是了。有現銀子還要去借，真鋪了挑板讓別人走 時筱仁明曉得他無非又要借此敲我的重利，比賈大少乖覺得多 然而事已至此，也只好聽其所為。吊桶已掉在井裏 當下只得滿口應承，連稱費心，感謝不置。一切准照老兄吩咐的辦理。於是胖姑留他吃過中飯，一同出門，找到博高新搬的房子。家人通報。博高出來，彼此見禮之後，尚未歸座，博高忽拉胖姑到一旁，咕咕噥噥了一回。想來別有什麼機密事情 胖姑走過來，對了時筱仁，連連拿手拍着胸脯說道：險呀險呀！我們還算運氣。不知葫蘆裏放出什麼藥來 時筱仁急問怎的。胖姑慢慢的說道：因為你要拜徐大人的門，你那天託我之後，我跟手就來看博翁。博翁替朋友做事，那是天下第一個熱心腸的人。他便當天出去，替你去回徐大人。徐大人跟前，倒替你說好了。難得如此費心 誰知今天一早，博翁上衙門，看見他同寅傅理堂的姪少爺傅子平。也是本部郎中。兩個人閑談，子平就提起他親家舉都老爺，已經有個摺子做好，一連參了十幾個人，有的是軍門手下辦事的，也有得過軍門保舉的。聽說你筱翁的名字也在內。安知不是從前弄賈大少之故技 子平同博翁要好，博翁要替你介紹去見徐大人，這話兩天頭裏也同子平談過，所以子平肚裏有了底子。你說他們曉得了他要拜門的事情我處我說就是壞處 當時見他親家有此一番舉動，便攔住他親家，叫他不要動手。三日之後覆音。子平今日到衙門，會見了博翁，就告訴了博翁。博翁也託他去攔住他的親家，說大家那裏不結交一個朋友，有話彼此可以商量。博翁曉得你令明要來。所以約子平一准後天給他回音。叫他親家摺子千萬不要出去。剛剛博翁同我講的。就是這個話。原來如此安知你昨日不肯說出先要過來搯行串通一氣要多敲他一個竹槓 時筱仁聽了這個話。一時不得主意。便請黃胖姑。及王博高兩個。替他斟酌辦理。本來你是驚弓之鳥如何禁得起嚇 當下議定。拜徐大軍機的門。贄見連上下包。一共五千銀子。通統交給王博高經手。將來共用若干。等事情過後。再由王博高開出帳來。傅子平的親家畢都老爺那裏。先送三百兩。傅子平經手。送五十兩。大的已丢小的也不在乎了 說到這裡。王博高便吩咐管家到隔壁把傅老爺請過來。霎時來了。穿的甚是破舊。彼此見面一揖之後。也不及動問姓名。王博高便把他拉在一旁。鬼鬼祟祟了半天。好比是賣野人頭 那人便起身告辭。只聽得王博高說了聲等會。四數統由兄弟交過來。那人道。舍親那裏有兄弟。請放心就是了。說罷自去。串黨索詐說得活龍活現 這裡時筱仁見事情已辦得千妥萬當。便亦起身告辭。同到黃胖姑店裏。把借銀子的筆據寫好。黃胖姑又跟手替他把銀票送到王博高宅中。博高接着就叫人在隔壁把個傅子平找來。諸公要曉得間壁這位傅子平。雖然姓傅。何嘗是浙江巡撫傅理堂的侄兒。不過說是傅某人的姪兒。人家格外相信些。至於他的官。卻實實在在是個郎中。京城裏的窮司員。比狗還多。候補到鬍子白。尚不得一差一缺的。不計其數。這位傅子平。正吃了這個苦處。安得廣廈萬間庇盡窮鳥 因他認得王博高。又是新鄰居。所以時時刻刻來告帮。潦倒窮途不免沿門托鉢 齊巧這天有了時筱仁的事情。王博高要假撇清。借他用了一用。做了一個証見。明明官場做此騙局 莫怪世上騙局之多 等到王博高銀子到手。只叫人送過來四兩。總算是意外之財 然而在他已經餓了好幾天。

窮的當責俱無。雖衹區區四金。倒也不無小補。又可以苟延殘喘得好幾日了。落魄天涯得過且過此正是當京官的苦處。要知後事如何。且聽下回分解。

三編卷二十九

儍道台訪艷秦淮河
闊統領宴賓番菜館

却說時筱仁自從結交了王博高。得拜在徐大軍機門下。徐大軍機本來是最恨舒軍門的。屢次三番請上頭拿他正法。不過為傾軋而起並非真是嫉惡如仇無奈上頭天恩高厚。不肯輕易加罪大臣。聖朝寬厚之恩遠過前代又加以外面華老爺。裏面黑大叔替他一力斡旋。所以但把他羈禁在刑部天牢。從緩發落。明季黨興大獄皆為門戶黨援起見証諸忠良貽譏後世如何聖朝而可有此弊政徐大軍機因扳他不動。心上自不免格外生氣。不但深恨舒軍門。連着舒軍門保舉的人。亦一個兒不喜歡。只要人題起。這人是舒某人保過的。或者是在廣西當過差的。他都拿他當壞人看待。此番時筱仁。幸虧走了王博高的路。博高是徐大人得意門生。曉得老師脾氣。預先進去。替時筱仁說了多少話。又道。時某人雖是舒某人所保。但時某人着實漂亮。有能耐。而且並沒有在廣西當過差使。徐大軍機一聽是舒某人所保。任你說的如何天花亂墜。心上已有三分不願意。遷怒及於旁人畢竟心術不正後來又虧得王博高。把時筱仁的贄見呈了進來。徐大軍機一看數目。却比別的門生不同。因此方轉嗔為喜。解釋前嫌。不向他再追究前事了。然則王博高當徐大軍機盛怒頭上用時筱仁幾個儀來物免免晦氣亦不為過又何必串出傳某人做此賊頭狗腦之事致貽人以口實哉黃胖姑又趁這個擋口。勸時筱仁在華黑二位面前。大大的送了兩分禮。一處見了一面。從此這時筱仁賽如撥雲霧而見青天。在京城裏面。着實有點聲光。不像從前的銷聲匿跡了。時筱仁又託黃胖姑替他捐過了班。他生平志向狠不小。意思想弄一個人拿他保薦使才。充當一任出使大臣。以為後來升官地步。（纔得出頭又存奢願世上此種人不少）主意打定。先去請教老師徐大軍機。無奈琉璃蛋生平為人。到處總是淨光的滑不肯擔一點干係。而且又極其守舊。（去與他商量真是尋錯門路了）聽了他話。連連搖頭道。不要不要。做出使大臣。要到外洋到外洋。就要坐火輪船。火輪船在海裏走幾天幾夜。不靠岸。設或鬧點事情出來。那時候上天無路。入地無門。我老師救不了你。我不能救你。還是小事。你家裏還有妻兒老小。將來設或問我要起人來。我拿甚麼還他呢。（咒他的死豈不遇了喪門吊客）我看你還是先去到省。等到歷練幾年。弄個送部引見。保舉放任實缺做做。到是頂穩當的一條路。老弟你萬萬不可錯打主意。那時悔之無及。（聽了半天的話抹了一鼻子灰）時筱仁道。門生本來已經指省江蘇。此番到省。總求老師格外栽培。賞兩封信。不要說是署缺。就是得個差使。也可以貼補貼補旅費。（不能如願還思其次）徐大軍機無奈。只得應允。正是光陰似箭。日月如梭。時筱仁又在京城裏面鬼混了半個多月。等把各式事情料理清楚。然後坐了火車出京。他老先生到了天津。又去稟見直隸制台。這位制台。是在旗。狠講究玩耍的。（封疆大吏講究玩耍於邊情吏治可知）因為他是別省的。官。而且又有世誼。便不同他客氣。等他見過。出去之後。當天就叫差官拿片子。到他棧房裏去謝步。並且約他次日吃飯。他本想第二天趁了招商局安平輪船往上海去的。因此只得耽擱下來。（宦囊充足到處留連）到了第二天席面上同座的。有兩個京官。一個是主考。請假期滿。一個是都老爺。丁艱起服。都由原籍進京。路過天津的。還有兩個。一個客官。是纔放出來的鎮台。剛從北京下來。一個也是江南記名道。前去到省的。連時筱仁。賓主共六個人。〔南北通途冠裳畢集〕未曾入座。制台已替那位記名道通過姓名。時筱仁於是曉得他叫佘小觀。一時酒罷三巡。菜上六道。制台便脫略形迹。問起北京情形。在制台的意思。不過問問北京現在鬧熱不鬧熱。有什麼新鮮事情。〔輦轂之下新聞必多〕時筱仁尚未開口。不料佘小觀錯會了宗旨。又吃了兩杯酒。忘其所以。竟暢談起國事來。連連說道。不瞞大帥說。現在的時勢實在是江河日下了。〔賓主聯歡何必撫身世以寄慨〕制台聽了詫異。楞住不響。聽他往底下講。他又說道。不要說別的。外頭一位華中堂。裏頭一位黑總管。這他兩個人。無錢不要。只要有錢就是好人。有這兩個人。國事還可以問嗎。〔小臣縱論大臣罔知顧忌〕這位制台。從前能夠實授這個缺。以及做了幾多年。一直太平無事。全虧華黑二人之力居多。現在聽見佘小觀罵他。心上老大不高興。停了一會。慢慢的問道。老兄在京裏。可曾見過他二位。〔言中帶誚〕佘小觀趁着酒興。正說得得意。聽了這問。不禁歎一口氣道。在他簷下走。怎敢不低頭。大帥連這句俗語還不知道嗎。上頭縱容他們。他們纔敢如此。還有甚麼說的。〔索性諒及當今真是目無君上〕制台是旗人。另有一副忠君愛國的心腸。一見佘小觀說出這犯上的話來。連連拿話打斷他的話頭。怕他再說出些不中聽的來。被旁人灌在耳朵裏。傳了進去。連自己都落不是的。〔如此狂妄之徒宜不連累自己〕一宴時酒闌人散。時筱仁回到客棧。曉得這佘小觀是自己同省同寅。而且直隸制台請他吃飯。諒來根基不淺。便想同他結識。一路同行。以便到省有得照應。誰料見面問起佘小觀。還要在天津盤桓幾日。戀着候家后一個相好。名字叫花小紅的。不肯就走。〔識官挾妓是何罪名〕時筱仁却因放給黃胖姑的十萬頭。在京城裏只取得一半。連過班。連拜門。早已用得干干淨淨。下餘五萬。胖姑給他一張滙票。叫他到南京去取。他所以急於到省。也不及候佘小觀了。單說佘小觀佘道台。在天津一連盤桓了幾日。直隸制台那裏。雖然早已稟辭。却只是戀着相好。不肯就走。（不過是一個色中餓鬼罷了）他今天請客。明天打牌。竟其把窰子當作了公館。後來躭擱的候時太長久了。朋友們都來相勸。說小翁既然歡喜小紅。何妨就娶了他做個姨太太呢。那知這佘道台的正太太。非凡之凶。那裡能容他納妾。佘道台也只是有懷莫遂。抱恨終天而已。（縱有藏嬌之願奈無療妒之方）又過了兩日。捱不過了。方與花小紅揮淚而別。花小紅又親自送到塘沽上火輪船。做出一副難分難捨的樣子。害的佘道台格外難過。（世上萬般愁苦事無過死別與生離）等到輪船開出了口。就碰着了大風。霎時顛播起來。坐立不穩。在船的人。十成之中。到有九成是嘔吐的。佘道台脾虛胃弱。撐持不住。早躺下了。睡又睡不着。吃又吃不進。幸虧有花小紅送的水菓。拿來潤口。好容易熬了三天三夜。進了吳淞口。風浪漸息。他老人家掙扎起來。又停了一會。船攏碼頭。住了長發棧。當天歇息了一夜。沒有出門。次日坐車。拜了一天客。當天就有人請他到館子。吃大菜吃花酒聽戲。他一概辭謝。後來被朋友親自來拖了出去。到了席面上。叫他帶局他又不肯。面子上說恐怕不便。其實心上戀着天津的相好。說他待我如此之厚。我不便辜負他。所以送往不叫別人。（難得鍾情如此不似輕薄兒郎）過了兩天。就坐了江裕輪船。一直往南京而去。第三天大早。輪船到了下關。預先有朋友替他寫信招呼。曉得他是本省的觀察。下船之後。就有一爿甚麼局。派來四名親兵。替他搬運行李。他是湖南人。因為未帶家眷。暫時先借會館住下。隨後再尋公館。一連幾天上衙門拜客。接着同寅接風。請吃飯。整整忙了一個月。方纔停當。一個世官另有一副奢華氣象列位看官。要曉得江南地方。雖經當年洪逆蹂躪。幸喜克復已久。六朝金粉。不減昔日繁華。變草荒烟之地又變為歌樓舞館之場又因江南地大物博。差使很多。大非別省可比。如以從前克復金陵立功的人。儘有在這裏置立房產。購買田地。以作久遠之計。目下老成雖已凋謝。而一班勳舊子弟。承祖父餘蔭。文不能拈筆。武不能拉弓。嬌生慣養。無事可為。幸遇朝廷捐例大開。上代有得元寶。只要拾了出去上兌。除掉督撫藩臬。例不能捐。所以一個個都捐到道台為止。盡是簪纓世胄閥閱家聲倘若捨不得出錢捐。好在他們親戚故舊。各省都有。一個保舉。總得好幾百人。只要附個名字在內。官小不要。起碼亦是一位觀察。至於襁褓孩提。預先捐個官放在那裏。等候將來長大去做。却也不計其數。此外還有因為同鄉親戚做總督。奏調來的。亦有羨慕江南好地方。差使多。指省來的。有此數層。所以這江南道台。竟愈聚愈衆。彈冠于于而來者日凡幾輩閑話少敘。却說介小觀介道台。他父親却也是個有名的人。曾經做過一任提督。他自己中過一個舉人。原來詩書門第榮戴家聲本是一個候選知府。老太爺過世。朝廷眷念功勳。就賞了他個道台。已經是特旨道。畢竟他是孝廉出身。比衆不同。平時看了幾本新書。胸中老大有些學問。歡喜談論談論時務。仗了胸中才學所以敢於直督面前狂妄有些胸無墨汁的督撫。見他如此。便以天人相待。就有一省督撫。保舉人材。把他的名字附了進去。送部引見。又交軍機處記名。若論他的資格。早可以放實缺了。無奈他老人家雖是官居提督。死下來却没有什麼錢。無錢化費。如何便能得缺。（有了貴格仍舊要銀子足見銀子第一件好物事）齊巧此時做兩江總督的。這一位是他同鄉。同他父親也有交情。便叫他指分江南。到省候補。他自從到省之後。同寅當中不多幾日。居然狠結識得幾個人。不是世誼。便是鄉誼。就是一無瓜葛的人。到了此時。一經拉攏。彼此亦就要好起來。所謂臭味相投。正是這個道理。（酬應日繁交游日廣）却說他結識的幾個候補道一個姓余。號蓋臣。雲南人氏。現當牙釐局總辦。一個姓孫。號國英。是直隸人。現充學堂總辦這兩個都是甲班出身。一個姓潘。號金氏。是安徽人。現當洋務局會辦。一個姓唐。號六軒。是個漢軍旗人。現充保甲局會辦。還有旗人叫烏額拉布。差使頂多。上頭亦頂紅。這五個人。連着余小觀。一共六位候補道。（比之前朝的六君子）是常常在一起的。六個人每日下午。或從局裏。或從衙門裏。辦完公事下來。一定要會在一處。江南此時麻雀牌盛行。各位大人閑空無事。總借此為消遣之計。有了六個人。不論誰來湊上兩个。便成兩局。他們的麻雀。除掉上衙門辦公事。是整日整夜打的。（堂堂觀察偏喜為牧猪奴戲）六人之中。算余蓋臣公館頂大。又有家眷。飲食一切。無一不便。因此大衆都在這余公館會齊的。時候頂多。他們打起麻雀來。至少五百塊一底起碼。後來他們打麻雀的名聲出了。連着上頭制台都知道。有天要傳見唐六軒。制台便說。你們要找唐某人。不必到他自己公館裏去。只要到余蓋臣那裏。包你一找就到。（職官犯賭例禁綦嚴奈何明知故縱）制台年紀大了。有些事情不能煩心。生平最相信的是養氣修道。（既喜修真煉炁自應忘情富貴何乃縈心爵祿）每日總得打坐三點鐘。這三點鐘裏頭。無論誰來。是不見的。空了下來。簽押房後面。有一間黑房。供着呂洞賓。設着乩壇。遇有疑難的事。他就要扶鸞。設壇扶乩最是旁門外道自愚愚人等到壇上判斷下來。他一定要依着仙人所指示的去辦。倘若沒有要緊事情。他一天也要到壇好幾次與仙人談詩為樂。一年三百六十日日日如此。倒也樂此不疲。所以朝廷雖以三省地方叫他總制他竟其行所無事。如同卧治的一般。既無心於為國為民何必避位讓賢所屬的官員們。見他如此。也樂得逍遙自在。橫豎照例公事不錯。餘下工夫。不是要錢。便是玩女人。樂得自便私圖。能夠顧顧大局的。有幾個呢。吏治之不修皆由大員溺職尸位所致

余小觀又有三件脾氣。是一世改不掉的頭一件打麻雀。自到江南。結識了余蓋臣。投其所好。自然沒有一天肯不打。而且賭品甚高。輸得越多。心越定。臉上神色絲毫不動。又歡喜做清一色。所以同賭的人。更拿他當財神看待。踏了一世不長進皆坐此弊第二件講時務。起先講的。不過是如何變法。如何改良。大人先生見他說話之間。總帶着些維新習氣。就不免有些討厭他。他自己已經為人所厭。尚不曉得。而又沒有錢內外打點。自然人家更不喜歡他了。落得個面目可憎語言無味他這個道台。雖然是特旨。是記名。在京裏一等等了兩年多。沒有得缺。心上一氣。於是又變為滿腹牢騷。平時同人談天。不是罵軍機。就是罵督撫。大眾聽了。都說他是痰迷心竅。因此格外不合時宜。恃才傲物取禍之道第三件是嫖婆娘。他為人最深於情。只要同這個姑娘要好了。連自己的心都肯掏出來給人家。此王三公子一樣多情在京城的時候。北班子裏有個叫金桂的。他倆弄上了。銀子用了二千多。自己沒有錢。又拉了一千多銀子虧空。一個要嫁。一個要娶。賽如從盤古到如今世界上一男一女。沒有好過他倆的。誰知後來金桂又結識了一個闊人。銀子又多。臉蛋兒又

好。又有勢力。佘道台抵他不過。於是賭氣不去。並且發下重誓。說從今以後。再不來上當了。賊子回頭金不換在京又守了好幾個月。分發出京。碰着一位老世伯。幫了他一千銀子。到了天津。手裏有了錢。心思就活動了。人家請他吃花酒。又相與個花小紅。幾乎把銀子用完。日久故態復萌被朋友催不過。方纔硬硬心腸。同小紅分手的。路過上海。因為感念小紅的情義。所以沒有去嫖。到了南京之後。住了兩個月。寄過兩件纖現成花頭的緞子。送給小紅作衣服穿。千里送鴻毛也算是個心後來同寅當中。亦狠有人請他在秦淮河船上吃過幾檯花酒。他只是逆着不肯帶局。後來時候久了。同秦淮河釣魚巷的女人。漸漸熟了。不免就把思念小紅的心腸。淡了下來。到處留情豈是鍾情之輩一天余蓋臣請他在六八子家吃酒檯面上唐六軒帶了一個局佘小觀見面之後不禁陡吃一驚。却是何故原來這唐六軒唐觀察。為人極其和藹可親。見了人。總是笑嘻嘻的。說起話來。一張嘴比蜜糖還甜。真正叫人聽了又喜又愛。因此南京官場中。就送他一個表號。叫他糖葫蘆。這糖葫蘆到省之後。一直就相與了三和堂一個姑娘。名字叫王小四子的。至此方點出名來這王小四子。原籍揚州人氏。瘦括括的一張臉。兩條彎溜溜的細眉毛。一個直鼻樑。一張小小嘴。高高的人材。小小的一雙腳。近來南京打扮。已漸漸的仿照蘇州款式。梳的是圓頭。前面亦有一寸多長的前劉海。此時初秋天氣。身上穿一件大袖子。三尺八寸長的。淺藍竹布衫。拖拖拉拉。底下已遮過膝蓋。緊與褲腳管上沿條相連。亦瞧不出穿的褲子是甚麼顏色了。描摹品貌粧飾寫出一個絕色女子佘道台因見他面貌狠像天津的花小紅。所以心上欻地一動。不怕人家吃醋當下王小四子走到檯面上。

往糖葫蘆身後一坐。糖葫蘆只顧低着頭吃菜。未曾曉得。對面坐的是孫國英孫觀察。綽號叫孫大鬍子的。見了王小四子。拿手指指糖葫蘆。又拿手擺了兩擺。（不知是何意見）王小四子誤會了意。齊巧這兩天糖葫蘆又沒有去。王小四子便打情罵俏起來。伸手把糖葫蘆小辮一拖。把個糖葫蘆的腦袋揪到自己懷裏。舉起粉嫩的手打他的嘴巴。（抑宮的嘴巴是妓女的現成物件）此時糖葫蘆嘴裏正啣着一塊荷葉卷子。一片燒鴨。嘴唇皮上油晃晃的。回頭一看。見是相好來拖他。亦就撒嬌撒痴。趁勢把腦袋困在王小四子懷裏。任憑打罵。（真會溜別想）只聽得王小四子說道。你這兩天死到那裏去了。我那裏一盪不來。叫你打的東西怎麼樣了。倒底還有沒有。糖葫蘆嘻皮涎臉的答道。我不到你那裏去。我到我相好家裏去。（真會尋開心）他說的是玩話。誰知王小四子倒認以是為真。立刻眉毛一豎。面孔一板。說道。我早曉得。我仰攀你大人不上。那個姑娘不比我長的俊。是你要同別人結線頭。你又何必再來帶我呢。（此是真吃醋）一頭說話。那副神形。就要掉下淚來。慌忙又拿手帕子去擦。（此是真侍愛）糖葫蘆只是仰着臉朝着他笑。（真會調弄人家）王小四子瞧着格外生氣。掄起拳頭。照准了頭。又是兩下子。（此是真動氣）打的他不由的喊阿唷。孫大鬍子哈哈大笑道。打不得了。再打兩下子。糖葫蘆就要變成功扁山查了。（謔而近虐）王小四子聽了這話。忽然撲嗤的一笑。（實在引人笑）又趕緊合攏了嘴。做出一副怒容。（驚喚點此一片和平）佘道台見了這副神氣。更覺得同花小紅一式一樣。毫無二致。（人面桃花是一是二）因為他是糖葫蘆帶的人。不便問他芳名住處。只得暗底下拉孫大鬍子一把。想要問他。（聊以望梅止渴）孫大鬍子。又只顧同糖葫蘆王小四子說話。沒有聽見。佘道台只得罷休。（無可奈何）此時王小四子糖葫蘆。正扭在一處。（恃寵撒潑）孫大鬍子見王小四子認了真。恐怕鬧出笑話。來連忙勸王小四子放手。不要打了。凡百事情有我。你要怎麼罰他。告訴了我。我替你作主。你倘若把他的臉打腫了。怎麼叫他明天上衙門呢。這豈不是你害了他麼。王小四子道。我現在不問他別的。他許我的金鐲子。有頭兩個月了。問問還没有打好。我曉得的。一定送給別個相好了。（一個醋葫蘆一個糖葫蘆兩個葫蘆碰在一處）糖葫蘆道。真正冤枉。我為着南京的樣子不好。特地寫信到上海。託朋友替我打一付。前個月有信來。說是打的八兩三錢七分重。後首等等不來。我又寫信去問。還没有接到回信。昨兒到了一個上海朋友。說起這付鐲子。那個朋友。已經自己留下送給相好了。（不是你送相好即是人家送相好其中必有蹊蹺）現在替我重打。包管一禮拜准定寄來。如果没有加倍罰我。王小四子道。孫大人請你做個見証。一禮拜没有。加倍罰他。前頭打的是八兩三錢七分重。加一倍。要十六兩七錢四了。孫大鬍子正要回言。不提防他的鬍子。又長又多。他的相好雙喜。坐在旁邊無事。嫌他鬍子不好看。却替他把左邊的一半。分為三綹。辮成功一條辮子。（着實好看）孫大鬍子的鬍子。是一個被相好玩慣的。起初並不在意。後來因為要站起來。去拉糖葫蘆。不料被雙喜拉住不放。（多了一根辮子吃起醋來左一拉右一拉豈不便當）低頭一看。纔曉得變成一條辮子。把他氣的開不出口。歇了一回說道。真正你們這些人會淘氣。没有東西玩了。玩我的鬍子。（一個連底鬍子實要被相好玩到底）雙喜道。一團毛團在嘴上。像個刺蝟似的。真正難看。所以替你辮起來。讓你清爽清爽。還不好。（蘇小妹嘲東坡曰一種聲音無處覓却從毛裏傳來可發一笑）孫大鬍子道。你嫌我不好看。你不曉得我這个大鬍子。

是上過東洋新聞紙。天下聞名的。沒有人嫌我不好。你嫌我不好。真正豈有此理。（相好要被你罵破小嫌如何不嫌）說着有人來招呼王小四子雙喜。到劉河廳去出局。於是二人匆匆告假而去。余藎臣問劉河廳是誰請客。人回羊統領羊大人請客。請的是湖北來的章統領章大人。因章統領初到南京沒有相好。所以今天羊大人請他在劉河廳吃飯。把釣魚巷所有的姑娘。都叫去看。其時潘金士潘觀察亦在座。聽了接口道。不錯。章豹臣剛剛從武昌來。聽說老帥。要在兩江安置一個事情。羊紫辰恐怕佔了他的位子。所以竭力的拉攏他。同他拜把子。聽說還托人做媒。要拿他第二位小姐。許給章豹臣的大少君。（嫉姤改作親熱魑魅伎倆）明天請章豹臣在金林春吃番菜。令兄兄弟出門出的晚。齊巧他的知單送了來。諸位都是陪客。單是沒有佘小翁。想是小翁初到省。彼此還沒有會過。佘小觀答應了一聲。是。其實他此時。一心只戀着王小四子一個人。默默的暗想。怎麼他同花小紅。賽如一塊印板印出來的。可惜此人已為唐六軒所帶。不然我倒要叫叫他哩。（渴相如饞涎盤）解現在且不要管他。等到散過席。拉着六軒去打茶園再講。（不怕人家糖葫蘆變成醋葫蘆）說話之間。席面上的局已經來齊。又喊先生來唱過曲子。漸漸的把菜上完。大家吃過稀飯。佘小觀便把前意通知了唐六軒。這幾天糖葫蘆也因為公私交迫。沒有到王小四子家續舊。以致檯面上受了他一番埋怨。心中正抱不安。現在又趁着酒興。一聽佘小觀之言。立刻應允。等到抹過了臉。除主人佘藎臣。還要小坐不去外。其餘的各位大人。一齊相辭。走出大門。只見一並排擺着十幾頂轎子。綠呢藍呢都有。親兵們一齊穿着號褂。手裏拿着官銜洋紗燈。還夾着些火把。點的通明透亮。好不威武。（比上衙門一樣勢翹）其間孫大鬍子。因為太太閫令森嚴。不敢遲歸。（家有胭脂虎還敢尋歡買笑）首先上轎。由親兵們簇擁而去。此外也有兩個先回家的。也有兩個自去看相好的。只有余小觀無家無室。又無相知。便跟了糖葫蘆。去到王小四子家打茶圍。（跟了拖油瓶豈不討厭）一進了三和堂。幾個男班子。一齊認得唐大人的。統通站起來招呼。領到王小四子屋裏。其時王小四子出局未歸。等了一回。姑娘回來了。跨進房門。見了糖葫蘆。一屁股就坐在他的懷裏。又着實拿他打罵了一頓。一直等到糖葫蘆討了饒。方纔住手。（見了此種情形豈不要眼內出火）王小四子因為他好幾天沒有來。把他脫下的長衫馬褂。一齊藏起。以示不准他走的意思。（已有送客留髡之意）又敲他明日七月七日。是乞巧日。一定要他吃酒。（也學神仙嘉會穩渡銀河）糖葫蘆也答應了。又面約余小觀明夜八點鐘到這裏來等候。余小觀自從走進了房。一直呆呆地坐着。不言不語。（一種癡情使人莫測）王小四子自從進門問過了貴姓。敬過瓜子。轉身便同糖葫蘆瞎吵着玩。亦沒有理會他。（何苦自討沒趣）後來聽見自鳴鐘噹噹的敲了兩聲。糖葫蘆急摸出表來一看。說聲不早了。明天還有公事。我們去罷。王小四子把眉毛一豎。眼睛一斜道。不准走。（比閫令還嚴）糖葫蘆只得嬉皮笑臉的。仍舊坐下。說話間。余小觀卻早把長衫馬褂穿好。王小四子一直沒理他坐着沒趣。所以要走。今忽見他挽留。不覺信以為真。連忙又從身上把馬褂脫了。重新坐下。這一坐又坐了一個鐘頭。（虧你久在花中不知訣竅）害得糖葫蘆同王小四子兩個人。只好陪他坐着。不得安睡。（恐入巫山偏逢惡客）起先彼此還談些閒話。到得後來。糖葫蘆王小四子。恨他不送。那個還高興理他。（恨不得揮諸門外）余小觀坐着無趣。於是又要穿馬褂先走。

偏偏有個不懂事的老婆子。見他要走。連忙攔住說道。天已快亮了。只怕轎夫已經回去了。大人何不坐一回。等到天亮了再走。（誰要你多嘴）佘小觀起身朝窗户外頭一看。說了聲果然不早了。（自己留自己）糖葫蘆王小四子二人。只是不理他。老婆子只是挽留。氣得糖葫蘆王小四子。暗底下罵老東西。真正可惡。因為當着佘小觀的面。又不便拿他怎樣。（好事多磨偏有此老厭物）歇了一歇。糖葫蘆在烟榻上裝做困着。王小四子故意說道。烟鋪上睡着冷。不要着了涼。於是硬把他拉起。扶到大牀上睡下。糖葫蘆裝作不知。任他擺布。等到扶上大床。王小四子便亦便有下來。（情形可想）佘小觀一人覺得乏味。而又磕銃上來。便在糖葫蘆所躺的地方睡下了。畢竟夜深人倦。不多時便已鼻息如雷。起先挽留他的那個老婆子。還說現在已經交秋。寒氣是受不得的。受了寒氣。秋天要打瘧疾的。一頭說。一頭想去找條毯子給他蓋。（虧你如此好心）誰知王小四子在大床上還沒有睡着。罵老婆子道。他病他的。管你甚麼事。他又不是你那一門子的親人。要你顧戀他做什麼。（更不耐得了）老婆子捱了一頓罵。便躡手躡足的出去。自去睡覺了。（至此方纔知道）却說屋裏三個人。一直睡到第二天七點鐘。頭一個佘小觀先醒。睜眼一看。看見太陽已經晒在身上。不能再睡。便一骨落爬起。披好馬褂。竟獨自拔關而去。此時男女班子。亦有幾個起來的。留他洗臉吃點心。一概搖頭。（也知自己不知趣討人家厭）只見他匆匆出門。喚了輛東洋車。一直回公館去了。（商你還要擬情癡）這裏糖葫蘆。不久亦即起身。因為現在這位制台大人。相信修道。近來又添了功課。每日清晨定要在呂祖面前跪了一枝香。方纔出來會客。（修道本是好事但在居官豈不誤國誤民）所以各位司道。以及所屬官員。挨到九點鐘上院。還不算晚。當下糖葫蘆轎班跟人到來。也不及回公館。就在三和堂換了衣帽。一直坐了轎子上院。走到官廳上。會見了各位司道大人。昨兒同席的幾個統通到齊。余小觀也早來了。此時還穿着紗袍褂。是不戴領子的。有幾個同寅。望着他好笑。笑得作怪大家奇怪。及至問及所以。那位同寅便把糖葫蘆的小衫領子一提。却原來袍子襯衣裏面穿的乃是一件粉紅汗衫。也不知是幾時同相好換錯的。東方未明顛倒衣裳大家俱哈哈一笑。一發鬨堂糖葫蘆不以為奇。反覺得意。一個相好日日貼心貼意如何不得意正鬧着。齊巧余藎臣出去解手。走進來鬆去扣帶。提起衣裳。兩隻手重行在那裏紮褲腰帶。孫大鬍子眼見。忙問余藎翁。你腰裏是條甚麼帶子。怎麼花花綠綠的。大眾又趕上前去一看。誰知竟是一條女人家結的汗巾。大約亦是同相好換錯的。余藎臣自已瞧着。亦覺好笑。一班嫖精色鬼有玷官箴等把褲子紮好。巡捕已經出来招呼。幾個有差使的紅道台。跟了藩司鹽糧兩道。一齊上去稟見。照例談了幾句公事。制台發話道。兄弟昨兒晚上。狠賞老祖獎勵。說兄弟居官清正。修道誠心。已把兄弟收在弟子之列。真正見神遇鬼老祖的意思。還要託兄弟替他再找兩位仙童。以便朝晚在壇伺候。一派鬼話有一位是在下關開雜貨舖的。這人很孝順父母。老祖曉得他的名字。就在乩上批了下來。吩咐兄弟。立刻去把這人喚到。兄弟今天五更頭。就叫戈什按照老祖所指示的方向。居然一找找着。如今已在壇前。嘗老祖封他為淨水仙童。安知不是一個着了魔道什麼叫做淨水仙童呢。只因老祖跟前。一向有兩個童子。是不離左右的。一個手捧花瓶。一個手拿拂帚。拿花瓶的。瓶內滿貯清水。設遇天乾不雨。祇要老祖把瓶裏的水滴上一滴。這江南一省。就統通有了雨了。（此時龍王還要靈）佛經上說的楊枝一滴。灑遍大千。正是這個道理。（道法牽扯到佛經上真是援儒入墨）制台說到這裏。有一位候補道插嘴道。這個職道曉得的。是觀音大士的故典、（想來也看過西游記）制台道。你別管他是觀音。是呂祖。成仙成佛。都是一樣。佛爺仙爺。修成了都在天上。他倆的道行。看來是差不多的。（儒釋道三教本是同源）但是現在捧淨瓶的一位有了。還差一位拿拂帚的。這位仙童。倒很不好找呢。說到這裏。舉眼把各位司道大人。週圍一個個的看過來。看到孫大鬍子。便道。孫大哥。看你兄弟這一嘴好鬍子。飄飄有神仙之概。又合了古人童顏鶴髮的一句話。我看你倒着實有些根基。（天天在爐內煉丹如何沒有根基）等我到老祖面前。保舉你一下子。等他封你為拂塵仙童。也不用候補了。我們天天在一塊兒。跟着老祖學道。學成了一同昇天。你道可好。（有了凡緣還羨什麼仙緣）孫大鬍子。是天天打麻雀。嫖姑娘。玩慣了的。而且公館裏太太又凶。不能一天不回去。如何能當這苦差。（現成的神仙眷屬便是地行仙如何還去學天仙）聽了制台的吩咐。想了一會。吞吞吐吐的回道。實不瞞大帥說。職道雖然上了年紀。但是根基淺薄。塵根未斷。恐怕不能勝任。這個差使。還求大帥另簡賢能罷。（強人所難本是不情）制台聽了。似有不悅之意。也楞了一會。說道。你有了這們一把鬍子。還說塵根未斷。你叫我委那一個呢。（只怕凡心一起要污神仙世界那時再貶落來反為不美了）說罷。甚覺躊躇。再仔細觀看。別位候補道。不是烟氣沖天。就是色慾過度。又實實在在無人可委。只得端茶送客。走出大堂。孫大鬍子把頭上的汗一摸道。險呀。今天若是答應了他。還能夠去擾羊紫辰的金林春嗎。說罷。各自上轎。也不及回公館脫衣服。還奔金春林而來。其時主人羊紫辰同特客章豹臣。還有幾位陪客。一齊在那裏了。羊紫辰本來說是這天晚上。請吃番菜的。因為這天是乞巧日。南京釣魚巷規矩。到了這一天。個個姑娘屋裏都得有酒。有了酒。纔算有面子。（天上佳期人間良夜）章豹臣昨天晚上。在劉河廳還中了一個姑娘。是韓起發家的。名字叫小金紅。當夜就到他家去結線頭。（鵲橋未駕蝸室已探）章統領是闊人。少年拿不出手。羊統領替他代付了一百二十元洋錢。第二天統領吩咐。預備一桌滿漢酒席。又叫了戴老四的洋派船。（輕舟蕩漾容與中流）一來應酬相好的。二來謝媒人。三來請朋友。戴老四的船。已經有人預先定去。因為章統領一定指名要。羊統領只得叫他回覆前途。戴老四不願意。羊統領發脾氣要叫縣裏封他的船。還要送他到縣裏辦他。戴老四無奈允了。是日各位候補道大人。凡是與釣魚巷姑娘有相好的。一齊都有檯面。就是羊統領自己也要應酬相好。所以特地把金林春一局改早。以便騰出工夫。好做別事。當下主客到齊。一共也有十來位。主人叫細崽讓各位大人點菜。合席只有孫大鬍子吃量頂好。一點點了十二三樣。（老饕饞涎垂吻如何叫他絕烟火食）席間各人又把自己的相好叫了來。這天不比往日。凡有來的局。大約只坐一坐。就告假走了。羊統領見章豹臣新相知小金紅也要走。便朝着他努嘴。叫他再多坐一會兒。小金紅果然末了一個去的。（一夜恩情海樣深）章豹臣非凡得意。大衆都朝他恭喜。說話間。各人點的菜。都已上齊。問問孫大鬍子。纔吃得一小半。還有六七樣沒有來。（真正酒囊飯袋）（徒貽腹負之譏）於是叫細崽去催菜。細崽答應着去了。席面上烏額拉布烏道台。曉得這爿番菜館。是羊統領的大老板孫大鬍子及余藎臣一千人。亦都有股分在內。便說笑話道。國翁你少吃些。

多吃了。羊大人要心疼的。羊統領道。你讓他吃罷。橫豎是蜻蜓吃尾巴。多吃了。他自己也有分的。章豹臣道。原來這爿番菜館。就是諸位的主人。生意是一定發財的了。足見吃食店舖官場銀子不少羊紫辰道。也不過玩玩罷了。那裏就能彀靠着這個發財呢。正說着。窗戶外頭河下。一隻七板子。坐一位小姑娘。聽見裏面熱鬧。便把船緊靠闌干。用手把着闌杆。朝裏一望。一見羊大人坐着主位。在那裏請客。便提高嗓子。叫了一聲乾爺。無意間跑出一個乾女兒來來得突兀羊紫辰亦逼緊喉嚨答應了一聲噯。大家一齊笑起來。答應得出實在引人笑章豹臣道。我到不曉得。羊大人有這們一位好令愛。早曉得你有這們一位好令愛。我情願做你的女壻了。糖葫蘆也接口道。不但章大人願意。就是我們誰不願意。做羊大人女壻呢。羊紫辰道。我的女兒。有了你們這些好女壻。真要把我樂死了。汾陽九子十三婿倒是富貴壽考之象說着。那個小姑娘。已經在他身上坐下了。大家又鬼混了一陣。孫大鬍子點的菜。亦已吃完。只因今日應酬多。大家不敢躭誤。差官們進來請示。還是坐轎去。坐船去。其時戴老四的船。已經撐到金林春窗外。章豹臣便讓眾位大人上船。正讓着。章豹臣新結的線頭小金紅。亦回來了。當天章豹臣在席面上。又賞識了一個姑娘。名字叫做大喬。有一箭雙鵰之樂不知曹阿瞞見之亦垂涎否章豹臣亦非常之喜。小金紅坐在一旁。瞧着甚不高興。已存了個醋意這一席酒。定價是五十塊。加開銷三十塊。戴老四的船價。一天是十塊。章豹臣還要另外賞搞一齊有一百多塊。章豹臣的席面散後。接着孫大鬍子余蓋臣糖葫蘆羊紫辰烏額拉布。統通有酒。雖說一處處都是草草了事。然從兩點鐘吃起。吃了六七樣。等到吃完。已是半夜裏三點鐘了。孫大鬍子怕太太。仍舊頭一個回去。章豹臣賞識了大喬。吃到三點鐘。便假裝吃醉。說了。聲失陪。一直到大喬家去了。（定要把個周郎氣煞）這夜大喬異常之忙。等到第二天大天白亮。纔回來。章豹臣會着。自然異常恩愛。（有銅雀春深之概）問長問短。大喬就把自己的身世。統通告訴了他。（機會難逢）到底做統領的人。銅錢來的容易。第二天就託羊紫辰同鴇兒說。章大人要替大喬贖身。鴇兒聽得人說。也曉得章大人的來歷。非同小可。況且又是羊統領的吩咐。敢道得一個不字。當天定議。共總一千塊錢。章豹臣自己挖腰包。付給了他。大喬自然分外感激章大人不盡。（此種造孽錢多用他幾個不算得寃枉）又混了兩天。章豹臣奉到上頭公事。派他到別處出差。約摸一時不得回來。動身的頭一天。叫差官拿着洋錢一家家去開銷。他叫的局本來多。連他自己還記不清楚。差官一家家去問。誰知問到東。東家說章大人的局包。羊大人已經開銷了。問到西。西家說章大人的帳。羊大人已經代惠了。後來接連問了幾處。都是如此。連小金紅結線頭的錢。亦是羊大人的東道。（古人分金多與是濟貧今人是繼富）差官無奈。只得回家據情稟知章豹臣。章豹臣道。別的錢。他替我付。我可以不同他客氣。怎麼好叫他替我出嫖帳呢。這個錢都要他出。豈不是我玩了他家的人嗎。（又用了他的錢又討了他的便宜雖暗中剝軋還算佔得）說罷哈哈大笑。後來章豹臣要拿這錢算還羊紫辰。羊紫辰執定不肯收。說道幾個錢算什麼。連這一點點還不賞臉。便是瞧不見兄弟了。（不奪他飯碗已經造化錢是用在刀背上）章豹臣聽他如此說。只得罷手。只因這一鬧。直鬧得南京城裏聲名洋溢。沒有一個不曉得的。要知後事如何。且聽下回分解。

三編卷三十

認娘舅當場露馬腳

飾嬌女背地結鴛盟

話說羊紫辰羊統領。本是別省的一位實缺鎮臺。只因他本缺十分清苦。便走了門路。由兩江總督出奏。奏留他在南京。統帶防營。這便是上頭有心調劑。（實缺可以不到任當別差宦場處處有手腳）他自從接事之後。因見地方平靜。所有的兵丁。大半是吃糧不管事。他的前任。已經有兩成缺額。到他接手。便借裁汰老弱為名。又一去去了兩三成。卻是舊的雖去。新的卻沒有補進一個。（中國營頭處缺額所以十萬百萬徒有其名）歇上三年。制台閱操一次。有的是臨時招人。有的還是前後接應。（中國上下蒙蔽各省一轍）怎麼叫做前後接應呢。譬如一營之中。本是五百個人。他倒缺了三百名的額子。實實在在。只有二百個人。等到制台閱操的時候。前頭一排點過名。趕緊退了下來。改換衣服軍械。跟着後頭的人。再上去應名。如此一排排的上來下去。輪流倒換。不要說是一營五百人。他缺三百個。就是再缺多些。有此妙法。也容易彌補。（戲法人人會變各人巧妙不同）況且制臺年紀大了。又要修道養心。大半是派營務處上的道臺。替他校閱。這般營務處上的人。那一個不是羊統領的朋友。天天吃花酒。嫖婊子。同在一處玩慣了的。等到派了這個差使下來。並不要羊統領前去囑託。他們早已彼此心照。模模糊糊。把制臺敷衍過去。就算了事。（只要瞞過一人其餘多不在意）統領如此。營官自然亦是如此。（所謂上行下效）調換營官。更是統領一件生財之道。（賄賂公行朝野一律）倘然出了一個缺。一定預先就有人鑽門路。送銀子。不是走姨太太的門路。就得走天天同統領在一塊兒玩的人的門路。甚至於統領的相好。甚麼私門子。釣魚巷的婊子。這種門路。亦都有人走。統領是非錢不行。替他經手過付的人。所賺的錢。亦都不在少處。（一人有福萬人消受）閑話休提。且說歸羊統領管轄的。什麼護軍正營。護軍副營。新兵營。常備軍。續備軍。一共有好幾個名目。每一營之中。有營官。有哨官。營官都是記名提鎮。哨官則自副參游以下。以至千總外委。都有在內。（仕途之雜營中更雜）其時有一個在江陰帶砲划子的哨官。據他自己說。是一個副將銜的游擊。就是人家談起來。說他的官。亦並不是假的。（官是不假人是冒的）他在江陰砲船上。當了兩年零三個月的差使。因為尅扣兵餉。被上頭查了出來。拿他的差使撤去。（只許州官放火不許小百姓點燈）他就跑到南京來。另覓生路。卻說這人姓冒。名字叫得官。本來是在江北泰興縣跟官。當長隨的。後來攢聚了幾十弔錢。有天為着做錯了一件事。被主人將他罵了一頓。正在悶極無聊的時候。便到烟館裏吃烟。合該他官星透露。其時正值江南裁撤營頭。所有前頭打長毛得過保舉的人。一齊歇了下來。謀生無路。（只知裁撤不知安頓終非善策）狠有些提鎮副參。個個弄到窮極不堪。便拿了飭知獎札。沿門兜賣。這時候只要有人出上百十弔錢。便可得個一二品的功名。亦要算得不值錢了。（爵祿所以御人反以此為販賣之具足見名器之濫）這日冒得官走到烟館裏面。值堂的是認得他的。連忙讓出一張烟舖。請冒大爺這邊來坐。冒得官有事在心。悶悶不樂。便沒精打彩的躺了下去。值堂的又趕過來。替他燒烟。抽不上三四口。忽然烟榻前來了一個彪形大漢。雖然是面目黧黑。形容枯槁。卻顯出一副雄糾糾氣昂昂的神情。（英雄不得時皆是如此）

冒得官亦不理他。值堂的見了。到擺出滿臉的悻悻之色。朝他哼兒哈兒的趕他走開。只聽得那人嘆一口氣道。你不要朝着我這個樣兒。我也不是什麼好欺負的。你認得我是誰。你們江南。若是沒有我們。你們那裏來的這種好日子過呢。不過是我運氣不好。以至落拓到這步田地。如果要講起身分來。不要說是你一個做跑堂的。算得什麼。就是泰興縣縣大老爺。比比頂子。要比我差着好幾級呢。猛虎在深山百獸震懼及在阱穽之中搖尾而乞食一經失足還講什麼身分值堂的見他出言無狀。便把眉毛一豎。眼皮一掀。一骨碌爬起。想要動手。趕他走開。誰知那大漢。哈哈大笑。值堂的非但推他不動。反被大漢摔了一個筋斗。此種人用處正多何至流落天涯值堂的氣的了不得。憤憤的要出去叫地保。大漢冷笑道。我正苦沒有飯吃。這個樣兒。又見不得官。你今送我前去。好好好。我就跟了你去。見了你們大老爺。只要他肯把我收留下來。等我吃兩天飽飯。省得在外頭捱餓。我就感激不盡了。到此並不爲非作歹也算是安分之徒值堂的見他如此。更是火上加油。這些話。冒得官都聽得明明白白。心上甚是詫異。暗想此人。必定有點來歷。又看他的樣子。決不是等閒之輩。風塵物色相賞有眞便叫值堂不要同他多講。等待我問他。一面說。一面把烟槍一丟。坐了起來。慢慢的問他。你貴姓。聽你口音。不像本地人氏。怎麼會到得此地來的。那大漢見冒得官說話講理。便亦改換了一副神情。先嘆了一口氣道。一言難盡。英雄末路有口難言冒得官又讓他在烟榻前一張杌子上坐了。誰知這大漢後頭。還跟着一個人。冒得官問是誰。那大漢回稱是他外甥。爲後文說穿打架伏線冒得官並不在意。那大漢坐定之後。自己說了姓名。是湖南人氏。從前打長毛。身當前敵。克復城池。後來敘功。歷保至花翎副將銜。儘先侯補游擊。當時保雖保了。等到平定之後。那裏有這些缺安置他們。（高鳥盡良弓藏狡兔死走狗烹正是如此）記名提鎮。能夠借補個游擊都司。已經是十不獲一。何況是內無奧援。外無幫助。一旦裁撤歸農。無家可歸。焉有不流落之理。（數語埋沒英雄不少）在營盤的時候。大注錢財。也曾在手裏經過。無奈彼時心高氣傲。揮金如土。直把錢財看得不當東西。（銀錢是身外之物希什麼罕）就是出營之後。身邊也還帶得幾文。有的是坐吃山空。有的是同人合股。做個小賣買。到得後來亦總是關門。（身無恒業豈是久長之計）即以在下而論。正坐着這個毛病。一身之外除掉兩件破舊衣裳還有幾張破紙頭。便是當年所得的奬札飭知了。這種破紙頭。飢不可為食。寒不可為衣。真正窮到極處。可惜這個東西。没得人要。如有人要。我情願得幾文錢。就賣了他。（秦瓊賣劍賣馬劍尚可以防身馬尚可以代步）我子然一身無家無室。又無行李。除掉帶在身邊。更把他放在何處。（至於幾張破紙要他何用）冒得官聽到這裏。不覺心上一動。便問你這東西。帶在身邊没有。那大漢道。你拿出來我瞧瞧。那大漢正在解衣取出之時。值堂的走過來說道。大爺你別上他的當。他天天拿着這個。到這裏騙人。（寶劍送與烈士紅粉贈與佳人不遇識者終遭白眼）大漢見值堂的打散他的賣買。掄起拳頭。便要打值堂的。被冒得官吆喝了值堂的兩句。彼此方纔罷休。冒得官是在衙門裏頓過的。認得奬札飭知。知道不是假。（千年文書好合藥想來你要合藥的）此時忽動了做官之念。便問他要幾多錢。（偏有此識寶太師要收古董）那大漢起初不肯說。後來冒得官頂住問他。纔說得一百五十塊。禁不住冒得官再四磋磨。說明三十塊錢當先天付三塊錢的定洋。先拿他一個奬札。下餘的約明次日兩點鐘。仍到這爿烟館裏交割。

大漢拿到洋錢。歡欣鼓舞的而去（不遇伯樂亦惟伏櫪長鳴）值堂的又要問他拿扣頭。大漢不肯。值堂的一定要彼此爭論起來。又幸虧冒得官呼喝了兩聲。方纔住手。大漢已去冒得官亦即回衙。到了次日。毛得官帶了二十七塊錢仍到烟館裏來交割。等到飭知奬札統通拿到了手。冒得官揣回家中。在燈下取出觀看。見飭知上的名字。乃是毛長勝三個字。雖然名字不同。幸喜姓的聲音還是一樣。（曾有某寒士在客寓遇一同姓知府引見下來在寓病斃某寒士即冒其名頂替到省當差後來謀到礦局總辦差使現已保至道臺身家殷實人不知其得官之巧也）過了一天。這毛得官便上去到主人跟前告假。另外走了門路。一心想去投効提標。其時提臺駐紮江陰。既有門路自然收留。不了兩個月便委了他砲船管帶。（有了銀子門路即得差使足見事在人為耳）從此這冒得官。便真正做了冒得官了。在江陰砲船上當了三年多的管帶。船上不比岸上。來往的人少。一直沒有人看出他的破綻。有日提臺傳令看操。許多砲划子。正在操演的時候。人家當管帶的。一齊站在船頭上指揮兵丁們。不想他老人家在艙板上滑了一腳。一滑就滑到水裏去。（真是一失足成千古恨了）一衆兵丁慌了手腳。虧得有兩會泅水的。脫去衣服。好容易把他撈救了上來。提臺在長龍船上瞧看。吩咐戈什坐了小划子過去問信。問他還有氣沒有。其時兵丁人們已把他救起。拖過三條板凳。把他背朝上。臉朝下。懸空着伏在板凳上。好等他把嘴裏喝進去的水淌出來。淌了半天。水也少了。肚子也癟了。然後拿他扛到艙裏去睡。又灌了兩碗薑湯。纔慢慢的回醒過來。（好了好了有了命了）戈什回去稟覆提臺。提臺道。阿彌陀佛。我心上一塊石頭纔放下。他這個差使是某人保薦的。倘若他死了。我怎麼對得住朋友呢。（人死事小對不住朋友事大足見人情之要緊）到了第二天。冒得官請了三天假。一直到第四天。纔上去叩謝提臺。口稱沐恩自不小心走滑了脚倒叫老師操心。沐恩實在感激不盡。沐恩家裏還有八十歲的老娘。孩子年紀小。都不會掙飯吃。沐恩跌下去的時候。自己也還明白。肚皮裏想道。我這下子可完了。大難不死必有大福如今總算託賴着老師的洪福。沒有死。還能彀來伺候老師。所以沐恩當時就許下願。拜三天龍王懺。超度超度水裏的這些寃魂。老師請放心。以後就沒有事了。想來水裏寃鬼討超度故有此跌提臺道。你跌下去的時候。我替你揑着一把汗。倘若被水淹死了。雖然是你命該如此。總要算是沒於王事。我已經打算。替你打咨文給制臺。奏明上頭。請個卹典。將來你的兒子到可無庸多慮。有了卹典到死亦值得了現在你既未曾死。這些話也不必題他了。冒得官又重新下了半跪。叩謝老師的恩典。提臺又道你跌下去的地方。水有多們深。想來一定是淺的。所以你沒有送命。冒得官道。回老師的話。現在水陸營頭。一齊改了洋操。最講究的是測量之學。沐恩測雖不會測。要說單是量。還辦得來即以沐恩自己而論。那天跌下去的地方。大約那裏的水。只有五尺多深。一跌倒學會了測量之法可見失足即學乖何以見得。沐恩常常聽見老一輩了的人講。大凡跳河自盡的人。一定是站在水裏的。那天沐恩的嘴裏。水都灌得進。一定這水已經沒有頭頂。到了第二天。沐恩又拿起靴子來一看。果然滿靴的泥。可見是已經到底。沐恩穿的是三尺八寸的袍子。上頭再加腦袋。頂帽。下頭再加靴子。統算起來。這水不過五尺多深。量得如此準法以後到要多吃一分測量口糧提臺道。就不會六七尺嗎。你在水裏那裏量得這們清楚。冒得官湊前一步道。大帥明見。沐恩手下的那些兵丁。五尺深的水。他們還敢下去。所以還敢得沐恩上來。若得再深些。他們就不敢跳了。如此水師有什麼用處 這是沐恩親身試驗的。不敢撒一字謊。大帥不信。不妨派個人去查查看。也可以顯顯沐恩量的到底准不準。提臺道你量過就是了。亦不用查得的。說完了話。冒得官退了下來。又過了兩個月。上頭掉他們到別處去拿鹽梟。有天晚上。滿船上的人。都睡着了。反被鹽梟跳上了他的船。把船上的帳蓬軍器。拿了一個乾淨。然鹽被鹽梟所算無怪私鹽之充斥了 他從睡夢中驚醒。提着褲子出來探望。有個鹽梟。照着他的臉。放了一聲空鎗。直把他嚇的跪在艙板上。磕頭如搗蒜。口稱大王饒命。如此管帶也出來緝私 後來鹽梟跑了。他便鬧到縣裏去。怪地方官緝捕不力。又開了一篇假帳。說共總被強盜打劫去許多東西。一定要知縣認賠。自己所司何事到去索詐人家 知縣說道清平世界。那裏來的強盜。兄弟到任之後。嚴加整頓。竊案尚且沒有。怎麼會有盜案呢。當被冒得官頂住不走。知縣不得已答應替他查辦。方纔走的。過了兩天。又來催討。其時知縣已派人查過。曉得是鹽梟所為。見了冒得官。便分辯說是鹽梟。不是強盜。冒得官道。說強盜打劫也好。說鹽梟打劫也好。橫豎總在你貴境裏出的搶案。即以強盜而論身為武官不能御盜反去責問文官即要打嘴 知縣發急道。這到不可以胡亂說說的。強盜是強盜。鹽梟是鹽梟。強盜打劫了人家。自然是地方官之事。至於鹽梟。一定是懷恨你們。前來報仇的。如說不是報仇而來。何以不搶岸上的居民。專搶你們河裏的砲船呢。說得不錯 況且你們炮船上。又有兵勇。又有軍器。你老哥為一船之主。又是有本事的人。怎麼不去打退他們。到反吃了他們的虧。此乃決無之事。兄弟一定不能相信。由得人家嘴响 冒得官道。如果是白天呢。兄弟一定同他打一仗。無奈是半夜裏。一齊睡着了。所以上了他算。知縣道、等你睡着了時他纔動手、這明明是偷、怎麼好說是搶呢。（駁得亦是）地方上出了竊案、亦是兄弟的事。來阿。跟班的答應了一聲、着。知縣道。冒大人船上失竊東西。限捕快三天替我破案。拿不到人、打斷他的狗腿。（也不過數行了）（事真要他賠實不自知分量）跟班的得應下去。冒得官至此。方無話說、只好告退、過了兩日。心還不死。又催知縣。知縣恨極了。上去求了本府。齊巧這時候。新換了一個提臺。本府同他有點淵源。便托知縣的話。寫信告訴提臺。的提臺新到任。正要借他立個下馬威。便道。他自己被賊偷了。說是强盜打劫。要知縣賠他東西。豈非是無賴。（考語下得確）就說是强盜打劫。派他出去。原是要他拿强盜。今到反被强盜打劫了去。他管的什麼事情這種東西。要他何用。一角公事。便撤了他的差使。另派了別人接管。（自取其咎）他被撤之後。無顏再到江陰。所以纔到南京來的。他在炮船上的時候。亦狠賺得幾個錢。一到南京、便鑽頭覓縫的尋覓事情、就有人對他說。現在只有羊紫辰羊統領。上頭的面子頂好。手下的營頭又多。只要走上他的門路。弄個營官當當。那是狠容易的事。然而走統領的路。還不如走他姨太太的路。（內線最是靈驗）統領事情多。怕有忘記。走了姨太太的路。姨太太早晚在一旁。替你加死力的催差使。又好又快。比走統領的路。要好得幾倍呢。（女子小人最是）（恩怨分明）冒得官問道。姨太太在裏頭。我們又見不着。怎麼會巴結得上呢。（慮得亦是）那人道。你又呆了。要做這種事情。總得下水磨工夫。頭一個離不掉門房。門口拿權的。或是戈什差官之類。你總得先把他弄好。以後有了機會。或者是姨太太做生日了。或者是姨太太想吃甚麼。想穿甚麼。

你把結好了門口。他們就通信給你。好等你去辦了來。頭兩次。你不好自己居功。要算是替他門上的人代辦的。等他們自己人先得了好處。以後你再求他們。提拔提拔你。（若要功夫深鐵杵磨作繡花針）人心是肉做的。受了你的好處。總得替你說兩句好話。補報補報你。到這時候。一句話總抵得十句。只要姨太太跟前。有他們一幫人替你說話。統領跟前。又有姨太太替你說話。這事情豈有不成之理。（曾曾相因權操必勝）但是你要先籠絡他門口的人。不但底下要籠絡。就是上房的老媽子了頭亦得弄好。這是什麼緣故呢。戈什差官到上房。是有數的。不能一天到晚守着姨太太。伺候姨太太。老媽子了頭。却是一天到晚。守好了姨太太。一步不離的。姨太太有相信他們的話。所以他們說的話。更比別人說得靈。（走門路要獻盡小殷勤豈是盡人所能為）冒得官聽了。心上尋思。原來求差使有這許多經絡。連忙謝了又謝。又問統領跟前。總得見一面纔好。那人道。統領見不見。到不在乎此。見了統領沒有差使。亦是枉然。只要到過一次上過一位手本。做個引子。以後便好常常同他門口來往。相機行事。（閱歷有得之談但恐作者亦能說而不能行）冒得官連稱領教。牢記在心。後來如法炮製。先從門口結識起。又送了多少東西。天天跑來廝混。（如此虛心受教終有出頭之日）後來跑的時候久了。羊統領共有八個姨太太。他又打聽得那一個最得寵。遇見這一位姨太太。有甚麼差使。派了下來。他便趕着替門口上這班人去做。有時候墊了錢。亦不要他們還。他辦的差事。又討好。又快當。又省錢。所以門口上這班人。都同他要好的了不得。（人人要佔小便宜如何不替他要好）後來大家交情深了。他便把謀差的意思說了。眾人俱各應允。得便就替他竭力上頭去求。（已近功成緣滿之日）齊巧這日姨太太要裱糊一間房子。自己想中了一種有顏色花頭的洋紙。派了多少差官去買。總辦不來。就有人說給冒得官。冒得官便化了三天工夫。把個南京城裏的大小洋貨店。城外下關的洋行。統通跑遍。居然照樣辦到。有志者事竟成切勿躁暴差官拿進去給姨太太看了。正對意思。連夜就叫裱糊匠把房子糊好。搬了進去。不料這差官。正是姨太太的紅人。姨太太一見之後。就着實拿他誇獎。說他有能耐。會辦事。此番這差官。有心要替冒得官說好話。便說這紙是一個來營投効的冒某人弄得來的。南京城裏城外。足足跑了三天。纔弄得來孝敬姨太太的。真是一言九鼎姨太太道我到不曉得是他背地裏替我出力他是個甚麼功名本來女子最喜帮稱一有帮稱何事不肯況區區求差使子差官道他是個副將銜的遊擊。在江陰帶過砲船。如今沒有事。所以來到這裏想要求統領賞派個差使。跑了好幾個月。還沒有見着。姨太太道。要差使你為什麼不來跟我說。是喜極愛極光景你去關照他。叫他明天來見統領。包他見面之後。就有差使。滿口應承差官出去。把話傳給了冒得官。冒得官自然感激。當夜姨太太告訴了統領。有了內線。還有什麼不靈的。而且他這條內線。更與別人不同。到了第二天。冒得官又來上手本。自然羊統領立刻見他。而且問長問短。着實關切。當面許他派他差使。又承覿許冒得官退了下來。一等等了三天。沒有動靜。那個差官。又去同姨太太說了。姨太太想賣弄自己的手段。便把統領請了來。撒嬌撒痴。把統領的鬍子拉住不放。一定要統領立刻答應。派冒得官一個好差使。方肯放手。統領答應三天還不算。一定等統領應允。當天下委札。方纔放手。投其所好比用了銀子還靈統領一手拿出小木梳來梳鬍子。已經有好兩根弄斷。

掉了下來了。只因這位姨太太。又是一向縱容慣的因愛生懼。非但拉掉鬍子不敢做聲。並且立刻出來。替他對付差使無可如何。硬把護軍右營的一個管帶。說他營務廢弛。登時撤掉差使。就委冒得官接管。（殺命養命不得缺放）札子寫好了。用過關防標過硃。羊統領又拿進去。給姨太太瞧過了。（上司還要體三分）然後交到門口。不用等到差人去送。冒得官早在外頭伺候。好了。立刻上來叩謝統領統領。照例敷衍了兩句面子上的話。無非是修明紀律。勤加訓練的話頭。冒得官一迭連聲的答應者者。下來又託人帶他上去叩謝姨太太。姨太太卻沒有見。（彼此心照何必親見）次日又辦了幾分重禮。把羊統領公館裏的人。上上下下。擇了打點了一番。（吃盡苦頭學盡乖）然後擇了吉日去到差。接差的頭一天。照例要點卯。忽然內中有個哨官。帶着水晶頂子。上來應名。冒得官看了他一眼。甚是面善。那哨官亦不住的抬頭看冒得官。四目相注。彼此分明打了一個照面。（寃家碰着路狹窄）當時冒得官想他不起。亦就撩開。不料這哨官。卻記好了他。（虧得是個好記性）等到事完之後便獨自一个拿了手本。跑到冒得官下處求見冒得官。冒得官一看手本。知是本營的人。心裏尋思道。我今天頭一天接差。他有甚麼事情來找我。我先回報不見。後來這哨官一定要見。只得吩咐叫他進來。那哨官進來之後。見了營官。自然先要行還他的官禮。冒得官因為初接差。見了他格外謙和。問他有什麼事情。（到是你去問他的不是）畢竟當武官的心粗氣浮。也不管跟前有人沒人。開口便說大人。你怎麼連標下都不認得了。你老的這個官。不是某年某月在某處烟館裏俺娘舅拿你三十塊錢賣給你的嗎。你這個官有人說起。要值好幾千銀子哩。標下就是他的外甥。那天不是同在烟館裏。你還問俺娘舅。問我是誰。我娘舅說他叫朱得貴。是我外甥。怎樣你忘了記了。真正是貴人多忘事了。（此是何等重大之事如何在眾人面前說穿真是咎由自取）冒得官一見他守着眾人。揭破他的底細。心上這一氣非同小可。立刻把臉一沉道。混賬胡說。我的官是張宮保保的。怎麼說是你舅舅賣給我的。（虧他隨口編得出）你是誰。你舅舅又是誰。你不要認錯了人。在此胡說。快些回去。好端端的說出這種話來。豈非是無賴。再要這樣的胡說。你卻不要怪我翻臉是不認人的。（在人前亦只好如此發落）朱得貴還強辯道。我何曾記錯。你老左邊耳朵後頭。有一塊紅記。我記得明明白白的。不信你們大家來看。怎麼說我胡說。（況有暗記賴到那裏去）我現在也不想你別的好處。但是我的娘舅。上個月裏得了病死了。棺材雖然有了。還寄在廟裏。没有找到地方去理他。只要你老寬寬手。隨手拿出幾個錢來。弄塊地殯葬了他。你也對他住死的。我也對得住死的。（即要如此亦只消暗裏求求在人前出他的醜使肯亦不肯了）以後我在這裏當差。你老看我娘舅面上。能彀另眼拿我看待。那時你的恩典。就是我死的娘舅在陰間裏。亦是感激你的。（本來是做得到之事你要如此說法即誰亦不能苟了）冒得官聽了。又氣又恨。而又無可奈何他。（此則怪不得他老人家然亦無法可使）只得連連冷笑。對旁邊人說道。你們聽聽。他這話越發胡說了。他這人想是有點痰氣病。你們快些拉他出去。叫他去歇歇。（也只好如此掩人耳目）左右的人。便想拖他出去。朱得貴越發怒道。我說的是真話。我那裏來的病。你老愛帮錢就帮。不愛帮錢就不帮。天在頭上。各人憑良心說話。要說你的官。不是我娘舅賣給你的。割掉我的頭。我也不能附和你的。（你要想拆他的梢也不好如此實說）冒得官見他如此的說法。不禁惱羞變怒。喝令左右替我趕他出去。又說這個樣子。明明是個瘋子。明日一定撤他的差使。換派別人。（嚇他一嚇。原要塞住他的口。）朱得貴至此。亦不相讓。嘴裏一面讓着回罵。一面已被衆人連推帶拉的拉出來了。（一件好好事情。被粗人弄僵。）冒得官還是恨恨不已。心上想要立刻撤掉他的差使。趕他出去。既而一想。就此撤他的事。他一定心上不服。陡然鬧出些口舌是非。反於聲名有碍。不如隱忍不發。朝晚找他一個差辦。他一個永遠不得翻身。（勢所必至。不要怪他辣手。）主意打定。便作沒事人一般。冒得官在江陰時。本有兩個太太。分兩下裏住。一個是結髮夫妻。生得一兒一女。小姐年十七歲。少爺纔十一歲。那一個。聽說還是人家的一個二婚頭。不知怎樣。冒得官同他相與上的。（為下文妻妾不和奏送親女伏線）冒得官到南京謀事。衹帶得這個二婚頭同來。那個正太太。同着兒女仍在江陰居住。冒得官好容易。走了羊統領姨太太的門路。得了差使。便亦不忘夫妻之情。派個差官。帶了盤川。把他娘兒接了上來。輪船上下。甚是簡便。不消三四天。便已接到。另外債的公館裏。齊巧正對羊統領公館的後門。為的是早晚到統領公館裏請安便當之故。（豈知後來卻便了人家醉後誤入私闈）閑話休題。且說大營的規矩。每逢初一十五。營官一定要升帳。約齊了手下大小將官。團團坐定。談論一回閑話。彼此一哄而散。其名謂之講公事。（有其名而無其實。亦是告朔餼羊之意）從前所講的無非是些用兵之道。殺敵之方。同戲檯上取帥印。陳叔寶教導尉遲恭的話。大致彷彿。到得後來。當營官的。有幾個懂得韜畧。也不過是個其文罷了。（法久必弊。凡事如是）這天剛正初一。冒得官率領大小將官。升帳坐定。纔談論一句。今天天氣狠好。衆人尚未接談。不料那個朱得貴。在衆人中忽然挺身而出。朝着冒得官。恭恭敬敬叫了一聲娘舅。遂稱外甥在這裏替娘舅請安。（在公館講不算數還要到公事所真是自來討死）冒得官不提防他有此一來。直氣得目瞪口呆。面色發紫。紫裏轉青。狠不好看。（一再羞辱那得不氣）朱得貴又在人叢中。拉出一個頭戴暗藍頂子的人。拿手指指他說道。他是娘舅的把兄弟。娘舅是老把哥。他是老把弟。你倆敘敘舊。（你娘舅既有把弟私下與他講講恐嚇於他叫他拿出幾個冤枉錢來亦可使得何必一再要在人前張揚）衆人舉目看時。只見老把弟已經鬍鬚雪白。老把兄不過三十多歲。這其間明明顯出不對。只是礙着他營官面子。不好說破。（他有營官面子終究便宜如何要想以卵敵石）無奈冒得官的無明火。早已按捺不住。也不管當着衆人。拚命向前。扭住朱得貴拳脚交下。朱得貴亦不相讓。登時兩人就扭成一團。（營官與下屬打架成何體統）冒得官罵他好個撒野東西。眼睛裏没有上司。你這東西。我打都打得。叫人替我拿軍棍來。朱得貴道你這不要臉的東西。冒了人家的官。還要打人。我就是不服你的管。你是個好的。你敢同我到統領跟前去評理。（作亂犯上此輩優為之況有所恃者在乎）冒得官道。就同你去。（逼人太甚亦顧不得什麼了）說着。兩個人就從營盤裏。一路拉着辮子。拉到羊統領的公館裏來。足足走了三里多路。街上看熱鬧的。以及營盤裏跟着勸解的。少說有上千的人。（叫人家看笑話衣冠掃地）一哄哄到統領門口。其時天色尚早。統領正從釣魚巷住夜回來。在家裏睡養神氣。睡夢中忽聽人聲嘈雜。還當是尅扣了他們的軍餉。他們不服。鼓噪起來。禁不住瑟瑟的抖。（胆怯心虛）屢次三番。叫差官出去問信。大家一看都是熟人。一齊忙和着上前勸解。却忘記回報統領。直等他倆都放了手。纔有人進來把詳細情形一一稟聞。統領胆子登時就硬起來。罵他二人都不是東西。營官不像營官。哨官不像哨官。（同罪異罰非刑也只好一）

（齊中斥）又罵冒得官。當初一來的時候。我看他就有點鬼鬼祟祟。原來他這個官是假的。這到要仔仔細細的查查。（終究是有破綻的要就的心事）羊統領如此說。不料旁邊驚動了一個人。你知道這人是誰。就是替冒得官說好話的那位姨太太了。姨太太說。天底下樣樣多好假。官未怎麼好假。況且他從前在別處。已經當過差使。為甚麼從前沒有人告發他。這明明是姓朱的想訛詐他。等他們出去。勸勸就完了。用不着大驚小怪。要你統領自己出去。（終究有內線的便宜）羊統領一想。姨太太的話很有理。而且自己出去。事情反不容易落場。便亦聽其自然。外面冒得官朱得貴兩個人。其時亦被衆人勸住。各自回營無事。却不料這一鬧。風聲竟傳到制臺耳朶裏去。（省垣之地上司耳目甚長也好）（胡鬧）次日傳見羊統領。便問起他來。羊統領已有姨太太先入之言。立刻回稱沒有。（替他回護得好）後來制臺一定說有。要他查辦。羊統領只得答應下來。先把冒得官傳了來申飭了一番。又弔他從前所得的功牌獎札飭知。冒得官不敢隱瞞。統通呈了上去。誰知年紀竟其大相懸殊。若論他得功名的年紀。足足已有六十多歲。及看他的面貌。連四十都未滿。羊統領看過。笑了一笑。心中早有成竹。（精細之極不露聲色）也不說別的。但問得一聲。老兄本事到不少。還沒有養下來。已經替皇上家立了這許多功勞。令人可敬得狠。（露些口風叫他自己去打點）說完這句話。端茶送客。冒得官畢竟賊人心胆虛。一聽話內有因。便漲紅了臉。一句對答不上。後見統領端茶。只得退回家中。愁眉不展的。終日在家裏。對了老婆孩子咳聲嘆氣。（忍得一時之氣免得百日之災）俗語說得好。一隻碗不響。兩隻碗叮噹。冒得官自從娶了那個二婚頭。常常家裏搬弄口舌。挑是非。其實這個二婚頭。一直沒有同正太太在一塊兒住。無奈他心裏總多嫌他娘兒幾個。正太太曉得冒得官相與了這種混帳女人。心上也是不高興。同冒得官吵鬧。已非止一次。因此兩下裏的寃仇。就此越結越深。大小爭風吃醋是家庭常事冒得官更自從當了羊統領的差使。回家談天。開口閉口。總是不離統領兩個字。統領的好處。雖然是着實表揚。就是統領的不好之處。甚麼包孃子。相與女人。也都當作家常話說了出來。隔牆須有耳窗外豈無人誰知言者無心。聽者有意。早被那個二婚頭。記在肚裏。待時而動。妬婦最易滋奸齊巧這一天。冒得官在統領前碰了頂子回來。心上沒好氣。開口就是罵人。一到夜坐臥不定。茶飯無心。一個人走出走進。不是長吁。就是短嘆。好像滿肚皮心事似的。二婚頭問他亦不響。一時摸不着頭腦。後來問跟去的人。纔曉得他同朱得貴的前後一本帳。二婚頭眉頭一縐。計上心來。畢竟是醋娘子多才智進得房中。先借別事開端。拿他軟語溫存了一番。然後慢慢的講到今日之事。雖說是上頭制臺的意思。然而統領實在亦是想拿我們的岔兒。這樁事情。權柄還在統領手裏。總得想個法兒。修全修全纔好。早有成竹在胸冒得官道。我的意思。何嘗不是如此。但是我們初到差。那裏來的錢去交結他呢。二婚頭鼻子裏嗤的一笑道。你們只曉得巴結上司。非錢不行。冒得官忙接嘴道。除了錢你還有甚麼法子。二婚頭道。法子是有。只怕你未見得能夠做得到。於你的事無濟。我反多添一層寃家。我想想不上算。還是不說罷。要他凌賤親生女兒實在難於啟口冒得官道。我此時是一點點主意都沒有了。你有主意。你說出來。我們大家商量。倘若事情弄好了。也是大家好。二婚頭道。你別忙。聽我講給你聽。你不是說的。統領專在女人身上用工夫嗎。

冒得官道。不錯。他在女人身上用工夫。你總不能苟去陪他。好替我當面求情。二婚頭把嘴一披道。我不是那種混帳女人。一個女人。好嫁幾個男人的。（最是淫蕩婦人最要說貞烈話好騙漢子）冒得官道。你是再要清節没有。生平只嫁我一個。（本來婦人做下事只要瞞得過一人）現在這些閑話都不要講。我們談正經要緊。二婚頭把臉一板道。倒亦不是。這樣講。只要於你老爺事情有益。就苦着我的身體去幹。也不打緊。我聽見你常題起。後營周總爺。不是先把他太太孝敬了統領。纔得的差使嗎。但只要於你老爺事情有益。這亦不算了甚麼大事。人家好做。我亦辦得到。只可惜我是四十歲的人了。統領見了不歡喜。不如年輕的好。（先用苦肉計好他捨此一塊）冒得官道。這個人那裏去找呢。二婚頭道。人是現成的。只要你拚得光。你拚得也無用。還要一個人拚得。最好亦要他本人願意。（又在空中盤旋是要他制服母女二人）冒得官道。你越說我越糊塗了。到底你說的是誰。二婚頭又故作沉吟道。究竟權柄還在你手裏。你是一家之主。說出來的話。要行就行。誰能駁回你去。（又坐實他自己身上叫他不得不下此毒手）冒得官道。你老實說罷。可急死我了。二婚頭又躊躇一回道。其實事情大家之事。又不是我一人之事。我說了出來。也為的是衆人。並不是老爺得了好處。我一個人享福。（又找足幾句不肯即說妙）冒得官接着又頂住他問。所說了到底是那一個。二婚頭至此方說道。這件事不要來問我。你去同你令愛小姐商量。冒得官聽了。瞪口無言。（活畫出一無主意人）二婚頭道。男大須婚。女大須嫁。人家養姑娘。早晚總得出閣的。出閣就成了人家的人。總不能拿他當兒子看待。留在家裏一輩子。既然終須出閣。做大亦是做。做小亦是做。與其配了個中等人家做大。我看不如送給一個闊人做小他自已豐衣足食。樂得受用。就是家裏的人。也好跟着沾點光。為人在世。須圖實在。為這虛名上。也不知誤了多少人。我的眼睛裏。着實見過不少了。又拉上一大篇說來頭頭是道冒得官聽了搖頭道。我如今總算是三品的職分。官也不算小了。我們這種人家也不算低微了。怎麼好拿女兒送給人家做小老婆呢。這句話非但太太不答應。小姐不願意。就是我也不以為然。所以要下說辭先說到了你二婚頭見他不允。又鼻子裏嗤的一笑道。我早曉得。我這話是白說的。果不出我之所料。大家落拓大家窮。並不是我一人之事。從今以後。你們好歹。都與我不相干涉。你們不必來問我。我也不來管你們的閑事。說完便自賭氣。先去睡覺去了。挾制男人是妬婦長技冒得官也不言語。獨自盤算了一夜。始終想不出一條修全的法子。慢慢的回想到二婚頭的話。畢竟不錯。除此之外並沒有第二條計策。於是又從床上把二婚頭喚醒。稱贊他的主意不錯。同他商量怎樣辦法。此時二婚頭惟恐不能報仇。一見冒得官從他之計。便亦欣然樂從。把嘴附在冒得官的耳朵上。如此如此。這般這般。傳授了一個極好的辦法。虛寫幾筆已為下文吞烟壓制母女埋伏根制冒得官連連點頭稱是。到了第二天絕早。也不及洗臉吃點心。急急奔到大太太住的公館裏敲門。手下人開了門。進去一個計替代吞生烟鬼來了便一直跑到太太屋裏。也不及說別的。掀開太太的帳子。來問太太鴉片烟盒子在那裏。太太還當他。起早到統領公館裏請安回來。沒有過癮。如今要鴉片烟過癮。便說在抽屜裏。出其不及叫人亦防備不來小姐就住在太太床背後。大太又忙喚女兒起來。快替你爹爹打烟。說遲。那時快。小姐還沒有下牀。他這裏已經從抽屜裏找到烟盒子。順手揭開蓋。拿烟抹了一嘴昏。把烟盒往地下一丢。趁勢咕咚、一聲。困、在地板上喊、道。我那裏要吃烟。我是要尋死。我死好等你們享福。說完這句。便四脚朝天。一聲不言語了。（假作得像好軍師救的）太太小姐一聽這話。都嚇得魂不附體。連忙起來看時。果然老爺吞了烟。躺在地下了。連日老爺被朱得貴訛詐。及統領當面申飭的事情。他母女亦早有風聞。都道他假官之事發作。無臉見人。所以自盡。（此在情理之中然卻猜錯）了但天下斷無看着丈夫父親自盡不去救他的道理。於是太太小姐慌了手脚。連哭帶喊。把合公館的人都鬧了起來。一面到善堂裏差人去討藥。一面給糞給他吃。（你要叫女兒做仙人跳也只好嘗嘗糞）說大烟吃下去的工夫還少。一吐還好了。冒得官抵死不肯吃糞。太太小姐親自動手。要撬開他的嘴。拿糞灌下去。（未曾真吞烟到先要嘗糞真是難事）冒得官急了。拿手攞了兩攞。揮退屋裏的衆人。一骨碌坐起。就坐在地板上。太太小姐也只得陪着他坐在地板上。他未曾開口。先嘆一口氣。停一停道。我是要死的人了。但是此時鴉片烟毒還沒有發出來。趁我有口氣。交代你們幾句話。你們也好曉得。我為甚麼要尋死。（到要請救）太太小姐一迭連聲的催他道。你快說呀。冒得官拿手指指小姐道。我為的是你呀。（無故送人家當是罪過）太太問怎麼為了他呢。冒得官道。說說我的氣就上來了。我想我們現在也不是甚麼低微人家。可恨這位統領一定看上了他。要他。（統領何以見得看上了他）太太道。統領不是有太太姨太太嗎。怎麼還要娶甚麼太太。冒得官道。呸。他要他做小。你想我的臉擱在那裏去。所以想想只得尋死。這也怪我們小姐自己不好。我們前門緊對他的後門。我們這位小姐。專愛站門子。他一夜到天亮。出進兩次。不曉得那天被他看見了。（統領到並不在意你在那裏見鬼）

齊巧前天姓朱的那雜種。同我到蛋。統領便借此為由。我出我的花樣。撒差使參官都不算。一定還要查辦。太太你是知道我這官。瞞不了你的。倘或查實在了。我的性命都沒有。所以我想來想去。沒有路走。只得走到這條路上去。一死為淨。（只怕叫你死你也不肯死）你們要一定救回我來。現在除掉把女兒孝敬統領做小。沒有第二條路。你說我肯不肯。（本來你不肯不過被小老婆逼上罷了）太太小姐聽了。相對無言。冒得官此時。反有了精神。頂住太太女兒問道。你們還是要我自盡還是等統領稟過制臺。拿我參官拿問。論不定殺頭充軍。這要看我的運氣去碰。總而言之。同你們是不會再在一塊兒的了。（本來你不要同他們在一塊兒只要同你姘頭在一塊兒好了）說罷。拿袖子裝着擦眼淚。卻不時偷瞧看女兒。太太聽了這話。當時也不好說別的。一心掛念老爺要尋死。未知救得活救不活。要老爺不死。除非把女兒送給人家做小。又是心上捨不得。因此心上七上八下。也禁不住撲簌簌掉下淚來。（真是左右為難）至於小姐呢。平時愛站門子是有的。統領走出走進。也着實見過幾面。又粗又蠢的一個大漢。實在心上有些不願意。（本來是不願意不過被人家報怨罷了）現在為了此事害的爺爹要尋死。想來相去。總怪自己命苦。所以會有這些磨難。一面想。一面哭。除哭之外。亦無別話可說。（女孩兒家有什麼好說）冒得官看了氣悶。發急說道。我的命根子在你們手裏。怎麼說還是要我活。要我死。（可見做作）小姐一頭哭。一頭說道。總是我這個禍害不好。害的爹爹要尋死。與其爹爹死。還不如等我尋個自盡罷。說完了話。在地下拾起烟盒子就想去舐。（也只好一死以明心跡）卻被太太一把搶過。說道。一個還沒有救活。怎禁得再加上你一個呢。冒得官道。罷罷罷。你們索性隨我死。也不用來救我了。我自己養的女兒。都不能救我一命。我還活在世界上做什麼人呢。（可知你只要女兒作皮肉生涯所以行此苦肉計）小姐也說道。罷罷罷。你們既不容我死。一定要我做人家的小老婆。只要你老人家的臉過得下。不要說是送給統領做姨太太。就是拿我給叫化子。我敢說得一個不是嗎。現在我再不答應。這明明是我逼死你老人家。這個罪名我却擔不起。橫豎苦着我的身子去幹。但願從今以後。你老人家升官發財呢是了。（賣身救父到是一個孝女）冒得官一見女兒應允心上暗暗歡喜。便做出假欲嘔吐之狀。弔了幾個乾惡心。吐出了些白痰。太太小姐忙着替他揉胸搥背。一面問他怎麼樣。只見他連連點頭道。好了好了。如今一齊吐了出來。大約不妨事的了。（可見是沒有吃下不過作弄他母女罷了）又忙爬下。替女兒磕了一個頭。說我這條老命。全虧是你救的。將來我老兩口子。有了好處。決定不忘記你的。小姐連忙跪下。攙老子起來。滿肚皮的委曲。只是說不出來。半天纔掙得一句道。這是女兒命裏所招。也怨不得爹爹。（不是命裏所招不過做了人家的眼中釘罷了）冒得官起來之後。在上床歇了一回。又吃了一點東西。便吩咐太太。快把女兒收拾收拾。論不定一說妥就要過去的。說完這兩句。獨自一個揚長出門而去。走出大門。肚裏尋思道。現在這一頭已經說好了。那一頭還得尋人做媒。先前走的那條路。是姨太太手下的人。倘若被他曉得了。那時反好為仇。是不妥當的。後營周總爺。在統領跟前。雖然也說得活動。但是他的太太也在裏頭。他靠着他太太得的差使。怎麼還肯再把我的女兒弄進去呢。（女無美惡入宮見妬姨太太一邊人是走不得了）若是當面去求統領。又怕當面臊他。事情做不成。反討一場沒趣。（王司徒獻貂蟬原不是自己去獻的）左右思量。都不妥當。後來忽然想到統領有個小戈什。每逢統領出來住夜。總是他拿着烟槍。跟來跟去。而且統領也狠相信他的話。現在不如去走他的門路（虧他想得出來）主意打定。便去找到了他。送了幾兩銀子。說明家裏女孩子長的還下得去。今年剛正十七歲。常常站在大門口。料想統領是一定見過的。聽說統領還要娶位姨太太。我情願把這個丫頭孝敬了他。但是這個媒人我不好自己去做。所以要借重你老哥。代言一聲。但是也不便說出是我的女孩子。怕的是他老人家曉得了。不肯來的緣故。我們知己之談。現在我兄弟的功名。在他手裏。倘若他老人家不肯。我的事就要弄僵。如今且把他瞞住。等到生米煮成熟飯。他老人家也賴不到那裏去了。（不是去送小老婆到是叫人家中美人局）我的事也好說了。只要我的差使不動。我們相會的日子長着哩。小戈什得了他的銀子。自然是滿口應允。但說得一句道。你到會爬高。索性做起他的丈人來了。我們到要稱你一聲好聽的呢。（調趣得亦好）冒得官把臉一紅道。為了吃飯。也叫做沒法。老哥你就去替我說。我此刻先回到家裏安排。預他備老人家今夜好光降。（不是賣女兒實是閒堂子）小戈什道。慢着。說不說由我。來不來由他。你且候我的信。再辦事不遲。冒得官道。有你吹噓。還怕事情不成功。說着自去了。這裏小戈什。果然暗底下替他回了統領。說我們後門對過。新搬來的一個人家。就是母女兩個。聽說都不怎麼正經。（果過）女兒今年十七歲。長的真是頭挑人才。昨兒會見他的娘。他娘說女兒大了。有甚麼對勁的媒人。替他做做。（不說是爺主意到說是娘主意好做得像）就是給人家做小也願意。亦不要甚麼身價。統領如果中意。包管一說就成。而且不消另外賃公館。等到晚上請過去就是了。（叫人家去偷婆娘真是誘人為不善）一派話說得天花亂墜。羊統領本是個好色之徒。在後門時常出出進進。也見過這女孩子幾面。雖然不及小戈什說得好。然而總要算得出色的了。如今聽了他的話。不禁動了垂涎之思。坐在那裏半天不言語。漁色之輩如何不領意小戈什是摸着脾氣的。曉得是已經有了意思了。便說沐恩此刻就去招呼他娘。統領晚上過去就是了。說着。也就出來。去找冒得官。通知了。冒得官聽了。非常之喜。便說家裏都已交代好了。只等晚上。請他老人家賞光就是了。我在這裏不便。我得到別處去躲過一夜。等明兒一早再回來。小戈什道。明兒一早回來做丈人。可是不是。小油滑嘴調趣得妙冒得官又把臉一紅。搭赸着自去。這裏小戈什的。也就回去轉稟統領。以便晚上成其好事。以後如何。且聽下回分解。

三編卷三十一

改營規觀察上條陳

說洋話哨官遭毆打

話說冒得官回家之後囑付太太把女兒裝扮停當又收拾了一間房屋。（不叫女兒招親却叫女兒賣奸叫他羞搭搭如何見生人面）將家中上下人等。統通交代清楚。（作如此沒臉之事底下人亦在背地裏扮鬼臉）他自己一路出來先送信給統領的小戈什。託他務必將此事拉攏成功。感德匪淺。（不是老媽子拉皮條却是小跟班牽線頭）自己却躲在一個朋友家去過夜。（這一夜操碎花心虧他不肉痛）却說統領向例每天這頓晚飯是從不在家吃的。託名在外面應酬。其實是天天在秦淮河裏鬼混。這天到了下午。仍舊坐轎出門。先在船上打牌。又到釣魚巷裏吃酒。約摸應酬到十一點多鐘。畢竟心上有事。便先吩咐打轎回去。小戈什的心上明白。預先叮囑轎夫。叫他把轎子一直擡到冒得官的公館。跟前。打門進去。羊統領假充酒醉跟了進來。（是偷婆娘的老手不怕人家捉姦）此時冒家上下都是串通好的。當把他一領領到小姐房中。眾人一哄而出。（不怕踏仙人跳）統領等房中無人。纔上前同小姐勾搭。聽說這一夜。總共問了冒小姐不少的話。冒小姐只是不答。賽同啞子一樣。（誰人去聽來）羊統領以為他是害羞。所以并不在意。（西廂記上何不回過頭轉來正是一樣情形）良宵易過。便是天明。羊統領正在好睡的時候。忽聽得大門外有人敲門打的震天價響。隨後接着有人出來開門。這進來的人。分明是個男人聲氣。（嚇煞）羊統領雖然是個偷花的老手。到了此時。不禁心中害怕起來。生恐是小戈什誤聽人言。以致落了他們的圈套。連忙骨碌從牀上爬起察看動靜聽了一聽只聽得房間外面有人底底的說話（一發雙煞）於是羊統領格外疑心正想穿起長衣輕輕拔去門閂拿在手中預備當作兵器可以奪門而出（是經過風浪的作用）說時遲那時快羊統領在裏面各事停當走到門前又側着耳朶聽了一聽誰知反無動靜（可知是個勁敵）於是心上更為驚疑不定想要開門一時又不敢去開只得呆呆站立在門內約摸站了有兩刻鐘之久冒小姐業亦披衣下牀此時冒小姐棠睡初醒花容愈媚羊統領越看越愛不禁看出了神忘其所以輕輕說得一句道天還早得狠為甚麼不再睡一會兒（是愛極光景）冒小姐亦不理他却不料這一問早被門外一個人聽見用手指頭輕輕把門叩了兩下亦說道天還早得狠統領為甚麼不再睡一會兒（可知不易脫身）羊統領一聽門外有男人說話這一嚇非同小可但是說話的聲音很熟一時想不起是誰怔在那裏半天喘不出氣來還是冒小姐爽快連忙邁步走近門前伸手將兩扇門豁琅一聲拉了開來說了聲有話讓你們當面講（一發是裏應外合不易脫身）羊統領起初還當是小姐過來拉他的却不料有此一番舉動房門開處朝外一望只見一個男人直僵僵的朝着房門跪着不動那人低着頭亦看不出面貌（不是硬做是軟做另是一副捉姦手段）羊統領滿腹狐疑更是摸不着頭腦正在兩難的時候幸虧門外跪的人先開口道沐恩在這裏伺候老帥難得老帥賞臉沐恩感恩匪淺（原來是討情不是捉姦）說完這兩句擡起頭來聽統領吩咐話羊統領仔細一看認得他是冒得官直弄得毫無主意（原來是你小丈夫來送見面錢的）只聽得冒得官又說道了頭還不過來幫着我求求統領一言未了他女兒亦跪下了羊統領至此方纔恍然大悟見他

們跪着不起知道沒有多意急忙的一手去拉冒得官一手去拉小姐嘴裏說道你們這番好意我都曉得此刻我要回去彼此心照就是了好了好了了挽回了有冒得官起來之後又請一個安說道全仗老帥栽培不要如此稱呼以後要改過口來了其時臉水早點心都已齊備原來是底下人要討喜錢一笑羊統領只揩了一把臉立刻要走冒得官父女兩個拉着抵死不放難道要當面同他講禮金呵呵定要統領吃過點心再去羊統領無奈只得每樣夾了一點吃了方纔走的冒得官又趕出門外站過班方纔進來虧得老着面皮做得出自此以後羊統領便天天到他家走動樂得暢情玩幾天又過了兩日却把冒得官傳了去問過仔細見了制台替他竭力的洗刷制台一心修道還來不及那裏有工夫管這閒事便也不去追問統領回來便借了一樁事把朱得貴的差使撤掉還不算又要斥革他的功名辦他的遞解朱得貴急了到處託人替他求情冒得官便挺身而出說我去替你求情見了統領鬼混了一陣統領非但不革他的功名并且還賞他一封信叫他到四川良大人標下去當差一個好人全做在冒得官身上這朱得貴非但不恨他而且還感激他這便是狡猾人的作用早是如此也不致鬧出事情來了話分兩頭且說羊統領在江南久了認識的人亦就漸漸的多了而且他南京有賣買上海有賣買都是同人家合股開的官項銀子來得容易自然要成富家郎了便有他現在南京一爿字號裏做擋手的一個人其人姓田號子密是徽州人氏這人生的又矮又胖但是頭髮不多背後却拖了一根極細極短的辮子因此衆人就送他一個表號叫田小辮子做了十幾年擋手手裏着實有錢近來忽然官興發作富近貴市井人最喜學官場羊統領便勸他道如要做官捐個同通到

江南來有我的面子。無論那個道台跟前託託。差使是一定有的。倒是一條做官發財捷徑無奈田小辮子在南京住久了。磕來碰去的官道台居多。他便有心爬高。官小了不要做。一定要捐道台。豈知位高則危他自己拿錢捐官。朋友是不好止住他的。只好聽其所爲。等到上兑之後。便把店中之事料理清楚。又替東家找了一個人接手。他便起身進京。引見他東家往來的人。都是官場。他在官場登久了。而且一心一意又酷慕的是官。官場的規矩。應該是在行的了。我亦謂然誰知大謬不然。不要說別的。單說他進京引見的時候。有人請他上館子吃飯。他到的晚了。大夥兒已入了座。還有吽的條子。亦在那裏。他進門之後。見了人就作揖。見了相公亦是作揖市井與優伶有什麼高低後來人家問他。怎麼你見了相公要如此恭敬。他說我看見他們穿着靴子。我想起我在南京的時候。那些局子裏當差的老爺們。都是天天穿着靴子的。我見了他們。疑心他們是部裏的司官老爺。纔從衙門裏下來他們叫相公與宰相一樣稱呼。比司官大得多哩。你不向他磕頭請安。已經算有身分了他們做京官的。是不好得罪的。橫竪禮多人不怪。多作兩個揖算得甚麼。自己做錯了事。人家說說他。他還不服。諸如此類的笑話。也不知鬧出多少。等他到省之後。齊巧這江南的藩司糧道鹽道。統通換了新人。他一個也不認得。這天大早頭一個上制台衙門。到了司道官廳上。人家是曉得制台脾氣的。總要打過九點鐘。纔上衙門。他一進官廳。就在坑上頭一位坐下。好比看戲臺上呆大成親後來等等大家不來。他便不耐煩。獨自一人坐在坑上打盹。穿着簇新的蟒袍補褂。身子一歪。就睡着了。雖非臥榻之側。亦豈容人鼾睡睡了一會。各位候補道。也有有差使的。也有沒有差使的。霎時間絡絡續續來了五六十位號房看見別位大人來到方纔把他推醒他一隻手揉眼睛却拿一隻手滿身的亂抓說是坑上有臭蟲把他咬着了（他學古人捫蝨之談）說話間定睛一看一見來了許多人把他嚇了一跳幸虧全是候補道其中也有認得的也有不認得的連忙下坑一一招呼招呼之後正待歸坐却見一個人走了進來也是紅頂花翎朝珠補褂他却不認得這人是誰見了面一揖之後忙問的貴姓那人說姓齊接下來又問台甫（親臨上司名姓都不曉得出來做什麼官）旁邊走上來一位候補道是羊統領的熟人曾經託過他招呼田小辮子的這位候補道忙把田小辮子一拉說了聲這是方伯田小辮子連忙應聲道原來是方翁先生失敬失敬（監司大員方伯二字還沒有知道也好涖民）藩台也不理他逕自坐下這個擋口外面又進來一個人大家都認得是兩淮運使新從揚州上省稟見的衆人見了一齊都招呼過獨有田小辮子又順住問貴姓台甫運司說了接着又問貴班運司亦看出他是外行便回了聲兄弟是兩淮運司誰知田小辮子未聽則已及至聽了運司二字那副又驚又喜的情形真正描畫不出陡然把大拇指頭一伸說道阿約還了得財神爺來了（雖出於市井之口倒是名稱其實）大衆聽了他的話都為詫異就是那位運司亦楞住了只聽得田小辮子說道（不知他還要爵出什麼粗來）你們想想看兩淮運司的缺有名的是一個鐘頭進來一個元寶一個元寶五十兩一天一夜二十四個鐘頭就是二十四個元寶二十四個元寶就是一千二百兩十天一萬二千兩一個月三十天便是三萬六千兩十個月三十六萬再加兩個月七萬二一共是四十三萬二阿唷唷還了得這們一個缺只要給我做上一年就儘彀了（原來你想謀王篡位）他正說得高興

忽然旁邊有他一個同寅插嘴道。有如此的好缺。怎麼給人家做。人家還不肯要呢。衆人忙問給誰。誰不要。那人說道。就是那個唐什麼先生。不是有旨意放他這個缺。他一定要辭不做嗎。這卻是矯情干譽了又一個人說道。唐某人呢。本來是個大名士。做名士的人。不免就把銀錢看輕些。任他是甚麼好缺。也都不在他心上。而況現在的這個運司缺。亦比前差了許多。田小辮子道。任他缺分如何壞。做官的利息。總比做生意的好。倒是現身說法衆人見他說的窮形盡致。也不理他。停了一刻。約摸已有十點打過。制台在老祖前應做的功課。一一停當。方纔出外見客。頭一班司道進見。田小辮子是初次稟到的人。於是隨着一同進去。見了制台。一切禮節。全是隔夜操練好的。居然還沒有大錯。不過一件毛病。不好是愛搶說話。無論制台問到他不問到他。他都要搶着說。想是做生意把結主客慣的幸虧這位制台是位好好先生。倒也並不動氣。見過一面之後。第二天藩司上院。就說他的壞話。說他是生意人出身。官場上的規矩都不懂得。制台道。還好。尚不失他的本色。這種人倒是老實人。是不會說假話的。相賞在牝牡驪黃之外而且他在南京年代多了。有些外頭的事情。我們不曉得。倒好問問他。究竟他還沒有沾染官場習氣。諒來還不敢蒙蔽我們。倒是一個喜老實話的藩台見制台如此。亦沒有別的說話。等到公事回完。只好退了下來。第二天又一同上院。湊巧同見的有營務處上的一位道台。制台朝着這位道台說道。現在營制太不講究。就以羊某人所帶的幾營而論。有一營一半是德國操。一半是英國操。又一營全是德國操。忽然當中羼了些長苗子。倒是集大成這長苗子是我們中國原有的。如今羼在這德國操內。中又不中。外又不外。倒成了一個中外合璧。（效法西人而參以舊法是真善於效法者）我兄弟年紀大了。有些小事情怕心煩。總要諸位費心帮帮忙。羊某人也是糊糊糊糊的。你們總得說說他纔好。還有此一件習氣最不好。我每逢出門。看見街上有些兵。都把洋鎗倒掮在肩膀上。那一頭也有拴一把雨傘的。也有挂一雙釘鞋的。真正難看。（以軍器當扁担直同兒戲）制台說到這裏。那個營務處道台。還沒有答腔。田小辮子搶着說道。不瞞大帥說。職道在敝居停羊某人營裏看得多了。德國操的羊槍。都是倒掮的。大帥倒不必怪他。（搶白得妙）制台聽了。也不去理他。只同那個營務處上的道台說話。一會又說道。新近有個大挑知縣上了一個條陳。其中有些話。都是窒碍難行。畢竟書生之見。全是紙上談兵。這些營務事情。如非親身閱歷。決不能言之中肯。田小辮子又插嘴道。職道跟敝居停羊某人相處久了。有年職道同敝居停談起這件事。職道擬過幾條條陳。很蒙敝居停說好（亦不過盲人聽盲詞罷了）明天到要抄出來。送給大帥瞧瞧。（又會上條陳倒是不可輕量）制台道。你有什麼見解。儘管寫出來。田小辮子又答應了是。等到院上下來。便把從前在店裏管專寫信的一位朋友。請了來同他商議。他自己拿嘴說。那個朋友拿筆寫。寫了又寫。改了又改。足足弄了十六個鐘頭。好容易寫了一個手摺。其中又打了幾個補釘。（做生意人會做代筆師爺倒也難得）到了次日上院。齊巧這日。制台感冒。止轅不見客。田小辮子撲了一個空。心中甚是快快。（還是不獻醜的妙）便同巡捕官說道。我是來遞條陳的。與別位司道不同。老帥既不出來見客。可以帶我到簽押房裏獨見的。（那是一定要見你的）巡捕官道。老帥今天連老祖跟前的功課都沒有做。此刻剛正吃過藥。蒙著兩條棉被在那裏出汗。

早有過吩咐。絖通不見。請大人明天再過來罷。田小辮子無奈。只得悶悶而回。誰知制台一連病了五天。就一連止了三天轅門。田小辮子要見不能見。真把他急得要死。（急欲自現偏不湊巧）到了第六天。制台的病稍為好些。因為江南地方大。事情多。不好不出來理事。於是有兩三個跟班的架着。勉强出來會容。田小辮子跟了一班司道進見。自然是藩台同著鹽糧二道說話。問老師今天可大安了。制台道。病是好了。不過覺著沒有氣力。到了我這樣的年紀。算算不大怎麽一病之後。竟其如此無用。（想來是吃了不老金丹在那裏換骨藥轉）別人尚未開口。田小辮子先搶著說道。老師白天忙。晚上忙。早晨又早晨的公事。夜裏有夜裏的公事。人有多少精神。禁得起如此的麽呢。老師總要保養保養纔好。他說的原是真話。不料這位制台上房裏一共有十一個姨太太。聽了他話。一時誤會了意。況吟了半天。忽然說道。老兄的話很不錯。但是兄弟姬妾雖多。這兩年因為常常在老祖跟前。當差一直是齋戒的。怎麽還會生病。（原來是不講什麽採戰工夫要姬妾滿前何用）田小辮子連忙接口道。職道說的公事。是老師天天辦的公事。並不是。說到這裏也咽住了。（何不接下去說不是說被頭裏公事）制台見他說話莽撞。心在好不自在。半天不響。正想端茶送客。忽然田小辮子站起來從袖筒管裏掏出一個手摺。雙手奉上制台。說道。這是上田老師吩咐。擬的條陳。職道已經寫好了五六天了。帶來請老師過目。制台說了半天的話。早已力倦神疲。恨不得他們即刻出去。好到上房歇息。偏偏田小辮子。要他看條陳。他要待不看。無奈他是好好先生做慣的了。一時又放不下臉來。（倒是一個好上司可惜待下屬太寬了些）只好打起精神。把手摺接了過來。掙扎著大畧看了一遍。兩手拿着手搯。禁不住瑟瑟的亂抖。如此風前之燭何不早些告老藩台怕他勞神。便說。老帥新病之後。不可勞神。條陳上的事情。過天再斟酌罷。誰知田小辮子拉了藩台袖子一把道。兄弟這個條陳。是大帥五六天前頭吩咐的。一面說。一面又跪到制台面前。拿手搯着條陳說道。大帥條陳不多。祇有四條。大帥請看這第一條。此時制台正被他弄得頭昏眼花。又見他自己離位指點。毫無官體。本來好勸令告病還理他作甚本來就要端茶送客的。如今見他這個樣子。倒要看看他的條情如何再講。但是頭裏發暈。雖然帶了眼鏡。也是看不清楚。便道。你說給我聽罷。虧他如此好耐性田小辮子一聽大喜忙把手搯接了過來。雙手高捧。站在地當中。高聲朗誦。未曾念滿三行。已經念了好些破句。原來替他做手搯的人。其中畧為掉了幾句文。所以田小辮子念不斷句。制台聽了。不懂。便問大衆。諸公懂他的話不懂。各位司道都不言語。制台道。你老實講給我聽罷。不要念了。想來有心要捉的破縱田小辮子便解說道。職道的第一條條陳。是出兵打仗所有的隊伍。都不准他們吃飽。是個好條陳何不自己也去嘗嘗滋味看制台道。還是要剋扣軍餉不是。俗語說的好。皇帝不差餓兵。怎麼叫他們餓着肚皮打仗呢。田小辮子道。大帥不知道。這裏頭有個比方。職道家裏養了個貓。每天只給他一頓飯吃。到了晚上。就不給他吃了。等他餓著肚皮。他要找食吃。就得捉耗子。倘或那天晚上給他東西吃了。他吃飽了肚皮。就去睡覺。便不肯出力了。現在拿貓比我們的兵。拿耗子比外國人。要我們的兵去打外國。斷斷乎不可吃得全飽。只好叫他們吃個半飽。等到走了一截的路。他們餓了。自然要拚命趕到外國人營盤裏搶東西吃。原來是一羣餓狗搶東西事小。那外國人的隊伍。可被我們就吵亂了。制台道。不錯不錯。外國人想是死的。隨你到他營盤裏搶東西吃。他們的炮火。那裏去了。我看倒是一個兵不養。等到有起事來。備角文書給閻王爺。請他把枉死裏的餓鬼放出來打仗。豈不更為省事。駁得一點不錯說完。哈哈一笑。田小辮子雖聽不出制台是奚落他的話。但見制台的笑。料想其中必有緣故。於是臉上一紅。說道。這個道理。是職道想了好天。悟出來的。虧你有此好悟性換了別人可是一輩子想不出來的制台聽他說的話開味。便也不覺勞乏。反催他說道。第一條。我已懂的了。你說第二條。田小辮子見制台要聽他條陳。更把他喜得了不得。此謂妄人也已連忙說道。前頭第一條講的是陸師。這第二條講的是砲臺。現在我們江南頂吃重的是江防要緊口子上。都有砲臺。這砲臺上的大砲。是專門打江裏的船的。不錯職道有一個好法子。教這砲臺的兵。天天拿了大千里鏡。把這江裏的路看清。植立在那裏不要成個木頭人嗎譬如外國人的船。朝著西面來的。我們就架上大砲。朝著東面打去。倘若是朝著東面來的。我們就朝著西面打去。這叫迎頭痛剿。萬無一失。至於或南或北。都是如此。想來也見過孔明借箭的戲了制台道。砲臺上的砲。不打江裏敵船。打那一個。難道撥轉來打自己的人不成。至於砲臺上的人。原應該懂得點測量的。等到有見了敵船。東西南北。對準水線。要算準時刻。約模船還未到的前頭。一秒鐘或兩秒鐘三秒鐘。就得把砲放出。等到砲子到那裏。却好船亦走到那裏。剛剛碰上。自然是百發百中。萬無一失。天下那裏有但辨方向。不論遠近。向海闊天空的地方。亂開砲的道理。況且放一個砲。要多少錢。你也子細算算沒有。他值得與他計較田小辮子見制台正言厲色的駁他。又當著各位司道面上。一時臉上落不下。只好強辯道。職道所説的迎頭痛勦。原説的是對准了船頭。纔好開砲。制台道。等船頭對准砲門。已來不及了。等到砲子到跟前。那船早已走過。豈不又是落了空。總之不懂得形。還是不要假充內行的好。（正言相告終究是忠厚一路）田小辮子。被制台駁的無話可説。於是臉上紅一陣。白一陣。一聲也不敢響。此時制台同他駁了半天。虛火上來。也有了精神了。索性叫他再把後頭兩條。逐一解説出來。（不給他個利害也不曉得天高地厚）田小辮子只得又吞吞吐吐的説道。第三條是為整頓營規起見。怕的是臨陣退縮。私自逃走。或者在外頭鬧亂子闖禍。照職道這個法子。就不怕他們了。（不肯即説妙）制台道。有什麼高明法子。倒要請教請教。田小辮子道。職道也不過如此想。可行不可行。還求大帥的示下。（還要閃閃爍爍）制台道。快講。不要説這些費話了。田小辮子道。凡是我們的兵。一概叫他們剃去一條眉毛。（愈出愈奇真是想入非非）職道想這眉毛。最是無用之物。剃了也不疼的。每個人祇有一條眉毛。無論他走到那裏。都容易辨認。倘是若逃走。以及鬧了亂了。隨時拿到。就可正法。是斷乎不會冤枉的。制台道。從前漢朝有個赤眉賊。如今本朝倒有了無眉兵了。真正奇聞。你快一齊説了罷。田小辮子只得又説道。這第四條是每逢出兵打仗的時候。或是出去打鹽梟。拿強盜。所有我們的兵。一齊畫了花臉出去。（真真像陰司裏放出來的小鬼了）制台道。畫了花臉。可是去唱戲。田小辮子道。兵的臉上。畫的花花綠綠的。好叫強盜看着害怕。他們老遠的瞧着。一定當是天神天將來了。不要説是打強盜。就是去打外國人。外國人從來沒有見過。見了也是害怕的。（本來外國人當你們中國兵如兒戲如此一來起發要作兒戲看待了）制台道。你的法子很好。倒又是一個義和團了。田小辮子把臉一紅道。職道雖然沒有見過義和團。常常聽北邊下來的朋友。談起團裏的打扮。有些都學黃天霸的模樣。職道現在。乃是又換一個樣兒。是照着戲檯上打英雄的那些花臉去畫。無論什麽人見了。都要害怕的。原來你是戲班子裏出身的田小辮子只圖自己說得高興。不提防制台聽了他的條陳。竟其大動肝火。頓時唾了一口道。呸。這樣放屁的話。也要當作條陳來上。你們諸公聽聽。傳出去。豈非笑談。江南的道台都是如此。將來候補的一定還要多哩。罵得是田小辮子還當制台有心說笑話。同他嘔着玩耍。便亦笑嘻嘻的湊趣說道。江南本來有個口號。是婊子多驢子多候補道多。真是市井之談有辱冠裳制台不等他說完。便接口道。像你這樣的候補道。本來只好比比驢子婊子。再稍微上等點的人。你就比不上。一發罵得直捷痛快其時藩台等人。是制台說話說的長遠了。恐怕他累着。又要犯毛病。上了年紀的人是經不起的。況且這位制台。是忠厚慣的。今忽一旦動了真火。田小辮子又是個市井無賴。不曉得甚麽輕重的。真如傀儡登場衣冠掃地生恐他兩個人把話說搶。將來不好收場。於是不等端茶碗。便一齊站立告辭。制台一面送他們。還一面數說田小辮子。應該如此此時田小辮子要強辯也不敢強辯了。於是跟着大衆一塊兒出去。走到外面。將要上轎。便有他的相好。埋怨他這個條陳今天是不應該上的。勸他的人就是他的同寅趙元常。他便拉了趙元常袖子。自己分辯道。我那裏有工夫上這撈什子。這原來是大帥他自己問我要的。他問我要。我怎麽好說不給他。而且條陳上不上在我。用不用由他。他也犯不着生這們大氣。拿人不當人。人家的官小雖小。到底也是個道台。銀子一萬多兩呢。有了萬貫家財正好在家裏享福何必一定要出來做官可知做官是不易的趙元常見他的為人。呆頭呆腦。說的話。不倫不類。又想到制台剛纔待他的情形。恐怕事情不妙。幸虧遇着這位制台如過別人一定要禍生不測了趙元常本是羊統領的知交。田小小辮子到省。羊統領曾託過他。說田小辮子是個生意人。一切規矩都不懂得。總得你老哥隨時指點指點他纔好。此等做生意人不把本錢美光也算是呆人呆福所以這趙元常纔肯埋怨他。勸他不要多講話。後來他不服趙元常的話。趙元常也生氣。愚而好自用賤而好自專此等人得志其民生吏治真不可問矣便趁空回了羊統領說田某人大不懂事。總得統領自己把他叫來開導開導纔好。羊統領本來同他很關切的。當時一口應允。說等我馬上關照他。齊巧這日陰天。狠有雨意。羊統領沒有事情做。便叫差官拿了片子。把一向同在一起的幾個道台。甚麼孫大鬍子。余藎臣。潘金士。糖葫蘆。烏額拉布。田小辮子。一共六人。又面約了趙元常。通統賓主八位。同到釣魚巷大喬家。看牌吃酒。趙元常因另有事情。說明白去去再來。這是先去為妙不要要好不是羊統領卻自己坐了轎子。先去吃烟。這大喬同羊統領也有三年多的交情了。原來你與親家合靴統正應了俗語一句話亂囲親家母了見面之後。另有副肉麻情形難描難畫。一霎時親熱完了。所請的七位大人。也陸續來了。當下先打牌。後吃酒。卻不料那田小辮子田大人。新叫的一位姑娘。名字叫翠喜。是烏額拉布烏大人的舊交。原來是烏鼠同穴烏額拉布田小小辮子。今天是第一次相會。看見田小辮子同翠喜要好。心上着實吃醋。起初田小辮子。還不覺得。後來烏大人的臉色漸漸的紫裡發青。青裏變白。他是旗下人。又是濶少出身。是有點脾氣的。手裏打的是麻雀牌。心上想的卻是他二人。這一副牌。齊巧是他做莊。一個不留神發出一個中風。底家拍了下來。心不在牌自然要發錯了上家跟手發一張白板。對面也拍出。其時田小辮子正坐對面。翠喜歪在他懷裏替他發牌棄舊憐新是妓家常事一會勸田小辮子發這張牌。一會又說發那張牌。田小辮子聽他說話。發出來一張八萬。底家一攤。就出。仔細看時。原來時北風暗嵌二三四萬一搭。三張七萬。一張八萬等張。如今翠喜出發八萬。底家數了數。中風四副。北風暗嵌八副。三張七萬四副。八萬吊頭不算。連着和下來十副頭。已有二十六副。一翻五十二。兩翻一百零四。萬字一色。三翻二百零八。烏額拉布做莊。打的是五百塊洋錢一底的。么二架。莊家單輸這一副牌。已經二百多塊。眼中出火又輸了錢誰亦忍不得了烏額拉布輸到輸得起。只因這張牌。是翠喜發的。再加以醋意。不由得怒從心上起。惡向胆邊生。頓時拿牌往前一推。漲紅了臉說道。我們打牌四個人。如今到多出一個人來了。看了兩家的牌。發給人家和。原來你們是串通好了。來做我一個的。應該要發脾氣了翠喜忙分辯道。我又不曉得下家等的是八萬。你莊家固然要輸。田大人也要陪着你輸。烏額拉布道。自然要輸。你可曉得你們田大人。不是莊。輸的總要比我少些。加了你們二字在田大人上頭已有與他絕交之意了翠喜道。一個老爺。不是做一個姑娘。一個娘姑。不是做一個老爺。甚麼我的田大人。你們諸位大人聽聽這話好笑不好笑。田小辮子看見烏額拉布同翠喜倒蛋。心上已經不願意。他本是個草包。毫無知識的人。聽了翠喜的話。便也發話道。中正街的驢子。誰有錢誰騎。烏大人。你不要這個樣子。拿娘子比驢子比得却當烏額拉布見田小辮子說出這樣的話來。便也惱羞成怒。伸手拿田小辮子兇胸一把。那一隻手。就想去拉他的辮子。幸虧糖葫蘆眼睛快。

說道。別的好拉。他的辮子。是拉不得的。共總只賸了這兩根毛。拉了去就要當和尚了。（當了和尚倒不好當官去嫖姑娘了）烏額拉布果然放手。說時遲。那時快。田小辮子也拉住烏額拉布的領口不放。只听得田小辮子罵烏額拉布烏龜。烏額拉布亦罵田小辮子田雞。（烏龜田雞倒是甲族一類）田小辮子說我做田雞。總比你當烏龜的好些。（也不見得分什麼高低）當下你一句。我一句。兩人對罵的話。記也記不清。這日打牌的人。共是兩桌。大衆見他二人扭在一處。只得一齊住手。過來相勸。其時外邊正下傾盆大雨。天井裡雨聲。嘩喇嘩喇。鬧的說話都聽不清楚。大家勸了半天。無柰他二人總是揪着不放。烏額拉布臉上又被田小辮子拿手指甲挖破了好兩處。雖然沒有出血。早已一條條都發了紅了。（倒底是田雞毒些）羊統領雖然是武官。無柰平時酒色過度。氣力是一點沒有的。上前拉了半天。絲毫拉不動二人。（這種武官也好去出兵打仗）又想倘或被他二人一個不留神。誤碰一下子。恐怕吃不住。便自已度德量力。退了下來。後來好容易被孫大鬍子趙元常一干人。將他倆勸住的。烏額拉布坐定之後。方覺得臉上火辣辣的發疼。及至立起。走到穿衣鏡前一看。纔曉得被田小辮子挖傷了好幾處。明天上不得衙門見不得客。心上格外生氣。（又被人家佔了邊又吃了眼前虧真正氣煞）一面告訴別人。一面立起身來。想找田小辮子報復。其時田小辮子已被趙元常等拖到別的屋裏去坐。烏額拉布見找他不到。於是又跺着腳罵個不了。（嘴上佔便宜算不得什麼）羊統領道。烏大哥臉上的傷可惜是田小辮子挖的。倘或換在相好身上。是相好拿他弄得這個樣兒。烏大哥非但不罵他。而且還要得意呢。（現身說法妙語雙關）說的大家噗的一笑。其時天已不早。外面雨勢雖小了些。依舊淅淅滙滙下個不了。羊統領便吩咐擺席。正要叫人去請田趙二位大人。只見趙元常獨自一個進來。説田小辮子不肯吃酒。一個人溜回去了。羊統領只好隨他。（本欲勸他又鬧了一場禍真是不可教訓）於是大家入座。商議着明天上院。叫人替烏額拉布請了三天感冒假。好在釣魚巷養傷。席面上正説着話。忽見外面走進四五個人來。為首的渾身拖泥帶水。用一塊白手巾紮着頭。手巾上還有許多鮮血。走進門來。一見統領。便拍託一聲。雙膝跪地。口稱軍門救標下的命。（一波未平一波又起真是過着破敗日子）羊統領一見之下。不覺大驚失色。心上想剛纔他們打架的時候。並不見他在內。怎麼他的頭會打破。（不是池魚之殃卻是無妄之災）正在疑疑惑惑。又听那個人説道。標下伺候軍門這多少年。從來没有誤過差事。就是誤了差事。軍門要責罰標下。或打或罵。標下都是願意的。如今憑空裏添了個外國上司。靠着洋勢。他都打起人來。這還了得。標下是天朝人。雖説都司不值錢。也是皇上家的官。怎麼好被鬼子打。標下今年活到毛六十歲的人了。以後這個臉往那裡擺。總得求求軍門替標下作主。説罷。又碰了幾個頭。跪着不起來。（糊理糊塗教人摸不着頭路）羊統領還不明白他的説話。便問你到底是做什麼的。你説在我這裏當差。怎麼我不認得你。你好好一個人。怎麼會叫外國人打。總是你自已不好。得罪了他了。（也只好如此說法）那人道。標下在新軍左營當了十八年的差。軍門有時出門或者回來。標下跟着本營的營官接差送差。軍門的面貌。早已看熟的了。平時没有事。標下又彀不上常到軍門跟前伺候。你老人家軍門那裡會認得標下呢。（這種話去說他什麼）至於外國人那裏。標下算得忍耐的了。他説外國話。標下也學着説外國話對答他。並没有説錯甚麼。他搶過馬棒就是一頓。現在頭上已打破了兩個大窟窿。淌了半碗的血。軍門不替標下作主。標下拼着這條老命不要。一定同那鬼子拼一拼。（只怕你拼不得更要吃虧）其時檯面上的人。算孫大鬍子公事頂明白。听了那人的話。没頭没腦。心上氣悶得很。急忙插嘴問道。你到底是誰。叫個甚麼名字。怎麼會同外國人在一塊兒。說明白了。好叫你軍門大人替你作主。（說得不錯）羊統領到此。亦被孫大鬍子一言題醒。幫着催他快說。又見那個人回道。標下叫龍占元。是兩江儘先補用都司。現在新軍左營當哨官。五天頭裏標下奉了營官的差遣。同了本營的繙譯到下關迎接本營的洋教習。那知一等等了五天。連個影子都没有。偏偏今天下大雨。標下以為下雨。那外國人總不會來的了。正因等得不耐煩。就跑到一個朋友家去躲雨。（可知你這頓打是被雨所害的）那曉得正是下大雨的時候。輪船正攏碼頭。標下聽見輪船上放氣。趕緊跑到躉船上去看。只見外國人站在那裏生氣。說天下雨。把他行李弄濕了。（難道他没有細崽跟隨）諸位大人想想看。是天下雨濕了他的行李。又不是人家弄潮他的。標下因為他是外國人。制台大人尚且另眼看待。標下算得甚麼東西。當時就趕緊上前周旋他。（你既不懂外國語去與他周旋作甚）他一連問了幾句話。標下又趕緊的答應他。（他問你什麼你且說說看）不料標下周旋他。倒周旋壞了。他咭唎呱啦說的是些甚麼話。標下還一句不懂。他已經動了氣。拿起腿來朝着標下就是兩脚。標下說有話好說。你犯不着踢人。他也不听見。順手就把標下手裏的馬棒。搶了過去。一連拿標下打了十幾下子。以致把頭打破。（你既不說什麼他没有平白地打你的）標下說的句句真言。諸位大人不相信。現今繙譯同了標下同來。他就是個見證。說到這裏。跟他來的人當中。便有一個衣服穿的略為齊全的。走上來。朝着羊統領打了一個千。自稱他是營裏的繙譯。一向少來替軍門請安。今天是被龍吉元龍都司拉了來替他做見証的。羊統領見他打千。也只把身子畧欠了一欠。仍舊坐下。問他道。怎麽好端端的會吽洋教習打他。洋教習說些甚麽。他是怎麽回答的。（問得要緊）那繙譯便凑前一步道。回統領的話。龍都司實實在在被洋人打的可不輕。頭都打破。他說的話。一字兒不假。至於他為了甚麽捱打。却要怪他自己不會的說話。（他既不會說話。誰要他多說話）羊統領道。是啊。外國人斷乎不會憑空打他的。總是他自已不好。（也只好如此說）此時龍占元跪在地下。聽見繙譯說他不是。統領怪他不好。直把他氣的臉紅筋脹。昂着頭。橛着嘴。一個人賭咒。（你要曉得自己錯處。也不致被洋人所打了）羊統領也不理他。便催繙譯快說。繙譯回道。千不是。萬不是。總是老天爺今天下雨的不是。如果不下雨。洋人的行李不會弄潮。就沒有這場事了。偏偏輪船攏碼頭。偏偏下了大雨。那洋人的行李從輪船上搬到躉船上。雖然一跨就過。搬行李的人又沒有拿傘。不免弄潮了些。洋人的脾氣亦實在難說話。到了躉船上。就跳着腳罵人。等他罵過一會子。沒有人在他跟前。他也只好罷手。（是啊）齊巧龍都司要去討好。上去同他拉手周旋。他那洋人的脾氣是越扶越醉的。不理他倒也罷了。理了他。他倒跳上架子了。（一點不錯）龍都司同他拉手。他不同他拉。却把他的手一推。瞪着眼睛打着外國話問他。你不會外國話。不理他也就罷了。（是啊）偏偏這位龍總爺又要充內行。不曉得從那裏學會的別的話一句不會說。單單會說也司一句。（一知半解。也要充內行。不打破頭皮不止）洋人打着外國話問他。你可是是來接我的不是。龍都司接了一聲亦司。洋人又問。既然派你來接我。為甚麼不早來。你可是偷懶不來。（問得惡）龍都司又答應了一聲亦司。（罷了罷了）洋人聽了他亦司亦司。心上愈覺不高興。又問他道。你不來接我。如今天下雨。你可是有心要弄壞我的行李不是。（問得一發凶惡）這時候我們懂得外國話。都在旁邊替他發急。誰知他不慌不忙。又答應了一聲亦司。（可知是自己討打了）洋人可就不答應了。他手裏本來有根棍子的。舉起棍子兜頭就打。誰知用力過猛。棍子一碰就斷。彼時洋人氣不過。一面嘴裏罵他。一面就伸手把他手裡的馬棒奪過來。沒頭沒臉。就是一頓。等到頭已打破。他嘴裡還在那裏亦司亦司。（真是至死不變可為學西話而不精者痛下針砭）真正把我們旁邊人氣昏了。後來好容易把洋人勸開。等到雨下小些。叫了馬車。連人連行李。一齊替他送回家去。我們這裏大家都怪龍都司。說你同洋人說話。怎麼只管說亦司亦司一句。如今為這亦司上。可就吃了苦了。我們說話他還不服。說我們官場上。向來是上頭吩咐話。我們做下屬的人。總得是是着着着。如今我拿待上司的規矩待他。他還心上不高興。伸出手來打人。真正是豈有此理。（你要聽了人家的好話也不致於吃眼前虧了）現在洋人已經回家去了。龍都司因為捱了洋人的打。而且頭亦打傷。心上不甘。特地奔到軍門公館裏喊寃。到了公館裏。曉得軍門在這裏。所以又趕了來的。（原來如此）羊統領聽完了一席話。不禁緊鎖雙眉。把頭搖了兩搖。說道。我就曉得你們這些人。不安本分。專門替我惹亂子。好端端的外國人。那裏你又去得罪他。做什麼。（亦是畏懼外國人的口氣）龍占元道。標下怎敢得罪外國人。他打標下。卻是打得不在理。（你還要說不在理我謂是該打）羊統領道。你要怎樣。龍占元道。求大人伸冤。羊統領尚未答言。畢竟豚大豬子老奸巨猾。忙替羊統領出主意道。人已經被外國人打了。你有甚麼法子想。你去替他伸冤。終究是我們自己人不好。他不去躲雨。輪船一到。他就把外國人接了下來。自然沒得話說。如今是他自己悞了公事。反說外國人不講情理。這場官司。就怕打到制台跟前。非但打不贏。而且還要弄出交涉重案。（公法原為平等之國而設若强弱異形並沒有公法了）我們現在是今朝有酒今朝醉。做一天和尚撞一天鐘。（國勢之弱亦由人心之懦）人已打了。外國人不來問你的信。總算有你的臉了。如今反要生出是非來。我看狠可不必。（朝廷尚求息事當人何況在下）一席話提醒了羊統領。立刻把臉一沉。朝着龍占元發落道。本營營官派你去接洋教習。沒有叫你去躲雨。你偷着去躲雨。以致外國人的行李沒人照應。自然要弄潮的了。這要怪你自己不好。外國人打你是應該的。以後當差使都様的誤事。還了得。一面說。一面回頭吩咐同來的繙譯。叫他回去同營官說。叫他另外派人。這龍哨官。我非但撤去他的差使。而且還要重辦。以為妄言生事者戒。（魚肉自己是中國官場慣技）繙譯聽了羊統領的吩咐。只好答應着。可把龍占元急死了。（要他自己討饒妙）跪在地下磕頭如擣蒜。口稱軍門開恩。標下以後不敢生事了。如今也不求伸冤了。羊統領道。你們衆位請聽。他到如今。還說他自己冤枉。不到黃河心不死。我一定不能饒他。明天我還要把外國人請了來。叫他看我發落。（索性嚇他一嚇）龍占元一聽不妙。又連忙磕頭。連忙開口。又求諸位大人可憐標下。替標下好言一聲罷。羊統領又問他冤枉不冤枉。龍占元回稱不冤枉。又問該打不該打。回稱實在該打。羊統領見他自己認了不是。還不肯放他。叫同來的繙譯把他帶回去交代給營官。倘或三天之內。外國人不來說話便罷。倘有一言半語。我是問他要人的。治得他永世不敵術翎龍占元至此方才無話可辯。又磕了一個頭起來。含着眼淚。抱頭而去。欲知後事如何。且聽下回分解。

三編卷三十二

寫保摺筵前親起草　謀釐局枕畔代求差

卻說羊統領雖然喝退了龍占元。祇因他憑空多事。得罪了洋教習。深怕洋教習前來理論。因此心上很不自在。畏首畏尾身其餘幾又加以田小辮子同烏額拉布兩個人吃醋打架。弄得合席大衆興致索然。打鴨驚鴛忒殺風景於是無精打采。草草吃完。各自回去。第二天羊統領特地把田小辮子請來。先埋怨他不該到制台面前上條陳。弄得制台不高興。又怪他不該同烏某人翻臉。過天我替你們和和事。不然天天同在一個官廳子上。彼此見面不說話。算個甚麼呢。雖知其壞處仍舊要護短終要惹禍招殃不到黃河心不死了田小辮子畢竟是做過他的夥計。吃過他的飯的。聽了他的話。心上雖然不服。還要心不服真是不嘴裡不便說甚麼。只好答應着。又過了兩天。羊統領見洋教習不來找他說甚麼。於是纔把心上一塊石頭放下。後來龍占元的本營營官。又上來回過羊統領。求統領免其看管。並且不要撤他差使。當時又被羊統領着實說了他許多不好。看他本營營官面上。暫免撤差。只記大過三次。以儆將來。平空遭了打還要記大過總算晦氣龍占元又親自上來叩謝。羊統領吩咐他道。現在的英文學堂滿街都是。你既然有志學洋話。為甚麼不去拜一個先生。好好的學上兩年。一個月只消化上一兩塊洋錢的束修。等到洋話學好了。你也好去充當繙譯。再不然到上海洋行裏做個康白度。一年賺上幾千銀子。可比在我這裏當哨官強得多哩。要照現在的樣子。只學得一言半語。不零不落。反招人家的笑話。這是何苦來呢。（說得亦是）龍占元道回軍門的話。標下從前總共讀過三個月的洋書。通學堂裏只有標下天分高強。一本潑辣買。只賸得八頁沒有讀。（幸虧是還賸八頁倘然讀完了一定要被洋人打死）後來有了生意。就不讀了。過了兩年。如今只有也司這一句話。沒有忘記。（虧你是個好記性）滿打算借此應酬應酬外國人。不提防倒捱了一頓打。這一下子可把標下打苦了。到如今頭上還沒有好。以後標下再不敢說洋話了。倘若再學會兩句。標下有幾個腦袋。又是馬棒。又是拳頭。這不是性命相關嗎。（他叫你吃苦記苦）羊統領聽了。點點頭道。不會也罷了。完完全全做個中國人。總比那些做漢奸的好。（罵盡二毛子）龍占元於是又答應了幾聲是。然後退了出來。

這裏羊統領。便想仍到釣魚巷相好家擺一檯酒。以便好替烏田二人和事。兩天頭裏寫了知單。叫差官分頭去請。所請的無非仍舊是前天打牌吃酒的幾個。其中卻添了兩位。一位是趙大人。號堯莊。乃廣西人氏。說是制台衙門的幕府。還有人說制台凡遇要做摺子奏皇上。都得同他商量。制台自己不起稿。都是他代筆。合省的官員。文自藩司以下。武自提鎮以下。都願意同他拉攏。然而他面子上極其不肯同人家來往。坐在那裏總不肯同人說話。（如此大模大樣終是未經大創）不曉得是架子大呢。亦不曉得是關防嚴密的緣故。望上去很像有脾氣似的。（這種脾氣實在令人難堪）他的官雖是知府。祇有道台以上的官。請他喫飯。或者還肯賞光。就是道台。亦得要當紅差使的。倘或是黑道台。以及他同寅以下的官。都不在他心上。（不過是一個勢利鬼）人家同他說話。他只是仰着頭臉朝天。眼睛望着別處。別人問三句。回答一句。有時候還冷笑笑一聲兒也不言語。（目空一世一定）

（是胸無全豹）因此大眾都稱他為趙大架子。這回羊統領請他。他曉得羊統領上頭的聲光極好。而且廣有錢財。愛交朋友。所以請帖送去。答應肯來。（難得賞光）又一個姓胡號筱峯。排行第二。也是捐的道台班子。有人說他父親曾經當過長毛。後來投降的。官亦做到鎮台。（倒是一個草澤英雄）胡筱峯一直在老人家手裏當少爺。脾氣亦並非不好。不過他的為人。一天到晚。坐亦不是。站亦不是。人家要靜。他偏要動。說起話來。沒頭沒腦。到人家頂住問他。他又說到別處去了。（此種人世上不少）知道他底細的人。都叫他小長毛。（美名相稱）後來人家同他相處久了。摸着他的脾氣。又送他一個表號。叫他為胡二搗亂。（新發奇）且說胡二搗亂。這天因為羊統領請他在釣魚巷吃花酒。直把他樂的了不得。（初出茅廬）頭天晚上。就叫管家開箱子。把衣服拿好。（紹興人所說去做嬉客）其時是四月天氣。因為氣節早已經很熱。拿出來的衣服。是春紗長衫。單紗馬褂。當天晚上。忽下了兩點雨。清晨起來。微微覺得有點涼颼颼的。他又叫管家替他拿夾紗袍子。夾紗馬褂。緊扮停當。專等羊統領來催請。（宛如去做新女婿）羊統領請的是晚飯。他忘記看帖子。還當請的是早飯。所以一早就把衣服穿好了。等了一回。不見來催。又把他急的了不得。（真叫做無事忙）動問管家。羊統領請客。可是今天。不是。不要你們記錯了。管家回不錯。是今天。隔夜雖然下了幾點雨。第二天仍舊很好的太陽。胡二搗亂在公館裏。前院後院。前廳後廳。跑了十幾盪。一來心上煩躁。二來天氣畢竟熱。跑得他頭上出汗。夾紗袍子。夾紗馬褂。穿不住了。於是又穿了件熟羅長衫。單紗馬褂。裏面又穿了件夾紗背心。（倒是顯行頭）此時已有晌午。還不見羊統領來催。又問管家。倒底是甚麼時候。當中有一個記得的回了聲請的是晚飯。胡二攪亂罵了聲王八蛋。為什麼不早說。於是仍在自己家裏吃中飯。好容易捱到三點半鐘。到這時候。熟羅長衫也有些不合景了。只得仍舊換了春紗長衫單紗馬褂。（好比看戲本上九件衣）剛要出門。忽然又想起一件事來。於是仍舊回轉上房在抽屜裏翻了半天。翻出一個鼻烟壺來。說道街上驢馬糞把人熏的實在難受。有了這個就不怕了。（還有什麼忘記）等到坐上轎子。誰知鼻烟壺是空的。又叫管家回去拿烟。管家拿不到。好容易自己下轎。方纔找到。（何不記一記清免得再打轉回）走到半路上。又想起未曾帶扇子。不及回家去取。幸虧街上有個扇子鋪。就下轎買了一把。一回又想到早晚天氣是凉的。晚上回來要添衣服。於是又吩咐管家回家去把小夾襖拿了來預備晚上好穿。（不過底下人腳蹚晦氣多走兩盪）如此者往返躭擱。及至到釣魚巷已經有五點多鐘了。幸虧止到得一個主人。其餘之客一個未到。胡二攪亂到處攪亂。人家同他沒有到甚麼談頭的。同羊統領見面之後。畧為寒暄了兩句。便也無話可說。羊統領自去躺下吃烟。胡二攪亂便趁空找着姑娘攪亂。也不顧羊統領吃醋。只是攪亂他的。攪亂了半天。恨的那些姑娘們。都罵他為斷命胡二。胡二攪亂只得嘻着嘴笑。（直是一個花中蟊賊）後來端上點心來。請他吃點心方纔住手。（不然豈不又要鬧出亂子來）又歇了一回。請的客人絡絡續續的來了。羊統領見田小辮子烏額拉布二人到了。便拉了他們的手。說了許多的話。又給他二人一家作了兩個揖。說你二位千萬不要鬧了。大家都是好朋友。獨有你二位見面不說話。好像有心病似的。叫人家瞧着算什麼呢。（麻雀為他賠盡小心）其時田小辮子頗有願和之意。無奈烏額拉布因為臉上挖的傷還沒有好。一定不肯講和。禁不起羊統領。再三朝着他打拱作揖。後來又請了一個安。旁觀那些客人。亦幫着着實說烏額拉布方纔氣平。大家都派田小辮子不是。（又插入衆人之言一筆不漏）羊統領叫他替烏大人送了一碗茶。兩個人又彼此作了一個揖。各道歉意。方纔了事。（必須寫得如此方像個勸和局面）其時已有七點半鐘了。羊統領數了數所請的人。卻已到齊。只有制台幕府趙堯莊趙大架子沒有到。後來想叫差官去請。又怕他一陪着制台說話。恐有不便。只好靜等。誰知一直等到九點鐘纔見他來。（一請即來不像個閒客了）他是制台衙門裏的閣幕。人人都要巴結他的大概的人。他不過略為把手拱了一拱。便一手拉了余蓋臣到烟鋪上說話。（別有關切）連主人都不在眼睛裏。後來擺好席面。主人就來讓坐。他方同主人謙了一謙。主人手執酒壺。又等了好半天。一直等到把話講完。方纔起身入座。（必要裝模做樣方見是個大架子）主人連忙敬他第一位。他又讓了一句道。還有別位沒有。余蓋臣道。這裏並沒有第二個人。偺你堯翁的趙大架子也不答言。昂然據首座而坐。（本來他不坐第二位的）其餘的人亦就依次入座。通檯面上只有余蓋臣當的差使項闊。而且錢亦很多。新近制台又委了他學堂總辦。常常題起某人很能辦事。（做了制台的紅人畢竟要有些才幹）余蓋臣便趁這個機會。託人關說。求大帥賞他一個明保。送部引見。制台雖然應允。但是摺子尚未上去。余蓋臣又打聽得制台凡有摺奏。都是這趙大架子拿權。因此余蓋臣就極意的拉攏他。趙大架子的架子雖大。等到見了錢。架子亦就會小的。（一個紙老虎一戳即破）當初也不曉得余蓋臣私底下餽送他若干。弄得這趙大架子。竟同余蓋臣非常知已。（有了孔方兄在旁邊拉攏不知已亦要知已起來）這時候到了檯面上。趙大架子還只是同余蓋臣扳談。下來再同主人對答兩句。餘下的人。他既不屑理人。人家亦不敢仰攀他。同他說話。（比制台還要艮擺三分）在釣魚巷吃酒。是要叫局的。趙大架子恐怕有礙關防。一定不肯破例。主人只得隨他。其他賓主。每人祇叫得一個。亦為着趙大架子在座。怕他說話的緣故。因此這一席酒。人雖不少。頗覺冷清得很。（本來要說畧一切反弄得跼蹐不安）趙大架子吃了兩樣菜。仍舊離座躺在坑上吃烟。余蓋臣是同他有密切關係的。便不離座相陪。後來主人讓他歸位吃菜。他始終未再入席。搖搖頭。對余蓋臣說。這般人兄弟同他們談不來的。（這叫做雙目空）余蓋臣得了這個風聲。便偷偷的關照過主人。叫他們只管吃。不要等了。趙大架子吃烟。自己不會裝。余蓋臣雖然不吃烟。打烟倒是在行的。當下幸虧他替趙大架子。連打了十幾口。吃得滿屋之中。烟霧騰騰。（只好備點好烟其餘倒不在乎）霎時菜已上齊。主人又過來請吃稀飯。趙大架又搖頭說。心上怪膩的慌。不能吃了。余蓋臣也陪着不吃。主人深抱不安。席散之後。又走過來道歉。又說另外替趙大人余大人留了飯。（主人倒實懇懇）着趙大架子回稱謝謝。說完這句。立起身來想要穿了馬褂就走。余蓋臣曉得他不願久留。便讓他同到自己相好王小五子那裏去坐。趙大架子點頭應允。兩人一同出門。（足見他們是常常會在一處的）其時主人早已穿好了馬褂。候着送了。一時別過主人。同到王小五子屋裏。王小五子接着。自然另有一副場面。余蓋臣立刻脫去馬褂。橫了下來。又趕着替趙大架子打烟。（自己不吃烟專會替人家打烟虧他如何學會的）王小五子趕過來。替他代打。余蓋臣還不要。一連等趙大架子。又抽過七八口。漸漸的有了精神。兩手抱着水烟袋。坐在坑沿上。想要吃烟。余蓋臣忙叫王小五子過來替他裝烟。巴結湊趣之極此時余藎臣一見房内無人。便把身子湊前一步。想要同趙大架子說話。趙大架子忽然先問道。藎翁。託你安置的兩個人。怎麽樣了。為了自己事情倒被人家搶上前余藎臣道。兄弟早同藩台說過。一個調動。就委他兩人前去。趙大架子道。還要等幾個月。余藎臣道。現在正在這裏替他倆對付着。看有兩處。就在這幾天裏頭期滿。不過幾天。就要委他們的。那裏用着幾個月。你老先生委的事。豈有儘着躭擱的道理。余藎臣這時候。本來相請趙大架子過來商量自己事情的。不料趙大架子先同他說安置人的話。自己的事。倒弄得一時不好開口。即說自己事情恐怕人家疑心討謝儀只得權時隱忍着。仍舊竭力的敷衍。又叫王小五子備了稀飯。留趙大架子吃。趙大架子推頭有公事。還要到衙門裏去。余藎臣不好挽留。自己的事。始終又未曾能彀向他開口。倒反堵住了自己的口臨到出來上轎。便邀他明天晚上到這裏吃晚飯。趙大架子道。看罷咧。如果沒有公事。准來。趙大架子去後。余藎臣當夜便住在王小五子家。王小五子見余藎臣很巴結趙大架子。就問趙大架子的履歷。留心之極余藎臣便告訴他說。趙大人是制台衙門的師爺。見了制台。是並起並坐的。通南京城裏。沒有再濶過他的。王小五子便問余大人。你當的甚麽差使。一年有多少錢進款。假作不知的妙余藎臣便說自己當的是通省牙釐局總辦。所有那些外府州縣大小鎮市上的釐局。都是歸我管的。這些局裏的委員老爺。我要用就要用。我不要用就換掉他們。不敢不依我的。着實誇張自己權勢王小五子道。他們那些官都歸你官。你的官有多們大。問得惡余藎臣道。我的官是道台。所以纔能彀當這牙釐局總辦。王小五子鼻子裏嗤的一笑道。道台是什麽東西。說這們瀾。（一發連問帶罵的凶惡）說到這裏。又自言自語道。吠原來如此。忽然又問道。余大人我問你。我聽說現在的官。拿錢都好買得來的你這個官。從前化過幾個錢。（當面嘲笑得惡）余蓋臣起初聽他罵道台什麽東西。心上老大不高興。後來又見他問自己的官。從前化過幾個錢。便正言厲色道。我是正途兩榜出身。是用不着化錢的。化錢的另是一起人。名字叫捐班。我們是瞧他不起的。（只怕現在的維新黨亦在那裏瞧你們守舊不起）王小五子道。余大人官好捐。你們的差事。想亦是捐來的了。（雖是外行話倒也說得對勁）余蓋臣道。呀呀呼差事那裏好捐。私下化了錢買差使的。固然亦有。然而我得這個差使。是本事換來的。一個錢沒有化。（只怕未必）就是人家在我手裏當差使。我也是一文不要的。那是再要公正沒有。（不過欺人之談）王小五子道。照此說來。你余大人是一個錢不要的了。（搶白得妙）余蓋臣道。這個自然。王小五子道。我倒想起一件事來了。前個月裏。有天春大人請你吃酒。我看見他當面。送給你一張銀票。說是六千兩銀子。春大人還再三的替你請安。求你把個什麽釐局給他。不是你接了他的銀票。滿口答應他的嗎。不到十天。果然有人說起。春大人升了釐局總辦。上任去了。（當面戳破得妙）余蓋臣見王小五子揭出他的短處。只得支吾其詞道。他的差使。本來要委的了。銀子是他該我的。如今他還我。並不是化了錢買差使的。這種話你以後少說。（掩耳盜鈴欲蓋彌彰）王小五子道。照這樣說起來。沒有銀子的人。也可以得差使了。（不可以言而言是以言餂之也）余蓋臣道。怎麽不得。老實對你說。只要上頭有照應。或者有人囑託着朋友面上。亦總要委他差使的。（那沒有上他的當了）王小五子道。原來派差使也要看交情的。余大人。咱們的交情怎麽樣。我要薦個人給你。你得好好的派他一樁事情。（亦玩亦真使人不防）余蓋臣當他說笑話。並不在意。只答應了一聲道。這個自然。你薦給我的人。我想拿頭一分的好差使給他。（你不要翻悔）王小五子嘿嘿無語的歇了半响。起（藏奸）起身收拾安寢。一宵易過。又是天明。到了次日。余蓋臣惦記着自己的事情。上院下來。隨又寫信給趙大架子。約他今天晚上。同到王小五子家吃酒。趙大架子回說公事忙。不得脫身。等到事完出衙門。八點鐘。在自己相好貴寶那裏吃晚飯。可以面談一切。（妓院談公事最易洩漏）余蓋臣只得遵命。纔打七點鐘。便餓着肚皮。先趕到貴寶房間裏伺候。（此伺候上司還着重）一等等到九點鐘。趙大架子纔從衙門裏出來。余蓋臣接着。賽如捧鳳凰似的。把他迎了進來。（宛如天上掉下來的）一進門進抽烟堂子裏。曉得他的脾氣的。早已替他預備下。打好的烟二十來口。一齊都打好在烟杆子上。賽如排鎗一樣。一排排的都放在烟盤裏。（槍砲密排宛如對壘）只等趙大架子一到。便有三四根槍。兩三個人。替他輪流上烟對火門。（此演大砲一樣）此時趙大架子。來不及同余蓋臣說話。只見他躺在炕上。呼呼的拚性命的只管抽個不了。有時貴寶來不及。余蓋臣還帮着替他對火。足足抽了一點鐘。其時已有十點鐘了。趙大架子要吃飯。飯菜是早已預備下的。當下只有他同余蓋臣兩個人對面吃。貴寶打横。伺候上菜添飯。（着實巴結趙奉）趙大架子叫他同吃。他不肯吃。（想來恐怕老鴇罵嘴）趙大架子還生氣說道。陪我吃等飯。有什麼要緊的。就這樣的不好意思起來。你們當窑姐的人。只怕不好意思的事情。儘多着哩。（問你那幾項不好意思）說罷便把面孔板起。做出一副生氣的樣子。（着實脾氣大）余蓋臣搭訕着。替他們解和。等到把飯吃完。趙大架子一面漱口。余蓋臣又順手點了一根紙吹給他。（湊趣之極）慢慢的談了幾句公事。然後趁勢問他。這兩天大師背後。於兄弟有甚麼話說。（小心之極）趙大架子道。不是藎翁提起。兄弟早在這裏打算主意了。（多謝費心）無奈兄弟公事實在忙。一天到晚。竟其没有動筆的時候。（一天倒晚抽烟還有什麼工夫動筆）余藎臣忙問甚麼事。一定要堯翁親自動筆。趙大架子道。就是藎翁得明保的那句話了。余藎臣一聽明保二字。正是他心上最為關切之事。不禁眉飛色舞。仔細一想。又怕趙大架子拿他着輕。立刻又做出一副謹慎小心的樣子。柔聲下氣的說道。這都是大憲的恩典。堯翁的栽培。（馬屁要拍得牢）趙大架子道。豈敢。不過制軍既有這個意思。我們朋友的人。那裏不替朋友幫句忙。（承情之至）說也好笑。前幾天是兄弟催制軍。這兩做天反了過來。倒是他催兄弟。（這却是你的不是了）余藎臣道。催甚麼。趙大架子道。起先是制軍雖然有了保舉藎翁的意思。一直没有定規。是兄弟天天追着他問。同他說道。像余某人這樣人。真要算得江南第一個出色人員。大帥既有恩典給他。摺子可以早些進去。將來朝廷或者有什麼恩典。也好叫他及早自効。（承你一番美意）制軍聽了兄弟的話。果然答應了。就立逼着兄弟替他起稿子。（制軍也被你說動了）這兩天兄弟一來因為事情忙。没有工夫動筆。二來怎麼保舉法子。下個什麼考語。也得商量商量。（替他自己商量豈不是自保自）余藎臣道。正為這件事。兄弟要過來求教。承堯翁的吹噓。又承堯翁替兄弟上勁。真正感激得很。但是還望你堯翁成全到底。考語下得體面些。那就是感之不盡。說罷。特地離位。深深一揖。又說得一句道。全仗大力。（此是一定要謝謝他的）趙大架子兩手捧着水烟袋。趕忙拱手還禮。却一面說道。自家兄弟。說那裏話來。今天既是藎翁題起。我們都是自己

六〇八

人。蓋翁愛怎麽說就怎麽說。兄弟無不遵辦。照樣寫了上去制軍看了。也不好挑剔什麽。（隨人之便）孔方兄之情面着實不薄余蓋臣道。這是堯翁的格外成全。兄弟何敢妄參末議。而且又是自己的事。天下斷無自稱自讚的道理。只得仍請堯翁先生主裁。（此是一定要推讓的）趙大架子聽了他這一路恭維。心上着實高興。原想立刻就替他起稿。可以賣弄他的權力。無奈吃過了飯沒有過癮。霎時煙癮上來。坐立不安。十分難過。便道。你我不是外人。你來我念。你寫寫了出來。彼此商議。（着實替他要好）其時余蓋臣還不肯寫。後來又被趙大架子再三的相催。說你我自家人。有什麽怕人的。不是說句大話。現在南京城裏除了你我。餘人都不在咱眼裏。（承你另眼相看）我念你寫。這不同我寫的一樣嗎。其實是余蓋臣心上。巴不得這個摺子。自己竭力的恭惟自己。（中了他的心意）今見趙大架子。一再讓他自己寫。遂也不便過於推辭。（樂得順水推船）便向貴寶要了一副筆硯。一張紙。讓趙大架子坑上吃烟。他却自己坐在桌子邊起稿。嫌掛的保險燈不亮。又叫人特地點了一支洋燭。貴寶曉得他要寫字。忙着過來替他磨墨。余蓋臣不要。叫他到炕上替趙大架子裝烟。貴寶去後。余蓋臣便提筆在手。拿眼瞧着趙大架子。看他說甚麽。好依着他寫。足足等了七八袋大烟的時候。等得不耐煩了。約摸趙大架子。烟癮已過得一半。隨見趙大架子一骨碌從炕上爬起。却先歪着身子。提起茶壺。就着茶壺嘴抽了兩口。方纔坐起來說道。兄弟的意思。摺子上沒有多少話說。還是夾片罷。（自己想不出偏要挑花樣）余蓋臣道。似乎摺子鄭重些。叫上頭看得起些。趙大架子道。這倒不在乎。橫豎保了上去。上頭沒有不准的。總還你一個着照所請。（刻板批語向來是一字不易的）依兄弟看來。其實是一樣的。余藎臣見他如此。說亦不敢過於計較。只得跟着他說道。既然如此。就是夾片亦好。趙大架子見余藎臣擎筆在手。只是不寫。便道你寫啊。(你說你念他寫如何又要換花樣了)余藎臣道。等堯翁念了好寫。趙大架子笑道。藎翁的大才。還有什麽不曉得的。你別同我客氣。你儘管寫罷。寫出來一定合式的。我要過癮。你費點心罷。說完。仍舊躺下。呼呼抽他的烟去了。(原來你搜索枯腸不出樂得藏拙)余藎臣至此。面子上只得勉强着自己起稿。心上卻是十二分高興。嘴裏卻不住的說道。姑且等兄弟擬了出來再呈政。(不老實些罷不要謙了)此時趙大架子只顧抽烟。一聲不響。幸喜余藎臣是正途出身。又在江南歷練了這幾多年。公事文理。也還辦得來。於是提筆在手。想了想。一口氣便寫了好幾行。(不假思索下筆成)後來填到自己的考語。心上想。還是空着十六個字的地步。等趙某人去填。既而一想。又怕趙某人填的字眼不能如意。不如自己寫好了。同他去斟酌。他同我這樣交情。諒來不致改我的。主意打定。又斟酌了半天。結結實實自己下了十六個字的考語。(蝦蟆跳了戥盤自秤自贊)後頭帶着敍他辦厘金。辦學堂。如何成效。說得天花亂墜。又足足的寫了幾行。(下筆千行自是捷才)一霎寫完。便自己離位。拿着底子。踱到烟炕前。請趙大架子過目。趙大架子接在手中。就在烟燈上看了一回。一聲不言語。又心上盤算了一回。余藎臣忍耐不住。急忙問他道。堯翁看了。還好用不好用。兄弟於這上頭不在行。總求堯翁的指教。(不要客氣)趙大架子道。格式倒還不錯。就是考語還得。余藎臣不等他說完。接嘴問道。考語怎麽樣。趙大架子道。若照藎翁的大才。這幾句考語着實當之無愧。不過寫到摺子上。語氣總似乎還要軟些。叫上頭看着也受用。如果說的過於好了。一來不像上司考核下屬的口氣。二來也不像摺子上的話頭。兄弟妄談。蓋翁高見以為何如。倒底是老法家見多識廣說罷。仍把底稿遞在余蓋臣手裏。余蓋臣一聽他話。不禁面孔漲得緋紅。半天說不出話來。楞了一回。仍舊踅到桌子跟前坐下。提起筆來想改。誰知改來改去。不是怕趙大架子說話。就是自己嫌不好。捱了半天。仍舊未曾改定。到此也江郎才盡了只得老着臉皮。朝趙大架子說道。這個考語。還是請你堯翁代擬了罷。不是撐船手。休來弄竹竿。兄弟實實在在有點來不得了。總算知難而退趙大架子道。我們知己之說。這考語雖只有幾個字。輕了也不好。重了也不好。我兄弟擬了出來。還得送制軍閱過。一向制軍卻沒有改過兄弟的筆墨。如今倘若未能弄好。被他改上一兩句。兄弟卻坍檯不下。所以要替你蓋翁斟酌盡善。就是這個緣故。蓋翁自己人。我兄弟不妨直說。恐怕減了自己一世才名說來動聽余蓋臣聽了愈為感激。當下便親自醮飽了筆。送到坑牀邊。請趙大架子動手。趙大架子道。這個兄弟也得思量思量看。於是亦不接他的筆。仍把身體橫了下來。一聲不言語。一口氣又吃了五六口烟。吃完了烟。趿着鞋皮走下坑來。把原稿畧為改換了幾句。卻把十六個字的考語。統通換掉。獨斷獨行畧不推讓余蓋臣看了。似乎覺得還不能滿意。但是恐怕趙大架子動氣。只得連稱好極好極。趙大架子改好之後。便往衣裳袋中一塞。因為堂子裏的烟吃的不爽快。要回到公館裏過癮。恐怕要葬在烟裏了還有什麼功夫起稿余蓋臣只得穿了馬褂。陪着一同出門。臨時上轎。余蓋臣又打了一躬。說了許多感激的話。又道大帥前深荷一切成全。明天過來叩謝。說完兩人分手。嘗聞古人內舉不避親外舉不避讐不任怨亦不任德不知所報余蓋臣仍往王小五子家而來其時已有夜半十二點鐘。余蓋臣尚未走進王小五子家的大門。黑影裏望見有個人先從他家裏出來。（本來院子內客不見客此後無意中見之）燈光之下。雖不十分明白。然而神氣還看得出。狠像是個熟人似的。後來彼此又擦肩而過。這人沒有看見余蓋臣。余蓋臣却看清這人原來是認得的。但是官職比他差了幾級。大人卑職。分名攸關。（曾聞有一下屬在浴堂內遇見上司彼此俱光着身子即屈一足曰卑職替大人請安可發一笑）余蓋臣怕他看出不好意思。連忙拿頭別了過去。等到這人去遠。方一步步踱進了大門。霎時走到王小五子房中。他倆本是老相好。又兼余蓋臣明保到手。心上便也十分高興。見面之後。說不盡那副肉麻的情形。兩個人鬼混了一陣。（不可使下屬見之）王小五子忽然想起昨夜的話來。連忙說道。余大人。我託你一樁事情。你可得答應。我余蓋臣道。好答應的我自然答應。王小五子道。你別同我調脾。好答應也要你答應。不好答應也要你答應。你先答應了我。纔說。（有挾而求）余蓋臣道。到底甚麼事。要我答應。王小五子道。不是你昨兒說的。在你手下當差的人。統通不用錢。你買。只要上頭有面子。或者是朋友相好的交情薦來的。都可以派得。這個話可有沒有。（再敲着實幾句）（使他無從閃避）余蓋臣道。自然派差使一個錢不要。但是面子。也得看什麼面子。就是相好。也要看什麼相好。不能執一而論的。（已有胡賴之意）王小五子道。我不同你說這些。你但看我們的交情怎麼樣。余蓋臣道。用不着題到咱倆的交情。難道你有什麼人薦給我不成。咱倆交情雖厚。你要薦人題我郤不收。（本是有礙官方自然要回絕得決裂）王小五子見他說不收。登時把臉一沉。拿頭睡在余蓋臣的懷裏。郤拿兩隻雪白粉嫩的手。抱住余蓋臣的黑油津津的胖臉。撒嬌撒痴的說道。你不答應我。我定見不成功。恃寵而嬌此時余蓋臣穿了一件簇新的外國緞夾袍子。被王小五子拿頭在他懷裏膩了兩膩。登時縐了一大片。余蓋臣向來吝嗇慣的。見了肉痛。為的是相好面上。有些說不是出口。只好往肚皮裏嚥。已有不悅之意兩個人揪了半天。畢竟余蓋臣可惜那件衣服。連連說道。有話起來說。不要這個樣子。被別人看了要笑話的。漸漸露諸顏色王小五子又把臉一板道。誰不曉得我是余大人的相好。將來我還要嫁你哩。我嫁了你。我便是釐金局總辦的太太。誰敢不巴結我。誰敢來笑我。有恃無恐余蓋臣又只得順着他說道。不錯。你嫁了我。你就是我的太太。我有了你這位好太太。從此以後。釣魚巷也不來了。索性鈍他幾句王小五子又把眼一眇道。這些話誰相信。你誰不曉得余大人的相好多。這些話。快別同我客氣。倒是我託你的事情怎麼樣。說話間。余蓋臣接連打了幾個呵欠。伸手摸出夾金錶來一看。短針已過一點。長針却指在六點鐘上。余蓋臣道。啊唷不早了。我們快睡了。明天還要早起上院哩。姑妄言之姑妄聽之還無惡意一面說一面自己寬去衣服。躺在床上去了。王小五子道。你不答應。我不許你睡覺。於是也不及卸裝。趕到床上同他纏你個不了。索性用强硬手段可是要不答應了余蓋臣被他鬧急了。便道。你先把人頭說給我。等我好替你對付着看。王小五子見他已有允意。便不同他吵了。和衣歪着。拿頭靠在枕頭上。低聲說道。我說的不是別人。你們同在一處做官。還有什麼不認得的。余蓋臣道。倒底是誰。王小五子道。就是候補同知黃大老爺。他託我的。虧你還要說出來不怕人家吃醋余蓋臣道。姓黃的天底下多得很。沒頭沒腦叫我去找那一個。王小五子道。真個我記性不好。他有個條子在這裏。說着。便伸手從衣裳小襟袋裏。

把個名條摸了出來。已經顏色不妙還要拿出條子來真是太太意了跟手又叫房間裡奶奶點了一支洋燭。余蓋臣睡眼朦朧的。拿起名條靠近燭光一看。只見上面寫的是知府用試用同知黃在新。叩求憲恩賞委釐捐差事兩行小字。余蓋臣不看則已。看了之時。不覺心上畢拍一跳。半天不言語。正犯所忌王小五子忙問着清楚了沒有。這人可是認得的。余蓋臣還不響。又停了一大會。方問得一句道。這人是幾時來嫖你起的。這條子可是方纔給你的。問得出其不意王小五子見問。也不由得臉上一紅。楞了半天。回答不出話來。儘你千伶百俐問着心病一時也對答不上來列位看官。你道此人是誰。原來方纔余蓋臣在王小五子大門口。碰見的那個人。就是黃在新。至此方纔點出名姓這黃在新。雖是江南的官。同余蓋臣比起來。一個道台。一個同知。兩人官堦不同。不在一個官廳子上。余蓋臣如何偏會認識他。我亦要問只因這黃在新最會鑽營。凡在紅點的道台。他沒有一個不巴結。因此都同他認得。無孔不入鑽狗洞小人真是他此時身上雖有幾個差使。無奈薪水不多。無濟於事。因見余蓋臣正當釐金局的老總。便想謀個釐局差事。託了幾個人。遞了幾張條子。余蓋臣尚未給他下落。他心上着急。所以要急不暇擇了幸喜他平日。也常到釣魚巷走走。與余蓋臣有同靴之誼。王小五子見他臉蛋兒長得標緻。便同他十分要好。余蓋臣反退後一步。不是密室藏嬌招蜂引蝶亦奈何他不得黃在新在王小五子家走動。余蓋臣却一字兒不知。余蓋臣在王小五子玩耍。黃在新却盡知底裏。即此一端。已可見王小五子待他二人的厚薄。本來伎女愛俏亦怪他不得此時余蓋臣看了名條。想起剛纔齊巧碰見他在這裏出去。不免心上一動。又接着問王小五子的話。王小五子又對答不出。自然格外疑心。疑心過重。便是吃醋的根苗。此時余蓋臣看了王小五子的情形。心上早已懂得八九。（路柳墻花本來任人拔折你却太心窄了）接連哼哼冷笑兩聲說道。他的條子沒有人替他遮了。居然會想着了你。（想到伎女身上真是風斯下矣）託你替他求差使。他這人真會鑽。倒是你倆是幾時認識起來的。你却同他如此關切。（又不是你真缺太太你却如此小氣）王小五子見余蓋臣生了疑心。畢竟他自己賊人胆虛。亦不敢撒嬌撒痴。立刻拿兩隻手。扳着余蓋臣的腦袋。同他臉對臉的笑着說道。（掀媚子至此也技窮了）這裏頭有個講究。你不曉得。等我來告訴你。我是江西人。七歲上就賣在擋子班裏學唱戲。等到十五歲上。纔到的南京。這黃大老爺他也是江西人。同我是嫡親同鄉。（倒不是嫡親夫婦）他是我自己家裏的人。有什麼不認得的。我替他求差使也無非照應同鄉的意思。有什麼動疑的。（難得你肯照應同鄉）余蓋臣連連搖頭道。算了罷。你們江西人。我也請教過的了。做官的讀書的。於這鄉誼上狠有限。不信你一個做窑姐的。倒比他們做官的讀書的有義氣。這話不要來騙我。（你將就糊塗的罷）況且你七歲上就賣在擋子班裏。東飄西蕩。這姓黃的果然是你的同鄉。你也不會認得他的。這話越說越不對。（你自己明白罷了）倒是你倆有了多少時候的交情。你老實對我說罷。（你偏要尋根究柢）他不同你有交情。你為甚麼要替他求差使呢。我曉得我們化了錢。無非做個大冤桶。替人家墊腰。如今竟其公然替恩客說人情求差使。我又不是三歲小孩子。被你們弄着玩。（不好玩也要玩玩了）此時余蓋臣越說越氣也不睡覺了。一磆碌從牀上坐起。吩咐叫轎夫打轎子。又自己立誓道。從今以後。再不到這裏來了。倘若以後再到這裏。你們看我左脚邁到這屋裏來。你們拿刀砍我的左脚。右脚邁到這屋裏來。你們拿刀砍我的右腳。至此懊悔立誓也遲了　一面說一面捲捲袖子。直把兩個袖子。捲到手灣子上頭。兩隻眼睛。睜的像銅鈴似的。又拿兩隻手去盤辮子。你真要焚琴煮鶴嗎　辮子盤好。人家總以為他這個樣子。一定要打人了。誰知並不打人。卻乂着兩隻臂膊。握緊了兩個拳頭。坐在牀沿上生氣。此覩見愛妻別抱琵琶還氣　再說王小五子。起先聽見余蓋臣拿他數落。不禁臉上一陣陣的紅上來。心頭止不住必必的跳。後來又見他爬起。連忙和着身子去按捺他。無奈氣力太小。當不住余蓋臣的蠻力。按了半天。按他不下。全不念半點恩情　只得隨他起來。後來見他盤好辮子。並不打人。方纔把心放下。真似一個小鹿兒在心頭亂撞　連忙和顏悅色的自己分辯道。同鄉有甚麼好假冒的。天生同鄉是同鄉。我不能拿他當外人看待。至於問我如何認得他。蘇州來的洪大人。清江來的陸大人。每逢吃酒。都有他在座。慢慢的我就認得了他。怎麽沒有交情。我就不作興認得他的。一發拖泥帶水遮掩不過去　余蓋臣也不理他。只是坐在床沿上生氣。鬧得大了。連着房間裏的奶奶都上來勸和。余蓋臣只是不言語。今番也發作威風了　一迸迸到五更雞叫之後。天色微微的有點亮了。余蓋臣也不等轎子了。要了長衣裳。紮扮停當。一直遝去。你不要自己又來　王小五子抵死留他不住。只得聽其自然。

余蓋臣走到街上。尚是冷冷清清的。一無所有。此時心上又氣又悶。不知不覺忘記了東南西北。又走錯了一大段。一個在街路上瞎摸　後來好容易雇了一部東洋車子。纔把他拉到公館。打門進去。一路罵轎夫。罵跟班的。罵老媽。罵丫頭。一直罵進了上房。只好拿別人出氣　驚動了上下人等。曉得大人在外頭住夜回來。於是重新打洗臉水。拿漱口水。茂生肥皂。引見姨子。又叫廚子做點心。真正忙個不了。齊巧這日是轅期，照例上院，點心未曾吃完，轎子已伺候好。等到走到院上，已有靠九點鐘了。余藎臣還是氣吁吁的，直把他氣得要死頭一個會見了孫大鬍子，便把黃在新託王小五子求差使的話，統通告訴他。又說黃在新的品行太覺不堪，甚麼人不好託，單單會託到婊子。真正笑話。如此笑話層見疊出孫大鬍子笑道：「這也難怪他，實在是你藎翁同王小五子的交情，非他可比。朋友說的話，不及貴相知說的靈，所以黃某人纔走的這條路出來。當面嘲笑得妙做官為的是賺錢，只要有錢賺，也顧不得這些了。」倒是你海涵些余藎臣聽了孫大鬍子奚落他的話，不白的把臉一紅，拿話分辯道：「我們逛窑子，也不過行雲流水罷了，算得什麼交情。」逢場作戲本來算不得真孫大鬍子忙接嘴道：「又行雲，又流水，還算不得交情，不曉得弄到什麼分上，纔算得交情呢。」一發搶白得妙余藎臣發急道：「人家同你說正經話，你偏拿人來取笑，真正豈有此理。老實對你講罷，余藎臣同黃某人都是江西人，他替他求差使，乃是照應同鄉的意思。」然則你要發什麼急孫大鬍子道：「一個當伎女的，居然肯照應同鄉，賢於士大夫遠矣。藎翁你應該立刻委他一個上等的華差，一來顧全責相好的面子，二來也可以愧勵愧勵那般不顧鄉情的士大夫。你們眾位聽聽，我兄弟說的可是不是。」亦莊亦諧使人恨又不是喜又不是此時官廳子上的人已經來得不少了，天天在一起的幾個熟人，聽了他言，都說應得如此。又一班和調的可惡無奈余藎臣決計不得應，一定還要回制台，撤去他的差使，拿他參辦，以為卑鄙無恥，巧於鑽營者戒。割了他的靴統雖過當時又被孫大鬍子指駁了一句，余藎臣方始頓口無言。此處不即說明含蓄不盡欲知孫大鬍子說的何話，且聽下回分解。

三編卷三十三

查帳目奉札謁銀行
借名頭斂錢開書局

話說孫大鬍子。聽見余藎臣一定要稟揭黃在新託妓謀差的事。一再勸他。都不肯聽。余姓隨他去也咊他碰個釘子孫大鬍子哼哼冷笑道。他託妓謀差。雖然是他的壞處。然而你做監司大員的人。你不到窰子裏去。怎麼會曉得他託妓謀差呢。不知自己先摠住了自己的嘴這樁事。還怪你不是。合派得是余藎臣被他這一駁。頓時閉口無言。還有什麽辯頭歇了半天。纔勉强說道。我們嫖婊子。不過是好玩罷了。他鑽營差使。竟走婊子的門路。這品行上總說不過去。目下的官場還講什麽品行我就是不到上頭去說他壞話。這種人要在我手裏得意。咊他一輩子不用想了。說完。面子上雖把此事丟開。後來又着實到王小五子家發了幾回脾氣。此種大爺脾氣窰子裏是見慣的經王小五子千賠不是。萬賠不是。後來又把這話通知了黃在新。嚇的黃在新有許多時。不敢公然到釣魚巷王小五子家住夜。只好暗裏偷情余藎臣拿不到破綻。方纔罷手。難道你真想捉姦又過了兩月。余藎臣的保摺批了回來。所保送部引見。業已奉旨允准。等到奉到飭知。立刻上院叩謝。接着便是同寅前來道喜。下僚紛紛稟賀。花開到十二分時候余藎臣少不得置辦酒席。請這班同寅。同寅當中多半都是好玩的。家裏請酒不算數。一定要在釣魚巷擺酒請他們。六朝金粉也得他們點綴余藎臣也樂得借花獻佛。一來趁他們的心願。二來又應酬了相好。回回吃酒。都推趙大架子為首座。趙大架子便亦居之不疑。接連又是你一檯我一檯替他賀喜。如此者輪流吃過。足足有半個多月光景。（江山第一，風月無邊，正宜及時行樂）真正是光陰似箭。日月如梭。余藎臣便想請咨入都引見。制台答應。所有他的差事。一齊都委了別人暫行代管。為他不久就要回來的。（寵任之極）一連幾天白天忙着料理交代。晚上又有一班相好。輪流擺酒替他餞行。（真是公私忙碌）有天夜裏正在釣魚巷吃的有點醉醺醺了。他忽然發議論道。回想光景纔到省頭一天的光景。再想不到今日是這個樣子。（真是自道自苦）我還記得我到省頭一天。其時正是黃制軍第二次到江南來。我頭一天上院。沒有傳見。其實上司見不見。並不是甚麼大不了的事。（閱歷有得之談）倒說那時候。臉上總覺得擱不下去。從官廳子走出去上轎。賽如對了跟班轎夫。都像沒有臉見他們似的。此時得差得缺的心還沒有。心上總想我連上司都見不着。我還出來做什麼官呢。（好勝之心，人人都有）到了第二次上院。還沒有見。因為別人見不着的很多。並不光我一個。那時心上便坦然了許多。見了轎夫跟班。也不難為情了。（漸漸見識開了）以至頂到如今。偏偏碰着這位制軍。是不輕容易見客的。他見也好。不見也好。便也漠然無動於中了。（樂得解懶自在）我還記得從前沒有得事的時候。只指望能夠得一個長差使。便已心滿意足了。（知足不辱）實因江南道台太多。得缺本非易事。（知止不殆）誰料後來接二連三的。竟其弄了好幾個長差使在身上。一天到晚忙個不了。此時不以為樂。反以為苦。屢次三番想辭掉兩個。無奈上頭一定不放。（還來推不開）現在憑空的又得了這個明保。索性不叫我這安安穩穩的日子。拿我送部引見。想是我命裏注定的今年流年犯了驛馬星。所以要叫我出這一盪遠門。（面子上的話着實說得好聽）眾人道。能者多勞。像你藎翁的這樣大才。怎麽上頭肯放你呢。至於這回明保。乃是放缺的先聲。光當差使也顯不出蓋翁大才。所以制軍一定要有此一舉。從此簡在帝心。陳臬開藩。都是意中之事。放個把實缺小焉者也。算不得什麽。（偏有一班趨奉討好之人）余蓋臣道。承諸位老哥厚愛。放個把缺做做。兄弟也毋庸多讓。（滿招損謙受益是乃天道）至於將來還有甚麽好處。兄弟却不敢妄想。說罷。那副得意揚揚之色。早流露於不自知了。（日中則昃月盈則虧）霎時席散。又過了兩天。上院稟辭。剛剛走到院上。齊巧昨日制台接制軍機大臣上的字寄。說是一連有三個都老爺奏參江南的吏治。大大小小。共有二十幾個官。甚麽孫大鬍子。田小辮子。烏額拉布。余蓋臣。還有裔藕趙大架子。統領羊紫辰等一千人。統通在內。其中所參的劣迹。以余蓋臣趙大架子頂利害。（天有不測風雲人有旦夕禍福）說余蓋臣總辦釐金。非但出賣釐差。並且以剔除中飽為名。私向屬員需索陋規。等到屬員和盤託出。他又並不將此款歸入公家。一律飽其私橐。（所以要成富家即了）某人餽送若干。某局繳進若干。那位參他的都老爺。查的清清楚楚。摺子上都聲叙明白。（難得他查得如此細到）還說他出賣釐差。並不在南京過付。上海有一爿錢莊。內中有他一個把弟。檔手。專門替他經手。人家要送他銀子。只要送到這爿錢莊上。由他把弟出封信給他。或者打個電報。南京這邊。馬上就把差使委了出來。真正是再靈驗沒有。（也學中堂大人之收買古董）摺子上又說他所有賺來的銀子。足有五十多萬兩。狠在上海置買了些地皮產業。（上海地皮產業官場之資本不少）剩下的一齊存在一爿銀行裏。（銀行內着實有官場存項）至於參趙大架子。頂重的頭一款。是說他霸持招搖。（四字下了嚏切）甚至某月某日收某人賄賂若干。亦查的明明白白。又說兩江總

督保舉道員余某一摺係趙某及余某在秦淮河妓女貴寶房中擬定摺稿（其中必有奸細）摺子後頭
歸結到兩江總督身上說他年老多病昏瞶糊塗日惟以扶鸞求仙為事置吏治民生於不顧
（一發情真事實）此外孫大鬍子田小辮子烏額拉布羊紫辰不過多是帶筆在初入仕途的人見了難
免擔驚受怕至於歷練慣的人却也毫不在意（御史查參皆是虎頭蛇尾）閒話休題言歸正傳且說這日余
蓋臣剛把手本遞了上去制台一見是他雖說是自己保舉的人究竟事關欽派查辦之案便
也不敢迴護忙吽巡捕官傳話給他吽他不必動身在省候信（不自犯了驛馬星倒是犯了貫索星）巡捕出來說
完這句各自走開也不說制台請見也不說制台道乏余蓋臣摸不着頭腦在官廳子上呆了
半天有些不知底裏的人還過來敷衍他問他幾時榮行他也只好含含糊糊的回答後來坐了
一回看見各位司道上去又見各位司下來其時藩台糧道都已得信見了制台出來朝着他都
淡淡的似招呼不招呼的各自上轎而去（官場的勢利有難以言語形容者）他甚為没趣也只好搭赸着出來（問你
此時見了轎夫跟班有臉没臉）這時候他的差使都已交付別人替代他已無公事可辦（暫行替代倒變了久佔不還了）院上
下來一直逕回公館一天未曾出門却也無人前來拜他（一班酒肉朋友倒那裏去了）頭天晚上趙大架子
還面約今日下午在貴寶房中擺酒送行誰知等到天黑還不見來催請自已却又為了早晨
之事好生委決不下派了師爺管家出去打聽獨自無精打彩的在家靜等誰知等到起更一
個管家從院上回來禀報說趙大架子趙大人不知為了什麼事情行李鋪蓋統通從院上搬
了出來（省筆之法）後來小的又打听到孫大鬍子孫大人門口纔曉得京城裏有幾位都老爺說了

閒話連制台都落了不是總算仍舊派了制台查辦還算給還他的面子（想來上頭聖眷還厚的）余蓋臣急忙問道這位都老爺是誰但不知有幾個人參在裏頭孫大人在內不在內管家道聽說雖然在內並不十二分要緊趙大人參的却狠不輕（洩漏機關）余蓋臣又急忙說道我呢家人不言語（不言可諭）余蓋臣連連搖頭跺脚道完了完了（到了黃河來不及了）怪不得趙大人他說今兒請我吃飯的原來他自己遭了事所以没有來催請但是我自己被參為的是那一件連我自己也不明白怎麼好呢一回又想到自己平時所作所為簡直没有一件妥當的一霎時萬慮千愁坐立不定（日間不作虧心事半夜敲門不吃驚）正躊躇間派出去打聽消息的一位師爺也從外面回來了手裏還抄了制台新出的一張諭帖余蓋臣見面就問打聽的事怎麼樣了那位師爺有心在東家面前討好不肯直談只听他吞吞吐吐的說道听說京城裏有什麽消息大約在省城候補的統通在內這一定是都老爺想好處我們不要理他觀察這樣的憲眷還怕什麽呢（說如不說）余蓋臣道怕是不怕什麽為的是倒底參的是那幾件事你手裏拿的什麽那位師爺見問索性把他所抄的那張諭帖往袖管裏一藏說没有甚麽（賣什麽關子）余蓋臣道明明白白的看見有張紙寫的字你瞞我做什麽呢師爺到此無奈方把一張諭帖拿了出來余蓋臣取過看時只見上面寫的無非勸戒屬員嗣後不准再到秦淮河吃酒住夜倘若陽奉陰違定行參辦不貸各等語（不過掩耳盜鈴）這張諭帖是寫了貼在官廳子上的如今被這位師爺抄了回來余蓋臣看過後往旁邊一擱說道這種東西那一任制台没有我也看見慣了他下他諭帖我住我的夜管他媽

的事。（倒是一個不服上司管的）這也值得遮遮掩掩的。那師爺被東家搶白了兩句。面孔漲得緋緋紅。一聲也不言語。余藎臣又問道。我叫你打聽的事。有什麽瞞我的。你快老實說罷。那師爺只是咳嗽了兩聲。一句話還是沒有。（不過到那裏去縣縣懶打听出什麽來）余藎臣知道他是無能之輩。便跺着腳說道。真正是什麽材料。這從那兒說起。說完了這句。便背着手。一個人在廳上踱來踱去。他不理師爺。師爺亦嚇的不敢出氣。（畏東家如鼠子）擱下余藎臣在家候信不提。且說制台自接奉廷寄之後。却也不敢怠慢。立刻就派了藩司糧道兩個人。按照所參各款。逐一查辦。（朝廷寄耳目於督撫督撫又寄耳目於司道）因為幕友趙大架子被參在內。留住衙門恐怕不便。就叫自己兄弟二大人通信給他。叫他暫時搬出衙門。好遮人耳目。（外面總要做得十分嚴厲）趙大架子無奈。只得依從。所以頭天雖在相好貴寶家中定了酒席。並未前去請客。到了第二天。貴寶派了男女班子到石壩街趙大人公館裏請安。听見門上說起。纔曉得大人出了岔子。如今在家裏養病。生人一概不見。（不過暫避風頭）男女班子無奈。只得悵悵而回。此時省城裏面。一齊曉得制台委了藩台糧道查辦此案。幸喜都是同寅。彼此大半認識。一個個便想打點人情。希圖開脫。（此是必然之勢）其中糧道為人却狠爽快。有人來囑託他。他便同人家說道。制台雖然拿這件事委了兄弟。其實也不過敷衍了帳而已。（索性實說）現在的事情。那一樁那一件不是上瞞下。就是下瞞上。幾時見查辦參案有壞掉一大票的。（是過來人說話）非但兄弟不肯做這個惡人。就是制台也不肯失他自己的面子。（快人快語）他手下的這些人雖然不好。難道他平時是聾子瞎子。全無聞見。必要等到都老爺說了話。他纔一個個的揪了出來。豈不愈顯得他平時毫無覺察麼。（叫他自己查辦愈覺要回護自己）不過其中也總得有一兩個當災的人。好遮掩人家耳目。（總是官小晦氣的此是一定辦法）總算都老爺的話。並非全假。等他平平氣。以後也免得再開口了。（不過堵堵人家的嘴）兄弟說的句句真言。所以諸公儘管放心罷了。衆人聽了他言。俱各把心放下。不料藩台自從奉到委札的那一天起。却是凡有客來。一概擋駕。今天調卷明天提人。頗覺雷厲風行。大家都不免提心弔膽。（一個要不辦一個要辦已是意見參差）然而想起糧道的話。曉得制台將來一定要顧自己的面子。決不會參掉多少人的。不過彼此難為幾弔銀子。沒有什麼大不了事。便亦听其自然。（有了把握自然要故示安閒）藩台見人家不來打點他。便有心公事公辦。先從余藎臣下手。同制台說。原參余道出賣釐差。銀子放在上海。別的雖然沒有憑據。然而銀子存在銀行裏是有薄子可查的。祇要查明白了。薄子上是余藎臣的花户。便一定是他的贓欵了。（只怕不容易查的）現在是什麼時候。庫欵如此空虛。他們還要如此作弊。真正沒有良心了。司裏同余道雖是同寅。然而為大局起見。決計不敢迴護的。（今番的事情不是好賣買你不要存奢願）制台道。別的還好辦。銀行是外國人的。恐怕他不由你去查哩。（還是制台有見識）藩台道。銀行雖是外國人開的。然而做的是中國人生意。既然做我們中國人生意。一年到頭。賺我們中國人的錢也不少了。難道這點交情還沒有。我又不向他捐錢。看看帳薄子。有什麼不可的。（總是不諳外交的說話）制台道。既然老哥說可以料想沒有什麼不可以的。本省的官雖多。能彀辦事的人。究竟狠少。還是老哥諸事諳練。這件事情就借重老哥辛苦一盪罷。早去些。早些回來也好。早點覆奏進去。免得再生枝節。（制台尚如此說你何苦要認真）藩台一想。話雖如此說究竟自己做了這幾的官從來未同外國人打過交道外國人摳眼睛高鼻子雖然見過幾個但是上海地方聽說一共總有十幾國的人我是一省的藩台到了那裏總得一家家的都去拜望拜望彼此言語不通這個十幾國的繙譯倒不好我一個弄得不得法被繙譯瞞着我做了手脚左思右想總覺不好（然則你何必要獻勤）只得回覆制台道司裏的公事承上宣下一來忙的實在走不脫身二來司裏亦不會說外國話不認得外字將來到了銀行裏查起外國帳來一個字不認得還不是白去這椿事關係狠大請大人委了別人罷（倒是知難而退）制台道好在總要帶着繙譯去的只要帶個明白點的繙譯就是了就是兄弟亦不會說外國話不認得外國字怎麽也在這裏辦交涉呢（他要知此辦樂得叫他去嘗嘗味道也好免得人家說自己迴護）藩台被制台頂的無話可說只得又稟請了一位洋務局裏的提調乃是本省候補知府姓楊名達仁因為他從小在水師學堂裡出身認得鬼子多而且也會說兩句外國應酬話同他去便借他做個靠山（宛如一道護身符）他本任之事當由制台札委鹽道暫行兼理藩台無奈只得回家部署行裝因係欽派案件不敢躭誤次日有下水輪船遂即攜帶隨員幕友遝赴上海一路上兩手狠揑着一把汗深悔自己多嘴惹出這件事來（不捉着人家的破綻倒躭了自己的干係）次日輪船到了上海上海縣接着迎入公館跟手進城去拜上海道見面之後敘及要到銀行查帳之事上海道道但不知余某人的銀子是放在那一爿銀行裏的（所慮得是）藩台大驚道難道銀行還有兩家嗎（總是不懂外情的說話）上海道道但只英國就有麥加利滙豐兩爿銀行此外俄國有道勝銀行日本有正金銀行以及嗬囒國法蘭西統有銀行共有十

幾家呢。你卻沒有慮到知道如此你亦斷不致討這種無頭無腦差使了藩台聽說楞了半天。又說道。我們在省裏只曉得有匯豐銀行洋票幾年頭裏。兄弟在上海時候。也曾使過幾張。卻不曉得有許多銀行。依兄弟想來。只有匯豐同我們中國人來往。余某人的這銀子。大約是放在匯豐。我們只消到匯豐去查就是了。也只去好撞撞木鐘再講了上海道道。外國人銀行開在上海的。原是為着做中國人生意來的。那一爿不好存銀子。並不光是匯豐一家如此。但是匯豐兩個字。人家說起來。似乎熟些。或者余某人的銀子就放在他家。也未可知。方伯就先到他家去查查也不妨。模稜語亦是軟調皮藩台聽說稱是。於是端茶告辭。回到公館。過了一夜。第二天一早就要想到匯豐去查帳。起身梳洗之後。便吩咐套馬車。穿好行裝。帶了繙譯。兩個人同上了馬車。一直往黃浦灘而來。未曾上車的時候。車夫就問到那裏去。藩台說匯豐銀行。馬夫說。今天禮拜。銀行是不開門的。到是馬夫在行那繙譯因是省裏帶來的。在內地久了。也忘記禮拜不禮拜。被馬夫一句話題醒。他亦恍然道。不錯。禮拜日外國人是不辦公事的。去也是白去。不如大人到別處拜客。明天一早去不遲。倒是兩全之法藩台道。管他媽的禮拜不禮拜。我到他門口。𠻗張片子。我總算到過的了。就是他不辦公事。料想客人總好見的。不懂外情偏生執拗我昨天就到此地。今天還不去拜他。被外國人瞧着也不好。外國人倒不把你放在心上況且我今天見了他。先把大概情形告訴了他。明天再去查帳。也就容易些。不要說得如此容易繙譯道。禮拜關門。連客也是不見的。不如明兒一塊去的好。藩台道。你們這些人。多走一步路都是怕的。橫豎坐馬車。又不要你跑了去。多走一盪也不難。他一團高興不怕空回白轉你即順了他繙譯也不敢說別的。

只好跟了他走。一霎時走到滙豐銀行門口。果見兩扇大門。緊緊閉着。投帖的人叫喚了半天。亦沒有一個人答應。投帖的無奈。只得走到馬車跟前。據實回覆藩台道。既然沒有人。留張片子就是了。投帖的又跑回去。拿張片子塞了半天。亦沒有塞進。只好蘸了點唾沫。拿片子貼在門上走的。真正委君命於草莽了藩台自己覺着無趣。又怕繙譯笑他。說他不懂外國規矩。同到公館坐定之後。便對手下的人說道。外國人禮拜不辦事。不會客。我有什麽不曉得的。不過上頭委了我這件事。照例文章。總得做到。將來查帳查得到。固然有面子。即使查不到。我們這裏到底來過兩盪。總算是盡心的了。只怕以後更要長了人家志氣了他如此說。手下的人。只好連連答應稱是。到了第二天。便是禮拜一。銀行裏開了門。他老人家仍舊坐了馬車趕去。未曾到銀行門口。投帖的已經老早的。拿着名片。想由前門闖進去。上了臺堦。就挺着嗓子喊接帖。叫銀行內人看笑話幸虧沒有被外國人碰見。撞見一個細崽。連忙揮手叫他出去。又指引他走後門。到後頭去。着實指點他等到投帖的下了臺堦。藩台也下了馬車了。今番難得褻尊投帖的上前稟明原由。藩台心上狠不高興。自想我是客。我來拜他。怎麽叫我走後門。本來你出進衙門偏門尚不走今番卻難為你走後門了原來這滙豐銀行做中國人的賣買。什麽取洋錢。兌滙票。帳房櫃台。統通都設在後面。所以那細崽指引他到後邊去。當下藩台無奈。只得跟了投帖的號房。走到後面。大衆見他戴着大紅頂子。都以為詫異。說他倘然是來兌銀子的。用不着穿衣帽。如果是拜買辦的。狠可以穿便衣。也用不着如此恭敬。總是上海道不告訴他的好處其時櫃臺上收付洋錢。查對支票。正在忙個不了。也沒人去招呼他。銀行裏本來不理人的號房拿了名片。吽喚了幾聲接帖。沒有人理他。（他們吃外國飯人不懂你們官場規矩）便拉住一個人。問外國人在那間屋裏住。那人道。我是來支洋錢的。我不曉得。你去問他們櫃上罷。（亦是老實話）號房無奈。站在櫃台邊望了一望。都是忙碌碌的。不好插嘴。急的藩台罵沒中用的王八蛋。連帖子都不會投。還當什麼號房。（在這裏開官派真是用非其所）號房急了。隨檢了櫃檯上一個鼻架銅絲眼鏡的小夥子先生。問他外國人在那裡。我們大人要拜他。小夥子先生望了他一眼。並不理他。仍舊低下頭。手模算盤。跌跌撞撞算他的帳去了。（你們做官人沒有他們吃外國飯的勢利）號房沒法。只得又檢了一個嘴上兩撇鬍鬚的老頭子先生。照前問了一句。畢竟老頭子先生古道。可風。回問了一聲。你們是那裏來的。要找外國人做甚麼。號房還沒有回答他。來的是藩台大人。那老頭子先生手裏早拿了一管筆。一疊支票。一張張的往簿子上自已去謄清。再問他話。也聽不見了。（死人多口氣一班不歸你管轄的人真是別有天地自外生成）號房急得要死。藩台瞧着生氣。正在走頭無路的時候。忽見裏面走出一個中國人來。也不曉得是行裏的什麼人。藩台便親自上前。向他詢問。自稱是江南藩司。奉了制台大人的。差使。要找外國人說一句話。看一筆帳。那人聽說他是藩台。便把兩隻眼拿他上下估量了一番回報了一聲。外國人忙着在樓上。你要找他。他也沒工夫會你的。（他們實事求是不比你們開虛派）此如繙譯跟在後頭。便說不看洋人。先會會你們買辦先生也好。那人道。買辦也忙着哩。你有什麼事情。（他們不放你在眼裏你何苦來討沒趣）藩台道。有個姓余的道台。在你們貴行裏存了一筆銀子。我要查查看。倒底是有沒有。那人道。我們這裏。沒有甚麼姓余的道台。不曉得。我要到街上有事情去。你問別人罷。楊長的竟出後門去了。（所問非所對正如丈人對子路之意）其時來支洋錢取銀子的人越聚越多看洋錢叮呤噹啷。都灌到藩台耳朶裏去洋錢多用大笸籮盛着。豁瑯一攢。不曉得幾千幾萬似的。（寫得淋漓盡致）整包的鈔票。一疊一疊的數給人看。花花綠綠。都耀到藩台眼睛裏去。（不過把紙來掉你們現的）此時藩台心上着實羨慕。想我官居藩司。綜理一省財政。也算得有錢了。然而總不敵人家的多。（銀子即是）（中國的不過中國人不善理財被外國人搜括去了）正想着。忽聽繙譯說道。啊唷已經十二點半鐘了。藩台道。十二點半鐘便怎麽樣。繙譯道。一到十二點半。他們就要走了。藩台道。狠好。我們就在這裏候候他。他總得出來的。等他們出來的時候。我們趕上去問他們一聲。不就結了嗎。（平日大模大樣至此虛心下氣亦算難為他了）正說着。見許多人一鬨而出。都向後門出去。也不分出那個是買辦。那個是帳房。那個是跑街。那個是跑樓。（雖是銀行人勢利亦是作者故意寫到十二分火候）一千人出去之後。却並不見一個外國人。你道為何。原來外國人都是從前門走的。（即以出進而論已顯形辱中國中國人要欺待自已真是奴隸性質）所以藩台等了半天。還是白等。直等到大衆去淨之後。靜悄悄的鴉雀無聲。繙譯明知就裏。也不敢說別的。只好說請大人暫回公館吃飯。過天託人找到他的買辦。問他一聲。或者就託他代查。大人犯不着褻尊自已一趟趟往這裏來。（叫他來看看風頭然後好死心）藩台看此情形。也覺無味。只得搭赸着說道。我同余某人並不是冤家。一定要來查他的帳。不過我不來兩趟。上頭總說我不肯盡心。如今外國人不見我。這事便不與我相干。我回省也有得交代了。至於買辦那裏。你們明天順便去問一聲也好。（本來早可如此）我們的事情。凡是力量可以做到的。無不樣樣做到。他不理你。那却無法了。（你早知他們不理你你亦不來討苦吃了）

至於當差使也說不到褻尊二字外國人瞧不起我們中國的官也不自今日為始了這件事我碰着了倒還是心平氣和倒是一個有能耐說罷拉起衣裳一直出來上馬車趕回公館繙譯當天果去託人找着了買辦題起前情買辦道不要說難查就是容易查他有銀子儘着他存他愛存那裏就存那裏總不能當他是贜欵辦幸而你們大人沒有來見外國人倘若見了外國人被外國人說笑上兩句那卻難為情呢外國人倒不講賍不賍過不輕易借手於人罷了繙譯聽了無話回來回了藩台於是藩台纔打斷了查帳的念頭不到河陽不回頭只想拿話搪塞制台不敢說洋人不見他造了一篇謠言說剛過洋人簿子上沒有余某人的花戶所以無從查起也只好如此遮自己的臉一面先行電稟一面預備自行回省這日正想夜裏趁招商局輪船動身早晨還在棧房裏默默自想深悔自己多事憑空的要捉人家的錯處如今人家錯處捉不着自己倒弄了一場沒趣越想越沒味有了外國人保護以後貪官污吏一發有恃無恐了正在出神的時候忽然門上傳進一個手本又拎着好幾部書又有一個黃紙簿子上面題着萬善同歸四個大字倒像一個化緣和尚藩台見了詫異忙取手本看時只見上面寫着總辦上海善書局候選知縣王慕善誰人給他的札子又看那幾部書一部是太上感應篇詳解一部是聖諭廣訓圖釋一部是陰隲文制藝一部戒淫寶鑑一部是雷祖勸孝真言藩台看了心上尋思道原來都是些善書刻善書固是好事但他忽然要來找我卻為何事想來因你是宦場領袖要請你多捐送幾部心上正想回復不見那個拿手本的二爺說道這位王老爺據他自己說起真正是個好人自從他開了這個書局之後所有的淫書已經被他搜尋着七百八十三種現在一

齊存在局中預備大人調查。開書有多少名目倒要請教不要改頭換面仍舊這幾部罷了有些書。外頭都沒有板子。只有他那裏一部。他隨身帶個手摺。都開的明明白白。預備當面呈上來的。不要有其名而無其實藩台一聽這話。心上便想姑且叫他進來問問再說。我生平淫書亦算看得多了。那裏會有七百八十幾種。他既然有。姑且調來看看。等到看過。再出示禁止不遲。樂得先自已受用主意打定。便吩咐了一聲請。少停王慕善進來。磕頭請安。自不必說。歸坐之後。藩台先問他這個局子是幾時開的。一共刻了多少書。王慕善道回大人的話。從卑職曾祖手裏。以至傳到如今。一直以行善為念。行善如春園之草不見其長如何會自知的到卑職。父親晚年就想創個善書會。苦於力量不足。沒有辦得起來。卑職仰承先志。現在雖然粗規模。倒是一個跨竈然而經費總還不夠。所刻的書亦有限得狠。剛纔呈上來的幾部都是的。卑職此來。一來想求大人提倡提倡。做善事只要心堅何必要提倡二來還有一篇淫書目錄。等大人寓目之後。求大人賞張告示。嚴行禁止。免得擾亂人心。不過借此想敲人家的竹槓一面說一面又站起來。把呈上來的書檢出二部。指着說道。凡事以尊主為本。所以卑職特地注了。這部聖諭廣訓圖釋。是專門預備將來進呈用的。比之野人獻曝倒是一片忠君愛主之心這一部太上感應篇詳解。是卑職仰體制台大人的意思做的。聽說制台大人極信奉的是道教。這太上感應篇便是道教老祖李老子先生親手着的救世真言。卑職足足費了三年零六個月工夫。方纔解釋得完。意思想要再求大人賞張告示。禁止書賈翻刻。只准卑局一家專利。如此卑局方能持久。禁止翻刻善書是過人為善之機何必要行善以有什麽善書。便可多刻幾部。就是大人有什麽著作。卑職亦可効勞。不過想壟斷漁利罷了藩台道。能夠多刻幾部原是極好的事不過專利一層我們做大憲的人祇能禁人為非那能禁人向善至於提倡一節亦是我們應盡之責什麽聖諭廣訓圖釋太上感應篇詳解你明天可送幾百部來等我下個公事派給各府州縣去看（倒是一個大賣買）王慕善道卑局裏的書能得大人如此提倡將來一定可以暢銷卑職回去就在每部書的面上加上奉憲鑒定四個大字明天每樣先繳進兩百部來（如此好主顧豈可當面錯過）藩台道狠好王慕善道請大人的示這筆書價卑職還是具個領字由大人這裏來領呢還是等到大人回省之後再到大人庫上來領呢藩台初意以為他這些善書雖然賣錢至於這一二百部一定是捐給各府州縣看的（原來做夢）今見他論到書價心上便有點不高興楞了半天說道既然想要勸人為善最好把這些書捐送與人家如果要人家拿錢恐怕來買的就少了（原來是個空心大老官想翻白光卑職把門關上罷）王慕善不禁一驚道回大人的話三部五部卑職還捐送得起再多不要說是卑職捐不起就是卑局裏也難支持得住（然則你說做善舉豈不自相矛盾嗎）藩台道這開書局的經費是那裏來的（問得要緊）王慕善道都是捐得來的（你又來了又要勸捐又要賣錢豈不雙倍進帳嗎）說着又把那本萬善同歸的簿子翻了出來查給藩台瞧一頭指着一頭說道這是某軍門捐銀五十兩這是某中丞捐洋五十元這是某方伯捐銀三十兩這是某太守捐洋四十元隨後又特地翻出一條指給藩台看道只是家兄王子密部郎就是現在做小軍機的他也帮過二十四兩（大招牌最是要摃出來的）藩台道原來老兄是子翁的令弟兄弟同令兄狠要好兄弟去年陛見進京我們兩個狠說得來但是這些錢都是衆人捐湊的更不應該拿他賣錢兄弟既同令兄相好將來

回省之後。替老兄想個法子弄一筆永遠經費。外府州縣有肯為善的。也等他們捐兩個。(不過是下不來場敷衍他的說話然而他們一發要招搖了)王慕善聽了。特地離位請了一個安。又說了聲謝大人栽培。藩台道這書同薄子。你先帶回去。我這裏有什麼捐款。隨手就送來給你。不消得寫薄子的。(可知是回絕他的意思)王慕善於是感激涕零而去。(可見是誤會了)藩台送客回來。對着同來的幕友相公說道。現在時勢拿着王法嚇唬人。叫人做好人。還沒人聽你的話。如今忽然拿着善書去勸化人。你送給他瞧。他還不要瞧。還要叫人家拿錢。豈非是做夢。說句老實話。這些書我就不要瞧。(倒是現身說法)倒是把他那七百多種淫書調來看看。一定有些新鮮東西在內。(只怕陳陳相因並沒有什麼新奇)藩台說到這裏。便有個幕友插嘴道。方伯既然曉得他這些書沒用。為什麼還勸他捐給人家看呢。藩台道。勸人為善一來名氣好聽。二來他是小軍機王子密的令弟。(只怕是招搖撞騙罷哩)把他敷衍過去就完了。我那裏有這許多工夫去替他派書替他斂錢呢。眾人聽了。方纔明白。到得晚上。便即搭了輪船回省銷差。

次日王慕善還痴心妄想。當他未走。把善書裝了兩板箱。叫人抬着自己跟着送到行轅裏來。到門一問。纔曉得藩台大人昨兒夜裏已經離了上海。王慕善至此還不覺得藩台昨兒同他說的一番話。是敷衍他的。(自己上了人家的當也叫人家去上他的當)還疑心有了什麼要緊公事。急於回省。仍舊把書箱擡了回來。同人商量。把書箱交輪船寄上去。自己又另外打了一個稟帖。隨着書箱同寄南京。(橫豎捐來的錢令番也叫做着蝕本生意)藩台回省查的參案。預先請過制台的示。(他去漂洋回來自然更易於發付了)無非是事出有因。查無實據。大概的洗刷一個乾乾淨淨。再把官小的壞上一兩個。什麼羊紫辰孫大鬍子趙大架子一千人。統通無事。稟復上去。制台據詳奏了出去。凡有被參的人。又私底下託人到京裏打點。省得都老爺再說別的閒話。一天大事。竟如此瓦解冰銷。（明季屢興大獄是弄假成真本朝查辦案件是弄真成假）這是中國官場辦事。一向大頭小尾慣的。並不是做書人。先詳後畧有始無終也。閒話慢表。且說王慕善自經藩憲一番獎勵。他果然於次日。刻了一塊戳記。凡他所刻的善書每部之上。都加了奉憲鑒定四個大字。（無中尚要生有何況有些影子自然要張揚出來了）又持地上了幾家新聞報紙的告白。又把自己書局門口原有的招牌。重新寫過。是奉憲設立善書總局。招牌之旁。添了兩扇虎頭牌。寫的是書局重地。閒人免入。一面又掛着一條軍棍。（可知監司大員不可隨口說玩話一說玩話他們即要認真起來了等到曉得勒止已害人不少了）據他自己說。現在我這爿書局既然改了由官經辦。我應得按照總辦體制。夥計們就是司事。又吩咐手下的人。以後都得稱我為總辦。（市井人鬧官派愈出愈奇）看了日子。開局懸掛招牌。預先由帳房。在九華樓定了幾桌酒。發了一張知單。凡認識的官紳兩途。請了好幾十位。（雖然是打把勢也要把些真本）單子上也有寫知字的。也有寫代知的。還有寫謝謝的。有些不曉得他的根底的。還當他的確是小軍機王某人的令弟。同藩台有多大的交情。一齊湊了分子來送禮。（天下不少冤桶）吉期既到。書局門前。懸燈結彩。堂屋正中。桌圍椅披。鋪設一新。又點了一對大蠟燭。王慕善穿了行裝。掛着一付忠孝帶。先在堂中關聖帝君神像面前。拈香行禮。磕頭起來。手下的司事。又一齊向他叩頭賀喜。然後人來客往。足足鬧了半日。（總算場面熱鬧）王慕善生怕正經官紳。來的不多。掃他的面子。預先託了人。走了門路。處處說好。居然到了那日。大老紳衿。也到得兩位。（居然是有顯者來也可免）

（人妻妾之羞）王慕善便殷殷勤勤留住吃飯當下居中一席賓主六位王慕善自己奉陪五個客人統通都是道台第一位姓宋號子仁廣東人氏官居分省試用道乃是這裏有名的紳董常常要同上海道見面的第二位姓申號義甫蘇州人氏乃是一引善局裏的總董自從他爺爺手裏創辦善舉無論那一省有什麽振捐都是他家起頭（辦振捐起家聞名富貴）有名的申大善人沒有一個不曉的到這申義甫手裏也着實有幾文了（其人我曾親見過來別有利窟蟠踞此中自然要長子孫了）申義甫每辦一次振捐連捐帶保不到五六年居然由知縣也升到道台指省浙江因為近年光景甚好過的日子很舒服也就不去到省了（狡兎三窟眾人所養做個難民頭腦安安閒閒受十方供奉還要做什麽官）第三位新從京裏引見出來路過上海尚未到省的一位湖南試用道姓朱號禮齋山西人氏王慕善因為他也是觀察借他來裝場面的偏偏這位朱禮齋最喜擺自己的觀察架子有人問他貴姓台甫他對答之後一定要贅上一句兄弟是湖南候補道（不消你後補只消你現惠）無論湖南人員也不論候選候補只要官比他小的見了他面無論在張園裏或者戲館裏番菜館裏尊他一聲大人他馬上就替人家惠茶東惠戲價惠酒帳（樂得多叫幾聲大人吃他的白食）上海有引票號都說有他的本錢在內手筆亦着實闊闊有人拿了手本到他公館裏請安同他敘大人卑職他一定請見倘或告帮少則十塊八塊多則三十二十亦常常的給人家（倒是一個善拍馬屁揮金如土與申大善士之但知在眾人頭上刮來有天淵之別）王慕善曉得他這個脾氣便有心交結他無論那裏碰着老遠的就是一個安高高朗朗叫一聲大人請起安來眼睛望着鼻子低下了頭拿兩隻手往屁股後頭一擄（裝得像）倘或朱觀察問長問短他滿嘴

的是是是者者者因此朱觀察狠賞識他肯同他來往（投其所好）第四位是一位江西候補道姓蔡號智菴乃浙江人氏是聰明刁刻一路的人曾經代理過三個月鹽道自以為拿過印把子的人覺得比衆不同眼眶子裏只有督撫藩臬別人都不在他心上了（倒是一個目無全牛）因與王慕善稍微沾點親戚王慕善特地央他來陪客他初意想要不來的後來聽說宋子仁申義甫一千人統通在彼曉得場面還好所以趕得來的還有一位姓翁號信人山東人氏身上秖捐了一個候選道在上海做做生意（現在的官場比生意人不如了）不知如何被王慕善請得來的便把他屈坐了第五位幸虧他為人顢顢頇頇於這些上頭倒也並不在意當下坐定之後王慕善先開口問宋子仁申義甫二位道宋老伯申老伯這兩天的公事一定忙得狠宋子仁皺着眉頭道要別不說的單是兩江制台蘇州撫台託我查察的事件就也有七八樁在身上還有上海道託我出來調處的事情還有地方官辦不了的事情亦一齊來找我真是天天吃了人參精神亦來不及（真合了俗話一句話能者多勞）剛剛上海道還在兄弟那邊上海道前脚走上海縣跟着又來（比堂子的前門迎新後門送舊還要風忙）並不是欺他官小對不住他只好擋駕見面之後有得同你纏只怕到此刻還不得來義翁你這兩天接到山東的電報沒有黃河怎麽樣了申義甫立刻擺出一副憂國憂民的面孔道利津口子還沒有合龍齊河的大堤又衝開了（你的賣買又來了）山東撫台昨兒一天共總有九個電報給兄弟託兄弟立刻替他匯十萬銀子去子翁現在市面銀根如此之緊一時那裏提得到許多後來又來一個電報說咔二小兒到工上去當差年終合龍兩個過班可得道員（真是名利雙收）因

此面情難却。匯了五萬銀子給他。（五萬銀子問你還是現成提開的還是自已墊出的）二小兒亦就這兩天動身前去。子翁可有什麼信帶。宋子仁道。恭喜恭喜。二世兄不日也同義翁一樣。真正是鳳毛濟美。（乳臭孩子居然做官了）兄弟有什麼信回來。寫好再送過來。正談論間。代理過江西鹽道的蔡智菴。因與朱禮齋翁信人扳談。彼此問起貴姓台甫。朱禮齋回答之後。又從靴頁子裏掏出一張申報。上面刻着分發人員名單。便指着一行說道。上月引見分發的這湖南道朱儀孫。就是兄弟。（隨身所帶以便到處招搖）蔡智菴自以為曾經拿過印把子的人。自然目空一切。（個把道台何必儼然自大）誰知翁信人也只是不理他。（又不要叨光他仰攀他什麼）只有王慕善替他亂吹。說這位朱大人學問經濟。名重一時。這回晉京引見上頭聖眷極好。不日就要放缺的。（要你多說話）蔡智菴不等他說完。急於替自已表揚道。現在皇上狠留心吏治。所以我們敝省撫憲陸大中丞。委派兄弟代理糧道的摺子上頭。特地還加了四個字的考語。諸位要曉得代理的時候雖短。有得代理。就會署事。有得署事。就會補缺。同是一樣候補道。儘有候補了幾十年。一回印把子拿不到的多着哩。（由得他說罷）王慕善聽了。不勝傾倒。這時候朱禮齋已經問過翁信人的貴班。翁信人說是候選道。蔡智菴道。信翁要做事情。何不分發到省。不要說補缺。就是像兄弟代理過一次。倒底多了一付官銜牌。說起來名氣也好聽些。（對把衙牌所值幾何）翁信人道。不過在這裏做做生意。本來算不得什麼。不過常常要同你們諸位在一塊兒。所以不得不捐個道台。裝裝場面。我這道台名字叫做上場道台。見了你們諸位道台。在這裏。我也是道台。如果見起生意人來。我還做我的一品大百姓。（倒是一個不慕榮利把爭名奪利者一概抹倒）翁信人一面說一面端起酒杯來一連喝了五大鍾也微微的有了點酒意蔡智菴被他說得頓口無言朱禮齋也做聲不得(本來爭名者於朝爭利者於市在市井間爭名所得幾何)申義甫大善士便題起刷印善書一節真是關係人心風俗的一件事情明天小兒到北邊可以吽他帶幾十部去順便送送人也算得一樁善舉(本來你是借辦善舉發財的倒是細大不遺)王慕善道小姪這爿書局所出的書有諸位老伯諸位憲台提倡不愁沒有銷路但是吃本利害小姪自己一個錢的薪水不支以及天天到局裏辦公事什麼馬車錢包車夫還有吃的香烟茶葉都是小姪自己貼的真正涓滴歸公一絲一毫不敢亂用(倒是一個喝西風的)如此謹慎每月還要墊得五六百塊什麼朋友薪水刻板刷印的工錢以及紙張等類沒有一項少得的來(然則你賣去的書價到那裏去了)上回南京藩台到這裏小姪前去叩見承他老人家美意允許各項善書每種要一千部札派各府州縣代為分消將來這筆書價就在他們養廉銀子裏扣回却是再好沒有(信口開河說得活像)不過目下要墊本印書至少非四五千金不可所以小姪要求諸位老伯諸位憲台替小姪想個法兒支持過去將來少則三月多則五月各府州縣書價領到之後一定本唎哃歸小姪是決不食言的(原來是要打人家個大把勢勸人家的捐)當下各位道台聽了他的話你望望我我望望你一句話也沒有(賽如吃了啞蛋似的)倒底朱禮齋慷慨首先創議助銀五百兩王慕善立刻請安謝大人提倡跟手宋子仁說了聲兄弟只好勉竭棉力捐一百銀子附附驥的了(兩個人捐了六百兩好夠他幾月揮霍了)蔡智菴是向來吝嗇的不肯自己拿錢却替王慕善出主意說道這件事情我們儘力幫一千幫八百在我們已經出了一身大汗然而缺少還多於事仍屬

無濟。不肯出錢的人偏會說大話兄弟有個愚見不知申義翁以為何如原來要拿人家藝刀頭申大善士忙要請教蔡智菴道所有各省振捐銀子都在義翁的手裏無非是存在莊上生息現在兄弟做個中人求義翁撥借王大哥五千利錢或照莊折就是多點也不妨將來書價領到本利雙還一則成全了善舉二來義翁又可多收幾個利錢豈不公私兩便說得豈不動聽宋子仁也帮着勸說連稱智翁所言極是一吹一唱叫人答應不是不答應又不是王慕善聽得心花都開只見申大善士連連搖頭道使不得使不得這筆振捐銀子自從先曾祖存到如今已有八十多年是從來沒有人提過人家陸續捐來的錢被他存莊生息本利何至千百萬即不明吞已是暗吞人家拯饑救荒一經他手倒活活填諸溝壑豈不作孽還說為善如今五千金雖然為數不多王大哥非荒唐之人兄弟亦沒有什麼不放心但是此例一開人人都好來借借的多了都像王大哥這樣謹慎的人是不打緊設有差池這筆款子誰來歸還所以兄弟這個不能出借的苦衷還求諸公原諒一毛不拔好一口吞盡從前曾有一個道台吞吃振捐被御史參上一本革職查辦到一世沒有出頭今申大善士吞捐愈多手頭亦長所以路人皆知至今尚安然無恙正說話間忽見外面來了一個人急忽忽走到申義甫耳朵旁邊說了兩句話登時申大善士面孔失色大家正要問信又見走進兩個堂子裏的娘姨大姐直至筵前朝着王慕善說道恭喜耐王大少倪先來倪先生也來哉一句話又把個王慕善弄得置身無地一公一私使人驚疑莫測欲知後事如何且聽下回分解

三編卷三十四

辦義賑善人是富

盜虛聲廉吏難爲

話說王慕善這日。正在局裏請客吃酒。忽然走進來兩個堂子裏的娘姨大姐。笑嘻嘻的朝着他說。我們先生就來。王慕善一看。來的不是別人。正是他相好。西薈芳花媛媛的一個大姐名叫阿金。一個娘姨名喚阿巧的。（今天沒看叫局所以要特特送上門來了）便是前個月裏過節王慕善短欠這花媛媛十二檯酒錢。九十六個局錢。節邊正因轉運不靈。沒有送去。（一個客要許多局賬所以開堂子要大本錢）花媛媛的母親。平時因見這位王大少來往的狠有幾個大人老爺。諒亦要心漂帳的人。一時掉頭不轉。也是有的。因此並未叫娘姨大姐上門來討。（開堂子的人肯如此原諒人家眞是難得）以爲過節之後。只要王大少仍舊前來照應。這錢終究要還的。（開堂子恐怕打斷主客不得不然）誰料自從節前頂到如今。王大少一盪未曾光降。（絕跡不到自然要着急了）到局裏問問。總說在家裏。到公館裏問問。又說在局裏。打定主意。總不叫你見面。（避債法子善於漂帳者優爲之）後來又聽他同走的朋友講起。說王某人節後又做了百花底的周寶寶。兩人十分要好。不到一月。已經吃過三個雙檯。碰過八塲和。（不開銷局賬剏去跳槽）花媛媛的娘心上恨極了。幾次三番要去候他。總被他預先得信。不是從後門逃走。便是賴在周寶寶房間。迸住不出來。（野雞縣頭不躲畔）因此花媛媛的娘。一連候了幾日。未曾候到。只得天天仍舊到書局裏來跑。後來碰到過一次。花媛媛的娘。本來要同他拚命的。禁不起他花言巧語。下氣柔聲。一味的軟纏。所謂把軟柴去捆硬柴央告花媛媛的娘道。姆媽不要動氣。實因前帳未付。沒臉登門。並非不放在心上。又道姆媽我的事情。你是曉得的。目下我這邊書局。新馬路宋子仁宋大人。鐵馬路做善舉的申義甫申大人。都肯幫我銀子。把局面看實還要撐大。你有了指望想他們不來偏你了目下他們幾位都已答應。但是銀子還未到手。等到他們把錢一送來。頭一注就先拿來還你。非但酒錢菜錢兩三百塊。算不得什麼。並且我從前許過媛媛送到一付金釧臂。如今也要了此心願。人家捐了錢你做如此大善事偏有人上當請你今天先回去。我少則十天多則半月。一定不會誤你事的。只怕人家曉得你隱瞞不肯出寬枉錢了花媛媛的娘道。大少。人心是肉做的。你春天來做我們媛媛的時候。還是個小先生。如今倒是一個鋪房闆的濶少王慕善不等他說完。便道。你不要說了。我有什麼不曉得的。等我銀子下來的多。還要討媛媛。做姨太太哩。你就是我的丈母娘。我討了媛媛。接你丈母娘一塊同住。你如此此好心也不去跳槽了花媛媛的娘道。大少。你祇要把局錢菜錢算還給我。我就夠了。別的好處。我亦不敢想了。人家亦不來上你的當了王慕善道。事情將來定要如此辦。你放心罷了。你的志氣倒不少花媛媛的娘。也只得權時隱忍而去。連他跳槽的事。亦未揭穿。如今的老鴇心軟得多不比從前之辣手了誰知過了半個多月。仍無消息。花媛媛的娘。一連又叫人來過兩三盪。無奈總不見面。擺着爛污大少堂子裏要倒楣了他這爿書局。乃開在靶子路北面。來一盪非輕容易。花媛媛的娘急了。乃買通王慕善的車夫。車夫便告訴他幾時幾日開局。我們東家一定在這裏的。你們儘管來就是了。堂子裏的小費是不少的花媛媛的娘。記在肚裏。誰知到了開局的那一天。王慕善早已防備。預先託了宋子仁。替他到營裏借了四名親兵。

穿着號褂子。站在局門口。彈壓閒人。又請巡捕房。派了兩個華捕。幫同禁阻一切閒雜人等。毋許擅入。賴債的局面着實不少却說花媛媛的娘。這日有事在心。一早便喚女兒起身。收拾停當。已有十一點半鐘。及至走到。不差亦有半點鐘了。只見人來客往。馬車包車着實不少。花媛媛母女兩個。曉得此時不便。又在外面茶館裏等了一點半鐘。看看來的人已去大半。方同了阿金阿巧。趕至門前。親兵巡捕。攔阻不准進去。不是彈壓看閒倒是拒絕討債媛媛母女二人。面孔究竟還嫩。禁不起呼喝。便退了出來。理直氣壯有什麼畏懼畢竟阿巧心靈機巧。便道既到此間。那有不見之理。便讓媛媛母女仍到茶館裏去坐。他就拉了阿金。硬闖進去。巡捕喝問何人。阿巧便說是王老爺自己公館的人。巡捕不便阻攔。任其揚長進去。膽大天下去得膽小寸步難行王慕善一見。果然大吃一驚。賊膽心虛檯上面正是一班貴客。倘若鬧穿。諸多不便。急能生巧。便道你們來得極好。我家大老爺。本來有一信在這裏。我因為有事。所以還沒送來。如此就託你二人帶了去。省得我去一盪。說罷。趁着到房取信為由。把阿金阿巧。一直領到帳房。被他輕輕瞞過先埋怨他不該當着大衆。坍我的臺。又說上下不過幾天。怎的急到這步田地。問你約三約四要到幾時阿巧道。事情並不與我相干。他娘姨兩個。一定要來同在茶館裏大少你自己同他去說罷。樂得推就何必自己做難人王慕善縐縐眉頭道。我在這裏有事。他們偏偏要來同我胡纏。阿巧道。這是你自己不好。說話不當。話也怪不得別人。洋錢一時來不及多少給他們幾個。陸陸續續的開銷點。他們也不來找你了。亦是善於說辭王慕善曉得今天的事。非錢不能了。給硬硬頭皮。從帳房櫃子裏。取出昨兒新借來的一封洋錢。數了數。除用之外。只賸得六十多塊了。於是把零頭留下。先拿五十塊錢給媛媛。又拿十塊給阿金阿巧平分。求他二人。快快勸他母女回去。有話過天再說。（總要不說小費纔能欠大賬）阿巧阿金見錢眼開。樂得做好人。拿着洋錢。倒千恩萬謝而去。王慕善見他二人走出大門。方把一塊石頭放下。（險些當塲出醜）重新趕到客堂入席。連說對不住。又道剛纔來的兩個人。說也好笑。他先生就是普慶里的洪如意。還是家兄去年路過上海的時候。照應過他幾十個局。碰過幾塲和。吃過兩檯酒。等到家兄進京之後。他們常常通信。還帶東西。都是小姪替他們傳遞。（隨口說謊不怕識者齒冷）宋子仁道。令兄大人。真要算個風流才子了。洪如意是由蘇州來的。一切氣派倒底兩樣。（不要謬贊有人在暗中冷笑）當下你一句。我一句。竟把花媛媛一段故事。絲毫未曾揭穿。（拆穿西洋鏡一錢不值）王慕善於是把心放下。舉箸讓菜。忽然纔覺得不見了上面第二位申大善士。忙問衆人。申老伯那裏去了。宋子仁對他說申義翁聽說爲着莊上存的一筆款子。也不曉得怎樣。管家來送了個信給他。他就急忙忙的去了。不及關照你。託我們關照你。一打岔就忘記了。（補得一筆不漏）王慕善聽了。甚爲氣悶。只因蔡智菴有勸他代借五千銀子的一句話。雖未答應。在王慕善却不能不痴心妄想。（的替他代想法子人不好害他牽肚掛腸）當下席散。衆人告辭。次日朱禮齋果然送到五百兩銀。（此種人着實慷慨但可惜結交匪類耳）王慕善千恩萬謝。自不必說。但是上[illegible]所拖欠太多。五百銀子。換了六百幾十塊錢。還還局帳。還還店帳。大老官有了錢。腰把子就硬起來了。不免又要多擺幾個雙檯。以及吃大菜。叉麻雀。坐馬車。看戲。製衣。行頭。都是跟着來的。不到十天。五百雪花銀。早花得乾乾淨淨。（拿人家的錢做大老官終是不久常）等到錢化完了。又想到宋子仁還答應過我一百銀子。不免向他要來應用。偏偏碰着這位老先生。極其囉嗦。又是極其小心。見面之後。問長問短。問局裏一個月有多少開銷。現在已刻了多少書。每年可趁幾個錢。人家為善舉上起見不得不根牢果實人家一片好心被此種人所害以後真善舉倒不肯花錢了後來宋子仁。又說了許多勉勵他的話。然後拿出來一張月底的期票。王慕善錢既到手。如獲至寶。便也不肯久坐。隨意敷衍了幾句。一溜烟辭了出來。替此種人墊缺不如現行功德實事求是回到局裏一看是張期票。遠水救不得近火。於歡喜之中。不免稍為失望。躊躇了半天。只得託本局帳房。朋友化了幾塊錢洋。到上錢莊上去貼現。現了回來。又被帳房扣下五十多塊。說是工匠新工。廚房伙食。再不付。人家都要散工了。替此種管帳是火燒馬章店終究要歸天王慕善因到手只有八十來塊錢。急的朝着帳房跺腳。心上雖不願意。而又奈他不得。人家替他裝場面他倒見怪不如早點散堂為是八十來塊錢。禁不得大用。不得三天又完了。海底豈是填得滿的沒得錢用。只得另覓別法。又想錢少了。實在不夠揮霍。現在不如去找蔡智菴。前天承他美意。肯替我向申義甫設法。主意打定。便去找蔡智菴。蔡智菴聽出前天申義甫的口氣。曉得他一定不肯挪借。恐怕自己去說不成功。要坍檯的。便道這話。須得你老哥自己去找他。我們旁邊人。只能敲敲邊鼓。他同老哥交情厚。自然會替你老哥想法子的。滑頭碰滑頭卻是無法可使了王慕善不知他用意。便道。卑職遵大人的示。且等卑職去過之後。看是如何說法。再來稟復大人。求大人替卑職想個法兒。蔡智菴道。就是如此。樂得叫他去撞撞木鐘免得與自己為難王慕善從蔡智菴那裏出來。果然去找申大善士。進門之後。托門上人通報。門上人說。我們大人。正接着山西電報。聽說山西今年鬧荒年。撫台有電報來託這裏滙銀子去。正請了閻二老爺來。在廳上商量呢。你老還是此刻見。還是停刻見。彼此俱是生意人有什麽疑忌王慕善一想。我這邊來的真不湊巧。偏偏來找他。偏偏碰着他有事。但既來到此間。斷無不見佛面之理。醜媳婦總要見公婆面便道。不管是誰。你替我回就是了。門上人遞上名片。申義甫一見是他肚皮裏就有點不願意。心上想道。那天蔡某人一開口。就勸我借給他五千銀子。好容易被我借端逃走。他今日又纏上門來。真正討厭。欲待不見。不料王慕善已到廳簷低下等請了。申大善士無法。只得叫請。見面之後。寒暄過去。申義甫不等他說話。先問他道。你曉得了沒有。堵住他的嘴要緊王慕善回稱不知。又問老伯有什麽事情。申義甫道。山西荒年。草根樹皮沒得吃了。現在吃人肉。撫台有電報來。托我替他捐一百萬銀子的款。立等散放。老兄你是曉得我的光景的。不要說是一百八十萬。就是十萬八萬三千五千。我也得一個個的。在人頭上捐下來。那裏有這筆閒款來墊哩。然則你八十餘年存在莊上之款何用王慕善道。救人一命。勝造七級浮屠。老伯做的是好事。如果有錢墊。自然早解去一天。可以把人早救活一天。死生呼吸豈可拖延時日申義甫道。呀呀乎。兄弟若不是辦的頂真。都像這樣東挪西借起來。那裏還能撐得起這個局面。總算你的手段高強閻二先生也幫着申義甫說。申大先生如何勤懇。如何爲難。現在賑捐已成强弩之末。那裏能像從前來的容易。滔滔汩汩說個不了。照你們這種辦法居然仍舊有人解囊也算長袖善舞了王慕善到此。方請教他姓字。申義甫道。你連閻二先生閻大善人還不得認。也難爲你這個老上海了。他姓閻。他的號叫閻佐之。新近由知州保舉了直隸州。已經三次奉旨嘉獎。（拿了人家的錢慷他人之慨居然奉旨嘉獎也算有通天之手段了）有兩回上諭高頭。兄弟名字底下。一個總是他闞二先生聽了。滿面孔義形於色。（此種義士除漢朝卜式外再無第二個了）便亦請教王慕善的名號。王慕善說了。申義甫道。這位王大哥。就是我同你說過。開辦善書局的那一位。闞二先生道。我們中國人。認的字的有限。要做善事靠着善書教化人。終究事倍功半。倘若拿善書送給人家。人家不看。這書豈不白丟。依兄弟愚見。總不如實事求是。做些眼前功德。到底實在些。（如你們之做眼前功德真是巧不可階）申大先生以為何如。申義甫未及開口。王慕善道。兄弟力量不足。所以只好刻刻書。勸化勸化人。如果本錢大。力量足。像申老伯做的這些事。我都要做的（涎垂吻外）闞二先生冷笑道。做善事要本錢。任憑你一輩子都做不成。（空心拳也要打得來）兄弟資格淺。說不着。即以我們這申大先生而論。當初他家太太老伯手裏。何嘗有錢。他家太太老伯。起初處個小館。一年不過十來吊錢。後來本鄉裏因他年高望重。就推他做了一位鄉董。他老人家從此到處募捐。廣行善事。（正是鄉愿一流人物）俗語說。和尚吃八方。他家太太老伯。連着師姑菴裡的錢。都會募了來做好事。也總算神通廣大了。（贊揚他的先德倒不以為辱反以為榮）他家太太老伯不在的時候。已經積聚下幾百吊錢。到他太老伯。以至他老伯手裏。齊巧他兩年。山東河南接連決口。京津一帶亦地千里。地方上曉得他家肯做好事。就把他推戴起來。凡有振捐。一概由他家經手。（為水旱偏災集民捐別開生面畫了一副陳俠流民圖為他家根本）所以等到他家老伯去世。莊上的銀子。已經存了好幾十萬了。（到了至今豈不要變成幾百萬嗎）申老伯去伯的前頭幾年記得那時候。我只有十三歲。有天到申府上替申老伯請安。申老伯拉着我的手說道。你們小孩子家。第一總要做好人。做了好人。終究有返本的。你這樣返本人家亦輕易學你不來你想我公公手裏是什麼光景。連頓粗茶淡飯也吃不飽。自從做了善事。到我手裏。如今房子也有了。田地也有了。官也有了。家裏老婆也有了。孩子伺候的人也有了。那一樁不是做善事來的。雖說做善舉發財也有手段如何否則行以實心為善之人生今子孫反落薄了皇天不負苦心人。這句話是一點不差錯的。後來申老伯去世。就傳到我們這位申大先生手裏。申大先生更與衆不同。非但面比前頭來的大。如今他老人家的頂子。已經亮藍。指日就要紅了。你不聽見說他們世兄即日也要保道台。真正是鳳毛濟美。可欽可敬。名利兼收一部廿四史上無此巧宦王慕善聽了。不勝艷羨。隨向閻二先生道。你佐翁先生雖然不及申老伯。照此下去。發財亦是意中之事。照你這樣揮霍也一世發不到財了閻二先生道。說那裏話。我那裏比得上他。大學上說的。心誠求之。雖不中不遠矣。我現在正在這裏求着哩。求財得財除辦極濟沒有第二路申義甫道。不用你求。山西這一遭。你亦跑不掉。現在算來算去與其我們捐了銀子匯上去。叫他們去做現成好人。何如我們自己去。也樂得叫他們地方上供應供應。我們吃辛吃苦。賣了許多面子。捐了許多銀子。還不應該好好的巴結巴結我們嗎。虛名未得且霑寔惠而且還可以多帶幾個人去。將來義賑出力保舉當中也樂得多提拔幾個人。而且亦是做官捷徑閻二先生一迭連聲的答應是。又問大約幾時可以動身。申義甫道。至少亦得十來天。現在頂要緊的是刻捐冊。刻好了。好託報館裡替我們一家家去分送。稿子我這裏已經擬好了一張。你看看還有要改的地方沒有。閻二先生大約看了一遍。說道。好是好。但是還少了八個字。

申義甫忙問那八個字。閤二先生道。經手私肥。雷殛火焚。這八個字好少的嗎。你若是不把這八個字刻上去。人家一定不相信。(真是閱歷有得之談)申義甫道。是極是極。這是我一時忘記。這八個字本來是不能少的。其時王慕善亦站起來帮着看了捐册底稿一遍。楞在旁邊。一聲不敢言語。(想在那裏眼內出火)後來聽了他二人攀談。方曉得其人還有這許多講究。(不經道破可是一輩子想不出來的)末後申閤二人又談論到名字。申義甫道。兄弟是勸捐世家。居中頭一個。兄弟也不消客氣的了。(所謂當仁不讓)其餘的你斟酌去罷。王慕善至此。忽然動了附驥的念頭。便朝着申義甫說道。申老伯。小姪雖是材力淺薄。這勸捐的事。自分還得辦來。可否這捐册後頭附上小姪一個名字。一來等小姪附驥。叫人家瞧着小姪得與諸大善士在一塊兒辦事。也是莫大之榮幸。再則小姪也可以借此歷練歷練。小姪情願報効。捐來的錢。涓滴歸公。一個薪水也不敢領。(賑捐是源源不絕不像刻善事錢個錢隨來隨去不夠擇)申義甫聽了他話。同閤二先生兩個。你看看我。我看看你。(大家不肯出難人)歇了半天。申義甫未及開言。閤二先生先發話道。頭個名字在裡頭。這樣事倒不容易。你不要以為安個名字上去是小事。一個名字雖然只有三個字。一個字要有幾百萬銀子的沉重。你自問你有這個肩膀擔得起這個沉重不能。(雖無重本也要虛名)王慕善道。既然如此。我去找宋子仁宋老伯做個保人。可好不好。申義甫一想。他這來是為借錢來的。現在借錢的話。說不出口。倒想帮着勸捐。只求附個名字。我不好不答應他。而且他所來往的。都是幾個觀察。看上去打而還不錯。樂得送個人情。答應了他。(送個現成人情可以打開他借錢的念頭)便道。並不是兄弟不相信吾兄。一定要吾兄找保人。實因事情關係者大並不是兄弟一人之事。兄弟也作不得主。有個保人。人家就不會批評到兄弟了。（吾捐也要看你的手段）王慕善道。這個小姪都知道。申義甫又道。吾兄現在做了我們自己一家人了。但願吾兄從此一帆風順。升官發財。各式事情。都在此中生發。真正是名利雙收。再好沒有。從前人說為善最樂。兄弟是過來人。難道還騙你嗎。（從此又好爛嫖賭用了）王慕善道了。自然高興。閻二先生道。現在捐冊還沒有刻。再一筆筆的捐起來。至快也要二十天纔得動身。（二十天指顧集捐也算得神通廣大了）今年十月裏。乃是家慈的七十晉九的生日。（倒有一個壽母難得之至）上次廣西賑捐。請獎案內已經替他老人家。請了二品封典。前月家表兄進京。順便把誥命軸子領到。兄弟打算看個日子。借張園替他老人家熱鬧一天。十月裏兄弟又出去放賑。不能在家裏。也就借此預祝。以盡人子之心。大先生以為何如。（承歡愛日孝子之心到是不可少的）申義甫道。是極是極。顯親揚名。本該如此。佐兄不是這兩年辦賑。那裏能夠有此一番作為。（移贈父母倒是可以勸孝）如有知單公啟。兄弟一定預名。閻二先生道。本要借重。又閒談了一回。彼此別去。自從這天起申義甫便拿紅紙。另寫了一張勸捐山西急賑局總的條子。貼在門口。王慕善便不時到的他家裡鬼混。（有了此宗門路也不必問善書局了）過了三天。捐冊石印好了。下一排末了一個果然刻着王慕善的名字。王慕善看了。心上着實得意。所有捐冊。除送報館代為隨報分送外。但止王慕善一個人。身上就揣了五六百張。每到一處。開口三句話不離本行。立刻從懷裡掏出捐冊來送給人看。又指着末一個名字說道。這就是兄弟。現在也在這裏頭幫忙。諸公如要賑濟。不妨交給兄弟。同送到局裡都是一樣的。（勸捐經了此種人手倒要帶累名氣）再者兄弟是初進去。等兄弟名下多捐幾個。也替兄弟撑撑面子。（聽賭出於情面來路已小）人家見他說得如此懇切。有些抹不下臉的。不免都得應酬他幾塊。然而大注捐欵一注沒有。捐了三天。捐册送掉三百多份。只捐得一百八十幾塊洋錢。都是些零星碎户。（如蜻蜓撼石柱影子花也不起）王慕善便有些懶惰起來。及至回到局裏一問。纔曉得申大生三天不出門。坐在家裡。已經捐了人家十幾萬了。（登高一呼衆山皆應豈是等閒學得來的）正是有話便長。無話便短。過了幾天。便是閻二先生替他老太太預祝的日子。到了幾天頭裡。先把張園大洋房定下。隔夜帶了家人前去。鋪設一新。又定了一班髦兒戲。發了一張知單。總共請了三百多客。都是上海有名的大人先生。（談笑有鴻儒往來無白丁）到了次日。閻二先生一早起來。穿了袍褂。坐了馬車。趕到張園。又把自己妾生的一子個兒帶了來。這個兒子纔有九歲。也紮扮着。穿着小袍套小靴帽。戴着五品頂子。（小孩子家最要裝體面）說今天來的客多。好叫他帮着回拜。此外帳房家人一共去了十來個。閻二先生是七點鐘到的張園。八點頭一位客到。乃是這裡有名的一位道台。叫做磕頭道台。（小老爺是磕頭官難道台也做磕頭蟲）這人年紀也有四十來歲了。據他自己說他這個道台也捐了二十來年了。指省湖北。一直沒有當過差使。公館住在上海。專候人家有喜慶等事。他便穿着衣帽。前來擺潤。無論這他家同他有無來往。只要是場面上的人。被他曉得了。到了這一天。定是他頭一個。戴着大紅頂子。前來磕頭的。（破靴檔打把式到處皆有不過沒有道台身分罷了）後來大家看熟了。就送他這們一個美號。叫做磕頭道台。（道台做此項生涯道台掃地了）人家見磕頭道台。無處不磕頭。就有些不認得的人。偶遇家中有事。亦就發付帖子給他。等他來磕頭。（倒變了吃百家飯了）這位磕頭道台。吃量又好。每到一個人家。總要等到開過席。吃過中飯。纔走。有時並且連晚飯都吃了去。（不速之客吃局照單全收）人家有事。人來客往。總得有人陪客。別位大人先生。就是發帖子請他光陪。來雖來。不過同點卯應名一般。一來就走。而且還有拿架子不來的。獨有這位磕頭道台。他一到之後。馬上就替你陪客送客。一直忙碌到走。不消主人費心的。（一個現成陪賓不消請陪酒的）因此各家有事。都要請他。且說這天。磕頭道台到了大洋房裡。拜過壽堂。見過主人。讓坐奉茶。此時爲時尚早。大洋房內空落落的。一個人沒有。（頭一個來末一個去再要至誠沒有）主人閻二先生。因這位磕頭道台。沒有什麼談頭。便把兒子喚過來。叫他替老伯請安磕頭。道台一見。先問幾歲。讀什麼書。閻二先生一一回答過。磕頭道台又見他戴着頂子。便問世兄貴班。閻二先生道。還是前年四川水災賑捐案內買的捐票。捐的一個同知職銜。小孩子年紀少。等他大些。再替他弄實官。磕頭道台道。現在捐票什麼析頭。兄弟想請一個三代一品封典。閻二先生道。有有有。某翁是自己人。我老實說。若是別人。就是出了錢。我也不同他講的。某翁要辦這件事。姑且再等一兩個月。（計日可待國家名器儼然在手掌之中）這回山西義賑。極少要捐七八十萬。有些捐整千整萬的人。他們各人會替自己請獎。或者移獎子弟。我們想不到他的好處。就是請獎之外。有點盈餘。也爲數有限。（大注請獎搗閩算賬）其次當舖錢業。雖然由各府各縣。傳諭各幫首董。勒令派捐。將來他們這些捐票。仍舊要出賣與人。希冀撈回兩個。這種捐票。都跟着大行大市走的。我們也佔不到便宜。（甚當捐票無利可圖）要拾便宜。到在零碎捐欵。上頭人家捐了一百八十。十塊八塊。誰還想什麽好處。然而積少成多。這便是經手人的沾光。（處處有賺頭真是細大不遺）譬如有一萬銀子的捐欵。照例請獎。人所共知的。也不過十萬八萬二十萬。餘的都要等到湊齊整數。將要奏報出去的時候那一省的事。就由那一省的督撫同我們商量好了。定個折扣。賣給人家。仍舊可以請獎。人家樂得便宜。誰不來買。而且這筆賣買多年還是我們經手。（辦捐與督撫上下其手所以聲勢日大）磕頭道台道。如此一來。就是打個六折七折。賣給人家。豈不是一百萬銀子的捐欵。又多出六七十萬嗎。倒可以救人不少。（只怕不是救人到是救己罷）闔二先生道。你這人好呆。再拿這銀子去賑濟。我們一年辛苦到頭。為的什麽。果然如此。我為什麽不叫你買捐票。倒叫你等兩天呢。叫你等兩天。就有便宜給你。不過這裏頭也不是我兄弟一人之事。（經手）（沒有私肥倒可公共分肥）現在山西急等賑濟。靠你觀察的面子只要能彀經手。募捐萬把銀子。於照例請獎之外。兄弟並且可以在別人名下。想個法子再送你一個保舉。不要說是一個三代一品封典。別的官還可以得好幾個哩。（可知辦捐是另闢一條仕途捷徑）磕頭道台聽了。着實心動。不過要他募捐一萬銀子。尚待躊躇。（打貫把式的人難道沒有認識幾個濶老）正談論間。客人也陸陸續續的來了。於是打住話頭。後來客人漸漸的多了。主人便吩咐開席。磕頭道台搶着代做主人。讓人喝酒。自從冷葷盤子吃起。以及吃到後四道。一直沒有住嘴。（老餐數日沒有暢吃正可供其大嚼）末了上了一碗紅燒蹄子。他先讓衆人吃。衆人都說謝謝。實在吃不下了。他見衆人不吃。便拿筷子橫着一捲。一張蹄子的皮。通統被他捲來。放在飯碗上。只見他拿筷子把蹄子皮一塊一塊夾碎。有一寸見方大小。和在飯裏。不上一刻工夫狠吞虎嚥。居然吃個精光。依他肚皮。還沒有吃飽。（酒囊飯袋不過一個腹負將軍罷了）因見衆人都停了筷子。他亦只好罷休。這棹席散。齊巧有後來的客多開一席。他又搶着代東。吃過第二頓。方纔吃飽。（一席不足又顧之他大吐皮過着荒年自吃苦）抹過臉。又看着賓替主人張羅了一回。看了一回堂戲。後來見客人都已散完。他纔走的。且說閻二先生。等老太太生日做過。停了一日。出門謝過客。便預備起身。他說出去放賑。是穿不得皮袍子的。（放賑又不是逃荒何必也要裝窮）山西天冷。叫家裏人替他做了一身的絲棉檢褲穿在裏頭。將來外面就是罩件破棉袍子也狠多了。（倒是敗絮其外金玉其中）因為要做大善士。面子上不能不裝做十二分儉樸。（可知裝儉人最是狼心不過）銀子可以由滙兌莊滙去。棉襖棉褲不要說自己帶去。好在沿途都有地方官。派人照料。大善士是前去救人的。皇上還要另眼看待。不要說是一個小小州縣。一個不好。只要大善士一封信給撫台。立刻拿他撤任。就是參官亦容易。因此上誰敢不來巴結他。（倒是一個滿天飛上司）諸事停當。便帶了師爺二爺一塊兒上了火輪船。取道京津。徑往山西。在路行走非止一日。他到那裏。沿途都打電報給山西撫台。好在大善士打電報是不花錢的。（到處沾光着實做得過）善士有天到了山西境界。山西撫台預先有滾單下來。給沿途州縣。說是南方大善士閻某人。帶了銀子。還有棉襖棉褲。前來賑濟。是救我們山西百姓來的。我們地方上。不好不盡地主之誼。一路之上。都要好好派人招呼。（比辦皇差一樣）那些州縣接到本省上司的公事。有什麽不盡心的。打尖住宿。一齊都預備公館。有些還張燈結綵。地方官自己出來迎接。（地方辦差猶如迎接欽差）大善士到店之後。遠送魚翅酒席。（何不先拯濟自己百姓）閻二先生要做出清正的樣子。一到店，到忙叫店家把燈彩一齊撤去，人家送來的酒席，一概不收，問店裏夥計要一碗開水，把那帶來饝饝泡上兩個，吃了充饑。（難得他執鐵受餓甚得緣）同人家說我們有乾糧吃，還算過的天堂日子。將來走到太原那邊，赤地千里，寸穀不收，草根樹皮都沒得吃，餓得吃人肉。那日子纔不是人過的哩。（亂叫你嘗嘗滋味）說到這裏，恨不得就哭出來，說道我想到那些遭難人的苦楚，我連乾糧都吃不下了。人看了他這個樣子，都拿他十分敬重，齊說這纔真正是好人呢。（豈知是做作，他在家裡看寔受享呢）這個風聲一出，下站辦差的便不敢替他張燈結綵送酒席了。（豈知又着了他的道兒了）誰知他見人家辦差草率，便道人家有心怠慢他，說我費了千辛萬苦，帶了銀子來到你山西地方放賑。原是替你們地方上救百姓的，怎麼連點供應都沒有。吃的東西亦不預備，還是瞧不起我們。拿我們不當人呢，還是多嫌我們，不要我來放賑。既然多嫌我們，不要我們來放賑。我立刻寫封信給撫台，等我們回去就是了。（左又不是，右又不是，你到底要怎樣）地方官一見大善士生了氣，那還了得。早嚇得屁滾尿流，自己當面求情不下，又託了紳士出來挽留，纔算答應的。（比臨親上，可還要出）等到地方官趕把酒席做好送來，他又說不要了。又道我不是爭他這點東西，為的是場面上下不去。況且我們辦善舉的人，自有乾糧充饑，是從來不受人家酒席的，決計不收。一定叫來人擡回去。（然則你要如何辦法，何不直說）地方官拿他無可如何，只得忍氣吞聲而止。（做地方官的跟前不得了）有些州縣還有意巴結大善士，連大善士的師爺、二爺都得好處，托他們在大善士跟前吹噓，將來大善士到省，好在撫藩跟前替他說好話，調好缺。因此這一路上，大善士甚有威風。（儼然一個巡查御史）一日到了太原地界。這太原一府。正是被災頂重的地方。大善士見機。曉得善難開。倘若再像從前耀武揚威。被鄉下那些人瞧見。一擁而前。那時節連他的肉。都被人家吃掉還不多。這種人也要叫他遇着些風浪纔好殺他威風於是吩咐手下人。分做三四起。一齊扮做逃荒的樣子。都不坐車。走了十幾里等到進了城。見了本城地方官。然後再聲張起來。說是南邊閻大善士到了。好比做好細一樣混進城去真是難為他機變撫台得了信。不等他來拜。先自己去拜他。說了多少仰慕感激之話。一口一聲閻老先生。又面諭首府縣。好生款待。好生招呼。撫台尚且降尊其餘更不待言閻二先生的官階。雖然祇有個知州。然而這一回。乃是賑濟而來。便擺出他大善士的架子。連撫台亦不放在眼裏。竟稱撫台為某翁。自己稱兄弟。一經人家抬舉便爾夜郎自大齊巧這位撫台。乃是最講究這些過節的。現在為着要銀子振濟。不能不仰仗於他。雖然奈何他不得。心上卻實在不高興。面子上依舊竭力敷衍。人前則虛於委蛇背後即藏其機械閻二先生頭天到得太原。第二天就派了手下司事等眾。帶了銀米。分往各處稽查戶口。核實散放。自己也穿了極破的衣服。跟在裏頭做事。倒也要些才幹列位要曉得這些做大善士的人。一年到頭。捐了人家多少錢銀。自己吃辛吃苦。畢竟那被災戶口。也着實沾光。若無此輩。更不知要死掉多少人。有了此輩。到底救活性命不少。此乃做書人持平之論。若是一概抹殺。便不成為恕道了。但是辦捐的人。能多清白。乃聲實事求是。不於此中想好處的。雖然也有。至於像這回書上所說的各節。卻亦不能全免。既然有了這種人。這等事。做書的人拿他描畫出來。也不算得刻薄了。照妖鏡不可少閒話少敘。且說閻二先生在太原。足足放了兩個多月的賑。又辦了些善後

事宜。功德做了不少。銀子卻也用去不少。不但山西百姓頌聲載道。就是山西官員從巡撫以
下。也沒有一個不感激他的。有了錢也要人去做他到此更覺揚揚得意目中無人。此是他的短處又他生平為
人度量極少。天低下人除他之外。沒有一個好的。回省之後。見了撫台。便把他放賑所到的地
方那些府廳州縣某人如何不好某人如何不好。一半公怨。一半私仇。竟說的沒有一個好人。本來你這種好人世上沒有的
撫台聽了。當時亦看實生氣。吩咐藩台。把情節較重的。撤參了幾個。也為面子上畢
竟他的架子太大了。不滿意於人的地方狠多。起先是他到撫台面前。說人不好。後來漸漸的
人到撫台面前。說他不好。人衆我寡。一張嘴如何說得過衆人。滿招損謙受益聖賢垂戒斷無錯的撫台想起的
前情。見了人那副傲慢樣子。心上狠不舒服。可知積怨已深因此便將機就計。即上了一個摺子。以保舉肆
其傾軋畢究當官的作用陰險上敍山西吏治。早已懷到極處。現當大旱之後。戶口凋殘。元氣一時難以驟復。
非得關心民瘼之員。竭力撫循。不足以資補救。茲查有南中義紳。分省補用知州閻某人。此次
由上海捐集鉅欵。來晉賑濟。急公好義。已堪嘉尚。自到太原後。臣屢次接見。見其才識宏通。性
情樸實。每至一次放賑。往往惡衣菲食。與廝養同甘苦。奔馳於炎天烈日之中。實屬堅忍耐勞。
難能可貴。及試以他事。尤復剛毅果敢。不避嫌怨。實為當今不可多得之員。伏乞俯念晉省需
才。允留該在晉差遣委用之處。出自逾格鴻慈各等語。似褒非褒無瑕可擊摺子上去。朝廷自然沒有
不答應的。有天批摺回來。撫台也不聲張。袖了摺子。前去拜他。見面之後。又着實拿他抬舉。慢
慢露出借重之意。奸險之極閻二先生聽了。只當是撫台敷衍他的語。不免拿腔做勢。添了許多句

抬身價的話。說甚麼現在山東直隸都等着我去放賑。我顧了你們。便不顧了別處。現在除非有上諭留我在貴省幫忙。那事無可如何之事。（要他自說妙）除此之外。無論是誰。都留我不住。撫台到此。方微微的一笑。從袖箭管裡取出抄摺。送到他的面前。此時也不稱他為閻老先生。但說得一句道。現在有上諭在此。老兄請看。（還他個疾雷不及掩耳）閻二先生一聽大驚。趕忙接在手中看時。只見前是山西撫台的摺子。保舉他留他在山西的一派話。後面一行奉旨是閻某人着交某人差遣委用。十幾個字。（做了他的下屬怕你不降心相從）閻二先生看到這裏。一時又驚又喜。兩手拿着摺子放不下來。（問你還要大模大樣否）驚的是他在我面前。從未題過一筆。憑空的一個摺子。竟其把我留下。喜的是我本是一個沒有省分的人。現在忽然歸了特旨班。即日就可補缺。因此心上忐忑不定。（入了他的牢籠恐一時出不出他的手裏了）但是既經留在山西。同撫台便是堂屬。體制不能再照前番稱呼。一旦要我恭順起來。並非心有不甘。實在面子上一時放不下去。（昔為座上客今為堂下屬管你下得去下不去）前日是並起並坐。今日是大人卑職。未免叫不出口。難以為情。仔細思量。躊躇不決。既而一想。他既然能彀曉得我的好處。保舉我。他便是我的知己。古人云。感恩知己。我既感他的恩。就是叫聲大人。有何不可。主意打定。於是放下摺子。慌忙離坐。恭恭敬敬朝撫台磕了個頭。磕頭之後。接着請了一個安。說了聲卑職蒙大人提拔。謝大大栽培。卑職情願伺候大人。替大人効力。（幸虧是老面皮）撫台仍舊前同他客氣。每逢稟見。無不立請。見了面總是灌米湯。（用軟法制服他）有此一實缺道府都趕他不上。他說一是一。二是二。撫台從沒道過一個不字。因而官場上有些黑點的。反去趨奉他。巴結他他。起初同人家還客氣。到得後來也就居之不疑了。縱容他到十二分地步好尋他的錯處又遇了些時。他帶來的銀錢。已漸漸放完。因為要在撫台面前討好。又打電報到上海。滙了十幾萬來。起先銀子都歸他一人經手。除掉放賑之外。並無別用。自從改歸山西差遣之後。上海二批滙來的錢。撫台漸漸也要干預。有時並借辦理善後為名。向他支付。樂得也分肥幾個賑濟錢他碍於撫台情面。不敢不付。十幾萬銀子。經不得幾回。也就完了。銀子用完。再打電報到上海。人曉得家他已經做了山西的官。而且銀子已用掉不少。大約可以無須再行接濟。以後的錢。便來得不像前頭容易了。手內支絀即要把架子亦把不出了他此時正在熱頭上。為了一樣甚麼事。到撫台面前說首府不好。撫台馬上把首府撤任。就同藩台商量。派閻某人署理。素性要治他到一個扁扁服服藩台說閻某人乃是知州班次署理知府。未免銜缺不甚相當。撫台把臉一板道。現在是什麼時候。還拘甚麼資格嗎。我從前保舉他。留他在山西。就想要重用他的。現在朝廷尚且破格用人。你我豈可拘守成例。說得冠冕堂皇豈知有意中傷藩台被撫台駁得無話可說。只得諾諾稱是。回到衙門裏。立刻掛牌。然而為他碰了撫台一個釘子。心上總不高興。纔得他人怨神怒好出他的花樣第二天閻二先生上去謝委。獨獨藩台沒有見他。撫台又立逼催他接印。恰巧前任這幾月。碰着天旱。一無進款。賠的也苦極了。也樂得早交卸一天。早輕快一天。先拿他補補空閻二先生擇定第三天接印。他老先生向來是儉樸慣的。上任的那一天。坐了一乘破轎子。名為四轎。其實祇有兩個轎夫。一把紅傘。一面鑼。喝道的亦止有一個。問問那些人那裏去。回稱都餓跑了。好比叫化官上任閻二先生不便挑剔。第到拜過印。

升堂點卯。六房書吏。只有三個人。差役亦祇有五六個。點卯應名。都是一個人輪流上來。好幾遍。及至看他們穿的衣裳。都同叫化子一樣。（比陸稼書治定還要不像）慶閣二先生手裏早捏着一把汗。曉得荒年沒有收成。這個缺萬勿生發。只得將機就計。做個清官。還好蒙騙上司的耳目。（好缺也輪不到你身上）等到接印之後。一連十幾日。下屬應送的到任規。一處沒有。而且弄得是政簡刑清。案無留牘。連下屬申詳的案件。半個月來。亦是一樁沒有。並不是德化感人。寔因太原一府的百姓。都已死淨逃光。所以接印以來。竟無一事可做。（倒也可以藏拙。免得出岔子）他這時。仍舊總辦放賑事務。看看秋盡冬來。北方天氣寒冷。未交十月。已下得一場大雪。上海一連去了幾個電報。不見有銀子滙來。心中正在愁悶。一日端坐衙中。忽然接到撫台一個札子。拆閱之下。這一急非同小可。（漸漸禍事來了）要知所為何事。且聽下回分解。

三編卷三十五

捐鉅資紈絝得高官　吝小費貂璫發妙謔

話說閻二先生自從代理太原府以來。每日上院稟見撫台。以及撫台同他公事往來。外面甚是謙恭。（以謙恭治傲慢所謂高明柔克）雖然缺分苦些。（好缺也不致掽上門來了）幸而碰着這種上司。倒也相處甚安。怡然自得。（撫台是深心一路人外面看似和順內中其實猜測）不料一日正坐衙中。忽然上院發來一角公事。拆閱之下。乃是撫台下給他的札子。前面敘說他集款放賑如何得力。（抬之愈高擠之愈深）接着又說現在已交冬令。不能布種。若待交春。又得好幾個月光景。這個幾月當中。百姓不能餐風飲雪。非再得鉅款接濟何以延此殘生。（為民瘼起見外面看去似一片好心）該員聲望素孚。官紳信服。為此特札該員迅速多集款項。源源接濟。幸勿始勤終惰。有負委任各等語。（一自偶露驕傲便觸當道之怨從此掂斤播兩報復不止所謂滿招損信然）閻二先生接到札子。躊躇了半夜。次日上院。又要顧自己面子。不能說上海不能接濟的話。只說已經打了電報去催。大約不久就有回信的。（如此重大之事恐是敷衍不過去的）撫台聽了。無甚說得。過了三日。又下一個札子催他。（縣令尚能令人破家撫台豈不能令人傾家蕩產）他弄急了。便和一個同來放賑的朋友。現在他衙門裏做帳房的一位何師爺商量。何師爺廣有韜畧。料事如神。想了一想。說道撫台一回回的札子。只怕為的自己。不是為的百姓罷。（一語道破）閻二先生道。何以見得。何師爺道。現在太原府的百姓都完了。到了春天雨水調勻。所有的田地。自然有人回來耕種。目下逃的逃。死的死。往往走出十八里。一點人烟都沒有。那裏還要這許多銀子去賑濟。所以晚生想來。一定是撫台自己想好處。也自你妄自尊大咎由自取他總覺着你太尊上海地方面子大。扯得動。一個電報去。自然有幾十萬滙下來。那裏曉得今非昔比。呼應不靈。料雖料得是然而尚差一層他明知你筋疲力盡不過要抽筋你剝你皮閣二先生道。如今上了他的圈套。要脫亦脫不掉。你有什麼法子呢。至此方纔覺悟還好補救何師爺此時雖然掛名管帳。其實自從東家接任到今。一個進帳沒有。而且這位東家又極其嗇刻。每日零用。連合衙門上下吃飯。不到一吊錢。就是要賺他兩個。亦為數有限。這個帳他正管得不耐煩。如今聽了東家的話。他便將機就計。想好了一條計策。有才幹人無論遇着何刻嗇東家總好生發出計較來所以人貴自立耳說道。太尊明日上院。只消求撫臺給晚生一個札子。晚生拼着辛苦。替太尊回上海去走一盪。閣二先生道。札子上怎麼說法。何師爺道。勸捐。閣二先生道。目下捐務。已成强弩之末。況且上海有申大先生一帮在那裡。你人微言輕。怎麼會做過他們。何師爺聽了笑道。勸捐是假。報効是真。死法變成活法生面別開閣二先生聽到報効二字。便曉得其中另有文章。連問報効如何辦法。話內有因急欲問個明白何師爺道。若照部定章程。開個捐局。專替山西辦捐。人家有了銀子。不論那理都好上兌。何必定要跑到你們局裏。此所我以不說勸捐。而說勸人報効。因為勸捐是呆的。報効是活的。輕輕換上個把字即不招而自來所謂文章本天成妙手偶得之即改官振為義振之初何獨不然我只要撫台上一個摺子。先說本省災區甚廣。需欵甚繁。倘有報捐在一萬兩以上者。准其專摺奏請獎勵。閣二先生道。能捐一萬銀子的有幾個呢。何師爺道。晚生的話。還沒有說完。捐不捐在他。出奏的權柄在我。能捐一萬銀子的固然不多。只要他能多捐上六七千。我們同撫台說明。算他一萬。給他一個便宜。人家誰不趕着來呢。以官為招徠又可減成定必踴躍合起捐官的錢來。所有多限。將來一奉旨。就是特旨班。人家又何樂而不為呢。這筆款子。叫名是山西賑濟。賑濟多少。有甚憑據。儘着撫台的便。隨他愛怎麼報銷。就怎麼報銷。受者予者皆利所不利者是百姓耳如此辦法。撫台有了好處。一定沒別的說話。你大尊就是要調好缺過府班。都是容易之事。他還肯再叫你這太在原府唱西風嗎。變嫌隙為恩德一舉而數善備焉一席話說得閣二先生不覺恍然大悟。連連點頭。連稱你話不錯。與君一席話勝讀十年書畢究才高十倍又道。話雖如此說。明天我就上去。照你的話回撫台。這個札子。一定是一要就到。但是你一無官職。他下札子給你。稱呼你甚麼呢。何師爺道。太尊辦了這數十萬銀子的捐款。還怕替晚生對付不出一個官來。起碼至少一個同知。總要叨光的了。彼既得財我又得官於無可生發之中生發出來處世畢竟要才閣二先生笑了一笑。心上也明白。將來一個官。總得應酬他的。准其明日等把話同撫台說好。隨後填張實收給他就是了。商量已定。次日上院。便把勸人報効的法子告訴了撫台。又道。我們山西沒有外銷的款子。所以些事情。統於經費。都不能辦。現在開了這個大門。以後儘多儘用。部裡頭還能多再來挑剔我們嗎。漢時桑宏羊卜式之徒號為計利之臣無此理財之策撫台聽了。果然甚喜。便問這件事。仍舊要到上海去辦。那裏有錢的主兒多。款子好集。但是派誰去的。不消你慮得有個獻之人在閣二先生便把何師爺保舉上去。又說這何某就是在上海幫着卑府辦捐。後來又同到此地放賬的。此人人頭極熟。而且狠靠得住。委他勸辦。一定可以得力。撫台道。你老哥想出來的法子就不錯。保舉的人亦是萬無一失的。

說着便叫人請了奏摺師爺來。同他說知底細。一面拜摺進京。一面就下公事給何師爺。委他到上海勸辦。管子天下才豈有久居人下之理次日何師爺上轅謝委。一張嘴猶如蜜糖一般。說得撫台竟無十二分器重。君乃今日處囊中耳使得刺囊中定必脫穎而出矣早閣二先生。又趁空求調好缺。撫台道。我亦曉得你苦久了。要緊替你對付一個好缺補補你前頭的辛苦。你由知州保直隸州的部文已到。這回賑濟案內。我回藩台說。單保一個過班。尚不足以酬勞。所以於免補之外。又加一個候補知府。後以道員用。兄弟老實說。這山西太原府一府的百姓。不全虧了你一個人。還有誰求救他們的命呢。就是再多給你點好處也不為過。半公半私立加寵任利己歸前嫌盡釋矣大閣二先生聽了。謝了又謝。不久撫台果然同藩台說了。另外委了他一個美缺。總缺不過孔方兄的情面不在話下。且說這位何師爺。名順號孝先。乃是紹興人氏。自從奉了委札。便也不肯耽閣。過了兩日。遂即上院稟辭。又蒙撫台發下來二百兩銀子的盤費。又有在省的上司同寅。託他到上海辦洋貨買東西的錢。到也有二百兩。一共約有五百銀子光景。他便留起二百兩當盤纏。拿那三百兩換了現錢。帶着走到路上。過見那些被災的人。鬻兒賣女的。他男的不要。專賣女的。壞的不要。單檢好的。拿了人家的錢販買人口勝算獨操會做賣買的人無處不可以生發出來那些人都餓昏了。只要還價。就肯賣人。人家討價。譬如十歲的人。只要十吊。五歲的只要五吊。他還價每一歲只肯出五百小錢。人家想錢用。沒得法子。只好賣給他。於是被他這一買。不到三天。竟其買到五十多個女孩子。早知生男惡不如生女好他一路之上。為這五十多個女孩子。倒也花得盤費不少。到了上海。檢了幾個年紀大些些的。面孔長得標緻些些的。留下預備將來自已受用。其餘的或是賣給親戚。或是賣給朋友。總收人家好幾倍錢。（此數層是可想）還末後又賸下二十多個。沒有人要。幸虧他上海人頭熟。我到一個熟識的媒婆。統通交代了他。販了出去。大大的賣了一筆錢。（此則不可為訓矣言利之人惟知圖利他非所計）後來這些女孩子。也不曉得被媒婆子一齊賣到一個何等所在。做書的人既非目覩。說說亦是罪過。也就付諸不論不議之列了。且說何師爺回到上海。便自已另外賃了一座公館。掛起奉旨設立報効山西賑捐總局的牌子。（已占上風）未到上海的前頭。已吩咐手下人等。不准再稱何師爺。須改口稱何老爺。靠着山西巡撫的虛火。天天拜客。竭力同人家拉攏。有人請酒。一概親到。如此者應酬了一個月下來。居然有些人上他的弔。報効一萬銀子的有三個。八千銀子的有四個。六千銀子的有十來個。（以官為容場上）一面上兌。一面就打電報給山西撫台。替人家專摺奏請獎勵。真正是信實通商。財源茂盛等到三個月下來。居然捐到三十多萬銀子。（獨占先籌後來居上）他一齊作為六七千。報銷上去。下餘的都是他自已所賺。（有了減收容易作奸）山西撫台得了他這筆銀子。究竟拿去做了什麼用度。曾否有一文好處到百姓沒有。無人查考。不得而知。（虎咽鯨吞飽其私慾）單說何孝先。自辦此事以來。居然別開生路與申大善士一幫。旗鼓相當。彼此各不相下。畢竟他是山西撫台奏派的。却也拿他無可如何。（有泰山之靠搖他不動）又過了些時。何孝先私自打電報。託山西撫台於賑捐案內。兩個保舉從同知上一直保到道台。又加了二品頂戴。從此搖搖擺擺。每逢官場有事。他竟充作大人大物了。（一個白衣人居然一保至道台名器之濫一至於此）偶然人家請他吃飯。帖子寫錯。或稱他為何老爺。何大老爺。他一定不到只要稱他大人。那是頂高興沒有。從此以後。羡慕他的人更多。不是親也是親。不是友也是友。都願意同他往來。（貧窮則父母不子富貴則親戚畏懼世態炎豈自今日始耶）就有他一個表弟。是從前瞧不起他的。如今見他已做了道臺。居然他表弟到上海。也就來拜他了。他表弟姓唐行二。湖州人。是他姑夫的兒子他姑夫做過兩任鎮台。一任提台。手中廣有錢財。他表弟當少爺出身。十八歲上由廕生連捐帶保。雖然有個知府前程。一直却跟在老子任所。並沒有出去做官。（多積錢財徒為不肖子弟吃着所以君子安貧）因他自少有個脾氣。最歡喜吃鴉片烟。十二歲就上了癮。一天要吃八九錢。人家都說吃烟的人。心是靜的。誰知他竟其大謬不然。往往問人家一句話。人家纔回答得一半。他已經說到別處去了。（前言不對後語此種人世上不少）他有年夏天穿了衣帽出門拜客。竟其忘記穿襯衫。（古人尚有徙宅忘妻者何況穿件把衣服）同主人說說話。不知不覺會把茶碗打翻。（打翻個把茶碗還算小事不要鬧出大亂子來也罷了）諸如此類。不一而足。一天到晚。少說總得闖上兩個亂子。因此大衆送他一個美號。叫他做唐二亂子。（渾名再没有不像的）且說這唐二亂子。二十一歲上丁父憂。三年服滿。又在家裡享了一年福。這年二十四。忽然想到上海去逛逛。預備花上一二萬玩一下子。還想順便在堂子裡討兩個姨太太。到了上海雖然同鄉甚多。但因他一直是在外頭隨任。平時同這般同鄉。並沒有甚麼來往。所以彼此不大接洽。恰巧他表兄何孝先新過道班。總辦山西捐輸。場面狼大。唐二亂子於是找到了他（一塊皮肉到口樂得受用）當天何孝先就請他吃大菜。替他接風。跟手下來。又請他吃花酒。薦相好給他。唐二亂子畢竟無所不亂。席上朋友叫的局。他見一個愛一個。沒有一個不轉局。後來又把老表

兄。何孝先素來有交情的。一個大先生名字叫甄寶王的，轉了過去。（此種人與禽獸一般無理可喻）何孝先心
上雖不願意。但念他同亂人一般，無理可講，只好隨他。好在他烟癮過深，也不能再作別事。樂
得聽其所為。彼此不露痕跡。（樂得借花獻佛）唐二亂子又好賣東西。不要說別的，但是香水一買就是
一百瓶，雪茄烟一買就是二百匣。別的東西以此類推，也可想而知了。（真是一個要緊完）一連亂了十
幾日。何孝先見他用的銀錢，像水淌一般，趁空便兜攬他生意之事。（上門賣買如何可以錯過機會）他問報効
是何規矩。何孝先一一告訴了他。因為他是有錢的人，寬桶是做慣的，樂的用他兩個。於是把
打折扣上兌的話藏起不說。反說正項是一萬。正項之外，再送二千給撫台。包你一個特旨道
一定到手。（雖是多花幾個錢終是一條終南捷徑）你是大員之後，將來引見的時候，只得山西撫台摺子上多加
上兩句。還怕沒有另外恩典給你。有此一條路，就是要放缺也狠容易的。（此種人放了實缺於民生吏治可知）道
一席話說得唐二亂子心癢難抓，躍躍欲試。但是帶來的銀子，看看所剩無幾，辦不了這樁正
事。忙同何孝先量商，要派人回家去滙銀子。何孝先是曉得他底細的。便說一萬幾千銀子，有
你老表弟聲光，那裡借不出。何必一定要家裡滙了來。（要他借銀愈速愈妙）唐二亂子道。本來我亦等用
錢。索性派人回去多弄幾文出來。何孝先生怕過了幾天，有人打岔，事情不成功。況且上海辦
捐的人，鑽頭覓縫，無孔不入。設或躭閣下來，被人家弄了去，豈不是悔之不及。（勾搭上手如何可輕易放過）
盤算了一會道。老表你如果要辦這件事，是躭誤不得的。我昨天還接到山西撫台衙門裏的
信。恐怕這個局子早晚要撤。這種機會，求亦求不到。失掉可惜。依我的意思，這一萬多銀子，我來

替你擔。你不過出兩個利錢。一個月兩個月還我不妨。這種壽頭麻子怕他少了半個樂得借與他你果然如此辦。馬上我就回局子。一面填給你收條。一面打電報指會山西。這事情辦的狠快。不到一個月。就好奉旨的。一奉旨你就好特旨道。趕着下個月進京。萬壽慶典。還趕得上趁這檔口。我替你山西弄個差使。這裡頭事在人為。兩三個月只怕已經放了實缺也論不定。實缺雖不到手一個道台倒是穩穩當當了一席話。說得唐二亂子高興非常。連說准其託老表兄代借銀子。利息照算。票子我寫。何孝先見賣買做成。樂那拿他拍馬屁。今天看戲。明天吃酒。每到一處先替他向人報名。說這位就是唐觀察。有些扯順風旗的。亦就一口一聲的觀察唐二亂子更覺樂不可支。雖扮幾日假皇帝也多他受用

了何孝先便勸他道。老弟你即日就要出去做官了。像你天天吃烟。總得睡到天黑纔起來。倘若放實缺到外邊呢。自由自便倒也無甚要緊。但是初到省。總得趕早上幾天衙門。而且你要預先進京謀幹謀幹。京裡那些大老。那一個不是三更多天就起來上朝的。老弟別的事我不勸你。這個起早。我總得勸你。歷練歷練纔好。因晏朝是第一壞處倒不可以人廢言唐二亂子道。要說起早我不能。要說磨曉。等到太陽出了再睡。我却辦得到。我倘若到京城。拚着夜夜不睡。趕太早見他們就是了。倒也是一個法子別人也要照樣做過來了何孝先道。他們朝上下來。還要上衙門辦公事。等到回私宅見客。總要頂到吃過中飯。你早去了。他們也不得見的。就是你到省之後。總算夜夜不睡。頂到天亮上院。難道見過撫台。別的客就一個不拜。人家來拜你。亦難道一概擋駕。倘若上頭委件事情。叫你立刻去辦。你難道亦要等到回來睡醒了再去辦。只恐有點不能罷。句句好言為人謀則忠矣唐二

亂子想了一想道。老表兄你說的話不錯。我就明天起。遵你教。學着起早何如。（還肯聽受個不是個不可教訓）當時無話。是夜二亂子果然早睡。臨睡的時候。又吩咐管家明天起早喊我。管家答應着。無奈他睡慣晚的人。早睡了睡不着。在床上翻來覆去。雞叫了好幾遍。兩隻眼一直睜到天亮。看看窗戶角上有點太陽光射了下來。恰恰纔有點矇矓。不防提管家來喊他了。一連叫了三聲。把他喚醒。心上老大不自在。想要罵人。忽然想起今天原是我要起早。叫他們喊我的。於是隱忍不言。揉揉眼睛爬了起來。（先試個連底不困只怕日日如此精神有點支撐不住罷）當下管家忙着打洗臉水。買早點心。衆管家曉得少爺今天是起早。恐怕熬不住。只好拿鴉片來提精神。於是兩個管家。一遞一個裝煙。足足吃了三十六口。剛坐起來却又打了兩個呵欠。正想再橫下去睡睡。却又何孝先來了。一見他起早。不禁手舞足蹈。連連誇奬他有志氣。能夠如此奮發有為。將來甚麼事不好做呢。（你慢贊着）唐二亂子一笑不答。何孝先便說你不是要買翡翠領管麼。我替你找了好兩天。如今好容易纔找到一個正真是滿綠。你不相信。拿一大椀水來。把領管放在裏頭。連一大椀水都綠是碧綠的。（又會捐翡翠倒是件件在行）唐二亂子道。要多少價錢。何孝先曉得他大老官脾氣。早同那賣翎管的。捐客串通好的。叫他把價錢多報些。當時唐聽見二亂子問價。便回稱三千塊。（隨你絕頂好貨也不到如此價錢）誰知唐二亂子聽了。鼻子裏嗤的一笑道。三千塊買得出甚麼好東西。快快拿回去。看了亦不要看。（以耳為食豈是識貨）那個賣翎管的捐客聽他說了這兩句。氣的頭也不回。提了東西。一撒蓬子竟去了。（這種人樂得換上一人討他一萬塊他才眼辣哩）唐二亂子道。我想我這遭進京。齊巧趕上萬壽。總得進幾樣貢纔好。你替我想。這盪貢要預多少銀子。何孝先道。少了拿不出手。我想總得兩三萬銀備子。你看夠不夠。他莫順他脾胃了唐二亂子又嗤的一笑道。兩三萬銀子夠什麼。至少也得十來萬。咛性獅子大闊口何孝先道。你正項要用十來萬。你還預備多少去配他。你一個候補道。不走門子帮襯。你這東西誰替你孝敬上去呢。騙得是唐二亂子道。自己端進去。終究是有頭無尾何孝先道。說得好容易。不經老公的手。他們肯叫你把東西送到佛爺面前嗎。要他們經手。就得好好的一筆錢。你東西值十萬。一切費用。只怕連十萬還不夠。到是世途練極之見唐二亂子道。我們是世家子弟。都要塞起狗洞來。還了得。到他時不怕你不塞狗洞何孝先道。你不信。你試試看。唐二亂子道。這些閒話少說。這種錢我終究是不出的。如今且說辦幾樣什麼貢。何孝先想先了一椿是電氣車。想是因他亂子叫他上當唐二亂子雖亂。此時却福至心靈。連說用不得。這個車在此地大馬路我碰見過幾次。大路如此寬的街。我還嫌他走的太快。怕他闖亂子。若是宮裡。那裏用得這傢伙。不妥不妥。說得一點不錯何孝先又說電氣燈。唐二亂子又嫌不新鮮。駁得亦是後來又說了兩樣。都不中意。原來你也徒有其名還燈是他自己點對。想出四樣東西。是一個瑪瑙瓶。好一座翡翠假山。好四粒大金鋼鑽。好一串珍珠朝珠。好好容易把東西配齊忙着裝潢停當。此時却然不亂一看看又躭閣了半個月。唐二亂子要緊進京。齊巧山西電報亦來。說是已經保了出去。得電之後。自然歡喜。此是他表兄之功過了一天。又接到家信。由家裡託票號又滙來十多萬銀子。取到之後。算還何孝先的墊款。還了置辦貢貨的價錢。然後寫了招商局豐順輪船大餐間的票子。預備進京。此却難為他有條不紊在路非止一日。已到北京。唐二亂子是自小嬌生慣養。以至成人。今番受了輪船火車上下勞頓。早害得他叫苦連天。（今番却難為他了）預先託人在順治門外南半截胡同。賃了一所房子。搬了進去。就一連睡了三天。又叫人請大夫替他看脈。大夫把了脈出來。同管家說。你們大人。不過路上受了點辛苦。沒有什麼大毛病。將息兩天就好的。（一個好大夫）管家連忙搖手道。先生你萬萬不可如此說。你要說他沒病。你二遭就沒有生意了。你一定要說他有病。而且說病的狠利害。開的藥味要多。價錢要大。頂好每劑藥裡。都要有人參。他瞧了纔歡喜。說你的本事不錯。明日仍舊請你。（古怪脾氣這却是第一遭遇着的）大夫道。人參是補貨。無論什麼病可以吃的嗎。（亦是老實話）管家道。大老官吃藥。不過呷上一口就吐掉的。本來沒有什麼病。橫竪藥又吃不到肚皮裡去。莫說是人參。就是再開上些別的亦不妨。（此種病痛遇着蜜騙郎中到是好生意）我們已同對過藥鋪裡說明。方子上有人參。叫他不論什麼放上些。價錢儘管開大。賺了錢一家一半。先生你若是要生意。好要我們敝上天天來請你。你醫金不妨多要些。三十兩二十兩儘管開口。要的少了。他還瞧不起你這個錢。我們亦是一家一半。先生我們講的是真話。並不是玩話。他是有錢的人。不賺他的賺誰的。（上代刻薄積攢下來的錢到子孫手裏浪費瞎用天報施不爽）道。那個醫生唯唯遵教而去。到了次日。唐二亂子果然又派人來請。那醫生即同來人說。貴上的症候狠不輕。而且不好躭誤日子。一天最好要看三盪。又說我為着要替你們貴上看病。把別的主顧。生意一齊回掉。專看你一家。總得二十四塊錢一盪。盪再加四元六角掛號錢。唐二亂子一遵命。（左右人的說話斷沒有錯的）等到開出方子來。動不動人參五錢。珠粉二錢。一貼藥總在好幾十元。唐二亂子吃過之後。連稱大夫有本事。果然病已好了許多。（名利雙收遇着此種主顧大夫要發財）又過了幾天。方纔出門拜客。此番來京。為辦萬壽進貢。於是見人就打聽進貢的規矩。也不是管席面上。戲館裏。有人沒人。一味信口胡吹。（草包一個）又道。我這分貢。要值到十萬銀子。至少賞個三品京堂侍郎銜。纔算化的不寃枉。（他若曉得机關廉恥也不敢胡作妄為了）人家聽了他。都說他是個痴子。稠人廣衆地方說的。他並不以為意。（他若曉得机關廉恥也不敢胡作妄為了）他有個內兄。姓查號珊丹。大家叫順了嘴。都叫他為查三蛋。這查三蛋現在居官刑部額外主事。在京城前後混了二十多年。幸虧他人頭還熟。專門替人家拉拉皮條。經手經手事情。居然手裡着實好過。（此種人到是真本事）如今聽見妹夫來京。曉得妹夫是個濶少出身。手筆着實不少。早存心要丟他幾個。便借至親為名。天天跑到唐二亂子寓處。替他辦這樣。弄那樣。着實關切。（獻小殷勤存大願欲）不料唐二亂子是大爺脾氣。只好人家巴結他。他却不會敷衍別人的。查三蛋見妹夫同他。不甚親熱。便疑心妹夫瞧他不起。心上老大不自在。因此心上愈加想要算計他一下子。（這種人須是惹他不得）唐二亂子是肚皮裡存不下一句話的。把進貢的事。天天朝着大衆說。查三蛋立刻拉在身上。說我裡頭極熟。宮門費一切等事。等我找箇人進去替你講。十萬銀子的貢大約化上三萬銀子的使費也就彀了。（雖存染指之心並無拆稍之意）無奈唐二亂子另有一個偏見。別的錢都肯化。單單這個宮門費不肯化。說我有銀子。寧可報効皇上。他們是什麼東西。要我巴結他。我做皇上家的官。是天子奴才。他們伺候皇上。難道不是奴才。我為什麼要送錢給他用。我有三萬銀子。我大八成的。道台都可捐得了。我為什麼拿錢塞狗洞。人家尋狗洞鑽尋不着你卻不肯塞一笑查三蛋道。閻王好見。小鬼難當。他們這些人。賽如就是些小鬼。你同他們纏些甚麼。見上司要門包。難道見皇帝。就不要門包麼。這宮門費。就同門包一樣。從敬事房起。裡裡外外。有四十八處。一千多人。分這筆錢怎麼好少他們的呢。你要正言直道可是一筆子說他不動了唐二亂子一聽內兄要他化錢。心上愈加不高興。閉着眼睛。搖頭不語。忠言逆耳其實查三蛋說的。都是真語。就是勸他出三萬兩。也恰在分際。所謂不即不離。無奈唐二亂子。因為舅爺是窮京官。本來就瞧他不起的。如今見他想要經手。越發生了疑心。所以彼此更不投機。真心拜普渡他是不對的查三蛋一見妹夫有疑他的意思。就是要掏良心。也不肯掏了。此種人只會磨刀背那裡會擦刀口此時趨奉唐二亂子的人真不少。大家一見查三蛋語不投機。就有個想討好的。私下同唐二亂子說。我認得軍機上某王爺。大約只消化得一萬銀子。這分貢就託王爺替我們帶了進去。有禮王爺的面子。還怕上頭不收。王爺又在軍機上。這事情由他經手。將來上頭有什麼恩典。少不得仍在王爺手裏經過。他得你一萬銀子。了一定是替你盡心的。不要說京堂。論不定上頭只肯給你一個京堂。王爺替你求求。變個侍郎。亦未可知。士至於千里之外則讒諂面諛之人至矣唐二亂子信以為真。從此便不理他內兄。把這事全託了那個人。那個又人天天來候信。催着付銀子。又道早進去一天。觀察就早高陞一天。唐二亂子果然把一萬銀子給了他。誰知那人錢已到手。一連三日沒有回覆。把銀子丟在水裏還有幾個水泡唐二亂子急了。幸虧他是直性子的人。等到沒得主意的時候。仍舊請了舅爺來商量。拿至親當陌路也叫他嘗嘗滋味查三蛋見妹夫又請教到他。便乃揚揚得意的說道。

你這人本來好糊塗。我們至親。豈肯叫你上當。你不相信。偏要聽人家的瞎說。拿我們不當人如今怎麼樣。一萬銀子那裡去了。事情到底辦成沒有。由得人家說嘴亂子道。這些話不用說了。都是我不好知。誤聽人言。丟掉一萬銀子。算不了什麼。說得自在只怕人家還要你加些利息呢查三蛋道。我叫你只出三萬銀子的宮門費。你嫌多。如今又貼上一萬。倒說算不得甚麼。真正不曉得你們打的是什麼算盤。他會算盤也不成為敗子了唐二亂子一聲不響。悶在那裡吃烟。今番他堵住他的嘴了查三蛋又道。京城裡這種人。撞木鐘的人狠多。一個不留心。就上了當去。等到騙了你的銀子。你要找他。就沒有地方去找他了。我且請教你。那個人到底叫個什麼名字。你怎麼會認得他的。彼個馬後炮也沒有什麼用處唐二亂子道。那人沒有姓。名字叫文明。是個在旗的。還是那天在志美齋席面上認得的。他說他是內務府的司員。現住城裡石駙馬大街。我想他既是內務府的官。一定裡頭的信息靈通的。所以就託他去辦。誰知遭了他的騙。真正意想不到之事。查三蛋道。越發荒謬。他既是內務府的人員。不在裡頭走門路。倒走到外頭來。此種機關本來是不難說破豈有此理。豈有此理。也好。但不經一事。不長一智。這已過去的事情。也不用談他了。且量商現在。我們怎麼辦法。唐二亂子道。我已經吃虧一萬。則在你再要三萬。豈不是總共要化去四萬。我總嫌太多。如今我只肯再出兩萬。連失撇的總共三萬。總算依你數了。自己丟了錢倒要扣人家的好真是處吃子對門謝隔壁查三蛋道。一萬銀子。是你自己自己情願被人家騙去。與我何干。又不是我用的。這語可笑不可笑。與他什麼辦唐二亂子道。我不管我總在這個算盤算上。當着不着盤盤忒煞精明查三蛋低頭一想。他的算盤如此打法。我如今按照三七叫他拿錢。並没有叫他多拿分文。無論那裡。看他用錢用的狠大方。獨獨於我至親面上如此計較。而且我辦的。仍舊是他切己之事。他同我調脾。我也犯不着拿好良心待他。看來他上過當一次還不夠。定要叫他再上一次。方能明白。（用子好心無好報樂得他看人之樣了）主意打定。便道。既然你只肯兩萬。三成之中。不過少了一成。同前途去商量起來看。只要他們肯收。我又何苦要你多化呢。（不弄上些机關他亦不肯死心塌地）唐二亂子聽得此言入耳。方纔說了聲費心。查三蛋退了出去。便去找到素來同他做連手的一個老公。告訴他有這筆買賣。老公不等他題價錢先說道。三爺的事情。又是令親。我們應得効力。（可見是熟人好做事）查三蛋道。不是這等說。便附耳如此這般述了一遍。（做成圈套叫人家去鑽）又道。我們雖是親戚。但是他太覺瞧人不起。只肯出一萬銀子的宮門費。（已壓起一半來）他是有錢的人。不是拿不出。等他多化兩個亦不打緊。（總叫他如數即是了）老公一聽他們至親。尚且如此個樂得多敲兩個。連忙堆下笑來說道。他是什麽東西。連着親戚都不認。真正豈有此理。就是三爺不吩咐。咱也要打抱不平的。（俗語說家不和鄰欺鄰不和賊欺一點不錯）你去招呼他。叫他把一萬銀子先交個進來。就說上頭通統替他回好。叫他後天十點鐘把東西送上來。等他到了這裏。咱們自然有法子擺佈他。（有了先入之言自然好裡應外合了）查三蛋諾諾連聲。連忙趕到唐二亂子寓所。同他說准定二萬銀子的宮門費。由大人總管替我們到上頭去回過。叫你今天先把宮門費交他清楚。後天大早再自己押着東西進去。（先難後易必其中有蹊蹺愚人不知）唐二亂子道。何如。我說這些人。是個無底洞。多給他多要少給他少要。（你慢說著只怕到那時懊悔來不及了）不是我攔得緊。豈不又白填掉一萬。（只怕再白填一萬亦不夠）如今二萬銀子。我是情願出的。（還有不聽出在後頭）說着。便叫一個帶來的朋友。拿着摺子。到錢莊上划二萬銀子。交給查三蛋。替他料理各事。查三蛋銀子到手之後。自己先扣下一半。祇拿一半交代了老公。老公會意。到了第三天。唐二亂子起了一個大早。把貢禮分作兩擡。叫人擡着。查三蛋在前引路。他自己却坐車跟在後頭。由八鐘點起身。一直走到九點半鐘。約摸走了十來里。走到一個地方。查三蛋下車。說這裏就是宮裡了。（倒不是騙局不過做些手脚罷了）閑雜人不准進去。嗄衆人於是一齊歇下。查三蛋揮手。又叫衆人退去。嗄唐二亂子亦祇得下車等候。（生發開衆人好叫他一人就驚受嚇）等了一回。只見裏頭走出兩個人來。穿着靴帽袍子。查三蛋便招呼唐二亂子。說門裏出來的。就是總管的手下徒弟。所有貢禮。交代他倆一樣的。（要他去招呼）咱自己唐二亂子一聽是裡頭的人。連忙走上前去。恭恭敬敬請了一個安。口稱唐某人現有孝敬老佛爺的一點意思。相煩老爺們代呈上去。（此時却一無不亂）誰料那兩老公見了他。大模大樣一聲不響。（便是不好的苗頭）後來聽他說話。便拿個眼瞧了他一瞧。說道。你這人好大胆。佛爺有過上諭。說過今年慶典。不准報効。你又來進什麼貢。你是甚麼官。（問得凶）唐二亂子道。道臺。老公道。虧你是個道臺。不是個戲臺。咱問你。你這官是怎麼來的。（問得一發凶惡的）唐二亂子道。山西賑捐案內報効。蒙山西撫院保的。老公道。銀子捐來的就是。拉什麼報効名字。倒好聽。咱一見你。就曉得你不是羊毛筆換來的。如果是科甲出身。怎麼連個字都不認得。佛爺不准報効。有過上諭。通天底下誰不曉得。單單你不遵旨。今兒若不是看查老爺分上。（歸結到查老爺分上可知是串通一氣）一定拿你交慎刑司。辦你個胆大鑽營。卑鄙無恥。下去候着罷。叫他下去候着可知上上又不上跑又跑不了那老公說完了這兩句。揚長的走進去。唐二亂子這一嚇。早嚇得渾身是汗。連烟癮都嚇回去了。平日胆大妄為至此心胆俱裂了歇了半天。問人道。我這是在那裡。早到森羅殿上了其時撞東西的人。早已散去。身旁止有查三蛋一個。可知生發關衆人的妙用查三蛋一見他這個樣子。曉得他是嚇呆了。立刻就走過來替他把頭上的汗擦乾。你把你妹夫嚇到如此可知你對不住妹妹了一笑對他說道。當初我就說錢少了。你不聽我可恨。這些人我來同他說。他們連我都騙了。既然二萬不夠。何不當時就同我說明。却到今天拿我們開心。不是他們尋你們妹夫開心倒是你舅兄尋妹夫開心此時唐二亂子神志已清。回想剛纔老公們的說話不好。又記起末後還叫他下去。候着的一句話。看來凶多吉少。越發急的話都說不出。本是個亂子今日真要嚇得心亂如麻了只聽查三蛋附着他耳朵說道。老妹丈。今天的事的情鬧壞了。有我亦不中用。看這樣子。若非大大的再破費兩個。不能下場。買命錢不怕他不出唐二亂子個一心只想免禍。多化兩個錢是小事。立刻滿口應允。不到黃河心不死查三蛋便留他一人在外看守東西。自己却跑上臺階。走到門裡。找着剛纔的那個老公。你却如何闖進去往來奔波。做神做鬼。又添了二萬銀子。貪小失大凡事如此先把貢禮留下做當頭。二萬銀子交來。非但把貢禮賞收。而且還有好處。倘不交二萬銀子。非但不還東西。而且還辦胆大鑽營的罪。三面言定。把貢禮交代清楚。要吊桶落在井裏不怕他逃到天上去唐二亂子方急急的跟了查三蛋出來。這天起得太早。烟癮没有過足。再加此一嚇。又跑了許多路。等到回寓。已經同死人一樣了。今番却難為他到十二分地步了以後如何。且聽下回分解。

三編卷三十六

騙中騙又逢鬼魅　强中强巧遇機緣

話說唐二亂子唐觀察。從宮門進貢回來。受了一肚皮的氣。又驚又嚇。又急又氣。（險些又嚇出舊病來又要請教大夫）回到寓處。脫去衣裳。先喫鴉片烟過癮。一面過癮。一面追想今日之事。明明是舅爺查三蛋混帳。（亂子也有時而清）我想我待他也不算錯。拿他當個人。託他辦事。不料他竟其如此靠不住。你早說辦不來。我不好另託別人。何至於今天坍這一回臺呢。（你如此不說好歹只怕人家都要給你當上）往來盤算。越想越氣。（只要記不要氣）然而現在的事情。少他不得。明曉得他不好。又不敢拿他怎樣發作。只好悶在肚裏。（你要發作他只怕又對不住尊夫人了一笑）過足了癮。開飯喫飯。老爺一肚皮悶氣。無處發洩。只好拿着二爺來出氣。自從進門之後。罵人起。一直罵到喫過飯。還未住口。（喫了對門謝隔壁總是不配好相識）查三蛋見他罵的不耐煩。於是問他許人家的二萬頭怎麼樣。（隨他怎樣總是賴不過去）唐二亂子道。有什麼怎麼樣。不過是我晦氣。注着破財就是了。（叫你自家知道自了）一面說。一面叫朋友拿摺子。再到錢莊裡打二萬銀子的票子給查三蛋。臨走的時候。却朝着查三蛋深深一揖道。老哥這遭你可照應照應愚妹丈罷。愚妹丈錢雖化得起。也不是偷來的。出的也不算少了。我也不敢想甚麼好處。只圖個錢去身安樂罷。老哥千萬費心。（不像個亂子口氣想來也學乖許多了）查三蛋聽他的話。內中含着有刺。畢竟自己心虛。不禁面上一紅一白。想要回敬兩句也就無辭可說了。掙扎了半天。纔說得一句道。我們至親。我若是拿你弄着玩。還成個人嗎。單是他們不答應。也是叫我没有法子。（也只好支吾過去）唐二亂子並不理他。查三蛋同了那個朋友。去划銀子。不提。約摸過了五個鐘頭的時候。其時已将天黑。唐二亂子見他没有回報。不免心中又生疑慮。便想派人去找他。（親戚再没有做騙子的）正談論間。只見他從外頭興興頭頭的進來。連稱恭喜。（做得出）唐二亂子一聽恭喜二字。不禁前嫌盡釋。忙問銀子可曾交代。進的貢怎麽樣了。查三蛋道。銀子自然交代。貢都進上去了。聽説上頭佛爺狠歡喜。總管又幇着替你説話。已有旨意下來。賞你個四品銜。（十四萬銀子換個四品銜也算是名貴了）唐二亂子道。甚麽四品銜。我自己現現成成的二品頂戴。進了這些東西。至少也賞我個頭品頂戴。怎麽還是四品銜。難道叫我縮回去戴藍頂子不成。（亂子着實清醒許多）查三蛋道。只個不曉得。但是恩出自上。大小你總得感激。就是你説的有現成的紅頂子。這個不相干。那是捐來的。這是特旨賞的。到底兩樣。（遁詞）（知其所窮）唐二亂子道。道臺本是四品。也不在乎又賞這個四品銜。查三蛋道。這個何足為奇。怎麽有人賞個三品銜。派署巡撫。難道巡撫不比三品銜大些。（一發騙小孩子）終究唐二亂子秉性忠厚。被查三蛋引經據典。一駁便已無話可説。（終究是個草包）並不曉得凡賞三品銜署理巡撫的。都由廢員起用一層。他仕路閲歷尚淺。這都不必怪他。（初出茅廬安知就裏）且説他自從奉到賞加四品銜的信息。心上一直不高興。無奈查三蛋只是在傍架弄着。説無論大小。總是上頭的恩典。到店上起任來。官銜牌多一付。你雖不在乎。此人家却求之不得。無論如何。明天謝恩總要去的。倘若不去。便是看不起皇上。皇上家的事情。一翻臉你就喫不了。還是依着他辦的好。（皇恩終究不濟不過上看去頭他的）

貢沒有值多許銀子捐的官亦並不值錢罷了唐二亂子無奈。只得一一遵行。到了第二日謝恩下來。無精打彩的。也沒有拜客。一直回到寓處。心想我化了不差十五萬銀子。只弄到這們一點點好處。真正划算不來。你的晦氣星沒有退只要你吃苦記苦罷了一個人正低着頭亂想。忽見管家拿進一張名片來。說是有客拜會。又是一個剝削鬼來了唐二亂子舉目看時。只見片子上寫着師林二個大字。便知又是旗人了。楞了一回。回稱我不認得這人。他是誰。來拜我做甚麽。一問又問出是非來了管家道。小的也問過他們爺們。他們爺們說。他老爺是內務府堂郎中的兄弟。曉得上回。丈明文老爺拿了老爺一萬銀子。事情沒有辦妥。如今這一萬銀子的事情。連堂官都曉得了。交派他老爺的哥哥查辦這事。他老爺的哥哥。為着事情忙。所以派特地他四老爺來的。因為自己親兄弟。各式事情靠得住點。以鬼引鬼不怕人家拿住唐二亂子此時。正因一注注的銀子化的冤枉。心上肉痛。一聽這話。心想這樁事怎麽會被內務府堂官曉得。如果內務府堂官用了我的錢。少不得總有好處到我。倘若沒有用。這個錢果然被姓文的吃起。也總有個水落石出。不如請他進來問問再講。何不一面穩住他一面去請內兄來商量主意打定。便吩咐一聲請。此時六月天氣。正是免褂時候。師四老爺下得車來。身上穿了一件米色的亮紗開氣袍。竹青襯衫。頭上圍帽。腳下千層板的靴子。腰裡羊脂玉螭虎龍的扣帶。四面掛着粘片搭連袋。眼鏡套。扇套表帕。檳榔荷包。大襟裏拖着小潮烟袋。還有什麽漢玉件頭叮噹噹。啷。前前後後都已掛滿。進門的時候。手裡還搖着團扇。鼻子上架着大圓墨晶眼鏡。真是一個大騙子走到會客廳坐下。等了一回。主人出來。師四老爺慌忙除掉眼鏡。把團扇遞在管家手中。

因係初見深深一躬。（官場禮節演習得熟）唐二亂子連忙還禮。禮畢歸坐。先敘寒暄。師老爺為人着實圓到。見了唐二亂子。說了無數若干的仰慕話。（應酬扳談式式在行）又說兄弟常常聽見家兄題起大名。每恨不能一見。今日齊巧有堂派查辦的公事。家兄裡頭事情多。不得閑。所以派了兄弟來的。所查的事情。老哥想已曉得的了。（所以要家人預先傳報的妙用）唐二亂子道。恰恰曉得。多承諸位大人及令兄大人費心。兄弟實在感激得狠。諸位大人及令兄大人跟前。兄弟還沒有過來請安。甚是抱歉。（應該早過去的）師四老爺道。自家人說那裏話來。唐二亂子道。文某人同四哥是同衙門。師四老爺道。兄弟在銀庫上行走。文某人在外頭當此零碎差使。雖同衙門。却不同在一處。不過曉得有他這麼一個人罷了。（何不將此人交出來）現在是上頭堂官曉得了這樁事情。不瞞老哥說。這些事情。原是瞞上不瞞下。常常有的。就事家兄及兄弟。也常常替人家經手。（本來你們是常常做慣的）堂官曉得了這件事狠生氣。說他這一鬧。豈不拿我們內務府的牌子都鬧壞了嗎。（有你們這班人以後內務府牌子着實還要响哩）馬上要撤姓文的差使。還要拿他參辦。後來是家兄出了一個主意。說文某人這注錢到手不多幾天。大約還可以歸原。現在不如暫且不拿他發作。由我們下頭嚇嚇他。騙騙他。等他把原銀繳了。出來就求上頭給他一個恩典。一來保全他的聲名。二來拿銀子還了原主。亦可見得我們內務府的牌子。到底不錯。（騙以原物歸還自然容易上弔）堂官聽了家兄的話。甚以為然。答應照辦。誰知家兄事情雖則拉在身上。無奈一天到晚。公事忙不了。那裏還有工夫管這些閑帳。一擱擱了三天。難為上頭堂官倒估記着這事。今天又問了下來。所以家兄特地派兄弟過來。先問問詳細情形。好斟酌一個辦法。（這個辦法你自己先說了罷）唐二亂子道。多蒙費心。說着便把姓文的事情。細述一遍。（你還當人家不曉得真正是個死人）又道。兄弟並不是捨不得這一萬銀子。為的事情上說不過去了。（何不回以銀子）（到不在乎只要再見他一面）師四老爺道。是喲。等到回去告訴了家兄。再過來稟覆。於是二人又談了些別的閒話。唐二亂子着實拿師四老爺恭維。又道現在朝廷廣開言路。昨兒新下上諭。內務府人員。可以保送御史。將來貴府衙門又多一條出路。（倒會留心時事真是再想不到）師四老爺縐着眉頭說道。好什麼。外頭面子上好看。裏頭內骨子吃虧。粵海淮安江甯織造。一齊裁掉。你算算一年要少進幾個錢。做了都老爺。難道就不喝西風。就是再添一千個都老爺。也抵不上兩個監督。一個織造的好。這叫做明升暗降。（亦還以時事話頭說得毫無破綻）唐二亂子又問他住處。師四老爺道。家兄及兄弟。都是一天到晚不回家的時候多。有什麼事情。兄弟過來。千萬不敢勞駕。說完。起身告辭。臨時上車。又再三作揖打恭。叫唐二亂子不要回拜。（言語閃爍即有弊病何不想想你內兄之言早去與他商量）唐二亂子只得答應着。等到師四老爺去後。唐二亂子一人想道。憑空丟掉一萬銀子。一點聲音也沒有聽見。真正恨人。却不料這事。竟被內務府堂官曉得。看起來這銀子倒還有回來的指望。銀子小事。堵堵查三蛋的嘴也好。（你把好人當壞人自然還要上當）想罷。怡然自得。因為師四老爺再三叮囑。不要回拜。只好遵命。（好比弄木頭人）意思想過天。邀他喫飯。以補此情。誰知到了次日一大早。師四老爺改穿了便衣過來。說昨日兄弟回去之後。就把詳細情形。告訴家兄。家兄當時就把姓文的找了來。你曉得這姓文的是誰。（這一夜千思萬想變盡花樣）唐二亂子道。不曉得。師四老爺道。他就是福中堂的嫡親姪少爺。他叔叔現在闊了。未曾入閣。就奉旨抬進了廂白旗。因為他姪兒沒出息。不幹正經。所以一點不肯照應他。由他一個人去混。他還常常打着他叔叔的旗號。在外頭招搖撞騙。弄人家的錢。被福中堂曉得了。打過好幾頓。鎖在一間空屋裡。此番不曉得幾時放出來的。（只怕是牢監裡纔放出來的）我們堂官。總看他叔叔分上。當派他個小差使。等他混兩個錢使。大一點事情。又不敢派他。怕他要鬧亂子。如今好。索性又把堂官的旗號打出來了。（說得宛像使人不疑）家兄一想。這件事倘要認真辦起來。與受同科。不但姓文的担不起。就是老哥亦落不是的。（拿大題目壓制他不怕他張揚出來）再說句老實話。福中堂的面上也不好看。平時他老人家雖然恨他姪兒。等到有起事情來。折了膀子往裏灣。總是帮自己人的。就是老兄也不犯着。因此得罪福中堂。（又拿大帽子去罩他吽他只好忍氣吞聲）所以家兄一聽是他。越發要替兩面。把這事圓全下來。（從打圓場生發出來真是妙義環生）當時找着他之後。衙門裏不便說話。家兄請他上舘子。吃到了一半。纔把這事先吐一點風給他。他起初還想賴。後來被家兄點了兩句眼。他無話說了。然後自己招認的。自認是一時糊塗。央告家替他兄想法子。（說他自己招實一似已有着落了）家兄看他軟了下來。索性嚇他一嚇。便同他說道。你老哥這件事也太荒唐了。原主兒已在都察院拿你告下了。不久就有文書來提你歸案的。（果如此辦倒也是一個法子不過大海茫茫無從追究耳）堂官今兒早上得了這個信。氣的了不得。已回過你們老中堂。將來都察院文書來的時候。因為要顧本衙門的聲名。不能不拿你公事公辦。誰知這一嚇。纔把個小哥嚇毛了。這小哥兒不管有人沒人。在舘子裡朝着家兄就跪下了。求着替他想法子。（愈說愈像不是亂子也要上當）家兄一見大驚。說這是什麼地方。有話請起來說。被人家瞧着。算那一回事呢。家兄叫他起。他不肯起。後來好容易被家兄拉了起來。家兄就問他。你這個錢可曾動過沒有。那姓文的回稱剛正騙到之後。一直沒有敢出手。這兩天聽聽外頭風聲定些。到昨日纔動了九百幾十兩銀子。（至此方點出嘴眼）家兄道。好好好。現在你把那未動的九千零幾十兩銀子拿了來。堂官跟前。我替你想法子去。保你無事。（點出全題全身靈動）姓文的說。總要能夠按住姓唐的不告纔好。家兄就說唐觀察那裡。有我們兄弟倆。替你求情。這點面子。還有。（自起自落毫無破綻）唐二亂子此時。聽得一萬銀子。尚有九千多好收回。早已心滿意足。便連連的說道。不要說是還能夠收九千多。就是再少些。只要賢昆仲一句話。兄弟無不遵命。況且賢昆仲替兄弟出了這一把力。難道兄弟就不該應拿出兩吊銀子來道乏嗎。（未曾到手又許謝儀要双拆蝕）師四老爺道。咱們自己人。還說甚麼道乏。你快別說了。叫人不好意思的。唐二亂子道。四哥雖如此說。兄弟總得盡心的。師四老爺道。兄弟的話。還沒有完。家兄見他肯把九千多銀子交出來。便不肯放鬆一步。當時拿話攏住他。等到吃完了飯。同他同車到他家裡。叫他把銀子一五一十。統通交代了家兄。點過數目不錯。（說得原璧完在使人愈覺感激）然後家兄又到此衙門裡。找到兄弟。叫兄弟先過來送個信。並且叫兄弟代達。說姓文的拿了老哥。這邊一萬兩銀子。已經被敝衙門的兩位堂官統通知道。後來是家兄出主意。叫姓文的吐出來。求求上頭保全他的功名。（說得要保全他的功名已是呼其臟而吸其髓）現在上頭已答應。姓文的銀子。家兄亦業已到手了。却不料已經被他用掉了九百多兩。歸不得原。上頭官堂跟前。也就不好交代。（說得不好交代自有手揮目送之妙）

倘若為着這九百多銀子。弄得姓文的壞官。一來他們令叔面子上不好看。二來家兄騙他這個九千多銀子出來。原答應他保他無事。現在也不可失信於他。（說得自己不可失信叫他不得不應承）但是銀子只有九千零幾十兩。堂官不好拿來交還吾兄愚兄弟有錢的時候呢。這個幾百兩銀子。就替姓文的墊了出來。等他光光臉。只要預先同老哥說一聲。將來老哥銀子拿到手之後。把那九百多兩仍舊算還就是了。連利錢都不要的。大家都是為朋友有什麼說不明白（說得要遮人耳目然卻已多周折）無奈愚兄弟應酬大。錢來不夠用。都弄得前缺後空。一個堂郎中。一個銀庫。連着九百多銀子都墊不出。說出來人家亦不相信。要不是老哥跟前。彼此知己。兄弟也不好實說。（雖是推頭話終是要人家再掏出現來）唐二亂子道。笑話。賢昆仲如此出力。已經當不起。怎麼好再叫賢昆仲貼錢。少掉九百多銀子。兄弟情願自己吃虧。既不要賢昆仲代認。也決計不要丈某人吐出來。一則顧全福中堂面子。二則我們那裡不拉個朋友。拜求四哥代為稟覆貴衙門的幾位大人。這個九百多兩銀子。就說我姓唐的情願不要了。務求諸位大人不必追究此事。（說得如此坦氣可知人家主意不在乎此）師四老爺連忙分辨道。你老哥不在乎這九百多銀子。我們有什麼不曉得。不過姓文的總得把一萬銀子歸原由他完完全全交到堂官手裡。再由堂官完完全全交給老哥手。然後大家都有面子。（說得為面子上起見要弄虛派便是弊病）倘若少了一分一厘。姓文的就不能交代上頭。上頭也不能交還老哥。就是老哥不說甚麼勉強收了。終究有傚衙門聲名有礙。（要顧全人家聲名叫受騙人再挖腰包無此情理）現在用了這九百多銀子。上頭堂官還不曉得。是姓文的拉住家兄替他想法子。所以家兄叫小弟過來代達。不看別的。總看他令叔福中堂分上。由老哥這邊借給他九百多銀子。等他把一萬之數湊足。交代上頭。好在此歎終究是歸老哥的。將來老哥一同收了回來。彼此不响起如此辦法。不但成全了姓文的功名。且顧全了他叔叔福中堂的面子。三則敝衙門也保全聲名不少。我們敝衙門的人。沒有一個不感激老哥。（堂堂內務府做了此等事還要人家拿出錢來遮人耳目真太不值錢矣）至於老哥說甚麼道乏。我們敝衙門上下。已承老哥保全不少。還敢想什麼好處。就是老哥另有賞賜家兄及小弟。亦決計不敢再領的。（樂得如此說料他不好意思不拿出來）唐二亂子聽了他話。心上盤算了一回。自言自語道。面子上叫我拿九百兩銀子。去換九千銀子回來。而且連那九百也還我。不過他們借去用一用。此事原無不可。但是我同姓師的纔第二回見面。一來人心測摸不定。二來他哥是堂郎中。他自己又管着銀庫。如此發財的官。連九百多銀子都無處拉攏。這個話誰能相信。（既已識破機關正好將機就計）我已一誤再誤。目下不能不格外小心。（你也有小心時候只怕大意慣了終要着人家的道兒）我與其脫空九百多銀子。我情願失撇二千銀子。姓文的用掉九百多。總算一千。我不要他還我九千。當中我情願再送他昆仲一千道乏。況且這種事情。何必定要煩動堂官。莫妙於大家私下了結。（慮雖慮得是然而終不老到）主意打定。要委宛曲折告訴了師四老爺。師四老爺也曉得他九百多銀子不肯脫空。然而面子上掉不過來。便道。這也怪不得老哥。兄弟同老哥是新交。姓文的九千銀子沒有拿回來。反叫先拿老哥出九百多兩。無論誰不能相信。（自己先說破好叫他不疑）唐二亂子亦忙分辨道。並不是不相信四哥。為的是大家簡便辦法。省得堂官知道。（本來是見不得佛面要你如此辦法）師四老爺道。

這事原是堂上派下來的。怎能夠不稟復。這事亦是兄弟荒唐。不該應來同老哥商量。先叫老哥墊銀子。（見風使蓬一掇便轉）現在不說別的。姓文的用掉的九百多。不要他還。兄弟回去同家兄商議。無論如何為難。總替他想個法兒。凑齊這一萬整數。（你不肯先拿出來難道人家不好掉包嗎）等他在堂官面前交代過排場。堂官跟前。既然老哥不願出面。兄弟同家兄說。將來仍由兄弟。把這一萬銀子的銀票送過來。（本來撬不得別人在內樂得做獨脚戲）兄弟也不同老哥客氣。老哥就預備一張一千銀子的銀票。還了兄弟就是了。兄弟雖沾光幾十銀子。拿回去到堂官跟前。替老哥賞賞人。也不能少的。至於道乏萬萬不敢。（現現成成二千銀子到手樂得推推）唐二亂子見他說得如此。有何不放心之理。立刻滿口應承。師四老爺又問老哥給姓文的一萬銀子。是誰家的票子。（問得要緊好去連夜造出來）唐二亂子道。是恒利家的票子。師四老爺道。如此甚好。我們來往的亦是恒利。明天仍到恒利。打張一萬銀子的票子來就是了。說罷自去。（此事遇了別人到穩穩當當好捉着個大騙子）唐二亂子果然也到恒利。划了一張一千銀子的票子。預備第二天換給師四老爺。另寫了一千。說是人家出了這們一把力。總得道乏的。（好比癡人說夢話）誰知到了次日。左等不來。右等不來。唐二亂子心上急的發躁。想他說得如此。老靠斷無不來之理。莫非了出岔子。又有什麼變卦。左思右想。反弄得坐立不定。（銀子在那裡發癮怪他不得）好容易等到天黑。師四老爺來了。唐二亂子喜得什麼似的。迎了進來。讓茶讓烟。（好比見鬼）師四老爺說。本來早好來了。無奈堂官定要見老哥一面。反怪老哥許多不是。都是家兄替你抗下來的。現在也不要你去見了。銀子也拿來。這話也不用題了。為了這件事。兄弟今兒一天沒有喫飯。（說得活像豈知早來）

恐怕人家照票子露馬腳唐二亂子忙說。我們同去喫館子。師四老爺道。兄弟還有公事。要緊把東西交代了回去。改日再奉擾罷。閃閃爍爍賊膽心虛唐二亂子一再挽留。見他不肯。只得罷休。終究是個亂子有什麼計較於是師四老爺。方在靴頁子裡。掏出一大搭的銀票。從幾萬至幾千。一共約有十幾張。翻來覆去纔檢出一張一萬銀子的票子。剛要遞到唐二亂子手裡。又說昨兒說明白要恒利的票子。這張不是。於是又收了回去。又在票子當中。檢了半天。檢出一張恒利的一萬票子。交代唐二亂子看過無誤。如此大敗子連照也不在自意之極唐二亂子見他有許多銀票。心想倒底內務府的官兒有錢。他昨天還准頭沒有錢。墊這話哄誰呢。師四老爺也覺着。連忙自已遮蓋道。這都是上頭發下來給工匠的。兄弟若有還些錢也早發財了。不在這裡做官了。隨映隨映使人不疑說話之間。唐二亂子也把自已寫好的兩張一千頭的銀票拿出來交代師四老爺。要他自己送出所謂大盜不操戈矛師四老爺一看是兩張。忙問這一千做什麼用。假作不知妙唐二亂子道。令兄大人及四哥。公事忙。兄弟連一杯酒都沒有奉請。這個就折個乾罷。師四老爺把眉頭一縐道。說明白不要你老哥一定要費事。叫兄弟怎麼好意思。樂得推推叫他不疑唐二亂子道。這算得什麼。以後叨教之處多着哩。師四老爺道。既然老哥說到這哩。兄弟亦不敢自外。兄弟這裡謝賞了。說着。一個請安了下去。請安起來。把銀票收在靴頁子裡。說有要緊公事。匆匆告辭出門而去。不慌不忙煞有担氣臨走的時候。唐二亂子又頂住問他的住處。預備過天來拜。師四老爺隨嘴說了一個。自此唐二亂子。得意非凡。過天查三蛋來了。唐二亂子又把這話說給他聽。面孔上狠露出一副得意揚揚之色。查三蛋只是冷笑笑。(笑內有因)心上却也詫異。說道像他這樣的昏蛋。居然也會碰着好人。真正奇怪。誰知過了一天出門拜客。趕到師四老爺所說地方。問來問去。那裡有姓師的住宅。(鰲魚脫却金鈎去擺尾搖頭再不來)唐二亂子罵車夫無用。等到回來。又差人到內務府去打聽堂郎中。及銀庫上那裡有什麼姓師的。(何不早點如此)唐二亂子這纔嚇壞了。連忙再取出那張一萬頭票子。差個朋友到恒利家去照票。櫃上人接票在手仔細端詳了一回。又進去對了一回票根。走出來問你這票子是那裡來的。去人說是人家還來的怎樣。櫃上人冷笑一聲道。這是那裡來的假票子。幸虧彼此是熟人。不然可說要得罪了。如今相煩回去拜上令東。請查查這張票子是那裡來的。胆敢冒充小號的票子。查明白了。小號是要辦人的(險些墊了刀頭)去人一聽這話。嚇得面孔失色。連忙回來。通知了東家。唐二亂子也急得跺脚。大罵姓師的不是東西。(罵也嫌遲了)立刻叫人去報了坊官。叫坊官替他辦人。(吞舟漏網何處尋踪)自此以後。唐二亂子就躲在家裡生氣。一連十幾天没有出門。查三蛋也曉得了。不過背後拿他說笑了幾句。却没有當面說破。(自己也不是好人何必計没趣)又過了些時。到了引見日期。唐二亂子隨班引見。本來指省湖北。奉旨到例發往。齊巧碰着這兩日朝廷有事。没有拿他召見。白白賠了十五萬銀子進貢。不過賞了一個四品銜。餘外一點好處没有。這也只好怪自己運氣不好。注定破財。須怨不得別人。(蒼蠅不釘没縫蛋誰叫你亂頭亂惱)閒話少敘。且說唐二亂子領憑到省。在路火車輪船。非止一日。路過上海。故地重臨。少不得有許多舊好新歡。又着實打亂了十幾天。(子孫不如我要錢做什麼不過為無賴子弟揮霍)方纔搭了長江輪船。前往湖北。單說此時。做湖廣總督的乃是一位旗人。

名字呌做湍多歡。這人內寵極多原有十個姨太太。湖北有名的呌做制台衙門十美圖。上年有個屬員。因想他一個什麼差使。又特地在上海。買了兩個絕色女子送他。湍制台一見大喜。立刻賞收。從此便成了十二位姨太太。湖北人又改稱他為十二個金釵。不說十美圖了。（內寵日多）（廣田有荒）湍制台尚未曾添收這兩位姨太太的時候。他十位姨太太當中。祇有九姨太太最得寵。這九姨太太。是天津候家后窰子裡出身。（妓家出身總比良家女尖刻）生得瘦括括長攏面孔。兩個水汪汪的眼睛。模樣兒到還長得不錯。（恃有幾分姿色愈要寵擅專房）只是脾氣太刁鑽了些。天生一張嘴。說出話來。恰是甜蜜蜜的。真呌人又喜又愛。聽着真正入耳。若是他與這人不對。罵起人來。却是再要尖毒也沒有。（會獻媚的人必會掉舌）他巴結祇巴結一個老爺。常常在老爺跟前狐狸似的。批評這個姨太太正不好。那個姨太太正不好。起先湍制台總要聽他的話。拿那些姨太太打罵出氣。然而湍制台雖然糊塗。總有一天明白。而且天天聽他絮聒。也覺得討厭。（恃寵而驕必遭失寵）有天這九姨太太。又說大姨太太怎麼不好。怎麼不好。（專派人家不是自己即不是個好人）湍制台聽得不耐煩。冷笑了一笑。隨口說了一句道。我光聽見你說人家不好。到底你比別人是怎樣個好法。我總不能把別人一齊趕掉。單留你一個。（讀後宮佳麗三千人三千寵愛在一身之句為之慨然）況且這大姨太。是從前伺候過老太爺老太太的。就是去世的太太也狠歡喜他。我看死人面上。他就是有不好。也要擔待他三分。（父母所愛亦愛）（之本是孝子之心）你既然多嫌他。你住後進。他住前院。你不去見他就是了。（一宅分為兩院聊為調停之法）九姨太太因為湍制台。一向是同他遷就慣的。忽然今兒幫了別人。這一氣非同小可。（長傲飾非亦怪他乾綱不振）不等湍制台說完。早把眉毛一豎。眼睛一瞪。拿出十指尖尖的手。朝着自己的粉嫩香腮。畢畢拍拍一連打了十幾下子。一頭打。一頭自己罵自己道。我知道我這話就說錯了。我是什麼東西。好比得上人家。人家是伺候過老太爺老太太的。有功之臣。自然老爺要另眼看待。既然要拿他抬上天去。横豎太太死了。為什麼不拿他就扶了正。我們一齊死了。讓他。以死挾制男人是妾婦的慣技湍制台是吃鴉片的。每位姨太太屋裡。都有烟傢伙。九姨太順手在烟盤裡。撈起一盒子鴉片。往嘴裡一送。趁勢把身子一歪。就在地下困倒了。困在地下。又趁勢打了幾個滚。兩隻手在地下亂抓。兩隻脚却蹬在地板上。綳咚綳咚的响。頭上的頭髮也散了。一頭的翡翠簪子。也蹬成好幾段了。嘴裡還是哭罵不止。撒潑到十二分地步亦由平日縱容所致湍制台看了這個樣子。又氣又恨。又發急。氣的是九姨太有己無人。恨的是九姨太以死訛詐。急的是九姨太吞了鴉片烟。倘若不救。就要七竅流血死的。事到此間。只得勉强捺定性子。請醫生弄了藥來。拿他灌救。無非因愛生憐因憐生懼誰知一連弄了多少藥。九姨太只是咬定牙關。不肯往嘴裡送。湍制台急得没法。於是又自己賠小心。拿話騙他。說把大姨太立刻送回北京老家裡去。不准他在任上。以為如此。九姨太總可以不尋死了。豈知仍然還自個不開口。豈知吽他死亦不肯死不過做作嚇人罷了自從頭天晚上鬧起。一直鬧到第二天下午四點鐘。看看一周時不差。只有三個時辰。過了這三個時辰。便不能救。只好靜等下棺材了。說得萬無生理豈知下文不死之奇湍制台被他鬧的早已精疲力倦。一回想到九姨太脾氣不好。不免恨罵兩聲。一回又想到他個恩情。不免又私自一人淌淚。終是英雄氣短女兒情長此時房間裡有許多老媽子了頭。圍住九姨太等死。他一個人。却躺在對過房間牀上傷心。這宗煩惱是你自己尋來正在前思後想一籌莫展的時候。忽見九姨太的一個貼身大了頭進房有事。這了頭年紀二九。很有幾分姿色。女孩兒家。到了這等年紀。自然也有了心事。碰着這位端制台。又是個色中餓鬼。無人的時候見了這了頭。常常有些手脚不穩。一個漁色之徒忝為封疆大吏這了頭曉得老爺愛上了他也不免動了知己之感。但是懼怕九姨太的利害。不敢如何。口雖不言。偶然眼睛一眇。就傳出無限深情。端制台是何等樣人。豈有不領略之理。且說此時端制台。見他一人進得房來。頓時把痛恨九姨太的心思。全移在他一人身上。到處留情豈是鍾情之輩便招手將他叫近身邊。借探問九姨太太為名。好同他勾搭。當時說過幾句話。端制台忽然拿嘴朝着對過房間努了兩努。說道。阿彌陀佛。他這人居然也有死的日子。等他一死。我就拿你補他的缺。你願意不願意。說着就伸手要拉這了頭的手。一旦羅衰願他身死也教人家寒心了頭見是如此。恐防人來看見。連忙拿手一縮道。你等着罷。你當他眼前會死。你再等一百年。他亦不會死的。只怕這種烟吃了下去。他的精神格外好些。洩漏機關端制台詫異道。據你說起來。難道他吃的不是鴉片烟。然而明明白白我見他在烟盤子裡拿的。你不要胡說。不是鴉片是甚麼。自然要問個詳細大了頭道。我告訴你。你可不許告訴別人。挾制得有勢力端制台一聽這話。一骨碌從床上爬起。也不下床。就跪在床沿上發咒道。你同我說的話。我若是同別人說了。叫我不得好死。一個一品大員向了頭發誓門內之行真不可問大了頭道。為了這一點點的事。也不犯着發這大的咒。端制台也未聽清。但是一味胡纏。拉着袖子催他快說。大了頭道。不是三個月頭裡。九姨太鬧着有喜。說肚子大了起來。老爺喜的甚麼似的。弄了多少藥給他吃。還有一罐子的益母膏。叫他天天拿開水冲着吃的。誰知過仔兩個月。九姨太肚子也癟了。又說並不是喜。藥也不喫了。就把剩下來的半罐子益母膏。丟在抽屜裡一直也沒有人問信。齊巧前天收拾抽屜。把他拿了出來。不料被九姨太看見。奪了過去。（早已有心壓制丈夫）昨兒九姨太仝大姨太鬥了嘴回來。就把個大姨太恨得什麼似的。口說一定要老爺打發了大姨太。倘若老爺不肯。我就仝他拚命。（做了眼中釘如何肯輕易放過）後來又說。我的命沒這們不值錢。我死了。倒等他享福不成。一面說。一面就找了個小烟盒子。挑了些益母膏在裡頭。原是預備同老爺拚命的。（以死相嚇實不怕他不依）九姨太挑這益母膏的時候。只有我在跟前。他還囑咐我不准說。所以你老爺發急。只是空發急。老實對你說。九姨太是不會死的。（一個心腹人做了人家的心腹隨你千刁萬惡也無處使了）湍制台聽了。方纔恍然大悟。說這賤人如此可惡。原來是裝死詐我的。還要仝大了頭說什麼大了頭已經掙扎脫身子。說聲有事去了。湍制台只得眼巴巴望他出去。又生了一固悶氣。曉得九姨太是裝死。索性不理他。一個人到外面去了。（弄到拆冷抬）這裡九姨太見湍制台不來理他。只道老爺見他不肯吃藥。無法施救。索性死心塌地。避了出去。弄得事情不能收蓬。自己懊悔不迭。（一定要做到十足總是自不見機）却不料大了頭有背後一番言語。想來想去。今日之事。總無下場。等到半天。老爺仍無音信。看看一週時已到。到時不死。反被人拿住破綻。於是躊躇了半天。只得自己裝作惡心。乾吊了半天。哇的一口吐出些白沫。（所謂潑酒不吽吃罰酒賣飯人自落抬）旁邊看守他的人。都說好了。九姨太把烟吐了出來。就不妨事了。當時老媽三五個。一個搥背。一個揉胸。又有一個拿飯湯。又有一個倒開水。鬧得七手八脚。烟霧騰天。（人家替他空張羅）又聽得九姨太哇的一聲。把方纔吃的飯湯也吐了出來。自己反說道。我吞了生烟。等我自己死。豈不很好。何必一定要救我回來。做人家的眼中釘。肉中刺。（本來自己心胸太狹窄些所以要失寵了）說着。又嗚嗚烟烟哭起來了。大衆見九姨太回醒轉來。立刻着人報信給他爺。老媽子又拿了一把笤帚。把他吐的東西掃了出去。誰知的吐全是水。一些烟氣都沒有。（本來你們在那裡空着急）却說湍制台到前面簽押房裡。坐了一回。不覺神思困倦。歪在牀上。朦朧睡去。正在又濃又甜的時候。不提防那個不解事的老婆子。因九姨太回醒過來。前來報信。倏地把湍制台驚醒。恨的湍制台把老婆子罵了兩句。又說什麽。我早曉得他不回死的。要你們大驚小怪。（你如何曉得的真正奇怪）老婆子討得沒趣。只得趔趄着退到後面。九姨太便從這日起。借病為名。一連十幾天不出房門。（還要恃恩怙寵）湍制台亦發脾氣。一連十幾天止轅。沒有見客。却也不到上房。（你早有烈性也不致撒潑到如此了）畢竟九姨太自己詐死。賊人心虛。這幾天內。反比前頭安穩了許多。不在話下。單說湍制臺自從聽了大了頭的話。從此便不把九姨太放在心上。却一心想哄騙這大了頭上手無奈大了頭懼怕九姨太。不敢造次。湍制臺亦恐怕因此家庭之間。越發攪得不安。於是亦祇得罷手。（強怒震主安敢再惹禍招殃）但是自從九姨太失寵之後。眼前的幾位姨太太都不在他心上。（曾經滄海難為水除却巫山不是雲）不免終日無精打彩。悶悶不樂。合當他色運亨通。這幾天止衙門不見客。他為一省之主。一舉一動。做屬員的都刻刻留心。便有一位候補知縣姓過名翹。打聽得制臺所以止轅之故原來為此這人本是有家到省雖不多年却是善於鑽營為此中第一能手（多財多能豈是終為人下者）他既得此消息並不通知別人亦不合人商量從漢口到上海只有三天多路一水可通他便請了一個月的假請了一萬多銀子面子上說到上海消遣其實是暗中物色人材（乘機竊發）（無投不中）一耍耍了二十來天並無所遇看看限期將滿遂打電報叫湖北公館替他又續了二十天的假四處托人纔化了八百洋錢從蘇州買到一個女人帶回上海過老爺意思說孝敬上司至少一對起碼然而上海堂子裡看來看去都不中意後首有人薦了一個局跟局的是個大姐名字叫迷齊眼小脚阿毛面孔雖然生得肥胖却是眉眼傳情異常流動（此中着實有人才）過老爺一見大喜着實在他家報効同這迷齊眼小脚阿毛訂了相知（彼中所謂打底）有天阿毛到過老爺棧房裡玩耍看見了蘇州買的女人阿毛還當是過老爺的家眷後首說來說去纔說明是替湖北制台討的姨太太這話傳到阿毛娘的耳朶裡着實羡慕說別人家勿曉得阿是前世修來格（本來女子是隨夫貴隨夫賤）過老爺道只要你願意我就把你們毛官討了去也送給制台做姨太太可好（亦是戲語雖有意思）阿毛的娘還未開口過老爺已被阿毛一把拉住辮子很很的打了兩下嘴巴說道倪是要搭耐軋姘頭格倪勿做啥制臺格小老媽（他自己不肯也無可如何了）又過了兩天倒是阿老的娘做媒把他外甥女也是做大姐名字叫阿土的說給了過老爺過老爺看過甚是對眼阿毛的娘說道倪外甥男魚才好格不過脚大點（所謂大脚黃魚）過老爺也打着強蘇白說道不要緊格制臺是旗人大脚是看慣格（況且近來各處設立大足會是勸人不纏足的）就問要多少錢阿毛的娘說俚有男人格

現在搭俚男人了斷。連一應使費才勒海。一共要耐一千二百塊洋錢。（也是算價錢了）過老爺一口應允。次日人錢兩交。又過了幾天。過老爺見事辦妥。所費不多。甚是歡喜。又化了幾千銀子。製辦衣飾。把他二人打扮得煥然一新。（比范蠡大夫獻西施一樣手段兩樣用心）又買了些別的禮物。諸事停當。方寫了江裕輪船的官艙。遷回湖北。恰巧領憑到省的湖北候補道唐二亂子剛在上海玩夠了。也包了這隻船的大餐間。一同到省。這唐二亂子的管家同過老爺的管家都是山東同鄉彼此談起各人主人的官階事業。唐二亂子的管家回來告訴了主人。竟說過大老爺替湖北制台接家眷來的。（二個候補姨太太居然變成了實授了）唐二亂子初入仕途。惟恐禮節不週。也不問青紅皂白。立刻叫管家拿了手本到官艙裡替憲太太請安。又說如果憲太太在官艙裡住的不舒服。情願把大餐間奉讓。（官途鑽營着實來得不可以亂子一概抹煞）過大老爺一看手本。細問自己的管家。纔曉得大餐間住的原來是湖北本省的上司。也只得拿了手本過來稟見。彼此會面。（亂子到處有人招呼人緣着實不薄）唐二亂子估量他一定同制台非親即故。見面之後。異常容氣。（經過二次騙局不比從前之妄自尊大了）又問憲太太幾時到的上海。過老爺正想靠此虛火。便不同唐二亂子說真話。但說得一聲同來的不是制台太太。乃是兩位姨太太。（本來不日即要補缺的）唐二亂子道。大太太。姨太太。都是一樣的。不妨就請過來住。兄弟是吃烟人。到官艙裡倒反便當些。後來過老爺執定不肯。（亦恐露出馬脚被人看輕）方始罷休。唐二亂子因過老爺能夠替制台接家眷。這個分兒一定不小。所以拿他十分看重。過老爺也因為他是本省道台。將來總有仰仗之處。所以也竭力的還他下屬禮制。（萍水相逢遂成莫逆）在路非止一日。一日到了漢口。擺過了江。唐二亂子自去尋覓公館不題。且說過老爺。帶了兩個女子。先回到自己家中。把他太太住店正屋。騰了出來。讓兩位候補姨太太居住。制台跟前文巡捕。有個是他拜把子的。靠他做了內線。又重重的送了一分上海禮物。托他趁空把這話回了制台。有了內線包管一說即成這兩個月湍制台。正因身旁沒有一個隨心的人。心上頗不高興。一聽這話。豈有不樂之理。忙說多少身價。由我這裡還他。巡捕回道。這是過令竭誠報効的。非但身價不敢領。就衣服首飾。統通由過令製辦齊全。送了進來。費了他一片苦心總要他見情湍制台聽了。纔着眉頭道。他化的錢不少罷。巡捕道。兩三萬銀子。過令還報効得起。他在大帥手下當差。大帥要栽培他。那裡不栽培他。他就再報効些。算得甚麼。只要大帥要賞收。他就快活死了。就請大帥吩咐個吉日好接進來。亦要左右給使之人善於說詞方不虛擲湍制臺道。看什麼日子。今兒晚上抬進來就是了。急色鬼刻不待緩了從前湍制臺。娶第十位姨太太的時候。九姨太太正在紅頭上。尋死覓活。着實鬧了一大陣。有半年多沒有平復。女無美惡入宮見嫉這回的事情。原是他自己不好。湍制台因此也就公然無忌。倏地一添就添了兩位。九姨太竟其無可如何。有氣癟在肚裡。只好罵自己用的丫頭老媽出氣。湍制台亦不理他。以色事人者失衰則失寵過老爺孝敬的這兩位姨太太。蘇州買的一位。年紀大些。人亦忠厚些。就排行做第十一。阿土排行第十二。阿土年紀小。雖小心眼極多。又是一個狐媚子進得衙門。不得半月。一來是他自己留心。二來是湍制台枕上的教導。居然一應賣差賣缺弄銀子的機關。就明白了一大半。心領神會一學即能此時他初到。人家還不拿他放在眼裡。除了過老爺之外。他亦並無第二個恩人。因因此便一心只想報答這過老爺的好處。此時湍制台感激過老爺送妾之情。已經委他辦理文案。又兼到了别處兩個差使。暫時敷衍。隨後出有優差美缺再行調劑。送妾是第一件功勞如何不要調劑他過老爺倒也安之若素。却不料這第十二姨太太。每到無事的時候便在這些姊妹當中套問人家我們做姨太太的。一年到頭倒底有多少進項。留心之極女子所恃者色所重者財本來不必教導的就有人告訴他。從前只有九姨太有些脫天漏綱的事。做的頂多銀子。少了不要。至少五百起碼。以及幾千幾萬不等。他因此便有心籠絡九姨太。好學九姨太的本事。自無餘子後來居上九姨太此時是失寵之人。見了這兩位新的。自然生氣。等到阿土前來敷衍他。却不把他喜的了不得。畢竟性子爽直。一個不留心。又把自己的生平所作所為。統通告訴了阿土。變妒忌為知己阿土可人阿土大喜。趁空就在湍制台面前。試演起來。頭一個是替過老爺要缺。而且要一個上等好缺。知恩報恩第一要緊湍制台情面難却。第二天就把話傳給了藩台。不到三天。牌已掛出去了。過老爺自從進來當文案。合衙門上下不到半個月。統通被他溜熟。又結交了制台一個貼身小二爺做內線。常常到十二姨太跟前通個信。女子小人本來鼻孔出氣此番得缺。就托小二爺暗地送了十二姨太五千銀子的妝敬。小二爺經手在外。言明祗有要缺。每年加送若干銀子。這便是十二姨太開門第一樁賣買。是初出茅廬第一功十二姨太見這宗賣買做得得意。等到過老爺上任去之後。又把衙門裡的委員。以及門政大爺勾通了好幾位。只要圖得湍制台心上歡喜。言聽計從。他們便好從中行事。一條老性命總要送在他們手裡此時唐二亂子到省已將一月。照例的文章都已做過。但他是初到省的人員。兩眼墨黑。他不認得上司。上司也不認得他。彼此雖然見過一面。不過旅進旅退。上司亦未必就有他在心上。人地生疎第一吃虧之事所以凡是初到省的人。要得到一個差使。若非另有脚路。竟比登天還難。人生遭際何事不然還虧他胸無主宰。最愛結交。此是第一件便宜事自從路上認得了過老爺。到省之後。他倆便時常來往。但吃虧頭一個月。過老爺自己的事情。還沒有着落。如何能彀替人家說話。好容易熬到十二姨太把過老爺事情弄好。但又是要出赴外任。不能常在省城。等到稟辭的前兩天。唐二亂子在寓處備了酒席。替他餞行。福至心靈亦是濫交睹用好處話到投機。過老爺就把揣制台。貼身小二爺這條門路說給了唐二亂子。已自又替他從中湊合。自此唐二亂子有此內線。只要不借銀錢差使。自然唾手可得。盡而不盡好為後文地步况兼這十二姨太精明強幹。不上兩月。便把全套本領。統通學會。無錢不要。無事不為。真要算得一女中豪傑了。作者於此三十六卷中為近日官場別開生面註者與作者有聞名相思之雅惜乎不能共鉛槧耳要知所為之事。且聽下回分解。

四編十二
卷

四編目錄

繳憲帖老父托人情

補扎稿寵姬打官話

四編卷三十七

繳憲帖老父托人情
補札稿寵姬打官話

話說湖北滿制台。從前曾做過雲南臬司。彼時做雲南藩司的。乃是一個漢人。姓劉名進吉。他二人氣味相投。又為同任一省做官。於是兩人就換了帖。拜了把兄弟。以利交者利盡則交疎況官場拜把本無足重輕乎後來滿制台官運亨通。從雲南臬司任上。就升了貴州藩司。又調任江甯藩司。升江蘇巡撫。不上兩年。又升湖廣總督。真正是一帆風順。再要升得快。亦沒有了。滿人宗族親戚蟠踞朝廷自然升遷較易劉進吉到底吃了漢人的虧。一任雲南藩司。就做了十一年半。一直沒有調動。到了第十二年的下半年。纔把他調了湖南藩司。正受湖廣總督管轄。官場的規矩。從前把兄弟。一朝做了堂屬。是要繳帖的。劉藩司陛見進京。路過武昌。就把從前滿制台同他換的那副帖子。找了出來。拿了紅封套套好。等到上衙門的時候。交代了巡捕官。說是繳還憲帖。處得亦極周到巡捕官拿了進去。滿制台先看手本。曉得是他到了。連忙叫請巡捕官。又把繳帖的話回明。滿制台偏要拉交情。便道我同劉大人交非泛泛。你去同他說。若論皇上家的公事。我亦不能不公辦。至於這副帖子。他一定要還我。我卻不敢當。總而言之。我們私底下見面。總還是把兄弟。言不由中是深劉陰險一路巡捕官。遵諭傳話出來。劉藩司無奈。只得受了憲帖。始念未嘗不是豈知轉念之誤即吃了虧了跟着手本上去。見面之後無非先行他的官禮。滿制台異常親熱。劉藩台年紀大。滿制台年紀小。所以滿制台竟其口口聲聲稱劉藩台為大哥。自己稱小弟。劉藩台一直當他是真念交情。便把繳帖的話亦不再提了實人終究誤事在武昌住了五日。湍制台又請他吃過飯。接着稟辭過江。坐了輪船。逕到上海。又換船到天津。然後搭了火車進京。藩臬大員照例是要宮門請安的。召見下來。又赴各位軍機大臣處稟安。一連在京城應酬了半個月。他乃是一個古板人。從不曉得什麼叫做走門路。所以上頭仍舊交他回任。賄賂公行之世而乃莫名一錢宜不要仕途蹭蹬等到請訓後。仍由原道出京。二次路過武昌。湍制台同他還是很要好。深心人作用自是可愛留住了幾天。方纔辭赴長沙上任。無奈劉藩台是個上了年紀的人。素來身體生得又高又胖。到任不及三月。有天萬壽。跟了撫台拜牌。磕頭起來。一個不留心。人家踏住了他的衣角。害得他跌了一個筋斗。誰知這一跌。竟其跌得中了風了。當時就嘴眼歪斜。口吐白沫。撫台一見大驚。立刻就叫人把他抱在轎子裏頭。送回藩台衙門。他有個大少爺。是捐的湖北候補道。此時正進京引見。不在跟前。衙門裏只有兩個姨太太。幾個小少爺。一個大少奶奶。兩個孫女兒。一見他老人家中了風。合衙門上下都驚慌了。家無長男何堪經此風波立刻打電報給大少爺。大少爺得到電報。幸虧其時引見已完。立刻起身出京。到了武昌。也沒有稟到。就趕回長沙老人家任上來了。赴君父之急自是根於天性此時他父親劉藩台。接連換了七八個醫生。前後吃過二十幾劑藥。居然神志漸清。不過身子虛弱。不能用心。還算不幸中之幸當時就托撫台替他請了一個月的假。以便將養。誰知一月之後。還不能出來辦事。他心下思量自己已有這們一把年紀。兒子亦經出仕。做了二三十年的官。銀子亦有了。古人說得好。急流勇退。

我如今很可以回家享福了。何必再在外頭吃辛吃苦。替兒孫作馬牛呢。主意打定。便上了一個稟帖給撫台。託撫台替他告病。撫台念他是老資格。一切公事都還在行。起先還照例留過他兩次。後來見他一定要告退。也只得隨他了。摺子上去。批了下來。是沒有不准的。一面先由巡撫派人署理。以便他好交卸。交卸之後。又在長沙住了些時。常言道無官一身輕。劉藩台此時卻有此等光景。（總算是好結果）閑話少敘。且說他大少爺號叫劉頤伯。因見老人家病體漸愈。他乃引見到省的人。是有憑限的。連忙先叩別了老太爺。趕赴武昌稟到。臨走的時候。劉藩台自恃同端制台有舊。便寫了一封書信。交給頤伯。轉呈端制台。無非是託他照應兒子的意思。（交非泛泛）（應該作此妄想）自己說明暫住長沙。等到兒子得有差使。即行迎養。當時分派已定。然後頤伯起身等到到了武昌。見過制台。呈上書信。端制台問長問短。異常關切。（仍不露一點形迹）官場上的人最妒忌不過的。因見制台向劉頤伯如此關切。大家齊說劉某人不久一定就要得差使的。（淺見人何嘗不如此說）就是劉頤伯自己亦以為靠着老太爺的交情。大小總有個事情。當當不會久賦閑的。（自在情理之中）那知一等等了三個月。制台見面總是很要好。題到差使二字。卻是沒得下文。（蹊蹺之極）劉頤伯亦托過藩台替他吹噓過。端制台說。一來誰不曉得我同他老人家是把兄弟。二來劉道年紀還輕。等他閱歷閱歷再派他事情。人家就不會說我閑話了。（說來何嘗不中聽）藩台出來。把話傳給了。劉頤伯亦無可如何。又過了些時。長沙來信。說老太爺在長沙住的氣悶。要到武昌來走走。劉頤伯只好打發家人去接。誰知老太爺動身的頭天晚上。公館裏廚子做菜。掉了個火在柴堆上。就此燒了起來。自上燈時候燒起。一直燒到第二天大天白亮。足足燒了兩條街。這劉進士一世的宦囊。全被火神收去。（付之一炬然後可見兒子得差是祝融回祿之相我子也）好容易把一家大小救了出來。當火旺的時候。劉進士一直要往火裏跳。說我這條老命也不要了。幸虧一個小兒子兩三個管家。拿他拉牢的。（雖則心痛亦當念此嗚嗚者）這火整整燒了一夜。合城文武官員帶領兵役。整整救了一夜。連撫台都親自出來看火。當下一衆官員。打聽得前任藩台劉大人被燒。便由首縣出來。替他設法安置。另外替他賃所房子。暫時住下。衣服伙食。都是首縣備辦的。到底撫台念舊。首先送他一百銀子。合城的官。一見撫台尚且如此。於是大家湊攏。亦送了有個七八百金。（誰謂官場勢利亦害鄒舊）（憐災）無奈劉進士是上了歲數的人。禁不起這一嚇一急。老毛病又發作了。起火之後。曾有電報到武昌。通知劉頤伯等。到劉頤伯趕到。他老人家早已病得人事不知了。後來好容易找到前頭替他看的那個醫生。吃了幾帖藥方。纔慢慢的回醒轉來。又將養了半個月。漸漸能殼起來。便吵着要離開長沙。兒子無奈。只得又湊了盤川。率領家眷。伺候老太爺同到武昌。此時老頭子還以為制台端某人。是我的把弟。如今老把兄落了難。他斷無坐視之理。一到武昌。就坐了轎子。拄了拐杖。上制台衙門。求見。他此時是不做官的人了。自己以為可以脫畧形骸。不必再拘官禮。（豈知未必他心如我心）見面之後。滿口愚兄老弟。人家聽了。甚是親熱。豈知制台心上大不為然。（彈冠）（滿人最講禮節良由積習使然）見了面雖然是你兄我弟。留茶留飯。無奈等到出了差使。總輪劉頤伯不着。（相慶之雅於今豈可再見）有天劉進士急了。見了端制台。說起兒子的差使。端制台道。實不相瞞。咱倆把兄弟。誰不曉得。世兄到省未及一年。小點事情委了他。對你老哥不起。要說著名的優差。又恐怕旁人說話。這個苦衷。老哥不體諒我。誰體諒我呢。老哥儘管放心。將來世兄的事情。總在小弟身上就是了。滿口拍胸脯。豈知食言而肥。劉進士無奈。只好隱忍回家。後來還是同寅當中。向劉頤伯說起方曉得端制台的為人。最是講究禮節的。劉進士第一次到武昌。沒有繳回憲帖。心上已經一個不高興。等到劉頤伯到省。誰知道他的號。這個頤字。又犯了端制台祖老太爺的名諱。下一個字。因此二事。常覺耿耿於心。尚無同寅關照。始終在睡夢裏矣。端制台有天同藩台說。劉某人的號。重了我們祖老太爺一個字。兄弟見了面。甚是不好稱呼。端制台說這句話。原是想要叫他改號的意思。不料這位藩台。是個糢糢糊糊的。聽過之後。也就忘記。並沒有同劉頤伯講起。懵懂人往往誤人大事。劉頤伯一直不曉得。所以未曾改換。端制台還道他有心違抗。心上愈覺不高興。等到劉頤伯打聽了出來。回來告訴了老太爺。老太爺聽了。自不免又生了一回暗氣。但是為兒子差使起見。又不敢不遵辦。幸虧知覺得早。不然兒子豈不一世不出頭。不過所有的東西。早被長沙一把天火。都收了去。什麼值錢的東西。都捨不出。那個還顧這副帖子。劉進士見帖子找不着。心上發急。幸虧劉頤伯明白曉得端制台一個字不會寫。這帖子一定是文案委員代筆的。現在只須托個人。把他的三代履歷抄出來。照樣謄上一張。只要是他的三代履歷。他好說不收。急則智生。劉進士聽了兒子的話。想想沒法。只好照辦。卻巧文案上有位陸老爺。是劉頤伯的同鄉。常常到公館裏來的。劉頤伯便託了他。陸老爺道。容易得狠。制軍的履歷。卑職統同曉得。新近還同荊州將軍換了一副帖。也是卑職寫的。(不要做到宰相時嫌被將軍所辱沒了)又大人只要把老大人同他換帖的年分記清。不要把年紀寫錯。那是頂要緊的。劉頤伯喜之不盡。立刻閤過老太爺。把某年換帖的話。告訴了陸老爺。陸老爺回去。自己又賠了一付大紅全帖。用恭楷寫好了。送了過來。劉頤伯受了。送給老太爺過目。老太爺道。只要三代名字不錯就是了。其餘的字。只怕他還有一半不認得哩。(胸無點墨之人居然做到封疆大吏國事安得不壞)劉頤伯卻又自己改了一個號。叫做期伯。不叫頤伯了。(古人二名不偏諱今人何忌諱之多耶)次日一早。父子二人一同上院。老子繳還蘭帖。兒子稟明改號。當由巡捕官進內回明滿制台。接到帖子。笑了一笑。也不說什麽。也不叫請見。巡捕官站了一回。無可說得。只得出來。替制台說了一聲道乏。父子二人。悵悵而回。因為臬台為人還明白些。並且同制台交情還好。到了次日。劉頤伯便去見臬台。申明老人家繳帖。並自己改號的意思。順便託臬台代為吹噓。臬台滿口應允。(幸而想出此人來)次日上院。見了滿制台。照話敘了一遍。滿制台笑着說道。從前他少君不在我手下。他不還我這副帖子倒也罷了。如今既然在我手下當差。被人家說起。我同某人把兄弟。我照應他的兒子。這個名聲可担不起。所以他這回來還帖子。我卻不同他客氣了。(繳還帖子即不怕旁人議論照應他兒子翻嫌前次換帖之多一番週折)至於他們少君的號。犯了我們先祖的諱。吾兄是知道的。我們在旗頂講究的。是這回事。他同兄弟在一省做官。保不住彼此見面。總有個稱呼。他如果不改。叫兄弟稱他什麽呢。他既然過而能改。兄弟亦就既往不咎了。(命名是父母之意不知他所犯何過請教)臬台接着說劉道老太爺年紀大了。一身的病。家累又重得狠。自遭回祿之後。家產一無所有。劉道到省。亦有好幾個月了。總求大師看他老人家分上。賞他一個好點的差使。等他老太爺也好借此養老。亦算善於說辭湍制台道。這還用說嗎。我同他是個什麼交情。你去同他講。他的兒子就是我的兒子。吽他放心就是了。臬台下來回覆了劉期伯。不在話下。且說湍制台過了兩天。果然傳見劉期伯。見面先問老人家。近來身體可好。着實關切。始終沽全交之美名毫不露刻薄形迹後來題到差使一事。湍制台便同他說道。銀元局也是我們湖北數一數二的差使了。衛某人當了兩年。也不曉得他是怎麼弄的。現在丁憂下來。聽說還虧空二萬多。今兒早上託了藩台來同我說。想要後任替他彌補。老實說。我同衛某人。也沒有這個交情。不過看徐中堂面上。所以纔委他這個差使。現在你老哥可能答應下來替他彌補這個虧空。不能。落得虛賣個人情劉期伯一想。這明明是問我能夠替他擔虧空。纔把這事委我的意思。我亦謂然我想銀元局乃是著名的優差。聽說弄得好。一年可得二三十萬。果然如此。這頭二萬銀子。算得什麼。不如且答應了他。等到差使到手。果然有這許多進項。我也不在乎此。倘若進欵有限。將來還好指望他調劑一個好點的差使。主意打定。便回道。蒙大師的栽培。衛道的這點虧空。不消大師費得心。職道自當替他設法彌補。湍制台道。你能替他彌補。那就好極了。一語雙關劉期伯又請安謝過。等到退出。告訴了老太爺。自然合家歡喜。且慢擬喜着誰知過了兩天。委札還未下來。劉期伯又託了臬台進去問信。湍制台道。前天我不過問問他能否還有這個力量。籌畫一二萬金借給衛某人彌補虧空。他說能彀。足見他光景還好。一時并不等什麼差使。所以這銀元局事情。兄弟已經委了胡道胡某人了。奸刁之極臬台又說。劉道自己到不要緊。一來年紀還輕。就是閱歷兩年。再得差使。並不為晚。二則像大帥這樣的公正廉明。做屬員的人。只要自己謹慎小心。安分守己。還愁將來不得差缺嗎。所以這個銀元局得與不得。劉道甚為坦然。不過他老太爺年紀太大了。總盼望兒子能夠得一個差使等他老頭子看看好放心。司裏所以肯來替他求。就是這個意思。（不激不隨絕妙辭令）滿制台一聽臬台的話。頗為入耳。便道。既然如此。釐金會辦。現要委人。不妨就先委了他。等有什麼好點的差使出來。我再替他對付罷。（倘非臬台婉曲陳詞恐一輩子派不到差使矣）臬台出來。通知劉期伯。劉期伯雖然滿肚皮不願意。也就無可如何。只等奉到札子。第二天照例上院謝委。自去到差不提。且說滿制台所說要辦銀元局的胡道。你道何人。他的老底子。卻是江西的富商。到他老人家手裏。已經不及從前。然而還有幾十萬銀子的產業。等到這胡道當了家。生意一年年的失本。下來漸漸的有點支不住。因見做官的利息尚好。便把產業一概併歸別人。自己捐了個道台。來到湖北候補。候補了幾年。並沒得什麼差使。他又是舒服慣的。平時用度極大。看看只有出。沒有進。任你有多大家私。也只有日少一日。後來他自己也急了。便去同朋友們商量。就有同他知己的。勸他走門路。送錢給制臺用。將本就利。小往大來。那是再要靈驗沒有。（不有陶朱猗頓之富而有鬻金暮夜之使難乎免於今之世矣）胡道台亦深以為然。當時就託人替他走了一位揩奏師爺的門路。先送制台二萬兩。指名要銀元局總辦。接差之後。再送一萬。以後倘若留辦。每一年認送二萬。另外又送這位揩奏師爺八千兩。以作酬勞。三面言明。只等過付。（指名買缺目今當行）卻不料這個檔口。正是上文所說的那位董老爺得缺赴任。因為使過唐二亂子的錢，便把滿制台貼身跟班小二爺的這條門路說給了唐二亂子。又替他二人介紹了。豈知強中更有強中手這小二爺年紀雖小，只因制台聽他說話，權柄卻着實來得大，合衙門的人都聽他指揮。而且這小二爺專會看風色，各位姨太太都不巴結，單巴結十二姨太。十二姨太正想有這們一個人好做他的連手，故爾他倆竟其串通一氣。女子小人本來一氣祇瞞滿制台一人。此時省裏候補的人因走小二爺門路得法的着實不少。枉尺直尋宜若可為唐二亂子到省不久，並不曉得那個差使好，那個差使不好。人家見他朝天搗亂，也沒有人肯拿真話告訴他。至於他的為人，外面雖然搗亂，心上並非不知巴結向上。瞧着一班紅道臺天天跟着兩司上院，見制台，見撫台，院上下來，便是什麼局什麼局，裏一樣有殿官小的人拿他當上司奉承，每逢出門，一樣是戈什親兵，吆么喝六，看了好不眼熱。媚於人者自有人媚之得失正可相抵空閑之時，便走來同小二爺商量，想要弄個潤點事情當當。此時十二姨太正在招權納賄的時候，小二爺替他出力，便囑咐唐二亂子叫他一共拿出二萬五千兩，包他銀元局一定到手。起初唐二亂子還不曉得銀元局有多少進項，聽小二爺一說，嚇的把舌頭一伸，幾乎縮不進去。回家之後，又去請教過旁人，果然不錯，便一心一意拿出銀子，託小二爺替他走這條門路。近水樓台勝過別條門路千百捷足先得間不容髮誰知這邊纔說停當，那邊姓胡的亦恰恰同揩奏師爺議妥，只等下委札付銀子了。小二爺一聽不妙，一面先把外頭壓住，叫外頭不要送稿，聽他的消息。他此時正是氣燄薰天，沒有人敢違拗的；一面進來同十二姨太打主意，想計策，議論了半天，畢竟十二姨太有才情。便道如此如此。這般這般。只等今天晚上老爺進房之後。看我眼色行事。（小人亦有小人之才）其得寵良非偶然小二爺會意。答應着自去安排去了。且說這天滿制台做成了一注賣買。頗覺怡然自得。專候銀札兩交。於是制台催師爺。師爺催門上。說明當天送稿。次日下札。不料催了幾次。一直等到天黑。外頭還沒送稿。畢竟制台公事多。一天到晚忙個不了。又不能專在這上頭用心。橫豎銀子是現成的。偶然想起催上一二次也就算了。（小人弄權大抵皆由忽畧所致所以要弊絕風清自先要清心寡慾）到了晚上。公事停當。這兩個月只有十二姨太頗得寵。滿制台是一天離不開。是夜仍然到他房中。坐定之後。想起日間之事。還罵門上公事不上緊的辦。吃中飯的時候就叫送稿。須如今還不送來。真正豈有此理。一言未了。小二爺忙在門外答應一聲道。怎麽還不送來。等小的催去。（迎機而入不慌不忙）說罷。登登登的一氣跑出去了。不多一會。果見小二爺帶了一個門上。進來呈上公事。滿制台看見。還罵門上。問他白天幹的什麽事。如今趕晚上纔送來。說罷就在洋燈底下。把稿看了一遍。正要舉起筆來。填注胡道台的名字。說時遲。那時快。只見十二姨太倏地離坐趕上前來。一個巴掌。把滿制台手中之筆。打落在地。滿制台忙問怎的。十二姨太也不答言。但說現在什麽時候。那裡來的怎麽大蚊子。（隨機應變的是亂世奸雄）滿制台方曉得十二姨太打他一下。原來是替他趕蚊子的。（愛而不知其惡）於是叫人舉火照地。替他尋筆。趁這檔口。十二姨太便問什麽公事這等要緊。要寫什麽。不好等到明天到簽押房裡去寫。滿制台忙道。為的是一件要緊事。十二姨太道。什麽事。滿制台道。你女人家問他做甚麽。我為的是公事。說了你也不曉得。十二姨太道。我偏要曉得曉得。（敢於挾制則平日之無法可知）湍制台道。告訴你亦不要緊。為要委一個人差使。十二姨太道。什麼差使。不好明天委。等不及就在今天這一夜。湍制台道。為着有個講究。所以一定要今天委定。十二姨太道。倒底什麼差使。你要委那一個。你不告訴我。我不依。湍制台道。你這人真正麻泛。我委人差使。也用着你來管我嗎。我就告訴你。只為着我們省城裏鑄洋錢的銀元局前頭的總辦丁艱。如今要委人接他的手。（公事告諸婦人是開招權納賄之門）十二姨太搶着說道。你要委那一個。湍制台道。我要委一個姓胡的。他是個道台。十二姨太道。慢着。我有一個人要委。這人姓唐。也是個道台。這個差使。你替我給了姓唐的。不要給姓胡的了。等一回再出了什麼好差使。再委姓胡的。你說好不好。（婦人敢干預外事則其平日之無家法可知）湍制台道。呀呀乎。派差使也是你們女人可以管得的。你說的姓唐的。我知道這個人。有名的唐二亂子。這等差使。派了這樣人去。當也好了。我定歸不答應你。快別鬧了。（說得何嘗不詞嚴義正）把筆拾起來。等我畫稿。連夜還要謄了出來。明兒早上。用了印標過硃。纔好發下去。等人家也好早點到差。十二姨太見制台不答應他的話。登時柳眉雙豎。桃眼圓睜。筆也不尋了。這個老虎勢。就望湍制台懷裏撲了過來。撲到湍制台懷裡。就拿個頭往湍制台夾肢窩裏直鑽下去。（恃寵撒潑皆平時由逐漸而來）湍制台一向是拿他寵慣的。見了這樣。想要發作兩句。無奈發作不出。只得縐着眉頭說道。你要委別人。我不願意。你也不能朝着我這個樣子。究竟這個官是我做的。怎麼能被你作了主意。（威行僚屬而見制帷房有慾所以不剛也）十二姨太道。我要委姓唐的。你不委。我就不答應。說着順手拿過一隻茶碗來。就往地下順手一摔。咯瑯一聲響。早已變爲好幾爿了。跟手又丟、再摔別的東西。湍制台道。我不要姓唐的。這又何苦拿東西來出氣。話猶未了。十二姨太忽伸手到桌子上。把剛纔送進來的那張稿早已嗤的一聲。撕成兩爿了。（視公事如無物則其平日之放縱可知）湍制台道。這更不成句話了。這是公事。怎麽好撕的。十二姨太也不理他。一味撒嬌撒痴。要委姓唐。拌的他倆嘴吵鬧。小二爺都在旁邊。看的明明白白。等到看見十二姨太把公事撕掉。便朝送公事進來的那個門上。努努嘴。說了聲。你先出去。明兒快照樣再補張進來。小二爺進來。把筆拾起。也就跟手出去。十二姨太見門上及小二爺都出去。便又換了一副神情。（玩庸夫於股掌之上無非狐媚子而已）弄得湍制台不曉得拿他怎樣纔好。（色之害人甚矣哉）一回十二姨太。要湍制台把這銀元局的事情。說給他聽。一回又要湍制台拿手把住他的手寫字與他看。一回又問唐二亂子的名字怎樣寫。湍制台道。你要委他差使。怎麽連他的名字都不會寫。十二姨太拿眼睛一瞅道。我會寫字。我早搶過來。把稿畫好。也不用你費心了。湍制台無奈。只得寫給他看。（不知不覺入他彀中）十二姨太又嫌寫的不清爽。要寫真字。不要帶草。說着。便把方纔撕破的那件送進來的稿。檢了個無字的地方。叫湍制台拿筆寫給他看。湍制台一見是張破紙。果然把唐二亂子的名字。一筆一筆的寫了出來。（弄假成真大率類是）十二姨太等他寫完。便說曉得了。不用你寫了。時候不早。我們睡罷。湍制台巴不得一聲。立刻寬衣上床。十二姨太順手把撕破的字紙。以及湍制台寫的字。團作一團。一齊往抽屜裏一放。又把洋燈旋暗。湍制台並不留意。（患生肘腋之間始初何曾留意）等到睡下。兩個人又咕唧了一回。歇了半天。湍制台沉沉睡去。十二姨太聽了聽房中並無聲息便輕輕的披衣下床走到桌子邊仍把洋燈旋亮輕輕從抽屜中取出那團字紙在燈光底下仍舊把他弄舒攤了一張張攤在桌上好在一張紙分為兩片漿子現成是容易補的便另取了一條紙從裂縫處在後面用漿子貼好（機深莫測煞是能人）翻過來一看仍舊完完全全一張公事唐某人三個字的名字又是端制台自己寫的十二姨太看了不勝之喜此時小二爺早在門外伺候好的從門簾縫裡見十二姨太諸事停當亦輕輕的掀簾進來十二姨太便將公事交在他的手中把嘴一努小二爺會意立刻躡手躡腳趕忙出去連夜辦事不題（裏應外合何事不可為）這裏十二姨太仍舊寬衣上床端制台猶自大夢方酣睡得如死人一般毫無知覺（醒亦如死人睡亦如死人本來屍居餘氣有何知覺也）一宵易過容易天明端制台起身下床十二姨太裝着未醒端制台也不叫他獨自一人洗面漱口吃早點心自然另有了環老媽承值點心剛吃到一半忽見外面傳進一個手本說是新委銀元局總辦唐某人在外候着謝委（來得突兀）端制台聽說楞了一回問道誰來謝委外面門上回稱候補道唐某人謝委制台詫異道委的甚麼差使可是撫台委的何以撫台並沒咨會我門上回道就是纔委的銀元局端制台更為詫異連點心都不吃了筷子一放說道我並沒有委他是誰委的（你去分辯去）拿手本的門上笑而不答端制台更摸不着頭路正想持問忽見十二姨太一磆碌從床上坐起一手揉眼睛一面問道什麼事端制台道不是你昨兒晚上要給唐某人銀元局嗎一夜一過他已經來謝委了你說奇怪不奇怪（本來無可奇怪你自已見神見鬼罷了）十二姨太把臉一板道我當作什麼事原來這個有什麼希奇的

端制台愈覺不解說道你的話我不懂十二姨太冷笑道自家做的事還有什麼不懂的你不委他他怎麼敢來冒充端制台道我何曾委他十二姨太道昨天的稿是誰填的姓唐的名字端制台道我何曾填姓唐的名字十二姨太道呸自家做事竟忘記掉了不是你寫了一個是草字我不認得你又趕着寫一個真字的給我瞧嗎就是那個端制台道那不是拉破的紙嗎十二姨太道實不相瞞等你睡着之後我已經拿他補好了兩點鐘補好三點鐘發謄四點鐘用印過硃頂五點鐘已經送到姓唐的公館裏去了（索性老實說出你待怎麼）他接到了札子立刻就來謝委這人辦事看來再至誠沒有這明明是你自己做的事怎麼好推頭不曉得一席話說的端制台嘴上的鬍子一根根的蹺了起來氣憤憤的道你們這些人真正荒唐真正豈有此理這些事都好如此胡鬧的（無法無天皆怪你夫綱不振）這姓唐的也太不安分了我一定參他看他還能夠在那裡當差使十二姨太冷笑道你要參他的官我看你還自先參自己罷只許州官放火不須百姓點燈你賣缺賣差也賣的不少了（不出首你也算留的香火情）也好分點生意給我們做做現在生米已經做成熟飯我看你得好休便好休你一定要參姓唐的我就頭一個不答應等弄點事情出來我們總陪得過你我勸你還是糊糊塗塗的過去大家不響心上明白（造端不正莫怪人家作奸犯科）這個差使你賣給姓胡的拿他幾個錢等到姓唐的到差之後我叫他再找補你一萬銀子就是了端制台聽了氣的一個肚皮幾乎脹破坐着一聲也不響獨自一個心上思量倘若發作起來畢竟姨太太出賣風雲雷雨於自己的聲名也有礙何如忍氣吞聲等他們做過這一遭

兒。以後免得說話。無可奈何亦只得自譬自解而且還有一萬銀子好拿。縱然姓胡的不得銀元局不肯出前天說的那個數目另外拿個別的差使給他他至少一半還得送我兩邊合攏起來數目亦差彷不多。命意只要錢自然容易起滅罷罷罷。橫豎我不吃虧。也就隨他們去罷想了一回居然臉上的顏色。也就和平了許多。拿手本的門上。還站在那裏候示。端制台發怒道怎麽等不及叫他等一回兒。什麽要緊。也總得等我吃過點。心再去會他。說完了這句重新舉起筷子把點心吃完方纔洗臉換衣服。出去會面。等他轉背之後。十二姨太指指他。對家人們說道他自己賣買做慣的。怎麽能彀禁得住別人。以後你們有什麽事情只管來對我說我自然有法子擺佈也不怕他不依。將來端制台身家性命定要喪在他手掌之中一家人們亦俱含笑不言自此這十二姨太胆子越弄越大端制台竟非他敵手。事有必至理有固然這是後話不題。且說端制台出去見了唐二亂子面上氣色。雖然不好。然而一時實在反不過臉來。懾於閫威只怕有威亦無處使只得打官話。勉勵他幾句。然後端茶送客唐二亂子自去到差不題。這裏姓胡的弄了一場空。幸虧預先說明銀札兩交。所以銀子未曾出手。後來見銀元局委了唐二亂子。不免去找摺奏師爺。責其言而無信。摺奏師爺有冤沒處伸。於是來問東家。此時端制台又不便說是姨太太所為。只得含糊其詞。遮掩過去。賽如吃了啞藥一般後來又被摺奏師爺釘不過。始終委了他一個略次一點的差事。也拿到他一萬多銀子。纔把這事過去。以後還有何事且聽下回分解。

了姑爺乘龍
充快婿

知客僧拉馬認乾孃

四編卷三十八

了姑爺乘龍充快壻
知客僧拉馬認乾娘

却說端制台九姨太身邊的那個大了頭，自見端制台屬意於他，他便有心惹草黏花，時向端制台跟前勾搭。（雄貓雌狗大了頭最是惹火之物）後來忽然又見端制台從外面收了兩個姨太太，他便曉得自己無分，嗣後遇見了端制台，總是氣的蹺着嘴唇，連正眼也不看端制台一眼。（未曾沾染空吃寡醋）至於當差使更不用說了。端制台也因自己已經有了十二個妾，又兼這新收的十二姨太法力高強，能把個端制台壓伏的服服帖帖，因此也就打斷這個念頭。但是每逢見面，觸起前情，總覺自己於心有愧，又因這大了頭見了面一言不發，總是氣憤憤的，更是過意不去。因此這端制台左右為難，便想早點替他配匹一個年輕貌美有錢有勢的丈夫，等他們一夫一妻安穩度日，藉以稍贖前愆。（過而能改善莫大焉）主意打定，於是先在候補道府當中看來看去，不是年紀太大，便是家有正妻，嫁過去一定不能如意；至於同通州縣一班捐納的流品太雜，科甲班酸氣難當，看了多人，亦不中意。（相女配夫第一件難事）端制台心中因此甚為悶悶。後來為了一件公事，傳督標各營將官來轅諭話，內有署理本標右營游擊戴世昌一員，却生得面如冠玉，狀貌魁梧，看上去不過三十左右。此時端制台有心替大了頭挑選女婿，等到大衆諭話之後，便向他問長問短，着實垂青。幸喜這戴世昌人極聰明，隨機應變，當時端制台看了，甚為合意。（文員中無人物也只好降格而求之等到送客之後。當晚單傳中軍副將王占城。到內衙簽押房細問這戴世昌的細底有無家眷在此。王占城一一禀知。說他是上年八月斷絃目下尚虛中饋。堂上既無二老。膝前子女猶虛。單夫獨妻真好匹配端制台一聽大喜。就說我看這人相貌非凡。將來一定要潤我很有心要提拔提拔他。王占城道。大帥賞識一定不差。倘蒙憲恩栽培。實是戴游擊之幸。端制台聽了。正想托他做媒。忽然想起我一個做制台的人。怎麽管起了頭們的事。來說出去甚爲不雅。轉念一想。不好說是了頭。須改個稱呼。人家便不至於說笑我了。費盡苦心想了一會。便道現在有一事相煩。從前我們大太太去世的前頭。曾撫養親戚家一個女孩子。認爲干女兒。等到我們大太太去世一直便是我這第九個妾照管。如今剛剛十八歲。自古道男大須婚。女大須嫁。雖則是我干女兒。因我自己并未生養。所以我待他却同我自己所生的無二。今天我看見戴游擊。甚是中意。又兼老兄說他斷絃之後還未續娶。如此說來。正是絕好一頭親事。相煩老兄做個媒人。并且同戴游擊說。他武官沒有錢。不要害怕。將來男女兩家的事。都是我一力承當。賠了妝奩嫁乾女兒此種便宜誰不願佔王占城諾諾連聲。出去之後。連夜就把戴世昌請了過來。告訴他這番情由。又連稱恭喜口稱吾兄有這種機會。將來前程未可限量。戴世昌聽了。不禁又喜又驚又怕。喜的是本省制台如今要招他做女婿。驚的是我是個當武官的。怎麽配得上制台千金。轉念一想。我要同他攀親。這頭親事潤雖潤。但是要多少錢去配他。處得亦是因此心中七上八下。楞了半天。除却嘻開嘴笑之外。并無他話。王占城悄得他的意思。又把端制台的美意。什麽男女兩家都歸他一人承當的話。說了出來。戴世昌聽了。止不住感激涕零。想來是天喜星照臨連連給王占城請安。請他費心。王占城不敢怠慢。次日。一早上轅稟復制台。稟明之後。湍制台回轉上房。不住別處。一直竟到九姨太房中。此時他老人家久已把九姨太丟在腦後了。今兒忽然見他進來。賽如天上掉下來的寶貝一般。想要前來奉承。一想自己是得過寵的。須要自留身分。如果不去理他。或者此時什麼回心轉意。反恐因此冷了他的心。正在左右為難的時候。失龍之人確有此等形狀湍制台早以坐下。說道。我今兒來找你。不為別的事情。為着我們上房裏了頭年紀大的。留着也要作怪。我想打發掉兩個。眼睛跟前也清楚清楚。你跟前的那個大了頭。今年年紀也不小了。也很好打發了。你又不缺什麼人用。所以我特地同你說一聲兒。九姨太起先聽見湍制台要打發他的了頭。心上老大不自在。要說不遵。怕他着腦。如果依他。為什麼檢着我欺負。倘在紅頭上定又要嘔氣了一尚在躊躇的時候。只聽湍制台又說道。你的了頭我是拿他另眼看待的呢。我替他檢了一個做官的女婿。又是年輕。又是有錢。亦總算對得住他的了。何必如此費心但是一件。既然說是配個做官的。怎麼好說我們的使女。我想來想去。沒有法子。只好說是你的乾女兒。你說好不好。九姨太本來滿肚皮不願意。後來見說是許給一個做官的。方纔把氣平下。又想這了頭果然大了。留在家裏。亦是禍害。倘若再被老爺看上了眼。做了什麼十三姨太。更不得了。各人有各人的見識不如將機就計。拿他出脫也好。想完便道。我當不起他做我的乾女兒。就說是你的乾女兒罷。湍制台道。你我並不分家。你的我的。還不是一樣嗎。九姨太道。既然如此。也得叫他出來替你磕個頭。

湍制台道這也可不必了正說着九姨太已把大了頭喚了出來叫他替老爺磕頭還要改稱呼大了頭扭扭揑揑的替湍制台磕了一個頭湍制台還了一個半禮起來又替九姨太行過禮九姨太便吩咐一應人等都得改稱呼因他小名喚做寶珠就稱他為寶小姐（大家寵姘確有如此抬舉）過了兩天湍制台便推着男家趕緊行聘叫善後局撥了三千銀子給戴世昌以作喜事之用又委戴世昌兩個差使（想命中注定有擎夫運故此官星財星兩旺）此時湍制台因為自己沒有女兒竟把這大了頭當作自己親生的一樣看待也撥三千銀子給九姨太叫九姨太替他辦嫁裝（又是挖腰包辦嫁裝真抬舉到三十三天了）有了錢樣樣都是現成的男家看的是十月初二日的吉期戴世昌特地又租了一座大公館三天頭裡請媒人過帖送衣服首飾面子上也狠下得去兩位媒人一位中軍主占城一位首府康乃芬到了這一天一齊穿着公服到制台衙門裡來湍制台却是自己沒有出來奉陪推說自己有公事叫姪少爺出來陪的（只要瞞過兩個媒人）兩個媒人也沒有坐大廳是在西面花廳另外坐的這倒是湍制台愛惜聲名的緣故且說到了正日男府中張燈結彩異常鬧熱雖然有些人也曉得是制台姨太太跟前用的了環但是制台外面總說是亡妻的乾女兒大家也不肯同他計較樂得將錯就錯順勢奉承還有些官員借此緣由前來送禮湍制台也樂得檢禮重的任意收下這場喜事居然也弄到頭兩萬銀子又做了人家的乾丈人頗為值得（雖說是認來的賠錢貨到底不曾折了本）花轎過去一切繁文都不必說到了二朝寶小姐同了新姑爺來回門內裡便是九姨太做主人九姨太自己不曾生養平空裏有了這個女婿自然也是歡喜而且這

女婿能言慣道。把個乾丈母娘。奉承得什麽似的。因此這九姨太更覺樂不可支。閑話少叙單說這戴世昌。自從做了總督東床。一來自己年紀輕閱歷少。二來有了這個靠山自不免有些趾高氣揚。眼睛内瞧不起同寅。（一經依傍門户便尔驕傲終究是個武夫）於是這些同寅當中也不免因羡生妒因妒生忌。更有幾個曉得這寶小姐底細的。言語之間便不免帶點譏刺。（自取其辱）起初戴世昌還不覺着。後來聽得多了。也漸漸的有點詫異。回家便把這話告訴了妻子寶小姐。道我的娘是亡過。大太太的好姊妹。我纔養下來三天。大太太就抱了過來。人家的閑話有影無形。聽他做甚話雖如此說。但是面孔上甚不好看（到底要露出馬脚来）戴世昌便亦丢過。但是一樣寶小姐回到衙内除了滿制台九姨太。認他為乾女兒之外。其他别位姨太太。以及姪少爺等。還拿他當了頭看待。不過比起别人。略有體面。他亦不敢同這些人並起並坐。他有幾個舊夥伴。見了他拿他取笑。一個個都來讓他。請他坐。請他吃茶。一口一聲的稱他為小姐。把他急的什麽似的。（確有此種形景）十二位姨太太當中。除掉九姨太。自然算十二姨太嘴頂刻毒。見了人一句不讓。自見老爺抬舉九姨太的了頭。心上狠不舒服。一日聽見大衆奉承寶小姐。更把他惱了。便對着自己了頭連連冷笑道。什麽小姐。你們只好叫他一聲了。小姐將來你們一個個都有分的。（不知你的出身如何倘回頭一想亦不敵刻薄人矣）誰知自從十二姨太這一句話。便是一傳十。十傳百。通衙門都曉得了。有些刻薄的。更指指點點。當着他面。拿這話說給他聽。把他氣的了不得。（越是出身微賤越忌人家道破）而又無從發作。後來又把這話傳到戴世昌的耳朵裏。心上也覺氣悶。忽念要靠這假泰山的勢力。也只得隱忍不言這假泰山果有勢力成親不到三月便把他補實游擊除了尋常差使之外又添了一隻兵輪委他管帶人家見他有此腳力合城文武官員除掉提鎮兩司之外沒有一個不巴結他的就有一班候補道也都要仰承他的鼻息做女婿也做得過了至於內裏這位寶小姐真正是小人得志弄得個氣燄薰天見了戴世昌喝去呼來檢直像他的奴才一樣倚仗裙邊上之勢必定無志氣男子安得不被妻子奴視後來人家走戴世昌的門路戴世昌又轉走他妻子的門路替湍制台拉過兩回皮條一共也有一萬六千銀子湍制台受了自此以後把柄落在這寶小姐手裡索性撒嬌撒痴更把這乾爸爸不放在眼裡了寶小姐有一樣脾氣是歡喜人家稱呼他姑奶奶充過賤役的人必定喜人家奉承不要人家稱他戴太太你道為何他說稱他戴太太不過是戴大人的妻子沒有什麼希罕稱他姑奶奶方合他制台乾小姐的身分他常常同人家說不是我說句大話通湖北一省之中誰家沒有小姐誰家小姐不出嫁出了嫁就是姑奶奶這些姑奶奶當中那有大過似我的原來是個太了王他既歡喜奉承人家也就樂得前來奉承他有些候補老爺單走戴世昌的門路不中用必定又叫自己妻子前來奉承寶小姐大家是曉得脾氣的見了面姑奶奶長姑奶奶短叫的應天價響候補老爺當中該錢的少這些太太們同他來往知道他是濶出身眼睛眶子是大的東西少了拿不出手有些都當了當買禮送他當中一班趨炎附勢之人自然要竭力張羅就有一家太太他老爺姓瞿號耐菴據說是個知縣班子當過兩年保甲半年發審都是苦事情別的差使卻沒有當過心上想調一個好點的就回家同太太商量要太太走這條門路太太拿腔做勢說

道。自古道做官做官。是要你們老爺自己做的。我們當太太的。只曉得跟着老爺享福。別的事是不管的。禁不住瞿耐菴左作一揖。右打一恭。幾乎要下跪。太太道。我要同你講好了價錢。我們再去辦這一回事。仗着老婆的法力一定要受老婆的壓制瞿耐菴道。聽太太吩咐。太太道。你得了好事情。一年給我多少錢。瞿耐菴道。我同你又不分家。我的就是你的。你的就是我的。這又何用說在前頭呢。太太道。不是這樣說。等你有了事。我問你要錢。比抽你的筋還難。自家人尚且如此別人可想而知不如預先說明白了好。瞿耐菴道。太太用錢。我何曾敢說一個不字。沒有亦是沒法的事。太太道。我不曉得你得個什麽差使。多少我不好說。你自己憑良心罷。瞿耐菴想了半天。纔說得一句。一家一半。太太不等說完。登時柳眉雙豎。杏眼圓睜。喝道。什麽一家一半。那一半你要留着給誰用。瞿耐菴連連陪笑道。留着太太用。做少老爺的最會看風轉蓬我替你收好着。太太道。不用你費心。我自己會收的。瞿耐菴道。太太說得是。說得是。連連屏氣斂息。不敢作聲。閫威之嚴一至於此太太又吩咐道。我替你辦事情。我是要化錢的。頭一面。一分禮是不能少的。你想要差使。以後還得時時刻刻去點綴點綴。你現在已經窮的什麽似的。那裏還有錢給我用。無非苦我這副老臉出去。向人家挪借。借不着。自己當。當這筆錢難道就不要還我嗎。女德無極婦怨無終恐怕一輩子也還不清了瞿耐菴道。應得還。應得還。既然太太如此說法。以後差使上來的錢。一齊歸太太經管。就是我要用錢。也在太太手裏來討。你說可好不好。太太道。如此也罷了。不怕你不依當下商量已定。就想托一個廟裏的和尚做了牽線。此時賈小姐聲氣廣通。交游開濶。省城裏除了藩台糧道。兩家太太之外。所有的太太。一齊同他來往。他們這般女朋友。竟比男朋友來得還要熱鬧。今天東家吃酒。明天西家抹牌。一齊坐着四人大轎。點着官銜燈籠。親兵隨從簇擁着。出出進進。好不威武。就這裏頭說差使。托人情。女謁之風自古有之在湖北省城裏。賽如開了一爿大字號一樣。寶小姐又愛逛廟宇。所有大大小小的寺院。都有他的功德。譬如寶小姐捐一百塊洋錢。這廟裏的和尚姑子。一定要回送公館裏管家大爺一分。上房裏老媽了環一分。每一分至少也得十幾塊洋錢。送些回用自然香火隆盛生涯暢茂寶小姐進欵雖多。無奈出欵也不少。就是寶小姐不願意多出。手下的那些老媽了環們也一定要勸他多出。和尚姑子還時常到公館裏請安。出家人最會鑽頭覓縫見了面。拿兩手一合。頭一低。念一聲阿彌陀佛。然後再說聲請姑奶奶的安。跟着下來。就儘性的拿姑奶奶奉承。無論有多少的高帽子。寶小姐都戴得上。寶小姐既向這般人混熟了。以後就天天的往寺院裏跑。又請那些要好的太太奶奶們。吃素飯。人家見他禮佛拜懺。便認他是持齋行善一流。於是人家要回席請他。也只得把他請在廟裏。這個風聲傳了出去。慢慢地那些會趕門路的人。也就一個個的來同和尚姑子拉攏了。深院淨室最是藏奸納賄之地閑話休敘。且說這武昌省城有名的是一座龍華寺。這龍華寺坐落在賓陽門內。乃是個極大叢林。聽說亦有千幾百年的香火了。寺裏居中。一座大雄寶殿。供的是釋迦牟尼。此外觀音殿。羅漢堂。齋堂。客堂。禪堂。僧房。曲曲灣灣。已經不在少處。今人回想南朝三百六十寺都在樓台烟雨中另外還有精室。專備接待女客。因這龍華寺是武昌名勝所在。所以合城文武官員。空閑時候。都走來隨喜隨喜。就是過往的游客。亦都有慕名來的。寺裏有方丈是專門只管清修，不問別事，執事的另外有人，頂淵的是知客，專管應酬客人，以及同各衙門來往，督撫司道以下，統通認得，凡是當知客和尚，第一要面孔生得好，走到人前不至於討厭，第二要嘴巴會說，見人說人話，見鬼說鬼話，見了官場說官場上的話，見了生意人說生意場中的話，真正要八面圓通，十二分週到，方能當得此任（出家人倒要和光混俗）知客和尚專管知客，不要上殿做佛事，又常常聽見人說起，知客應酬老爺們還容易，最難的是應酬太太們（和尚是淨身亦是陰氣用事與婦女最講得來）應酬了老爺，老爺當中不肯化錢的居多，應酬了太太，卻是大把銀子抓給他們用，所以他們趨奉太太，竟其比趨奉老爺還要來得起勁（蒼蠅不釘沒縫蛋）這位太太的老爺是什麼人，同誰家是親戚，跟前伺候的人，誰拿權，誰不拿權，和尚肚皮裏都有詳詳細細的一本帳，說出來是不會錯的，單說這龍華寺裡的知客，法號善哉，是鎮江人氏，自少在金山寺出家，生的眉清目秀，一表非凡，而且人亦能言會道，二十三歲上，因往四川朝山，回來路過武昌，就在這龍華寺內掛單，一連住了幾日，此時龍華寺當家老和尚，正苦少個幫手，見他伶俐聰明，討人歡喜，遂寫一封書信，給金山寺裏的老和尚，留這善哉和尚在龍華寺裡執事，過了幾個月，當家老和尚見他着實來得，就升他為知客和尚，不上一年，凡是湖北省裏的貴官顯宦，豪賈富商，他沒有一個不認得（專事結交和尚最不安分）而且還沒有一個不同他說得來，他更有一件本事，是這些大人老爺們的太太，尤其沒有一個不喜歡到他寺裡走動（能使婦女歡心此等人我見亦畏）不說別的佈施，但是佛事一項，已經比前頭要多出好幾倍了，他既有此人緣，也就樂得借此替人家拉攏。人家自然不肯叫他白出力的。此時這善哉和尚打聽得寶小姐是制台乾小姐。是湖北第一分潤人。便借捐建水陸功德為名。先送了一分禮物。無非是吃食等類。又送了兩副請帖。暫時不說佈施。只說是某日開建道場。請戴大人同姑奶奶前往隨喜。寶小姐是少年性情。聽見有好玩的所在。沒有不趕着去的。善哉和尚又早同戴府管家聯絡一氣。（左右給使之人最要預先結識）某日前往。預先送信給他。到了這天。善哉和尚竭力張羅。把寺裡寺外。陳設一新。男客所在。分上中下三等。（施主亦分三等與孟嘗君門客三等一樣）上等是提鎮司道。以及督撫衙門的幕友官親。二等是實缺候補府班以下人員。至首縣止。同着些闊商家。什麼洋行買辦。錢莊匯票等字號。三等乃是候補州縣以及佐貳各官。同隨常賣買人等。三等地方。都另有招呼的人。戴世昌雖是游擊。因係制台的乾女婿。所以坐了第一等客位。（勢利不過是和尚）女客所在。也分三等。同男客不相上下。善哉和尚卻又另外替寶小姐。備了一間精室。這精室之中。特地買了一張外國床。一副新被褥。湖色外國紗帳子。鴨毛枕頭。說是預備姑奶奶歇中覺的。（特為一人預備歇處餘人不過借他的風光罷了）床面前四張外國椅子。一張小小圓枱。圓檯上放着一個小小船合。堆着些蜜餞點心之類。極其精緻。說是預備姑奶奶隨意吃吃的。靠窗一張粧檯。脂粉鏡奩。梳篦鑷花水之類。亦都全備。又道是預備姑奶奶或是覺後。或是飯後。重新梳粧用的。床後頭還有馬桶一個。（體貼週到無微不至）寶小姐有了這個好地方。又加以和尚竭力趨奉。比書上說的先意承志。做人家兒子的。也沒有這樣孝順。（小意慇懃所為何事）寶小姐來的多了。外頭的名聲也大了。就有些想走門路的。鑽頭覓縫的。來巴結善哉和尚善哉和尚也就此出賣些風雲雷雨。以顯他的聲光。這個風聲恰巧被瞿耐菴的太太曉得了。這瞿耐菴的太太平時也是極其相信吃齋念佛的。見了出家人分外有緣無事便到這龍華寺裡來跑。因此同這善哉和尚也極相熟。但是一樣瞿耐菴的太太手裏是沒有什麽錢的。和尚的眼睛最為勢利。不過見了有錢的施主。就把他比下來了。（一為猛醒也可絕跡不到了）這回起建水陸道場開懺的那一天。寶小姐到場。只吃了一頓飯。就捐了五百兩銀子。瞿太太也跟來隨喜。好容易在家裏連當帶借。送了十塊錢給和尚。和尚那裏拿他放在眼裏。（何苦來呢）不過是來者不拒多多少少。一齊留下罷了。瞿太太雖然竭力拉攏。無奈手筆不大。總覺上不得臺盤。此乃境遇使然。無可奈何之事。恰巧四十九天功德圓滿。善哉和尚弄錢本事真大。（和尚是蛀虫信然）又把老和尚架弄出來。說是要傳戒。預先刻了傳戒單。外府州縣。分頭叫人去貼。這個風聲一出。那些願意受戒的善男信女。果然不遠千里而來。此番善哉和尚卻是大開山門。定了規例。凡來受戒的每人定要多少錢。要了錢還不算。還要叫這些人吃苦頭。一體個都跪在老和尚面前。拿些蘄艾分為九團或十二團。放在光郎頭上。用火點着。燒到後來。靠着頭皮。把他油都烤了出去。燒的吱吱的響。這人痛的愁眉苦臉。流淚滿面。嘴裏頭只是念阿彌陀佛阿彌陀佛。不敢說一聲痛。凡受過戒的都說。燒到痛的時候。只要念阿彌陀佛。佛菩薩自然會來救你的。就是要痛也就不痛了。又說道。凡一個人入了道。七情六慾。是不能免的。如今這一燒。可把他燒斷。永遠不想鬧葷。亦不想偷女人了。（果能如此倒也罷了）如是者一個個頭上就同骨牌攢了眼的一樣。這地方永違不生頭髮。其名又謂燒香洞。凡有香洞和尚。到那裏都好掛單。有飯吃。大家都肯佈施他。要說是沒有香洞。大家都叫他野和尚。可是沒有人理的。燒過香洞之後。還要進禪堂。禪堂裏的規矩。是坐一炷香。跪一炷香。輪流到九天九夜。一刻不得休歇。亦不准打盹睡覺。九天之後。方算圓滿。這九天裏頭。倘然錯了他一點規矩。另外有管他們的人。抗着又粗又長的板子。要在光郎頭上敲的。看起來真正苦惱。並不是修行。直截是受罪。（不是吃些苦楚誰肯相信來）閑話少敘。單說此時這龍華寺受戒的人。只有僧眾。並無女人。善哉和尚會出主意。便出來同一班太太們說道。諸位太太。都是前世裏修行。所以這一輩子。纔有這們大的福分。倘若這一輩子裏再修行修行。下一輩子還不曉得怎樣好哩。（此是和尚愚弄婦女的秘訣）一句語提醒了眾人。便問怎樣修行的好。善哉和尚道。阿彌陀佛。若要修行。也沒有別的。只要同我們出家人一樣。到大和尚跟前受個戒。等大和尚替你們起個法名。以後遇見寺裏做什麽功德。量力施佈點。這就是修行了。寶小姐道。要剃頭髮不要。善哉和尚道。阿彌陀佛。我的姑奶奶。倘若要你們剃頭髮。豈不同姑子一樣。以後這們大的福分。叫誰去享呢。（妙在不以人難強）小僧說的。原是帶髮修行。只要一心皈依。都是一樣的。寶小姐道。既然如此。我亦來一分。修修來世。也是好的。又問要多少錢。善哉和尚道。隨緣樂助。亦要看各人的身分。姑奶奶大才斟酌罷了。於是在座的各家太太。聽見和尚說隨緣樂助。大家高興。就有一大半要受戒的。當時寶小姐頂闊。送了大和尚三百塊洋錢。說是孝敬老師傅的贄敬。又拿出一百塊錢來齋僧。說是同眾位師兄結結緣的。（不要結了緣之後師兄師妹即要參歡喜禪一）

笑和尚笑納之後。大和尚就替他起了一個法號。叫做妙善。其餘各位受戒的女太太們。從四元起碼。以至幾十元為止。瞿太太亦送了十塊洋錢。隨同受戒。等到事完之後。和尚又備了幾桌素齋。請衆位受戒的女太太。一同到來。以叙同門之禮。（男和女雜最易行奸古人戒入廟燒香自有深意）瞿太太是有心巴結寶小姐的。如今借此為由。被他搭上了手。便爾趨前跟後。做出千奇百怪的樣子。來奉承寶小姐。（一樣隨喜別有深意）又時常到寶小姐公館裏去請安。送東送西。更不必說。有天寶小姐在一位姊妹家裏。吃醉了酒。其日瞿太太也在座。瞿太太一見這樣。便過來替他搥背。替他裝煙。又親自攙扶他上轎。一直把寶小姐送回公館。這一夜瞿太太也沒有回家。就在寶小姐公館裡伺候了一夜。第二天寶小姐酒醒。狠覺得過意不去。後來彼此熟了。見瞿太太常常如此。也就安之若素了。瞿太太的脾氣。再要隨和沒有。連老媽的氣都肯受的。（在丈夫面前裝腔做勢在衆人面前又肯低頭）（伏小熱是奇怪）有些丫環。問他要東西。不必說。空着還要拿他說笑取樂。寶小姐見丫環們如此。他也和在裏頭。拿瞿太太來開心。有天亦是寶小姐醉後。瞿太太過來替他倒了一碗茶。接着又裝了幾袋水烟。寶小姐醉態可掬的。一手摟着瞿太太的頸項。說道。我來世修修。修到有你這個女兒。我就開心死了。（是喜極光景只怕真是你女兒倒不肯如此孝順了）瞿太太道。我是巴而不得做姑奶奶的女兒。祇怕彀不上。寶小姐道。別的都可以。倒是你是上了歲數的人。我只有這一點點年紀。那有你做我的女兒的道理。瞿太太道。姑奶奶說那裏話來。常言說得好。有志不在年高。我那一樁趕得上姑奶奶。只要姑奶奶肯收留我。我就情願拜在膝下。常常伺候你老人家。（迎機而入）此時寶小姐已有十分酒意。忘其所以。聽了瞿太太的話。並不思量。便衝口而出道。既然如此。你就替我磕個頭。叫我一聲娘罷。以後我疼你。（酒後最易上當。況一個無心。一個有心乎）一句話直把個瞿太太樂得要死。果真爬在地下。替寶小姐磕了一個頭。叫了一聲乾娘。寶小姐趁着酒蓋了臉。便答應了一聲。見他磕頭。動也不動。（只當作一時遊戲）當日瞿太太伺候寶小姐睡覺之後。立刻趕回家中。此時他老爺瞿耐菴。蒙戴世昌替他吹噓。已經委了清道局的差使。（走內線再要靈驗沒有）這天正領了薪水回來。等太太等到半夜。不見回家。以為一定是戴公館留下。今天不轉的了。豈知三更過後。忽聽打門聲急。開出門去一看。不是別人。原來就是太太。太太回家。不說別的。劈口便問薪水領到沒有。瞿耐菴道。恰恰今日領到。因為太太未曾過目。所以不敢動用。太太道。好。登時取了出來。一看整整七十塊洋錢。太太便吩咐備辦酒席兩桌。下餘的備辦男女衣料四分。再配些別的禮物。一概明天候用。（以速為妙。恐怕反悔過來）瞿耐菴是懼怕太太一向奉命如神的。只得諾諾連聲。不敢違拗。次日一早備辦停當。太太也早起梳洗。諸事齊備。便抬了酒席禮物。逕往戴公館而來。（也不及選日通知只）（因事出不經耳）這日寶小姐因為昨夜酒醉。人甚困乏。睡到十二點鐘。方纔起身。人報瞿太太到來。只見瞿太太身穿補褂。腰繫紅裙。他老爺是有花翎的。所以太太頭上也插着一支四寸長的小花翎。扭扭揑揑。走出宅門。後面兩個抬合。抬着禮物酒席。寶小姐忘記昨夜醉後之事。見了甚為詫異。見面之後。忙問所以。瞿太太笑而不言。（神機妙用）但見他走到客堂。拿圈身椅兩把。居中一擺。跟來的人隨手把紅毡鋪下。瞿太太便說請你們大人。今日是寄女兒特地過來叩見乾爹乾娘是不用迴避的了（至此方說出使他無可躲閃）此時戴世昌正躲在房中聽了摸不着頭路寶小姐也覺茫然倒是旁邊的了頭老媽記着便把昨夜之事說出寶小姐道醉後之言何足為憑我那裏好收瞿太太做乾女兒真正把我折死了剛剛跨出房門想要推讓瞿太太已拜倒在地了嘴裏還說既然乾爹不出來朝上拜過亦是一樣的寶小姐連忙還禮連說這是那裡說起（弄假成真與黃袍加身一樣）瞿太太拜過之後趕忙又把禮物獻上說是兩分送給乾爹乾娘兩分連着一席酒是托乾娘孝敬與乾外公乾外婆的（命意在此）寶小姐只是謙着不受瞿太太那裏肯依說昨夜已蒙乾娘收留倘今天不算叫我把臉擱在那裏去呢（觀起詐稱祭公私召子干子皙偏要在人前彰揚一樣用意）於是旁邊一衆了頭老媽都湊趣說今天瞿太太來拜乾娘乃是出於一片至誠太太倒是收了他的好叫他心上快活太太只要以後疼他就是了此時寶小姐無可如何只得老老臉皮認了他做乾女兒後來戴世昌也出來見過禮寶小姐又把了頭老媽底下人廚子統通叫了上來叩見瞿太太大家亦改口叫他瞿姑奶奶當時擺席吃酒等到飯後寶小姐一想自己總覺過意不去索性今天把他帶進制台衙門叫他認認乾外公乾外婆也可顯顯我的手面（婦女最要顯自己的權勢所以易於牢籠）當下便把此意同瞿太太說知瞿太太有何不願之理（如願而償）登時滿口答應又說於理應得去請安的於是寶小姐先打發老媽到制台衙門裏去說明白只說姑奶奶收了一個乾女兒立刻進來叩見老爺同九姨太太但是且慢說出人頭來（亦因事出非常恐駭聽聞）老媽去後寶小姐帶着瞿太太也就跟手上轎而去一霎時到得端制台衙門自然是一逕到九姨太上房裡

此時滿制台聽了老媽的話。都曉得寶小姐收了一個乾女兒。大家以為總是人家的小姐了。九姨太急忙預備見面禮。正鬧着人報寶小姐回來了。大家立起身看時。都想看看這位小姐長得面貌如何。只見寶小姐走在頭裏。後面跟了一個臉上起緜紋的老婆婆。再細看看頭髮也有幾根白了。大家見了詫異。還當是那小姐的娘自己同來的。（確有此想頭）然而來的只有他倆並沒有第三個。因此大衆格外疑心。此時滿制台亦正在房中從玻璃窗內看見。也覺着奇怪（這部書中反常之事不少但見慣自不以為奇怪耳）只聽得寶小姐在院子裏喊道。乾媽。我同個人來給你瞧瞧。一頭說一頭走進上房。吩咐老媽把紅毡鋪地。寶小姐就拉了瞿太太一把。說道。你就在這裏拜見外公外婆罷。大衆至此方纔明白。這同來的老婆婆。就是他的乾女兒。但是他要收個乾女兒。為什麼不收個年輕的。倒收個老太婆。（豈知年紀雖老倒善於幫趁）真正叫人不明白。但是他如此一片至誠九姨太只得出來同他謙了一回。受了他一禮。讓他坐下。彼此寒暄了一回。瞿太太又把孝敬的禮物送上。九姨太也送了五十塊洋錢的見面錢。然後招呼開席。直吃到二更天方纔盡歡而散。這天滿制台雖未出來相見。但把他孝敬的禮物收下。也要算得賞臉的了。（如此賞臉真正夢想不到）

且說瞿太太這天因為頭一天不便住下。約摸到了時候。便即起身告辭。九姨太還再三叮囑叫他空了只管進來。現在是自己一家人。用不着客氣的了。（所以要認親）此時瞿太太喜的心花都開。相别出來。上轎。在轎子裏滿腹盤算。思量幾時再進來。又思量過天還得備席請請乾外婆又想他們是闊人。眼眶子是大的。請他們不能過於寒儉。須得稍為體面些。又想橫豎有今天乾外婆送我的五十塊錢。羊毛出在羊身上。就拿來應酬他。彼此要好了。少不得總要替我們老爺弄點事情。只要弄得一個好點差使。就有在裏頭了。此種作用出於婦女賽過男子十倍又想這條門路全虧了善哉和尚。等到有子錢。須得到他寺裏。大大的佈施些。以補報他這番美意。正盤算間。不提防轎子落地。說是已經到了自己家的門口了。瞿太太定了一定神。方纔從轎子裏走出來。還沒有出轎門。忽然一個跟班的走上來。回道太太。老爺不好了。今天出出小恭。跌斷了一隻腿了。禍兮福所基福兮禍所伏瞿太太聽了。不禁大吃一驚。欲知後事如何。且聽下回分解。

省錢財懼内誤庸醫

聽消息藏
嬌藏俠
友

四編卷三十九

省錢財懼內誤庸醫
瞞消息藏嬌感俠友

話說瞿太太從院上回來。在轎子裏。聽說老爺跌斷了一條腿。這一驚非同小可。連忙問道。怎麼好端端的會把腿跌斷了。是什麼時候跌斷的。跟班回道。今兒早上老爺送過太太上轎之後。也就到了局子裏辦公事。但是今兒一天。總是低着頭想心事。沒精打彩。（無過而愁自然要禍事臨頭）沒有吃飯就回來的。恰恰進門。提着褲子要去解手。小的正走過。看見擺尿缸的地方。原來潮濕。亦不曉得那一位在尿缸旁邊。掉了一個錢在地下。老爺見了錢。灣着腰要去拾。（錢不捨拚着性命去取）不想怎樣一個不留心。就滑倒了。弄的滿身是溺。還在其次。只聽老爺啊唷一聲。說是一條腿跌斷了。（腿子如何跌斷不過脫跏罷了）瞿太太罵道。混帳東西。地下掉了錢。你們不去拾。要叫老爺去拾。跟班的道。小的又沒瞧見錢。後來是老爺說了出來。纔曉得的。瞿太太道。跌壞怎麼樣。請大夫瞧過沒有。（問得要緊）跟班的道。老爺跌倒之後。只顧啊唷的叫。他老人家的身坯來得又大。小的一個人。怎麼拉得動他。好容易找了打雜的廚子轎夫。纔把這老人家連抬帶擯的抬進上房。床上睡下。齊巧那個會說外國話的胡二老爺有事來拜會。一聽說是老人家跌斷了腿。胡二老爺就急了。說道。我們做官的人。全靠着這兩條腿辦事。又要磕頭。又要請安。還要跑路。如今把他跌折了。豈不把吃飯的傢伙完了嗎。（說得淋漓盡致）倒底胡二老爺關切。進去看過老爺之後。立刻就出去我了一位外國大夫來瞧了一瞧。瞿太太大驚道。為何不請一個傷科看看。那外國大夫豈是我們請得去的。跟班的道。老爺亦何嘗不是如此說。所以一聽見胡二老爺說請外國大夫可把他老人家急死了。說我這分家私都交結他還不彀。我情願做個殘廢罷。可憐一個窮官遭此禍殃誰知胡二老爺硬作主。自己去把個外國大夫請了來。老爺一定不要看。胡二老爺捉住老爺的腿。一定要看。外國大夫看了一回。便說治雖可治。將來走起路來不免要一瘸一拐的呢。終勝於一蹶不振胡二老爺道。好好好。只要能夠會走路。可以磕得頭請得安。就做個瘸子也不打緊。外國大夫道。倘若只要磕頭請安。那是我敢寫得包票的。後來胡二老爺要他包醫。他要十兩銀子。瞿太太道。老爺怎麼說。跟班的道。老爺急的什麼似的。暗底下拉了胡二老爺好幾把。朝着他搖手。說是不要他包醫。胡二老爺沒法。方纔又打了兩句外國話。同着外國大夫走的。嘔嘔小費如何坐視不救瞿太太一聽這話。方纔把一塊石頭落地。鑽門子倒不惜挖肉補瘡可知身家比性命還重一面往上房裏走。一面又問。可請個傷科來瞧過沒有。跟班的道。請是請過一個走方郎中瞧過。亦要什麼十五塊錢包醫。老爺還嫌多。後來請了一個畫辰州符的。來到家裏畫過一道符。一個錢沒花。亦沒見什麼功效。太太道。為什麼不早送個信給我。跟班的道。小的赶到戴公館說太太到了制台衙門裏去了。太太你想制台的衙門。可是我們進得去的。所以小的也就回來了。正說着。太太已到上房。走進裏間一看。老爺正睡在床上哼哼哩。太太把帳子揭開望了一望。問了聲怎麼好好的會把腿跌壞了。又問現在痛的怎麼樣了。那個畫符的先生。他可包得你不做殘廢不能。

老爺正在痛得發暈。一聽太太的聲息。似乎明白了些。但回答得兩句道。你回來了。今天幾乎拿我跌死。雖不全死亦已半死說完這兩句。仍舊哼哼不已。太太就在床沿上坐下。嘆了一口氣說道。我們又不是沒有見過錢的人。你要錢用。儘管告訴我。自然有地方弄給你。雖則悍妬並不是一味潑辣此等能餘婦人即畏懼三分亦不為過何犯着為了一個錢。跌斷一條腿呢。如果一個治不好。當真的不能磕頭請安起來。你這一輩子不就完了嗎。叫我這一輩子指望什麼呢。說着。也就唬嗤唬嗤的哭起來了。瞿耐庵道。你毋哭了。現在既已回來。該應怎麼找個大夫給我瞧瞧。太太道。外國大夫價錢大。無論如何。我們是請不起的。這個也不用題他了。如今你們趕快把傷科獨眼龍王先生請了來問他要多少錢。我給他。務必今夜裏請他來一盪。就是睡了覺。也要來的。跟班的去了一會。回來說道。王先生說的。一過晚上十點鐘。就是拿八轎去檯他。也不來的。有話明天早晨再講罷。太太道。這東西混帳。你去同他說。他再不來。我去叫制台衙門裏的人。押着他來。看他敢不來。纔得依傍門戶即欲仗勢凌人婦女不可有勢說着。就想坐轎子。再回到制台衙門裏去。還是瞿耐庵明白。連連搖手道。現在是什麼時候了。去不得。去不得。你這一往回。要有多少時候。再等一會。天就亮了。一會再去請他。他總要來的。何苦半夜裏吵到制台衙門裏去請了來。請封仍舊一個錢不能少的。靠作生涯之人難道威偪勢壓可以省錢我多熬一會就是了。太太一想。他話不錯。只得依他。果然不多一刻。天也亮了。又過了一會。太太忙叫人去請獨眼龍王先生。家人去了好半天。纔回來說道。先生纔起來。正看門診。總得門診看完了。纔得來呢。瞿耐庵夫婦無法。只得靜等。誰知一等等到下半天四點鐘敲過。王先生纔來。當時引進上房。先問是怎麼跌的。瞿耐庵連忙伸出來給他看。王先生來只有一隻眼。歪着頭。斜着眼。看了一會。說是骨頭跌錯了筍了。只要拿他扳過來就是了。沒有什麼大不了的事。說得容易治到患難瞿太太在帳子後頭說道。既然如此。就請你先生替他扳過來就是了。王先生道。如果是別人家。一定要他五十塊大洋。你們這裏打個九折罷。瞿太太把舌頭一伸道。要的可不少。怎麼比外國大夫還貴。王先生也不答腔。瞿太太又再三同他磋磨。王先生道。要我治。就得這個價錢。要省錢。可以不必請我。技藝雖不精竹損倒會敲你們要曉得你們老爺這條腿是値錢的。不比尋常人的腿。不要磕頭。不要請安。可以隨隨便便的。我要替他弄好。三五天就要叫他走路哩。外面有外敷的藥。裏頭有內托的藥。我這副藥。珍珠八寶。樣樣都全。但是這副藥本。就得四十塊大洋。說真方賣假藥江湖慣伎倘若只要扳扳好。不消上藥。也費我半點鐘工夫。至少也得五塊洋錢。瞿太太道。只要你扳扳好。不敷藥可以不可以。王先生道。這也沒有什麼不可以。不過好得慢些。跌壞的雖是骨頭。那骨頭四面的肉。就因此血不流通。血不流通。這肉豈不是同死的一樣。將來一點點都要爛的。加以恐嚇使人易于上當爛過之後。還得上藥。然後去腐生新。合算起來。化的錢只有比我多些。還要躭擱日子。你們划算得來。我就依着你做。我原是無可無不可的。欲取姑與絕妙生意經絡瞿太太一想四十五塊錢。總嫌太多。心上思量。且叫他把骨頭的筍頭扳進。至於藥。可以不用他的。昨天我在乾外婆屋裏。看見玻璃櫥裏。擺着藥瓶。什麼跌打損傷藥。生肌散。樣樣都有。我只要去討點就是了。只怕還要比他的好些哩。主意打定。便道好些

的藥我們自己有。只要到制台衙門裏去討來。現在只要你先生替他扳准了就是了。王先生
一聽。生意不成功。一來是心上不高興。二來也是他本事有限。當下不問青紅皂白。能扳不能
扳就拉住瞿耐庵的腿。看准受傷的地方。用兩隻手下死力的一扳。(技藝生疎也要出來行道)只聽得床上
啊唷的一聲。瞿耐庵早已昏暈過去了。瞿太太正在帳子後頭。一聽這個聲響。知道不妙。立刻
三步併做兩步。趕到前面。忙問怎的。王先生也不打言。瞿太太鳥開帳子一望。只見老爺已經
兩眼直翻。氣息全無。頭上汗珠子有黃豆大小。瞿太太一見這個樣子。曉得是被王先生扳壞
了。又見王先生拿袖子捲了兩捲。把條腿夾在夾肢窩裏。想用蠻勁。再把這條腿扳過來。(死活不得
知真正視人命如兒戲)瞿太太發急道。先生。你快鬆手罷。再弄下去。他的腿本來不折的。倒被你一弄弄
折了。也論不定。如今的人。還不知是活是死哩。一面說。一面又拿老爺掐人中。渾身的揉來揉
去。幸虧歇了不多一會。瞿耐庵慢慢的回醒過來。(想來命不該絕不然一定要被他弄死了)只是啊唷啊唷的喊痛
大家一見老爺有了活命。方始放心。王先生受了瞿太太的埋怨。只好鬆手。站在一旁。瞪着一
隻眼睛在那裏呆望。好容易瞧着瞿老爺有了活氣。他又想上前去用勁。(何處請來的催命鬼)瞿太太連
忙搖手道。你快別來了。你再來。我們老爺要送在你手裏了。叫門房裏趕緊替先生打發了
馬錢。請先生回府罷。王先生無法。只得跟了跟班的走到門房裏。替他發給了四百錢的馬錢
王先生不答應。一定要五塊洋錢。(何不給他五個耳括子)說我是你們請了來的。同你們太太講明白的。
不下藥。單要五塊洋錢。現在是你們不要我治。並不是我不治。如今要少我的錢可不能。門房

裏人道。你先生的本事太好。所以不請你治。老實同你說。你的本事一個錢不值。現在給你四百錢。已經有你面子了。不走做甚。王先生一見門房裏人罵他。愈加不肯干休。賴在門房裏不肯去。說你們要壞我的招牌。此種傷料地方官早該驅逐出境還許他掛招牌哩我是要同你們拼命的。門房裏人道。這王八羔子不走。真個等做。一面說一面就伸出手來。打了王先生兩拳。王先生氣急了。於是躺在地下。喊地方救命。如此無賴何不飽敬他一頓老拳鬧的大了。上房裏都聽見了。瞿耐庵睡在床上說道。這種人同他鬧什麼。給他兩個錢。叫他走罷。瞿太太道。你有錢你給他。我可是沒有這多錢。他肯走就走。不走。我去到制台衙門裏去一聲。說叫首縣押着他走。一面說。一面自己走到外頭。叫底下人趕他出去。正吵着。齊巧胡二老爺走來。看瞿耐庵的病。瞿太太連忙退回上房。胡二老爺便問吵的什麼事。門房裏人說了。還是胡二老爺顧大局。走過來好勸歹勸。又在自己搭連袋裏摸了一塊洋錢給他。纔肯走的。落得多敬幾拳再給他錢王先生纔走的時候。還說今天若不是看你二老爺臉上。我一定同他拼一拼哩。不過避臉語說完了這一句。方纔撣撣衣服。辭別胡二老爺出門。胡二老爺跟了瞿家跟班的。直入內室。瞿太太仍舊躲入床後頭。胡二老爺當下便問大哥的怎麼樣了。可能好些。瞿耐庵說不動話。只是搖頭。胡二老爺是瞿老爺的把兄弟。所以異常關切。便朝着跟班的說道。外國大夫既不請。中國大夫又是如此。現在總得想個法子。找個妥當的人。替他看看。纔好。總不能聽其自然。照這樣子。幾時纔會好呢。我也曉得你們老爺光景彼此至好。這二三十塊錢。就是我替他出也不打緊。早是如是也少吃多少痛苦剛說到這裏。瞿太太一聽他肯出錢。便在床背後接腔道。難得二老爺如此關切一回一回的好意。只要外國大夫包得好。就請二老爺同了他來就是了。胡二老爺道。這外國大夫在外國學堂考過。是頂頂有名的連這個都醫不好。還做什麼大夫。而且三十塊錢。要的亦並不算多。（外國醫生一分本事一分價從不曾敲竹槓）瞿太太道。既然如此。就拜託費心了。胡二老爺去不多時。果然同了外國大夫來。言明三十塊洋錢包醫。簽字為憑。當下就由外國大夫替他推拿了半天。也沒下甚麼藥。畢竟外國大夫本事大。當天就好了許多。前後亦祇看過三次。居然慢慢的能夠行動。亦沒有甚癥子。（瘍科一門中不如西醫有明驗）他夫婦二人。自然歡喜不盡。不在話下。單說瞿太太自從拜寶小姐做了乾娘之後。只有瞿耐庵腿痛的兩天沒有去。以後仍是天天去的。制台衙門裏。亦跟寶小姐去過兩次。九姨太亦請過他。雖不算十分親熱。在人家瞧着。已經是十二分大面子了。瞿太太便趁空先託寶小姐替他老爺謀事情。說道不瞞寄娘說。你女婿自從弄了這個官到省。就背了一身的空子。雖說得過幾個差使。無奈省裏花費大。所領的薪水。連澆裏還不夠。現在官場的情形。只要有差使無論大小人家有事。總要找到你。反不如沒有差使的好。現在你女婿。就是吃了這個有差使的虧。所以空子越發大了。（宦途苦況惟親歷者知之）不怕你老人家笑話。照這樣子再當上兩年。還要弄得精打光。呢現在只求你老人家痛我。你老人家不疼我。更叫我找誰呢。（沈淪末秩儘有呼籲無門者）一番話說得寶小姐不由不大發慈悲。特地為他到了制台衙門一邊。先把這話告訴了九姨太。九姨太道。你這話很可以自己同你乾爹說。寶小姐道。我託乾爹這點事情。不怕他不依。然而總得拜託乾娘。替我敲敲邊鼓。來得快些。九姨太太應允。寶小姐立即跑到內簽押房。偪着滿制台。要瞿耐庵一個好缺。滿制台起初不答應。說他是有差之人。狠可敷衍。現在省城裏候補的人。熬上十幾年。見不着一個紅點子的都有。叫他不要貪心不足。做大員的人有一種見解另寶小姐一見滿制台不答應。登時撒嬌撒痴。因見簽押房裏無人。便一屁股坐在制台身上。一手拉着制台的耳朵。說乾爹。這件事我已經答應了人家。你不答應我。我還有什麼臉出去。說着。便從懷裏掏出手帕子。哭起來了。不如此那得打動他心滿制台被他纏不過。只得應允。寶小姐一直等他應允。方纔收淚。另外坐下。跟手九姨太亦走進來。又帮着他說了兩句敲邊鼓的話。滿制台自然是無可推卻。當面說定。次日見了藩台。就叫他替瞿耐庵對付一個缺。然後寶小姐走的。原來瞿耐庵老夫婦兩個。年紀均在四十七八。一直沒有養過兒子。瞿耐庵望子心切。每逢題起沒有兒子的話。總是長吁短嘆。心上想弄小。只是怕太太。不敢出口。太太也明曉得他的意思。自己不會生養。無奈醋心太重。凡事都可商量。只有娶姨太太這句話。一直不肯放鬆。寧可使丈夫斬宗絕嗣不願使妖姬擠眉弄眼千古妒婦如出一轍每見老爺望子心切。他總在一旁寬慰。說什麼得子遲早有命。命中注定有兒子。早晚總會養的。某家太太五十幾歲。一樣生產。咱們兩口子。究竟還沒有趕上人家的年紀。要心急做什麼呢。瞿耐庵被他駁過幾次。雖然面子上無可說得。然而心總不死。悍婦不育惟有曉以大義早置姬妾倘竟拔兇之益堅悍婦之心矣寵朋友們都曉得他有懼內的毛病。說起話來。總不免拿他取笑。起先瞿耐庵還要抵賴。後來曉得的人多了。瞿耐庵也就自己承認了。有天一個朋友。請他吃飯。同桌的都是愛嫖的人。有兩個創議。說席散之後。要過江到漢口去吃花酒。今天一夜不回來。於是同席的人。都答應說去。獨有瞿大老爺不響。大家興非又拿他取笑。說他怕太太。恐怕回來要罰跪。此時瞿耐庵已經吃了幾杯酒。酒蓋着臉。忽然胆子壯了起來。就說了聲我也同去。衆人又問他。你這話可當真。瞿耐庵道。怎麽不當真。我也不果讓他些。果真怕了他也好了。還做什麽男子漢大丈夫呢。（拘之太急必致一決而不可復遏）衆人見他如此。都覺稀罕。當天果然同他到漢口去頑了一夜。第二天酒醒。不覺懊悔起來。（醉時胡行醒後必定懊悔）怕太太生氣。回家之後。少不得造謠言說局子裏有公事。又有外頭解來的强盜。臬台因為他老手。特地派他審問。足足審了一夜。所以一夜未回。太太信以為真。以為臬台叫他問案。乃是有面子的事情。非但不追究他。而且也甚歡喜。不過說了一句。既然有公事。為甚麽不差人送個信回來。省得家裏等門。而且夜裏天冷也好差人送件衣服給你。（如此顧戀丈夫豈是一味特釁燃酸的可惜瞿耐庵飾詞押伎）瞿耐庵一見太太如此體貼。連忙感謝不盡。過了十天半個月。朋友們見他吃花酒沒有事。以後就常常有人請他。起先還辭過幾次。後來曉得太太受騙。便爾胆子漸漸大了起來。也就時常跟着朋友們走動走動了。他雖然是有家小的人。但是積威之下。只有懼怕的心。沒有歡樂的心。忽然一天到得堂子裏面。打情罵俏。骨軟筋酥。真同初世為人一般。其快樂可想而知。（温柔鄉戀早忘却床頭胭脂虎矣）這時候漢口有個做窰姐的。名字叫做愛珠。姿色甚是平常。生意也不興旺。自從那日瞿耐庵破例跟着朋友吃花酒。因為他沒有局。帶有個朋友。就把愛珠薦給與他。愛珠生意本來清淡。好容易弄到這個孫老。豈有不巴結之理。當夜吃完了酒。其時已經不早。愛珠屢次三番。要留瞿老爺住在他那裏。無奈瞿老爺一來怕有玷官箴。二來怕河東獅吼。足足坐了一夜。愛珠也就陪了一夜。到了第二天過江回省。見了太太。胡造一派謠言。搪塞過去。這便是第一次破戒。這次住雖未住。然而瞿老爺心上感念愛珠相待之情。已覺得是世界上有一無二了。（情人眼裏出西施）後來瞿老爺時常跟着朋友們過江閑逛。人家請他吃酒。愛珠少不得也要敲他吃酒。朋友們也要他覆東道。推來推去。無可推卻。一（入迷魂陣隨你中有把握終跳不出圈子去況在飲糟亦醉耶）便有一天。趁太太到戴公館寶小姐那裏請安。午飯之後。跟班的回來。說太太跟着戴太太到了制台衙門裏去。留住了吃晚飯。今天恐怕不得回來。叫小的回來拿衣服。瞿耐庵一聽大喜。曉得太太是在戴公館制台衙門。常常住的。今天決計不回。便趁這個空。偷偷開了箱子。換了一身的新衣服。齊巧這天早上。領的新水尚未交帳。便包了二十塊錢。溜過江去。（女子手裏討針線不怕軋帳耶）到得愛珠那裏。一班好頑的朋友。是天天在漢口的。自然一招就到。（孤羣狗黨到處皆有）這天瞿老爺居然擺了一檯酒。自己坐了主位。愛珠坐在身旁。不時還同他咬耳朵說話。直把個瞿老爺樂得手舞足蹈。（左擁右抱雖南面王無與易也）比起候補老爺。忽蒙掛牌署缺接印之後。第一次升堂理事。其開心也不過如此。這天愛珠又留他。他曉得今天太太是不回家了。便爾一口答應。這一夜他倆要好。自不必說。愛珠在枕頭上。訴說他本是好人家女兒。父母因為沒有錢用。所以纔拿他賣到窰子裏來。誰知竟是個火坑。老鴇的氣也受夠了。實實在在一天住不下去。你老爺倘若有心救我。就求你救到底。我只要出得此門。就是做了頭亦是情願的說完了這兩句不住的唬嗤唬嗤的哭冷落多時忽逢青眼豈可輕輕放過瞿耐庵聽了傷心也幫着掉眼淚後來愛珠再三問他你老爺的意思到底怎麼樣瞿耐庵一時也回答不出一來是愛他二來又是可憐他滿心滿意想要弄他但是一樣太太是著名的潑辣貨這事萬萬商量不通的倘若瞞着他做了將來這飢荒一定不少因此便把念頭冷了下來始念何當不是禁不住愛珠一隻手偎住他的頸子一面又臉對臉的說道瞿老爺你好狠心我如此的求你你都不肯可憐可憐我隨你鐵石心腸聞此亦當柔腸百折矣你放心我來的時候老鴇只出二百五十塊洋錢你如今潑出再多一半有了五百塊也儘夠使的了瞿老爺一聽五百塊錢不禁心上又畢拍一跳思量我那裏弄得五百塊洋錢呢當時便楞住無語然而心上又實實捨他不得身無慧劍如何委決得只說等明天商量起來再看也沒有回絕他到了次日約摸太太尚不會回家恰巧有位朋友在別的窰子裏約他吃酒打牌因此也沒有過江回省這天愛珠又頂住他問過幾次技女本以從良牢籠押客況此生涯清淡急欲脫身耶瞿耐庵也巴不得討他但是苦於太太不准二來亦是款項難籌一時無從答應好事多磨徒喚奈何齊巧這天請他吃酒的這位朋友姓笪號玄洞是湖北著名有錢的人論起他的錢來也不是自己賺的是他老人家做武官打長毛在軍營裏得來的這兩年他老人家過世了他自己尚在服中就出來爛嫖爛賭無論什麼朋友都肯結交一齊拉了來吃酒不過他天生就的另外一種脾氣是朋友遇有急難問他借錢他是一毛不拔的倘若是在窰子裏替婊子贖身或者在賭檯上人家借做賭本他却整百整千的借給人家從來沒有回頭過

此種人于今不少因此湖北官幕兩途。凡是好頑的人。都肯同他交結。他並且狠高興借着官場勢力。欺壓欺壓。那些烏龜王八開窑子的。瞿耐庵曉得他這個脾氣。齊巧這天正是他請吃酒。不覺打動念頭。想好了主意。先走到筥玄洞相好家裏。問筥老爺來了沒有。窑子裏人回稱筥老爺剛剛起身。在屋裏床上吃大煙哩。事有湊巧瞿耐庵掀簾進去。筥玄洞立即起身相迎。劈口便問今兒晚上奉請條子。接到了沒有。瞿耐庵忙稱一定過來奉陪。本來要多親熱難得如此湊趣當下言來語去。扳談了半天。瞿耐庵思思索索。想要說。又不好直說。楞了好幾次。纔走到筥玄洞身旁。附耳說了一句有件事。要同老哥商量。筥玄洞見他來時。早已一手拿着煙燈。坐起來洗耳恭聽。說有事商量。便正顏厲色的。問他有什麼事情。瞿耐庵又扭扭揑揑的半天。把臉漲的緋紅。說道不為別的。就是愛珠的事情。筥玄洞道。可是你要娶他。生平專以此沾美名是以先知來意瞿耐庵道。老哥。真真是明鑒萬里。怎麼一猜就猜着了。說着便把愛珠要跟他的話。一五一十說了。又說別的都好商量。單是身價要五百塊洋錢。這件事頂煩難。在你以為頂煩難在他以為極容易一時往那裏去湊。所以來同老哥斟酌斟酌。筥玄洞道。身價還是小事。你是曉得我的脾氣的。無論什麼好朋友。就是親戚本家。他老子娘死了。沒有棺材睡。跪在地下。問我借錢。告幫。這個錢。我是向來不借的。真正別有肺腸倘然有人家要討小。或是賭錢輸了。這個錢我最肯帮忙的。不過你老嫂子答應不答應。不要將來我們旁邊人都弄得沒趣。一語破的想悍婦之名早有所聞矣瞿耐庵又把臉一紅。道。這個。筥玄洞道。這個怎麼樣。瞿耐庵道。等我再去斟酌斟酌看。筥玄洞道。斟酌好了。快給我個信。我的錢是現成的。瞿耐庵仍回到愛珠屋裏。拿兩隻眼睛瞧着愛珠。一聲不響。呆坐了半天。愛珠又問他事情怎麼樣。瞿耐庵看了半天。實在捨不得。一時色胆包天。只說得一句。依你辦就是了。有什麼怎麼樣（為色所迷也顧他不得許多了）愛珠便催他立刻叫了老鴇來。在當面商量。老鴇來了。瞿耐庵吱吱了半天。臉漲紅了。還是說不清楚。（情虛則目難啟口）幸虧愛珠自己爽爽快快的說了。老鴇先討他八百。後來磨來磨去。磨到五百五。愛珠問瞿老爺怎麼樣。瞿老爺道。五百塊錢是有的。多了我沒處去借。老鴇道。瞿大老爺大福大量。何在乎這五十塊錢。愛珠也生了氣。說瞿老爺為了五十塊錢。不肯救我麼。說着就哭。（索性激他一激）瞿耐庵沒有法子。又去找笪玄洞。笪玄洞就一口答應。代借五百五十塊又說。娶了過來。你老哥總得另外打个公館。這裏洋街上西頭。有我一處房子空着。你不妨就搬了先住起來。又道。正價雖有。零星開銷。也不能省的。我討小討慣的了。還有什麼不曉得的。索性成全你到底罷。五百五的正價。算是借項。如今再多送你兩百塊錢。就算是我的賀儀。我也不另外送了。（送佛送到西天）於是瞿耐庵感激不盡。當天就去看房子。租傢伙。諸事停當。然後到窑子裏。同老鴇交清楚。連夜一頂小轎把愛珠接了出來。這天瞿耐庵一心只有新討的小老婆在心上。潑出胆子來做。早把太太丟在九霄雲外了。（得新忘舊男子恩情最薄）這一夜又沒有過江。第二天晚上。特地叫了兩席酒。請請眾位朋友。自然是笪玄洞首座。席面上大家又叫局。發拳盡情取樂。等到席散。又有十二點半了。接連瞿耐庵三夜沒有回省。他太太跟着寶小姐在制台衙門裏。恰恰亦住了三夜。（所以沒有發作）第四天太太回來。問起老爺。家人不便直回。說老爺在局子裏辦公事。三天三夜。沒有回來。太太大動疑心。說他這個差使。有什麼大不了的事情。整日整夜辦不完。就是上司有什麼公事。交代他辦。亦何至於連着回家睡覺的工夫都沒有了。這話我不相信。立刻吩咐跟班。赶快到局子裏。看看老爺。到底在那裏不在。跟班心上是明白的。出來打了一個轉身。回來告訴太太。說老爺正在局子裏忙着呢。（替他回護得妙）瞿太太是何等樣人。眼睛比鏡子還亮。早看出這跟班說的是假話。（與男人鑽門子求差使是何等才識）便說是了。替我打轎子。跟班的只得依他。等到上了轎。請示到那裏。瞿太太說。到局子裏看老爺去。一句話把跟班的嚇急了。只好硬硬頭皮。跟到那裏再說。當時一羣人。跟着太太的轎子。一直走到局子裏。誰知局子裏聲息全無。一個鬼影子也沒有。瞿太太見了把門的。劈口就問瞿大老爺今天來過沒有。把門的回道。大老爺有四天不到這裏來了。（當場對出謊話）瞿太太回頭瞧着跟班的。哼哼兩聲。嚇得跟班臉色都變了。瞿太太下轎。問明白了。走到老爺素來辦公事的一間屋子裏坐下。那個跟班連忙拿雞毛撣子。撣桌子上的灰塵。又忙着替太太獻茶。瞿太太道。用不着你忙。我有話問你。跟班的拉長了嗓子。一疊連聲的答應者者。手裏還是不住的做他的事情。（是情虛光景）瞿太太看着格外生氣。又厲聲罵道。混帳王八蛋。你說老爺在局子裏。如今到那裏去了。你替我把老爺我出來。我不出來問你要。那個跟班的。還只顧答應者者。站在底下。拿兩着眼睛相着鼻子。一句別的話也沒有。（所聞非所對是嚇謊以後情神）太太氣極了。一迭連聲的拍桌子罵王八蛋。叫他還出老爺來。其時同來的。還有一個。是本在公館廚房裏做打雜的。現在亦升作二爺了。這人姓胡名福。最愛挑唆是非。說人壞話。瞿太太歡喜他外頭有什麼事。都是他聽了來說。賽如耳報神一般女人最要刺探外事所以纔會提升到二爺。瞿太太到局子裏下轎他早已跑到別屋子裏向別人家的二爺探問詳細。知道老爺這兩天同了朋友出城過江。到漢口窑子裏頑耍。戀着不回來。他得到這信息又如赶頭報似的。赶過來到瞿太太跟前。彎着腰蝎蝎螫螫的。將此情由全盤託出。如此能幹安得不倚為心腹　他說話說得旁人都不聽見。只見瞿太太面孔氣得鐵青。四肢厥冷。坐在椅子上。半天說不出話來。後來想了一半天。這事情非得自己親身過江。到漢口。決不能掃穴擒渠。須要疾雷不及掩耳又問胡福老爺在漢口什麼人家住夜。胡福道。出去問過眾人。都說不曉得。橫豎到了漢口。總打聽得出的。瞿太太無奈。遂命打轎。你們都跟着我到漢口去。眾人只得答應着。要知此去如何。且聽下回分解。

息坤戚解紛憑片語
眉黛奪將萱草色

紹心法
清
訟詡多
才

四編卷四十

息坤威解紛憑片語
紹心法清訟詡多才

話說瞿太太霎時過得江來。下船登岸。轎夫仍把轎子擡起。都說怎們一個大地方。曉得老爺在那裡。到那裡去問呢。到底瞿太太有才情。吩咐一個跟班的。叫他到夏口廳馬老爺衙門裏去。就說是制台衙門裏來的。要找瞿老爺。叫他打發幾個人帮着去找了來。（處處神機妙算不怕找不到）家人奉命如飛而去。瞿太太也不下轎。就叫轎夫把轎子檯到夏口廳衙門左近。歇了下來。等回信。原來這位夏口廳馬老爺在湖北廳班當中。也很算得一位能員。（能員能斷家務事）上司跟前巴結得好。就是做錯了兩件事。亦就含糊過去了。他雖是地方官。也時常到戲館裡窰子裡走走。不說是彈壓。就說是查夜（職官聽戲狎妓自有巧術掩飾不怕人家議論）就是瞿耐菴笪玄洞幾個人。近來也很同他在一塊兒。瞿耐菴討愛珠一事。他深曉得。昨夜請客。他亦在座。這天在衙門裏。忽然門上人上來。回制台衙門有人來問瞿大老爺。叫這裡派人帮着去找他。便急得屁滾尿流。立刻叫門上人出來。說瞿大老爺新公館在洋街西頭第二條衚衕。進弄右手轉彎第三個大門便是。又派了兩名練勇。同去引路。當下又問制台衙門裏甚麼人找他。為的是什麼事。來人含含糊糊的回了兩句。同了練勇自去。（百密庸有一疏此時也上了瞿太太的當）走不多時。遇見瞿太太的轎子。跟班的上前稟復說老爺在某處新公館裏。瞿太太一聽新公館三個字。知道老爺有了相好。另外租的房子。這一氣更非同小可。隨催轎夫跟着練勇。一路同到洋街西頭。按照馬大老爺所說的地方。走進弄堂。數到第三個大門。敲門進去。瞿太太在轎子裡。問這裡住的可是姓瞿的人。只見一個老頭子出來回道不錯。姓徐。你是那裡來的人。（偏有此誤聽誤答）瞿太太不由分說。一面下轎。一面就直着嗓子喊道。叫那殺坯出來。我同他說話。辦的好公事。天天哄我在局子裡。如今局子搬到這裏來了。快出來我同你去見制台。一面罵。一面又號令手下人。快替我打。（妬與氣一齊發作不暇致詳）其時帶來的人。都是些粗鹵之輩。不問青紅皂白。一陣乒乒乓乓。把這家樓底下東西。打了一個淨光。那個老頭子氣昏了。連說反了反了。這是那裡來的強盜。正鬧着瞿太太已到樓上搜尋了一回一看樣子不對。（忙中有誤還莫覺悟得快）急忙下樓問同來的練勇道。可是這裏不是。怎麼不對呀。那房主老頭兒也說道。你們到底找的是那個。怎麼也不問個青紅皂白就出來亂打人。世界上那有這種道理。（不知那裏來的晦氣）瞿太太自知打錯。連忙出門上轎。（三十六着）罵手下人糊塗。不問明白就亂敲門。老頭子見自己的東西。被他們搗毀。如今一言不發。便想走出去上轎。立刻三步併做兩步跑出來。拉住轎槓要拼命。幸虧有兩個練勇助威。一陣吆喝。又要舉起鞭子來打。纔把老頭子嚇回去了。（只好將錯就錯）這裡瞿太太在轎子裏。還罵手下人。罵練勇。內中有一個練勇稍須明白些。便說莫不是我們轉灣轉錯了罷。我們姑且到那邊第三家去問聲看。剛剛走到那邊第三家門口。只見本公館裏另外一個管家。正在那裡敲門。（處處有人露馬脚）瞿太太一見有自己的人來敲門。便道就是這裡了。那管家一見太太趕到。曉得其事已破。連忙上前打一個千。說道。替太太請安。小的亦是來找老爺的。想不到太太也會找到這裏來。瞿太太道。你們一個鼻子管裏出氣做的好事情。當是我不知道。如今被我訪着了。你倒裝起沒事人來了。你仔細着。等我同你老爺算完帳。再同你算帳。（先用歸除後用乘法）說完。推門進去。（不要再走錯了）卻不料其時瞿老爺已不在這裏了。（人生不相見動如參與商）只有新娶的愛珠同一個老媽在樓上。一見樓下來了許多人。知道不妙。坐在樓上。不敢則聲。瞿太太因剛纔打錯了人家。故到此不敢造次。（動粗後反又把細其亦不貳過歟）連問兩聲不見有人答應。（想無老頭子之故耳）便即邁步登樓。一見樓上只有兩個女人。不敢指定他一定是老爺的相好。（恐怕再錯）只得先問一聲。這裏可是瞿老爺的新公館。愛珠望望他。並不答應。瞿太太只得又問。歇了半晌。愛珠終說道。你是什麼人。為什麼走到這裏來。（問得不露破綻）瞿太太見問。反不免楞住了。站在扶梯邊。進不得進。退不得退。（杯弓蛇影觸處驚心）正在為難的時候。忽然胡福上來報道。太太正是這裏。跟老爺出門的黃升報信來了。瞿太太一聽是這裏。立刻胆子放大。厲聲說道。叫他上來。黃升上樓見了太太。就跪在地下磕頭。說是替太太叩喜。瞿太太發怒道。老爺討小。他歡喜我是沒有什麼歡喜。用不着你們來巴結。我是不受這一功的。（芝麻拌勤黃豆裏誤會得有趣）黃升道。小的替太太叩喜。不是這個。為的是老爺掛了牌了。（得此喜信諒可回嗔作喜矣）瞿太太一聽掛牌二字。很像吃了一驚似的。連忙問道。掛那裏。黃升道。署理興國州。瞿太太道。這一個缺也罷了。但是還不能遂我的心願。橫豎我們這位老爺。無論得了甚麼缺。出去作官。總是一個糊塗官。你們不相信。只要看他做的事情。他說年紀大了。愁的沒兒子。要討小。難道我就不怕絕了後代。自然我的心比他還急。我又没有說不准他討小。如今瞞着我做這樣的事情。你們想想看。叫我心上怎麼不氣呢。（說來頭頭是道）衆人一見太太嘴裏雖說有氣。其實面子上比起初下樓的時候已經好了許多。（若不打錯徐家恐怕此時愛珠難免受累）就以瞿太太本心而論。此番率領衆人一鼓作氣而來。原想打一個落花流水。忽然得了老爺署缺信息。曉得乾娘寶小姐的手面做到。心中一高興。不知不覺早把方纔的氣。恨十分中撇去九分。（再而衰三而竭矣）但是面子上一時落不下去。但得做腔做勢說道。我未辛辛苦苦的東去求人。西去求人。朝着人家磕頭禮拜。好容易替他弄了這個缺來。他瞞着我。倒在外頭窮開心。我這是何犯着呢。（採得百花成蜜後為誰辛苦為誰甜）他指日到任。手裏有了錢。眼睛裡更可以没有我了。不如我今天同他拚了罷。我也没福氣做什麼現任太太。等我死了。好讓人家享福。（你這是何犯着呢）說着。便要尋繩子。找剪刀。要自己尋死。（真耶假耶）一衆管家老媽。只得上前解勸。此時新姨太太愛珠坐在窗口揩眼淚。只是不動身。一衆管家因聽得老爺掛牌。都不肯多事。一個個站着不動。（想來愛珠今日有吉神化解不然恐已蹂躪不堪者矣）瞿太太看了。愈加不肯罷休。說你們都是幫着老爺的。不替我太太出力。（其力何請試言之）老爺得了缺。你們想發財。你們可曉得老爺的這個缺都是太太一人之力麼。（既然自有餘力何必要人替出）既然大家没良心。索性讓我到制台衙門裏去。拿這個缺仍舊還了制台。叫他另委別人。有福同享。（既云有福同享何必前頭云好讓人家享福呢）有難同當。我又不是衆人的灰孫子。說罷大哭不止。（該哭該罵）正鬧着。人報馬老爺上來。原來瞿太太初上樓之後。齊巧瞿耐菴亦從外頭回來。剛進大門。一聽說是太太在這裏。早嚇得魂不附體。（入耳驚心）知道事情不妙。心上盤算了一回。別的朋友都靠不住。只有夏口廳馬老爺精明強幹。最能隨機應變。不如找了他來想個法子。（請出一個諸葛軍師來）把個閻王請開。不然饑荒有得打哩。想好主意。剛出大門。那邊第三家被太太打錯的那個姓徐的老頭兒赶了過來。一把拉住瞿耐菴說。你太太打壞了我的東西。要你賠我。你若不賠我。要叫洋東出場。到領事那裡告你的。（一波未平一波又起）瞿耐菴聽了。瞪口無言。還是跟去的管家會說話。朝姓徐的千賠不是。萬賠不是。纔把老爺放手。瞿耐菴得了命。立刻一溜烟跑到夏口廳衙門。將以上情形同馬爺說知。馬老爺無可推却。只得赶了過來。（早有成竹在胸）瞿太太雖然從未見過。事到此間。也說不得了。當下馬老爺上樓。也不說別的。但連連跺腳說道。要人家冒名頂替。亦得看什麼人去。他們叫耐菴頂這個名。我就說不對。（開口即見機變）如今果然鬧出事來了。打錯了中國人。還不要緊。怎麼打到一個洋行買辦家去。馬上人家告訴了洋東。洋東稟了領事。立時三刻領事打德律風來。不但要賠東西。還要辦人。大家都是好朋友。叫我怎麼辦呢。他說的話。雖然是沒頭沒腦。瞿太太聽了。大致亦有點懂得。（聰明人不消細講）本來是坐着的。到此也只好站了起來。馬老爺裝作不認識。連問那一位是瞿太太。（盛怒頭上特特虛問一聲所以折其威風但覺滿身是智）管家們說了。馬老爺纔赶過來作揖。瞿太太也只得福了一福。馬老爺又說道。這事情只怪我們朋友不好。連累大嫂過這一盪江。生這一回氣。這女人本是在窰子裡的。因為老鴇凶。不過所以兄弟起頭合了幾個朋友。大家湊錢。拿他贖了出來。兄弟是做官人。如何討得婊子。眾朋友都仗義。你亦不要。我亦不要。原想等個對勁的朋友。送給他做姨太太。當時就有人送給我們耐菴兄的兄弟曉得耐菴兄的脾氣。糊裏糊塗不是可以討得小的人。所以力勸不可（不說大妻不容只說糊塗雖靠說來似乎道與他毫不相干）當時朋友們商議。大家拿出錢來養活他。供他吃。供他用。還要門口替他寫個公館條子。省得不三不四的人闖進來。大嫂是曉得的。我們漢口比不得省城。游勇會匪。所在皆是。動不動要闖禍的。有了公館條子。他們就不敢進來了。（扯上許多野談說來淡極）其時便有朋友說頑話。耐菴兄怕嫂子。不敢討小。我偏要害他一害。（其實就是害你）將來這裡我就寫個瞿公館。等老嫂子曉得了。叫他吃頓苦頭。也是好的。條子如今還沒有寫。不料這話已經傳開。果然把大嫂騙到這裡。嘔這一回氣。真正豈有此理。（特下說詞不露一點漏洞）瞿太太聽說。低頭一想。幸虧沒有動手。幾幾乎又錯打了人。又轉念想道。如果不是這裡。何以我叫人請問你馬爺、你馬老爺派了勇同我到這裡來呢。為甚麼黃升亦到這裡找老爺呢。當把這話說了出來。（駁得有理我惡其人）馬老爺賴道。我並沒有這個話。果然。耐菴討了小。要瞞你嫂子。我豈肯再叫人同了你來。一定是我們門口。亦是聽了謠言。以訛傳訛。大嫂斷斷不要相信。（隨口掩飾駁他不倒真是能員）瞿太太又問黃升。虧得黃升人尚伶俐。亦就趁勢回道。小的亦是听見外頭如此說。所以會找到這裡來。不過是來碰碰看。並不敢說定老爺一定在這裡。（還他個疑疑惑惑毫無矛盾之處）瞿太太又把瞿老爺幾天在外不回家的話說了。馬老爺道。公事呢原有公事。又湊前一步。低聲對瞿太太說道。新近我們漢口到了幾個維新黨。不曉住在那一片棧房裏。上頭特地派了耐菴過來訪拿。恐怕聲張起來。那幾個維新黨要逃走。所以只以頑耍為名。原是叫旁人看不出的意思。大嫂。你不曉得這維新黨是要造反的。若捉住了就要正法的。這兩年狠被做兄弟的辦掉幾百個。不料現在還有這種大胆的人。來到這裡。又不曉得有什麼舉動。將來耐菴把人拿着了。還要大大的得保舉呢。（隨口說謊又動之以利祿如此捷才真是能員）瞿太太道。如今掛了牌。就要到任怎麼還能來辦這個呢。馬老爺道。牌是藩台掛的。拿維新黨是臬台委的。大家不接頭。大約總得把這件事情辦完了。纔得去上任（隨起隨掩始終難他不倒真是能員）瞿太太道。維新黨是要造反的。是不好惹的。有了缺。還是早到任的好。等我去同制台說。把這差使委了別人。罷我們拿了人家的腦袋去換保舉。怕人勢勢的。這保舉還是不得的好。（夫妻無隔夜之仇到底顧戀男人）馬老爺道。制台跟前有大嫂自己去。自然一說就妥。瞿太太又搶着說道。倒是前頭打錯的那個人家。怎麼找補找補他纔好。（有馬老爺去自然一說就妥）馬老爺綳着眉頭道。（還要嚇他一嚇）這倒是頂為難的一樁事情。現在牽涉洋商。又驚動了領事。恐怕要釀成交涉重案咧。瞿太太亦着急道。到底怎麼辦呢。這個總得拜托你馬老爺的了。說着又福了一福。馬老爺見瞿太太一面已經軟了下來。不至生變。便也趁勢收篷。立刻拿胸脯一拍道。為朋友說不得。包在我身上。替他辦妥就是了。大嫂此地也不便久留。（因有愛珠在此）就請過江回省。（恐防再露馬脚故而着他回省真是能員）且看事情辦的怎麼樣。兄弟再寫信給耐菴兄。於是瞿太太千恩萬謝。偃旗息鼓。率領眾人。悄悄回省而去。（盛氣而來靜氣而歸使陸賈隨何遇此亦不過爾爾）這裡馬老爺回到衙門。一看瞿耐菴還在那裏候信。馬老爺先把他署缺的話說了。催他趕緊回省謝委。又把方絲同他太太造的一派假話。亦告訴了他。以便彼此接洽。一面又叫人安慰徐老頭子。打壞的東西。一齊認賠。還叫人替他點一付香燭賠禮了事。又同瞿耐菴商量。現在看尊嫂如此舉動。尊寵只好留在漢口。同了去是不便的。等你到任一兩月之後。看看情形如何。再來迎接。好在這裡有我們朋友替你照應。你只管放心前去。瞿耐菴見各事都已辦妥。異常感激。方纔辭別馬老爺渡江回省。向公館而來。回家之後。雖說有馬老爺教他的一派胡言。可以抵制。畢竟是賊人胆虛。見了太太。總有點扭扭捏捏說不出話來。（有了虧心事終究有的兒不安也有點扭扭捏捏說不出話來麼）幸虧他太太打錯了一個人家。又走錯了一個人家。亦覺得心上沒趣。沒精打彩見了老爺。但說得一句。還不趕緊去謝委。（不消多囑為此而來）又道拿什麼維新黨的差使。可以趁空讓給別人罷。自已犯不着攬在身上。（終究女流之輩容易擠塞）瞿耐菴一見馬老爺之計已行。便道。這捉人的差使。我就去回覆了臬台。叫他另外派人。我們可以馬上就去到伍。瞿太太道。你辭得掉頂好。倘若辭不掉。只好苦了我再到制台衙門裡替你去步一盪。瞿耐菴道。容易得狠。一辭就掉。不消太太費心。說着。便換了衣服。赴各憲衙門謝委。第二天瞿太太又到戴公館叩謝過乾娘。又求寶小姐把他帶到制台衙門。叩謝過乾外公乾外婆。瞿耐菴不日也就稟辭。接着便是上司荐人。同寅餞行。亦忙了好幾日。臨走的頭一天。瞿耐菴又到夏口廳馬老爺那裏。再三把新娶的愛妾相托。（妻不如妾畢竟鍾情愛姬）馬老爺自然一口答應。當下又請教做官的法門。馬老爺說。耐菴你雖然候補了多年。如今却是第一回拿印把子。我們做官人有七個字秘訣。那七個字呢。叫做一緊二慢三罷休。（妙語）各式事情到手。先給人家一個老虎勢。一來叫人家害怕。二來叫上司瞧着我們辦事還認真。這便叫做一緊。（真是能員）等到人家怕了我們自然會生出後文無數文章上司見我們緊在前頭決不至再疑心我們有什麼然後把這事緩了下來好等人家來打點這叫做二慢（真是能員）千里為官只為財（即此一語道破世上為官本意）只要這個到手（目今此話作常談）馬老爺說着把兩個指頭一比（形容活現）瞿耐菴明白曉得他說的是錢了（悟心已開）馬老爺又說無論原告怎麽來催我們只是給他一個不理百姓見我們不理他們自然不來告狀這就叫做三罷休（真是能員）耐菴你要曉得我們湖北民風刁悍最喜健訟現在我們不理他他們自然不來亦是個清訟之法至於別的法門一時亦說不盡好在你請的這位刑名老夫子王召興本是此中老手一切趨避之法他都懂的（一緊二慢三罷休諒亦知之）隨時請教他就是了耐菴聽了甚是佩服回家收拾行李雇船啟程等到上了船頭一夜瞿太太等人靜之後親自出來船前船後看了幾十遍生怕老爺另雇了船帶了相好同去（細心）後來見老爺一直睡在大船上曉得沒有別人同來方纔放心興國州離省不過四五天路程頭天派人下去下紅諭次日趕到本州書差接着瞿耐菴拜過前任便預備第二天接印這天原看定時辰午時接印到了十一點半鐘瞿老爺換了蟒袍補掛打着全副執事前往衙門裏上任齊巧有個鄉下人不懂得規矩穿了一身重孝走上前來拉住轎槓攔輿喊冤（真正來討死）轎子跟前一班聽差的衙役三班趕忙一齊過來呼喝無奈這鄉下人蠻力如牛抵死不放瞿老爺忌諱最深這日看定了時辰接印說是黃歷上雖然好星宿不少底下還有個壞星宿恐怕冲撞了不好特地在補掛當中掛了一面小銅鏡子鏡子上還畫了一個八卦原取諸邪迴避的意思（那知喪星臨門白虎當道）如今忽見一個穿

重孝的人。攔輿叫喊。早把瞿老爺嚇得面如土色。以為倒底時辰不好。必定撞着什麼披麻星了。（何不以八卦鏡照之）好容易定了一定神。方問得一句。這穿孝的是什麼人。那鄉下人見老爺說了話。連忙跪下道。小的寃枉。小的是王七。小的的父親上個月死了。有兩個本家想搶家當。爭着過繼。硬說小的不是小的的父親養的。因此要把小的母子赶出大門。瞿老爺道。不是你父親養的。難道是你娘拖油瓶拖來的嗎。王七道。我的青天大老爺。為的就是這句話。前任大老爺得了被告的錢。所以就把小的斷輸了。小的打聽得今日青天大老爺上任。所以赶來求伸寃的。（那知赶來討苦吃的）瞿老爺不等說完。拍着扶手板大罵道。好刁的百姓。我沒有來到這裏。就曉得你們興國州的百姓健訟。如今還沒有接印。你就來告狀。甚麼大不了的事情。這是你們家務事。亦要老爺替你管。（豈不知清官難斷家務事）我著這個缺。原是上頭因我在省裡苦夠了。所以特地委個缺給我。原是調劑我的意思。（仗妻力而得缺反云上頭因我之苦而調劑之大約其妻憐其倒交之苦而調劑之故尊妻曰上頭）不是叫我來替你們管家務。（何不竟云千里為官只為財）一個興國州。十幾萬百姓。（財路狠廣）一家家都要我老爺管起來。我亦來不及。呀。赶出去。不准。差役們一陣吆喝。七八個人一齊上前來拖。（此刻是真蠻牛不由不放）好容易把個王七拖走。王七嘴裡還是一味的喊寃枉。見老爺不准。索性在轎子旁邊大哭起來。（不識時務活畫鄉下人如此沖擡難怪動氣）瞿老爺聽着討厭。連連吐饞涎。連連說晦氣。後來見王七痛哭不止。不由無名火動。在轎子裏大聲喊道。替我把那王八蛋鎖起來。（王七變了王八蛋了）等我接了印再打他。新官號令。衙役們無有不遵的。立刻把王七鎖起。（苦哉王七）說話間瞿老爺已經到了大堂下轎。禮生告吉時已到。鼓手吹打着。等老爺拜過了印。便是老爺升座。典吏堂參書差叩賀。瞿老爺急急等諸事完畢。一天怒氣。便在王七身上發作。立刻叫人把他提到案前跪下。拍着驚堂木罵道。你要告狀。明天不好來。後天不好來。偏偏老爺今天接印。你撞了來。你死了老子的人。不怕忌諱。老爺今天是初接印。是要圖個吉利的。拉下去替我打。兩旁差役一聲吆喝。猶如鷹抓燕雀一般。把王七拖翻在地。剝去下衣。（纔聞鼓樂咽咽又見白鳥鸛鸛）霎時間兩條腿上。早已打成兩個大窟窿。血流滿地。（以紅壓白想可反凶為吉）瞿老爺瞧着底下一灘紅的。方纔把心安了一半。（淫刑以逞於心何安）原來他的意思以為我今日頭一天接印。看見這個身穿重孝的人。未免太不吉利。如今把他打的見血。也可以除除晦氣了。（倘然一斃于杖下只怕又添一重晦氣了）他坐在堂上。一直不作聲。掌刑的皂班便一直不敢停手。看看打到八百。他還不則聲。（忍乎瞿老爺痛哉鄉下人）倒是值堂的簽押二爺瞧着不對。輕輕的回了老爺。（倒是二爺有見識）方把王七放起來。然而已經不能行動了。瞿耐菴至此。方命退堂。此時前任還住在衙門裏沒有讓出。瞿耐菴只好另外賃了公館辦事。把太太一塊兒接了上來同住。且說他的前任姓王。表字柏臣。乃是個試用知州。委署這個缺未及一年。齊巧碰着開徵時候。天天有銀子進來。把他興頭的了不得。（可知千里為官只為財）以為只要收過這季錢漕。就是交卸。亦可以在省裏候補幾年了。那知樂極悲生。剛纔開徵之後。未及十天。家鄉來了電報。說是老太爺沒了。王柏仁係屬親子。例當呈報丁憂。報了丁憂。就要交卸。白白的望着錢糧漕米。只好讓別人去收。當下他看過電報。回心一想。連忙拿電報往身上一揣。吩咐左右不准聲張。（想吃閙盤）他全不想一個外府州縣衙門。凭空裏來了一個電報。大家總以為省裏上司來的什麽公事。後來好容易纔打聽出來。然而他老人家雖然死了老太爺。因為要瞞衆人。並不舉哀。（父子天倫財物性命顧定了性命即顧不得天倫矣）後被大家看破了。不免指指摘摘。私相議論。（自是出於義憤）柏仁曉得遮蓋不住。只得把帳房及錢穀師爺請來。並幾個有臉面。有權柄的大爺們。亦叫齊。等到衆人到了。他一齊讓到簽押房床後頭一間套屋裏去。兩位師爺坐着。幾個大爺站着。別的人一槩趕出。王柏臣更親手把兩扇門關好。然後回轉身來。朝着兩位師爺。一跪就下。大家雖然明曉得他是丁艱。面子上只作不知。一齊做出詫異的樣子。問道。這是怎麽一回事。斷斷乎不敢當。快快請起。說着。兩位師爺也跪下了。王柏仁只是不起。爬在地下。哭着說道。兄弟接到家鄉電報。先嚴前天已經見背了。兩位師爺又故作嗟嘆。說道。老伯大人是什麽病。怎麽我們竟其一點沒有曉得呢。（對妄人只好說假話否則必招疑忌矣）王柏仁道。如今他老人家死已死了。俗語說得好。死者不可復生。總求兩位照應照應我們這些活的。我一家門幾十口人吃飯。丁憂下來。一靠就是三年。坐吃山空。如何乾靠得住。（說得委曲動聽）如今事情權柄。是在你們二位手裡。又指着幾個大爺們說道。至於他們。都是兄弟的舊人。他們也把不得兄弟遲交卸一天。好一天。只要你二位肯把丁憂的事情。替兄弟瞞起。多躭閣一個月或二十天。不要聲張出來。上頭亦緩點報上去。趁只當口。好叫兄弟多弄兩丈。以為將來丁憂盤纏。便是兩兄莫大之恩。就是先嚴在九泉之下。亦是感激你二位的。一席話說得兩人都回答不出。（可回之日重貲財薄父母不成人子）還是帳房師爺有主意。一想東家早交卸一天。印把子。我們亦少賺一天錢。好在他匿喪與我們無干。我們樂得答應他做個順水人情。彼此有益。閑閑深自然趣避熟便把這話。又與錢穀師爺說明。錢穀師爺亦應允了。幾個大爺們。更是不願意老爺早交卸的。於是彼此相戒不言。王柏臣重行爬下。替兩位師爺磕了一個頭。爬了起來。送兩位師爺出去。一路說說笑笑。裝作沒事人一般。所以要密室相談當天帳房師爺。同錢穀師爺。又出來商量了一條主意。說現在錢粮纔動頭開徵。十幾天裏。如何收得齊。總得想個法子。叫鄉下人願意在我們手裏來完纔好。于是商量了一個跌價的法子。譬如原收四弔錢一兩的。如今改為三弔八。或是三弔六。言明幾天為限。鄉下人有利可圖。自然是踴躍從事。算無遺策如此辦法。一來錢粮可以早收到手。二來還落個好聲名。商妥之後。當把這話告訴子王柏仁。王柏仁一想不差。便叫照辦。立刻發出告示。四鄉八鎮。統通貼遍。鄉下人見有利益可沾。果然赶着來完。看看到了半個月。這一季的錢粮已完到六七成了。王柏臣的銀子也賺得不少了。帳房錢穀二位師爺。又商量道。錢糧已收到一大半。可以勸東家報丁憂了。等到派人下來。總得有好幾天。怕不要收到八九分。多少留點給後任收收。等人家撈兩個。也堵堵人家的嘴。倘若收得太足了。後任一個撈不到。恐怕要出亂言的。此中老手當把只話又通知了王柏仁。王柏仁王柏臣還捨不得。兩位師爺便說有了這個樣子。我們也狠對得住東家了。到這時候。再不把丁憂報出去。倘或出了什麽岔子。我們是不包場的。與貪夫畫策本已頭錯便有人把這話又告訴了王柏臣。王柏臣是個毛燥脾氣。一聽這話便跳得三丈高。直着嗓子喊道。我死了老太爺。我不報。我匿喪有罪名。我自己去擔。要他們急的那一門呢。（幾句話總算謝儀）話雖如此說。自己轉念一想不對。如今我自己把丁憂的事情瞞了出來。倘若不報丁憂。這話傳了出去。將來終究要擔處分的。（有己肯去擔罪何懼之有）罷罷罷。我就吃點虧罷。（四個罷字奇）當時就把這話交代了出去。又自譬自解道。丁憂大事。總以家信為憑。電報是作不得准的。猶如大官大員。升官調缺。總以部文為憑。電傳上諭。亦是作不得准的。所以我前頭雖然接到電報。不報丁憂。於例上亦沒有什麼說不過去。此時合衙門上下。方纔一齊曉得老爺丁憂。一個個走來慰問。王柏臣也假做出聞訃的樣子。乾號了一場。一面稟報上司。一面將印信交代典史。太爺看管。跟手就在衙門裏。設了老太爺的靈位。發報喪條子。即日成服。從同城起。以及大小紳士。一齊都來叩奠。轉眼間上頭委的瞿耐菴。也就到了。瞿耐菴未到之前。算計正是開徵時候。恨不得立時到任。（恐怕插翅飛也來不及了）等得接印之後。一問錢糧已被前任收去九分光景。登時把他氣的話都說不出來。（索性氣死好當藥用）後來訪問前任用的。是個什麼法子。纔曉得每兩銀子。跌去大錢四百。所以鄉下人都趕着來完。常言道好事不出門。惡言傳千里。王柏臣接着電報。十幾天不報丁憂。這話早已沸沸揚揚。傳的同城都已知道。（若要不知如非莫為）就有些耳報神到瞿耐菴面前送信討好。瞿耐菴拿到這個把柄。恨不得立時就要稟揭他。遂又詳求寔在。又有人（此何人乎）把帳房師爺代出主意。叫他跌價的話。說了出來。於是瞿耐菴恨這帳房師爺。比恨王柏臣還要利害。（代為畫策不免視為怨府然各為其主似不當恨他）總想抓他一個錯。拿鍊子鎖了他來。打他二千板子。方雪此恨。此時王柏臣錢雖到手。一聽外頭風聲不好。加以後任同他更如水火。現在尚未結算交代後任已經處處挑剔事事為難凡他手裏頂紅的書差不上三天都被後任換了個乾淨就是斷好的案子亦被後任翻了好幾起（但求盡反所為不以民事為念）此事瞿耐菴一心只顧同前任作對一樁事到手不問有理無理但是前任手裏占上風的他總得反過來叫他占下風要是前任批駁的到他手裏一定批准（王柏臣有帳房師爺辦事瞿老爺定究是王名興相幫辦矣）有天坐堂一件案情是姓張的欠了姓孫的錢有二十多年未還還是前任手裏姓孫的來告了王柏臣斷姓張的先還若干其餘拔付兩造遵斷下去這個檔口齊巧新舊交替等姓張的繳錢上來已是瞿大老爺手裏了瞿大老爺有心要拿前任斷定的案子批駁就傳諭下來硬叫姓孫的找出中人來方准具領姓孫的說我的老爺事情隔了二十多年中人已經死了那裡去找中人橫豎有紙筆為憑被告肯認帳就是了瞿耐菴道放屁姓張的答應我老爺不答應沒有中人沒有證見就聽你們糢糢糊糊過去嗎錢存案候尋到中人再領（如此斷法好教盡入倉囊）一陣吆喝把兩邊都攆了下去這是一樁又是一樁是一個姓富的定了一家姓田的女兒做媳婦後來姓田的忽然賴婚說了姓富的兒子許多壞話就把女兒另外許給一個姓黃的姓富的曉得了到州裏來打官司前任王柏臣斷的是叫姓黃的退還禮金拿姓田的訓飭了兩句吩咐他不准賴婚仍舊將女兒許配姓富的當時三家已遵斷具結到了瞿耐菴手裡姓黃的又來翻案（有此風聲纔得來翻）瞿耐菴一翻舊案便諭姓田的仍將女兒許與姓黃的兒子（一塊天鵝肉失而復得）姓富的不答應上堂跪求老爺說你兒子不學好所以人家不肯拿女兒許給他只要你兒子肯改過還怕沒有人家給他老

婆嗎。不去教訓自己的兒子。倒在只裡咆哮公堂。真正豈有此理。再不遵斷。本州就要打了。（事門）（錯打人妻亦錯打人可謂婦唱夫隨）一頓臭罵。（其罵且臭其言之不堪聞可想而知）又把姓富的罵了下去。過了一天。又問案頭一起。乃是胡六偷割了徐大海的稻子。卻不是前任手裡的事。瞿耐菴坐到堂上。看了看狀子。便把原告叫了上來。問了兩句。叫他下去。又叫被告胡老六上來。（王七後又有胡老六）便拍着桌子罵道。好個混帳王八蛋。人家種的稻子。要你去割他的。便喊叫拉下去打他三百板子。被告胡老六道。小的還有下情。瞿耐菴喝令打了再說。（打了再說落得誣告幾個）早有皂役把他拖翻了。打了三百板。放他起來跪着。瞿耐菴道。你有什麼話。快說快說。胡老六道。小的的地。是同徐大海隔壁。他佔了小的地。小的不依他。他不講理。所以小的纔去割他的稻子的。瞿耐菴道。原來如此。再把原告徐大海帶上。罵道。（何不喝打）天下人總要自己沒有錯。纔可告人。你既然自己錯在前頭。（連你也錯在前頭）怎麼能怪別人呢。也拉下去打三百。（你亦該打三百）徐大海道。小的沒有錯。瞿耐菴道。天下那有自己肯說自己錯的。不必多說。快打快打。（有理也要打無理也要打真是一個活打殺）站堂的早把徐大海拉下去。亦打了三百。瞿耐菴便喝令到一邊去。具結完案。（此結不知怎樣具的不解）隨手問第二起。乃是盧老四告錢小驢子。說他酗酒罵人。瞿耐菴也是先帶了原告問過。叫他下去。把被告帶上來。打了一百。被告說小的平時一鐘酒不喝的。見了酒頭就暈。（見酒頭就暈其不吃可知）怎麼會吃醉了酒罵人呢。是他誣賴小的的。（遇着此等瘟官落得說個謊）瞿耐菴又信以為真了。竟把原告喊上來。稍着被告硬說道。（恐再錯告所以硬幫被告）他是誣告。也打一百。仍舊帶在一旁具結。（此結不知怎樣具法的）於是又問第三起。是一個人家大小老婆打架兒。（其亦打錯乎）大老婆朱苟氏。小老婆朱呂氏。男人朱駱駝。這件事實在是小老婆撒撥行凶。把大老婆的臉都抓破。（小加大新間舊此風斷不可長）男人制伏不下。（同病相憐乎）所以大老婆來告狀的。瞿耐菴把狀子略看了一看。便叫帶朱苟氏。朱苟氏上來跪下。剛說得幾句。耐菴不等他說完。便氣吁吁的罵道。統天底下你做大老婆的。就沒有好東西。（以己度人）常言說得好。上樑不整下樑差。你倘若是個好的。小老婆敢同你打架麽。這要怪你自己不好。（推己及人）我老爺那裏有工夫替你管這些閑事。（自顧不暇那裏再堪管你呢）不准。又把男人朱駱駝叫上來。吩咐道。你家裏有這樣凶的大老婆（你家可有麽）為什麽要討小。（你為什麽也討小）既然討了小。就應該在外頭（倘打上門去將如之何請教請教）不應該叫他們住在一塊兒。（悔不投你為師）鬧出事來。你自己又降伏不住他們。今又來找我老爺。你想我老爺又要伺候上司。又要替皇上家收錢糧。（只有公巳可收何忙之有）再管你們的閑帳。我老爺是三頭六臂。也來不及哌。快快回去。拿大小老婆分開在兩下裡住。包你平安無事。（倘打上門去將如之何再要請教）朱駱駝道。起初本是兩下住的。後來大的打上門來。吵鬧過幾次。（果然要打上門來的麽哈）纔併的宅。（寵妾滅妻代妾遮護）瞿耐菴道。這就是大的不是了。說着要打。（汝太太可曾打過）大老婆急了。求了好半天。質真沒有打。亦是具結完案。接着又審第四起。乃是兩個鄉下人。一個叫楊狗子。一個叫徐划子。兩個為了一隻雞。楊狗子說是他的。徐划子又說是他的。說不明白。就打起架來。楊狗子力氣大。把徐划子右腿上踢傷了一塊。一齊扭到州裡來喊冤。官叫仵作驗傷。仵作上來。把徐划子的褲子脫了下來看了半天。（其雞看見否）跪下禀過瞿大老爺。便同徐划子說道。容易他踢壞了你的右腿。我老爺現在就打他的右腿。（公平之極他只踢得一二腳不知你要打多少）於是吩咐把楊狗子翻倒在地。叫皂隸只准拿板子打他的右腿。一連打了一百多下。（只怕太多了似乎不公）先是發青。後來發紫。看着顏色同徐划子腿上踢傷的差不多了。瞿耐菴便命放起來。嘴裏又不住的自讚道。像我這樣的老爺。（真應妻曰糊塗官兒）真正再要公平沒有。（我亦云然）於是徐楊二人。（做二進宮乎）又爭論那隻雞。瞿耐菴道。這雞頂不是好東西。為了他害得你們打架。老爺替你講和罷。正說着忽拿面孔一板道。這雞兩個人都不准要。充公來。替我拎到大廚房裏去。（又好供其老饕）叫他倆下去具結。衙役一聲吆喝。兩個人只得一瘸一拐的。走了下來。（描寫得好）眼望着雞。（描寫得好）早拎到後頭去了。這天瞿耐菴從早上問案一直問到晚。方纔退堂。足足問了二三十起案子。（只怕辛苦了可以雞肉補之）其判斷與頭四起都大同小異。第二天正想再要坐堂。只見稿案門上。拿了幾十張禀帖進來。說是這些人因為老爺精明。不過都不願意打官司了。這是息呈。請老爺過目。請老爺的示。還是准與不准。瞿耐菴忙道。自然一齊准。我正恨這興國州的百姓健訟。今我纔坐幾回堂。他們就一齊息訟。可見道政齊刑。（原來執此四字所以專動打功）天下無不可治之百姓。現在上頭正在講究清訟。（你深得清訟的法子）這個地方照這樣子。只要我再做一兩個月。還怕不政簡刑清麼。（其亦一緊二慢三罷休乎）想罷。怡然自得。那知這兩天來。把一個興國州的百姓早已炸了。一齊都說如今王官丁了艱。來了這個昏官。我們百姓還有姓命嗎。（都恐怕打殺）又加瞿耐菴自以為是制臺的親眷。腰把子是硬的。別人是抗他不動的。便不把紳士放在眼裏。到任之後。一家亦沒有去拜過。弄得一般狗頭紳士。起先望他來。以為可以同他聯絡的。等到後來一見他一家不拜。便生了怨望之心。都說這位大老爺瞧我們不起。我們也不犯着幫他。已成獨夫又過兩天。聽見瞿耐菴閙案笑話。於是一傳十。十傳百。其中更生出無數謠言。添了無數假話。竟把個瞿耐菴說得一錢不值。恨不得早叫這瘟官離任纔好。於是這話傳到王柏臣耳朶裡。便把他急的了不得。好個七字訣傳受心法弄得人怨神怒 要知後事如何。且聽下回分解。

之留秘媚鄉
保意紳

算交代有心改賬簿

四編卷四十一

乞保留極意媚鄉紳
算交代有心改帳簿

話說王柏臣正為這兩天外頭風聲不好。人家說他匿喪。心上懷着鬼胎。忐忑不定。（問心無愧魂夢也安反是則可想而知矣）瞿耐庵亦為錢糧收不到手。更加恨他（平生不作虧心事世上應無切齒人）四處八方打聽他的壞處。又查考他是幾時跌的價錢。幾時報的丁憂。應該是聞訃在前。跌價在後。如今一查。不對。倒是沒有聞訃丁憂他先跌起價來。他好端端的在任上。又沒有要交卸的消息。據此看來。再參以外面人的議論。明明是匿喪無疑了。（處己則暗責人則明）瞿耐庵問案雖糊塗。弄錢的本事卻精明。既然拿到了這個把柄。一腔怨氣。便想由此發作。立刻請了刑名師爺替他擬了一個稟稿。謄清用印。稟揭出去。瞿耐庵這面發稟帖。王柏臣那面也曉得了。急得搔首抓耳。坐立不安。亦請了自己的朋友前來商議。大家亦是面面相對。一籌莫展。還虧了帳房師爺有主意。一想東家自到任以來。外面的口碑。雖然不見得怎樣。幸虧同紳士還聯絡。（幸虧有此着）無論什麼事情。只看紳士如何說。他便如何辦。有時還拿了公事。走到紳士家中。同他們商量。聽他們的主意。至於他們紳士們自己的事。更不用說了。因此地方上一般紳士。都同他要好。沒有一個願意他去的。（即此一端已較勝瞿耐庵萬倍豈若瞿耐庵下車伊始即與紳士不和今欲稟揭前任真太不自量矣）如今是丁憂也叫做沒法。不料他有匿喪的一件事。被後任稟揭出去。果然鬧出來。大家面子不好看。不如叫他同紳士商量。一面想。一面又問電報是那裏送來的。王柏臣說是電報打到裕厚錢莊。由裕厚錢莊送來的。帳房師爺道。既然不是一直打到衙門裏來的。這話就更好辦了。原來這裕厚錢莊。是同王柏臣頂要好的一個在籍的候補員外郎趙員外開的。論功名趙員外在興國州並不算狠濶。但是借着州官同他要好。有此勢力。便覺與眾不同。當下賓東二人。想着了他。帳房師爺出主意。仍舊是張房師爺替他出主意如何一經拂逆便生背後之言先叫廚房裏備了一席酒。叫管家拿了帖子去送給他。說敝上本來要請大老爺過去敘敘。因為七中不便。所以叫小的送過來的。趙員外收了酒席。跟手王柏臣又叫人送給他四件頂好的細毛皮衣。一掛琥珀朝珠。無故送他禮物倘無仰仗于他之處無此人情送禮的管家說。敝上因為就要走了。不能常常同大老爺在一塊兒。這是自己常穿的幾件衣服。一掛朝珠。留在大老爺這裏做個記念罷。先不說出有求于他絕妙詞令趙員外無可推託。亦祇得留下。平時本來要好。受他的好處已經不少。如今臨走。忽然又送這些貴重東西。未免令人侷促不安。此在人情莫不是外面傳說他甚麼匿喪那話是真的。果然真的。倒可趁此又敲他一個竹槓了。此則太昧良心矣平日交情何在安忍乘危而要挾正盤算間。忽見王柏臣着人拿着片子來請。當下連忙換了衣服。坐着轎子到州裏來。此時王柏臣還沒有搬出衙門。因為在苫。自己不便出迎。只好叫帳房師爺接了出來。一直把他領到簽押房。同王柏臣相見。王柏臣做出在苫的樣子。讓趙員外同帳房師爺在高椅子上坐了。自己却坐在一個矮杌子上。先寒暄了幾句。王柏臣一看左右無人。便走近趙員外身旁。同他咕唧了半天。所說無非是外面風聲不好。後任想出他的花樣。彼此交好。務必要他帮忙的意思。既出竭誠相求安忍設刁趙員外考究所以纔曉得電報是他錢莊上轉來嘴裏雖然諾諾連聲心上却不住的打主意等到王柏臣說完他主意已經打好所謂前門拒虎後門進狼連忙接口道是呀老父台不說治弟為着這件事正在這裏替老父台擔心呢頭一個就是敝錢莊的一個夥計到治弟家裏來報信治弟因為是老父台的事情一來我們自己人二來匿喪是革職處分所以治弟當時就關照他叫他不要響起並且同他說王大老爺待人厚道你如今替他出了力包在我身上將來總要補報你的推頭別人要謝儀免得自己與人作難這個夥計經過治弟囑咐一定不會多嘴這話是那裏來的老父台到要查考查考王柏臣道查也無須查得只要老哥肯幫忙現在兄弟已被後任稟了出去這種公事上頭少不得總要派人來查上頭派人來查自然頭一樁要搜尋這電報的底子只說是老哥替兄弟扣了下來兄弟始終一個不知情總不能說兄弟的不是替你當了災去你拿什麼抵當趙員外道不是這樣說且等我想想來於是一個人抱着水煙袋閉着眼睛出了一會神歇了半天纔說道這件事不該這樣辦法胸中早打稿子故意裝腔做勢開口便見肺腑王柏臣便問如何辦法趙員外道你說電報是我扣下來的不給你曉得總算地方上紳士大家愛戴你不願你去任所以纔有此舉這事情並非不好如此辦但是光我一個人辦不到總得還要請出幾位來大家商量商量約會齊了纔好辦召神請將越弄越大怕他事後不謝神謝將王柏臣一聽不錯便求他寫信去聯絡眾位一面說話一面便把紙墨筆硯取了出來請他當面寫信又親自動手替他磨墨趙員外又楞了一會道且慢來了電報不給你曉得總算是我替你扣下來的但是你沒有得信憑空的錢糧

跌價。這話總說不過去。總是一個大漏洞。我們應得預先斟酌好了。方纔妥當。（要補漏洞只要分肥）王柏臣聽他說得有理。亦就呆在一旁出神。趙員外道。這事情不是三言兩語可以了結的。等治弟出去商量一個主意。再進來回覆老父台就是了。（商量什麼只要你許了愿心立刻辦到）列位要曉得趙員外既然存了主意。要敲王柏臣的竹槓。人有見面之情。自然當着面有許多話說不出。王柏臣不懂得。還要起身相留。幸虧帳房師爺明白。丟個眼色給東家。叫他不必留他。（倒底乖人看得出風頭）又幫着東家。替東家再三拜托。趙員外說道。你老先生有甚麼指教。敝居停不能出門。兄弟過來領教就是了。（心心相印又可上下其手）趙員外於是起身別去。到得晚上。王柏臣急不可耐。差了帳房師爺前去探聽回音。趙員外見了面。便道主意是有一條。亦是兄弟想出來的。不過我們這當中還有幾位心上不是如此。（又推託別人不得不鋪平枱脚）帳房師爺急欲請教。趙員外道。電報是敝錢莊上通知了兄弟。由兄弟通知了各紳士。就是大家意思。要留這位賢父母多做兩天。顧我們地方上愛戴之情。這事只要兄弟領個頭。他們衆人倒也無可無不可。（無關緊要處落得做人情）至於錢糧何以預先跌價。倘說是賢父母體恤百姓的苦處。雖亦說得過去。但是夾着丁憂一層。終不免為人藉口。何如由我們紳士大家頂上一個稟帖。敘說百姓如何苦。求他減價的意思。倒填年月。遞了進去。有了這個根子。便見得王老父台此舉不是為着丁憂了。（敲竹槓也要看本事去如此四平八穩即多給幾個亦值得）還有一個偪進一層的辦法。索性由我們紳士上個公稟。就說是王老父台在這裏做官。如何清正。如何認真。百姓實在捨他不得。現在國家有事之秋。正當破格用人之際。可否先由瞿某人代理起來。等他穿孝百日過後。仍舊由他署理。以收為地擇人之效。果能辦到應該大大的謝謝他稟帖後頭。并可把後任幾天斷的案子。敘了進去。以見眼前非王某人趕緊回任竭力整頓不可。後任既然會出王老父台的花樣。我們就給他兩拳也不為過。殺人父者人亦殺其父極該如此同敬不過其中却要同後任做一個大大寬家。因此有幾個人。主意還拿不定。雖為利上起見然非後任結毒于紳士亦不肯下此毒手帳房師爺聽了他話。心上明白。曉得他無非為兩個錢。只要有了幾個錢。別人的事。都可以作得主意。有才識有權勢如何不可包羅萬象又想這事就要做得快。一天天蹉跎過去。等上頭查了下來。反為不妙。於是起身把嘴附在趙員外耳朵旁邊。索性老老實實問他多少數目。又說這錢並不是送你老先生的。為的是諸公跟前。總得點綴點綴。況且敝居停這季錢糧。已經收了九分九。無非是你們諸公所賜。這幾個錢。也是情願出的。趙員外聽他說得冠冕。也就不同他客氣。索性照實說。討了二千的價。禁不起帳房師爺再四磋磨。答應了一千。彼此定議。如此一錢不寃枉何不可專斷許下回來通知了王柏臣。王柏臣無可說得。只得照辦。次日。一早把銀子划了過去。趙員外跟手送進來一張求減銀價的公呈。倒填年月。還是一個月前頭的事。有人緣有財力凡事皆可彌縫又把保留他的稿稟。也一塊兒請他過目。王柏臣看了。自然歡喜。雖然是銀子買來的。面子上却很拿趙員外感激。可知是銀錢買不到的一會又說要拿女兒許給趙員外的兒子。同他做親家。一會又說倘若上頭能夠批准留任。將來不但你老兄有什麼事情。兄弟一力帮忙。就是老兄的親戚朋友。有了什麼事情。只要囑咐了兄弟。兄弟無不照應。最好就請吾兄先把自己的親戚朋友名號。開張單子給兄弟。等兄弟拿他貼在簽押房裏遇見什麼事兄弟一覽便知也免得驚動老兄了（喜極之後何事不可答應）趙員外道承情得狠但願如此再好沒有但是批准不批准其權操之自上亦非治弟們可能拿穩的王柏臣道諸公的公稟並非一人之私言上憲俯順輿情沒有不批准的趙員外道那亦看罷了說完辭去王柏臣重復千恩萬謝的拿他送到二門口又叫帳房師爺送出了大門自此王柏臣便一心一意靜候回批誰知瞿耐庵稟揭他的稟帖不過虛張聲勢其實並沒有出去（你沒虛張聲勢人家倒認假成真了）後來聽說眾紳士遞公稟保留前任他便軟了下來（早的伏軟也不被人家春冷拳了）又從新同前任拉攏起來起先前任王柏臣還催他早算交代以便回籍守制瞿耐庵道忙什麼聽說地方紳士一齊有稟帖上去保留你將來這個缺總是你的我不過替你看幾天印罷了依我看起來這交代很可以不必算的王柏臣道雖然地方上愛戴究竟也要看上頭的憲眷像你耐翁同制憲的交情不要說是一個興國州就是比興國州再好上十倍的缺也容易瞿耐庵道這句話兄弟也不用客氣倒是拿得穩的（到此還要倚仗勢力真不到黃河心不死了）一連幾天彼此往來甚是親熱過了一天上頭的批稟下來說王牧現在既已丁憂自應開缺回籍守制州缺業已委人署理早經稟報接印任事在案目下非軍務吃緊之際何得援例奪情況該牧在任並無實在政績及民該紳等率為稟請保留原任非出自該牧賄囑（一語道着隱微）以為沽名釣譽地步紳等此舉殊屬冒昧所請着不准行一個釘子碰了下來王柏臣無可說得只好收拾收拾行李預備交代起程好在囊橐充盈倒也無所顧戀至於瞿耐庵一邊一到任之後曉得錢粮已被前任收個

淨盡。心上老大不自在。把前任恨如切骨。時時刻刻想出前任的手後來。聽說紳士有禀保留。一來曉得他民情愛戴。二來亦指望他真能留任自己可以另圖別缺。各人有各人意見所以前幾日間。同前任從新和好。等到紳士稟帖被駁。前任既不得留。自己絕了指望。於是一腔怒氣。仍復勾起。自從這日起。便與前任不再見面。轉臉亦易反臉亦易真正是兩面人逐日督率着師爺們去算交代欠項款目。自不必說。都要一一斤斤較量。至於細頭關目。下至一張板櫈。一盞洋燈。也叫前任開帳點收。缺一不可。吹毛求疵有意作對瞿耐庵的帳房。就是他的舅子。名喚賀推仁。本在家鄉教書度日。自從姊丈得了差使。就把他叫到武昌。在公館幫閑為業。帶着叫他當當雜差。管管零用帳。一連吃了一年零兩個月閑飯。姊夫得缺。就升他作帳房。自此更把他興頭的了不得。通衙門上下。都尊為舅老爺。下人有點不好。舅老爺雖不敢逕同老爺去說。卻趁便就跑到太太跟前報信。由太太傳話給老爺。將那下人或打或罵。因此舅老爺的作用。更比尋常不同。果然公事公辦倒也罷了這賀推仁更有一件本事。專會見風使船。看眼色行事。頭兩天見姊夫同前任不對。他便於中興風作浪。挑剔前任的帳房。前任有鄉紳幫忙只怕挑剔也自枉然後來兩天。姊夫忽同前任又要好起來。他亦請前任帳房吃茶吃酒。虧他轉變得快近來這兩天。見姊夫同前任翻臉。他的架子。登時亦就水長船高。所謂樂王鮒從君者也向來州縣衙門。凡遇過年過節。以及督撫藩臬道府六重上司。或有喜慶等事。做屬員的孝敬。都有一定數目。甚麼缺應該多少。一任任相沿下來。都不敢增減毫分。此外還有上司衙門裏的幕賓。以及什麼監印文案文武巡捕。或是年節。或是到任。應得應酬的地方。亦都有一定尺寸。至於門敬跟班。更是各種衙門所不能免。另外府考院考辦差。總督大閱辦差。欽差過境辦差。還有查驛站的委員。查地丁的委員。查錢糧的委員。查監獄的委員。重重疊疊一時也說他不盡。諸如此類種種開銷。倘無一定而不可易的章程。將來開銷起來。少則固惹人言。多則遂成為例。所以這州縣官的帳房一席。竟非有絕大才幹。不能勝任。（雖要大才亦要細心）每見新官到任。後任同前任因銀錢交代。雖不免彼此齟齬。而後任帳房同前任帳房。卻要卑禮厚幣。柔氣低聲。以為事事叨他地步。（不獨州縣帳房如此即局廠行棧帳房何獨不然）缺分無論大小。做帳房的都有歷代相傳的一本秘書。這本秘書就是他們開銷的帳簿。後任帳房要到前任手裏買這本帳簿。缺分大的。竟是三百五百的討價。至少也得一二百兩。或數十兩不等。這筆本錢。都是做帳房的自己挖腰包。與東家不相干涉。只要前後任帳房彼此聯絡要好。自然討價也會便宜。倘然有些倚恃。就是拚出價錢。那前任的帳房。亦是不肯輕易出手的。賀推仁同前任帳房忽冷忽熱。忽熱忽冷。人家同他會過幾次。早把他的底細看得穿而又穿。他不請教人。人家也不俯就他。（所謂滿招損謙受益）瞿耐庵到任不多幾日。不要說別的。但是本衙門的開銷。什麼差役工食犯人口糧。他胸中毫無主宰。早弄得頭昏眼花。七顛八倒。（安得訣竅又開又光顯）又不敢去請示東家。只索同首府所薦的一個雜務門上馬二爺商量。馬二爺歷充立幕。這些規矩是懂得的。（偏是二爺們在行）便問舅老爺同前任帳房師爺接過頭沒有。簿子可曾拿過來。賀推仁道。會是會過多次。卻不曉得有什麼簿子。馬二爺一聽這話。曉得他是外行。因為舅老爺是太太面上的人。不敢給他當上。

便把做帳房的訣竅。一五一十。通統告訴了一遍。賀推仁至此。方纔恍然大悟。便道。據你說怎麼樣呢。（此時醒悟轉來已覺嫌遲了）馬二爺道。依家人愚見。先把這些應開銷的帳目。暫時閣起。叫他們過天來領。一面自己再去拜望拜望前任的帳房師爺。然後備副帖子。請他們明天吃飯。纔好同他們開口這件事情。賀推仁道。吃飯是我已經請過的了。馬二爺道。前頭請的不算數。現在是專為叩教來的。賀推仁道。倘若我請了他。他再不把簿子交給我。豈不是我又化了冤錢。（這種懞懂人還與他講什麼真的話）馬二爺道。唉我的舅老爺。吃頓飯值得什麼。這本簿子是要拿銀子買的。賀推仁一聽。不禁大為失色。忙問多少銀子。馬二爺道。一二百兩。三四百兩。都論不定。像這個缺。幾十兩是不來的。賀推仁聽說要許多銀子。嚇得舌頭伸了出來。縮不回去。歇了半天。纔說道。人家都說帳房是好事情。像我來了這幾天。一個錢都沒有見。那裏有許多銀子去買這個呢。（像你這樣當帳房不賠錢還算僥倖還想賺錢麼）馬二爺道。這是州縣衙門裏的通例。做了帳房。是說不得的。沒有銀子。好借將來還人家就是了。賀推仁道。當了帳房。好處沒有。先叫我去拖債。我可不能。姑且等我斟酌斟酌再說。於是趁空便把這話告訴了他姊姊瞿太太。瞿太太道。放屁。衙門裏買東西。無論那一項。都有一個九五扣。這是帳房的呆出息。至於做官的。只有拿進兩個。那裏有拿出去給人家的。什麼工食口糧。都是官的好處。我從小就聽見人說。這些都用不着開銷的。他們不要拿那簿子當寶貝。你看我沒有簿子。也辦得來。（有此好幫手好見識姊姊還用什麼簿子以後只要請教姊姊便了）一頓話。說得賀推仁無言可答。過了兩天。忽然府裏聽差的有信來。說本府大人新近添了一位孫少爺。各屬要送禮。瞿耐庵曉得賀推仁不懂得這個規矩。索性不同他說話。叫了雜務們馬二爺上來問他。馬二爺又把前言回了一遍。又說這本簿子是萬萬少不得的。（你還要獻勤豈不怕太太見怪）瞿耐庵默然無言。回來同刑錢老夫子題起此事。錢穀老夫子是個老在行。便道怎麼耐翁接印這許多天。賀推翁這件事還沒辦好。這件事向例沒有接印的前頭就要弄好的。幸虧得這帳房兄弟。同他熟識。等兄弟同他去說起來看。（你還不聽見太太所講之話嗎你豈願意墊這筆錢）瞿耐翁道。如此就拜託了。錢穀老夫子果然替他跑了兩天。前任帳房見了面。甚是客氣。不過題到帳簿。前任帳房便同錢穀老夫子咬耳朵咬了半天。又說彼此都是自己人。我兄弟好瞞得你嗎。如今將下情奉告過你老先生。料想你老先生也不會責備我兄弟了。錢穀老夫子也曉得這事非錢不行。只得回來。勸東家送他們一百銀子。又說這是起碼價錢。瞿耐庵是預先聽了太太的吩咐。一個錢不肯往外拿。錢穀老夫子一看事情不會合攏。亦就搭赸着出去。不來干預這事。（本來非你分上之事你又何苦來呢）原來前任帳房的為人。也是精明不過的。曉得瞿耐庵生性吝嗇。決計不肯多拿錢的。不如趁此時簿子還在手中。樂得做他兩注賣買。（遇着此種不識好歹的人只好橫轉心腸做去）主意打定。便叫值帳房的傳話出去。凡是要常常到帳房裏領錢的主兒。叫他們或是今天。或是明天。分班來見師爺有話交代他們。眾人還不曉得什麼事情。（豈知是財星照臨）到了天黑之後。先是把宅門的同了茶房進來。打了一個千。尊了一聲師老爺。垂手一旁站着聽吩咐。只見那帳房師爺笑嘻嘻的。對他們先說了一聲辛苦。（客氣之極）把門的道。小的當差使日子雖淺。蒙大老爺師老爺抬舉。不要說沒有娃過一下板子。并且連罵都沒有罵一聲。如今大老爺走了。師老爺也要跟着一塊兒去。小的們心上實在捨不得師老爺走。帳房師爺道。只要你們曉得就好。所以你們曉得好歹。大老爺同我也有恩典給你們。（如此恩典真正意想所不到）他二人一聽有恩典給他。於是又湊前一步。帳房師爺拿帳翻了一翻。先指給把門的看道。這是你門下應該領的工食。你每月只領幾個錢。原是歷任相沿下來的。並不是我尅扣你們。如今我要走了。曉得你們都是苦人。可以替你們想法子的地方。我總肯替你們想法子的。幸虧這簿子還沒有交代過去。等我來做樁好事。替你把簿子改了過來。總說是月月領全的。後任亦不在乎此。（橫豎是皇上家的錢落得做個順水人情）把門的聽了這話。連忙跪下。磕了一個頭。說了聲謝師老爺栽培。不但小的感念師老爺的恩典。就是小的家裏的老婆孩子也沒有一個不感念師老爺的。（應該感念）帳房師爺也不理他。又指出一條拿給茶房看。說這是你領的工食。歷任手裏只領多少。我如今也替你改了過來。帳房師爺的意思以為如此那茶房又要磕頭的了。豈知茶房呆着昂然不動。（出人意外）停了一回。說道。回師老爺的話。有例不興。無例不滅。這兩句俗語。料想師老爺是曉得的。師老爺肯照顧小的。小的豈有不知感激之理。但是小的這差使也不止當了一年了。歷任大老爺。一任去。一任來。少說也伺候過七八任。等到要臨走的時候。帳房師爺總是叫了小的們來。說體恤小的們。那一款。那一款。都替小的們復了舊。不過師爺們改簿子。稍些要化兩個辛苦錢。（豈知竟有借此為騙錢地步者）小的們聽了這個說話總以為當真的了。心上想果然如此。便是一輩子沾光。就是眼前化兩個也還有限。連忙回家借錢。或是當當。孝敬師爺。有的寫張領紙。多借一兩個月工食。以作報效。誰知前任師爺錢已到手。也不管你後頭了。（得錢而不消災所以後人要引為大戒）到了後任帳房手裏。那知扣得更凶。譬如前任帳房。只發五成的。這後任只發二三成。有的一成都不發。小的們便上去回說。師老爺。這個前任有帳。可以查得的。那帳房便發怒道。混帳王八蛋。我豈不知道有帳。你可曉得那帳是假的。一齊是你們化了錢。買囑前任。替你們改的。我的師老爺。你老人家想。這些後任的帳房。怎麼就會曉得我們化了錢改的。真正眼睛比鏡子還亮。當時小的們已經化了一筆冤錢孝敬前任。還沒有補上空子。那裏還禁得後任分文不給呢。到了無可奈何之時。只得托了人去疏通。（處處趕和層層減剝所得幾何）老實對後任說。前任實實在在是個什麼數目。好容易把話說明白。後任還怪小的們不應該預支透付。以致好處都被前任占去。一定還在後來領的數目裏。一筆一筆的明扣了去。絲毫也不肯讓一點。（原來有許多講究）小的們上過一回當。還不死心。等到第二任。又是如此的一辦。等到再戳破以後。便死心塌地。不來想這些好處了。（不得不因噎廢食）如今蒙師老爺恩典。小的心上實是感激。但求師老爺還是按照舊帳移交過去。免得後任挑剔。小的們就感恩不淺了。小的說的。句句真言。燈光菩薩在這裏。小的倘有一句假話。便不是人生父母養的。（到是一個老口）帳房師爺聽了他這番議論。氣的半天說不出話來。仔細想了想。他的話又實在不錯。無可駁得。只得微微的冷笑了兩聲。說道。你說的狠是。倒怪我瞎操心了。說着拿簿子往桌上一推。取了一根火煤子。就燈上點着了火。兩隻手捧着了水煙袋。坐在那裏呼嚕呼嚕吃個不了。（實在無計可使）茶房碰了釘子。退縮到門外。還不敢就出去。站了好一回。帳房師爺纔吩咐得一句道。你們還在這裏做什麼。於是把門的又向師爺磕了一個頭。說了聲謝師老爺恩典。那茶房仍舊昂立不動。搭赸着跟着一塊兒退出去。帳房師爺眼望着他們出去了。心上甚是覺着沒趣。幸虧到了次日。別個主顧。很有幾個相信他的話。天下惟貪小便宜的人容易上當仍舊把他敲起興來。他見了人。總推頭說自己不要錢。不過改簿子的人。不能不畧為點綴。一連做了兩晚上的買賣。居然也弄到大大的一筆錢。真正大處不在小算然後把簿子通通另外謄了一遍。預備後任來要再說。後任瞿耐庵見前任不把簿子交出。便接二連三。一天好幾遍叫人來討。背後頭還說他再不交來。我一定稟明上頭。看他在湖北省裏還想吃飯不吃飯。豈知越是刑威勢偪越不能得瞿太太見事不了。又從旁代出主意。現在人心難測。就把簿子交了出來。誰能保他簿子裏不做手脚。總而言之一句話。這裏頭的弊病。前任同後任不對。一定拿數目改大。譬如孝敬上司。應該送一百的。他一定要寫二百。開發底下。向來是發一半的。一定要寫發全分。成是七成八成。他們的心上。總要我們多出錢。他纔高興。如燭照龜計明鑑萬里我畏其人你在省裏候補的時候。這些事不留心。我是姊妹當中。有些他們的老爺。也做過現在的交卸回來。都把這弊病告訴了我。我都記在心上。所以有些開銷。都瞞不過我。只要這本帳簿拿到我眼睛裏來。是真是假。我都有點數目。如此精明女人勝過男人十倍現在你姑且答應他一百銀子。同他言明在先。先拿簿子送來看過。果然真的。我自然照送。一個不少。倘若一筆假帳。被我查了出來。非但一個錢沒有。我還要四處八方寫信去壞他名聲的。一語一個

個前任帳房當此也只好退避三舍瞿耐庵聽了太太吩咐自然奉命如神仍舊出來去找錢穀老夫子託作介
紹錢穀老夫子道話呢不妨如此說但是不送銀子人家的簿子也決計不肯拿出來的你不多事
也不叫你為難了至於不許他造假帳這句話我可以同他講的無奈瞿耐庵聽了太太的話決計不
肯先送銀子錢穀老夫子急了便道這一百銀子暫且算了我的將來看帳不對在我的束脩
上扣就是了在他的意思以為如此說法他們決計無可推卻豈知瞿耐庵夫婦倒反認以為
真以為有他擡待這一百兩銀子將來總收得回來的遇着此種東家豈可還以真心相待於是滿口答應當天
就划了一張票子送給錢穀老夫子等到錢穀老夫子將帳簿取了過來太太畧為翻看看了
一看以為這興國州是個大缺送上司的壽禮節禮止少一百金一次豈知帳簿上開的只有
八十元或是五十元頂多的也不過百元從前他老爺也到外府州縣出過差各府州縣於例
送菲敬之外一定還有加敬譬如菲敬送三十兩加敬竟加至五六十兩不等候補老爺出差
全靠這些今看帳簿菲敬到還不差上下但是加敬只有四兩六兩至多也只有十兩此時他
夫婦二人倒不疑心這簿子是假的了聰明人只好瞞過一時但是如此一個大缺孝敬上司只有這個
數目應酬同寅也只有這個數目心上不免疑疑惑惑既而一想州縣缺分本有明缺暗缺之
分明缺好處在面子上暗缺好處在骨子裏在面子上的應酬大在骨子裏的應酬小照此看
來這個缺倒是一個暗缺很可做得如此一想也不疑心了纔挽銅章卻于此道熟極誰知看到後面有些
開消或是送同城的或是開發本衙門書差的數目反見加大起來生熟不勻自露馬腳於是瞿太太遂

執定說。這個簿子是前任帳房所改。一百銀子。一定不能照送。要扣錢穀老夫子束脩。錢穀老夫子不肯。於是又鬧出一番口舌。要知後事如何。且聽下回分解。

清末民初文獻叢刊

增補繪圖官場現形記

（上册）

[清] 李伯元 著
[清] 歐陽鉅元 增注

朝華出版社
BLOSSOM PRESS

圖書在版編目（CIP）數據

增補繪圖官場現形記 ： 全3册 / （清） 李伯元著 ；
（清） 歐陽鉅元增注. -- 北京 ： 朝華出版社，2019.2
（清末民初文獻叢刊）
ISBN 978-7-5054-4357-0

Ⅰ. ①增… Ⅱ. ①李… ②歐… Ⅲ. ①章回小説一中國一清代 Ⅳ. ①I242.4

中國版本圖書館CIP數據核字(2018)第250793號

增補繪圖官場現形記（全三册）

作　　者　[清]李伯元
增　　注　[清]歐陽鉅元

選題策劃　楊麗麗　尚論聰
責任編輯　韓麗群
特約編輯　齊　芳
責任印制　張文東　陸競贏
封面設計　劉敬偉

出版發行　朝華出版社
社　　址　北京市西城區百萬莊大街24號　**郵政編碼**　100037
訂購電話　（010）68996618　68996050
傳　　真　（010）88415258（發行部）
聯系版權　j-yn@163.com
網　　址　http://zhcb.cipg.org.cn
印　　刷　藝堂印刷（天津）有限公司
經　　銷　全國新華書店
開　　本　880mm × 1230mm　1/32　**字　　數**　710千字
印　　張　38.5
版　　次　2019年2月第1版　2019年2月第1次印刷
裝　　别　精
書　　號　ISBN 978-7-5054-4357-0
定　　價　198.00元（全三册）

出版前言

中國自一八四〇年鴉片戰争以來，傳統的農業文明在西方的堅船利炮轟擊之下徹底被顛覆，有擔當的知識分子苦苦追尋，思索社會改革的途徑。從最初的『師夷長技以制夷』到『民主制度，天下之公理』（梁啓超語），他們發現要『强國富民』，首先要『開啓民智』，祇有民衆擁有了獨立思想和批判精神，國家纔能實現真正的强大。在此後一百年的時間裏（一八四〇—一九四九），思想者們從社會變革深入到國民性的改造，用每一部作品見證着中國近代化的遞變歷程。這是一個極其重要的時代，《清末民初文獻叢刊》正是收録了這一時期的作品，大部分書籍都是早期版本，有着極高的文獻研究價值。

清末的中國經歷了『三千年來未有之大變局』（李鴻章語），大清王朝面對西方列强的艦炮，表現得驚慌失措。尤其是鴉片戰争，使『天朝帝國萬世長存的迷信受到了致命的打擊，野蠻的、閉關自守的、與文明世界隔絶的狀態被打破了』（《馬克思恩格斯選集》）。一批士大夫知識分子，尤其是在歐美諸國擔任使臣或者游歷的知識分子最先覺醒，着眼于對西方國家的考察，進而反省本國政治制度的劣勢，可以視作『啓蒙』的端倪。如曾擔任駐英公使（兼任駐法公使）的郭嵩燾在《使西紀程》中以日記的形式記録了自己對歐西諸國的觀感，他在考察了英國的政治制度之後，發現英國政府官員收入超過三百磅者與普通老百姓一樣同等納税，他説：『此法誠善，然非民主之國，則勢有所不行。西洋所以享國長久，君民兼主國政故也。』他明確提出了『民主』，在國家的管理問題上，人民也有參與的權利。他在該書中所披露的西方政治、經濟、文化等領域優于大清帝國這一事實觸動了保守派的神經，立刻遭到保守派群起而攻之，進士何金壽彈劾他『有二心于英國，欲中國臣事之』，他家鄉湖南的民衆對他更是痛加詆毁，以至于滿城揭帖，誣蔑他『溝通洋人』，在這種群情洶洶的情況下，朝廷最後下旨將《使西紀程》毁版，從而使該書成了禁書。然而，書雖被毁版，却不能堵死民衆的傳播與閲讀的途徑，上海的《萬國公報》依舊連載該書，張佩綸曾説：『朝廷禁其書，而新聞紙接續刊刻，中外傳播如故也。』從某種意義上來説，啓蒙是時代的需要，盡管清政府發諭旨禁了該書，民衆乃至一些朝廷大員却依舊在私下閲讀，以便瞭解外部的世界。進步的社會是開放性的，任何企圖『閉關鎖國』的努力都意味着歷史的倒退，衹有開放，與整個世界文明保持同等的步伐，纔能實現真正的强國之夢。當大批知識分子走出閉鎖的國門，親歷了文明的洗禮之後，也就把啓蒙的智識帶回了中華大地。容閎的《西學東漸記》，梁啓超的《新大陸游記》，崔國因的《出使美日秘日記》等一大批作品介紹了海外諸國的政治、經濟、軍事、外交、文化。雖然這些作品在認識上仍然帶有時代的局限性，然而却是那時最爲珍貴的聲音。

另一方面，在學術上，中國文化母體内『經世致用』思想與資産階級思想相結合，也唤起了變革，以康有爲、梁啓超爲首的改良派試圖通過自上而下的革新以實現變革。康有爲的《新學僞經考》《孔子改制考》就是借經學之表論資産階級學説之裏的著作，康有爲的弟子梁啓超更是通過《新民説》一書提出國民性改造。與早期啓蒙者『師夷長技』的器物文明引進不同，梁啓超上升到形而上的精神領域，從文化心理上更加徹底地進行變革。梁氏是清朝末年到民國初年一個橋梁式的人物，被譽爲『輿論之驕子，天縱之文豪』，其影響力不但在學術領域，同時還在文學領域，他所倡導的『詩界革命』得到了譚嗣同、黄遵憲、丘逢甲等人的響應，黄遵憲的《日本雜事詩》，丘逢甲的《嶺雲海日樓詩鈔》都體現了這種主張。這一主張要求反映新的時代和新的思想，用『我手寫我口』（黄遵憲語）的方式直抒胸臆，對長期占詩壇主流的擬古主義、形式主義產生了巨大的衝擊，解放了寫作者的心靈和頭腦。

與社會變革同步的是早期對西方思想著作的翻譯，這裏面影響最大的是嚴復，他翻譯的《天演論》《社會通詮》等書直接孕育了民國一代的知識階層。魯迅、胡適等人在文章中都曾提到《天演論》對他們思想所產生的震撼。與嚴復略有不同的另一位翻譯家是林紓，他的譯作雖然參差不齊，但却在更細膩的心靈層次對讀者產生影響，許壽裳曾回憶，他和魯迅都熱衷于林譯的小説，如《巴黎茶花女遺事》《黑奴籲天録》《迦茵小傳》等作品。

辛亥革命之後，進步社會思潮成爲主流，比之清末思想啓蒙者『求存』的追求，民國以來的知識階層深入到了更加細微的肌理，一方面呼喚社會變革，另一方面進行點滴的建設，革命并不能使所有的一切一蹴而就，在更加深廣的領域，事物的改變是由微觀而宏觀。通俗地説，比之于革命，建設的意義更大。如《中國商業史》《中國教育史》《中國倫理學史》《中國哲學史大綱》《中國小説史略》等一大批作品都是進行系統的梳理與建設的理論作品。其中，以胡適和魯迅二人的影響最大，他們的作品一紙風靡，從而成爲新文化運動的主力人物。

《清末民初文獻叢刊》收録的文獻大致上可以分爲三個階段，其中龔自珍、張之洞、魏源、郭嵩燾、薛福成等人的作品可視爲『早期啓蒙』，康有爲、梁啓超、黄遵憲、嚴復、林紓等人的作品可視爲『中期啓蒙』，胡適、魯迅、蔡元培等人的作品可視爲『晚期啓蒙』。當然，這種劃分并非嚴格意義上的，大部分啓蒙思想者隨着時代的變化，其思想在不斷進步。縱觀整個近現代史，可以發現，要求變革不是在某一個領域，由某一類人發起和完成的，而是全社會的要求。變革，已經成爲全社會的共識。

從清末民初的文獻中，我們能够發現一種豐富性。這些作品涉及政治、經濟、軍事、教育、外交、宗教、心理、情感等方方面面，從内而外地净化着中國兩千年以來的封建積習。它不衹是對社會的改造，更是對人心靈的重塑；它首重國家社會之建設，同時亦重靈魂心智之喚醒；它是宏大的，也是微觀的；它是嚴肅莊重的，也是活潑靈動的；這些作品結構精巧，思想内容深刻，擁有濃厚的人文主義色彩，對推動社會主義建設，實現中國夢有重大意義，是近現代中國一百年來最宏富的智識與情感的寶藏。因此，整理這些文獻作品，無論是出于資料保存的目的，還是爲圖書館提供資料副本，都有不可估量的意義。

特定時代下的文獻，當它一旦形成（既指草擬，創作的完成，也指其成爲一個載體），就不可再複製了，也就意味着它將面對消亡。對于文獻資料而言，越接近歷史事件發生的時代記録，越具有研究價值。文獻本身具有不可再生性，它祇會消亡，而不會增多。盡管文獻本身的文字可以保留下來，并進行傳播，却失去了當時的時代氣息。當時的作品可能在技巧上，文字的成熟度上不及當代，但它所負載的信息，創作者的情感都反映了當時的歷史，也就是説，它具有不可替代的歷史意義。

影印的版本有三個特點，第一是擁有文獻的『原始性』；第二個特點是『未經改動的』；第三個特點是『歷史的原貌』。所謂『原始性』，也就是説，它是第一手資料，而非轉述的，回憶形成的；『未經改動的』，是指未被篡改、删節、挖補的；『歷史的原貌』是指在影印製作過程中，完全依照文獻的原來模樣……這樣製作出版的作品，無异延續了文獻的壽命。

近現代思想史上的一個最重大的思潮就是『開放』，從林則徐的『開眼看世界』到蔡元培的『兼容并包』，都是在倡導一種開放式的胸襟。而《清末民初文獻叢刊》最有魅力的部分就是『開放』這一主題，祇有融入到世界文明發展的進程中，中華文明纔能歷久彌新。

《清末民初文獻叢刊》編委會

二〇一七年四月十四日

凡例

一、《清末民初文獻叢刊》（以下簡稱『叢刊』）爲影印本，舉凡所用之底本，均爲該書之早期版本。有清末刊本，亦有民國印本。

二、《叢刊》均依底本影印，未予删改，僅代表作者個人觀點，不代表官方立場；原刊本有誤，不予校改，以保留文獻之原貌。

三、《叢刊》所用之底本，因時日久遠存在漫漶的情況，均進行了修復；底本闕文、印刷不清，均保留原貌。

四、爲讀者閲讀之便，《叢刊》中之舊底本目録未標記頁碼者，編了目次；原底本有頁碼和目録，未予重複編目。

五、爲保持文獻的原始風貌，影印本保留了原書書影（原書爲多册，則保留第一册書影）、扉頁等信息。所用底本無相應信息者，則不予妄添，以免錯訛。

目録

上册

中　册

下册

序

官之位高矣官之名貴矣官之權大矣官之威重矣五尺童子皆能知之古之人士農工商分為四民各事其事各業其業上無所擾亦下無所爭其後選舉之法興則登進之途雜士廢其讀農廢其耕工廢其技商廢其業皆注意於官之一字蓋官者有士農工商之利而無士農工商之勞者也天下愛之至深者謀之必善慕之至切者求之必工於是乎有脂韋滑稽者有貲緣奔競者而官之流品已極紊亂限資之例始於漢代定以十算乃得為吏開捐納之先路導輸助之濫觴所謂衣食足而知榮辱者直是欺人之談歸罪孝成無逃天地夫振飢出粟猶是游俠之風助邊輸財不遺忠愛之末乃至行博塞之道擲為孤注操販鬻之行居為奇貨其情可想其理可推矣沿至於今變本加厲凶年飢饉旱乾水溢皆得援救助之例邀獎勵之恩而所謂官者乃日出而未有窮期不至充塞宙宇不止　朝廷頒汰淘之法定澄敘之方　天子寄其耳目於督撫督撫寄其耳目於司道上下蒙蔽一如故舊尤其甚者假手胥小授意私人因苞苴而通融緣賄賂而解釋是欲除弊而轉滋之弊也烏乎可且昔亦嘗見夫官矣送迎之外無治績供張之外無材能忍飢渴冒寒暑行香則天明而往禀見則日昃而歸卒不知其何所為而來亦卒不知其何所為而去袁隨園之言曰當其雜坐戲謔欠伸假寐之時即鄉城老幼毀肢折體而待訴之時也當其脩垣轅治供具之時即胥吏舞文蹈案而逞權之時也怵目惕心無過於此而所謂官者方鳴其得意視為榮寵其為民作父母耶抑為督撫作奴耶試取

問之當亦啞然失笑矣不甯惟是田野不關訟獄不理則置諸不問應酬或缺孝敬或少則與
之為難大府以此責下吏下吏以此待大府論語曰上有好者下必有甚焉者矣易曰上行下
效捷於影響執是言也官之所以為官者殆可想像得之暴秦之立法也并禁腹誹有宋之覆
國也以發清議若官者輔　天子則不足壓百姓則有餘以其位之高以其名之貴以其權之
大以其威之重有語其後者刑罰出之有誚其旁者拘縶隨之明達之士豈故為寒蟬仗馬哉
懾之於心故慎之於口耳其意若曰是固可以賈禍者我既不係社稷之輕重亦無關　朝廷
之安危官雖苛暴而無與我之身家官雖貪黷而無與我之資產則亦聽之而已矣又何必拂
其心而攖其怒乎於是官之氣愈張官之談愈烈羊狠狼貪之技他人所不忍出者而官出之
蠅營狗苟之行他人所不屑為者而官為之下之聲色貨利則嗜若性命般樂飲酒則視為故
常觀其外偭規而錯矩觀其內踰閑而蕩檢種種荒謬種種乖戾雖罄紙墨不能書也得失重
則妒忌之心生傾軋甚則睚眦之怨起古之人以講學而分門户以固位而立黨援比比然也
而官則或因調換而齟齬或因委署而齮齕所謂投骨於地犬必爭之者是也其柔而害物者
且出全力以搏之設深心以陷之攻擊過於勇夫蹈襲逾於強敵宜其知己知彼百戰百勝矣
而終不免於報復者子輿氏曰殺人父者人亦殺其父殺人兄者人亦殺其兄戰國策曰螳螂
捕蟬不知黃雀之在其後即此類也天下可恐者莫若盜賊然盜賊處暫而官處常天下可[illegible]
者莫若仇讐然仇讐在明而官在暗吾不知設官分職之始亦嘗計及乎此耶抑官之性有異

於人之性故有以致於此耶國衰而官強國貧而官富孝弟忠信之舊敗於官之身禮義廉恥之遺壞於官之手而官之所以為人詬病為人輕褻者蓋非一朝一夕之故其所由來者漸矣南亭亭長有東方之諧謔與淳于之滑稽又熟知夫官之齷齪卑鄙之要凡昏瞶糊塗之大旨欲提其耳則彼方如巢許之掩之而走欲唾其面則彼又如師德之使其自乾因喟然歎曰昔嚴介溪敬禮能作古文之人人或訝之介溪愀然曰我輩他日定評在其筆下是知古今來大奸大慝天變不足畏人言不足卹而惟竊竊焉以身後為慮是何故哉蓋猶未忘恥之一字也佛家之論因果曰過去曰未來曰現在過去之恥固若存而若亡未來之恥亦可有而可無而現在之恥則未有不思涴濯之以滌其污彌縫之以泯其跡者且夫訓教者父兄之任也規箴者朋友之道也諷諫者臣子之義也獻進者矇瞽之分也我之於官既無統屬亦鮮關係惟有以含蓄醞釀存其忠厚以酣暢淋漓闡其隱微則庶幾近矣窮年累月殫精竭誠成書一帙名曰官場現形記立體仿諸稗野則無鉤章棘句之嫌紀事出以方言則無詰屈聱牙之苦開卷一過凡神禹所不能鑄之於鼎溫嶠所不能燭之以犀者無不畢備曹孟德得陳琳檄而愈頭風杜子美對張良傳而浮太白讀是編者知必有同情者已

光緒癸卯中秋後五日茂苑惜秋生

目錄

初編

續編

三編

望成名學究訓頑兒
蜂撣窗紙塵浸硯

請制藝鄉紳勗後進

錢典史同行說官趣

趙孝廉下第受奴欺
貴府大

苦鑽差黑夜謁黃堂

白簡留
情補祝壽

藩司賣缺
兄弟失和

少訊練
副將降
都司

式宴嘉賓中丞演禮

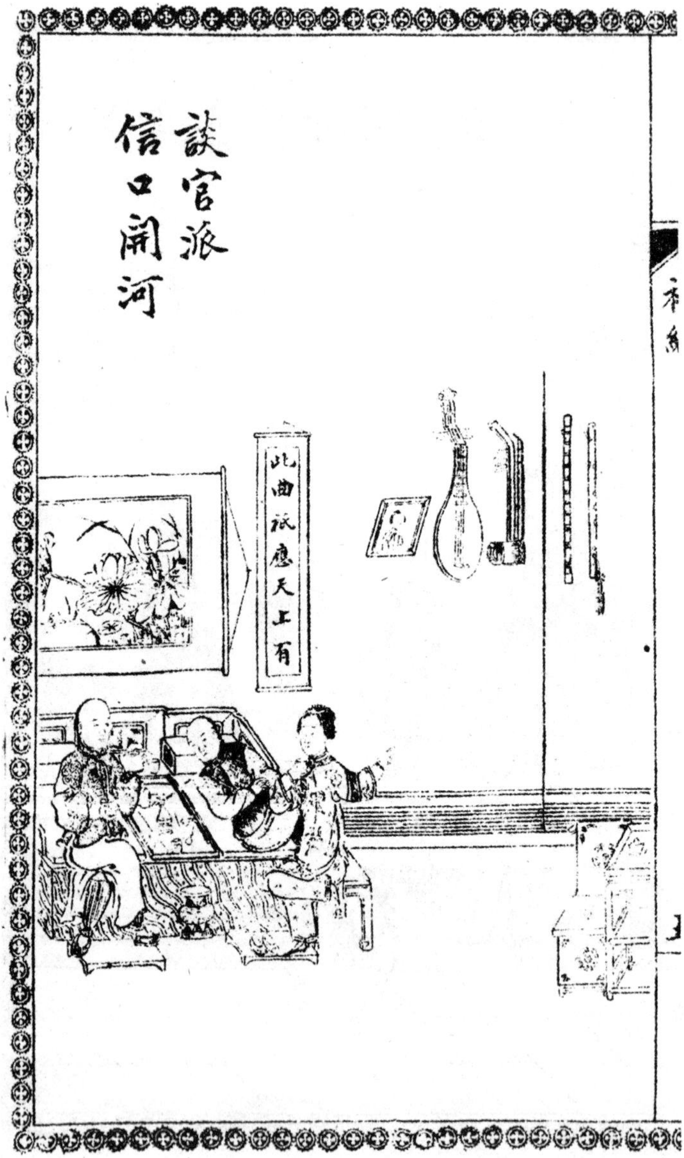
談官派
信口開河
此曲祇應天上有

觀察公討銀翻臉

送靴妹和尚多事

窮佐雜黃緣說差使

劉韓青隔船喫醋

望成名學究訓頑兒 講制藝鄉紳勗後進

話說陝西同州府朝邑縣。城南三十里地方。原有一個村莊。這莊內住的。只有趙方二姓。並無他族。這莊叫小不小。叫大不大。也有二三十戶人家。祖上世代務農。到了姓趙的爺爺手裡居然請了先生。教他兒子攻書。（讀書是做官的根本）到他孫子。忽然得中一名黌門秀士。（白戶出公卿鄉下人進了一名秀士比城市間中了一名進士還要體面）鄉裡人眼淺。看見中了秀才。竟是非同小可。合莊的人。都把他推戴起來。姓方的便漸漸不敵了。姓方的瞧着眼熱。（勢利中於人心）有幾家該錢的。也就不惜工本。公開一個學堂。又到城裡請了一位舉人老夫子。下鄉來教他們的子弟讀書。（一人善射百夫決拾）這舉人姓王名仁。因為上了年紀。也就絕意進取。到得鄉間。盡心教授。（暮年發科也只好苦守青氊罷了）不上幾年。居然造就出幾個人材。有的也會對個對兒。有的也會綴幾句詩。內中有個天分高強的。竟把筆做了開講。（以師此教弟子以此習民智之不開皆由於此）把這幾個東家。歡喜的了不得。到了九月重陽。大家商議着。明年還請這個先生。王仁見館地蟬聯。心中自是歡喜。（倚館為生者最怕失館）這個會做開講的學生。他父親叫方必開。他家門前。原有兩個合抱大樹。分列左右。因此鄉下人都叫他為大樹頭方家。（新名）這方必開因見兒子有了怎麼大的能耐。便說自明年為始。另外送先生四貫銅錢。（既聯館又加修門館先生總算運通）不在話下。且說是年正值大比之年。那姓趙的便送孫子去赶大考。考罷回家。天天望榜。自不必說到了重陽過後。有一天早上。大家方在睡夢之中。忽聽得一陣馬鈴聲響。大家被他驚醒開門看處。只見一群人。擁簇着向西而去。（鄉人見所未見）仔細一打聽。却說趙相公考中了舉人了。（一舉成名天下知）此時方必開也隨了大眾。在街上看熱鬧。得了這個信息。連忙一口氣。跑到趙家門前探望。只見有一群人。頭上戴着紅纓帽子。正忙着在那裡貼報條呢。（增光門楣）方必開自從兒子讀了書。西瓜大的字。也跟着學會了好幾担。放在肚裡。（虧他放得下去）這時候他一心一意。都在這報條上。一頭看。一頭念道。喜報貴府老爺趙印溫應本科陝西鄉試高中第四十一名舉人。喜報人卜連元。他看了又看。念了又念。正在那裡搖嘴弄舌。（開宗明義先描摹田舍翁歆羨科舉之榮貴為入仕途之始基是一部之大關鍵）不提防肩膀上有人拍了他一下。叫他一聲親家。方必開嚇了一跳。定神一看。不是別人。就是那新舉人趙溫的爺爺趙老頭兒。原來這方必開。前頭因為趙府上中了秀才。他已有心攀附。忙把自己第三個女孩子。托人做媒。許給趙溫的兄弟。（田舍翁最要攀高親）所以這老頭兒趕着他叫親家。他定睛一看。見是太親翁。也不及登堂入室。便在大門外頭。當街爬下。綳冬綳冬的磕了三個頭。（活畫出一個趨炎附勢人窮形盡相）趙老頭兒還禮不迭。趕忙扶他起來。方必開一面撣着自己衣服上的泥。一面說道。你老今後可相信咱的話了。咱從前常說。城裡鄉紳老爺們的眼力。是再不錯的。十年前。城裡石牌樓王鄉紳下來上墳。是借你這屋裡打的尖。王老先生飯後無事。走到書房。可巧一班學生在那裡對對兒哩。王老先生一時高興。便說我也出一個你們對對。剛剛那天下了兩點雨。王老先生出的上聯。就是下雨兩個字。我想着你們這位少老爺。便冲口而出。說是什麽出太陽。王老先生點了點頭兒。說道。下雨兩個字。出太陽三個字。雖然差了點。總算口氣還好。將來這孩子倒或者有點出息。凡大人先生之號為知言者不過談言微中耳而一入野老之口偏若其言如響於是無識者流遂真以為有知人之鑒矣你老想想看。這可不應了王老先生的話嗎。趙老頭兒道。可不是呢。不是你題起。我倒忘記這會子事了。眼前已是九月。大約月底月初。王老先生一定要下來上墳的。親家那時候把你家的孩子。一齊叫了來。等王老先生考考他們。將來望你們令郎。也同我這小孫子一樣就好了。一若真有相人術者方必開聽了這話。心中自是歡喜。又說了半天的話。方且告別回家。那時候已有午牌過後。家裡人擺上飯來。叫他吃也不吃。却是自己一個人。背着手。在書房廊前踱來踱去。嘴內不住的自言自語。什麽捷報貴府少老爺。什麽報喜人卜連元。着魔至此想子孫家必有發蹟者矣裡人聽了都不明白。還虧了這書房裡的王先生。他是曾經發達過的人。曉得其中奧妙。明太祖以科第籠絡天下之人材原欲人家爭羨聽了聽。就說這是報條上的話。他不住的念這個。却是何故。低頭一想。明白了。一定是今天趙家孩子中舉。東家見了眼饞。又勾起那痰迷心竅老毛病來了。勢利之中於人心竟至痰迷心竅真正可憐又可笑忙叫老三。快把你爹爹攙到屋裡來坐。別叫他在風地裡吹。這老三便是會做開講的那孩子。聽了這話。忙把父親扶了進來。誰知他父親跑進書房。就跪在地當中。朝着先生一連磕了二十四個響頭。你自己兒子不掙氣只怕磕破頭皮也不中用先生忙忙還禮不迭。連忙一手扶起了方必開。一面嘴裡說東翁有話好講。這從那裡說起。這時候方必開一句話也說不出來。拿手指指自家的心。又拿手指指他兒子老三。又雙手照着王仁拱了一拱。你要你兒子掙氣只消你兒子不如你的心王

仁的心上已明白了三四分了。就拿手指着老三問道。東翁。你是為了他麼。方必開點點頭兒
王仁道。這個容易。隨手拉過一條板櫈。讓東家坐下。又去拉手老三的手。說道。老三。你知道你
爹爹今兒這個樣子。是為的誰呀。老三回。我不知道。（回答得妙）王仁道。為的是你。老三說為我什麼。
（反問得妙）王仁道。你沒有聽見說不是你趙家太哥哥。他今兒中了舉人麼。老三說。他中他的。與我
甚麼相干。（推絕得妙）王仁道。不是這樣講。雖說人家中舉。與你無干。倒底是爹爹眼睛裡。總有點火
辣辣的。老三說。他辣他的。又與我什麼相干。（一點不關痛癢說得斬釘截鐵）王仁道。這就是你錯了。老三道。我
錯甚麼。（駁得妙）王仁道。你父親就是你一個兒子。既然叫你讀了書。自然望你巴結上進。將來也
同你趙家大哥哥一樣。掙個舉人同來。老三道。中了舉人有什麼好處呢。（又反問得妙）王仁道。中舉
之後。一路上去。中進士。拉翰林。好處多着哩。老三道。到底有什麼好處呢。（又裝作不知者妙）王仁道。拉
了翰林。就有官做。做了官就有錢賺。還要坐堂打人。出起門來。開鑼喝道。阿唷唷。這些好處。不念
書。不中舉。那裡來呢。老三孩子雖小。聽了做了官。就有錢賺一句話。口雖不言。心內也有幾分
活動了。（口雖如此心亦羨慕）悶了半天不作聲。又停了一會子。忽然問道。師傅你也是舉人。為甚麼不去
中進士做官呢。（純刻日月無光自問當詠哇然失笑）那時候。方必開聽了先生教他兒子的一番話。心上一時歡
喜。喉嚨裡的痰也就活動了許多。後來又聽見先生說什麼做了官。就有錢賺。他就哇的一聲
一大口的粘痰。嘔了出來。剛剛吐得一半。忽然又見他兒子回駁先生的幾句話。駁的先生瞪
口無言。他的痰也就擱在嘴裡頭。不往外吐了。（父深屬望於子而子不能仰體父心并忤師訓豈不活活氣死）直鉤鉤兩隻眼

睛瞪着先生。看他拿什麼話回答學生。只見那王仁楞了好半天。臉上紅一陣。白一陣。面色很不好看。（想來惱羞成怒）忽然把眼睛一瞪。吹了吹鬍子。一手提起戒尺。指着老三罵道。混帳東西。我今兒一番好意。拿好話教導與你。你倒教訓起我來了。問問你爹爹。請了我來是叫我管的你呢。還是叫你管我的。學生都要管起師傅來。這還了得。這個館不能處了。一定要辭館。一定辭館。（做足學勢又不敢打學生又不敢得罪東翁只好拿辭館來壓制）這方必鬧。是從來沒見先生發過這樣大的氣。今兒明明曉得是他兒子的不是。沖撞了他。惹出來的禍。但是滿肚子裡的痰。越發湧了上來。要吐吐不出。要說說不出。急的兩手亂抓。嘴唇邊吐出些白沫來。（險些把老人家送掉性命）老三還在那裡嘰哩咕嚕。說是個好些兒的。就去中進士做官給我看。不要在我們家裡混悶飯吃。（活畫出刻氣孩子不服氣口氣）王仁聽了這話。更是火上加油。拿着板子趕過來打。（到此也顧不得許多了）老三又哭又跳。閙的越發大了。（索性撒潑起來）還是老三的叔叔聽見不像樣。趕了進來。拍了老三兩下。又朝着先生作了幾個揖。賠了許多話。把哥子攙了出來。纔完的事。（只有旁邊人好打圓場）按下不表。且說趙老頭兒自從孫子中舉得意非凡。當下就有報房裡人。三五成群。住在他家。鎮日價大魚大肉的供給。就是鴉片烟。也是趙家的。趙老頭兒就把一向來往的鄉姻世族誼。開了横單。交給報房裡人。叫他填寫報條。一家家去送。（接待報事人發報條是第一件事）又忙着看日子。祭宗祠。到城裡雇的廚子。說要整猪整羊上供。還要炮手樂工禮生。又忙着檢日子。請喜酒。一應鄉姻世族誼。都要請到。（催廚炮禮樂祭祖請客是第二件事）還說如今孫子中了孝廉。從此以後。又多幾個同年人家走動了。又忙着叫木匠做好六根棋杆。自家門前兩根。坟上兩根。祠堂兩根。又忙着做好一塊匾。要想求位翰林老先生題孝廉第三個字。想來想去。城裡頭沒有這位闊親戚可以求得的。只有坟鄰王鄉紳。春秋二季下鄉掃墓曾經見過幾面。因此淵源就去送了一分厚禮央告他寫了三個字。連夜叫漆匠做好。掛在門前好不榮耀。叫木匠做旂杆上匾是第三件事又忙着替孫子做了一套及時應令的棉袍褂預備開賀的那一天好穿了陪客。喚成衣做袍套是第四件事趙老頭兒祖孫三代。究竟都是鄉下人。見識有限。那裡能殼照顧這許多。全虧他親家。把他西賓王孝廉。請了過來一同帮忙。纔能這般有條不紊。請王孝廉帮忙承上一邊訓徒啓下一邊陪客當下又備了一副大紅帖。上寫着謹擇十月初三日。因小孫秋闈僥倖。敬治薄酒。恭候台光。下寫的趙大禮率男百壽。暨孫温載拜。外面紅封套。籤條居中寫着王大人三個字。下面注着城裡石牌樓進士第八個小字。大家知道。請的就是那王鄉紳了。小家子暴發第一著是要攀高另外又煩王孝廉寫了一封四六信。無非是仰慕他。記掛他。屆期務必求他賞光的一派話。趙老頭兒又叫在後面加注一筆。說趕初一。先打發孩子。趕驢上城。等初二就好騎了下來。這裡打掃了兩間莊房。好請他多住幾天。鄉人請貴客深恐不來所以要加函代邀又訂趕驢迎接掃榻款留以獻一番殷勤之意使他無可推卻帖子送去。王鄉紳答應說來。趙老頭兒不勝之喜。有事便長。無話便短。看看日子。一天近似一天。趙家一門大小。日夜忙碌。早已弄得筋皮力盡。人仰馬翻。田户人家一旦子孫發榜难有如此手忙脚亂情形到了初三黑早。趙老頭兒從炕上爬起。喚醒了老伴。并一家人起來。打火燒水洗臉。換衣裳。吃早飯。諸事停當。已有辰牌時分。趕着先到祠堂裡上祭。當下都讓這中舉的趙温。走在頭裡。屁股後頭。方是他爺爺。

他爹爹。他叔子。他兄弟。跟了一大串。（今天是他主祭自然要讓他走在前頭）走進了祠堂門。有幾個本家。都迎了出來。（也不來理趙看看是甚麼）只有一個老漢。嘴上掛着兩撇鬍子。手裡拿着一根長旱烟袋。坐在那里不動。（族長有族長的身分）趙溫一見。認得他是族長。慌忙走過來。叫了一聲大公公。那老漢點點頭兒。拿眼把他上下估量了一回。單讓他一個坐下。同他講道。大相公恭喜你。現在做了皇帝家人了。（即開口見一種世老公公的身分）不知道我們祖先積了些什麼陰功。今日都應在你一人身上。聽見老一輩子的人講。要中一個舉。是很不容易呢。進去考的時候。祖宗三代都跟了進去。站在龍門等幫着你抗考籃。不然。那一百多斤的東西怎麼那得動呢。（說來活龍活現若真有其事者）還說是文昌老爺。是陰朝的主考。等到放榜的那一天。文昌老爺。穿戴着紗帽圓領。坐在上面。底下圍着多少判官。在那里寫榜。陰間裡中的是誰。陽間裡的榜上也就中誰。那是一點不會錯的。到這時候。那些中舉的祖宗三代。又要到陰間裡看榜。又要到玉皇大帝跟前謝恩。總要三四夜不能睡覺呢。（鄙俚如此真是鄉下人靠筆墨說話）大相公。這些祖先。熬到今天。受你的供。真真是不容易呢。（一個舉人有多少大眼淺如此故不若書房學生倒有見識）爺兒兩個。正在屋裡講話。忽然外面一片人聲吵鬧。問是什麼事情。只見趙溫的爺爺。滿頭是汗。正在那里跺着腳罵廚子。說他們到如今還不來。這些王八崽子。不吃好草料的。停會子告訴。王鄉紳。一定送他們到衙門裡去。（纔有一個舉人便要倚勢壓人可見那時舉人是中不得的）嘴裡罵着。手裡拿着一頂大帽子。借他當扇子扇。搖來搖去。氣得眼睛都發了紅了。（他一開口就說一晚沒有睡覺你如何不叫來誤了他的公事白氣要說曾了）正說着。只見廚子挑了碗盞傢伙進來。大家拿他抱怨。廚子回說。我的爺。從早晨到如餓着肚皮。走了三十多里路。為的那一項。半個老錢沒有看見。倒說先把咱往衙門裡送。城裡的大官大府。翰林尚書。咱伺候過多少。此等人出入富貴人家眼睛向來看大倒不可以大帽子壓之沒照過他這門樣的暴發戶。在咱面上混充老爺。開口王鄉紳。閉口王鄉紳。像他這樣的老爺。只怕替王鄉紳檢鞋還不要他哩。罵得活有趣此中人批評一點不會錯的一面罵。一面把抄菜的杓子。往地下一摜。說咱老子不做了。等他送罷。索性丟他們炒鍋這裡大家見廚子動了氣。不做菜。祠堂祭不成。大家坍台。又虧了趙溫的叔叔。走過來左說好話。右說好話。好容易把廚子騙住了。一樣一樣的做現成了。端上去擺供。當下合族。公推新孝廉主祭。族長陪祭。大眾跟着磕頭。雖有贊禮生在旁邊吆喝着。無奈他們都是鄉下人。不懂得這樣的規矩。也有先作揖後磕頭的。也有磕起頭來再作一個揖的。禮生見他們參差不齊。也只好由着他們敷衍了事。情形畢肖筆墨亦錯落有致一時祭罷祠堂。同到自己屋裏。便是一起一起的人來客往。算起來還是穿草鞋的多。送的分子。倒也絡繹不斷。頂多的一百銅錢。其餘二十三十也有。再少卻亦沒有了。一種草鞋親今天也着實破費看看日頭向西。人報王鄉紳下來了。趙老頭兒祖孫三代。早已等得心焦。吃喜酒的人。都要等着王鄉紳來到。方且開席。大家餓着肚皮。亦正等的不耐煩。忽聽說來了。就賽如天上掉下來的一般。大家迎了出來。原來這王鄉紳坐的是轎車。還沒有走到門前。趙溫的爹爹。搶上一步。把牲口攏住。帶至門前。王鄉紳下車。爺兒三個連忙打恭作揖。如同捧鳳凰似的捧了進來。在上首第一位坐下。一天忙落所謂祇他一位是大客如何不起敬這裡請的陪客。只有王孝廉賓東兩個。王孝廉同王鄉紳敘起來還是本家。王孝廉比王鄉紳小一輩。因此他二人以叔姪相稱。他東家方必開。因為趙老頭兒說過。今日有心。要叫王鄉紳。考考他兒子老三的才情。所以也戴了紅帽子。白頂子。穿着天青外褂。（孩子亦穿套載頂着實要體面）裝做斯斯文文的樣子。陪在下面。但是脚底下却没有着靴。只穿得一雙綠梁的青布鞋罷了。（只繡殺了頭不畏脚）王鄉紳坐定。尚未開談。先喊了一聲來。只見一個戴紅纓帽子的二爺。答應了一聲者。（這宗閑官派鄉下人真見所未見）王鄉紳就說我們帶來的點小意思。交代了没有。二爺未及回話。趙老頭兒手裡。早拿着一個小紅封套兒。朝着王鄉紳說。又要你老破費了。這是斷斷不敢當的。（不要嫌少嗎）王鄉紳那裡肯休。趙老頭兒無奈。只得收來。叫孫子過來。叩謝王公公。（總算物輕人意重）當下吃過一開茶。就叫開席。王鄉紳一席居中。兩傍雖有幾席。都是穿草鞋穿短打的一班人。還有些上不得臺盤的。都在天井裡等着呢。（跑來一群餓狗）這里送酒安席。一應規矩。趙老頭兒全然不懂。一概託了王孝廉。替他代作主人。（樂得做個現成主人）當下王鄉紳居中面南。王孝廉面西。方必開面東。他祖孫兩個坐在底下作陪。一時酒罷三巡。菜上五進。王鄉紳叔侄兩個。講到今年那省主考放的某人。中出來的闈墨。一定是清真雅正。出色當行。又講到今科本縣所中的幾位新孝廉。一個個都是揣摩功深。未曾出榜之前。早決他們是一定要發達的。果然不出所料。足見文章有價名下無虛。（對此一無知識之人偏欲咬文嚼字賣弄自己才情此是文人通病）兩人講到得意之際。不知不覺的多飲了幾杯。原來這王鄉紳。也是兩榜進士出身。做過一任監察御史。後因年老告病回家。就在本縣書院掌教。（名為書院掌教實則在家食俸不過資格照應而已矣）現在滿桌的人。除王孝廉外。便沒有第二個。可以談得來的。趙溫雖說新中衆。無奈他是少年新進。王鄉紳還不肯他放在眼裡。至於他爺爺及乃必開兩個到了此時。都變成鋸了嘴的葫蘆。只有執壺斟酒。舉箸讓菜。並無可以插得嘴的地方。所以也只好默默無言。未能賓王處散卻要倘從不安官何必請此貴客王鄉紳飲至半酣。文思泉湧。議論風生。不禁大聲向王孝廉說道。老姪。你估量這制藝一道。還有多少年的氣運。豈知是氣運不長了王孝廉一聽這話。心中不解。一句也答不上來。筷子上夾了一個肉圓。也不往嘴裡送。只是睜着兩隻眼睛。望着王鄉紳。王鄉紳便把頭點了兩點。說道。這事說起來話長。國朝諸大家。是不用說了。單就我們這陝西兩論。一位路潤生先生。他造就的人才。也就不少。前頭入閣拜相的閻老先生。同那做刑部大堂的他們那位貴族。那一個不是從小讀着路先生的制藝。到後來纔有這們大的經濟。從前文章經濟今日却變爲誤盡蒼生了一面說。一手指着趙家祖孫。口內又說道。就以區區兩論。記得那一年。我纔十七歲。纔學着開筆做文章。從的是史步通史老先生。這位史老先生。雖說是個老貢生下個十三場沒有中舉。一部仁在堂文稿。他卻是滾瓜爛熟。記在肚裡。前輩名宿不過如此我還記得。我一開手。他叫我讀的就是制藝引全。是引人入門的法子。一天祗教我讀半篇。因我記性不好。先生就把這篇文章。裁了下來。用漿子糊在桌上。叫我低着頭想。偏偏念死念不熟。爲這上頭。也不知捱了多少打。罰了多少跪。到如今才掙得兩榜進士。唉。雖然吃了多少苦。也還不算寃枉。大言丈夫把鄉下人一聲嚇倒王孝廉接口道。這才合了俗語說的一句話。叫做吃得苦中苦。方爲人上人。別的不講。單是方才這幾句話。不是你老人家一番閱歷。也不能說得如此親切。叔姪針鋒相對王鄉紳一聽此言。不禁眉飛色舞。拿手向王孝廉身上一拍說道。對了。老侄你能穀說出這句話來。你的文章也着實有工夫了。（一個酷胡盧幾乎潑翻）現在我雖不求仕進。你也無意功名。你在鄉下授徒。我在城中掌教。一樣是替路先生宏宣教育。替皇上家培養人才。這裡頭消長盈虛。關係甚重。老侄你自己不要看輕。這個重擔。却在我叔侄兩人身上。將來維持世運。歷刼不磨。（一髮千鈞之任仔肩甚重）趙世兄他日前雖說是新中舉。總是我們斯文一派。將來昌明聖教。繼往開來。舍我其誰。當仁不讓。小子勉乎哉。小子勉乎哉。說到這里。不覺閉着眼睛。顛頭播腦起來。（科第中如此迂腐安得不被外人齒冷）趙溫聽了此言。不禁肅然起敬。他爺爺同方必聞。起先尚懂得一二。知道他們講的無非文章後來王鄉紳滿口掉文。又做出許多痴像。笑又不敢笑。說又沒得說。（請看兩個書痴子不如同野老講講田家風以倒是天真爛熳）正在疑惑之際。不提防外頭一片聲嚷吵鬧起來。仔細一問。原來是王鄉紳的二爺因為他主人送了二分銀子的賀禮。趙溫的爹爹開消他三個銅錢的脚錢。他在那里嫌少。掙着要添。趙溫的爹爹說。你主人止送了二分銀子。換起來不到三十個錢。現在我給你三個銅錢已經是格外的了。（如此說法明是嫌人家禮輕豈不得罪客人）二爺說脚錢不添。大遠的奔了來。飯總要吃一椀。趙溫的爹爹不給他吃。他吵着一定要吃。自己又跑到厨門搶麪吃。厨子不答應。因此爭吵起來。（小家子樣）（吝性成每於小處情形畢露）一直鬧到堂屋裡。王鄉紳站起來罵王八蛋。沒有王法的東西。當下還虧了王孝廉出來做好做歹。自己掏腰摸出兩個銅錢。給他買燒餅吃。方才無話。（如此易打發之事亦值得爭吵）坐定之後。王鄉紳還在那里生氣。嘴裡說回去一定拿片子送到衙門裡。打這王八蛋子幾百板子。

戒戒他二次纔好。（申斥自己二爺勝如奚落主人）究竟趙老頭兒是個心慈而軟的人。聽了這話。連忙替他求情。說受了官刑的人。就是死了做了鬼。是一輩子不會超生的。這不毀了他嗎。你老那里不陰功積德。回來教訓他幾句。戒戒他下回罷了。（終究是老實人偏偏信以為真）王鄉紳聽了不作聲。方必開忽然想起趙老頭兒的話。要叫王鄉紳考考他兒子的才情。就起身離座去找老三。（虧他還不忘記）叫喚了半天。前前後後。那里有老三的影子。後來找到廚房裡。纔見老三伸着油晃晃的兩隻手。在那裡啃骨頭。一見他老子來到。就拿油手往簇新的衣服上亂擦亂抹。（老牛舐犢情深偏出此下流東西真觸出可使）他老子又恨兒子不長進。又是可惜衣服。急的眼睛裡冒火。當下忍着氣。不說別的。先拿過一條揩布。替兒子揩手。說要同他前面去見王鄉紳。老三是個上不得臺盤的人。任憑他老子說得如何天花亂墜。他總是不肯去。他老子一時恨不過。狠狠的打了他一下耳刮子。他哇的一聲哭了。大家忙過來勸住。他老子見是如此。也只好罷了。（一團高興偏偏不抱脚也只好付諸一歎了）這裡王鄉紳。又吃過幾樣菜。起身告辭。趙老頭兒又托王孝廉。替他說孫子年紀小。不曾出過門。王府上可有使喚不着的管家。請薦一位。好跟着孫子明年上京會試。（托薦管家是為下文惡奴欺主張本）王鄉紳也應允了。方纔大家送出大門。上車而去。欲知後事如何。且聽下回分解。

錢典史同行說官話
趙孝廉下第受奴欺

話說趙家中舉開賀一連忙了幾天便有本學老師叫門斗傳話下來叫趙溫即日起省填寫親供（開賀已畢即須填寫親供一筆不漏）當下爺兒三代買了酒肉請門斗飽餐一飯又給了幾百銅錢門斗去後趙溫便躊躇這親供如何填法幸虧請教了老前輩王孝廉一五一十的都教給他趙溫不勝之喜他爺爺又向親家方必開商量要請王孝廉同到省城去走一遭隨時可以請教（邀請王孝廉同行方說到王鄉紳家引薦錢典史一同進京是文章移花接木法）方必開一來迫於太親翁之命二來是他女兒大伯子中舉的大事還有什麼不愿意麼隨即滿口應允趙老頭兒自是感激不盡取過歷本一看十月十五是個長行百事皆宜的黃道吉日遂定在這天起身因為自已牲口不彀又問方親家借了兩匹驢幾天頭裡便是幾門親戚前來餞禮送行趙溫一概領受（送日餞行應有儘有）閑話少敘轉眼之間已到十四他爺爺他爹爹忙了一天到得晚上這一夜更不曾睡覺替他弄這樣弄那樣忙了個六神不安（一向不曾出門必要添置行李所以要忙）十五大早趙溫起來洗過臉吃飽了肚皮外面的牲口早已伺候好了少停一刻方必開伺了王孝廉也踱過來趙溫便向他爺爺爹爹磕頭告行趙老頭兒又朝着王孝廉作了一個揖托他照料孫子王孝廉趕忙還禮不迭等到行完了禮一同送出大門騎上牲口順着大路便向城中進發原來幾天頭裡王鄉紳有信下來說趙世兄

如若上省填親供可便道來城在舍下盤桓幾日必須要補出王鄉紳寫信來請方不掛漏方不硬出所以趙溫同了王孝廉走了半天一直進城投奔石牌樓而來王孝廉是熟門熟路管門的一向認得立時請進并不阻擋趙溫却是頭一次幸虧他素來細心下驢之後便留心觀看補敘鄉官人家體制却於趙溫目中寫出傳神門堵只見門前粉白照墻一座當日寫着鴻禧兩個大字東西兩根棋杆大門左右水磨八字磚墻兩扇黑漆大門銅環擦得雪亮門外掛着一塊勸募秦晉賑捐分局的招牌兩面兩扇虎頭牌寫着局務重地閑人免進八個大字還有兩根半紅半黑的棍子掛在牌上大門之內便是六扇藍漆屏門上面懸着一塊紅底子金字的匾寫着進士第三個字兩邊貼着多少新科舉人的報條也有認得的也有不認得的算來却都是同年的不少新中舉人報條偏要遠赴趙溫的喜筵是城裡鄉紳與鄉下暴發戶最要聯絡的兩邊墻上還掛着幾頂帽子兩條皮鞭子門上的人因為他是王孝廉同來的人也就讓他進去轉過屏門便是穿堂上面也有三間大廳却無桌椅枱櫈兩面靠墻橫七豎八擺着幾副銜牌甚麼丙子科舉人庚辰科進士賜進士出身欽點主政江西道監察御史趙溫心中明白這些都是王鄉紳自家的官銜虧他曉得王鄉紳的銜牌不須中舉另外還擺着半新半舊的兩頂轎子又轉過一重屏門方是一個大院子上面五間大廳其時已是十月正中掛着大紅洋布的板門簾前回跟着王鄉紳下鄉王孝廉給他兩個銅錢買燒餅吃的兩個二爺正在廊簷底下提着一把溺壺走來一見他來連忙站住虧他不忘前情迎上來朝着王孝廉打了一個千問他幾時來的與小人最不可結怨一結怨即要處處報復反是可畏王孝廉回說才到那二爺瞧瞧趙溫也像認得却是不

理他（想是看不起他小家子）一面說話一面讓屋裡坐趙溫也跟了進去原來居中是三間統廳兩頭兩側房間上頭也懸着一塊匾是崇恥堂三個字下面落的是汪鳴鑾的欵趙溫念過墨卷曉得這汪鳴鑾就是那做能自彊齋文稿的柳門先生他本是一代文宗不覺肅然起敬（八股家遺在當今）當中懸着一副御筆寫得龍虎兩字却是石刻朱搨的兩邊一副對子是閻丹初閒老先生的款（又是一個文章經濟）天然几上一個古鼎一個瓶一面鏡子居中一張方桌兩旁八張椅子四個茶几上面梁上還有幾個像神像盒子的東西紅漆描金甚是好看趙溫不認得是什麼東西悄悄請教老前輩王孝廉對他說這是盛誥封軸子的趙溫還不曉得什麼叫誥命（連個誥命還沒知道虧他是個舉子）正想追問裡頭王鄉紳拖着一雙鞋手裡拿着一根旱烟袋已經出來了王孝廉連上前請了一個安王鄉紳把他一扶跟手趙溫已經爬在地下了王鄉紳忙過來呵下腰去扶他嘴裡雖說還禮兩條腿却没有動等到趙溫起來他才還了一個揖分賓坐下（看他歷歷敘來一絲不亂一筆不苟亦是能手）趙溫坐的是東面一排第二張椅子王孝廉坐的是西面第二張椅子王鄉紳就在西面第三張上坐了相陪王鄉紳先開口問趙溫的爺爺爹爹的好誰知他到了此時不但他爺爺臨走囑付他到城之後見了王鄉紳替他問好的話一句說不上來連聽了王鄉紳的話也不知如何回答面孔漲得通紅嘴裡吱吱了半天才回了個好字（才出書房之人確有如此情形虧他如何描得出來真神妙之筆也）王鄉紳見他如此也就不同他再說别的了只和王孝廉說來幾句言談之間王鄉紳題起有個舍親姓錢號叫伯芳是內人第二個胞兄在江西做過一任典史（此處借王鄉紳口中突出錢典史下文方不突如其）

（未）那年新撫台到任不上三個月不知怎樣就把他罣誤了却不料他官雖然祇做得一任任上的錢倒着實賣得幾文回來你們一進城看見那一片新房子就是他的任宅（點出錢典史任宅下回找去不必問信）做官不論大小總要像他這樣這官才不算白做現在他已經托了人替他謀幹了一個開復一過年也想到京裡走走看有什麼路子弄封把八行還是出來做他的典史（先敘出錢典史）（晉京謀幹已埋根株然後漸漸引入）王孝廉道既然有路子為什麼不過班做知縣倒底是正印王鄉紳道何嘗不是如此我也勸他幾次無奈我們這內兄他却另有一個見解他說州縣雖是親民之官究竟體制要尊貴些有些事情自己插不得身下不得手自己不便不免就要仰仗師爺同着二爺多一個經手就多一個扣頭一層一層剝削了去到得本官就有限了所以反不及他做這典史的倒可以事事躬親實事求是（做小老爺最易與地方官聯絡錢不得偏脫真是奇想大開）老姪你想他這話是一點不錯的呢這人做官倒着實有點才幹的的確確是位理財好手（官越小越貪一點不錯）王孝廉道俗語說的好千里為官只為財王鄉紳道正是這話現在我想明年趙世兄上京會試倒可叫他跟着我們內兄一路前去諸事托他招呼招呼他却是狠在行的（不過要借此機會代至親省幾個盤費說來偏若好聽）王孝廉道這是最好的了還有什麼說得當下王孝廉見王鄉紳眼眼不睬趙溫瞧他坐在那裡沒得意思就把這話告訴他一遍趙溫除了說好之外亦沒有別的話可以回答（一個木頭人由你們打發）王孝廉又替他問錢老伯府上應該過去請安王鄉紳道今天他下鄉收租去了我替你們說好明年再見罷（早已算計停當千年百歲何消再說）當下留他兩人晚飯就在大廳西首一間住了一夜次日一

早起身往省城而去。於是曉行夜宿，在路非止一日，已經到了省城，找着下處，安頓行李。且說趙溫雖然中了舉，世路上一切應酬，却未諳練。前年小考，以及今年考取遺才，學台大人雖說見過兩面，一直是一個坐着點名，一個提籃按卷，却是沒有交談過。這番中了舉人，前來叩見，少不得總要攀談兩句。他平時見了稍些濶點人，已經坐立不安，語無倫次，何况學台大人欽差體制，是何等威嚴，未曾見面，已經嚇昏的了。描摹一小家子怕見生人形狀 虧得王孝廉遇事照呼，隨時指教，凡他所想不到的，都替他想到。一個好幫手 頭一天晚上，教他怎樣磕頭，怎樣回話，賽如春秋二季明倫堂上演禮一般。好容易把他教會，又虧得趙溫質地聰明，自己又操演了一夜，頂到天明，居然把一應禮節，牢記在心。還算不是笨牛精 少停，王孝廉睡醒，趙溫忙即催他起來，洗臉，自己換了袍套，手裡捏着手本。王孝廉又叫他封了四弔錢的錢票，送給學台大人做贄見，另外帶了些錢，做一應使費。一應安排停當 到了轅門，找到巡捕老爺，趙溫朝他作了一個揖，拿手本交給他，求他到大人跟前代回。另外又送了這巡捕一弔錢的門包。巡捕嫌少，講來講去，又加了二百錢，方才去回。等了一會子，巡捕出來說：大人今天不見客，問他親供填了沒有。趙溫聽說大人不見，如同一塊石頭落地，把心放下。免得獻醜 趕忙到承差屋裡，將親供恭恭敬敬的填好，交代明白。學乘了許多 一應使費，俱是王孝廉隔夜替他打點停當。趙溫到此，不過化上幾個喜錢，沒有別的嚕囌。當下事畢，回寓整頓行裝，兩人一直回鄉。王孝廉又教給他寫殿試策白摺子，預備來年會試不題。一個好問業師 正是光陰似箭，日月如梭，轉眼間已到新年，趙溫一家門便忙着料理上京會試的事情。一日飯後。人報王鄉紳處有人下書。趙溫拆開看時。前半篇無非新年吉祥話頭。又說舍親處已經說定結伴同行。兩得裨益。（交代前文引起後文）舊僕賀根相隨多年人甚可靠。（未見得）於北道情形亦頗熟悉。望即錄用云云。趙溫知道便是托王鄉紳所薦的那位管家了。只見賀根頭上戴一頂紅帽子。身穿一件藍羽緞棉袍。外加青緞馬褂。腳下還登着一雙粉底烏靴。（賀根亦下文書中要緊腳色故於此處出現時將打扮形狀先寫一番）見了趙溫請了一個安。嘴裡說了聲謝少爺賞飯吃。又說家主人請少爺的安。趙溫因他如此打扮。鄉下從未見過。不覺心中呆了半天。不知拿什麼話回答他方好。幸虧賀根回竅。看見少爺說不出話。便求少爺帶着到上頭。見見老太爺請請安。（一個伶俐家人只錯好刁了此）趙溫只得令他進去。先見他爺爺。見過之後。他爺爺說這個人是你王公公荐來的。僧來看佛面。不可輕慢於他。就留他在書房裡坐。等到吃飯的時候。他爺爺一定又要從鍋裡另外盛出一碗飯。兩樣菜給賀根吃。一應大小事務都不要他動手。（沒見過世面的人自然要把家人當客人看待）後來還是王孝廉過來看見。就說現在這賀二爺。既然是府上的管家。不必同他客氣。事情都要叫他經經手。等他做熟之後。好跟世兄起身。趙家聽得如此。才漸漸的差他做事。到了十八這一天。便是擇定長行的吉日。一切送行辭行的虛文。不用細述。這日仍請王孝廉伴送到城。此番因與錢典史同行。所以一直還奔他家。安頓了行李。（到此方知前文伏筆之妙）同到王府請安。見面之後。留吃夜飯。抬上面只有他郎舅叔侄三個人。說的話。趙溫依然插不上嘴。（雖是晚輩生客終是面嫩口鈍之故）飯罷臨行之時。王鄉紳朝他拱拱手。說了聲耳聽好音。又朝他大舅子作了個揖。說恕我明天不來送行到京任在那裡早早給我知道又同王孝廉說了聲我們再會罷方才進去（禮數周到的是老於世故）三人一同回到錢家住了一夜次日錢趙二人一同起身王孝廉直等送過二人之後方纔下鄉話分兩頭單說錢典史一向是省儉慣的曉得賀根是他妹丈所薦他便不帶管家一路呼喚賀根做事過了兩天不免忘其所以漸漸的擺出舅老爺款來背地裡不知被賀根咒罵了幾頓（強者惡僕自然要弄出口舌來）幸虧趙溫初次為人毫無理會（一個天真爛熳）況兼這錢典史是勢利場中歷練過來的今見趙溫是個新貴前程未可限量雖然有些事情欺他是鄉下人暗裡賺他錢用然而面子上總是做得十二分要好（老奸巨猾作用可畏可懼）又打聽得趙溫的座師吳翰林新近開了坊升了右春坊右贊善京官的作用不比尋常他一心便想巴結到這條路上（借引線鑽門子是此輩慣技）有天落了店吃完了飯叫賀根替他把舖蓋打開點上烟燈（一個現成當差不須另費辛工）其時趙溫正拿着一本新科闈墨在外間燈下揣摩錢典史便說堂屋裡風大不如到烟舖上躺着念的好趙溫果然聽話便捧了文章進來在烟舖空的一邊躺下嘴裡仍然念個不了（最饞於此倒是一個手不釋卷）錢典史却不便阻他自己呼了幾口烟又吃些水果乾點心之類又拿起茶壺就着壺嘴抽上兩口把壺放下順手拎過一支紫銅水烟袋坐在牀沿上吃水烟一個吃個不了後來錢典史被他噪聒的實在不耐煩便借着賀根來出氣（天良剝盡之人與天性未漓之人如何臭味相投）先說他偷懶不肯做事後來又說他今天在路上賣饅頭四個錢一個他硬要五個半錢一個十二個饅頭便賺了十八個錢真正是混賬東西（吹縐一池春水干卿底事錢典史真多事）頭裡賀根聽見錢舅老爺說他偷懶已經滿肚皮不願

意。後來又說他賺錢。又罵他混賬。他却忍不住了。頓時嘴裡嘰哩咕嚕起來。什麼賺了錢買棺材。裝你老爺還說甚麼混帳東西。是咱大男子。一言不合反唇相稽此等奴僕我誠不願見之錢典史不聽則已。聽了時立刻無明火三丈高。放下水烟袋。提起支烟鎗。就赶過來。打賀根也不是好纏的。看見他要打。便把腦袋向錢典史懷內一頂。說你打你打。不打是咱大男子。錢典史見他如此。倒也動手不得。見了如此之人倒也有威無處使嘴裡吆喝好個撒野東西。回來寫信給你老爺。他薦的好人。連我都不放在眼裡。賀根正待回話。幸虧得店家聽見裡頭鬧得不像樣。進來好勸歹勸。才把賀根拉開。這裡錢典史還在那里氣得發抖。自取其辱亦由他作甚當他二人鬧時。趙溫想上來勸。但不知怎樣勸的好。惡奴目無主子亦由主子無用所致後來見店家把賀根拉開。他又呆了半天。才說了一聲。天也不早了。錢老伯也好睏覺了。不發揮自己家人倒勸人家睡覺真正匪夷所思錢典史聽了這話。便正言厲色的對他說道。世兄用到這樣管家。你做主人的。總要有的主人的威勢。才好。像你這樣好說話。一個管家治不下。讓他動不動得罪各人。將來怎樣做官管黎民呢。女子小人本來難養況主威不張養成奸惡後來種種欺瞞未必不於此伏之錢典史之言亦自可取趙溫明曉得這場沒趣。是錢典史自己我的。無奈他秉性柔弱。一句也回答不上。只好索性讓他說。自己呆呆的聽着。錢典史又道。想我從前在江南做官的時候。衙門雖小。上下也有三五個管家。還有書辦差役。都要我一個人去治伏他們。一個不當心。就被他們賺了去。像你一個底下人都治不服。那還了得。閒情無亂豈是出身莊民之輩趙溫道。為着他是王公公薦的人。爺爺囑咐過要同他客氣點。所以有此事情。都讓他些。不說自己無能偏說爺爺為咐活畫一個小孩子錢典史哈哈冷笑道。你將來。要把他讓成功謀反叛逆。才不讓他呢。這種東西叫我一天至少罵他一百頓。還要同他客氣。真真奇談。趙溫道。既然老伯如此。我明天管他就是了。（只怕你管他不下）錢典史道。我並不是要叫你管他。我是告訴你做官的法子。趙溫心下疑惑道。這與做官有什麼相干。又不便駁他。只好拉長著耳朵來聽他講。錢典史又說道。齊家而后治國。治國而后平天下。這兩句話。你們讀書人是應該知道的。（索性高談濶論講個不休了）一個管家治不服。怎好算得齊家。不能齊家。就不能治國。試問皇上家要你這官做什麼用呢。你也可以不必上京會試趕功名了。（與讀書人講書上的話頭是對症發藥）就如我從前雖然做個一任典史。倒着實替皇家出了力。（只怕皇上家不見你的情）不要說衙門裡的人。都受我節制。就是那些四鄉八鎮的地保鄉約圖上董事。那一個敢欺我。（曉得你壓董是好人家不勸淵險些要當場出醜）趙溫雖然是鄉下人。也曉得典史比知縣小。聽他說得高興。有意打趣他。便問他道。請教老伯典史的官。比知縣大是小。（倒也會使乖）錢典史欺他是外行。便道。一般大。他管得到的地方。我都管得到。論起來。這一縣之主。還要算是我呢。有起事來。我同他客氣。讓他坐在當中。所以都稱他正堂。我坐的是下首主位。所以都稱我右堂。其實是一樣的。不分什麼大小。（只好騙騙小孩子）趙溫道。典史總要比知府小些。（是老實人口氣）錢典史道。他在府城裡。我在縣城裡。我管不着他。他管不着我。（何以管不着你呢）趙世兄。你不要看輕了這典史。比別的官卻難做。等到做順了手。那時候給你狀元。你還不要呢。（聽了你的話他要改行不去考狀元倒要捐典史做了）我這句話並不是瞧不起狀元。常常聽見人說。翰林院裡的人。都是清貴之品。將來放了外任。不是主考。就是學政。自然有那些手底下的官兒前來孝敬自己用不着為難。然而隔着一層。到底不大順手。雖有孝敬先要過手豈能涓滴歸公何如我們做典史的。既不比做州縣的。每逢出門。定要開鑼喝道。叫人家認得他是官。我們便衣就可上街。什麼烟館裡。窰子裡。賭場上。都可去得。認得咱的。這一縣之內。都是咱的子民。誰敢不來奉承。不認得的。無事便罷。等到有起事情來。咱亦還他一個鐵面無私。以官為生財之地何如官而不官之更容易發財不上兩年。還有誰不認得咱的。一年之內。我一個生日。我們賤內一個生日。這兩個生日。是刻板要做的。下來老太爺生日。老太太生日。少爺做親。姑娘出門。一年上總算有好幾回。全靠着打把勢為生涯雖得錢亦甚卑鄙可怜趙溫道。我聽見王大哥講過。老伯還沒養世兄。怎麼倒做起親來呢。錢典史道。你原來未入仕途。也却難怪你不知道。不是照妖鏡如何能現出魑魅真形大凡像我們做典史的。全靠着做生日。辦喜事。弄兩個錢。一樁事情。收一回分子。一年上有五六樁事情。就受五六回分子了。一回受上幾百弔。通扯起來。就有好兩千。真真大處不可少算。不要說我連着兒子閨女都沒有。就是先父老母。我做官的時候。都已去世多年。不過托名頭。說在原籍。不在任上。打人家個把式罷了。和盤托出還算見本心難賺美勝外托廉潔內存貪詐這些錢都是面子上的受了。也不罪過。還有那不在面子上的。只要事在人為。却是一言難盡。見景生情却難口傳我這番出山。也不想別的好處。只要早此。選了出來。到了任隨你甚麼苦缺。只要有本事。總可以生發的。沒題目尚好發揮有題目更不消說了說到這裡。忽聽窗外有人言道。天不早了。客人也該睡了。明天好趕路。原來是車夫半夜裡起來解手。正打窗下走過。聽見裡面高談濶論。所以才說這兩句。錢典史聽了笑道。真的我說到高興頭上。把明兒趕路也就忘記了。借此收料妙在不盡而盡當下便催着趙温睡下。自己又吃了幾袋水烟。方才安寢。次日依舊赶路不題。却說他主僕三人。一路曉行夜宿。在河南地面上。又遇着一場大雪。直至二月二十後。方才到京。錢典史另有他一帮人。天天出外應酬。忙個不了。小脚老鄉翻手出手版是這裡趙温會着幾個同年。把一應投文覆試的事。都托了過一位同年。替他代辦。免得另外求人。倒也省事不少。到處總有人帮忙不過大帮覆試已過。直好等至二十八這一天。同着些後來的。在殿試廷上覆的試。居然取在三等裡面。奉旨准他一體會試。趙温便高興的了不得。寫信禀告他爺爺父親知道。這里自然到京頭一樁。忙着便是拜老師。趙温請教了同年。把帖子寫好。又封了二兩銀子的贄見。四吊大錢的門包。這却上人家的當了他老師是吳贊善。住在順治門外。趙錢二位。却住在米市胡同內。相去還不算遠。這天趙温起了一個大早。連累了錢典史也就起來。忙和着替他弄這樣弄那樣。穿袍子。打腰摺。都是錢典史親自動手。倒似做了他的親身二爺又招呼賀根拿帖子。好赶緊去套車。一霎時見簇簇新的轎車。停在門外。趙温出門上車。錢典史還送到門口。這里掌鞭的就把鞭子一洒。那牲口就拉着走了。一霎時到了吳贊善門前。趙温下車。抬頭一看。只見大門之外。一雙裹脚條。四塊包脚布。高高貼起。上面寫着什麼詹事府示。不准喧譁。如違送究等話頭。原來為時尚早。吳家未曾開得大門。倒見等開山門燒頭香門上一副對子。寫的是皇恩春浩蕩。文治日光華。十個大字。趙温心下一揣摩。這一定是老師自己寫的。就在門外徘徊了一回。方聽得呀的一聲響。大門開處。走出一位老管家來。趙温手捧名帖。含笑向前。道了來意。那老管家就知道是王人士年考中的門生連忙讓在門房裡坐○（老師見門生來是第一得意之事如何敢怠慢）取了手本贄見○往裡就跑○停了一會子○不見出來趙溫心下好生疑惑○（此種機關怪不得他不知道）原來這些當窮京官的人○好容易熬到三年放了一盞差○原指望多收幾個財主門生○好把舊欠還清○再拖新賬○（此中苦況亦當原諒）那吳贊善自從二月初頭到於今○那些新舉人來京會試的○他已見過不少○見了張三○打探李四○見了李四○打探張三○如若是同府同縣○自然是一問便知○就是同府隔縣○問了不知便罷○只要有點音頭他見了面總要摟尋這些人的根柢○此亦大概皆然○並不是吳贊善一人如此○（苜蓿盤啖自當一齏）（借此為生財之道）○目下單說吳贊善他早把趙溫的家私問在肚裡○便知道他是朝邑縣一個大大的土財主○又是暴發戶○早已打算他若來時○這一分贄見○至少亦有二三百兩○等到家人拿進手本○這時候○他正是一夢初醒○臥牀未起○聽見趙溫兩字○便教請到書房裡坐○泡蓋碗茶（一枕黃粱已醒）（會心尚識）老家人答應着○幸虧太太仔細○便問贄見那進來沒有○（代為留心）說話間○老人家已把手本連二兩頭銀子○一同交給了環○拿進來了○太太摟到手裡○掂了一掂○嘴裡說了聲○只好有二兩○（師母）（既與老師做了朋友又要孝順學生子特來送銀子與師母買餅來的）吳贊善不聽則已○聽了之時○一骨碌忙從牀上跳下○大衣也不及穿○搶過來打開一看○果然只有二兩銀子○心內好像失落掉一件東西似的○面色登時改變起來○歇了一會子○忽然笑道○不要是他們的門包○也拿了進來○那姓趙的狠有錢○斷不至於只送這一點點○老家人道○家人們另外是四吊錢○姓趙的說得明明白白○只有二兩銀子的贄見○吳贊善聽到這裡○便氣的不可開交了○嘴裡一片聲嚷○退還給他○我不等他這二兩銀子○

買米下鍋。回頭他。叫他不要來見我。說着賭氣。仍舊爬上牀去睡了。（趙温既請教過同年祇數以封二兩贄見安知不因其態態可掬而姑以是相給耶然錢典史既稱仕途老練又欲借以自數乃亦不發一言豈於此中情形尚未深悉耶）老家人無奈。只得出來回覆趙温。替主人說道。乏。今天不見客。說完了這句。就把手本向桌上一撩。却把那二兩頭攜了去了。（可惜落起來了倘然退下倒還可以請人換回之可得可失了）趙温撲了一個空。無精打彩。怏怏的出門坐車回去了。（想來也知師門要緊故不比見學台）錢典史接着。忙問回來的為什麼這般快。可曾見着沒有。趙温說。今兒老師不見客。錢典史說。就該明兒再去。到了明日。又起一個早。跑了去。那老家人回。也不替他回一聲。讓他一個人在門房裡坐了老大一會子。才向他說道。我看你老還是回去罷。明日不用來了。（此中必有玄機）（惜乎趙温不知又不言否則錢典史老於世故必有妙法）趙温聽了這話。心上不懂。正待問他老家人。便說。我就要跟着出門。你老也不用坐了。（一發有道理了）趙温無奈。只得依舊坐車回寓。錢典史知道他又不曾見着。曉得這裡頭有點不清。便把從前要靠趙温走他老師這條門路的心。也就淡下來了。（你為切己之事何不同他想法子）過了幾天。已是初八頭場。趙温進去。狠命用心。做了三篇文章。又恭恭敬敬的寫到卷子上。聽見人說。三場試卷。沒有一個添註塗改。將來調起墨卷來。要比別人沾光些。他所以就在這上頭用功。誰知到了初十那一天。落太陽的時候。他還有一首詩不曾寫。忽然來了許多穿靴子。戴頂子的。嚷着搶卷子。（刻意研求不料為時太促）還有一個人手裡拿着一個大喇叭。照着他嗚嗚的吹。把他鬧急了。趕忙提起筆來寫。偏生要好不得好。一首八韵詩。當中脫落了四句。只好添註了二十字。把他腦的了不得。（倘在老手亦不致倉皇失措了）匆匆忙忙收拾了考籃。交了卷子出去。自己始終不放心。直到第二天藍榜貼了出來。沒有他的名字。方才把心放下。（添註塗改也不致於登藍榜）接連二場三場。他一連吃了九天辛苦。出場之後。足足困了兩天兩夜。方才困極。以後就是門生請主考。同年團拜。因為副主考請假回家修墓。尚沒有來京。所以只請了吳贊善一個人。趙溫穿着衣帽也混在裡頭。（倘知不收贄見之事也不去赴席了）錢典史跟著溜了進去瞧熱鬧。（溜心）只見吳贊善坐在上面看戲。趙溫坐的地方。離他還遠着哩。一直等到看戲。沒有看見吳贊善理他。（旁觀者清）大家散了之後。錢典史不好明言。背地裡說。有現成的老師。尚不會巴結。叫我們這些管門子。拜老師的。怎樣呢。（看不出巴結不上苗頭也是閱歷未透）從此以後。就把趙溫不放在眼裡。轉念一想。讀書人是包不定的。還怕他聯捷上去。姑且再等他兩天。（翻手成雲覆手成雨歷繪出小人心事）趙溫自從出場之後。自己就把頭篇抄了兩分出來。一分寄到家中。一分帶在身上。隨時好請教人。人人家都恭維他。文章怎麼做得好。一定聯捷的。他自己也拿穩。一定是高中的了。（不登藍榜已算僥倖還想高中真正不知分量）就有人來說。四月初九放榜。初八寫榜。從幾天頭裡。他就沒有好生睡覺。到了初八黑早。還沒有天亮。他就喚醒了賀根叫他琉璃廠去等信。賀根說我的爺。這會子人家都在家裡睡覺。趕去做甚喝。趙溫一定要他去。賀根推天還早。一定要歇一會子再去。主僕二人。就拌起嘴來。（望榜如此之切安得不上人家之當）還是錢典史聽不過。起來。幫着趙溫吆喝了兩句。他才嘰哩咕嚕的一路罵了出去。這一天趙溫就同熱鍋上螞蟻一般。茶飯無心。坐立不定。（一有得失心便坐立不穩考生望榜千古一轍我曾親歷過來）到得下午。便有人來說道。誰又中了。誰又中了。偏偏賀根從天不亮出去。一直到晚不曾回來。趙溫急的跳腳。等到晚上。

街上人說榜都填完了。只等着填五魁了。賀根知道没了指望。方才回寓。趙温見了他眼睛裡出火。罵他没良心的東西。如此痴心妄想安得不被人家所算賀根恨極。便說還有五魁。没有出來。等我再去打聽他。見景生情一派賊智一面說。一面跑了出來。找到一個賣燒餅的。同他商議。假充報子。說他少爺中了會魁。好訛他的錢分用。賣燒餅的依他話。便跑了來敲門報喜。賀根是早在大門外頭等好的了。一見報子來到。也跟了進來。趙温自然歡喜。問要賞他多少銀子。賀根道。這是頭報。應該多賞他幾兩。趙温道。賞他二兩。報喜人嚷着嫌少。一定要一個大元寶。後來還是賀根做好做歹。給了十兩一錠。所謂君子可欺以其方功名心切他非所計自是容易上鈎然賀根真無心人矣那報喜人去了。賀根跟着出去。定要分他八兩。賣燒餅的只肯五兩。兩個人在那裡吵嘴。被錢典史出去出小恭。一齊聽了去。分贓不勾即刻破案就說賀根。你少爺已經不中進士。不該再騙他錢用。賀根道。你老別多嘴。我騙他的錢與你什麼相干。誰要說破這件事。咱們白刀子進去。紅刀子出來。叫他等着罷。你從前冤枉人現在即真亦不好說矣錢典史聽了這話。把舌頭一伸。縮不進去。那里還敢多嘴。至此錢典史亦不敢多嘴小人姦猾可畏只可憐趙温白送了十兩銀子。空歡喜了一夜。到第二天。不見人來替他道喜。又買本題名錄來一看。自已沒有名字。才知昨夜受人之騙。所騙即自己之人更非意料氣的一天沒有吃飯。欲知後事如何。且看下回分解。

正編卷三

苦鑽差黒夜謁黄堂
悲鐫級藍呢糊綠轎

話說趙温自從正月出門到今。不差已將三月。只因離家日久。千般心結。萬種情懷。正在無可排遣。纔得出門便要思家真在家裏享福慣的却好春風報罷。即擬整頓行裝。起身回去。不料他爺爺望他成名心切。寄來一封書信。又匯到二千多兩銀子。信上寫着。倘若連捷。固為可喜。如其報罷。即赶緊捐一中書。在京供職。信上並寫明。是王鄉紳的主意。所以東拚西湊。好容易弄成這個數目。望你好好在京做官。你在外面做官。家裡便免得人來欺負。千萬不可荒唐。把銀子白白用掉各等語。自捐納一開士之屢試不第者每借此以為終南捷徑其流弊卒至胸無點墨亦得乞靈阿堵厠身仕階銅臭氣真薰天哉趙温接到此信。不好便回。只得托了錢典史。替他打聽。那裡捐得便易。預備上兑。還要將他當好人看待那錢典史本來瞧不起趙温的了。以利交者利盡則交疏我於錢典史乎何尤現在忽見看見他有了銀子捐官。便從新親熱起來。想替他經經手。可以於中取利的意思。後見趙温果然托他。他喜的了不得。便今天請聽戲。明天請吃飯。又拉了一個打京片子的人來。天天同喫同喝。自己要他用他的不算數還要拉個朋友在裏頭真當做他一個肥羊說是他的盟弟。認得部裏書辦。有什麼事托他。那是萬妥萬當的。趙温信以為真。過了一天。又穿着衣帽去拜他。自己還做東請他。後來就托他上兑。二千多銀子。不夠。又虧了他代擋了五百兩。趙温一面出了憑據。約了日期。一面寫信家去。叫家裏再寄銀子出來。好還他。串黨做手腳賺他的錢還說借給他真是狼狽為奸這裏一面找同鄉出印結。到衙門。忙了一個多月。纔忙完。看官記清。從此以後趙孝廉變了趙中書。還是賀根跟他在京供職。話分兩頭。且說錢典史在京裡混了幾個月。幸虧遇見一個相好的書辦。替他想法子。把從前參案的字眼改輕。然後拿銀子捐復原官。加了花樣。（賺了別人家的錢替自己捐復原官雖不夠亦不致盡挖腰包）仍在部裡候選。又做了手腳。不上兩個月。便選了江西上饒縣典史。聽說缺分還好。他心中自然歡喜。後來一打聽。倒是從前在江南揭參他的那個知府。現在正做了江西藩司。冤家路窄。偏偏又碰在他手裏。他心中好不自在起來。（患得患失正是小人心胸）跑來同他盟弟。就是上回賺他錢的那個人商量。他盟弟道。這容易得狠。我間壁住的徐都老爺。就是這位藩台大人的同鄉。去年這位藩台上京陛見的時候。徐都老爺還請他喫過飯。是小弟作的陪。他兩人的交情狠厚。在席面上咕咕噥噥。談個不了。還咬了半天耳朵。不曉得裏頭是些甚麼事情。（還他一個恍恍惚惚不過描寫交情之厚）後來這位藩台大人出京的時候。還叫長班送了他四兩銀子的別敬。錢典史道。像他這樣交情。應該多送幾兩纔是。怎麼只送四兩。（數得是）他盟弟把臉一紅。道。這個卻不曉得。或者另外多送。我們也瞧不見。再不然。大概同鄉都是四兩。他們做大員的。怎好厚一個。薄一個。叫別位同鄉看着喫味兒。（一映一掩毫無痕迹）錢典史道。這個我們不去管他。但是我的事情。怎麼樣呢。他盟弟道。你別忙。停一會子我到隔壁。化上百把銀子。找這徐都老爺寫封信。替你疏通疏通。這不結了嗎。（不過想要他百把銀子倒先把了一篇野談）錢典史道。一封信要這許多銀子。他盟弟道。你別急。你老哥的事情。就是我兄弟的事情。你沒有這一點子。我兄弟還效勞得起。（他情小費尤許他整款來怕他跑到那裏去）當時錢典史再三拜託而去。原來他盟弟。姓胡名理。綽號叫做狐狸精。人既精明。認的人又多。無論那裏。都會溜了去。今番受了盟兄之托。當晚果然摸到隔壁。找到徐都老爺。說明來意。並說前途有五十金為壽。好歹求你寫一封信。（已隱去一半了）徐都老爺道。論起來呢同鄉是同鄉。不過沒有什麼大交情。怎麼好寫信。就是寫了去。只怕也不靈。（原來是不曾賺錢的）胡理道。那裏管得許多。你看銀子面上。隨便搨幾句給他就完了。（要賺他幾個錢不得不求人搨幾個字）徐都老爺一想家裏正愁沒錢買米跟班的又要付工錢。太太還鬧着贖當頭。正在那裏發急。沒有法子想。可巧有了此事。心下一想不如且拿他來應應急。（京官苦況寫來入情入理要得不見錢眼開）遂即含笑應允。約他明早來拿信。又問銀子可現成。（問得要緊）胡理說。怎麼不現成。隨即起身別去。徐都老爺還親自送到大門口。說了一聲費心又叮囑了幾句。方纔進去。到了第二天一早。徐都老爺就起身。把信寫好。一等等到晌午。還不見胡理送銀子來。心下發急道。不要不成功。為什麼這時候還不來呢。跟班的請他喫飯。也不喫。（沒有指望倒也罷了一作指望反弄得茶飯無心了）原來昨日晚上。他已經把這話告訴了太太和跟班的。大家知道他就有錢使。太太也不鬧着贖當。跟班的也不催着付工錢了。（一有望想即免聒耳叫人那得不貪）誰知第二天左等不到。右等不到。真正把他急的要死。好容易等到兩點鐘。鼕鼕鼕鼕敲門。徐都老爺自己去開門。一看是胡理。把他喜的心花都開了。（一憂一喜焉不催人白髮）連忙請了進來。吩咐泡茶拿水烟袋。又叫把烟燈點上。（看定急煞）胡理未曾開口。徐都老爺已經把信取出。送到他面前。胡理將信從信封裏取出。看了一遍。胡理一面套信。却一面嘴裏說道。真正想不到。就會變了卦。徐都老爺聽了這話。一個悶雷。當是不成功。臉上顏色頓時改變。忙問怎麼了。可是不成功。胡理徐徐的答道。有我在裏頭怕他逃到裂裡去。不過拿不出。也就沒有法子了。徐都老爺道。可是一個沒有。胡理道。有是有的。不過只有一半。對不住你老。吽我怪不好意思的。拿不出手來。（不是敢刁作難安能從中取利鬼蜮）（伎倆真禹鼎所不能鑄不知何來此化工之筆）徐都老爺道。到底他肯出多少。（問得要緊）胡理也不答言。靴掖子拿出裏一張銀票。上寫憑票付京平銀二十五兩正。下面還有圖書。却是一張四恒的票子。徐都老爺望着。眼睛裡出火。伸手一把奪了去。（許多時不見此物至此也急不暇擇了）胡理道。就這二十五兩。還是我墊出來的哩。你老先收着使。以後再補罷。（說得好聽）徐都老爺無奈。只好拿信給他。胡理也不喫烟。不喫茶。取了信一直去我錢典史。告訴他替他墊了一百兩銀子。起先那窮都還不肯寫。後來看我面上却不過。他纔寫的。（面面俱圓）錢典史自是感激不盡。忙着連夜收拾行李。打算後天長行。一直到省。結算下來。祇有他把弟胡理處。尚有首尾未清。他把弟外面雖是大方。心裏極其嗇刻。（面善心狠到處）（皆有）想錢典史同他算清。面子上又不好露出。（是深心流人物）一因見錢典史有一個翡翠的帶頭子值得幾文。從前錢典史也說過。要賣掉他。胡理到此。就心生一計。說有主顧要買。騙到手。估算起來還可多賺幾文。滿心歡喜。次日便推頭有病。寫了一封書信。吽做飯的拿來替他送行。信上還說帶頭子前途已經看過。不肯多出價錢。等到賣去之後。即將款項匯來。事到其間。錢典史也無可如何。（一個好一個到此錢典史只好亦讓他一籌）只得算自己完了房飯帳。與趙溫作別。坐了雙套騾車而去。有話便長。無話便短。他到了天津。便向水路進發。海有海輪。江有江輪。不消一月。已到了江西省城。我到下處。齊巧那位藩司。又是護院。他一時也不敢投信。候准牌期。跟着同班一大幫走進二堂。在廊簷底下。朝着大人磕了三個頭。起來又請了一個安。足將進而趦趄口將言而囁嚅活畫一小老爺行徑那大人只擺擺手。呵呵腰兒。也沒有閑話。就進去了。其悻悻然拒人千里之外一副顏色真是難堪錢典史來的時候。手裡揑着一把汗。恐怕問起前情。難以回話。幸虧大人不記小人之過。過了此關。纔把一塊石頭放下。但是他選的那個缺。現在有人署事。到任未及三月。這署事的人。也弄了甚麼大帽子的信。好容易署了這個缺。上司看了寫信人面上。總要叫他署滿一年。不便半路上撤他回來。好在姓錢的是實缺。就是閑空一年半載。也不打緊。上司存了這個意見。所以竟不掛牌叫他赴任。急驚風遇着慢郎中事有偶然却不想這位錢太爺。只巴巴的一心想到任。叫他空閑在省城。他却受不的了。一天到晚。不是鑽門子。就是找朋友。東也打聽。西也打聽。高的仰攀不上。只要府廳班子裏。有能上司面前說得動活的。他便極力巴結。天天穿着衣帽。到公館裏去請安。小人得失心重豈肯隨遇而安後來就有人告訴他。現在支應局兼營務處的候補府黃大人。是護院的天字第一號紅人。引出支應局黃大人來是文章過渡脫卸法凡百事情托了他。到護院面前。說一是一。說二是二。新近賑捐案內。又蒙山西撫院保舉了免補。部文雖未回來。即日就要過班。便是一位道台了。向來司道一體。便與藩臬兩司同起同坐。所以他現在雖然還是知府。除掉護院之外。藩臬却都不在他眼裏。有些事情。竟要硬駁回去。一經撫台寵用即要傲睨藩臬勢利不過是官場藩臬為他是護院的紅人。而且即日就要過班。所以凡事也都讓他三分。愛屋及烏人情之常閑話休題。且說錢典史聽見這條門路。便一心一意的想去鑽。究竟他辦事精細。未曾稟見黃大人。先托人介紹。認得了黃大人的門口。同他門口一個叫戴升的。先要好起來。拜把子。送東西。如兄若弟。叫的應天響。慢慢的。纔把省裏鬧不起想求大人提拔提拔的意思。說了出來。戴升道。老弟。你為什麼不早說這一點點事情。做哥哥的還可以幫你一把力。(一經聯絡便許出力可見左右嬖倖之人最為有力)錢典史聽了。喜的嘴都合不攏來。忙說既然如此。我明天一早就來稟見。戴升道。你別忙。早來無用。早晨找他的人多。那裏有工夫見你。要來明兒晚上來。錢典史忙說領教。(先憐暮夜自見此輩伎倆)倘能蒙老哥吹噓大人栽培賞派一個差使兒。得妻兒老小捱饑。便是老哥莫大之恩。(說些若話方肯垂憐)說完之後。便即起身告辭。戴升說自家兄弟說那裏的話。明晚再會罷。我也不送你了。錢典史去後。齊巧上頭有事來叫。戴升進去。問了兩句話。只因黃知府。今日為了支應局一個收支委員。虧空了幾百兩銀子。被他查了出來。馬上撤掉差使。聽候詳參。(委員撤任便有機會可來)心想這些候補小班子裏頭。一個個都是窮光蛋。靠得住的實在沒有。(飢寒所迫不顧廉恥亦怪他不得)便與戴升談及此事。也是錢典史運氣來了。戴升便保舉他說現在有個新選上饒縣典史錢某人。如何精明。如何諳練。而且曾任實缺。現在又從部裏選了出來。因為有人署事。暫緩赴任。如若委了這種有缺的人。他一定盡心報効。再不會出岔子的。(都是人情在那裏說話)黃知府道。我沒有看見過這個人。戴升道。他可常常來稟見。小的為著老爺事情忙。那裏有工夫見他。所以從沒有上來回過。黃知府道。既然如此。叫他明天晚上來見我。(亦叫以暮夜來)(可見暮夜最是獻媚之候)戴升答應了是。又站了一會子。纔退了出去。到了第二天。錢典史那裏。等到天黑。太陽還大高的。他穿了花衣補服。跑了來。只見公舘外頭平放着兩乘轎子。他便趔趔趄趄走到戴升屋裏。請安坐下。戴升把昨兒夜闆替他吹噓的話。告訴了他。還說支應局出了一個收支差使。上頭一定要委別人。已經有了主了。是我硬替你老弟抗下來的。（一有了照應便留下位置可知沒有照應要得差是萬難了）停刻見了面。就有喜信的。錢典史又是感激。又是歡喜。忙問大人幾時回來的。戴升道。早晨七點鐘上院。九點下來。接着會審了一件甚麼案子。趕十二點鐘到局裏喫過飯。又看公事。纔回來。抽不止三袋烟。又是甚麼局裏的委員來稟見。現在正在那裏會客哩。你且在這屋裏喫飯。等他老人家送過客。過了癮。再上去不遲。錢典史無奈。只得暫且坐着等候。（伺候權要奔走形勢是要寬心耐氣）停了一會子。只聽得裏頭喊送客。見兩個委員前頭走。黃知府後面跟着送。走到二門口。那兩個委員就站住了腳。黃知府照他們呵呵腰。就自已先進去了。兩個委員各自上轎回去不題。（終日迎賓送客無非是些往來酬酢之文）這裏黃知府。蹱進二門。便問管家轎子店裏催過沒有。有個管家便回。已經打發了三次人去催去了。黃知府道。今兒在院上。護院還題起說部文這兩天裏頭一定可到。轎子做不來。坐了甚麼上院呢。真正這些王八蛋。我不說。你們再不去催的。（不要性急險些坐不成）衆管家碰了釘子。一聲也不敢言語。一個個鴉雀無聲。垂手侍立。黃知府說完了話。也就走了進去。等到上燈之後。錢典史在戴升屋裏喫過了夜飯。然後戴升拿着手本進去。替他回過。又出來領他到大廳西面一間小花廳裏坐下。此時錢典史恭而且敬。一個人坐在那裏靜悄悄的。足足等了半個鐘頭。纔聽見靴子响。還沒進花廳門。又咳嗽了一聲。（未見人先聞聲來得聲勢）隨見小跟班的。將花廳門簾打起。便是大人走了進來。家常便服。一個胖脹面孔。喫烟喫的滿臉發青。一嘴的濃黑鬍子。兩隻眼睛直往上瞧。（先將黃知府品貌竭力一寫無異粉墨登場醜態百出）錢典史連忙跪倒。同拜材頭的一樣。叩了三個頭。起來請了一個安。跟手又請安。從袖統管裡取出履歷呈上。黃大人接在手中。一面讓坐。錢典史祗有半個屁股。坐在椅子上。斜着臉兒聽大人問話。（着實偪促不安）黃知府把他的履歷翻了一翻。隨手擱下。便問幾時到的。錢典史忙回上個月到的。黃知府道。上饒的缺狠不壞。錢典史道。大人的栽培。但是一時還不得到任。（低聲下氣賠足小心）說到這裏。黃知府吽了一聲來。只見小跟班的拿着水烟袋進來裝烟。黃知府只管喫烟。并不答話。錢典史熬不過。便站起來。又請了一個安。說卑職母老家貧。（總以母老家貧為哀人之具其必要拿孝字來打動人）雖說選了出來。藩憲一時不掛牌。總求大人提拔提拔。黃知府道。求我的人實在多。總要再添幾百個差使纔能彀都應酬得到。（說得一無影響使人揣摸不着）錢典史聽了。不敢言語。只見黃知府拿茶椀一端。管家們喊了一聲送客。他只好辭了出來。黃知府送到二門。也就進去了。錢典史出來。仍舊走到戴升屋裏。哭喪着臉兒。在那裏換衣服。一聲也不言語。（一經失意便爾意懶心灰）還是戴升看出他的苗頭。就說老弟。官場裡的事情。你也總算經過來的了。那裡有一見面就委你差使的。少不得多走兩盪。不是說有愚兄在裏頭。咱們兄弟。自己的事。還有什麼不替你上緊的。這算得什麼。也值得放在心上。就馬上不自在起來。快別這樣。（虧是深交否則亦不肯實話）錢典史道。做兄弟的。并非不知道這個道理。但是一件。剛纔我求他。他老人家的口氣不大好。再來恐怕他不見。（所慮在此）戴升道。你放心。有我呢。你看他一天忙到夜。找他的人又多。我說句話。你別動氣。像你老弟這樣的班子。不是有人在裡頭招呼。如要見他一面。只怕等上三年。見不着的儘多哩。（非是誠能賣情亦是實話）錢典史道。我曉得。不是你老哥在裡頭。兄弟那裡轂得上。見他有你老哥拍胸脯。兄弟還有甚麽不放心的。你快別多心。以後全仗大力。（得風即轉又恐得罪人家）一面又替戴升請了一個安。然後辭了出來。自回寓處。後來又去過幾次。也有時見着。有時見不着。忽然一天。錢典史正走進門房。戴升剛從上頭回事下來。笑嘻嘻的朝着錢典史道。老弟有件事情。你要怎樣謝我。說了再告訴你。（有左右之人為先容終有效驗）錢典史一聽話內有因。心上一想。便道。老哥你別拿人開心。誰不知道戴二太爺一向是一清如水。誰見你受過人家的謝禮。這話也不像你說出來的。（又討好又撇清真是能言）旁邊有戴升的一個影計。聽了這話。笑道。真正錢太爺好口才。戴升道。真是真。假是假。不要說頑話。我們過這邊來講正經要緊。（忽爾戲謔）（忽爾莊嚴賣弄權寵）錢典史便跟了戴升到套間裏。兩個人咕咕噥噥了半天。也不知說些甚麽。（鬼鬼祟祟令人捉摸不着妙在此處不實寫）只聽得臨末一句。是錢典史口音。說凡事先有了你老哥。纔有我兄弟。你我還分彼此嗎。（末了兒兩句是何意思讀者試掩卷揣之）說完出來。歡天喜地而去。究竟所說的那個收支差使。派他沒有。後文再題。且說黃知府有一天上院回來。正在家裏喫夜飯。忽然院上有人送來一角文書。拆開一看。正是保准過班的行知。照例開銷來人。便是戴升領頭。約齊一班家人。戴着紅帽子。叫去給老爺叩喜。（戴升領着一班家人叩喜可見權傾一府）叩頭起來。戴升便回。綠呢轎子。可巧今天飯後送來。家人剛纔看過歷本。明天上好的日子。老爺好坐着上院。（處處寫轎子以轎子起以轎子終）黃知府點點頭兒。又問價錢講過沒有。戴升道。拿舊藍呢轎子折給他。我他有限的錢。（將舊貼換轎所以後來找不到藍呢轎子）黃知府道。舊轎子抬去了沒有。戴升道。明天老爺坐了新轎子。就叫他們把舊的抬了去。黃知府沒有別的言語。戴升便退了下來。接着首府首縣。以及支應局。營務處的。各位委員老爺。通統得了信。一齊拿着手本前來叩喜。（一班趕熱鬧人如蝶亂蜂忙愈聚愈衆）内中祗有首府來的時候。黃知府同他極其客氣無奈做此官。行此禮。憑你是誰。總跳不過這個理去。始終那首府按照見上司的規矩見的他。一宵無話。次日一早。黃知府便坐了綠呢大轎上院。（又寫轎子是刑及發報之初）叩謝行知。仍舊坐了知府官廳。惹得那些候補知府們。都站起來請安。一口一聲的叫大人。黃大人正在那裏推讓的時候。只見有人拿了藩臬兩憲的名帖。前來請他到司道官廳去坐。那些知府。又站了班。送他出去。到司道官廳。各位大人。都對他作揖道喜。他依舊一個個的請安。還他舊屬的禮制。各位大人說。以後我們是同寅。要免去這個禮的了。（免去舊屬禮數是初升官的話頭）各位大人。又一齊讓位。黃大人便扭扭揑揑的。在下手一張椅子上坐下。列位看官記清。黃大人現在已經變為道台。做書的人。也要改稱。不好再稱他為黃知府了。（滿口說他升級是反跌出下文鐫級來）當日黃道台上院下來。便拿了舊屬帖子。先從藩台拜起。接着是臬台糧巡道。鹽法道。以及各局總辦。并在省的候補道。通統都要拜到。（到處拜客是得意到十二分地步）一路上。前頭一把紅傘。四個營務處的親兵。一匹頂馬。騎馬的戴的是五品獎札。還他着一枝藍翎。兩個營務處的差官。戴着白石頭頂子。穿着抓地虎。替他把轎杠。另外一個號房。夾着護書。跑的滿頭是汗。後頭兩匹跟馬。騎馬的二爺。還穿着外套。（一宗道台出門儀制）

（寫來有聲有勢）黃道台坐在綠呢大轎裏。鼻子上架着一副又大又圓溜黑的墨晶眼鏡。嘴裏含着一枝旱烟袋。四個轎夫杠着他東趕到西。西趕到東。那個把轎槓的差官。還替他時時刻刻的裝烟。（寫坐在轎子裏形狀全神確肖）從午前一直到三點半鐘纔回到公館。他老的烟癮上來了。儘着打呵欠不等衣服脫完。一頭躺下。一口氣呼呼的抽了二十四袋。跟他的人不容說肚皮是餓穿的了。接着還有多少候補大人老爺們。前來道喜。都是戴升替他一個個道乏擋駕。又過了兩天。戴升想巴結主人。趁空便進來回道。現在老爺已經過了班。可巧大後天又是太太的生日。家人們大家齊了分子。叫了一本戲。備了兩檯酒。替老爺太太熱鬧兩天。這點面子。老爺總要賞小的。總算家人們一點孝心。（升官遇逢祝壽錦上添花好不興頭）黃道台道。何苦又要你們化錢。戴升道。錢算得什麼。老爺肯賞臉。家人們傾家都是願意的。（滿口說愛護話是奴僕看罷討好光景）黃道台道。只怕這一鬧。不要叫局裏那些人知道。他們又有什麼公分。鬧不清爽。還有營務處上的。（一班趨炎附勢人事所必至）戴升道。老爺的大喜。應該熱鬧兩天。纔是。黃道台也無他說。戴升便退了下來。自去辦事。不料這個風聲傳了出去。果然營務處手下的一班營官。一天公分。支應局的一班委員。一天公分。都是一本戲兩檯酒。一齊拿了手本前來送禮。黃道台道。果不出我所料。被戴升這一鬧。鬧出事情來了。戴升道。要他們知道纔好。於是定了頭一天暖壽。是本公館衆家人的戲酒。第二天正日。是營務處各營官的。第三天方能到支應局的衆委員。（說得滿心足意反撲出後來因事中止來）到了暖壽的第一天晚上。黃道台便同戴升商量道。做這一個生日。唱戲喫酒。都是糜費。一點不得實惠。戴升正要回話忽見門上傳進一封電報信來。上面寫明南京來電。送支應局黃大人升。黃道台知道是要緊事情，未譯出已知要緊事情早揣着大半連忙拆開來一看。上頭祇有號碼，黃道台是不認得外國字的。忙請了帳房師爺來。找到一本華洋歷本。翻出電碼一個一個的查。前頭八個字是南昌支應局黃道台。黃道台急於要看底下。偏偏錯了一個碼子。查兜查不對。急驚風遇着慢郎中黃道台急了。說不去管他。空看這一個字。查底下的罷。那師爺又翻出三個字。是軍裝案。黃道台一見這三個字。他的心就畢卜畢卜跳起來了。是有心病的形狀瞪着兩隻眼睛。看他往底下翻。那師爺又翻出六個字是師查確。擬揭參。黃道台此時。猶如打了一個悶雷似的。咕咚一聲。往椅子上就坐下了。是描摹急極嚇極景況那師爺又翻了一翻。說還有哩。黃道台忙問還有甚麼。師爺一面翻一面說。朱守王令均擬革。兄擬降同知。速設法。下頭注着一個荃字。雖來得聲勢浩大然觀結語可知亦是虎頭蛇尾黃道台便曉得這電報。是兩江督幕裡他一個親戚。姓王號仲荃的。得了風聲。知會他的。便說這事從那裏說起。師爺道。照這電報上。令親既來關照。想子還沒有出去。觀察早點設法。總還可以挽回。黃道台道你們別吵。我此刻方寸已亂。等我定一定神再談。此處在達觀人視之正可作塞翁失馬想然而黃道台係熱中一流人安得不方寸擾亂歇了一會子。正要說話。忽然院上文巡捕胡老爺不等通報。一直闖了進來。請安坐下。衆人見他來的古怪。都退了出去。胡老爺四顧無人。方纔說道。護院叫卑職到此。特特為為。統知大人一個信。黃道台正在昏迷之際。也不知回答甚麼方好。只是拿眼瞧着他。活畫出一慌張形狀胡老爺又說道。護院接到南京制臺的電報。說是那年軍裝一案。大人也罣誤在裡頭。真是想不到的事情。護院叫勸勸大人。不要把這事放在心上。過上兩個月。冷一冷場纔要替大人想法子的。（未經出奏特露風聲可知是真的是假的）此時黃道台。早已急得五内如焚。一句話也回答不出。後來聽見胡巡捕說出護院的一番美意。真是重生父母。再造爺娘。那一種感激涕零的樣子。畫也畫不出。（有人庇護自可化險為夷）更說求老兄先在護院前替兄弟叩謝憲恩。兄弟現在是被議人員。日裏不便出門。等到明兒晚上。再親自上院叩謝。（感恩知己那得不暮夜乞憐）說完之後。胡老爺要趕着回去銷差。立刻辭了出來。黃道台此番。竟是非常客氣。一直送出大門方回。（不經大創不肯虛心下氣）當下一個人也不進上房。仍走到小客廳裏。背着手低着頭。踱來踱去。有時也在炕上躺躺。椅子上坐坐。總躺不到。坐不到三分鐘的時候。又爬起來在地下打圈子了。約摸有四更多天。太太派了老媽子。三四次來請老爺安歇。大家看見老爺這個樣子。都不敢回。後來太太怕他急出病來。只好自己出來解勸了半天。黃道台方纔沒精打彩的跟了進去。（活畫出一計無所出光景）到了第二天。本是太太暖壽的正日。因為遭了這件事。上下都沒了興頭。（一得一失頓分冷暖）太太便叫戴升上去同他商量想把戲班子回掉不做。戴升一見老爺壞了事。誰肯化這冤錢。樂得順水推船。說家人也曉得老爺心上不舒服。既然太太如此說。家人們過天再替太太補祝壽。（真要他顧家只怕他一毛不拔哩）說完出去。叫了掌班的來回頭他說不要唱了。掌班的道。我的太爺。為的是大人差使。好容易纔抓到這個班子。多少唱兩天。再叫他們回去。戴升道。不要就是不要。你不走。難道還在這裡等着挨餓不成。掌班的被他罵了兩句。頭裡也聽見這裏大人的風聲不好。知道這事不成功。只好垂頭喪氣出來叫人把箱抬走。一天鉄鉄如被雨打風吹一面戴升又去知會了局裏營裏。大家亦已得信。今見如此樂得省下幾文。只有錦上添花那有雪中送炭不在話下。到了下午大人從床上起身洗臉喫飯。一言不發。是竭極憤極充暴等到過完癮。那時已有上燈時分。戴升進來。回外面都已伺候好了。請老爺的示。還是喫過夜飯上院。還是此刻去。黃大人說。喫過夜飯再去。原來這位黃大人的太太最是知書識禮的。一聽見丈夫降了官。便同戴升說。現在老爺出門。是坐不來綠呢大轎的了。我們那頂舊藍呢的又被轎子店裏抬了去。你看向那位相好老爺家借一頂來。戴升說。現在的事情。沒頭沒腦。不過一個雷報。還作不得准據。家人的意思。老爺今天還是照舊。等到奉到明文。再換不遲。況且同人家去借。面子上也不好說。說來亦頭頭是道太太說。據我看。這樁事情。是不會假的。再坐着綠大呢的轎子上院。被人家指指摘摘的不好。不如換掉了妥當。橫豎早晚要換的。必須換去亦是謹慎小心之法家裡有的是老太爺不在的時候。人家送的藍大呢幔子。拿出兩架來把他蒙上很容易的事。不但知書禮并且有才智一面說。一面就叫姨太太同了小姐。立刻去開箱子。找出三個藍呢帳子。交給戴升拿了出去。戴升回到門房裡說道。說起來。我們老爺真真可憐。好容易創了一頂綠大呢的轎子。沒有坐滿五回。現在又坐不成了。借戴升口內發穿補出坐過次數畫龍點睛太太叫把藍呢蒙上。說得好容易。誰是轎子店裏的出身。我是弄不來。好在老爺是糊裏糊塗的。今兒晚上讓他再坐一次。多吩咐親兵。明天一早。叫轎子店裏的人來一兩個。帶了傢伙。就在我們公館裏把他蒙好。就是了。晚上看不出明天一早再蒙藍呢亦是權變法究竟黃大人是否仍坐綠呢大轎上院。且聽下回分解。

終

白簡留情補祝壽
黃金有價快升官

卻說黃道台吃過了晚飯。又過了癮。一壁換衣服。一壁咳聲歎氣。（得意時偏逢失意事自然要咳聲嘆氣）裝扮停當出來上轎。仍舊是紅傘頂馬。燈籠火把而去。到得院上。一個人踱進了司道官廳。胡巡捕聽說他來。因為一向要好的。趕忙進去請了安。說護院正會客哩。等等再上去回。大人吃過飯了沒有。黃道台說偏過了。老哥你這稱呼要改的了。兄弟是降調人員。不同老哥一樣嗎。（一聞降調便請戲稱不經駭頗不肯虛心）說着。就要拉胡巡捕坐下談天。（又要殷勤拉攏此刻着實和氣）胡巡捕也半推半就的坐了。說不到兩三句話。便說卑職要上去瞧瞧看客人去了。好進去回。黃道台又說了一聲費心。胡巡捕去不多時。就來相請。黃道台把馬蹄袖放了下來。又拿手整一整帽子。跟了進去。護院已經迎出來了。一到屋裡。黃道台請了一個安。跟手跪下磕了一個頭。又請了一個安。說叩謝大人為職道事情操心。（感恩知己自然要五體投地）歸坐之後。接着就說。職道沒有福氣伺候大人。將來還求大人栽培。職道為牛為馬。也情愿的。（感激話出諸肺腑並無一毫虛假）護院道。真也想不到的事情。但是制台的電報。說雖如此說。摺子還沒有出去。昨日胡巡捕回來。講老哥有位令親在幕府裡。為甚麼不托他想法子。去挽回挽回。（一有聲氣見事皆可挽回況參摺未出特行洩漏機關安知不予以線索使為彌縫地步讀者不可被其瞞過）黃道台道。雖是職道的親戚在裡頭。怕的是制軍面前不大好說話。總求大人替職道想個法子。疏通疏通。

職道也不敢望别的好處。但求保全聲名。那就感戴大人的恩典。已經不淺。說着又離座請了一個安。護院道。我今天就打過電報去。但是令親那裡。你也應該覆他一電。把底子摟一摟清。倒底是怎麽一件事。黄道台道。不用問得。一面說。一面把嘴湊在護院耳朵跟前。如此如此這般這般。說了一遍。方纔高聲言道。少不得總求大人的栽培。特恩枯寵方欲盡情說出 護院聽了他話。縐了一回眉頭道。老哥當初這件事。實在你自己大意了些。沒有安排得好。所以出了這個岔子。婀此事只消預先安排卿得賄大約亦不妨 黄道台答應了一聲是。護院又着實寬慰他幾句。叫他在公館裡等信。我這裡立刻打電報去。少不得要替你想法子的。同護私人是做官的令手 然後端茶送客。黄道台辭了出來。該巡捕趕上。說護院已經答應。替大人想法子。看起來這事一定不要緊。等到一有喜信。卑職就立刻過來。黄道台連說費心。又謙遜了一回。然後上轎而去。一霎回到公館。他老人家的氣色。便不像前頭的呆滯了。吃了寬心丸自然要改色 下轎之後。也不回上房。直到大廳坐下。叫請師爺來告訴他原故。叫他擬電報。按照護院的話。就托王仲荃替他查明據實電復。有了內線便是關切然亦借此敲敲他的 栲竹 師爺道。這個電報字太多。若是送到電報局裡去。單單加一的譯費。就得好幾角。不如我們費點事。譜好了送去。黄道台點頭稱是。師爺仍取過那本華洋歷本來。查着電報新編一門。一個一個的碼子。寫了出來。打發二爺送去。黄道台方纔回到上房。脫去衣服。同太太談論護院的恩典。太太也着實感激。說等到我們有了好處。怎麽補報他方好。一家感激五要供個長生祿位 當下安寢無話。且說戴升看見老爺打電報。等到老爺進去。他便進來問過師爺。方纔知道底細。師爺說這事護院很肯幫忙。看來還有得挽回。戴升鼻子裡哼的冷笑一聲。說等着罷。我是早把鋪蓋捲好等着的了。（此等最無良心又最為看風試船故能使人以為可近而不以為可厭）想想做官的人。也真是着孽。你瞧他前天升了官。一個樣子。今兒參掉官。又是一個樣子。不比我們當家人的。辭了東家。還有西家。一樣吃他媽的飯。做官的可只有一個皇帝。逃不到那裡去的。（四海一家總跳不出他個圈子去）你說護院肯幫忙護院就要回任的。未見得制台就聽他的話。以後的事情看罷咧。能彀不要我們捲鋪蓋。那是最好沒有。（並非愿他東家失事亦是喜禍而擺光景）一頭說着。一頭笑着出去。師爺也不同他多話。各自歸房不題

且說黃道台在公館裡。一等等了三天。不見院上有人來送信。把他急的真如熱鍋上螞蟻一般。走出走進。坐立不定。真正說也不信。官場的勢利。竟比龍虎山上張真人的符還靈。從前黃道台纔過班的時候。那一天不是車馬盈門。還有多少人要見不得見。到了如今。竟其鬼也沒有一個。便是受過他的提拔。新委支應局收支委員的錢典史。也是絕迹不到。（此處纔補出來真有東出鮮西出沒之妙）並且連戴升門房裡。亦有四五天沒有他的影子了。黃道台此事卻不在意。但是胡巡捕素來最要好最關切的人。他今不來。可見事情不妙。到了第四天飯後。他老人家已經死心塌地。絕了念頭。（欲說應劫竟說無望此等筆墨俱從西廂記脫胎而來縱不使平衍無味）一等等到天黑。忽見戴升高高興興拿了一封信進來。說院上傳進。這封信是文巡捕胡老爺送來的。大約南京的事情。有了好消息。所以院上傳見。黃道台連忙取過拆開一看。只見上面寫的是敬稟者。竊卑職頃奉護院面諭。刻接制憲電稟。所事尚未出奏。已委郭道查辦。（委人查辦明是叫他賣個人情他幾個是上司調劑屬員的法子）定可轉圜。囑請憲

駕即速到院。肅此謹禀。恭叩大人福安。伏乞垂鑒。卑職甬調謹禀。黃道台尚未看完便說這件事情。仲荃太胡鬧了。現在影子都没有。怎麽就打那們一個電報呢。真正荒唐。若不如此安能上下其手黃道台真正糊塗一手拿着信。一頭嚷着。赶到上房。告訴太太去了。大家聽着自然歡喜。他便立刻換衣服。坐轎子上院。到了官廳裡。胡巡捕先來請安。此番黃道台的架子。比不得那天晚上了。便站着同他講話。不讓他坐。一有生機便爾故態復萌胡巡捕也不敢坐。黃道台道。天下那裡有這樣荒唐人。想我們舍親。憑空來這們一個電報。現在委了郭觀察查辦。那事就好說了。不是令親關照着院擬煩亦不肯委人查一舍糊了事不見他的情還要說他荒唐說着。胡巡捕進去。回過來請見黃道台。此番進去。卻改了禮節。仍舊照着他們司道的規矩。見面祇打一恭。不像那天晚上。疊二連二的請安了。乞憐獻媚是暮夜之事當人前一定要顧他的面子護院告訴他。那天吾兄去後。兄弟就打了一個電報給江甯藩台。因為他也是兄弟的相好。托他替吾兄想個法子。剛纔接到他的回電。老兄請看。一面說。一面把電報拿了出來給黃道台看。只見上面寫的是。江電謹悉。黃道事捐已繕就。遵諭代達師慈稍露。到處要乞人轉圜方回填作喜可見是一副假面目飭郭道確查核辦。本司某虞電。黃道台看完。便從新謝過護院。說了些感激的話。辭了出來。回到公館。也不曉得甚麽人給的信。所有局裡的營務上的。那些委員。一個個都在公館裡等着請安。比螞蟻撒尤快黃道台會了幾個。其餘一概道乏。大家回去。只有錢典史一直落了門房。同戴升商量。托他替回。就說這兩日。知道大人心上不舒服。不敢京動。所以太太生日。送的戲也没有唱。現在是没有事的了。況且我又是受過栽培的人。比別人不同。應該領個頭。邀集兩下裡的同事同寅。前來補祝老哥。你看就是明天如何。煩你就替我先上去回一聲。（得了風即轉蓬真正鬼蜮伎倆）戴升道。兄弟別客氣罷。前兩天我們這裡真冷清。望你來談談。你也不來。這一會子又來鬧這個了。（當面奚落腦如吐屬）錢典史把臉一紅道。我不是不來。怕的是碰在他老人家不高興頭上。怪不好意思的。現在這樣。也是我們的一點孝心。是不好少的。（被他看出底裡一發要遮護面子）戴升道。我知道了。你別着忙。少不得說定日子。就給你信的。（到底是自家兄弟不念舊惡）原來錢典史自從那一天同戴升私語之後。第二天便奉到支應局的札子。派他做了收支委員。一切謝委到差。都是照例公事。不必細贅。（回繼上文一筆不漏）凡是做書。敘一樁事情。有明點。有暗點。有補點。此番錢典史得差。乃是暗點兼補點法。看官不可不知。閑話休題。且說是日錢典史去後。戴升一想。這話不錯。（一樣[illegible][illegible]一樣心思）立刻就到上房。不說錢典史的主意。竟其算他自己的意思。說道。前天太太生日。家人們本來要替太太祝壽的。偏偏來了這們一個電報。鬧了這幾天。家人連幾天飯也沒有吃。夜間也睡不着覺。心中想。好容易跟得一個主人。總要望主人轟轟烈烈的升官發財方好。（巧言如簧）況且老爺官聲。統江西第一。算來決計不會出亂子的。前幾天家人同夥當中。還有幾個。一天到晚垂頭喪氣。想着要求某老爺。某老爺外頭荐事情。公館裡的事情都不肯做。這些沒有良心的東西。真把家人恨的了不得。（自己沒良心還要把人家葬送）黃道台道。這些沒良心的王八蛋。還好用嗎。是那一個就立刻趕掉他。（豈知來者是非即是是非人）戴升道。名字也不用說了。常言大人不記小人之過。這些沒有良心的東西。將來總沒有好日子。等着瞧罷。（自己放火總要自己收火）當下太太也幫着勸解一番。黃道台方始無言。然後講到看日子。補祝壽。局裡頭是錢大爺領頭。還要照上面說的一樣辦。黃道台應允了。（今番好穩穩當當祝壽了）就看定日子。後天為始。戴升出來就去通知了錢典史。仍舊是眾家人頭一天煖壽局裡第二天。營務處第三天。捱排下去。打條子給縣裡。請他知會學裡老師。去封戲班子的箱。（叫學裡封戲箱補上文所未有）不上半天。仍舊上回那個掌班的押着戲箱。來到公館。先見門政大爺戴大爺。請過安。那掌班的道。我的大太爺上回唱過。不給了嗎。害的咱東也找人。西也找人。為的是大人差事。賺錢事小。總要佔個面子。（掌班一番敷衍亦是老於世故者所宜有）那裡知道。半天裡一個雷。說不唱了。我的大太爺。那真啃死小人了。足足賠了一百二十四吊。就是賸了條褲子沒有進當。（說賠貼苦況是要補情的口氣）幸虧好。今兒還是咱的差使。賞咱們個面子。咱恨不得竭力報効。大太爺你想。咱班子裡一個老生。一個花臉。一個小生。一個衫子。都是刮刮叫。超等第一名的脚色。老生叫賽菊仙。花臉叫賽秀山。小生叫賽素雲。衫子叫賽怡雲。（借掌班口內點出名角是行文虛者實之之法）戴升道。怎麼全是賽。只怕賽不過罷。掌班的發急道。這原是江西有名的四賽。誰不知道。等到開了枱。大太爺聽過。就知道咱不是說的瞎話。戴升道。唱的好。沒有話說。唱得不好。送到縣裡。賞你三百板子一面枷。（隨口說戲言是得意到十二分地步）掌班的道。唱的不好。也有你大太爺包涵。唱的好了。更不用說。你大太爺一句話。多不敢想。把大人庫裏的元寶。賞咱兩個。補補上回的數。那就是大太爺栽培小人了。（亦還以戲言一半是謊一半是莊）戴升道。他有銀子在他手裡。我想賞你。他不肯。亦是沒有法想。掌班的道。大太爺你別瞞我。誰不知道。支應局的戴大太爺。大人跟前。說一是一。說二是二。只要你老吩咐就是了。不要說一個元寶。就是上千上萬的。也儘着你拿。（一派奉承語又像真又像假）戴升道。那倒好了。我有這些銀子也不在這里當門口了。正說着。可巧上頭來叫戴升。就此把話打斷。有話便長。無話便短。轉瞬間。便到了煖壽的那一天。班子裡規矩。兩點鐘就要開鑼。黃道台因為此事上院請了三天假。在公館裡吃過午飯。就同着太太。出來坐在大廳上聽戲。還有姨太太小姐。一個個都打扮着像花蝴蝶似的。一同陪着看戲。（畫錦堂開合家歡樂）黃道台還有一個少爺。今年只得十三歲。是姨太太養的。因為太太没有兒子。却拿他愛如珍寶。把這位少爺脾氣慣的比誰還要利害。他說要天上日頭。就得有人拿梯子纔好。不然。他那牛性一發。十個老爺也強他不過。（活畫出一闊氣小孩子聰有儀有）這天唱戲。他一早就攢在戲房裡。戴着鬍子。儘着在那裡使槍耍棒。班子裡人。為的是少爺。也不敢多說。後來倒是一個唱小丑的。看不過。說了一句。我的少爺。我們在這裡唱戲。你老倒在這里做清客串了。（亦是討厭話亦是打趣話）少爺聽了不懂。跟少爺的二爺。聽了這話。就朝着那個唱小丑的眉毛一豎。說他蹧蹋少爺。一定要上去回。（豪奴仗勢欺人是最不可惹的）唱小丑的不服。兩個人就打起架來。掌班的看不過。過來把那個唱小丑的。吆唱下來。又過來替二爺賠不是。勸他同少爺廳上去瞧戲。戲房裡人多口雜。得罪了少爺。是不是玩的。（終是掌班的老於世故）那二爺方才同了少爺出來。少爺始終偷了人家一掛鬍子。藏在袖子裡。掌班的查着了。也不敢問。（少爺做三著手自然只好佯作不知）少停天黑。枱上停鑼。預備煖壽。老爺太太一齊進去。紮扮出來。老爺穿的是朝珠補褂。太太穿的是紅裙披風。雙雙站立廳前。同受眾人行禮。（派富貴繁華之氣象筆墨亦十分熱）起先是自己家裡的人。（自己人行禮是第一起）接着。方是戴升領着合府家人。那戴升頭戴紅纓大帽。身穿元青外套。其餘的也有着馬褂的。也有衹穿一件長袍的。一齊朝上叩頭。老爺站在上面。也還了一个揖。太太也福了一福。眾家人叩起頭來。便是眾位師爺行禮。（眾師爺行禮是第二起）太太迴避。單是黃道台出來。讓了一回。大家散去。接着合省官員。從知府以下的。都來上手本。黃道台吩咐一概擋駕。（還有合省官員是擋駕的）獨有錢典史。也不管廳上有人沒人。身穿彩畫蟒袍。頭戴五品獎札。走到居中。跪下磕了三個頭。起來請過安。又要找太太當面叩見叩祝。太太見他進來的時候。早已走開了。（感激知己自然要拜恩私室）黃道台又同他客氣一回。讓他在這里（合府家人行禮是第二起）伺候的。（又吃喜酒又看戲如何肯當面錯過）諸事停當。方且坐席開鑼。重跳加官。捱排點戲。直鬧到十二點半鐘。方始停當。却說這一天。送禮的人。到也不少。無非是酒燭糕桃幛屏之類居多。（先是平常壽儀）全是戴升一個人專管此事。某人送的某物。開發力錢多少。一一登賬記清。戴升還問人家要門包。也有十吊的。也有八吊的。真正是細大不捐。積少成多。合算起來。也着實不少。（老爺做生日門上好賺些門包如何不撈撈）還有些候補老爺們。知道黃道台同護院要好。說得動話。便借此為由。也有送一百兩的。也有送五十兩的。也有送衣料金器的。（次是貴重壽禮也好借此打個大把式了）那門包更不用說了。凡送現銀子。及衣料金器的。因為太太吩咐過。一概立時交進。其餘晚上停鑼之後交賬。太太要親自點過。方才安寢。（是個好帮手賢內助勝於一個內然房）轉瞬之間。已過三天。黃道台上院消假。又過了幾天。凡來拜壽的同寅地方。一處處都要去謝步。暗中又托人到郭道台那里打點。送了一萬銀子。郭道台就替他洗刷清楚。說了此事出有因查無實據的話頭。稟復了制台。到底是銀子收場一齊風浪瓦解冰銷有錢使得鬼推磨千古同慨那制台也因得了護院的信。替他求情。面子難卻。遂把這事放下不題。且說黃道台仍舊當他的差使。因為護院相信他甚麽牙釐局的老總。保甲局的老總。洋務局的老總。通統都委了他。真正是錦上添花。通省再找不出第二個。一網打盡浙江的做都被他一個吃去了無奈實缺巡撫。已經請訓南下。不日就要到任。別人還好。獨有那位藩台大人。是鹽法道署的。輕輕說到藩台身上是文章家作過渡法他這人生平頂愛的是錢。自從署任以來。怕人說他的閑話。還不敢公然出賣差缺。今因聽得新撫台。不久就要接印。他指日也要回任。這藩台是不能久的。他便利令智昏。叫他的幕友官親。四下裡替他招攬買賣。賄賂公行不成世界其中以一千元為碼。只能委個中等差使。頂好的缺。總得頭二萬銀子。誰有銀子誰做。卻是公平交易。絲毫沒有偏枯。有的沒有現錢。就是出張到任後的期票。這位大人也收。但是碰着現惠的。這出期票的。也要退後了。稱斤估兩而予倒是老少無欺閑話休題。且說這位藩台大人。自從改定章程。現錢交易。劃一不二。卻是其門如市。生意興隆蒸蒸日上內中便有一個知縣看中一個缺。一心想要便走了藩台兄弟的門路。情愿報効八千銀子。藩台應允。立時三面成交。指名查缺肥務缺瘦正要掛出牌去。忽然院上傳見。趕忙打轎上院。護院接見之下。原來不為別事。為的是胡巡捕當了半年的差。很獻殷勤。現在護院不久就要交卸。意思想給他一個美缺。無非是調劑他的意思。不料護院指名所要的那個缺。就是這位藩台大人。八千兩頭出賣的那個缺。先下手為強後來者吃虧護院話已出口。藩台心下好不躊躇。心想缺是多得很。若是別一個還好。乃偏偏這個。昨天纔許了人家。而且是現錢交易。初意以為詳院掛牌。其權仍舊在我。不料護院也看中是這個缺。叫我怎麼回頭與我一樣。他要照應人。何不等他回任之後。久要同任的。司道平行。他也人家呢。捨不得一塊肥肉如何肯割愛轉念一想。橫竪他不愛拿那個缺給誰。他也不管我事。何必定這時候來搶我的衣食飯梡呢。然而又不便直言回覆。不如另外給他個缺。敷衍過去。當王者貴今日之事我為政藩台主意打定。便回護院道。大人所說的這個缺。一來離省較遠。二來缺分聽說的也徒有虛名。毫無實濟。胡令當差勤奮。又是大人的吩咐。等司裡回去。再對付一個好一點的缺調劄他。今天晚上就來稟覆。至於大人所說的這個缺。現在有應署人員。司裡回去。也就要掛牌出去。奈失其鹿高才捷足者先得你還沒有關嗎護院道。適纔省的缺。依我看。這個也上等的了。難道還不算好。藩台回道。缺縱然好。也要看民情如何。那地方民情不好。事情不大好辦。等司裡對付一個民情好一點的地方。也不負大人栽培他這一番獻意。不是如此說可知相打手裏奪拳頭是不易得的了原來這藩台賣缺。護院已有風聞。大約這個缺。諒已經成交的了。心上原想定要同他爭一爭。既而一想。我又不久就要回任的。何苦做此冤家。他既說得如此安好。且看他拿甚麼好地方來給我。遂即點頭應允。說了聲某翁費心。一派假臉相對各人心事各人知說來真自好看藩台方始辭別回去。一霎時回到本衙。吃過了飯。正在簽押房裡過癮。只見他兄弟三大人走進房間。叫了一聲哥。藩台問他甚麼事。三大人說。昨日九江府出缺。今天一早。票號裡有個朋友。接到他那里的首縣。一个電報。託號裡替他墊送二千銀子。求委這首縣代理一二個月。這個缺也有限。不過是面子上好看些的意思。

（首縣代理知府只消二千兩真正是價廉物美）藩台道。九江府也没有聽見長病。怎麼就會死的。三大人道。現在只曉得是出缺。論不定是病死。是丁憂。電報上没有寫明。藩台道。首縣代理知府。原是常有的事。但是一個知府。只值兩吊銀子。未免太便宜了。老三。生意不好做的這們濫。（誰叫你貶價招攬弄得不準行規市風日下）三大人說。我的哥呀。現在不是時候了。新撫台一接印。護院回了任。我們也跟着回任。還不趁早撈得一個是一個。（原來是盜強趁風下打劫）藩台道。一個知府。總不止這个數。要是知府止賣二千。那些州縣豈不更差了一級呢。三大人道。缺分有高低。要看貨討價。這代理不過兩三個月的事情。（國家名器幾同市道交易賣官賣缺非自今日始矣然叔季之風又何可長哉）藩台道。代理就不要挂牌嗎。三大人道。牌是自然要挂的。藩台道。要挂這張牌。至少叫他拿五千現銀子。代理雖不過兩三個月。現在離着收漕的時候也不遠了。這一接印。一分到任規。一分漕規。再做一個壽。論不定新任過了年出京。再收一分年禮。至少要弄萬把銀子。現在叫他拿出一半。并不為過。況且這萬把銀子。都是面子上的錢。若是個手長的。弄上一底一面。誰能管他呢。（替他通盤打算可知是一分行情一分貨）三大人見他哥這們一說。心上自己轉念頭。說哥的話並不錯。便對他哥道。既然如此。等我去找票號裡那個朋友。叫他今天就打個電報去回他。說五千銀子一個不能少。是不是。叫他當天電復。有個缺在這裡。還怕魚兒不上鈎。況且省裡的候補知府多得狠哩。（貨真價實不怕無人照顧）藩台道。是呀。你就立刻去找那個朋友。好歹叫他給一個回信。他不要。還有別人呢。原來這位署藩台。姓的是何。他有個綽號。叫做荷包。這位三大人也有一個綽號。叫做三荷包。還有人說他這個荷包。是個無底的。有多少。

裝多少。是不會漏掉的。（補出兩個評名名稱其實）且說這三荷包。辭了他哥出來。也不及坐轎。便叫小跟班的打了燈籠。一直走到司前。一爿滙票號裡。找到當手的倪二先生。就是拿電報來。同他商量的那個朋友。這倪二先生。有名的爛好人。大家都叫他泥菩薩。他這人專門替人家拉皮條溜鈎子。（爛好人偏會拉皮條溜鈎子可知菩薩亦歡喜香火茂盛）何藩台在鹽道任上。三荷包賬房。一直同他來往。及至署了藩台。賣買更好。進出的多。他來的更比前殷勤。通藩司衙門。上上下下。以及把門的三小子。沒一個不認得泥菩薩。就是衙門裡的狗。見了他面善。要咬也就不咬了。（狗最勢利今見他不吠想亦念菩薩的香火情）三荷包進了他的店。一疊連聲的喊泥菩薩。泥菩薩聽見。便知是早上那件事情的回音來了。趕忙出來接了進去。見面之後。泥菩薩便問那事怎麼樣子。三荷包道。你這人人人都叫你泥菩薩。我看比強盜還利害。我們自家人。你好意思給我當上。（兜心一拳亦如菩薩之當頭棒喝）倪二先生發急道。這從那裡說起。我是甚麼東西。敢給三大人當上。三荷包道。說句頑話。就急得這個樣兒。倪二先生道。我的三大人。你可知道。我是泥做的。禁不起嚇。一嚇就要嚇化了的。（泥薩要化所以要在菩薩面上裝此金）說着。兩個人又哈哈的笑了。（笑臉永迎是菩薩之皆大歡喜）笑過之後。三荷包便一五一十的。把他哥的話告訴了倪二先生。倪二先生道。我說句不知輕重的話。不怕你三大人招怪。現在新撫台指日到任。令兄大人不日就要回任的。現在樂得撈一個是一個。前途出到二千。據我看。也是個分上了。如今叫他多。也多不到那裡。反怕事情要弄僵。（他假嚇我我便要真嚇他是菩薩之神通廣大）我勸三大人。還是回去勸勸令兄大人。便宜他這一遭。有我做中人。將來少不得要找補的。三荷包道。我何嘗不是這樣說。無奈我們大先生。一定要扳個價。叫我怎麽樣呢。倪二先生道。事已到此。不添不成功。這裡頭有二八扣。如今我情愿自効勞。就把這四百兩。也報効了令兄大人。這總是說得過了。（人家升官發財你連除頭都不要真正爛好人）三荷包道。他的有了。你的不要了。我呢就是你也没有白效勞的。倪二先生道。二千之外。我早替三大人想好了。還用吩咐嗎。三荷包把身子湊前一步。低聲問道。多少呢。倪二先生道。加二。三荷包道。泥菩薩。你是知道我的用度大的。這一點點怎麽彀呢。我們大先生那裡。二千答應下來。答應不下來。儘着我去抗。（為了此事險些兄弟不和也算難為他了）横竪叫他代理這缺就是了。但是我兩個總得叫他好看些。倪二先生道。我另外提開算。單儘你三大人罷。多要了開不出口。如果些微潤色點。我旁邊人就替他硬做主。還可以使得。我的意思二成之外。再加一百。一共五百兩。倘若別人。我們須得三一三十一的分派。如今是你三大人。我們兄弟分上。你留着使罷。（一注生意賺上五百用錢也過得去了）三荷包道。這個不算數。看你的分上。以多要多照顧些。纔是。（還要後補生意經實在會做）倪二先生道。這個自然。承你三大人看得起我。做了這兩年的朋友。難道我的心。三大人你還不曉得嗎。三荷包道。你趕今晚就覆他一個電報。叫他預備接印。大先生跟前有我哩。（滿口拍胸脯只怕有的肮髒）倪二先生歡天喜地的答應了。又奉承了幾句話。三荷包方纔同去。究竟此事他哥能否應允。且聽下回分解。

正編卷五

藩司賣缺兄弟失和　縣令貪贓主僕同惡

却說三荷包回到衙門。見了他哥。問起那事怎麼樣了。三荷包道。不要說起。這事鬧壞了。大哥。你另外委別人罷。有意放刁這件事看上去不會成功。索性嚇他一嚇他哥一聽這話。一盆冷水從頭頂心澆了下來。貪心正熾陡被撇隱呆了半晌。問到底是誰鬧壞的。由我討價。就由他還價。他還過價。我不依他。他再走也還像句話。那裡能彀他說二千。就是二千。全盤都依了他。你要扳價自然要把生意打走了不如這個藩台。讓給他做。也不必來找我了。誰叫你太阿倒持你們兄弟好幾房人。都靠着我老大哥一個。替你們一房房的成親。還要一個個的捐官。老三不是我做大哥的說句不中聽的話。這點事情。也是為的大家。你做兄弟的。就是替我出點力。也不為過。怎麼叫你去說說。就不成功呢。弄巧成拙自討沒趣況且姓倪的那裡。我們司裡多少銀子。在他那裡出出進進。又不要他大利錢。他也有得賺了。為着這一點點。他就拿把。我看來也不是甚麼有良心的東西。你家老弟挾制你反要怪到別人身上來了

原來三荷包進來的時候。本想做過反跌文章。先說個不成功。好等他哥來還價。他用的是引船就岸的計策。好個計策先看了他哥的樣子。後來又說甚麼由他還價。三荷包聽了。滿心歡喜。心想這可由我殺價。這叫個裡外兩賺。豈不得計及至聽到後一半。被他哥埋怨了這一大篇。不覺老羞變怒。本來三荷包在他哥面前。一向是極循謹的。如今受他這一番排揎。以為被他看出隱

情。叫他容身無地。不禁一時火起。所以氣是第一件壞事就對着他哥發話道。大哥。你別這們說。你要這們一說。咱們兄弟的賬。索性大家算一算。有計利之心則骨肉視同仇寇聖賢垂戒自是一萬世無弊然彼利令智昏者烏足以語此何藩台道。你說甚麼。三荷包道。算賬。何藩台道。算甚麼賬。三荷包道。算分家賬。有扶而求何藩台聽了。哼哼冷笑兩聲道。老三。還有你二哥四弟。連你弟兄三個。那一個不是在我手裡長大的。還要同我算賬。三荷包道。我知道的。爹爹不在的時節。共總剩下也有十來萬銀子。先是你捐知縣。捐了一萬多。弄到一個實缺。不上三年。老太太去世。丁艱下來。又從家裡搬出二萬多。彌補虧空。你自己名下的。早已用過頭了。所謂大的前頭走小的吃熱虧從此以後。坐吃山空。你的人口又多。等到服滿。又該人家一萬多兩。憑空裡知縣不做了。忽然想要高升。捐甚麼知府。連引見走門子。又是二萬多。到省之後。當了三年的釐捐總辦。在人家總可以剩兩個。誰知你還是叫苦連天。論不定是真窮。還是裝窮。自老三口內補出藩台虧空發財所謂銀子買來的官不能不貪候補知府做了一陣子。又厭煩了。又要過甚麼班。八千兩買一個密保。送部引見。又是三萬兩。買到這個鹽道。那一注不是我們兄弟的錢。就是替我們成親。替我們捐官。我們用的這好算是用的利錢。何曾動到正本錢。現在我們用的自家的錢。用不着你來賣好。甚麼娶親。甚麼捐官。你要不管儘管不管。只要還我們的錢。我們有錢。還怕娶不得親。捐不得官。引出一場大是非來皆是藩台自己惹的何藩台聽了這話。氣得臉似冬瓜一般的青了。一隻手綹着鬍子。坐在那里發楞。一聲也不言語。自己會揮霍卻要無故派人家不是做出老大眉眼豈不自取其辱三荷包見他哥無話可說。索性高談濶論起來。一頭說。一頭走。背着手。仰着頭在地下踱來踱

去只聽他講道。現在莫說家務。就是我做兄弟的替你經手的事情。你算一算。玉山的王夢梅
是個一萬二。萍鄉的周小辮子八千。新昌胡子根六千。上饒莫桂英五千五。吉水陸子林五千。
廬陵黃霑甫六千四。新淦趙苓洲四千五。新建王爾梅三千五。南昌蔣大化三千。鉛山孔慶輅
武陵盧子庭。都是二千。還有些一千八百的。一時也記不清。至少亦有二三十注。〔贓款纍纍兜底說出亦是〕
〔以補筆為叙筆並是伏筆〕我筆筆都有賬的。這些錢。不是我兄弟替你帮忙。請教那里來呢。說說好聽。同我
二八三七。拿進來的錢可是不少。幾時看見的半個沙殼子。漏在我手裡。〔做成賣買一到手即行扣用倒是一過個橋
拔橋的〕如今倒同我算起賬來了。我們索性算算清。算不明白。就到南昌縣裡。叫蔣大化替我們
分派分派。蔣大化再辦不了。還有首府首道。再不然。還有撫台。就是京腔亦不要緊。我到那裡。
你就跟我到那裡。要曉得兄弟也不是好欺侮的。〔算賬算不清要打部狀可見銀錢是禍根〕三荷包越說越得意。把
個藩台白瞪着眼。只是吹鬍子。在那裡氣得索索的抖。〔活畫一個氣極形狀〕楞了好半天。才喘吁吁的說
道。我也不要做這官了。大家落拓大家窮。我辛辛苦苦。為的那一項。爽性自己兄弟。也不拿我
當作人。我這人生在世上。還有什麼趣味。不如剃了頭髮當和尚去。還落個清靜。〔良田千畝不過日食三餐〕
〔廣廈萬間不過夜眠一榻至此也該早回頭了〕三荷包說道。你辛辛苦苦。倒底為的那一項。橫豎總不是為的別人。你
說兄弟不拿你當人。你就應該擺出做哥子的款來。你不做官。你要做和尚。橫豎隨你自家的
便。與旁人毫不相干。〔他拿出家挾制人索性駁得他啞口無言〕何藩台聽了這話。越想越氣。本來躺在牀上抽大烟。
站起身來。把烟鎗一丟。豁琅一聲。打碎一隻茶碗。潑了一牀的茶。褥子潮了一大塊。〔洋烟本引火之物以〕

（火潑火自然要一發燎原）三荷包見他來的凶猛。只當是他哥動手要打他。說時遲那時快。他便把馬褂一脫。捲了捲袖子。一個老虎勢。望他哥懷內撲將來。何藩台初意去掉烟銷之後。原想奔出去找師爺。替他打稟帖給撫台告病。今見兄弟撒起潑來。一面竭力抵擋。一面口裡說。你打死我罷。（兄弟鬩墻皆為阿堵物而起可見孔方兄是真家兄）起先他弟兄倆鬥嘴的時候。一眾家人都在外間靜悄悄的。不敢則聲。等到後頭鬧大了。就有幾個年紀大些的二爺。進來相勸老爺放手。一個從身後抱住三老爺。想把他拖開。誰知用了多大的力。也拖不開。（弄假成真真叫做不打不成交矣）還有幾個小跟班。不敢進來勸。立刻奔到後堂。告訴太太說。三老爺同老爺打架。拉着辮子不放哩。太太聽了。這一嚇非同小可。也不及穿裙子。也不要老媽子攙。獨自一個奔到花廳。（活畫出一慌張形狀）一眾跟班看見。連忙打簾子讓太太進去。只見他哥兒倆還是揪在一塊。不曾分開。太太急得沒法。拚着自己身子。奔向前去。使盡平生氣力。想拉開他兩個。那里拉得動。一個說你打死我罷。一個說要死死在一塊兒。太太急得淌眼淚說。倒底怎麼樣。嘴裡如此說。心上到底帮着自己的丈夫。竭力的把他丈夫往旁邊拉。（同胞兄弟總不及同床夫妻）何藩台一看太太這個樣子。心早已軟了。連忙一鬆手。往旁邊一張椅子上坐下。（兄弟打架必須太太勸開所謂親一枝近一枝）那三荷包卻不提防他哥此刻鬆手。仍舊使着全副氣力。往前直頂。等到他哥坐下。卻撲了一個空。齊頭拿頭頂在他嫂子肚皮上。他嫂子乃是女人。又有了三個月的身孕。本是沒有氣力的。被他叔子一頭撞來。剛正撞在肚皮上。只聽得太太阿唷一聲。跟手咕咚一聲。就跌在地下。（真正撒野連那勸客都打起來了）三荷包也爬下了。剛剛磕在太太身上。（嫂溺援之以手如何嫂跌又磕之以身成何形狀）何藩台看了。又氣又急。氣的是兄弟不講理。急的是太太有了三個月的身孕。自己已經一把鬍子的人了。這個填房太太是去年娶的。如今才有了喜。倘或因此小產。那可不是玩的。當時也就顧不得別的了。只好親自過來。一手把兄弟拉起。却用兩隻手去拉他太太。誰知拉死拉不起。只見太太坐在地下。一手摸着肚皮。一手托着腮。低着頭。閉着眼。縐着眉頭。那頭上的汗珠子比黃荳大。（凡人聽枕邊言疎遠兄弟亦由兄弟侮慢嫂長所致）何藩台問他怎樣。只是搖頭說不出話。何藩台發急道。真正不知道。我是那一輩子造下的孽。碰着你們這些孽賬。（真要急死）三荷包見此光景。搭赸着就溜之乎也。（自己闖了禍也只好跑走）起先太太出來的時候。另外有個小底下人。奔到外面聲張起來。說老爺同三老爺打架。你們眾位師爺不去勸勸。頃刻間眾位師爺都得了信。還有官親大舅太爺。二舅老爺。姑老爺。外孫少爺。本家叔太爺。三老爺。姪少爺。約齊好了。到簽押房裡去勸和。走進外間。跟班回說。太太在裡頭。於是大家縮住了腳。不便進去。幾個本家也是客氣的。一齊站在外間聽信。（所以打到不可開交無人勸解）後首聽到三老爺把太太撞倒。太太阿唷一聲。大家就知道這事越鬧越大。連勸打的人也打在裡頭了。跟手看見三老爺掀簾子出來。大家接着齊問他甚麼事。三老爺因見幾個長輩在跟前。也不好說自己的是。也不好說他哥的不是。但聽得說了一聲道。咱們兄弟的事。說來話長。我的氣已受彀了。還說他做甚。（他也只好如此說）說罷了這一句。便一溜烟外面去了。（自己不是還是走為上着）這裡眾人依舊摸不着頭腦。後來賬房師爺同着本家二老爺。向值簽押房的跟班細細的問了一遍。方知就裡。二老爺還要接着問别的只聽得裡面太太。又在那裡阿唷阿唷的喊個不住。想是剛纔閃了力了。論不定還是三老爺把他撞壞的大家都曉得太太有了三個月的喜。怕的是小產。倘然真要小產兄弟之仇如何可解外間幾個人。正在那裡議論又聽得何藩台一疊連聲的叫人去喊收生婆又在那裡罵上房裡的老媽子都死絕了。怎麼一個都不出來。拿別人出氣所謂吃了對門謝隔壁衆跟班聽得主人動氣連忙分頭去叫不多一刻姨太太小姐。帶了衆老媽已經走到屏門背後。於是衆位師爺只好迴避出去有女眷在裡頭所以勸客始終未曾進去姨太太小姐。帶領三四個老碼進來。又被何藩台罵了一頓。大家不敢做聲好容易五六個人。拿個太太連抬帶扛把他弄了進去。何藩台也跟進上房眼看着把太太扶到牀上躺下。問他怎樣。也說不出怎樣。真正害鄉鄰何藩台便叫人到官醫局裡。請張聾子張老爺前來看脈張聾子立刻穿着衣帽來到藩司衙門。先落官廳傳進手本等到號房出來。說了一聲請方纔跟着進去。走到宅門號房站住。便是執帖二爺。領他進去張聾子同這二爺。先陪着笑臉寒暄了幾句不知不覺領進上房何藩台從房裡迎到外間。連說勞駕得狠。張聾子見面先行官禮請了一個安。便說憲太太欠安卑職應得早來伺候。活畫一官醫趨奉口氣何藩台當即讓他坐下。把病源細細說了一遍不多一刻老媽出來相請。何藩台隨讓他同進房間只見上面放着帳子。張聾子知道太太睡在牀上。不便行禮。只說一句請太太的安。帳子裡面也不則聲倒是何藩台同他客氣了一句他便倒着身子。在牀面前一張杌子上坐下。叫老媽把太太的右手請了出來。放在三本書上他却閉着眼低着頭。用三個指頭按準寸關尺三部脈位。足足把了一刻鐘的時節。一隻把完。又把那一隻左手換了出來。照樣把了半天（裝一項像一項全是化工之筆）然後叫老媽去看太太的舌苔。何藩台恐怕老媽靠不住。點了個火。揭開帳子。讓張聾子親自來看。張聾子立刻站了起來。只些微的一看。就叫把帳子放下。嘴裡說。冒了風不是頑的（露出官醫殷勤口氣）說完這句話。仍由何藩台陪着。到外間開方子。張聾子說太太的病。本來是鬱怒傷肝。又悶了一點兒略略動了胎氣。看來還不要緊。（幾句脈案也是極平常的）於是開了一張方子。無非是白朮子芩川連黑山梔一類。寫好之後。遞給了何藩台。嘴裡說卑職不懂得甚麼。總求大人指教。何藩台接過看一遍。連說高明得狠。（一派客套並不識什麼好歹）又見方子後面。另外注着一行小字。道是委辦官醫局提調江西試用通判張聰謹擬十七個字。（官醫有官醫的行徑）何藩台看過一笑。就交給跟班的拿摺子趕緊去撮藥。這里張聾子也就起身告辭。少停撮藥的回來。照方煎服。不到半個鐘頭。居然太太的肚皮也不痛了。（倒是張一貼）何藩台方始放心。只因這事是他兄弟鬧的。太太雖然病不妨事。但他兄弟始終不肯服軟。這事情總得有個下場。到了第二天。何藩台便上院請了兩天假。推說是感冒。其實是坐在家裡生氣。三荷包也不睬他。把他氣的越發火上加油。（險些把他活活氣死）只好虛張聲勢。到簽押房裡。請師爺打稟帖給護院。替他告病。說我這官一定不要做了。我辛辛苦苦做了這幾年官。連個奴才還不如。我又何苦來呢。（為他人作牛馬真正不合算）那師爺不肯動筆。他還打恭作揖的求他快寫些。（做作得像）師爺急了。只好同伺候簽押房的二爺咬了個耳朵。叫他把合衙門的師爺。什麼舅太爺叔太爺。通通請來相勸。不消一刻。一齊來了。當下七嘴八舌。言來語去起先何藩台咬定牙齒不答應（起法要裝一裝）虧得一個舅太爺一個叔太爺兩個老人家心上有主意齊說這事情是老三不是總得叫他來下個禮賠個罪才好消這口氣何藩台道不要叫他那不折死了我碼（在人前總要裝氣）舅太爺道我舅舅的話他敢不聽便拉了叔太爺一仝出去找三荷包三荷包是一向在衙門裡管賬房的雖說是他舅舅他叔叔平時不免總有仰仗他的地方所以見面之後少不得還要拍馬屁當下舅太爺雖然當着何藩台說我舅舅的話他敢不聽其實兩個人到了賬房裡來一見三荷包依然是眉花眼笑下氣柔聲舅太爺拖長了嗓子叫了一聲老賢甥底下好像有多少話似的一句也說不出口（趨奉慣的一時要硬行勸解實在難於啓口）三荷包却已看出來意便道不是說要告病嗎他拿這個壓制我我却不怕等他告准了我再同他算賬（他要借告病壓制索性嚇嚇他）舅太爺說不是這們說你們總是親兄弟現在不說別的總算是你讓他的你帮着他這幾多年辛辛苦苦管了這個賬替他外頭張羅他弁不是不知道好歹不過為的是不久就要交卸心上有點不高興彼此就頂撞起來（借言心上不高興以致頂撞亦是善於說詞）三荷包道我頂撞他什麼如果是我先頂撞了他該剮該殺聽憑他辦（繞說頂撞二字即被捏住和事老誠不易做）舅太爺道我何曾派老賢甥的不是不過他是個老大哥你總看手足分上拚着我這老臉替你兩人打個圓場完了這件事（為自己計情亦算用盡苦肉計）叔太爺也帮着如此說他叔叔却不稱他為老賢侄比舅太爺還要恭敬竟其口口聲聲的叫三爺三荷包聽了心想這事總要有個收蓬倘若這事弄僵了他的二千不必說還有我的五百頭豈不白便宜了別人（鬧了一場大禍仍舊捨不得銀子是真銀錢為重骨月為輕）想好

主意。便對他舅舅叔叔說道。我做事不要瞞人。他若是有我兄弟在心上。這椿口舌是非。原是為九江府起的。既知為九江府而起應該大家悔悟大家罷手方是今仍執迷不悟是真利慾薰心哉 便如此這般樣把賣缺一事自頭至尾說一遍。兩人齊說那是我們知道的。三荷包道。要他答應了人家二千。我就同他講和。倘若還要擺他的臭架子。叫他把我名下應該分的家當立刻算還了給我。我立刻滾蛋。叫他從今以後也不要認我兄弟。造端不正必致受制於人三荷包之敢於挾制乃兄有以哉 舅太爺道。說那裡話來。一切事情。都在娘舅身上。你說二千就是二千。我舅舅只准叫他要二千。他敢不聽。說着。便同叔太爺一邊一個拉着三荷包到簽押房來。跟班的看見三老爺來了。連忙打簾子。當下舅太爺叔太爺一個在前一個在後。把個三荷包夾在中間。所謂或推之或挽之 三荷包走進房門。只見一屋子的人都站起來招呼他。獨有他哥還是直挺挺的坐在椅子上不動。擺足他的臭架子 三荷包看了。不免又添上些氣。虧得舅太爺老皮老臉。說又說得出。做又做得出。一手拉着三荷包的手。跑到何藩台面前。說自家兄弟有什麼說不了的事情。叫人家瞧着。替你倆担心。我從昨天到如今。為着你倆沒有好好的吃一頓飯。借現身說法勸和真是善於排解 老三。你過來。你做兄弟的。說不得先走上去叫一聲大哥。弟兄和和氣氣。這事不就完了嗎。三荷包此時雖是滿肚皮的不願意。也是沒法。只得板着臉。軟着頭。狠蹶蹶的叫了聲大哥。何藩台還沒答腔。舅太爺已經張開兩撇鬍子的嘴。哈哈哈大笑道。好了好了。此時全仗人家帮腔否則既經拉攏難道由他自己撐開嗎 你兄弟照常一樣。我的飯也吃的下了。說到這里何藩台正想當着眾人。發落他兄弟兩句。好光光自己的臉。忽見執帖門上來回。新任玉山縣王夢梅王大老爺稟辭稟見。這個人。可巧是三荷包經手。拿過他一萬二千塊的一個大主顧。今天因要赴任特來稟辭。何藩台見了手本。回心轉念。想到這是自家兄弟的好處。不知不覺那面上的氣色就和平了許多。（如此過渡天衣無縫）一面換了衣服出去。一面回頭對着三荷包道。我要會客。你在這里陪陪諸位。罷大家齊說好了。我們也要散了。（借此收科筆墨方不贅瘤）說着。舅老爺叔太爺同着眾位師爺。一閧而散。何藩台自己出來會客。元來這位新掛牌的玉山縣王夢梅本是一個做官好手。上半年在那里辦過幾個月釐局。（既入正傳不得不補敘一筆）不該應要錢的心太狠了。直弄得民怨沸騰。有無數商人。來省上控。牙釐局的總辦立刻詳院。將他一面撤委。一面提集司事巡丁。到省質訊。後來查明。是他不合縱容司巡。任情需索。幸得憲恩高厚。只把司巡辦掉幾個。又把他詳院。記大過三次。停委一年。將此事敷衍過去。（凡事發覺總借最小的晦氣兩個是官家之秘訣）可巧何藩台署了布政司。約摸將交卸的一個月前頭。得到不久就要同任的信息。他便大開山門。四方募化。又有個兄弟。做了帮手。唱意招徠。只要不惜重貲。便爾有求必應。（瓜期已盡落得瓜分他的賄賂）王夢梅曉得了這條門路。便輾轉托人先請三荷包吃了兩枱花酒。齊巧有一天是三荷包的生日。他便借此為名。送了三四百兩銀子的壽禮。就在婊子家弄了一本戲。叫了幾枱酒。聚集了一班狐群狗黨。替三荷包慶了一天壽。這天直把三荷包樂得不可開交。就此與王夢梅做了一個知己。（院子裡結交來的朋友是最知己的）可巧前任玉山縣。因案撤省。這玉山是江西著名的好缺。他便找到三荷包。情願孝敬洋錢一萬塊。叫他署理這缺。（滿載而來雖暫時委曲終有門路可走豈慈所得不償所失）三荷包就進去替他說合何藩台說他是停委的人現在要破例委他這個數還覺着嫌少說來說去又添了二千王夢梅又私自送了三荷包二千的銀票三荷包一手接票子一面嘴裡說咱弟兄還要這個碼等到這句話說完票子已到他懷裡去了（棉材內伸出手來的人面子上偏要說胆氣話）究竟這王夢梅只辦過一盪釐局而且未曾終局半路撤回回省之後還還還賬應酬應酬再貼補些與那替他當灾的巡丁司事就是錢再多些到此也就有限了（湯裡來水裡去）此番買缺幸虧得他有個錢莊內朋友替他借了三千他又弄到一個帶肚子的師爺一個帶肚子的二爺（點出帶肚子的二爺方有下段許多妙文）每人三千說明到任之後一個管賬房一個做稿案三注共得九千下餘約四五千多是自己湊的這日因為就要上任前來稟辭乃是官樣文章不必細述王夢梅辭過上司別過同寅帶領家眷與所有的募友家丁一直上任而去在路非止一日將到玉山縣頭一天先有紅諭下去便見本縣書差前來迎接王夢梅的意思為着目下乃是收漕的時候一時一刻都不能躭誤的原想到的那一天就要接印誰知到的晚了已有上燈時分把他急得暴跳如雷恨不得立時就把印搶了過來（前者已去後者已來強盜一個凶一個）虧得錢穀上老夫子前來解勸說今天天色已晚就是有人來完錢粮漕米也總要等到明天天亮黑了天是不收的不如明天一早接印的好（沒有錢穀老夫子說一定要連夜接印）王夢梅聽了他言方始無話卻是這一夜不曾合眼（利心如是之切安得不把地皮翻轉）約摸有四更時分便已起身怕的是誤了天亮接印把漕米錢粮被前任收了去等到人齊把他抬到衙門裡去那太陽已經在墻上了拜印之後升座公案便是典史參堂書差叩賀照例公事

話休絮煩。且說他前任的縣官。本是個進士出身。人是長厚一路。性情却極和平。惟於聽斷上稍欠明白些。因此上憲甄別屬員本內。就輕輕替他出了幾句考語。說他是聽斷糊塗。難膺民社。好官難做真正冤枉煞人惟係進士出身。文理尚優。請以教諭歸部銓選。本章上去。那軍機處擬旨的章京。向來是一字不易的。照着批了下來。省裡先得電報。隨後部文到來。偏偏這王夢梅做了手腳。弄到此缺。畢竟貲郎之善於鑽營王夢梅這邊接印。那前任當日就把家眷搬出衙門。好讓給新任進去。自己算清了交代。便自回省不題。毫無牽掛倒是來去自如且說王夢梅到任之後。別的猶可。倒是他那一個賬房。一個稿案。都是帶肚子的。凡百事情。總想挾制本官。起初不過有點呼應不靈。到得後來。漸漸的這個官。竟像他二人做的一樣。把持公事畢竟有的倚仗王夢梅有個姪少爺。這人也在衙門裡帮着管賬房。肚裡却還明白。看看苗頭不對。便對他叔子說。自從我們接了印。也有半個多月。幸虧碰着收漕的時候。總算一到任就有錢進。不如把他倆的錢還了他們。打發他走。免得自己聲名有累。是老實人口脗他叔子聽了。楞了一楞。歇了一會。才說得一聲慢着。我自有道理。早有算計姪少爺見話說不進。也就不談了。原來這王夢梅的為人。最惡不過的。他從接印之後。便事事有心退讓。任憑他二人胡作胡為。等到有一天鬧出事來。便翻轉面孔。把他二人重重的一辦。或者遞解回籍。永免後患。不特乾沒了他二人的錢文。并且得了好名聲。豈不一舉兩得。你說他這人的心思。毒乎不毒。如此陰賊險很姪少爺真在夢裡所以他姪少爺說話。毫不在意。回到簽押房。偏偏那個帶肚子的二爺。名字喚蔣福的。上來回公事。有一樁案件。王夢梅已批駁的了。蔣福得了原告的銀錢。重新走來。定要王夢梅出票子提拿被告。王夢梅不肯。兩個人就鬥了一會嘴。蔣福嘰哩咕嚕的。撅着嘴罵了出去。（奴僕挾制本官着實可惡）王夢梅不與他計較。便拿硃筆寫了一紙諭單貼在二堂之上。曉諭那些幕友門丁。其中大略意思。無非是本官一清如水。倘有幕友官親以及門稿書役。有不安本分。招搖撞騙。私自向人需索者。一經查實。立即按例從重懲辦。決不寬貸各等語。（一關防嚴緊實為一網打盡之計）此諭貼出之後。別人猶可。獨有蔣福是虛心的。看了好生不樂。回到門房。心上盤算了一回。自言自語。道他出這張諭貼。明明是替我關門。一來絕了我的路。二來借着這個清正的名聲。好來擺布我們。哼哼。有飯大家吃。無飯大家餓。我蔣某人也不是好惹的。你想獨吞。叫我們一齊餓着。那却沒有如此便宜。（一個惡一個大家心事大家揣着如瑜亮之門智好看煞人）想好主意。次日堂事完後。王夢梅剛纔進去。一眾書役。正要紛紛退下。他拿手兒一招道。諸位慢着。老爺有話吩咐。（出其不意）眾人聽得有話。連忙一齊站定。他便拖着嗓子講道。老爺叫我叫你們回來。不為別事。只因我們老爺為官。一向清正。從來不要一個錢的。（錢是不要不過想獨吞的）而且最體恤百姓。曉得地方上百姓苦。今年年成。又沒有十分收成。第一樁想叫那些完錢粮的。照着串上。一個完一個。不准多受一分一釐。（不准意外需索本是官樣文章）這事昨日已經有話。等定好章程。就要貼出來。第二樁是你們這些書役。除掉照例應得的工食。老爺都一概拿出來給你們。却不准你們在外頭多要一個錢。（要絕口食大家絕口食原要激怒於人）你們可知道。昨天已貼了諭貼。不准官親師爺。私自弄錢。查出來了。無論是誰。一定重辦。你們大家小心點。（官欲懲創一人偏欲嫁禍眾人）說完這話。他便走開。回到自己屋子裡去。這些書差一干人退了下來面面相覷。却想不出本官何以有此一番舉動。真正摸不着頭惱。於是此話哄傳出去。合城皆知。都說老爺是個清官。不日就有章程出來豁除錢粮浮收。不准書差需索。那第二件。人家還不理會。到是頭一件。人家得了這個信息。都想等着佔便宜。一等三天。告示不曾出來。這三天內的錢粮。却是分文未曾收着。你要絕人家的口食人家先要絕你的口食叫你儻之滋味王夢梅甚為詫異。說好端端。這三天裡頭怎麼一個錢都不見。王夢梅真在夢裡因差心腹人出外打探。方曉得是如此如此。捉弄本官如探囊之取物這一氣非同小可。恨的他要立時坐堂。把蔣福打三千板子。方出得這一口氣。後來幸虧被眾位師爺勸住。齊說這事鬧出來不好聽。王夢梅道。被他這一鬧。我的錢粮還想收嗎。錢穀師爺道。不如打發了他。這件事總算沒有。他的話不足為憑。難道這些百姓。真果的抗着不來完嗎。王夢梅見大家說得有理。就叫了管賬房的侄少爺來。叫他去開消蔣福。立時三刻要他捲鋪蓋滾出去。侄少爺道。三千頭怎麼說。王夢梅道。等查明白了。沒有弊病。纔能給他。說得好容易侄少爺道。這話恐怕說不下去罷。王夢梅道。怎麼你們都巴望我多拿出去一个。你們纔樂。真正別有肺腸侄少爺碰了這個釘子。不敢多說話。只得出來同蔣福說。蔣福道。我那老爺接印的那一天。我就知道。我這飯是吃不長的。早已看出苗頭要我走容易得狠。只要拿我的那三千洋錢還我。立刻就走。還有一件。從前老爺有過話。是有福同享。有難同當。現在老爺有得升官發財。我們做家人的出了力。賠了錢。只落得一個半途而廢。這裡頭請你少爺。怎麼替家人說說。利錢之外。總得貼補點家人纔好。有此才幹方敢做此勾當王知縣乃欲一網打盡並乾沒帶擋真大不自量矣還有幾樁案子裡弄的錢。小事情。十塊二十塊。也不必題了。即如孔家因為爭過繼。胡家同盧家為着退婚。就此兩樁事情。少說也得半萬銀子。老爺這個缺。一共是一萬四千幾百塊錢。連着盤費就算他一萬五家人這裡頭有三千。三五一十五。應該怎麼個拆法。你想乾沒我即要分贓看他如何封付老爺他是做官的人。大才大量。諒來不會刻苦我們做家人的。求少爺替家人善言一聲家人今天晚上再來候信。說罷退了出去。不是難為中間人亦是氣他不過姪少爺聽了這話。好不為難心下思量他倒會軟調脾。說出來的話。軟的同棉花一樣。恰是字眼裏頭。都含着刺。替他回的好。還是不替他回的好。若是直言。攏上我們這位叔太爺的脾氣。是不好惹的。剛纔我纔說得一句。他就排揎我說我帮着外頭人。叫他出錢。若是不去回。停刻蔣福又要來討回信。叫我怎樣發付他。好叫我左右做人難說一句良心話人家三千塊錢。那不是一封一封的填在裡頭。給你用的。現在想要乾沒了人家的。恰是良心上說不過。不知你的良心是怎樣生的況且蔣福這東西。也不是甚麼吃得光的。真正一個惡過一個。叫我有甚麼法子想也罷。等我上去找着嬸子。探探口氣看是如何再作道理。亦是無可如何之想主意打定。便叫人打聽老爺。正在簽押房裡看公事。他便趁空溜到上房。把這事從頭至尾。告訴了太太一遍。又說現在叔叔的意思。一時不想那這錢還人家。蔣福那東西頂壞不過。恐怕他未必就此干休。所以姪兒來請嬸娘的示。看是怎麼辦的好。冷眼旁觀早知吃不了不過當局利欲薰心全不思想前後耳豈知這位太太性情吝嗇。只有進沒有出。却與丈夫同一脾氣。從來官聲吏治大半由閫內相輔而成王夢稚如此貪墨安得不有此賢內助聽了這話。便說大少爺。你第一別答應他的錢。叔叔弄到這個缺不輕容易為的是收這兩季子錢粮漕米。貼補貼補被蔣福這東西。如此一鬧。人家已經好幾天不交錢粮了。你叔叔恨的牙癢癢為的是到任的時候。他墊了三千塊錢。有這點功勞所以不去辦他至於那注錢亦不是吃掉他的要查明白没有弊病。纔肯給他你若答應了他。你叔叔免不得又要怪你了。姪少爺聽了這話不免心下没了主意。他與你叔子一鼻孔出氣你去問他作甚又不好講別的。只得搭赸着出來回到賬房悶悶不樂。忽見簾子撳起。走進一人。你道是誰原來就是蔣福聽同信來了。姪少爺一見是他。不覺心上畢拍一跳。如此難題目倒要人家去搨木梢真叫人為難究竟如何發付蔣福與那蔣福肯干休與否且聽下回分解。

急張羅州官接巡撫
少訓練副將降都司

却說蔣福走進帳房。探聽消息。姪少爺無法。只得同他說道。你的錢。老爺說過。一個不少的。但是總得再過幾天。纔能還你。要還即還何必要過幾天確有弊病好在你的家眷也同了來。今日說走。今日也未必動得身。等你動身的時候。自然是還你的。要動身纔還然則一年不動身即一年不還嗎這位姪少爺總算得能言會道。不肯把叔子的話。直言回覆蔣福。原是免得淘氣的意思。然則那一種吞吞吐吐的情形。已被蔣福看透。跟官發了財是何等樣人什麼事瞞得他過聽罷之後。不禁鼻子裏哼哼冷笑了兩聲。說這算甚麼話。要人走。錢不還人家。這個理信倒少有。現在也不必說別的。我們同到府裏評評這個理去。早已安排停當姪少爺連忙勸他。說你放心罷。你這錢斷斷不會少你的。蔣福道。有本事只是少。我也不怕。既會放不怕少怕少也不放了說着。自己去了。原來這蔣福同廣信府的一個稿案門上又是同鄉。又是親家。兩人又極其要好。這個稿案門。又是府大人第一個紅人。說一是一。說二是二。豪奴惡僕畢究有好靠山方敢挾制家主王知縣財賄迷心並不計及於此蔣福從帳房裏下來。便一直上府。找到他親家。說老王不還他錢。他要先到府裏上控。求親家好歹拉一把。他親家聽了。自然是拍胸脯一力承當。把他歡喜的了不得。當天稿案門就回了本府。說縣裏這位王大老爺怎麼不好。怎麼不好。虧得這位本府。自從王夢梅到任以來。為他會巴結。心裏還同他說得來。就說這事情鬧了出來面子上不好看。還是不叫他上控的好。（幸虧是會巴結上司知府同他關切否則必跌在惡奴手裏了）就同刑名老夫子商量。刑名道。太尊的話是極。晚生即刻就找了他來。開導開導他。叫他不要辜負了太尊的美意。知府說。如此狠好。刑名便叫自己的二爺。拿了名片到縣裏。請王大老爺便衣過來。有公事面談。去不多時。果見王夢梅來了。走進書房。作揖歸坐。說了幾句閑話。刑名老夫子便題到剛纔太尊的意思。說太尊說的。彼此要好。不要弄出笑話來。只要夢翁把用他的錢給了他。其餘無憑無據的事。也斷不能容他放肆。（刑名老夫子打圓場的話說來却是中聽）便把蔣福要告他的話。說了一遍。王夢梅聽了這話。臉上一紅。心上想。此事他既曉得。須瞞他不得。便把蔣福如何可惡。也說了一遍。（各人有各人的道理）現在已經三天沒有人來交錢糧。兄弟心上恨不過。所以雖然有錢。也要叫他難過兩天再給他并沒有吃沒他的意思。（也當別人面前如何肯認乾沒之話然早如此亦不被人家曉得了）至於蔣福說要上控兄弟的話同城耳目衆多。府憲又是精明不過的。況且又蒙你老夫子拿兄弟當做人。兄弟即使有點不好。難道能穀瞞過府憲。不要說對不住府憲。連你老夫子。亦對不住。（拖泥帶水不過要人家庇護他）刑名道。這些話。誰有工夫去聽他。我不過當作閑話談談罷了。只要老哥早給他一天錢。早叫他滾蛋一天。大家耳根清淨。不結了嗎。（既經翻了臉還是早的推開囊船為是刑名亦句句好話）王夢梅又把臉一紅道。這蔣福原是一個朋友薦來的。說他如何可靠。來了不到三天。就拿了一筆錢。是三千塊。叫兄弟替他放。兄弟就是沒錢用。也不至於用他們的錢。（不敢公然說借二爺的錢還算是有羞恥之心然蔣福若無仗腰子畢竟乾沒矣）刑名道。是呀。王夢梅道。我想他們。不過貪圖幾個利錢。所以就留下他的。替他放在莊上是有的。刑名道。不管他是存是放。你只要提還他就是了。王夢梅又楞了一會。道說到如此。兄弟無不遵命。明天兄弟便把三十塊划過來。放在老夫子這裏。兄弟那裏。總要查過他沒有弊病。纔能放他滾蛋。王夢梅的話。不過是借此收場的意思。刑名亦看出來。便說很好。就是如此辦。果然有弊病。我還要告訴太尊。重重的辦他一辦。（他要借此蓋臉樂得順順他的脾胃）說完王夢梅辭去。次日上府。果然帶到一張三千塊錢月底期的莊票。刑名收了下來。便問你從前出過憑據給蔣福沒有。王夢梅說摺子是有一個。（還有借據落在人家手裏如何昧心想賴）刑名道。今天我先出張收條給你。明天你拿着來換摺子便了。一樁事情。總算府大人從中轉圜。蔣福未曾再敢多要王夢梅也未曾出醜。到了年底。倒是那刑名仗着此事出了把力。寫封信來問王夢梅借五百銀子過年。王夢梅應酬了他二百兩。（肯應酬些總算不是過橋拔橋尚有事過即忘真王夢梅之不若矣）纔把這事過去。此是後話不題。有話便長。無話便短。且說三荷包自從同他哥講和之後。但九江府一注買賣。他自己就弄到幾百兩。連着前前後後經手的多少說有萬把銀子在荷包裏了。那時候正值山西水旱。秦旨開辦振捐。三荷包到處拉攏。叫人捐官。他自己好賺和頭。他身上原有一個州同。就此加捐一個知州。又捐了一個十成花樣歸部銓選。（有了囊橐即好捐官做官親如何不愛錢）可巧他運氣好。製籤掣得第一。此時他哥大荷包已經回任。他便把帳房銀錢交代清楚。立刻進京投供候選。第二個月。山東莒州知州出缺。輪到他頂選。就此選了出來。不過這缺苦點。他便把荷包裏的錢掏了出來。託人走門子。（本事又大運氣又好銀子又多有了門路選缺雖苦定可變成好缺矣）化上二千兩拜了一位軍機大人做老師。這天是手本夾着銀票一塊兒進去的等了好半天。軍機大人傳見。他進去磕了三個頭。那軍機大人衹還了半個揖。讓他坐下。衹問得兩句。你幾時來的。三荷包回過。又問幾時走。三荷包回躭擱三四天就走。說完兩句話。那軍機大人就端茶送客。自己踱了進去。（看來輕描淡寫已得力不少矣）三荷包無奈只好退了下來。回到寓所。次日軍機大人差人送來一封書信。說是帶給山東撫院的。三荷包收了下來。又送來人八兩銀子。來人方去。三荷包燈下無事。把書信偷着拆開一看。只見那信。衹有一張八行書。數一數核桃大的字。不到二十幾個。（二千兩頭換上二十多個字較之一字值千金還算便宜）三荷包官場登久了的。曉得大人先生們八行書。不過如此。仍舊套好封好。過了兩天。他便離了京城。一直奔赴山東濟南省城。稟到稟見。把軍機大人的書信投了進去。次日即蒙撫台傳見。說莒州缺苦。我已經同藩台說過。偏偏昨日膠州出缺。就先挂牌委你署理。隨後有別的好點的缺。我再替你對付。（二千兩頭效驗至此方見矣）三荷包打千謝過。回說卑職學陋才淺。現在的膠州。有了外國人。事情狠不好辦。總求大人常常教訓。撫台道。好在我目下就要出省大閱。先到東三府。大約不上一月。就可以到得膠州。那時候有甚麼事。我們當面斟酌再說。（軍機大臣一封信即蒙撫台另眼看待加意關切足見一分行情一分貨一點不錯）你老兄就趕緊去到任。三荷包答應了幾聲是。退了出去。不到晚上。果然藩司前挂出牌來。（有了照應立刻挂牌無照應之人自然一輩子抓不到印把子了）三荷包自然歡喜。次日大早。連忙到上憲衙門稟謝。也有見得着的。也有見不着的。跟手第二天。又拜了一天客。第三天。又赴各衙門稟辭。三荷包一面去上任。這裏撫台大人。也就起身了。三荷包到了膠州。忙着拜廟。接印。點卯。盤庫。閱城。閱監。拜同寅。

拜紳士。還與前任算交代。整整忙了二十幾天。方纔忙完。（抗塵容而走俗狀的是州官行徑）接着上縣滾單下來。曉得撫台是打萊州一路來的。三荷包得了這信。因他是初次為官所有鋪墊擺設樣樣府都是創起的。現在又要辦這樣的大差使。就是有錢。這幾天裏如何來得及呢。（一個漏底荷包幾乎要漏空了）在省城臨動身的時候。甚麽洋貨店裏。南貨店裏。綢緞店裏。人家因為他是現任大老爺。而且又是江西鹽道的三大人。誰不相信他。都肯拿東西賒給他。不要他的現錢。因此也賒了幾千銀子的東西。然而立時立刻要辦怎麽一個差使。還要辦得安貼。着實為難。霎時間把他急得走頭無路。如熱鍋上螞蟻一般。（未曾發市利先要辦大差真是點金之術矣）當下便同衙門裏師爺商量。內中有個書啟老夫子。姓丁名自建。是濟陽縣裏一位名孝廉。從前在省城濼源書院肄業。屢屢考在超等。不但八股精通。而且詩詞歌賦。無一不會。一筆王石谷的畫。一手趙松雪的字。真正刻板無二。（如此博學祇當一書啟要算委曲矣）從前這位撫台大人做濟東道的時候。這丁自建屢次在他手裏考過算得一箇得意門生。現在因為丁憂在家。沒有事做。仍舊找到舊日恩師。求他推薦一個館地。幸喜此時這位恩師。已經開府山東。一省之內。惟彼獨尊。自然是登高一呼。衆山響應。因此就把他薦與三荷包。當得一名書啟幕賓。（他也要算個名幕）這日因見東家為着辦差的事。愁的雙眉不展。問了衆人。也不得一個主意。他便從旁獻計道。東翁現在這差。晚生倒有一個辦法。（此之毛遂自薦）三荷包忙問是何辦法。丁自建道。我這敝老師生來一種脾氣。頗有閻文介李鑑堂之風。從前他做道台的時候。晚生曾在衙內住過幾天。其實他的上房裏。另外有過小廚房。飲食極其講究。他然而等到請起客來、不過四盆兩碗、還要弄些豆腐青菜在裏頭、他太太就是晚生的敝師母。晚生也曾拜見過幾次、一般是珠翠滿頭。綾羅遍身。然而這位敝老師。無冬無夏。只得一件灰布袍、一件天青哈喇呢外褂、還要打上幾個補釘、一頂帽子、也不知從那裏古董攤上拾得來的、若照外面看上去、實在清廉得狠。（人前淡薄背後饕餮家人羅綺自己樸實此種清廉可知是假的了）其實有人孝敬他老人家。他的為人。又極世故。一定必須要領人家情、（偏是這種古董人偏會要錢所以假道學之名千古同誚）不過你不去送的他。他卻決不朝你開口。（此是他過人處）但凡有過孝敬的、他一定還要另眼看待。所以他的好處也在這裏、（受了人家的孝敬即還人家的抬舉真是不輕易受人家錢的）現在辦他的差使、能彀華麗。固然是好。倘或不能、依晚生愚見。不妨面子稍些推扳。骨子裏頭。老老實實的。叫他見你個情。橫豎一樣化錢、在我們上一面樂得省事。在他一面又得了實惠、又得了好名聲。這又何樂而不為呢。（辦差可以乾折倒也便當）三荷包道辦這個差使。無論如何推扳。體制所關。總得有個分寸纔好。（是專會把結上司的口氣）丁自建道、這個容易。現在已經五月天氣、今年又熱得早。行轅裏鋪陳過於華麗了。反聽着叫人心煩。不如清淡些。最好是鋪幾個外國房間。只要有檯毯帳子。其餘桌圍椅披。一概不要。再弄幾百盆花屋裏院子裏。統通擺滿。一天兩頓、也不用滿漢席燕菜席。竟請他吃大菜。他這一路來燕菜燒烤早已吃膩了。等他清淡兩天也好。（真正異想天開）況且有了這個房間。就是外國人來拜。也便當許多。（一帶兩便極其妥當）三荷包聽了他話。甚便覺得有理。忽又躊躇道。這些外國傢伙、一時到那裏去辦呢。丁自建道。這個容易。晚生有個朋友。同德國兵官極其要好。就託他去借。連吃大菜的刀叉杯盤桌子上的擺式。還有做大菜的厨子。亦問他借用幾天東西不彀。再託他替我們假些。總彀用的了。（辦差可以借傢伙又省錢又省事實是妙法）三荷包道。問人家借厨子人家就不吃飯了嗎。丁自建道。這幾天就叫這外國人。不必開火倉。統通在我們這裏做好。叫打雜替他送去。的他也樂得省錢豈不兩全其美。三荷包道。裏面如此。大致已妥。外面怎麼。丁自建道。裏面弄好。那外頭愈加好說了。（一妥百妥還愁什麼）但如今到底是用那裏的房子做行轅。有了房子。方好擺布。三荷包道。你們看那裏好。衆位師爺有的說借東門外孫家的。有的說借南門裏王家的。三荷包聽了。都不中意。不是門口不像樣。就是房子太淺促。後來還是雜務門高二爺見多識廣。是個老辦手。忙說。這兩處都嫌遠。不如就把書院騰了出來。路又近。房子又寬爽。從大門走進來。一直到上房。筆直一條路。豈不比孫家王家的好。三荷包一聽這話。連說不錯。（集思廣益從善如流）丁自建也忙說好。三荷包就此託丁師爺帮着帳房總辦此事。自己也忙着調度。外面蓬匠綵畫匠一切都是髙門上去辦。裏頭下師爺。只管借東西弄厨子。鋪設房間。虧得人多手快。日夜不停。足足忙了五六天。居然一律停當。（一個大人五六天即辦好總算辦理迅速）接着上縣的滚單。又是雪片的滚將下來。說撫院後天可到。三荷包忙着會同了營裏。出境去接。且說那膠州營營官。本是一員副將。這人姓王名必魁。是個武榜眼出身。拉得一手好弓。射得一手好箭。（武官是正途出身又是好弓箭定不辱沒矣）但是武營裏的習氣。所有的兵丁。平時是從不習練。而且還要尅扣糧餉。化公為私。這些弊病。却是一言難盡。（武營積習至今日而已極外雖託整頓之名內實無改觀之象安得不啟外人窺伺之漸哉）只有三年大閱。是他們的一重關煞。那一種急來抱佛脚情形。比起那些秀才們三年歲考還要急。撫院來的三月頭裏。這協台得着了文書就是心下一個疙瘩。幸虧日子離着還遠。不過傳齊了標下大小將官。從中軍都司起。以及守備千總把總外委。吽他把手下們的額子。都招招齊。免得臨時忙亂。一干人得了這個分咐。關係自己考程。也就不敢怠慢。掩耳盜鈴官場慣技是所有地方上的青皮光棍。沒有行業的人。統通被他招了去。從此這干人進了營。當了兵。吃了口糧。也就不去為非作歹。地方上到平安了許多中國兵勇皆市井無賴臨時招募豈堪與外人一戰不在話下。看看離着撫院來的日子。一天近似一天。大小將弁。帶領着兵丁們天天下校場操演。不時這位協台大人。還要自己去看操。正真是五天一大操。三天一小操。鎮日價旌旗耀日。金鼓齊鳴。好不齊整。好不威武。名為操練實則一無所用列位要曉得。中國綠營的兵丁。只要有了兩件本事。就可以當得。第一件是會跑。大人看操的時候。所有擺的陣勢。不過是一個跟着一個的跑在校場裏。會兜圈子。就會擺得陣勢。排得一溜的。斗長蛇陣。圈在一堆的。吽螺螄陣。分作八下的。吽八卦陣。此種陣式不值外人一笑第二件是會喊。瞧着大人轎子老遠的來了。一齊跪在田裏。當頭的將官。雙手高捧手本。口報某官某人。叩接大人。大人跟前的戈什。喊一聲起去。所有的兵丁。齊齊答應一聲嗄。這一聲要一齊張嘴。不得參差。喊過之後。拔起脚來就跑。又赶到前面伺候去了。所以千軍萬馬非是張揚之詞 無 所以這一個跑。一個喊。竟是他們秘傳的心法。人人要操練的。如此武備值此太平無事之秋總算國家之福至於那這耍鎗弄棒。玩籐牌。翻觔斗。正月城隍廟裏。耍鎗賣膏藥的一般人都會得兩手。所謂技擊此時都找了來。到了校場上。敲着鼓。打着鑼。鼕鼕鼕。鏜鏜鏜。耍一套。

換一套。真正比耍猴還要好看。完如看亂抬班好內之跌打戲他們編的名字。叫打對子。這些樣子。今天看看不過如此。明天看看也不過如此。把個協台大人。早看的心煩了。看過幾次。就派中軍替他代勞。空了功夫。這班總爺副爺。自己還吊膀子。下箭道學着射箭。本朝以騎射得天下所以射箭是第一技藝怕的要是撫台大人來到。一枝射不中。要說他技藝生疎。送掉前程。那就作下了。年紀大些的。同那打過仗受過傷的。都改騎射為放鎗。射步箭有箭靶子。射馬箭是三角皮毬。放洋鎗是一個灰包。一鎗過去。鎗子穿過灰包。就有多少灰飛了出來。那是頂好看的。中國大閱原是叫人家看熱鬧的這幾天裏頭。文官忙辦差。武官忙操演。直忙得個不擇飯而食。不擇席而卧。一天滾單到來。知道撫台大人已到前站。三荷包便會同了王協台。出境相迎。接着之後。趕到行轅稟見。撫院單傳他進見。單傳進見已蒙另眼相看敷衍了兩句。退了下來。跟手到營務處候補道洪大人的公館裏稟見。又拜跟只來的什麼文案老爺。巡捕老爺。這些老爺。班次不過同通州縣。都是三荷包同寅。用不着手本叫號房拿着帖子。一處處去拜。往來酬酢一點不好疎忽拜過之後。等到晚上。打聽大人已經睡覺。巡捕陸老爺已經下來。三荷包在省的時候。早同他拜過把子。好託他在大人跟前。做個小耳朵。此時見面之後。着實顯殷勤。三荷包訴說。自己是纔到任。諸事不週。全仗大力。從中照應。陸巡捕一力承當。說諸事老哥放心。都在小弟身上。就是大人跟前的這些二爺。曉得兄弟要好的朋友。那是斷斷不會作難的。地方官辦差先要廣通聲氣一有照應左右即不為難否則鮮不任意挑剔矣三荷包聽了此言。千恩萬謝。感激不盡。外面辦差的二爺。同着州裏管廚的另外又去找大人帶來的廚子。同他講盤子。那廚

子一口咬定。要三百吊一天。只伺候大人兩頓飯。兩頓點心。後首說來說去。好容易講成功統
通在內。一天一百五十吊。住一天算一天。跟大員出差是第一發財生意一廚子如此他可類推那廚子又同這裏管廚
的說。我們大人是最好打發的。你家老爺也不用多化錢。咱們這些夥計們也不用費事。講定盤子
即肯講實話只要四碟兩碗。他老人家還要看着心疼。就是這個菜。也不要什麼好的。只要一碟韭
菜炒肉絲。一碟炒雞蛋。現在到了夏天了。一碟子拌王瓜。一盤子雜拌。再頓上一碗蛋糕。一碗
豆腐湯。多加上些香油。你都中意。如此淡薄還要如此化費倘老饕些自然要一食千金矣早點心是兩個燒餅。一椀稀
飯。下半天的點心。只要兩個饃饃。是萬萬不會挑眼的。如此粗糲虧他下咽管廚的聽了這話。連聲多謝。
彼此分手。跟着本官回來料理。本官三荷包。沿途又找着陸巡捕。叨了多少教。接着撫院進了
本境。打過尖。這天約莫有未牌時候。憲駕已到東門城外。鬨動了合城的人。都去看。等了一回
子。只見接差的營兵。一個個都揹着大旗。拿着刀。抗着鎗。跑的滿頭是汗。在頭裏沖頭陣。所謂一個
跟一個儘力的跑後面方是欽差閱兵大臣的執事。什麼沖鋒旗。帥字旗。官銜牌。頭鑼。腰鑼。傘扇。令旗
令箭。劊子手。清道旗。飛虎旗。十八般兵器。馬道馬傘。金爪鉞斧。朝天凳。頂馬提爐。親兵戈什哈
巡捕。一對一對的過完。應有盡有的是好看纔見那撫院坐着八八檯的一頂綠呢大轎子。緩緩而來。撫
院帶着一副墨晶眼鏡。一手綹着鬍子。一手扇着一把潮州扇。前呼後擁。好不威武。所謂八面威風不
上一刻。三聲大炮。到了行轅。兩邊吹鼓亭上。奏起樂來。撫院的轎子。一直由戈什扶着。抬到裏
頭下轎。大小官員。齊到那裏站班。撫院朝着大衆點了點頭兒。簇擁着進去。便是一衆官員上

手本稟見撫院便把三荷包同王協台兩個人傳了進去問問地方上的公事又問問外國人的情形又同王協台說今天已經四點鐘了明天一早到校場看操一到即看操倒是體卹下情王協台答應着撫院說着話便拿眼鏡四下裏瞧了一瞧連說太華麗了何大哥我沒有出省的時候就叫人帶信給你們不可過於糜費怎麽還如此費事撫台儉德實不可及原來撫憲此刻頓的是會客廳三荷包原按着中國官場體制預備的一概是繡花鋪墊所以撫院看着嫌他華麗其實後面住的外國房間還沒有看見所以他不知道三荷包便回這是會客廳後面替大人預備下幾間外國房間不過夏天住着相宜那裏頭沒有什麽擺設撫院一聽是外國房間馬上就對三荷包說你我裏頭去坐貼對脾胃當下便撇了王協台三荷包伺候着撫院進去只見院子裏擺着好幾百盆花撫院便讚了一聲好等到到了房間裏四下一看連說清爽得狠呢承你謬贊是你貴門生所做的又對三荷包說這些外國傢伙只怕價錢也不會便宜在那裏呢三荷包不肯說是借來的只好說不值甚麽錢趁空又回卑職曉得大人夏天喜歡清爽所以預備的是外國大菜撫院一聽外國大菜楞了一楞說道外國大菜牛羊肉居多兄弟家裏已經七輩子不吃牛肉只要家常飯菜便好你老哥也不必費事兄弟吃了不及那個舒服幸虧預先說明否則豈不費事三荷包道外國菜中國菜統通預備就是外國菜免去牛肉亦可以做得撫院道既有中國菜我就吃這個給把那外國菜留着過天請外國人吃有此一語以為下文請外國人張本三荷包聽了這話立刻丟一個眼色好辦差家人叫他去招呼管厨的趕緊預備又談了一回公事三荷包方纔退了下來又到各位

隨員屋子内請安拜見。那撫院吃過晚飯。州官又上手本稟安。巡捕下來說了聲道乏。三荷包回去。這裏撫院也就安睡。一切都照着巡捕陸老爺吩咐的話預備。所以撫院心上甚是中意。能使撫院中意三荷包亦很有才幹話休煩絮。且說這一夜工夫。三荷包足足熬了一夜。不敢合眼。怕的是誤了差使。難得他如此留心第二天黑早傳說大人已經起身。所謂烏龍龍下操厨房裏把預備的稀飯燒餅早點心。端了進去。那時候行轅上已發二鼓了。接着一衆官員齊上手本。巡捕下來說一概免見。停會到校場相見。說話間已發三鼓。大人出來上轎。合城的官。都在那裏直挺挺的候送。站着這位撫院甚是謙恭。一路走出來。還朝着他們呵呵腰兒。他們却還直綳綳的一動不動。是直等撫院上轎。在轎子裏拿手拱了一拱。他們通統齊打一躬。纔把個欽差閱兵大臣送出轅門。這裏一衆官員。齊走小路。又要趕在撫院頭裏。以便迎接。真正是人不停步。馬不停蹄。一口氣跑到校場。這種跑法實在不易有另外預備的官廳。大家進來。暫時休歇。不上一刻功夫。忽聽得三聲大炮。那撫院的執事。也就到了營門外了。當下是王協台居首。率領着標下弁兵。什麼都司守備千把之類。一齊頂盔貫甲。佩刀跪迎。王協台另外有個差官替他報名。其餘都守以下。都是自己揑着手本。跪在地下高聲喊叫。此種叫喊直使衆山皆應喊過了之後。撫院前的戈什。仍舊喊了一聲起去。衆兵丁齊聲答應一聲噯。只見前呼後擁。簇擁着撫院大轎。向演武廳如飛而來。八擡八綽之搶飛轎好看煞人且說這校場。原在東門外頭。地方甚是空濶。上面一座高臺。幾間廠房。是演武東面是將廳臺西面是馬道。演武廳後面。另有三間起坐。是預備撫院吃飯歇息的處所。演武廳東西兩面。

另外有幾個席繃。東面是預辦站班的衆位官員。腿酸了好進去坐坐。或者換換衣服。西面是預備營務處隨員。帮着看看射箭的。一樣擺設公案。閑話休題。但說那撫院轎子上得演武廳小官員接着。撫院下轎。先到後面歇息。營務處上洪大人陪着進去。回了幾句話。吃了一椀茶。吩咐升座。眞有大將軍八面威風之概只聽得營門外三聲大炮。將臺上先掌號。隨後又吹打起來。撫院升座之後。便有帶來的隨員。同着本城州官。營裏的王協台。上來參堂連打三躬。撫院還了三躬。接着一班巡捕老爺。上去請了一個安。撫院止拱了一拱手。參堂之後站立兩旁。如雁翅之排列兩旁着實齣好便是王協台頂盔貫甲。掛刀。佩弓。八字寫得聲勢從演武廳旁邊拔了一面旂。兩手拿着。走到撫院公案前。屈了一條腿。嘴裏報了聲。請大人發令。撫院吩咐先看洋操。次看陣圖。次演大炮。末放了看藤牌同各種技藝。王協台答應下來。走到演武廳台階上。把面旂子。交到中軍都司手裏。那中軍執旗在手。朝着南面越了兩越。將臺嗚嗚的奏起西樂來。西樂到另有一種好聽老遠的便見上有多少洋鎗隊。由教習打着外國口號。一齊的走了上來。中軍又朝着演武廳雙膝跪下。報了一聲大人看洋鎗隊。然後起來。站在一邊。這底下便是洋鎗隊操演。放了幾排鎗。仍舊由教習押着下去。不知是何國操式接着看操演陣勢。什麽一陣長蛇陣。兩儀陣。三才陣。四面埋伏陣。五路進攻陣。當中還有什麽長蛇陣變螺蛳陣。螺蛳陣變八卦陣。忽而兩軍對壘。互相厮殺。正在熱鬧之際。這個擋裏。放了幾門大砲。放的震天價響。衆兵各歸隊伍。照壁牆下。緊對演武廳。支起一架帳篷。上竪起一面大旗。寫着三軍司命四個大字。接着就看藤牌并各種技藝。翻觔斗。爬桿子。樣樣都做到。(這種大閱如同傀儡登場實在好看我曾親見過來)只聽將臺上打着得勝鼓。吹着將軍令。把所有的隊伍。圍着校場。由前至後。兜了一個圈子。說是收隊然後中軍仍舊拿旂子。去上去交給協台。協台跪稟撫院。報了聲請大人收令。(一天大事不過如此而已)然後撫院退堂吃飯。一衆官員亦下去歇息。吃過午飯重新升座。一切參堂禮畢。就看各將校的步箭。此乃軍政大典。王協台雖是二品大員。到了此時也不能不佩弓伺候。(常年吃用今日却難為他了)向例撫院謙和點的。必定免射。况且他是武鼎甲出身。是天子開軒親取的門生。就是放出來做個參將。比協台小了一級。也是一概傳免。這位撫院。性情雖是謙和。無奈見了這位王協台。一臉烟氣。問他營裏的事情。他多是前言不對後語。因此心上就十二分的不舒服他。(想是孝敬沒有送到沒此吹毛求疵)等到點名的時候。上頭巡捕官唱了一聲王將官。王必魁在底下。答應了一聲到。一面拿弓在手。一面却拿眼睛看着上頭。一心只指望上頭免射。顧全他的面子。誰曉得上頭只是不開口。一等等了一刻多功夫。大家都看楞了。上頭還是不響。(有意難他一難)王協台這一氣非同小可。只得拔出箭來。搭上弓弦。也不及擺架子。對準頭。颼颼颼五枝箭接連射去。却是一枝都不中。(此是闘氣)射完之後。照例上來屈膝報名。那撫台見是如此。知道王協台有心瞧他不起。惱羞成怒。等他上來報名的時候。便認真發一時作起來。說三年軍政。乃是朝廷大典。現奉上諭不準瞻狥。你瞧不起本院。便是瞧不起朝廷。你為一營表率。弓箭且如此生疎。則其他可想。本院惟有照例題參。以肅軍政。說完。便叫先摘去他的頂戴。下去候參。(真正鈇面無私)王協台原本因他是武鼎甲出身。撫院不給他面子。免他步射。一時火性發作。有意五枝不中。今見撫院動氣。便也懊悔不迭。只是跪在地下。不肯起來。今日一定要烟了驗然撫院也不睬他。便把其餘各將官。依次點名校射。撫院又嫌靶子太近。喚了一個親信的巡捕。同了兩個戈什。拿弓重新量準。特意頂真誰知這些巡捕戈什。都是得了他們錢的。任憑撫院如何認真。量來量去。那弓只是在地下打滾。行行有弊閑話休題。靶子立好。於是一個個挨次射去。西面席棚子裏。另有營務處洪大人帮同校看。免得躭誤時候。衆人因見撫院動氣。大家俱各小心。不敢怠慢。一時事完。王協台還是跪着不起。既為他屬下如何好同他嘔氣實在不知分量撫院退堂之後。少坐一坐。便令起身回轅。衆人照例送迎。不須多述。且說撫院回到行轅。便傳營務洪處大人進見。說王協台技藝既已生疎。兵丁亦少訓練。立刻將他撤任。另委跟來的一個記名總兵先行署理回省之後。再行具摺奏參。一定要參官私毫不狥情面洪大人答應了下來。只有王協台戴着没有頂子的帽子。兩個眼睛。哭得紅腫腫的。同着本州三荷包。到洪大人跟前。託他求情。又被洪大人埋怨一番。說你怎麽好同他賭氣呢。現在叫我也没有法想。你暫且交卸。跟着到省。替你想法子。王協台無法。只得退去。後來撫院回省之後。王協台又去求洪大人。洪大人要他六千銀子。保他不壞功名。一賭氣只要費化六千金可知忍耐是無價之寶可憐他一個武官。那裏拿得出。好容易湊了二千銀子送去。洪大人不收。撫院的意思。要拿他奏參革職。洪大人假做好人。替他求情。降了一個都司。這種武官教他出兵打仗雖不失機債事降調都司還是寬典然因芭苴不滿所致則冤矣看官須知。大凡革職的人。一保就可以開復原官降調的人。非一級一級的保升上去不可。這便是洪大人使的壞。這是後話。要知撫院開操之後。尚有何項舉動。且聽下文分解。

式宴嘉賓中丞演禮
釆辦機器司馬濫交

却說那撫院閱兵之後。因為山東東半省地方。已漸漸為外國人勢力圈所有。不時有交涉事件。（觀在此令人追恨當時統兵大員不發一砲輕輕將砲台口門拱手讓人深負國家之委任）雖說中外協和。凡事尚能和平辦理。撫院來的時候。那外國總督。特地派了一枝兵。前來迎接。也就分得十二分面子。所以撫院一進行轅便叫繙譯寫一封洋文信送去。訂期閱兵之後。前來拜見。（禮無不答自是中外一家氣象）到了這一天。撫院吃過早飯。便帶了一個洋務隨員。是個同知前程。姓梁名世昌。廣東人氏。一個繙譯。是個知縣姓林名履祥。福建人氏。撫院大轎在前。他二人小轎隨後。到了總督公館。投進帖子。裏頭傳出話來請了一聲請。撫院降輿進內。那總督着實敬重。立刻脫帽降階相迎。見面握手歸坐之後。彼此說了些仰慕的話。無非繙譯傳言。（處處仰仗繙譯是然容易作奸）無庸細述。那總督又拿出幾種洋酒洋點心敬客。撫院擾過之後。便即相辭出來。跟手那外國總督。命駕前來答拜。撫院接着。也着實殷勤一番。總督去後。撫院便傳州官上去。同他商量。預備明天請外國人吃飯。（禮尚往來擾了他的點心自然要請他吃飯）州官三荷包。聽了撫院吩咐下來。自己思量上司的差使倒好辦。這請外國人吃飯的事情。却沒有辦過。外國人吃番菜是不用說的了。從前走過幾盪上海大菜館裏。狠擾過人家兩頓。有了廚子。菜還做得來。但是請外國人。是個甚麼儀注。須得預先考較。免得臨時貽笑外人。

處處孝敬的是能員少不得又把丁自建丁師爺請來商議。丁自建想了一回子。說這事情須得同撫憲同來的繙譯商量。他們這些人。自小同外國人來往。這個禮信一定知道的。我亦云然三荷包一聽這話有理。便吽拿帖子去拜撫院同來的繙譯林老爺。二人相見之後。寒喧了幾句。三荷包便把要叨教的意思說了出來。誰知這位林老爺。是個最刁不過的。一聽來意。是要叨他的教。他便拿腔做勢。跳到架子上。想來孝敬未到故此賣闊子作難放刁說這是頂容易的事。嘴裏雖說容易。究竟容易在那里。却不肯告訴與人。三荷包再問問他。他便指東話西。一味支吾。又說臨時我自來照料。主意經貫在不推扳又說連我也不懂得甚麼。三荷包無可奈何。只得辭了出來。又與丁師爺商量。還虧得丁師爺交游道廣。仍舊找到他那個借外國傢伙的朋友。也是在外國官跟前當繙譯的。一個廣東人。同他說了。承他的情。甚麼規矩。甚麼儀注。那是頭一席。那是第二席。那是主位。先上甚麼酒。一五一十。繞通告訴了他。又一個現成主顧被他拿去了丁師爺回來告訴了三荷包。三荷包歡喜不盡。連夜又把那位繙譯請了來。留他吃飯。同他商量。又請他寫了一張菜單。一共開了十幾樣菜。五六樣酒。三荷包接過看時。只見上面開的是清牛湯。炙鰣魚。冰蠶阿。丁灣羊肉。漢巴德牛排。凍猪脚。橙子冰忌廉。澳州翠鳥雞。龜子蘆筍。生菜英腿。加利蛋飯。白浪布丁。濱格。猪古辣冰忌廉。葡萄乾。香蕉。咖啡。另外幾樣酒。是勃蘭地。魏司格。紅酒。巴德。香檳。外帶甜水。鹹水。應有盡有生意經貫在還就三荷包看了。連說費心得狠。又想撫憲大人。是忌牛的。第一道湯可以改作燕菜鴿蛋湯。這樣燕菜。是我們這邊的頂貴重的菜。而且合了撫憲大人的意思。免得頭一樣上來。主人就不吃。叫外國人瞧着不好。（斟酌盡善煞費苦心三荷包原是當時不易得之人物）那繙譯連説改得好。索性把牛排改做猪排。三荷包道。外國人吃牛肉。也不可沒有。等到拿上來的時候多做幾分猪排。不吃牛的吃猪。你説好不好。（隨心所欲更是便當）繙譯又連説。就是這樣變通辦理。三荷包又叫把單子交給書稟師爺。用工楷謄出十幾分來。到了第二天大早。三荷包起來。穿着簇新的蟒袍補褂。走到撫院這邊。親自監督。調排桌椅。安放刀匙。（遇事躬親足見魄力）總共請了三個外國官。四個外國商人。兩個外國官帶來的繙譯。這裏是撫憲一位。營務處洪大人一位。洋務隨員梁老爺一位。撫院繙譯林老爺一位。連着州官三荷包。共是五個中國官。算一算。總是十四位。（官商雜坐中外同歡）又叫書稟師爺。把某大人某老爺。一個個拿紅紙寫了簽條。三荷包又請那位繙譯幫着點對。那裏是首席。該甚麼人坐。那裏是二席。該甚麼人坐。分派既定。就把紅簽放在這人坐的面前。倘是外國人。隨手請繙譯寫一排洋字在上面。好叫外國人認得。這時候。桌子上的擺設。玻璃瓶件鮮花之類。（有此點綴頰上生毫）一律齊備。廚房裏亦諸事停當。三荷包又問外國酒送來沒有。管家們回都已送來。三荷包叫把酒瓶一律打開。連荷蘭水也開好幾瓶等用。免得臨時手忙脚亂。（到底是外交）繙譯説酒和水開了怕走氣。只好臨時要用現開。三荷包又説。今日請客自然撫院主人。然而兄弟也有半個主人在裏面。一切儀注須預先學習。繙譯説外國人請貴重客。都是主人自己把菜一分一分的分好。然後叫細崽端到客人面前。三荷包聽了他話。馬上要學這個禮節。便叫廚房裏把做好的多餘菜拿出幾樣。經他的手。一分一分的分好。（演習一番免得臨時倉促）叫管家們一律穿着簇新的大褂裝作細意模樣。以供奔走。等到各事停當。那時已有巳牌時候。外國人向來是說幾點鐘。便是幾點鐘。是不要催請的。這日請的十二點鐘。等到十一點打過。撫院同來的什麼洪大人梁老爺林老爺。一齊穿着行裝上來伺候。三荷包便請丁師爺陪着那個繙譯在帳房裏吃飯。以便調度一切。仍舊要請幫手又歇了兩刻鐘。果見外國人絡續的來了。撫院接着。拉過手探過帽子。分賓坐下。彼此寒暄了幾句。無非繙譯傳話。少停衆客來齊。撫院讓他們入席。衆人一看簽條。各人認定自己的坐位。毫無退讓。先上一道湯。衆人吃過。撫院便舉杯在手。說了些兩國輯睦。彼此要好的話。樽俎折衝足騶中外睦儀由繙譯繙了出來。那首席的外國官。也照樣回答了幾句。仍由繙譯傳給撫院聽了。撫院又謝。遂舉起酒來一盡而盡。近來王爺中堂極歡喜與外國人聯絡不過如此禮節一面說話。一面吃菜。不知不覺已吃過八九樣。後來不曉得上到那樣菜。三荷包幫着做主人。一分一分的分派不知道怎樣一個調羹。一把刀。沒有把他夾好。掉了一塊在他身上。把簇新的天青外套。油了一大塊。他心上一急。一個不當心。一隻馬蹄袖又翻倒了一杯香檳酒。隔夜演習尚且要失儀足見從容不迫之難幸虧這桌子上鋪着白檯毯。那酒跟手收了進去。不至淌到別處。又幸虧這張大菜桌子。又長又大。撫院坐在那一頭做主人。三荷包坐在這一頭打陪。兩個隔着狠遠。沒有被撫院看見。還是大幸。然而已經把他急的耳朵都發了紅了。偏是要嘴硬偏會要攤統真真急煞又約模有半點多鐘。各菜上齊。管家們送上洗嘴的水。用玻璃碗盛着。營務處洪大人。一向是大營出身。不知道吃大菜的規矩。當時荷蘭水之類。端起碗來喝了一口。這種營務處只好罰他喝淡水那裏配吃荷蘭水嘴裏還說剛纔吃的荷蘭水。一種是甜的。一種是鹹的。這一種是淡的。然而不及那先兩種好。他喝水的時候。衆人都不在意。只有外國人看着他笑。後來聽他如此一說。纔知道他把洗嘴的水喝了下去。繙譯林老爺。拉了他一把袖子。悄悄的同他說。這是洗嘴的水。不好吃的。他還不服嘴裏說。不是喝的水。為甚麼要用這好椀盛呢。（這宗人去對他說什麼真心話）大家曉得他有痰氣的。也不同他計較。後來吃到水果。他見衆人統通自家拿着刀子削那果子的皮。他也只好自己動手。吃到一半。又一個不當心。手指頭上的皮削掉了一大塊。弄的各處都是血。（見血封侯是升官拜爵預兆）慌的他連忙拿手到水椀裏去洗。霎時間那半椀的水。都變成鮮血的了。衆人看了詫異。問他怎的。他又好強。不肯說。又回頭低聲罵辦差的。連水果都不削好了送上來。管家們不敢回嘴。（何不回以人家不發）（話偏你要發話）三荷包看看狠艱為情。少停吃過咖啡。客人絡續辭去。主人送客。大家散席。仍舊是丁師爺過來監督着收傢伙。有個值席的二爺。說到底人家做到撫院大人。大物。無論他見中國人。外國人。那規矩是一點不會錯的。有這樣的才情。所以纔能彀做到撫院。想這洪大人。不是喝了洗嘴水。就是割了手指頭。甚麼材料做甚麼官。那是一絲一毫不會推板的。想我們老爺演習了一早上。還把身上油了一大塊。倘若不演習。還不知要弄到那個分上哩。（借二爺說話總結上文）這二爺正說得高興。不提防旁邊那個撫院跟來的一個三小子。是伺候撫院執帖門上的。聽了這話。便說道。你說撫臺大人他不演習。他演習的時候。這怕你看不見罷哩。（借三小子口內補出撫臺演禮）（是實事虛寫法）那二爺道。夥計。你看見。你說。三小子道。他老人家演習。我那裏會看得見。我也不過是聽我們包大爺講的。我們包大爺說大人昨天晚上叫了林老爺上去。問了好半天的話。林老爺比給大人看。大人又親自操習了半夜。我們包大爺也在旁邊。幫着學上菜。（通中劍帷中燈光芒直射）整鬧到四更多天。纔下來打了個盹。天底下那有不學就會的事情。（雖是淺言大有深意）那二爺還要再說。被丁師爺催着收傢伙不能再說了。後來那些外國官員商人。又請撫院一干人到他那裡去宴會。一連吃了兩三天。方纔吃完。這幾天裡。撫院狠認得了幾個外國人。題起富強之道。外國人都勸他做生意。（西戰向以商戰得名中國抑為末務間有採取西法者又皆襲其貌而未得其神以致覆轍相尋至今商務不振惜哉）撫院心裏亦以為然。就向他們着實叨教。回省之後。有幾個會走心經的候補老爺們。一個個上條陳。講商務。撫院一概收下。內中有一個候選通判。是洋務局老總的舅爺。姓陶名華。字子堯。靠他姊夫的面子。為他文墨尚好。有時候做封四六信。還充得過。所以他姊夫就求了撫院。委他在洋務局裡充當一名文案委員。他見姊夫上院回來。屢屢談及撫憲大人近來着實講求商務。凡有上來的條陳。都是自己過目。候補班子裡。狠有兩個因此得法。他把這話聽在肚裡。心想像我在這裡當文案。每月拿他二十四兩銀子薪水。就是當一輩子也不會出頭。現在既有這個機會。我何不也學他們上一個條陳。（輕輕說到陶子堯上條陳是文章過渡法）或者得個好處。也未可知。就是說的不好。像我這候選的。又不求他甚麼。諒來是沒事的。主意打定。便開了書箱。把去年考大考時候買的甚麼商務策論。時務從新。拿了些出來。擺在桌子上。先把目錄查了半天。看有甚麼對勁的抄上幾條。省得費心。可巧有一篇。是從那裡書院課藝上採下來的。題目是整頓商務策。他看到這個題目。急忙查出原文來一看。洋洋灑灑。足有五千多字。一起一結當中。現現成成有十二條條陳。（此中原大有人才得其唾餘即可破壁飛去惜乎物色無人徒成紙上之空談耳）把他喜的了不得。大略看了一遍。也有懂得的。也有不懂得的。上頭還有幾個外國人的名字。看了不知出處。心下躊躇道。如果照本抄謄。倘若撫憲傳問起來。還不出這幾個人的出典。就要露馬腳。又想把這幾個人名字拿掉不寫。又顯不出我的學問淵博。想來想去。好在撫臺也是外行。不如欺他一欺。（外行要充內行更是容易欺了）倘若問起來。隨便英國也好。法國也好。還他個糊裏糊塗。橫豎沒有查考的。主意打定。他又是聰明絕頂的人。官場款式。無一不知。把頭尾些須改了幾個字。又添上兩行。先謄了一張草底。說是自己打肚子裏繞做出來的。（儘有抄襲陳文發科發甲者何況是上條陳）同姊夫說明原故。請他指教。他姊夫雖說當的是洋務差使。於這文墨一道。也甚有限。（主司尚有瞇目何況是捐班的道台）聽他舅爺說。要到院上上條陳。他便鄭重其事的。戴上老花眼鏡。先把舅老爺渾身上下。估量了一回。嘴裏說道。看你不出。到有這樣的大才情。但這位中丞。是個精明不過的。一個條陳進去。總要請各位老夫子過目。倘若把話說岔了。老夫子就要批駁下來。所以這上條陳一件事。竟是難上加難。非有十二分大本領的人。決不敢冒險。倘若說錯。反不如藏拙的好。他說這話。原是看不起他舅爺的意思。（郎舅是至親豈有不知肚裏深淺）陶子堯便說道。我也不知道好不好。所以拿底子送給姊夫過目。他姊夫也不理他。便把條陳一條一條的念去。瞧着有幾個不認得的字。便把舌頭在嘴裏打一個滾。含糊過去。（偏是不識字的人偏要假充識字）一個條陳看完。竟有大半不懂。看看舅爺。還坐在對面。少不得要批評他兩句。停了半晌說道。老弟肚裏實在博學。但上頭的意思是要實事求是。你的文章固然很好。然而空話太多。上頭看了。恐怕未必中意。（問你空話在何處何以不中意）愚兄於這筆墨一道。雖及不到你老弟多些。（此數語是不錯到）陶子堯忙辨道。這個條陳引用的典故。都是外國的事。並不是空話。他姊夫道。是呀。外國人沒有到過我們中國。怎麼就會曉得我們中國的情形呢。（盲批瞎駁總是描摹不懂文理的形景）陶子堯道。並不是說外國人曉得我們中國的情形。原是引證外國人辦的事情。確有效驗。要我們照他辦的意思。姊夫道。我也沒工夫同你去辦。總之這上條陳的事情。不是兒戲的。你倘若一定要上。你也總要斟酌盡善。院上幾位老夫子。我統通認得。你做好之後。等我先拿進去。請教請教他們幾位。他們說不差。再遞上去。免得碰頂子。豈不是好。（倘竟因此把痴心收去安有下回許多妙文）陶子堯聽了。很不自在。接過稿子。敷衍了兩句。搭訕着出來。回到自己書房裏。心想此事與他商量。托他代遞。是萬萬不會成功的。不如自己寫好。明天一早自己去遞。烏龜爬門檻。就看此一番好歹。又不與他什麼相干。（諺云膽大天下去得膽小寸步難行信然）主意打定。連夜恭恭敬敬謄了一個手摺。次日一早。乘他姊夫上院。沒有下來。他便穿好袍褂。拿着本。也不坐轎。也不帶人。一直趕到院上。曉得這位撫院的新章。凡有遞條陳的人。先在巡捕老爺那裡掛號。專派一個巡捕管理此事。隨到隨遞。（中丞好事皆被洋人攛掇出來）倘若中意。立刻傳見。所以凡是來上條陳的。都歸這巡捕老爺接待。當下陶子堯走來。那巡捕問明來意。因為撫院有過吩咐。是不敢怠慢的。立刻讓進來吃茶抽烟。抽空拿着手本。夾着條陳上頭去回。此時撫院正在那裏同洋務局總辦講話。看了條陳。甚是中意。有此賞識實非郎舅二人始表所料及一見手本是洋務局文案委員。便對他姊夫說道。這陶萘是你局裡的文案。他這個條陳。狠有道理。不比那些空疏無據的。想有幾個生字眼認遂他為真才實學這個想你老哥已經見過的了。他姊夫聽見是他舅子上條陳。心上老大擡着一把汗。還怪他不聽話。瞞着他做事。後來聽見撫院這一番誇獎。不禁轉怒為喜。連忙掇轉風頭。忙說這陶倅。是職道的內親。蒙大人提拔。自從今年二月起。就在局裡當差。他筆下還過得去。撫院道。非但過得去。而且狠好。他這章程上。有幾條切中現今的時勢。狠可以辦得。相賞在牝牡驪黃之外足見中丞巨眼說着。便問巡捕。這人來沒有。巡捕回在外頭候着呢。撫院就命請來相見。巡捕去不多時。果見陶子堯跟了進來。見了撫院。磕過頭。請過安。撫院讓他上坐。一見就敬為上賓足驕中丞虛賢下士他見姊夫也在坐。臉上火辣辣。怪不好意思的。又因姊夫是局裏的老總。不好僭他的坐。抵死要讓他姊夫坐在上頭。姊夫說。大人吩咐過。你就坐下罷。然後在上面坐下。茶房端上茶來。當下撫院拿他着實抬舉。并說老兄的章程。竟有一大半可以行得。內如榨油造紙。成本不多。至於賺錢。却是拿得穩的。偏非撫院好事亦斷不至使全無閱歷之人輕易假以事權使後手幾鬧出大事來但是這些機器。總得外洋去買。你那章程裏頭。說的幾樣機器。依兄弟的意思。不妨每樣買上一分。帶來試用。一見條陳即欲試辦真真機會難逢陶子堯連忙回說。辦機器只要到上海甚麼瑞記洋行。信義洋行。那行裏的買辦。卑職都有朋友。同他們相好。只要托了他們。同外國人訂好合同。簽過字。到外洋去辦。不消三五個月。就可以來回。曉得訂辦機器的規矩總算洋務能員撫院說狠好。隨便又問了些別的說話。跟了他姊夫。

一塊兒出來。回到洋務局裏。這時候他姊夫。因見撫院將他抬舉。也不埋怨他了。還約他同到公館裏吃飯。到得公館。裏他姊夫已忙着把這話從頭至尾。告訴了他姊姊一遍。姊姊聽了。自然歡喜。忙同丈夫說。你做姊夫的。該應在撫台面前。替他出把力。須好就把這辦機器的差使委了他。等他好趁兩個。他有了好處。再不會忘記你姊夫的。（有此姊姊何患無成）他姊夫道。自己至親說甚麼客氣話。這不是應該的嗎。當下吃過中飯。陶子堯仍舊回到局裏。次日姊夫上院。撫院便把要委陶子堯到上海的話。告訴了他。他果然又替他舅子。着實吹噓了許多好話。等到下院回到局裏。那委辦機器的札子。已經下來了。先在善後局撥給二萬銀子。帶了去辦。如果不敷。等到講定價錢。電稟請示。隨時籌撥。（官場辦事往往小題大做成敗難期兩成本已大安望其能與外人爭利哉）郎舅兩個接到這個札子。自然歡喜。這日他姊夫。便吽他把行李搬到公館裡住。說不到幾天就要遠行。搬在一處。至親骨月。好暢敘兩日。這裡文案自然另委他人。不必細說。次日陶子堯上院謝委。又蒙撫院傳上去。着實灌了些米湯。把他興頭的了不得。回到公館料理行裝。又到各衙門同事處辭行。接着各處備酒餞行。一時亦難盡記。（一朝得寵便爾賓客盈門描畫官場勢利）且說這日。正是洋務局裡幾個舊同事。因為他此番奉委。一定名利雙收。因此大家借了趵突泉地方。湊了公文備了一席酒。替他送行。約的是午時十二點鐘會齊。誰知左等不來。右等不來。直至日落西山。約模有五點多鐘時分。大家已等的心焦。（十二點鐘等到五點不知腹中飢餓否）纔見他坐着姊夫公館裏的四人中轎。吃的醉醺醺而來。大家接着。奉坐獻茶。陶子堯先開口道。今午可巧家姊丈請客。請的是兩司首道。學堂裏的總辦王觀察。營務處洪觀察。一定要拉小弟作陪。貴客在坐特蒙寵召借光不少一直吃到此時。方纔散席。所以來的遲了一步。累諸公久等。大家齊說還早。少頃擺上席面。自然是陶子堯首座。其餘作陪。菜上一半。酒過三巡。大衆都要上來替他把盞。說他有此憲眷。機器辦到之後。一定大有作爲。將來却要提拔提拔小弟們。陶子堯聽了。一面孔得意之色。撇着腔說道。這用說嗎。不是兄弟誇口。這山東一省。講洋務的。除掉中丞竟沒有第二個人。我可以同他談得來的。目無全牛氣吞一世當時陶子堯亦不自知己身有多大本領但覺天地間有一無二而已對面一個同事道。我們老總要算得這裏頭在行的了。陶子堯鼻子裏哼了一聲道。談何容易。就講到在行兩個字。家姊夫辦了這幾年的洋務局。他只知道外國人三個字。你問他是那幾個國度的外國人。看他說得出說不出。當了洋務老總連個外國國名都說不全借他內弟口內痛罵一番兄弟固然沒有辦過甚麼交涉。然而眼睛前幾個國度的名字。也還說得出。識得幾個外國國度即誇講究洋務洋務家實在不少大家齊說。將來上海回來。老總的洋務局一席。只怕就要讓給老哥。陶子堯道。這也看罷咧。當夜宴罷回來。次日一早起身。他姊夫替他料理這樣料理那樣。狠露殷勤。爲他一向省儉。是從來不用管家的。特特爲爲。又把自己的二爺。撥出一個給他帶着出門。罷到十二分地步足爲行旅生色陶子堯拜別了姊夫姊姊。帶了管家。取道東三府。到濰縣上火車到了青島。可巧有輪船進口。他便寫了票。搬上輪船。等到開船。離了岸。那天忽然刮起風來。吹得海水壁立。把個輪船搖蕩不止。陶子堯一向是有暈船的毛病。一上船。就躺下不能動了。他管家叫張升。本是北邊人。沒有坐過船。更是撐不住。那天刮了兩天兩夜不住。他主僕兩個。也就困了兩天兩夜沒起。（外國小兒從小吽打秋千一到船上即將器具懸身在半空中是以遠涉重洋無暈船之病）陶子堯上船的時侯。有人替他寫了一封信。托輪船上一位帳房照應。這帳房姓劉號瞻光。一上船。彼此請教過大名。陶子堯狠擺架子。（妙夫為洋務局老總自己又妙機器紅差應該要架架子）得這劉瞻光。估量他一定是山東撫台的紅人。所以繞派他這賺錢差使。一心便想拍他的馬屁。（此等人本來只重衣衫不重人今見陶子堯行李輝煌僕從煊赫安得不拍馬屁）口口聲聲稱他陶大人。陶子堯得意非凡。始而要房間。船上沒有。劉瞻光就把自己的帳房。一間讓了出來給他。吃飯是另外開。劉瞻光拿自己的體己菜出來。讓他吃。等到刮風的時侯。他管家困倒了。吃茶吃水。都是劉瞻光派人招呼。自己又時時刻刻過來問侯。因此陶子堯心上着實感激。這天到了上海。風也息了。船也定了。他主僕兩個也不暈了。陶子堯是做官人。貪圖吉利。因此就擇了棋盤街的高陞棧。（上海客棧多取吉利名字想是為此）由棧裡接客的接着。叫了小車。把行李推着就走。主僕兩個。另外雇了東洋車。一路跟來。到了棧房。喝過茶。洗過臉。開飯吃過。為着船上顛播了兩天。沒有好生睡。因此暫不出門。先在棧中睡了一覺。等到醒來。已是天黑。只見茶房送進一張請客票來。陶子堯接過了一看。上寫着即請棋盤街高陞棧陶子堯大人。駕臨四馬路老巡捕房對過一品香九號番酌一敘。勿却為幸。此請台安。末了一行。便是年月日下注三個小字。是瞻光約。（劉瞻光是此回引線人故借請吃大菜引出下文諸人來）旁邊還注着一行小字。道是今日山東烟台來問明櫃上。探請幾個字。陶子堯看過。便知是輪船上那個帳房了。他一面看條子。一面管家絞上一把手巾。接來揩過。便起身換了一件單袍子。一件二尺七寸天青對面襟大袖方馬褂。（即彼中所

(謂上地麻子又謂曲辮子)其時雖交八月。天氣還熱。手裏又拿了一把摺扇。叫管家拿了烟袋夾了護書跟在後頭。走到街上。不認得路。只得喚了兩部東洋車叫他拉到一品香。高陞棧到一品香能有多遠。車夫樂得賺他幾個拉着兜了個圈子。(即無錫人所謂團團轉)方纔拉到。主僕二人下車付過車錢問了房間。走了進去。劉瞻光即起身相迎。作揖坐下。其時檯面上已有七八個人了。(一班狐羣狗黨招之即來)有的頭上四轉。都有些短頭髮垂了下來。却是梳的淨光的勻。又有大衿鈕扣上插着一朶鮮花。還有些人不知道是拿什麼醺的。一陣陣的香氣噴了過來。(即彼中所謂時髦潤少又謂滑頭麻子)這些人穿的衣服。一律都是綾羅綢緞。其中也有一兩個些微舊點的總不及陶子堯的古板陶子堯是初到上海由山東臨來的時候。妹夫曾敦囑過他。說上海不是好地方。你又是初次奉差。千萬不可慌唐。化錢事小。聲名事大。陶子堯做官心切便把此話牢記在心。自己拿定主意。到了上海不叫局不吃花酒。免得上當。(初意本來誠好及至薰灼已久不知不覺漸入牢籠矣)這日來到一品香。見過主人之後。又朝着衆人作了一個揖。席上的人。也有站起來拱手的。也有坐着不動的。劉瞻光便告訴他這是某人這是某人。無非某行買辦。某處繙繹之類。(皆是潤客)一一道過姓名。隨後又來一個人同陶子堯一並排坐下。這人兩撇盤鉗(鬍鬚)年紀四十上下。(特寫形狀歲數的是一個蒽騙)請教尊姓台甫。那人自稱姓魏名翩仞。(名稱其實)問他公館。說是住在棧裏。(落拓一身)劉瞻光也將他姓名報與衆人。說這位陶大人。是山東撫院派來辦機器的。是山東通省有名的第一位能員。小弟素來仰慕的。衆人聽說着實起敬。內中有一個專做軍裝機器的買辦姓仇名五科。(仇五科魏翩仞是一篇之主所以特為點出)

了這話。便想替自己行裡拉晝買。就竭力恭維了幾句。以示親熱之意。這魏翩仞同他坐在一塊兒。問長問短。更說個不了。（一見如舊相識後來幾欲結不解之緣）後來主人讓他點菜。他說不懂。魏翩仞就替他寫了六樣。大家又要叫局。劉瞻光托魏翩仞替他代一個。陶子堯一定不肯。說諸位請便兄弟是向不破戒。請免了罷。（倘始終如一豈不甚善）衆人一定要他叫。他一定不肯叫。後來衆人見他急的面紅耳赤。也就罷了。當下各人的相好。絡續來到。也有唱的。也有不唱的。獨有魏翩仞叫的是小先生。跟局大姐着實標緻。一見魏老就伏在他身上。咬了半天的耳朵。（此中形景老於此道者自能知之）席面上的人。都說老三搭魏老直頭恩得來。老三斜溜了他們一眼。不理衆人。仍舊說他的話。此時陶子堯坐在一邊。只作不看見。（目中有妓心中無妓難得如此道學）一霎時局已到齊。真正是翠繞珠圍金迷紙醉。說不盡溫柔景象。旖旎風光。當下仇五科竭力的想拉攏他。趁衆人斷混的時候。已囑咐他相好。趕緊回去備個雙檯。（萍水相逢即請吃花酒試掩卷揣之所為何事）跟局的答應着。匆匆裝了兩袋烟。同了先生下樓而去。仇五科便走到劉瞻光面前。托他代邀陶大人同去吃酒。劉瞻光立刻代達陶子堯再三推辭。劉瞻光道。子翁不叫局。兄弟不敢勉強。少坐一會吃一兩樣賞賞光。魏翩仞亦幫着湊趣說。我們這五科哥。極愛朋友。今天是專誠相請。酒已交代。子翁務必要去的。（你一句我一聲即欲不去亦不可得）又向五科說。五科哥。你不妨先走一步。吩咐他們就擺起來。少停一刻。我們陪了子翁過來。仇五科又說了一聲。拜托。方纔穿好馬褂。辭別衆人而去。這裡主人見菜上齊。吃過咖啡細崽送上帳單。主人簽過字。便讓衆人同到仇五科相好家吃酒去。陶子堯先還不肯。後來被劉瞻光魏翩仞一邊一個拉了就走。（身不容主不知不覺已跟了他去了）不出得一品香。一直朝西而去。魏翩仞便告訴他。這條叫四馬路。是上海第一個熱鬧所在。這是書場。這是茶店。一一的說給他聽。（初到上海之人卻不可不有人指點）陶子堯在外頭混了多年。也聽見過人家說。四馬路的景緻。今番目覩。真正是笙歌徹夜。燈火通宵。他那一種心迷目眩的情形。也就不能盡述。（中無所主自然要心搖意動了）魏翩仞是聰明不過的人。到眼便知分曉。況且剛纔檯面上。已經同他混熟。因此就在路上。一力勸他說。子翁古人有句話。說得好。叫做大德不踰閑。小德出入可也。像你子翁不叫局。不吃酒。自然是方正極了。然而現在要在世路上行事。照此樣子。未免就要吃虧。（正言莊論偏偏入耳）陶子堯聽了。不勝詫異。一定要請教魏翩仞道。兄弟不是一定要拉子翁下水。但是上海的生意。十成當中。倒有九成出在堂子裏。你看來往官員。那一個不吃花酒。不叫局。陶子堯道。你說生意。甚麼又說到做官的呢。魏翩仞道。你不要聽了奇怪。即如你子翁。誰不知道你是山東撫院委員的。你子翁明明是個官。然而辦的是機器。請問這樣機器那樣機器。那一項不是生意呢。要辦機器就要找到洋行。這些洋行裡的康白度。那一個不吃花酒。非但說請你。還得你請他。他請你。一半是地主之情。一半是拉你的賣買。你請他是要勞他費心。替你在洋人跟前講價錢。約日子。只要同你得來。包你事事辦得妥當。而且又省錢。又不會躭誤日子。豈不一舉兩得呢。（何嘗不是如此然亦要有個分寸倘一味濫交瞎應酬鮮不比匪堪傷）陶子堯道。如此說來。一定叫兄弟吃酒叫局的了。（已說得心動矣）魏翩仞道。這個自然。你不叫局。你到那裡擺酒請朋友呢。陶子堯一頭走。一頭尋思。（所思何事却是他夭之言有點不確姊）忽走到一爿茶店門口。上面豎着一塊匾。寫着西薈芳三個字。衆人齊說。就在這裡進去罷。陶子堯不知不覺便跟了進去。究竟魏翩仞是何等樣人。陶子堯曾否破戒。且聽下回分解。

正編卷八

談官派信口開河
虧公項走頭無路

話說陶子堯跟了眾人。走進西薈芳。只見這美堂裡面。熙來攘往。轂擊肩摩。那出進的轎子。更覺絡繹不絕。魏翩仞便告訴他。這轎子裏頭。坐的就是出局的妓女。你看出出進進。這一晚上要有多少生意。（所謂若無此輩餓殺此輩）陶子堯聽了。答應着。便想到自己從前在山東省裡的時候。雖靠姊夫的光。當了文案。然而總是寄人籬下。有時在路上走着。碰着那些現任老爺們坐轎拜客。前呼後擁。好不威武。幾時我方得有此一日。如今看見出局的轎子。一般是呼么喝六。橫衝直撞。（見了妓女轎子即生羨慕之心這班大人老爺乞憐暮夜獻媚人前何嘗不與妓女一樣）叫人見了。不覺打動了做官思想。陶子堯一頭呆想。不知不覺。又穿過一道門。走到一家門口。高高點着一盞玻璃方罩的洋燈。牆上掛着幾張招牌。寫着某某書寓。一時也記不清楚。（每見書寓內用的燈籠皆號公務正堂則書寓又與老爺公館何異）眾人讓他進去。他便隨了眾人。一直上樓。樓下有些男人。喊了一聲客人上來。一幫人纔走到半扶梯。就有許多娘姨大姐。前來接應。一問是仇老一淘。就領了進去。又喊了一聲仇老客人。便見仇五科迎了出來。大家朝他拱手。陶子堯也只得作了一個揖。接着娘姨請寬馬褂。倒茶。拿水烟袋。絞手巾。先生敬瓜子。別人是認得的。只有陶子堯是生客。隨口問了一聲尊姓。陶子堯恭恭敬敬回答了一聲姓陶。（是陶情作樂之陶不要誤會作逃之沓沓之逃）先生聽着。笑了一聲。仇五科便請眾位寫局票。魏翩仞搶着代筆。自己先寫了一張陸桂芬。劉瞻光說翩仞總是吽這個小把戲。仇五科說翩仞是醉翁之意罷哩。魏翩仞只顧寫他的。也不理人。一連寫了三四張。回頭又問于翁倒底怎麽樣。還是破戒不破戒。陶子堯說我這裡没有熟人可吽。（漸漸來了）仇五科說小弟的檯面。子翁總得賞光破一轉戒的了。魏翩仞見陶子堯說話活動。知道剛纔路上勸他的話。有點意思了。就說于翁没有熟人。五科的熟人狠多。就請他代一個罷。（初次相好總要代局起見）當下仇五科就替他代了一個小陸蘭芬。陶子堯看見桌子上的局票。共是八九張。一時也記不清楚。只見劉瞻光吽的是張書玉。想就是在一品香吽的那一個了。又見桌子上還有幾張寫剩的請客票。上面是刻就的飛請大人老爺。即臨同安里小金媛媛家一叙等話。他看了希罕。（見了局票希罕總是外行形景）說道。這倒便當得狠。就問誰是小金媛媛。魏翩仞告訴他就是五科的貴相知。剛纔一品香見過來。到這裡又問過你尊姓怎麽就忘記了。（不是忘記實是意亂心迷）彼此一笑而罷。少停擺檯面。起手巾。仇五科便讓陶子堯首座。陶子堯抵死不肯坐。劉瞻光魏翩仞又幫着說今天是五科專誠相請。我們是没有人僭你的。一面說。一面大家都坐好。就剩一個首坐。陶子堯無法。只得坐了。仇五科手執酒壺。親自奉酒。陶子堯竟其恪守官場規矩。站起來作揖。（此時尚不失本來面目後來漸漸忘却矣）美得仇五科無法。只得放下酒壺。還他的揖。主人一齊敬完之後。他一定要還敬。斟了酒還不算。又深深作了一個揖。又朝着衆人作了一個揖。說了聲有僭。然後坐下吃酒。一時菜上八道。酒過三巡。吽的局陸續都來了。只有陶子堯的局没有來。他雖初入花叢。瞧着别人的局都到了。自己的不來。未免覺着沒趣。最是嘴碎的人最會失足以其中無所主也後來菜都上齊。主人數了一數。檯面上的局獨獨小陸蘭芬未到。立刻叫人去催了。一會小陸蘭芬來了。見了仇五科。竟不題姓。叫了聲禿頭老爺。問那一位是陶大少。仇五科指給他看。跟局娘姨同先生到了陶子堯跟前。一家說一句陶大少對不住。是初接生客形狀陶子堯一聽叫人家老爺。叫我大少。上上有些不高興。後來見魏翩仞趕着跟局娘姨。叫新嫂嫂說這位陶大人。是從山東來的。今天纔下輪船。叫你先生多唱兩隻曲子。過天陶大人還要到你搭去請客哩。張羅幾句是叫他改口已結意思娘姨聽了。趕到陶子堯背後連忙改口一口一聲陶大人。甚麼場化小大人。勿厭棄。請過來。幾個大人長大人短。把個陶子堯喜的不亦樂乎。幾人到此誤生平此言可以持贈一時上過乾稀飯。小陸蘭芬跟局新嫂嫂聽了魏翩仞一番言語。曉得陶子堯是戶好客人。一直坐着不走。等到散過檯面。一定要同到他家去坐。起初陶子堯不肯。後來又是魏翩仞勸駕。兩人一路同去。陶子堯方纔允了。當下新嫂嫂跟着轎子在前。陶魏兩個人在後。轉了兩個灣。又是一條衖堂。上面寫着同慶里三個字。進去第三家。上樓對扶梯一直便是蘭芬房間。等到二人上樓。蘭芬已經到家多時了。新嫂嫂竭力張羅。如此好戶頭安得不竭力張羅寬馬褂打手巾。先生敬瓜子。裝水烟。左一聲大人。右一聲大人。叫得陶子堯好不樂意。多叫幾聲大人即骨軟筋酥十分樂意足見容易發付也不顧魏翩仞在坐。醜態畢露便打着官腔把自己的履歷盡情告訴了二人。這房間裏。還有兩個粗做老婆子。聽了不懂。都坐在那裏打盹。魏翩仞先在榻床上吃大烟。後來也睡着了。這裏陶子堯沒了顧忌。話到投機。越說越高興。只聽見他說道。我們做官的人說不定今天在這裏。明天就在那裏。自己是不能作主的。新嫂嫂道。難末大人做官格身體。搭子討人身體差勿多哉。（大人與討人身體一樣。罵盡官場可作當頭棒喝）陶子堯不懂。甚麼叫做討人身體。新嫂嫂就告訴他。纔說得一句堂子裏格小姐。陶子堯就駁他道。咱的閨女。纔叫小姐。堂子裏這有姑娘。怎麼又跑出小姐來了。新嫂嫂說。上海格規矩。才叫小姐。小姐也有稱先生格。陶子堯道。你又來了。咱們請的西席老夫子。纔叫先生。怎麼堂子裏好稱先生。新嫂嫂知道他是外行。笑着同他說道。耐勿要管俚先生小姐。賣撥勒人家。或者是押帳。有仔管頭。自家做勿動主。才叫做討人身體格。耐篤做官人。自家做勿動主。阿是一樣格。（我罵一句比當面嘲笑還凶）陶子堯道。你這人真是瞎來來。我們的官。是拿銀子捐來的。（銀子捐來與銀子買來何異）又不是賣身。同你們堂子裏一個買進。一個賣出。真正天懸地隔。怎麼好拿你們堂子裏來比。說着。那面色狠不快活。新嫂嫂最乖不過。一看陶子堯氣色不對。（富貴貧窮相眼不如妓眼毒信然）連忙拿話打岔道。大人路浪辛苦哉。夫子幾日天。太太阿曾同來。是倽格船來格。他怕陶子堯太太同來。有了管頭。所以問這一句話。（誰知後來真跑出一個太太來）這是新嫂嫂細心之處。陶子堯見問。不禁怒氣全消。面孔上又換了一副得意之色。（一拍馬屁即得意此宗人容易上當）說道。你聽我來告訴你。你們不知道。我們做官的人。辛苦呢果然辛苦。然而等到官運好的時候做的着實有趣。也就不覺其苦了。（天下事孰不由苦而得甘）山東做官。怎麼就會來在你們上海。新嫂嫂道。咯格當中是倽格緣故。阿是高陞到別場化去。路過上海格。陶子堯閉着眼睛。吃水烟。不去理他。看看一根紙吹吃完。新嫂嫂趕忙又點好一根送上。（如此湊趣安得不入其圈套）陶子堯纔同他講道。說來也巧。今年大年初一。我早晨起來拜過天地祖先。就請出骨牌來。新嫂嫂道。阿是推牌九。陶子堯道。別胡說。新嫂嫂嚇的不敢則聲。陶子堯道。因我生平頂相信是牙牌神數。這是拿骨牌起課一起出來。卻是兩個上上。一個中下。那首詩的句子。我全記得。我念給你聽。頭兩句是一帆風順及時揚。穩渡鯨川萬里航。頭一句風順。是說我的官運。第二句就隱隱指着我要到上海。這都是命裏注定的。（凡事莫非命安排此言倒有意思）你說靈不靈。新嫂嫂聽了詩句不懂。只好順着說道。最靈勿過格。是菩薩。（女人最信菩薩所以順口說出）大人耐格本鐵詩。阿帶得來也替倪起格課。倪有仔三個月格喜哉。起起是男是女。如果是男。將來命裏阿有官做。也勿想啥入閣拜相。只要像你大人也好哉。（當面討便宜真是繡口錦心）陶子堯連連搖手道。笑話笑話。你們的兒子。怎麼也好做起官來了。新嫂嫂道。倪格兒子為啥做勿得官格。陶子堯道。大清例上。凡是娼優隸卒的子孫。一概不准考。不准做官。新嫂嫂道。難末倪又勿懂哉。倪格娘有個過房兒子。算倪格阿哥。從前也勤一爿洋行裡做買辦格。前年捐仔知府。新近陞仔道台。連搭頂子也紅哉。就勤此地啥個局裡當總辦。（隨口回駁）（卻是鑿鑿有據）新嫂嫂剛說到此。小陸蘭芬插嘴道。阿姨耐說格阿是老爺前埭老爺屋裡做生日。咩倪格堂差。屋裡向幾幾化化紅頂子。才勒浪拜生日。阿要顯煥。老爺還說明朝來吃酒味。（又是一個）（對証自然毫不虛假）新嫂嫂道。就是俚哉。又對陶子堯說道。倪個阿哥可以做官。倪格兒子是俚格阿姪。有啥勿好做格。（駁得啞口無言）陶子堯聽了。做聲不得。心想他家裡有這們濶人。我得拿兩句話蓋過他。纔轉過我的面子來。尋思了半天。說道。我這番來。撫台給我幾十萬銀子。托我辦機器。我動身的那一天。撫台還坐着八轎。親自送我到城外。藩台以下的那些大人們。離城十里。搭了一座彩棚。在那裡候着送。等我到得那裡。撫台也趕到了。把公事談完。隨手在靴頁子裡掏出一張四萬銀子的匯豐銀行的匯票。托我到上海替他留心買四位姨太太。大約一萬銀子一個。如果不敷。叫我打電報去問他。我。一派吹牛皮話。虧他編排出來新嫂嫂道。像倪格蘭芬。只要耐八千洋錢。陶大人耐阿好拿倪格蘭芬討子去罷。隨手拈來真是玲瓏剔透蘭芬說。倪阿有格號福氣。陶子堯道。你別這們說。俗語說的好。嫁雞隨雞。嫁狗隨狗。你嫁了我。我們撫台做姨太太。我們都得稱你憲姨太太。新嫂嫂道。有心托仔耐陶大人。做仔格格媒人罷。再找一句所謂彼以偽來我以詐往真是絕世聰明蘭芬道。倪總勿會忘記耐格。謝謝耐。後補耐末哉。陶子堯道。的的確確是實缺。併不是候補。後補候補插諢得妙說到這裡。新嫂嫂又特地倒了一碗茶。叫他潤潤嘴。陶子堯又說道。剛纔的話沒有說完。撫台拿銀票交代與我之後。我拿過來。往馬褂袋裡一放。隨即起身上轎。撫台還要敬酒。我被他們鬧的膀子疼。再三辭謝。方纔免了。撫台帶領大小官員。送至轎前。齊打一恭。我也還了一個揖。只聽得耳朵旁邊。泊隆通。泊隆通。新嫂嫂道。格當中啥個緣故。陶子堯道。營裡的兵開大炮送我。所以耳朵旁邊。只聽得泊隆通。泊隆通。陶子堯說些高興。不提防魏翩仞在榻上一覺困醒。併不知道他說得甚麼。只聽得甚麼泊隆通。泊隆通。也就依着他說泊隆通。泊隆通。文法如九轉連環面面玲瓏陶子堯見他睡醒。疑心方纔的話。都已被他聽見。面上一紅。不好意思再說下去。趁此收科合蓄不盡自言自語道。我們在這裡說營裡放大炮。新嫂嫂道。勿売張格格大炮。倒拿魏老嚇醒。妙語解頤魏翩仞睡眼朦朧。也沒有聽清。只是揉眼睛。新嫂嫂連忙絞過一塊手巾。蘭芬道。陶大人說格閒忙煞。格底下說哩。陶子堯也不理他。魏翩仞揩過臉。摸出表來一看。已是三點三刻。說時候不早了。陶大人就在這裏借了一夜乾鋪罷。我是要失陪了。陶子堯一定也要起身回棧。新嫂嫂挽留不住。又要留他兩人吃過稀飯再走。他兩人因為時已晚。急欲回去。新嫂嫂同了蘭芬一直送到樓下。開開大門。看他兩人出美堂。送君一步一回顧直有如此景象陶子堯不識路途。魏翩仞便同他走出弄堂。由石路挽到四馬路。叫陶子堯向東。一直走到巡捕房。朝南朝東。是一品香朝南。便是棋盤街。離高陞棧狠近的。陶子堯至此。方悟原來高陞棧到一品香甚近。用不着坐東洋車的。今天從棧裏出來。被東洋車夫所欺。不知道在那裏兜了一個圈子。纔到得一品香。可見上海地方。人心欺詐。是要刻刻留心的。纔知留心已深入迷魂陣矣當下便謝過魏翩仞。兩人拱手作別。陶子堯帶了跟班回棧。魏翩仞自到相好大姐老三處過夜不題。且說次日。陶子堯一覺困到一點鐘。方纔睡醒。纔起來洗臉。便有魏翩仞前來。約他一同出去。到九華樓吃揚州館子。吃完之後。就在公一馬車行。叫了一部象皮輪皮篷車。一同去遊張園。可巧這日是禮拜。所有昨天檯面上幾個朋友。到有一大半在這裡。劉瞻光因輪船未開。亦到園中玩耍。好在不約而同仇五科一直等到打過四點鐘。方纔來到。在大洋房裏。大家會齊。分了兩張桌子吃茶。倒是真真打茶圍此時游園妓女。數一數足足到了五六十個。把個大洋房。擠的實實窒窒的。好不熱鬧。實有連袂成雲之勝陶子堯跟了衆人出去兜了一個圈子。不提防在照相地方。碰見新嫂嫂同了蘭芬在那裏照相。見面之後。着實般勤。一路跟着同到大洋房。新嫂嫂便把烟袋送過。魏翩仭因同陶子堯咬耳朵說趁着瞻光還未開船。難得今天朋友齊全。不如此刻就到他家請客。又應酬了蘭芬。豈不一舉兩得。陶子堯本有到他那裏請客的意思。斯時伊姊夫詳囑之言久忘在九霄雲外矣但是面嫩。一時說不出口。聽得魏翩仭之言。連說好極好極。魏翩仭先替他交代新嫂嫂道。陶大人吃酒。萊是要好的。交代本家大阿姐。不要搭漿。說完之後。又替他張羅劉瞻光仇五科一班人。這班酒肉朋友。天天在堂子裡混慣的。豈有不來之理。還席酒落得擾擾當下新嫂嫂要拉着陶子堯一同回去。陶子堯又拉着魏翩仭一塊兒走。處處少不得他隨即上了馬車。離了張園。不上一刻工夫。早已來到泥城橋。馬夫巴結。大大的兜了一個圈子。方纔同到石路同慶里口。下車進去。新嫂嫂先交代過本家。喊了一檯下去。兩人上樓吃茶吃烟。不多一歇。劉瞻光同了兩個朋友先到。跟手仇五科也到了。其時已有上燈時分。在席的人。多半因有翻檯。催着快擺。立刻寫局票。擺桌面。起手巾。叫局。主人一個個敬酒。然後大家歸坐。少停局到。唱曲子。豁拳。手忙脚亂。烟霧騰天。隨筆寫來不嫌重複陶子堯自充行家。嫌這些姑娘們的曲子不好。仇五科便說子翁一定是高明的了。檯面上有一個不懂事的朋友。一定要請教一隻。又把一位先生拉胡琴的烏師留下。好教他拉着。等陶大人唱。誰知陶大人抵死不肯唱。後來把他弄急了。他拿劉瞻光拉到一邊。低低同他說道。我們是官體。怎麼好同他們一樣。借官體自遮面孔被他輕輕瞞過倘若這風聲傳播到山東。那可不是玩的。劉瞻光招呼了仇五科。仇五科又招呼了那個朋友。大家覺着沒趣。不及上乾稀飯。都已興辭而去。陶子堯也不在意。

吃了過酒送過了客。獨有魏翩仞不走。他原是最壞不過的。看見陶子堯官派黃天官腔十足。曉得是歡喜拍馬屁戴炭簍子的一流人。新嫂嫂雖是女流。亦早已看出。魏翩仞假托出恭拉了新嫂嫂到小房間裏。二人如此如此。這般這般。商量好了一條計策。安排天羅地網雖在烈性男子尚難逃過況陶子堯本色中餓鬼哉其時陶子堯正在大房間裏坐在烟鋪上。吽蘭芬裝水烟。聽他的高談濶論。說做了撫台姨太太。出起門來要坐四人轎。還有戴頂子的把轎杠。轎子前頭還有一頂紅傘。無論走到那裏。都有人辦差。有人伺侯。怕的是姨太太在大人跟前。不要說大壞話。只要稍微點上兩句。無論是誰。都吃不起。姨太太屋裏伺侯的人。有了頭。有老媽。有二爺。有打雜的。要什麼有什麼。面上子的月費。一個月二百兩。做衣服。打首飾。吃飯用人用錢。還不在內。但就二百兩一月而論。已經比我們局裏總辦的薪水。多了一倍。一篇長談是上文的尾聲蘭芬道陶大人。耐做官一個月有幾化進帳。耐阿有姨太太。耐格姨太太。一個月撥俚幾化洋錢用。問得惡使陶子堯回念糟糠定當汗流浹背陶子堯只顧說的高興。不提防有此一問。堵住了嘴。一時對答不來。蘭芬還連着問他。他只顧吃水烟。歇了半晌。正想拿話支吾他。却好魏翩仞同新嫂嫂。從小房間裏出來。把話打住。如此收煞妙在不盡而盡魏翩仞便披起馬褂要走。又朝着新嫂嫂努努嘴。新嫂嫂會意。其時陶子堯又要跟着走。誰知一件馬褂。却被新嫂嫂扣住不給。陶子堯到此。無法。只好聽魏翩仞一人獨去。早已心肯落得順水推船這裡新嫂嫂。又張羅陶大人吃稀飯。又打發陶大人管家。先回棧房。這天晚上。自從擺檯面一直到魏翩仞走。凡有來吽局的。新嫂嫂都吽小大姐阿金。跟了出去。自己却一直在屋裡陪着陶子堯。（一雙臭裹脚牢牢軟住）無意中又同他說倪格蘭芬。雖然十六歲。還是小先生勒。樣式事體。有倪勒浪決勿會虧待耐的。（叫他言下自悟）陶子堯雖說只來得兩天。因他聰明不過。檯面上亦聽得人講起。這新嫂嫂的身分。也就都已明白了。當下吃過稀飯。打過兩點鐘。蘭芬是沒有晏堂差的。大家收拾安睡。陶子堯居然就在這裡借了一夜乾鋪。究竟如何。無庸深考。但覺與新嫂嫂情投意合。如漆加膠。（筆情爛爍有匣劍帷燈之妙）一連住了七八日。不是人家請他就是他請人家。一連七八天。沒有斷過。每天總要困到兩三點鐘方起。等新嫂嫂梳洗過後。一同吃早飯。吃過早飯。便是一部馬車。起先還帶蘭芬同坐。後來連蘭芬也不帶了。出門之後。不是遊張園。便是兜圈子。走到大馬路仁昌祥震泰昌。以及亨達利等處。總得下車。不是買綢緞。便是買表買戒指。一買便是幾百塊。此外打首飾買珠子。還不在內。（總敘幾筆一筆不複一筆不滿）起先每次出門。陶子堯一定要到錢莊上。帶幾百銀子莊票。一二百塊洋錢鈔票在身邊。（千金買笑自是大老官身分）後來各家都熟了。知道陶大人是個闊客。就是沒得錢也肯賒給他了。從前陶大人穿的衣服。新嫂嫂嫌他古板。特特為為叫了幾名裁縫。在家裏客堂裏替他做。趁便自己又做了些時式衣服。細算起來。數目也就不少了。陶子堯一心被新嫂嫂迷住。竭力報効。核計所化之錢。旬日之間。和酒局帳不過一百多元。買東西。做衣服。通扯已不下三四千金之譜。再加別的用度。通算起來。帶來的二萬不過纔用得四分之一。自己一算。還不為多。將來機器買成。無論那注帳裡多報銷一筆就彀了。（官場弊端往往如此尚欲為國家興利又何可得乎）如此一算。心上一寬。依舊爛化浪費起來。有一天新嫂嫂的娘過生日。

喊了一班人。在堂子裏宣卷。單他一個。擺了一個四雙雙檯。有些不認得的人。也都拉來吃酒。魏翩仞看見他的錢。化的淌水一般。不加愛惜。心上便想。他的錢。也就用的不少了。若不從此時下手。更待何時。（物必自腐也而後蟲生之信然）次日先去同仇五科商量。仇五科道。這種壽頭。不弄他兩個弄誰。魏翩仞道。想個甚麼法子去弄他。仇五科道。容易。你去同他說。後天開公司船。他要辦機器。同他到我這裏來。大家都是自己人。還他便宜就是了。（引人迷人洞然後去講生意包管一說即成）魏翩仞同仇五科。本來是做慣聯手的。心上明白。急急奔至同慶里。找到陶子堯。其時新嫂嫂。正坐在客堂窗下梳頭。陶子堯坐在旁邊。坐着吃湯糰。一邊吃湯糰。一面看梳頭。恰在出神的時候。（看美人梳頭是第一樂事）底下喊客人上來。正思躲避。見是魏翩仞。纔縮住了脚。當下寒暄得幾句。魏翩仞便拉他到正房間裏坐下。同他講到買機器的話。說不要看這樁事情。倒是狠不容易辦的。（先說不容易然後慢慢講來足顯己能）聽見仇五科說明天有公司船開。有甚麼圖樣一塊帶了去。三個月就有回音。倘若明天不寄。等到下一班。又要多少天。五科是自己人。替朋友帮忙。難道還要你的好處嗎。（小好處是不要的大竹槓是要敲的）他吽我來問你一聲。有什麼話。你去同他說亦好。我替你傳話亦好。（上句賓此句主意思在後一句）陶子堯連說費心。忙問我的當差的來了沒有。房中娘姨一疊連聲的吽陶大人當差的。當差的上來。陶子堯便交代他一把鑰匙。吽他回棧房。把枕箱開開。裏面有個紙包。撫台的札子。統通在內。把那個紙包。替我拿了來。這裏兩個人閒談。不多一刻。當差的回來。將紙包呈上。陶子堯打開。取出一片帳目。大約開着幾件機器。也不詳細。遞與魏翩仞。魏翩仞道。就是這個帳嗎。一看即曉得價目多少陶子堯道。這裏頭該有幾件東西。我也不知道。本來要請教五科。我們此刻就去看他。險些做不成手腳魏翩仞道。同去也好。如此一說好教他深信不疑然而終究未曾同去是仗娘子軍裏應外合之功居多斯時陶子堯已被新嫂嫂迷住又安知就裏新嫂嫂道。僐個要緊事體。托仔魏老。勿是一樣格。僐事體要一定自家去。魏翩仞道恩得來。一歇歇才離勿開格哉。新嫂嫂拿眼睛眇了他一眇。也不說別的。仍舊梳他的頭。陶子堯想要去。真是聽了新嫂嫂的話。就有點懶怠去了。魏翩仞道。你不去也好。我就替你問他一聲。叫他替你開一片帳。寄到外洋。將來銀子是要你付的呢。陶子堯道。這個自然。價錢克己點。魏翩仞道。這個是外國定好了來的價錢。貴賤我們做不得主的。一面說。一面穿馬褂。趁空陶子堯又拉他到一旁說道。不瞞翩翁說。兄弟當這一趟差使。上頭發的盤川。不過是個名色。不彀用的。況且到了上海。又不能不應酬。這裏頭托你同五科講一聲。將來開帳的時候。叫他酌量開。總算他照應我的。生意未成先要作弊豈不授以柄魏翩仞道。這個還要你說嗎。不過照這篇帳。有限的幾樣東西。看上去。不過二萬銀子的進出。已先存個六折好處多開上一千八百。也望得見的。虛寫後文全題震動子翁我聽見人說。你這遭來。不是要辦幾十萬銀子機器嗎。我們都是好朋友。你別拿小注的給我們。拿大注的又去照應別人。陶子堯聽說。楞了一楞。說道。機器是還要添辦。先要看這個辦的便宜。再辦別的。魏翩仞見此情形。心下明白。也不再追問了。便說今天托五科寄信去。價錢替你合准。包你便宜。只要你明天同外國人當面簽個字就完了。說罷揚長而去。一走走到五科行裏。五科接着忙問生意怎麼樣。開帳沒有。魏翩仞遞給他看。五科看完之後。說了聲就是這個嗎。(各人心照明知只有一萬二萬生意)又笑了笑道。這篇糊裏糊塗的帳。怎麽好帶到外國去。(是策論上抄來的有什麽細帳)而且一件機器。另外總有些零碎件頭。都要一筆筆的開上。魏翩仞道。他原說托你替他斟酌。五科哥。據我看起來。生意不過二萬銀子。他這裏頭。還想托你替他開花帳。吞吞吐吐的。彎着口頭。說又說不清。只怕蘭芬那裏的一筆用帳。要出在這上頭。(眼光直射下丈)五科道。看他不出。賺錢的本事倒有。(既有了嫖本事自然有賺錢本事)但是他既託了我。你去同他講說。我都已明白。帳也開好。合同也弄好。叫他明天來簽字。我們好去替他辦。魏翩仞道。你真的替他辦麽。他銀子存在號裏。剛纔我從同慶里出來。先挽到號裏。打聽過。由山東匯下來。總共不過二萬銀子。聽他說這一禮拜裏頭。倒去拿過好幾千。蘭芬家新嫂嫂手上。金鋼鑽戒指也有了。金釧臂也有了。倒着實在那裏報効。不要我們替他辦了機器。到那時侯。拿不出來。仇五科道。你這個人。真正戇大。(到此已擒渠斬將還怕前功盡棄嗎)叫他先來簽了字。怕他走到裂裏去。你我總不會落空。就是了。魏翩仞一聽此言。也就明白。當夜又趕到同慶里。通知陶子堯。告訴他說。各事都已停當。只要他明天十一點鐘。到行裏簽字。到了次日十點鐘。魏翩仞仍趕到同慶里。叫醒陶子堯起來。(此中包含多少淫詞艷語耐人尋味不少)洗臉吃點心。一塊同去找五科。新嫂嫂蓬頭赤脚。一定還要親自替陶子堯打一條辮子。方容他走。(桑間濮上之音稱為淫聲何嘗有片語狎褻)當下兩個人。同到洋行裏。仇五科接着。着實殷勤。請坐之後。又每人敬了一根呂宋烟。從抽屜裏取出帳來一看。共是二萬二千兩規元銀子。(已加上加扣頭矣)簽字之後。先付一半。又拿合同念給他聽。陶子堯是不認得洋文的。由着他念。聽上去無甚出入。

也無話說。隨問魏翩仭。這個帳就這們開嗎。昨兒托的事怎麼。（注意在花帳上機器值不值二萬二全不計較真是好戶頭）魏翩仭又問仇五科。仇五科道。這個是子翁同我們敝行東打的合同。將來銀子付清。是要重新寫過的。陶子堯方繞放心。仇五科就同他去見洋東。拉了拉手。洋東還說了幾句洋話。陶子堯不懂。又是仇五科繙給他聽。無非是應酬話頭。當面簽過字。魏翩仭跟着去划銀子。陶子堯一想。號裏祇有着一萬四千多銀子。現在划出一萬一千兩。祇剩得三千多兩。將來機器到上海。還得找他一萬一千兩。現在短得雖多。幸虧臨動身的時候。撫台大人有過話如果不彀隨時可以電撥。（碰着外行撫台派了此宗差使真正是官運亨通）於是到得號裏。寫了一張銀票。就托號裏代打一個電報。說明緣故。請再撥一萬五千兩。（債目要四萬兩祇添撥一萬五千兩豈不怕後來露出馬脚）號裏朋友擬好電稿。請他過目。無甚說得。兩人辭別出去。找到仇五科。交代清爽。取轉那一分合同。當天仍到同慶里。擺了一個雙檯。（有得申後脚自然仍舊要擺雙檯了）因為仇五科魏翩仭兩個幫了忙。所以就推他二位坐了上坐。正是光陰似箭。日月如梭。自從那日在號裏發電報的日子算起。核算起來。須多三天定有回音。現在倒有七八天了。虧得他天天被新嫂嫂迷住。所以也不覺得。（一語包括多少歎語溫存）及到屈指一算。不禁慌張起來。若論自己的憲眷。一定不會駁回的。大約撫台公事忙碌。一時理會不到。也是有的。然而總不至於置之不覆。因此弄得他心上。好像有十五個吊桶一般。七上八下。虧得新嫂嫂能言會道。譬解過去。後來一等等了半個月。還是無回信。（此半個月中不知山東官場上經過了多少迎新送舊之事）看看這裏的錢。又用下去二千多。新嫂嫂還一心要嫁他。（新嫂嫂要嫁人新哥哥不知肯容與否）說明做兩頭大。

身價不要。身價不要二千兩頭不知什麼名目只要一副珍珠頭面。下等的拿不出手。就是中等的。至少亦得一兩千塊。其餘衣飾還不在內。真正公私交迫。晝夜不甯。又過了幾天。數了數日子。在電報打去已經三十天了。依舊杳無音信。把他急得熬不住。只得又打一個電報去催款。另外又打一個電報。要他姊夫從旁吹噓。到第三天得到姊夫的回電。說撫台請病假。藩憲代理。機器已經另外托了外國人辦好。價錢狠便宜。而且包用。叫他不要辦了。有此一波方顯得下文成功之難並催他即日回東。陶子堯得了這個電報。賽如一勳冷水。從頂門上澆了下來。急得無法。可巧魏翩仞來看他。他便把此事告知。想叫他去同仇五科商量。說機器不要了。叫他退錢。魏翩仞道。同了外國人打的合同。怎麼翻悔得來。倘若帳目沒有寄出去。還可收得轉。如今已經二十多天了。只怕已經到了外洋。怎麼好收轉。數語若為已若不為已早已胸有成竹陶子堯道。打電報去止住。魏翩仞道。說的好容易。人家不是被你弄着玩的。我也不好說出口。作難放刁死活在他手掌之中陶子堯見他不肯退機器。心上更加煩悶。是那日起。就在棧中寫了兩天的信。一直沒有到同慶里去。新嫂嫂派了一個小大姐到棧裏釘住他。叫他去。他不肯去。把他弄急了。同小大姐說。不是我不來。我這兩天心上不舒服。等我的事情弄定規了。自然要來的。小大姐回去。告訴了新嫂嫂。新嫂嫂知事不妙。樂得弄他幾個現的。到此還不肯放鬆可稱辣手見小大姐請不來。只好自己坐了車。到棧裏來請。陶子堯雖說跟他同到堂子裏。依舊沒精打彩。禁不住新嫂嫂甜言蜜語。不由他不把號裏剩下的銀子。取來報効。後來用的只剩得幾百兩了。號裏的人。最是勢利不過的。就把下餘的錢算一算清。打一張栗子。差一個學生。送給陶子堯。把摺子收回。以後不相來往。從此更絕了指望。（到此還不急流勇退真是執迷不悟）還有魏翩仞聽了信息不好。雖說不准他退機器。料想再要他找。是萬萬找不出來的了。便去同仇五科商量。仇五科說道。他真的拿不出嗎。你去同他講。如若機器運到。不來出貨。我們雖然是朋友。外國人却不講交情。將來怕有官司在裏頭。還是吽他辦去的好。（一許了好處辦與不辦皆好商量陶子堯少不更事）魏翩仞又去告訴了他。順便探消息。順便催銀子。把個陶子堯真正弄的走頭無路。只得又打一個電報給姊夫。說明洋人不肯退機器。請他轉圜的話。誰知接到回電。陶子堯看了。這一驚竟非同小可。（放收處故作驚人之筆使讀者急於欲看下文是從三國志脫胎來者）欲知電中所言何事。且聽下回分解。

正編卷九

觀察公討銀反臉　布政使署缺傷心

話說陶子堯接到姊夫的回電。拆出來一看。上面寫的是上峯不允購辦機器。婉商務退款二萬。悉數交王觀察收。（究如一道催命符）陶子堯不等到看完。兩隻手已竟氣得冰冷。眼睛直勾勾的坐在那裏。一聲也不言語。（早知如此何必當初）停了一會子。說道這是我的釘封文書到了。其時陶子堯還在蘭芬家同新嫂嫂一塊兒吃飯。管家送電報來。是電報局已經繹好了來的。陶子堯看完之後。做出這箇樣子。大家都猜一定報上有了甚麼話句。（明眼人自能知之）虧得新嫂嫂心定。仍舊吃他的飯。等把一碗飯爬完。纔慢慢的問到底那哼。（不慌不忙早有主見）陶子堯也不便告訴他。但說得一句是催我回去的話。新嫂嫂心上明白。也不再問。陶子堯便問魏翩仭住在那裏。新嫂嫂說耐篤一淘出一淘進。俚格住處耐有啥勿曉得格。（妙在不肯說出）陶子堯道我同他是檯面上認得的。其實沒有到過他家。管家插嘴道。上海的這些露天掮客。真正不少。錢到了他的手裏。再要他挖出來。可是煩難。（管家倒有見識）老爺又不認得他。怎麼會託他辦事情。陶子堯罵道。忘八蛋放屁。你懂得什麼。（無可如何只好堵住他嘴）管家不敢做聲。新嫂嫂連忙改口道。魏老格人倒是劃一不二格。託仔俚事體。俚總歸搭俚辦到格。機器退勿脫格。是外國人格事體。關俚啥事。（回護得好）陶子堯也不答應。穿馬褂。拔起脚來要走。新嫂嫂問他到啥場化去。說到棧裏去。新嫂嫂明知留也無益。任其揚長而去。陶子堯回棧未久。頭一個是魏翩仞來找他。他說五科已把這話同洋人商量過。洋人大不答應。說打過合同。如何可以懊悔的。就是這會子把已經付過的一萬一千統通改做罰款。他亦不要。一定要你出貨。（洋人勢强大抵由此輩二毛子醞釀而成）子翁你得詳詳細細。把這情形寫個稟帖給撫台。也免得你為難。將來鬧出事情。打起官司。總是你山東巡撫派來的人。（未打合同之前早已算到此着不然此子竟如此爛嫖瞎用豈不防伊撒爛屙）陶子堯聽了。正在滿腹躊躇。無話可答。忽見管家拿出一封信來。說是長春棧二十一號。山東候補道王大人差人送來的。立候回音。陶子堯聽了王大人三個字。又是一呆。連忙把信拆開來一看。就是剛纔他姊夫來的電報上所說王觀察了。王觀察信上言明是奉了東撫之命。前往東洋考說學務。到了上海。又接電報。叫他順便考察農工商諸事。添派四個委員大小十幾個學生。因此就叫他向陶委員手裏討回那二萬銀子做盤川。（愈通愈緊使當時有地洞可入我知早已攢進去了）亦是今天接到電報。所以特為寫信前來通知。如果銀子現成。就立刻派人來取。（原封未動你來取就是了）陶子堯不看則已。看了之時。急的一句話也說不出。心裏想道。洋人非但不肯退。而且還要逼我。後頭的王觀察又是山東撫憲派來的。叫他來討。（兩路夾攻實在無法可施）就是洋人肯退。銀子只有一萬一。那九千已經被我用的九成多了。無論如何。二萬的數目。總不能歸原。叫我心上如何不急。（誰教你裝爛）但恨沒有地洞。如有地洞。我早已鑽進去了。他一面想。只是不言語。管家站在一旁等回信。也不敢說甚麼。當下還是魏翩仞等的不耐煩。說人家問你討回音。你怎麼講。一句話提醒了陶子堯。（所謂旁觀者清當局者昧）立刻翻出信箋要寫回信。忽然想起王觀察是本省上司論規矩應得寫張夾單稟覆他纔是。他本是做文案出身，這些款式是懂得的。無奈心緒不甯，提起筆來，寫不上半行，不是脫落字，就是寫錯字，一連換了五張紅單帖，始終未曾寫滿三行（心慌意亂，如何下得筆來），把他急得頭上汗珠子有黃豆大，無如總是寫不好。後來還虧魏翩仞替他出主意（所謂一人無兩人見識），說：「王觀察乃子翁的本省上司，他既然到這裏，你總得去拜他一盪。今日且不必寫回信，只拿個片子交接來人，叫他先回去言語一聲，說你子翁明天過來，將一切面談。」（畢竟見多識廣，說來頭頭是道）陶子堯正愁着這封回信無從着筆，聽了此言，連說有理，立刻自己從護書裏找出一張小字官銜名片，交代管家，叫他出去告訴來人，托他回去轉稟大人，說大人的來信收到，明天一早過來請安，還有許多下情，須得明天面稟。管家拿了銜片自去交代。不題。這裏魏翩仞便問他：「這事到底怎樣辦？」陶子堯道：「翩翁，外國人那一邊，總得叫他能彀退纔好。」（退機器不難，問你如何彌補虧空）魏翩仞道：「子翁，我們都是自家兄弟，有此事情，你雖然没有告訴我，我豈有不知道的。」（先兜心一拳，教他無可藏躲）陶子堯一聽這話，臉上一紅，知道各事瞞他不過，不妨同他明說，或者有個商量，便說：「我現在好比駱駝擱在橋板上，兩頭無着落，你總得替我想個方法纔好。」（要他自己來請教，妙極惡極）魏翩仞道：「依我看起來，這機器還是不退的好。」陶子堯道：「何以見得？」魏翩仞道：「你子翁帶來的錢，同你在上海化消的錢，我心裏那有個數。洋人那裏的錢，就是退不掉，還算你因公受過，上司跟前不至有什麼大責罰的。到是你自己化消的錢，如何報銷？我同你做了知己朋友，總得替你籌算籌算。」（其為人謀則忠矣，其如自己存私心乎）陶子堯道：「多承費心。兄弟一時没有了把握，虧空公項。倘若追逼這筆銀子來。怎麽辦呢。我亦云然魏翩仞道。我早替你想好一條主意了。算無遺策安得不使人傾倒陶子堯忙問甚麽主意。魏翩仞道。現在機器是萬萬退不得的。退了機器。你沒有生發了。洋人那裏。但憑五科一句話。要退便退。現在老實對你說。是我替你抗住不退。你明天見了王觀察。只說機器的事。一到上海。就同洋人打好合同。索性多說些。二萬二的機器。樂得說他四萬銀子。作奸犯科皆此輩慫恿而成起先胆子尚小到後連做幾次做得順手把胆子漸漸放大了二萬不夠。又託朋友在莊上借了二萬。價錢統通付清。機器不日可到。洋人那邊。是萬萬不肯退的。現在既然山東來電。一定要退。只好請訟師同他打官司。倘若打不贏外國人。你這機器本不要退。這筆訟費至少也得幾千兩。還有別的費用。也只好由你報銷。直算到打官司後報銷費用於無可出脫之中想出一出脫法子來教人那得不佩服況且王觀察面前也有得推託。叫他不至於來逼你。你說這話可好不好。陶子堯連稱妙計。陶子堯此時祇見利而不見害那得不說一是又說我上次發去的電報。早稟明二萬不穀。還要請上頭發款。這話是埋過根的。魏翩仞道。但是一件。這外國律師。你是一定要請一位的。陶子堯道。我沒有熟人。那裏去請。魏翩仞道。有我。這裏頭我都有熟人。漸漸生意經來了我此刻就替你去找一位。明天上半天把事辦好回來。你再去見王道台。他見你打官司。這事情是真的了。他一定不好再來逼你。騰出空來。我們再想別的法子。千穩萬妥使人安得不動聽陶子堯道。如此就請你費心罷。魏翩仞道。你這回請訟師。不過面子帳。用不着他替你着力。我們知己人。能彀省一個。樂得省一個。魏翩仞一面說。一面掐指一算。說道。這事總要上一回堂。好遮遮人家的耳目。你先拿五百銀子出來。五百兩請訟師費還算省說來真是好聽我請個朋友替你去包辦下來你說可好陶子堯聽了楞了一回道要這些錢麼魏翩仞道同你說面子帳如若要他出力只怕二三千還不彀呢（陶子堯此時已五體投地相信不過還有甚麼疑心）陶子堯自已估量一共總只剩得七百幾十兩銀子還有二百多塊錢的鈔票如今又去五百照此情形山東不見得再有滙來倘若用完叫我指着什麼呢想了好半天只得據實告訴了魏翩仞託他想法子同訟師商量先付若干其餘的打完官司再付魏翩仞聽了無法於是叫他先付三百後來講來講去陶子堯只肯先付二百魏翩仞無奈只得拿了就走（騙到二百兩還要裝腔做勢真真惡極）出得門來先去通知了仇五科仇五科道翩仞哥又有點小進項了魏翩仞道這個自然我們天天在四馬路混的是那一項呢（老實說出還算良心不昧）五科一笑無言魏翩仞出來到一家熟錢庄上把銀子划出五十兩我到一個訟師公館先會見繙譯彼此都是熟人把手脚做好（處處都有手脚可見世途險棘）然後繙譯走到公事房裏一五一十的告訴了訟師訟師答應立刻先替他寫兩封外國信一封是給仇五科的洋東說要退機器的話一封是給新衙門的等陶子堯稟帖寫好一塊送進去魏翩仞見事辦妥把銀子交代清楚然後袖了這封信回來見陶子堯其時陶子堯稟帖稿子已經打好是抱告家人陶升出名告的是仇五科代辦機器浮開花名不照原帳意圖侵蝕懇請飭退一派的話（作者想是做過代書）魏翩仞道這條倒是虧你想的可巧那篇到外洋定機器的帳都是五科一手寫出來的若照你那篇原帳祇有幾個總名字寫得不清不爽只怕走遍地球也沒處去辦不料五科為朋友要好如今倒被人家拿做了把柄（倘真打官司何嘗不是把柄）陶子堯道我何曾

要同他打官司不過是無事要生發點事情出來別的話說不上去祇有這條還說得過魏翩仭道這詞訟一門不料子翁倒是行家陶子堯道小弟纔到山左的時候本學過三年刑名後來家父常說凡做刑名的人總要作孽所以小弟改行纔入了只仕官一途（放下屠刀便可立地成佛陶子堯倒是擇業而處）魏翩仭道原來如此倒失敬了當下稟稿看過沒甚改動陶子堯立刻寫好隨了外國訟師的信一塊兒拿帖子送了進去接到回片方纔放心次日一早就到長春棧二十一號去見王道台（佈置停當然後去見自然有恃無恐）這天穿的衣裳照例是行裝打扮雇了一部轎子馬車拉到長春棧門口管家先進去投手本王道台正在那裏會客一見是他便說了聲請（送稟子來了安得不說聲請見）吩咐跟班的引他到別的屋裏坐一會跟班會意把陶子堯請了進來同他到隨員周老爺屋裏坐下不多一刻王道台送客回來趕到這邊相見陶子堯雖久在山東同王道台卻是從未謀面見面之下少不得磕頭請安王道台曉得他是撫台特識的人不好怠慢於他還說了許多仰慕的話（慢着不要後來改不轉口來）陶子堯忙回卑職一直是洋務局裏面當差沒有伺候過大人今番大人來在上海卑職沒有預先得信所以來的遲了今日特地前來稟安請罪王道台道說那裏話彼此言來語去慢慢說到退機器划銀子的話王道台道兄弟這回出來本來是奉了別的差使到了上海接着電報纔曉得還要到東洋去走一盪所以出省的時候沒有帶甚麼錢後來打電報去請上頭發款接到回電纔曉得老兄那裏有這筆銀子所以昨天寫信通知老兄這款想來是現成的（自然是現成的）只等老兄回信兄弟就派人來領（不敢勞動）現在老兄又要自己過

來。實在勞駕得狠。特特送銀子來不得不親走一遭陶子堯道。為了這事卑職寔在為難。曉得大人來到這裏。本應該過來請安。二來還求大人教訓。好替卑職作一箇主。卑職雖然沒有到省。然而當的是山東差使。大人就是卑職的親臨上司一樣。所以一切總要求大人指教。吞吞吐吐實在難以出口王道台聽了。摸不着頭腦。只得隨口應酬了兩句。後來又問這銀子幾時好划。陶子堯方說道。上頭發欵二萬兩。差卑職到上海辦機器。一到上海。就與洋行訂好合同。約摸機器不到一月。一定運到。欵項不夠。已由卑職出名向莊上借銀二萬兩墊付。不料諸事辦妥。上頭又打電報來叫把機器退掉。銀子要回。洋行的規矩。大人是曉得的。訂了合同。如何翻悔得來。總算一句不曾說錯是魏翩仞教導的好處但是卑職既經奉了上頭的電諭。也不敢不遵。辦同洋行說過幾次。說不明白。只好請訟師同他打官司。稟帖是昨兒晚上進去的。將來新衙門還得求大人去關照一聲。是然要的叫他替咱門出把力。好教卑職將來可以銷差。說罷又站起來請了一個安。說了聲大人栽培。王道台聽了他話。也不好說甚麼。於是敷衍了幾句。端茶送客。少不得次日出門。順便到高陞棧過門飛片謝步。照例擋駕。自不必說。且說陶子堯自從見過王道台。滿心歡喜。慢歡喜着以為現在我可把他搪塞住了。關了這道門。免他向我討錢。再想別的法子。自此每日仍到新嫂嫂那里鬼混曹操又活了他們的事情。新嫂嫂都已明白。樂得再用他兩個。難得生意沒有弄斷後來陶子堯把錢用完。便去同魏翩仞商量。托他向莊上借一二千。魏翩仞起先不肯。後來想到他這事情。鬧到後來不怕山東巡撫不拿錢來替他贖身。如此户頭怕他少了半個主意打定。雖不能如他的意。也借與他好幾百兩銀子。（落得做個人情）陶子堯異常感激。（那得不感激）新嫂嫂一邊。魏翩仞還不時要去賣情。說陶大人沒有錢用。山東不匯下來。都是我借給他。好叫新嫂嫂見好。（處處賣情自是小人作用）自從新嫂嫂敲到了陶子堯的竹杠。不是剪兩件衣料。就是順便叫裁縫做件把衣裳。不收他的錢。好補補他的情。（雖也知恩報恩）更兼魏翩仞或是碰和。或假稱出門。忽從未曾帶得洋錢。時常一二十。三四十。到新嫂嫂手裏借用。連借了幾次。也有一百多塊錢。始終未曾還得分文。（所謂花中蟊賊）新嫂嫂卻也不肯向他討取。這些事不但陶子堯一直未曾知道。而且還拿他當作朋友看待。真正可笑。（此等未經歷練之人如在夢裏辦事安知分曉）閒話休題。再說王道台因見陶子堯那裏的錢。不能取到。他這裏出洋又等錢用。只有仍打電報到山東去。其時撫台請病假。各事都由藩司代拆代行。接到了這個電報。便打一個回電給陶子堯。說他不肯退機器。不會辦事。着實將他申飭兩句。一定要退掉機器。陶子堯雖有魏翩仞代出主意。究竟本省上司的言語。不敢違拗。因此甚是為難。（不經中變看得忒煞容易將來何事不可為）同時那個藩台。又覆一個電報給王道台。叫他仍向陶委員守取。王道台無奈。只得又拿片子前去請他商議此事。陶子堯滿肚皮懷着鬼胎。只好前來稟見。（此番稟見不同上回之容易搪塞）了這幾天頭裏。他的事情王道台已經訪着了一大半。只因王道台的隨員周老爺是山西太原府人。同前頭陶子堯存放銀子的那家票號裏的老板。是嫡親同鄉。周老爺初到上海。拜望同鄉。這票號裏的老板狠同他來往。曉得山東有電報叫王道台向陶子堯手裏討銀子。陶子堯付不出。他就把這裏事情。原原本本。一齊告訴了周老爺。（此一節陶子堯倒防備不到）周老爺回來亦就一五一十的通知與王道台。王道台無奈。只好請了他來。當面問過。看是如何再作道理。這日見面之下。王道台取出電報來。與他看。陶子堯一口咬定銀子四萬。通通付出。帶來的不夠。在莊上又借了兩萬。現在卑職手裏。實在分文沒有。（說得干干淨淨豈知地理圖早被人獻出了）就是請訟師打官司。還得另外張羅。總求大人原諒。大人如果有信到山東。還求大人把卑職為難情形。代為表白幾句。那是感激不盡。（這是一定要的何消說得）王道台雖然已經曉得他的底細。聽了這話。不便將他說破。只些微露點口氣。說洋人那裏。吾兄是何等精明。斷乎不會全數付他。（指出心病使他頓口無言）已經付出的呢。兄弟也不說。不講情理的話。退與不退。自然等到打完官司再講。但是兄弟還有一句公道話。我們出來做官。所為何事。況且子翁來到上海。自然有些用度。倘若還有錢沒有付出。子翁不能不自留兩千。須除正用。兄弟這裏。或者先付五六千。（恩義兼盡王道台亦算體貼）一來兄弟同老兄的事上頭也有了交代。其餘不足的。兄弟自然再打電報向上頭去要。決計不來再逼吾兄。吾兄看此事可好。如此辦法。陶子堯只是一口咬定沒有存錢。（有了畢師自然膽壯嘴硬）王道台本來也正想銀子使用。齊巧派了這個差使。有二萬兩撥給他。他如何不拼命的追。況且已經探實陶子堯的細底。如何肯將他放鬆。便道。這注銀子。是上頭叫兄弟討的。既然老哥沒有。須得給兄弟一個憑據。（漸漸逼進）了來。我也好回覆上頭。請上頭匯款下來。陶子堯道。卑職回去。就具個稟帖過來。大人好據着卑職的稟帖。回覆上頭。王道台道。不但這個。吾兄付款出去。總有收條。這個收条一定是洋字。兄弟這邊因為出洋。纔找到一位繙譯。吾兄來了。可把這個收條帶了過來。由兄弟叫繙譯替你論好寫一分寄到上頭去。（愈逼愈緊真真走頭無路）並不是不放心吾兄向吾兄要收條。為的是有了實憑實據銀子實實在付給洋人上頭看見也不好再叫兄弟前來追逼吾兄。吾兄以為何如若兄弟這裏繙譯是現成的。免得吾兄出去找人又要化錢。（說來亦中聽）陶子堯一聽王道台問他要收條。知道事情不妙。怕要弄僵。忙回道收条本來是有的。但是因為銀子不夠向人家借墊。人家不相信暫時祇得將合同收条抵押在那個人家。並不在卑職手頭。現在大人要看須得卑職先去說起來看。（還算有機變不當場出醜）王道台道。並不是我要項真為的是大家洗清身子。既然押在人家。亦不妨事。我叫繙譯跟了老兄同去。就在那個人家取出來一看。繙他一張底子帶了回來。豈不甚便。（逼到十二分地步我為伊揑一把冷汗）陶子堯道。這事總得卑職先去通知一聲叫那人家把東西拿在手頭。然後卑職再來同了繙譯前去。免得耽悞時刻。王道台見他總是一味推諉。也不值再去逼他。（仍舊被他支吾過去總算有口才的便宜）便乃一笑端茶送客。過了兩三日。王道台見他竟無回音。便差了周老爺同了繙譯前去拜他。討他的回信。倘若已與前途說妥。就叫繙譯立刻繙好帶了回來。因為立等寄信山東。免得耽悞時刻。誰知一連去了三次。總是未曾見面。亦不見他前來回拜。（野鷄藏頭不藏脚我知智竭計窮矣）把個王道台氣得了不得。說他靠了誰的勢。連我都不在他眼睛裏。跟手寫了一封信。居然擺出上司的款來。很拿他申斥幾句。還說甚麼老兄在這裏辦的事。兄弟統通知道。不過因與令姊丈是同官同寅。處處顧全面子。現在反將我一片好心當作了歹意。既然不肯賜教。兄弟也只得據實覆上頭。（有此一激反激出事情來了）將來休要怪弟不留情面。痛痛快快的寫了一封信送到棧裏管家見是王道台來的要信立刻到小陸蘭芬家找到主人把信呈上陶子堯看了着實有點耽心事愁眉不展茶飯無心(樂不可極樂極則悲)新嫂嫂見了問問他雖說是一味支吾然而已經十猜六七便說有甚為難之事魏老主意極多外面人頭也熟何不請他前來商量商量一句話把陶子堯提醒(情急智生仍舊要請瘸出軍師出來)立刻寫了一個票頭差相幫去請堂子裏請不着後來還是新嫂嫂差了一個小大姐在六馬路他的姘頭大姐老三小房子裏找着的一同來到同慶里魏翩仞便問何事此時陶子堯早拿他當自己人看待便也不去瞞他把王道台的信取了出來與他觀看同他商量辦法魏翩仞道這事須得同五科商量我想除掉借洋人的勢力赳伏他是沒有第二個法子(為淵敺魚所以凡事要放寬一着)說完便約了陶子堯一同去見仇五科告訴他王道台情形仇五科道這事須得請洋東即刻打個電報到山東托他們的總督向山東撫台說話(彼洋人買辦靠了洋勢早已視中國官長如無物所以千拿百穩)就說定了機器無故要退商人吃虧不起委員已經同我們打官司他們山東官場上又派甚麼姓王的道台來到這裏提錢我們的招牌已經被他們弄壞了以後不能做生意現在非但不准他退生意而且還要山東撫台賠我們的招牌照此電報打去外國的總督沒有不幫着自己商人的(外國官保護商務實能顧名思義非若中國官之專以魚肉為生活者)如此做品陶子翁包你的機器一定辦得成敲開板壁說亮話合同打好再由你退我們行裏只好替你們白忙生意也不要做了陶子翁你去同王道台說叫他不要來逼你他再來逼你叫他隄防些(不僅安他人的膽亦是誇自己的勢)我要出他的花樣上海地方還輪不着他海外哩

（真真說得響）陶子堯聽了。千多萬謝。跟手魏翩仭替他出主意。叫他同仇五科另外打了一張定辦四萬銀子機器的假合同。寫好兩分。兩人簽個字。一人拿着一張。預備將來真個打官司好呈上去做憑據。仇五科也叫陶子堯另外寫了一張借銀二萬。即以訂辦機器合同作抵的字樣。（陶子堯此時只顧目前的利不顧日後的害無論何事他都唯唯聽命）連合同交給魏翩仭收好。此時陶子堯拿魏翩仭真當作自己人看待。以為他辦的事。真是千妥萬當。異常放心。不在話下。等到陶子堯去後。仇五科果然把此事始末根由。又編上許多假話。告訴了本行洋東。請洋東打個電報給本國總督。請他照會山東巡撫。總督得了電報。果然外國的官。專以保商為重。不比中國官場。是專門凌虐商人的。一個電報打過去。除了機器四萬不能退還分文外。還要索賠四萬。（中國委靡不振早被外人看破所以遇事虛聲恫嚇）山東撫台得了只個電報。這一驚非同小可。（不知外交情形安得不驚慌失措）且說其時原委陶子堯辦機器的那位巡撫。前因抱病請假。一切公事。奏明由藩司代拆代行。等到假滿病仍未痊。只好奏請開缺。朝廷允准。立刻放人。就命本省藩司先行署理。這藩司姓胡名鯉圖。乃是陝西人氏。早年由兩榜出身。欽用榜下知縣。吏部掣籤。分發湖廣。到任不多兩年。就補得一個實缺。不料那年地方上民教不和。打死一個洋人。鬧出事來。上司說他辦理不善。先拿他撤任。後來附片進去。又將他革職。（真真寃枉）後來好容易投劾軍營。開復原官。又歷保至知府。放缺。為了一件甚麼交涉案件。得罪了外國人。外國人稟了外國公使。本國公使告訴了總理衙門。行文下來。又拿他開缺。（真真寃家碰着路狹窄）把他氣的了不得。後來又走了門路。湊巧那年鬧拳匪殺洋人。山西撫台把他咨調過去辦團練等到和局告成懲辦罪魁換了巡撫後任雖未查出他縱團仇教的真憑實據然而為他是前任的紅人他就借了一樁別的事情將他奏參降三級調用他名心未死竭力張羅於秦晉振捐案內捐復原官加捐道台（三仕三起總算宦途老練）幸喜折扣便宜化錢有限又把家裏的老本一齊搬了出來報効國家二萬銀子就有人保薦他奉旨記名簡放並交部帶領引見他就立刻進京又走了老公的門路吃虧化的錢不多不能望得好缺就放了山東兗沂曹濟道是個苦缺（走盡門路僅得最一苦缺可見宦途苦況）到任之後因在內地洋人來的不多遂得平安無事然而為了不知那一國的教士要在這兗州府一個地方買地建立教堂與鄉下人議價不合教士告訴本道胡鯉圖非但不辦鄉下人而且反勸教士多出兩個教士大動其氣進省告知巡撫雖沒甚大過處巡撫曾將他申飭一番（險些又跌番在洋人手裏）因此他生平做官屢次栽觔斗都是為了洋人的事幸喜聖眷極優不到兩年升運司升臬司仍舊做到山東藩司（這幾年總算一路順風）不與洋人交涉宦途甚覺順利目今因本省巡撫告病奉旨就叫他升署未曾升署之前因為撫台請假照例是他代折代行接到陶子堯來電稟請添撥款項他生平最怕與洋人交涉忽然發了一個多一事不如省一事的念頭（念頭雖是然不免因噎廢食矣）立刻就打電報叫陶子堯停辦機器要回銀子立刻回省銷差又叫王道台幫着討回此款卻未想到因此一番舉動卻生出無數是非非但銀子不能討還而且還受外國人許多閑話（此時如驚弓之鳥不禁懼起）畢竟是他不識外情不諳交涉之故閑話休題且說這日正是他接印日期一早起來把他興頭的了不得（數載浮沉尚有今日如何不興）

頭辰正三刻。擺齊全副執事。親到撫院大堂。拜受印信。並王命旗牌。升座之後。並有司道各官。上來參堂。從前雖是同寅。現在卻做了下僚了。一時接印禮成。其餘照例儀注。不用細述。只因撫台尚未遷出。所以署院只好將印信代回自己藩司衙門辦事。當下胡鯉圖胡大人。纔回得衙門。便有合城官員。拿着手本前來稟賀。胡大人只命把司道請進。行禮之後。彼此閒談。正說得高興時候。（慢高興着）忽見巡捕官送進一個洋文電報來。說是膠州打來的。胡大人一聽。不覺心上陡然一驚。（險些把膽嚇破）昔忙教繙譯繙出。原來正是不准陶子堯退機器。並叫山東官場再賠四萬銀子的那個電報。胡大人看過。登時嚇得面孔如白紙一般。（不知比興師問罪如何）歇了半天。纔說道。我想不到。我的運氣就怎們壞。我走到那裏。外國人跟到我那裏。總算做了半年揚州運司。八個月的湖北臬司。算沒有同他來往。省得多少氣惱。就是在藩司任上也好。怎麼一署巡撫。他就跟着屁股趕來。偏偏是今天接印。他今天就同我倒蛋。叫我一天安穩日子都不能過。（今日本用薪嘗膽之時雖讓你過安穩日子）真正不知道是我那一門的七世仇寃。八世冤家。照這樣的官。真正我一天也不要做了。（強鄰實逼處此雖教你出來做官）一面說。一面咳聲嘆氣不止。署藩台勸道。陶某人辦機器的事情也長遠了。其時洋務局的老總。就是陶子堯的姊夫。也正在座。署藩台便道。某翁。陶某人是你令親。還是你打個電報給他。叫他把事情早點弄好回來。免得大人操心。陶子堯的姊夫道。當初我早曉得他不能辦事。果然鬧得不好。當初原是他上條陳。前院忽然賞識起來。就派他這個差使。真真年輕。不能辦事。（當時你聽了尊夫人之言何等賞識保舉今日也知靠不住了）胡大人道。你也不必埋怨他。這都是我兄弟命裏所招。早知命裏所招應該樂天知命纔是兄弟自從縣令起家。直到如今。為了洋人。不知道害我化了多少冤枉錢。叫我走了多少冤枉路。吃了多少苦頭。我走到東他跟到東。我走到西他趕到西。想來是我命裏所招。看來這把椅子。又要叫我坐不長遠了。他正說到傷心。忽見巡捕官又拿着一個電報來。回說外務部來的電報。胡大人這一驚更非同小可一波未平一波又起真真辦煞欲知後事如何。且聽下回分解

正編卷十

怕老婆別駕擔驚　送胞妹和尚多事

却說署理山東巡撫胡鯉圖胡大人。為了外國人同他倒蛋。正在那裏愁眉不展。忽見巡捕官拿進一封外務部的電報。以為一定是那樁事情發作了。心上急的了不得。杯弓蛇影[illegible]虛驚心等到拆開來一看。纔知道是樁不要緊的事情。於是把心放下。對着司道說道。將來我兄弟這條命。一定送在外國人手裏。諸公不要不相信。等着瞧罷。憂從中來不可以過曹孟德橫槊賦詩可以持贈。衆人也不好回答別的。還是陶子堯的妹夫洋務局的老總。他辦事辦熟了。稍為有點把握。就開口說道。外國人的事情。是沒有情理講的。你依着他也是如此。你不依他也是如此。閱歷有得之言。職道自從十九歲上到首。就當的是洋務差使。一當當了三十幾年。手裏大大小小事情也辦過不少。從來沒有駁過一條。這陶倅是職道的親戚。年紀又輕。閱歷又淺。本來不曾當過甚麼差使。現在頭一件就是叫他同外國人打交道。怎麼辦得來呢。外國人倒沒有此心皆汝尊舅挑唆出來的職道的意思。就請大人打個電報給王道。叫他就近把這件事弄好。辦好的機器。如若能退。就是貼點水脚。再罰上幾個都還有限。倘或實在退不掉。沒有法。也只好吃虧。買了下來。至於另外還要賠四萬。外國人也不過借此說說罷了。料事如神不愧此中老手。我們亦斷乎不能答應他的。胡大人道。倒底老哥是老洋務。好在陶某人是令親。這件事只好奉託費心的了。說完。端茶送客。陶子堯的姊夫下來。立刻就到電報局打一個電報給自己舅爺叫他趕緊把事辦好回省銷差又打一個電報給王道台面子上總算託他費心其實這裏頭已經照應他舅爺不少王道台出洋經費回明署院另外由山東撥匯以安王道台之心早如此辦豈不省事便不至於與他舅爺為難其實王道台只要自己出洋經費有了開銷看同寅面上落得做好人就是陶子堯真果有大不了的事他早已幫着替他遮瞞了官官相護豈有不代為遮瞞之理話分兩頭且說王道台在上海棧房裏正為着討不到錢心上氣惱這日飯後又要打發周老爺去催周老爺道一個高陞棧的門檻都被我們踏穿了只是見不着他的面他玩的那爿堂子我也找過幾遍不是推頭沒有來便是說已經來過去了房間裡放着門簾說有別的客人我們也不好闖進去現在再到棧裏去一定還是不照面的狡兔三窟那裏容易照面王道台道你不找他那裡同他照面你去同他說他再照這模樣兒我可要動真公事了此時王道台還不肯存投鼠忌器之心周老爺被王道台逼不過只好換了衣裳去找剛剛跨出房門只見電報局送到電報一封上寫着是山東打給王道台的他便跟了進來瞧這電報上說的什麼話王道台拆開看時原來就是陶子堯姊夫發來的究如一道赦符上面寫的是上海長發棧王道台陶倅所辦機器望代商洋人可退即退不可退即購不敷之款及出洋經費另電匯至洋行另索四萬望與磋磨勿貽事畢從陶倅連押機器回省乞電復下面還注着陶子堯姊夫的名字王道台看到電滙出洋經費一句話便說我們的錢也不必去問陶子堯去討了他的事情有他姊夫幫忙不要說四萬就是十萬八萬也沒有不成功的連忙回頭叫周老爺不必再去又說

既然是他令姊丈的電報應得去通知他一聲（一見經費有着便連忙改口又欲去送信可見官場勢利）周老爺道也不必去通知他那里得了信自然會跑來的王道台道你說的不錯等着他來也好當下無言而罷且說陶子堯自從王道台問他要錢沒有問他要合同收條又沒有因此不敢見王道台的面天天躲在同慶里小陸蘭芬家（真真是安樂窩逍遙藪）省得有人找他以前周老爺來過兩盪管家曾經回過後來見主人躲着不見周老爺來便是管家代為搪塞支吾也就不來回主人了故此數日陶子堯反覺逍遙自在專候仇五科行裏的回信（有此外國靠山王道台亦難何他不得）一天魏翩仞來說外國總督那裡已有回電准了行東的電報允向山東官場代索賠款陶子堯聽了又是驚又是喜（喜極反驚還是曾地忠厚）驚的事情越鬧越大將來不好收場喜的是有了外國人幫忙只要機器不退我的好處是穩的既而一想我已經請過訟師告過仇五科將來回省銷差上司跟前決不會疑心到我說我搗鬼又一轉念（千思萬想總是財色迷心）橫豎只要好處到手有了錢賺就是不回山東也使得或者將來在上海發注把生意做做就像五科翩仞兩個一年到頭賺的錢着實不少不要說候補道府跟他不上就是甚麼洋務局營務處支應局幾位老總算得第一分的紅人也趕不上他主意打定混到那裡算到那裡但是一件前頭跟翩仞借的幾百銀子看看又要用完（日逐追歡有床頭金盡之慨）現在莫展一籌又不便再向他啟齒因此心內十分躊躇面子上只好敷衍他說我同翩仞哥是自家人這件事情若不是翩仞哥五哥出力兄弟只一盪非但白走而且還要賠錢（總算幸虧有好朋友）但願他們連四萬頭一同賠了過來也好補補你二位的辛苦（痴心妄想此時亦起）

（拿不穩）翩仞道。但願如此更好。但是五科說過。不准他退機器是真的。至於賠欵一層。也不過說說罷了。當下又說了些別的閒話。別去這裏。新嫂嫂見陶子堯這幾日手頭不寬。心上未免有點不樂。（不以閉門羹相待還算是有情分）這天因為催陶子堯替他看一處小房子。陶子堯推頭只兩天身體不快。過兩天一定去看。新嫂嫂明知他手頭不便。便嗔着說道。（女德無極婦怨無終況在銷金窩裏哉）倪格人說一句是一句。話說出仔嘴。一世勿作興忘記格。耐格聲話。說阿是三禮拜前頭就許倪格。陶子堯道。我怎麼說話不當話。我的意思。不過要等我身體好點。自然要料理這事。彼此相處這多少時候。你還有什麼不放心。我的新嫂嫂聽了無甚說得。但說倪格梳斷命飯。也勿要吃哉（妓女從良是口頭禪）早舒齊一日早定心一日。陶子堯道。你的心我還有什麼不放心的。當下又閒談一回。無庸細述。又過了兩天。新嫂嫂只是催他尋房子。（此是拈斤兩不是真看上）陶子堯到了上海這許多時候。也曉得只軋姘頭事情是不輕容易的。便去請教魏翩仞。這事怎麼辦法。魏翩仞道。恭喜恭喜。倒底子翁的艷福好。我們白相了多年。面子上要好。都是假格。（妓女幫閑都是一鼻孔出氣）陶子堯道。休要取笑。魏翩仞便問他是個甚麼局面。陶子堯道。他一定要嫁我。（真真是黃粱大夢）魏翩仞道。啊唷。還要拜堂成親哩。陶子堯道。何嘗不是如此。這句話已經說過三四個禮拜了。他說明要紅裙外掛全頭面。還要花轎小堂名。兄弟想我們做官的人家規矩。似乎這些也不可少的。但是另外要我二千塊錢。也不曉得做甚麼用。（圖窮而匕首見）問他也不肯說。如果是禮金用不到這許多。翩仞哥替我想想。魏翩仞道。這須得問過新嫂嫂。方好斟酌。（葫蘆得妙）兩個人便一同來到同慶里見面之後新嫂嫂劈口便問房子阿看好陶子堯一聲不言語魏翩仞道恭喜恭喜你們兩家頭的事情怎麽好没有媒人有些話不好當面說等我做個現成媒人罷（此之謂毛遂自薦）也好替你們傳傳話新嫂嫂道媒人阿有啥推上門格倪搭俚現在也没做啥親還用勿着啥媒人（原是試試你個心雖敎你認真起來）魏翩仞一聽不對便對陶子堯說道怎麽說（問他自己妙極惡極）陶子堯忽見新嫂嫂變了卦不覺目瞪口呆歇了半天方向新嫂嫂說道不是你說的要嫁給我嗎還要什麽紅裙外褂花轎執事新嫂嫂道還有呢（注意在此）陶子堯道還有再講新嫂嫂回頭對魏翩仞道魏老勿是倪說話勿作准為仔俚格人有點靠勿住嫁人是一生一世格事體倪又勿是啥林黛玉張書玉歇歇嫁人歇歇出來搭俚弄白相（說得亦中聽）現在祖好仔小房子搭俚住格一頭兩節合式末嫁撥俚勿好末大家不好說啥（處到拆拚頭陶子堯之下場早被伊看出矣）魏老阿是魏翩仞笑而不答陶子堯跳起來說道我們做官人家要娶就娶要嫁就嫁有甚麽軋姘頭的魏翩仞道陶大人心上不要不舒服還是軋姘頭的好要軋就軋要拆就拆可以隨你的便不比娶了回去那事情就弄僵了新嫂嫂是同你要好照應你不會給當你上的（一吹一唱使人不疑）陶子堯聽了無話新嫂嫂拿眼睛對着魏翩仞一耿說道要耐多嘴（嗔怪得妙）魏翩仞道是拉我就不說話新嫂嫂道倪又勿要耐做啥啞子倪末將來總要嫁撥哩格（說到將來如望海上三神山纔得攏岸又颶開去了）耐想俚格人房子末勿看銅錢也無不耐看俚格人阿靠得住靠勿住陶子堯心上想自從我到此地錢也化的不少了還說我不給他錢用不知道前頭的那些錢都用在那裏去了（倘然言下大悟早可絕跡不到矣）心上如此想面孔上早露出悻悻

之色。坐在那裏一聲不響。新嫂嫂道。耐為啥勿響。陶子堯道。我沒有錢。叫我響什麼。兩個人你一句我一句。登時拌起嘴來。魏翩仞只得起身相勸。誰知此時他二人一個是動了真氣。一個是有心嘔他。因此魏翩仞攔阻不住。正在鬧到不可開交的時候。只見陶子堯的管家送上一封電報信。衆人瞧見。以為一定是山東的電報來了。（我云亦然）等到接在手中一看。見是紹興來的。（使人捉摸不着）魏翩仞莫名其妙。陶子堯却不免心上一呆。（自家心事自家知）連忙拆開。又是沒有譜過的。立刻叫人到書鋪裏。買到一本電報新編。魏翩仞在烟鋪上吃烟。同新嫂嫂說閒話。陶子堯却獨自一個。坐在方桌上。繙電報。繙一個。寫一個。魏翩仞問他是那裏電報。他搖搖頭不做聲。等到電報繙完。就往身上袋裏一塞。走了過來。一聲也不言語。（一個悶葫蘆無從打破）魏翩仞一定要問他那裏的電報。他只是不說。當下無精打彩的。坐了一會。魏翩仞要走。他也要跟着一同走。新嫂嫂並不挽留。當下出得門來。魏翩仞便問他剛剛那個電報到底是那裡來的。陶子堯嘆一口氣道。不要說起。是紹興舍間來的。（至此纔露口鋒）魏翩仞又問到底甚麼事。不妨說說。我們是自己人。或者好替你出個主意。分分憂。陶子堯道。翩仞哥不是外人。說出來實在坍檯得很。（一向是充闊少至此要露家底如何不堪給）魏翩仞道。說那裏話。陶子堯道。兄弟在山東洋務局裏當差。每月的薪水。都是家姊丈經手。他一定每月替我扣下十兩銀子。替我滙到舍間。作賤內的日用。（幸虧有此好姊夫否則必不顧家矣）等到兄弟奉差出門。這筆薪水已歸別人。家姊丈以為兄弟得了這宗好差使。家用是不必愁的了。這是兄弟荒唐。初到上海。只寄過一封家信。一混兩三個月。一塊錢也沒有寄過。（揮金如土之時）

（未曾念及糟糠否）這一箇多月。又為着心上不舒服。也就懶得寫信。家裏賤內倒來過五封信了。又是要錢。又是不放心。我在外頭。恐怕有甚麼病痛。兄弟只是沒有覆他。所以他急了。（雁杳魚沉那得不急）發了一個電報給我。還說日內就要過江。由杭州趁小火輪到上海來。所以兄弟的意思。新嫂嫂的事情。不成功也好。（苦海無邊回頭是岸）等到山東電報回來。賤內也可來到上海。看是事情如何。兄弟此行。本來想要帶着搬取家眷。齊巧他來也好。就省得我走此一盪。魏翩仞道。既然嫂夫人要來。

事情自以不辦為是。倘若嫂夫人是大度包容的呢。自然沒得話說。然而婦人家見識。保不住。總有三言兩語。依我看來。也是不辦的好。（偏是此等人偏會說正經話）當下又閒話一回。彼此分手。陶子堯果然在棧房一連住了三天。他既不到同慶里。新嫂嫂也不叫人前來相請。日間無事。便在第一樓吃碗茶。或者同朋友開盞燈。每天却是一早出門。至夜裏睏覺方回。他的意思為是怕王道台派人來找他討錢。只得借着出門。好不與他相見。一天正在南誠信開燈。只見他當差的喘吁吁的趕來。（又是什麼風浪）說棧房裏有個人。拿一封信。一定要當面見老爺。小的回他老爺出門。他說有要緊事情。立逼小弟出來找尋老爺。他在棧裏老等。就請老爺吃了這筒烟。趕緊回去。陶子堯摸不着頭腦。心下好生躊躇。（我亦代為躊躇）欲待回去。恐怕是王道台派來的人。向他纏繞。欲待不去。又實在放心不下。（我亦代為放心不下）慢慢的吃過一筒烟。又唱了一碗茶。穿好馬褂。付了烟錢。跟了管家就走。陶子堯一頭走。一頭問管家。你可曾問過這人是那裏來的。管家道。他只是催小的快來。小的披好衣裳就來。所以未曾問得。（偏是說不出姓名）陶子堯道。糊塗王八蛋。一面罵一面走。不知不覺。回到棧中。走進客堂一看。你道是誰。原來是仇五科行裏的朋友。拿了一封五科的親筆信。（原來是行裏送信的人何必如此失驚大怪）這人是老實人。叫他面交。他一定要見過面纔肯把信交代出來。陶子堯拆開看時。無奈生意人文理有限。數一數五行信。倒有二十多個白字。還有些似通不通的話。子堯看了好笑。忙對來人說道。我這里却還沒有接到電報。他這信息。是那裏來的。（喜極而疑）那人道。聽說是個票莊上朋友說的。據說王觀察那邊。昨天已經接着山東電報。機器照辦。不彀的銀子。由山東滙下來。（一個霹靂天下響洋行家信息最靈）連王觀察出洋經費也一同滙來。陶子堯道。我說呢。怪不的姓周的今天沒有來。事情既然如此。諒來我這裏一定也有電報的。話言未了。齊巧電報局裏有人送報到來。（好比頭報式報）陶子堯趕緊繙出看時。果然是他姊夫打來的電報。上說機器能退即退。不能退照辦。機器一到。叫他趕緊回東銷差。陶子堯自是歡喜。（到此方笑逐顏開矣）一面照抄一張。交給來人帶回去與仇五科看。又寫一封信。差管家去找魏翩仞。約他今晚在一品香晚飯。却說仇五科那裏。一面送信與陶子堯。一面也就叫人去找魏翩仞。魏翩仞到得行裏。仇五科便同他商量。現在的事情。總弄被我們扳過來了。但是犯不着便宜姓陶的。我們費心費力。叫他去享用。天下那裏有這種現成的事。況且他拿了錢。去無非送給堂子裏。我們不好留作自己用嗎。（所謂蒼蠅不釘無縫蛋）翩仞哥。你聽我說的可錯不錯。魏翩仞道。不要寃枉人。同慶里是早已斷的了。但是我們出了力。叫人家受用。却是犯不着。（天落饅頭大家造化）現在總共是一萬出頭銀子的貨。上頭倒報了四萬。姓陶的一個人。已先虧空了將近萬把。據我的意思。也可以不必再分給他了。（良心一個黑一個）仇五科道。山東滙來的銀子。依舊要在他手裏過付。恐怕由不得我們做主。魏翩仞道。怕他怎的。他一共有兩分合同在咱手裏。一分是前頭打的。是二萬二千銀子。一分是第二次打的。上頭卻寫的明明白白。是四萬。原是預備同山東撫台打官司的。雖說是假的。等到出起場來。不怕他不認。（原是預備搪塞上司卻不料予人把柄）他能彀放明白些。不同我們爭論。算他的運氣。若有半個不字。我拿了這兩分合同。一定還要他找二萬二出來。（真真可怕）仇五科道。有兩分合同。要兩分錢。就得有兩分機器。魏翩仞道。原要有兩分機器纔好。他多辦一分。我們多得一分用錢。不過不能像四萬頭來得容易罷了。（南方有隻火老羊你吃肚來我吃腸）仇五科聽了。有財好發。把他喜得嘴都合不攏。便催魏翩仞去問陶子堯山東銀子幾時好到。叫他照付。再說陶子堯自從接到電報。打發管家去找魏翩仞。去後獨自一個坐在棧房。甚是開心。（慢開心着）一面自己想這事王道台那裏。雖說也有電報。我明天須得去見他一見。一來敷衍他的面子。二來前頭雖說彼此有點嫌隙。就此也可說開。三則他如今自己已經有了錢。雖則不來分我的好處。將來回首之後。也免得冲我的冷水。四則這筆銀子。究竟不知幾時好到。大約同王道台出洋經費一同滙出。到他那裏。雖便去問一聲。也是要緊的。（有此數端不請自到矣）又想到仇五科能彀叫他洋東打怎們一個電報去。山東官場就不敢不依。可見洋人的勢力着實利害。明天倒要聯絡聯絡他們。能彀就此同外國人要好了。將來到省做官。托他們寫封把外國信。只怕比京裏王爺中堂們的八行書。還要靈。要署事就署事。要補缺就補缺。（外援比內線還靈又爲無恥輩開一捷徑矣）想到此間好不樂意。又想我前頭的錢。只有請律師用的是寃枉的。又一轉念亦不算寃枉。有此一層。我將來回首。倒有得交代了。這事情是山東撫台答應的。可見得弃不是我不出力。忽然又想到新嫂嫂。他究竟不是無情的人。（一有了指望便千思萬想真真世上無如人慾險）是我沒有錢。叫我賃房子不賃。問我拿錢不拿。因此上反的。目畢竟還是我虧負他。現在我用的不算大。約山東又匯來二萬銀子。照機器的原價。祇有二萬二千兩。這裏頭已經有我一個扣頭。下餘的一萬八。是魏翩仞仇五科兩個人出力弄來的。少不得要搠他們一二千銀子。我總有一萬好賺。有了一萬。甚麼事情做不得。（不要忒熱拿錢）陶子堯想到這裏。那個去找魏翩仞的管家。已經回來說小的到得魏老爺那裏。魏老爺齊巧打仇老爺那裏回來。小的拿老爺的信給他瞧。他說本來要來會老爺。停刻一品香進到。（如此發財生意為什麼不到）陶子堯點點頭。又問魏老爺還說此甚麼。管家道。魏老爺問老爺這兩天還到同慶里去不去。（問得要緊）小的回說不去。陶子堯聽了無語。管家自行退去。陶子堯本來在那裏想新嫂嫂。又聽了管家的話。不禁觸動前情。愈覺相思不置。（恐遇卿卿道士亦不能喚醒痴迷矣）肚裏尋思道。前頭是我無錢。以致同他翻面。如今有了錢。各色事情就好商議了。但是已經翻臉。怎麼再好踏進他的大門。又一轉念道。我同他不過鬬了兩句嘴。又沒有拍桌子打板櫈。真的同他翻臉。是我一時不合。不該應賭氣。這幾天不去走動。就覺着生疏了。（所謂色不迷人人自迷）最好今天一品香仍舊去叫局。吃完了大菜。就翻過去。順便請請幾個朋友。他若留我。樂得順水推舟。他若不留我。也不走。等到明天山東的錢到手之後。先把房子租好。索性租一所五樓五底的房子場面也好看些。然後託魏翩仞再去同他商量。（到此妹頭胭脂虎亦全然忘却矣）女人的心最活不過。況且他弁不是無情於我。倘若把這事辦好了。他從前是有過話的。不肯到別處去。一直要住上海。這裏有的是招商局電報局。弄個把差使當當。（不要看得忒煞容易）快活兩年再說。想到這裏。一個人在房裏忽而躺在牀上。忽而踱來踱去。看他好不自在。正看得高興時候。忽見管家帶進一個土頭土腦的人來。見面作揖。陶子堯一見。認得是他表弟周大權。問他怎麼來的。周大權打着紹興白說道。阿哥。阿嫂。來東哉。陶子堯一驚非同小可。（所謂疾雷不及掩耳）忙問住在那裏。周大權道。東來陞棧房裏。陶子堯道。還有甚麼人同來。周大權道。還有個和尚同來。陶子堯聽了。面孔氣得雪雪白。一句話也說不出來。（你在外面逍遙自在你家尊閫獨守空房安得不尋個和尚倍律倍伴）你道為何。只因這位陶子堯的太太著名的一個潑辣貨。平日在家裏的時候。不是同人家拌嘴。就是同人家相罵。所有東鄰家西舍家。沒有一個說他好的。後來他丈夫在山東捐了官。當了差使。越發把他揚氣的了不得。儼然一位誥命夫人了。本來他家裏的稱呼。都是甚麼大娘娘。二娘娘。自從陶子堯做了官。他一定壓住人家要叫他做太太。（有了大太太自然要討二太太）紹興的風俗。人家的婦女沒有一個不相信吃齋唸佛的。有一天他正在佛堂裏燒香。他婆婆偶然叫錯了一聲。只稱得他大娘娘。沒有稱他做太太。把他氣的了不得。念一聲阿彌陀佛。罵一聲娘朵入殺。（所謂佛口蛇心）等到佛堂裏出來。還一手捻着佛珠。一手拍着桌子罵個不了。虧得他婆婆是一個忠厚人。不曾同他計較。（婆婆不敢與媳婦計較陶子堯家教可知）此番却是陶子堯不好。不應該一連兩三個月不曾寄得家信。太太沒有錢用。還是小事實因常常聽見人說。上海地方。不是好地方。婊子極多。一個個狐狸似的。但凡稍些沒有把握的人。到了上海。沒有不被他們迷住的。令見陶子堯不寄銀信。一定是被婊子迷住了。女人謝病可醫惟妒病難療 一個月頭裏。他太太就要親自到上海來找他。是他婆婆勸住的。後來又等了一個月。還是杳無回信。他一定要走。婆婆勸不住。只好讓他動身。因爲沒有人拌送。他婆婆把自己的內姪周大權。找他拌送。太太嫌他土頭土腦。上不得台盤。齊巧他娘家哥哥。在揚州天甯寺當執事的一個和尚。法名叫做清海。這番在寺裏告假回家探親。和尚也欲探親自是未能免俗 目下正要前赴上海。順便趁甯波輪船。上普陀進香。他妹子知道了。就約他同行。這和尚自從出家在外頭溜慣了。所以給與的。上氣一點沒有。他平時在寺裏的時候。專管接待往來客人。見了施主老爺們。極其漂亮。陶子堯却因他是出家人。狠不歡喜。足下不歡喜尊夫人却是極話得來的 時常說他太太。同着和尚並起並坐。成個甚麼樣子。太太聽了這話。心上不服。就指他着臉罵道。我同我自家阿哥並起並坐。有甚麼要緊。我不去偷和尚。就留你的面子了。說得直截痛快陶子堯亦奈何他不得 陶子堯聽了這話。更把他氣得像蝦蟆一樣。清海和尚見妹夫不同他好。因此他也不同妹夫好。這番陶子堯聽說是他同了家小同來。所以氣的了不得。當下就同表弟周大權說。你表嫂既然來了。我立刻就派人打轎子接到此地一塊兒住。你也同來。省得另住棧房。又多花費。那個和尚。就叫他住在那爿棧房裏。不要他來見我。不要和尚同來恐怕尊夫人未必依你 周大權聽了。諾諾連聲。陶子堯又叫茶房先端一碗魚麵。給周大權吃。大權不上三口。把麵吃完。想是餓極了 端起碗來喝湯。一口也不賸。

吃完之後陶子堯便叫管家同了轎班抬着轎子去接太太剛纔出得大門陶子堯正在房裏尋思說他早不來晚不來偏偏今兒有事他偏偏來了真真不湊巧話言未了忽見茶房領着一個中年婦人一個和尚趕進來了茶房未及開口那女人已經破口大罵起來陶子堯定睛一看不是別人正是他的太太同他大舅子兩個人太太見了他不由分說兜胸脯一把未及講話先號咷痛哭起來（鬧得好有此醋娘子還想軋姘頭真真自不量力）陶子堯發急道有話好說這像什麼樣子豈不被人家笑話還成我們做官人家體統嗎連忙叫茶房替太太泡茶打洗臉水又問吃過飯沒有太太一手拉住他胸脯只是不放嘴裡說用不着你瞎張羅人家做太太熬的老爺做了官好享福我是越熬越受罪不要說這兩年多在家裏活守寡（素性直說不怕人家恥笑）如今越發連信都沒有了銀子不寄家亦不顧了我還要沖那一門子的太太可憐我跟了他吃了多少年的苦那裏跟得上他心愛的人什麼新嫂嫂舊嫂嫂（比螞蟻報還快真真被頭裏房個蝨亦瞞不過人）聽說你這個差使有十幾萬銀子現在都到那裏去了陶子堯辦道那裏來的這宗好差使你不要聽人家的胡說（無可如何只得勉強分辨）嘴上如此說心上也甚詫異是誰告訴他的又聽太太說道你做了事你還想賴我有憑有據還他見証陶子堯道沒有這會事那裏來的見証（還要嘴硬）太太道你別問我你去問問謝二官再來陶子堯一聽謝二官兩個字狠熟一時想不起來齊巧去接太太的管家因為接不着已經回來站在一旁看老爺太太打架聽見太太說謝二官老爺一時想不起來他就接嘴道老爺不是常常到這裏身上穿的像化子似的那個人有時候問老爺討一角錢有時

討三個銅元。他說同老爺是鄉親。老爺從前還用過他的錢。如今貧富懸絕說來誰也不相信小的並問過他貴姓。他說姓謝。想來一定就是他了。陶子堯道。胡說。我會用人家的錢。這種不安分的王八蛋。搬是非造謠言。如果看見他再來。就替我交給巡捕。一派闊官仗勢早忘卻本來面目矣太太道。阿呀阿呀。你使人家的錢還算少。你那年捐這撈什子官的時候。連我娘家妹子手上一付鍍銀鐲子。都被你擄了下來。湊在裏頭。還說不用人家的錢。問問你還要面孔不要。擣盡罎子出盡醜問他還要嘴硬否其時棧房裏看的人。早哄了一院子。還是同來的和尚看他們鬧的太不成體統了。只得和身插在中間。極力的相勸。勸了好半天。好容易把他們勸開。還是和尚作和事老問他要見不要見太太三腳兩步。走進房間。表老爺周大權押着行李也就來了。還有跟來的了頭。忙着替太太找梳頭傢伙。又找盆打洗臉水。陶子堯在外間。雖然太太不同他吵了。低下頭一看。身上纔換上的一件硬面子的寧綢袍子。已經被太太的頭弄縐了一大塊。橫豎貴相知會替你做新衣裳弄縐些亦不值得什麼原想穿這件新衣裳到一品香請客的。今見如此。心上一氣。跺着腳說。我不知道那裡來的悔氣。這種日子。我一天不要過。本來安穩日子你亦不會過正是滿肚皮的不願意。不知道要向那裡發洩方好。一面自己抱怨自己。忽又想起一品香已經約下魏翩仞。却忘記去定房間。現在已有上燈時分。不知道還有房間沒有。幸虧棧房裏到一品香不遠。便即一人走出棧來。踱到一品香。纔上扶梯。剛巧遇着魏翩仞。兩人一見大喜。問了問只有十八號還空着。兩個人就坐了十八號。細崽端上茶來。又送上菜單。點菜。兩人先把大概的情形說了一遍。魏仇一邊如何辦法。魏翩仞因他銀子尚未到手。一時暫不說破。（機事不密則害成說破後恐人家防備着）席間陶子堯提起他賤内已經來到。并剛纔在棧房裏大鬧的話。全行告訴了魏翩仞。說話之間。不免長吁短嘆。（不如意事常八九真真無可如何）魏翩仞見他無精打睬。就攛掇他叫局。陶子堯一來也想借此遣悶。（借此遣悶亦是無聊之極）二來又可與新嫂嫂叙舊。連忙寫票頭去叫。吃不到三樣菜。果見新嫂嫂同了小陞。蘭芬進來。新嫂嫂扳着面孔。一聲不響。陶子堯也不好意思同他說話。倒是魏翩仞極力替他拉攏。一五一十的告訴他說陶大人的銀子明天好滙到了。這一次是不會搭你擬的了。陶子堯正在聽到得意時候。細崽來說六號裡來了一個女人。同了一個和尚。吃大菜。那個女人自說姓陶。又說我們老爺今天也在這裡請客。（閒貼虎作用自是可人）陶子堯不聽則已。聽了之時。陡然變色。便說道。夜义婆不知同我那一世的對頭。我走到那裏。他跟到那裏。說完站起來。說了聲翩哥。我們再會罷。拔起脚來。一直向外下樓而去。也不知到那裏去了。新嫂嫂同了蘭芬也只好就走。（想來小夫人已被大太太看在目中矣）魏翩仞等吃過咖啡。簽過字。跕起身來。走到六號房間門口。張了一張。果然一個女人。同了一個和尚在那裡吃大菜。（自是瀟洒你叫得妓女作陪我叫不得和尚作陪麼）是個甚麼面孔。一時却未曾看得清楚。魏翩仞也就出得一品香。自去趕事不題。且說陶太太同他哥在棧房裏。曉得陶子堯在一品香請客。一定要叫局熱鬧。故而借吃大菜爲名。意想拿住破綻。鬧他一個不亦樂乎。不提防陶子堯先已得信。逃走無踪。（誰叫你告訴細崽到底女人少智識）太太只得罷手。一時吃完。回到棧內。一等等到兩點鐘。不見老爺回來。急的個太太。猶如熱鍋上螞蟻一般。又氣又惱。（想來熬不住了）後來越聽越無消息。料想一定是在窰子裏過夜。不回來的了。氣得太太坐在床上。一夜不曾合眼。足足的罵了一夜。罵一聲爛袠子。罵一聲黑良心殺千刀。不吃好草料的。（這一夜天虧伊挨得過去）他哥和尚也陪着他一夜。不睡到了次日天明陶子堯還沒有回來。太太披頭散髮亂哭亂嚷。一定要到新衙門裏去告狀。要請新衙門老爺趕掉這些婊子。省得在此害人。（問他奪人所愛是個什麼罪名）鬧得他哥勸一回。攔一回。好容易把他勸住。看看日已正午。長春棧裏的王道台。打發周老爺來說。山東的銀子已到。是滙在王道台手裏的。叫周老爺來帶信。叫陶子堯去付。太太聽見了。也不顧有人沒人。趕出來說。有銀子交給我。交不得那個殺千刀的。他是要去貼相好的。（全不為伊夫留一點面孔）周老爺看了好笑。問了管家。纔知道是陶子堯的太太。當下陶太太恐怕王道台私下付銀子給陶子堯。一定要自己跟着周老爺到長春棧裏去見王大人。後來把個周老爺弄急了。又虧得和尚出來打圓場。說王大人是我們妹夫的上司。太太不便去的。還是我出家人替你走一遭罷。（處處有和尚在裏頭是太太的好幫手）周老爺問了來歷。只得說好。和尚便叫管家拿護書。叫馬車。穿了一件簇新的海青。到長春棧裏拜訪王大人去。（讀者定謂和尚此去把銀子領來了）畢竟此時陶子堯逃在何方。與那清海和尚如何去見王道台。且聽下回分解

正編卷十一

窮佐雜寅緣説差使

紅州縣傾軋鬬心思

話説清海和尚同了周老爺去見王道台。當下一部馬車。走到長春棧門口。周老爺把和尚讓在帳房客堂裏坐。自己先進去回王道台。王道台聽了。縐眉頭説。好端端的。那裏又弄了個和尚來。你去同他説。我是僧道無緣的。叫他到別處去罷。和尚碰着這種人真真無能為力周老爺道。他來並不是化緣。聽説為的家務事情。吞吞吐吐自然要説會了王道台道。這也奇也。和尚管起人家的家務來了。周老爺道。聽説他是陶子堯的內兄。卑職去的時候。陶子堯不在家。他太太一定要跟了卑職來見大人。虧得和尚打圓場。好容易纔把那女人勸下的。所以同了他來。大人如果不要見他。叫人出去道乏就是了。王道台未及回言。不料和尚因為等得不耐煩。已經進來了。王道台想要不理他。一時又放不下臉來。要想理他。心上又不高興。僧來看佛面王道台此時并不看他妹夫面上了只把身子些微的欠了一欠。仍舊坐下了。和尚進來。却是恭恭敬敬。作了一個揖。叫他坐。起先還不敢坐。後來見王道台先坐了。他方纔斜簽着坐下。偏要扭扭捏捏做出許多客氣來王道台問幾時來的。和尚回是昨天到的。陶子堯陶老爺是舍妹丈。已經領教過了這會是送舍妹來的。大人跟前。一向少來請安了。去年僧人到過山東。現在這位護院。那時候還在東司任上。他的太太。捐過有二萬多銀子的功德就是西施的太太。濟東道的太太。還有糧道胡大人。都是相信僧人的。一共也捐了好兩萬的功德。偏要補張場屋捐出許多捉押來和尚的意思。原想說出幾個山東省裡的闊人。可以打動王道台。豈知王道台聽了。只是不睬他。所謂話不投機半句多由他說。王道台一直眼睛望着別處有時還同管家們說話。和尚一看不對頭。還算他看得出風頭趕緊言歸正傳。預備說完了好告辭。纔說得半句。舍妹丈這個差使。王道台已經端茶送客。不等他說完妙聽見和尚還有話說。於是站住了腳。也不等和尚說他先說我明天就要動身往東洋去。找他不到。我也沒有這等大工夫去等他好在我們周老爺不走。把銀子替他存在莊上。等他自己去付就是了。有此幾句還算不空回白轉說完了這兩句。已經走到門檻外頭。等着送客等到和尚纔出房門。他老人家把頭一點已經進去了。和尚沒趣。只好仍舊坐了馬車回來。見了妹子。還要擺闊。此等人專會招搖撞騙真真無恥之極說王道台同他怎麼要好。一見我面。曉得我要募化他蓋大殿。不等我開口。一捐就是一萬。還約我開歲後再到山東走一趟。他本來回拜我的。我因為他明天就要起身往東洋去。事情很忙找他的人又多。所以我止住他叫他不要來。總算遮過臉去他妹子聽了。信以為真。便問你妹夫的事情怎麼樣和尚道他們做大官大府的人。為着這點小事情怎麼好去煩動他。說如不說他妹子發急道。原來你去了半天我的事情一點沒有辦。和尚道。這些事情。王大人已經交代過周老爺了。只要問周老爺就是了。騙得過妹子去和尚公事已完他妹子將信將疑的。只好答應着。和尚又問妹夫到底回來沒有。他妹子含着一包眼淚說那裡有他的銀子。和尚道。他怎麼大的人。又是個官。是斷乎不會失落的。倘若找不到。只要我到上海道裏一托。立刻一封信。託洋場上的官。交代了包打聽。是沒有找不到的。老爺要請

（包打聽緝訪是把老爺當作賊看待了）妹子但請放心便了。話分兩頭。且說王道台送罷和尚回來。管家來回。前天來的那個鄉大爺又來了。王道台聽了縐眉頭說我那裏有這閒工夫去會他。管家道鄉太爺曉得老爺明天一准動身。昨天一早就跑了來坐在家人屋裏。一定要家人上來替他回。一直挨到昨天半夜裏兩句鐘。纔破家人門趕走的。（窮佐雜見紅上司真真比登天還難）今天一早又來。他說老爺親口答應他替他在上海道跟前遞條子。說差使。他所以要來聽個回音。（有此一條路安肯輕易放過）王道台道。他托弄差使。我替他說到就是了。那裏能彀包他一定得。況且說不說由我。派不派由他。我又不能彀壓着上海道一定派他的差使。就是上海道看我面子肯派他事情也有個遲早。那裏有手到擒拿的。你叫他不要光在我這裡纏繞。應該上的衙門。勤走兩邊。做上司的人看見他上衙門上得勤。自然會派他差使的。（譬語亦說得好聽）管家道。只種人是再惹不得的。他來稟見。當初老爺不見他也就罷了。就是見了他。也不可當面許他甚麼。王道台嘆一口氣道你們這些人。那裡知道這些窮候補的。捱上十幾年。一個紅點子沒有見。家裡當光吃光。我們做上司的再不去理他。他們檢直只好死。還有第二條活路嗎。（是深知官場苦況者）所以從前張朗齋張大人做山東巡撫的時候。我是伺候過他老人家的。他老人家的脾氣是凡遇就派差使的人上去稟見。你瞧他那副不理人的面孔。着實難看。有些人他不想給他差使。等到見了面却是十二分客氣。（近來生意場中頗學此種法子）他老人家說我已經沒有差使派他。再拿冷面孔給他看他這人還有日子過嗎。所以先灌上他些米湯。他就是沒有差使也不止於十二分怨我了。（實是老奸奇猾作用）這是他老人家親口對我說的。所以我就學他這個法子。管家道。據小的看。這位鄚太爺。鴉片烟癮來的可不小。一天到夜。只有抽烟的工夫。那裡還有上衙門的工夫。這兩天到這裡來時時刻刻要出去上小烟館過癮。（人情未到自然要說壞話）王道台道。大烟呢。其實也無害於事。現在做官的人。那一個不抽大烟。（幸虧是嗜痂之人倘在不喜此道之人豈不要吹毛求疵）我自從二十幾歲上到省候補。先出來當佐雜。一直在河工上當差。我總是一夜頂天亮。吃烟不睡覺。約莫天明的時候。穿穿衣裳。先到老總號房裡掛號。回回總是我頭一個。等到掛號回來再睡覺。後來歷年在省城候補。都是這個法子。所以有些上司。不知道。還說某人當差當得勤。我從縣丞過知縣。同知過知府。以至現在升到道台。都沾的是吃大烟。頭一個上衙門的光。等周太爺來時。你們無意之中。把我這話傳給他等他上兩遍早衙門。自然上司喜歡他。派他事情。（說來說去總是摩棱語）我是要走之人。那裡還有這們大工夫去理他。管家無奈。退了出來。鄚太爺正在房門裏候信呢。忙問大人怎麼吩咐。管家沒有好氣。說道。大人說道。你們這些小老爺。總是不肯勤上衙門。所以輪不到差使。鄚太爺道。我的爺。實不相瞞。我就吃虧在這大烟上。自從吃了只兩口撈什子。以後起死起不早了。（有個吃烟好處的秘訣在你不要忙）管家道。不能起早可能睡遲。我們大人有個法子傳授你。便把王道台說的話。述了一遍。還說包你照樣做去。以後還要升道台呢。鄚太爺道。人家急的要死。（所問非所對真真急死）同你們說正經話。休要取笑。管家把臉一板道。說的何嘗不是正經話。誰有工夫同你取笑。鄚太爺一看苗頭不對。趕緊陪着笑臉道。老哥哥教導的話。句句是金玉良言。小弟是窮昏了。所以說出來的話。自己還不覺得。已經得罪了人。真正是小弟不是。老哥千萬不必介懷。說着又深深的作了一個揖。低心下氣陪盡小心管家不睬他。鄉太爺摸不着頭腦。呆呆的坐了半天。忽然心生一計。趁衆人忙亂的時候。一溜溜了出來。趕到自己屋裏。他那裡還該得起公館。租了人家半間樓面。一夫一妻。暫時頓身。兩塊松板。支了一張床。旁邊放着一個行竈。太太賠嫁的箱子。雖說還有一二隻。無奈全是空的。窮途苦况歷歷如繪太太蓬着個頭。少說有一個月沒有梳身上飄一塊蕩一塊。他那副打扮。比起大公館裏的三等老媽。還不如。真正寃枉做了一個太太。不做太太不會窮到如此地步而且老兩口子。都愛抽烟。男的又年年不得差使。不要說坐吃山空。支持不住。就是抽大烟。也就抽窮了人家了。洋烟流毒可深浩歎閒話休題。當下鄉太爺回得家中。也不同太太說話。就掀開箱子亂翻。翻了半天。又翻不出個甚麼來。水盡山窮八百孤寒同聲一哭太太問他也不響。後來被太太看出苗頭。曉得他要當當。太太說。我的東西。生生的都被你當得完了。這會子還不饒我。我現在穿的在身上。吃的在肚裏。你有本事拿我去當了罷。我這日子一天也不要過了。一頭數說。一頭號啕痛哭起來。我聞之亦當痛哭左鄰右舍。還當他家死了人。哭的如此傷心。大家一齊跑過來看。鄉太爺也無心管他。只得硬着頭皮只是滿屋裏抽尋東西。後來從床上找到一個包袱。一摸裡頭還有兩件衣服。意思就要拿了就走。無奈何矣姑容我走被太太看見。一把攔住道。這裏頭我只有一件竹布衫。一條裙子。你再拿了去。我就出不得門了。說來亦是傷心鄉太爺那裡肯依。奪了就走。太太畢竟是個女人。沒有氣力。拗他不過。索性躺在樓板上。泣血捶膺的一直哭到半夜。泥人亦當下淚二房東被他吵不過發了兩句話。要他明天讓房子。太太纔不敢哭了。偏有此硬肚腸且說鄉太爺拿了衣包。一走走到當鋪裏。櫃上朝奉打開來一看。只肯當四百銅錢。至此英雄氣短禁不住鄉太爺攢眉苦臉。求他多當兩個。纔算當了四百五十錢。鄉太爺藏好當票。用手巾包好錢。一走走到稻香村。想買一斤蜜棗一盒子山查糕。好去送禮。原來為此後來一算錢不彀。只買了十兩蜜棗一斤雪片糕。托店裡夥計。替他拿紙包包大些。說是送禮好看些。所謂空紙包紮縛停當。把錢付過。還多得幾十個錢。鄉太爺非常之喜。想來還可以過癮拿兩手捧着。一直到長春棧王道台門房而來。一走走到門房裏。把買的蜜棗雪片糕。望桌子上一放。王道台的管家。還當是他自己買的甚麼東西哩。心上一個不高興。說這人好不知趣。真真不知趣不管人家有事沒事。只是來纏些什麼。一面想一面坐着不動。不去理他。雖去理他只見鄉太爺把東西放在桌上。笑嘻嘻的說道。我曉得我屢次來打攪老哥們。心上實在過意不去。難得相與一塲。彼此又說得來。明天老哥們又要伺候大人到東洋去。目下就要分手。這一點點東西。算不得個意思。不過預備老哥們船上餓的時候。點點飢罷了。總算物輕人意重管家曉得包裏是送的點心。纔連忙站起來說。鄉太爺這算得那一回的事。又要你老破費。況且你老光景又不大好。怎麼好意思收你的呢。不要客氣鄉太爺道。自家兄弟。說那裏話來。只要老哥不把兄弟當外。賞臉收下。兄弟心上就舒服了。費了一片苦心管家聽了這話。知道他一定不肯收回去的。又想怎麼好白受他的。只得從新讓他坐下。彼此扳談一回。世故人情鄉太爺心上要說求他到大人跟前吹噓的話。一時不便出口。然而明天他們就要動身。錯了這個機會。只有沒活餓死。(真急真煞)然而要說又不好意思。幸虧只位太爺。也曉得送他東西一定是為說差使。然而他不先說。我不好迎上去被人家看輕。說我只認得東西。(抬高身分)兩個人正在那裡轉念頭的時候齊巧走進一個人來。管家趕忙站起。同那人咕唧了一回。那人仍舊走了進去。鄒太爺正苦沒有說話。幸虧認得這人便搭赸着問道。這位不是周老爺嗎。管家說是周太爺。道他明天一定也是跟着大人。一塊到東洋去的了。(闖出意思來了)管家道。你沒有瞧見報嗎。他是浙江巡撫奏調過的。等我們動身之後。他就要到杭州的。鄒太爺道。他不去。誰跟着大人去。這隨員當中。不是少個人嗎。(提醒一句)說到這裡。合該鄒太爺要交好運。管家忽然恍然大悟道。是呀。今天早上上頭還說過。周老爺不去。少個辦事的人。你等一等。我去替你探一探口氣。再託周老爺鼓鼓邊鼓。周老爺說上去的話。看來總有六七成好拿得穩。(讀至此必以為周太爺後來補了鄒老爺的缺)鄒老爺聽了。不勝喜。連忙又說了些老哥提拔老哥栽培。倘若咱們弟兄們能在一塊兒做同事。那是再好沒有的了。(此種討好話亦不可缺)管家進去。找到周老爺。先把這話告訴了他。只說是自己的鄉親。托他務必周全一下子。(自己受了人情自然要代求周全)周老爺道。我們自己的事情。我總得替你竭力的說。但是時候太急促了些。明天就要動身。從東京來兩天也好。(回得亦是)管家道。本是這兩天。天天往這裏跑。上海道那裏也替他遞過條子。周老爺道。大人已經替他遞過條子。叫他等兩天自然有眉目。何必一定要吃只一盪苦呢。管官道。人在人情在。我們老爺。又不是上海道的甚麼頂門上司。不過是隔省的一個同寅。況且人家是實缺。咱們又是候補老實說罷。這種條子。遞上一百張。當時

面子帳收了下來。轉背誰還認得你。還不是騙小孩子的。（寫信遞條却不過敷衍皆是如請塞之事非深於世故者不知）周
老爺一聽。這話不錯。吃不住只位管家大爺追得去。（到底人情的好處總算老妻布衫裙子不空丟）只得到王道台跟
前。纔說了幾句別的話。齊巧王道台先開口問道。你不同我去。真正叫我不便當。有此事情。他
們都辦不下來。這叫我怎麼好呢。周老爺回道。卑職蒙大人栽培。原應該伺候大人到東洋竭
力的報効。無奈浙江劉中丞已經奏調過。又叫朋友寫了信來催。不准多躭誤。卑職也叫做無
法。只好將來再報効大人的了。大人這遭去手底下少人伺候。卑職到留心到一個人。（薦賢自代不負）
（上司特識）王道台問是誰。周老爺忙回道。就是天天來的那鄭典史。這人當差使看來還在行。（急抱佛脚）
（什麼中用）王道台道。這個人說來也好笑。他老人家從前在山東茌平處館。我齊巧出差到那裡被
此認得之後。從此就相與起來了。後來他還找我替他弄過幾回事情。大約此人去世已有靠
二十年光景了。當時他故了下來。同鄉裏出來替他打把式。我還帮過他二兩銀子。以後就沒
有通過音信。（由王道口內敘出周太爺世閱來）這回來在上海。不知道怎麼被他打聽着。天天來纏不清。爽據
他自己說。他自從丁憂服滿。出來到省。就分發在這裏當差。這許多年一個紅點子沒有輪到。
也不知道他是怎麼熬的。（宦海飄蓬慨當以慷）王道台說的時候。管家都站在底下聽。王道台說到這裏。
便照着管家說。不是你們說這人的烟癮很大麼。那個收他家裏雪片糕的管家便説從前烟
癮是不小。現在想要當差使。這兩天天天正在那裡戒煙哩。（輕輕幾句真是一言九鼎）王道台道。吃了烟要
戒。是說說的。真的要戒。為甚麼不早戒。為甚麼要到這時候纔戒。（駁得亦是）我雖然同他同人家認

識。但是同他到外洋。不比在內地裏當差。弄得不好。不要被外國人笑了去。慮得極是管家忙插口道。鄒太爺在上海只許多年。出出進進洋場上的外國人。也見過不少了。一切事情就是沒有辦過。看也看熟了。何嘗不是如此王道台把臉一沉。道。要我放心。總好委他差使。我知道他能辦事不能辦事。問你真能辦事到底能有幾人不過旅進旅退官運通罷了你們倒曉得。管家到了沒趣。趔趄着退了出來。王道台道。好笑不好笑。用着他們乾起勁。周老爺連忙打圓場。說他們也沒有別的。不過看他可憐。隨便求大人賞派個事情。叫他學習罷了。其力能使周老爺說好話雖窮尚有救星王道台道。老遠的帶他出門。我總有點不放心。製造局鄭某人那裡用的人多。昨天席面上他還說起。為着一樁甚麼事情。委員司事要換掉二十多個。給他封信。等他再去碰碰看。看他的運氣罷。有此一條門路險些錯過機會周老爺見王道台已允寫信。不便再說別的。且喜王道台向來寫信都是他代筆。也無用客氣。得立刻走到桌子邊。拔起筆來就寫。周老爺此時落得做個人情寫完之後。給王道台看過。沒有話說。周老爺便拿出來。交給管家。先是管家碰了釘子出來。便氣氣憤憤的走到自己屋裏。正在那裡沒好氣。鄒太爺看見氣色不對。手裡捏着一把汗。心裡在那裡叫苦。後來停了一會子。周老爺出來拿信交給了他。說明原委。鄒太爺本來是不同周老爺拉攏的。到了此時。感激涕零。聞此一線生機安得不感激涕零立刻走過來。就替周老爺請安。從前已經打聽明白周老爺是綫過班的知縣。他就一口一聲的趕着喊堂翁。自己稱卑職。連說卑職蒙堂翁栽培。實在感激的了不得。又同管家大爺交耳朵。說他自己不敢冒昧。意思想今天晚上求堂翁賞光。到雅叙園叙叙。送人情幸虧得老婆裙衫照在裏頭請吃尚不知又什麼尷尬管家替他代達周老爺說心領了罷我今天實在不空大人明天要動身剛纔陶子堯又有信來託我替他去了事情叫我怎麼忙得過來只好改日再擾罷鄒太爺見周老爺一定不肯去只得搭赸着說道既然堂翁不賞臉等消停兩天卑職再來奉請（隨口敷衍亦算人情嫻熟）周老爺說彼此相會的日子長着哩何必一定要客氣當下鄒太爺又問管家借了一件方馬褂到上頭叩謝了王道台王道台不免勉勵了兩句叫他好生當差鄒太爺站着答應了幾聲是退了下來次日又到東洋碼頭上恭送回來自往製造局投信不題（完結一椿公案）且說周老爺昨天傍晚的時候接到陶子堯的信約他到一品香小酌說有要事奉商（不知又是何事）周老爺因為沒工夫本來是不去的後來為着銀子已划在莊上須得當面交代一聲較為妥當所以抽了一個空到一品香來會着陶子堯原來陶子堯昨天同太太打饑荒從一品香溜了出來一來也是賭氣不回棧裏過夜二來路上又碰着一個朋友拉他到一家庄家人家碰了一夜和（原來如此不知者又謂到新嫂嫂那裏去矣）次日碰到十點鐘纔完打了一個盹等到敲到四點鐘跑回棧房太太已經鬧到不像樣了和尚亦拜過王道台回來了陶子堯正在那裏埋怨他大舅子不該應去拜王道台他舅子不服氣的探掉帽子光郎頭上出火（和尚擅使三昧火）偏偏魏翩仞又來找他把事情一齊推在仇五科身上說他從前有兩張合同想要叫他出兩分錢（螳螂捕蟬不知黃雀之伺其後）陶子堯發急道合同一張是假的原是預備打官司的大家好朋友怎麼好說起我來呢魏翩仞道等到出起首來你好說是假的嗎你既然筆跡落在外頭總得想一法子收回來纔好（天下事每每弄假成真聰明人也上了當了）當

時陶子堯急了。所以不要周老爺商議。太太起先因他一夜不回。好容易回來正在那裡哭罵。後來見他被人家訛詐。畢竟夫妻無隔夜之仇。肮髒曲了往裡彎。到了此時。也就不同他吵鬧了。兄弟鬩牆尚且外禦其侮況且同甘共苦耶當下陶子堯氣憤憤的。就邀了魏翩仞同他大舅子和尚。一同到了一品香。此時亦要請和尚來作和事老了不多一會。周老爺接着他的信也來了。當時三個會着。閒談了幾句。周老爺先把銀子存在莊上的話。交代明白。陶子堯便把周老爺拉到外面洋抬上。靠着欄杆。把細底通統告訴了他。周老爺道。本來這件事。你子翁鬧的也太大了。陶子堯道。這些話不要去講他。只求你老哥替小弟想一法子。小弟情願把這裡頭好處。同老哥平分。亦欲以利動天下事總脫不出孔方兄弟好處何必便宜他們呢。周老爺聽了。心上一動。又說道。他們兩個幫了子翁出了怎們一把力。一個撈不到。看上去怕沒有如此容易了結呢。你欲獨吞自然人家要出你花樣了陶子堯道。老哥你看怎麼樣。周老爺道。做到那裡算那裡。也不能預定的。當下入席點菜。和尚點的是蔴菇湯炒冬菇。素十錦素麵。當着人面前。一定要守佛門規矩。是斷斷不肯破戒的。除葷戒酒最是矯造作不近人情其餘的人。都昌軍菜。不用細述。獨有周老爺。只點了一樣湯。說是有事。不能久坐。當時在席面上。周老爺只是肚皮裏打主意。謀定後動的是能才一直沒有題起這事。把湯吃完。起身告辭。陶子堯又再三的叮囑周老爺。答應他。明天替他煩出一個人來。料理此事。又請出一個人來排解陶子堯到處有人扶助彼此分手而別。這裏陶子堯。又自己竭力的托魏翩仞。魏翩仞道。不但五科那裡兩分合同。是老哥的親筆跡。後來打的一分。一式兩張。一張五科拿去。一張是兄弟經手。替你押在外頭。還有子翁寫的抵借銀子的押據。（索性都拿作把柄不如此陶子堯亦不肯輕破慳囊）陶子堯聽了這個。越發着急道。這個通統都是假的。只有頭一張合同辦二萬二千銀子的貨是真的。（要真就真要假就假如湯様稽之驗頭死活在他手裏）魏翩仞道。你別發急。我現在又不問你要錢。大家都是好朋友。有福同享。有難同當。橫豎上頭發下來的錢總不止二萬二千。這種意外的錢。大家也就要靠着你子翁沾光兩個。（說得亦在情理）陶子堯見話鬆了些。因為自己已托了周老爺也不多說。但託他見了五科哥好歹替我善為說辭。說這裏頭我也沒有甚麼大好處。總算他照應我兄弟罷了。（早如此說也不來都難為你了）魏翩仞也只、好答應着。當下吃完。各自散去。單說周老爺單名是一個因字。表字果甫。本是山東試用府經。這番跟了王道台出來。原說同到東洋去的。齊巧浙江巡撫劉中丞有文書奏調他。他從前在劉中丞家裡處過館。做過西席。（想來賓主甚是莫逆）有此淵源。所以劉中丞就提拔他。（肯提拔西席總算尊師重道）他得了這個機會。心想府經總不過是個佐雜。怕的派不着好差使。幸喜他這人。專會拉扯。所有這些匯票莊上都是他同鄉。人人同他要好。他這會就去同人家商量。想趁此機會。捐過知縣班。果然一齊應允。也有二百的。也有一百的。也有五十的。居然集腋成裘。（總是會拉扯的便宜）立刻到捐局裏填了部照出來。從此以後。場面愈闊。拉攏愈大。天天在外頭應酬。有幾個大點洋行裡的買辦。他統通認得了。（此種人叫他办軍裝到還去得）有天檯面上無意之中。聽見人家講起。這訛詐陶子堯的仇五科。就是他新近結交的一個軍裝買辦的外場。這買辦姓王名二調。同周老爺敘其來。還有點親。（豪商顯宦自然不是親來是親）也因此格外要好。王二調的意思。無非因為他是浙江巡撫的紅人。竭力同他扯拉好預備將來兜攬他的生意。並沒有別的意思。周老爺有此一個好朋友。陶子堯的事情。已就好辦了。（文情廣潤何事不可辦）且說他頭天晚上。擾過陶子堯一品香回棧。足足忙了一夜。到次日把王道台送了動身。他便一直找到王二調行裏。說起這件事情托他爲力。王二調立刻答應。並說我們這個外甥。他去年到這另洋行裏做生意。是我娘舅做的保人。包管一說便妥。（又是長輩又是恩人如何制伏他不下）不就是姓魏的。也是熟人。不消多慮。（此種蒙騙是容易打發）又周老爺去後。王二調果然把他外甥叫了來。說大家都是面子上的人。不要拆人家的稍。仇五科當將細底全盤告訴了娘舅。王二調道。既然如此。也不犯着便宜姓陶的。（人情天理）但是一件我已經答應了周某人等我告訴他。隨便叫姓陶的拿出幾個來。過個場完事罷。仇五科不好違拗娘舅的話。答應着（果然不出所料）告退回家。通知魏翩仞。專聽娘舅的調處。多少看起來不會落空罷了。（總算財運臨宮）魏翩仞跺脚說道。這事情鬧糟了。怎麼好叫他老知道呢。當天晚上。王二調便到萬年春請了周老爺來。叫他去同陶子堯說。各式事情。兄弟都替他抗了下來。但是這裡頭。五科翩仞兩個人也着實替他出力。狠化了些冤枉錢。費心轉致陶子翁。隨便補償他們點。（總是不義之財）兄弟吩咐過。多少不准爭論。所以特地請老兄來。關照一聲。周老爺聞言。感謝不盡。回來就通知了陶子堯。商量仇魏二人應送若干。陶子堯只肯每人一千。周老爺說至少分一半給他們。（又是生意經來了）大家免得後論。陶子堯捨不得。周老爺爭來爭去。每人送了二千。却另外送了周老爺一千。（恭喜大家發財）周老爺意思嫌少。問他多借一千。他又應酬了五百。周老爺拿了四千的銀票。仍去找了王二調。把這件事交割清楚。

陶子堯出的假筆據。統通收了回來。只等機器一到。就可出貨。運往山東。當下仇五科。因爲娘舅之命。不敢多說什麼。只有魏翩仞心上還不甘願。（我不知他良心如何生法）自己沒有法子想。便攛掇新嫂嫂同他說。陶子堯現在有錢了。他這人是沒有良心的。樂得去詐他一下子。（狠狠放下一把野火）新嫂嫂便親自到棧房裏去找他。他素性是懼內的。一見新嫂嫂找到棧房裏。恐怕太太知道。一直讓新嫂到底下人房間裡坐。新嫂嫂先同他講。仍照前議軋姘頭的話。（只有拿皮肉作引子）看看話不得投機。又講到拆姘頭的話。坐的時候長久了。陶子堯怕太太見怪。便催着他走。一時又想不到別人。便說。有話你托魏老來說罷。（到此還認他是好人）新嫂嫂正中下懷。後來他倆一直沒見面。兩頭都是魏翩仞一個人跑來跑去。替他們傳話。一跑跑子好半天。魏翩仞說新嫂嫂一口咬定要三千。如果不答應。明天要親自到棧房來同你拚命。（不如此挾制恐亦未必肯輕破慳囊）陶子堯急了。只央告魏翩仞可能再少點。後來說來說去。講到二千了事。翩仞拿了去。其實祇給了新嫂嫂五百塊。陶子堯却又謝他五百塊。共總意外得了二千。（如此發財生意難得做着）他的心也就死了。以後陶子堯等到機器到埠。是否携同家眷前往山東交代。或者另生枝節。做書的人到了此時。不能不將他這一段公案。先行結束。免得閱者生厭。且說周老爺。憑空得了一千五百塊洋錢。也算意外之財。（所謂運來推不開）拿了他便一直前往杭州。到省之後。照例稟見劉中丞。係屬舊交。當天見面之後。立刻下札子。委他帮辦文案。又兼洋務局的差使。（財官兩旺）周老爺次日。上去謝委下來。又稟見司道。遍拜同寅。一連忙了好多日。方纔忙完。大家曉得他與中丞有舊。莫不另眼相看。同時院上有一個辦文案的。姓戴名大理。是個一榜出身。候補知州。他在劉中丞手裡當差。却也非止一日。一向是言聽計從。院上這些老爺們。沒有一個蓋過他的。真正是天字第一號的紅人。周老爺雖是中丞的舊交。無奈戴大理總以老前輩自居。不把周老爺放在眼裡。（謙之一字受用無窮如此目中無人安得不被人擠軋）周老爺曉得自己資格尚淺。諸事讓他三分。（女無美惡入宮見妬士無賢不肖入朝見嫉新來慢到安得不讓他三分）暫不同他計較。有一天。出了一個甚麼知縣缺。劉中丞的意思。想教戴大理去署理。偶同藩司說起。說戴某人跟着兄弟。辛苦了這許多時候。這個缺就調劑了他罷。藩台諾諾稱是。此不過撫藩二憲商量的話。究竟尚未奉有明文。當時却有個站在跟前的巡捕老爺。他都聽在耳朵裡。等到會完了客。他便趕到文案處戴大理那裡。送信報喜。（上司放個屁下屬無不知者由左右親信之人為之洩漏故也）說今天中丞當面同藩台說道。大約今晚牌就可以掛出來。戴大理聽了。自然歡喜。一班同寅。個個過來稱賀。周老爺也只好跟着大衆過來敷衍了一聲。（早伏機心）合當有事。是日中飯過後。劉中丞忽然傳見周老爺。說起文案。一向是戴某人最靠得住。無論甚麼公事。凡經他手。無不細心。從來沒有有出角岔子。我為他辛苦了多年。意思想給他一個缺。等他出去撈兩個。（中丞倒着實有意調劑）以後的事。須得你們諸位格外當心纔好。周老爺聽了。想了一想說道。回大人的話。大人說的戴牧實實在在是個老公事。（愈抬得高愈擠得下）不要說別的。他已經五十多歲的人了。寫起奏摺來。無論幾千字。一直到底。不作興一個錯字。又快又好。卑職們幾個人。萬萬趕他不上。論起來這話不好說。為大局起見。（說到為大局起見自然入耳）這裏頭實實在在少他不得。現在湘南廣東兩省。因為摺子有了錯字或者抬頭差了。被上頭申飭下來。現在年底下事情又多。若把戴牧放了出去。卑職們縱然處處留心。恐怕出了一點亂子。就悞大人的公事。但是戴牧若了這多事。今番恩出自上。調劑他一個缺。卑職們難道好說叫他不去到任。但是為公事起見。實在少他不得。正言排斥易為怨府何如反用之而使人無可怨我乎不覺入他彀中矣劉中丞一聽這話不錯。周某人是我從前西席老夫子。他的話卻是可靠的。不知現在上頭挑剔又多。設或他去之後出點亂子。怎麼好呢。想了一想說道。好在我給他這個缺的話。還沒有向他說過。不如把這缺委了別人。叫他忙過了冬天。等別人公事熟練些。明年再出甚麼好缺。給他一個。也使得。說完便叫通知藩台。某縣缺不委戴某人了。等着明天上院當面商量。再委別人。周老爺等話說完。退了下來。計已有效自然可以退下來了這天晚上。正是文案上幾個朋友。湊了公分。備了酒席。先替戴大理賀喜。周老爺也出了一分。好極惡極剛纔劉中丞同他所講的話。悶在肚裏。一聲不響。面子上跟着大衆一同敬酒稱賀。好險到十二分地步說說笑笑。好不熱鬧。此時戴大理一面孔的得意洋洋之色。慢得意着唱道十幾杯酒。他的酒量本來不大。已經些些微有點醉意。便舉杯在手。對大衆說道。我們同在一塊兒辦事的人。想不到倒是兄弟先撇了諸位出去。實在想不到大衆齊說。這是中丞佩服老哥的大才。所以特地把這個缺留給老哥。好展布老哥的經濟。到是實話戴大理道。有什麼經濟。不過上憲格外垂愛。有心調劑我罷咧。衆人道。說不定指日年底甄別。還要拿老哥明保。戴大理道。那亦看罷咧。一定要看的但願列位都像兄弟得了缺出去。衆人道。這個恩出自上。兄弟們資格尚淺。那裏比得上你老前輩呢。周老爺也隨着大衆。將他一位的恭維。（比當面嘲笑更去）肚裏卻着實好笑。一宴席散。其時已有三天多天。戴大理回到自己家裡。細問跟班。藩台衙門的牌。出來沒有。（將要出來矣）戴大理以為雖是中丞吩咐。未必有如此之快。因此并不在意。（自然不在意）過了一夜。到了第二天。頂到十點鐘。還沒有掛出牌來。戴大理不免有點疑惑起來。（疑惑已遲矣）等到飯後。仍無消息。戴大理就同跟班說。不要漂了罷。跟班不敢言說。此刻他的心上。想想自己的憲眷。是靠得住的。既然有了這個意思。是不會漂的。又想不要被甚麼有大帽子的搶了去。然而淅江一省。有的是缺。未必就看中我這一個。總而言之。那通信的巡捕。他決計不會來騙我的。（千思萬想模不着頭腦）一宴時猶如熱鍋上螞蟻一般。茶飯無心。坐立不定。好生難過。（一個吊桶七上八下如何不難過）一直等到天黑。跟班的又出去打聽。時候不多一刻。只見垂頭喪氣而回。戴大理忙問怎樣了。跟班的又不敢瞞。只得回說。怎麼昨日巡捕老爺。拿人開心。不是真的。戴大理一聽。只話不對。還要頂住跟班的問。你不要看錯了別的缺罷。（人或有言將信將疑）跟班的道。巡捕老爺來送信的時候。小的在跟前。聽的明明白白的。怎麼會看錯呢。戴大理道。委的那個。跟班道。委的是個姓孔。（想來是個孔方兄我與他曾結不解之緣）聽說是營務處上的。到了此時。戴大理一個到手的肥缺。活活被人家奪了去。這一氣真非同小可。（不要氣只要記）檢直氣出臌脹病來。便請了五天假。坐在公館裏的。生氣不見客。後來劉中丞因為一件公事。想起他來。問他犯的甚麼病。（犯的是要錢病）着實的記掛。就派了前番報喜的那個巡捕。到公館裡看他。那巡捕見了他。着實的將他寬慰。又說那日中丞說得明明白白。是委你老先生去的。怎的同周某人說的半天。就變了卦。戴大理忙問周某人說我甚麼。巡捕道。有句說句。他到是竭力保舉老先生的了。（附對）便把周老爺同劉中丞講的一番說話。統通告訴了戴大理。戴大理胸有印壑。聽了此言。畢竟戴大理恍然大悟道。（悟已遲矣）是了是了。我好好的一個缺。就葬送在他這幾句話上了。（所以說話要當心）又細問他同中丞說話。是甚麼時候。何以那天晚上。酒席枱上。一聲也不言語。（誅心在此處）這個人竟如此陰險。實在可惡得很。想罷不由咬牙切齒的恨個不止。一定要報復他一番。纔顯得我的本事（必須要請教的）要知後事如何。且聽下回分解。

設陷阱借刀殺人
割靴腰隔船吃醋

却說戴大理向巡捕問過底細。曉得他的這個缺。是斷送在周老爺手裏。將周老爺因恨入骨髓。當時却也不露詞色。（一露詞色不但不能報復更被吃他的眼前虧了）向巡捕交代過公事。送過巡捕去後。他却是氣得一夜未睡。（比三氣周瑜如何）整整盤算了一夜。總得借端報復他一次。（豈知禍人適所以福人）方洩得心頭之恨。且說他這五天假期裏頭。所有文案上幾個同事。一齊來瞧他。安慰他。周老爺却更比別人走的殷勤。（所謂匿怨而友其人）每天早晚兩遍。口口聲聲的說自從老前輩這兩天不出來。一應公事。覺着狠不順手。總望老前輩全愈之後。早點出門纔好。他同戴大理敷衍。戴大理也就同他敷衍。（各以假面目相對好看煞人）周老爺回到院上。有時劉中丞傳見。問起戴大理的病。周老爺便回中丞說戴大理並沒有甚麼病。聽說大人前頭要委他署事。後來又委了別人。他心上不高興。所以請假在家養病。（前以反擊後以正攻）卑職想此番不放他出去。原是大人看重他的意思。為的年下公事多。他總算這裏熟手。所以留他在裏頭多頓兩個月。卑職伺候上司。也伺候過好幾位了。像大人這樣體恤人。曉得人家甘苦。只要有本事能報效。還怕後來沒有提拔嗎。（所謂浸潤之譖）戴大理却看不透這個道理。反誤會了大人一番美意。將來總是自己吃虧。（已在吃虧不少矣）劉中丞一聽這話。心上好生不悅道。我委他缺。又沒有當面同他講過。他若一直在我這裏當差。還怕將來沒有調劑。怎麼我要他多帮我幾個月。就不能彀嗎。（剛剛碰着小耳朵中丞）有病請假。沒有病也請假。他還是拿把我除了他我就沒有人辦事嗎。周老爺聽了。並不言語。誰知劉中丞倒越想越氣。過了五天。戴大理假期已滿。上去稟見。劉中丞雖沒有見他。幸虧還沒撤他的委。（險些撤委）他仍舊逐日上院辦公事。畢竟他是老公事。劉中丞少不得他。（幸虧有此一着）所以雖然不歡喜他。然而有些公事。還同他商量。他一見憲眷比從前差了許多。曉得其中一定有人下井投石。說他的壞話。（所謂聰明）他也不動聲色。勤勤慎慎辦他的公事。一句話也不多說。一步路也不多走。見了同事周老爺一班人。格外顯得殷勤。稱兄道弟。好不閙熱。（所謂閱歷從憂患中來）並且有時還稱周老爺為老夫子。說周老爺是中丞從前請的西賓。中丞尚且另眼相看。我等豈可怠慢於他。（問他還要擺架子充老前輩否）周老爺一帮人見他如此隨和。大家也願意同他親近。周老爺沒有家眷。是住在院上的。他不時要到周老爺屋子裏坐坐談談天。還時常從公館裏做好幾件家常小菜。自己帶來給周老爺吃。說是小妾親手做的。（深心人作用可人）如此者兩個多月。大家只見他好。不見他壞。（我亦愛他）偶然中丞題起大夥兒一齊替他說好話。（此時周老爺想亦被伊籠絡了）因此憲眷又漸漸的復轉來。況且他在院上當差已久。不要說外面人頭熟。就是裏頭的甚麼跟班門上。跑上房的。還有抱小少爺的奶媽子。統通都認得。戴大老爺自從在周老爺面上。擺了一會老前輩。就碰了這們一個釘子。吃過這一轉虧。以後便事事留心。（不遇盤根錯節無以別利器）這是他閱歷有得。也是他聰明過人之處。閒話休題。且說此時浙東嚴州一帶地方。時常有土匪作亂。抗官拒捕。打家劫寨。甚不安靜。浙江省城本有幾個營頭。一向是委一位候補道台做統領。現在這做統領的。姓胡號華若。是湖南人氏同戴大理同鄉同年。因此他倆交情比別人更厚。却說這班土匪正在桐廬一帶嘯聚。雖是烏合之衆。無奈官兵見了。不要說是打仗。只要望見土匪的影子。早已聞風而逃。逃走是官兵長技官兵有兩種。一種是綠營。便是本城額設的營汛。太平時節。十額九空。都被營官哨官千爺副爺之類通同吃飽。遇見撫台下來大閱。他便臨期招募。暫時彌縫。只等撫台一走。依然是故態復萌。綠營弊病各省皆然這番土匪作亂。雖也奉到省台密札。叫他們竭力防禦。保守城池。無奈舊有的兵。大槪是老羸疲弱的。新招的隊。又多是土棍青皮。平時魚肉鄉愚。無惡不作。到這時候。有了護符。更是任所欲為的了。不能保護而適以擾害又安用此兵為至於那些營官哨官。千爺副爺。他的功名。大都從鑽營弄競而來。除了接着送差。吃大烟。抱孩子之外。更有何事能為。平日要捉個小賊。尚且不能。更不容脫身臨大敵了。虛糜國帑養此無用之營官不如一律裁撤責成團閥自保之為愈乎一種是防營。從前打粤匪。打捻匪。甚麼淮軍湘軍。却也狠立些功勞。等到事平之後。裁的裁。撤的撤。一省之內。總還留得幾營。以為防守地方起見。立法之初未嘗不善當初裁撤的時候。原說留其精銳。汰其軟弱。所以這裏頭。根有些打過前敵。殺過長毛的。就是營哨各官。也都是當時立過汗馬功勞。甚麼黃馬褂巴圖魯。提督軍門頭品頂戴。一個個保至無可再保。事平之後。那裏有這許多缺應付他們。於是有此一個防營。就可安頓這一班人不少。未嘗受河山帶礪之盟比之漢家待功臣已形情薄矣又過了二十年。那些打過前敵。殺過長毛的人。早已老的老了。死的死了。又招了這些新的。還怕不與綠營一樣。所謂暮氣已深這防營的統領幫帶。無論什麼人。只要有大帽子八行書。就可當得眞正打過仗立過功的人。反都擱起來沒有飯吃。（識人罷張賢士無名同聲浩歎）就有幾個上頭有照應。差使十幾年不動。到了這種世界。入了這種官場。他若不隨和不通融。便叫他立腳不穩。（此中含寃抱屈不少）而且暮氣已深。嗜好漸染。已是再叫他出去殺賊。也殺不動了。至於那些謀挖這個差使的。無非為剋扣軍餉起見。（所謂犯本犯利的）其積弊更與綠營相等。這回所說的胡華若胡統領。正坐在這個毛病。這時候嚴州一帶地方。文武官員。雪片的文書到省告急。（一若兵臨城下）上司也曉得該處營汛兵力單弱。不足防禦。就委胡華若統帶綠營防軍。前往勦捕。（一若身臨大敵）胡華若的這個統領。本是弄了京裏甚麼大帽子信得來的。胸中既無韜略。平時又無紀律。太平無事。尚可優游自在。一旦有警。早已嚇得心亂意慌。等到上頭派了下來。更把他急的走頭無路。（險些嚇破苦膽）只因戴大理交情頂厚。未曾奉札之前。偏偏又是戴大理頭一個趕來送信到喜。請安歸坐。便說蠢爾小醜。大兵一到。不難尅日蕩平。指日報到捷音。便是超升不次。所以卑職前來叩喜。胡華若道。老同年休要取笑。你我彼此知己。更有何話不談。你想我從前謀挖這個差使的時候。化的銀子。你是曉得的。通共只當得半年。從前的虧空還沒彌補。就出了只個岔子。你說我心上是什麼滋味。（生意看來要蝕本還有什麼滋味）況且這出兵打仗的事情。豈是你我所做得來的。（既經做不來做甚麼統領）錢倒沒有弄到。白白的把命送掉。却是有點划算不來。（實在划算不來）至於立功得保舉的話。等到人去做罷。這種好處。我是不敢忘想的了。（還算量力而行）戴大理道上頭委了下來。大人總得辛苦一盪。胡華若道。我不去。我只身子是吃不來苦的。倘若送了命。

豈不是白填在裡頭。甚麼封蔭邮典。我是不貪圖的。等到札子下來。我拚着只官不做。一定交還上頭。請他另委別人。（果如此百姓倒不格災了）戴大理道。只個倒不好退的。好在那邊是烏合之衆。沒有什麼大不了的事情。大人不過只想不擔這個沉重。其實卑職倒有一條主意。大人在院稟請一個人同去。各式事情。只要委了他。無論辦好辦醜。都不可與大人相干。（虧他想到此着）胡華若忙問何人。戴大理道。就是同卑職在一塊辦文案的周某人。（你從前保舉我多當幾天文案我此刻保舉你暫時當個隨員）胡華若道。我也曉得這個人。聽說他做過中丞的西席的。戴大理道。正是為此。所以他在中丞跟前言聽計從。竟沒有一個趕得上他。（我亦險些兒被他擠落）現在上頭委了大人到嚴州勦辦土匪。大人要說不去。以卑職愚見。那是萬萬使不得的。被上頭看了。倒像我們有心規避。恐怕差使辭不掉。還要叫上頭心上不舒服。（亦是實話）胡華若道。依你老同年的意思。怎麼樣。戴大理道。現在只等公事一下。大人就上院回中丞。稟請幾個得力隨員。一同前去。頭一個就把周某人名字開上。上頭是沒有不答應的。周某人想在中丞跟前當紅差使。好意思說不去。（千方百計纔想到此路上來自然不怕他不去）等他前來稟見之時。大人就把一切勦捕事宜。竭力重託在他身上。將來設或事情辦得順手。大家有面子。倘若辦得不好。大人這須往周某人身上一推。（利在可以冒功不利則可以分謗已却可逍遙自在豈不駁輕担子）自中丞見是周某人辦的。就是要說甚麼。也不好說甚麼了。到這時候。大人再去求交卸。求上頭另委他人。上頭就是怪大人辦的不好。譬如有十分不是。到此亦減去七分了。（先設禍事後設利市算得一絲不漏）大人明鑒。卑職只個條陳。可否使得。胡華若一聽他言。不禁恍然大悟。連忙滿臉的堆着笑說道。老同年此計得妙。兄弟一定照辦。說到這裏。戴大理又請一個安。說道。將來大人得勝回來。保案裏頭。務求大人在中丞跟前栽培幾句。替卑職插個名字在內。胡華若道。只個自然。隆中定策其吻不小但怕辦的不好回來。叫老同年打嘴。戴大理尚未及回答。忽見一個差官來稟。院上有要事。立刻傳見。戴大理只好起身相辭。胡華若立刻坐轎上院。走進官廳。手本剛纔上去。裏頭已叫請見。當下劉中丞同他講的。就是嚴州府的事情。叫他連夜前去勦辦土匪。並說那裏的事情十分緊急。風聲鶴唳草木皆兵說得驚惶失措老兄帶了六個營頭先去。如果不敷調遣。趕緊打個電報給兄弟。再調幾營來接應。因為今天事情太急。所以先請老兄來此一談。隨後補了公事送過來。胡華若連連答應。等中丞說完。接着回道。職道的閱歷淺。恐怕辦不好。辜負大人的委任。況且手下辦事的人。得力的也狠了。現在想求大人賞派幾個人同去。不請添營倒請派員一人可抵十萬甲兵劉中丞道。你要調誰。就叫誰去。胡華若道。大人這裏文案上的周令。職道曉得這人狠有閱歷。從前在大營頭過。裡有了他去。職道各事就可靠托在他一人身上。劉中丞道。他吃的了嗎。胡華若道。這人職道狠曉得的。劉中丞道。他能彀吃的了最好。好在我這裡沒有甚麼大事情。就叫他跟了你去。還要誰。胡華若又稟了一個候補同知。姓黃號仲皆。一個候補知縣。姓文號西山。點出文西山為下文吃醋失竊張本連着周老爺。一共是三個人。劉中丞統通答應。立刻就叫人去傳三個人來見。三個之中。周老爺是在院上當差的。一傳就到。見面之後。劉中丞告訴他緣故。要他同去勦辦土匪。周老爺聽了。不免自己謙讓了幾句。此時想未知未周知葬送後見胡華若在旁極力的恭維。說了些久仰大才。這回的事。一定要借重的話。周老爺一見如此擡舉他。又想倘若得勝回來。倒是升官的捷徑。（另有一種心思自然不啻暗箭）想到這裏。早已心花都開。便不由自主的答應了下來。胡華若自然歡喜。不多一會子。那兩個也都來了。中丞面譽他們。沒有一個不去的。胡華若便先起身告辭。又吽他三位各人趕緊預備預備。今天夜裏就要動身。公事停刻補過來。三個人站起來答應着。劉中丞便送胡華若出來。一頭走。一頭問他三個人派什麼差事。胡華若回道。黃丞總辦糧台。文令人甚精細。可以隨營差遣。周令閱歷最深。想委他總理營務。（都是優差都可去得）劉中丞聽了無話。送到二門一呵腰進去了。那周黃文三個不等中丞送客。趁空溜了出來。在外頭候着替統領站了一個班。胡華若吩咐他們。趕緊收拾行李。應領薪水各付三個月。立刻吽人送到。（未發大財先得小綵）三個人聽了這話。又一齊請安稟謝。送過胡華若上轎不題。且說周老爺回到文案上。衆同寅是早已得信的了。大夥兒過來道喜。齊說上馬殺賊。乃是千載罕逢之機會。班生此去。何異登仙。（投筆從戎是書生分內之事）指日紅旗報捷。甚麼司馬黃堂。都是指顧間事。那時扶搖直上。便與弟輩分隔雲泥。真令人又羨又妬。周老爺道。此乃中丞的栽培。統領的抬舉。與各位老同寅的見愛。（却不道同事之保舉）此去但能不負期望。僥倖成功。便是莫大幸事。何敢多存妄想。衆人道。說那裡話來。正在那裏謙讓的時候。忽然戴大理走過來。拿他一把袖子。拖到隔壁一間堆公事的屋裡說道。我有一句話關照你。（足見關切之至）周老爺道。極蒙指教。但不知是什麼事情。戴大理道。就是稟請你的那位胡統領。他這人同兄弟不但同鄉。而且同年。從前又同過事。雖說他已經過了道班。兄弟却與他狠熟。極知道他的脾氣。老哥現在跟了他去。所以兄弟特地關照一聲。所謂知無不言。方合了我們做朋友的道理。承你一片好心不過我個體發沒有交給你罷了 周老爺道。老前輩如有關照。實在感激得狠。戴大理道。客氣。這位胡統領。最是小胆。凡百事情。優柔寡斷。你在他手下辦事。祇可以獨斷獨行。倘若都要請教過他再做。那是一百年也不會成功的。而且軍情一息萬變。不是可以捱時捱刻的事。你切記我的說話。到那時候該勸者勸。該撫者撫。他雖然是個統領。既然大權交代與你。你就得便宜行事。所謂將在外。君命有所不受。不過欲把擔子都擱在他身上罷了何必如此遠兒遠轉 你能如此。他格外敬重你。說你能辦事。倘或事事讓他。他一定拿你看得半文不值。加上幾句遣我將不如激將 同他頓在一塊兒這許多年。還有什麼不知道的。周老爺聽了他的言語。果真感激的了不得。此時周老爺亦被伊瞞算去了 而且是心上發出來的感激。並不是嘴裡空談。此時戴大理不知亦暗裡好笑否 當下兩個人又談了一會閒話。周老爺趕着回家。收拾行李。未到天黑。胡華若派人把公事送到。又送了三個月的薪水。因為出兵打仗。格外從豐。每月共總二百兩銀子。三個月是六百兩。周老爺開銷過來人。收拾好行李。一直挑到候潮門外江頭下船。那黃文二位。亦剛剛纔到。又等了一會子。方見胡統領打着燈籠火把。一路蜂擁而來。到了船上。一同會着。胡華若吩咐立刻開船。不知天時地理並不識風濤沙線居然身為大將 船家回道。現在夜裏不好走。就是開了船。也走不上多少路。不如等到下半夜。月亮上來。潮水來的時候。趁着潮水的勢頭。一穿就是多遠。走的又快。夥計們又省力。豈不兩得其便。船頭上的差官進來。把這話回過。把這話無甚說得。差官退了出去。原來這錢塘江裏有一種大船。專們承值差使的。其名叫做江山船。我亦久聞其名矣這船上的女兒媳婦。一個個都擦脂抹粉。插花帶朵。平時無事的時候。天天坐在船頭上勾引那些王孫公子上船玩耍。一旦有了差使。他們都在艙裡伺候。他們船上有個口號。把這些女人叫作招牌主。亦名桐嚴妹。以慣在桐廬嚴州上下者無非說是一扇活招牌。可以招徠主顧的意思。這一種船。是從來單裝差使。不裝貨的還有一種可以裝得貨的。不過艙深些。至艙面上的規矩。仍同江山船一樣。其名亦叫茭白船。除此之外。只有兩頭通的義烏船。這義烏船。也搭客人。也裝貨。不過沒有女人伺候罷了。江山茭白船專接官差。惟義烏船是裝客商此時胡統領手下的兵丁。坐的全是炮划子。因為他自己貪舒服。所以特地叫縣裏替他封了一隻江山船。縣裏要好。知道他還有隨員師爺。一隻船不夠。又封了兩隻茭白船。當下胡統領坐的是江山船。周黃文三位隨員老爺。還有胡統領兩位老夫子。點出老夫子。是為下文借洋釀人命張本一共五個人。分坐了兩隻茭白船。有人說起這江山船名字。又叫做九姓漁船。只因前朝朱洪武得了天下。把陳友亮一幫人的家小。統通貶在船上。猶如官妓一般。明太祖氣量最小。即如本朝重文輕武。并文章取士。銷磨士氣。還是受他的餘毒所以現在船上的人。還是陳友亮一幫人的子孫。別人是不能冒充的。閒話休題。且說當日胡華若上了江山船。各隨員迴避之後。便有船上的招牌主上來。孝敬了一椀燕菜。胡統領是久在江頭頑耍慣的。上船之後。橫豎用的是皇上家的錢。樂得任意開銷。一應規矩。應有盡有。倒也不必表他。得着如此甜頭。應念戴大理。叫他不要退的好處却說三位隨員。兩位幕賓分坐了兩隻茭白船。五人之中。黃仲皆黃老爺。是有家眷。一直在杭州的。有了家眷。是家常便飯。吃慣的。自然不想嫖了一位老夫子姓王。表字仲循。是上了年紀的人。而且鴉片癮又來得大。一天吃到晚。一夜吃到天亮。還不過癮。那裡再有工夫去嫖呢。（吃了烟即無工夫去嫖所以富家子弟倒要請人家勸他吃上癮）所以這兩個須提開。不必去算。下餘的三個人。第一個文西山文老爺。是旗人。年紀又輕。臉蛋兒又標緻。穿兩件衣裳又乾淨。又峭僻。不要說女人見了歡喜。就是男人見了也捨他不得。因為他排行第七。大家都尊他為文七爺。還有一個老夫子。姓趙。他的號本來叫做補蓼。後來被人家叫渾了。竟變成不了兩字。（窮幕賓欲與濁知事同嫖是真真不了）年紀也只有二十來歲。拋撇了家小。離鄉背井。二千多里來就這個館。真正合了一句話。三年不見女人面。見了水牛也覺得彎眉細眼。這趙不了確實實在在有此情景。（所謂急色鬼）末了說到周老爺。他這人上回已經表過。業已知其大畧。他的為人。却合了新學家所說的騎墻黨一派。遇見正經人。他便正經。碰着了好玩的朋友。他便叫局吃酒。樣樣都來。（無可無不可是和光混俗）倒外面極其圓通。所以人人都歡喜他。但有一件毛病。乃先天帶了來。一世也不會改的。是把銅錢看得太重。除掉送給女人之外。一錢不落虛空地。（慳吝人惟有美人昌可以治之）臨走的時候。胡華若送他三百銀子。他分文不曾帶上船。一齊託朋友替他放在外頭。預備將來收利錢用。他的意思。這回跟着出門打土匪。少不得胡統領總要派兩個營頭給他帶。有兵就有餉。有餉就好由我尅扣。倘或短了一千八百。還可以向胡統領硬借。（古人出師尚有叫人持三日糧而資粮巻敵者周老爺想師此法）戴大理說他吃硬不吃軟。他們是熟人。說的話一定是不會錯的。此刻單表文趙二位。他倆偏頓在一隻船上。文七爺早已存心。未曾上船之前。已經吩咐水手。把他這一隻船。

開的遠遠的。不要同統領的船緊靠隔壁。（此時尚還他個上司面子）船上人會意。知道接到了大財神了。等到一上船。薛巧這船上有個招牌主。叫做玉仙。是文七爺叫過局的。此刻碰見了熟人。格外要好。文七爺從統領船上回話回來。玉仙忙過來替他接帽子。解帶子。換衣服。脫靴子。連管家都不要用了。（管家有了替身樂得逍遙自在）跟手玉仙又親自端着燕窩湯叫文七爺。文七爺就着他手裏喝湯。兩個人手拉手兒。一並排在坑坐沿上。趙不了見了眼熱。（連個人客都不避真眼中出火矣）心二想。到底這些人勢利。見了做官的就巴結。正在盤算的時候。不隄防一個人。也拿了一個盖椀。往他面前一放。把他嚇了一跳。定睛看時。不是別人。却是玉仙的妹妹。名字叫蘭仙的。亦端了一椀燕菜湯給他。你道為何。原來這船上的人。起先看見他穿的樸素。不及文七爺穿的體面。還當他是底下人。（所謂只重衣衫不重人）後來文七爺的管家到後頭冲水。說起來。船家纔曉得他是統領大人的師爺。所以連忙補了椀燕窩湯。（燕窩一物鏡花緣中比之於粉條子自是不值錢之物）但是罐子裡的燕窩。早都倒給文七爺了。剩得一點燕窩滓了。船家正在躊躇。冲水的二爺道。冲上些開水。再加點白糖。不就結了嗎。（廣東糖餚）（可充燕窩湯精不如燕窩滓還有的氣息）一言題醒了船家。如去泡製。叫蘭仙端了進去。趙不了一見。直把他喜的了不得。又幸虧他生平沒有吃過燕菜。如今吃得甜蜜蜜的。又加蘭仙朝着他擠眉弄眼。弄得他魂不附體。那裡還辨得出是燕菜是糖水。（粉條子本來無味吃得出什麼來）列位看官。你可曉得文七爺的嫖。是有錢的濶嫖。前頭書上說的陶子堯的嫖。是賺了錢纔去嫖的。也要算得濶嫖。單是這位趙不了。他一個做朋友的人。此番跟了東家出門。不過賺上十兩八兩銀子的薪水。那裏來的錢。能供他嫖呢。所以他這嫖只、好算得窮嫖。（名漸）把話說清。列位便知這篇文字。不是重複文章了。閒話休題。且說趙不了當時。把梡糐湯吃完一口也不賸。（臉些把梡香下去）吃完之後。也不睡覺便同蘭仙兩個人。儘着在艙裏胡吵。（鬼混一番聊解饞涎）此時文七爺。却同玉仙靜俏俏的在耳房裡一點聲息也聽不見。（洩漏春光）一直等到下半夜。齊說潮水來了。船上的夥計。一齊跕在船頭上候着。只聽老遠的同鑼鼓聲音一般。由遠而近。聲音亦漸漸的大了。及至到了跟前。竟似千軍萬馬一樣。（可抵一篇觀潮水）一沖沖了過來。一個回身。把船頭頓了兩頓。夥計們用篙把船頭一撥就轉。趁着潮水。一穿多遠。已經離開江頭十幾里了。其時大家都被潮水驚醒。不多一刻。天已大亮。船家照例行船。文七爺已經起來的了。看看天色尚早。依舊到耳房裏去睡。玉仙仍舊跟着進去伺候。起先還聽見文七爺同玉仙說話的聲音。後來也不聽見了。（如袁十洲之畫春宮傳神阿堵）趙不了自同蘭仙鬼混了半夜。等到開船之後。蘭仙却被船家叫到後稍頭去睡覺。一直不曾出來。（蜂蝶紛紛過牆去却疑春色在鄰家）中艙只剩得趙不了一個。舉目無親。好不凄涼可慘。一回想到玉仙待文七爺的情形。一回又想到蘭仙的模樣兒。真正心上好像有十五個吊桶一般。七上八下。（真真無可奈何之天）到了次日停船之後。文七爺照例替玉仙擺了一桌八大八小的飯。請的客便是兩船上幾個同事。只是沒有請統領。王黃兩位沒有叫陪花。周老爺也想不叫。文七爺說你不帶局。太冷清了。周老爺無法。便帶了他坐船上一個小招牌主。名字叫招弟的。（醉翁之意不在酒）趙不了不用說。剛纔入座蘭仙已經跟了身後坐下了。文七爺還嫌冷清。又私下叫人把統領船上的兩個招牌主。一齊叫了來。坐在身旁。（奪人所寵太覺不情）等到大碗小碗一齊上齊。通桌的陪花從主人起。五啊六啊。每人豁了一個通關。把拳豁完。便是玉仙抱着琵琶。（千呼萬喚始出來猶把琵琶半面遮）唱了一隻先帝爺。丈七爺自已點鼓板。玉仙唱完。蘭仙接着唱了一隻小調。一面唱。一面同趙不了做眉眼。（一雙秋水勾魂攝魄）趙不了不時回頭去看他。又被人家看出來。一齊喝采。丈七爺吵着要趙不了替他擺飯。趙不了算算自己腰包裏的錢。只彀擺酒。不彀擺飯。（阮郎羞澀徒喚奈何）便一口咬定不肯擺飯。蘭仙拗他不過。只得替他交代了一枱酒。丈七爺曉得趙不了還要翻枱。便催着上飯。吃過之後。撤去殘席。黃王二位要過船過癮。趙不了不放。說我是難得擺酒的。怎麼二位就不賞臉。黃王二位無奈只得就在這邊船上過癮。江山船上的規矩。擺飯是八塊洋錢。便飯六塊。擺酒只要四塊。趙不了搭連袋裡只賸得三塊洋錢。八個角子。還有十幾個銅錢。趁空向他同事王仲循借了三個角子。一共十一個角子。又同丈七爺管家掉到一塊大洋錢。兌換停當。（近來上海有姘妓下腳擺席花酒者趙不了還算潤手）面已經擺好了。趙不了坐了主位。好不興頭。黃王二位還是不叫陪花。周老爺依舊叫的是招弟。因為招弟年紀只有十一歲。一上船時。船家老板奶奶。就同周老爺說過。只要老爺肯照顧多少請老爺賞賜。斷乎不敢計較。所以周老爺打了這個算盤。認定主意。一直叫他。（近來上海有專叫卜先生者亦是此法）丈七爺是不用說。自家一個玉仙。還有統領船上的兩個招牌主。一共三個。（三扇肉屏風顧盼好不樂意）文七爺擺飯的時候。聽說統領大人正在船上打磕銃。所以敢把他船上的招牌主叫來。起先原闕照過的。等到統領一醒。叫他們來知會。姊妹兩個分一個過去伺候大人。免得大人寂寞。誰知胡統領只、個瞌銃。竟打了三個鐘頭。方纔睡醒。（一爍睛眼老哺雞變鴨況一盹三個鐘頭乎）這邊文七爺連吃兩檯酒。落歡腸。不知不覺寬飲幾杯。竟其大有醉意。等到統領船上的人前來關照。時說大人已醒。叫他姊妹們過去一個。誰知被文七爺扣牢不放。（幾有楚公子圖借不返矣之概）原來統領船上的招牌主。是姊妹兩個。姊姊叫龍珠。現年十八歲。妹妹叫鳳珠。現年十六歲。他二人長的。一個是沉魚落雁之容。一個是閉月羞花之貌。真正數一數二的人才。凡有官場來往。都指定要他家的船。（銅雀春深鎖二喬）其實胡統領同龍珠的交情。也非尋常泛泛可比。首縣大老爺會走心境。所以在江頭就替他封了這隻船。胡統領上船之後。要茶要水。全是龍珠一人承值。龍珠偶然有事。便是鳳珠替代。因為鳳珠也是十六歲的人了。胡統領早存了個得隴望蜀的意思。（先弄大蛇後弄小蛇）想慢慢施展他一箭雙雕的手段。所以姊妹兩個都是他心坎上的人。除掉打盹之外。總得有一個常在跟前。（所以曹阿瞞分香賣履別有用心）這回一覺醒來。不見他姊妹的影子。叫了兩聲也沒人答應。一個人起來坐了一回。又背着手踱來踱去。走了兩遭。心內好不耐煩。（比董卓之盤問侍婢更形煩躁）側着耳朵一聽。恍惚老遠的有發拳的聲音。又聽了一聽。有個大嗓在那里唱京調。唱的是烏龍院剛唱到我為你蓋了烏龍院。我為你化了許多銀兩句。一時辨不出誰的聲音。又側耳一聽。忽然一陣笑聲。却是龍珠。不是別人。（比身後之別抱琵琶更形難過）胡統領滿腹狐疑。到底是誰在那裏唱呢。又聽那船上唱道。舉手掄拳將爾打。唱完此句。大眾一齊唱采。這裡頭却明明白白夾着趙不了的聲音。胡統領至此方纔大悟。剛纔唱的不是別人。一定文七爺。不由怒從心上起。火向耳邊生把桌上一隻茶碗。豁瑯一聲。向地下摔了個粉碎。與茶杯何涉却拿他出氣又停了半响。還沒有人過來。原來這邊大船上的人。什麼老板夥計。連着大人的跟班差官。一齊都趕出那邊船上去瞧熱鬧。這邊却未曉得一人。胡統領此時大發雷霆。真按捺不住了。順手取過一張椅子。從船窗洞裏丟了出來。比鳳儀亭擲戟一樣急不暇擇幸虧隔壁船上聽見響動。趕出來一看。纔曉得統領動氣。他們船帮裏本是互相關照的。趕忙跑到文七爺船上。如此這般說了一遍。大家都赫昏了。趙不了平時怕東家如虎。一聽此信。忙着叫撤抬面。無奈文七爺多吃了幾杯。便嚷着說。我是不受他節制的。他們當統領的好玩。難道我們當隨員的不好玩麼。幾曾見做婊子守着一個嫖客一面說。一面伸着兩隻手把龍珠姊妹兩個的衣裳按住。後來被龍珠說了多少好話。把鳳珠留下。纔算放他。文七爺還發脾氣。說龍珠是統領心上的人。你們這些爛婊子。只知道巴結大人。把我不放在眼裏。龍珠也不敢回嘴。急忙忙趕回自己船上。只見統領大人面孔已發青了。一個船老板。三四個夥計。跪在地下磕響頭。與他們何干偏欲借此發揮胡統領罵了船家。又問這裡是那一縣該管。吩咐差官拿片子。把這些混帳王八蛋。一齊送到縣裏去。此時龍珠過來巴結又不好。分辨又不好。好叫我左右做人難他們在文七爺船上做的事。及文七爺醉後之言。又全被統領聽在耳朶裏。所以又是氣又是醋。併在一處。一發而不可收拾。如火之燎於原不可嚮邇後來幸虧一個伶俐差官。見此事沒有收場。於是心生一計。跑了進來。帮着統領把船家踢了幾脚。嘴裡說道。有話到縣裏講去。大人沒有工夫同你們嚕囌。說着。便把一干人帶到船頭上。好讓龍珠一個人在艙裏伺候大人。慢慢的的替大人消氣。仍舊要用娘子軍起先胡統領板着面孔不去理他。禁不住龍珠媚言柔語。大人也就軟了下來。兒女情長英雄氣短大人躺在烟鋪上吃烟。龍珠在一旁燒烟。統領便問起他來怎麼在那船上同文七爺要好。一直不過來。想是討厭我老鬍子。豈知甘蔗老頭甜愈老愈妙不如文七爺長的標緻。既然如此。我也不要你裝烟了。龍珠聞言。忙忙的分辯道。他們船上的招牌主。叫我去玩。所以誤了大人的差使。並沒有看見姓文的影子。也只好掩耳盜鈴胡統領道。你不要賴。都被我聽見了。還想賴呢。一面同龍珠說話。又勾起剛纔吃醋的心。把文老爺恨如切骨。比不共戴天之讐何如還說是甚麼時候。當的甚麼差使。他們竟其一味的吃酒作樂。這還了得。祇因這一番。胡統領同文老爺。竟因龍珠生出無數的風波來。連周老爺趙不了通統有分在內。要知端的。且聽續編分解。

聽中飭隨
貪忍氣

劉土匪魚龍曼衍

老吏斷
獄着
爭先

瞞賊
賍知
縣吃
情

三萬金借
公敲詐

頌德政大令挖膏皂
澤沛閭閻

重正途官海尚科名

思振作勸
除鴉片煙
妙手回春
是乃仁術
回頭是岸願世間衆
戒烟善會

反本透贏
當場出醜

叩轅門蕩婦覓情郎
西轅門

訊姦情臬司惹笑柄

擺花酒大鬧喜春堂

續編卷十三

聽申飭隨員忍氣
受委屈妓女輕生

上回書所說的胡統領。因為爭奪江山船妓女龍珠。同隨員文老爺吃醋。身為統兵大員為一妓女而致與屬員吃醋體統何存當下胡統領。足足問了龍珠半夜的話。盤來盤去。問他同文老爺認得了幾年。有無深交。果然認得有年交情很深你待怎麼龍珠一口咬定。非但吃酒叫局的事。從來沒有。並且連文老爺是個胖子瘦子。高個矮個。全然不知。全然不曉。說得干淨胡統領見他賴得淨光。格外動了疑心。不知疑心什麼不但怪文老爺不該割我上司的靴腰子。並怪龍珠不應該不念我往日之情。私底下同別人要好。叫他離開時你把那話兒縫了然後讓你獨占鳳光不要說別的。就是拿官而論。我是道台。他是知縣。他要爬到我的分上。只怕也就煩難。從今以後叫他爬到你分上再嫖姑娘可恨這賤人不識高低。只揀着好臉蛋兒的。去趕着巴結。自來老鴇愛鈔妓女愛俏從今須叫他改過來一面想。一面把他恨的牙癢癢。又想這件事。須得明天發落一番。要他們曉得這些老爺是不中用的。上頭小老爺雖不中用底下小老爺卻是很中用的總不能挑過我的頭去。主意打定。這夜竟不要龍珠伺候。逼他出去。獨自一個冷冷清清的睏下。卻是翻來覆去。一直不曾合眼。

龍珠見大人動了真氣。不要他伺候。恐怕船上老鴇婆曉得之後。要打他罵他。急的在中艙坐着哭。難道你不會去俯就嗎既不敢到大人耳艙裏去。又不敢到後梢頭睡。有時想到自己的苦處。不由自言自語的說道。這碗飯真正不是人吃的。寧可剃掉頭髮當姑子。不然跳下河去尋個死。幾曾是妓女畫做姑子河水鬼也不吃這碗飯了。到了五更頭。船家照例一早起來開船。恍惚聽得大人起來。自己倒茶吃。龍珠趕着進艙伺候。胡統領不要他動手。自己喝了半杯茶。重新躺下。龍珠坐在床前一張小凳子上。胡統領既不理他。他也不敢去睡。這一夜天真真苦了他了一等等到九點多鐘。到了一個甚麼鎮市上。船家攏船上岸買菜。那兩船上的隨員老爺都起來了。文老爺昨日雖然吃醉。因被管家喚醒。也只好掙扎起來。隨了大眾過來請安。想起昨夜的事情。自己也覺得臉上很難為情。醉時使性醒時悔走進統領中艙一看。幸喜統領大人還未升帳。已經聽得咳嗽之聲。知道離着起身已不遠了。等了一刻。依人簷下總要低頭管家進去打洗臉水。拿漱口盂子。刷牙粉。拿了這樣又鈌那樣。龍珠也忙着張羅。但沒聽見統領同龍珠說話的聲音。想來還未消氣統領有個毛病。清晨起來。一定要出一個早恭的。急嗓子喊了一聲來。三四個管家一齊趕了進去。又接着聽見吩咐了一句拿馬桶。只見一個黑蒼蒼的臉。當慣這差使的一個二爺。奔到後艙。拎了馬子到耳艙裏去。別的管家一齊退出。龍珠也跟了出來。人家都認得這拎馬桶的二爺。是每逢大人出門。他一定要穿着外套。騎着馬。有得拎馬桶有得上馬背纔雄糾糾。氣昂昂。跟在轎子後頭的。夫人回了公館。便卸了裝。把腳一蹺。坐在門房裏。有些小老爺們來稟見。人家見了他。二太爺長。二太爺短。他還愛理不理的。若謂此宗小老爺給我們大人拎馬桶還不要理他則甚此時却在這裏替大人拎馬桶。真正人不可以貌相了。實在有眼不識泰山且說龍珠走進中艙之後。別人還不關心。只有文七爺的眼尖。頭一個先望見。陡見龍珠兩隻眼睛。哭的腫腫的。不覺心上畢拍一跳。想不出甚麼道理來。醉人失德醒來還却都忘記了疑心昨天自己在檯面上沖撞了他。給了他沒臉。叫他受了委屈。此乃是我醉後之事。他也不好同我作准。就哭到這步田地。又論不定。他把我罵他的話。竟來哭訴了統領。所以剛纔統領的聲氣不大好聽。但是龍珠這人。何等聰明。何至於呆到如此。他究竟為了甚麼事情。哭得眼睛都腫了。真正令人難解。（你要解不難只要你洗耳恭聽罷了）意思想趕上前去問他。周黃二位同寅。是不要緊。倘若被統領聽見了。豈不要格外疑心。（至此要避嫌疑卻已來不及了）卻也作怪。可恨這了頭自從耳房裏出來。非但不同我答腔。眼皮也不朝着我望一望。（你還要他來同你答腔還要他來望你嗎）其中必有緣故。想到這裏。又聽得耳艙裏統領又喊得一聲來。只見前頭那個拎慣馬桶的二爺。推門進去。霎時右手拎着馬桶出來。卻拿左手掩着鼻子。大家都看着好笑。（不要轉背他又要來笑你們了）又聽得統領罵一個小跟班的。說他也偷懶不進來裝水烟。小跟班的道。不是一上船老爺就吩咐過的嗎。不奉呼喚。不許進艙。小的怎麼敢進來。統領道。放你媽的狗臭大驢屁。我不叫你。你就不該應進來伺候嗎。好個大胆的王八蛋。你仗着誰的勢。（難道你不曉得仗撫台的勢嗎）敢同我來鬭嘴。我曉得你們這些沒良心的混帳王八羔子。我好意帶了你們出來。就要你。怪背了我。好去吃酒作樂。嫖女人。唱曲子。那椿事情能瞞得過我。（實在瞞你不過）你們當我老爺糊塗。老爺並不糊塗。（真真難得糊塗不過尊諱有的叫渾罷了）也沒有睡覺。我樣樣事情都知道。還來朦我呢。我此番出來。是替皇上家打土匪的。並不是出來玩的。（統領的確沒有玩過）你們不要發昏。統領這番罵跟班的話。別人聽了都不在意。文七爺聽了。倒着實有點難過。心想統領罵的是那一個。很像指的是自己。難道昨夜的事情發作了嗎。（不是發作倒是叫你聽聽）一個人肚裏尋思。一陣陣臉上紅出來。止不住心上十五個吊桶。七上八落。等了一會子。聽見裏面水烟袋響。小班跟的裝完了烟。擲着嘴走到外艙。見了各位老爺。面子上落不下去。只聽他嘰哩咕嚕的說道。皇上家要你這樣的官來打土匪。還不是來替皇上家造百姓的。這樣龍珠那樣龍珠。有了龍珠。還想着我們嗎。一頭說。一頭走到後艙去了。大家都聽了好笑。隨後方見龍珠進去帮着替大人換衣裳。打腰摺。紮扮停當。咳嗽一聲。大人踱了出來。衆人上前請安。相見。胡統領見面之下。甚麼天氣很好。船走的不慢。隨口敷衍了兩句。一句正經話亦沒有。想是營中朔望講公事的故套倒是周老爺國事關心。問了一聲大人得嚴州的信息沒有。問得笑兀統領聽了一驚。回說沒有。老哥可聽見有甚麼緊信。周老爺道。的確的消息也沒有。不過他們船裏傳來的話。船帮裏的傳話倒句句真言地方官之警報反盡屬子虛胡統領戰兢兢的道。阿彌陀佛。總要望他好纔好。周老爺道。聽說土匪雖有。並不怎麼十二分利害。而且鎗砲不靈。只等大兵一到。就可指日平定的。胡統領頓時又揚揚得意。道。本來這些幺麽小醜。算不得什麼。連土匪都打不下。還算得人嗎。久聞大名自然要望風而降但是弟兄有一句過慮的話。兄弟在省裏的時候。常常聽見中丞說起浙東的吏治。比起那浙西來。更其不如。這句話怎麼講呢。祇因浙東有了江山船。所有的官員。大半被這船上女人迷住。所以辦起公事來。格外糊塗。大人倒並不迷住所以獨醒獨清一的不糊塗照着大清律例。狎妓飲酒。就該革職。不知大清律例上知法犯法是什麼處分又叫兄弟一時也參不了許多。總得諸位老兄替兄弟當點心。隨時勸戒勸戒他們。倘若鬧點事情出來。或者辦錯了公事。那時候白簡無情。豈不枉送了前程。還要惹人家笑話中丞的話如此說法。但是兄弟不能不把這話傳述一番。自然是中丞吩咐只許州官放火不許小百姓點燈說完。不住的拿眼睛瞧文老爺。只見文老爺坐在那裏臉上紅一陣白一陣。狠覺得侷促不安。何不亦如昨日醉中形景回云大人好玩卑職倒不好玩就是黃老爺周老爺。曉得統領這話。不是說的自己。但是昨天都同在檯面上。不免總有點虛心。靜悄悄的。一聲也不敢言語。胡統領停了一會。見大家都沒有話說。只端茶送客。他三位走到船頭上。一字兒站齊。等統領走出艙門。朝他們把腰一呵。仍舊縮了進去然後三個人自回本船。三人之中。別人猶可。只有文七爺見了統領。聽了隔壁閒話。知道統領是指桑罵槐。已經受了一肚皮的氣。臉些悶煞剛纔統領出來。又一直沒有睬他。因此更把他氣的了不得。一向蒙青忽然失勢豈不氣破胸膛回到自己船上。沒有地方出氣。齊巧一個貼身的小二爺。一向是寸步不離的。這會子因見主人到大船上稟見統領。約摸一時不得回來。他就跟了船家到岸上玩耍去了。暫時抽空應該要玩耍去誰知文七爺回來。叫他不到。生氣罵船家。所謂遷怒及於旁人幸虧玉仙出來張羅了半天。方纔把氣平下。一霎小二爺回來了。文七爺不免把他叫上來。教訓幾句。真真吃了對門謝隔壁偏偏這小二爺不服教訓。撅着張嘴。在中艙裏嘰哩咕嚕的說閒話。齊巧又被文七爺聽見本來不動氣的了。因此又動了氣。罵小二爺道。我老爺到省纔幾年。倒抓過四五回印把子。甚麼好缺都做過。甚麼好差都當過。就是參了官。不准我做。也未必就會把我餓死。針鋒直對旗鼓相當現在看了上司的臉嘴。還不算。還要看奴才的臉嘴。寃在火上澆油我老爺也太好說話了。罵着就立刻逼他打鋪蓋。叫他搭船回省去。也只好拿小二爺出氣別位二爺齊來勸這小二爺道。老爺待你是與我們不同的。你怎麼好撇了他走呢。我們帶你到老爺跟前下個禮。服個軟。把氣一平。就無話說了。小二爺道。他要我。他自然要來找我的。我不去。（偏偏又是一個活硬頭鬼）說着。躺在後梢頭去了。這裏文七爺動了半天的氣。好容易又被王仙勸住。（仍舊是招牌主勸住到底是活招牌的好處）如是曉行夜泊。已非一日。有天傍晚。剛正靠定了船。問了問。到嚴州只有幾十里路了。下來的人。都說沒有甚麼土匪。有天半夜裏。不曉得那裏來的強盜。明火執仗。一連搶了兩家當鋪。一家錢莊。因此開了城門。挨家搜捕。其實開了一天一夜的城。一個小毛賊也沒有捉到。（此等官府只會恐嚇鄉愚那裏會捉拿強盜）倒生出無數謠言。官府愈覺害怕。他們謠言愈覺造得凶。（妖言惑衆即殺勿赦）還說甚麼這回搶當鋪錢莊的人。並不是甚麼尋常小強盜。是城外一座山裏的大王。出來借糧的。所以只搶東西不傷人。這大王現在有了糧草。不久就要起事了。（輕事重報人言可畏）地方文武聽了這個誑報。居然信以為真。（風聲鶴唳草木皆兵）雪片文書到省告急。所以省裏大憲。特地派了防營統領胡大人。率領大小三軍。隨帶員弁前來勦捕。（不問他以張皇失措之罪倒遂他的揑報請兵之計豈不愈以為得策乎）從杭州到嚴州。不過只有兩天多路。倒被這些江山船。茭白船。一走走了五六天。還沒有到。雖說是水淺沙漲。行走煩難。究竟這兩程還有潮水。無論如何。總不會耽閣至如許之久。其中卻有一個緣故。只因這幾隻船上的招牌主一個個都抓住了好戶頭。多在路上走一天。多擺一擡酒。把他們就多尋兩個錢。倘若早到地頭一天。少在船上住一夜。他們就少賺兩個錢。（這一盪倒便宜了他們）如今頭一個胡統領。就不用說。龍珠本是舊交。雖不便公然擺酒。他早同王師爺等說過。等我們得勝回來。原坐這隻船進省。那時候必須脫畧一切。免去儀注。與諸公痛飲一番。（這幾天悶在裏頭惟有指望此一遭）這幾天龍珠身上。明的雖沒有暗底下早已五六百用去了。（所謂皇上家的錢落得潤一番）第二個文七爺。比統領還潤。他這趟出來。却是從家裏帶錢來用。並不見尅扣軍餉。一賞玉仙。就是一對金鐲子。開開箱子。就是四疋衣料。（比纏頭一擲千金還要過他一籌）連着趙不了趙師爺的新相好蘭仙。趙不了還沒有給他什麼。文七爺看了他姊姊分上。也順手給他了兩件。這種潤老。怎麼叫人不巴結呢。第三個是蘭仙同趙不了要好。雖然是趙不了拿不出甚麼。總得想他兩個做妓女的人。好歹總沒有脫空的。第四個周老爺。他這船上一位王師爺。一位黃老爺。都是絕慾多年的。剩得個周老爺。碰着吃酒。他却想帶招弟。一直不曾跳過槽。小雖小。也是生意。（來者不拒生意興隆）還有大人跟前的幾位大爺二爺。同着營官老爺。晚上停了船。同到後梢頭坐坐。呼兩筒鴉片烟。還要摸索摸索。大爺二爺白叨了光。營官老爺有回把不免破費幾塊。（搜索到營官老爺幾欲一網打盡）他們有這些生意。就是有水可以走。快也決計不走快了。往往白天走了七十里。晚上一定要退回三十里。所以兩天多的路程。走了六天還不曾走到。（單情瞬息千變豈可如此耽誤）單說趙不了自從上船。蘭仙送燕菜給他吃過之後。兩個人就從此要好起來。趙不了又擺了一檯酒。替他做了一个面子。又把褲腰帶上常常掛着的。祖傳下來的一塊漢玉件頭。解了下來。送給了蘭仙。（不要嫖到後來賸條窮褲）蘭仙嫌他像塊石頭似的。不要趙不了。只得自己拿回。仍舊拴在褲腰帶上。（明珠投暗實在可惜）一時面子上落不下。就說現在路上沒有好東西給你。將來回省之後。一定打付金鐲子送你。幾百塊錢。算不了甚麼。（紅粉送與佳人如此方可打動他的心）江山船上的女人眼眶子淺。聽了他話。當他是真正好戶頭了。就是一天不曉得蘭仙給了他些什麼利益。財藏春色害得他越發五體投地。竟把蘭仙當作了生平第一個知己。窮途潦倒惟有以識幽鍾期望諸紅粉措大往往如此就是他自己的家小。還要打第二。蘭仙問他要五十塊洋錢。他自己沒有這幾天看見文七爺用的錢像水淌。曉得他有錢。想問他借。怕他見笑。後來被蘭仙催不過了。只好硬硬頭皮老老臉皮。同文七爺商量。不料文七爺一口答應。立刻開開枕箱。取出一封一百洋錢。分了一半給他。趙不了看看眼熱。心上懊悔。說道。早知如此。應該向他借一百也是一借。如今只有五十。通統被蘭仙拿了去。我還是沒有。一面想的時候。文七爺早把那剩下的五十塊洋錢包好。仍舊鎖入枕箱去了。趙不了不好再說別的。謝了一聲。兩隻手捧了出來。不到一刻工夫。已經到了蘭仙手裏去了。豈知這五十塊頭活活害了人家一條性命這日飯後。太陽還狠高的。船家已經攏了船。問了問到嚴州只有十里路了。問他為甚麼不走。回道大船上統領吩咐過。明天交立冬。節。今天是個四離四絕的日子。這趟出門。是出兵打仗。是要取個吉利的。所以吩咐今日停船。明天飯後。等到未正二刻。交過了節氣。然後動身。一直頂碼頭。孤虛旺相是行兵家第一要講究的不知胡統領倒是識天時別人聽了還可。只有一個趙不了。喜歡的了不得。因為在船上同蘭仙熱鬧慣了。一時一刻也拆不開。恐怕早到碼頭一天。他二人早分離一天。鶼鶼比翼形影不離如何輕易別離如今得了這個信。先趕進艙來。告訴文七爺。文七爺知道他腰包裏有了五十塊錢了。便敲他吃酒。趙不了楞了一楞。蘭仙已經替他交代下去了。還說明天上了岸。大人們一齊要高陞了。一杯送行酒。是萬不可少的。豈知反是送命酒文七爺自從那天聽了統領的說話。一直也沒有再到統領坐船上稟安。心上想橫豎事已如此。也不想他甚麼好處。我且樂我的再說。（對酒當歌人生幾何）跟手又吩咐玉仙。今天晚上趙師爺的酒吃過之後。再替我預備一桌飯。玉仙答應着。他又去約了那船上的王黃周三位。索性又把砲船上的統帶什麼趙大人。魯總爺。（請了一位扒兒手來了）又約了兩位。連自己同着趙不了。一共是七位。整整一桌。當下王黃二位答應說來。只有周老爺忽然胆小起來。說恐怕統領曉得說話。趙魯二位也再三推辭。文七爺道。這裏頭的事情。難道你們諸位還不曉得。統領那天生氣。並不是為着我擺酒生氣。為的是我帶了龍珠的局。割了他的靴腰子。所以生氣。我今天不叫龍珠的局。那就一定沒事的了。況且統領還說過。到了嚴州。打退了土匪。還要自己擺酒。同大家痛飲一番。這是你們諸公親耳聽見的。他做大人的好擺得酒。怎麼能彀禁止我們呢。（上行下效說來一點不錯）又況嚴州並沒有甚麼土匪。這盪還怕不是白走。（倒不是白走有箇生財之道在）我們也不望甚麼保舉。他也不好說我們什麼不是。等擺好檯面。叫船家把船開遠些。叫他聽不見就是了。原來這幾天統領船上。王黃二位。只顧抽鴉片烟。沒有工夫過去。文七爺因為碰了釘子。也不好意思過去。趙不了雖然東家帶了他來。有時候寫封把信。當當雜差。纔叫着他。平時東家並不拿他放在眼裏。（落拓半生何來青眼）他也怕見東家的面。這幾天被蘭仙纏昏了。自己又懷着鬼胎。所以東家不叫他。他也樂得退後。不敢上前。這個空擋裏。只有一個周老爺。一天三四盪的。往統領坐船上跑。（各人有各人心事各人身分如水滸之傳三十六人各自不同）他本是中丞的紅人。統領自然同他客氣。偏偏又得到嚴州信息曉得沒有甚麼土匪。統領自然高興。他也幫着高興。雖然他臨走的時候。戴大理交代過他。說統領的為人。吃硬不吃軟。及至見過幾面。纔曉得統領並不是這樣的人。戴大理的話有點不確。須得見機行事。幸虧沒有造次。（此是他聰明過人處）連日統領見了他。着實灌米湯。他亦順水推船。一天到晚。製造了無數的高帽子。給統領戴。說甚麼嚴州一帶。全是个山。本是盜賊出沒之所。土匪亦是一年到頭有的。（倒是熟悉情形）如今是被統領的威名震壓住了。嚇得他們一個也不敢出來。將來到了嚴州。少不得懲辦幾個。給他們一個利害。叫他們下次不敢再反。回來再在四鄉八鎮各處搜尋一回。（禍首罪魁流毒無窮）然後稟報肅清。也好叫上頭曉得大人這一盪辛苦。不是輕容易的。將來一定還好開個保案。提拔提拔卑職們。胡統領道。不是你老哥說。我正想先把嚴州沒有土匪的消息連夜稟報上頭。好叫上頭放心。（紂之不善不如是之甚也是在助紂為虐者）周老爺道使不得使不得。如此一辦。叫上頭把事情看輕。將來用多了錢。也不好報銷。保舉也沒有了。如今稟上去越說得凶越好。（始作俑者其無後乎）胡統領一聽此言。恍然大悟。連說老哥指教的極是。兄弟一准照辦。當下就關照龍珠。另外叫他多備幾樣菜。留周老爺在這邊船上吃晚飯。（如此得力的人安得不抬舉起來）周老爺有了這個好處。所以文七爺請他。執定不肯奉擾。文七爺見請他不到。也只好隨他。等到上火之後。船家果然把他們兩隻坐船。撐到對岸停泊。其時周老爺早已跳在統領大船上去了。趙不了檯面擺好。數了數人頭。就是不見周老爺。忙着要叫人去找。文七爺道。現在他做了統領的紅人兒了。統領一時一刻不能離開他。他眼睛裏那裏還有我們。我們也不必去仰攀他了。趙不了道。不請他。恐怕他在東家跟前。要說我們甚麼。倚館為生的人飯碗是要把牢的 王師爺道。周某人同你往日無仇。他為什麼要擠你。這倒可以無慮的。趙不了只得罷手。不過心上總有點疑疑惑惑。覺着總不舒服。畏首畏尾身其餘幾 一擡酒數衍吃完。拳也沒有豁。酒也沒有多吃。幸虧一個文七爺與高采烈。一擡吃完。忙吩咐擺他那一擡。又去請趙大人魯總爺。一個個坐了小划子都來了。趙大人並且把他的一個相好名字叫愛珠的帶來了。投其所好 文七爺見了非常之喜。連說倒底趙大人脾氣爽快。又催着替魯總爺帶局。魯總爺沒有相好。相好是沒有同黨卻是有的 文七爺就把周老爺叫的招弟的一個姊姊。名字叫翠林的。荐給他。豈不怕作了賊婆 一時賓主六人。團團入座。文七爺因為剛纔在趙不了擡面上。沒有吃得痛快。連命拿大碗來。王黃二位。是不大吃酒的。趙不了量也有限。幸虧砲船上統帶趙大人。是行伍出身。天生海量。年輕的時候。一晚上。一個人能彀吃三大壜子的紹興酒。比對王隊裏一數而牛飲者三千何如 吐了再吃。吃了再吐。從不作興討饒的。如今上了年紀。酒興比前大減。然而還有六七十斤的酒量。就以現在而論。文七爺還不是他對手。此種人遇子槽卻生一流人較起量來畢竟還要輸他 但是文七爺亦是個好漢。人家喝一碗。他一定也要陪一碗。人家喝十碗。他一定也要陪十碗。喝酒喝的吐血。如今又得了痰喘的病。他還是要喝。見了酒沒命的喝。如蒼蠅之嗜血不顧死活 見了女人。那酒更是沒命的喝。酒是色媒自然格外要喝了 先是搶三。三拳一碗。後來還嫌不爽快。改了一拳一碗。趙大人吃酒吃的火上來了。把小帽子皮袍子。一齊脫掉。文七爺也光穿着一件棗兒紅的小緊身。映着雪白的白臉蛋兒。格外好看。王黃二位。吃了一半。到後艙裏躺下抽烟。趙不了趁空。便同蘭仙胡纏。檯面上只賸得一個魯總爺。這魯總爺。是江南徐州府人氏。本是個鹽梟投誠過來的。兩隻眼睛烏溜溜。東也張張。西也望望。（一派賊腔）忽而坐下。忽而站起。沒有一霎安穩。（此時所作所為讀者不被伊瞞過）好像有什麼心事似的（所謂賊胆心虛）幸虧大家並不留意。（我亦不曾留意）後來大家吃稀飯。讓他吃。他一定不吃。說是酒吃多了。頭裏暈得慌。要緊回去睡覺。文七爺。還同他辯道。你何嘗吃什麼酒。魯總爺道。兄弟只有三杯酒量。吃到第四杯。頭裏就要發暈的。衆人見他如此說。只好隨他先走。（此時何不摟一摟）吩咐船上搭好扶手。眼望他上了划子。文趙二位依舊進艙對壘。趙大人趕着趙不了叫老宗台。只顧同相好說話。不理我們。應該罰三大椀。趙不了再三討饒。只吃得一杯。蘭仙搶過去吃了一大半。只剩得一點點酒脚。纔遞給趙師爺吃過。（沾潤餘瀝勝過玉液瓊漿）文趙二位又喝了幾椀。文七爺有點撑不住了。方纔罷手。趙大人也有點東倒西歪。衆人架着。趔趔趄趄。跳上划子。回到自己砲船上睡覺。王黃二位也回本船。（此正是履舄交錯杯盤狼藉主人留髠送客之時了）周老爺從大船上回來睡着了。這裏文七爺的酒越發湧了上來。不能再坐。連玉仙來同他說話。替他寬馬褂。倒茶替他潤嘴。他一概不知道。扶到床上。倒頭便睡。玉仙自到後面歇息。趙不了自有蘭仙相陪。不必題他。却說玉仙這夜不時起來聽信。怕的是七爺酒醒要湯要水。沒人伺候。誰曉得他老這一覺。一直困了一夜零半天。（有此一困所以昨晚之事一點不知）約摸有一點鐘。統領船上鬧着。未時已過。要開船了。他這裏纔慢慢的醒來。玉仙先送上一椀燕窩湯。呷了一口。然後披衣起身。下床洗臉。刷牙。吃早飯。一頭吃着。船已開動。文七爺伸手往自己袍子袋裏一摸。誰知一個金表不見了。（不知幾時失去的讀者試揣之）當時以為不在袋裏。一定在床上。就叫玉仙到床上把我的表拿來。誰知玉仙到床上找了半天。竟找不到。後來連枕頭底下。褥子底下。通統翻到。竟沒有一點點影子花。（海底撈針還有什麼影子花）文七爺還在外頭嚷。問他怎麼拿不來。後來玉仙回報了沒有。文七爺親自到耳艙裏來尋。也找不到。自己疑心。或者昨天酒醉的時候。鎖在枕箱裏。也未可知。（恐怕早在別家枕箱裏了）連忙拿出鑰匙。想去開枕箱。誰知枕箱並沒有鎖。文七爺一看大驚。再仔細一看。銅鼻子也斷了。一定被人家裂掉無疑了。趕忙打開一看。一封整百的洋錢還有給趙不了剩下的五十塊洋錢。還有一隻金鑲藤鐲。金子雖不多。也有八錢金子在上頭都不見了。還有一個翡翠搬指。兩個鼻烟壺。都是文七爺心愛之物。連着衣袋裏的一隻打璜金表。一條金鍊條。通統不見。（一個失單已開得明明白白）文七爺脾氣是毛燥的。立刻嚷了起來。說船上有了賊了。還了得。玉仙嚇得面無人色。後艙裏人。一齊鬨到前艙裏來。船老板道。我們的船在這江裏上上下下一年總得走上幾十遭。只要東西在路上。一個繡花針也不會少的。（只要你這句話就是了）總是忘記閣在那裏了。求老爺再叫他們仔仔細細找一找。文七爺道。一個艙裏都找遍了。那裏有個影兒。船老板不相信。親自到耳艙裏看了一遍。又掀開地板找了一會。通統沒有。連稱奇怪。（此時不得不奇怪矣）文七爺疑心船上夥計不老寔。船老板道。我這些夥計都是有根脚的。偷偷摸摸的事情是從來沒有的。（說得亦是）文七爺發火道。難道我寃枉你們不成。既然東西在你們船上失落掉的。就得問你要。船老板不敢多言。船頭上一個夥計說道。昨天喝酒的時候。人多手雜。保得住誰是賊。誰不是賊。這句話大有見識文七爺一聽這話。越發生氣。一跳跳得三丈高。罵道。喝酒的人。人都是我的朋友。你們想賴我的朋友做賊嗎。你的朋友寔在没有做賊你日後自知罷了況且昨天晚上。除掉客人。就是吽的局。一個局來了。總有兩三個烏龜王八跟了來。一齊頓在船頭上。推開耳艙門。伸手摸了去。論不定。就是這般烏龜偷的。如今倒怪起我的客人來了。不知烏龜作賊客人作賊只要日後見人心罷了真正混帳王八蛋。等等到了嚴州。一齊送到縣裏去打着問他。船老板見文七爺動了真火。立刻到船頭上。知會夥計。叫他不要多嘴。又回到艙裏。叫玉仙倒茶給文老爺喝。文七爺也不理他。此時船在江中行走。別船上的人。不能過來。只有本船上的人。人人詫異。個個稱奇。趙不了也帮着找了半天。那裏有點影子。大家總疑心是船上夥計偷的。决非他人。我亦云然文七爺統計所失。一個搬指頂值錢。是九百兩銀子買的。兩個鼻烟壺。四百兩。一個打璜金表。連着金鍊條。值二百多塊。一隻金鑲籐鐲。不過四十塊。其餘現洋錢。是有數的了。一面算。一面托趙不了替他開了一張失單。不過日後好向地方官索賠罷了霎時間船抵碼頭。便有本城文武大小官員。前來迎接文七爺是隨員。只得穿了衣帽。到統領船上請安稟見。怕的是有甚麼差遣。這個檔裏。見了嚴州府首縣建德縣知縣莊大老爺。他們本是同寅。又是熟人。便把船上失竊的事。告訴了他。隨手又把一張失單。遞了過去。莊大老爺立刻吩咐出來。把這船上的老板夥計。通統鎖起。帶回衙門審訊。真真冤枉其餘幾隻船上。責成船老板。不准放走一個夥計。將來回明統領。一齊要帶到城裏對質的。所謂黃狗吃食白狗當灾果然現任縣太爺。一呼百諾。令出如山。只吩咐得一句。便有一個門上帶了好幾個衙役拿着鐵練子把這船上的老板夥計一齊鎖了帶上岸去了想來該有幾日牢獄之災且說統領船上把各官傳了幾位上來盤問土匪情形一個府裏一個營裏都是預先商量說的見了統領一齊稟稱起先土匪如何猖獗人心如何驚慌後來被卑府們協力擒拿早把他們嚇跑現在是一律肅清的了殃害平民捏報勝仗是此輩慣技他二人的意思原想借此可以冒功誰知胡統領聽了周老爺所上的計策意思同他一樣不思歸功於上亦是失算船到碼頭時候胡統領還捏着一把汗生怕路上聽來的信息不確到了嚴州被土匪把他宰了如遇勁旅惟有望風而逃之一逃及至聽了府裏營裏的言語胆子立刻壯起來便說這些伏莽為患已久現在他們打聽得大兵前來所以暫時解散等到兄弟去後依舊是出來攪擾兩位老兄雖說是已經肅清據兄弟看來後患方長不可不慮斬草不除根來春依舊發固是一勞永逸之計且等明天兄弟上岸察看情形再作計較當下又說了些別的閒話端茶送客衆官別去不在話下單說文七爺船上的老板夥計被縣裏鎖了去嚇得一船的女人哭哭啼啼跪着文老爺討情文老爺不理又替趙師爺磕頭趙師爺也作不得主君王掩面救不得回看血淚和淚垂同此景象後來文七爺被玉仙纏不過只好答應他且等縣裏問過一堂再去說情未到天黑縣裏的辦差門上進來回文七爺的話說是已經替大老爺同師爺另外封了一隻船就請今天搬過去這隻船是賊船我們做上要重重的辦他們一辦文七爺道狠好船上的女人聽說老爺要過船更沒有依靠了一齊跪在艙板上不起來玉仙拉着文七爺蘭仙拉着趙師爺更是哭個不了比死別生離何如文七爺沒法只好安慰玉仙道我決不難為你的玉仙沒法只好

讓文七爺過船。行李剛搬得一半。縣裏莊大老爺派的捕快。也就來了。先到船上請示失去的搬指烟壺是什麼樣子。聽說有一百五十塊現洋錢。有無圖書。文七爺說。洋錢全是鼎記拿來的。一律是本莊圖章。（禍根在此一句）齊巧身邊還有一塊。就拿出來給他們看。好拿着比樣子去找。（蘭仙死了）捕快說。城裏大小當鋪都找過。沒有。想來還不曾出手。洋錢論不定要先出檔。（為下文伏線）昨天喝酒的那些老爺們。共是幾位。小的們不敢疑心。到老爺怕的是帶來的管家手脚不好。雖不敢明查他們。也得暗裏留心。就是拿住之後。不替他們聲張出來。也有個水落石出。（針鋒直對下文有草蛇灰線之妙）至於這幾個船上的夥計。將來稟過大人。一齊要好好的搜一搜。文七爺見這捕快說話在行。便通統告訴了他。還着實誇贊他幾句。說他能辦事。等到文七爺趙師爺。纔把船過停當。捕快就進了中艙坐下。勒令別家船上的夥計。把船替他撐開碼頭。靠在一爿茶館底下。捕快向這茶館裏一招手。又上來好幾個。是他同夥的人。一齊到了中艙。就叫船家的女人。幫着把艙板撳開。大約看了一遍。沒有。又到後艙。起先玉仙姊妹。是一直在前艙的。一個個哭的同淚人一般。也不像什麼美人了。誰知蘭仙看見一帮人往後頭去。他也赶着到後頭去。被一個捕快把他一攔。道。小姑娘。你別往這裏瞎跑。蘭仙道。我們女人。有些東西。不好給你們男人看的。我得收拾收拾。（語言閃爍愈起疑心）捕快道。慢着。不好看的東西也要看看的了。（衙門裏人豈肯容情）一面說。一面夥計們。已在後艙翻的不成樣兒了。後首不知怎麼。在蘭仙床上。搜出一封洋錢。立刻打開來一看。一對圖章。絲毫不錯。捕快道。贓在這裏了。（無風尚欲起浪況在形跡可疑乎）衆人聽了一驚。蘭仙急攘攘的說道。這是趙師爺交給我。托我替他買東西的。捕快道。趙師爺沒人托了。會托到你。這話只好騙三歲孩子。蘭仙道。如果不相信。好去請了趙師爺來對的。說得何書不是捕快道。真贓實據。你還要賴。一面說。一伸手就是一個巴掌。所謂堵嘴巴掌雖在千伶百俐之人至此亦嚇得說不出口了船上的女人。統通認是蘭仙做賊。一個個都嚇昏了。原來趙不了。從文七爺手裏。借了五十塊洋錢。給了蘭仙。蘭仙却瞞住他娘。不曾被他知道。等到抄了出來。所以他娘也摸不着頭腦。禍根在此蘭仙又不是親生女兒。是買來做媳婦的。一時氣頭上。也不分青紅皂白。趕過來狠命的幫着把蘭仙一頓的打。嘴裏還罵道。不要臉的小娼婦。偷人家的錢。帶累別人。不等上堂老爺打你。我先要了你的命。禍在翻江倒海又趕過來問蘭仙。不等分辨捕快道。有了洋錢。別的東西就好找了。忙着翻了一大陣。却是一毫影子沒有。疑實又趕過來問蘭仙。其時蘭仙已被他娘打的不成樣子了。所以蘭仙性命一半葬送在他娘手裏捕快連忙喝阻道。他今犯了官罪。有老爺管他。你須管他不到了。你自己的人作賊。連你自家都有罪。還有面孔打人呢。老板奶奶被捕快埋怨了一頓。一聲也不敢響。捕快催問蘭仙的別東西。蘭仙只是哭。沒有話。總是女人無見識大衆格外疑心。他娘也催着他說道。多偷只有一個罪。少偷亦只有一個罪。小祖宗。你快招認罷。省得再害別人了。蘭仙還是哭。沒有話。此時蘭仙之心或恐趙師爺來歷不明畢到底未肯說出容或有之捕快道。他不說。亦不要他說了。且把他帶到城裏再講。於是拖了就走。那捕快還拉着老板奶奶同着一塊兒去。老板奶奶嚇的索索抖。不敢去。又被他們罵了兩句。只好跟着同去。一頭走一頭罵蘭仙。蘭仙此時被衆人拖了就走。上岸之後。在茶館裏略坐片刻。一同押着進城。可憐他小脚難行走三步。捱一步。捕役還不時的催。恨的他娘一路拿巴掌打他。此時氣苦頭上又被他娘逼迫還有什麽主見好容易捱到衙門口。在二門外頭臺階上坐了一會。捕役進去禀報。傳話出來。老爺此刻就要上府。晚上統領大人。還要傳去問話。吩咐把船上兩個女人。先交官媒看管。明天再審。衆人聽了。便去傳到官媒婆。把兩個女人交給他。官媒婆領了就走。一走走到他家。這時候他娘兒兩個。頭上的金簪子。銀耳挖子。統通被差上拿去差役拔女犯首飾還算小意思說是賊贜。要交給老爺。的娘兒們也不敢作聲。到了官媒那裏。頭上的首飾已經一絲一毫都没有了。官媒還不死心。又拿他二人細細的一搜。蘭仙手上還有一付鍍金銀鐲子。也被他探了下去。說是明天要交案的。其時冬初天氣。他娘兒們都穿着大厚棉襖。官媒婆一定說是偷來的賊贜。要他脱了下來。他二人不敢不遵。每人只穿兩件布衫。每見綾羅裹體之人一入班房即鶉衣百結此言非虛凍的索索的抖。狼藉至此殆不可凡為護花鈴見之初到官媒婆那裏的人。總得服他的規矩。先餓上兩天。再捱上幾頓打。晚上不准睡。没有把你吊起來。還算是便宜你的。至於做賊的女犯。他們相待。更是與衆不同。白天把你拴在牀腿上。叫你看馬桶。聞臭氣。等到晚上。還要把你細在一扇板門上。要動不能動。擱在一間空屋子裏。明天再放你出來。幼時見人作官媒論一篇窮形盡相今覩此文足見信而有徵可憐蘭仙雖然落在船上。做了這賣笑生涯。一樣玉食錦衣。那裏受過這樣的苦楚。只因他生性好強。又極有情義。趙不了給他錢的時候。曾對他說過。不要同你媽說起。是我送的。怕傳在統領耳朵裏。所以他牢記在心。如此有情義之人流落烟花已為不幸況更摧殘至此乎等到捕役搜到之後。他一時情急。只說得一句是趙師爺托我買東西的。後來被他們拉了上岸。早已知道此去沒有話路。與其零碎受苦。何如自己尋個下場。就是不死。這碗船上的飯。也不是好吃的。（與名士飄零一樣）所以聽說要將他拖上岸去。他早已萌了死志。順手把坑上烟盤裏的一個烟盒。拿在手中。（有死之意無生之氣）等到官媒婆搜的時候。要藏沒處藏。就往嘴裏一送。熬熬苦。吞了下去。趁空把盒子丟掉。一時官媒搜過。他便對他娘說道。媽。你亦不必埋怨我亦不必想我。這個苦。我是受不來的。早也是一死。晚也是一死。倒不如早死乾淨。我死之後你老人家到堂上。只要一口咬定。請趙師爺對審。我的冤就可以伸。（如此朦懂之人你還要望他伸冤嗎）你老人家也不至於受苦了。他娘此時又氣又嚇又凍又餓。早已糊裏糊塗。他媳婦說的話。始終未曾聽得一句。等到上燈。官媒婆因他二人是賊。便將板門抬了進來。如法泡製。鎖入空房。（還要加功真是不知死活）誰知次日一早推門。這一嚇非同小可。欲知後事如何。且聽下回分解

卷十三

續編卷十四

劉土匪魚龍曼衍
閙保案鷄犬飛昇

卻說蘭仙既死之後。次早官媒推門進去一看。這一嚇非同小可。立刻張皇起來。老板奶奶見媳婦已死。搶地呼天。哭個不了。官媒到此卻也奈何他不得。何不再加功些又因他年紀已老。料想不會逃走。也就不把他拴在床腿上了。還有什麼私刑何不一齊請出來奉官看守的女犯。一旦自盡。何敢隱瞞。不只好拚着不要命。立時稟報縣太爺知曉。莊大老爺一聽人命關天。雖然有點驚慌。幸虧他是老州縣出身。心上有的是主意。便立時升堂。把死者的婆婆帶了上來。問過幾句。老婆子只是哭求伸冤。倘然真要伸冤你怕你的前程也不保了老爺不理他。特地把捕快叫了上去。問他蘭仙做賊。是誰証見。捕快回稱是他婆婆的証見。莊大老爺喝道。他同他婆婆。還有不是一氣的。怎麼說他是証見呢。駁得亦是捕快回道。丈大爺的洋錢。塊塊上頭都有鼎記圖章。小的在這死的蘭仙床上。搜到了一封。一看圖章正對。他媽也不知這洋錢是那裏來的。還打着問他大老爺不相信。問這船上的老婆子。可是不是。句句實話由他嘴的老爺便問老板奶奶道。你媳婦這洋錢是那裏來的。老婆子回不知。老爺道。我亦曉得你不知情。倘若知情。豈不是你也同他通統一氣。都做了賊嗎。為他開跑要坐是死者身老婆子道。我的青天大老爺。我實情不知道。老爺道。捕快搜的時候。你看見沒有。還是在死的蘭仙床上搜着的呢。還是在你同你別的女兒床上搜着的呢。如此一激要他一口咬定免得翻案老婆子一聽這話。恐怕又拖累到自己。連着玉仙。連忙哭訴道。實實在在。是蘭仙偷的。是在他床上翻着的。老爺道。可是你親眼所見。婆子道。是我親眼所見。你媳婦臨終之言沒有聽清自然要如此說了然後查之時你媳婦所說可請趙師爺對証難道你亦沒有聽見嗚真真糊塗老爺道。這是你死的媳婦不好。我老爺比鏡子還亮。你放心罷。我決不連累你的。安慰一句叫他死心塌地老婆子道。真真青天大老爺。老爺這裏。又把官媒婆傳了上去。把驚堂木一拍。罵了聲好個混帳王八蛋。我老爺把重要賊犯交你看管。你胆敢將他凌虐至死。到我這裏。諒你也無可抵賴。我今天將你活活打死。好替蘭仙償命。說罷。便吩咐差役。將他衣服剝去。拿籐條來。替我着實的抽。兩邊衙役答應一聲。立刻走過七八個似狼如虎的人。伸手將媒婆衣服剝去。只剩得一件布衫。跪在地下。瑟瑟抖個不了。此剝蘭仙衣裳時如何老爺又喊一聲。打。便有一個人提着頭髮。兩個人一邊一個。架着他的兩隻膀子。一個拎着一根指頭粗的籐條。一五一十。一下下都打在媒婆身上。五十換班。總算替蘭仙出氣然禍首罪魁還是他婆婆與差役想早存多一事不如少一事之心打的媒婆一啊唷皇天的亂叫。不住的喊大老爺開恩。老爺也不理他。看看一口氣。打了整整五百下。方纔住手。老爺又問船上老婆子道。你的媳婦。可是官媒婆弄死他的不是。如果是他弄死的。我今天立刻就弄死他。好替你媳婦償命。幾句話明明要開脫官媒老婆子跪在一旁。看見老爺打人。早已嚇昏的了。雖有吩咐下來。他卻一句不曾聽見。只是在地下發楞。老爺又指着船上老婆子。同官媒說。你的死活在他嘴裏。他要你活就活。他要你死就死。我老爺只能公斷。又明明叫媒婆去求他總是救生不救存死之一法官媒一聽這話。便哭着求老婆子道。奶奶頭上有天。你媳婦可是自己尋死的。並不與老我甚麼相干。現在老爺打死我。這要你老人家說一句良心話。你媳婦是我弄死的不是。果若是我弄死的。我死而無怨。我的老奶奶。我的命現在吊在你嘴裏。你要冤枉死我。我做了鬼也不同你干休。老婆子心上本來是恨官媒婆的。今見老爺已經打了他一頓。倘若我再說了些甚麼。老爺一定要將他打死。這條人命。豈不是我害的。別的不怕。倘若冤魂不散。與我纏繞起來那可不是玩的。（你媳婦的冤魂不散倒不在你心上）現在這一頓打。已經夠他受用的了。況且蘭仙又實實在在不是他弄死的。我又何必一定要他的命呢。想罷便回老爺道。大老爺。我們蘭仙。是自己死的。不與他相干。求老爺饒了他罷。老爺聽了這話。便道。既然是你替他求情。我老爺今天就饒他一條狗命。官媒又在堂上。替老婆子磕頭。謝過老奶奶。老爺又對老婆子道。昨天船上的事情。我也知道是蘭仙一個人做的。（既死有冢污名豈知小民易虐上天難欺）與你並不相干。我本來今天想放你的。既然如此。你趕緊下去。具張結上來。好領你媳婦屍首去盛殮。老婆子巴不得這一聲老爺開恩放他。立刻下去具結。無非是媳婦羞忿自盡。（輕輕坐以罪名從此竟沉海底）並無凌虐情事等話頭。寫好之後。送上老爺過目。又拿下去。叫老婆子畫了十字。諸事停當。老爺又把船上的一般男人。甚麼老板夥計。通同提了上去。告訴他們。現在文大老爺少的東西。查明白了。是蘭仙偷的。藏在床上。是他婆婆親眼為証。看着捕快搜出來的。現在蘭仙已經畏罪自盡。千個罪併成一個罪。等他死的一個人承當了去。餘下少的東西。我去替你們求求文大老爺。請他不必追究。可以開脫你們。（處處討好聽是卸輕自己担子）眾人聽了。自然感激不盡。老爺便命仍把一干人還押。等稟過本府大人。請鄰封驗過屍首回來。再行取保釋放。衆人叩謝下去。老爺便立刻上府。將情稟知本府。請派鄰封相驗。他們堂屬本來接洽。自然幫着了事。那裏還有挑剔之理。上下一氣欲來詔雪難矣鄰封相驗。是照例文章。無庸細述。莊大老爺又赶到船上向文七爺叨情。失落的東西。該價若干。由兄弟送過來。必須知此方可堵住他嘴現在做賊的人。已經畏罪自盡。免其拖累家屬。文七爺忙問東西那個偷兒。莊大老爺回說是本船上的招牌主蘭仙偷的。文七爺聽了。好生詫異本來還想盤偷問。因為莊大老爺是要好朋友。知道他是借此開脫自己的干係。同寅面上。不好為難。官官相護每常為難只得應允。還說東西失了失了。做賊的人已經死了。那有叫老哥賠的道理。莊大老爺道。老同寅面上。怎敢說賠。但是老哥也等着錢用。兄弟是知道的。停會說送過來。文七爺見他如此也不好說別的。當時又說了幾句閑話。彼此別過。走到船頭上。莊大老爺。又同文七爺咬個耳朵。托他在統領面前。善言一聲。見好上司最是要緊文七爺也答應。莊大爺回去之後。當晚先送了三百銀子給文七爺。總算餘本生意次日鄰封驗過屍。屍親具過結。沒有話說。莊大老爺將一干人釋放。這人倒反感頌縣太爺不置。一條人命大事。輕輕被他瞞過。這便是老州縣的手段。閑話休題。且說當莊大老爺同文七爺講話之時。都被趙不了聽去。先聽見蘭仙做賊。已吃一驚。後來聽說他畏罪自盡。這一嚇更非同小可。想起兩個人要好的情意。止不住撲簌簌掉下淚來。有此一副急淚總算蘭仙知己然而還當他果真做賊。却想不到是自己五十塊洋錢。將他害的。當夜一宵沒生合眼。後來打聽到船上人。俱已釋放。蘭仙已經掩埋。他常常寫四六信寫慣的。便抽空做了一篇祭文。

偷着到岸上空地方。望空拜奠了一番。茜紗窗下公子多情黄土畫中佳人薄命千古同慨回得船來。又是一夜不睡替蘭仙做了一篇小傳。還謅了七言幾首四句的詩。自己想着。將來刻在文稿裏。叫他留名萬載有此一舉蘭仙不死矣也算以報知己了。幸虧這兩天。文七爺公事忙。時時刻刻被統領差遣出去所以他一個儘着去幹。也沒人來管他。人情所不能免者聖王所不能禁單說胡統領。自從船靠碼頭。本城文武稟見之後。他聽了周老爺的計策。便一心一意。想無中生有以小化大。不知幾個村莊要受无妄之灾次日一早排齊隊伍先獨自一個。坐了綠呢大轎。進城回拜了文武官員。首縣替他在城裏借了一個公館。他心上實在捨不得龍珠。遂令天下父母心不重生男重生女面子上只說船上辦事很便。不消老哥費心所以預備的那個公館。他竟不到。是日就在府衙門裏。吃的中飯。一面吃飯。一面同府裏營裏說道。據兄弟看來。土匪一定是聽見大兵來了。所以一齊逃走。大約總在這四面山坳子裏等到大兵一去。依舊要出來為非作歹。斬草不除根。來春又發芽。兄弟此來。決計不能夠養癰貽患定要去絕根株。今天晚上。就請貴營把人馬調齊。駐紮城外。兄弟自有辦法。營官諾諾連聲不敢違拗。本府意思還想冒功。遂又稟道。土匪初起的時候。本甚猖獗。後來卑府會同營裏同他們打了兩仗。都已殺敗。四處逃生。現在是一個賊的影子也沒有了。大人可以不必過慮。如此馬到成功還不肯讓人家去做真真不近人情胡統領道。貴府退賊之功。兄弟亦早有所聞。但兄弟總恐怕不能斬盡殺絕將來一發而不可收拾。不但上憲跟前。兄弟無以交代。就連着老哥們也不好看。好像我們敷衍了事。本不肯出力似的。養兵千日用在一朝如此大敵當前還要逗縮寔在委靡不振本府聽了此話。面上一紅。一霎吃飯。胡統領回船。營官回去傳令。不到天黑。早已傳齊三軍人馬。打着旗。掌着號。一班副爺們。一個個騎着馬。掛着刀。賽如迎喜神一般。難得看着熱鬧到了城外。擇到一個空地方。把營紮下。本營參將。到船上稟過統領。此時統領。真正做了大元帥一樣。自己坐船在當中。兩邊兩隻。便是三個隨員。兩位老夫子的坐船。此外還有家人們的船。差官們的船。伙食船。行李船。轎子船。又有縣裏預備的吹手船。大將軍八面威風一天吃三頓。吹打三次。統領出門回來。還要升炮。到了晚上。一更二更。頂到放天明。砲船上擂鼓。親兵掌號。嗚都都。嗚都都。吹的真正好聽。放過砲之後。還要細吹細打一次。真是砲火連天鼓角震地都是照例的規矩。吹手船之外。便是統領帶來的兵船。有陸軍有水師。水師坐的都是炮划子。桅桿上都扯着白鑲邊的紅旗子。寫着某營某哨。旗子當中。寫的便是本船統帶的姓。船頭上。船尾巴上。統通插着五色旗子。也有畫八卦的。也有畫一條龍的。五顏六色。映在水裏。着實耀眼。舳艫千里旌旗蔽空究讀蘇子赤壁賦胡統領等到吃過晚飯。便同軍師周大爺商量發兵之時。當下周老爺過來。附着胡統領的耳朵。如此如此。這般這般。說了一遍。有運籌帷幄決勝十里之概胡統領稱謝不迭。趕緊躺下抽烟。抽了二十多筒。你的傢火儘可去打仗何用別的他的癮也過足了。一翻身在坑上爬起。傳令發兵。這個時候。差不多已有三更多天了。想是黑夜去偷營岸上的參將守備千總把總。船上的營頭哨官。都靜悄悄的候着。今番却難為他們了胡統領走到中艙一坐。差官們雁翅一般的排列着。兩邊明晃晃的點着一對亭照。一邊架上插着子丑寅卯辰巳午未申酉戌亥十二支令箭。還有黃綢做的小旗子。胡統領拔了一支令箭。傳參將上來。叫他帶五百人。作為先鋒。一路上逢山開道。遇水疊橋。參將答應一聲得令。又傳守備上來。叫他亦帶五百人。作為接應。一個千總。一個把總。各帶三百人。作為衛隊。一千人都答應一聲得令。拿了令箭。站在一旁。如看戲本上百花宮主點將。看官須知道武營裏的規矩。碰着開仗。須多出個七成隊。有時還只出得個三成隊四成隊的。從沒有出過十成隊的。今番胡統領。明知道地面上一個土匪都沒有。樂得濶他一濶。出個十成隊。叫人家看着熱鬧熱鬧。按下不提。他還不知道從那裏找得一張地理圖。畫得極其工細。為將之道須知地勢既有地圖自然可以布置了燈光之下。瞧了半天。瞧不清楚。虧得小跟班。遞上老花眼鏡來戴着。歪了頭瞧了半天。按着周老爺的話。打什麼地方進兵。打什麼地方退兵。什麼地方可以安營紮寨。什麼地方可以埋伏。指手畫脚的講了一遍。比馬伏波聚米為兵還要分明參將守備千總把總諾諾連聲。嘴裏都說遵大人吩咐。說時遲。那時快。岸上兩個號筒手。早已掌起號來。出隊出隊的吹個不了。這些兵勇們。打大旗的。抗洋鎗的。抗刀叉的。這種刀叉名字叫作南陽拔業。抗苗子的。裝着白蠟桿。足足有八尺多長。抗馬刀的。馬刀上都捆着紅布。滾籐牌的。穿的老虎衣。一面燈球火把。照耀如同白晝。比近日新戲上鐵公雞好看萬倍單等參將守備千總把總下來。指明方向。他們就可分頭進發。這個時候。偏偏有個都司。叫作柏銅士的。梅氣賊來了蹌蹌踉踉上來回道。剛纔大人所說的進兵的地方。標下的船曾經搖過。厨子上去買菜。標下上去出恭。四面兒瞧過一瞧。一點動靜都沒有。胡統領正在興頭上。𥨪然被他阻住。不覺心中發火。大聲喝道。我正在這裏指授進兵的方畧。膽敢搖唇鼓舌。煽惑軍心。本該將你斬首。嚇煞姑念用人之際。從寬發落。

一面喝拖下去。跟我結實的打。只見四個親兵。如狼似虎。早把柏都司按下。舉起軍棍。一聲吆喝。那軍棍就從柏都司身上落下來。看看打到二百。胡統領還不叫住手。棍子又來的結實。柏都司實實熬不得了。（今番難為汝皮肉受苦矣）於是一眾官員。自參將起。至外委止。一齊朝着胡統領跪下求情。艙裏容不下。連着岸上跪的都是人。胡統領還拿腔做勢。申飭了一大頓。方命把柏都司放起。將眾官斥退。大隊人馬。都已分派齊全。又傳下令來。五更造飯。天明起馬。胡統領自己在後押住隊伍。督率前進。所有的隨員。除兩位老夫子。及黃同知。留守大船外。周文二位一概隨同前去。（叫汝等也去看看熱鬧）吩咐已畢。其時已有四更多天。胡統領又急急的橫在鋪上。呼了二十四筒鴉片烟。把癮過足。（這一夜天想把一鈺烟通通括盡了）又傳早點心。這個空檔裏頭。周老爺文七爺一班人。便也回到自己船上。料理一切。且說本營參將。奉了將令。點齊人馬。正待起身。手下有個老將前來稟道。統領叫大人打前敵。現在土匪一個影子都沒有。倒底去幹什麼事呢。一句話。把參將題醒。意思想上船請統領的示。見了剛纔柏都司捱打的情形。恐防又碰在統領氣頭上。討個沒趣。因此要去又不敢去。（總算已有了替死鬼了）虧得這個老將聰明。便說總領跟前。不好請示。好在幾鼓位隨員老爺。已經下來。大人何不到他們船上問一聲兒。參將正在沒得主意。一聞此言大喜。立刻叫伴當拿了名片。赶到隨員船上。因與文七爺相熟。指名拜文大老爺。文七爺見了名片。就說立時就要動身。那裏還有工夫會客。周老爺道。你別管。姑且先叫他進來。你沒工夫等我陪他。（曉得是買賣上門來了）便命手下快請。參將進得艙中。朝着諸位一一打恭。歸坐之後。周老爺劈口問他。半夜惠顧。有何賜教。（先去問他妙）參將湊近一步。將來意陳明。請教統領大人是何用意。此地實實在在一個土匪沒有。如今帶了大兵前去。倒底幹嗎呢。周老爺聽了這話。笑而不答。（奸極惡極）參將一定要請教。周老爺道。此事須問統領方知。（推托得妙）兄弟同老哥一樣。大家都是奉令差遣。別事一概不知。參將急了。細想這事。一定要問文七爺。文七爺因為這幾天。一直沒有好生睡。剛纔從統領船上站班回來。意思想橫在牀上打個盹。就起身。不料參將纏不清爽。一定要見他。他身無奈。只得起來相陪。參將便把他拉在一旁。同他細說。問他怎樣辦法。可以不叫統領生氣。文七爺的脾氣。一向是嗎嗎虎虎的。一句話便把他問住。（一個肥羊你不會下口）周老爺見文七爺回答不出。忽然心生一計。仍舊自己出來。同他講說這件事。須問統領的跟班曹二爺纔曉得。（將機就計可畏可愛）參將道。那裏去找他呢。周老爺道。容易。立刻叫他自己管家。到大人船上看曹二爺空不空。倘若無事。請他過來一盪。一霎曹二爺來了。站在船頭上。不敢進來。周老爺赶出去同他咕唧了一回。又轉身進來。同參將說。無非說他們這盪。跟着統領出門。怎樣吃苦。想想你老哥栽培他們的意思。（做成圈套叫人上鉤好）參將一聽明白。知道這事情非錢不應。立刻答應了一百銀子。還記兄弟的缺。是著名的苦缺。列位是知道的。這一點點不成個意思。不過請諸位吃杯茶罷。（許出銀子又要加上些好話為官真正不易）周老爺又趕到船頭上。同曹二爺說。曹二爺嫌少。一定要五百。周老爺艙裏艙外跑了好幾盪。好容易講明白三百銀子。（三百銀子已二百軍規倒底還輕）明天回來先付一百兩。下餘約二百。趕大人動身前頭。一齊付清。又恐怕口說無憑。因為文七爺問他相好。周老爺的一定要拉文七爺擔保。文七爺見周老爺周參將要錢。心上已經不高興。後來又見他跑出看跑進。做出多少鬼串。愈覺瞧他不起。(還是文七爺名貴些)周老爺還不覺得。鄭重其事的。把統領的意思無非是虛張聲勢。將來可以開保的緣故。通統告訴了參將。(說穿不值半文錢)參將到此。方纔恍然大悟。立刻起身相辭。舍舟登岸。料理出隊的事情。說時遲。那時快。霎一時分撥停當。統領船上傳令起身。便見參將身騎戰馬。督率大隊。按照統領所指的地圖。滔滔而去。等到大隊人馬都已動身。其時太陽已經落地。統領船上方傳伺候。(想已把烟癮很命過足了)胡統領坐的仍舊是綠呢大轎。轎子跟前一把紅傘。一嶄齊十六名親兵。掮着的雪亮的刀乂。左右護衛。再前頭便是在船上替拾馬桶那個二爺。戴着五品功牌。拖着藍翎。腰裏插着一枝令箭。騎在馬上。好不威武的。(江充以償冀而得寵披拾馬安得不耀武揚威)再前頭。全是中軍隊伍。只見五顏六色的旗子。迎風招展。挖雲鑲邊的號(桶哉)褂。映日爭輝。(與近日上海大出喪一樣好看)虧得周老爺是打大營出身。文七爺是在旗。他二人都還能彀騎馬。不曾再坐縣裏的轎子。自從動身之後。胡統領一直在轎子裏打磕銃。(想是烟迷)並沒有別的事情。漸漸離城已遠。偶然走到一個村莊。他一定總要自己下轎。踏勘一回。有無土匪蹤跡。(萑苻藏奸)(安得不親行踏勘)鄉下人眼眶子淺。那裏見過這種場面。胆大的藏在屋後頭。等他們走過再出來。胆小的一見這些人馬。早已嚇得東跳西走。十室九空。(所謂望風而逃)先起走過幾個村莊。胡統領因不見人的蹤影。疑心他們都是土匪。大兵一到。一齊逃走。定要拿火燒他們的房子。(真真是無賴賊)這話纔傳出去。便有無數兵丁。跳到人家屋裏。四處搜尋。有些孩子女人都從牀後頭拖了出來。胡統領定要將他們正法。（險作刀頭之鬼）幸虧周老爺明白。連忙勸阻。胡統領吩咐帶在轎子後頭。回城審問口供再辦。正在說話之間。前面莊子裏頭。已經起了火了。（小民何辜致罹焚巢之究）不到一刻。前面先鋒大隊都得了信。一齊縱容兵丁。搜掠刼搶起來。（三百金不於此時償還等待何時）甚至洗滅村莊。奸淫婦女無所不至。（使人有窮遇土匪不遇官兵之慨）胡統領再要傳令下去。阻止他們。已經來不及了。當下統率大隊走到鄉下。東南西北四鄉八鎮。整整兜了一個大圈子。胡統領因見沒有一個人出來同他抵敵。自以為得了勝仗。奏凱班師。將到城門的時候。傳令軍士們一律擺齊隊伍。鳴金擊鼓。（想奏的是得勝樂）穿城而過。當他轎子離城還有十里路的光景。府縣俱已得了捷報。一概出城迎接。（此年大將軍平西藏回京時一樣威風）此時胡統領滿臉精神。自以為曾九帥克復南京。也不過同我一樣。見了府縣各官。他老亦只得下轎。走到接官亭裏。把自己戰功。敘述兩句。（想在轎子內已經打好稿子了）本府意思想請統領大人到本府大堂。擺宴慶功。胡統領意思一定要回到船上。本府拗他不過。只得跟他又兜了一個大圈子。仍送他到城外下船。所有的隊伍。統通擺齊在岸灘上。足足擺了好幾里路的遠。統領轎子一到。一齊跪倒在地。吶喊作威。（跪喊是軍中練就的長技）少停。升砲作樂。把統領送到船上。下轎進艙。接連着文武大小官員。前來請安稟見。統領送客之後。一面過癮。一面吩咐打電報給撫台。先把土匪猖獗情形。畧述數語。後面便報一律肅清。好為將來開保地步。（輕輕數語足顯此中斲輪老手）電報發過。他老的烟癮亦已過足。先在岸灘上蓆棚底下。擺設香案。自己當先穿着行裝。率領隨征將弁。望闕叩頭。謝恩已畢。（遺禍流毒難逃聖世顯戮）然後回船受賀。諸事停當。先傳令每棚兵丁。賞羊一腔。猪一頭。酒兩罈。饅首一百個。各兵丁由哨官帶領着。在岸上叩頭謝賞。一面船上吩咐擺席。一切早由首縣辦差家人。辦理停當。一溜十二隻江山船。整整擺了十二桌整飯。幾有飲至桀熟之術仍舊是統領坐船居中。隨員及老夫子的船。夾在兩旁。餘外全是首縣辦的。其時已有初更時分。船艙裏頭。點的燈燭輝煌。照耀如同白晝。江山船的窗戶。是可以掛起來的十二隻船。統船通可以望見。燈紅酒綠。甚是好看。宛如幾隻畫龍船一聲擺席。一個知府。一個參將。一齊換了吉服進艙替統領定席。吹手船上。吹打細樂。胡統領見各官進來。不免謙讓了一回。口稱今日之事。我們仰托着朝廷洪福。得以成此大功。極應該脫略儀注。上下快樂一宵。在下船時早已說過況且這船又是兄弟的坐船。諸位是客。兄弟是主。只有兄弟敬諸位的酒。那有反勞諸位的道理。知府道。本日是替大人慶功。理應大人首座。卑府們倍坐。胡統領一定不肯。又要諸位寬章。諸位只好遵命。於是又請了兩位老夫子過來。原定五個人一席。胡統領又叫請周老爺。說一切調度。都是他一人之功。一定要他坐首位。功人功狗自然要坐首位周老爺見本府在座。不敢僭越。仍舊坐了第五位。餘下黄文二位隨員。亦在隔壁船上坐定。一霎時十二隻船。都已坐滿。不必細述。儼然是功臣宴單說當中一隻船上。六個人剛剛坐定。胡統領已急不可耐。頭一個開口就說。我們今日非往常可比。須大家儘興一樂。數日不挾妓飲酒使我豪興頓消府裏營裏。只答應是是。統領眼睛望好了趙不了。知道他年輕好玩。意思要想他開端。幾有澧河瞞在濮陽城對乃至形景齊巧碰着他一肚皮的心事。他此刻心子雖然陪着東家吃酒。一心想到蘭仙。又想蘭仙死的冤枉。心上好不悽慘肚皮裏尋思。倘若此時不蘭仙尚在。如今陪了東家一塊吃酒。是走了明路的。何等快活。何等有趣。偏偏他又死了。想到這裏。不禁掉下淚來。（睹景興悲有良朋不負死友之概）又怕人看見。只好粧做眼睛被灰迷住了。不住的把手去揉。幸而未被衆人看破。當下胡統領張羅了半天。無人答腔。覺着很沒意思。還虧周老爺聰明。看出苗頭。暗地裏把黃老夫子拉了一把。為他年紀大些。臉皮厚些。人家講不出的話。他都講得出。所以要他先開口。他果然會意。正待發言。齊巧龍珠在中艙門口。招呼夥計們上菜。黃老夫子便趁勢說道。龍珠姑娘。彈的一手好琵琶。錢塘江裏沒有比得過他的。（此時如有江州司馬在座定把潯陽江改作錢塘江了）胡統領道。不錯不錯。你老夫子是愛聽琵琶的。黃老夫子道。好琵琶人人愛聽。今天不比往常。極應該脫略形迹。煩龍珠姑娘多彈兩套。替統領大人多消幾杯酒。胡統領道。今日是與民同樂。兄弟頭一個破例。叫龍珠上來。彈兩套給諸位大人師爺下酒。龍珠巴不得一聲。趕忙走過來坐下。跟手在玉仙跟了進來。（東風不與周郎便銅雀春深鎖二喬）胡統領一定要在席人統通一叫局。本府參府各人叫了各人相好。周老爺仍舊叫了小把戲招弟。黃老夫子不叫局。胡統領倒也不勉強他一定要叫。末了臨到趙不了。胡統領道。今天是先生放學生。准你開心一次。你叫那個。趙不了回說沒有。（你不怕煞東家風景嗎）胡統領一定要他叫。他一定不叫。胡統領心上很怪他背地裏作樂。當面假撇清。這裏不配抬舉的。不應該叫他上檯盤。（你卻錯怪他了）心上如此想。面上就狠不好看。那裏曉得他一腔心事。滿腹牢騷。他正在那裏難過。那裏還有心腸再叫別人呢。（到是一個義夫）當下胡統領便不去採他。忙着招手隔壁船上文七爺等通統叫局。此時蘭仙已死。玉仙無事。依舊做他的生意。文七爺於是仍把他叫了來。趙不了隔着窗戶。看見了玉仙。想起他妹妹。他心上更是說不出的難過。（真有賈寶玉見紫鵑形景）一霎時局都叫齊。豁過了拳。龍珠便把着琵琶。過來請示。彈甚麼調頭。本府大人在行。說道。今天是統領大人得勝回來。應該彈兩套吉利曲子。衆人齊說一聲是。本府便點了一套將軍令。一套卸甲封王。（即景生情却是本地風光）胡統領果然非常之喜。一霎時琵琶彈完。本府參將一齊離坐。前來敬統領的酒。齊說大人卸甲之後。指日就要高升。這杯喜酒是一定要吃的。胡統領道。要喜大家喜。兄弟回來。就要把今天出力的人員。稟請中丞。結結實實保舉一次。幾位老兄忙了這許多天。都是應該得保的。（倒是公道話）本府參將聽到此言。又一齊離位請安。謝大人的栽培。這裏只圖說的高興。不提防右首文七爺船上。首縣莊大老爺。正在那裏吃酒。看見大船上本府參將。一個個離座替統領把盞。莊大老爺也想討好。（他是第一個要緊的如何好落在人後）便約會了在桌的幾個人。正待過船。敬統領的酒。一隻腳纔跨出艙門。忽見衙門裏一個二爺。氣吁吁的。跑的滿頭是汗。跨上跳板。告訴他主人。說道老爺不好了。（想是真真土匪殺來了）莊大老爺一聽大驚。忙問姨太太怎麽樣了。那二爺道。不是姨太太的事。西北鄉裏來了多多少少的男人女人。有的頭已打破。渾身是血。還有女人扛了上來。要求老爺伸究。莊大老爺道。甚麽事情。難道又被土匪刼了不成。（我亦疑心到此）二爺道。並不是土匪。是統領大人帶下來的兵勇。也不知那一位老爺帶的。把人家的人也殺了。東西也搶了。女人也強姦了。房子也燒完了。所以他們進來告狀。（原來為此）莊大老爺一聽這話。狠覺為難。剛巧這兩天。姨太太已經達月。

所以一見二爺赶來。還當是姨太太養孩子。出了甚麼岔子。後來聽說不是。纔把一條心放下。（百姓遭災倒不在他心上）但是鄉下來了這許多人。怎麼發付。統領正在高興頭上。也不便去回。到底他是老州縣。見多識廣。早有成竹在胸。（倒是一個智囊）便問二爺道。究竟來了多少人。二爺道。看上去好像有四五十個。莊大老爺道。你先回去傳我的話。他們的冤枉我通統知道。等我回過統領大人。一定替他們伸寃。叫他們不要囉唣。（幾句話已把全題一冒）二爺去後。莊大老爺纔同文七爺等。跨到統領船上挨排敬酒。胡統領還說了許多灌米湯的話。莊大老爺答應着。又謝過統領。仍回到隔壁船上。却把二爺來說的話。一句未向統領說起。等到席散。在席的官員。一個個過來謝酒。千把外委們。一齊站在船頭上。擺齊了請安。兩位老夫子。止作了一個揖。胡統領送罷各客。轉回艙內。便見貼身曹二爺走上來。把鄉下人來城告狀的話。說了一遍。胡統領道。怕他什麼。（既會放火怕不會收火嗎）如果事情要緊。首縣又不是木頭。為什麼剛纔檯面上。一聲不言語。要你們大驚小怪。曹二爺碰了釘子。不敢作聲。趔趄着退了出去。此時周老爺已回本船。胡統領又叫人把他請了過來。告訴他。剛纔曹二爺的話。周老爺心中明白。聽了着實擔心。（皆是你獻的好策如何不擔的心）不敢言語。胡統領又要同他商量開保案的事。誰是尋常。誰是異常。誰該隨摺。誰歸大案。斟酌定了。好稟給中丞知道。當下周老爺自然謙讓了一回。說道這個恩出自上。卑職何敢參預。（愈謙虛愈要緊）胡統領道。你老哥自然是異常。一定要求中丞隨摺奏保。這是不用說的了。其餘的呢。周老爺見統領如此器重。赶忙謝過栽培之後。不便過於推辭。肚皮裏畧為想了一想。便保舉了本府參將首縣黃丞文令趙管帶魯帮帶。（豈不怕保舉了賊子）通統是異常勞績。胡統領看了別人的名字還可。獨獨題到文七爺。他心上總還有點不舒服。（假公濟私究竟是奪寵的利害）便說自己帶來的人一概是異常。未免有招物議。我想文令年紀還輕。不大老練。等他得個尋常罷。本地文武。沒有出甚麼大力。何必也要異常。（他們也想置功自然該一筆抹煞了）周老爺同文七爺。交情本來不甚厚。聽了統領的話。衹答應了一聲是。後來見統領又委把當地方文武抹去。他便獻策道。大人明鑒。這件事情。是瞞不過們的。他們倒比不得文令。可以隨隨便便。總求大人格外賞他們個體面。堵堵他們的嘴。這是卑職顧全大局的意思。胡統領一想這話不錯。便說老哥所見極是。兄弟照辦。有這幾個隨摺的。也儘彀了。隨摺不比別的。似乎不宜過多。倘若我們開上去。被中丞駁了下來。到弄得沒有意思。所以要斟酌盡善。（所慮亦是後來果然為周老爺一人害得大家無光）周老爺連忙答應幾聲是。又接着說道。別人呢。卑職也不敢濫保。但是同來的兩位老夫子。辛苦了一盪。齊巧碰着這個機會。也好趁便等他們弄個功名。這裏頭應該怎樣。但憑大人作主。卑職也不敢妄言。（拔茅連茹有貢禹彈冠之慶）此時還有大人跟前幾個得力的管家。卑職問過他們。功牌獎札也通統得過的了。此番或者外委千把。求大人賞他們一個功名。也不枉大人提拔他們一番的盛意。（臣僕同升確是提拔家人盛意）胡統領道。老夫子呢。再談。至於我這些當差的。就是有保舉。也只好隨着大案一塊兒出去。兄弟現在要緊過癮。就請老哥今天住在兄弟這邊船上。替兄弟把應保人員。照剛纔的話。先起一個稿。等明天我們再斟酌。說完之後。龍珠便上前替統領燒烟。周老爺退到中艙。取出筆硯。獨自坐在燈下擬稿。一頭寫。一頭肚裏尋思。自己還有一個兄弟。一個內弟。兄弟已經捐有縣丞底子。內弟連底子都没有。意思想趁這個擋口。弄個保舉。（一人得道自然㧞宅飛昇）諒來統領一定答應的。只要他答應雖說內弟没有功名。就是連忙去上兑。倒填年月。填張實收出來也還容易。正在尋思。龍珠因有見統領在烟鋪上睡着了。便輕輕的走到中艙。看見周老爺正在那裏寫字呢。龍珠趁便到了椀茶給他。（你不怕大人要吃醋麼）周老爺一見龍珠。曉得他是統領心上人。連忙站起來。說了聲勞動姑娘。怎麼當得起呢。龍珠付之一笑。便問周老爺道。還不睡覺。在這裏寫甚麼。周老爺便趁勢自擺濶說道。我寫的是各位大人老爺的功名。他們的功名。都要在我手裏經過。（女人面前最是要誇張自己的勢力）龍珠便問為什麼要在你手裏經過。周老爺道。今天統領到這裏打土匪。他們這些官。跟着一塊出征打仗。現在土匪都殺完了。所以一齊要保舉他們一下子。（原來為此）龍珠道。什麼叫土匪周老爺道。同從前長毛一樣。龍珠道。我們在路上。不是聽見船上人說。並没有甚麼長毛嗎。周老爺道。怎麼没有。一齊藏在山洞子裏。如果不去滅了他們。將來我們走後。一定就要出來殺人放火的。龍珠聽了信以為真。（女人最騙得相信）又問道。府大人縣裏老爺。不通統都是官嗎。還要升到那裏去。周老爺道。縣裏升府裏。府裏升道裏。升了道台。就同統領一樣。龍珠道。剛纔我聽見你同大人說。甚麼曹二爺也要做官。他做甚麼官。周老爺道。這些人。也没有甚麼大官。給他們做不過一家給他們一個副爺罷了。（拎馬桶要做到副爺現在許多副爺大概多給統領拎馬桶過來）龍珠道。你不要看輕副爺。小雖小。倒底是皇上家的官。勢力是大的。我們在江頭的時候。有天晚上。候潮門外的盧副爺。上船來擺酒。一個錢不開銷。還罷了。又說是嫌菜不好。一定要拿片子。拿我爸爸往城裏送。後來我們一船的人。都跪着他磕頭求情。又叫我妹妹鳳珠。陪了他兩天。纔算消的氣。（裝腔做勢不過要白嫖罷了）真正是做官的利害。周老爺道。統領大人。常常說龍珠還是個清的。照你的話。不是也有點靠不住嗎。龍珠道。我們吃了這碗飯。老實說。那裏有什麼清的。（一句道破）我十五歲上。跟着我娘到過上海一盪。人家都叫我清倌人。我肚裏好笑。我想我們的清倌人。也同你們老爺們一樣。（老爺與倌人一樣真真是現身說法亦新亦切）周老爺聽了詫異道。怎麼說我們做官的。同你們清倌人一樣你也太蹧蹋我們做官的了。龍珠道。周老爺不要動氣。我的話還沒有說完。你聽我說。只因去年八月裏。江山縣錢太老爺。在江頭雇了我們的船。同了太太去上任。聽說這錢大老爺在杭州等缺。等了二十幾年。窮的了不得。連甚麼都當了。好容易纔熬到去上任。他一共一個太太兩個少爺。九個小姐。（賠錢貨倒不少）大少爺已經三十多歲。還沒有娶媳婦。從杭州動身的時候。一家門的行李。不上五担箱子都很輕的。到了今年八月裏。預先寫信叫我們的船。上來接他回杭州等到船上那一天。紅皮衣箱一多就多了五十幾隻。（比強盜行劫還快）別的還不算。上任的時候。太太戴的是鍍金簪子。等到走。連奶少少爺的奶媽。一個個都是金耳墜子了。（一人有福萬人受享）錢大老爺走的那一天。還有人送了他好幾把萬民傘。（萬民傘德政牌久成照例文章）大家一齊說老爺是清官。不要錢。所以人家纔肯送他這些東西。我肚皮裏好笑。老爺不要錢。這些箱子是那裏來的呢。來是甚麼樣子。走是甚麼樣子。（如服一劑清涼散）能彀瞞得過我嗎。做官的人。得了錢。自己還要說是清官同我們吃了這椀飯。一定要說得倌人。豈不是一樣的嗎。（暮鼓晨鐘發人清醒）周老爺。我是拿錢老爺做個比方。不是說的你。你老人家千萬不要動氣。（我足一句比罵還戀）周老爺聽了他的話。氣的一句話也說不出。倒反朝着他笑。歇了半天。纔說得一句。你比方的不錯。（也只好如此說了）龍珠又問道。周老爺。這些人的功名。都要在你手裏經過。我有一件事情。拜托你。我想我吃了這碗飯。也不曾有甚麼好處。到我的爸爸爭想求求你老人家。替我爸爸寫個名字。在裏頭。只想同曹二爺一樣。也就好了。（你爸爸不知與統領倒過夜壺否如有一定是靈）將來我爸爸做了副爺。到了江頭城門上的盧副爺。再到我們船上。我也不怕他了。周老爺聽了此言。不覺好笑。一回又縐縐眉頭。龍珠又釘着問他到底行不行。一定要周老爺答應。周老爺拿嘴朝着耳艙裏努。意思想叫他去同統領去說。龍珠尚未答話。只聽得耳艙裏胡統領一連咳嗽了幾聲。龍珠立刻趕着進去。欲知後事如何且聽下回分解。

續編卷十五

老吏斷獄著著爭先
捕快查臟頭頭是道

話說龍珠走進耳艙。看見胡統領已醒。連忙倒了一碗茶。胡統領喝過之後。龍珠又拿了一支烟袋坐在床沿上。替他裝烟。一面裝烟一面閒談。就講到保舉一事。龍珠撒嬌撒痴。一定要大人保他爸爸做副爺。（古有因一女得寵而光生門戶者龍珠求統領保他爸爸為副爺自是恃寵怙寵之常事）胡統領恐怕人家說閒話。（竈下養中郎將爛羊頭關內侯千古傳為笑柄烏龜保做副爺豈不貽人口實）不肯答應。禁不住龍珠一再軟求。統領弄得沒法。便指引他叫他去求周老爺。龍珠道。周老爺不答應。纔叫我來找你的。胡統領道。剛纔他不答應。包管你再去找他。他一定答應。龍珠道。我不管。我見了周老爺。我只說是你叫我說的。胡統領把臉一沉道。你別瞎鬧。說完這句。他老人家仍舊睡下。（好自在）龍珠恐怕耽誤他爸爸的功名大事。仍舊走到外艙找周老爺。誰知這個檔口。一個中艙人多擠滿了。有幾個是船上的哨官帮帶。其餘的便是統領的跟班廚子。一齊在那裏圍着周老爺講話。（所講何話明眼人自能知之）因為統領睡了覺。不敢高聲。都湊上去同周老爺咬耳朵。只見周老爺有的點點頭。有的搖搖頭。也不知說些甚麼。又見廚子給周老爺打千。（伊尹以割烹要湯易牙以知味媚君廚子要保舉最是捷徑）等到這些人退去。船頭上又站了不少的人。周老爺搖手。叫他們不要進來。怕驚了統領的駕。他們雖然不敢進來。卻是不肯散去。周老爺叫把艙門關上。龍珠方又上來求他。周老爺也懂得這裏頭的機關。（此種機關瞞得過誰）樂得在統領面上討好。便應允了。等到稿子擬好。天已大亮了。船上的烏龜。格外巴結。特地熬了一鍋稀飯。備了四碟子小菜。請他後梢頭去吃。龍珠又到前艙裏。聽了聽。統領正在好睡的時候。便回到來同周老爺說。大人一時還不曾醒。周老爺你整整辛苦了兩天兩夜。就在這船上歇歇。打個盹罷。周老爺道。我真的熬不住了。說完此句。果然就在船老板床上躺下了。龍珠替他拿被蓋好。老板說是天冷得很。自己又從櫃子裏取出一條毯子。給他蓋上。（一許保舉父女即十分慇懃醜態難堪）周老爺連忙客氣。還說你如今保舉了官了。我們就是同寅了。怎麼好勞動你呢。老板道老爺說那裏話來。小人不是托着你老人家的福。那裏來的官做呢。（雖是周老爺之用情終是你女兒的好處）周老爺到底半苦了兩天兩夜。實在撐不住。一上床就矇矓睡去。等到一覺困醒。已經是一點鐘了。趕緊起身洗了一把臉。就拿擬的稿子。送給胡統領瞧。胡統領正躺在被窩裏過癮。一手接過稿子。（被裏過癮看稿子與被裏放衙同是一般享福）一面嘴裏說費心得很。等到過足了癮。打開稿子一看。頭一張便是辦勦土匪。一律肅清的詳細稟稿。連着稟請隨摺奏保的幾個銜名。其餘的。祇開了幾張橫單。等到善後辦好。再稟上去。此時不過先把大概應保人員。斟酌出一個底子。以便隨後增添。胡統領看過無話。便命先將稟帖繕發。又叫把周老爺的名字。擺在頭一個。（禍首罪魁自然第一個是功臣豈知後來被人妒忌因他打頭遂致將餘人一概抹煞乎）周老爺答應着出來照辦不題。且說建德縣知縣莊大老爺自在統領船上赴宴之後。辭別進城。一到衙前。果見人頭擁擠。剛纔進得大門。便有無數鄉民。跪在轎旁。叩求伸寃。（來得突兀）莊大老爺一見這個樣子。立刻下轎。親自去攙扶為首的兩個耆民。不等他們開口。自己先說這些兵勇實在可惡得很我已經稟過統領一定要正法幾個把人頭號令在你們莊子上纔好替你們出這口氣真會做作真會欺玩民朦於股掌之上真是老奸巨猾莊大老爺一頭走一頭說走到大堂隨即坐下此時通班衙役兩旁站齊大堂上燈籠火把照耀如同白晝莊大老爺坐定之後告狀的一班鄉民把個大堂跪的實實足足莊大老爺縐着眉頭哭喪着臉那裏來一副急派奸猾之至向底下說道我想你們這些百姓真可憐呀本縣是一縣的父母你們都是本縣的子民天下做兒子的受了人家欺負那做父母的心上焉有不痛之理今日之事不要說你們來到這裏哀求我替你們伸冤就是你們不來本縣亦是一定要辦人的先說着他的痛癢再堵着他的嘴口使他認已為真能伸冤然後恐嚇欺騙惟我欲為莊大老爺的話還未說完堂下跪的一班人一齊都叫青天大老爺真正是小人們的父母曉得眾子民的苦楚你老吩咐的話都是眾子民心上的話真正是青天老爺也不用小人們再說別的了莊大爺聽到這裏曉得這事容易了結一探口氣便知容易結早有成竹在胸矣了便說你們先下去商量商量誰人被殺誰家被搶誰家婦女被人強姦誰家房子被火燒掉細細的補個狀子上來明日一早本縣好據你們的狀子到船上問統領要人立刻正法當面辦給你們看叫補狀子亦是不易的辦法惟要人正法說得太覺容易便有弊病矣眾鄉民又一齊叩頭謝大老爺的恩典一齊下來歌功頌德不置莊大老爺退堂之後不做別的立刻擬就一道招告的告示連夜寫好發貼告示上寫的是統領軍令森嚴此番帶兵勦辦土匪原為除暴安良起見深恐不法勇丁騷擾百姓所以面諭本縣倘有前項情事證據確鑿准其到縣指控審明之後即以軍法從事決不寬貸各等語先為

統領開脫再要証據指控如此告示便知無意於伸冤理枉矣等到告示發出。莊大老爺方纔回到上房。打了一個盹。次日一早。先上府稟明此事。府大人聽了。甚是躊躇。想了一回。叫他先到城外面回統領。其時統領正在好睡的時候。真真好自在管家又不敢喊他。莊大老爺在官廳裏一直等到一點半鐘。肚裏餓的難過。難為你了意思想轉回衙門。吃過飯再來。偏偏又有人來說。統領已經睡醒。只好等着傳見。一等等到兩點多鐘。船上傳話下來。吩咐說請。莊大老爺上船。見了統領。先行禮謝過昨天的酒。然後歸坐。慢慢的談到公事。莊大老爺便把昨天晚上的事。稟陳了一遍。又說昨天晚上。卑職在船上。就得到這個信息。恐怕不確。當面之事還說恐怕不確便有替他回護之意所以沒有敢回。胡統領一聽他言。方想起昨日家人曹升來說的話。並不是假。心上甚不快活。半天沒有言語。莊大老爺見統領為難。樂得趁勢賣好。便說這件事情。卑職已有辦法。包管鄉下人告不出。大人這裏也不用辦一個人。自然可以無事。逢君之惡其罪大又是一個助紂為虐的統領忙問有何辦法。問得要緊莊大老爺便如此如此這般這般說了一遍。令人測摸不出起先統領只是拉長着耳朵。聽他講話。後來漸漸的面有喜色。臨到末了。不禁大笑起來。連說甚好甚好。老哥如此費心。兄弟感激得很。說完之後。又告訴他老哥的衙名。已經稟請中丞隨摺奏獎。當面討好所謂恩報恩來情報情莊大老爺立刻又請安謝過保舉。然後辭別。坐轎回到衙中。傳齊三班衙役。立刻就要升堂理事。佈置妥貼急欲出手矣又叫人知會城守營。擺齊隊伍。前來助威。倡以兵力所謂恩威並濟諸事停當。然後莊大老爺升坐公案。把一干人提到案前審問。莊大老爺一見這班人。仍舊做出一副愁眉苦臉的情形。對這些人說道。本縣想這些兵勇。真正可惡。一定今天要正法兩個。好替你們伸寃。所有被害的人家。本縣已經稟明統領。一概捐廉從豐撫卹。（欲惕以害先動以利叫他死心貼地只知其好不知其惡矣）你們的狀紙。想都已寫好的了。先拿來我看。好拿錢分給你們。衆人一聽。又有錢給他們。又替他們伸寃。真正是個青天大老爺。又連連磕頭稱頌不迭。於是一齊把狀子呈上。莊大老爺看過之後。便吩咐左右。照這狀子上趙大房子燒掉又打死一個小工。頂頂吃虧。應該撫恤銀五十兩。立刻堂上發下一錠大元寶。（是反用徙木立信故智）趙大拿着歡喜。衆人望着眼熱。下餘錢二孫三李四周五吳六鄭七王八。也有三四十兩的。也有十兩八兩的。莊大老爺見幾個頂吃虧的。都已敷衍完畢。便指着一個人說道。你說你的老婆女兒被人強姦。這件事情頂大。審問明白。（既不請統領將兇手發落審問誰人）立刻當面拿人殺給你看。但是一樣。這事情人命關天。究竟那一個強姦你的老婆。那一個強姦你的女兒。你須認明。不可亂指。你老婆女兒帶了來沒有。這人道。昨天就同了來的。莊大老爺道。很好。你老婆不用說。等到把你女兒驗過。我就立刻辦人。那人聽了無話。莊大老爺道。從來打官司。頂要緊的是證見。（漸漸來了）有了證見。就可辦人。（觀至此曾記前年外國水手毆死撐麻雀舢板一命其後請外國包探在兵船上查出兇手即以同夥為證見夫口不移外國人最祖護己短尚能公事公辦中國官專以魚肉百姓為事當其祖護同寅縱兵殃民代為胡賴直有如書上所云者真外國人之不若安得不啟外人以草菅民命之漸哉）你們的狀子。已在這裏。誰是證見。快去想來。不但這個須得證見。趙大的小工被兵打死。究竟是誰的兇手。亦要查個明白。房子被燒。亦得有人放火。你們快快查出人頭。我老爺立刻等着辦呢。（殺人放火自有形跡須是捏造不出來的自然有一手人頭今既以大營為罪淵藪豈是百姓所能自查的你既為一方之主自應請你查明發落）衆人面面相覷。一句對答不上。

老爺便說。你們暫且下去。想想再來。或者一時忘記。也論不定。眾人退下。七嘴八舌。議了半天。畢竟未曾說出一個人來。那個女兒被人家強姦的。聽說要驗。尤其不肯。因此鬧了半天。竟其不能重新上堂稟復。（民為至愚況又懾以官威該有如此景況）且說莊大老爺所擬的招告告示貼出之後。四鄉八鎮得了這個風聲。那些被害人家。誰不想來告狀。半日之間。衙前聚了好幾百人。為首還的是兩個武秀才。鬧烘烘的一齊要見本官。（莊大老爺之得以起滅自由恃在愚夫百姓誤認己為好官真能伸冤理枉必不與己為難之故）莊大老爺得信之後。知道人多難以理喻。便吩咐開了中門。請這兩位武秀才。內庭相見。起先這兩個武秀才。仗着人多。都是雄糾糾氣昂昂。好像有萬夫不當之勇。（活畫出武秀才氣象）及至聽到一聲請。又見本官衣冠迎接出來。大堂兩邊。自外至內。重重疊疊。站立着無數營兵衙役。到了此時。不覺威風矮了一半。（先待以非常之禮再臨以不測之威自然豪氣頓消矣）眾人見他兩位。尚且如此。大家也無甚說得。跟了進來。一齊站在大堂院子裏。不敢多說一句話。莊大老爺把兩個武秀才迎了進去。他兩個見了父母官。不敢不下跪磕頭。起來。又作了一個揖。莊大老爺奉他兩位炕上。一邊一個坐下。茶房又奉上茶來。美得他二人坐站不安。手足無措。不知如何是好。想要說話。不知從那裏說起。那個坐首坐的。不覺索索的抖了起來。（堂堂知縣已有先聲奪人之勢即在能言舌辯之士至此亦將減等況在鄉愚無知者哉）莊大老爺不等他開口。依舊做出他一副老手段來。咬牙切齒。罵這些兵丁。傷天害理。又咳聲嘆氣。替百姓呼冤。（總是裝出自己是好官安得不被其籠絡）兩個武秀才聽了。直覺他倆心上要說的話。多被大老爺替他們說了出來。除掉諾諾稱是之外。更無一句可以說得。莊大老爺立刻逼着。快快出去。查明受害的百姓。趕緊指出真凶實犯。本縣立刻就要辦人。（如此作難做刀還須請外國律師與他對壘）兩個武秀才坐在上面。實在難過。已不得一聲。馬上辭別下來。莊大老爺仍舊走到二門。他倆會到衆人。正在商議辦法。（此等書生只會恐嚇鄉愚武斷一方那裏真能商出辦法來）又會見剛纔過堂下來的一班人。彼此見面。題及前事。亦因不能指出人名。不能回復。正在為難的時候。裡頭知縣又掛出一扇牌來。衆人擁上去看。無非又是催促他們。趕緊查齊人證。以便從嚴懲辦的一派話語。衆人看了。真正滿肚皮寃枉。却是尋不着對頭。（此時何不尋着土豪去哭訴愚人之愚真不可及）而且人命關天。非同兒戲。倘若寃枉了人。做了鬼要來討命。那却更不是玩的。因此又議了半天。仍舊是一無頭緒。一霎時。又聽得裏面傳呼伺候老爺升座。要提先來的一帮人審問。衆人無奈。只得仍到堂上跪下。莊大老爺使換了一副嚴厲之色。催問他們查出人頭沒有。有無證見。衆人你看看我。我看看你。仍然是無辭以對。莊大老爺便發話道。本縣愛民如子。有意要替你們伸寃。你們倒來欺瞞本縣。這還了得。現在你們的狀子。都在本縣手裏。已經稟過統領。統領問本縣要證見。（如縣的得竅全在推頭別人做了人自己做好人使百姓一時奈何他不得）本縣就得問你們要人。你們還不出人來。非但退回剛纔發給你們的撫恤銀子。還要辦你們反告的罪。（上句是主下句是賓知縣所挾制全在百姓不顧死活貪圖微利輕領撫恤銀子然後可誣以反告罪名）你們想想。殺人放火強姦婦女。是個什麼罪名。本縣看你們實在可憐得很。怎麼不弄明白。恐就來告狀。（一句緊一句總是愚弄百姓）衆人一齊磕頭。沒有話說。莊大老爺只是逼着他們快說。叫他們趕緊指出人頭。無奈衆人只是說不出。莊大老爺發很道。你們倒底怎樣。若照這個樣子。叫本縣怎麼回覆統領呢。現在只有一條路要你們指出人頭立時三刻正法除了這一條就得辦你們誣告（嚇上幾句使他自己討饒）眾人聽得如此說一齊跪在地下求饒莊大老爺見他們害怕越發得計一回說要解他們到統領船上去一回又說況然沒有憑據剛纔的銀子都不該領要他們一齊退出來（可惡如此使匕首在身定擇取汝腦漿矣）眾人不肯只是哭哭啼啼的在地下磕頭莊大老爺道我想你們這些人可憐呢果然可憐然而又可恨之極既要伸寃為甚麼不指出真凶實犯等我辦給你看現在弄得有寃沒處伸還落一個誣告的罪名幸而本縣曉得你們的苦處若是換了別人你們今天鬧的這個亂子可不小現在你們想怎麼樣說了出來本縣替你們作主（嚇得他走頭無路然後叫他想法子想不出然後可替他開門路）眾人道小的們還有甚麼說得小的是大老爺的子民只要大老爺痛顧小的們一點就是小人們重生父母了莊大老爺聽了也不言語綳了一回眉頭方說道這事叫我也為難現在放你們容易但是統領跟前我要為你們受不是的（說到要替百姓受不是不但不使百姓嗟罵自己還要使百姓感激自己）眾人只是磕頭無話莊大老爺有問房子燒掉小工殺掉東西搶掉可是真的眾人道是真又問強姦婦女可是真的（先將實顯的問過然後問到隱密處是叫他甘心願受隱忍不言）那個老婆女兒被兵強姦的人只是淌眼淚不敢回答莊大老爺道現在我只有一個法子給你們開一條生路非但不辦反告的罪還可以安安穩穩得幾兩撫恤銀子（圖窮而匕首現總是以利啖人移禍江東的法好）眾人一聽大老爺如此開恩又一齊磕頭莊大老爺道這些事情本縣知道全是兵勇做的但是沒有憑據怎麼可以辦人現在要替你們開脫罪名除非把這些事情一齊推在土匪身上你們一家換一張呈子只說如何受

土匪蹧蹋。來求本縣替你們伸寃的話。再各人具一張領紙。寫明領到本縣撫恤銀子若干兩本縣就拿着你們這個。到統領跟前。替你們求情。倘若求得下來。是你們的造化。求不下來。不是沒法的事。（再放刁幾句越顯得自己爲難叫他體諒不要翻變）衆人道。大老爺替我們去求統領大人。是沒有不准的莊大老爺道。那亦看罷了。但是一樁。你們遭了土匪的害。統領替你們打平了土匪。你們做百姓的。也總得有點道理。衆人還當是統領要錢。一齊哭着說道。小人們遭了土匪。一家家家破人亡。那裏還有錢孝敬統領大人。求大老爺開恩。莊大老爺道。統領大人。那裏稀罕你們的錢。臨走的時候。孝敬幾把萬民傘。不就給了嗎。（遣了兵卒無故蹂躪不問他以縱兵殃民之罪希圖幾個撫恤錢得不償失還叫他孝敬萬民傘要真正罪過）一個人能出幾丈錢。衆人聽了。又一齊叩頭。謝過大老爺的恩典。下去改換呈子。並補領狀。頭一幫人發落已畢。再發落後頭一幫人。後頭一幫人。也是沒有眞憑實據的。看見前頭的樣子。早已膽寒。莊大老爺本來也想當堂發落的。因見人多。恐怕滋事。（做賊心虛精細之至）仍舊退堂。叫人把兩位爲首的武秀才叫了進來。又叫這兩個秀才。轉邀了幾十個耆民。一齊到大廳相見。兩個秀才見過官的了。幾個耆民見了官。都瑟瑟的抖。（百姓怕見官一向如此）莊大老爺安慰他們。讓他們坐了講話。當下先對兩個秀才說道。今天檢直把本縣氣死。可恨這些人。旣要伸寃。又指不出眞憑實據。不問張三李四。你想本縣能彀亂殺人嗎。就是本縣肯幫着他們。替他伸寃。怕上頭也不答應。非但不答應。一定還要本縣拿人。辦他們的誣告。（一概推卸在上頭老奸作用）你說寃不寃。本縣實在可憐他們。所以纔替他們想出一個法子。非但不辦罪。而且每人反可落幾個撫恤銀子。

我亦總算對得住你們建德的百姓了。將來地方上一定要立個遺愛碑兩個秀才齊道。蒙老父臺這樣真正是愛民如子。衆耆民亦不住的稱頌青天大老爺。方纔言歸正傳。問兩個秀才道。你二位身入黌門。是懂得皇上家法度的。皇上家法度是叫你做官的庇縱首惡玩視民瘼今番來到這裏。一定拿到了真凶實犯。非但替你們鄉鄰伸冤。還可替本縣出出這口氣。要出氣不難只要你肯作骨硬通向統領交出犯事兵勇自然不會寃枉別人了兩個秀才脹紅了面。一句回答不出。坐在那裏。着實侷促不安。莊大老爺又向幾個耆民說道。你們幾位都是上了歲數的人。俗語說道。嘴上無毛。辦事不牢。像你衆位。一定是靠得住。不會寃枉人的了。豈知幾個耆民。在鄉下時。雖然衆人見了他們。惟命是聽。及至他們見了官。亦變成了沒嘴葫蘆。莊大老爺說一句。他們答應一句。及至問他究竟。依然是面面相覷。默無聲息。莊大老爺詫異道。怎麼諸位一聲不響呢。本縣是個性急的人。只要諸位說出人頭。本縣恨不得立時立刻辦人。只有向你要人你如何反向別人要人衆人依然無語。莊大老爺故意躊躇了半天。又問了好幾遍。見他們始終不說。莊大老爺纔把臉一板道。這是甚麼事情。也可以鬧着玩的。誰是鬧着玩的你既為地方官大兵到境應該竭力保護纔是今既坐視他人之縱兵殃民還要巴結上司卻罪土匪無中生有你不是鬧着玩是誰他人猶可。你二位是有功名的人。誣告一個罪。硬出頭一個罪。聚衆一個罪。嘄鬧衙門一個罪。別人多少罪你只有不卹民命一個罪知法犯法。這還了得。兩個秀才聽到這裏。早已嚇得半死了。連忙拍落托都跪在地下。求老父臺大人高檯貴手。武生們是不識字的。不懂得道理。此番回去。一定安分用功。倘有不好事情。傳在老父臺耳朵裡。兩樁罪一塊兒辦。說着。又迭連韃蹇韃蹇的磕響頭。好看好笑又連着幾個耆民也都跪下了。齊說情願叫來的人都回去。求大老別動氣。莊大老看了肚皮裏着實好笑。却忍住不笑。忙用手扶起兩個秀才。叫衆人一齊歸坐。又拿腔做勢。扳談了好半天。（架形擺足）准把幾個耆民開釋無事。兩位秀才暫時留在城裏聽候統領的示下。衆人感激不盡。却把兩個秀才活活嚇死。莊大老又會賣好。向衆人說道。你們出去先傳諭衆百姓。叫他們各自回家。（蛇無頭而不行軟住兩個秀才自然）（該先遣散衆百姓）不日本縣親自下鄉踏勘。果然受了蹧蹋。還要撫恤他們。衆人聽了越發感激。兩個秀才却嚇的面色都發了白了。（若惱了）不覺又一同跪下叩頭求饒。莊大老爺只是頭朝上仰着天。一手拈着鬍鬚。慢慢的說道。誣告大事。本縣擔不起這個沉重。（口口聲聲誣告不如誣告誰來）衆人見大老爺如此說法。以為這事不妙。連忙又一齊跪下。磕頭如搗蒜一般。莊大老爺道。你們衆位是無知愚民。情有可恕。他二人身入黌門。那有不知王法的道理。本縣並不難為於他。把他送到學裡。交待老師。且等本縣要過學憲。再作道理。（把兩個秀才作榜樣賽如治服衆百姓）兩個秀才一聽要稟學憲。更嚇得魄散魂飛。生恐斥革功名。失了飯椀。因此更哀求不已。衆人又再四環求。莊大老爺一想架子已經擺足。樂得順水推船。便對幾個耆民道。百姓的苦處。本縣一概知道。早晚自有撫恤。（處處以撫恤作引子是安穩百姓第一着）他們做秀才的人。亟應謹守臥碑。安分守己。現在事不干己。胆敢硬來出頭。（你既怪他多事向時何以又出招告告示呢）他在本縣面前。尚且如此。若在鄉下。更不知如何魚肉小民了。所以本縣也要留他在這裏。訪問訪問。平時有無劣迹。再辦。現在既然是你們一再替他求情。本縣就給你們個面子。暫時交你們帶去。以後本縣要人。必須隨時交到。倘若不交。惟你們是問。但不知你們。可能替他做個保人。不能。還要取保釋放把兩個武秀才雖為到十二分地步了眾人齊說願代具保。莊大老爺聽了無話。兩個秀才同了眾人。又一齊謝過。方纔起來。代書早已伺候。現成。立刻就在廂房裏。把保狀先寫好。又補了兩個公呈。一個是稟告土匪作亂。環求請兵勦捕。一個是感頌統領督兵勦匪。除暴安良。帶述百姓們的苦處。順便稟求振撫的話頭。懾以官威卽教百姓誣認造反百姓亦不敢不依起先幾個鄉下人。還不肯如此寫。齊說我們大老爺是好的。很體恤我們子民。只見其好不見其惡所以為奸統領的兵一個個無法無天。我們的苦頭也吃夠了。實在說不出一個好字。莊大老爺又私底下。叫人開導他們道。你們眾人呈子上。不把統領恭惟好。這撫恤銀子。他如何肯發你們。既然沒有憑據。伸不出冤。何如每人先拿他幾個現的呢。你不如此寫。老爺到統領跟前。也不好替你們說話。若把老爺弄毛了。他一動氣。要頂真辦起來。你們吃得住嗎。先以欵騙後以威逼自然惟命是從眾人聽了。方纔無話。只得忍氣吞聲。由着代書寫了出來。又一個個打了手印。然後送莊大老爺過目。莊大老爺見兩帮人俱已無話。然後一併釋放他們回去。一天大事。瓦解冰銷。心上好不自在。一篇大文字皆在如此如此這般這般幾句話內立刻袖了稟詞結狀。出城來見統領。統領問知端的。不勝感激。便說應該振撫多少銀子。老兄只管稟請。兄弟立刻核放。這個將來可以報銷的。當時就留他吃飯。一頭吃着飯。問他到任有幾年了。莊大老爺回稱兩年多了。又問老兄做了這許多年實缺。總應該多兩個。官場見面話頭皆以缺分肥瘠為問答至於吏治民生一概置之腦後莊大老爺回道。卑職前頭的空子太大了。人口又多。雖然蒙上憲栽培。做了二十三年實缺。非但不能賸錢。而且還有三萬多銀子的虧空。不過有個缺照在那裏。拖得動罷了。日進紛紛還要愁窮話苦不如經營中人胡統領道。做了二十三年實缺。尚且不能賸錢。這就難了。莊大老爺道。有些錢。卑職又不肯要。所以有幾個缺。人家好賺一萬的。到了卑職手裏。祇好打個七折。而且卑職應酬又大。有些事情。該墊的。該化的。卑職多先墊的墊了。化的化了。將來人家還不還。一概置之腦後。所以空子就越弄越大了。慢慢說到墊錢是討債索酬口氣胡統領道。我這回事。極承老哥費心。斷不好再叫你墊錢。總共發了多少撫恤銀子。你儘管到我這裏來領。倘你若要用。或者多支一萬八千。都使得。將來總是這一筆報銷罷了。謝儀來了莊大老爺道。蒙大人體恤。卑職感激得很。撫恤鄉下人。不過三兩吊銀子。賺錢生意早已算進在內了卑職情願報効。至於大人這裏。卑職已經受恩深重。額外的賞賜。斷不敢領。既蒙大人栽培。卑職自己年紀已不小了。也不能做甚麼事情。卑職有兩個兒子。一個兄弟。一個女婿。將來大案裡頭。儻蒙大人賞個保舉。叫他們小孩子們。日後有個進身。總是大人所賜。這卻是失算保案是虛的俗云賒一千不如現八百說畢。請了一個安。胡統領一面還禮。一面說道。這事容易得很。立刻叫他開履歷。莊大老爺回稟。明天開好再呈上來。列位看官。須知胡統領身為統兵大員。不能約束兵丁。以致騷害百姓。儻被百姓告發。他的罪名。可就不小。現在被莊大老爺施了小小手段。鄉下人非但不來告狀。不求伸冤。而且還要稱頌統領的好處。具了甘結。從此冤沉海底。鐵案如山。就使包老爺復生。亦翻不過。這便是老州縣作用。胡統領怎麼能夠不感激。在他的意思。原想借着撫恤為名。叫莊大老爺多支一萬八千。橫豎是皇上家的國帑。用了不心疼的。樂得借此補報莊大老爺的情。值財窮民實之時爾乃任意開支孰非民膏民脂所謂取之盡錙銖用之如河沙者非耶誰知莊大老這筆欵項。情願報効。只代子弟們求幾個保舉。更是惠而不費之事。受爵公朝拜恩私室落得做個人情將來造起報銷來。還可同莊大老爺說道。叫他出張印領。仍可任意開支。收入自己私橐。所以愈覺歡喜。立時滿口答應。又問他如要隨摺一個名字尚可安放。莊大老爺重新請安謝過。想想兩個兒子。二少爺是姨太太養的。未免心上偏愛些。天下通病今年雖祇有十二歲。幸虧捐官的時候。多報了幾年年紀。細算起來。照官照上已有十七歲了。當下便把她保了上去。統領應允。又說了些別的閒話。方纔辭別回城。剛剛走進衙門下轉。只見門上拿着帖子來。回說是船上曾總爺。派了兩個兵。押着一個伴當到此。請老爺審辦。說是伴當做賊。偷了總爺二十塊洋錢。伴當做賊發覺是曾總爺做賊發覺影子莊大老爺道。我今天忙了一天。那裏還有功夫管這些小事情。但是曾總爺的面子。又不好回頭他。且收下押起來再講。二爺答應了一聲是。出來吩咐過。拿一張回片。交給來人。因為送來的人。是要當賊辦的。所以就交待給捕快看管。發交捕快看管然後露出舊案馬脚來是武韋移爐換火法原來曾總爺這個伴當。姓王名長貴。是淮安府山陽縣人。同曾總爺還沾點親。親戚做了賊一定要是辦真全不念半點親骨總爺做了砲船上的帮帶。照應親戚。就把他提拔。做了伴當。吃了一分口糧。只因這王長貴生性好賭。在砲船上空閑下來。就同水手兵丁們要錢。無奈他賭運不佳。輸的當光賣絶。只賸得一條褲子。一件長衫。没有進當。現在十月天氣。在河底下。北風吹着。凍得索索的抖。他還是不改脾氣。依然見了賭就没有命。他總爺雖是當了帮帶。究竟進項有限。手底下不甚寬餘。自從到了嚴州以後。忽然濶綽起來。貧兒暴富總有些來歷不明腰包裏時常叮吟噹啷的洋錢聲響。今天買這個。明天買那個。有天晚上。還要偷到江山船上擺臺把整飯。請請朋友。賭窟花叢最是藏奸聚盜之處王長貴就疑心他怎麼到了嚴州忽然就有了錢了。留心觀看纔見他時常在隨身一隻小衣箱裏頭去拿洋錢合當有事一天總爺不在船上。王長貴同水手們推牌九。又賭輸了錢人家逼着他討。他一時拿不出很被贏他的人蹧蹋了兩句。他不肯失這一口氣便趁衆人上岸玩耍的時候他托名肚子疼。不能上岸情願睡在艙裏看船。讓別人出去玩耍。嫖賭二字最不可着魔一着魔便要為非作歹別人自然願意。他等人去之後。便悄悄的想法把鎖開了。又怕被人看見胡亂用手摸了半天摸到這封洋錢順手往懷裏一揣連忙把鎖鎖好等到衆人回來忙將賭賬兩元二角還清。不怕露出破綻一船的人都是粗人只要欠賬還清誰還問他這錢是那裏來的。然而他自己心上明白停刻總爺回船查了出來豈不要問想了半天橫豎身邊還有十七塊多錢不如請個假回省住兩天。賊有賊智惜乎發覺太早就是將來查出來也不至於疑心到我身上了。只要探聽將來沒甚話說我過了兩天仍舊好來主意打定等了一會。總爺回船他便上來告假說是他娘病在杭州想要連夜搭船回省探母隨口說來毫無弊病總爺應允好在他無甚行李身上除掉幾張當票之外便是方纔新偷的十七塊多錢所以走的甚是爽快這種人軍營裏是看慣了的自來自去隨隨便便倒也並不在意卻不凑巧這天晚上魯總爺又有甚麼用頭開開箱子拿洋錢找不着這二十塊錢的一封。登時發了毛暴滿船的搜查起來搜了一回沒有纔想到王長貴身上。馬上派了人四下裏去尋尋了半天居然在一引烟館裏尋着。還沒有動身呢。（是被芙蓉膏所害）當下簇擁到船上。誰料一搜便已搜着。恨的魯總爺了不得。伸手打了他五六個嘴巴。立時立刻派人。送到莊大老爺那裏請辦。（粗人做事全不思前想後）所以纔回到衙門裏來的。當下捕快拿他一帶。帶到下處。從來賊見捕快。猶如老鼠見猫一般。捕快問他。不敢不說實話。先把怎樣輸錢。怎樣偷錢。自始至終。說了一遍。（不打自招倒是老做此項勾當的）雖說他是總爺的伴當。到了此時。竟其不徇情面。捕快頭兒却是拿他當賊看待。一到下處。便喝令叫他自己脫去衣服。幸虧沒有什麼穿着。脫去長衫。祇賸得一衫一褲。捕快又叫他除去帽子。脫去鞋襪。不提防豁啷一響。有兩塊幾角錢落地。捕快看了奇怪。連說怎麼你身上還有洋錢。王長貴道。頭兒明鑒。捕快伸手一個巴掌。罵道。誰是你的頭兒。頭兒是你亂叫得的。王長貴立刻改口稱他老爺。方纔無話。（捕快亦歡喜奉承所以會拍馬屁的人到處不吃虧）捕快問道。你偷總爺的錢。不是已經被他搜了去嗎。怎麼你身邊還有。這是那裏偷來的。王長貴道。這也是總爺的洋錢。捕快道。你到底偷了他多少。王長貴道。一共拿他二十塊錢。還了兩塊二角錢的賭賬。下餘十七塊八角。我告假之後。到了烟館裏。數了數。把十五塊包了一包。揣在腰裏。這兩塊八角。正想付過烟帳。上街買一件棉馬褂。想不到他們衆人就找了來。把我一找。找到船上。我這兩塊多錢。還捏在手裏。我一見總爺臉色不對。就順手往襪子筒裏一放。所以沒有被他們搜去。（和盤托出入了的夥不倒沒有什麼苦吃）瞞老爺說。總爺還是我的姑表哥哥哩。他的錢。我就用他兩個大家親戚。也不好說我是賊。他忘記他從前窮的時候了。空在省裏。一點事情沒有。東也借錢。西也借。當我媽的掛子也被他當了。至今沒有贖出來。如今做了總爺。算他運氣好。就這一盪差使。既美了不少的錢。有福同享。有難同當。我用他這兩文。要拿咱當賊辦。真正豈有此理。（你不拿他當賊辦他不說你的隱情他不說你的隱情亦不會破案）（所謂害人自害）捕快聽到這裏。忽然意有所觸。便問你們總爺是幾時得的差使。王長貴道。是今年五月裏纔得的。捕快道。他這差使。一年有多少錢。（隨口盤駁是有心人遇無心人口胸）你一個月賺幾塊錢。王長貴道。我只吃一分口糧。那裏會有多少錢。就是我們總爺。也是寅吃卯糧。先缺後空。太平的時候。聽說還過得去。現在有了軍務。就是要賺。也就有限了。捕快道。他的差使。既然不好。那裏還有錢供你偷呢。（一句逼一句是要尋根究底）王長貴道。就是這個奇怪。沒有來的時候。一直閙着說差使不好。一到這裏。他老就濶起來了。而且他的錢。是在鄉下巡哨的前頭有的。（尚不曉得他做賊如果曉得他做賊一定要咬出來了）如果在下鄉的後頭。一定要說他是打刼來的了。（不是硬打刼倒是軟打刼而且害了一條性命）捕快一面聽他講。便把那塊大洋錢重新取出來一看。（留心之至）無柰圖章已經糊塗。不能辨認。就問你那兩塊二負錢。是輸給那一個的。王長貴道。輸給本船上拿舵的老大。姓徐。名字叫徐得勝。是他贏的。捕快聽說。心上已經了了。便把王長貴交待夥計看管。（無意間搜尋出別案下落亦不必難為他了）自己走進衙門找到稿案上二爺。托他去回本官。先把王長貴的話。一五一十。述了一遍。自己方說。據小的看起來。上回文大老爺少的那一注洋錢。雖說是死的婊子偷的。後來蒙大老爺恩典。並不追比。但是死的婊子床上。只翻出來五十塊。那死的婊子。還說是那位師爺托他買東西的。小的不相信。就把他鎖了來。現在婊子死了。沒有對証。但是文大老爺一共失竊一百五十塊錢。還有別的東西。縱然有了五十。到底還有一百。連別的東西。沒有下落。早知此設想亦不會輕害人命了雖說大老爺不向小的們要賊要贜。小的當的甚麼差使。有得破案。總得破案。如此說來上回銷挪婊子不過聊圖塞責求免追比意思亦早疑心不是真賊實犯今番船上總爺送來的那個賊。已由小的仔細問過。據他說。他總爺這個錢。來路很不明白。如今這人身上。還藏着兩塊幾角錢。可惜圖章不大清楚。辨認不出。小的想求大老爺。把營總爺在這賊身上搜出來的十五塊錢要了來。查對查對。這賊還有兩元二角錢輸給本船掌舵的徐得勝。小的意思。亦想求大老爺拿片子。把這徐得勝要了來。看看圖書對不對。果然如此辦法亦必一定破案小的是如此想。大老爺的明鑒。莊大老爺道。上回的事。我不來比你們就是了。現在營總爺為着他伴當做賊。送到我這裏來托我辦。輕則打兩板子開釋。重則押上幾個月。遞解回籍。前頭的事。還去翻騰他做甚麼。多一事不如少一事是老刑名的秘訣捕快道。小的當的甚麼差使。總得美美明白。就是查了出來。顧了總爺的面子。不去說穿就是了。亦知州官成投鼠忌器之勢然不可不顧自己之能為說來說去。莊大老爺只答應。拿片子要徐得勝。到案質訊。不再去追問別的。無可塞責聊以解嘲等到把人傳到。捕快先問他。王某人還你的那兩塊洋錢。尚在身邊不在。誰料徐得勝恐怕老爺辦他賭錢。不敢說實話。禁不住捕快連嚇帶騙。好容易說了出來。還說洋錢已經化去一半了。只有一塊在身邊。捕快記得前頭鼎記的圖章。叫他取了出來。一看果然不錯。捕快非常之喜。立刻就托二爺上去。稟知莊大老爺。莊大老爺道。這件案子。早已結好的了。他又不是死的。婊子什麼親人。要他來翻甚麼案。不但存救生不救死之念一恐有礙上司面子二恐干連自己聲名所以不肯認真捕快討了沒趣下來。心上悶悶。回家吃了幾杯燒酒。心上尋思。出了竊案。一准要問我們當捕快的。捉不着人。我們屁股賠在裏頭遭殃。現在是戴頂子的老爺。也入了我們的行了。不料我們大老爺。先護在裏頭連問也不叫我問一聲兒。可見他們官官相護。這纔是只准州官放火。不許百姓點燈。古人說的話。是再不得錯的。我倒有點不相信。一定要問個明白。（不是捕快好事安有下回許多妙文）想罷。換了一身衣服。回到衙門。從門房裡偷到一張本官的片子。把他自己薦到曾總爺船上。就說是本官聽見船上少了一個伴擋。恐怕缺人使喚。所以把他薦了來。總爺是斷乎不會疑心的。只要他肯收留。將來總有法子好想。（捕快皆能如是實心辦公何愁案子不破）現在洋錢上的圖章。已對。看上去已十有八九。但是鼎記圖章。並非文大老爺一個人獨有的。必須拿到別的東西。方能作准。（洋錢真不得駐一的不錯）真主意打定。立刻瞞了本官。依計而行。走到船上。見了總爺。說明來意。曾總爺因為是莊大老爺的面子。不好回頭。暫時留用。（引鬼入門只怕禍事到了）當差異常敏捷。總爺甚是喜他。他還不時抽空。回到城裏。承值他公事。（快猫管三村捕快名稱其實）過了兩天。莊大老爺過堂。順便提王長貴到堂。打了二百板子。遞解回籍。那個拿舵的。本來無事。捕快說他擅受賊贓。（欲加之罪何患無辭）而且在船賭博。決非安分之人。縱不責打。不如一併遞解回籍。免得在外滋事。莊大老爺聽了他話。照樣判斷。回覆了曾總爺。雖然多辦一個人。他却並不在意。（粗心人安知訣竅）捕快的意思。是恐怕這掌舵的回到船上。識破他的機關。所以加了他一個小小罪名。將他赶去。這都是老公事的作用。要知以後如何。且聽下回分解。

卷十五

十

瞞賊贓知縣吃情
駁保案同寅報怨

却說建德縣捕快頭兒。自從薦在船上充當一名伴檔。又自己改了名字。叫做高升。從來做官的人。沒有不巴結升官的。所以他就取了這個名字。果然合了魯總爺之意。甚是歡喜。（你歡喜高升險些把你前程送了）但是胡統領雖然平定了土匪。仍舊駐紮此地。辦理善後事宜。（什麼勦捕什麼善後百姓遭災官場發財）究竟沒有什麼大事情。多則一月。少則半月。只等上頭公事下來。叫他回省。他就得動身。魯總爺自然也跟了同去。高升是新來的人。縱然辦事勤能主人歡喜。然未必就肯以腹心相待。捕快職司拿賊。乃是自己分內之事。（不入虎穴焉得虎子一點聲色不露真是善作仔細）在這幾天裏頭。如何就能破案。心內好不躊躇。（若要功夫深鐵棒磨作繡花鍼何必躊躇）却喜這魯總爺。是粗鹵一流。並有個脾氣。是最歡喜戴炭簍子。（炭簍子人人喜戴不獨魯總爺為然也）只要人家拿他一派臭恭惟。就是牛頭不對馬嘴。他亦快樂。（歡喜拍馬屁的人容易上當）高升是何等樣人。上船一天。就被他看出苗頭。因此就拿個主人。一頂頂到天上去。主人想喝茶。只要把舌頭舐兩舐嘴唇皮。他的茶已經倒上來了。主人想吃烟。只要打兩個呵欠。他已經點了燈。并打好兩袋烟。裝好伺候下了。諸如此類。總不要主人說話。他都樣樣想到。樣樣做到。（會小慇懃的人最要提防）試問這種當差的。主人怎麼不歡喜呢。一等等了三天。這天晚上。高升正在艙內。替總爺打烟。總爺同他閑談。問起莊大老爺衙門裏有多少人。你從前跟誰的。他怎麼拿你薦給我呢。高升見問。即景生情。有機可乘即可引他上鈎便一一答道。莊大老爺的人口。叫多不多。一個二老爺管理帳房。是頂有錢的。兩個少爺。大的是太太養的。小的是姨太太養的。一個小姐。是前頭大太太養的。去年出的閣。姑爺就招在衙門裏。亦要畧知梗概纔好撒謊小的本來是伺候二老爺的。小的因為同姨太太的老媽拌了嘴。姨太太在老爺跟前說了話。因此老爺不叫二老爺用小的。小的伺候二老爺已經六七年了。並沒有一點錯處。二老爺心上過不去。所以同老爺說了。薦小的來伺候總爺的。一番假話說來毫無破綻魯總爺道。用熟了一個人走掉了。是狠不便的。高升道。正是這句話。做家人的伺候熟了一個主人。也不願意時常換新鮮。所以二老爺說過。倘若小的找不到好地方。過上一兩月。等老爺消消氣。仍舊叫小的進去。現在小的伺候了總爺。有了安身之處。也就不想別的了。隨口敷衍又是討好新主又是不忘舊主真是活現紙上魯總爺道。二老爺管帳房。他一年能有幾個錢。高升道。少則一二千。多則三四千。魯總爺道。據你說來。他管上十年帳房。手裏不要有兩三萬嗎。高升道。進帳是好。只可惜來的多。去的多。不會賸錢。愈說愈近使人不知不覺入他個中魯總爺道。這是甚麼緣故。高升道。我們這位二老爺。頂歡喜的是買翡翠玉器。好一個翡翠搬指三百兩。他老人家還說價錢便宜無好貨。只要東西好。他却肯花錢。又最喜的是買鐘表。好金表銀表。坐鐘掛鐘。一共值八千多兩銀子。你只要有表賣給他。就是舊貨攤不要的。他亦收了去。他自己又會修表。修好了永世不會壞的。所以他要這個。若不是為這兩樁。他一年到頭。老大要多兩個錢哩。文七爺所失是翡翠搬指金錶等物即借二老爺歡喜翡翠玉器鐘表套出他的贓物來又加上些會修表說話而主意仍說是來多去多所以毫無痕跡魯總爺聽了他話。不覺心上一動。仍舊按下。高升亦不再題。打完了烟。睡覺歇息。一夜無話。到了次日。高升叫他夥計。拿了五件細毛的衣服。到船上來兜賣。價錢狠公道。估了估足值四百多塊錢。賣主只討二百兩銀子。（有此機會行將便宜物騙出他的抵頭來）魯總爺一還價。一百六十塊錢。後來添到二百十塊錢買成。（貪小便宜之人要被人家所算總）魯總爺箱子裏。只賸了五十幾塊錢。因錢不彀。同高升商量。先付他五十塊。其餘等月底關了餉來補還他。那人答應。把東西留下。但是五天之內。必須算錢。等不到月底。（着着算到真是才大心細）魯總爺一想。橫豎有别的東西可以抵錢。看來斷不止此數。於是答應他五天來取錢。（果然上了他當了）五十塊錢。由高升點給他。高升留心觀看。又與文大老爺失去的洋錢圖書一樣。當下也不作聲。（機事不密則害成小心可愛）交付來人而去。這天魯總爺買着便宜貨。心上非常之喜。顛來倒去。看了幾遍。連說便宜。高升道。這個人我認得他的。他家裏從前狠有錢。有的是東西。一百錢的東西。時常十個二十個錢就賣了。如今被他嘗着了甜頭。包管他明天還要來。等他明天再來的時候。大大的殺殺他的價錢。買他些便宜東西。（一派擬話總要他把贓物顯出）魯總爺道。要買便宜貨。要有現錢方好。（漸漸來了）高升道。他認得我。不要緊。剛纔不是小的同他熟識。他肯把衣服留下。拿了五十塊錢就走嗎。魯總爺語畢。心上思量過了一會子。躺下吃烟。趁着高升替他燒烟的時候。就同他商量道。我有一件事情。要托你去辦。（來了）高升忙問有什麼事情。着小的去辦。（妙在假作不得知）魯總爺道。不是你說的。你們莊二老爺。歡喜買翡翠玉器。還有甚麼洋貨鐘表嗎。（一點不錯）高升道。是可惜沒有這些東西。如果有在這裏。我拿了去。包管一定成功。只要東西好。而且可以賣他大價錢。（既假作撇清又啖以厚利那得不原賍顯出）魯總爺聽了。非常之喜。低聲向他說道。這些東西現在我存（計就月中擒玉兔謀成海上釣鰲魚）高升道。總爺既有這些東西。何不早說。（又逼一句使他不作準備）魯總爺道。你來了能有幾天。我以前何曾曉得你們二老爺。喜歡這個。高升道。有了這個。包管拿去就換了錢來。魯總爺道。但是我的東西好。不曉得他識貨不識貨。（你自己不識貨倒怕人家不識貨一笑）高升道。你先拿出來瞧瞧。說個價少到甚麼數目不賣（總是逼他綳出來意思）魯總爺道。你識貨嗎。高升道。跟二老爺時候久了。這些東西。天天在眼裏經過。雖不全懂。也還曉得一二。（又破他瞞過）魯總爺道。如此更好了。我於這上頭也有限。這些東西。是個親戚托我替他銷的。且拿出來。替他沽估價錢。免得吃虧。（你倒也會撒謊）一頭說。一頭便取出鑰匙。開了箱子。搬出那幾件東西來。一個搬指。一個金表。魯總爺開箱子的時候。像怕眾人看見似的。先把眾人一齊差了出去。（賊胆心虛）只把高升留下。等到東西取出。高升拿到手裏一看。恰恰與文大老爺失單上開的一樣。他看了又是喜。又是氣。喜的是真贓實犯。果不出我之所料。氣的是這班不長進的老爺。幹此下作營生。偏會偷偷摸摸。（老爺連個捕快不如真正氣煞）現在東西已經被我拿到。意思就要想聲張起來。後來一想。本官前頭如何吩咐。設或鬧的不得下臺。大家的面子不好。不如且隱忍起來。等到回過本官。再作道理。（虧得捕快細心不然豈不要當場出醜）當下不動聲色。等魯總爺把東西拿齊。仍舊把箱子鎖好。只見他拿個搬指。套在大拇指頭上。對着高升說道。這個綠玉的顏色。到很好看。同這隻金表。你估估看。能值多少錢。高升肚裏好笑。笑他不認得翡翠。當作綠玉。又把表拏在手裏。轉動表把。旋緊了砝條。又撳住關捩。噹噹的敲了幾下。魯總爺聽見金表會打得有響聲。心上覺得詫異。肚裏尋思。怎麼金表會打得。響呢。不要是個小鐘罷。既不識得又不會用不知偷來如何出脫高升拿東西翻來覆去。看了兩偏。因問總爺要個甚麼價。魯總爺道你說罷。賊子不知價錢高低所以買賊贓是第一好生意高升道。據小的看起來。一個搬指要他一千五。魯總爺道。一千五百塊高升道。一千五百兩。魯總爺把舌頭一伸道。要的太多了。不要嚇退他不敢買。弄得生意不成功。就是少些也不妨。好歹由你去做。橫豎偷來的價錢由人打發這個表呢。高升道。這個表是大西洋來的。在這裡總得賣他三百塊。魯總爺道。不要亦嫌多罷。高升道。多甚麼。小的此刻拿了去。包管總有一樣成功。魯總爺聽了他言。心上雖非常之喜。然而總不免畢卜畢卜的亂跳。總不免露出原形把兩件東西。鄭重其事的。交代了高升。高升接過。用手巾包好。揣在懷裏。又伺候總爺過足了癮。不慌不忙的是可人然後辭別上岸。先尋到文七爺船上。先尋失主對明心細之至托管家艙裏去。回說縣裏上回派來查東西的捕快。有話要面稟大老爺。文七爺吩咐叫他進來。捕快進艙。先替文七爺請過安。垂手站立一旁。文七爺就問東西查着了沒有。捕快道。回大老爺的話。小的自蒙本縣大老爺派了這件差使。日夜在心。城裏城外通統查到。一點影子都沒有。好容易今天纔查到。文七爺一聽大喜。忙問東西在那裏尋着的。捕快暫時不肯說出。為賊留一地步但回得一聲是在船上拿到的。且露一句口鋒請大老爺看過是與不是。小的再回去稟知本縣大老爺。一面說。一面將東西取出。送到文七爺手裏。文七爺道。別的尚在其次。就是這個搬指。是我心愛之物。你看這個緣有多好。如今化上三二千塊錢。沒有地方去買。你居然能替我查到。

這個本事不小。我亦謂本事不小停刻我同你們莊大老爺說過。還要酌你的勞。自然要酬勞的這個賊現在那裏。捕快道。這個賊就在這裏。又不肯說出妙贓雖拿到。然而這個賊。小的不敢拿。等回過本官。還要回過統領。纔好去拿他。又露一句口鋒文七爺道。想是這個賊本事狠大。你吃他不了。並不是吃不了倒是下不來枱捕快但笑不言。文七爺道東西看了一遍。仍舊拿手巾包好。捕快接了過來。又回道。小的此刻就要進城。到本縣大老爺前去報信。明天再來回大老爺的話。文七爺點點頭兒。捕快辭別進城。稟知門稿。轉稟本官。莊大老爺一聽。是魯總爺做賊。甚為詫異。所謂人無貌相海水不可斗量便說真贓實犯。難為他查着。但是這事情怎麼辦呢。處處顧全兩面所以圓活的人最是奸滑不過當時先把捕快傳了進去。問他怎麼查到的。捕快據實供了一遍。又說原贓已送到文大老爺那裏看過的。的確是原物。現在請大老爺的示。怎麼想個法子辦人。捕快反是公道不過莊大老爺聽了無話。滿腹躊躇。便問你同文大老爺說出偷的人頭沒有。捕快道。小的沒有稟過大老爺。所以沒把人頭說給文大老爺知道。莊大老爺道。好好好。幸虧你沒有說給他。毀了一個魯總爺事小。為的是統領面子上不好看。而且也不好去回。倘或被他說兩聲。我帶來的都是賊。請問你還是辦的好。還是不辦的好。面面顧到真會巴結上司依我意思。先把文大老爺請了過來。拿話告訴了他。大家商量一個辦法。你先下去。回來我同文大老爺說過。自然有賞的。至於那個姓魯的。也不過如此便宜。且給他點心事擔擔。就是東西拿了出來。難道一百五十塊錢。就給他白用嗎。你不肯挑賊子白用你自然要生出你的賺錢手段來了又捕快諾諾稱是。又謝過大老爺的恩典。方纔退了下去。這裡莊大老爺。便差人拿片子到城外去請文大老爺。說是東西查到。請他進城談談。不多一會。文七爺果然坐着轎子進城。纔跨下轎。便對莊大老爺說道。你們建德縣的捕快本事真大。我的東西居然查到。莊大老爺道你老棣台的東西。何敢查不到嗎。只怕捕快不上緊你早已丢在腦後了一頭說。一頭坐下文七爺道。老把兄你又取笑了。東西有了。我得還你的錢。莊大老爺道。我的錢。老棣台儘管用。還說甚麼還不還。會賠錢的人賺錢的本事自然不小文七爺道。我的東西有了。自然要還你的錢。莊大老爺道。你的東西雖然有了。但是那一百五十塊錢。還無着落。文七爺道。這兩件有了。我已心滿意足的了。百把塊錢算不了事。注着破財。譬如多吃十來抬花酒。就有在裏頭了。文七爺一向豪爽到是真心話倒是這個捕快本事真好。我想賞他一百銀子。回來就送過來。現在賊在那裡。據捕快說起來。東西雖然有了。然而人不好辦。這是什麼緣故。倒要請教我們總得辦人纔好。莊大老爺道。正是為此。所以要請你老弟過來說談。現在這做賊的人。你猜那個。先要他猜可見是猜不出來的文七爺道。那天那位趙不了趙師爺。的的確確在我手裡借去五十塊錢。送他相好蘭仙。後來都說是蘭仙作賊。就此冤枉死了。那兩天我的事情狠忙。所以沒理會到這上頭。你不理會倒白白害了人家一條性命等到事過之後。我纔知道。這位趙老夫子。可憐他愛莫能助。整整哭了三天三夜。現在有了真贓。就有實犯。等到把賊拿到。也好替死者明冤。莊大老爺道。老弟那死的婊子。也顧他不得了。如今我們日說活的。遇着此宗官司何處去伸冤文七爺道。人命官司。救生不救死。這是我們做官州縣的秘訣。但是這件事情。既不是人命官司。你說不是人命官司因誣竊而害人自盡亦要算是人命官司怎麼說到這個。倒底是甚麼人做賊。你快說了罷。莊大老爺到此方把捕快如何改扮。魯某人如何托他消東西。因之破案。並自己的意思。說了一遍。又說如今愚兄的意思。不要他們聲張出來。姓魯的交情有限。為的是統領面子上不好看。丈七爺一聽說是魯某人做賊。嘴裡連連說道。他會做賊。我是一輩子也想不到的了。（你要想得到也不請他也吃酒了）實在看他不出。（人面與賊面無異如何看得出）莊大老爺道。當過捻子的人。你知道他是甚麼出身。（一定是賊出身）你當他做了官。就換了人。（所謂江山可改本性難移）其實這裡頭的人。人面獸心的多得狠哩。文七爺聽了無話。歇了半晌。方說道。老哥叫他們不要聲張。這主意狠是。一來關於統領面子。二來我們同寅也不好看。我只要東西尋着就是了。少了百把塊錢也不必追他了。但是老哥要叫了他來說破這件事情。兄弟同他是同事。當着面難為情。等兄弟走了。你去叫他。（人家還要顧他的顏面）莊大老爺道。不把他弄了來叫他担點心事。亦未免太便宜他了。（你是佔慣便宜的人如何肯被人家便宜去）文七爺道。正是當下又說了些別的。方纔告辭出城。這裡莊大老爺果然等他去後。纔差人拿片子請魯總爺進城。且說魯總爺自從高升拿着東西上岸。約摸已有三個時辰。不見回來。心上正是疑惑。忽見建德縣差人拿片子來請他進城。說是有話面談。究竟賊人心虛。不覺嚇了一跳。忽然想到丈某人東西失竊。曾在縣裡報過。現有失單。不該自不檢點。聽憑高升一面之言。將東西送到他兄弟那裡。設或被他們看出。如何是妙。（還擬心到人家看出破綻並不慮到高升身上）想到這裡。心上一似滾油煎的。直往上冲。急的搔頭抓耳。走頭無路。既而一想。丈老七少掉的洋錢。大家都說是蘭仙偷的。如今蘭仙已死。當了災去。沒有對証。案子已了。人家未必再疑心到我身上。東西送去。人家只顧辨論好醜。或者不至於理會到這上頭。也論不定。想到這裡。心上似乎一鬆。自寬自譬僥倖萬一又想我同縣裡。卻同他見過幾面。他請我吃飯。我亦擾過他。彼此總算認得。或者有別的事情。也未可知。要他猝不及防方肯自投羅網一面想一面換了衣服。坐了首縣替統領二爺辦差的小轎。一路心上盤算。不知盤算什麼進了城門。到得縣衙。轎子歇在大堂底下。一個兵把名帖投了進去。半天不見出來。他在轎子裡急的了不得。又吽一個兵進去探信。誰知只有進去的人。不見出來的人。安排天羅地網要他自入陷穽這真把他急死了。自想早知如此。極應該托病不來。如今懊悔已遲。於是自己下轎。踱進宅門探聽光景。誰知劈面遇見一人。你道這人是誰。卻是建德縣的門政大爺。魯總爺不認得他。他卻認得魯總爺。見面之後。便說總爺來了。我們敝上現有要緊公事同師爺商量。請總爺先在外頭坐一會再進去。一面說。一面便在前引路。如引入八陣圖內只有進路並無出路魯總爺摸不着頭腦。只得跟了就走。一走走到門房裡坐下。那位大爺就進去了。又進去了卻是何故虧得魯總爺門房是坐慣的。倒也並不在意。誰知等了好半天。不見有人來請。心中疑惑不定。又等了一會。只見那個門政大爺從裡頭出來。吩咐傳伺候老爺坐堂。嚇殺魯總爺愈覺驚疑。停了一刻。又見催問城外文大老爺的爺們。還有船上死的婊子的屍親來了沒有。真正嚇殺底下回解已經催去了。魯總爺聽了。直嚇得汗流滿體。只聽門政大爺說。老爺捕快上去問話。吽他把那查着的翡翠搬指打璜金表一齊帶上來。話言未了。隨在玻璃窗內看見一個人頭戴紅纓帽子走了進去。明明搬演與他看起先魯總爺聽見裡頭要搬指金表。已經魂不附體。及至看見進來的這一個人。不覺魂飛天外。

頭暈眼花。四肢氣力毫無。咕咚一聲。就坐在一張凳子上。心上恍恍惚惚。也不知是醉是夢。又不知世界上。倒底有我這個人沒有。（做成圈套叫他吃點虛驚）你道為何。只因這個進來戴紅纓帽子的捕快。不是別人。正是他自己托銷東西的高升。到此方悟。他們串通一氣。冒充伴當。騙出賍物。（遂只搖着得一半）自不小心。落了他們的圈套。回想轉來。直覺無地自容。恨無地縫可以鑽入。（若知所料一定今天要出醜了還有換回麼）坐了半天。剛正有點明白。門政大爺也進來了。只見他陪着笑臉說道。做上公事未完。又有堂事。倒教總爺老等了。說完了話。卻朝着他笑。（言色不惡或則有一線生機）魯總爺呆呆的望着他。也不知說甚麼方好。想了半天。纔說得一句。你們老爺坐堂。為件甚麼事。門政大爺道。總爺是做官的人。還有甚麼不明白的。我那裡曉得。說完了。又朝着他笑。魯總爺到此知道事情已破。有點熬不住。只得苦了他那副老臉。從凳子一站就起。跟手爬在地下。鼕鼕鼕鼕的亂磕頭。嘴裡不住說道的。大爺救我。大爺救我。（計竭智窮活畫出一慌張形狀）那門政大爺本來是朝着他笑的。不提防他忽然跪下磕頭。還是回磕的好。還是扶他起來的好。一時不得主意。忙了手脚。只得也跪在地下。雙手去扶他。嘴裡說我是什麼人。怎麼當得起總爺下跪。快快請起。有話好講。（門政不變臉或則事情不致決裂）魯總爺只是不肯起。一定要他答應。兩人正在相持的時候。忽然又有一個人手掀簾子進來。一進門便哈哈大笑道。這是那一回子的事。在這裡下跪。（知縣不翻面孔或則還肯容情）那一個門政大爺。一見這人。赶忙起來。站在一旁。垂手侍立。魯總爺抬頭一望。見是莊大老爺。真羞得滿臉通紅。亦站了起來。低頭不語。莊大老爺道。你來了這半天。他們為我有公事。亦沒有進來回。

倒叫你老兄好等。一如並無其事好叫他摸不着頭路一面說。一面把魯總爺拉了就走。誰知魯總爺的兩條腿猶如棉花一般。一步捱不上三寸。莊大老爺便叫跟班的攙着他走。或拉或攙倒底不比鎖綁出醜一攙攙到花廳上。分賓坐下。先同他說了半天的閒話。仍以客禮相待吉凶莫卜魯總爺方纔漸漸的醒轉來。但是除掉諾諾稱是之外。其他之話。一句也說不出。又歇了半天心上轉念頭要探探莊大老爺的口氣。無奈莊大老爺總不提及此事。但一味的敷衍。魯總爺急了。想來想去別無法想只得仍舊跪下。老戲會作婊人口稱兄弟該死。求你老爺高抬貴手。莊大老爺假作不知忙問什麼事情。要行此大禮。快請起來。假撇清得妙魯總爺道。你老爺不答應。兄弟就跪在這裡一世不起來。莊大老爺道。倒底什麼事情我竟其一點也不明白。魯總爺道。你老爺差了捕快來私訪我的。你老人家還有什麼不曉得。莊大老爺道這更奇了。我何曾叫捕快來私訪你。你老爺有什麼事怕捕快你越說我越糊塗了。一味放刁到底總要他親口盡情直供魯總爺只是跪在地下不肯起來。莊大老爺只是催他起來。催他快說。魯總爺道。醜媳婦總得要見公婆的。索性我自己招罷。這事情原是我一時不好不該拿文某人的東西。如今東西呢。已經在你老人家這裡了。我自己知道錯處。只求你老爺替我留臉。我情願拿東西還他。一輩子供你老爺的長生祿位。也不敢忘記了你。叫他不打自招比打了他叫他招還以說罷。又連連磕頭。莊大老爺聽到這裡。便也直立不動。等他磕完了頭。故意扳着面孔笑臉也假扳面孔也假一味權變覺滿身都是機詐一說道。我當是誰做賊。船上人是沒有怎們大的胆子。原是就來你閣下。你閣下也不至於偷偷摸摸。自從姓文的失了東西。統領以為是他帶了的人一定要我辦賊。我辦賊不到。統領跟前。不知受了多少申飭。隨口胡謅說來活現然上推託他親臨上司要緊上使他無可辯駁姓文的又時時刻刻來問我要錢。我弄得沒有法子。想私底下已經送過他五百兩。三百兩變了五百兩已加上對本利錢了他還嫌少。現在既然是你閣下拿的。這語更好說了。你是統領帶來的人。同姓文的又是同事。他們沒有不照顧你的。我只要把你送到統領跟前。卸了我的干係。我們都是熟人。我又何必同你為難呢。你快快起來。我們一齊出城。既已直供便裝作鐵面無私使他無地自容然後可任情敲詐魯總爺聽了這話。真正急得要死。只是跪着哭。不肯起來。莊大老爺道。這樁事說起來。我也不相信。你閣下還怕少了錢用。要幹這營生。現在是被他們捕快拿着的。我肯照應你替你瞞起來。不說破。他們一般小人。為你這樁事情。每人至少也捱過二三千板子。現在真贓實犯。倒我被不聲不响的放掉我於他們臉上怎麼交代得過。如此下去。以後還要辦案。不要辦案。你也是做官的人。應該曉得兄弟的苦處。又推托捕快不肯容情總是味別人做歹人自己做好人魯總爺見莊大老爺不肯答應。急得兩淚交流。口稱家裡還有八十三歲的老娘。曉得他做了賊。丟掉官是小事。他老人家一定要氣死的。豈不是罪上加罪。推言親老家貧倒是老做此道的口角現在沒有別的好說。總求你大老爺格外施恩。我將來為牛為馬。做你的兒子孫子。也來報答你的。莊大老爺見他說得可憐。心上做這半天。也彀他受用的了。有娘無娘。不必信他。從來犯了罪的人。都是如此說法。因為還有公事。倘若躭擱下去。外面張揚起來。反不好辦。不如趁此收篷。順水推船一撥即轉算他運氣好。便宜他這遭就是了。想了半天。便長歎一聲道。唉。既有今日。悔不當初。我本來不要難為你的。但是文某人少的錢。總得補上。我已經替你送過他五百銀子。還有捕快。他們辛苦了一翻。不能不賞他幾個錢。至少一百兩。一百兩頭文七爺早已應允又好落去來了難道這個錢。真果要姓文的出嗎。魯總爺道。實實在在。只拿他一百五十塊錢。那裡要得五百兩。所謂偷雞不着拾把米莊大老爺道。這個我也不知道。你去同他當面辨個明白也好。放刁得妙魯總爺道。承你老爺恩典。我還有甚麼辦頭。只求寬限幾個月。等我關了餉來。拔還就是了。莊大老爺又歎一口氣道。說來說去。總是皇上家的錢晦氣。你欠人家的錢。一定要關了餉來拔還。這幾個月的兵吃甚麼。不是我說句得罪你的話。你們這些做武官的。直結兒沒有一個好東西在裡頭。一旦國家有事。怎麼不一敗塗地呢。罵得沈痛快我好人做到底。也不管你這些閑事。但是我付出的五百兩。口說無憑。須得寫張字給我。賞鼓釘轉脚文七爺跟前。我去替你抗說得下。說不下。碰你運氣。這賞捕快的一百兩。你今天要拿來的。叫他們多少賺兩個。也好堵堵他們的嘴。免得替你在外頭聲張。魯總爺為這一百銀子。雖是為難。聽了莊大老爺的話。不得不唯唯遵命。又重新叩頭謝過恩典。莊大老爺叫簽稿替他起了一張稿子。叫他親自照寫。只見他捧筆在手。比千斤石還重。半天寫不上三個字。急得滿頭是汗。所謂能挽七石弓不識一個丁是以西法不從學堂出身者不能為兵莊大老爺等的不耐煩。叫簽稿代寫。叫他畫了十字。莊大老爺收起。就叫簽稿送他出去。魯總爺謝了又謝。跟着簽稿出來。又朝着簽稿作揖。今番可謂虛心下氣了一出宅門。劈面遇見捕快。趕上來叫了一聲總爺。又笑着說道。高升是來伺候總爺的。總爺還是坐轎回去。還是騎馬回去。當面取笑得妙這一聲。更把他羞的了不得。趕忙又替捕快作揖。說諸位老兄。休得取笑了。捕

快又道。總爺可到小的家裡坐一回去。總爺道。不消費心了。停刻我就叫人送來。還有那天的
皮貨。一塊兒拿過來。一面說一面朝諸人拱拱手。匆匆忙忙上轎而去。莊大老爺便寫一封信
隨着起出來的賍。送給文七爺。告訴他辦法。文七爺自是歡喜。因為魯總爺是同寅。也就和平
了事。（活的便宜了去死的豈不太覺含寃嗎）當賞捕快一百兩銀子。就交人來帶回。又另外賞了來人四塊洋錢
莊大老爺接到回信。又叫捕快到船上叩謝過文大老爺。魯總爺回船之後。東拼西湊。除掉號
褂旗子。典當裡不要。其他之物。連船上的帳篷。通同進了典當。（總是皇上家的錢糧國家亦安用此武官為）好容
易湊了六十塊錢。自己送到縣衙。苦苦的向門政大爺哀求。托他轉稟莊大老爺。請把六十塊
錢先收下。其餘約期再付。莊大老爺聽說。也只好一笑置之。魯總爺又叫跟來的人。把皮統子
送還了捕快。又當面約捕快吃飯。過天在那裡敘敘。說我們那裡不拉個朋友。捕快道。我的總
爺。只求你老人家照顧俺不要出難題目給俺做。本官面前少捱兩頓板子。就有在裡頭了。（當面）
（嘲笑比唾罵還凶）甚麼請酒請飯。倒不消多費的。魯總爺一聽這話明明是奚落他的臉上不覺一紅
彼此無話而別。自此以後。魯總爺總躲着不敢見文七爺的面。（所謂以小人之心度君子之腹）倒是文七爺寬
洪大量。等到沒有人的時候。把他叫了來。反把好話安慰他。（比你待侔當如何）當下魯總爺雖不免感
激涕零。但是轉背之後。心上總覺得同他有點心病似的。（所謂君子落得為君子小人枉自為小人）此乃晚近人情
之薄。不足為奇。按下不表。且說浙江巡撫劉中丞。自從委派胡統領帶了隨員。統率水陸各軍
前往嚴州勦辦土匪。一心生怕土匪造反事情越弄越大。叫他不安於位。終日愁眉不展。自怨

自艾。心想怎麼我的運氣不好。到了任就出亂子。（身家性命是圖豈是憂國憂民之輩）不時電信來報。今日派的兵到了那裡。計算日子某日可到嚴州。胡統領未到嚴州的頭一天。又有急電打來。訪得匪勢猖狂。不易措手。他老聽了。格外愁悶。隨後忽聽得說大兵一到嚴州。把土匪都嚇跑了。他老還不相信。後來接到胡統領具報出師搜勦土匪日期電報。方把一塊石頭放下。（果有土匪定叫汝寢饋難安了）過了一天。又得一律肅清的捷電。中丞非常之喜。藩臬以下。齊來稟賀。（上下蒙蔽偏有此讒諂面諛之情）中丞隨發一電。獎勵胡統領。允他破格奏保。歇了兩天。齊巧胡統領把勦辦土匪詳細情形。稟了上來。附有稟請隨摺奏保異常出力人員摺子一扣。中丞看過無話。就把文案老總戴大理傳了來。叫他速擬摺稿。告訴他說無非是敘述土匪如何猖獗。經臣遴派胡某人。前往勦捕。刻幸仰仗天威。一律肅清。所有在事員弁。實屬異常奮勇。得以迅奏膚功。相應請旨將該員等照單獎勵各等語。（節節冒功幾若爵賞可以倖邀）隨手就把胡統領開來的單子。也交給戴大理。叫他照寫。戴大理接在手裡一看。單子上頭一個就是周老爺的名字。心上便覺得一個刺。（怨毒之於人甚矣哉）一時想不出主意。也不便說甚麼。只得退了下來。回到文案處。一面提筆在手。一面想擺佈周老爺的法子。心想不料這件事。便倒易他了。然而我的心上總不甘願。（所謂背後之言常使人刻骨）但是現在這人是胡統領保的。要顧胡統領的面子。就不好批駁他。若要批駁他。就於統領的面子。不好看。想來想去甚是為難。（打鴨驚鴛投鼠忌器無兩全之法）等到奏摺做好一半。烟癮上來。躺下過癮。拿過稿子覆看一遍。起先無非把土匪作亂。敘得天花亂墜。好像當年長毛造反。蹂躪十三省也不過如此。摺中又叙經臣遴委得候補道胡統領。統帶水陸各軍。面授機宜。督師往勦。幸而士卒用命。得以一掃而平。隱隱閒把自己調度有方四個字的考語。隱含在內。（奏報肅清摺子大半空中樓閣自昔已然）看到此間。忽想起這件事情。應得側重中丞身上着筆。方為得體。中丞不能自己保自己。只要把話說明。叫上頭看得出。至少一定有個交部從優議敘。如此一做。胡統領便是中丞手下之人。隨摺只保他一個。其餘的統歸大案。方為合體。大案總得善後辦好。方可出奏。多寬幾天日期。我就可以擺佈姓周的了。（使盡心思只是借公報怨）主意打定。便攜了做好的一半摺稿。離開文案處。踱至簽押房。曉得中丞還在簽押房裡看公事。他是多年老文案。便衣見慣的。便乃掀簾進去。劉中丞叫他在公事案桌對面。一張杌子上坐下。問他甚麼事情。他便回道。卑職想這嚴州肅清一案。實實在在是大人一人之功。（先將他竭力一抬然後可下說辭）胡道若不是大人調度。也不能辦的。如此順手。現在大人的意思。把功勞都推在胡道身上。雖是大人栽培屬員的盛意。然而依卑職愚見。大人調度之功。亦不可以埋沒。（總要歸於上的意思功偏要說得委宛曲折）劉中丞道。你話固然不錯。然而我總不能自己保自己。戴大理聽到此間。便把摺底雙手奉上。說請大人過目。卑職擬的可對。從前古人有個功狗功人的比方。出兵打仗的人。就比方他是隻狗。這發號令的。却是個人。這件事情胡道的功勞實實在在大人之下。胡道帶去的隨員。更差了一層。倘若一齊保了上去。論不定就要駁下來。倒不如我們斟酌妥當。再出奏的好。（總是相傾相軋以怨報怨的意思說來便覺好聽）一來大人的功勳。不致湮沒。二來上頭見我們一無冒濫。不但胡道保舉不遭批駁。感激大人的栽培。就叫上頭看着。也顯得大人辦事頂真。將來大案上去。就是多保兩個。那班愛說話的都老爺。也不能派我們的不是。 倘不存私心豈不說得冠冕堂皇 此時劉中丞。一心只在奏摺上頭。他說的故典。究竟未曾聽見。後來聽到他後半截的話。甚是入耳。連連點頭。 大凡做督撫的人都是泥塑木雕一半是左右輔佐之人贊成的 但說跟胡道同去的人。不給他們兩個好處。恐怕人家寒心。戴大理道。此番保的太多。奏了進去。倘若駁了下來。以後事情弄僵。倒不好辦。如今拿他們一齊歸入大案。各人有本事。各人有手面。只要到部裡招呼一聲。是沒有不核准的。雖然面子差些。究竟事有把握。倒是大人成全他們的盛意。他們反得實惠。有像大人這樣的上司。還要寒心。也不成個人了。 擬擬中丞語如從前周老爺下石戴大理一般。 劉中丞聽了。甚是歡喜。連說你話不錯。你就照這樣子。把稿擬好。胡道那裡你去寫個信給他。把我的這個意思說明。不是我一定要撤他們的保案。為的是要成全他們。所以暫時從緩。將來大案裡一定保舉他們的。 一個中丞被他兩人前後播弄如揚州婆之牽猢猻 戴大理見計已行。非常之喜。 如孫龐之鬪智一個勝一個 連答應了幾聲。是退了下來。等到把底子擬好。趕忙寫了一封信。給胡統領。隱隱的說他上來的稟帖不該應只跨獎自己手下人好。把中丞調度之功。反行抹煞。中丞見了。甚是不樂。意思想把這事擱起不肯出奏。從經卑職從旁再三出力。方纔隨摺保了憲臺一位。其餘隨員暫時從緩。 又要巳結 上司又要討好同年只難為了別人了 胡統領接到此信。甚是擔驚。及至看到後一半。纔曉得此事全虧得老同年戴大理一人之力。立刻具稟叩謝中丞。又寫一封信給戴大理。說了些感激他的話。因為上次稟帖。是周老爺擬的底子。就疑心周老爺有心賣弄自己的好處。並不歸功於上。險些把我的保案弄僵。看來此人也不是個可靠的。從此以後。就同周老爺冷淡下來。不如先前的信任了。都在戴大理算計之中刀筆可畏欲知後事如何。且聽下回分解。

續編卷十七

三萬金借公敲詐
五十兩買摺彈參

卻說胡統領同周老爺。雖然比前冷淡了許多。然而有些事情。終究不能不請教他。所以心上雖不舒服。面子上還下得去。（人前則虛與委蛇背後則肆其譏評）周老爺雖也覺得。也不好說甚麼了。（生平不作虧心事）（上應無切齒人）一日接到省憲札稟。叫胡統領酌留兵丁。以防餘孽。（地方並無餘孽百姓則有餘殃）其餘概行撤回。各赴防次。並飭胡統領趕把善後事宜。一一辦妥。率同回省。胡統領一得此信。別的都不在意。只有開造報銷。是第一件大事。出兵一次。共需軍裝若干。鎗砲若干。子藥若干。兵勇們口糧無干。土匪抗官拒捕。共失去軍裝若干。用去鎗砲子藥若干。兵勇受傷津貼若干。無辜鄉村被累撫卹若干。打了勝仗。犒賞若干。辦理善後。預備若干。先扎了一篇底帳。（善後事宜不過虛糜國帑任意開支罷了）想了半天。沒有一個人可以辦得此事。只得仍把周老爺請來。同他商量。（今番卻不作汝心腹矣）周老爺道。容易。有些事情。叫首縣莊令去辦。其餘的。由我們自己斟酌一個數目。等卑職商同糧台黃丞。傳知各營官一聲。叫他們具個領紙上來。要開多少就多少。還有什麼不成功的。（通同作弊的是好幫手）胡統領道。不瞞老兄說。兄弟這個差使。躭了許多驚。受了許多怕。雖然得了個隨摺。其實也有名無實。總得老哥費心。替兄弟留個後手。幫兄弟出把力。將來兄弟另圖厚報。（主意在盡入私囊）周老爺道。大人委辦的事。卑職應得効勞。況是大人分內應得的好處。嘴裏如此說。心上早已打了主意。（上行

（下敢看你獨香得下去嗎）等到退了下來。一切費用。任意亂開。約摸總在六七十萬之譜。先送上胡統領過目。胡統領道。太開多了。怕上頭要駁。周老爺道。卑職的事。別人好瞞。瞞不過大人。卑職自從過班到如今。還沒有引見。已經背了一方多銀子虧空。現在蒙大人的栽培。趁着這個機會。一來想把前頭的空子彌補彌補。二來弄個引見盤纏。就是引見之後。一到省。也不會就得甚麼差使。總得空上二三年。免得再去拖空子。這個都是大人栽培卑職的。（要作弊大家作弊難道肯做汝夥計嗎）至於大人的事。卑職感恩知己。自當知無不言。這樁事情下來。雖瞞得一時耳目。終究有人一定曉得。既然曉得。保不住就要說話。多開少開。總是一樣。將來回省之後。幕府裏面同寅當中。應該應酬的地方。少不得還要點綴點綴。（防到後來人家敲作扛所謂湯裡來水裡去難道一個肥羊一人香得吓去嗎）所以卑職也要商通了首縣莊令糧台黃丞。方可辦得。（作弊豈一人所能為）胡統領一聽他口氣。雖然推在別人身上。知道他已經存了分肥念頭。心上老大不願。忙道。老兄要引見。兄弟另外借給老兄。現在的事。只要切實替兄弟帮忙。兄弟沒有不知道的。將來一定另圖厚報。就是莊黃兩人。兄弟亦自有帮他們忙的地方。（仍舊要一網打盡）總之報銷上去的數目。還要斟酌。周老爺明曉得胡統領心上不願意他分肥。忽然想到從省裏臨來的時候。戴大理囑咐他的一番話。說胡統領的為人。吃硬不吃軟。我今同他商量。他竟其不答應。現在忙了這多天。連個隨摺都沒弄到。看他樣子。還像怪我不替他出力似的。出了好心。沒有好報。看來為人也有限。若不趁此賺兩個。將來還望有別的好處嗎。（錯過好機會實在可惜）至於他說將來怎樣帮忙。也不過嘴上好看。現在的人。都是過橋拆橋的。

到了那時候，你去朝他張口，他理都不理你呢。（看破世情）為今之計，只有用強橫手段，要作弊大家作弊，看他拿我怎麼樣。（強人自有強人手，不可看輕一輩子）主意打定，正待發作，忽又轉念一想道：且慢，我今同他硬做，倘或彼此把話說僵，以後事情倒不好辦。（轉念精細）現在這裏的人又沒一個可以打得圓場的。（總要有個落場勢）我看此事須得如此如此，方能如願。（所謂明槍易躲暗箭難防）一面打算，一面答應了幾聲是。說大人吩咐的話，寔在叫卑職刻骨銘心，卑職蒙大人始終成全，還有什麼不替大人出力的。（先硬後軟必有奸謀）胡統領道：如此甚好，將来兄弟自有厚報。（無異癡人說夢）周老爺見話說完，退了下来，回到自己船上。此時主意早經打定，便叫跟班的拿了帖子，跟着進城去拜縣丞單太爺。（原来有個好幫手）原来這裏的縣丞姓單名逢玉，大家都尊他為單太爺，自從到任至今，已有二十多年，平時同紳士們還說得来，只因他為人騙功最好，無論見了什麼人，一張嘴竟像蜜炙過的，比糖還甜，說得人家心上發癢，不能不同他要好。（倒是和光混俗）嚴州雖然是座府城，並沒有什麼大紳士，頂大的一個進士底子的主事。（村莊無大樹，所以莊大老爺纔敢毫無顧忌，肆其偷天換日頭[illegible]手）因為發達的晚，上了年紀，所以不到京裏去做官，只在家裡管管閑事，同地方官往来往来，包攬兩件詞訟，生發生發，借此過過日子。（命意已卑，地方官愈不把在眼睛裡了）雖然也沒有甚麼大進項，比起沒有發達的時候在人家坐冷板凳做猢猻大王，已經天懸地隔了。這位主事老爺姓魏名翹，表字竹岡，就住在本城南門裡頭。只因本年十月十二是他親家生日，他親家是屯溪有名的茶商，姓汪名本仁，他所以特地預先一個月奔了前去。（莊大老爺挪雲換月之時，又適老虎去打盹，所以愈無忌憚了）一来拜親家的壽，二来順便看看女兒，三来再打兩百塊錢的秋風。回来好做過冬。盤纏。後来嚴州信息不好。家裡寫信給他。催他回去。汪本仁說。親家。現在正是亂信頭上。你年紀大了。犯不着碰在刀頭上。我這裏專人去打聽。如果勢頭來得凶。連你寶眷。一塊接了來。就在我這裡權且安身。倘若沒有什麽事情呢。你再回去。不遲。魏竹岡聽了親家的話。只得權時忍耐。（你不早回去百姓無故遭兵蹂躪愈覺控訴無門了）等到胡統領大兵一到。土匪平靜。他兒子又趕了信去。連着前頭他親家汪本仁派往嚴州的人。也就回來了。魏竹岡曉得家鄉無事。（家鄉本無事百姓却平白地遭了池魚之害）把心放下。其時親家的生日。早經做過。他又住了幾時。辭別起身。親家知道他是靠抽豐過日子的。於盤纏之外。加送了他二百塊錢的年敬。女兒又在自己私房當中。貼了他二百塊錢。總共得了四百塊錢。回家度歲。倒也心滿意足。（有了四百塊頭）（心滿意足豈知你即令郎却要發大財了）冬天水乾。船行極漫。一路上灘下灘。足足走了十幾天。方到嚴州。其時胡統領已奉到省憲催他回去的公事。同周老爺商量。開造報銷的數目。周老爺因為胡統領不能遂他的心願。曉得這裡縣丞單太爺神通廣大。他二人從前在那裡又同過事。交情自與別人不同。所以特地進城拜望他。同他商酌一個借刀殺人的辦法。單太爺聽了。會意。便說這事情你老堂台出不得面。一來關係名聲。二來同統領鬧翻之後。也沒人打得圓場。（英雄所見皆同）依晚生愚見。不如找個人出來。教給他去做。（內好不起外好不生）等他做好之後。稍些分點好處與他。等他做惡人。我們做好人。應得幫腔的地方。我們就在裏頭幫兩句。豈不更有把握。（裏應外合包管成功）周老爺道。兄弟此來。正是這個意思。但是此人甚不好找。單太爺即便把魏竹岡保了上去。說道。此人如何能幹無論什麼事情都做得出他一年幫晚生忙的地方狠不少晚生一年帮他的忙地方也不少原來是老連手託了他保管成功但是此人兩月頭前就到乇溪去拜他親家的壽目下不知道已經回來沒有說罷便叫跟班拿我的片子到南門裡魏府上打聽魏大老爺乇溪回来沒有並等回信跟班的去不多時回來稟報魏大老爺是剛剛昨天夜裡轉的事有湊巧因為路上受了一點風寒在家裡養病所以還沒有過來叫小的回來先替老爺請安說有甚麼事情就請過去談談賣買要人家尋上門来寔在牌子硬單大老爺點點頭跟班的退了下去周老爺便催他立刻去看魏竹岡好歹今晚給我一個回信單太爺滿口答應等送過周老爺他也不坐轎便衣出得衙門只帶一個小跟班的拿了一根長旱烟袋一直走到單家門口通報進去魏竹岡請他書房相見進得門来作揖問好那副親熱情形畫亦畫不出一向是狼狽為姦自然要分外親熱一時分賓邊坐端上茶來兩個人先寒暄了幾句隨後講到土匪鬧事魏竹岡一向是以趨奉官場為宗旨的先開口說道這位統領同兄弟鄉榜先後只隔一科他中舉人的座師就是兄弟會試的房師只敘同年同門至於百姓的含寃倒是視同秦越他的硃卷我看見過筆路同我一樣只可惜單薄些所以不會中進士我二人敘起來還是個同門難得他到我們這裡辦了這們一件事等我的病好些我得去拜他一盪一來敘敘同門之誼二來我們地方上的紳士應得前去謝謝他你門貴同門不倒你們地方上你們地方上百姓不遭劫應該要去謝謝他的將來等他回省的時候我還要齊個公分做幾把萬民傘送他同他拉攏拉攏將来等他回省之後省裡有什麼事情也好借他通通聲氣送萬民傘不過為拉攏通氣起見近世官聲好歹有何憑據老

哥是自已人。我的事。是不瞞你的。你說我這個主意可好不好。單太爺道。好是好的。但是現在的人。總是過橋拆橋。轉過臉就不認得人的。等到你有事去請教他。他又跳到架子上去了。（說盡世態炎涼）依我之見。現在倒不如趁此機會。想個法子。弄他點好處。我們現倒手為妙。（不叫他去奉承却教他去）（折梢使人摸不着頭腦）等到好處到手。我們再送他萬民傘。那是大家光光臉的事情。有也罷。沒有也罷。好在是眾人的錢。又不要你自己掏腰。倒也無甚出入。魏竹岡聽了詫異道。怎麼這件事情還有什麼好處在內。兄弟敲竹杠。也算會敲的了。（名稱其寔）難道這裡頭還有竹楨不成。（原來還沒有盡會）單太爺道。不是我說你。幾乎錯過。（寔在承你照顧生意）我曉得你打屯溪回來。一路受了些辛苦。所以特地備下這分厚禮。替你接風。（真正謝你費心張羅）魏竹岡聽了。心癢難抓。忙問到底是個甚麼緣故。單太爺道。你出門兩個月。剛剛回來。也不曾出過大門。無怪乎你不曉得。等我來告訴你。說着便把此其浮開到一百多萬。害了百姓不算數。還要昧着天良。賺皇上家的錢。這樣的人。虧你認作同門。還要去拜謝他呢。（豈知成也蕭何敗也蕭何從前攛掇是周老爺此刻出花樣亦是周老爺統領不過眾惡皆歸耳）魏竹岡道。據你說來。真正豈有此理。他下鄉騷擾百姓。百姓吃了他的苦。為甚麼不來告呢。單太爺道。這是我們這位事始末說了一遍。又道。當初並沒有什麼土匪。不過城廂裏出了兩起盜案。地方文武張大其詞。稟報到省。上頭為所朦蔽。派了胡統領下來。其地方上早經平安無事。偏偏又碰着這位胡統領。好大喜功。定要打草驚蛇。下鄉搜捕土匪。沒有辦到一個。百姓倒大受其累。統領自以為得計。竟把勦辦土匪地方肅清。稟報上去。希圖得保。現在又叫他手下的人。開辦報銷。聽說竟堂翁辦的好事。百姓起初原来告的。不知道怎麽一來。一個個都乖乖的回去。後来一點動靜都没有了。魏竹岡道。這事情我不相信。我倒要去問問他。一個地方官有多大。只知諂媚上官。罔恤民隱。這還了得嗎。說罷。立刻親自下座。到書案桌上。取出信箋筆硯。先寫一封信給本縣莊大老爺。單太爺勸他不要寫。他一定要寫。（事情沒有弄清楚先要發作真正莽撞）信上隱隱間責他辦事顢頇。幫着上司。不替百姓伸冤。兄弟剛從屯溪回來。就有許多鄉親前來哭訴。一齊想要進省上控。是兄弟暫將他們壓住。倒底這件事老公祖是怎麽辦的。即望詳示云云。寫完立刻差人送去。並說立等回信。（不碰釘子不肯罷休活畫出一無主意的人）一面仍同單太爺商量竹槓的法子。不多一刻。莊大老爺回信已到。魏竹岡拆開看時。不料上面寫的甚是義正詞嚴。還說甚麽百姓果有冤枉。何以敝縣屢次出示招告。他們並不來告。雖然来了幾起人。都是受土匪騷擾的。並沒有受過官兵騷擾。現有他們甘結為憑。（早埋伏根株豈是一時所能搖動的）況且被害之人。敝縣早經一一撫恤。領去的銀子。都有領狀可以查考。（狡兔三窟儘可高枕而臥）敝縣忝為民上。時時以民事為念。這不替百姓伸冤的話。是那裏来的。還求詳細指教各等語。魏竹岡看完之後。把舌頭一伸道。好利害。如今倒變了他的一篇大理信了。單太爺道。我們這位堂翁。是不好纏的。勸你不必同他囉嗦。還是想想你們貴同門胡統領的法子罷。魏竹岡聽了躊躇道。不瞞老哥說。下頭的竹槓。小弟倒是敲慣的。我們這些敝鄉親。見了小弟都有點害怕。還有鄉下人。也是一敲就來。（所謂村村有怪鳥處處有惡人）人家罵小弟漁肉鄉愚。這句話仔細想來。在小弟却是當仁不讓。（自知其惡還未壞到十二分地步）倒是這上頭的竹槓。

兄弟却從來没有敲過。應得用個甚麽法子。單太爺道。只要有本事會敲。一敲下去。十萬八萬。也論不定。三萬二萬。也論不定。再少一萬八千。也論不定。看甚麽事情去做。要敲敲大的。倒底是在官的恐至於今天說官司。明天包漕米。什麽零零碎碎。三塊五塊。十塊八塊。弄得不吃羊肉空惹一身騷。那是要壞名氣的。這種竹杠。我勸你還是不敲的好。要弄弄一筆大的。就是人家說我們敲竹槓不錯。是我的本事敲來的。爾其將奈我何。就是因此被人家說壞名氣。也還值得。總是擬擬人家作恐人說来却是中聽魏竹岡聽了。心上歡喜。張開鬍子嘴。笑的合不攏來。笑了一會。說道。我也不想十萬八萬。三萬兩萬。只弄他一萬八千。拿來放放利錢。彀了我的養老盤纏。我也心滿意足了。倒是豁壑易盈如今倒是怎麽樣敲法的好。還是寫信。還是當面。單太爺想了半天道。當面怕弄僵還是寫信的好。你信寫只管打官話。是不怕他出首的。有甚麽事情。裡頭我有一箇至好朋友。替我做内線。見事論事。隨機應變。依我看來。斷没有不來的。所謂有挾而求說到這裡。伺候他的小廝。上來請吃飯。魏竹岡不荅應。看他意思想要把信寫好再吃飯。只見他走到書桌跟前坐下。開了墨盒子。順手取過信箋一張。一隻手摸着箋紙。一隻手拿一枝筆。將筆頭含在嘴裡。閉着眼睛出神。搜索枯腸立言最難得體却不料單太爺。自從下午到此。已經坐了大半天。腹中老大有點飢餓。又不便一人先吃。只得催他吃過晚飯再寫。魏竹岡至此方悟客人未曾吃飯。連忙吩咐小廝進去。說今天有客在此。菜不夠吃。快去添樣菜來。小廝進去多時。方見捧了一小碟炒雞蛋出來。盤飧市遠無兼味斯言却當按排匙箸都已停當。二人一同入座。單太爺舉眼看時。只見桌上的菜。一共三碟一椀。一碟炒蠶豆。一碟豆腐乳。一碟就是剛纔添出來的雞蛋。一椀雪裡紅蝦米醬油湯。等到將飯擺上。乃是開水泡的乾飯。（儉素如此要阿堵物何用）魏竹岡舉箸相讓。謙稱沒有菜。單太爺道。好說。彼此知已。只要家常便飯。本來無須客氣。一面吃着魏竹岡。又拿筷子夾了一小塊豆腐乳。送到單太爺椀上。說道。此乃賤內親手做的。老哥嘗嘗滋味如何。（庖廚風味定勝首蓿盤飧）單太爺連稱很好。說話間。魏竹岡已吃了三椀泡飯。單太爺一椀未完。只聽他說了聲慢請。立起身來。走過去。拔起筆來寫信。幸而他是兩榜出身。又兼歷年在家包攬詞訟。就是刀筆也還來得。所以寫封把信。並不煩難。等到單太爺吃完了飯。過来看時。已經寫成三四張了。他一頭寫。單太爺一頭看。等到看完。他亦寫完。（自是捷才）只見上頭先寫些仰慕的話。接着又寫了些自己謙虛的話。（逐漸而來的是書啟能手）末後纔說到本城並無土匪作亂。先前不過幾個强盜打刼了兩家當典錢莊。城廂重地。送出搶案。地方官例有處分。乃地方官為規避處分起見。索性張大其詞。託言土匪造反。非地方官所能抵禦。以兾寬免處分。上憲不察。特派重兵前來勦捕。議者皆謂閣下到此。亟應察訪虛實。鎮撫閭閻。乃計不出此。而亦偏聽地方文武蒙蔽之言。以搜捕遺孽為名。縱所部兵四出刼掠。焚戮淫暴。無所不為。合境蒙冤。神人共憤。現在梓里士民。爭欲聯名赴省上控。（推託別人要上控好）（留自己地步真是敲竹槓老手）幸鄙人與執事誼屬同門。交非泛泛。稔知此等舉動。皆不肖將弁所為。閣下決不出此。（為伊脫卸罪名即為伊坐實罪名是以退一層為進一層法）惟探聞上控呈詞。業經擬定。共計八欵。子目未詳。叨在知交。曷敢不以實告。應如何預為抵制之處。（如何抵制叫他言下自悟）尚祈大才斟酌。並望示復為盼。各等

語。單太爺看了連連拍手稱妙。魏竹岡道。我只同他拉交情。招呼他看他如何回答我。單太爺
道。聽裡頭朋友說。他還有朦開保案。浮開報銷。幾條大劣迹。為什麼不一同敘進。魏竹岡拿手
指着。共計八款。四個字。說道。一齊包括在內。給他個糊裡糊塗的好。等他來問我。我再一樣一
樣的告訴他。我的信。只算要好通個信。我犯不着派他不是。所以信上有些話。一齊託了別人
的口氣。不說是我說的。只要他覺着就是了。（做好的人即是做歹的人是真敲竹槓的妙手）單太爺聽了甚為佩服。連
說倒底竹翁先生。是做八股做通的人。一通而無不通。小弟是沒有讀過書。主意雖有。提起筆
來。就要現原形的。魏竹岡道。這也怪不得你。你若八股做通。你早已上去。也不在這裡做縣丞
了。（這倒不見得做通八股的人上不上去多得很哩）正說着。將信封好。開了信面。怕自己的跟人不在行。交給單太爺
的小跟班。即刻去送。（送信亦必在行是要裝一項像一項）叫他到船上。說是魏家來的。守候回信。千萬不可說明
是單太爺的家人。小跟班的答應着去了。約摸有兩個鐘頭。方纔拿了一張回片回來。說有信
明天送過來。魏竹岡道。我這個信。不是甚麼容易覆的。定要斟酌斟酌。且看他明日回信如何
寫法。再作道理。倘若沒有回信。好在你有位朋友在裡頭。就托他探個信。告訴我們一聲。或者
再寫一封信去。或者商量別的辦法。（一計不成可再生一計一不做二不休）單太爺答應着。又說了些別的閒話。
方纔回去。按下不表。且說周老爺。自從辭別單太爺出城之後。一直回到船上。畢竟心懷鬼胎
見了胡統領。比前反覺殷勤。胡統領本是個隨隨便便的人。倒也並不在意。（不是與人乾吃醋倒不要人家多伺
候）等到晚上。吃過夜飯。正是幾個隨員在大船上趨奉胡統領的時候。（滿耳諛詞可借鵝鼓洗濺）忽見船頭上

傳進一封信來。說是本城紳衿魏大老爺那裡寫来的。胡統領聽了詫異。連忙接在手中一看。只見上面寫明內要信。送呈胡大人勛啟。下面祇寫着魏緘兩個字。還有守候福音四個小字。一頭拆信。一頭心上轉念。我並不認得此人。這是那裡来的信。封拆破。掏出來一看。先是一張名片。刻着魏翹兩個大字。後面注着拜謁留名。不作別用。八個紅字。另用筆墨添寫號竹岡。某科舉人。某科進士。兵部主事。會試出某某先生之門。胡統領看了明白。是要我曉得他與我同門的意思。看來總是拉攏交情。為借貸說項地步。因此並不在意。是有一番大風波今番卻不被汝播看了從從容容。將信取閱。及至看到一半。說着並無土匪的事。心中始覺慌張。兼之一路看來。無非責備他的話頭。因此心上狠不舒服。及至結末。敘到他兩個。本是同門。因此特地前来關照。以及鵠候回信等語。有一個啞謎在內要你自家去猜他翻來覆去。看了兩遍。一聲不響。衆隨員雖看也摸不着頭腦。衆人更毫無影響了周老爺雖已猜着九分九。也只好裝作不知。一傍動問是那裡來信。為的甚麼事情。一個假裝癡偏要問聞胡統領不說甚麼。但把信交在周老爺手中。說了聲你去看。自已躺下吃烟。周老爺接信在手。從頭至尾。看了一遍。心內早已了然。口中不便說出。只說奇怪得狠。看他來信。到着實同大人要好。所以特地前来關照。使奸發刁一若真個愚疾胡統領道。他雖然與我同門。我又何曾認得他。你說他同我要好。所以特來關照。據我看來。只怕不是好意思呢。周老爺道。這也不見得。倘若他不同大人同門。或者難保。既然同大人有此一層交情。借此拉攏。或者有之。倒是他信面上寫明白守候回信。現在怎樣回他。胡統領道。給他回片。先叫来人轉去。等明天訪明寔在。尚有回信再給他送去。（欲訪明寔在給回信胡理圖並不糊塗）家人們答應一聲。取出名片交給來人。叫他回去銷差。這裡胡統領抽了幾口烟。一聲不響。等到過足了癮。坐起來。對周老爺說道。我看這件事情不妙。好在眼前都是自己人。這件事情倘若鬧了出來。終究有點不便。怎麼想個法子。預先布置布置的好。（有了虛心病是然不再問虛寔了）事不宜遲。辦事越慢。花錢越多。就是我從前謀這個差使的時候。軍機王大人跟前。經手的朋友。是他的內侄。這條路原是再好沒有。他祇叫我送三千銀子的贄見。包我得這個差使。我嫌多。沒有理他。後來託了別人。一花花了五千。經手的還有謝儀一共花了六千。足足的躭擱了半年。事情纔成功。兄弟是過來人。這點機關我還懂得。（經過大創的人更是容易惆惏）諸位替我想想看。可是不是。文七爺接口道。大人這事怕什麼。大人是上頭派了來的。無論事情辦的錯不錯。一來上頭總得護着大人。斷不肯自已認錯。二來縣裡有他們鄉下人的甘結領狀。都是真憑寔據。他們有多大胆子敢上控。直捷可以不理他。（涓涓不塞可成江湖星星不滅可以燎原）（你倒不要如此說）胡統領尚未開言。周老爺道。怕呢原是沒有什麼怕他。但是等到事情鬧出來。大家沒有味。這種人直捷是地方上的無賴。勝之不足為榮。敗之反足為辱。還是大人的明鑒預先布置的好。（蒼蠅不釘無縫蛋雖無內奸日後終究要破敗的）文七爺道。只要我們理直氣壯。怕他怎的。胡統領道。丈大哥周某人話不錯。兄弟的脾氣。甯可息事。花兩錢算什麼。只要小的去。大的來。就在裏頭了。（難道鬆蓋不蓋蓋紅蓋自然是發速禍輕）但是總得有個人先去探探口氣。我們纔好商量。周老爺道。是先去探探口氣果然是美意。我們也樂得同他拉攏拉攏。大人就給他一角公事。或者請他清查本地被土匪擾害的災户借此為名等他開支幾兩銀子的薪水這是好的一面說法（先說好的一面叫他不疑心一面好串通一氣）倘若存了別的主意大人跟前卑職要直談的那是他一定存了敲竹槓的意思但是現在先寫信看來事情一定還可挽回（倘然不可挽回豈不要弄僵嗎）大人也不必煩心這裡的捕廳姓單同卑職是十幾年的相好聽說他同本地這些人還聯絡得來卑職就去找他當中疏通疏通（仍舊要請教他）（經手索性不避嫌疑）將來事成之後大家裡頭求大人賞他一個保舉就是了（說到賞個保舉若於此事全然不知）胡統領道這是惠而不費的我又何樂而不為呢但是你老哥見了單縣丞只說你託他不必題出我來（仍舊要推託別人豈不聞欲擒故縱）各式事情我們心照就是了周老爺答應着說明天一早就進城去事情要辦的快總要明天一天裡頭了結纔好胡統領道是啊如此我也不留你們多坐了你們各自回船歇息明天好辦正經於是各隨員一齊辭別退去到了次日周老爺果然起了一個早坐轎進城會見單太爺講起昨夜統領的情形知道事有把握（一敲即着自來無內裏無人而可以成事者）單太爺幫着敲了竹杠統領還要保舉他真是名利兼收非常之喜連說晚生倘能因此過班已是老堂翁的提拔至於銀錢裡頭用着晚生出力的地方晚生無不着力無論多少好處一齊都是你堂翁的（橫豎不落空的落得愈讓愈穩）至於魏老朋友那裡有兄弟去抗少則一頭二千多則三五六千隨你堂翁的便他坐在家裡那裡來得這些銀子多了豈不是白便宜他呢周老爺聽了自然也自歡喜又商量了一回仍舊出城稟見統領說起魏竹岡的為人據單縣丞說竟其不是這個好東西而且同京裡張昌言張御史是姑表兄弟（點出與張昌言是姑表弟兄豈知後來弄假成真）所以在地方上狠

不安分。地方官看他表弟面上。有些事情都讓他。不同他計較。單縣丞雖然同他要好。曉得他利心太重。有些話也只好說起来看。一有計利之心則骨肉為行路何況朋友說来入情入理總之想敲一個大竹槓是實情。胡統領聽了躊躇道。少呢。我們那裡不花兩錢。如果要的多。也只好聽他的便了。周老爺道。據單縣丞說。只怕開出口来不會少呢。胡統領聽了詫異道。怎麼單縣丞曉得他要敲我的竹槓。周老爺連忙分辯道。他如何會曉得。也不過外頭聽来的傳言。烟烱爆爆確有弊病他聽見大人肯賞他保舉。他感激的了不得。立刻就到姓魏的那裡採聽去了。周老爺正同統領說話的時候。忽然船頭上有人来回說。有客到隔壁船上拜周老爺。周老爺道。只怕是單縣丞採了口氣来了。當統領道。論不定就是他。你快過去看看。罷。周老爺辭別出来。回到自己船上。果然是單太爺。時因人多不便說話。便把他拉到耳艙裡。兩個人鬼鬼祟祟的半天。有話不當面講豈不叫人家生疑心周老爺送客出来。一直仍回到統領船上。一進門見了統領。便嚷道。真正想不到的事情。簡捷要把卑職氣死。怎麼不做一個好人。一定要敲竹杠。吞吞吐吐足見表裡為奸胡統領忙問怎的。周老爺只願說他自己的話。說道。他上天討價。不能不由我落地還錢。且看單太爺去說。他能聽不能聽。再作道理。仍舊不肯直說足見藏奸胡統領忙問到底他要多少數目。周老爺道。大人估量他要多少。胡統領道。多則五千。少則三千。周老爺道。三千再加一百倍。索性嚇他一嚇胡統領楞了一楞。舌頭一伸道。怎麼一百倍。周老爺道。他開口就是三十萬。豈不是一百倍。胡統領道。他的心比誰還狠。咱們辛苦了一盪。所為何事。他竟要一網打盡。我們還要吃甚麼呢。你怎麼回頭他的。周老爺道。回頭了他。

恐防生變。卑職總想着大人甯可息事的一句話。祇同他講價錢。不同他翻臉。（如此不近人情還怕決裂可見上下其手）胡統領道。你到底同他講多少。周老爺道。他開的盤子太大了。過少不好出口。卑職還了他三萬。（未曾稟命先行擅事可見來說是非者即是是非人）胡統領聽了。默默無語。停了好半天又問道。你還他三萬。他答應不答應呢。周老爺道。他要三十萬。是單縣丞傳來的。卑職祇還個數目給他。不曉得他答應不答應。胡統領聽了。搖搖頭說道。都要像這樣敲起來。一個三萬。十個就是三十萬。我的錢有完的時候。他們的竹杠沒有完的時候。這個我吃不了。你替我回頭他。有什麼本事。只管施來。我不怕。如若要錢。我沒有。（說得斬釘截鐵足見並不糊塗）周老爺聽了。陡的吃了一驚。心上思量道。怎麼這件事。他倒變起卦來。而且也不像他平日為人。但是碰了下來。也不好說別的。只搭赸着說道。卑職這事是仰體大人意思做的。所以敢還他一個價。橫豎這點數目。總還開銷得出。（倘使想得到從前不肯分肥之故言下自當大悟）胡統領一聽話中有因。明明說他的錢是賺來的。揭着他的痛瘡。心上越發生氣。（西洋鏡一拆即穿還不覺悟真為利慾所迷）其時天氣已交小寒。胡統領穿着一件棗兒紅的大毛袍子。沒有紮腰。也沒有穿馬掛。頭上戴着皮困秋。腳下蹬着薄底京靴。因為烘眼。戴了一付又大又圓的墨晶眼鏡。一手捧着水烟袋。一手綹着老鼠鬍子。坐在牀邊上。搖來搖去。牀上點着烟燈。只見他的面孔。比鐵還青。（真正鐵面無私）坐了老半天。一聲不響。周老爺也只好相對無言。又歇了一會。說道。我替他們地方上辦了這麼大的一件事。一把萬民傘都沒有。（你試清夜自思還要萬民傘不要）還來敲我的竹槓。周老爺道。等卑職出去通個風給他們。一定有得來的。胡統領道。算了罷。我省得三萬銀子。至少幾千把萬民傘好做。你拿皇上家的錢買萬民傘不要說幾千把即幾萬把亦買得出来這個虛體面。我如今亦不在乎了。周老爺一連碰了幾個釘子。滿肚皮不願意。羼在肚裏不敢響。聽他的口音。三萬頭還賴着不肯出。一時不敢多說。只得隨便敷衍了幾句。搭赸着出去。回到自己船上。踱來踱去。一時想不出主意。想了半天。忽然想到建德縣莊某人。統領同他還說得來。只好請他來打個圓場。或者有個挽回。到底撈他兩個。用盡心機仍舊一錢不到手寔在可惜主意打定。便去拜見莊大老爺。言明來意。只說外頭風聲甚是不好。雖然鄉下人都有真憑寔據在我們手裏。倒底鬧出來。總不好看。魏竹岡是著名的無賴。送他兩個。堵堵他的嘴。我們省聽多少閒話。仍說是為統領起見竟是統領的大忠臣莊大老爺聽了。心想上回鄉下人的事情。雖然我替統領竭力的做了下來。然而對得住上司。畢竟對不住百姓。早晚總有一個反覆。倒不如等他們出兩個錢。我也免得後患。凡人瞞心昧己雖逢一時之私見終究有虧心的想罷。便連聲稱是。又道。統領脾氣。兄弟是曉得的。等兄弟去勸他。應該總答應周老爺感激不盡。辭別出門。不多時候。莊大老爺也就來了。見了統領。閒談了幾句。慢慢講到此事。胡統領咬定一口不答應。還說了許多閒話。總怪周老爺幫着外頭人。雖識出破綻終究還搶得一半又說兄弟這遭差使。是苦差使。瞞不過諸公的。周某人總想多開銷兄弟兩個。他纔高興。不曉得他存着一個甚麼心。像你老哥。纔算得真能辦事情的人。賠錢貼功夫寔在難得莊大老爺隨便替周老爺分辨了幾句。把嘴湊在統領耳朵上。咕咕唧唧了半天。先見統領綳一回眉。搖一回頭。後來漸漸有了笑容。一連把頭點了幾點。方纔高聲說道。這件事。兄弟總看你老哥的面子。如果是別人。兄第一定不能答應。立過大功的人自然要言聽計從莊大老爺又重新謝過。辭別回去不題。單說胡統領此番。
雖然聽了莊大老爺的話答應送魏竹岡三萬銀子託為布置一切。他的初意因為不放心周
老爺。一定要莊大老爺經手莊大老爺明曉得這裡頭周某人有好處。而且當面又託過。犯不
着做甚麽惡人。所以求了統領仍交周某人經手統領面子上雖然答應等周老爺上来請示
要划這筆銀子他老人家總是推三阻四。此是慳吝人形景並非識破機關一連擱了好幾天。亦没有吩付
下来。周老爺心上着急又不好十分催他。而且胡統領有意為難過了兩天竟其推病不見客
連周老爺来見也是不見。等到病好周老爺再上去請示倒說兄弟那裡來的錢還是老兄外
頭面子大交情多。無論那裡先替兄弟拉三萬銀子隨後等兄弟有了缺本利一個不少他的
就是了。此種人所謂不到黃河心不死到了黃河來不及周老爺聽了。氣得半天說不出話來。意思待要發作兩句既
而一想。好漢不吃眼前虧且讓他一步再作道理。回到自己船上越想越氣忽又想到戴大理
的話真是一點不錯。横竪總不落好碰見這種人只好同他硬做冤讎愈結愈深但是一件銀錢是黃
仲皆經管我今同他商量他是個胆小人。一定不肯答應。與其碰了回来不張口為妙。免得鞋子不穿落個揣
想来想去。一夜未眠。次日一早起身。正在一個人盤算主意得時候齊巧單太爺前来探
信。周老爺一想他來得湊巧。我今姑且同他商量。一不做二不休如何肯輕易罷手當下請進見面敘坐周老
爺先開口道。一連接到老哥三張條子。為着事情大有反覆所以一直未能報命單太爺道晚
生並不敢来催堂翁只因魏竹岡天天派人到晚生那裡来討回信賽如欠了他的債一般這

種人真正可惡。晚生想不去理他。又怕躭誤了堂翁這邊的事。統領跟前無以交代。無端尋人家開心只怕未必即肯甘心所以急於兩面圓場。也曉得堂翁這裡事情多。不好為着這點小事情時来絮聒。為的寔係被催不過。所以寫過幾封信。意思想討堂翁一個回信。晚生也好回覆前途。一連幾日旣未見堂翁進城。事情如何。又未蒙台諭。所以晚生只得自已過来。一来請請安。二来請個示到底這事如何辦法。周老爺聽了。縐了一縐眉頭說道。兄弟亦因此事為難。正想進城同老哥商量。現在老哥来此甚好。單太爺道。怎麼說。周老爺把嘴湊在他耳朶邊。將此事始末緣由他如何為難。統領如何蠻橫。現在想賴這筆銀子的話。說了一遍。豈不聞高鳥盡良弓藏狡兎死走狗烹你自不識人所以乗上了人家的當單太爺聽了。想了一回。說道。堂翁現在意下如何。周老爺道。這種人不到黃河心不死現在橫豎我們總不落好。索性給他一個一不做二不休。你看如何。單太爺道。任憑他們去上控。周老爺道。猶不止此。强人自有强人手不見機的人終究要惹禍殃單太爺詫異道。還要怎樣。周老爺撈了半天方說道。論理呢。我們原不應該下此毒手。但是他這人。橫豎拿着好人當壞人的。出了好心沒有好報。我也犯不着替他了事。依我的意思。單叫人去上控。還是便宜他。最好弄個人。從裡頭參出来給他一個迅雷不及掩耳。要賺大家賺。要漂大家漂。何苦單單便宜他一個。凡千夫議之人不僅結怨於民必先左右親信之人全行解體然後成為獨夫無人為之彌縫我上回恍惚聽見你老哥說起。張昌言張御史同魏竹岡是表兄弟。可有這個話。單太爺道。他倆不錯。是表兄弟。但是他如今通信不通信。須得問問魏竹岡方曉得。周老爺道。我想託你去找找他。通個信到京裏。幹他一下子。所謂惜小費而忘大害你看怎樣。單太爺道。只要他肯寫信。那是沒有不成功的。但是一件。事情越鬧越大。將來怎樣收功。於他固然有損。於我們亦何嘗有益呢。周老爺道。我不為別的。我定要出這一口氣。（怨毒之於人甚矣哉）就是張都老爺那裡。稍須要點綴點綴。這個錢我也肯拿。單太爺一聽他肯拿錢。便也心中一動。辭別起身。去找魏竹岡。兩人見面之下。魏竹岡曉得事情不成功。這一氣也非同小可。大罵胡統領不止。立刻要親自進省去上控。不怕弄他不倒。單太爺道。現在縣裡有了憑據。所以他們有恃無恐。他是省裡委下來的。撫台一定幫好了他。官司打不贏。徒然討場沒趣。魏竹岡道。省控不准。就京控。單太爺道。你有閑工夫同他去打。這筆打官司的錢。那裡來呢。魏竹岡一聽這話有理。半天不語。（真正無可如何）單太爺道。你令親在京裡。不好託託他。想個法子嗎。（一語提醒）魏竹岡道。再不要提起我們那位舍表弟。他自從補了御史。時常寫信來託我替他拉賣買。（御史非錢不行所彈參之人皆是欲敲他竹槓之人讀者記清）我。這邊在屯溪替他拉到一注。人家送了五百兩。我不想賺他的。同他好商量。在裡頭挪出二百我用。誰知他來信一定不肯。說年底下空子多。好歹叫我匯給他。還說明將來你表兄有什麼事情。小弟無不竭力幫忙。應該要一百的。打個對折就夠了。老父台你想想看。我老表兄的事情。他不肯說不要錢。祇肯打個對折。你說他這要錢的心可多狠。（至親只肯對折非至親只怕連個九扣不肯了寔在心狠）單太爺道。不管他心狠不心狠。千里為官只為財。這個錢也是他們做都老爺的人應該要的。不然他們在京裡。難道叫他喝西北風不成。（窮京官故都老爺原是皇上挑他賺兩個的）魏竹岡道。閑話少說。現在我就寫信去託。但是一件。空口說白話。恐怕不着力。前途要有點說法方好。單太爺道。看上去不至於落空。至於一定要若干。我卻不敢包場。魏竹岡道。到底肯出若干。買他這個摺子。單太爺道。現在已到了年下了。送點小意思。總算過炭敬罷了。炭敬冰敬皆是納賄之別名魏竹岡道。炭敬亦有多少。一萬八千也是。三十二十亦是。倒底若干。說明白了我好去託他。你不知道。他們這些都老爺參摺參人。同大老官們寫信。都與做買賣一樣。一兩銀子就還你一兩銀子的貨。十兩銀子。就還你十兩銀子的貨。卻最為公氣。一點不肯騙人的。所以叫人家相信。肯拿銀子送給他用。賄賂公行寔在有秤斤估兩之事我看這件事情。總算兄弟家鄉的事情。於兄弟也有關係。你也一定有人託你。你就同前途說。叫他拿五百兩銀子。我替他包辦。三萬兩賺不到只要賺五百兩生意愈做愈小了單太爺道。五百太多罷。魏竹岡道。論起這件事來。五千也不為多。現在一來是你老哥來託我。二來舍表弟那裡我也好措辭。總而言之。這件事發出去胡統領一面多少總可以生法。還可以樹上開花。不過借我們這點當作藥線。好處在後頭。所以不必叫他多要。五百兩只算是本錢將來大注過付定可利市三倍你如今連個名世之數都不肯出。真正大才小用了。單太爺道。這錢也不是我出。等我同前途商量好了。再來復你。魏竹岡道。要寫信早給兄弟一個回頭。單太爺道。這個自然。說完別去。當晚出城。找到周老爺。說姓魏的答應寫信。言明一千銀子包辦。周老爺聽了嫌多。當下同單太爺再三斟酌。只出六百銀子。單太爺無奈。只得拿了三百銀子去託魏竹岡。討五百說一千加上一半還六百出三百仍除一半所謂只要有交易不怕無賺頭說前途實在拿不出。大小是件生意。你就賤賣一次。以後補你的情便了。魏竹岡起先還不答應。禁不住單太爺涎臉相求。魏竹岡只得應允。等到單太爺去後。寫了一封信。只封得五十銀子。給他表弟。五十兩本錢到手三百兩也算發發利市了託他奏參出去。以後如何。且聽下回分解。

續編卷十八

頌德政大令挖腰包　查參案隨員賣關節

卻說胡統領。自從到了嚴州。本城地方官。備了行轅。屢次請他上岸去住。無奈他迷戀玉仙。為色所困。難捨難分。古來亡國敗家皆由此物所以一直就在船上打了水公館。後來接到上憲來文。叫他回省。他便把經手未完事件。趕辦清楚。定期動身。此番出省勦匪。共計浮開報銷三十八萬之譜。中國民窮財盡坐耗此輩有些已經開支。有的尚待回省補領。胡統領心滿意足。自己想想。總覺有點過意不去。便於其中提出二萬。一萬派給眾位文武隨員。以及老夫子家人等眾。一來叫他們感激。二來也好堵堵他們的嘴。坐地分贓大家得的甜頭周老爺雖非統領所喜。因為一切事情都是他經手。未曾鬧騷之前要算是第一箇紅人時地分給他三千。下餘的一千八百。三百五百。大小不等。賺錢生意大家恭喜是趙不了頂沒用。也分到一百五十兩銀子。比起統領須得意的門上曹二爺。雖覺不如。在他已經樂的不可收拾了。想來五十塊借項今番可以還清了尚有一萬。由統領交託周老爺。說道本地紳士魏竹岡。他要敲兄弟三萬。他的心未免太狠。我一時那裡來得及。現在把這一萬銀子。託老兄替兄弟去安排安排。免得他們說話。大家不干淨。倘若不夠。只得請老兄替兄弟代挪數千金補上。再要多。我可沒有了。無水不撒炭早點如此也不致放野火了周老爺聽了心下尋思。這我的媽。你這個錢若肯早拿幾天。我也不至於託姓魏的寫信到京裡去了。現在事已如此。再出多些也無益。我樂得自己上腰也

犯不着再給姓魏的。便宜他一箇我有了這個錢。回省之後。另打主意。或仍往山東一跑。將来就是
他們条了出来。弄到放欽差查辦。也與我不相干涉。一個使乖別人都在夢裡主意打定。仍舊恭而且敬的
回答統領道。大人委辦的事。卑職沒有不盡心的。齊巧這兩天他們那邊也鬆了下来。大約一
萬就可了事。撒謊得像胡統領道。可見這些人是賤的。你不理他。一萬也就好了。你若是依他。只怕
三萬也不會了事。真正說夢話周老爺心裡好笑。嘴裡不作聲。胡統領道。現在錢也出了。我的萬民
傘呢。這點虛面子。他們總不好少我的罷。周老爺道。這個自然。胡統領道。一萬銀子買幾把布
傘。我還是不要的好。出了上等價錢自然好挑揀頂好的了周老爺道。叫他們送緞子的。城裡一把。四鄉四把。至
少也得五把。胡統領道。我不是稀罕這個。為的是面子。被上司曉得。還說我替地方上出了怎
麼大一把力。連把萬民傘還沒有。面子上說不下去。不過是遮人耳目周老爺答應着。見話說完。退了
下去。一頭走。一頭想。心想這送萬民傘的事情。須得同本地紳士商量。現在這些人。一齊把統
領恨如切骨。都是你一人主使出来的說上去。非但不聽。而且還要受他們的句子。不如且到縣裡與同莊
某人斟酌斟酌再說。主意打定。立刻坐了轎子。到縣裡拜會莊大老爺。說明来意。莊大老爺道
我雖是地方官。這件事也不好勉强他們。須得他們願意。而且我也不好同他們去談這個。知縣
體統稍尊況已因此事與紳鄉不睦如何好談你去找找捕廳單某人。他與本地紳士還聯路。不如叫他去說說看。說
成了固然是好。倘若不成功。他的主意多。叫他想個法子。弄幾把傘有幾個人送了去。統領面
子上糊得過。不就結了嗎。今番胡理圖一定要被人家糊過去了周老爺道。單某人是我認得的。如此即刻我去

找他。說完辭了出来。捕廳就在縣衙東面。邊不用坐轎子。踱了過来。單太爺接着寒暄之後。便問老堂台同統領幾時動身。晚生明日還要請老堂台叙叙。一定要賞光的。周老爺自然謙了幾句。便将来意告知。單太爺道。紳士商人。於統領的口碑都有限。口碑載道如今要他們送萬民傘。就是貼了錢。也萬萬不會成功。不如不去說的好。知難而退老堂台如果怕統領面子上難以交代。晚生有句老實話。除非統領大人自己挖腰包不可。若照現在外面口碑而論。就是統領大人自己把牌傘做好。交給他們。他們也未必就肯送来。因為来了就要磕頭的。老堂台如今要辦這個。依晚生愚見。這筆錢是沒有人肯出的。果然自己挖腰包。把傘做好。由晚生這裡。雇幾個人替你捎了去。也還容易。所以要與地方上聯絡的人方好搪塞過去但是這些戴頂子送的人。那裡去找。有人挖腰包裝幾個紳商倒還容易周老爺聽了不語。心下尋思道。好在我已拿着他一萬銀子。拚出一二百塊錢。就做幾把傘。四扇牌。應酬他也不打緊。想罷。便對單太爺道。這個錢。現在邊兄弟拿出来。你不必愁樹上開花落得慷他人之慨但是請幾位朋友去送。總得你老哥想個法子。倒底你老哥在這裡做官做久了。外面人頭熟。說出去的話。人家總得還你個面子。單太爺道。人頭果然熟然而也要看甚麼事情。我替老堂台想。你們帶来的營頭。還有砲船。那些統領帮帶哨官什長。那一個不是頗色頂子。去同他們商量。到了那天。檢幾個永遠見不着統領面子。叫他們穿着衣帽来送。就是說本地紳衿。横豎進来磕過頭就出去的。誰能辦他是真假呢。到底單太爺足智多謀說来頭頭是道周老爺一聽不錯。連稱老哥所說極是。兄弟一一照辦。又把做萬民牌傘的事。託單太爺代辦。又好賺他幾個了單太爺問做甚麼樣子的。周老爺說要緞子的。單太爺楞了一楞道。緞子的太貴罷。周老爺道。不用緞子。至少也得綾子。你老哥瞧着看什麼省錢。怎麼好看。怎麼辦。兄弟的事情。你老哥還肯叫我多化錢嗎。說着。又問幾天做好。何日去送。單太爺屈指一算。說今天不算。總得兩天做成。一准第三天送就是了。周老爺回到城外。先去找了趙大人。會總爺一幫人。商量妥當。把人頭派齊。（統領是尸居餘氣）然後回到大船上。稟知統領。自然無話。（解鈴還是繫鈴人）預備第三天早上。收過萬民傘德政牌之後。飯後開船回省。正是光陰迅速。轉瞬間已到了第二天了。這天合城文武在本府衙門。備了滿漢全席。公餞統領。（餞行酒好比起座酒後來還有路祭）並請了周老爺趙不了等。一班隨員老夫子作陪。又傳了一班戲在廳上唱着。當下自然是胡統領居中第一位。眾官左右坐了相陪。胡統領穿的是吉祥狄鈌衿袍子。反穿金絲猴馬褂。檯子面前。放着一個大火盆燒着通紅的炭。十多個穿袍的管家。左右分班上菜斟酒。從午後兩點鐘入座。一直吃到上燈。還沒有完的。胡統領嘴裡喝着酒。眼裡看着戲。正在出神時候。不提防一陣風來。把戲檯上一幅彩綢。吹在蠟燭上。登時燒將起來。（是恭官撤差餘兆）雖然當時就被人瞧見。趕緊上前撲救。無奈風大得狠。早已轟轟烈烈。把簷上掛的彩綢一齊燒着。大眾這一驚非同小可。一時七手八腳。異常忙亂。有些人取水潑救。有些人想拿竹桿子去挑。其時戲枱上已經停鑼。眾戲子一齊站在檯口上。幫着出力。幸虧其中有一個唱開口跳的小丑。本事高強。攀着柱子爬了上去。左一拉。右一拉。總算把彩綢扯下。餘火撲滅。（小火撲滅大大將蔓延無已）一場大禍。頓歸烏有。眾人方纔把心放下。回看地上。業已滿地是水。當差的拿掃帚掃過。重新入席。開鑼唱戲。當火起的時候。胡統領面色都嚇白了。（此焚巢之憐如何）就叫打轎子。說要回去。後見無事。眾官又過来一再挽留。請大人寬用幾杯。替夫人壓驚。誰知這位統領大人。是忌諱最多的。（忌諱忌諱還恐路鬼揶揄）見了這個樣子。心上狠不高興。勉强喝過幾杯。未及傳飯。首先回船。眾人亦紛紛相繼告辭。胡統領回到船上。開口就說今日好端端的人家替我餞行。幾乎失火。不曉得是甚麼兆頭。眾人不敢回答。虧得文七爺能言慣道。便說大是旺相。這是大人升官的預兆。一定是好兆頭。（使柳宗元在座定必反弔為賀）一句話把他老人家提醒。說說笑笑。依舊歡天喜地起来。到了第三天。手下之人。一齊起早伺候。碼頭上本有彩棚。因為統領定於今日動身回省。首縣辦差家人。重將彩綢燈籠更換一新。大小砲船。一律旌旆鮮明。迎風招展。碼頭左右。全是水陸大小將官。行裝跨刀。左右鵠立將官之下。便是全軍隊伍。足足站有三四里路之遠。或執刀叉。或擎洋鎗。每五十人。便有一員哨官。手拿馬棒。往来彈壓。（想來今天有大出喪）德政牌傘言明是日十點鐘。由城裡送到船上。趙大人會總爺所派武職八員。一早穿了衣帽回到單太爺那裡。預備冒充本城紳衿。遮掩統領耳目。（近來官場之送萬民傘大抵如此）單太爺又嫌人數太少。不足壯觀。另把自己素有往来的幾個買賣人。甚麼米店老板。南貨鋪裡掌櫃的。還有兩個當書辦的。一齊穿了頂帽。坐了單太爺預備的小轎。單太爺辦事精細。恐怕惹人議論。叫人悄悄的到傘牌店裡。把五把傘四扇牌。取來。送到城門洞子裡會齊。（如鼠子之晝伏夜行）又預先傳了一班鼓手。在那裡候着。等到諸位副爺老板轎子一到。然後將傘撐起。隨着鼓手德政牌。吹打着一同出城。出城不遠。兩旁便有兵勇站街。有人保護。不怕滋事了。（今番倘非編以兵威一定如昔年嘉興之毆王道台四脚四手）（抬出南城門了）分派停當。已經九下鐘。合城文武官員。絡續奔至城外官廳伺候。約摸有十點半鐘。只聽岸灘上三聲大砲。兩旁吹鼓亭吹打起來。胡統領趕忙更換衣冠。頭戴紅頂貂帽。後拖一支藍紮大披肩的花翎。身穿棗兒紅猞猁猻缺襟開氣袍。上罩一件壽桃貂馬褂。下垂對子荷包。脚登綠皮挖如意行靴。（將裝扮竭力一寫無非金玉其外敗絮其中）幾個管家。一個個都是灰色搭連布袍子。天青哈喇呢馬褂。頭戴白頂水晶頂。後拖貂尾。脚踏快靴。（一班妖魔鬼怪）其時德政牌傘已到岸上彩棚底下。一衆送傘的人。齊上手本。執帖門上。呈上統領過目之後。便吩咐伺候。岸上又升三聲大砲。只見十六名親兵。穿着紅羽毛黑絨鑲滾的號褂戰裙。手執雪亮鋼义。鋼义之上一齊繞着紅綢。親兵後頭。挨排八個差官。由船到岸。雖祇一箭之遙。只因體制所關。所以胡統領仍舊坐了四人綠呢大轎。轎前一把行傘。轎後一羣跟班。到了岸上彩棚底下下轎。朝着衆位送傘的人。謙遜了幾句。（倘然開口出來豈不要露出馬脚）其時地上紅毡官墊都已鋪齊。衆人紛紛磕頭下去。統領一旁還禮不迭。起來又謝過衆人。又留諸位到船上吃茶。衆人再三辭謝。統領送過衆人。其時各砲船船頭上。齊開大砲。轟轟隆隆鬧的鎮天價響。兩旁兵勇掌號。吹鼓亭吹打細樂。統領依舊坐着轎子。由差官親兵等簇擁回船。（實在威嚴）不提防轎子剛纔檯上跳板。忽見一羣披蔴帶孝的人。手拿紙錠。一齊奔到河灘。朝着大船。放聲號啕痛哭起來。（送喪的人來了）其時統領手下的親兵縣裏派來的差役。見了這個樣子。拿馬棒的拿馬棒。拿鞭子的拿鞭子。一齊上前吆喝。誰料這些人。

絲毫不怕。（冒死而來還怕什麼）起先是哭。後來帶哭帶罵。罵的話雖然聽不清楚。隱隱間也有一二句可以辨得。說甚麼官兵就是強盜。害的我們好苦呀一派話頭。這些人聽了。也愈加生氣。打罵的更凶。那些人。只是哭他的。伏在地下。慢慢化錠。慢慢訴說。只是不動。四面彈壓的人。及碼頭上瞧熱鬧的人。早已聚了無數。哭罵的話。胡統領也並非一無所聞。幸虧他寬宏大量。裝作不知。（妙）由他笑罵好官我自為之的是奸權作用上船。上船之後。就命立刻開船。離了馬頭。再說府縣各官。聽說統領就要開船。一齊趕出官廳。上船叩送。走至岸灘。見了許多人。圍聚一處。問起根由。眾人不敢隱瞞。只得依實直說。本府不語。（還算是個好官）首縣莊大老爺。便罵當差的。問他為什麼不早驅逐閒人。現在圍了多少人在這裏。叫統領大人瞧着。像個什麼樣子呢。（你不要如此你將來御事時一定也要照辦的）辦差的不敢回嘴。莊大老爺又吩咐。把地保鎖起來。地保一聽老爺動氣。立刻分開眾人。要想把一個身穿重孝。哭的最利害的人。扭了來稟見本官。誰知這個人。並不畏懼。反拿了哭喪棒打地保的頭。嘴裏還說。我的媽。我的哥。都死在他們手裏。我的房子亦燒掉了。我還要命嗎。他是什麼大人。我見了他。我拚着命不要。我定要同他拚拚。（所謂一夫拚命萬夫莫當）其時莊大老爺站在碼頭上。這些話都聽得明白。曉得罵的不是自己。雖然生氣。似乎可以寬些。（事不干己何必認真）忙傳話下去。叫地保不要同他囉囌。把他們趕掉就是了。地保得令。同着七八個差役。兩個拖一個。把他們拖走。這些人依舊破口罵個不了。但是相去已遠。統領聽不見。莊大老爺也聽不見。就作為無其事。不去題他了。（所罵是別人也只好裝聾作啞）且說各官。捱排見過了統領。各人有各人坐船。一齊各回本船。跟着統領的船。走了有十幾里。統領再三相辭。方纔回去。至各武官。一齊在江邊排隊。鳴鎗跪送。更不消說得。本道駐紮衢州。自從九月生病。請了三個多月的假。上頭因為他京裏有照應。所以並不動他。地方上雖有事。竟於他絲毫不相干涉似的。一若秦人視越人的肥瘠自從胡統領到嚴州。一直等到回省。始終未見一面。胡領也曉得他的來頭。所以也並不追求。所謂朝裏無人莫做官正是有話便長。無話便短。胡統領在船上走了幾天。頂到回省。已經是年下。照例上院稟見。一則稟陳勦辦情形。二則叩謝隨摺保奬照例公事。敷衍過去。下來之後。便是同寅接風。僚屬賀喜。過年之時。另有一番忙碌。官樣文章不必細述。單說同去的隨員。黃文兩位。各自回家。周老爺原有撫院文案差使。撫憲同他要好。一直未曾開去。他回省之後。原舊可以當他的差使。無奈他在嚴州。因與胡統領屢屢齟齬。非但託人到京買摺奏參。而且連賺了他一萬銀子。將來這事總要發作。浙江終究不能立足。與其將來弄得不好。不如趁此囊橐充盈。見而作。鴻飛冥冥弋人何篡所以自從回省之後。一直請假。在朋友家中借住。等到捱過元宵。他又借着探親為名。上院稟見撫憲。口稱親老多病。倚閭望切。屢屢寄信前來。叫卑職回去。今幸嚴州土匪一律剗平。卑職並無經手未完事件。意欲請假半載。回籍省親。承歡愛日孝子之心無有不准的假滿之後。一定仍來報効。劉中丞是同他有交情的。聽了此言。甚為關切。不得不允。但嫌半年日子太長。祗給了三個月的假。還說隨摺祗保得胡道一人。早奉批摺允准。旨意上並准兄弟擇尤保奬。不日就要出奏。老哥的事情。是用不着囑咐的。中丞倒着實有意栽培可惜買摺奏參連累他老人家未免辜負了周老爺又請安謝過。然後下去稟辭各上司。辭別各同寅。捲捲行李。搭上了小火輪。先到上海。再圖行止。還他一個遠走高飛按下慢表。再說戴大禮聽見胡統領回省。先到公館稟見。見面之後。寒暄幾句。胡統領先謝他從中斡旋之事。又題到周老爺。竟其甚不滿意。戴大禮便趁勢說了他許多壞話。又說這番不給他隨摺。也是卑職做的手腳。胡統領道。非但不給他隨摺。而且等到大案上去的時候。兄弟還要稟明中丞把他名字撤去纔好。只怕一面要參出你還在夢裡戴大禮聽了甚喜。正是光陰似箭。日月如梭。周老爺去不多時。這裏大案也就出去。胡統領雖與周老爺不對。屢次在中丞面前說他的壞話。戴大禮也幫着在內運動。無奈中丞念他往日交情。與這一番辛苦。不肯撤去他的名字。依舊保了進去。中丞厚道當經奉旨交部議奏。隨手就有部裏書辦寫信出來叫人招呼。無非以官職之大小。定送錢之多少。有錢的核准。無錢的批駁。往返函商。不免躭誤時日。所以奉旨已經三月。而部覆尚未出來。此乃部辦常情不足為怪。部辦窟穴其中難以一掃而空看看一年容易。早已是五月初旬。一日劉中丞正在傳見一班司道。忽然電報局送進一封電傳閣抄。折開看時。原來是欽派兩位大員。隨帶司員。馳驛前赴福建查辦事件。禍事到了當下中丞看過便說與眾人知道。藩台回稱。現在福建並沒有甚麼事情。被人參奏。何以要派欽差查辦。到底臬臺是當小軍機出身。成案最熟。想了一回。說道據司裏看起來只怕查的不是福建。一個揣着一中一個全揣着向來簡派欽差查辦的是山東上諭上一定說是山西。好叫人不防備。等到到了山東。這欽差可就不走了。然而決計等不得欽差來到。一定有預先得信。裏頭有熟人。沒有不寫信關照的。慮事詳明閱歷已深劉中丞道。我們浙江不至於有

什麽事情。叫人説話。司道聽了無話。送客之後。歇了兩三天。劉中丞接到京信。也是一個要好
的小軍機寫給他的。上頭寫的明明白白。是中丞被三個御史一連參了三個摺子。所以放了
欽差查辦。劉中丞信用非人病國殃民原是該參的但其事由統領隨員責摺奏參可見凡事皆可彌縫惟不可結怨於人耳劉中丞至此方纔吃了一
驚。到了次日。又奉上諭。已將省分指明。着派兩欽差來浙查辦。但是祇説有人奏。沒有題出御史
的名字。此亦照例文章。無庸瑣述。至於所參的是那幾款。上諭未曾宣明。合省官員雖有幾位
自己心上明白。此時惟胡統領最就心事究竟一時亦不得主腦。過了幾日。京裏的那個小軍機又寫了一
封信來。纔把被參的大概情形約畧通知。雖還不能詳細。大畧情形。已得六七。列位看官。須知
大凡在外省做督撫的人。裏頭軍機大臣上。如果有人關切。自然是極好的事。即使沒有什麽
達拉密章京。就是所稱為小軍機的。那幫人。總得結交一兩位。每年餽送些炭敬冰敬。凡事預
先關照。便是有了防備了。中國蒙蔽最深奸細最多所以外人之覘國者無不悉知其底蘊京城裏面。劉中丞雖然不少相好。
無奈這些人聽見他被參。恐怕事情不妙。都有點退後。不敢問他來往。此一等是恐防連累者又有人心
上狠想通知他。又打聽不出被參的根由。因此不敢多言。此一等是不知底細者本城司道當中有幾個
雖得實信。但是有碍中丞面子。橫豎將來總會水落石出。此時也不便多談。此一等是深恐冒昧者有此
三層。所以欽差已經請訓南下一月有餘。所參各節。劉中丞反不能全然知道。却是這個緣故。
惟此一人是泥塑木雕閑話休題。言歸正傳。且説到了六月底。接着電報。曉得欽差已經行抵清江。這邊
浙江省城。便委了文武巡捕前往迎接。趕到七月中旬。業已頂到杭州。探馬來報。聽見離城不

遠。文自巡撫以下。武自將軍以下。一齊到接官廳。預備恭請聖安。出城不到一刻。遠遠聽得河中小火輪的氣筒。嗚嗚的響了兩聲。兩岸接差的營兵。一陣排鎗放過。便見兩隻小火輪。拖帶欽差及隨員大小坐船二十餘隻。（又是一起強盜來了）一路衝風破浪而來。船泊碼頭。三聲大砲。隨見兩位欽差。（兩個大強盜頭腦）身着行裝。坐了大轎。擡到岸上。一同出轎。走至香案旁邊。東西站定。將軍巡撫以下。都統臬司以上。凡穀得着請聖安的。一齊跪定。巡撫將軍居首。口報某官臣某人。率領某某人恭請聖安。然後叩頭下去。欽差照例回答過。一時禮畢。兩位欽差。祇同將軍學台寒暄了兩句。（中國官場最是虛氣不過）見了其餘各官。只是臉仰着天。一言不發。（所謂見了大佛一跌跌拜見了小佛踢一腳）便命打轎進城。其時內城早經預備。把個總督行台。做了欽差行轅。此番辦差。非同小可。（一定要攪擾得田荒地白）為的是查辦本省事件。所以首縣格外當心。藩台又怕首縣照顧不到。另派了一個同知。兩個知縣。幫同仁錢二縣。料理此事。欽差到了行轅。因為請訓的時候。面奉諭旨。叫他破除情面。徹底根查。（佛爺何嘗不如此說）所以關防非常嚴密。各官來拜。一概不見。又禁阻隨員人等。不准出門。也不准會客。大門內派了一員巡捕官。同一位親信師爺。一天到晚。坐在那裏稽查。有人出入。都要掛號。這個風聲一出。直把合省官員。嚇的不得主意。（先使一個下馬威）到了第二天。欽差又傳出話來。叫首縣預備十付新刑具。鍊子桿子板子夾棍。一樣不得少。隨後又叫添辦三十付手拷腳鐐。十付木鈎子。四個站籠。（好比審問謀反叛逆江洋大盜）首縣奉命去辦。連夜做好。次日一早。送到行轅。（官差急於星火）各員聞知。更覺魂不附體。刑具造齊之後。一連兩日不見動靜。（所謂只聞弓響不見箭到）合城官員。越發摸不着頭腦。凡欽差一舉一動。首縣及本省所派的文武巡捕。均隨時稟知撫院。今因不見動靜。自然格外驚疑。到了第三天。欽差行轅忽然發出一角公文。咨給本省巡撫。劉中丞折出看時。上面寫的大畧是本大臣欽奉諭旨。來此查辦事件。凡與案內牽涉各員。相應咨請貴撫院。按照另開各員分別撤任撤差。看管各等語。另外一張名單。共是兩個實缺道。是甯紹台一個。金衢嚴一個。均先撤任。兩個候補道。一個是應支局的老總。一個便是防軍統領胡道台。均先撤差五個知府。十四個同通州縣。建德縣莊大老爺。亦在其內。得的處分是先行撤任。發交首縣看管。此外全是撤任撤差。發縣看管的共有三個佐雜班子裏。撤任撤差的。共有八個。此外武官當中也不少。豈不徃路一空另有一篇名字。是捉拿劣幕二人。一個還是現在撫院的幕府。三個門丁。兩個是跟藩台的。一個是運司的。又有某處紳士某人。某縣書辦某人。足足有一百五十多個。一時也記不清爽。所謂越水蒙羞吳山含垢浙江一省豈尚有一片乾淨土劉中丞一看。別的還好。偏偏自己幕友也在其內。乃是第一掃臉之事。微對頭放野火之人早已逍遙事外矣而且司道大員。統通有分。便知事情不小。但是來文當中。但叫撤任撤差。拿人看管。並不指出所犯案情。惟因事關欽案。既不敢駁。又不敢問。只好一一遵照去辦。這個信息一出。真正嚇昏了全省的官。人人手中揑着一把汗。欲待打聽。又打聽不出。這一急尤其非同小可。不在話下。且說兩位欽差大臣。自從行〻之後。行轅關防。忽然鬆了許多。奇怪就有幾位隨來的司官老爺。偶爾晚上出門。找找朋友。拜拜客。但是出門總在天黑上火之後。日間仍舊蹲在家裏。真是鼠竊狗偷一流人物欽差的隨員。誰不巴給。他既出來拜客。人家自然趕着親近。有的是親戚年誼。敘起來總比尋常分外親熱。起先祇約會吃飯接風。後來送東送西。行轅裏面來往的人。也就漸漸的多了。（真正臣門如市）兩位欽差。只裝作不聞不知。任他們去幹。（貪奸放寵却是何故）這隨帶司員當中。有一個旗人。名喚拉達。官居刑部員外郎。是正欽差的門生。師生之間。平時極其水乳。杭州候補道裏頭。有一個管城門保甲的。也是個一榜出身。姓過名富同拉達是同榜舉人。也中在正欽差門下。（兩位得意門生原來拉皮條過付的人）却說這位正欽差。他是個旗員出身。現官兵部大堂。又兼內務府大臣之職。這遭差使。原是上頭有意照應他。說某人當差勤慎、在裏頭苦了這多少年。如今派了他去。也好叫他撈回兩個。（何不明賞幾個却叫他去做榜樣與人看）等到聖旨一下。還未請訓。他先到老公屋裏。打聽上頭派他這個差使。是個甚麼意思。老公說道。這差使。上頭原先要派某某人去的。我們是自己人。有了好事情。肯叫別人去嗎。所以就在佛爺跟前替你把這差使求了下來。（朝廷家法久已蕩然）正欽差聽了。自然異常感激。隨手說道。這件事情。鬧的很不小。看來很不好辦。要請請示。上頭是個甚麼意思。老公鼻子裏撲嗤一笑道。現在還有難辦的事情嗎。佛爺早有話。通天底下一十八省。那裏來的清官。但是御史不說。我也裝做糊塗罷了。（不癡不聾不作阿哥翁原是明主之話）就是御史參過。派了大臣查過。辦掉幾個人。還不是這們一件事。前者已去。後者又來。真正能彀懲一儆百嗎。這纔明鑒萬里呢。（聰明不過是天子）你如今到浙江。事情雖然不好辦。我教給你一個好法子。叫做祇拉弓。不放箭。一來不辜負佛爺栽培你的這番恩典。二來落個好名聲。省得背後人家咒罵。三來你自己也落得實惠。你如今也有了歲數了。少爺又名想来內寵必多上頭有恩典給你。還不趁此撈回兩個嗎。一部廿四史無此使貪作詐之語正欽差聽了。別的還不在意。倒於這個祇拉弓不放箭兩句話。着實心領神會。等到辭別出京。項到杭州。一直恪守這老公的一番議論。外面風聲雖然利害。甚麼拿人。造刑具。鬧得一天星斗。其實他老人家天天坐在行轅裏面。除掉聞鼻烟抽鴉片之外。一無所事。空閑之時。便同幾個跟班的。唱唱二簧連花落。消遣消遣。半間堂門蟋蟀無此清閒不但提來的人。他一個不審。一個不問。就是調來的案卷。他老人家始終沒有瞧過一個字。只吩咐交給司員們看。同來的副欽差。雖是個漢人。他的官不過是個副憲。頂子還沒有紅。各色事情。都讓正欽差在頭裏。總不肯越過他去。所謂伴食欽差至於帶來的司員。很有幾個懂得例案。留心公事的。無奈見了欽差如此舉動。一齊沒了主意。英雄無用武之地其中只有員外郎拉達。因是正欽差的門生。他二人做了一氣。只有一個能員正欽差拿他當作腹心看待。他又同他同年過道台。做了聯手。這位過富過道台。本是個一榜。上代也很有交情。自從到省以來。足足一十七載。從前幾任巡撫。看他上代的面子。也很委過他幾趟差使。無奈他太無能耐。百無一能纔入仕官不是辦的不好。就是鬧了亂子回來。所以近來七八年。歷任巡撫。都引以為戒。不敢委他事情。只叫他看看城門。每月祇領一百塊洋錢的新水。官場原是安頓無賴子弟之所每逢牌期朔望。雖然根了許多司道上院。不過照例掛號。永無傳見之期。真正黑的比煤炭還黑。不料天無絕人之路。偏偏本省出了亂子。接二連三。被都老爺叅了幾本。事情鬧大了。以致放欽差查辦。剛巧是他中舉的老師。人家得禍他偏得福頭一天去稟見。巡捕傳出話來。說是欽差不見客。起初他還不曉得。老同年拉達同來。過了幾天。拉達先拿着年愚弟帖子。前來拜望。敘起來。纔知道是同榜同門。因此非常親熱。拉達受了欽差的吩咐。有心要叫過道台做拉馬。他二人竟其沒有一天不碰頭兩三次。（運來推不開）凡欽差行轅一舉一動。本省大憲。自沒有不知道的。自從他二人要好。一班耳報神。早已飛奔的報到撫台跟前了。這幾天。撫台正為這事。茫無頭緒。得了這個信。便傳兩司來商議。還是臬台老練。有主意。說道。然而過道是欽差的門生。少不得將來要照應他的。大人不如先送個人情給他（有意種花花不發無心插柳柳成陰）一來過道感激大人的栽培。各色事情。沒有不竭力報効的。二來叫欽差瞧着大人諸事都有他臉上。他也不好不念大人這點情分。三則過道既同欽差隨員相好。也可以借他通通氣。好在目下支應局營務處防軍統領。出了幾個差使。都沒有委人。大人何不先委他一兩樁。這個人情是樂得做的。（好在現成人情）撫院聽了甚以為然。立刻應允。等到兩司回去。未到天黑。札子已經寫好。送到過道台的公館裏去了。（時來風送滕王閣）

且說過道台。自從黑了許多年。手中也着實拮据。現在老同年到了。總得些些微應酬點。而且還想他在老師跟前。吹噓吹噓。再託本省撫憲。另外委他個好點的差使。幸喜他秉性忠厚。只想老同年替他說兩句好話。（豈知所望非所冀）至於借名招搖的事。的確絲毫沒有。這天正在公館裏打算明天請老同年遊西湖。只要一隻船到了西湖。隨便到岸上小酌一頓。化上頭兩塊錢便算請過了他。盡了東道之誼。窮候補了多年。飯館子上都欠不動了。只好打這個小算盤。這正是他的苦處。（窮候補請紅客費盡張羅）不料正在打主意的時候。忽然院上送了兩個札子來。過道台是多年不見紅點子的人。忽然院上送來兩個扎子。還不知道什麼事情。甚是驚訝不定。等到拆開一看。纔曉得是委子兩個差使。一個支應局。一個營務處。這一喜非同小可。想來你命裏注定今年要發財的第二天上院謝委。磕頭起來。說了許多感激的話。劉中丞也着實拿他灌米湯。還說老兄的大才兄弟是素來知道的。一向沒有機會。所以拿你擱到如今。以後借重的地方還不少。不是急來抱佛腳只怕要你正眼看一看也是煩難過道台的底子。畢竟忠厚。從此以後便一心一意幫着劉中丞。替他出力。老實人舉竟可取卻是後話。不題。單說他上院下來。次日會見老同年。忙把此事告知拉達。心上明白。回到行轅。亦禀知了老師。欽差會意。等到晚上無人的時候。請了拉達過來。面授機宜。如此如此這般這般的。吩咐了一番。此時正運謀發策之時了拉達道。老師的事情。門生還有不竭力的嗎。但是一件。我們也只可以逸待勞。以靜待動。等他們來請教我們。若是我去俯就他。這就不值錢了。納賄行賂最要抬高身分欽差道。是謀。你老弟的話。一些兒不錯。聽憑你老弟去辦。我沒有不好商量的。做此等事全靠黨目難道好自己做的拉達次日。一早便去拜望過道台。門上人說。我們大人一早就被院上傳了去。下來還要拜客。一時間怕不得轉來。拉達聽說。只好回去。且說過道台。是日一早果然是被劉中丞傳到院上。這日劉中丞託稱感冒。吩咐巡捕官止了轅門。凡官員來見的。一概道乏。單傳了過道台進去。一個遣來一個請去好成功賣買又叫把他請進內簽押房。以示要好之意。等到過道台進來。劉中丞已站在那裏。等候許久了。二人相見。打躬歸坐。中丞穿的是件接衫。也沒有戴大帽子。見面先讓升冠。又問便衣帶來沒有。過道台回稱沒帶。中丞便同自己跟班的說道。我的衣服過大人穿着還對。快去把我新做的那件實他紗大褂。拿來給過大人穿。非分之榮實夢想所不到跟班的答應着去。不多時。取了出來。給過道台穿上。尚未坐定。中丞又説今兒天早得很。只怕沒有吃點心。又吗跟班的去拿點心。我同過大人一塊兒吃。飲和食德榮叨饜饗少刻。點心擺上。二人對吃。一頭吃一頭説。無非説些閑話。還沒有點到正經。一霎點心吃完。劉中丞見過道台頭上汗珠。有黃豆大小。滚了下來。又趕着吗他寬大褂。又吗他把小褂一齊脱掉。吩咐管家絞手巾。替過大人擦背。如此受寵使他五體投地正鬧着。巡捕拿着手本來回道。已撤防軍統領胡道稟見中丞把眼一瞪道。我有工夫會他嗎。我説過。今天不見客。你們沒有耳朶嗎。巡捕道。胡統説有要緊公事面回。劉中丞道。什麼要緊公事。吗他去找戴某人。巡捕碰了釘子下來。不敢作聲。只好通知胡統領。吗他去找戴大禮。胡統領無奈。低頭忍氣而去。你説人家難爬倒你分上今日亦有人爬到你頭上去了且説過道台。承中丞這一番優待。不禁受寵若驚。坐立不穩。正不知如何是好。將他擡到三十三天然後可去替你出力君不見夫太牢乎食以禾秉被以錦繡然後牵而至於太廟劉中丞之待過道台亦是此等作用一時擦背已畢。歸坐奉茶。劉中丞慢慢的同他講到欽差來到這裏查辦事件。到底不曉得幾時可了。事了之後。還得請他敘敘。兄弟那年上京陛見的時候。同他二位很會過幾次。聽説正欽差還是老兄的座主。過道臺忙答應了一聲是。又回查辦的事。這兩天雖然不見靜動。隨員當中。職道有個同年。天天到職道那裡來的。大人有什麼事情。職道可以問他。劉中丞道。我有什麼事怕人説話。老夫子呢是歷任請下來的。又不是我的親戚故舊。好便好。不好驅逐回籍。也與我毫不相干。我怕的是事情鬧的太大了。未免牽動全局。全局一壞。將來杭州的官不好做。差事也不好當了。我為的是大衆並非是我一人之事。說到為大局起見亦是善於說辭過道台聽了。心上甚是欽佩。到底是老實人又想起剛纔相待的情形。竟是感深肺腑。一心一意想要竭力報効。已被中丞籠絡下來了便一口答應說道。欽差是職道的座師。隨員拉某人是職道的同門同年。現在查辦的事。乃是關係大局的事。大人是個甚麼意思。職道能彀出力。沒有不竭力的。就是拉某人那裏。職道把大人盛意通知了他。料想他亦是一定肯帮忙的。滿口應承不負中丞一番推轂劉中丞道。果然承他費了心。也沒有叫他白費心的道理。說句老實話。只要我開出口。難道還要我掏腰嗎。查是查的浙江省的事。用是用的浙江省的錢。多兩個少兩個。倒不在乎。只要大家能把面子光過就算完了。第一老兄見了貴同年。先把原摺抄個底子看看。也好有個把握。就是他們查不到的事情。我也好帮着他們去查。面子話說來也好聽過道台諾諾連聲。見中丞無甚說得。方始告辭。他的意思。一定還要換了衣帽出去。中丞不允。叫他穿了大褂出去。又說就把這件大褂。送與老兄穿罷。過道台又請安謝賜。比內庭賜葛一樣珍重中丞道。將來借重的地方多着哩。一件大褂。值得什麼。言罷。吩咐跟班的替過大人拿衣帽送了出去。過道台下院之後。也不及回公館。一直奔到欽差行轅。會着老同年拉達。拉達把剛纔奉訪不見的話說了。過道台忙說失迎。二人言來語去。過道台便將劉中丞的話。一一轉達。拉達聽了。笑了一笑道。他身任封疆。凡百事情。都要惟他是問。怎麼說好與他毫不相干呢。過道台道。並不是說各色事情。都與他毫不相干。指的單是這位被叅的老夫子。是前任一直請下來的。一個做歹一個做好好看煞人拉達道。既然不好。就不該聯下去。為甚麼不早些一把他辭掉。現在動了參案。縱然沒有通同作弊。這先察處分難免的。不打幾句官話被人家看得忒煞容易了過道台道。我們這位中丞是忠厚人。你又何必如此頂真。常言說的好。得罷手時且罷手。總之你替他出了力。他總不辜負你就是了。禍到臨頭還怕他過橋抽橋嗎拉達道。老同年。這也不能怪你。你同他是感恩知己。自然要盼他無事纔好。當面搶白得妙但是煌煌天使。奉旨而來。難道就此偃旗息鼓。一問不問嗎。煌煌天使奉命而來早該公事公辦何以延到至今過道台起先聽見拉達。直揭他的心病。不免臉上紅了一陣。半天回答不出。等到聽見後來幾句話。纔說道。事關欽案。也沒有偃旗息鼓。一問不問的道理。將來終究是個交代。或者把要緊的人。壞掉幾個。還怕塘塞不了嗎。拉達道。鬧來鬧去。終是位分越小的越晦氣。這點機關難道我還不懂。總之這件事。不是看你同年面上。我兄弟一定不答應。定要回過欽差。給他一個水落石出。先硬後軟的是要錢口氣現在一來是你老同年一分擔當。難道我們這點交情還沒有。二來你老同年纔得了這個美差。生怕再換一個上司。差使不牢。可是這個緣故。當面奚落得妙過道台又把臉一紅道。我有你老同年照應。要署缺也容易。當個把差使。算不得什麼。當面奉承亦是善於應變拉達道。我是說頑話。你別生氣。如此大事還說頑話真是把事情看得大輕飄了過道台道。你真正把我當作儍子了。彼此說說笑笑。那有當作真的道理。拉達道。真是真。假是假。這事情也不是我一個人能作得主的。果然他們有什麼意思。等我回過上頭。再通知你罷。過道台道。這個自然。但是原參的底子。你不妨先給我知道。拉達道。這底子我雖然不妨拿給你看。我同你還分甚彼此。不過我們這幾個同事。有兩個很肮髒的。我給你看了。他們不曉得我二人的交情。還當着我得了你幾多銀子似的。想起來真正可恨。(自己要錢推託別人的是賺錢老手)過道台道。只要肯拿出來。這點小意思。中丞吩咐過。原應得盡心的。拉達見說的話漸漸合拍。便讓道台。到自己住的房間裏坐。又讓過道台在床沿上坐了。把嘴湊在過道台耳朵上。同他低低說道。這事我好瞞別人。瞞不得你老同年。老師早有過話的了。一齊在內。總得這個數。一面說。一面伸了兩個指頭。過道台道。二萬。(活畫出一未經大賣買口氣)拉達道。差的天上地下哩。過道台道。二十萬。拉達把頭一搖道。止有一折。過道台着驚道。怎麼祇有一折。拉達道。老師說過。總要二百萬。二十萬豈不是纔有一折。(腐賣有恨慾壑難塡幾乎不把浙江地皮翻轉)過道台聽了。半天無話。拉達曉得他意思嫌多。便說事情又不是我的事情。你也不過做個當中人。這一個要得出。祇要那一個答應的下。要你替古人擔憂做什麼呢。過道台道。你既開了盤子。我總替你達到。但是底子你可先給我瞧瞧。拉達道。這是我們同事裏的好處。我一人實實做不得主。但是你老同年既然如此說了。我再不給你瞧瞧朋友面上也難為情。如今我硬作主。你能答應五萬銀子。我就抄給你瞧瞧。同事裏頭有什麼說的。等我替你去抗。過道台聽了。還以為多。後來講來講去。讓到二萬銀子。再少一個。斷斷辦不到。(件件有討價還價做生意人所做不出之事官場優為之)過道台祇得一力擔承。拉達又叫他寫過欠銀字據。(講究價錢還要寫憑據深恐口說無憑)嘴裏說道。並無不是不放心你。人家曉得咱們是同年。你不寫這個。別人還要疑心。我得了你若干。你寫這個。總算是照應我的。過道台無奈。只得提筆在手。寫了一張字據。交與拉達。然後拉達從拜盒裏取出參案的底子來。過道台見了。舌頭一伸。幾乎縮不下去。欲知後事如何。且聽下回分解。

續編卷十九

重正途官海尚科名
講理學官場崇節儉

却說拉達將參案底稿取出過道台接在手中一看只見上面自從撫院起一直到佐雜以及幕友紳士書吏家丁人等一共有二十多款牽連到二百多人一時也看不清楚（如此明白詳細非有失竊官員觖望紳衿通風報信都老爺在京中安能一一盡知）只好拿在手中告辭回去約明過日再聽回信出門上轎並不及回公館一直上院見了中丞稟知一切將底子呈上劉中丞也不及細閱單揀與自己關係的事細細注目看了一回其餘只看一個大畧看罷隨手往桌上一撩說道到底他們定個甚麼意思（人家肯送經摺與你看也沒有什麼大歹意了）過道台又把欽差意思想要二百萬的話說了一遍劉中丞道我情願同他到京裏打官司去他要這許多難道浙江的飯都被他一個吃完就不留點給別人嗎他既會要錢我自然有我的法子暫且把他擱起來不要理他（倒也會硬起來可見討價太多了些）至於底下的化費頭兩萬銀子尚在情理之中明天你到善後局去領就是了（肯出小使費可見只是虛張聲勢）說完送客過道台不得頭腦只得回家幸喜寫了憑據的二萬頭中丞已允卸了我的干係別事見風使帆再作道理誰知一歇三天拉達聽聽無信只得自己過來拜訪過道台探聽消息過道台無奈又把中丞的話說了拉達賽如頂上打了一個悶雷似的歇了半天無精打彩而去（可知拉皮條不易）回到行轅正欽差亦在那裡眼巴巴的望信哩拉達只得據實告訴正欽差發了脾氣一

定一個錢不要。吵著行文給巡撫，問他辦的人怎麼樣了。立刻就要提審。(不知此發作人家亦不肯情情愿愿送來)這個風信一出。合省的官嚇毛了。司道上院商量辦法。劉中丞道。不要說祇參得二十來款。就是再多些。既然開了盤子，肯要錢。那事就好辦了。(可見不要錢的不好辦)現在查辦的事。兄弟不必說。一省之主。樣樣都關到的。就是諸位也有一大半在內。這個兄弟都不著急。橫豎有錢替我們說話。替我們彌補。(有錢使得鬼推磨何必著急)但是要得少些。我們還好應酬。如今一開口就是二百萬。我們答應了他。設或他沒有替我們弄好。再被御史一參。又派上兩個欽差。倒要我們二十萬。難道亦應酬他麼。為今之計。只好擱起他們。來有甚麼話。我同他幾個。一塊兒到京裏去講。列位看官。須知劉中丞的意思。原想借著不理他。等他自己收篷。可以少拿幾個。(他既討價凶自然要難難他等他自己賤價)誰知欽差不認這筆帳。仍舊用他的只扯弓不放箭的手段。(老公數的寔在妙法)眾官一齊著急。劉中丞也知事情弄僵。但是面子上不能不做好漢。嘴裏雖如此說。心上甚是盼望事情早了。(所謂口硬骨頭酥)藩臬兩司。仰體憲意。面子上再三解勸。連稱求大人息怒。顧全大局要緊。(自然要人家打圓場)欽差那邊。就託過道。前去磋磨。能得少些。自然極好。倘若不能。由司裏出去傳諭他們被參的。這筆錢應得入眾公認。斷無要大人操心之理。(名為合者被參官員公認其寔官員並無戴肚子的仍舊苛斂於民終究百姓悔氣)劉中丞道。既然你們諸位胆子小。一定要如此辦。我又何必從中阻撓。叫你們為難。如今讓你們去辦。辦好辦歹。統通與我無干。(脫卸得乾淨)現在的世界。這個官還好做嗎。等到事情一了嗎。那個不告病的。司道一齊說道。司裏職道見識有限。凡事總還求大人教訓。中丞也不答言。藩台又回道。等司裏下去通知過道，就好開議。聽說欽差要緊回京，我們也樂得早了一天好一天。劉中丞道：你們斟酌去辦罷。於是司道一齊退出。當時藩台便親自去拜會過道台，把個摺子統通交付了他，又把自己的事情再三相托。過道台聽了，非常之喜。（名利兼收，如何不喜）立刻去關照拉達。拉達又稟知欽差。欽差把不得事情有了挽回，頓時應允。（原是虛張聲勢，如何不應允）限五天之內稟覆。拉達出來，又說給過道台，說老師叫你趕緊去辦。等到過道台到家，官場上早已得信，門口的轎子已經排滿了。（冷靜許多時，難得今番熱鬧）有些府廳州縣老爺們都落了門房，幾個佐雜都朝著門政大爺作揖磕頭，求他在大人跟前吹噓。其時巡撫調的都已到齊，也有撤任的，也有撤差的，有的已交首縣看管，自己不能來，只好託了人來說情的。所以這天自下午到半夜，過道台公館裏一直沒有斷客。（真正錢限幾穿）而且有些人見不到，第二天起早再來的，真正合了古人一句話，叫作臣門如市。還有些接連來了好幾天，過道台不見他，弄的沒法，只好託了別位道台寫信代為說項。又過上兩天，外省的電報信也打來了，連信連電報，足足積了一尺多高。這兩天過道台請假不上院，也不到局裏辦公，專門清理此事。趁空便去同拉達商量。他的人雖忠厚，要錢的本事是有的。（所謂聽進不聽出）譬如欽差要這人八萬，拉達傳話出來必說十萬，過道台同人家講必說十二萬。他倆已經各有二萬好賺了。（二百萬打個內外八扣，豈不要四十萬一個麼）諸如此類，不勝枚舉。一連鬧了幾天，欽差限期已到，拉達來討回信。他說頭緒紛繁，斷非一時能了，務託代求展限數天。拉達回去，欽差應允。這幾日把過道台忙的晝夜不遑，茶飯無定。（財源輻輳，如何不忙）有的應該硬做，有的應得敷商面子上全是他一個暗裏知是拉達又添了副欽差的一個心腹兩人作主（曾記明季以嚴趙綿晴尹以門客為過付正師此意）正是光陰似箭又過了好幾天過道台這裏大致方纔就緒有些拿得出錢的早已放心膽大曉得可以無事就是得些處分地不過風流罪過不至於罣誤功名撤差的就可得差（此時胡道台想早已得差所化亦不致三萬頭了）撤任的還可回任這都是拉達所說由過道台傳話出來的（晴即公行欲求瀅清吏治難矣）至於那些拿不出錢的人欽差自然不肯拿他放鬆他自己也預備參官問罪到了期滿的這一天大家早已死心塌地的了（真正冤枉）大致停當拉達向過正欽差來的時候如何辦法正欽差早把打好的主意告訴了副欽差副欽差的官雖然比正欽差小些然而論起科分來他入翰林比正欽差早十年的的確確是位老前輩做京官的最講究這個他面子上雖然處處讓正欽差前頭然而正欽差遇事還得同他商量不敢僭越一點恐怕他擺出老前輩的架子來那是大干物議的且說這副欽差連日看見拉達鬼鬼祟祟的到正欽差屋裏回話他便趕過來聽等到他來了師生二人又不說了（一樣欽差難道瞞得過麼）因此心上大為疑惑便向正欽差發話道怎麼這些隨員當中只有拉某人為辦事正欽差支吾道不過為他還活動些二來人頭也熟副欽差道事情太多怕他一個人忙不了我明天再派一個人帮他法辦公事大家都得做還好分彼此嗎（明明恐分贓不匀）正欽差不便駁他只得答應著說如此甚好這派的却就是他的心腹因此內裏有了他二人作主閒話休題言歸正傳單說正副兩欽差曉得大致已妥便傳諭隨員們把不出錢的人甚麼候補知縣佐貳太爺們以及紳士書吏提了幾十個到

欽差行轅叫這些隨員老爺們逐日分班問案有該用刑的地方絲毫不徇情面（真正鐵面無私）該打的打（誰教你不早撈兩個如今該皮肉受罪了）該收監的收監好遮掩人家的耳目如此者有七八天等到這邊的人證問齊那邊過道台經手的銀子也就送到了（想來已贓百萬之數）二正副兩位欽差一面督率隨員查照原參各款分別清理那個應該開脫那個應該參辦雖早有成竹在胸只因頭緒紛繁斷非一二天所能了事因此又擬議了七八天方纔定案等到案定之後他二人的贓款也就分完了（大盜不操戈矛）面子上雖然一樣畢竟正欽差有兩位門生幫忙自然要多沾光些副欽差要錢的心雖亦難免幸虧他素以道學為名面子上總要做得十二分清廉而且拿不著人家的破綻亦只得罷手（畢竟道學人推扳些）公事完畢方纔出門拜客便是將軍請巡撫請學台請司道公請又遊了兩天西湖接連忙了幾日却也不得空閒（正是公私並集）一日副欽差坐在行轅內忽然巡捕官上來回說是府學老師稟見（又是一個冷官應該要交好運了）副欽差一看名字幸虧記得這老師不別人乃是老太爺當年北闈中舉一個鄉榜同年老太爺中的第九名這老師中的第八名副欽差是幼秉庭訓由老太爺自已手裏教大的老太爺發解之後就把這科的文章第一名起一直頂到第十八名所有的闈墨統通教兒子唸熟還說應試正宗莫妙於此後來老太爺會試多次始終沒有會上（屢踬文場非戰之罪）在家裏教教館遂以舉人而終等到副欽差服滿應試年紀不過二十歲頭場首藝全虧套了這位老年伯的墨卷調頭居然也中鄉魁（借福澤為文章吐氣）次年連捷中進士欽點主事籤分吏部吏部人少容易補缺後又考取御史傳補到班過了幾年升給

事中。由給事中内轉九卿。從中進士至今。不上二三十年。就做到副憲。也算得是一帆風順了。總算官運亨通是年這位做杭州府學老師的老年伯。年紀已有七十多歲。甚是龍鍾得很。老至居人下斯書可以持贈每逢書院月課點名。撫台見了他。必定問他高壽。還說像你這一把年紀。也可以回家享福了。後來又叫本府傳出話來。叫他自己告病。免得等到年下甄別揩內。對不住。就要送他的終了。你莫嫌他老你也要到他的地步因此這位老師。兩手常常揑著一把汗。想要告病。無奈膝下有五個兒子。有兩個尚未成婚。難道一個沒有得力十個女兒。嫁了四個。第五個今年也有三十多歲。如此女兒一大羣。一告病就絕了指望。深悔當年不該養這許多兒女。可憐未了向平之願倘若不告病。撫憲大人已經有過話。如不見機。將來名登白簡。更將此半世虛名。付諸東洋大海。想來想去。除了終日滿眼淚之外。無一良策。如陳後主之終日以淚痕洗面正在難為的時候。却不料老年姪放料本省欽差。欽差初到的時候。照例不得見客。好容易等到事完開門。又在轅門外伺候了七八天。巡捕官因為他只送得兩塊洋錢的門包。不肯替他去回。累得他託了多少人情。作了多少揖。方纔上去回的。不料副欽差一見手本。立刻叫請。見面之後。府老師戰戰兢兢的照例磕頭打躬。還他的規矩。副欽差一旁還過禮。口稱老年伯。請老年伯上坐。自己並不敢對面相坐。却坐在下面一張椅子上。言談之間。著實親熱。著實恭敬。敬老憐貧古道可風後來題到近年官況。府老師止不住兩淚交流。把撫台預先關照的話。詳述一遍。總求欽差大人成全。副欽差聽了。甚是代為歎息。立刻拍胸脯說。劉某人那裏。小姪去同他說。保老年伯無事。有了仗青子自然可無事了但是小姪替老年伯想。照此冷落一官，就是再做上幾年，也是無補於事。府老師道：這亦不過做到那裏說到那裏，以後的事何堪設想。副欽差道：老年伯且請寬心，容小姪慢慢的替你打個主意。（這句口風露了你老運亨通了）是府老師聽說，謝了又謝。副欽差又留他吃飯，叫他升冠寬衣。做老師的是一向吃豆腐把嘴吃淡的了，以為今天欽差留我吃飯，一定可以痛痛快快的飽餐一頓魚肉葷腥。誰知端上菜來，這有四碟兩碗，當中只有一碟韭菜炒肉絲，其餘全是素菜。（淡泊自甘儉素可風）心中大為失望，勉強吃罷，又閒談了幾句，方纔告辭退去。副欽差還要一定請轎，府老師說體制所關，斷斷不敢。副欽差說：老年伯非他人可比。一手拖著，等把轎子打進，先前不肯替他上來回的那個巡捕，這番見欽差如此把他著重，也和在裏頭，幫著下轎簾，扶轎杠，弄得這老頭兒心神不定。（異數忽叨受寵若驚）直待轎子擡出大門，方纔把心放下。副欽差得空，便寫了一封信給劉中丞，替他緩頰。自然一說便允。後來又吹了個風聲在中丞耳朵裏，說這人本是個八股名家，可惜遭逢不偶，潦倒終身，（八個字當中埋沒人才不少山水矣）現在兒女一大羣，大半未曾婚嫁，意思想要替他張羅幾千銀子，（有了送終費大可以優游）中丞便把此意說給藩台。藩台又出來曉諭了眾人。次日一早，在官廳上便是藩台居首，幫銀一百兩，臬台運台亦各一百兩，以下也有七十兩的，也有五十的，不到一霎工夫，已湊了二千幾百兩。藩台又叫首府縣寫信出去，向外府縣替他張羅，大約一二千金易如反掌。（中國民窮財盡惟官場私囊最裕）議定之後，面回中丞。中丞自己又額外幫了二百兩，又吩咐司裏某處書院今年年底如果換人，可以請他掌教。（落得人情做到底）安排妥當，方纔函復副欽差。欽差通知了老年伯，直把個老年伯喜的晚上睡不著。覺真正是老運亨通。轉禍為福。萬萬夢想不到之事。這個風聲傳播出來。大家曉得副欽差講究年誼。就有些人轉著彎了前來仰攀。有些的的確確自與欽差同年。自然蒙另眼看待。還有些仗著叔伯兄弟的年誼。也來倚附副欽差。亦一概照應。（來者不拒鄭乎有容）其中又有一個窮知縣。是欽差的親同年。因為縱容家丁。私和人命。被都老爺順筆帶了一句。朝廷就叫這兩位欽差一同查辦。可憐他半世為官。清風兩袖。（入字含冤抱屈不少）只因沒有銀兩孝敬。致被罣誤在內。大約至少也要得過革職處分。後首被他探得這個風聲。就去求見首府。托為斡旋。首府應允。就替他囘過藩台。藩台趁便面求欽差。副欽差聽了這話。立刻翻出同年齒錄一看。果然不錯。滿口答應。替他開脫。等到藩台退去。副欽差便同正欽差商量。意欲開除他的名字。隨便以查無實據四個字。含混入奏。正欽差卻不過副欽差的情面。只得應允。吩咐司員敘稿。將他情節改輕。（一敘同年便將情節改輕足見文章有價）這人感激。自不必說。只苦了那些無錢無勢的人。祇好靜等著參官罷職。（所謂朝內無人莫做官）雖是人生不平之事。事到其間。也說不得了。正是光陰似箭。日月如梭。兩位欽差事完之後。倏已多日。正待囘京覆命。卻不料中丞又被都老爺參了一本。他裏頭人緣本極平常。朝廷同他鬧心。就下了一道旨意。教他開缺來京另候簡用。（還算是好下稍）所遺巡撫一缺。即著副欽差暫行署理。有了電報。得信最早。合省官員。齊赴行轅稟安叩賀。副欽差等部文遞到。方纔擇吉上任。劉中丞即於是日交卸。（一個上任一個卸事冷暖頓分）怕裏頭說他規避。不敢驟然告病。（囊橐已盈大可優游林下矣）交卸次日。帶領家眷上船。用小輪船拖到上海。然後取道天津遵旨北上○正欽差署副欽差接過印○他卻按照驛站○大道回京復命○等到動身的那一天○署院率同兩司以及將軍織造學政等官○照例寄請聖安○文武官員○出境恭送○不在話下○單說署院接印的頭一天○便頒出硃諭一道○貼在官廳之內○上面寫的無非說浙江吏治之壞○甲於天下（今日要整頓吏治恐十八省天下無一片乾淨土矣）推原其故○實由於仕途之雜○仕途之雜○實由於捐納之繁○無論市井之夫○紈袴之子○朝輸白鏹○夕綰青綬○口不誦夫詩書○目不辨夫菽麥○其尤甚者○方倚官為孤注○儼有道以生財○民脂民膏○任情剝削○（難道正途中即不要錢麼）如此而欲澄清吏治○整飭官方○其可得乎○（恐日日言澄清吏治整飭官方而因循如故耳）本署院蒞任伊始○首以嚴核捐職人員為急務○自候補道以至同知州縣○凡以捐納出身者○無論有缺無缺○有差無差○統限三個月○逐一面加考試一次○取列高等○方許得差○倘敢不遵○定行撤委○其佐雜各官○則委正途出身之道府○代為考試○一律辦理各等語○次日又通飭各屬辦保甲○辦積穀○辦清訟○（始政固尚可觀）又傳諭巡捕官○嗣後凡遇年節生日○文武屬員來送禮的○一概不收○（不過小的不要要大的）又傳諭兩首縣○從本署院起○以及各司道衙門○都不許辦差○（不許辦差不過欲一網打盡耳）又傳諭各官○道吏治之壞○由於操守不廉○操守不廉○由於侈奢無度○今本署院力祛積弊○冀挽澆風○豁免辦差○永除供億○凡所屬官吏○有仍蹈故轍○以及有意逢迎○希圖嘗試者○一經察覺○白簡無情○勿謂言之不預也云云○（多人說話多貪官告示多）各官看見○俱為咋舌○一日轅期○司道上去稟見○只見署院穿的是灰色搭連布袍子○天青哈喇呢外褂○（與當差二爺一樣裝扮）掛了一串木頭朝珠○補子雖是畫的○如今顏色也不大鮮明了○腳下一雙破靴○頭上一頂帽子○還是多年的

老式帽纓子都發了黃了。如江湖班子上之演清廉訪案各官進去打躬歸坐。左右伺候的人。身上都是打補釘的想是難民院裏去選來的端上茶來。署院揭開蓋子。一看。就罵茶房。蹧蹋茶葉。說道我怎樣囑咐過。每天只要一把茶葉。濃濃的泡上一碗。等到客來。先沖一碗開水。再鑲一點茶滷子。不就給了嗎。豈不叫人家唱白開水如今一碗茶要一把葉子。照這樣子。只怕喝茶就要喝窮了人家。照你一家人如此儉起來豈不楊樹不回頭要鑽天真正豈有此理。說罷。恨恨之聲。不絕於口。這會上來稟見的各位道台。當中科甲出身的也有。捐班的也有。齊巧兩司都不是正途。署院便檢了一個翰林底子的候補道。同他講道。孔夫子有句話。叫做節用而愛人。甚麼叫節用。就是說為人在世。不可浪費。又說道與其奢也寧儉。可見這儉樸二字。最是人生之美德。沒有德行的人。是斷斷不肯省儉的。昔趙普以半部論語佐太祖得天下以半部論語輔太宗治天下今署院以兩句論語治浙江足見後來居上一天到晚。只講究穿的闊。吃得闊。於政事上毫不講究。試問他這些錢是從那裏來的呢。無非是敲剝百姓而來。所以這種人。他的存心。竟同強盜一樣。別人做強盜還是顯的你做強盜卻是隱的兄弟從通籍到如今。不瞞老哥說。頂帶換過多次。一頂帽子。卻是足戴了三十多年。換總但上只怕也不要了有天召見。皇上看見我的纓子舊了。就叫太監賞了我一掛纓子。我想皇上賞的東西。一定是御用的東西。臣下何敢僭用。過天召見。皇上問我為甚麼不戴。兄弟就把這個意思。回了上去。皇上點點頭。等我下來。皇上就同軍機大臣賈中堂說道。看不出某人。到著實謹慎。裝窮詐儉皇上尚被你瞞過何況別人諸位想想看。三國志上諸葛亮先生。一生一生謹慎。兄弟何等樣人。能擔當得這兩個字的考語。諸葛先生雖是謹慎也不至於襤褸不過我們老太爺。一生講究理學。兄弟是自小謹守庭訓。不敢亂走一步。如今一舉一動。總還是老太爺的教訓。（你老太爺是個寒儒難道你亦是個窮官）不過這些話同幾位讀過書的人去講。或者懂的一二。至於他們捐納諸公。只怕兄弟說破了嘴。他們還是不懂。（讀書人當中儘有奢華捐納當中儘有寒素不過你太側重了些）幾句話說的兩司及幾個捐班道台臉上都一陣陣的紅起來。署院也覺著自己失言。便對兩司道。兩位都是軍功出身。一直保居到這個分位。所謂簡在帝心。同那捐班的到底要高一層。（也不要你戴炭簍子）這幾句。便把那幾個捐班道台。羞得無地自容了。署院又說道。不是兄弟瞧不起捐班。實實在在有叫我瞧不起的道理。譬如當窰姐的。張三出了銀子也好去嫖。李四出了銀子也要去嫖。以官而論。自從朝廷開了捐。張三有錢也好捐。李四有錢也好捐。誰有錢。誰就是官了。這個官還不同窰姐兒一樣嗎。（拿朝廷開捐倒比窰姐只怕太褻瀆朝廷了）至於正途。畢竟不同。不要管他文章怎樣好。學問怎樣深。他能夠下得場中得舉。肚了裏總是通通兒的。（只怕不通的舉子多得很哩）舉人進士是不用說的了。就以五貢而論。那一個不是羊毛筆換得來的。（只怕桑維翰不用毛錐子你也看他不起）捐班的何嘗吃過這種苦呢。他只顧自己說得高興。不提防藩台插嘴道。回大人的話。屬員當中。亦很有些屢試不第。不得已纔就這異途的。（駁得是）署院曉得藩台這句話是駁他的。便打住話頭。不往底下再說。坐了一位。端茶送客。各位司道下來之後。齊巧有兩個新到的候補道上來稟見。（兩個悔氣賊來了）這兩個候補道。一個姓劉。是南京人。他父親從前做過關道。手裏著實有錢。他本是少爺出身。自小到大。各事不知。只知道闊闊人家。都叫他為劉大侉子。去年秦晉振捐案內。新過道班。入京引見。住在店裏。結交到一個朋友。（有緣千里來相會）這朋友姓黃。是揚州人。他祖上一直辦鹽。也是很有錢的。到他手裏。官興發作。一心一意的要想做官。（東山望到西山高）沒有事在家裏。朝著幾個家人。還要來啊來的鬧官派。（只學得官場悉習）只因他好嫖。到京引見的時候。每天總要到相公下處溜一溜。他排行第三。因此就有他的一個相好。替他起了一個渾名。尊他為黃三溜子。（此中人取出渾名來沒有不像的）他同劉大侉子偏偏住在一店。一問。又是同鄉同班同省。黃三溜子大喜。次日便拿了寅鄉愚弟的帖子。到劉大侉子房間裏來拜會。劉大侉了也是最愛結交朋友的。便也來回拜。自此二人臭味相投。（一樣紈袴子弟自然臭味相投）相與很厚。湊巧同天引見。同時領憑。便互相約好。同日起身。到得上海。兩個人住下。爛玩了好幾個月。看看憑限已到。方纔坐了小火輪來省。稟到。其時正值副欽差署院之始。他二人是約就的。一同上院稟見。一齊穿著簇新平金的莽袍。平金補服。金珀朝珠。珊瑚記念。一個個都是捐現成的二品頂戴。大紅頂子。翡翠翎管。手指頭上翡翠搬子。金鋼鑽戒指。腰裏掛著打璜金表。金絲眼鏡袋。什麼漢玉件頭。滴里答臘東西。直頭帶得不少。（真是榮華富貴氣象何不在家裏享享福偏要來與體面吽化爭飯吃）兩人卻是大爺身分。又是鴉片烟大癮。（有了身家自然要染嗜好）晚上不睡。早辰不起。這日總算趕了一個大早上院。一齊坐著簇新的綠呢大轎。前頭頂馬。紅傘。後頭跟班。好不榮耀。（此現任道台還要闊綽）在他二人。以為再要早沒有的了。誰知等到趕到院上。司道已經上去。他二人便發脾氣。罵跟班的。為什麼不早叫我們起來。又嫌轎夫走得慢。回來一定拿片子送他們到仁和縣裏去打屁股。（慢些裝身分擺架子）自從進了官廳。一直沒有住嘴的罵人。一家一個跟班。拿著水烟袋裝烟左一袋右一袋吃個不了。（想來烟癮還沒有過足）又因外頭傳說署院做官風厲，做屬員的常常要碰釘子。便又不時在袖筒管裏拿出一張又像條陳又像說帖的一張紙頭，反來覆去的看，惟恐上頭問了下來，無以回答。（難得他倆留心至此）正在神志昏迷的時候，忽見巡捕官拿著手本邀他們上去。當下劉大侉子前頭，黃三溜子在後。一同進去。只因署院穿的樸素，都不當他是撫台。（不知是撫台的什麼人）劉大侉子悄悄的問巡捕道。大人下來沒有。巡捕不便答話，朝上努嘴給他看。劉大侉子立刻跪下磕頭。（到底是官家子弟還懂些禮數）黃三溜子站著不動。巡捕在旁做手勢，叫他一塊兒磕，省得署院重新還禮。無奈黃三溜子不懂。定要等到劉大侉子起來。他方纔磕下去。（想是要顯顯自己的闊綽）署院心上已經不願意。等到禮完畢。署院舉目一看。見他二人穿的都是簇新袍褂，手指頭上耀目晶光的。也不曉得是些什麼東西。便知他二人是闊少出身。當下也不問話，先拿眼睛釘住他倆，從頭上直看到腳上。看來看去，看個不了。（比發話還要凶）劉大侉子究竟是官家子弟，還曉得一點規矩。大人不問，不敢開口。黃三溜子急了。滿肚皮的想要搜尋出幾句話來應酬應酬大人纔好。想了半天。熬不住，先開口道。大人貴姓。是傅台甫。沒有請教。（官場笑柄無所不有曾記從前亦有個屬員道見撫台撫台是旂人屬員也是貴姓為問撫台對以滿州人沒有姓真是無獨有偶）署院一聽他問這兩句話，便知道他是初出茅廬，不懂得甚麼。也不同他生氣。笑了一笑說道。不錯。我姓傅。我的號叫做理堂。你老哥一向在家裏做什麼的。（問得惡）黃三溜子不隄防署院有此一問，紅漲了臉，不知道怎樣回答方好。吱吱了好半天。一句說不出來。署院拿兩只眼只是瞧緊了。他也不說別的。又迸了半天。黃三溜子纔說得一句職道家裏辦鹽。署院道。原來是位鹽商。失敬得很。當面奚落回過頭去。吽人拿過筆硯來。跟班的立刻送上。署院提筆在手。說道。兄弟記性不好。說過話就要忘記的。請老兄替我記一記。作難得妙黃三溜子是從來不會寫字的。一見這個。早嚇毛了。迸在那裏做聲不得。真正急煞署院道。不多幾個字。不過寫個名字。連著一個號。住在那裏。一向在家做甚麼事情。就完了。偏要作難黃三溜子急的汗流滿面。又吱吱了半天。站起來回道。職道在路上吹了些風。這兩天手上有毛病。不能拿筆。虧他撇荒得出所謂情急智生大人要寫。我們這位劉大哥。他的書法極好。他在京裏的時候。對了也都寫過。還要嫁禍於人劉大侉子見撫院要他寫字。便想賣弄自己的才學。於是提筆在手。先把自己鍊就的履歷上幾個字。寫得明明白白。署院看了。只有一個錯字。是二品頂戴的戴字。先寫了一個戴字。底下又加兩點。弄得戴不像戴。載不像載。署院笑了一笑。說道。劉大哥。你這雙靴子。價錢到不便宜。想是同紅頂子一塊兒捐得來的。譏鋒有趣劉大侉子還不知道。是自己寫錯。聽了這話。忙回道。職道這靴子。是在京裏內興隆定做的。齊巧那天領了部照出來。靴子剛剛亦是那天送到。所以同是一天換的。說來偏偏對縫署院聽了。哈哈一笑。寔在好笑隨手又託他把黃大哥的履歷關來。別的還好。後來寫到鹽商的鹽字。寫了半天。竟其不成個字了。鹽字肚裏一個鹵字。鹵字當中是一個又四個點。他老人家忘記怎麼寫。左點又不是。右點又不是。一點點了十幾點。越點越不像。署院看了。笑道。黃大哥是個小白臉。你何苦替他裝出這許多麻子呢。調趣得妙劉大侉子紅了臉。不敢則聲。一霎寫完。署院接過一看。二人烟氣冲天。無話可說。只得端茶送客。到署院把茶碗放下。劉大侉子曉得規矩。早已站了起來。不料黃三溜子依舊坐著不動。低聲對劉大侉子說道。劉大哥時候尚早再坐一回去。（想來還蹭踊不殼）劉大侉子不理他。後來見署院也站了起來。手下的人一疊連聲的喊送客。他只得起身跟著出來。走上幾步。一定要回過身去推兩推。口稱請大人留步。大人送不敢當。（想來在家裏送客見客人推慣嫌慣的）署院見他處處外行。便也不顧意送他走到半路上。把頭一點。進去了。他二人方纔搖搖擺擺的退了下來。劉大侉子看出今日撫台的氣色不好。心上不住的亂跳。（到底還是他怪些）黃三溜子不曉得。一定要拉他上館子吃飯。飯後又要逛西湖。（想來還在那裏得意）劉大侉子道。算了罷。我們回去過癮要緊。黃三溜子無奈。只得一同趕回公館。吃過飯。過足癮。又困了一覺中覺。以補早晨之不足。等到醒來。便見管家來回藩台衙門裏盧師爺。送一封緊要信來。劉大侉子曉得這盧師爺。名字叫盧惟義。是他嫡堂娘舅。現在浙江藩幕。充當錢糧老夫子。他今有信來。一定有關切之事。（幸虧有好親戚）趕緊拆開一看。纔曉得今日下午。撫台因事傳見藩台。告訴藩台說。今天新到省的兩個試用道。一個劉某人。一個黃某人。一個是紈絝。一個是市井。本院看這兩個人。不能做官。意思想要出奏。把他二人咨回原籍。（真正風厲）幸虧藩台再三的求情。說是鹽司大員。總求大人格外賞他們個面子。（還是藩台體貼下情）撫台聽了無話。雖無後命。尚不知以後如何辦法。望老賢甥趕緊設法挽回為要云云。（萬事皆可挽回足見阿堵物是好物事）劉大侉子看了甚是著急。黃三溜子不認得字。還不曉得信上說些甚麼。後來劉大侉子一五一十的通統告訴了他。纔把他急得抓耳撓腮。走頭無路。（活畫出一不經事人模樣）劉大侉子此時也顧不得他自已坐了轎子去找娘舅。託他轉求藩台設法。黃三溜子雖然有錢。但是官場上並無熟人。只好把他一向存放銀子。有往來的裕記票號裏二掌櫃的請了來。同他商議。請他畫策。二掌櫃的道。這事情幸虧觀察請教到做晚的。做晚的早留好一條門路。預備替你去走。（做官多要走門路可見無門路只好在家裏抱小孩子）黃三溜子忙問有什麼門路。二掌櫃的道。現在的這位中峯。面子上雖然清廉。骨底子也是個見錢眼開的人。（二語道著隱微）前個月裏放欽差下來。都是小號一家經手。替他灑進京的。足有五十多萬。（賍私纍纍）後來奉旨署任。又把銀子追轉來。現在存在小號裏。為今之計。觀察能彀擺出頭兩萬銀子。做晚的替你去打點打點。大約可保無事。（以孔方兄為息事物可見處處要仰仗他）黃三溜子道。太多太多。我捐這個官。還不消這許多。二掌櫃的道。少了人家不在眼裏。就是多送。而且還不好公然送去。他是個清廉人。肯落這個要錢的名氣嗎。（明要錢的易治暗要錢的難處）黃三溜子道。就依了你。你有什麼法子。二掌櫃的想了一回道。有了有了。湊巧他有一個姨太太一個少爺。明天可到。等到了的時候。你化上一萬銀子。我替你打兩張票子。每張五千。用紅封套裝好。一張送少爺。一張送姨太太。送姨太太的籤條上寫陪敬。送少爺的籤條上寫文儀。（走內線是第一捷徑）現在北京城裏。官場孝敬。大行大市。都是如此。我們就照著他辦。（賄賂公行不成世界）昨日上海新聞報上的明明白白。是不會錯的。（有些情議尚公然無忌）黃三溜子想來想去。別無他法。只好依著他辦。二掌櫃的道。閻王好見。小鬼難當。旁邊若有人幫襯。敲敲邊鼓。用一個錢。可得兩錢之益。到是送這一萬銀子的門包。少了拿不出去。總得五千起碼。（所以當門公中是第一發財人）黃三溜子嫌多。爭來爭去。爭到三千。二掌櫃的去後。到了次日。打聽署院姨太太少爺進了衙門。他便拿了銀票。人不知。鬼不覺。找到得常到號裏來替署院存銀子的。那個心腹。託他把銀票遞進。果然賞收。（刀瘡藥一用即靈）當天便傳出話來。叫他明日穿了極破極舊的袍套。再來上衙門。一定還有好消息。（不過要順他脾胃大家詐）（窮可得做以辛屬之美名）二掌櫃的出來。告訴了黃三溜子。黃三溜子非常之喜。但是自己一向是濶慣的。一套新衣裳穿不滿一季。就要賞管家的。如今指明要極舊的。那裏去找。當差的勸他到沽衣鋪裏去挑選。黃三溜子道。估衣鋪裏買的衣服。是我們這種人穿得的麽。（如此富骨頭豈是人家穿舊的衣裳配穿）的。後來又跑到裕記。請教二掌櫃的。二掌櫃的道。上頭吩咐。越舊越好。觀察萬萬不可拘呢。（不過要借此進身豈是叫你常常扮鄭元和的）如嫌買的衣服齷齪。做晚的到有一身。可以奉借。黃三溜子道。必不得已。還是借你的穿穿罷。二掌櫃的道。我這副行頭。還是我們先祖創的。一年到頭。拜年敬財神朋友家吃喜酒。衙門裏有什麽應酬。用著他的地方。很不少。一面說。一面開箱子。取了出來。又自已爬到廚頂上拿帽盒。房門背後掛著一雙靴子。一同拿出來。黃三溜子一看。是比起署院身上穿的戴的。還要破舊。見了心上膩煩。不住的縐眉頭。（豈知破靴襠是好物事）二掌櫃的道。觀察穿了這個上去。恭喜之後。非但要你賠還。做晚的一身新的。而且還要好好的敲你一個竹杠。（你道不值錢可）（知市上買亦買不出來）黃三溜子道。做副把袍套算得甚麽。只要我有差使。你一年四季都穿我的也有限。（只要你不忘記這句話就是了）說完。便叫當差的把靴帽袍套。包了一包。拿著跟了回去。回到自己公館。連忙找一個裁縫釘補子。但是補子一時找不到舊的。（何不到舊貨攤上去尋）只好仍把簇新平金的釘了上去。管家帮著換頂珠。裝花翎。偏偏頂襻又斷了。虧得裁縫現成。立刻拿紅綠線連了兩針。翡翠翎管不敢用。就把管家的一個料烟嘴子當作翎管安了上去。（妙想天開）收拾停當。齊巧劉大侉子回來。黃三溜子赶著問他事情怎麽樣了。怎麽一去三天。也不回來吃飯。也不回來睡覺。這兩天是住在那裏的。劉大侉子道。住在家母舅那裏。兄弟的事情。藩台已允帮忙。大約可以挽回。（一樣有門路自然一樣可挽回）但是藩台再三叮囑。叫我們不要穿新衣裳去稟見。（一樣叫裝窮）所以我就把我們家母舅的袍套。借了回來。（一樣借行頭）明日穿著上院。又問黃三溜子事情如何。黃三溜子只說事已託人代為吹噓。但把行賄的話瞞住不題。一宵易過。次日天明。二人都換了舊衣裳上院稟見。（錦衣公子一旦緼袍莞枯頓異）欲知此番署院見面後如何情形。且聽下四分解。

續編卷二十

思振作勸除鴉片烟

巧逢迎爭製羊皮褂

話說次日大早。劉大侉子同了黃三溜子。兩個人穿了極舊的袍套。上院。剛纔跨進官廳。只見各位司道大人。都是素褂。不釘補服。亦不掛珠。（猝不及防）劉大侉子留心。便曉得今天是忌辰。說了一聲阿呀。我連這個都忘記了。（偏偏吃素月大）吩咐管家。趕緊回去拿來。重行更換。黃三溜子還不曉得什麼事情。劉大侉子告訴他。方纔明白。急得他一疊連聲的喊來。偏偏管家又不在跟前。（偏不湊巧）把他氣的了不得。在官廳子裡跺着腳。罵王八蛋。各位司道大人。都瞧着他好笑。罵了一回。管家來了。他就伸手上去給他兩個耳刮子。（大庭廣眾之間不怕人家嘲笑）管家不服。口裡嘰哩咕嚕也不知說些什麼。把黃三溜子氣傷了。立時立刻就要叫號房拿片子。把這混賬王八蛋交給仁和縣打屁股。辦他遞解。（大少爺性子如何在此處使）劉大侉子畢竟懂得道理。恐怕別位司道大人瞧着不雅。走上前去竭力解勸。不提防黃三溜子所借的那件外套太不穿了。豁扯一聲。拉了一條大縫。（今番好去唱蓮花落了真正使人捧腹）管家趁空也跑掉了。黃三溜子還在那裡生氣。齊巧巡捕拿着手本。邀各位大人進見。劉大侉子急了。就是叫人回去拿衣服。一時也拿不來。俗說語的好。情急智生。還是劉大侉子有主意。趕忙把朝珠採掉。拿個外套反過來穿。（所謂異樣真青褂）跟了眾人一塊進去。或者撫台不會看出。黃三溜子到此無法。只得學他的樣。亦是把個外褂反穿了進去。但是袖子上一條大縫。還有一片綢子掉了下來。被風吹着。飄飄蕩蕩。實不雅觀。（如看着花班子內演戲真要笑斷肚腸）無奈事到其間。也說不得了。（自家肚裡也要暗好笑）一囊見了署院。打躬歸坐。署院先同藩臬兩司及幾個有差使的紅道台。閒談了一回公事。黃三溜子是有內線的。劉大侉子亦有藩台先入之言。署院便有意留心看他二人。見他二人穿的衣裳。與前大不相同。但是外褂一概反穿。却是莫明其故。（反穿褂子是向來極時行的）要問又不好問。只得悶在肚裡。他兩人當中。黃三溜子的穿戴。尤其破舊。渾身上下。竟找不出一毫新的。而且袖子上還有一大塊破的。（今番收着叫化徒弟了）署院看了一回。便掉文說道。人孰無過。你兩位老兄。亦可謂善於補過的了。（不過銀子人情在那里說話）黃三溜子不懂。署院說的甚麼。私底下拉拉劉大侉子的袖子。劉大侉子把身子一幌。不理他。更把他急的了不得。又聽署院說道。你們兩位老兄。能彀從今日起。事事節儉。下來一反從前所為。兄弟極為佩服。極為歡喜。但是見了兄弟要如此。就是不見兄弟也要如此。（無故把人家打入貧民院實在做不到）我們講理學的人。最講究的是慎獨工夫。總要能彀衾影無愧。屋漏不慙。倘若見了兄弟一個樣子。背轉兄弟又是一個樣子。不能慎獨。便於行止有虧。（問你暮夜受金於行止果有虧否）兄弟天天派人在外察訪。老兄們一舉一動。都曉得的。劉大侉子聽了。汗流脊背。（說着隱處自然要提心弔膽）黃三溜子依然不懂。署院又說道。我們先君。一生講理學。講的就是這慎獨工夫。自從生了兄弟之後。頂到下世。一直是吃的獨睡丸。一個人住在書房裡。從不到上房一步。有時先母叫丫頭送茶送點心。給先君吃。先君從不拿正眼看丫頭一眼。怕的是因人欲之私。奪天理之正。這才算得實做慎獨二字。（你去嫖院子養私孩也算是不誚了各位司道大人。聽到這里。因為署院說的。是他老大人一齊肅然起敬。後來署院又勉勵了大眾幾句。方才端茶送客。黃三溜子同去。又把小當差的罵了一頓。定要叫他捲鋪蓋。後來幸虧劉大侉子講情。方才罷了。（大爺脾氣也算發作了）又過了兩天。撫台便同兩司說。候補道當中新到省的黃某人。雖然是個捐班。然而勇於改過。着實可加。第二回來見我。竟其渾身上下。找不出一絲一毫新東西。（新是有的不過反穿在裡頭）同他同來的劉某人。袍套果然亦是極舊。然而靴帽還嫌時派。（不過孝敬未到）我們要做頂天立地的人。總得自己有個主意。不能隨了大眾。與世浮沉。所以黃道比起劉道來。似乎要高一層。（有了太太少爺先入之言自然要高劉道一層了）兄弟今日不能不破例拿他做個榜樣。同來給他一個事情獎勵獎勵。他也好勸化勸化別人。兩兄以為何如。（說得冠冕堂皇豈知銀子在那裡發作）藩臬兩司。連連稱是。等到下來。撫院立刻下了一個札子。先叫他會辦營務處。黃三溜子得信。這一喜。竟是夢想不到。次日一早上院。見了撫台。叩頭謝委。竟不知要說些什麼方好。吱吱了老半天。仍舊一個字未曾說。（既有銀子代你說話即口鈍些亦不妨）署院無非拿他勉勵了幾句。他除掉諾諾稱是之外。一無他語。自此黃三溜子得了差使。氣燄便與別人不同。同朋友說起話來。三句不說署院。兩句不脫營務處。（見了撫台口吃見了別人又誇口）賽如同省候補道當中。沒有一個在他眼裡頭。（百無一能之人偏能目中無人）劉大侉子更不消說得了。但是從此之後。浙省官場風氣。為之大變。官廳子上。大大小小官員。每日總得好兩百文出進。不是拖一卅。就是掛一塊。賽如一群叫花子似的。（撫台衙門變做了流民院）從前的風氣。無論一靴一帽。以及穿的衣服花頭顏色。大家都要比賽。誰比誰的時樣。事到如今誰比誰穿的破爛那個穿的頂頂破爛的人大家都朝他恭喜說老哥不久一定要得差得缺的了過上一兩天果然委了出來大家得了這個捷徑索性於公事上全不過問但一心一意穿破衣服所有杭州城裡的估衣鋪破爛袍褂一概賣完古董攤上的舊靴舊帽亦一律搜買淨盡（比海瑞大紅袍轉移尤速）大家都知道官場上的人專門搜羅舊伙因此價錢飛騰竟比新伙還要價昂一倍（幾有晏子屨賤踊貴之嘆）過了些時有些外府州縣來省稟到曉得中丞這個脾氣不敢穿着新衣稟見只得趕買舊的無奈估衣鋪通通走徧舊伙無存甚至揑着兩三倍的錢還沒處去買一件（此時販賣舊衣裳倒做了好交易）有些同寅當中有交情的只得互相借用後來處州府底下有一個老知縣已經多年不上省了這番因新撫到任不得不來一次到省之後聽得這個風聲無奈為時已遲沒處去買而且同寅當中久不來往無處告貸這位縣太爺情急智生只得穿了新衣前去上院（倒是一個強項吏）這時候新署院令出惟行文自藩臬以下武自鎮副以下沒有一個不遵他的號令他不歡喜新衣服一時風氣大變沒有一個不是穿的極破爛不堪的（倒是司空見慣）不料這位縣太爺這天竟着了簇新袍套前來稟見同時稟見的人一班有五六個獨他一個與眾不同大眾都瞧着奇怪（所謂少見多怪）就是署院見了也以為希奇坐定之後談了兩句公事的話署院熬不住板着面孔先發話道某老兄你在外任久了一直還是從前的打扮兄弟到任之後早已有個新章而且還叫巡捕傳知你們各位諒老兄現在也該曉得的了（強人所難不知先己不情）這位知縣連忙拿身子一斜腰一挺就說道回大人的話卑職昨日一到省就聽得人說大人這個

章程。卑職何敢故違禁令。自外生成。因此急急要去找一套舊的。穿了來見大人。誰知這舊衣服非但找不到。就是有了。卑職也買他不起。（譏請到日月無光）署院道。這是什麼緣故呢。知縣道。自從大人下了這個號令。通城的官。都要遵大人的吩咐。不敢穿新衣裳來稟見。因此不得不買舊的。估衣舖裡。曉得大眾都要這個。所以舊的價錢。比新的反貴得一兩倍不等。（物以稀為貴）卑職這身袍褂。還是到任的那年做的。倘在別人。早已穿舊的了。卑職深知物力維艱。每逢穿到身上。格外愛惜當心。所以到如今還如新的一樣。（說到新由愛惜而來頭頭是道）朱子家訓上有句話。一絲一縷。當思來處不易。卑職一生最佩服是這兩句。（他講道學還他一個講道學所謂即以其人之道還治其人之身）署院聽到這裡。心中甚為高興。面孔上漸漸的換了一副和顏悅色。又說道。其實舊衣裳。何必定要自己去買呢。朋友家有的。借一身穿穿也不妨。古人云。乘肥馬。衣輕裘。與朋友共。敝之而無憾。何況又是舊的呢。知縣更正言厲色的答道。大人明鑑。朋友的衣服。原可以借得。但是借了來。祇穿着來見大人。下去仍得送還人家。既把舊的還了人家。將來不免總要再穿新的。（掩目盜鈴所得幾何）這便是卑職穿了舊的。專門來哄騙大人的了。卑職雖不才。要欺騙大人。卑職實實不敢。（毫無數飾便是衾影無慚屋漏不愧）今日卑職故違大人禁令。自知罪有應得。大人若把卑職撤任。參官。卑職都死而無怨。若要卑職欺瞞大人。便是行止有虧。卑職寧死不從。（說到如此便是行止無虧慎獨工夫恐怕你講的是假道學他講的是真道學了）署院聽了。心上盤算道。想不到此人倒如此硬繃。說的話。是句句有理。不好怎麼樣他。（今日也被人家治倒了）立刻滿面堆着笑說道。你老兄真是個誠篤君子。兄弟失敬得很。（豈敢豈敢）通浙江做官的人。都能像你老兄這樣吏治還怕沒有起色嗎○也不要你戴高帽子隨手又問了幾句民情怎樣年歲怎樣方才端茶送客○這知縣後來又穿着新衣裳○上轅稟見了幾次○署院很拿他灌米湯○叫他先行回任○將來出個大點的缺○還要借重○知縣稟辭回任去後○胆小的仍然穿着破爛○不堪的衣服來見○有兩個胆子稍些大點的○半新不舊的衣服○有時候也穿件把○問起來便說舊衣服價錢大○實在買不起○如此者署院被人家頂過兩次○也漸漸的不來責備這個了○西洋鏡終有拆穿之一日署院來此查辦事件的時候○是夏天事情○查完以至署缺上任○其中約摸躭擱了一兩個月○自從接印之後○傳見下員○清理公事○轉眼又有兩個多月○已是十一月天氣了○他自己要裝清儉○不穿皮衣○一衆官員都穿着了棉袍褂上院○這年皮伙生意定清齊巧這年又冷的早○又下過一場大雪○有些該錢的老爺○外面雖穿棉袍褂○裡頭都穿絲棉小錦袄○狐皮緊身○倒是全玉其中敗絮其外所以尚不覺其冷○不過面子上太單薄些罷了○至於一般窮候補老爺們○因為署院不喜這個○齊巧沒得錢用○樂得早早把他當在當舖裡去了○誰知天氣一變○每天清早起來上衙門○可怜直凍得索索的抖○險些凍僵起初藩台還遵他的功令○後來熬不住了○便說我們出來做官○主子原是叫我們出來喜福的○不是叫我們來做化子的○說來有理官場上的人○都寒酸到這個地位○明明是丟主子的臉○一點不差我從明天可不受他的管了○早該如此第二天便穿了狐皮袍子○貂外褂○弁戴了貂帽子○前去上院○索性潤他一潤撫台見了很不為然○難道你還要想責備拿眼睛瞧了藩台半天○始終為他位分大了○也不好說別的○只怕說出來又要被人家頂擡了後來藩台去後○他便同師爺們談起這事○說藩司某人○今日何以忽然改常○

便有個曉得藩台底細的。同說道。現在某人進了軍機。應該他闊起來了。署院聞言恍然大悟。原來這位藩台是旗人。是現今吏部滿尚書某協辦的私人。昨兒奉上諭。這位協辦進了軍機。所以他的腰把子亦登時硬綳起來。連撫台都不在他眼裡了。撫台曉得了這個緣故。雖然奈何他不得。然而心上總不高興。第二天便自己寫了一道手諭。叫刻字匠刻了一塊板。刷成功幾千份。摺成手摺一樣。除通飭各屬分派外。一個官廳子上。一定要擺上幾百本。每一做官發一手諭本。上寫的大致是。本部院以廉勤率屬。不尚酬酢周旋。於接見僚屬之時。一再告以勤修已職。俯恤民艱。勿尚虛文。勿習奔競。嚴切通飭各在案。（迂疏寡效何補於治）至於衣服奢華。酒食徵逐。尤宜切戒。夏葛冬裘。但求適體禦寒足矣。何須爭新炫奇。必合時趨。（居今反古災必及身）本署院任京秩時。伏見朝廷崇尚節儉。宵旰憂勤。屬在臣工。尤宜惕厲。近三年來。非朝會大典。不著貂裘。當為同官所共諒。若夫宴飲流連。最易慆時廢事。況屢奉詔旨。停止筵讌。飭戒浮靡。聖諭皇皇。允當恪守。（崇尚節儉宵旰憂勤停止筵讌飭戒浮靡聖諭煌煌非不光明正大何以起視其行竟有大謬不然者則亦塗人耳目而已）為此申明前義。特啟寅僚。無論實缺候補。在任在差。一體遵照。如竟視為故事。日久漸忘。即係罔識良箴。甘冒不韙。希恕戇直。此啟云云。等到這張手諭印了出來。署院有意特特為為拿紅封套封了一份。叫人送給藩台去看。藩台看了一遍。哈哈的笑了兩聲。（黔驢伎倆早已識破）擱在一旁不去理會。（正宜束諸高閣）第二天。仍然穿着他的貴重細毛衣服去上院。一走走到官廳子上。等各位司道大人到齊後。他老人家先發話道。中丞的手諭。料想諸位都見過的了。各位大人齊說見過。藩台道。像我們這樣做官。

一定發不了財（一先唱）眾人聽他說的詫異一齊要請教藩台道像我們這位中丞大人吃亦不要穿亦不要整幾十萬兩銀子存在錢莊上生利銀子怎麼不要多出來呢（正要說說他的微隱不怕他聽見）我們呢穿又講究吃又講究缺好亦不會賸錢缺不好更不用說了但是我們自已丢臉不要緊如此堂堂大國一個方面大員連着衣裳都穿不起叫外國人瞧着還成個甚麼樣兒呢（說到為國家體統做闢亦是借大題目壓倒他）如今正開着借洋債開鐵路你窮到這步田地外國人誰相信你誰肯借錢給你用（亦是寔話）藩台這話一半是莊論一半是戲言他原仗着他自已腰把子硬所以才敢如此（畢竟要有仗腰子方敢發話則下此之隱忍不言者多矣）其餘的官只有相對無言不敢回答一語有些人故意走走開怕風聲傳到撫院跟前致干未便那知這位署院小耳朵極多藩台議論的話不到晚上就有人上去告訴了他把他氣的了不得滿肚皮要想找藩台的岔子好動他的手（真是傾險小人還講道學）齊巧有借錢給中國要包辦浙江鐵路的一個洋商前來拜見談完公事洋商見他這個寒酸樣子便拿他開心道貴撫台做官寔在清廉我們佩服得很（當面取笑得妙）署院道兄弟做了幾十年的官一個錢都不賸（難道你查業之事賸得過人嗎）洋商道你們貴國這幾年為了賠款國家也弄窮了百姓也弄窮了我們的意思總以為你貴撫台是有錢的如今聽你的話看你的這個樣子才曉得你貴撫台也是一個錢沒有（當面奚落得妙）我還記得兩年前頭我曾到過你們貴省一次齊巧亦是冬天天氣冷得很你們洋務局裡的老爺們一個個都穿着很好的皮袍子這次來看看竟其穿不起了可見得你們貴國的現在情形實在窮得很（中國遍地金沙久為外人所欣羨今番衣服都穿不起豈真為外國人搜括窮嗎）

署院道為此所以要赶緊的想把鐵路開通能彀商務一興旺或者有個挽回洋商道貴省的官都窮到這步田地我們有點不放心我們的錢要同去商量商量再借給你們（民貧財盡到如此自然連官都借不動了）只要我們把錢借把你們你們貴省的官就有了皮衣服穿了（又當面奚落得妙）洋商說完這兩句話拿眼瞅着署院只是笑（刁極惡極）署院這時候正為着鐵路借款的事要與洋商磋磨今聽他如此一番言語不覺大驚失色又想起藩台背後的話果然不錯他到有點先見現在事情弄僵了不得不想個法子把事情挽回轉來（可見被你講道學講壞了）想了一想便對洋商道你嫌他們窮老實對你說他們其實不是真窮是我兄弟嫌他們穿的衣裳太華麗不準他們穿所以他們不能不遵我的吩咐（原來是裝的）你如不信你過天來看包管另換一個樣兒（至此你也要變計了）但是穿的過於怎麼講究兄弟亦不能自相矛盾總叫他一個適中便了（早是如此也不被人家恥笑了）洋商道正是我也奇怪你們貴省裡的厘金又好貴國官場上又是中飽慣的（外人最知中國虛實）怎麼一時就會窮起來真正叫人不相信貴撫台不說清楚我是一輩子不明白的（索性再奚落一番）署院又把臉一紅淡淡的說了幾句閒話洋商方才辭去署院同來心上甚是悶悶因為大局所關不得不委曲所從（誰叫你變本加厲）次日接見司道的時候他便發言道兄弟的脾氣是古板一路兄弟總恨這江浙兩省近來奢侈太甚所以到任之後事事以撙節為先現在幾個月下來居然上行下效草偃風行（總算你的壓力不輕）兄弟心上甚是高興但是兄弟一個人是省儉慣的到了冬天皮衣服穿也罷不穿也罷（原來是一個凍慣的賤骨頭）諸位衣服雖然不必過於奢華然而體制所關也不可過於寒儉豈不

（怕出乎爾反乎爾）諸公出去。可傳諭他們。直毛頭細衣服。價錢很貴。倘然製不起。還是以不製為是。羊皮褂子。價錢不大。似乎不即不離。酌乎中道。每人不妨製辦一身。兄弟當了幾十年的京官。不瞞諸位老兄說。止有一件羊皮褂子。現在穿的毛都沒有了。只賸得光板子。面子上還有幾個補釘。實在穿不出去。倘然另做一件。不免又要化錢。所以一直進到如今。還是棉袍棉褂。（不過是一個守財虜）唉。兄弟這樣的做官。也總算對得住皇上了。（皇上家的錢仍舊替皇上家生息自然對得住）司道大人聽了。具各答應着。等到出去上轎。齊巧首府縣都赶出來站班。藩台就拿這話。當面傳知了首府。首府挺着胸脯。筆直的站在那里。答應了幾聲是。藩台又笑道。以後你們倒都要大大的巴結巴結洋人。方是。不然。可就要凍死了。（亦莊亦諧妙甚趣甚）一頭說。一頭笑着上轎而去。霎時間。把這話。官廳子上都傳遍。有些老爺們。同估衣舖熟的。等不到回家。就赶去製辦羊皮褂子。有些回家拿羊皮袍子改做的也不少。（城中好高髻四方高一尺）還有些該錢的。為着天氣冷。毛頭小了。穿着不煖和。就出了大價錢。買了攤皮回來。叫裁衣做統。計幾天裡頭。杭州城裡的羊皮。賣了好幾千件。（皮伙舖裡又做了好生意）價錢頓時飛漲。成衣匠忙的做夜工。都來不及。過了五天。等下一朝轅期。居然大小官員。一個個身上都長了毛了。就是撫院瞧着。也覺得比前頭體面了許多。（亦知從前矯枉過正之失傾軋之風官場最盛）從此以後。於屬員穿衣服一事。就不大理會了。却把個藩台恨如切骨。常要動他的手。而又不敢動他的手。為他裡頭有照應。腰把子硬的原故。怕動他不倒。反為不妙。因此隱忍在心。遲疑不發。但是拿他無可如何。只好拿他的同鄉親戚不出氣。凡是藩台的私人。以及被藩台保舉過的人。

撫台都要尋點錯處拿他撤差撤委（還怨及於旁人不想之甚還講什麼道學）他卻有一件好處這些差缺並不安置自己的私人先檢着正途出身人員按照次序委派（側重正途亦是懲羹吹齏）藩台拿他無法也只好遵他的教過了此時齊巧轅期劉大侉子跟了一班候補道上院稟見署院一看名字忽然想起這人是個紈絝出身專會寫白字我從前要拿他咨回原籍是藩台替他求下來的大約他倆有什麼淵源今天且拿他發揮幾句再講（剛剛去碰在釘子上）想完便叫請見劉大侉子進來坐定之後署院先同别位候補道閒談了幾句回過臉來看看劉大侉子渾身上下倒也無可指摘即淡淡的說道劉大哥委屈了你了你要到省那一省不好指橫豎是元寶捐來何苦偏偏要指這個浙江呢（浙江有了你這假道學該要迴避）此時劉大侉子見黃三溜子因穿破衣服早經得意自己思量我是同他一樣的而且一天到的省（所差不走內線是走仇家）他已經得了差使料想我也不會久空的所以這一陣上衙門格外上得勤滿心指望無論大小叫我得個把差使也好光光面子（如此望得差可是一輩子望不着了）免得被黃三溜子瞧不起不料平空裡今日上院被署院似譏似諷的埋怨這們上兩句（可見是走錯門路了）一時摸不着頭腦又不好回什麼又不好答應是楞在那里不响署院又道凡是捐官出來做的人有三等頭一等是大員子弟世受國恩自己又有才幹不肯暴棄總想着寔出來報効國家而又屢試不售不得正途於是方走了這捐班一路這是頭一等（受過外人貶駁自然是第一等）第二等是生意買賣人或當商或鹽商平時報効國家已經不少獎敘得個功名出來閱歷閱歷一來顯親揚名二來也免受人家欺負這種人還可恕（受過鹽商好處自然是還可恕）第三等最是不堪的

了。是自己一無本事。仗着老人家手裡有幾個臭錢。書既不讀。文章又不會做。寫起字來白字連篇。考語下得確在老子任上。當少爺的時候。一派的紈袴習氣。老子死了。漸漸的把家業敗完。沒有事幹了。然後出來做官。不是府。就是道。你們列位想想看。這種人出來做了官。這吏治怎麼會有起色呢。當面譏誚一番比打尤凶署院說到這里。又把臉回過來。朝着劉大侉子說道。劉大哥。我這話可錯不錯。我足一句奸極惡極劉大侉子聽說。曉得署院這話明明說的是他。把臉羞得緋紅。一句話也回答不上。署院又說道。劉大哥。從前你們老太爺。我同他很會過幾面。到是個世交他做了一任關道。很弄得兩文回去。到你老哥手裡。日子一定着實好過。你有這種好日子。大可在家裡享福何必一定要出來做這個官呢。再將他臭落幾句使他無地自容劉大侉子道。自從職道父親去世。也有靠十年了。家裡人口又多。累重太很。所以職道不得不出來。身無一藝才去做官自是實話署院道。做官做官。有了官就是有本事。去做。不是馬上可以發得財的。有了孝敬門路也可以馬上發財況且你們老太爺有這許多錢。怎麼現在一個也沒有了。你老哥也算得會用的了。真正闊手筆。看你不出倒是個大處落墨的。亦教訓亦嘲笑鋒芒峭厲劉大侉子見署院說的話句句都戳他的心。弄的坐立不安。今天也難為他了齊巧今天趕上衙門。又起了一個大早。鴉片癮沒有過足。坐在那里。不知不覺打了一個呵欠。真是沉淪苦海署院一見得了這個題目。又有文章好做了。便又說道。劉大哥。你們一定要出來做官。我總不解我們是沒有法子。想上了馬下不得馬。亦如曹阿瞞之歎人語比不得你有了偌大的家私。何犯着再出來吃這個苦呢。譬如我如今幸虧沒有吃上鴉片烟。如果也學別人似的。抽上了癮。到如今一今一天到晚只好躺在烟舖上過日子那裡還有工夫又要會客又要辦公事呢（不喜此道之人見了此中人一定要受他的排揎破財耗神倒是名言）自從鴉片烟進了中國害了我們多少人弄得一個個瘦倒疲倦還成個世畍嗎諸位老兄可以把我的話傳諭大家一齊知道除他們三個月一齊戒除如果不戒到那時候却是不要怪我兄弟（此時胡理圍也要就得驚變了）劉大侉子一想自己烟癮是大的如今署院的話雖不是專為我一人而言然而我聽了總不免擔心越想越覺可危（到此也有的悔心了）正在為難的時忽然商務局的老總也是一個候補道把身子一斜插嘴說道同大人的話大人限他們三個月叫他們戒烟寬之以期限動之以利害不忍不教而誅做屬員的人若再不振作精神屏除嗜好也就不成個人了（偏有此湊趣奉承之言）昨日有個新到省的試用知縣胡鏡孫胡令在職道局裡遞了一個稟貼說是自己報効開了一個什麼貧弱戒烟善會（吃了你的丸藥定要越貧越弱了）一求職道局裡給張告示稟帖（不過藉此招搖撞騙遂他壟斷之計）上寫明白大人跟前另外具稟署院道是啊稟帖是有一個我看了還有批這胡令他一向是做什麼的戒烟原是好事情既然開善會為什麼不取個吉祥點的名字咧又貧又弱這兩個字實在不好聽商務局老總道聽說這胡令從前是在梅花碑開丸葯舖的雖然捐了官已經稟到一直還沒有引見（原來要張羅個引見之費）為什麼題這個名字職道也問過他他說人生在世譬如家業本是富的吃了烟就會貧窮身子本是强壯的吃了烟就會瘦弱（倒是現身說法）因此題這兩字無非是勸醒人的意思署院道果然辦得見效呢叫這此官場上的人去戒戒也好但他究竟是個市井能彀靠得住靠不住總得查個明白方好給

他告示。（却是洞見肺腑）商務局老總答應着。等到退了下來。頭一個劉大侉子。聽了署院一番話。又是心上發急。又是烟癮上來。出了一聲大汗。連小棉襖都濕透了。（真正苦海無邊）走到大堂底下。還沒有上轎。一把袖子拖住商務局的老總。問他胡鏡孫這個會。已經開辦沒有。開在那條街上。商務局的老總道。據他禀帖上說。就在梅花碑。大約同他丸藥鋪在一塊。自從今年二月起。已將近一年了。他自家說。每天總得戒上幾十個人。（豈知鬼也沒有上門來）每天來戒的人。他都天天抄了名字。托人到上海去上報。（倒是上報的本錢不小）現在的局面。被他弄得着實不小。劉大侉子道。果然靈驗。我頭一個就要去戒。（只怕吃慣了擺佈不脫）怎麼我來了這幾個月。一直不曾曉得呢。說罷。各自上轎而去。一囊到了公館。先過癮。再吃飯。一頭吃飯。一頭想起署院的一番話。老大担心。吃過了飯。立刻吩咐打轎。向梅花碑胡鏡孫丸藥鋪而來。劉大侉子自己思量。現在各事都丢在腦後。且把這撈什子戒掉。再想別的法子。（苦海無邊回頭是岸）轎子未到梅花碑。總以為這爿丸藥鋪。連着戒烟善會。不曉得有多大。及至下轎一看。原來這丸藥鋪。只有小小一間門面。旁邊掛着二方戒烟會的招牌。就算是善會了。（原來是有名無實）但是藥鋪門裡門外。足足掛着二三十塊匾額。什麼功同良相。什麼扁鵲後生。什麼妙手回春。什麼是乃仁術。匾上的句字。一時也記不清楚。旁邊落的款。不是某中堂。就是某督撫。都是些闊人。（不過是走方郎中的故技）劉大侉子看了。心上着實欽敬。（不知欽敬的什麼）正在看匾的時候。這善會裡的老板。就是胡鏡孫。早已得信。順手取過一頂大帽子。合在頭上。趕着出來迎接憲駕。一見劉大侉子。就在街上迎面先打一個千。（趨奉官場第一在行）劉大侉子還禮不迭。

跨進店來。胡鏡孫把他一領領到店後頭一間披屋。只容得三四個人。劉大侉子舉目一看。房間雖小。擺設俱全。墻上掛勻對子。寫着某某司馬大人雅屬。再一看這胡鏡孫頭上戴的是料毬。便知道他是捐過同知銜的知縣了。（不知是拾來的騙來的）少停學徒弟的送上茶來。劉大侉子一面吃茶。一面問他丸藥店裏生意可好。戒烟的人一天到晚一定不會少的了。胡鏡孫道。大人明見。這丸藥店本是卑職祖父手裏創的。自從卑職入了仕途。把丸藥舖改了公司。為的是做官的人不便再做生意買賣。叫上頭曉得了說話。（原來如此真正的公司不是）慢慢的兩個人講到戒烟的一事。胡鏡孫極力稱贊他的戒烟丸藥如何靈驗。（自然是第一靈驗）又說一天到晚總得有一二十號人來戒。實在來不及。（真是人多於鯽）正說着話。齊巧學徒弟的進來拿東西。胡鏡孫故意問他道。現在戒烟的人已經有多少號了。這個徒弟不提防他問。一時順口說了出來。說道。只有大前天有個人買了一包丸藥去。這兩天一直沒有人來問過信。（當面說破妙）胡鏡孫聽了這兩句話。急得臉上緋紅。連忙說道。你不懂的。快替我走。（何不私下叮囑好）又自己埋怨自己道。是我糊塗。他是丸藥店裏的徒弟。戒烟會另有司事承管。這事問到司事才知道。問他是不曉得的。（你的司事想是大薪水請來的了）劉大侉子道。我不管戒烟的人多人少。我這問你這丸藥吃了可靈不靈。胡鏡孫道。卑職這個丸藥。比如有一錢癮的。只消吃兩粒丸藥。等到烟癮上來時候。一吃下去就抵當得住。比仙丹還靈。二錢癮吃四粒。四錢癮吃八粒。弄到後來只要吃丸藥就彀了。用不着吃烟了。（抵了烟癮上了藥癮倒被你一網打盡了）劉大侉子道。我從京裏來的時候。路過上海。聽說上海也有一種什麼戒烟丸藥是咖啡做的。（識慣白字的人連到葯名都記錯）雖然能彀抵得烟癮。然而吃了下去。受累無窮。一世戒不脫的。不要你這九葯。亦是那個東西做的。胡鏡孫聽了詫異道。珈啡只好當茶吃。從來沒有聽說可以抵得烟癮的。想必外國人又出了什麼新法了。（咖啡代茶近來有一種茶葉可以戒烟這宗新法你也不曉得）劉大侉子道。外國人想賺錢的法子。本來很多。胡鏡孫想了一回。恍然大悟道。不要是嗎啡罷。劉大侉子聽他一題。心上亦明白過來。是嗎啡。但是不肯自己認錯。怕人家笑他外行。也把臉一紅道。不管他是咖啡是嗎啡。橫豎是外國來的就是了。（中國的鹽鹵子淋了汁外國的嗎啡豈不要變了色嗎）胡鏡孫道。卑職開辦這個善會。是發過誓的。如今封袋上都刻明白。如以嗎啡害人。雷殛火焚。（雷殛有避雷法火焚有保險法落得多發幾個誓）大人不信。請驗。說着。順手在抽屜裡取出一包戒烟丸葯。劉大侉子接過一看。果然不錯。有此十字。一頭看又一頭念。過一遍。剛剛念到火焚二字。忽然隔壁人家。大聲呼喚起來。（比造報司尤快）登時合店的人。都赶到後頭來看。再一聽。不是別事。原來為這邊廚房裡有個學徒的燒開水泡飯吃。燒的稻柴太多了。火燄上冲。轟了烟桶。火星直冒。隔壁人家當是起火。（原來還不是真火焚）登時聲張起來。虧得這邊人手眾多。上屋的上屋。打水的打水。灌了幾桶的水。弄得灶裡開了河。灶也壞了。火也滅了。胡鏡孫纔把心放下。（人家念了火焚二字倒惹你吃了一個虛驚）他堂客此刻也顧不得了。店堂內有客無客。手裡拿了一串佛珠。站在天井裡。舉頭朝上。不住的念阿彌陀佛。救苦救難觀世音菩薩。（多發幾個誓勝如多念幾句佛）劉大侉子見他家有事。只得辭別回去。胡鏡孫還要再三的相留。劉大侉子不肯。只得送了出來。胡鏡孫道。大人如要戒烟。卑職立刻就送一百包丸葯過來。（一個大主顧呀）

被火趕了劉大侉子道。用不着這許多。吃了有效驗。再來取。說罷。上轎而去。胡鏡孫趕到街上。站了一個出班。還做卑職的規矩。方纔進店。要知劉大侉子此番能否把烟戒去。且聽下回分解。

續編卷二十一

反本透贏當場出醜
弄巧成拙驀地撤差

卻說劉大侉子從戒烟善會而來。剛纔下轎，胡鏡孫已竟派人把戒烟丸藥送到，共計丸藥一百包，忒然還就癃有弊病一張小字的官銜名片。劉大侉子吩咐收下，打發來人去後，從此以後，果然立志戒烟，天天吃丸藥，不敢間斷。說也不信，丸藥果然靈驗，吃了丸藥便也不想吃烟。曾見有吃林十八戒烟者，其後果然連藥亦斷，但身體總有些懶頹面色總有點青青，想是為烟魁代所致。只可惜有一件，誰知這丸藥也會上驗的，一天不吃亦是一天難過，比起鴉片烟癮不相上下。卻是何故但是吃丸藥的名聲，總比吃大烟好聽，所以這劉大侉子便一心一意的吃丸藥，不敢再嘗大烟了。總算有志竟成正是光陰如箭，轉眼間臘盡春來，官場正月一無事情，除掉拜年應酬之外，便是賭錢吃酒。此時黃三溜子曉得自己有了內綠，署院於他決不苟求，而且較之尋常候補道格外垂青，一差之外，又添一差。此時也見情票號掌櫃了黃三溜子也知感激，便借年敬為名，私下又餽送八千銀票，也是裕記號二掌櫃的替他過付。劑已效索性再連一劑意思想求署院委他署缺一次，不論司道，也不論缺分好壞，但求有個面子。署院答應他：徐圖一會，不可性急，防人議論。講道學的人應懍四知二掌櫃的出來，把這話傳諭黃三溜子。黃三溜子自然歡喜，曉得署院已允，將來總有指望，從此更意滿心高，任情玩耍。黃三溜子也溜得過去了齊巧正月有係外府州縣實缺人員上省賀歲，這些老爺們平時刮地皮都是發財發足的了。當官強盜

（落得敲剝）有些候補同寅，新年無事，便借請春酒為名，請了這些實缺老爺們來家吃過一頓飯，不是搖攤，便是牌九，縱然不能贏錢，弄他們兩個頭錢貼補貼補候補之用，也是好的。（發財發足了，難得抽抽他的豐。）大家都曉得黃三溜子的脾氣，頂愛的是要錢，只要有得賭，什麼大人卑職，上司下屬，統通不管。（賭場是魚龍渾雜，還顧什麼高低。）而且逢場必到，一請就來，贏了錢便大把的賞人，輸了錢無論上千上萬，從不興皺皺眉頭，真要算得獨一無二的好賭品了。（劉盤龍一擲百萬，無此豪爽。）因此大眾捨他不得。（如此好賭品，着實可欽。）這日是正月十三，俗例十三夜上燈，十八落燈，官場上一到二十又要開印，各官有事便不能任情玩耍了。且說這日是住在焦旗桿的一位候補知府請客。這位太尊姓雙名福，表字晉才，是鑲紅旗滿州人氏。他爸爸在浙江做過一任乍浦副都統，他一直在任上當少大人。因他行二，大家都尊他為雙二爺。後來他爸爸死了，他本是一個京官，起服之後，就改捐知府，指分浙江，在省候補也有五六年了。他雖為官，總不脫做闊少爺的脾氣，賃的極大的公館，家裏用的好廚子，烹調的好菜。（是一個好賭場。）他自己愛的是賭，時常邀幾個相好朋友到家叉麻雀，不是五百塊錢一底，就是一千塊錢一底。（倒底是官場的闊。）黃三溜子也同他着實來往。雖然署院力崇節儉，也只好外面上遵他的教，其實人家公館裏那能件件依他。（當此之時，即包孝肅復生，亦不能改觀。）自交正月，例不禁賭，雙二爺天天在公館裡請朋友吃喝，吃完之後，前兩天還是搖攤，後因搖攤氣悶，就改為牌九，已經痛痛快快的賭過幾夜。（浙江賭風素熾，原來是上行下效。）過了幾天，齊巧一個實缺金華府知府彭子和，彭太尊，一個實缺山陰縣知縣蕭天爵，蕭大令，兩人同天到省賀歲。（又是兩個大賭客來。）

了却都是這雙二爺的拜把子兄弟。從前常常在一處玩耍慣的。因此雙二爺興致格外好。頭一天雙二爺上院。彼此在官廳上碰着。依雙二爺的意思。就要把他倆拉回公館吃便飯。先玩一夜。他倆因為要到別處上衙門拜客。所以改了次日。就是十三只一天了。頭天晚上雙二爺吩咐管廚的預備上等筵席。（原來與大財神樓風）別的朋友。橫豎天天來要錢。要慣的。用不着預邀。到了次日中飯吃過。雙二爺為着來的人。還不多不能成局。先打八圈麻雀。在坐的人。都是些濶手筆。言明一千塊一底。還說是小頑意兒。（使署院見之定當肉痛）當下管家調排桌椅。扳位歸座。立時間只劈劈拍拍打了起來。一打打了兩個鐘頭。四圈已畢。重復扳位斵點。當時算了算。雙二爺輸了半底。說是只樣小孩雀。打的不高興。（把浙江的地皮作孤注你纔高興）自己站起身來。要去過癮。就把自己的籌碼讓給一個代碰雙二爺。正過着癮。人報彭大人來了。彭大人剛從別處拜客而來。依舊仍穿着衣帽。走到廳上磕頭拜年。自不必說。磕頭起來。朝着衆人。一個個作揖。大半都不認得。正待歸坐。只見黃三溜子從院子裏一路嚷了進來。嘴裏喊着說道。你們不等我。這早的就上局（一定要等你大財神到纔開手）纔跨進門檻。迎面瞧見彭知府穿了衣帽。黃三溜子一呆。（如此恭而敬之是何貴客）雙二爺便告訴他是金華府彭守。昨兒纔到的。又告訴彭知府說。這位就是黃觀察黃大人。彭知府是久仰大名的。究竟他是本省上司。不敢怠慢。立刻放下袖子。走上一步。請了一個安。口稱卑府今天早上到大人公館裏稟安。黃三溜子也不知回答什麼方好。（不覺目瞪口呆）想了半天。纔回了身兄弟還沒有過來回拜。（不知如何急出來）當由雙二爺忙着呌寬章讓坐奉茶。正在張羅的時候。山陰縣蕭大老爺也來了無非又是雙二爺代通名姓黃三溜子為他是知縣倒底品級差了幾層就不同他多說話（嘴口是鈍眼界卻高）坐在炕上也不動只同彭知府扳談滿嘴的什麼天氣好呀你老哥幾時來的住在那裏難得到省可以盤桓幾天顛來倒去這有這幾句說話（想來也有孔本）頃刻間打麻雀的已完別的賭友也來的多了雙二爺一一引見無非某太守某觀察官職比他小的便是某翁（是貴官）當中還有幾個鹽商的子弟參店的老板票號錢莊的擋手（是富商）一時也數他不清頭一個黃三溜子高興說我們肚子狠飽賭一場再吃其中有幾個人說吃過再賭黃三溜子不肯雙二爺為他是老憲台不便違他的教只得依他當下入局的人共有三四十個黃三溜子不喜歡搖攤一定要推牌九無奈彭大尊說白天打牌九不雅相（到底是寔缺的還懂些官箴）天色早得狠不如搖四十攤吃過飯再推牌九無奈彭大尊說打攤打得氣悶既然要打攤須得讓我做皇帝（的是市井人口氣）其時正有個票號裏擋手搶着做上手聽說搖攤已經坐了上去主人家要巴結老憲台千對不住萬對不住把那人請了下來黃三溜子一屁股坐定也不管大衆齊與未齊拿起攤盆搖了三搖開盆看點旁邊記路的人拿着筆一齊記下（作者無一不在行）一霎時亮過三攤黃三溜子又把寶盆搖了三搖等人來押頭幾下大家看不出路押的注碼還少黃三溜子贏了幾千把他高興的了不得雙二爺道為着老憲台總不喜歡搖攤叫你老人家贏兩個已後也就相信這個了（是頭家口氣）黃三溜子道所以我除了做皇帝下手是不做的皇帝還好贏幾個下手只有輸無贏（在官人員開口閉口做皇帝真是無忌憚小人）雙二爺道那也不見得正說着話黃三溜子又

摇過幾攤。擡面上的籌碼洋錢票子。漸漸的多了起來。黄三溜子一連擺了兩攤數了數。但將贏來的錢輸去八九。幸喜不曾動本。後來越押越大。他老人家亦就越輸越多。統算起來至少也有四萬光景。（頭贏必輸賭家老話）霎時間已開過三十六攤。再摇四攤。便已了局。黄三溜子急於返本。嫌人家押的少。還説人家贏錢的都藏着不肯拿出來。（想是要緊完）衆人氣他不過。内中有幾個老賭手。取過寶路一看。大小路都在二上。於是兩枱的人。倒有一大半去押白虎。還有些不相信寶路的。亦有專押老寶的。亦有燒慣老灶的。亦有專趕熱門的。於是么三四三門亦押了不少。（作者亦極熟賭經）彭太守年輕時。狠歡喜摇攤。摇攤的别號。又叫做聽自鳴鐘。他自己常説我因爲聽自鳴鐘。曾經聽掉兩爿當鋪。三爿錢鋪子。（倒是豪富子弟）也算得老資格了。到這第三十七攤上。他亦看准一定是二。自己押了二還不算。又把進出兩門上的注碼。一齊改在二上。有個押四的錢莊裏擋手。獨他不相信。説一定是四。彭太尊要同他賭個東道。他理也不理。拉着嗓子喊了一聲。二翻四。彭太尊氣他不過。跟手喊了一聲。四翻二。錢莊裏擋手又喊一聲。再翻在四上。彭太尊亦喊一聲。再翻在二上。（所謂局外輸贏）錢庄裏擋手還要再喊。主人雙二爺把手一擺道。慢着。你們算算看。（是頭家看清口氣）黄三溜子道。算甚麽。雙二爺道。别算。説什麽。彭子翁先把進出兩門的注碼。吃到二上。現在又同對門翻了兩翻。這一下開出來設如是個二。你想他要賠多少。就是個四。彭子翁也不輕。付擋的人。正待舉起算盤來算。（是幫閒督觚形景）黄三溜子急於下莊。好去過癮。便朝着雙二爺嚷道。人家輸得起。要你擔心。我可等不及了。一面説。一面揪開寶盆一看。大家齊喊一聲四黃三溜子道四也好不是四也好橫豎你們自己去做輸贏我只管我的就是了錢莊裏老板一團高興嘴裏說道怎麼樣我賭了幾十年最不相信的是甚麼路不路如果猜得着這寶也沒人打了（由得他洿口）此時這有他一個人咂嘴弄舌衆人也不睬他把個彭大尊氣昏了拿着手裏的籌碼往桌子上一摜說道輸錢事小我走了幾十年的大小路向來沒有失過眞正豈有此理（是輸錢人口氣）當時付擋的人按照所翻的數目一一付清黃三溜子趕着把餘下三攤搖完算了算通枱的人只有彭大尊頂輸大約有五萬光景（橫豎當多錢莊多不在乎）黃三溜子後三下贏些回來只有三萬多了錢莊裏老板是頭一個大贏家（畢竟是做生意人精明）四十攤之後別的人過癮的過癮談天的談天獨他一個穿穿馬褂說號裏有事不能不回去（到底市儈子猾）彭太尊嚷着不放他走雙二爺黃三溜子亦趕過來幫着挽留黃三溜子道通檯就是你一個大贏家怎麼你好走就是眞有事也不放你我們熟人不要緊你同彭大人是初次相會你走了他心下要不高興的錢店裏老板却不過衆人的情只好仍舊脫去馬褂陪着大衆一塊兒吃飯雖然是雙二爺專誠備了好菜請彭大尊無奈他賭輸了錢吃着總沒有味（總不及黃三溜子之好賭品）一時飯罷黃三溜子赶着推牌九彭大尊一定還要打攤主人雙二爺左右爲難幸虧是夜裏來趕賭的人比白天又多了二十幾位只好分一局爲兩局是一局攤一局牌九各從其便黃三溜子齋了一幫人專打牌九彭大尊齋了一衆人專打攤（是兩個大上風）吃飯的時候已是二更多天比及上局約莫已有三更了只一夜竟其頂到第二天大天白亮還沒有完（銀錢最是心經最提精神是以不知疲倦）後來有些人漸漸

熬不住。贏了錢的都已溜回家去睡覺。只剩些輸錢的。還守着不肯散。想返本。黃三溜子一見人少了。便要併兩局為一局。彼此問了問。彭大尊祇翻回來幾千銀子。黃三溜子却又下去一萬。主人雙二爺親自過來。讓眾位用些點心。又說今天是十四。不是轅期。沒有甚麼事情。不如此刻大家睡一會兒。等到飯後。邀齊了人。再圖恢復何如。上風輸錢是頭家最不願意事黃三溜子道。賭一夜算什麼。只要有賭。我可以十天十夜不回頭。到是一個好精神比平原十日之飲還豪放彭太尊道。卑府在金華的時候。同朋友在江山船上打過三天三夜麻雀。沒有歇一歇。這天把算得什麼。又是一個好好對手是撤夜間不要眠的於是大眾就此鼓起興來。這時候彭太尊攤也不搖了。亦過來推牌九。這天自從早晨八點鐘入局。輪流做庄。一直到晚。未曾住手。所謂夜以繼日黃三溜子連躺下過癮的工夫都沒有。幸虧一心這戀着賭。肚裏覺得並不飢餓。雖說雙二爺應酬週到。時常叫廚子備了點心。送到賭檯上。并不沾唇。有時想吃烟。全是管家打好了。裝在象皮鎗上。這象皮鎗有好幾尺長。賽如根軟皮條。管家在坑上替他對准了火。他坐在那裏。就可以呼呼的抽。可以坐着不動。再要便當沒有。但是玩了一天。沒有甚麼上下。等到上火之後。來的人比起非天來還要多。隔夜上風輸次日下風必須此刻他老人家的手氣居然漸漸的復轉來。一連吃了三條。下手的人一看風色不對。注碼就不肯多下了。黃三溜子只顧推他的。一連又吃過七八條。弄得他非凡得意。到底大刀闊斧可以翻本正在高興頭上。不隄防自己公館裏的一個家人找了來。附了他耳朵上請示。說明天各位司道大人統通一齊上院慶賀元宵。請老爺今天早些回公館歇息歇息。明天好起早上院。黃三溜子道。

忙甚麼我今天要在只里頑一夜把應該穿的衣服拿了來等到明天時候叫轎班到這裏來伺候我今天不回去明天就在這裡起身上院等院上下來再回家睡覺家人是懂得他的脾氣的只得退了出去依他辦事他這裡上上下下總算手氣還好進多出少後來見大衆不肯打了下風失利打客必輸他亦只好下莊讓別人去推自己數了數一共贏進二萬多連昨夜的扯起來還差一半光景自己懊悔昨天不該應搖攤一賭錢最不可疑惑定要輸錢又連連說道如果再推下去這頭兩萬銀子算不得甚麼多進三五萬亦論不定此時是別人做莊他做下手弄了半天做上手的輸了幾條就乾了他雖然贏錢總嫌打的氣悶衆人只得重新讓他上去做莊大上風總要讓他幾個輪流到他已有四更天了誰知到了他手莊風大好押一千吃一千押五百吃半千想來接着賭神菩薩了此時臺面上現銀子洋錢都沒有了全是用籌碼他自己身邊籌碼堆了一大堆約摸又有二三萬光景翻本見贏錢甚是難得衆人正在着急的時候忽然莊上擲出一副五在手自己掀出來一看是一張天牌一張紅九是個一點這以為必輸的了仍舊把牌合在桌上默然無語回過頭去抽烟誰知三家把牌打開上門是一張人牌一張么丁天門是一張地牌一張三六下門是一張和牌一張么六統算起來都是一點大家面面相覷做聲不得黃三溜子把一筒烟抽完回過臉來舉目一看都是一點這一喜非同小可事有湊巧把自己兩扇牌翻過來用力在桌上一拍道了聲對不住順手向桌上一擄當時檯面上幾個贏家並不說話有幾個輸急的人嘴裏就不免嘰哩咕嚕起來雖有此種形景一個說牌裏有毛病不然怎麼會四門都是一點兒齊巧

又是天地人和配好了的（此是說牌一面）一個說一定骰子裏有毛病何以不擲二上莊何以不擲四到底偏偏這個五在手莊家拿個天九一吃三門這裡頭總有個緣故（此是說骰子一面）又有人說毛病是沒有一定有了鬼了狠該應買些冥錠來燒燒不然爲甚麼不出別的一點單出這天地人和四個一點呢（此是說有鬼一面）當下你一句我一句大家都住手不打黃三溜子起先還怕擾亂眾心折了賭局連說賭場上鬼是有的應得多買些錠燒燒從前我在家鄉開賭每天燒錠的錢總得好幾塊老一輩子的人常說道鬼在黑暗地下看着我們陽世人間賭得高興他的手也在那裡癢癢自己沒有本錢就來捉弄我們燒點錠給他就好了（人多口雜只好拿有鬼來堵嘴）雙二爺聞言連說不錯立刻吩咐管家去買銀錠來燒（頭家但求息事甯人）錠已燒過黃三溜子洗過牌重新做莊無奈內中有個輸錢頂多的人心上氣不服一口咬定牌裏有講究骰子也靠不住黃三溜子氣極了就同他拌起嘴來（不是他賭品不好是被人家嘔氣所致）那人也不肯相讓便是你一句我一句吵個不了主人雙二爺立刻過來勸解用手把那個輸錢的人拉出大門那人一路罵了出去彭太尊也極力勸黃三溜子連說大人息怒又說他算什麼請大人不必同他計較一番吵鬧登時把場子拆散（不如此幾時了局）有些怕事的人當他二人拌嘴的時候早已溜掉一大半黃三溜子見賭不成功便把籌碼往衣裳袋裡一袋（不把籌碼袋起來他不會在撫台前露馬腳了）躺下吃烟說話閒東方已將發亮了黃三溜子的管家轎班都已前來伺候主人上院彭太尊之外還有幾位候補道府都說一塊兒同去主人一面搬出點心請眾位用一面檢點籌碼要他們把帳算一算清（頭家急欲見底）黃三溜

子道忙甚麼那王八羔子不來我們今天就不賭了嗎（讀至此必謂從來又有一場大賭了）籌碼各人帶在身上上院下來賭過再算主人連說使得當初入局的時候都用現銀子洋錢買的籌碼而且只位雙二爺歷年開賭的牌子極爲硬綳這副籌碼異常考究怕的是有人做假根根上頭都刻了自己的別號所以籌碼出去人家既不怕他少錢他也不怕人家做假此刻黃三溜子不要人家算帳說上院回來重新入局他做主人的自然高興有何不允從之理霎時點心吃過一眾大人們一齊紮扮起來黃三溜子等把蟒袍穿好不及穿外褂就把贏來的籌碼數了數除彌補兩天輸頭之外足足又贏了一萬多（總算是個好賭手）滿心歡喜便把籌碼扨在手裏也不用紙包也不用手巾包一把一把的只往懷裏來塞（不往懷裏塞後來亦不落出來了）管家道不妥當怕掉出來（還是管家的精細）只等家人們替老爺拿着罷黃三溜子道這都是贏來的錢今天大十五揣着上院是一點彩頭（你要得彩頭險些出醜）家人不敢多說一時紮扮停當忽然轎班頭上來回道有一個轎夫沒有來請大人等一刻黃三溜子急的跺脚罵王八蛋當時就有一個同賭的武官是個記名副將借署撫標右營都司曉得黃三溜子在署院前還站得起又是營務處便說標下的轎子不妨先讓給大人坐大人司道一班傳見在前標下雇肩小轎隨後趕來是不妨事的（一有了紅差自然即有人拍馬屁）黃三溜子見他要好便同他扳談說老兄很面善我們好像在那里會過似的那武官還沒有回答雙二爺忙過來替他報履歷黃三溜子連說久仰又說老兄訓練兵丁步伐整齊兄弟是極佩服的（此種套語想亦是九本上有的）那武官道大人在營務處是標下的頂門上司總得求大人格

外照應。黃三溜子道。這還要說嗎。一面說着話。一面又嚷道。我記起來了。還是去年十二月初七一個甚麼人家出殯執事當中。我看見有你騎了一匹馬。押着隊伍。好不威武。中國的武官也只好扮扮出喪頂馬而已你手下的兵打的鑼鼓同鬧元宵一樣狠有板眼。中國的兵勇也只好鬧鬧元宵而已我們快去等院上下來。我們亦來鬧一套玩玩。說完了話。赶出大門上轎。那武官連忙跟着出來招呼自己的轎班。誰知走出大門。黃三溜子的轎夫也來了。被黃三溜子駡了兩句。仍舊坐着自己的轎子而去。霎時到得院上。會着各位司道大人。上過手本。隨蒙傳見。見了署院。一齊爬在地下磕頭賀節。等到磕完了頭。黃三溜子正要爬起來的時候。不料右邊有他一個同班。一隻腳不留心踏住了黃三溜子的蟒袍。黃三溜子起來的匆忙。也是一個不當心。被衣服一頓。身子一歪。究竟兩夜未睡。人是虛的。一個斛斗。就跌在踏他蟒袍的那人身上。元寶發財是得彩的預兆連那個人也栽到了。署院看見。連說怎麼樣了。他倆困在地下。羞的面孔緋紅。想此時要笑亦笑不出來掙扎着爬起來。剛起得一半。不料黃三溜子跌的時候。勢頭太猛。竟把懷裏的籌碼。從大襟裏滑了出來。滑在外褂子裏頭。等到跕起。早已劃喇喇的掉在地下了。滿地撒金錢是頂好的彩頭署院起先但聽得聲音響。還不曉得是什麼東西。連說你們兩位有甚麼東西掉在地下。還不拾起來。一面說。一面招呼巡捕幫着去拾。急煞黃三溜子畢竟自己虛心。連忙又往地下一蹲。用兩隻馬蹄袖在地毯上亂摟。幸虧籌碼滑出來的不多。檢了起來。不便再望懷裏來塞。只得握在手中。撣撣衣服。跟着各位司道大人歸坐。却不料地下還有祇得一百兩銀子的一根大籌碼未曾拾起。落在地毯上。真正急煞黃三溜子瞧着實在難過又不敢再去拾只是臉上一陣陣發紅（想此時笑又笑不出哭又哭不出）其實署院已經看見也曉得黃三溜子這寶貝帶來的署院生平頂恨的是賭意思想要發作兩句轉念一想隱忍着不響（看銀子面上）齊巧那根籌碼被巡捕看見走上去拾了起來袖了出去（代伊捏着一把冷汗）署院裝做沒事人一樣等到送客之後署院閤巡捕把那根籌碼要了來封在信裏叫先前替黃三溜過付的那個人仍舊送還了他傳諭他下次不可如此再要這樣本院就不能迴護他了叫他各人自己心上放明白些（是銀子的好處不可不知）黃三溜子這日下得院來曉得自己做錯了事手裡揑着一把汗便無精打彩的一直回到自己公館不到雙二爺家賭錢了（還算是回頭得快）雙二爺等他不來便叫管家來請他他便打發當差的同了雙二爺的管家到雙家把帳算清說是自己身上不爽快改天再過來（一失足成千古恨再回頭已百年身可以奉贈）此時大衆已曉得他今天上院跌出籌碼之事官場上傳為笑話他不肯再來一定是臉上害臊因此也不再來勉强他過了一天黃三溜子接到署院的手札並附還籌碼一根又是感激又是羞憤恐怕以後不要又托原經手替他送了三千銀子的票子（索性再用原方調理調理）一直等到回信說署院大人賞收了然後把心放下照舊當差不題且說劉大侉子自從吃胡鏡孫的丸藥三個月下來烟癮居然擋住但是臉色發青好像病過一場似的且有天不吃丸藥竟比烟癮上來的時候還難過（想來嗎啡在那裡發作）了劉大侉子便去請教胡鏡孫胡鏡孫道大人要戒的是烟只要烟戒掉就是了別的卑職亦不能管（殺人不見血方稱妙手）劉大侉子見他說得有理難以駁他只好請醫生自去醫治（幸虧是請得起醫生窮民豈不被他送了性命）不在

話下。但是他自從到省以來。署院一直沒有給他好嘴臉。差使更不消說得。後來署院見他面色碧青。便說他嗜好太深。難期振作。每見一面。一定勞勞叨叨的申飭一次。還要說甚麼是我認得你老人家的。他的子姪不好。我做父執的應該替他教訓。纔是。（只怕有了孝敬即不裝模樣做了）劉大侉子被他弄得走頭無路。便去找藩台。托藩台替他想法子。說照這種樣兒。晚生的日子。一天不能過了。藩台說他同兄弟不對。兄弟說的話。未必聽。我勸老兄忍耐幾時。再作道理。（亦是無聊之語）劉大侉子無法。又去找他娘舅。娘舅久充憲幕。見的什面多了。狠有隨機應變的工夫。（的是老法家）聽了外甥的話。閉目養神了半天。一聲也不響。（此中自有玄機）想了一回。說道。他時常教訓你。都是些甚麼話。劉大侉子便大概的述了一遍。娘舅道。他同你老人家真有交情嗎。（來了）劉大侉子道。不過會過幾面。就是有交情也有限。娘舅道。有了道學朋友。只有掌着他的法子治他。所謂君子可欺以方。只有這一功。他還受。（處州老知縣已經應驗過了）又說什麼即以其人之道。還治其人之身。劉大侉子忙問是用甚麼法子。娘舅便附在他耳朵上。如此如此的囑咐一番。（此處且不說明）劉大侉子將信將疑。恐怕不妥。但是事已至此。只可做到那裏。說到那裏。（亦是聊以慣試之事）到了第二天。又去稟見。他是一個沒有差使的黑道台。撫台原可以不見他的。只因他脾氣好說話。署院把他訓飭慣了。好借着他發落別人。所以他十次上院。倒有九次傳見。這日見面坐定之後。署院閒談了幾句。便漸漸的說到他身上來。先問他現在的烟癮。比起從前又大得多了。（真正冤枉煞人）他回道。職道現在戒烟。已經有好兩個月不抽了。（說來誰能相信）署院鼻子裏哼的一聲。他又回道。職道自從吃了胡鏡孫胡今貧弱戒烟善後裏丸藥倒狠兒效。署院道。抽與不抽。我也不來問你。你自己拿把鏡子照照你的臉。隨便給誰看。說你不吃烟。誰能相信（是被嗎非所害）。當初你們老太爺我是見過的。他並不抽烟。怎麼到你老兄手裏。好樣子不學。倒弄上了這個。真正我替你們老太爺嘔氣。（是真的是假的）劉大侉子聽到這裏。一聲不響。只顧拿着馬蹄袖擦眼淚（做作得妙）。署院又道。出來做官。說甚麼顯親揚名。都是假的。只要不替先人丢臉。就算得孝子了。（你也教教好你自己兒子不要後來丢臉）劉大侉子聽到這裏。一半自己的委屈。一半是娘舅的教訓。一不做。二不休。索性嗚嗚咽咽。哭將起來。（越發做作）各位司道大人見了。都為詫異。一齊替他捏着一把汗。誰知署院並不見怪。（已經對證了）停了一回。朝他說道。我教導你的幾句話。並不是壞話。用不着哭啊。（今番你也被人家摸着性度了）劉大侉子擦了一擦眼淚。又醒了一把鼻涕。（索性做得像）說道。職道何嘗不知道。大人教訓的都是好話。職道聽了大人的教訓。想起從前職道父親在日。也嘗是拿這話教訓職道。如今職道父親病故。已經多年。職道聽了大人的教訓。一來恨自己不長進。二來感念職道父親去世的早。聽了大人的話。不覺有感於中。屢次三番的。要哭不敢哭出。怕的是失儀。今天實實在在熬不住了。說完之話。立起身來。爬在地下。朝着署院磕了三個頭。長跪不起。（苦肉計用得着索性用他一用）署院趕緊下座。拉他。眾官亦一起站立。署院道。這從那裏說起。有話起來說。（你講道學還你個道學模樣）劉大侉子哭着回道。大人教訓的話。都同職道父親的話一樣。總怪職道不長進。職道該死。求大人今天就參掉職道的官。也好替職道消點罪孽。就是職道父親在九泉之下。也是感激大人的。（自怨自艾的是改過遷善口氣）說完了這兩句。便從頭上。把自己大帽子抓了下來。親自動手。把個二品頂戴旋了下來。嘴里說道。職道把這官交還了大人。大人是職道父執一輩子的人。職道就同人人子姪一樣。職道情願不做官。跟着大人。伺候大人。可以常常聽大人的教訓。將來磨練出來。或者還可以做得一個人。不至於辱沒先人。便是職道的萬幸了。處仁遷義以聽訓已的是道學上話頭說完了。直挺挺的跪着署院。一定要他起。眾官又幫着相勸他。只是不肯起。做得得法索性做他一做嘴里又說道。總得大人答應了職道。職道方纔起來。要討了口鋒方肯起來真是有挾而求署院道。你果然能聽我話。想做好人。我還要保舉你。鼓勵別人。何必一定要參你的官呢。說道。便教巡捕過來。替他把頂子旋好。仍舊合在頭上。署院又親自拉他一把。一試即靈是娘舅教導的功效劉大侉子見署院如此賞臉。便趁勢又替署院磕了三個頭。應該要謝他的親許保舉了然後起立歸坐。署院道。人孰無過。過而能改。就不失其為好人了。兄弟生平最恨的是抽大烟一樁事。好好一個人。生生的被烟困住。以後還能做什麼事業呢。亦是實話說到這裏。回轉頭去一看。見商務局老總也在座。便同他說道。從前你們所說那個姓胡的辦的那個戒烟善會。到底靠得住靠不住。商務局老總道。他的丸藥。外頭倒狠銷。而且分會也不少。署院道。銷場雖好。不足為憑。你們只要看這位劉大哥臉的顏色。怎麼越吃越難看呢。不要丸藥裏攙了甚麼東西害人罷。一語道破弊病商務局老總道。職道也問過胡令。據稱用的是林文忠公的遺方。既然劉道吃了不好。等職道下去查訪。查訪果然不好。就撤去前頭給的告示。勒令停辦。免得害人。此宗害人之道豈但勒止還須科罰署院道。正該如此。說完送客。劉大侉子下來。仍舊去找娘舅。娘舅問他怎麼樣。

劉大侉子便一五一十述了一遍娘舅道此計已行以後包你上院永遠不會碰釘子但是想
他的差使還不在裏頭等我慢慢的替你再想個法子包你得一個頂好的事情狡兔有三窟僅得免其死
今有一窟未得高枕而卧也劉大侉子一定要請教娘舅發急道你別性急早則十天遲則半月總給你顏
色看就是了這麼性急到這步田地也得容我想想看呀事緩則圓急則無功應該要發話劉大侉子見娘舅
動氣只好無言而罷且說官場上信息頂靈署院放一個屁外頭都會曉得的這日說了胡鏡
孫丸藥不好當天就有人傳話給他叫他當心點人緣還好他這人生平最會拍馬屁新近又不知
道走了甚麼路子弄到山東賑捐總局的札子委他兼辦勸捐事宜真正是大滑頭他得了這個差使
便興頭的了不得東也拜西也拉攏懷裏揣着章程手裏拿着實收一處處向人勸募國家名器
如小本經營之攬街真兜賣太不值錢矣居然勸了一個月下來也捐到一個五品銜兩個封典五六個貢監論他
的場面能彀如此已經很不容易了勸捐付諸市井之手恐太褻瀆朝廷矣這日聽得人家傳來的話賽如兜頭
一盆冷水在店裏盤算了半夜踱來踱去走頭無路早知如此悔不當初後來忽然想到本省藩台曾經
見過兩面前頭開辦善會的時候托人求他寫過一塊匾有此淵源或者不至忘記事到其間
只得拼着老面去做鑽狗洞是此輩長技是日一夜未睡次天大早便穿了衣帽趕上藩台衙門手本進
去藩台不見胡鏡孫說有公事面回然後勉勉强强見的見面之後藩台心上本不高興胡鏡
孫又嚅嚅囁囁的說了些不相干話藩台氣極了便說老兄有甚麼公事快些說兄弟事情忙
沒有工夫陪着你閒談胡鏡孫碰了這個釘子面孔一紅咳嗽了一聲然後硬着胆子說出話

來。纔說得卑職前頭辦的那個戒烟善會一句話。藩台已把茶椀端在手中。說了聲我知道了。端茶送客。（如此大公事人家豈不厭聞）胡鏡孫不好再說下去。只得退了出來。一塲沒趣。愈加氣悶。（可知奔走形勢之逵是不易的事）回到店裏。茶也不喝。飯也不吃。如同發了痴的一般。（到此也智窮才盡了）幸虧太太是個才女。出來問知究竟。便說現在世路上的事。非錢不行。藩台不理你。你化上兩個。他就理你了。（倒是令眼看世情）胡鏡孫道。去年我開辦這個善會的時候。問你借的當頭。如今還沒有替你贖出來。那裏還有錢去孝敬上司呢。太太道。有得贖。沒有得贖。自己夫妻。有什麼不明白的。只要你不替我沒掉就是了。至於你如今孝敬上司。沒有現錢。依我想東西也是好的。（女流之見）胡鏡孫道。你看我店裏。除掉幾包丸藥。幾瓶藥酒之外。還有甚麼東西可以送得人的。太太道。只要值錢。怎麼送不得。如果不好送。為什麼你的仿單上要說官禮相宜呢。（自家夫妻也要取笑）胡鏡孫道。話雖如此講。你曉得我十塊錢的藥本錢。只有幾塊。自己人同你老實說。兩塊錢的本錢也沒有。不過騙碗飯吃吃罷了。那裡值得甚麼錢呢。（說穿不值半文錢）太太道。時常見你替人家捐官。從前你得只個差使的時候。你自己說過有多少的扣頭。如今這筆錢那裏去了呢。一句話提醒了胡鏡孫。心上一想。橫豎空白實收在自己手裏。與其張羅了錢去孝敬上司。何如填兩張監生實收。去送藩台的少爺。（妙想天開）像他們只樣官家子弟。這一點點的底子總要有的。如果收了我的實收。他自然照應我。（豈非倉老鼠送根與解根官）彼時間騎馬尋馬。只要弄到一筆大大的銀款。賺上百十兩扣頭。就有在裏頭了。他若不肯照應我。一定還我實收。實收已經填了字。不能還。只好還我銀子。如此一來我賑捐內又多了兩個監生將來報銷上去也好看想入非非主意打定告訴了自己妻子太太點頭無話胡鏡孫方纔胡亂吃了一碗飯連忙取出實收想要取筆填寫履歷無奈又不曉得少爺的年貌三代只好擱筆想來想去沒有他法只好封了兩張實收托人替他寫了一個稟帖給藩台說明白卑職目下辦捐情願報效憲少大人兩個監生務求大人賞收真正小賊偷到捕快屋子裏去另外又付一張夾單是求藩台替他斡旋那戒烟善會的事情稟帖寫完他便冒冒失失交給藩台號房替他遞了進去自己坐在官廳上等傳見真是自投羅網以為這一功他總受的了誰知等了半天裏頭傳出話來問他這個辦捐差使是誰委的是追究來歷他只得照實而說那人進去等到天黑也沒見藩台傳見後來向號房打聽亦打聽不出號房勸他明天再來只好回家誰知一連上了三天衙門藩台始終未見第四天上接到委他辦捐那個老總的札子上寫奉准浙江布政司函開說他如何着差招搖鑽營無恥八字考語確究如起出賊贓招災惹禍自討苦吃後面寫明將他撤委限他即日將經手已捐未捐各實收造冊報銷不得含混各等語又附還實收兩張希即查辦云云他得了這個札子猶如青天霹靂一般善會尚未保全差使已經撤去福無雙至禍不單行還算他自己顧全場面次日即把捐務及收到銀子一律交割清楚後來又費九牛二虎之力把個戒烟會保住依舊做他的買賣都是後話不題要知官場上又出甚麼新鮮事情且聽下回分解